Franziska Kerber
David Kerber

Der Big Ben Clan

Franziska Kerber
David Kerber

Der Big Ben Clan

Fantasy

Impressum

1. Auflage

Mitglied im Börsenverein des Deutschen Buchhandels

Satz und Druck: Buchfabrik JUCO • www.jucogmbh.de

ISBN 978-3-86634-419-8
Preis: 29,90 EURO

Inhalt

Einleitung

In der Royal Albert Hall in London herrschte große Aufregung. Einige Mitglieder des BBC (Big Ben Clan), überwiegend Tiere, waren dabei, Bettlaken zu bemalen. Einige Laken wurden mit einem großen roten Kreis bemalt, in dem ein durchgestrichener Revolver zu sehen war. Auf andere Bettücher kam das Bild einer schwarzen und einer weißen Hand, die sich anfassten. Andere Mitglieder bauten die Bühne auf, die Jim eigens für diesen Anlass bestellt hatte. Ein von Jim angefertigter Bauplan sollte den Tieren beim Aufbau helfen. Ein brauner Hund, der ziemlich verschlafen wirkte, saß über dem Plan und studierte ihn in Zeitlupentempo. Die Krönungszeremonie von Diablo stand bevor. Diablo war der Enkel von Teufel, dem Chef des BBC. Der junge Diablo sollte nun die Stelle seines Großvaters übernehmen. Lange hat er bei Teufel lernen müssen, wie man eine Organisation leitet.
Jetzt war es so weit, Diablo war bereit, die Führung des Big Ben Clans zu übernehmen, um damit seinen Großvater, der schon 35 Jahre alt war, abzulösen. Diablo hatte das stattliche Alter von fünf Jahren erreicht.
Jeder hatte seine Aufgaben. Die Essenbestellung musste noch aufgegeben werden, die Sitzordnung und das Festtagsprogramm geplant werden. Außerdem musste noch geklärt werden, ob die geladenen Musiker auch wirklich alle kommen.
Fomka hatte sich in eine Ecke der riesigen Halle verkrümelt und sich in Telefonbüchern und Gelben Seiten vergraben. Er suchte nach einem guten Partyservice. Doch leider musste er sehr bald feststellen, dass er so einfach nicht vorankam. Er brauchte die Namen aller Gäste, die kommen wollten. Also machte er sich auf die Suche nach Jim, der für die Gästeliste verantwortlich war. Allerdings war es gar nicht so einfach, den Kerl zu finden. Er befand sich nicht in der Halle, in der geschäftiges Treiben herrschte. Ein Stimmen-Wirrwarr stand im Raum. Den Ersten, den Fomka sah, fragte er nach Jim. „Gruntzi, warte mal. Ich muss dich was fragen." Das Schwein blieb stehen; es hielt einen Stapel leerer Blätter in der Hufe. „Was gibt es denn Fomka?", fragte Gruntzi. „Hast du Jim gesehen? Ich suche ihn, brauche seine Hilfe." Doch Gruntzi konnte nur verneinen. „Tut mir leid, habe keine Ahnung,

wo Jim ist." Fomka bedankte sich trotzdem und ging weiter auf die Suche. „Wo steckt der Kerl bloß? Nie ist er da, wenn man ihn braucht", murmelte Fomka vor sich hin.
Gruntzi war inzwischen weiter gegangen. Er hatte neue Blätter geholt, damit sie die Krönungszeremonie weiter planen konnten. Fomka war zu den Technikern gegangen. Tapsi, der gerade ein Kabel halten musste, fragte er: „Du, Tapsi, hast du Jim gesehen?" Der grüne Bär wollte gerade antworten, als ihm Mike, der Schäferhund, zuvorkam. „Soweit ich weiß, ist er telefonieren. Wahrscheinlich in seinem Wagen." „Danke, Mike." Fomka wollte sich gerade zum Gehen wenden, als ihm einfiel, dass er doch keine Ahnung hatte, wo White Horse, wie Jim sein Auto liebevoll nannte, stand. „Äh, Mike, wo steht denn das Auto?" „Keine Ahnung. Vielleicht vor dem Gebäude", war Mikes Antwort, dann war er fort; wahrscheinlich wollte er irgendetwas für den Aufbau der Technik holen.
Während in der Royal Albert Hall die Vorbereitungen für die Feier auf Hochtouren liefen, schlenderten Teufel und Diablo im Big Ben umher. Teufel hatte das Wort: „Nun, mein Junge, jetzt bist du genauso alt wie ich, als ich das erste mal Verantwortung übernahm." „Aber Großvater Teufel, als du zum ersten Mal Verantwortung übernommen hast, war das doch bloß die Verantwortung für den kleinen Bruder deines Freundes Charlie, aber nicht über einen ganzen Clan. Da stand doch nicht ganz so viel auf dem Spiel", wand Diablo ein. „Hast du 'ne Ahnung, natürlich war es fast dasselbe wie einen Clan zu leiten. Wenn dem Kleinen auch nur eine Winzigkeit zugestoßen wäre, hätte ich verdammt viel Ärger bekommen, glaub mir. Und der Bengel war ein größerer Rabauke als du", erklärte Teufel seinem Enkel. „Sag bloß, das gibt's?" Diablo sah seinen Großvater ungläubig an. „Allerdings, das gibt's, du wirst es nicht glauben. Aber nun komm erstmal mit mir mit, ich möchte dir die Geschichte des Big Ben Clan erzählen. Das solltest du als Chef nämlich wissen." Diablo nickte und folgte seinem Großvater wortlos. Teufel führte seinen liebsten und einzigen Enkel in einen Raum, der hinter einer Geheimtür im Big Ben lag.
Teufel ließ seinem Enkel den Vortritt. Was sich Diablos Augen nun bot, war ein Raum, in dessen Mitte ein Holztisch stand. An der Stirnseite des Tisches stand ein gelber, hoher Hocker. Oben

war er mit einer roten Zickzacklinie umgeben, unten stand ein großes rotes T für Teufel. Auf der gegenüberliegenden Seite stand ein rosa Lehnenstuhl. Er hatte zwei Ohren, auf denen ein hellblaues J stand und Armlehnen. Das J stand für Jim, dem Chef einer Untergruppe des BBC. Von dem rosa Stuhl aus gesehen an der rechten Längsseite des Tisches standen von rechts nach links ein mittlerer, ein großer und ein ganz kleiner Hocker. Auch auf diesen Hockern waren Buchstaben zu sehen. Der mittlere trug den Buchstaben B für Blue, der große Hocker trug ein L für Lion und der ganz kleine ein F für Fomka. Diesem gegenüber stand ein Stuhl mit Holzlehne. Auf der Lehne war ein großes braunes D zu sehen, das für Doggy stand. Rechts neben dem Stuhl stand ein Hocker. Auf diesem Hocker lagen ein blaues, ein lila kariertes, ein oranges, ein weißes, ein rotes und ein großes, hartes, rosa Kissen. Der Schemel trug die Buchstaben Sch für den Namen Schlafhund. Neben diesem Hocker stand ein weiterer. Auf ihm lag ein großes, hartes, blaues Kissen und er hatte die Aufschrift H für Husky. Das H war hellblau. Auf dem Tisch stand auch noch ein winzig kleiner Hocker. Auch er trug einen Buchstaben, ein braunes P für Piepsy.
Die Wand war regelrecht mit Steckbriefen von gesuchten und vermissten Personen zugepflastert. Oben stand in drei Sprachen das Wort „Gesucht", erst in Englisch, weil sie ja in England waren, dann in Deutsch und in Französisch. Das Regal, das direkt neben der Tür stand, war bis oben hin mit Ordnern und Akten vollgestopft.
„Such dir einen Platz", bat Teufel seinen Enkel. Dieser nickte und nahm auf dem Tisch neben dem kleinen Hocker Platz. Teufel schüttelte nur den Kopf, gab aber keinen Kommentar ab und setzte sich auf seinen angestammten Platz gegenüber dem rosa Stuhl. „Also, mein Junge, ich erzähle dir jetzt alles, was du über unseren Clan wissen solltest", fing Teufel an zu erzählen. Allerdings kam er nicht weit, da ihn Diablo sofort unterbrach. „Du, Großvater, ich fühle mich noch nicht bereit für die Aufgabe. Ich glaube, ich bin noch zu jung." „Diablo, glaub mir, du bist nicht zu jung dafür. Außerdem sollte ein Kater unseres Schlages im Alter von fünf Jahren auf seinen eigenen Pfoten stehen. Und wenn du mal gar nicht weiter weißt, bin ich ja auch noch da; ich werde dich schon

nicht ins kalte Wasser stoßen“, war Teufels Antwort. Teufel und Diablo waren nämlich zwei Kater. Eigentlich sollte ja Teufels Sohn Drac den Posten übernehmen, doch da er wegen seines Berufes als Tierforscher ständig unterwegs war und nie Zeit hatte, sollte nun Diablo die Nachfolge antreten.

Der Big Ben Clan entsteht

Doch nun wollte Teufel endlich anfangen, Diablo über die Geschichte des Big Ben Clan aufzuklären: „Das ganze begann Anfang Januar 1993. Anfangs waren wir nur zu viert: ich, Doggy, Lion und Blue. Wir gingen durch die Londoner Straßen, als Doggy in der Nähe des Buckingham Palace einen Banküberfall bemerkte. Einig wie selten sahen wir uns an. So schnell wir konnten, postierten wir uns vor der Bank. Doggy, ein grauer Boxer, tat so, als ob er ein Stein wäre. Lion suchte hinter einem roten Auto Deckung. Dort war er fast unsichtbar, da er eine rote Löwenmähne hatte, wie es sich für einen gelben Löwen gehörte. Das pflegte Lion immer zu sagen, obwohl ich anderer Meinung bin. Blue, unser hellblauer Heidelbär, fand hinter einem hellblauen Auto deckenden Schutz, und ich ...“

„Teufel, ich hab ja in meiner Zeit hier im Big Ben Clan schon einiges über Heidelbären gehört, dennoch weiß ich nicht all zu viel über sie. Kannst du mir ein wenig mehr über diese Bären sagen?“, unterbrach Diablo seinen Großvater. Der BBC-Chef nickte. „Aber natürlich kann ich dir mehr über die Heidelbären sagen. Also, der lateinische Name der Heidelbären ist Myrtillus Ursidae, was dich aber wahrscheinlich nicht so sehr interessieren wird. Wenn ein Heidelbär, sagen wir mal, 4000 Jahre alt ist, hat er eine Größe von 4 Metern und ein Gewicht von 40 kg erreicht. Der größte je gemessene Bär war 10 Meter groß und 10.000 Jahre alt, das höchste Alter, das ein Heidelbär erreichen kann. Wohnen tun sie eigentlich in den Wäldern des Putoranagebirges irgendwo in Sibirien, allerdings nicht unter 200m. Sie sind ihr ganzes Leben lang verspielt, wobei sie da nicht die einzigen Lebewesen sind. Ich hoffe, das reicht dir. Ich könnte zwar noch mehr über die Heidelbären sagen, aber das würde den Rahmen sprengen. Außerdem möchte ich nicht, dass du mir hier einschläfst.“ Diablo nickte, er war zufriedengestellt ...

... und ließ Teufel weitererzählen: „Also, wo waren wir? Ach ja, Blue, unser Heidelbär, fand hinter einem hellblauen Auto Schutz und ich hinter einem schwarzen. Jetzt hieß es warten.

Von meiner Position aus konnte ich die Situation gut überschauen. Ich konnte sehen, dass die Kunden auf dem Boden lagen und die Hände über dem Kopf hatten. Genau so, wie man es immer in den unzähligen Krimis sieht. Es waren zum Glück nicht viele und keine Kinder, nur Frauen und Männer. Eine Bankangestellte musste das Geld in drei Stoffbeutel verstauen. Wenn sie nicht spurte, wurde sie mit dem Revolver bedroht. Alle drei Räuber besaßen einen Revolver. Unsere Nerven waren angespannt. Ein Fehler und es hätte alles schief gehen können. Das konnten und durften wir nicht riskieren. Der erste Sack wurde bereits verschlossen. Der, der am Schalter stand und das Kommando zu haben schien, gab den ersten Sack an einen seiner Komplizen. Schnell wurde auch der zweite Sack gefüllt und verschlossen. Der zweite Komplize bekam den Sack. Plötzlich wurde es in der Bank unruhig. In einem unbewachten Augenblick versuchte sich eine der männlichen Geiseln zu erheben und die Geiselnehmer und Räuber zu überwältigen. Doch der Versuch blieb nicht unbemerkt. Noch ehe der Mann vollständig aufgestanden war, sah er sich der Mündung eines Revolvers gegenüber. Ich hatte keine Ahnung, was in der Bank gesprochen wurde, aber ich hoffte, dass dieser Mann nichts Falsches unternahm. Nicht nur ich, sondern auch meine drei Freunde hielten für einen Augenblick den Atem an. Doch schnell beruhigte sich die Situation in der Bank wieder. Der Mann hatte sich zurückgehalten, einen kühlen Kopf bewahrt. Nun war auch der dritte Sack gefüllt und die drei Verbrecher wandten sich zum Gehen. Sofort gab Doggy ein Zeichen, fast unauffällig und kaum sichtbar. Dennoch hatten wir es registriert und machten uns bereit.
Bald sah ich den Boss der Räuber die Bank verlassen. Er achtete auf nichts und niemanden, lief einfach nur auf den Bordstein zu. Plötzlich strauchelte er. Er war über Doggy gestolpert!
Er versuchte, das Gleichgewicht zu behalten, fiel aber doch der Länge nach hin. Ich musste mich ganz schön zusammenreißen, um nicht vor Lachen laut loszuprusten; es war einfach zu komisch. Wenige Sekunden später folgten der zweite und der dritte Räuber. Auch sie machten die schönsten Verrenkungen, um nicht zu fallen. Auch sie ohne Erfolg. Doggy verzog sein Gesicht zu einer komischen Grimasse; ich glaube am liebsten hätte er gejault. Doch er biss die Zähne zusammen.

Die drei Ganoven lagen nun auf dem Boden. Jetzt musste nur noch dafür gesorgt werden, dass das Trio nicht weglaufen konnte. Das war kein großes Problem. Blue hielt die drei fest, Lion entwaffnete sie, Doggy, der sich inzwischen wieder erholt hatte, nahm ihnen die Beute ab und brachte sie unbemerkt wieder in die Bank. Und ich holte das Absperrband von einer Baustelle, die keine zwei Meter vom Tatort entfernt war und fesselte die Bankräuber. Kurz danach hörten wir die Polizeisirenen. Eine der Bankangestellten musste sie verständigt haben. Als die Polizei am Tatort ankam, musste sie die Gangster nur noch einsammeln. Dem Trio war es sichtlich peinlich, von Tieren überwältigt worden zu sein. Einer von ihnen lief sogar ein wenig rot an, doch das beobachteten wir schon aus sicherer Distanz.
Als dann auch noch die Presse eintraf, waren wir schon lange weg. Dennoch kam es in den Abendnachrichten: '**Vier Unbekannte stellen drei lange gesuchte Bankräuber**'. Bilder dieser 'Unbekannten' konnten aber nicht gezeigt werden, nicht einmal Phantombilder aus Zeugenaussagen. Dini grämt es übrigens bis heute, dass er damals keine Bilder vom Raub machen konnte. Das war das erste und einzige Mal.
Die 'vier Unbekannten', wie wir in ganz London genannt wurden, befanden sich inzwischen wieder im Big Ben, in diesem Raum hier. Hier ist der Big Ben Clan entstanden. Die Idee dazu hatte Lion.
Das war so: Lion las gerade die aktuelle Zeitung, keine Ahnung, was es für eine war – steht sowieso überall dasselbe drin. Er hatte sie sich am Zeitungsstand für eine Hähnchenkeule gekauft. Frag mich nicht, wo er die Keule her hatte.
Jedenfalls standen jede Menge Berichte über jede Art von Verbrechen drin: Mord und Totschlag und so weiter. Diese Berichte brachten Lion auf die glorreiche Idee, eine 'Anti-Verbrecher-Organisation' zu gründen. Damit waren wir natürlich sofort einverstanden. Die Streitigkeiten kamen erst mit Doggys Frage: 'Wie sollen wir uns nennen?' Blue schlug vor, unsere Anfangsbuchstaben als Namen zu verwenden. Auf den ersten Blick gab es da nichts einzuwenden, ...
... doch dann ging es los: 'Den Vorschlag find ich gut, wir nennen uns LBTD', meinte Lion siegessicher. 'Nein, nein! Ich dachte eher an BDTL', entgegnete Blue und Doggy schien zu denken:

'Warum sollte denn Blue oder Lion als Erster genannt werden?'
'Nein, nein! Alles Quatsch!! Wir nennen uns DTLB', widersprach der Hund.
Sofort hatten sich die Drei in der Wolle. Sie brüllten sich an und rauften. Keiner wollte nachgeben. Ich stand daneben und wusste nicht, wie ich die Streithähne wieder zur Vernunft bringen konnte. Mit sachter Stimme versuchte ich es: 'Doggy, so sei doch vernünftig. Blue, hör doch auf, das ist doch kindisch. Lion, das hätte ich von dir nun wirklich nicht gedacht. Das soll also der König der Tiere sein?'
Doch meine Bemühungen blieben ohne Erfolg. Als die drei aber doch inne hielten, war ich schon fast glücklich. Aber glaub nicht, dass der Streit vorüber war. Ganz im Gegenteil. Leider wusste ich erst, was die Drei vorhatten, als sie so komisch zu mir schauten. Von jetzt auf gleich stürzten sich die Streithähne auf mich, begruben mich quasi unter sich. Ich jaulte, kratzte und biss.
Plötzlich übertönte eine fremde Stimme aus dem Lautsprecher den Tumult des Streites. 'Wo kommt denn dieser Krach her?! Da kann man ja nicht arbeiten!!!', brüllte eine wütende Stimme. Sofort war Ruhe!
Du musst verstehen, dass wir schon öfter Streitgespräche geführt hatten und die meisten sehr laut ausgefallen waren. Da unsere Stimmen lauter sind als die der Menschen, waren wir im Nebenzimmer fast immer zu hören. Also hielten wir es für das Klügste, im Nebenzimmer Wanzen anzubringen, die allerdings nur auf Ruheschreie reagierten. So mussten wir nicht die gesamte Diskussion der Politiker oder wer da auch immer tagte, mit anhören.
'Wie ich sehe, ist es doch nicht so gut unsere Anfangsbuchstaben für unseren Namen zu nehmen; das gibt nur Streit', ergriff ich jetzt sofort das Wort. 'Hast Recht Teufel, also nehmen wir unsere Endbuchstaben', schlug Doggy vor. 'Doggy, hast du es denn noch nicht kapiert?! Es ist doch egal, ob wir nun den Anfangs- oder Endbuchstaben nehmen, es wird immer Streit geben, da jeder der Erste sein möchte, der genannt wird', belehrte Blue schon fast missbilligend. Hätte Doggy einen Schwanz gehabt, er hätte ihn wohl vor Verlegenheit eingeklemmt. So machte er nur ein süßsaures Gesicht. 'Ich habe eine bessere Idee. Wir nennen uns nach dem Inhalt unserer Organisation. Wir brauchen etwas, das zum Ausdruckt

bringt, wofür wir kämpfen', schlug Lion vor. Ich fand, dieser Vorschlag klang vernünftig. 'Ich hab auch schon eine Idee' fuhr Lion fort, 'Kämpfer gegen Gewalt, Verbrechen und Unrecht.' Ich nickte nur, kam aber nicht dazu, etwas zu sagen, da sich Blue einmischte. 'Also ich finde 'Vier Unbekannte gegen die Unterwelt' viel besser', meinte der Heidelbär. Und Doggy hatte einen ganz anderen Einfall: 'Also ich bin ja eher für 'Doggys Antiverbrecherorganisation.' Und du wirst es nicht glauben Diablo, die Drei hatten sich schon wieder in den Haaren. Sie geiferten sich an, rauften und zankten wie kleine Kinder. Und so was will gegen Verbrecher und anderes Gesindel kämpfen!?
Mir riss endgültig der Geduldsfaden! 'Ruuuheeee!!!', schrie ich, so laut ich konnte. 'Seid ihr denn nicht mehr ganz bei Trost, oder was?? Ich denke, ihr wollt Mitglieder einer Organisation werden, die gegen Gewalt und Verbrechen kämpft. Und was macht ihr, wenn ich fragen darf? Ihr habt nichts Besseres zu tun, als euch zu streiten und zu prügeln!! Das zählt auch zur Gewalt, falls ihr es noch nicht wusstet. Und wenn das so weitergeht, eröffne ich meine eigene Gruppe. Habt ihr mich verstanden?!!' Ich war wirklich wütend und meine drei Freunde merkten das sehr wohl. Sofort war Ruhe.
Blue, Lion und Doggy wussten genau, dass sie sich nicht gerade wie vernünftige Tiere verhalten hatten. Und ich fand es wirklich sehr lobenswert, dass sie sich in aller Form entschuldigten. Damit war erst einmal wieder für Frieden gesorgt.
Nun war ich mit meinem Vorschlag dran. 'Die Ideen, die bis eben gekommen sind, scheinen nicht besonders gut zu sein, also schlage ich vor, uns nach dem Ort zu benennen, an dem die Organisation entstanden ist. Da ist nur eine Namensgebung möglich, es wird also keinen weiteren Streit geben. Und wer doch Streit anfängt, fliegt!' Doggy, Lion und Blue dachten eine Weile darüber nach, sahen sich fragend an und nickten schließlich. 'Und wie würde unsere Organisation dann heißen?', wollte Blue wissen. 'Das ist doch ganz einfach', sagte ich, 'Big Ben Clan – Abkürzung BBC', Nach kurzem Überlegen wurde mein Vorschlag einstimmig angenommen. Damit war das Problem aus der Welt."

„Hat die Abkürzung BBC nicht eine andere Bedeutung?", fragte Diablo. Damit hatte er Recht. BBC stand für British Broadcasting Corporation, eine britische Rundfunkgesellschaft. Teufel nickte: „Das stimmt Diablo. Ich nehme an, du weißt, wofür die Abkürzung steht.“ „Natürlich Großvater, das weiß doch jeder Brite“, entgegnete Diablo. Teufel sagte seinem einzigen und liebsten Enkel, dass die identische Abkürzung auf einem Zufall beruhe. Es wäre nicht beabsichtigt gewesen. Dass es diese Abkürzung schon gab, wäre ihm erst später eingefallen, doch um einen längeren Streit zu vermeiden, behielten sie den Namen bei. Allerdings mussten noch einige rechtliche Dinge mit der Rundfunkgesellschaft geklärt werden, die am Ende nichts dagegen einzuwenden hatte. Diablo nickte nur, ein Zeichen, dass Teufel jetzt ...

... weitererzählen konnte: „Natürlich wurde gleich eine weitere Frage aufgeworfen: Wer wird der Chef des Big Ben Clans? Ich hielt diese Frage für schwierig, zumal ich zuvor die heftige Auseinandersetzung mit ansehen musste. Doch als ich sie stellte, sahen sich meine drei Freunde nur kurz an, nickten sich zu und sagten dann wie aus einem Munde: ‘Du!!’ Ich war baff. So schnell war bei uns noch keine Entscheidung gefallen. ‘Wieso ich??’, fragte ich leicht geschockt. ‘Weil du die besten Ideen hast und für den Job besser geeignet bist als wir. Du verstehst es, eine ganze Truppe zu leiten; mit unserer Hilfe natürlich. Außerdem: wer hat uns denn wieder zur Vernunft gebracht, als wir uns um den Namen gestritten und uns beinah die Köpfe eingehauen haben?’ entgegneten die Drei. Ich wusste genau, dass ich sie niemals vom Gegenteil überzeugen konnte, also ließ ich es ganz bleiben und nahm den Posten widerstrebend an. Am 3. Januar 1993 war der Big Ben Clan ins Leben gerufen worden und er sollte noch ordentlich Zuwachs aus aller Welt bekommen. Aber erst einmal mussten wir bekannt werden.
Dafür sollte mein Freund Dini sorgen. Er arbeitet noch heute beim Dinoblatt, wo ich auch sofort hinging. Wie du ja wissen müsstest, ist Dini ein Paradoxisaurus. Über diese sehr seltene Tierart erfährst du im Laufe meines Berichtes noch mehr.
Das Dinoblatt ist die Zeitung unter den Tieren, die weltweit am meisten gelesen wird. Ich bat Dini, eine große Anzeige für uns zu drucken; Text und Gestaltung konnte er aussuchen, da ich in solchen Sachen kein Talent habe und wir auch keine Zeit hatten.

'Ich werde sehen, was sich machen lässt', sagte Dini und ging gleich an die Arbeit. Dass ich noch da war, schien er gar nicht zu merken. Mir blieb nichts anderes übrig, als mich davonzustehlen. Ich quetschte noch ein „Tschüss" heraus, bekam aber keine Antwort mehr.
Dass Dini ganze Arbeit geleistet hatte, sahen wir gleich in der ersten Morgenzeitung um halb vier. In der Anzeige war folgendes zu lesen ..."

Teufel drückte einen Knopf, der im Tisch auf seinem Platz eingelassen war, und schon öffnete sich eine kleine Schublade neben dem Knopf. Der Kater nahm einen Stapel Zeitungsartikel hervor und schien nach einem bestimmten zu suchen. Nach einer Weile hatte er ihn gefunden und las ihn vor: „Die am 3. Januar 1993 gegründete Organisation Big Ben Clan (BBC) sucht weitere Mitglieder aus aller Welt. Der BBC kämpft **gegen** Gewalt und Verbrechen. Interessenten melden sich bitte persönlich im Big Ben bei Teufel oder schreiben mit frankiertem Rückumschlag an die folgende Adresse ...; und so weiter." Teufel tat den Bericht wieder zurück zu den anderen. Gerade wollte er die Schublade schließen, als Fomka hereinkam.

Während Teufel seinem Enkel Diablo die Geschichte des Big Ben Clans erzählte, wurde in der Royal Albert Hall fieberhaft die Krönungszeremonie vorbereitet. Es herrschte mehr oder weniger kontrollierte Hektik.
Fomka war noch immer auf der Suche nach Jim. Er hatte einen Hinweis bekommen, doch jetzt stand er wieder allein. So machte er sich auf den Weg nach draußen. Allerdings konnte er den roten Flitzer von Jim nicht sehen. Aber etwas anderes erweckte seine Aufmerksamkeit: Ein bestimmter Geruch! Lachs! Sofort war Fomka hellwach, hatte alles andere vergessen. Er liebte Lachs, dafür würde er alles stehen und liegen lassen. Nur kandierte Heringe waren noch besser. Wie unter Hypnose folgte er dem leckeren Geruch. Einmal um die Royal Albert Hall herum auf die Rückseite. Dort angekommen, staunte der Heidelbär nicht schlecht. Da stand ein rotes Auto mit Jim auf der Rückbank. Fomka wollte es nicht glauben! Jim aß geräucherten Lachs, während er telefonierte.

Jim schien gerade aufgelegt zu haben. Diese Gelegenheit nutzte Fomka, um an die Fensterscheibe der linken hinteren Tür zu klopfen. Jim erschrak. Doch er hatte sich schnell wieder gefasst und kurbelte die Scheibe herunter. „Fomka, hast du mich erschreckt. Was ist denn los?“ „Ich wollte nur fragen, ob du die Gästeliste schon fertig hast. Ich brauche sie nämlich, damit ich planen kann, wie viel Essen ich bestellen muss“, war Fomkas Antwort. Jim nickte: „Ist gut, ich bin aber noch nicht ganz fertig. Muss noch einen Anruf tätigen.“ Jetzt nickte Fomka. Geduldig wartete er, bis Jim den Anruf erledigt hatte. Der sah allerdings nicht sehr zufrieden aus. „Was ist los Jim? Gibt es Probleme?“ Jim nickte: „Ja, ich hatte doch die Dubliners eingeladen. Du weißt doch, die Folkband aus Dublin, Irland. Extra auf Wunsch von Reh und Kim. Und nun haben die abgesagt. Einer von ihnen ist krank geworden. Wo krieg ich denn so auf die Schnelle einen gleichwertigen Ersatz her? Ich kenne doch keine irischen Folkbands.“ Fomka überlegte kurz: „Warte hier“, sagte er noch, dann war er verschwunden.

Nach einer Weile kam er wieder. „Äh, Jim, kannst du mit deinem Wunderding auch Telefonnummern herausbekommen?“, fragte Fomka. „Aber natürlich! Was meinst du, wie ich die ganzen Bands hätte anrufen können. Glaubst du etwa, ich kenne von jeder Band ‘ne Telefonnummer?“, gab Jim schon fast beleidigt zurück. „War ja nur so ‘ne Frage. Kim hat mir nämlich eine Band genannt, die sie auch gerne hört. Sind zwar keine Iren, dafür aber Schotten. Die Band nennt sich Runrig oder so ähnlich. Kim hat auch die Namen der Bandmitglieder genannt, aber ich weiß sie schon nicht mehr. Oder warte ... doch! Einer von ihnen heißt wohl Rory MacDonald.“ Jim nickte. Damit konnte er etwas anfangen. Er tippte den Namen in den Computer ein, den Fomka immer Wunderding nannte. Nach wenigen Minuten hatte Jim Erfolg. Der Computer hatte einen gewissen Rory MacDonald gefunden. Geboren am soundsovielten, dort und dort, Familienstand und so weiter. All das interessierte Jim nicht. Was für ihn wichtig war, war die Telefonnummer und die stand unter der Anschrift.

Jim wählte die Nummer. Es piepte. Das Freizeichen. Das war schon mal gut. Bald darauf wurde auch abge-nommen. „Hi, hier ist Rory MacDonald, ich bin momentan nicht Zuhause. Bitte hinterlassen Sie eine Nachricht." Jim war nicht sehr erfreut, kam der Bitte aber nach und hinterließ eine Nachricht. „Tja, Fomka, ich kann dir jetzt nur die geben, die zugesagt haben. Das sind, wenn ich mich nicht verzählt habe, 137 Gäste plus Drac, dessen Erscheinen noch geheim ist. Nicht einmal Teufel weiß davon. Nur du und ich. Ach ja, und der Premierminister kommt auch noch kurz vorbei. Du weißt doch, George Williams. Er ist Ehrengast, bleibt aber nur für die Krönungszeremonie." Fomka nahm die Liste, die Jim gerade ausgedruckt hatte, bedankte sich und verschwand wieder in seine Ecke in der Royal-Albert-Hall, wo er überlegen konnte, was er in welchen Mengen bei wem bestellte. Als Erstes zählte er aus, wie viele von jeder Art kamen. „2 Alligatoren, 6 Bären, 3 Heidelbären, 2 Biber, 1 Dachs, 5 Dinosaurier ..." So arbeitete Fomka die ganze Liste ab und notierte, welche Tierart wovon wieviel isst. „Achja, und noch ein Mund und vier Riesen, aber die bringen ihr Essen selbst mit." murmelte er vor sich hin.

Fomka überlegte, bei wem er das Essen bestellen sollte, kannte sich aber nicht so gut aus, also suchte er Teufel auf, um seine Meinung zu hören. Als Fomka die Tür zum Konferenzraum öffnete, war Teufel gerade dabei, ein paar Zeitungsartikel wegzuräumen.

„Hallo Teufel, ich hab eine Frage", fing Fomka gleich an. „Hallo Diablo, sitzt du bequem?" grüßte er Diablo, der noch immer auf dem Tisch saß. „Hallo Fomka. Komm rein und nimm Platz", entgegnete Diablo. Teufel fand es zwar unerhört, dass Diablo so unverfroren war, nickte aber und ließ den Heidelbären eintreten. „Ich wollte dich fragen, bei welchem Partyservice ich das Essen bestellen soll. Du kennst dich da doch besser aus als ich." Teufel überlegte kurz, dann sagte er: „Mein Liebstes Pub ist Mike's Golden Snack Bar. Und ich glaube, die organisieren auch Partys und Feiern. – Ach übrigens, wenn du schon mal hier bist, kannst du Diablo doch gleich mal erzählen, wie du zum Big Ben Clan gekommen bist." „Mach ich doch glatt. Wo soll ich denn anfangen?" Fomka war immer sehr aufgeregt, wenn er was erzählen durfte. Doch Teufel bremste ihn gleich ein wenig. „Fomka, erzähle bitte nur das Wichtigste, sonst sind wir in zehn Jahren noch nicht fertig." Fomka war nicht sehr begeistert, gab sich aber Mühe, sich kurz zu fassen.

Er begann zu erzählen: „Also, alles fing im Zoological Garden im Regent's Park, im Nordwesten der Londoner Innenstadt an, aber ich denke, du als Londoner weißt das. Bis zum 5. Januar 1993 war dort mein Zuhause. Mein Käfig war viel zu klein, ich hatte nichts zu spielen und an meinem Käfig stand, ich sei ein Eisbär, was ja nun überhaupt nicht stimmt. Ich bin und bleibe nun einmal ein Heidelbär. Die einzige Abwechslung, die ich am Tag hatte, war der Schabernack, den die Schimpansen mit Tom, dem Tierpfleger trieben.
Manchmal waren auch die Menschen interessant und natürlich ihre Tiere. Durch sie erfuhr ich immer den neuesten Klatsch. An jenem 5. Januar wurde ich von vielen Menschen besucht. Jeder zweite führte einen Hund bei sich. Das waren vielleicht Exemplare. Alles mögliche war vertreten, vom großen Bernhardiner über den kräftig gebauten Boxer bis hin zu kleinen Ratten von Hunden, die so komische Namen tragen, bei denen man sich die Zunge bricht, wenn man versucht ihn auszusprechen ... Schihuahua (Fomka sprach das Wort so, wie man es schreibt.) oder so ähnlich."

„Das spricht man Schiwawa und nicht Schihuahua", unterbrach Teufel. „Ich weiß." Fomka grinste hämisch. „Ich mag diese Art Hunde nur nicht so sehr."

Dann erzählte er weiter: „Irgendwann gegen Nachmittag blieben zwei Hunde vor meinem Käfig stehen. Sie sahen sich so ähnlich, dass man sie gar nicht auseinanderhalten konnte. Sie waren beide gelblich braun und hatten dunkelbraune Ohren. Beide hatten sie einen kleinen Stummel als Schwanz. Auffallend war ihre markante Fellzeichnung im Gesicht. Über der Nase einen rotbraunen Strich nach oben. Dieselbe Farbe hatten auch ihre gebogenen Augenbrauen. Ziemlich klein waren sie. Und lustig, wie sie sich ständig neckten.
'Ich möchte sehen, wie du Mitglied beim Big Ben Clan wirst. Du rennst doch vor deinem eigenen Schatten weg!', lachte der eine von beiden. 'Ich beiß dich gleich. Und so was habe ich zum Bruder!!!' Mit erhobener Nase ging er ein Stück. 'Mit dir rede ich nicht mehr!', sagte er noch todernst, bevor er anfing laut loszu-

prusten. Sein Bruder fing auch gleich an zu lachen. Wahrscheinlich lachten sie über sich selbst. Vor meinem Käfig blieben sie stehen. 'He, wer bist denn du?', fragten sie beide zusammen. 'Ich heiße Fomka. Und ihr?' 'Wir sind Hund und Strolch', gaben die beiden Hunde zurück. 'Sagt mal, was habt ihr da eben über einen Clan geredet?', fragte ich weiter. 'Ach, du ...' Wieder wollten beide zur gleichen Zeit sprechen. Sie sahen sich an und lachten. Dann nickte der eine Hund und der andere übernahm das Wort. 'Du meinst den Big Ben Clan. Sag bloß du weißt nichts darüber?' Ich schüttelte den Kopf. 'Nein, ich bekomme hier doch keine Zeitung. Der Postbote liefert doch nicht hierher.' 'Also, der BBC, wie seine offizielle Abkürzung ist, hat sich vor ein paar Tagen gegründet und sucht neue Mitglieder. Er kämpft gegen Verbrechen und so. Klingt ganz interessant. Aber mein Bruder ist dazu viel zu feige.' 'Das ist nicht wahr!!!', knurrte sofort der andere Hund. Schon waren sie verschwunden, jagten sich durch den Zoo. Nur aus Spaß natürlich. Ich glaube, das waren zwei Streuner, da ich keinen Menschen sah, dem sie gehören könnten.
Nachdenklich verzog ich mich in die hinterste Ecke meines Käfigs und dachte über die Neuigkeiten nach. Gegen Verbrecher kämpfen. Klang nicht schlecht und war garantiert interessanter als das Leben im Käfig. Obwohl das auch nicht schlecht war. Jeden Tag zwei Mahlzeiten, den Affen beim Spielen zusehen, den vorbeigehenden Menschen und ihren Tieren zuhören, über deren Witze lachen. Aber das war kein Leben für einen Heidelbären wie mich. Ich brauchte Abenteuer und musste Neues erleben. Sofort war mein Entschluss gefasst. Ich wollte auch in diese Organisation eintreten. Ich freute mich schon, war schon ganz euphorisch ..."

„Entschuldige, wenn ich unterbreche, aber was warst du?", fragte Diablo plötzlich. „Euphorisch." „Äh, was ist das?" Teufel war schon aufgestanden und zum großen Regal gegangen. Er holte ein Buch hervor und reichte es seinem Enkel mit den Worten: „Hier steht drin, was das Wort heißt." Diablo sah seinen Großvater süßsauer an, grinste aber gleich wieder. Er wusste, dass Teufel es nicht so meinte. „Also euphorisch heißt, äh ja, wie erkläre ich das am besten? Lass mich nachdenken. Äh, ach gib mir doch mal das Buch", versuchte Fomka zu erklären. Diablo gab ihm das Buch.

Fomka blätterte wie ein Profi. Es dauerte keine zwei Sekunden und er hatte die richtige Seite aufgeschlagen. „Ah, hier, euphorisch, das Verb wird gar nicht erklärt, aber das Substantiv und das heißt – ich zitiere wörtlich – 'Zustand gesteigerten Hochgefühls.' So, jetzt weißt du es ...

... und genau das hatte ich an diesem Tag gefühlt. Doch meine Euphorie war schnell vorbei, als ich daran dachte, dass ich eingesperrt war. Deprimiert schaute ich aus meinem Käfig. Wie ich auch nachdachte, mir fiel nicht ein, wie ich hier herauskommen konnte. Ich konnte einfach nicht klar denken. Der Krach der Affen, die nervenden Besucher, der heulende Wind. 'Ruhe!', schrie ich voller Wut und drehte mich demonstrativ zum Affenkäfig. Aufgeschreckt stoben ein paar Spatzen aus den umliegenden Bäumen. Sofort war es ruhig. Kein Affe wagte es, sich zu bewegen. Auch die Besucher vor meinem Käfig blieben wie angewurzelt stehen.
Über mich selbst erschrocken machte ich mich ganz klein. 'Tut mir leid', sagte ich schließlich zu meinen Nachbarn. 'Aber wenn ihr so laut seid, kann ich nicht nachdenken.'"

Die Tür ging auf. „Äh Teufel, kannst du mal in die Halle kommen? Wir brauchen dort deine Hilfe, beziehungsweise deinen Rat", platzte Flax ohne eine Begrüßung herein. Flax war ein kleiner grauer Husky, Huskys Sohn. Er wurde von der Truppe geschickt, die die Bühne aufbauen sollte, da er der einzige Schnelle war, der gerade Zeit hatte. „Was gibt es denn für Probleme?", wollte Teufel wissen. „Lässt sich schlecht erklären. Es ist besser, wenn du selbst kommst." Teufel nickte. „Dann müssen wir unser Gespräch erstmal für 'ne Weile unterbrechen. Bin gleich wieder zurück." Schon wollte sich der Kater mit dem jungen Hund zur Tür wenden, als Fomka das Wort übernahm: „Ich finde, wir sollten unseren Gesprächsort in die Halle verlegen, da dies garantiert nicht die einzige Unterbrechung bleiben wird."
Also gingen sie alle vier in die Halle, wo das Fest stattfinden sollte. Kaum dort angekommen, stürzte auch schon Schlafhund auf sie zu. „Ah Teufel, da bist du ja endlich", sagte er langsam. Nach einer längeren Pause fuhr er fort: „Die Bühne passt nicht ganz in

die Halle. Sie ist zu groß. Außerdem fehlen noch Teile. Und von denen hier haben wir zu viele." Der verschlafene Hund streckte Teufel in Zeitlupentempo eine größere Mutter entgegen. Teufel wollte sie gerade in die Pfote nehmen, als ein Heidenlärm losbrach. Es schepperte und polterte und rumste. Stimmen wirbelten durcheinander. Dann abrupte Stille ...
„Äh, Schlafhund, ich glaube, ihr habt irgend etwas falsch zusammengebastelt. Die Bühne ist gerade wieder eingestürzt", meinte Fomka nur. Schlafhund sah sich langsam um. Deprimiert senkte er den Kopf auf seine Pfoten. Diablo sah sich die Truppe, die die Bühne aufbauen sollte, genau an. Ein kleiner rosa Hund, sein grauer Vater, eine kleine gelbe Maus, ein kleiner, brauner, verschlafener Hund und ein Löwe. „Das kann ja auch nichts werden", dachte der Jungkater laut. „Was hast du gesagt?", fragte Teufel gleich. „Äh, ich sagte, dass das nichts werden kann. Sieh sie dir doch mal an. Für die schweren Teile, die sie heben müssen, sind sie doch viel zu klein. Bis auf Lion und Doggy vielleicht." Die anderen mussten dem jungen Kater Recht geben. Sofort holte Teufel die Liste hervor, auf der jedem seine Aufgaben zugeteilt waren. Er überlegte, wie er umdisponieren konnte. Dann kam er zu dem Schluss, dass Blue, der zum Schmücken eingeteilt war, sich besser zum Zusammenbauen der Bühne eignete. „Also gut, ich werde euch Blue zuteilen. Er wird jetzt die Bühne aufbauen und nachher beim Schmücken helfen, denn dort werden auch Große gebraucht." Damit waren alle einverstanden; Blue vielleicht nicht ganz so wie die anderen, aber er murrte nicht. Also wurde die Bühne noch einmal aufgebaut, diesmal mit der Hilfe von Blue ...

... und Teufel, Fomka und Diablo konnten ihre Unterhaltung fortsetzen. Fomka übernahm wieder das Wort: „Also, wo waren wir? Ach ja, die Schimpansen. Ich hatte sie nun endlich zur Ruhe gebracht und schilderte ihnen mein Problem. Ganz still saßen die Affen da und überlegten. Manche legten die Hand an die Stirn. So sahen sie aus wie Menschen, die nachdachten. Nur die Kinder tobten im Käfig herum und spielten Fangen, aber die Erwachsenen störte das nicht. Die Menschen, die zu unseren Käfigen kamen, sahen die Affen verwundert an. Es war eben schon ziemlich ungewöhnlich, dass Affen so ruhig sind – besonders diese Schim-

pansen. Ein kleines Kind fragte sogar: 'Mum, warum tollen die großen Affen nicht herum? Sind sie krank?' 'Ich weiß es nicht, mein Schatz', war die Antwort.
Es dauerte nicht lange und der älteste Schimpanse, eine Dame, hatte eine gute Idee. 'Der Tierpfleger kommt doch gleich. Wie du weißt, kommt er zuerst zu dir und dann zu uns. Wenn er bei uns ist, können wir ihn an das Trenngitter drängen und du kannst ihm den Schlüssel nehmen, den er immer in der Hosentasche hat. Wenn er dann weg ist, kannst du deine Tür aufschließen', erklärte sie. 'Nicht schlecht, aber ...', ich versuchte vergeblich, meine Pfote durch das Gitter zu stecken. 'Mum, Mum, der böse Eisbär will die Affen fressen!!!', schrie der kleine Junge unter Tränen. 'Ist schon gut, Johnny. Die Affen sind doch viel zu schlau für den Eisbären. Die lassen sich nicht fressen', sagte die Mutter. Die Menschen sind so dumm. Sie haben einfach keine Ahnung. Wenn sie doch nur zuhören würden, was man erzählt. Doch sie glauben, weil sie große Höhlen bauen, die sie Häuser nennen und schnelle Tiere bändigen können, die bei ihnen Autos heißen, seien sie die schlausten Tiere der Welt. Es gibt nur wenige Ausnahmen unter den Menschen, die wirklich intelligent sind. Aber so ist das nun einmal. Seit sich die Menschen von den Tieren abgewandt haben, verstehen sie noch nicht einmal die einfachsten Ausdrücke der Tiere. Sie haben die einfachsten Dinge ganz und gar verlernt.
Doch zurück zum Plan, der noch verbesserungswürdig war. Wieder war es eine Weile still. Alle dachten nach. Diesmal etwas länger als beim ersten Mal. Die Kinder hüpften um die Eltern herum, tobten und machten Krach. Ein ganz Frecher zog dem Männchen am Fell. Genervt und ungehalten tachtelte er den Strolch. Oh, jetzt fange ich ja schon so an wie Saatzh, den du später noch genauer kennen lernen wirst. Mit tachteln meine ich, der junge Schimpanse bekam eine kleine Ohrfeige. Der Frechdachs verzog sich. Aber nicht lange. 'Du Paps, soll ich Tom den Schlüssel abnehmen? Mach ich gerne. Bitte. Biiitteee!!', sagte der Kleine. Doch keiner der Affen beachtete ihn. Ich aber fand die Idee gar nicht so schlecht. 'Charlie, die Idee des Kleinen ist doch nicht schlecht. Wieso könnt ihr den Schlüssel nicht nehmen? Ihr könnt das alle Male besser als ich', fragte ich die Schimpansendame schließlich. Diese überlegte kurz, dann nickte sie. Damit war der Plan fertig. Musste nur noch Tom kommen ...

... und da kam er auch schon. Jetzt konnte es losgehen. Ich nickte Charlie zu und diese gab das Kommando zum Fertigmachen. Wie schon erwähnt, können uns die Menschen nicht verstehen. Aber wir verstehen sie. Wir könnten also eine Verschwörung gegen sie planen und sie würden es erst mitbekommen, wenn wir bereits auf dem Präsidentenstuhl sitzen. Tom ahnte also nicht, was ihm bevorstand. Alles war wie immer: Tom öffnete meinen Käfig, ohne dabei große Sorgfalt walten zu lassen. Er wusste, dass ich ihm nichts tun würde."

Diablo wollte etwas fragen, aber Fomka beantwortete ihm die Frage, bevor er sie gestellt hatte.

„Ich hätte jetzt ja einfach hinausrennen können, wie es jeder andere Bär an meiner Stelle gemacht hätte. Doch ich mochte Tom; er hatte sich immer dafür eingesetzt, dass ich einen größeren Käfig bekomme. Das Risiko, ihn bei meiner Flucht zu verletzen, war zu groß, zumal noch so viele Kinder da waren. Und außerdem bin ich ja nicht jeder andere Bär.
Als Tom in meinem Käfig war, fragte er mich wie immer: 'Na, wie geht es dir? Hast du Hunger, mein guter Junge?' Er fragte mich immer in der einfachsten Menschensprache, als ob ich ihn sonst nicht verstehen würde. Ich saß in meiner Ecke und ließ mich streicheln. Ich mochte Tom einfach, obwohl er so menschlich war.
Er füllte meinen Futternapf und meinen Wassertrog. An diesem Tag standen Heringe auf dem Speiseplan, meine Lieblingsspeise. Dann verließ er meinen Käfig. Die Tür schloss von alleine, als sie ins Schloss fiel. Tom wandte sich zum Affenkäfig. Kritisch sah er sie an, ahnte eine kleine Verschwörung, wie jeden Tag. Vorsichtig schloss er den Käfig auf, zwängte sich durch einen kleinen Spalt und war im Käfig. Sofort zog er die Tür leicht heran, schloss sie aber nicht. Tom hob gerade zum Sprechen an, wollte wie jedes Mal fragen: 'Na ihr Rabauken, was führt ihr diesmal im Schilde?' Doch heute kam er nur bis 'Na ihr Rab ...', schon wurde er von den Schimpansen angegriffen. Der kleine Frechdachs machte den Anfang. Er kletterte auf seine Schultern. Was er als Erstes in der Hand hielt, war eine goldene Taschenuhr. Als Nächstes machte er sich an der Zigarettenschachtel zu schaffen. Er schmiss sie in die Runde und die anderen

Schimpansen stürzten sich darauf. Ein paar von ihnen taten so, als ob sie rauchen würden, wie sie es bei den Menschen gesehen hatten. Doch der kleine Strolch war noch nicht zufrieden. So zog er Tom die Mütze vom Kopf und versuchte, sie sich selbst aufzusetzen. Die anderen Affenkinder wollten die Mütze natürlich auch gleich ausprobieren und jagten dem Frechdachs hinterher. Es begann eine wilde Hetzjagd. Nur Tom blieb ruhig und füllte die Futter- und Saufnäpfe auf. Irgendwann würde sich die Affenbande wieder beruhigen. Nachdem jeder Jungaffe die Mütze einmal auf hatte, sprang der Freche wieder auf Toms Schultern, steckte ihm die Taschenuhr samt den Zigaretten in die Mütze und setzte sie ihm wieder auf. Während er Tom die Schlüssel abnahm, gab er ihm noch einen dicken Schmatzer auf die Wange. Dann ließ er von ihm ab.
Tom wand sich zum Gehen. Als er wieder draußen war, zog er die Käfigtür ins Schloss, verabschiedete sich von den Affen und von mir und ging zurück in sein Büro. Sein Arbeitstag war für ihn zu Ende. Morgen früh würde er wiederkommen und uns füttern. Und morgen wären unsere Käfige mit einer Reinigung dran. Er war keineswegs böse auf 'seine' Affen. Im Gegenteil, es machte ihm Spaß sie zu füttern. Sie waren für ihn wie kleine Menschenkinder. Er meint, dass er den abwechslungsreichsten Beruf hätte, da er nie wusste, was seine Schützlinge als Nächstes anstellen würden. Ihm wurde nie langweilig. Und auch die Schimpansen, die Zoobesucher und ich hatten immer viel Spaß.
'Ich glaube es ist besser, wenn wir den Schlüssel jetzt erst einmal behalten und dir erst nach Schluss aufschließen. Jetzt sind zu viele Menschen hier', meinte Charlie, als Tom weg war. Ich nickte und gab mich einverstanden. So verging der Tag, die Besucher kamen und gingen und ahnten nichts von dem geplanten Ausbruch. Ich badete ein wenig in meinem Becken. Das Wasser war eiskalt. Eine kleine dünne Eisschicht war darauf, doch die brach ich ohne Mühe. Meine Nachbarn schüttelten nur den Kopf, konnten nicht verstehen, wie jemand das Wasser so lieben konnte – bei diesem Wetter. Für die Jahreszeit war es zwar zu warm, aber für die Schimpansen immer noch zu kalt. Außerdem konnten sie Wasser nicht ausstehen. Doch mich störte das nicht, ich freute mich auf den Abend, den Zeitpunkt, wo sich mein gesamtes Leben ändern sollte, wo meine Abenteuer anfangen sollten ..."

„Okay, Fomka, komm runter von deinem Pferd und erzähl weiter“, unterbrach Teufel, als er merkte, dass Fomka beim Erzählen wie schon so oft zu weit abschwenkte. Und der Bär erzählte jetzt zügiger weiter. Er hatte keine Lust auf ein Streitgespräch.

„Langsam ging die Sonne unter. Als es dann richtig dunkel war, öffnete Charlie ihren Käfig. Den anderen Affen befahl sie, drin zu bleiben. Dann kam sie zu mir und öffnete. Ich bedankte mich und verschwand im nahe gelegenen Gebüsch. Charlie sorgte noch dafür, dass Tom den Schlüssel wiederbekam. Der arme Tierpfleger suchte verzweifelt den Schlüssel. Ich hätte gern sein Gesicht gesehen, als er ihn an seinem Platz fand. Er konnte sich bestimmt nicht erklären, wie er dort hinkam, erinnerte er sich doch nicht, ihn je weggehängt zu haben. Charlie betrachtete alles aus sicherer Entfernung. Sie sah noch, wie er sich ein Glas Whisky einschenkte, dann machte sie sich auf den Heimweg. Die anderen Affen waren brav im Käfig geblieben. Und falls du mich jetzt fragen willst, woher ich das wissen kann: Charlie hat es mir bei einem späteren Besuch erzählt.
Ich hatte den Zoo inzwischen verlassen und wusste absolut nicht, wo es zum Big Ben ging. Langsam schlenderte ich den Weg entlang durch den Regent's Park. Plötzlich hörte ich Schritte und sie schienen in meine Richtung zu kommen. So schnell ich konnte, versteckte ich mich. Die Schritte kamen wirklich auf mein Versteck zu. Ich schwitzte Blut und Wasser. Was würde geschehen, wenn sie mich hier entdeckten? Würden sie schreiend davonlaufen und die Polizei holen? Dicht vor meinem Versteck blieben sie stehen. Und ich hatte mehr Glück als Verstand, dass sie mich hinter dem Papierkorb, den ich in aller Eile für mein Versteck gewählt hatte, nicht bemerkten. Erst jetzt sah ich, dass es zwei Männer waren. Sie führten einen Hund bei sich. Die beiden Männer trugen sehr schnieke Sachen, also feine Sachen, eben zwei schnieke Pinkel, wie man so schön sagt. Wahrscheinlich waren es zwei einflussreiche und wohlhabendeMänner. Der eine musste ein Deutscher gewesen sein, er hatte einen typisch deutschen Akzent, doch unterhielten sie sich in Englisch. Dem Thema nach, über das sie sich unterhielten, mussten sie in der Politik tätig gewesen sein. Eben zwei hohe Tiere.“

Diablo amüsierte sich köstlich über Fomkas Ausdrucksweise. „Ich nehme nicht an, dass du weißt, wie die beiden 'hohen Tiere' hießen. Und die haben dir erklärt, wie du zum Big Ben kommst?"
„Haha ... Ich weiß ihre Namen nicht, ist mir auch egal. Außerdem hab ich dir doch gesagt, dass ich hoffte, dass sie mich nicht sehen würden. Und natürlich haben mich die beiden Politiker *nicht* zum Big Ben geführt, sondern ...

... der schwarzweiße Border Collie, den der Deutsche mit sich führte. Du kennst doch die schönen schwarz-weißen Collies aus Schottland und Irland. Der Besitzer merkte nicht, dass sein Hund, der nicht an der Leine ging, zurückblieb. Er hatte mich bemerkt. 'Hallo du da, wer bist du und was machst du hier?', fragte er mich in Hundedeutsch. Zum Glück verstehe ich viele Tiersprachen. 'Ich, äh, ich bin Fomka, ein Heidelbär. Ich suche den Big Ben. Kannst du mir nicht sagen, wie ich dort hinkomme?', stammelte ich. Der Hund überlegte kurz, dann sagte er: 'Nun, du hast Glück, dass ich heute morgen mit meinem Herrchen dort vorbeigegangen bin. Allerdings bin ich auch nicht aus der Gegend. Es ist also besser, wenn ich dich hinführe. Denn wenn ich versuchen würde, dir den Weg zu beschreiben, würdest du dich nur noch mehr verlaufen als vorher', meinte der Hund und ging vorneweg. Ich trottete hinterher. Bis zu einer bestimmten Straße brachte er mich. Parliament St. las ich auf dem Straßenschild. 'Wir sind da.' Der Hund zeigte mir den Big Ben. 'Danke ... äh – Wie heißt du eigentlich?' 'Ich bin Paddy', entgegnete der Hund. 'Danke Paddy', sagte ich dann. Paddy verabschiedete sich noch, dann war er um die nächste Straßenecke verschwunden.
Vorsichtig betrat ich das Gebäude. Ich roch Menschen. Ich habe keine Angst vor ihnen, aber jetzt, wo ich ausgebrochen war, konnte ich mich vor ihnen erst einmal nicht zeigen. Sie hätten mich doch glatt wieder eingesperrt."

Mike ging gerade an Teufel, Diablo und Fomka vorbei. Er hatte die letzten Worte von Fomka mitgehört und konnte sich einen zynischen Kommentar nicht verkneifen: „Wenn sie nicht vor dir weggelaufen wären." Sofort fing sich Mike eine kleine Schelle hinter die Ohren, freundschaftlich versteht sich. Dann lachten alle. „Mach dich ja wieder an die Arbeit, Mike, sonst setzt es was“, flachste Fomka herum. Und Mike sah zu, dass er Land gewann, aber nicht, weil er Angst hatte, sondern weil noch viel zu tun war.

Und Fomka erzählte weiter: „Vorsicht war also geboten. Aber wo sollte ich diesen Teufel finden, bei dem ich mich melden sollte? Der Big Ben ist auch für einen Koloss wie mich riesig groß. Da – Schritte!! Wer konnte das sein? Ein Mensch? Sofort versteckte ich mich hinter der nächsten Ecke und lugte vorsichtig hervor. ‘Pu, nur ein Kater auf zwei Pfoten’ dachte ich erleichtert und kroch aus meinem Versteck. Ich ging auf den Kater zu. ‘Ich suche Teufel. Ich wollte beim Big Ben Clan mitmachen’, fiel ich gleich mit der Tür ins Haus. Der Kater bedeutete mir, ihm zu folgen. Er führte mich durch den Big Ben, bis er plötzlich stehenblieb. ‘Äh, da wir noch keinen anderen Raum haben, führe ich dich jetzt in einen, der geheim bleiben muss. So schnell haben wir nicht mit Zuwachs gerechnet, du bist der Erste. Aber wie gesagt, du darfst niemandem diesen Raum zeigen oder auch nur beschreiben’, sagte der Kater. Ich nickte nur. Auch der Kater nickte und fasste kurz an eine bestimmte Stelle an der Wand. Eine Tür öffnete sich und wir traten in den Raum, in dem wir vorhin waren. Ein gelber Löwe mit roter Mähne, ein blauer Bär und ein grauer Hund, ein Boxer, saßen in diesem Raum. Der Kater stellte sie der Reihe nach vor. ‘Das ist Lion, unser Löwe. Er ist der stellvertretende Chef. Das dort ist Blue, unser Heidelbär und Doggy, unser Boxer. Und ich bin Teufel, der Chef des Ganzen.’ Ich war verblüfft. Dieser Kater war also Teufel. Ich hatte ihn mir größer vorgestellt, etwa so groß, wie diesen blauen Bären namens Blue.“

Teufel übernahm jetzt wieder: „Also Fomka war nun bei uns eingetroffen. Er wirkte leicht nervös, was ja ganz normal ist. Ich ...“

„Leicht nervös? Hast du ‘ne Ahnung“, unterbrach Fomka sofort. „Von wegen leicht nervös. Ich hatte geflattert wie ein Hemd im Wind.“ „Na gut, er war etwas nervöser als leicht nervös.“ korrigierte Teufel gleich. Fomka knurrte ihn nur an, doch er ließ die Sache auf sich beruhen und ...

Teufel weitererzählen: „Ich hatte Fomka allen vorgestellt und fragte nun nach seinem Namen. 'Ich heiße Fomka und bin gerade aus dem Zoo ausgebrochen, um hier mitzumachen', sagte er zu uns. 'Oh, ein ganz Schlimmer. Was hast du denn angestellt, dass du eingesperrt werden musstest?', witzelte ich etwas, um das flatternde Hemd etwas aufzulockern. Doch irgendwie hatte ich daneben gegriffen, denn Fomka antwortete beleidigt: 'Das ist gar nicht komisch. Glaubst du, es hat mir dort gefallen??!!' 'Hey, Fomka, das sollte doch nur ein kleiner Scherz sein, damit du nicht mehr so verkrampft bist. Aber wenn ich dich damit beleidigt habe, tut es mir leid. Das wollte ich wirklich nicht', entschuldigte ich mich schnell. Fomka nahm die Entschuldigung an. Dann fragte er, wie das nun wird mit der Mitgliedschaft. Ob er irgendwas tun musste oder einfach nur so Mitglied wird. Blue schlug vor, eine Aufnahmeprüfung zu machen und ich fand diese Idee gar nicht so schlecht. Also schnappte ich mir Lion, unseren stellvertretenden Chef, und ging ins Nebenzimmer. Doggy und Blue blieben bei Fomka und klärten ihn schon einmal über die damals noch kurze Geschichte des Big Ben Clan auf."

Fomka unterbrach: „Ich hörte, wie Lion und Teufel über die Prüfungsaufgaben diskutierten. Die Diskussion wurde mit der Zeit immer lauter. 'Ich finde, wir sollten fünf Prüfungsteile machen!', schlug Teufel vor. Doch Lion, der etwas lauter brüllen konnte als Teufel, war anderer Meinung: 'Fünf Teile sind viel zu wenig. Sieben wären angemessen. Da können wir viel besser beurteilen, wie wir Fomka einsetzen können.' 'Du hast ja Recht, Lion. Aber wir wollen doch unsere Mitglieder anlocken und sie nicht vertreiben. Nenn' mir einen, der freiwillig bereit wäre, so viele Aufgaben zu machen. Du etwa???' Sie warfen sich noch einige Wörter an die Köpfe, die ich lieber nicht zitieren möchte. Und das bis zum späten Nachmittag. Dann endlich kamen sie wieder ins Zimmer – und beide lebten noch."

Teufel übernahm jetzt wieder: „Ja, wir lebten noch und wir waren uns über die einzelnen Teile der Prüfung einig geworden. Somit stand Fomkas Prüfung nichts mehr im Weg. Der Test bestand aus zwei sportlichen, einem geistlichen und einem Geschicklichkeit prüfenden Teil. Das heißt, die Prüfung bestand aus vier Teilen. Sie diente uns dazu herauszufinden, wofür der Prüfling am Besten geeignet ist und wo wir ihn auf keinen Fall einsetzen sollten. Dann bauten wir die erste Station auf und Fomka wurde zur ersten Prüfung zitiert. Ich erklärte ihm, was er zu tun hatte. Als Erstes war Slalom um fünfzehn Hütchen angesagt. Danach der Sprung über eine Pfütze und klettern auf eine eineinhalb Meter hohe Steinmauer. Von dort der Sprung an die erste Sprosse des Klettergerüstes, wo gehangelt werden sollte. Der Boden durfte dabei nicht berührt werden. Für die Strecke hatte er ca. eineinhalb Minuten Zeit. Als Fomka die Regeln klar waren, ging es los."

Fomka fiel Teufel ins Wort und erzählte für ihn weiter: „Der Slalom und der Sprung über die Pfütze waren nicht schwer. Für die Pfütze brauchte ich nur einen großen Schritt. Die Mauer war schon schwieriger, da ich nicht so gut im Klettern bin; ich bin doch kein Affe. Am Schwersten allerdings war das letzte Stück. Ich sprang an die Sprosse; das war noch kein Problem. Die Schwierigkeit lag darin, mich an der Sprosse festzuhalten. Meine Arme wurden lahm und meine Pranken verloren unter Schweiß langsam den Halt. Ich war einfach nicht kräftig genug, um mein Gewicht von 38 kg zu tragen. Ich hing an der Stange wie ein nasser Sack und wusste, dass ich das Hangeln unmöglich schaffen würde. Also versuchte ich mich hochzuziehen, was mir nach mehreren missglückten Versuchen auch gelang. Zwei-, dreimal wäre ich beinah heruntergefallen."

„Das sah zu komisch aus, wie Fomka da an der Stange hing und herumzappelte. Schade, dass wir davon kein Band haben. Doch zu dieser Zeit hatten wir noch keine technischen Geräte wie Videokameras oder Computer. Die Videokamera brachte erst Husky mit und die Computer Jim." unterbrach Teufel kurz, doch dann ging es ...

... sofort weiter: „Ich robbte also oben drüber. Als ich auf der anderen Seite ankam, hatte ich nur noch ein Problem. Wie komme ich, ohne mir die Knochen zu brechen, nach unten? Ich versuchte, mich auf dem Gerüst umzudrehen, so dass ich mit dem

Hintern zuerst nach unten konnte. Dann ließ ich mich ganz langsam hinunter, zappelte noch einmal ganz kurz und hatte endlich wieder festen Boden unter den Pfoten. Dann sprintete ich ins Ziel. Teufel begrüßte mich und machte ein komisches Gesicht. 'Du solltest doch hangeln und nicht drüberrobben', meinte der Kater mit einer aufgesetzten Strenge. Doch ich wusste, dass er es nicht so ernst meinte und suchte nicht nach Erklärungen. Teufel notierte sich nur noch etwas auf seinem Schreibblock, dann ging es zur nächsten Station.

Dort bekam ich den Auftrag, einen Diebstahl aufzuklären. Bevor ich aber loslegen konnte, wurde mir noch gesagt, worauf ich alles achten soll, wenn ich an den Tatort komme. Ich durfte zum Beispiel nichts verändern und musste alles fotografieren und beschreiben. Eine Anleitung, wie man Fingerabdrücke nimmt, gab mir Teufel auch in die Hand. Auf dem Zettel standen auch noch andere Tips.

Dann endlich wurde ich auf den Tatort losgelassen. Blue, der den Geschädigten spielte, sagte mir, dass sein Tresor leergeräumt worden war. Also sah ich mir zuerst den Geldschrank an. Als Erstes fiel mir auf, dass er vollkommen unbeschädigt war. Daraus schloss ich, dass der Täter die Tresornummer gekannt haben musste. 'Äh, Blue, gibt es noch jemanden außer Ihnen, der die Geheimzahl kennt?', fragte ich den Heidelbären sofort. Dieser überlegte kurz, dann entgegnete er: 'Ja, da gibt es jemanden. Mein Freund Lion, der Löwe. Ich war gestern Abend nicht zu Hause und Lion passte auf mein Haus auf. Das tut er immer, wenn ich nicht da bin. Genauso, wie ich es für ihn tue, wenn er mal nicht da ist. Er kontrolliert auch, ob noch alle Dokumente im Schrank sind. Ich bewahre dort nämlich nicht nur Geld auf, sondern auch wichtige Dokumente. Deswegen kennt Lion meine Geheimzahl.' Da hatten wir also schon mal einen Verdächtigen. Um mir allerdings ein richtiges Bild machen zu können, musste ich auch Lion befragen. Ich ging zu Lion und stellte ihm die Fragen, die man in Filmen oft hört: 'Wo waren sie gestern Nacht zwischen 23 und 0 Uhr? Haben sie in dieser Zeit etwas ungewöhnliches in der Nähe von Blues Haus bemerkt?' Es stellte sich heraus, dass Lion in der besagten Zeit in der Nähe des Hauses war. Er wäre gerade von einem Kontrollgang zurückgekommen. Etwas Ungewöhnliches habe

er nicht bemerkt und den Tresor habe er um die Zeit nicht angefasst. Den kontrolliere er nur einmal am Tag und zwar abends. Doch er sagte mir noch etwas anderes Interessantes: 'Der Tresor hat im Schloss eine Uhr, die mit Datum und Uhrzeit festhält, wann er das letzte Mal geöffnet wurde.' Also hieß das für mich: zurück zu Blue und noch einmal den Tresor prüfen.
Ich inspizierte den Tresor genau, von außen und von innen. Direkt neben dem Schloss war der Zeitmesser angebracht. Er zeigte 23:30 Uhr an. Ich rechnete: die Anfahrtszeit, der Einstieg ins Gebäude, das Suchen, das Öffnen des Schrankes, das Einsammeln des Geldes und das Verschwinden. Alles in allem könnte es durchaus eine Stunde gedauert haben. Also war die Uhrzeit, die Blue mir für den Einbruch angegeben hatte, korrekt. Doch eine Sache stimmte nicht ganz. Blue hatte von der vergangenen Nacht gesprochen, doch das letzte Mal war der Tresor bereits vor zwei Nächten geöffnet worden und der Löwe hatte den Tresor nicht berührt, geschweige denn geöffnet. Es sei denn, er hatte sich schon eine Nacht früher Zugang zum Haus verschafft, was ich aber nicht so recht glauben wollte. Doch das würde sich leicht mit den Fingerabdrücken nachprüfen lassen.
Zunächst einmal stellte ich Blue noch ein paar Fragen: 'Lion sagte mir, dass der Tresor genau festhält, wann er das letzte Mal geöffnet wurde. Er hält immer die letzten zwei Daten fest. Das hier ist von heute, als Sie gemerkt haben, dass er leer war. Dies aber ist von vor zwei Nächten und nicht von letzter Nacht. Das heißt, dass der Tresor nicht erst in der vergangenen Nacht leergeräumt wurde. Und in der Nacht zuvor waren Sie noch zu Hause. Daraus schließe ich, dass Sie entweder zu Hause waren, als der Einbruch passierte oder dass Sie es selbst waren, aus welchen Gründen auch immer. Doch das werden wir jetzt mal genauer feststellen.' Ich überlegte, was ich als Nächstes tue.
'Blue? Wo sagten Sie, ist der Täter angeblich ins Haus gelangt?', fragte ich. Die Antwort war: 'Durchs Fenster.' Also wandt ich mich zum Fenster. Ich wollte gerade losgehen, als ich plötzlich Doggys Stimme hörte: 'Vorsicht! Die Spu ... Au!' Irritiert sah ich zu dem Hund und setzte meinen Fuß, den ich gerade gehoben hatte, wieder ab. Ich sah, wie sich Doggy den Bauch hielt und sauer zu Teufel sah. Wahrscheinlich hatte dieser ihm einen un-

sanften Rempler in die Magengrube verpasst. Aber warum? Ich zuckte mit den Schultern und wollte mich wieder an die Arbeit machen ...
Erst jetzt bemerkte ich, dass ich meinen Fuß nur knapp neben ein Häufchen Erde gesetzt hatte. Hätte Doggy nicht diese Geräusche gemacht, wäre ich draufgetreten. Ich bückte mich und betrachtete das Häufchen von Nahem. Schon wollte ich es aufheben, als mir einfiel, dass ich es lieber nicht mit bloßen Händen anfassen sollte. Also fragte ich Teufel nach einem Handfeger und einer Schaufel. Damit kehrte ich das Häufchen Erde auf und schüttete es in eine Tüte.
Jetzt war der Weg zum Fenster frei. Ich sah es mir lange an, doch ich fand nicht viel mehr als am Tresor: keine Spuren gewalttätigen Eindringens. Der Täter konnte also entweder durch Gegenstände hindurch gleiten oder das Fenster war offen gewesen. Und ob du es glaubst oder nicht: Blue behauptete doch tatsächlich, dass er nicht genau wisse, ob das Fenster offen war oder nicht. Also widmete ich mich den Fingerabdrücken, die vielleicht mehr Aufschluss über den Tathergang geben würden. Ich las mir noch einmal genau durch, wie man Fingerabdrücke nimmt. Zuerst suchte ich alles zusammen, was ich zum Fingerabdrucknehmen brauchte: einen weichen Pinsel, Fingerabdruckpulver, kleine weiße Karten, eine Schere und Klebestreifen. Als Fingerabdruckpulver verwendete ich eine Bleistiftmine, die ich mit Sandpapier zu feinem Pulver zerrieb. Mit dem Pinsel tupfte ich so vorsichtig, wie es einem Bären möglich war, das Pulver auf eine glatte Stelle am Türschloss des Tresors. Nach kurzer Zeit war der Fingerabdruck zu sehen. Den überflüssigen Rest des Pulvers blies ich weg. Jetzt nahm ich das Klebeband und versuchte ein Stück davon abzumachen. Das war schwerer, als ich dachte. Ich zog und wurschtelte mit der Schere herum, bis ich mich irgendwann gar nicht mehr bewegen konnte. Es war mir peinlich, aber ich hatte mich selbst außer Gefecht gesetzt. 'Hilfe! Teufel, Hilf mir doch mal einer! Ich will hier raus!' Ich zerrte und zog und zappelte.
'Oh, seht mal! Wir haben ein Fisch im Netz. Mann, ist der groß', feixte Teufel. Die anderen drei lachten. 'Teufel! Ich will hier raus!', schrie ich. 'Na, wollen wir den großen Fisch befreien?' Teufel packte ein Stück Klebestreifen und zog. 'Au!', schrie ich wie am

Spieß. Teufel riss mir das Klebeband regelrecht vom Leib. Ach ja, falls du noch dieses Klischee im Kopf haben solltest, dass Katzen sanfte Wesen sind – vergiss es! Teufel hatte mir das Gegenteil bewiesen.
Nach einer Weile war ich endlich wieder frei. Mein ganzer Körper schmerzte und ich glaubte kein Fell mehr am Leib zu haben. Um zu verhindern, dass ich mich ein zweites Mal fesselte, half mir Teufel beim Kleben.
Fast überall da, wo man Fingerabdrücke nehmen konnte, fand ich auch welche. Und sie alle waren von Lion. Entweder musste Lion so naiv gewesen sein, dass er sämtliche Gegenstände im Haus ohne Handschuhe angefasst hatte oder aber es gab nie einen Täter und irgend jemand wollte dem Löwen etwas in die Schuhe schieben, die er nie trug.
Ich ging zu Doggy, der den Versicherungsvertreter spielte. Ich fragte nach der Versicherungssumme, die Blue bekommen würde, wenn es ein Diebstahl wäre. Und wie ich erfuhr, waren das keine Peanuts. Etwa 344.827 englische Pfund, also rund 1.000.000 DM. Damals gab es ja noch DM und Pfund – umgerechnet sind das 511.292 Euro. So langsam verhärtete sich mein Verdacht, dass Blue mir hier ein faules Ei unterschieben wollte. Ich ging zum Tatort zurück und sah mich um.
Unter dem Fenster, durch das der Täter hineingekommen sein soll, fand ich etwas Interessantes. Ich kramte die Tüte mit der Erde aus dem Wohnzimmer hervor und betrachtete sie mir genau. Erst jetzt erkannte ich, wo diese Erde her war, und zwar aus dem Affenkäfig. Es war jene Erde, die ich schon so oft im Gesicht hatte. Die würde ich überall wiedererkennen – manchmal braucht es aber seine Zeit. Nun war mir alles klar, ich zückte die Handschellen und sagte zu Blue: 'Sie sind verhaftet wegen versuchten Versicherungsbetruges. Muss ich Ihnen Ihre Rechte vorlesen, oder kennen Sie diese?' Schnell erklärte ich Blue und den anderen Dreien, wie ich auf dieses Ergebnis gekommen bin, dann war ich endlich durch mit dieser Aufgabe. Doggy bewunderte mich als einen Halbprofi und er wollte wissen, wo ich das gelernt habe. 'Meine Nachbarn im Zoo hatten einen Weg nach draußen gefunden und gingen jede Nacht in die Stadt, wo sie sämtliche Gemüsehändler plünderten. Und mir brachten sie immer Krimi-

nalromane mit, Sherlock Holmes, Agatha Christie und ähnliche. Ich liebe nun mal Krimis', war meine Antwort.
Dann ging es zur nächsten Station. Es war die vorletzte Prüfung, die darin bestand, einen flüchtigen Verbrecher wieder einzufangen. Den Verbrecher spielte diesmal Teufel. Die Schwierigkeit dabei war, dass ich ihn nach 75m schon wieder eingefangen haben musste. Teufel hatte einen Meter Vorsprung, da Fliehende immer einen Vorsprung haben. Blue gab den Startschuss und Teufel sprintete los. Und glaub mir, bis heute glaube ich, dass dieser Kater geschummelt hat, er ist zu früh losgelaufen. Ich startete sofort durch und konnte ihn noch vor der Ziellinie wieder einfangen. Wie knapp das allerdings war, lassen wir lieber mal unter den Tisch fallen.
Die letzte Prüfung kostete meine Nerven. Ich sollte eine Bombe entschärfen. Ich war fest davon überzeugt, dass Teufel keine echte nehmen würde, doch er weckte Zweifel in mir. Ich fragte ihn nach der Echtheit der Bombe und der Kater antwortete doch tatsächlich: 'Natürlich ist die Bombe echt. So echt, wie ich ein echter Kater bin.' Er zuckte noch nicht einmal mit der Wimper. Auch als ich ihn kritisch ansah verzog er nicht ein bisschen seine Miene. Der Kater blieb so ernst wie ... Ich weiß nicht wie. 'Du musst dich beeilen, der Zeitzünder läuft bereits', sagte Teufel nur noch und brachte mich zur Bombe. Das Werkzeug, das ich brauchte, um ein solches Ding zu entschärfen, war bereitgelegt. Ich hatte noch ganze zehn Minuten Zeit. Die Bombe hatte viele Drähte – rote, gelbe, grüne und blaue. Ich dachte mir, dass ich einen dieser Drähte durchtrennen musste, aber welchen? Den gelben? Oder den grünen? Der blaue oder doch lieber der rote? Ich hatte keine Ahnung, Schweiß tropfte mir von der Stirn und meine Pfoten waren klamm. Ich entschied mich dann doch für den gelben, kniff die Augen zu und durchtrennte den Draht – Nichts! Also war es doch ein anderer. Aber welcher? Drei Farben waren ja nur noch übriggeblieben. Ich dachte noch einmal scharf nach. Hatte ich nicht irgendwo mal was über Bomben gehört oder gelesen?
Plötzlich hörte ich in Gedanken meine Käfignachbarn über Filme sprechen. Ich kannte diese Filme nicht, aber sie meinten, dass es langweilig wäre, wenn immer der rote Draht der Richtige ist. Der rote Draht! Natürlich. Sofort nahm ich den roten Draht in

die Pfoten und schnitt ihn entzwei. Die Zeit begann viel schneller herunterzuticken. Scheinbar hatte Teufel auch viele Filme geschaut. Ich war starr vor Schreck.
Jetzt blieb mir nur noch eine Chance. Blau oder grün? Ich kniff die Augen zu und durchtrennte einfach irgendeinen. Ich sah gar nicht hin, welcher es war.
Klick!
Zaghaft öffnete ich ein Auge und sah die Bombe an. Sie war stehen geblieben – eine Sekunde vor der Detonation. Erst jetzt sah ich, dass ich den grünen Draht durchgeschnitten hatte und wie es aussah war es der Richtige. Ich atmete tief durch.
'Aaahh', schrie ich plötzlich auf. Ich hatte etwas auf meiner Schulter gespürt, war aber noch zu gestresst von der Bombe, als das ich im Stande gewesen wäre, an etwas Harmloses zu denken. Teufel schrak bei meinem Gebrüll zurück. Seine Pfote war es nämlich, die meine Schulter leicht berührte. 'Tut mir leid, Fomka, ich wollte dich nicht erschrecken. Ich wollte nur sagen, dass du die Spielzeugbombe grandios entschärft hast. Dazu möchte ich dir gratulieren. – Und nun sieh mal, was geschehen wäre, wenn du es nicht geschafft hättest.' Teufel betätigte einen bestimmten Knopf, der an der Bombe angebracht war und plötzlich kam ein kleines Fähnchen heraus. Darauf stand einfach nur 'Boom'.
Du kannst dir vorstellen, dass ich nicht gerade sehr begeistert war, hatte ich doch unsagbaren Stress durchstehen müssen. Doch ich verzog keine Miene. Und Teufel grinste nur hämisch.
Eine Stunde später waren wir wieder in dem Raum, in dem wir vorhin waren. Blue und Doggy leisteten mir Gesellschaft. Dann kamen Teufel und Lion herein. Teufel hielt ein Schriftstück in der Tatze. Es war weißes Papier, welches nur von einer Seite beschrieben war.
Teufel trat vor mich hin. Er war ungefähr so groß wie mein Bein. Ich musste mich sehr tief bücken, um das Schriftstück entgegennehmen zu können. Lion, der neben Teufel stand, war einen Kopf größer als Teufel. Endlich übergab Teufel mir mein Zeugnis: 'Wir sind stolz darauf, dich als ein Mitglied des Big Ben Clan begrüßen zu können.'
Stolz schaute ich mir mein Zeugnis an. Ganz oben stand in roten Lettern das Wort 'Zeugnis' geschrieben. Ich schaute mir meine

Zensuren an: 'Hindernislauf: 1-', 'Faß den Täter: 3+', 'Verfolge und verhafte den Täter: 4+' und 'Entschärfe die Bombe: 5'. Und dann stand da noch der Satz 'Von nun an bin ich __________ ein ehrenhaftes Mitglied des ...', eine Zeile tiefer stand dann noch in großen roten Buchstaben 'BBC'. Etwas tiefer stand meine Beurteilung: 'Eignet sich am Besten zur längeren Verfolgung von Tätern. Fomka ist ausdauernd und lässt sich nicht so leicht von Hindernissen aus dem Rennen werfen. Er besitzt durchschnittlich gute Kombinationsfähigkeiten, ist aber oft sehr ungeschickt.' Zum Schluss standen da noch zwei Felder, wo Unterschrift stand, die aber noch fehlten.
'Du musst dort noch unterschreiben', sagte Lion zu mir und zeigte auf die Lücke im Mitteltext. Mit blauem Filzstift, den mir Teufel gab, schrieb ich mit schönster Verschnörkelung meinen Namen **Fomka** in den Text. Jetzt fuhr Teufel mit der rechten Vorderpfote in schwarze Schuhcreme und tatzte auf mein Zeugnis. Links daneben schrieb er mit Füller seinen Namen. Es schien derselbe Stift zu sein, mit dem er auch meine Beurteilung und die Zensuren geschrieben hatte. Jetzt war Lion an der Reihe. Er tat dasselbe wie Teufel. Dann war mein Zeugnis endlich fertig. Ich verspürte Stolz, denn ich war ja jetzt ein Mitglied des noch jungen Big Ben Clan.
Einen Tag später stand der spektakuläre Ausbruch des Eisbären in der Zeitung. Drei Wochen lang suchten sie nach mir, doch ich hielt mich im Big Ben auf und wartete, bis Gras über die Sache gewachsen war. Im nachhinein tat mir Tom etwas leid, der seinen Job veloren hatte, aber der Zoo war nun mal nichts für mich. "

Neue Mitglieder

Jetzt, wo Fomka mit seinem Bericht fertig war, übernahm Teufel wieder. Diablo hatte aber vorher noch ein paar Fragen: „Ihr habt euren Pfotenabdruck mit Schuhcreme auf das Papier gebracht? Woher hattet ihr aber die Schuhcreme her? Es ist doch nicht üblich, dass sich Katzen, Hunde, Bären oder Löwen die Schuhe putzen. Die haben doch gar keine. Oder bin ich da falsch informiert?" „Doggy hat sie auf irgendeinem Müllberg gefunden." erklärte Teufel. Diablo nickte, war aber mit Fragen noch nicht am Ende. „Ah ja, und woher hattet ihr die Stifte?" war Diablos letzte Frage. „Das ist ganz einfach, Doggy lebt als Straßenhund bei Menschen, das heißt, er wird von ihnen nur gefüttert. Aber eben nicht immer, dazu ist dieser Hund einfach viel zu stolz. Er lässt sich eigentlich nur füttern, wenn er zu faul zur Futtersuche ist, oder wenn es nichts zu beißen gibt. Manchmal gelingt es ihm, sich von diesen Menschen etwas zu leihen, was sie aber nie mehr wiedersehen." beantwortete Teufel diese Frage, dann ...

... erzählte er weiter: „Es dauerte keinen Tag und es meldeten sich die Nächsten, die Mitglied werden wollten. Sie kamen alle aus anderen Ländern – China, Polen und Sibirien. Alle drei, zwei Hunde und eine Maus, kamen am selben Tag in den Big Ben. Der eine Hund war oben schwarz und unten weiß, hatte eine schwarze, dreieckige Nase und hellblaue Augen mit großen schwarzen Pupillen. Er war ein Husky und er hieß auch so. Husky kam aus Sibirien. Er sprach Englisch und Deutsch.
Der andere Hund war recht klein. Er hatte schokoladenbraunes Fell. Sein Kopf war oval, das vordere Viertel war weiß, der Rest braun. Seine schwarzen Schlappohren hingen ihm auf die Vorderpfoten. Auch der leicht nach oben gebogene Schwanz und die heidelbeergroße Nase waren schwarz. Was dieser schokobraune Hund allerdings für eine Augenfarbe hat, weiß ich bis heute nicht, obwohl er zum Kern des Big Ben Clan gehört. Ich weiß nur, dass er weiße Augenlieder und verhältnismäßig große Wimpern hat. Durch sein verschlafenes Gesicht konnte man nicht so schnell vergessen, wie er hieß – Schlafhund. Allerdings war der Name nicht immer passend, wie sich bald herausstellen sollte. Schlafhund kam aus Polen und beherrschte die Fremdsprache Englisch. Allerdings sind Fremdsprachen beim Eintritt nicht Pflicht, sie können auch später gelernt werden, wie man ja bei Piepsy sieht. Als diese Maus zu uns kam, konnte sie keine einzige Fremdsprache. Das machte auch die Verständigung ziemlich schwer. Als ich die Maus sah, stellte ich mich mit Teufel vor, doch alles was sie sagte, war für mich ein einziges Kauderwelsch. Ich verstand kein Wort. Die Maus war ziemlich klein. Ihr Fell war dunkelgelb, der Schwanz kurz, weiß und geflochten. Die Nase war rot und ungefähr

so groß wie eine halbe Kirsche. Ihre Kulleraugen waren schwarz, genau wie ihre Tasthaare, die, wenn sie sich nicht nach oben gekringelt hätten, fast so lang waren, wie sie selbst ohne Schwanz. Ihre Ohren waren nicht auf einer Höhe; ihr linkes Ohr war etwas weiter vorn als das rechte. Sie hatte es auch nach vorn geklappt, während ihr anderes Ohr aufrecht stand. Irgendwie war die ganze Maus ziemlich schief.
Ich wollte den Dreien sagen, wo sie hin mussten, was sich allerdings als schwierig erwies. Husky und Schlafhund verstanden zwar alles, aber die Maus nicht. Sie verstand meine Sprache genau so gut wie ich ihre. Wir brauchten also jemanden, der mit ihr reden konnte. Doch wo sollten wir so jemanden finden, zumal wir nicht einmal wussten, was das für eine Sprache war. Außerdem kannte ich keinen, der mehr als die drei Verständigungssprachen des BBC, also Französisch, Englisch und Deutsch sprach. Also blieb mir nichts anderes übrig, als mit Pfoten und Tatzen zu sprechen. Krampfhaft versuchte ich der Maus klarzumachen, dass ich ihren Namen wissen wollte. 'Piepsy', sagte sie kurz. Mit der Herkunft der Maus war es schon schwieriger, ich konnte ihr nicht begreiflich machen, dass ich wissen wollte, wo sie herkam. Also gab ich es nach einer Weile auf.
Gemeinsam gingen wir zur ersten Station. Dort warteten auch schon Doggy, Blue, Lion und Fomka. Sofort war ich bei meinen Freunden und sagte ihnen, dass ich mit der Maus Verständigungsprobleme hätte. Blue musste mir natürlich gleich wieder vorhalten, dass es für den Chef eines Clans eine Schande ist, nur die eigene Muttersprache zu können. Gleich ging er zu der Maus und fragte sie etwas, ich vermute, dass es auf Deutsch und Französisch war. Doch Piepsy sah Blue nur mit großen Augen an und sagte nichts. Ich musste lachen. 'Na, was ist nun mit deinen Sprachkenntnissen? Außerdem, Deutsch kann ich doch!', sagte ich. Geschlagen zog sich Blue zurück. 'Okay, du hast gewonnen, aber Recht habe ich trotzdem', maulte Blue noch.
Wir hatten nicht gemerkt, dass Fomka zu Piepsy gegangen war. Auch er mühte sich mit mehreren Versuchen ab. Doch waren Fomkas Sprachkenntnisse weitaus größer, als die von Blue. Wir hatten das Gefühl, als würde Fomka die Maus in sämtlichen Sprachen der Welt ansprechen. Die meisten Sprachen kannte ich noch nicht einmal."

„Genau, die meisten Sprachen kannte keiner der vier. Keltische Sprachen wie Walisisch und Gälisch beherrsche ich genauso wie Französisch, Polnisch, Russisch, Deutsch und schließlich Chinesisch, das Piepsy dann verstand. Norwegisch und Türkisch lerne ich gerade", prahlte Fomka mit seinem Können. Diablo staunte: „He, du bist ja ein richtiges Sprachgenie." „Nun ja, ich hatte im Zoo viel Zeit", entgegnete Fomka verlegen. Könnten Heidelbären rot werden, Fomka wäre von Kopf bis Fuß rot geworden. Doch Heidelbären haben gelbes Blut, also wurde Fomka gelb vor Verlegenheit.

Teufel wollte die für Fomka etwas peinliche Situation entschärfen, deshalb erzählte er weiter: „Wie Fomka schon sagte, war Chinesisch die Sprache, die Piepsy sprach. Die Maus antwortete und sofort übersetzte Fomka ins Englische: 'Ihr Name ist Piepsy und sie kommt aus Lhasa, soweit ich weiß die Hauptstadt von Tibet in China.' Ich nickte geistesabwesend, da ich noch immer platt war über Fomkas Sprachtalent. Doch jetzt wusste ich so ungefähr, was der Bär gefragt hatte."

„Ich fand's amüsant, wie Teufel, Blue, Doggy und Lion da mit offenem Mund standen und staunten", mischte sich Fomka grinsend in das Gespräch ein. „Sie du lieber zu, dass du deine Bestellungen für die Feier fertig bekommst!", maulte Teufel zurück. Sofort tat Fomka wieder ganz geschäftig und beugte sich über seine Listen ...

... und Teufel erzählte weiter: „Nach ein paar Sekunden hatte ich mich dann wieder gefasst und gab Fomka den Auftrag, den Dolmetscher zu spielen. Als dann endlich alles geregelt war, fingen für die drei Neulinge die Prüfungen an."

„Ganz genau, und meine Wenigkeit, der beste Heidelbär der Welt, beaufsichtigte die erste Station. Als erstes war Schlafh ..."

„Äh, Fomka, entschuldige, wenn ich unterbreche, aber ich habe eine Frage. Wie kommen eigentlich weiße Heidelbären zustande?" „Also gut, dann erzähle ich ganz kurz, wie weiße Heidelbären zustande kommen. Wie die hell- und dunkelblauen entstehen, weißt du?“ Diablo schüttelte den Kopf. „Hellblaue Heidelbären entstehen, wenn von den Eltern entweder beide hellblau sind, oder einer weiß und einer dunkelblau ist. Dunkelblaue Bären werden geboren, wenn beide Eltern dunkelblau sind oder ein Elternteil dunkelblau und das andere hellblau ist. Und weiße Heidelbären entstehen, wenn beide Eltern weiß sind oder einer weiß und einer hellblau. Meine Eltern waren weiß und hellblau.“ Damit beendete Fomka seinen diesmal wirklich sehr kurzen Einblick in die Welt der Heidelbären. Diablo war zufrieden gestellt und ließ Fomka jetzt ...

... weitererzählen: „Also, die erste Station übernahm ich. Aber zuerst war ich mit bei Blue, der die Station mit dem Diebstahl beaufsichtigte. Weil Piepsy dort anfangen sollte, hab ich Blue geholfen, die Verständigungsschwierigkeiten zu überbrücken. Teufel hielt das an dieser Station für besonders wichtig, da die Kandidaten erklären mussten, wie sie auf die Lösung gekommen sind. Doch ich denke, dass Blue dies nachher selbst erzählt. Er hat ja auch einige lustige, aber auch atemberaubende Dinge zu berichten.
Nun aber zu meiner Station. Husky war der erste Kandidat. Über ihn konnte ich mich köstlich amüsieren. Ein echter Komödiant. Auch Husky musste Slalom laufen, über die Pfütze springen, hangeln und klettern. Den Slalom passierte er perfekt und ohne Fehler. Er hatte einen Affenzahn drauf, fast wie ein Windhund. Doch dieses Tempo sollte ihm bald zum Verhängnis werden. Schon als er an der Pfütze ankam, über die er springen sollte, spürte er, dass er zu schnell war. Er sprang falsch ab und hüpfte in vollem Lauf in das Wasserloch. Ich musste mich ganz schön am Riemen reißen, um mich nicht vor Lachen am Boden zu kugeln.
Aber meine Bemühungen waren umsonst, denn als Husky dann auch noch gegen die Mauer gelaufen war, prustete ich laut los vor Lachen. Ich schlug mit der Faust auf den Boden, Tränen standen mir in den Augen.
Das Lustigste war aber seine Art zu hangeln – mit dem Kopf nach unten, wie eine Fledermaus hing er an der Stange. Mein Bauch verkrampfte sich schon vor Lachen, ich konnte nicht mehr.
Das Lachen sollte mir schon bald vergehen. Husky tippte mir auf die Schulter, als er ins Ziel kam. Ich sah den Hund an und begann zu lachen. ‘Du sahst zu komisch aus, als du – haaa-haaa – da

vor die Mauer gelau – hahaha – gelaufen bist. – Haaa haaa – Und dein – haaa haa- dein Stil beim Ha- Hangeln.' Doch Husky verzog keine Miene, er ärgerte sich nicht einmal. Scheinbar kühl zog er etwas aus der Tasche, die er bei sich führte. Er sagte nur: 'Hier, sieh dir das an.' Und glaub mir, Diablo, mir blieb die Spucke weg, als ich in dieses Ding, das er mir gab, hinein sah. Ich konnte nicht glauben, was ich dort sah. Ich sah mich, wie ich den Hindernisparcours überwand. Irritiert sah ich den Hund an. 'Ich war schon gestern hier, hab dich gesehen, wie du hier herumgeturnt bist. Hab mich köstlich amüsiert.' Kleinlaut stand ich da und sagte nichts mehr. Jetzt kullerte sich Husky vor Lachen am Boden. Er konnte sich einfach nicht mehr einkriegen. Etwas sauer packte ich ihn am Schlafittchen und zog ihn zu mir heran. Ich knurrte ihm kurz ins Gesicht und schon war der Köter ruhig. 'Lass mich runter. Ich hör ja schon auf zu lachen', bettelte er. Behutsam setzte ich ihn wieder ab."

„Das warst du auf jeden Fall, wenn ich mal introvertieren darf ..." „Äh, Husky, wenn *ich* mich mal einmischen darf. Das Wort, das du verwendet hast, heißt 'in sich gekehrt'. Das Wort, das du meinst, ist 'intervenieren' – 'sich einmischen'." Husky, der ständig falsche Fachbegriffe verwendet, wurde rot und senkte beschämt den Kopf. Dann redete er aber unbeirrt weiter. „Was ich sagen wollte, nenn' mich nicht noch einmal Köter! Hast du verstanden?!", knurrte Husky. „Und wenn ich mal was fragen darf, was machst du hier?", fragte Fomka. „Unsere Truppe hat gerade 'ne kleine Pause eingelegt und da hab ich mir ein bisschen die Pfoten vertreten und musste soeben hören, wie sich jemand ziemlich über mich malträtiert!" „Wenn schon, dann mokiert. Malträtieren heißt quälen und nicht – wie du es meinst – sich abfällig und spöttisch äußern", belehrte Diablo. Husky knurrte etwas beleidigt, weil er schon wieder belehrt wurde und dann auch noch von einem viel jüngeren Kater. Das Schlimme für den Hund war aber nicht das „viel jüngere", sondern die Tatsache, dass es ein Kater war, ein Kater! Geknickt verließ er die große Halle. Diablo und die anderen grinsten sich nur an, ...

... dann erzählte Fomka weiter: „Mit nur einer Minute war Husky der Schnellste von denen, die diese Übung je bewältigt hatten.

Ich notierte mir alles, dann war Husky zur nächsten Station verschwunden. Dieser Hund war es übrigens, der die Videokamera in den BBC brachte.
Als Nächstes kam Piepsy. Bei ihr muss ich sagen, dass ich ihr, bevor die Prüfungen anfingen, alle Aufgaben, die sie an den einzelnen Stationen zu bewältigen hatte, in ihre Sprache übersetzt hatte. Somit konnten wir gleich mit der Prüfung beginnen. Und glaub mir, die Maus war die Kandidatin, die mir am meisten die Nerven raubte.
Beim Slalom hatte sie, wie alle anderen auch, keine Schwierigkeiten. Aber dann kam die Pfütze. Für die Maus war sie fast ein See. Ich sah, wie Piepsy langsam in die Pfütze stieg. Langsam bewegte sie sich auf die Mitte zu. Das Wasser hatte inzwischen ihren Bauch erreicht. Immer weiter ging sie in das kühle Nass. Bald reichte ihr das Wasser schon bis zu den Ohren, dann bis über die Ohren. Nur noch die Nasenspitze war zu sehen. Und Plötzlich war die Maus weg. Ich sah nur noch die Blasen, dann waren auch sie gänzlich verschwunden. Ich lief zu der Pfütze, um zu sehen, ob Piepsy dort irgendwo war. Leider war das Wasser durch den aufgewirbelten Schlamm viel zu trüb. Ich überlegte, was ich tun sollte. Im Notfall hätte ich sie herausgeholt. Und jetzt war dieser Notfall. Also griff ich in das Wasser. Das heißt, ich wollte es. Doch ich hatte die Oberfläche kaum berührt, als ich zwei gelbe Ohren sah und bald kamen eine Nase, die Augen, ein Kopf und schließlich die ganze Maus zum Vorschein. Sie entstieg dem Wasser ebenso vorsichtig, wie sie hineingestiegen war. Als sie das Wasser verlassen hatte schüttelte sie sich kurz, dann lief sie weiter.
Dann kam die Mauer. Und glaub mir, diese Maus kann springen. Sie sprang kurz vor der Mauer ab und landete obendrauf. Man konnte meinen, sie wäre eine Springmaus. Auf der anderen Seite sprang sie wieder herunter. Dann kam das Gerüst, an dem die Maus hangeln sollte. Sie sprang die eine Stange an und kletterte wie an einer Kletterstange an ihr nach oben. Oben angekommen zog sie sich in die Mitte der ersten Quersprosse. Mit dem Schwanz griff sie nach der Zweiten. Als sie diese fest im Griff hatte, ließ sie die erste Sprosse los und schwang sich zur dritten Sprosse. Wieder griff sie nach dieser und ließ die Zweite los. Und so hangelte sie von einer Sprosse zur nächsten. Immer Vorderpfoten,

Schwanz, Vorderpfoten, Schwanz. Ich fand diese Variante des Hangelns sehr originell und gab ihr dafür einen Extrapunkt für Originalität. Nach dem Klettergerüst kam nur noch der letzte Sprint, dann war Piepsy im Ziel. Und mit eineinhalb Minuten lag sie genau im vorgegebenen Zeitlimit.
Der letzte Kandidat war Schlafhund. Ich erklärte Schlafhund die Regeln, hatte aber das Gefühl, als ob mir dieser Hund überhaupt nicht zuhörte. Genau wie alle anderen hatte er eineinhalb Minuten Zeit für die Strecke.
Ich wusste zwar nicht, ob mich dieser Hund verstanden hatte, doch ich gab das Startzeichen und Schlafhund lief los. Ich korrigiere: er schlich los. Gemächlich passierte er die Slalomstangen und schlich auf die Pfütze zu. Erst dachte ich, er würde hindurch waten. Doch weit gefehlt. Er blieb einfach stehen und schaute sich die Wasseroberfläche an. Er hielt eine Vorderpfote ins Wasser, ganz langsam und in Zeitlupe. Fast eine halbe Minute lang hielt er die Pfote ins Wasser. Dann zog er sie wieder zurück und einige Augenblicke später begann er, langsam und gemächlich um die Pfütze herumzuschleichen.
Nachdem auch die Pfütze bewältigt war, mühte sich der Hund an der Mauer ab, die für ihn gesenkt worden war. Irgendwann hatte er es dann geschafft, auf die Wand zu klettern. Von dort sprang Schlafhund an die erste Sprosse. Aber weil er nicht kräftig genug absprang, verfehlte er sie fast. Wie ein Insekt im Spinnennetz zappelte er an der Stange. Glaub mir, Diablo, das waren die schnellsten Bewegungen, die er an dieser Station an den Tag gelegt hatte. Genau wie ich schaffte er es, sich irgendwie auf das Klettergerüst zu ziehen. Ähnlich wie ich robbte Schlafhund hinüber, jedoch wesentlich langsamer. Er war und ist eben ein träger Hund, so etwas hatte ich noch nie zuvor gesehen.
Nach genau vier Minuten kam Schlafhund ins Ziel. Damit lag er dreieinhalb Minuten hinter der vorgeschriebenen Zeit. Für diesen Abschnitt der Prüfung gab ich ihm eine Vier. Aber da musste ich wirklich schon einige Augen und Hühneraugen zudrücken.
Damit bin ich fürs Erste fertig mit meinem Bericht. Die zweite Station beaufsichtigte Blue", beendete Fomka seinen Bericht.
„Wenn ihr wollt erzähle ich euch, wie es an meiner Station zuging", tönte plötzlich eine Stimme aus dem Hintergrund. Es war

Blue, der gerade ein Stück von der Bühne trug. Er wuchtete es noch schnell nach oben, wo Doggy und sein Sohn das Teil festschraubten. Damit war die Bühne schon fast fertig.
Piepsy betrat gerade wieder die Halle. Sie hatte einen Zettel in der Pfote und einen Schraubenzieher. „Jim hat gesagt, das Wort hier soll Kreuzschlitzschraubenzieher heißen. Und hier ist er auch schon." „Ja, ja, Jim und seine Sauklaue", murmelte Teufel. Lion und Piepsy zogen die letzten Schrauben fest, Doggy fegte noch einmal und die Bühne war fertig. Jetzt kümmerten sich Doggy, Doggy Jr., Schlafhund, Lion und Piepsy um das Säubern der Halle. Sie kehrten, wischten und reinigten die Tische. Und während Blue erzählte, kümmerte sich Fomka zusammen mit Jim um die Sitzordnung. Sie stellten die Tische und Stühle auf. Zuallererst zauberte Jim die oberen Tribünenränge weg. Dann konnten sie die Tische und Stühle hinstellen.
Blue aber kam, wie schon erwähnt, auf Teufel, Fomka und Diablo zu und fragte, wo sie denn stehengeblieben wären. „Wir waren gerade dabei zu erzählen, wie Husky, Piepsy und Schlafhund die Prüfungen bewältigten. Die erste Station haben wir bereits abgehandelt. Jetzt ist die zweite dran, die du geleitet hattest", erklärte Fomka. Blue nickte, dann begann er ...

... zu erzählen: „An meiner Station war Piepsy die Erste. Wie schon erwähnt, leistete Fomka mir bei meiner ersten Kandidatin Gesellschaft. Er erklärte ihr, was sie zu tun hatte. Als sie alles verstanden hatte, begann sie. Sie sollte, wie alle anderen auch, den Einbrecher finden. Doch statt nach Spuren zu suchen, setzte sie sich einfach mir gegenüber und sah mich unentwegt an. Sie schien mich durchbohren zu wollen. Ich fühlte mich zunehmend unwohler. Es gefiel mir überhaupt nicht, wie sie mich ansah. Langsam fing ich an zu schwitzen und schwer zu atmen. Was sollte das? Wieso beobachtete mich diese Maus so lange und genau? Ich wurde immer nervöser. Doch dann – endlich – bewegte sich die Maus wieder. Aber sie ließ mich immer noch nicht aus den Augen. Dann sagte sie etwas, das ich nicht verstand. An Fomkas Gesichtsausdruck merkte ich, dass sie etwas Lustiges gesagt hatte. Ich sah ihn fragend an und Fomka übersetzte: ‚Sie hat dir gerade deine Rechte vorgelesen und dich wegen Versicherungsbetrugs verhaftet.'

Ungläubig starrte ich Fomka an. ‚Wie hat sie das herausbekommen?', fragte ich Fomka. Und der fragte es die Maus, die ihm auch prompt antwortete. ‚Was hat sie gesagt? Was hat sie gesagt?', fragte ich voller Ungeduld. ‚Sie sagte, dass sie dich eindringlich beobachtet hat.' ‚Was ich keinesfalls abstreiten kann', unterbrach ich, dann ließ ich Fomka weiter übersetzen. ‚Piepsy hat dich beobachtet, um irgendein verräterisches Zeichen an dir zu bemerken. Jedes Lebewesen ist nervös, wenn es lügt oder schummelt oder sonst etwas Verbotenes macht. Das war auch bei dir der Fall. So hat sie relativ schnell herausgefunden, wie der Hase läuft.'
Staunend notierte ich mir das Ergebnis, während Fomka ihr noch einmal die nächsten Stationen erklärte.
Damit war Piepsy fertig und ging zur nächsten Station. Schlafhund war der Nächste. Das war auch so ein seltsamer Vertreter. Er dachte nicht im Traum daran, auf Spurensuche zu gehen. Oder dachte er gerade im Traum daran, die Spuren zu suchen? Jedenfalls legte sich der Hund in den Raum, wo die Tat begangen wurde. Dort schlief er mitten im Zimmer ein. Ich konnte nicht glauben, was ich da sah. Da schläft der einfach so. 'So löst er den Fall nie', dachte ich noch. Doch ich sollte mich gewaltig irren.
Es war noch nicht einmal eine halbe Minute vergangen, als Schlafhund, vom Schlaf noch ganz trunken, zu mir sagte: ‚Blue, – du – bist – we – gen – ver – such – ten – Ver – siche – rungs – betru – ges – ver – haf – tet. – Dei – ne – Rech – te – kenn – st – du?' In seiner langsamen Art erklärte er mir auch, wie er auf das Ergebnis gekommen war. Er sagte mir, wie er im Traum gesehen hatte, dass ich die Erde aus dem Zoo geholt und auf dem Teppich verteilt hatte. Und er wusste, dass ich das angeblich gestohlene Geld im Garten versteckt hatte. Ich konnte nicht glauben, dass er das alles in seinem Traum gesehen hatte. Der Hund schien in die Vergangenheit träumen zu können.
Ich notierte mir seine Leistungen, dann schlich Schlafhund zur nächsten Station. Ich glaube, so schnell bringt den keiner aus der Ruhe. So eine Schlafmütze. Aber ein guter Hund, dessen Dienste uns schon oft von großem Nutzen waren und noch sind.
Nach Schlafhund folgte eine Pause, in der ich über ihn und über Piepsy nachdachte. Ich war so in Gedanken versunken, dass ich gar nicht merkte, dass Husky schon da war. ‚Hallo, können wir

anfangen? Was soll ich hier tun?', fragte es plötzlich. Es klang etwas bitter. Ich drehte mich um und sah einen Husky. ‚Äh ja, natürlich. Komm mit, ich erkläre dir jetzt, was du tun sollst.' Ich führte Husky an den Tatort und erklärte ihm seine Aufgabe. Erst jetzt, wo Husky anfangen wollte, merkte ich, dass der Hund im Gesicht blau war. ‚Was ist denn mit dir passiert? Du bist ja ganz blau im Gesicht?', fragte ich. Doch Husky schnaubte nur sauer: ‚Frag nicht!' Dann legte er los. Sofort fing Husky an, verdächtige Spuren zu suchen. Und es dauerte nicht lange und er wusste, wer der Täter war. Er fand die Erde, die nasse Farbe unter dem Fenster, durch das der Täter angeblich eingestiegen sein sollte. Er erklärte mir, dass dies nicht möglich sei, weil sonst Spuren von einer Leiter vorhanden sein müssten, weil die Farbe schon vor dem Einbruch da war. Doch es gab keine Spuren. Außerdem sah er, dass auf dem Beet vor dem Haus etwas eingegraben war. Husky grub an der Stelle und holte bald einen Sack mit englischem Spielgeld hervor. Es sollte in der Prüfung das echte Geld ersetzen. Ich notierte alles und gab Teufel am Ende der Prüfungen alle meine Notizen."

Damit beendete Blue seinen Bericht. „Wenn ihr nichts dagegen habt, gehe ich jetzt wieder an die Arbeit. Die Halle muss noch geschmückt werden." Und schon war Blue verschwunden. Er drehte sich aber noch einmal um und rief: „Wenn ihr mich noch mal braucht, sagt mir Bescheid." Dann war er weg. Die Schmückarbeiten waren schon voll im Gang. Tische und Stühle standen bereits und wurden von Ratti, einer kleinen schwarzen Ratte und Daniela, Jims Frau, geschmückt und gedeckt.
Jim und Fomka berieten noch über die Essensliste: was alles gebraucht wird, wieviel sie davon brauchen würden und welche Besonderheiten und Vorlieben berücksichtigt werden mussten. Dann suchten sie einen guten Partieservice aus, um alles zu bestellen. „Ich schlage vor, dass wir bei Mike's Golden Snack Bar bestellen. Da bekommen wir alles um 5 % billiger." Fomka stimmte zu. „Ich gehe bestellen."
Jim wollte gerade die Gästeliste wegpacken, als er eine Stimme hörte. Sie rief: „Telefon, Telefon. Geh ran, geh ran." Es war Jims Handy. Sofort kramte er es aus der Tasche und ging ran. „Ja",

sagte er kurz und knapp. „Äh ja, Rory MacDonald hier. Haben Sie bei mir angerufen?“, klang die Stimme aus dem Telefon. „Ja, das habe ich. Ich wollte Sie fragen, ob Sie Lust und Zeit hätten, nächste Woche hier in London in der Royal Albert Hall zu spielen. Natürlich auf Kosten des Hauses. Es würde zwar kein Geld geben, aber dafür wird kostenlos Essen und Trinken bereitgestellt. Und das Hotel wird auch bezahlt, falls eins benötigt wird. Was sagen Sie dazu?“ Jim hatte schon immer die Angewohnheit, bei wichtigen Dingen gleich auf den Punkt zu kommen. Eine Weile herrschte Schweigen am anderen Ende der Leitung. Jim fürchtete schon, dass sein Gesprächspartner aufgelegt hatte. „Hallo, sind Sie noch dran?“, fragte er sicherheitshalber. „Äh ja, ja. Ich bin noch dran. Ich möchte das nur nicht allein entscheiden. Ist es möglich, dass ich in ein paar Minuten zurückrufe?“ „Aber natürlich. Doch wenn es möglich ist, würde ich gerne heute noch eine Antwort haben, da wir noch planen müssen. Sie wären übrigens nicht die einzige Band, die hier spielt. Musiker wie Mike Oldfield, Pink Floyd und Odds against tomorrow sind auch dabei. Es wird einen Dia-Abend geben und Gegrilltes. Also eine rundherum tolle Party, bei der die Musiker, die hier auftreten, mitfeiern dürfen“, schwärmte Jim. „Okay, ich rufe in ein paar Minuten zurück. Bis gleich.“ Dann hatte Rory MacDonald aufgelegt. Auch Jim legte auf, packte das Handy wieder in die Tasche und verstaute die Gästeliste an einem sicheren Ort.
„Äh, Jim, kannst du mir mal erklären, wie dieser Videorecorder funktioniert?“ Teufel war an Jim herangetreten. „Teufel?! Äh natürlich erkläre ich dir, wie du den Recorder in Gang bringen kannst.“ Teufel und Jim gingen zum Recorder, der neben der Technik in der Halle aufgebaut war. Neben dem Videogerät stand ein kleiner Fernseher, über den der Bediener des Recorders sehen konnte, ob alles in Ordnung ist. Das eigentliche Bild würde später über eine große Leinwand laufen. Jim stellte den Videorecorder ein und erklärte alles. Dann ging er wieder an die Arbeit.
Teufel verschwand unterdessen. „Ich komme gleich wieder, Diablo. Warte hier! Ich hole nur etwas aus unserem Konferenzraum“, meinte Teufel, dann war er weg. Es dauerte nicht lange und Teufel betrat die Halle wieder. Er hatte etwas Dunkles, Viereckiges in der Pfote. Auf halbem Weg traf er auf Fomka. „Teufel, was soll

ich tun? Bei Mike's Snack Bar ist ständig besetzt", fragte Fomka laut genug, dass es auch Diablo verstand. „Dann musst du wohl in ein paar Minuten noch einmal anrufen. Habt ihr schon die Liste mit dem Essen fertig?" Fomka nickte und zeigte sie Teufel. Es war ein großes Blatt, von beiden Seiten in einer Schrift geschrieben, die nur der Schreiber selbst lesen konnte. Teufel gab die Liste an Fomka zurück.
Dann waren sie bei Diablo angekommen. „So, mein lieber Enkel, jetzt erzähle ich dir, was ich an meiner Station so erlebt habe. Dann zeig ich dir mal ein paar schöne Videos."

Mit diesen Worten legte Teufel das Video in den Recorder. Dann begann er zu erzählen, wie sich die Prüflinge an seiner Station angestellt hatten: "Ich beaufsichtigte die dritte Station 'Verfolge und verhafte den Täter'. Ich ließ Husky an dieser Station anfangen. Er wollte unbedingt, dass wir beide noch frische Kräfte haben. Dieser Hund wollte mir nämlich zeigen, dass er schneller ist als ich.
Wie alle anderen wollte ich auch ihn nur einen Meter hinter mir starten lassen. Doch Husky bestand darauf, mir zehn Meter Vorsprung zu gewähren. ‚Damit du überhaupt eine Chance hast', sagte er schon fast frech. Doch Husky bekam keine Extrawurst. Wäre ja noch schöner, wenn wir hier jedem seinen Willen lassen würden! Aber bald schon sollte ich merken, dass ich doch lieber den Vorsprung hätte nehmen sollen. Ich hasse es ja, wenn jemand Recht behält. Und dann auch noch ein Hund. Aber mein Katerstolz war größer als meine Vernunft. Kurz nach dem Startschuss, den ich auf Band aufgezeichnet hatte, hatte Husky mich bereits wieder umgeworfen und mir die Handschellen umgetan. Das war die größte Blamage, die ich je hatte einstecken müssen. Zum Glück hat keiner zugesehen.
Nach Husky war Piepsy an der Reihe. Wie schon erwähnt, hatte Fomka der Maus alle Aufgaben erklärt. So konnten wir gleich beginnen. Der Recorder gab den Startschuss und ich rannte los. Doch schon nach etwa der Hälfte der Strecke konnte ich plötzlich meine Pfoten nicht mehr weit genug auseinander machen, um schnell genug laufen zu können. Dadurch verlor ich das Gleichgewicht. Ich landete der Länge nach im Sand. Piepsy hatte mir die Handschellen um die Füße gelegt. Später erklärte sie Fomka,

dass sie dies getan hatte, weil sie nicht an meine Vorderpfoten herangekommen war.
Schlafhund war der letzte und für mich erholsamste Kandidat. Der Kassettenrecorder gab das Startzeichen und ich lief los. Auch Schlafhund machte ein paar Schritte. Doch ich achtete nicht weiter auf ihn, rannte einfach Richtung Ziel. Es dauerte nicht lange und ich überschritt die Ziellinie. Ich jubelte, denn es war das erste mal, das mich der Prüfling nicht eingeholt hatte. Völlig außer Atem stand ich dort und schnappte nach Luft. Ich wartete eine Weile, dachte, Schlafhund würde auch bald ins Ziel kommen, doch ich irrte mich. Ich wartete und wartete und wartete, aber kein Schlafhund kam.
Langsam wurde mir das Warten zu lang. Also holte ich mir einen Liegestuhl aus dem Big Ben und baute ihn hinter der Ziellinie auf. Dann besorgte ich mir ein Weinglas mit Orangensaft und eine Tafel Schokolade und legte mich in den Stuhl. Ich öffnete meine Tafel Schokolade doch als ich zubiss, hatte ich nichts außer meiner eigenen Pfote zwischen den Zähnen. Und ein wenig Silberpapier. Irritiert sah ich auf meine Pfote, dann auf Schlafhund, der plötzlich neben mir stand und sich Pfoten und Schnauze leckte. Als er merkte, dass ich ihn ansah, grinste er nur verschmitzt. Ich konnte nicht glauben, wie schnell dieser Hund sein konnte, wenn es um Schokolade ging. Wir sollten bald merken, dass Schokolade aller Art sein Ein und Alles war und noch immer ist. Schokolade ist das einzige Mittel, das diesen verschlafenen Hund auf Hochtouren bringen kann.
Doch nun zur letzten Station. Lion hatte dort die Aufsicht. Und da Lion im Moment nicht hier ist, werde ich erzählen und euch dazu ein Video zeigen."

Teufel betätigte einen Knopf und der Videorecorder fing an zu rumoren. Nach einer Weile drückte Teufel auf einen anderen Knopf und auf dem Bildschirm erschien ein Bild. Er ließ das Video eine Weile laufen, dann hielt er das Bild an und kommentierte das eben Gesehene. So hielt er es mit allen drei Videoabschnitten.

„Schlafhund machte den Anfang. Lion erklärte, was zu tun war. Der Hund schien zu nicken, dann ging er gemächlich auf die

Bombe zu. Er räkelte sich noch einmal, suchte die beste Position und legte sich dann neben Bombe und Werkzeug nieder. Schlafhund schien zu schlafen. Wie ihr gesehen habt, stand Lion der Schweiß schon auf der Stirn. Nach etwa einer halben Minute nahm Schlafhund die Zange in die Pfoten und führte sie langsam an die Bombe heran. Er griff nach den grünen Drähten und durchtrennte sie. Die Bombe war entschärft.
Nach Schlafhund hatte Lion eine kleine Pause, dann kam Husky. Auch er nahm die Zange zur Pfote und sah sich die Drähte an. Nach einer Weile durchtrennte er die gelben Drähte. Nichts geschah. Die nächsten waren die Blauen. Wie ihr gesehen habt, spritzte eine blaue Flüssigkeit in Huskys Gesicht: Heidelbeersaft. Sofort versuchte er, sich die blaue Soße aus dem Gesicht zu wischen, doch er verschmierte sie nur noch mehr. Lion kringelte sich vor Lachen. Du kannst dir vorstellen, dass Husky das nicht gefiel. Also nahm er eine Hand voll Heidelbeersaft und schmierte sie Lion ins Gesicht. Damit waren sie quitt. Doch Lion beschwerte sich. ‚Das mit dem Heidelbeersaft war Teufels Idee.' ‚Ach so, die Idee von diesem Teufel? Na warte, der kann was erleben!' Damit verließ er diese Station und schnaubte zur letzten. Husky war der erste Kandidat, bei dem die Bombe hochging.
Piepsy war die letzte Kandidatin. Sie machte sich sofort an die Arbeit. Die Maus zog alle Drähte soweit heraus, dass sie sie sehen konnte. Piepsy war die Erste, die genau hinsah, wo welcher Draht angeschlossen war. Allerdings fing sie langsam an, sich in den Drähten zu verheddern. Doch Piepsy verlor nicht die Nerven. Irgendwann durchtrennte sie den richtigen Draht. Damit hatte Piepsy die Aufgabe genauso gut bewältigt wie Fomka."

Teufel schaltete den Videorecorder wieder aus. „So kamen also Schlafhund, Piepsy und Husky zu uns. Und keinen Monat spä ..." Fomka unterbrach Teufel: „Moment, du hast noch was vergessen." „Und was bitte schön soll das sein?" „Na, die Rache von Husky. Du weisst, als wir zur Auswertung alle zusammen kamen, hat dir Husky erst einmal eine Ladung Heidelbeersaft ins Gesicht gespritzt. Oder hast du das vergessen? Husky meinte nämlich: ‚So, Teufel, jetzt sind wir quitt. Und ich werde Mitglied beim BBC.' Ist das nicht so Teufel?", fragte Fomka bohrend. Betreten nickte er: „Ja, das ist richtig. Und das Zeug war tagelang nicht aus dem Fell zu bekommen.“ „Seit diesem Vorfall hütet sich Teufel davor, Husky zu necken, da dieser Hund Gleiches mit Gleichem vergilt. – So Teufel, jetzt darfst du weiter erzählen.“

„Also, wo waren wir? Ach ja, es dauerte keinen Monat und die nächsten Interessenten kamen zu uns. Erst die Zwillinge Hund und Strolch, dann Louis, ein kleiner Heidelbär wie Blue, allerdings etwas dunkelblauer. Er war aber höchstens so groß wie mein Bein. Hund war gelblich braun, hatte dunkelbraune Ohren, einen kurzen Stummelschwanz und kleine, runde, dunkelbraune Augen. Sein Kopf war leicht oval, sein Gesicht rundlich. Hunds Fell sah an den Ohren aus, als würde er gerade aus dem Wasser kommen, während es bei Strolch locker saß. Das trug dazu bei, dass Hund einen ernsteren Eindruck machte als sein fünf Minuten jüngerer Bruder Strolch, wobei er ihm in Frechheit in nichts nachstand. Strolchs Kopf war eher rund und breiter. Seine dunkelbraun-schwarzen Augen saßen etwas tiefer als bei Hund. Sein Gesichtsausdruck war vorwitzig. Sein Schwanz war etwas größer als der seines Bruders und stand frech aufrecht. Strolchs linkes Hinterbein war kürzer als die anderen drei Beine. Beide Hunde hatten über der Nase einen rotbraunen Strich nach oben und rotbraune Augenbrauen. Strolch trug ein blaues und Hund ein rotes Halsband.“

Jim

„Es war Ende März, zwei Tage nach Frühlingsanfang, als wir auf Jim trafen. Strahlend blauer Himmel und milde Temperaturen ließen Frühlingsgefühle erwachen. Aber das Gefühl, das uns gerade beschäftigte, war der Hunger. Hungrig gingen wir durch die Straßen Londons. Als Straßentier war es nicht leicht, etwas zu essen zu finden. Doggy tat sich zwar mit einem drei Tage alten, halb abgenagten Knochen zufrieden, doch ich als Kater war da schon etwas anspruchsvoller.
Nach einer Weile kamen wir an einem Restaurant vorbei. Es roch lecker nach Fleisch, Fisch und Käse. ‚Wartet hier, Hund und ich holen etwas zu beißen‘, sagte Strolch und wollte gerade mit sei-

nem Bruder zu der Küche gehen. ‚Halt!', rief ich. ‚Wißt ihr genau, was ihr da tut?' ‚Aber natürlich. Das haben wir schon oft gemacht. Da passiert nichts. Was sollen wir denn mitbringen?' Kritisch sah ich die beiden Zwillinge an, dann sagte ich: ‚Etwas Fleisch, etwas Fisch und Käse.' Die beiden Hunde nickten und waren weg.
Es dauerte nicht lange und wir hörten Geschirr zu Boden fallen. Ein wütendes Gebrüll drang an unsere Ohren. ‚Lauft!', schrien Hund und Strolch, während sie in wilder Hatz vor einem wütenden Koch mit erhobener Kelle flohen. ‚Verdammtes Hundepack! Verschwindet und lasst euch hier nie wieder blicken! Meine schöne Küche habt ihr verwüstet! Oh ihr, wenn ich euch erwische. Dann gibt es Hundegulasch im Angebot!', schrie der Koch.
Ich nahm als Erster die Tatzen in die Pfoten und sah zu, das ich Land gewann. Fomka schnappte sich Schlafhund und Piepsy und sah ebenfalls zu, dass er fort kam. Dann setzten sich Doggy und der Rest in Bewegung. Das Schlusslicht bildeten die beiden Zwillinge. Ich drehte mich kurz um und rief ihnen zu: ‚Darüber reden w...' Weiter kam ich nicht, da mir die Luft plötzlich weggedrückt wurde. Ich stieß gegen ein Hindernis und purzelte zu Boden. Keine Sekunde später verstärkte sich der Druck auf meinen Körper. Ich jaulte und quiekte. Ein riesiger Tumult brach aus. Es war nicht einfach, sich aus diesem Knäuel aus Tieren zu befreien. Ich hatte keine Ahnung, wogegen ich gelaufen war. Und der Koch? War der immer noch hinter uns her? Ich wusste es nicht. Ich konnte nicht einmal sagen, wo oben und unten war. Ich hörte Stimmen, die wild durcheinander riefen: ‚Aua, das ist meine linke Pfote!' Ein anderer sagte: ‚Autsch, mein Fuß!' Und: ‚Mimm bein Mflossen auf meinem Gesicht!'
Es dauerte eine ganze Weile, bis wir uns alle aus diesem Knäuel befreit hatten. Aber irgendwann hatten wir uns dann doch endlich entknotet. Jetzt sah ich auch, gegen wen ich gelaufen war. Es war ein Kind, nicht älter als fünfzehn Jahre. ‚Wohin denn so eilig?', fragte der Junge, als er sich von seinem ersten Schreck erholt hatte. ‚Wir dissertieren vor einem wütenden Subito', meinte Husky. Der Junge sah den Hund verständnislos an. ‚Äh, wie bitte? Kannst du das noch mal wiederholen?', fragte er nur. ‚Was ist daran nicht zu verstehen? Ich sagte, wir dissertieren vor einem wütenden Su-

bito.' Husky war beleidigt, weil man ihn nicht verstand. ‚Aha, ich denke du wolltest sagen 'wir desertieren vor einem' – Ja, das Wort hab ich nicht verstanden.' ‚Der Hund meinte Koch', mischte sich Lion ein. Jetzt fing der Junge laut an zu lachen. Wir sahen ihn nur verwundert an und überlegten, was denn so lustig sei.
‚Jetzt verstehe ich, was du sagen wolltest. Ihr haut vor einem Koch ab', erklärte der Knabe. ‚Das hab ich doch die ganze Zeit gesagt!', entrüstete sich Husky. Der Junge schüttelte den Kopf: ‚Nein, du hast gesagt, 'Wir schreiben eine wissenschaftliche Arbeit vor einem wütenden Sofort. Was du aber meinst. ist desertieren vor einem Smutje', klärte der Junge den Husky auf. Du kannst dir nicht vorstellen, wie rot Husky wurde. ‚Na ja, man kann eben nicht alles wissen', versuchte sich der Hund aus der unangenehmen Lage herauszureden. ‚Aber nun zu etwas anderem. Hast du Courage zu Hause?', fragte er aber gleich wieder. Der Junge sah den Hund schmunzelnd an. ‚Sicher habe ich Courage. Aber nicht zu Hause. Außerdem, was willst du mit Mut?' ‚Na essen. Ich habe Kohldampf.' ‚Das ist mir aber neu.' Verdattert sah der Husky den Knaben an: ‚Was ist dir neu?' ‚Na, das man Courage essen kann.' ‚Aber natürlich kann man etwas zu Essen essen!', protestierte Husky. ‚Ach so, du meinst Furage. Das Wort was du verwendet hast, bedeutet Mut.' Husky schaute deprimiert zu Boden. ‚Hast du nun etwas?' Der Knabe nickte: ‚Aber natürlich habe ich was zum futtern. Ich bin übrigens Jim.' ‚Also, wenn ich meine bunte Truppe mal vorstellen darf: das sind Doggy, Piepsy, Schlafhund, Lion, Husky, Hund, Strolch – oder andersrum – Louis, der Vater von Louis, nämlich Blue. Und der Riese hier ist Fomka. Die letzten drei sind übrigens Heidelbeeren – äh –bären.' Doggy unterbrach: ‚Und der Clown ist Teufel, der Chef vom Ganzen.' ‚Werd ja nicht frech, sonst bekommst du nichts von Jims Essen! Nun noch eine Frage: wie ist dein Familienname? Menschen haben doch so was', meinte Teufel. Jim erwiderte: ‚Natürlich haben Menschen Nachnamen, aber ihr wollt doch wohl nicht behaupten, dass ich ein Mensch bin? Ich bin ein Jumarianer. Und noch etwas: wer hier von wem was zu Essen bekommt, bestimme immer noch ich. Das ist nämlich mein Essen! Verstanden?! Und mein Nachname ist Barnes – im Moment jedenfalls.'

Jim führte uns in sein kleines Reich, das eher einer Räuberhöhle glich. Die Außenfassade war himmelblau. Während wir noch das schöne Haus betrachteten, holte Jim ein Schlüsselbund aus seiner Hosentasche. Jim musste sich ziemlich anstrengen, da die Tasche sehr eng war. Als er dann den Schlüssel in der Hand hielt, fragten wir uns alle, wie dieser riesige Schlüsselbund in die kleine Tasche passte, wo die doch so aussah, als wäre nichts drin.
Dann hatte Jim die Tür geöffnet und wir konnten eintreten. Drinnen sah es aus, als hätte eine Bombe eingeschlagen. Allerdings konnte man noch die Tische und Stühle und vor allem den Kühlschrank erkennen. ‚Äh, entschuldigt diese Ordnung hier, aber meine Aufräumminuten sind erst morgen Mittag', erklärte Jim. Dann sauste er kurz durch die Wohnung und in weniger als zwei Minuten war alles aufgeräumt – jedenfalls war der Boden leer. ‚So, ihr hungrige Rasselbande. Dort hinten in der Küche steht der Kühlschrank', sagt Jim und konnte gar nicht so schnell gucken, wie wir an den Kühlschrank flitzten und ihn bis auf den letzten Krümel leerfraßen. Und ob du es glaubst oder nicht, Schlafhund war als erstes am Kühlschrank. Wahrscheinlich dachte er, dass er dort Schokolade finden würde.
Wir merkten gar nicht, dass Jim in der Tür stand. ‚Das kann doch wohl nicht wahr sein. Das hab ich doch erst am Samstag alles gekauft. Mein gesamter Wochenvorrat: alle, weg, aufgefressen von eine Horde wilder Tiere.' Jim sank im Türrahmen zu Boden. ‚Du – Jim, – ich – da – ch – te – im – mer – in – ei – nem – Men- schen – kühl – schrank – liegt – im – mer – Scho – ko – la – de.' Das war der Rest. Jim fing an zu heulen. ‚Nein, nein, nein ...'
Piepsy reagierte schnell und entschuldigte sich in gebrochenem Englisch: ‚Tut uns leid, dass wir nicht wollten. Der Käse haben aber geschmeckt ganz okay. Es waren zwar nicht Edamer oder Leerdammer, aber das nichts machen.' ‚Das ist zu viel! Ich will hier raus!', heulte Jim. Fomka umarmte Jim tröstend. ‚He, nimm's doch nicht so schwer.' ‚Ugh, ugh, uagh, mpf, mpf', gab Jim zurück. ‚Fomka, du zerdrückst doch den armen Jungen', belehrte Blue. ‚Oh, tschuldigung, wollte ich nicht. Komm, ich bring dich auf dein Sofa.' Ziemlich grob hob er Jim hoch. ‚Aahh!' Doch Fomka ließ sich davon nicht aus der Ruhe bringen. Er schritt auf das Sofa zu, sah aber nicht den kleinen Hocker, der im Weg stand.

Doggy erhob schon die Stimme und wollte unseren liebenswerten Trampel warnen, doch da war es schon zu spät. Fomka stolperte, strauchelte und fiel der Länge nach hin. Natürlich landete er auf Jims Sofa, das der plötzlichen schweren Last nicht gewachsen war. Es knackte und Jim und Fomka lagen eine Etage tiefer. Fomka lag auf Jim, der vor Schreck kurz aufjaulte. ‚Tschuldigung Jim, war keine Absicht. Tut mir echt leid. Aber ich war schon immer so tapsig. Das hat mir meine Eisbärmutter Stine schon immer gesagt.' Jim hob Fomka mit beiden Händen hoch und setzte ihn neben sich auf den Boden, um das Sofa zu entlasten. ‚Was sagtest du? Deine Eisbärmutter Stine? Hattest du nicht auch einen Bruder, der wie ein Mensch aussah?'
Unsere Augen wurden groß. Eisbärmutter? Ein Bruder, der wie ein Mensch aussieht? Was sollte das alles? Fomka nickte und betrachtete den Jungen eindringlich. ‚Mh, wenn man den ganzen Speck hinzutut, dich etwas schrumpft und deine Haare verlängern würde ... Ja, du könntest es sein. Jim, mein kleiner großer Bruder. Komm her, lass dich knuddeln.' ‚Hilfe nein! Aus! Mach sitz!' Jim schnipste kurz mit den linken Fingern und Fomka konnte sich nicht mehr bewegen. Wie eine steinerne Figur stand er da. Sein freudiges Lachen war noch zu sehen. Doch Jim erlöste den Bären gleich wieder. Fomka hatte sich wieder beruhigt.
‚Na gut, dann setzt euch mal.' Jim zeigte auf sein Sofa, das auf einmal wieder ganz war. ‚Fomka und der andere Bär bitte auf den Boden. Hier sind zwei Kissen, damit es nicht so hart wird.' Schlafhund, Piepsy, Husky, Hund, Strolch, Doggy, Louis und ich setzten sich auf das Sofa. Lion nahm sich, genau wie Fomka und Blue, ein Kissen und setzte sich neben Blue. Jim holte sich einen Stuhl und setzte sich neben das Sofa.
‚So, nun erzähl mal über dich, Bruder. Wie ist es dir so ergangen? Hast du deine richtigen Eltern gefunden? Wie steht es mit Familie?' Jim war sehr neugierig. ‚Mh, wie ich sehe hast du dich nicht verändert. Du bist immer noch der kleine neugierige Junge. Ich hatte eine Freundin, eine dunkelblaue Heidelbärin. Wir haben sogar einen kleinen hellblauen Junior bekommen. Allerdings wurden meine Freundin, mein Sohn und ich getrennt. Irgendwelche Menschen haben mich eingefangen und in ihr Dorf gebracht. Doch ich konnte fliehen. Lange suchte ich nach mei-

ner Familie, ohne sie zu finden. Irgendwann fand ich dann meine ehemalige Freundin. Sie war schwer verletzt. Unser Sohn war nicht bei ihr, er sollte sich irgendwo versteckt halten. Ich musste zusehen, wie Sheila, meine Freundin, starb. Wieder suchte ich vergebens nach meinem Jungen. So vergingen etliche Jahrhunderte. Irgendwann hatten es die Menschen schon wieder geschafft, mich einzufangen. Diesmal steckten sie mich in den hiesigen Zoo. Von dort kam ich irgendwann in einen anderen Zoo. Zwischenzeitlich bin ich einmal ausgebrochen, habe wieder einige Zeit ohne Erfolg nach meinem Sohn gesucht, wurde wieder eingefangen und von Zoo zu Zoo geschickt, bis ich schließlich wieder hier landete. Aber ich fand meine Eltern Iwanowna und Nikolaj – leider auch schon in den ewigen Jagdgründen.' Damit endete Fomkas Bericht.
‚Iwanowna und Nikolaj und Sheila? Sheila? Meine Mami?', fragte Blue plötzlich ganz aufgeregt. ‚Deine Mami?', fragten alle wie aus einem Mund. ‚Ja, Sheila ist meine Mami. Als ich noch ein ganz kleiner Heidelbär war, wurden wir angegriffen. Mami sagte, ich solle mich in einer Höhle verstecken. Brav wie ich nun mal war, tat ich das auch. Dort wartete ich einige Tage auf die Rückkehr von Mami, doch sie kam nie wieder. Also versuchte ich, einen Ersatz zu finden. Ein paar Wochen später fand ich dann endlich eine Ersatzmama. Sie sah zwar etwas komisch aus, nicht so richtig wie ein Heidelbär. Gar nicht schön blau und nur fast so groß wie ich, also ziemlich klein. Aber gefräßig war sie. Da konnte ich fast nicht mithalten. Sie war eben ein Vielfraß.' erklärte Blue."

„Deswegen frisst Blue heute so viel?", feixte Diablo. Teufel und Fomka mussten lachen, dann ging es aber weiter.

„Jetzt wollen wir mal ein wenig springen. Wenn wir jetzt nämlich ausführlich erzählen würden, was die drei sich zu erzählen hatten, würden wir in drei Wochen noch hier sitzen. Das Schlimmste an der ganzen Sache war aber, dass schon wieder jemand sehr fleißig war, denn keinen Tag später konnte man jenes schöne Bild, was wir nach dem Zusammenstoß abgaben, in der Zeitung, im Dinoblatt, bewundern. Hier kannst du es auch sehen, meinetwegen kannst du auch lachen, das haben wir nämlich auch getan.

Ich denke mir, du möchtest gern etwas über das Dinoblatt erfahren. Das Gebäude kennst du vielleicht schon. Das Haus ist weiß grundiert. An der rechten Seitenwand ist ein großes dunkelblaues Dreieck, in dessen Spitze eine Mumie zu sehen ist. Die Mumie steht für Afrika. Darunter ist in einem Kreis ein Ausschnitt von der Freiheitsstatue zu sehen. Du kannst dir wahrscheinlich denken, für welchen Kontinent dieser Kreis steht. Unter dem Kreis mit der Statue sind zwei weitere Kreise. In dem linken war ein Eisbär abgebildet, der von zwölf Sternen umgeben war. Dieses Bild steht einmal für Europa und einmal für die Arktis. Der Eisbär wurde nach einer Beschwerde nachträglich eingefügt. In dem Kreis daneben war ein grüner, feuerspeiender Drache, der für Asien steht. Unter diesen zwei Kreisen sind noch einmal drei. Ganz links ist ein Känguruh zu sehen, in dessen Beutel ein Kiwi sitzt. Dieser Kreis symbolisiert Australien und Neuseeland und sämtliche andere Inseln dort in der Gegend. Der mittlere Kreis steht mit seinen Bäumen für Südamerika. Im letzten Kreis sind zwei Pinguine für die Antarktis. Zusammen bilden die sechs Kreise eine Pyramide, die wieder für Afrika steht. Über der Pyramide war in roten Lettern der Name der Redaktion zu lesen: Dinoblatt. Die Entstehungsgeschichte des Dinoblattes kannst du dir von Dini erzählen lassen. Das würde jetzt zu lange dauern.
So, nun aber wieder zu unserer Begegnung mit Jim. Wie gesagt, schwatzten Blue, Fomka und Jim unablässig über ihre Vergangenheit. Bla, bla, bla. Es war ziemlich langweilig. Und uns wäre es auch fast gelungen einzuschlafen, doch leider störte uns plötzlich eine fremde Männerstimme. 'Telefon, Telefon. Jim, könnte wichtig sein, könnte wichtig sein!' Ich und die anderen sahen ziemlich irritiert drein – außer Jim natürlich. Doch bald bekam ich mit, dass es das Telefon neben dem Sofa war. Es stand direkt neben mir. Also nahm ich den Hörer ab und meldete mich: 'Big Ben Clan, hier bei Jim, Teufel am Apparat.' Der Anrufer am anderen Ende der Leitung brauchte ein paar Sekunden, bis er antworten konnte. Und selbst bei der Antwort hörte man noch die Verwirrtheit des Anrufers. 'Äh, John Tayrell hier. Police Department Portland Street. Ist Jim da?' Geistesgegenwärtig antwortete ich: 'Ja sicher, der ist hier, aber leider kann er nicht, weil er gerade einen Plausch mit seinem Bru...' Weiter kam ich nicht, denn dieser John Tayrell fiel mir unwirsch

ins Wort: 'Holen Sie ihn mir ans Telefon! Es ist dringend, Mr Teuf...' Doch diesmal unterbrach ich ihn: 'Bitte nur Teufel. – Jim! Hier ist irgendein unfreundlicher Typ am Apparat. Er will dich sprechen. Heißt wohl John Taylor oder so ähnlich.' 'Ach, John Tayrell, einer meiner Chefs. Was will der denn schon wieder? Ich hab doch heute meinen freien Tag und auch keine Bereitschaft.'
Jim nahm den Hörer in die Hand und meldete sich: 'Was gibt's?' Dann hörten wir nur noch: 'Mhm, ja, mhm, ja, verstanden, ja, okay. – Schon unterwegs.' Damit zog sich Jim hastig Schuhe und Mantel an und stürmte zur Tür. Seine Schuhe machte er nie auf, so konnte er schnell hineinschlüpfen. Noch während er sich ankleidete, rief er in das Minifunkgerät an seiner Armbanduhr, die er rechts trug: 'White Horse, sofort zum Eingang und startklar machen!' Zu uns gewandt sagte er noch: 'Geiselnahme im Supermarkt, Marylebone Road Ecke Baker Street. Und wenn ihr mein Haus verlasst, schaltet bitte das Licht aus und schließt die Tür.' Dann war er weg. Als wir aus der Tür traten, sahen wir noch das Hinterteil seines roten Wagens. Der Wagen war weder weiß, noch hatte er was mit Pferden zu tun; der Name ist also völlig irreführend. 'Äußerst dubios', bemerkte Husky. 'Wieso ist das zweifelhaft?', fragte ich mich. Doch dann ahnte ich, was Husky meinte: aufregend. Doch wie immer hatte er ein falsches Wort verwendet.
Sofort gab ich das Kommando zum Aufbruch. Fomka trug Schlafhund und Piepsy, damit wir sie nicht verloren. Von der New Oxford Street, wo sich Jims Haus befand, stürmten wir quer durch die Haupt- und Nebenstraßen Londons und das bei dichtem Berufsverkehr. Ohne auf den Verkehr zu achten, rannten wir in Richtung Marylebone Road, wo die Geiselnahme stattfinden sollte. Reifen quietschten, Fahrer und Fußgänger fluchten. An der Ecke stand ein Mann mittleren Alters, der die frische Abendzeitung, den Mirror, verkaufte. Blue lief genau auf ihn zu, konnte nicht mehr ausweichen und rannte den Mann um. Doch vom letzten Zusammenstoß hatten wir etwas gelernt; wir liefen nicht mehr alle hintereinander, sondern jeder in der Lücke des Vordermannes. So gab es diesmal keine Massenkarambolage. Blue rappelte sich schnell wieder auf, entschuldigte sich knapp bei dem Zeitungsverkäufer und rannte weiter. Er achtete nicht auf die fluchenden Worte des Mannes.

Bald erreichten wir den Tatort. Jim und sein Wagen waren schon da. Der Knabe bedeutete uns, leise zu sein. Leise erklärte er uns die Lage. Im Supermarkt waren Geiseln und Geiselnehmer in unbekannter Anzahl. Sämtliche Polizeiwagen waren anderweitig im Einsatz. Irgendwo am anderen Ende Londons musste eine illegale Demonstration aufgelöst werden. Zu allem Überfluss hatten wir es keineswegs mit Amateuren zu tun.'Wir ihr seht, brauchen wir einen guten Plan. Hat jemand eine Idee?', fragte Jim, nachdem er uns ins Bild gesetzt hatte. Wir sahen uns ratlos an und überlegten. 'Wir könnten doch meine Freunde, die Affen zu Hilfe holen. Die haben bestimmt eine tolle Idee', schlug Fomka vor. 'Mh, gute Idee. Aber wer soll so schnell von hier bis zum Zoo flitzen und die Affen holen?', wandt Lion ein. 'Wenn wir doch nur ein paar ...' '... Polizisten hätten. Die könnten ...' '... uns besser helfen', meinten Hund und Strolch. Doch leider waren ja sämtliche Polizisten im Einsatz. 'Also, zwei Streifenwagen mit je einem Fahrer könnte ich noch herbeordern, aber dann hört es auf', sagte Jim, als er von seinem Wagen zurückkam. 'Das doch nie reichen werden. Wir mehr Leute brauchen hier.' Und wir mussten Piepsy recht geben. Wir brauchten mehr Leute. Wir überlegten und überlegten. Und wir wussten, dass wir nicht allzu viel Zeit hatten.
Plötzlich hörten wir Krach. Er kam aus dem Regent's Park, der hier ganz in der Nähe war. Wir hatten keine Ahnung, was dort los war. Es hörte sich wie eine Revolte an. 'Aber natürlich! Ich Kamel! Das ich da nicht eher dran gedacht habe', meinte Jim. 'Meine Kollegen drehen doch heute einen Film im Park. Mal sehen, ob die uns nicht helfen können.' Sofort ging er an seinen Flitzer und hantierte an der gewaltigen Apparatur herum. Er gab irgendeine Zahl in die Tastatur, dann tutete es kurz wie bei einem Telefon. Nach einer Weile meldete sich eine Frauenstimme: 'Catherine Bowen.' 'Hallo Cathy. Ich bin's: Jim. Ich brauche deine Hilfe. Hör zu und bring Material für eine Maske, ein Kostüm für einen – äh – ...' Jim sah Blue schätzend an. '... ca. 2,00 m großen, massigen Passanten und ein paar Polizeiuniformen mit. Treffpunkt: Supermarkt an der Marylebone Road, vor fünf Minuten.' 'Okay Jim, ich bin schon unterwegs. Sind in einer Minute da.' 'Ach ja, wir brauchen noch Handfeuerwaffen aus der Requisite', ergänzte Jim noch, danach drückte er auf einen blauen Knopf und unterbrach die Verbindung.

Es dauerte wirklich nur etwa eine Minute und ein Filmwagen bog vom York Gate in die Marylebone Road ein. Einige Leute stiegen aus. Sofort ging Jim auf die Frau zu. 'Hallo Cathy', begrüßte er sie. Er erklärte ihr die momentane Lage und seinen Plan.
Als alles klar war, wurde Blue neben dem Mund ein winzig kleines Funkgerät mit direkter Verbindung zu Jims Autocomputer geheftet. Das Funkgerät war Jims neueste Erfindung. Es war nur so dick wie zwei normale, übereinander liegende Blatt Papier. Dann wurde Blue in den Filmwagen gebracht. Was dort geschah, erfuhren wir nie. Wir hörten nur das Murren der Filmleute: 'In unserer ganzen Laufbahn mussten wir noch nie so ein Riesenbaby verkleiden! Das stand nicht in unserem Vertrag. – Halt doch endlich mal still!' 'Das kitzelt! Hihihihi! – Ha ... ha ... hatttschiii!'
In der Zwischenzeit kamen auch die zwei Streifenwagen an, die Jim noch angefordert hatte. Auch den Polizisten erklärte Jim den Plan. Sofort wiesen sie die Schauspieler ein, die bereits als Polizisten verkleidet waren. Die Schauspieler stellten sich gar nicht so dumm an für Anfänger.
In einer Rekordzeit von 15 Minuten war auch Blue fertig eingekleidet und maskiert. Wir hatten den Bären noch nicht gesehen, als wir einen Schrei des Entsetzens aus dem Filmwagen hörten. 'Aaaaahhhhh! – So werde ich mich nicht in der Öffentlichkeit zeigen! Ich mache mich doch lächerlich! Nie und nimmer. Lieber möchte ich auf der Stelle tot umfallen, als in dem Aufzug vor die Leute zu treten!', schrie Blue. Doch die Maskenbildner kannten keine Gnade und schoben den Heidelbären mit vereinten Kräften aus dem Wagen. Ein schallendes Gelächter entbrannte. Blue sah zum schreien komisch aus. Er trug ein knallgelbes Hemd, darüber eine dunkelblaue Weste und eine hellgrüne Jackettjacke. Sein Schlips war weiß mit lila Punkten. Die Hose war ein Mischmasch aus rosa und lila, mit dunkelbraunen Streifen. Gehalten wurde die Hose von einem knallig rosa Gürtel, der eine orange Schnalle besaß. Dazu trug Blue einen hellblauen Hut mit weißem Band, das mit roten Punkten verziert war. Alles in einem passte nichts zum anderen. Sein neues Gesicht erinnerte in Ansätzen an das von Bruce Willis. Nur die Pfoten verrieten einem noch, dass er eigentlich kein Mensch war. Die Filmleute erklärten dies damit, dass sie nicht genug Material für die gesamte Maske hatten. Es hätte gerade so für das Gesicht gereicht.

Jetzt konnte es losgehen. Wir hatten übrigens Glück, dass uns die Geiselnehmer im Supermarkt nicht gehört hatten bei dem Krach. Jim konnte sich allerdings eine Bemerkung nicht verkneifen: 'Habt ihr meinen Kleiderschrank geplündert? Wenn ich es nicht besser wüßte, würde ich fast sagen, Blue sei ich.' Jim war nämlich der einzige im Big Ben Clan, der sich so geschmacklos kleidet. Die Filmleute meinten aber, es wären die einzigen Sachen gewesen, die sie in dieser Größe in so kurzer Zeit auftreiben konnten.
Auch Blue wurde von den zwei Polizisten kurz eingewiesen. Dann trottete er in Richtung Supermarkt, immer noch fluchend und schimpfend. Vorsichtig betrat er den Laden. 'He, Jungs, hier im Verkaufsraum ist niemand. Ich gehe jetzt Richtung Lagerraum – glaube ich jedenfalls, wenn die nicht umgeräumt haben', flüsterte Blue in sein Funkgerät. 'Ist gut, Blue. Aber sei vorsichtig. Möglicherweise sind die bewaffnet', entgegnete Jim über sein Autofunk. 'Ach Mist, ich hab doch glatt vergessen, dass das Funkgerät nur in eine Richtung geht. Blue kann mich ja nicht hören. Sobald der Fall abgeschlossen ist, muss ich das noch ändern', murmelte Jim, doch ich verstand jedes Wort, da ich direkt neben ihm stand. 'Was soll das heißen: Blue kann uns nicht hören?', fragte ich nervös und schockiert. 'Tut mir leid, Kater, ich bin mit dem Funkgerät eben noch nicht ganz fertig. Hier und da fehlen noch ein paar Kleinigkeiten. Ich hatte noch keine Zeit.' 'Ich heiße Teufel und nicht Kater. Außerdem ist da mein Freund drin. Er ist unbewaffnet und ganz allein mit diesen Gorillas! Wenn ihm auch nur die kleinste Kleinigkeit widerfährt, dann Gnade dir sonst wer!' 'Wenn Blue nur ansatzweise so ist wie sein Vater, dann wird er da drin keine Probleme haben', entgegnete Jim ganz gelassen. Doch weiter konnten wir uns nicht streiten, denn wir hörten wieder Blues Stimme: 'Ich sehe schon die Tür zum Lagerraum. Die Tür steht einen Spalt weit offen. Mehr sehe und höre ich aber nicht. Ich schleiche mich jetzt ganz leise ...' Es polterte, rummste, klapperte, schepperte und klirrte. 'So ein Mist! He! Aua! Das tut weh, sei doch nicht so grob! Hilfe!' 'Äh, Jim, ich glaube Blue ist ansatzweise so wie sein Vater. Genauso tollpatschig!', hielt ich Jim vor. 'Und was machen wir jetzt? Ich hab's doch gleich gewusst. Das wird nie was, das geht schief!' 'Nun mal dich hier mal nicht gleich an die Wand, Teufel. Blue macht das schon irgend-

wie, vertrau mir.' 'Könntet ihr vielleicht mal aufhören, euch zu streiten?! Sie sind ja wie ein Kind, Mr. Barnes.' 'Falls Sie es noch nicht bemerkt haben, Mr. Polizist, mein Bruder ist ein Kind! Aber der nette Polizist hat Recht, wir sollten nicht streiten. Außerdem hat es keinen Sinn, mit Teufel zu streiten, der will sowieso immer nur seinen Dickschädel durchsetzen. Deshalb ist er nämlich auch Chef geworden.' Und schon hatte Fomka eine Ohrfeige am Hintern sitzen. An das Ohr kam ich nicht heran, der bückt sich nämlich nie dafür. Und auch an den Hintern musste ich springen. Ich bin halt doch ein paar Meter zu klein.
Blue war jetzt also in der Hand dieser Schurken. Und wir konnten nicht hinein, ohne die Geiseln in Gefahr zu bringen. Plötzlich hörten wir wieder Stimmen aus dem Laden. 'Was wollten sie hier? Sind sie von der Polizei?' Die Stimme klang barsch und böse. 'Äh, nun ja, was hat man denn normalerweise vor, wenn man in einen Supermarkt geht? Doch bestimmt nicht irgendwelche Geiseln neh ... Autsch! Sie müssen doch nicht gleich hauen!' Dann war wieder Stille.
Währenddessen hatte Jim es geschafft, die Telefonnummer von diesem Supermarkt herauszufinden. Und frech, wie er nun mal war, rief er auch gleich dort an. Es tutete ein paar mal, dann meldete sich dieselbe barsche Stimme, die Blue eben erst ausgefragt hatte. 'Ja?' 'Guten Tag, Mr O'Sallivan? Hier ist Jim Barnes von Comercentri Industries. Sie hatten bei mir 200 Kartons Schaumbad bestellt. Die Lieferung wird sich aber leider um etwa drei Tage verschieben, da unser Lieferant noch nicht geliefert hat.' 'Was wollen Sie?' Dann eine Pause. 'Ach ja, natürlich. Entschuldige, dass ich so grob war. Ich habe im Moment viel Stress. Ich habe es zur Kenntnis genommen und hoffe, dass sobald wie möglich geliefert wird.' 'Äh ja, wann wäre es Ihnen denn am liebsten? Sind Sie mit dem 01. April um etwa 13:30 Uhr einverstanden?' 'Ja, natürlich, wie es Ihnen am Besten passt. Charlie wird die Ware dann entgegennehmen. Also dann, tschüss bis zum 1. April.' Und schon hatte der Typ aufgelegt.
Zur selben Zeit blinkte an Jims Computer eine Lampe auf und auf einmal spuckte der Computer Daten aus. Jim jubelte: 'Ja, da haben wir es ja. Der Typ, mit dem ich gerade geredet hatte, heißt Gilbert O'Mira. Er wurde zusammen mit seinen zwei Komplizen

Joseph Michaels und Frank Travis Anfang Januar diesen Jahres wegen Bankraub und Geiselnahme festgenommen. Alle drei sind vor vier Tagen ausgebrochen.' 'Also die Typen kenne ich nicht. Ihr etwa?', fragte Louis, unser kleiner Heidelbär. Ich aber war in Gedanken versunken und sann darüber nach, was im Januar so alles geschehen war. Das Gesicht kam mir so bekannt vor. 'Aber natürlich. Lion, das könnte einer der Kerle sein, die wir am 02.01. vor der Bank gefesselt hatten. Weißt du noch, als die über Doggy gestolpert sind.' Lion und Doggy sahen sich an und nickten: 'Du hast Recht.' Das Telefon meldete sich: 'Tefflon, Tefflon.' Jim wollte gerade abnehmen, doch Fomka war schneller – leider! Er wollte sich gerade melden, als wir nur noch ein Krachen und Knirschen hörten. 'Ups!' 'Fomka!' 'Tschuldigung. Aber wäre euch lieber gewesen, wenn Jim an den Apparat gegangen wäre? Seine Stimme kennen die doch schon.' 'Ist schon gut. Die rufen garantiert noch mal an. Außerdem wollte ich das Telefon schon lange überholen; der Klingelton gefällt mir nicht, es muss doch Telefon heißen und nicht Tefflon.'
'Trotzdem haben wir jetzt ein Problem. Wir haben kein Telefon mehr', meinte einer der zwei Polizisten. 'Nun ja, so würde ich das nicht sehen. Wir können ja solange dieses hier nehmen.' Jim schnipste mit Mittelfinger und Daumen der linken Hand und schon war der Telefonhörer wieder ganz. Kurz danach klingelte das Telefon wieder : 'Tefflon, Tefflon! Tu ma awwer net wieddor so weh!!!' Diesmal ging einer der Polizisten ran. Das Telefon war auf Lautsprecher gestellt. 'Was war denn eben los? Wieso war die Leitung plötzlich tot. Und was hatte das Knacksen zu bedeuten?', fragte der Anrufer. 'Das weiß ich nicht. Bestimmt irgendeine Störung in der Leitung.' 'Äh, na gut. Wir haben hier ein paar Geiseln. Darunter auch Kinder. Erfüllt folgende Forderung und die Geiseln werden freigelassen.' Jim riss seinem Kollegen den Hörer aus der Hand und sprach mit verstellter Stimme. Er sprach in einem mehr oder weniger schottischen Dialekt, doch man konnte ihn gut verstehen. Jim näselte ein wenig, das klang in etwa wie ein leichter Schnupfen.
Noch während er mit den Geiselnehmern sprach, gab er seinen Schauspielfreunden und uns ein Zeichen, uns leise ins Gebäude zu schleichen. Natürlich mit Waffen. Die stärkste Munition war allerdings Betäubungsmittel. Anders geladene Handfeuerwaffen benutzte Jim nie.

Langsam und ganz leise gingen drei von uns in den Laden. Bill Tiger, Britanniens berühmtester Schauspieler, von der Presse und den Fans Billy the Tiger genannt, war mit von der Partie. Der Rest blieb draußen, um im Notfall eine Flucht zu verhindern. Sie umstellten das Gebäude.
Schnell kamen wir an den Lagerraum. Wir hörten den Chef der Geiselnehmer, Gilbert O'Mira, noch am Telefon reden. Doggy war noch mitgekommen. Er stellte sich direkt an die Tür und versuchte, durch den Schlitz zu lugen, ohne die Tür zu bewegen. 'Soweit ich das überblicken kann stehen zwei der drei direkt hinter der Tür. Den dritten kann ich leider nicht sehen', hauchte Doggy leise. Wir überlegten kurz, wie wir vorgehen sollten. Doch Billy hatte schon eine Idee. Vorsichtig tastete er sich an die Tür heran, öffnete sie ganz leise und vorsichtig Stück für Stück, bis er in den gesamten Raum sehen konnte. Er nahm die Pistole zur Hand, lud sie und drückte ab. Drei mal ganz kurz hintereinander.
Erst nach einiger Zeit öffnete er dann die Tür ganz. Jetzt sahen wir die drei Geiselnehmer am Boden liegen. Obwohl Billy nur ein Schauspieler war, konnte er wahnsinnig gut schießen. Jeder Schuss hatte gesessen. Das Erste, was Billy fragte, als er in den Raum trat, war: 'Na, schlafen sie schön?' Triumphierend schlug er seine Pistole in die offene Handfläche. Blues erste Handlung war, sich die Maske vom Gesicht zu reißen. Er war sichtlich erleichtert, endlich die Sachen loszuwerden. Du kannst dir nicht die Gesichter der ehemaligen Geiseln vorstellen. 'Der ist ja gar kein Mensch, Mami. Das ist ja ein Bär. Aber du hast doch immer gesagt, dass es keine blauen Bären gibt. Das wären nur Erfindungen der Presse', wunderte sich ein kleines Mädchen. Die Mutter wusste keine Antwort darauf.
Erst nach einer ganzen Weile verließen wir den Supermarkt. Dort erfuhren wir, was die drei Gauner gefordert hatten: etwa 354.500.000 Pfund, ca. 511 Millionen Euro, einen Hubschrauber und die vier entlaufenen Tiere, die an ihrer Verhaftung im Januar Schuld waren. Also warteten wir, bis die drei wieder aus ihrem Dornröschenschlaf erwacht waren und erfüllten ihnen wenigstens den letzten Wunsch. Allerdings hatten wir sie sicherheitshalber aneinander gefesselt.

'Guten Morgen, gut geschlafen?', sagten ich, Doggy, Blue und Lion im Chor. 'Sie wollten uns sprechen? Aber ich glaube nicht, dass Sie es gerne tun, denn wir werden wieder die Ehre haben, euch in den Menschenzoo zu stecken. Aber keine Sorge, diesmal schicken wir jeden Tag jemanden zum Streicheln vorbei. Damit ihr euch nicht so einsam fühlt', scherzte Doggy. Wir anderen lachten laut. Dann hörten wir endlich die Polizeisirenen. Bald schon waren die drei Möchtegern-Ganoven dort, wo sie hingehörten und unser Abenteuer war vorüber."

Teufel kramte in den Zeitungsartikeln herum, die er aus dem Hauptbüro geholt hatte. Er zog einen Artikel von Ende März 1993 heraus. Das Datum war mit Pfote notiert worden. Diablo nahm den Zettel entgegen und las laut vor:

„Drei Geiselnehmer von einer Schar Tieren und ein paar Schauspielern überwältigt.

Gestern wurden drei Geiselnehmer, die im Supermarkt in der Marylebone Road 29 Geiseln genommen hatten, von einer Schar Tiere, die sich der 'Big Ben Clan' nennt, und ein paar Schauspielern überwältigt und ins Gefängnis gebracht. Jim Barnes, Einsatzleiter und Billy the Tiger haben dabei eine wichtige Rolle gespielt."

Den Rest las Diablo leise. Als der Jungkater den Bericht zu Ende gelesen hatte, erzählte Teufel weiter: „Das ganze geschah Ende März, Jim bekam sein Monatsgehalt. Rate mal, was er als Erstes tat. Noch am selben Tag. Er ging zur Bank und hob gleich 1100 Pfund, also 1631 Euro ab, die er sofort zum Erwerb von Lebensmitteln ausgab. Die Verkäuferinnen im Selfridges kannten Jim schon. 'Jim, sag bloß du brauchst schon wieder neue Lebensmittel. Du warst doch schon am Samstag hier. Heute ist Montag', meinte eine der Verkäuferinnen. Sie schien sich ein bisschen in Jim verguckt zu haben. 'Nun ja, ich hatte unerwarteten Besuch und der war sehr hungrig', erwiderte Jim trocken.
Doch trotz unseres Hungers und den Turbulenzen des Tages konnte ich Jim dazu überreden, unserem Trupp beizutreten. Außerdem

waren wir uns alle einig, dass die Geiselnahme Aufnahmeprüfung genug war.
Nach diesem Abenteuer war Jim für einige Tage nicht mehr zu sehen. Wie wir später erfuhren, hat er an seinen Minifunkgeräten gearbeitet. Jetzt funktionieren sie in beide Richtungen.
Anfang August 1994 kam dann Louis dazu. Ich war derj ..."

„Schon wieder? Ich denke der ist schon Mitglied", unterbrach Diablo. Teufel lachte kurz: „Nein, nein, nicht der kleine Louis. Der große Louis kam dazu. Du weißt doch, wir haben zwei Louis'." „Ach ja, stimmt ja. Das hatte ich vergessen. Du, Großvater, wie heißt der große Louis eigentlich mit Nachnamen?" „Das weiß hier keiner so genau. Da musst du ihn schon selber fragen. Sein Nachname ist uns zu kompliziert. Louis hat wohl französische Vorfahren. Jedenfalls kommt er aus Louisiana, in der Nähe von New Orleans. Damals, vor etwa 94 Jahren, war er dort ein Großgrundbesitzer, bis er von einem Vampir zu selbigem gemacht wurde. Die Zwei haben sich noch nie gut verstanden, doch das soll er dir selbst erzählen", antwortete Fomka für Teufel. Teufel nickte nur zustimmend, dann verschwand er mit der Bemerkung: „Komme gleich wieder."
Nach einer Weile kam er wieder. Er trug einen flachen Pappkarton. Erst als Teufel näherkam, sahen Fomka und Diablo, dass Teufel zwei Pappbecher und eine Schale aus Pappe brachte. Die zwei Becher stellte er seinem Enkel und sich vor die Nase, die Schale bekam Fomka, da er ein Talent dazu hatte, Gläser zu zerdrücken. Auf allen drei Gefäßen war der Name mit Anschrift und Telefonnummer des Pubs aufgedruckt – Bistro 190. Zimmerwarme Milch war in den Bechern und der Schale. Während die drei ihre Milch schlürften berichtete Teufel ...

... weiter: „Also, im August 1994 wurde Louis bei uns Mitglied. Das war so. Wir hatten an zwei Fällen gleichzeitig zu arbeiten, in zwei verschiedenen Ländern. Jim, Doggy, Lion, Schlafhund, kleiner Louis, Fomka und Husky fuhren nach Wales, in einen Ort namens Haverfordwest. Lion, als stellvertretender Chef, hatte das Kommando über die Aktion. Währenddessen fuhren ich, Blue, Strolch, Hund und Piepsy in die USA. Eigentlich wollten wir dort ein zweites Hauptquartier suchen. Doch sowohl hier als auch in Wales kam alles anders als geplant. Doch damit es keine Verwirrungen gibt, erzähle ich zuerst die Geschichte in New York, dann schließt sich Fomka mit der Geschichte in Haverfordwest an."

„Moment! Du hast noch was vergessen", schritt Fomka ein. „Nachdem das Abenteuer mit Jim vorüber war, hatten wir ihn doch auf Grund seiner vielen Jobs (Schauspieler, Regisseur, Polizist an zehn Stationen, Agent bei FBI und CIA, Erfinder, Forscher, Astronaut, Musiker, privater Flugzeugpilot für Stars und Sternchen – mit entsprechenden Preisen) darum gebeten, dem Londoner Zoo eine Spende für ein neues Bärengehege und zwei neue und diesmal richtige Eisbären zu geben. Das tat er dann auch, der neue Käfig wurde gebaut, die zwei Eisbären (Männlein und Weiblein) angeschafft und meinem geliebten Tom der Job zurückgegeben." Teufel musste Fomka Recht geben.

Der Juwelierraub

Dann ließ Fomka den Kater weitererzählen, während er sich um die Bestellung kümmerte: „Wie gesagt, wollte unser Trupp nach New York, um ein zweites Hauptquartier zu suchen. Der Flug verlief, bis auf einen unangenehmen Zwischenfall ganz gut. Mir war jedoch so schlecht, dass ich den gesamten Flug auf dem Klo verbrachte. Ich war heilfroh, als ich wieder festen Boden unter den Pfoten hatte.
Das Erste, was wir in New York machten, war ein Stadtplan zu kaufen, denn die Stadt war der reinste Dschungel, schlimmer als London. Wir suchten nach einem Immobilienmakler, der uns ein nettes Häuschen beschaffen konnte. Eine gute Adresse hatte uns Jim bereits rausgesucht, bevor wir losgefahren waren. Nun galt es, die Straße zu finden; ein ziemlich schwieriges Unterfangen. Hund und Strolch hatten die Karte und lotsten uns durch New York. 'Da vorne müssen wir rechts', meinte Strolch. 'Ja, und dann müssen wir geradeaus, dann links', meldete sich Hund.
So liefen wir eine geschlagene Stunde und waren noch immer nicht am Ziel. 'He ihr beiden, Jim hat doch gesagt, dass man

vom Flughafen nur etwa zehn Minuten läuft. Wir sind bereits eine Stunde unterwegs. Müssen wir nicht bald mal da sein?', fragte Blue ungeduldig. 'Ja, wir müssten gleich da sein. Da vorne müssen wir noch mal links, dann wieder rechts', antwortete Hund, dann waren wir wieder am Flughafen. 'Na toll, wir sind eine Stunde lang im Kreis gelaufen!', stöhnte ich. 'Können ihr geben mir das Stadtplan?', fragte Piepsy schließlich. Strolch nickte und übergab ihn. 'Oh weia, das nichts konnten werden, das Stadtplan total falsch. Muss andersrum – so.' Piepsy drehte den Stadtplan um und suchte den Ort, wo wir waren. Erst später erfuhren wir, dass Hund noch nicht einmal Rechts von Links unterscheiden konnte. Nachdem uns Piepsy dann endlich in zehn Minuten zum Ziel gebracht hatte, waren wir froh und ziemlich außer Atem. Gemeinsam gingen wir hinein. Ein gewisser Mr. Kinskay erwartete uns bereits. Jener Mr Kinskay zeigte uns einige seiner Häuser. Die, die uns auf dem Foto am besten gefielen, wollten wir uns genauer ansehen. Wir bekamen die Adressen und machten uns auf den Weg. Diesmal führte uns von Anfang an unsere Maus Piepsy. Die ersten vier Häuser klapperten wir noch ab. Sie entsprachen allerdings nicht unbedingt unseren Vorstellungen: zu niedrig, zu eng, zu alt, zu weit außerhalb der Stadt und andere Mängel mehr. Nach dem vierten Haus mussten wir für diesen Tag aufgeben. Unsere Füße wollten uns keinen Zentimeter mehr tragen. Also machten wir uns auf den Weg ins nächste Hotel. Es dauerte nicht lange und wir hatten ein schönes, gemütliches gefunden. Sofort gingen wir hinein. Drinnen war alles vom feinsten, alles ziemlich edel und altmodisch eingerichtet. Richtig romantisch. Ich als Chef der Truppe ging zur Rezeption und fragte nach Zimmern. Die nette junge Dame konnte uns auch gleich zwei Zimmer buchen; eins für zwei Personen und eins für drei. Ich fragte noch nach den Preisen – zum Glück. Denn wenn ich nicht gefragt hätte, hätte es am nächsten Morgen ein böses Erwachen gegeben. Was die Dame für die zwei Zimmer haben wollte, war ein halbes Vermögen und dann noch ohne Abendessen oder Frühstück. 'Verpflegung muss extra bezahlt werden', säuselte sie noch. Du kannst dir vorstellen, dass wir sofort wieder rückwärts hinaus stolperten. Wir suchten noch ziemlich lange nach einer geeigneten Unterkunft für die Nacht. Doch irgendwann hatten wir dann ein kleines Motel gefunden.

Zwar stand uns nur ein ziemlich kleines Zimmer zur Verfügung, das wir uns mit Ameisen und Kakerlaken teilen mussten. Aber sonst waren wir zufrieden. Die Steaks, die wir als Abendessen bekamen, schmeckten nach Schuhsohlen und waren auch genauso zäh, die Kartoffeln und das Gemüse waren halb roh, Käse gab es auch keinen und die Brühe, die man uns als Wasser vorsetzte, sah abgestanden aus und schmeckte leicht nach Benzin. Bäh! Also blieb uns wohl oder übel nichts anderes übrig, als im gegenüberliegenden Supermarkt etwas zu Essen zu kaufen. Wenigstens hat die Unterkunft pro Nacht nur 15 $ gekostet.
Die Toilette war übrigens draußen auf dem Gang und wurde von mindestens zehn Leuten gleichzeitig benutzt. Und so sah die Toilette auch aus. Es stank bis zum Himmel, Toilettenpapier gab es nicht, auch keine Seife und keine Handtücher. Das Deckenlicht im Flur funktionierte auch nicht, so war es ziemlich dunkel. Kein Wunder, dass ich ins falsche Zimmer gegangen bin, nachdem ich geduscht hatte.
Das Zimmer, in dem ich mich befand, sah genauso aus wie unseres. Nur Blue, Strolch, Hund und Piepsy waren nicht da. Ich hatte mir nichts dabei gedacht, nahm an, dass sie auch duschen würden. Außerdem war ich viel zu müde vom langen Herumlaufen. Ich fiel sofort ins Bett und schlief ein.
Ein paar Minuten später ging die Tür auf, Blue kam herein. Das dachte ich jedenfalls im Halbschlaf. Doch es war weder erst ein paar Minuten her, als ich mich hinlegte noch war es Blue, der ins Zimmer kam. Ich war aber zu müde, um die Augen richtig aufzubekommen, fühlte mich noch halb erschlagen. ‘Was machen Sie in meinem Zimmer?’, fragte Blue schroff. ‘Aber Blue, ich bin es doch, Teufel. Außerdem ist das nicht dein Zimmer, sondern unser Zimmer oder vielmehr meins, da ich es bezahlt habe’, antwortete ich verschlafen. ‘Da müssen Sie sich irren. Ich bin nicht Blue und das ist nicht Ihr Zimmer’, sagte Blue hartnäckig. Dann wurde der Raum von grellem Licht geflutet. Es brannte in den Augen. Ich war sofort wach und saß senkrecht im Bett. Jetzt erst sah ich, dass ein fremder Mann vor mir in der Tür stand. Er wirkte ziemlich blass. Sein Haar war lang und dunkel, hinten zu einem Zopf zusammengebunden. Der Mann war hoch gewachsen und stand in voller Größe vor mir.

Du kannst dir nicht vorstellen, wie schnell ich von diesem Bett hochstand und mich kleinlaut vor den Mann stellte. 'Äh Ent ... Ent ... Entschuldigung, ich glaub ... ich glaube, ich hab ... ich habe das ... das falsche Zim ... Zimmer erwischt ... Tut ... tut mir leid', stotterte ich verlegen. Ich wollte mich schon betreten an dem jungen Mann vorbei zur Tür schleichen, als dieser sagte: 'Sie sind Teufel? Ich bin übrigens Louis de Schieß mich tot.'
Okay, die letzten drei Worte hat er so nicht gesagt. Aber wenn ich sie aussprechen müsste, würde ich mir die Zunge brechen. Auf jeden Fall war es Französisch. Geschrieben wird es so", sagte Teufel und schrieb auf einem Blatt Papier, das er bei sich hatte, die Worte: Louis de La Roche-sur-Yon.

Nachdem Diablo sich den Namen angesehen hatte, erzählte Teufel weiter: „Es hat sich im BBC schnell der Name Louis der große oder großer Louis eingebürgert, das fanden die meisten passender.
'Aha, Ihr seid also Louis de wie war das doch gleich. Das klingt ziemlich ausländisch.' Louis nickte: 'Ja, das ist Französisch. Meine Vorfahren waren Franzosen, doch ich bin in Louisiana geboren.' 'Mh, wenn Ihr Lust habt, könnt ihr ja morgen früh mal zu uns rüber kommen. Und wenn ihr noch mehr Lust habt, könntet Ihr in den Big Ben Clan eintreten, wir suchen nämlich ständig neue Mitglieder', sagte ich und verschwand in unser Zimmer. Leider musste ich dort feststellen, dass das Bett schon besetzt war. Also musste ich wohl oder übel auf dem Boden schlafen.
Kurz vor Sonnenaufgang klopfte es an unserer Tür. Es dauerte eine Weile, bis einer wach genug war, um die Tür zu öffnen. 'Ja, Sie wünschen?', fragte Blue noch verschlafen. 'Haben Sie eigentlich eine Ahnung, wie spät es ist? Es ist ja noch mitten in der Nacht.' 'Entschuldigung, ich wollte nicht unhöflich sein. Aber Ihr Freund hatte mich gebeten, heute morgen einmal bei ihm vorbeizuschauen. Ich war neugierig, was der Big Ben Clan ist. Und da ich eine Sonnenallergie habe, muss ich leider schon jetzt kommen, war die lange Entschuldigung des Mannes. 'Äh, mein Freund? Wen mein ...' Doch da war ich schon an der Tür und übernahm das Gespräch. 'Mr ... ach was soll's, großer Louis. Ich hätte nicht gedacht, dass Sie kommen würden. Kommen Sie nur herein. Dort

drüben auf dem Stuhl können Sie sich setzen. Dann will ich Ihnen mal einen kleinen Einblick in den Big Ben Clan geben und den Grund nennen, warum wir hier sind.' Und schon erklärte ich dem großen Louis alles, was er wissen wollte. Es dauerte nicht lange und er war von unserer Geschichte schwer beeindruckt. Sofort entschied er sich, unserem Trupp beizutreten. Allerdings wollte er keine Aufnahmeprüfung machen. Und wie du mich kennst, wollte ich gerade protestieren. Doch Piepsy fiel mir ins Wort. 'Psst', sagte sie. Sofort war es still im Raum. Niemand sagte mehr etwas. Und doch hörten wir zwei Stimmen erzählen. Es waren fremde Stimmen. Männerstimmen. 'Also, geht das klar mit dem Raubüberfall? Die Polizisten sind dann ausgeschaltet?' 'Ich werde mir Mühe geben.' 'Keine Mühe geben. Das muss klappen! Oder willst du auf die Juwelen verzichten?' 'Na gut. Es wird klappen. Hoffe ich.' Die letzten Worte sagte der eine so leise, dass nur Doggy und die anderen Hunde sie hören konnten. Dann wurde es plötzlich ruhig. Doggy glaubte Schritte zu hören, die sich entfernten. Hund und Strolch waren die ersten, die an der Tür waren. Eine wilde Verfolgungsjagd durch New York begann. 'Stehenbleiben, ihr Strauchdiebe!', brüllten Hund und Strolch. 'Sofolt anhalten', piepste Piepsy 'Bleibt stehen! Widerstand zwecklos', schrie Blue. Doch alles rufen, schreien und brüllen half nichts. Die zwei kümmerten sich nicht darum, sie rannten nur noch schneller. Sie kannten sich in New York aus, wir nicht. Bis zum Broadway in Manhattan konnten wir sie verfolgen, danach hatten wir ihre Spur verloren. Blue fluchte. Er raufte sich vor Wut das Fell. 'Das kann doch wohl nicht war sein! Wie konnten wir die Kerle nur verlieren?' Blue kochte vor Wut. Ich versuchte ihn zu beruhigen, aber das machte ihn nur noch wütender. 'Das ist alles deine Schuld, Teufel. Du hättest Husky mitnehmen sollen! Der hätte die Typen garantiert eingeholt! Aber nein. Du musstest diese Maus mitnehmen, die noch nicht mal richtig Englisch kann!' Doch noch bevor ich etwas sagen konnte, kam auf einmal Wasser von oben. Es traf nur Blue. Der schrie auf: 'Ah!' Erst jetzt sah ich, dass Strolch und Hund mit einer Art selbstgebauter Seilwinde einen riesigen Kübel über eine Straßenlaterne nach oben gezogen hatten. Höchstwahrscheinlich war kaltes Wasser drin. Erst glaubte ich, Blue würde jetzt auf 360 sein, doch es schien ihn wirklich abgekühlt zu haben. Er entschuldigte sich in aller Form bei mir und Piepsy"

„Vor den Spiegel treten und mich angaffen. Gähn!", hörten Diablo, Teufel und Fomka plötzlich jemanden sagen. „Warum ich, wo ich Spiegel doch so hasse! Fritz wäre die bessere Besetzung." „Aber Doggy, du weißt doch genau, dass es keinen Besseren für die Rolle gibt als dich. Keiner sieht schon von Natur so aus, als wäre er gerade erst dem Bett entstiegen", versuchte Teufel zu trösten. „Rrrrrrrrrrrr! Erstens bin ich auf mein Aussehen stolzer als Fri... Kaiser Fritz auf seins! Und zweitens hat mein Sohn Junior eine ganze Menge von mir geerbt!" „Ja, aber der ist rosa. Und natürlich viel zu klein." Den letzten Satz fügte Teufel schnell noch hinzu, als er merkte, dass die Bemerkung nicht so anschlug, wie er es sich wünschte. Murrend ging Doggy weiter. „Doggy! Wir brauchen dich hier. Wo bleibst du denn", hörten wir Lion rufen. „Ich komme ja schon." „Wo hast du denn den Ersatzstahlriemen?" „Na hier." „Ach Doggy, das ist doch dein Führerschein für das Stück." „Oh ... Dann gehe ich eben noch mal." Wieder kam Doggy bei Teufel, Diablo und Fomka vorbei. Wieder murmelte er vor sich hin. „Also, wie war das doch gleich? Weil ich zu schnell gefahren bin, zieht Flensschloss meinen Ersatzstahlriemen ein. Oder wie war das? Ich werde hier noch verrückt!" „Armer Doggy ", sagte Teufel und ...

... fuhr fort: „Wir mussten sie eine Stunde lang verfolgt haben. Jedenfalls war es schon hell, als wir zum Motel zurückgingen. Ohne Piepsy hätten wir uns mal wieder hoffnungslos verlaufen. 'Wo ist eigentlich großer Louis?', fragte Hund plötzlich. 'Das wollte ich auch gerade fragen', erwiderte Strolch beleidigt. Wir sahen uns um, konnten ihn aber nicht finden. Selbst in seinem Motelzimmer war er nicht mehr. 'Wo stecken der Kerl bloß?', fragte Piepsy. 'Na, hat der nicht was von Sonnenallergie geschwafelt?', war Blues zynischer Kommentar.
'Um zu wechseln der Thema, wir uns sollten Kopf machen, wo wir finden neues Hauptquartier', schlug Piepsy vor. Ich nickte. 'Du hast Recht. Lasst uns ein neues Büro suchen. Deswegen sind wir doch hier.' 'Und was ist mit den zwei Ganoven, die einen

Raub planen? Wir können sie nicht einfach so laufen lassen. Wir müssten es zumindest der Polizei melden', wandte Blue ein. Da hatte er Recht. Aber wir hatten keine Zeit, um uns um den Fall zu kümmern. Und genug Beweise, um die Polizei davon zu überzeugen, sich des Falls anzunehmen, hatten wir auch nicht. Also ließen wir es auf sich beruhen."

„Seit wann lässt der BBC einen Fall auf sich beruhen? Das ist doch nicht die Art des Big Ben Clan. Das hätte ich von dir am allerwenigsten erwartet. Und an sowas soll ich mir ein Bei...", sprudelte Diablo empört hervor. Doch Teufel unterbrach ihn beschwichtigend: „Nun warte doch erstmal ab. Natürlich ist es gegen die Natur unseres Clans, dass wir einen Fall fallen lassen. Ich bin doch noch gar nicht fertig mit erzählen." „Aber das ist typisch Familie Teufel. Immer ungeduldig und zu schnell mit Urteilen bei der Hand', stichelte Fomka. Doch der Heidelbär erntete zwei ziemlich wütende Blicke und zwanzig ausgefahrene Vorderpfotenkrallen. „Ist ja gut. Ich nehme alles zurück und behaupte das Gegenteil. Ach, da fällt mir noch eine Frage ein. Wo bekomme ich geröstete Ameisen her?" Teufel sah den Bären fragend an, musste aber mit den Schultern zucken.
„Wo steckt denn mein Bruderherz nun schon wieder? Ach da. Bruuuuuudeeeeeerherz, du musst sechs Menschenmäuler mehr einplanen. Runrig kommen gerne. Sie haben Scones bestellt", war plötzlich Jims Stimme zu vernehmen. „Extrawünsche gibt es nicht! Wo kommen wir denn da hin!" „Na gut, dann gibt es für dich auch keine kandierten Heringe, kannst sie gleich streichen", erwiderte Jim unbeeindruckt. „Aber Jimmy-Boy, das war doch nur ein Scherz." „Ich weiß Knuddelfomka" „Okay, okay, lassen wir das Gesülze und Geschleime. Ich bin mir sicher, dass ihr alle noch zu tun habt", unterbrach Teufel die kleine Diskussion der beiden Brüder. Sofort war Jim verschwunden, auf dem Weg zur Technik. Und Fomka klemmte sich hinter das Telefon und plante und bestellte. Bei Schäferhund Mike natürlich, einem Mitglied des Big Ben Clan.

So hatte Teufel die nötige Ruhe, um weiter zu erzählen: „Also, wir ließen den Fall fürs Erste auf sich beruhen und kümmerten uns um

ein neues Büro. 'Dürfen wir wieder führen? Bitte, bitte, bitte, bitte', fragten Hund und Strolch. 'Aaaaaaaaaaahhhhhhhhhh!' Blue schlug die Pfoten über dem Kopf zusammen. 'Nee, nee, lasst das mal lieber. Ich habe keine Lust, in Shanghai rauszukommen.' Ich gab Piepsy den Stadtplan in die Pfote und sicher führte sie uns durch New York. Wir klapperten ganz New York ab. Zu Fuß, mit dem Bus, mit der U-Bahn. Zum Glück war Fomka nicht dabei, der hätte zu Fuß gehen müssen. Blue hatte teilweise schon Probleme. Warum die öffentlichen Verkehrsmittel auch so klein gebaut werden? Taxis ließen wir gleich aus, nachdem ich nach den Preisen gefragt hatte. Wir schauten uns sämtliche Bürogebäude an. Manchmal war nur noch ein Büro frei, was von vornherein nicht in Frage kam. Manchmal waren die Büros zwar ziemlich groß, aber nicht hoch genug. So verging der ganze Tag, ohne dass wir das richtige Büro gefunden hatten. Unsere Pfoten qualmten und schmerzten schon. Deprimiert gingen wir in unser Motel zurück. Vorher kauften wir uns aber noch ordentliches Essen. Piepsy fragte unsere Gastgeberin, ob sie die Küche benutzen durfte. Nach vier Stunden kam sie mit einer ordentlichen warmen Mahlzeit wieder.
'Sag mal Piepsy, wo warst du denn so lange? Wir wären hier fast verhungert.' 'Wenn ich gekommen schneller mit Essen, ihr jetzt würdet vergiftet werden', konterte Piepsy. 'Ich mussten erst mal 3 ½ Stunden schrubben und putzen. Was glauben ihr, was da waren für Kniest auf Schränken.' 'Was war auf den Schränken?', fragte Strolch. 'Kniest. Schmutz, Dreck. Das Wort ich haben von Husky.' 'Oh Mann. Das darf doch nicht war sein!', stöhnten wir alle zusammen. Wir wollten noch fragen, in welchem Zusammenhang er es verwendet hatte, als es an der Tür klopfte. 'Ja', rief ich. 'Guten Abend, Mr Teufel und der Rest', grüßte großer Louis im Hereinkommen. 'Guten Abend, großer Louis. Aber ihr könnt das Herr weglassen. Teufel ist vollkommen ausreichend. Was natürlich auf jeden hier zutrifft. Keiner erhebt Anspruch auf die Anrede Mr, Mrs oder Ms. Übrigens, wenn Sie – oder darf ich du sagen?' Großer Louis nickte. 'Also, wenn du Mitglied im Big Ben Clan werden möchtest, musst du heute Nacht die Aufnahmeprüfung machen, da wir morgen wieder nach London fliegen.' 'Heute schon? Woraus besteht denn diese Aufnahmeprüfung, wenn ich denn nicht um sie herum komme?' Also erklärte ich ihm haarklein,

was er zu tun hatte. Dabei wurde ich prüfend und kritisch angesehen. Ich glaubte schon, gleich würde er mir an den Hals springen. Nachdem ich meine Erklärung beendet hatte, herrschte für gut eine Minute absolute Stille. Louis sah mich noch viel durchdringender und strenger an als vorher."

„Was Teufel nicht merkte, war, dass es uns nicht anders ging. Louis kam uns plötzlich ganz schön unheimlich vor. Er machte uns allen Angst. Sogar mir, einem Heidelbären. Dieser Louis ist nun mal ein merkwürdiger Geselle, um es gelinde auszudrücken", wurde Teufel von Blue unterbrochen, der gerade eine bunte Papiergirlande trug. „Okay, mehr wollte ich nicht sagen. Hab' noch zu tun, wenn alles pünktlich fertig sein soll." Und damit war Blue auch schon wieder verschwunden. „Mh, wie du siehst war ich nicht der Einzige, der ein so mulmiges Gefühl hatte. Da bin ich ja beruhigt.

Aber nun weiter. Ich fühlte, wie mir das Blut in den Kopf stieg. Ich glühte förmlich und konnte nicht einmal genau sagen, warum. Meine größte Sorge war, dass womöglich mein Kopf hoch rot angelaufen sei und es alle sehen konnten.
Dann endlich unterbrach Louis die drückende Stille durch sein lautes, in meinen Ohren unangenehm klingendes Gelächter. Dieser Louis wurde mir immer unheimlicher. 'Das ist ja urkomisch, was ihr euch da ausgedacht habt. Ich soll einem Kater hinterher flitzen und klettern wie ein Affe. Das ist ja zu niedlich. Nein, nein, ich hab eine bessere Idee.' Wir sahen uns fragend an. 'Bessere Idee?', brachte ich nur heraus. Louis nickte: 'Ja, ich werde diesen Fall lösen, wenn ihr ihn nicht schon geknackt habt.' 'Was für einen Fall? Ich weiß von keinem Fall. Der einzige Grund, warum wir nach New York gekommen sind, war die Suche nach einem zweiten Hauptquartier. Wir sind nicht wegen eines Falles hergekommen', antwortete ich. Doch großer Louis war anderer Meinung. 'Ich meine den geplanten Raubüberfall. Wollt ihr nicht versuchen, ihn zu verhindern? Ich würde euch helfen. Oder, wenn es nötig ist, ihn alleine lösen.' 'Ach das meinst du. Wir hatten eigentlich nicht vor, uns dieses Falls anzunehmen. Aber wenn du ihn lösen willst: bitte. Dann soll dies deine Prüfung sein. Auch wenn das heißt, dass wir länger in New York bleiben müssen als

geplant.“ Louis schien zufrieden zu sein. Jedenfalls schien sich ein Lächeln auf seine Lippen verirrt zu haben.
‘Also wo fangen wir an?’ ‘Du meinst wohl, wo fängst du an?’, korrigierte ich großen Louis. ‘Habt ihr irgendwelche Anhaltspunkte? Ist euch bei ihnen etwas besonderes aufgefallen. Irgend etwas, womit ich was anfangen könnte?’ Louis sah uns fragend an. Doch selbst wenn wir helfen wollten, hätten wir nicht gewusst, wo wir anfangen sollten. Louis versuchte, das Gespräch der beiden noch einmal zu wiederholen und aufzuschreiben. Doch er bekam nicht alle Einzelheiten zusammen. ‘Nein, nein, so komme ich nicht weiter. Ich habe einfach keinen Anhaltspunkt.’ Großer Louis ging ständig durch das Zimmer. Auf und ab, hin und her. Er konnte einen richtig wuschig, äh nervös machen. Zum Schluss legte er sich auf das Bett und schloss die Augen. Er dachte nach. Dabei grummelte und brummte er immer etwas in sich hinein, das wir allerdings nicht verstehen konnten. Manchmal glaubte ich, es wäre eine andere Sprache. Vielleicht war es Französisch. Wie auch immer, jedenfalls schien er mit sich selbst zu tuscheln. ‘Das kann ja heiter werden. Wie will der ohne Hinweise die Typen finden?’, fragte ich mich leise. Piepsy sagte plötzlich: ‘Ich haben gesehen eine von die Kerlen. Ist gerade eingefallen mir. Ich können beschreiben ihn.’ Du kannst dir nicht vorstellen, wie schnell Louis vom Bett hochgefahren ist. Er flog geradezu.
‘Du hast einen von denen gesehen und kannst ihn beschreiben? Das ist ja großartig! Ich brauche Papier und Stift!’, rief er vor Freude. Und für eine Sekunde glaubte ich, spitze Eckzähne zu sehen, doch das war Unsinn. Blue brachte schon Papier und Bleistift und gab sie Louis. Piepsy beschrieb, was sie gesehen hatte und großer Louis zeichnete es auf. Nach etwa zwei Minuten hatten wir ein recht ansehnliches Phantombild. Wir staunten nicht schlecht, wie Louis schnell zeichnen konnte. ‘Bist, bist du Ju ... Jumarianer?’, fragte Strolch. ‘He, das wollte ich doch fragen!’, protestierte sein Bruder. Doch Louis sah die Zwillinge verständnislos an und schüttelte den Kopf. ‘Was sind denn Jumarianer?’
‘Äh, okay, lassen wir das erstmal. Ich denke, wir haben – nein, du hast einen Fall zu lösen. Wenn du alles gut überstanden hast und mit uns nach London kommst, werde ich dir einen vorstellen.’
‘Ich denke wir sollten der Polizei mal einen Besuch abstatten’,

schlug Blue vor und marschierte los. Der Rest hinterher. Doch als wir an der Rezeption vorbeikamen, hörten wir eine nur zu bekannte Stimme säuseln: 'Wollen Sie noch länger bleiben? Dann müssen Sie aber noch ein Formular ausfüllen. Und wann gedenken Sie zurückzukommen? Soll ich Ihnen das Abendessen bereitstellen?' Sofort hielten wir an. Ich übernahm das Wort: 'Also: Ja, wir bleiben noch länger. Können wir das Formular morgen früh ausfüllen? Wann wir zurückkommen, wissen wir noch nicht, da wir viel zu tun haben. Gegessen haben wir schon, danke.' Doch damit schien die 'nette' Frau nicht zufrieden zu sein, denn sie antwortete: 'Sie müssen das Formular heute noch ausfüllen, da es schon öfters vorgekommen ist, dass meine Gäste heimlich abgeschwirrt sind.' Ich hatte keinen Nerv dazu. Du weißt ja: Kater und Papierkrieg. Meistens verliert das Papier – sein Leben im Reißwolf. Außerdem hatten wir noch genug Papierkrieg vor uns. Hund und Strolch meldeten sich freiwillig, da zu bleiben und das Formular auszufüllen. Ich nickte und wir gingen. Sollte sich doch die Frau mit den beiden Hunden abmühen. Vielleicht kommt sie dann nicht mehr so schnell auf die Idee, Formulare ausfüllen zu lassen. 'Viel Glück', wünschte ich den beiden Hunden noch, dann waren wir zur Tür hinaus.
'Du meinst, die beiden Kleinen können Formulare ausfüllen?', fragte großer Louis etwas misstrauisch. 'Mhm, mindestens so gut wie Straßenkarten lesen. Uns hatten sie ja schon eine Stunde durch New York gescheucht, nur um wieder beim Anfang rauszukommen.' Großer Louis schmunzelte nur. Er war es auch, der uns durch New York führte, bis wir dann endlich vor einer Polizeistation standen. Louis übernahm das Wort. Er redete lange mit dem Officer. Dabei machte er so komische langsame Bewegungen; fast so langsam wie die Bewegungen unseres Schlafhundes. Es schien mir, als ob er den Mann hypnotisieren wollte. Dann endlich ließ uns der Officer in sein Büro und wir durften seinen Computer und all seine Akten benutzen. Jeder nahm sich einen Aktenordner, während ich mich als Chef um den Computer kümmerte. Ich nahm das Mäuschen in die Pfote und drückte auf irgendein Feld auf dem Bildschirm. Ein Fester öffnete sich. Auf einer Seite war ein Feld, in das man etwas hineinschreiben konnte. Daneben stand Name. Darunter war wieder ein Feld und

daneben stand Vorname. Und dann standen da noch einige Felder wie Geburtsort, Geburtstag, Autokennzeichen und ähnliches. 'Was soll das?', fragte ich mich. 'Das ist doch genau das, was wir herausbekommen wollen. Da kann ich es doch nicht in den Computer geben, um es zu suchen.' Ich drückte wieder irgendein Feld auf dem Bildschirm. Auf einmal erschien auf dem Bildschirm ein Feld mit einem Ausrufezeichen in einem gelben Dreieck. Ich las nicht genau, was da stand, drückte nur auf 'Ok', dann war das Programm weg. Dass ich es auf dem Computerbildschirm nicht mehr finden konnte, störte mich dabei nicht so sehr. Ich versuchte es mit dem komischen 'e'. Ein anderes Programm öffnete sich. Doch war es ganz leer. Nur ganz oben stand etwas in einer blauen Zeile. Darunter stand dann was von Datei, Bearbeiten, Ansicht, Favoriten und so weiter. Ich klickte auf Favoriten und muss dann irgendetwas erwischt haben, das ich gar nicht wollte. Jedenfalls kamen ganz plötzlich ganz unanständige Bilder mit nackten Frauen. Und ausgerechnet in diesem Moment musste Blue gucken. 'Teufel! Das kann ja wohl nicht wahr sein! Das hätte ich von dir nicht erwartet. Und so etwas ist unser Chef! Schäm dich was!', schrie er vor Entsetzen. Ich fühlte, wie mir das Blut heiß in den Kopf schoß. Am liebsten wäre ich jetzt in irgendeiner Bodenspalte verschwunden und nie wieder hervor gekommen. Ich hätte mich in Luft auflösen können, so peinlich war mir das. Verlegen versuchte ich, das Bild wegzumachen, doch was ich auch tat, es kamen immer mehr Bilder. 'Teufel! Mach das sofort zu! Während wir uns hier abschuften vergnügst du dich!' Ich wurde noch kleiner auf dem Stuhl. 'Wie denn?', fragte ich hilflos. 'Ich kenne mich doch mit diesen Dingern nicht aus.' Und zu meinem Unglück kam jetzt auch noch Louis hinzu und schaute mir über die Schulter. Er grinste mich an, sagte dann aber: 'Lass mich mal ran.' Er setzte sich an die Höllenmaschine, drückte ein paar Knöpfe, Tasten und Felder und fand in weniger als drei Sekunden, wonach ich gesucht hatte. 'Ah ja, hier haben wir ja die Akten sämtlicher Krimineller. Aber leider sind sie für uns unbrauchbar, da keine Bilder dabei sind. Also bleiben uns doch nur die herkömmlichen Akten', meinte großer Louis und schloss das Programm wieder. Und so wälzten wir die Akten. Wir sahen sie uns genau an. Mehr als zwei Stunden saßen wir in dem Büro und studierten die Ak-

ten. Jedoch ohne Erfolg. Der Kerl, den Piepsy da gesehen hatte, existierte nicht. Oder die Maus hatte sich verguckt, was ich allerdings nicht glaubte. Deprimiert verließen wir das Büro wieder, bedankten uns noch bei dem netten Polizisten und waren verschwunden. Ich war der Letzte, der das Revier verließ, deshalb hörte ich auch noch den Fluchesschrei des netten Polizisten: 'Welcher Idiot hat das Programm auf meinem Computer gelöscht?' Ich beeilte mich, da raus zukommen.
Müde schleppten wir uns zurück ins Motel. Nur großer Louis schien noch putzmunter zu sein. Doch um das bewusst wahrzunehmen, war ich einfach zu müde. Das Einzige, was ich jetzt noch wollte, war ein Bett. Allerdings sollte ich nicht so schnell dazu kommen, wie ich dachte, denn im Motel angekommen, wurden wir bereits erwartet. Die Motelbesitzerin empfing uns und wedelte mit ein paar Zetteln. 'Mr. Teufel, ihre zwei Freunde hier saßen vor den Formularen wie das Schwein vorm Uhrwerk. Zwanzig Vordrucke haben die mir ruiniert!', schimpfte sie gleich los. 'Ist ja schon gut, geben Sie den Wisch her. Haben Sie einen Stift?' fragte ich verschlafen. Die Frau gab mir das Formular und einen Stift und ich füllte den Schriebs aus. Nach zehn weiteren Formularen, die ich versaute, gab ich der Frau dann endlich, was sie haben wollte. Allerdings nicht gerade in meiner Sonntagsausgehschrift, zehntausendmal durchgestrichen und mit hunderttausend Schreibfehlern. Aber mir waren die Fluchereien der Frau egal, ich war einfach zu müde von dem langen Herumlaufen und dem stundenlangen Akten wälzen und wollte nur noch ins Bett. Ich schlief sofort ein und kümmerte mich um gar nichts mehr. Ich glaube, auch die anderen schliefen sofort ein.
Als wir in der nächsten Nacht aufwachten, war großer Louis bereits wieder da und wartete auf uns. Wir hatten tatsächlich den ganzen Tag verschlafen. Erst nach einer eiskalten Dusche bemerkten wir, dass Louis nicht allein gekommen war. Er brachte eine Gemse und einen Hund mit. Die Gemse, hellbraun mit dunkelbraunen Hörnern und hellgelbem Gesicht und Bauch, stellte er uns als Kaiser Fritz LV (55) vor. Er kam aus Frankreich. Der Hund war bunt gestreift. Vorne orange, rot, dunkelblau, hellblau, ganz helles blau, hellgrün, gelb und rosa, hinten dunkelblau, rot, orange, rosa, gelb, hellgrün, ganz helles blau, hellblau, dunkelblau, rot und orange.

Nur der Kopf mit den Schlappohren, Arme und Füße waren hellbraun, etwas dunkler als das hellbraun der Gemse. Das rechte Ohr hing ihm über das Auge. Den Hund stellte er als Bunter vor. Er war aus dem schönen Schottland. 'Die beiden haben mir gestern Nacht sehr geholfen. Hatte nämlich eine Idee. Die zwei Ganoven haben doch etwas von Juwelen gesagt. Also haben wir aus den Gelben Seiten sämtliche Juweliergeschäfte und Museen mit Adresse und Telefonnummer herausgesucht. Dann haben wir die Museen weggestrichen, die auf keinen Fall für einen Juwelierraub in Frage kämen. Danach blieben noch zwei übrig. Allerdings kann ich ja wegen meiner Sonnenallergie nicht tagsüber arbeiten, also habe ich Kaiser Fritz und Bunter losgeschickt, um die Juweliere abzuklappern und alle die zu streichen, die nicht in Frage kommen würden. Da es von diesen Geschäften in ganz New York nur so wimmelt, haben sie sich Hilfe von den Ratten, Straßenhunden und -katzen geholt.' Für Fritz war es natürlich unter aller Würde, mit Ratten und Streunern zusammenarbeiten zu müssen. Immerhin ist er ja der Kaiser von Frankreich. Behauptete er jedenfalls. Auch Bunter war nicht ganz froh darüber mit Katzen arbeiten zu müssen. 'Wenn es wenigstens Hauskatzen wären. Aber Straßenkatzen, Flohteppiche ...', sagte er. Beide bissen sie in den sauren Apfel und überwanden sich. 'So sind zum Schluss nur noch sechs Läden übrig geblieben. Die zwei Museen konnten auch ausgeschlossen werden. Jetzt haben wir nur noch diese sechs Läden zu überwachen. Aber ich denke, das wird kein Problem sein.' Ich überlegte kurz. Die Geschäfte mussten aufgeteilt werden, also zählte ich noch einmal alle Beteiligten durch: 'Acht sind wir. Das ganze durch sechs Läden – geht nicht auf.' Scheinbar hatte ich, ohne es zu merken, laut gedacht, denn plötzlich meldete sich Fritz: 'Wieso acht? Ihr seid doch sieben. Ich fahre in fünf Minuten! Verdammter Dreck, ich muss los. Sonst verpasse ich meinen Flug.' Und schon war Fritz ..."

„Hekem, das heißt immer noch Kaiser Fritz! Merkt Euch das endlich mal!" hörten Teufel, Diablo und Fomka plötzlich eine wütende Stimme hinter sich. „Es ist sowieso schon eine Schande, dass der Kaiser bei den Vorbereitungen zur Feier mithelfen muss!", wetterte die Gams weiter. „Äh, Kaiser Fritz, du hier? Wir haben dich gar nicht kommen hören", stammelte Teufel leicht verlegen.

„Ja, ich bin hier. Wir haben gerade eine Denkpause. Da ...“ „Du und denken?“, murmelte Fomka vor sich hin und eigentlich waren diese Worte nicht für Kaiser Fritz’ Ohren bestimmt. Doch wie das Leben nun mal spielt, hört solche Worte immer der Falsche. „Was soll das heißen: ‘Ich und denken?’ Hä?“, belferte Fritz. „Äh nichts Kaiser Fritz“, antwortete der Heidelbär kleinlaut. Seine Betonung lag auf dem Wort Kaiser. „Das möchte ich auch hoffen. Sowas, nein. Und das einem Kaiser. Wo bin ich hier nur hingeraten?“ Und schon war Kaiser Fritz wieder unterwegs.

Teufel schüttelte nur den Kopf und erzählte weiter: „Wie gerade eben war Kaiser Fritz auch damals gleich und unversehens verschwunden. Und das mit einem Affenzahn, obwohl er doch gar kein Affe ist. So standen wir nur noch zu siebt da. ‘Also nocheinmal. Sieben Personen durch sechs Läden geht auch nicht.’ Diesmal rechnete ich absichtlich laut. ‘Mich brauchst du auch nicht mit einrechnen, da ich in zwanzig Minuten ebenfalls am Flughafen sein muss. Ich fliege nämlich geschäftlich nach London und von dort fahre ich mit dem Zug nach Wales. Die Dienstreise ist sehr wichtig, deshalb darf ich den Flieger nicht verpassen.’ Und damit verabschiedete sich auch Bunter. ‘Damit ist dann wohl alles klar. Jeder einen Laden. Und das mir ja alle die Augen und die Ohren offen halten. Ende der Ansprache, an die Arbeit!’ Jedem wurde ein Laden zugeteilt. Und da es Louis’ Fall war, teilte er zu. Allerdings hatten wir noch keine Vorstellung, wie wir uns untereinander verständigen sollten. Doch großer Louis meinte, wir sollen erst einmal unsere Posten beziehen, der Rest würde sich dann schon ergeben. Alles, was wir hatten, waren unsere Körper und unsere Stimmen. Blue hatte von uns die lauteste. Zum Glück waren die sechs Geschäfte aber nicht so weit voneinander entfernt, wie wir befürchtet hatten. Jeder hatte irgendwo Deckung gefunden und wartete und wartete und wartete. Stunde um Stunde verging, ohne dass etwas geschah. Na gut, da kam mal ein schwarzer Jaguar und dann mal ein grüner Mercedes, einmal kam sogar ein roter Cadillac, aber ansonsten war alles ruhig. Zu ruhig. Doch dann drang eine vertraute Stimme an mein Ohr: ‘Hier her! Hier sind sie!’ Es war Blue. Ich nahm sofort meine Pfoten in die Tatzen und rannte los. Ich war noch nicht weit gekommen, als ein merkwürdiges Geräusch auf mich zukam. Es klang wie ein gewaltiges Donnergrollen. Ich versuchte noch auszumachen, wo dieses Geräusch herkam, als sich eine gewaltige Wasserlawine die Straße entlang wälzte. Ich konnte gerade noch zur Seite springen, sonst hätte es mich weggeschwemmt. Sofort rief ich die Straße hinunter, wo nur noch Strolch vor einem Juweliergeschäft stand: 'Strolch, – lauf – zur – Poli – zei – vor! – Sie – soll – die – Tür – zur – Zel – le – öff – nen! – Be – ei – le – dich!' Ich vernahm nur ein kurzes Bellen als Antwort, wusste also nicht, ob Strolch mich verstanden hatte. Ich sah noch zwei Menschen an mir vorbeischwimmen, dann begab ich mich in dieselbe Richtung. Die zwei Gauner hatten beide schwarze Skimützen auf, die sie bis ins Gesicht gezogen hatten. Zwei Löcher in Augenhöhe ermöglichten das Sehen und ein Loch in Mundhöhe das Sprechen. Du weißt doch, die Mützen, die auch Rory und seine IRA-Leute in dem Film 'Vertrauter Feind' trugen. Du kennst doch den Film, er ist, glaube ich von J. Pakula."

„Ja, ich kenne den Film. Aber ich ahnte nicht, dass du ihn auch gesehen hattest", zweifelte Diablo seinen Großvater an. Dieser hob natürlich gleich zum Protest an: „Natürlich hab ich ihn gesehen, mehr als einmal. Rory, der sich in Am ..." Aber Fomka unterbrach ihn beruhigend: „Okay, okay, wir glauben es ja schon. Erzähl lieber unsere Geschichte weiter. Die gibt es nämlich noch nicht als Film." „Banausen, wollen mir nicht glauben, dass ich mir solche Filme ansehe", grummelte Teufel noch vor sich hin, erzählte dann aber weiter: „Die Polizeistation befand sich am Ende der Straße, sodass die zwei nur noch geradeaus zu 'schwimmen' brauchten. Als ich bei der Polizei ankam, wurde gerade die Zellentür geschlossen. 'Ist ja erstaunlich, dass die Verbrecher freiwillig ins Gefängnis gehen', meinte einer der Gefängniswärter. 'Ich glaube, die sind eher ins Gefängnis geschwommen als gegangen. Und ob sie wirklich so freiwillig kamen, will ich mal so dahingestellt lassen', korrigierte Blue, der jetzt mit Louis die Station erreichte. Wir mussten alle lachen. Und diesmal war ich mir sicher, spitze Eckzähne bei Louis zu sehen. Doch sagte ich vorerst nichts. Ich wollte mit Louis alleine reden.
Da die Nacht noch jung war und wir bis zum Flug noch Zeit hatten, sahen wir uns die Sehenswürdigkeiten von New York an.

Gegen halb elf machten wir uns dann auf den Weg in unser Motel, um unsere Sachen zu packen. Das war schnell erledigt. Auch großer Louis packte seine Kiste. Sie war ziemlich groß, da hätte bestimmt ein ganzer Mann drinnen Platz. Die Truhe sah ziemlich alt und mitgenommen aus. Teilweise war sie etwas grünlich, als ob dort mal Algen waren, die nun abgekratzt wurden. Jedenfalls schnallte er die Truhe auf Rollen, band einen Strick an den einen Griff und konnte sie so ziehen. Als wir mit dem Packen fertig waren, gingen wir zur Rezeption und wollten auschecken. Die Frau schrieb die Rechnung aus und gab sie mir. Und glaub mir, wenn ich Latschen angehabt hätte, wäre ich aus selbigen geflogen. Sie hatte uns doch tatsächlich den vollen Preis berechnet, wo das Zimmer mit dem Service noch nicht einmal die Hälfte wert war. Wir protestierten entschieden dagegen. '45 Dollar? Das kann ich ja wohl nicht glauben. Das Zimmer ist doch höchsten 15Dollar für drei Nächte wert und keinen Cent mehr! Und mehr werde ich auch nicht zahlen!', schimpfte ich wütend. 'Sie werden die 45 Dollar bezahlen, sonst rufe ich die Polizei!', meinte die Frau und griff nach dem Hörer. Blue riss ihr den Hörer aus der Hand und sagte: 'Wenn Sie sich mit den 15 Dollar nicht zufrieden geben, rufe ich bei der Gesundheitsbehörde an!' 'Genau! Dann können Sie Ihren Laden dicht machen', riefen Hund und Strolch. 'Das ist Erpressung, aber ich will mich darauf einlassen und nehme nur 15 Dollar!', meinte die Frau ungehalten. 'Sie haben uns mit Polizei gedroht. Ist das keine Erpressung?', konterte ich noch, kramte aber schon nach meinen Mäusen. 'Hier, werden Sie glücklich damit. Und wenn Sie mal nicht so viele Gäste im Haus haben, sollten Sie die Bude hier mal wieder auf Vordermann bringen. Ihre Gäste würden sich bestimmt über saubere Toiletten und eine warme Dusche freuen. Die Matratzen könnten mal erneuert werden und die Küche sollte mal überdacht werden. Solch ein Essen kann man doch keinem anbieten. Ach ja, die Wasserleitung sollte auch mal geprüft werden, das Wasser schmeckt scheußlich.' Mit diesen Worten verließen wir das Motel und eilten zum Flughafen. Ich war übrigens ein paar Jahre später noch einmal in diesem Motel und ich muss sagen, es hatte sich ganz schön was geändert. Zwar nicht alles vom Feinsten, aber nicht mehr unter aller Sau. Und natürlich stimmte der Preis. Der Flug nach London verlief

wie der Hinflug ohne weitere Vorkommnisse. Allerdings verbrachte ich wieder den gesamten Flug auf der Toilette. Ich vertrage das Fliegen nun einmal nicht.
In London angekommen, war ich der Erste, der das Flugzeug verließ. Ich war froh, wieder festen Boden unter den Pfoten zu haben. Eigentlich wollten wir von Heathrow Airport sofort unser Hauptquartier in London aufsuchen, doch großer Louis hielt uns auf. Er schaute auf seine Uhr und fragte mich, wie spät es jetzt sei. 'Es ist gegen fünf Uhr morgens, wieso?', gab ich zur Antwort. 'Es ist wegen meiner Sonnenallergie. Ich vertrage die Sonne nicht. Und ich bezweifle, dass ich es von hier bis zu eurem Hauptquartier vor Sonnenaufgang schaffe.' Das hatte ich total vergessen. 'Ach ja, natürlich. Nein, ich glaube, das würdest du nicht schaffen. Mal überlegen. Heathrow Airport ist praktisch schon ein guter Ort für Lichtscheue. Wir müssen nur ein ruhiges Fleckchen finden, wo du bis heute Nacht bleiben kannst. Mal sehen, ja klar, ich weiß wo. Komm mit. Deine Truhe kannst du hier lassen, die nehmen wir schon mit ins Quartier. Ihr wartet hier. Ich bin gleich wieder zurück. Oder nein, geht schon mal zur U-Bahn. Ich komme nach. Gehen wir, großer Louis.' Und damit wand ich mich zum Gehen. Louis folgte mir. Ich führte Louis an einen Platz, wo nicht so viele Menschen waren. Dort zeigte ich dann auf ein relativ großes Gitter an der Decke, die hier nicht so hoch war. 'Das ist ein Luftschacht. Er ist einer der größten und geräumigsten. Für einen Tag wird es ausreichen. Steig ein. Ich passe auf, dass keiner kommt.' 'Ähm, Teufel, vor dem Gitter hängt ein Schloss.' 'Ach wirklich? Einen Moment, das haben wir gleich.' Ich nahm das Schloss, zog etwas daran und hatte es im Handumdrehen geöffnet. 'Das Ding ist schon ziemlich alt und lässt sich ohne weiteres öffnen', erklärte ich noch, dann öffnete großer Louis das Gitter und kletterte hinein. Er wollte es schon schließen, als ich meine Pfote dazwischen legte und selbst Anstalten machte hineinzuklettern. 'Ich wollte noch kurz mit dir reden', gab ich zur Begründung. Also ließ Louis mich hinaufklettern. Er half mir sogar. Ich schloss das Gitter, das Schloss lag im Schacht. 'Also, ich denke du hast einiges zu erklären. Wer bist du? Oder besser gefragt, was bist du?' Louis war sichtlich irritiert. 'Wie meinst du das?', fragte er.

'Nun ja, wie soll ich es erklären. Es fing eigentlich damit an, als du das erste mal in unser Zimmer kamst. Als ich dir vom BBC erzählt und die Aufnahmeprüfung erklärt habe. Deine Gegenwart machte mir plötzlich Angst. Dann als Piepsy dir sagte, sie habe einen der Täter gesehen. Wie du von diesem Bett hochgesprungen bist. Mir kam es fast so vor, als wärst du geflogen. Und ein oder zwei mal glaubte ich, bei dir spitze Eckzähne zu sehen. Allerdings glaubte ich, mich geirrt zu haben. Wer glaubt denn heutzutage noch an Vampire? Doch auf der Polizeistation, als die Diebe hinter Schloss und Riegel saßen und wir alle herzhaft lachten, habe ich die Zähne wieder gesehen. Diesmal war ich mir aber sicher. Wie willst du das erklären?' Louis war sprachlos, was in Verlegenheit überging. 'Nun ja, du hast ziemlich gut beobachtet', fing Louis an. Ich schüttelte nur den Kopf: 'Nein. Ich glaube, es war eher Zufall oder Glück. Aber erzähle weiter.' 'Also, ich war 25 Jahre alt, als ich zu dem wurde, was ich heute bin. Im Jahre 1900. Damals lebte ich noch in Louisiana.' 'Passend zum Namen.' Louis lächelte über meinen kleinen Scherz. 'Ich besaß dort eine kleine Plantage. Allerdings hatte ich Unmengen von Schulden, meine Frau hat mich verlassen und meine Kinder mitgenommen, meine Mutter starb, die Ernte war mies, ...' 'Ähm Louis, ich glaube die Kurzform deiner Geschichte reicht fürs Erste. Oder soll ich kurz zusammenfassen und du sagst mir, ob ich Recht habe? Wenn ich dich richtig verstanden habe, lief dein Leben ziemlich verkehrt, um nicht zu sagen saumäßig. Da kam ein Mann oder gar eine hübsche Frau, hat dich verführt und dir ein Angebot gemacht. Du hast angenommen und bist nun ein Vampir. Hab ich Recht? So ist es jedenfalls in den meisten Filmen oder Büchern.' Auch über meine letzte Bemerkung schmunzelte Louis. Doch dann nickte er: 'Ja, so ungefähr. Allerdings töte ich seit gut zwanzig Jahren weder Mensch noch Tier. Das habe ich mir abgewöhnt, was nicht gerade einfach war. Ich bin kein blutrünstiges Monster, sondern einfach nur eine elende, verzweifelte Kreatur, die versucht, ihre Sünden wieder zu begleichen.' Ich staunte über die Antwort. Sie klang verzweifelt, aber auch traurig. 'Ist schon gut Kumpel. Du wirst deswegen nicht des Clans verwiesen. Jeder macht mal Fehler. Allerdings wirst du es auch den anderen sagen müssen. Vor ih-

nen wirst du es kaum geheim halten können. Aber an die Öffentlichkeit wird nichts davon gelangen. Versprochen. Okay, damit wäre das geklärt. Du wartest hier auf die Nacht und kommst dann nach. Weißt du, wo der Big Ben ist? Dort ist unser Hauptquartier.' Louis nickte und ich erklärte ihm, wie er das richtige Zimmer finden konnte. Immerhin war es hinter einer Geheimtür versteckt. Dann verabschiedete ich mich von Louis und kletterte wieder hinaus. Ich verschloss den Luftschacht und hängte das Schloss davor. Dann sagte ich noch: 'Wenn du dem Luftschacht immer geradeaus folgst, kommst du ins Freie, ohne dieses Gitter öffnen zu müssen.' 'Danke, Teufel. Ich werde nachkommen, sobald es mir möglich ist.' Ich machte mich auf den Weg zur U-Bahn. Die anderen warteten bereits. Wir nahmen die nächste Bahn und fuhren los.
Wir hatten vor der Abreise nach New York vereinbart, dass wir uns bei unserer Rückkehr im Big Ben treffen, um das Ergebnis der Reise zu besprechen. Also rechneten wir damit, Jim und den Rest dort vorzufinden. Um so überraschter waren wir, dass wir den Raum leer vorfanden. Auf dem Tisch lag ein handgeschriebener Zettel. Ich hatte Mühe, die Sauklaue zu lesen. Vielleicht hast du ja mehr Talent dazu, hier ist der Zettel:

Hallo Teufel

Wir ſind in Haverfordweſt. Eſ wäre gut, wenn ihr nachkommen würdet.
Unterſchrift: Jim.

Blue jedenfalls scheint Experte darin zu sein, solche Schriften zu lesen. Er las vor: 'Hallo Teufel, wir sind in Haverfordwest. Es wäre gut, wenn ihr nachkommen würdet. Unterschrift: Jim.'"

Gegen die Zeit

„So, jetzt wäre ich an der Reihe", unterbrach Fomka und erzählte gleich weiter: „Noch an dem Tag, als Teufel mit seiner Truppe in die USA gefahren sind, es war ein Montag, kam für Jim ein Eilbrief aus Wales an. Er war in einer geschwungenen Schreibschrift geschrieben. In ihm stand:

Hallo Jim,
Gestern ist meiner Tochter Daniela etwas Merkwürdiges passiert. Oh, ich vergaß, dass Du meine Tochter noch gar nicht kennst. Sie ist neun Jahre alt, ein nettes, aufgewecktes Mädchen. Als sie gestern spazieren ging, hat sie einen mysteriösen Jungen getroffen. Er tauchte ganz plötzlich am Horizont auf und kam auf sie zu. Er grüßte sie, sogar mit ihrem Namen. Dabei schien er sich zu wundern, dass Daniela ihn nicht kannte. Er muss etwa 15 Jahre alt gewesen sein. Er machte sich an sie ran und wollte wissen, wie alt sie ist und in welchem Jahr er wäre. Dann sagte mir Daniela, dass der Junge geflucht hatte, als sie ihm sagte, wir hätten August 1994. Meine Tochter wollte sich einfach abwenden, als sie von diesem unverfrorenen Bengel den Befehl bekam, stehenzubleiben. Sie rannte weg, was ich an ihrer Stelle auch getan hätte. Doch dieser Bengel hat sie eingeholt und festgehalten. Er erklärte ihr, was er wollte. Es klang ziemlich verrückt. Es ist besser, wenn ich Dir das persönlich erzähle. Komm so schnell wie möglich zu uns nach Haverfordwest. Vielleicht kannst du noch jemanden mitbringen.

Tschüß.
Dein alter Freund von der Polizeiakademie Pádraig

Jim las den Brief, als wir alle bei ihm zu Hause waren. Eigentlich wollten wir uns dort ein paar gemütliche Tage machen. Doch als Jim diesen Brief las, wollte er sich sofort auf den Weg nach Wales machen, wo dieses kleine Kaff liegt. Die anderen waren sofort dabei und wollten sich schon in Bewegung setzen, als Lions laute Stimme alle zurückhielt. 'Moment, Moment! Ihr habt vergessen, dass Teufel mir das Kommando gegeben hat. Das heißt, ich bestimme, ob wir Jim helfen oder nicht. Verstanden?' Wir bejahten, aber nur widerstrebend. 'Wie kannst du nur so, so, so un-, äh unsozial sein?', wollte Husky wissen. 'Also, hört zu', versuchte Lion fortzufahren. Allerdings hatte Husky keine Lust zuzuhören, er protestierte lautstark: 'Du hörst jetzt zu. Das ist ja schon fast ein Frivol, wenn du nicht hilfst! Hast du verstanden? Also ich weiß

nicht, was ihr ...' 'Ruuuuuuuuuuheeeeeeeee!', brüllte Lion. 'Verdammt noch eins! Von wegen frivol! Wenn, dann muss es Frevel heißen. Und wenn du hier behauptest, ich begehe ein Verbrechen, weil ich nicht helfe, dann hast du dich gewaltig geschnitten. Ich war noch gar nicht fertig mit erzählen! Also lass mich gefälligst ausreden, wenn ich was sage! Noch jemand, der meckern will? Nein? Gut, dann kann ich ja jetzt weiterreden. Also, so ist mein Plan: Wir werden jetzt gemeinsam nach Wales fahren und dem Briefschreiber helfen und ich dulde diesmal keine Widerrede! Ist das klar?!' 'Grrrrrrrrrrrr! Hast uns ganz schön auf den Arm genommen. Wir dachten schon, du würdest dich quer stellen', meinte Doggy. Lion zuckte nur mit den Schultern und grinste. Doch dann ging es auch schon los.
Jim holte seinen roten Flitzer und sagte uns, dass wir einsteigen sollten. Doggy, Lion, Husky und Louis, der Heidelbär, zwängten sich auf die Rückbank des Wagens. Doggy rechts, Lion links und Louis und Husky teilten sich den Sicherheitsgurt in der Mitte. Auf dem Beifahrersitz saß ich, natürlich angeschnallt. Schlafhund saß auf meinem Schoß. Jim saß am Steuer. 'Sind alle angeschnallt? Alles festhalten, es geht los. Irgend etwas hab ich vergessen ...', sagte Jim kurz, wobei die letzten Worte nicht für unsere Ohren bestimmt waren. In Gedanken versunken startete er den Motor und schon wurden wir in unsere Sitze gedrückt. Bis auf Jim traute sich keiner die Augen zu öffnen, so schnell fuhr er. Ab und zu bremste Jim abrupt und fuhr langsam. 'Hier wird oft geblitzt', erklärte Jim dann immer. Ich wünschte, auf der ganzen Strecke würde geblitzt, damit der Knabe endlich mal langsam fährt, denn er hielt sich nie an irgendwelche Geschwindigkeitskontrollen. Es sei denn, er hat keine freie Bahn oder würde andere gefährden. Alle anderen Zeichen hielt er aber ordnungsgemäß ein; sowas wie Ampel, Überholverbot, Motor abstellen an Schranken, Parkverbot, Vorfahrt und so weiter. Nach nicht allzu langer Zeit waren wir in Haverfordwest. Du kannst dir nicht vorstellen, wie froh wir waren, als wir endlich wieder aussteigen konnten. Alle taumelten aus dem Auto, nur Jim nicht. Ganz im Gegenteil, er nahm sich sogar noch die Frechheit heraus zu fragen: 'Was ist mit euch? Hat es euch nicht gefallen?' Wir sahen Jim böse an. Er soll froh sein, dass wir nicht in seinen Wagen gereihert haben. Doch Jim lächelte bloß verschmitzt.

Jim gab Lion einen Zettel, auf dem eine Adresse stand und sagte zu uns: 'Hier ist die Adresse von Pádraig McCarthy, meinem alten Freund. Geht schon mal vor. Ich will mir das Städtchen ansehen und erkunden, komme dann so bald wie möglich nach. Ich werde das Gefühl nicht los, das ich was vergessen habe, aber was? Ach, was soll's!' Wieder waren die letzten Worte nur laut gedacht und an keinen persönlich gerichtet. Lion nahm den Zettel mit der Adresse, wandte sich zu den anderen und sagte: 'Also los, gehen wir.' Doggy, Louis, Husky und Schlafhund setzten sich in Bewegung. Lion ging vorneweg. Ich wollte mich auch in Bewegung setzen und den anderen folgen, doch meine Neugier ließ meine Beine in die andere Richtung gehen, hinter Jim her. Jim lief durch den gesamten kleinen Ort, begutachtete Straßen, studierte Nebenstraßen, sah sich Läden, Pubs und Häuser an. Als Letztes kam er an einer Schule vorbei. Der Schulhof war voller Kinder, die gerade ihre Mittagspause hatten. Am Eingang stand ein kleines Mädchen. Sie sah richtig niedlich aus. Hatte langes, dunkelblondes Haar, was ihr ungebunden über die Schultern viel. Soweit ich das sehen konnte, trug sie einen dunklen Rock und einen roten Pullover. Aber das trugen an dieser Schule alle.
Ganz plötzlich kam sie auf Jim zugerannt. 'Jack, Jack!', rief sie und fuchtelte mit den Armen. 'Hast du schon eine Lösung gefunden, Jack?' Immer weiter rannte sie auf Jim zu. Und dieser tippte mit dem Finger auf seine Brust. Das Mädchen blieb direkt vor Jim stehen und sagte: 'Natürlich du, nun tu nicht so Jack. Wir haben uns doch gestern auf der großen Wiese getroffen. Du hast mir doch so große Angst eingejagt. Hast du das etwa schon vergessen?' Jim konnte immer noch nicht glauben, dass er gemeint war. Er schaute sich um. 'Bist du sicher, dass du mich meinst? Ich meine du könntest ... Was ist los, ist dir schlecht? Du wirst ja ganz bleich.' Genau wie ich machte das Mädchen den Mund immer wieder auf und zu, als ob sie etwas sagen wollte, ihr die Worte aber nicht über die Lippen gehen wollten. Zwischen Jim und mir tauchte plötzlich ein anderer Jim auf. Unser Jim konnte ihn nicht sehen, da er dem anderen den Rücken zugewandt hatte. Ich sah von beiden nur den Rücken. Das Mädchen konnte gerade noch auf den anderen Jim zeigen, bevor ihr die Knie weich wurden und unser Jim sie auffangen musste. Sachte legte er sie zu Boden und

fächelte ihr Luft zu. 'Das tut mir leid, ich wollte sie nicht erschrecken', sagte plötzlich der andere Jim, der an unseren herangetreten war.
Jetzt wurde auch Jim ganz bleich. Er kannte die Stimme! Es war seine eigene, obwohl er nichts gesagt hatte! Er hob den Kopf und schaute schräg über seine rechte Schulter. Er stieß einen kurzen, erschreckten Schrei aus, dann erhob er sich und betrachtete den fremden Jungen, der so vertraut aussah. Es war, als ob Jim in einen Spiegel schaute, ein Zwillingsbruder. Jims Kinnlade fiel ihm fast bis auf den Boden. 'Ich glaub, mich knutscht ein Elch!', stieß Jim vor Staunen hervor. Und ob du es glaubst oder nicht, plötzlich erschien neben Jim ein Elchkopf, der ihn knutschte! Der andere Jim grinste nur. Er kam mir so schrecklich bekannt vor. 'Das finde ich überhaupt nicht witzig!' Unser Jim war stinksauer. 'Wer bist du überhaupt? Und was willst du von diesem Mädchen? Antworte!' Der andere Jim grinste immer noch. Er schien sich über Jims Wutausbruch zu amüsieren. 'Nun ja, als ich so alt war wie du, hieß ich Jim. Doch später hab ich mich Jack genannt. Mein kleiner Bruder heißt Fomka. Mensch, ich bin du, nur 12 Jahre älter. Und ich brauche meine Hilfe von dir', erklärte dieser andere Jim, der sich jetzt Jack nennen lässt.
Ein leichtes, leises Stöhnen war plötzlich zu hören. Das Mädchen war wieder zu sich gekommen. Sofort rannte Jim zu ihr hin und hob sie hoch. Jedenfalls glaube ich, dass es Jim war. Ich konnte die beiden einfach nicht auseinander halten. 'Jack?', fragte das Mädchen leise. Doch Jim antwortete: 'Nein, ich bin nicht Jack, ich bin Jim. Erst in zwölf Jahren heiße ich Jack. Der Junge, den du meinst, steht dort', erklärte Jim. Das Mädchen sah ihn etwas irritiert an, sah dann aber zu Jack. Sie schien schon wieder in Ohnmacht fallen zu wollen, konnte sich aber noch fangen und stieß nur einen sachten Schrei aus. 'Der sieht genauso aus wie du.' Jim nickte: 'Ist sowas wie mein Doppelgänger. Und er braucht unsere Hilfe, deshalb ist er hierher gekommen. Ist es nicht so, Jack?' Der andere Jim nickte zustimmend. 'Ach, wenn wir gerade beim Vorstellen sind: wie heißt du eigentlich?', fragte Jim das Mädchen. 'Ich heiße Daniela McCarthy. Und wer ist dieser riesige weiße Berg, der uns schon eine ganze Zeit lang beobachtet?' Die beiden Jims drehten sich zu mir um.

‘Verdammter Mist, die haben mich bemerkt!’, sagte ich noch und drehte mich um. Wahrscheinlich hoffte ich, so nicht entdeckt oder erkannt zu werden. Was für eine törichte Annahme. Schon hörte ich Jims vertraute Stimme, die da fragte: ‘Fomka, was machst du denn hier?’ Oder war es doch Jack? ‘Ich, ähm, ja, ähm, ich, äh ... Versteh’ mich nicht falsch, aber ich, ähm, ich ... Ich wollte wirklich nicht, ähm, ja, ähm ...’ Ich stammelte nur wirres Zeug, bekam keinen vernünftigen Satz hin. Jim lachte. ‘Das ist wieder mal typisch Fomka. Neugierig bis zum Gehtnichtmehr und dann in Erklärungsnot. Na komm, Dicker. Gehen wir zu meinem alten Studienkollegen, der erwartet uns bestimmt schon.’
Wir setzten uns zu viert in Bewegung. Unterwegs erklärte Jack, was geschehen war, warum er aus der Zukunft, aus dem Jahre 2006 hierher in die Vergangenheit gekommen war. ‘Im Jahre 1998 ereignete sich eine schreckliche Katastrophe. Nur vier Menschen haben überlebt. Das sind Bastian, Julia, Janina und ich. Die anderen Lebewesen hat es dahingerafft. Die Erde ist eine einzige Wüste. Seitdem leben wir in einem Bunker unter der Erde. Schon seit acht Jahren. Ich bin zurückgekommen in die Vergangenheit, um diese Katastrophe zu verhindern.’
‘Moment mal, wo gehen wir denn hin? Das ist doch der Weg zu meinem Haus. Ich dachte du wolltest zu deinem Studienkollegen?’, fragte Daniela plötzlich. ‘Und wieso folge ich euch eigentlich, ich muss doch in die Schule. Na gut, eine halbe Stunde hab ich ja noch Zeit, obwohl wir das Gelände eigentlich nicht verlassen dürfen.’ ‘Ähm, wir sind doch auf dem Weg zu meinem Studienkollegen. Er wohnt in der Shakespeare Close’, erklärte Jim. Daniela staunte: ‘Aber da wohne ich doch. Und dein Studienkollege wohnt in derselben Straße?’ Jim lächelte nur verschmitzt, gab aber keine weitere Antwort.
Dann endlich standen wir vor einem schönen Haus. Es war das Letzte in einer Sackgasse. ‘Das ist doch mein Haus!’, rief Daniela erstaunt aus. Jim klingelte. ‘Ach Jack, hat mein Freund dich eigentlich schon mal gesehen?’ Jack schüttelte mit dem Kopf. Die Tür öffnete sich. ‘Kann ich hel ... Daniela, was machst du denn hier? Musst du nicht in der Schule sein. Und wer ist dieser Junge? Ist das der, von dem du erzählt haa-aaaaa?’ Der Mann, der geöffnet hatte, schrie plötzlich auf. ‘Was ist denn los?’, fragte ich. Aber

der Mann zog es vor, einfach umzufallen, anstatt zu antworten. Jim fing ihn auf. Das muss wohl in der Familie liegen. Jim trug den Mann ins Haus. Auch seine Frau reagierte kaum anders, als sie uns sah. Sie schrie und fiel zu Boden. Der andere Jim fing sie auf. 'Daniela, wo ist das Schlafzimmer?', fragten beide Jims gleichzeitig. Das Mädchen zeigte nur auf eine Tür gegenüber der Eingangstür. Dorthin brachten die beiden Jims die Eltern von Daniela. Ich wollte die Tür öffnen, aber Jim rief schon: 'Nein, nicht du!' Daniela öffnete die Tür. Behutsam legten die beiden die Eltern auf das Ehebett. Jim schickte mich nach draußen. Und diesmal war es wirklich Jim, da ich die beiden inzwischen gekennzeichnet hatte. Unser Jim trug nun einen Bärenpfotenabdruck auf der rechten Schulter. Etwas betreten verließ ich das Zimmer.
Ich hatte das Schlafzimmer kaum verlassen, als es schon wieder klingelte. Ich ging zur Tür und öffnete. Lion, Schlafhund, Louis, Doggy und Husky standen vor der Tür. 'Ach, wie schön, dass ihr auch schon kommt', begrüßte ich sie. 'Ist es denn nicht erlaubt, sich die Gegend hier anzusehen, wenn man schon mal hier ist?', fragte Lion etwas gekränkt. 'Ist ja schon gut. Kommt rein!' Ich ging zur Seite und ließ die anderen eintreten. 'Ach ja, und seid leise! Die Herren des Hauses liegen ohnmächtig im Schlafzimmer.' 'Ohnmächtig? Was habt ihr denn angestellt? Müssen wir einen Exhibitionisten holen?', fragte Husky. Louis machte ein etwas hilfloses Gesicht. 'Wen oder was sollen wir holen? Wo findet man so etwas?', fragte er. 'Husky meinte einen Exorzisten, einen Geisterbeschwörer. Was ein Exhibitionist ist, möchte ich lieber nicht erklären', klärte ich Louis auf. 'Ja, ja, äußert euch nur weiter so mokant über mich! Ihr wißt ja gar nicht, wie sehr ihr mich damit brüniert!' Husky war grob beleidigt. Er heulte fast. 'Aber Husky, es war doch nicht so gemeint. Wir mögen dich doch alle. Außerdem hast du diesmal sogar ein Fremdwort richtig benutzt, als du mokant gesagt hast; sich spöttisch äußern. Nur brüniert war nicht ganz richtig, das hätte brüskieren hei...' 'Das ist genug, das ist einfach zuviel! Ich kündige!' Husky ging zur Tür und verließ das Haus. Wir zuckten alle zusammen, als die Tür mit voller Wucht zuknallte. Mir gefiel es gar nicht, dass mich die anderen alle ansahen und das nicht sehr freundlich. 'Hab ich irgend etwas falsch gemacht?', fragte ich unschuldig. Ich wollte Husky wirklich

nicht verletzen. Schon war ich an der Tür, um Husky hinterher zu rennen und mich zu entschuldigen, als wir einen kurzen, leisen Aufschrei aus dem Schlafzimmer hörten. Doch gleich darauf war es still und die Schlafzimmertür öffnete sich. Der Familienvater trat heraus und schaute entgeistert auf uns. Er wollte schon wieder losschreien und womöglich noch einmal umfallen, doch Jim hielt ihm den Mund zu und erklärte, dass wir seine Freunde seien und ihm helfen wollten. 'Das ist eindeutig etwas zu viel für einen Tag. Erst dieser riesige Bär, dann du als Kind, obwohl du schon erwachsen sein müsstest, dann noch einmal du, der aus einer anderen Zeit kommt, dann der halbe Zoo in meiner Wohnung. Da brauch ich erstmal einen Schnaps.' Der Mann ging an die Hausbar und schenkte sich einen Klaren ein. Irgendwann einmal hatte ich so ein Zeug auch getrunken. Ich hatte Durst und dachte, es wäre Wasser gewesen. Natürlich hab ich die ganze Flasche in eine Schüssel gekippt und ausgetrunken. Die Folgen waren allerdings mehr als unangenehm. Die ganze Welt hatte sich gedreht und das Schlimmste: ich musste meinen Bruder gleich vier mal sehen. Aber reden wir nicht mehr davon. Gehört ja eigentlich auch nicht zum Thema.
Wie gesagt, Danielas Vater genehmigte sich einen Klaren, bevor er Jim weitererzählen ließ. 'Also, ich denke ich habe euch noch jemanden vorzustellen. Jack, kommst du bitte?', fing Jim an. Und fast sofort trat der andere Jim aus dem Schlafzimmer, der bis jetzt bei Danielas Mutter geblieben war. Der andere Jim, der ab jetzt von allen Jack genannt wurde, deutete eine leichte Verbeugung an und grüßte. Sah alles ziemlich englisch aus. Und wirkte wie aus der Vergangenheit – so in etwa 16., 17. oder 18. Jahrhundert bei Hofe. Wenn Jack nicht diese modischen, leicht ausgewaschenen Jeans und das T-Shirt getragen hätte, ich hätte nie geglaubt, dass er aus der Zukunft kommt. Ich verkniff mir ein Lachen. Die anderen hatten keine Zeit zu lachen, die staunten über die zwei Jims. Sie bekamen die Münder gar nicht wieder zu. Doch nachdem sich alle wieder etwas gefasst hatten, stellte Jim alle vor: 'Also, das hier bin ich in 12 Jahren. Ich bin aus der Zukunft hierher gekommen, um mich um Hilfe zu bitten. Oder so ähnlich. Um es noch einmal einfach zu sagen: das ist Jack. Er kommt aus der Zukunft und braucht unsere Hilfe.' Und zu Jack gewandt sagte er: 'Ich denke, du

kennst meine Freunde. Dennoch will ich sie vorstellen, da die Familie McCarthy sie nicht kennt. Das dort ist Lion, der stellvertretende Chef des Big Ben Clan, daneben steht unser verschlafenstes Mitglied Schlafhund. Der andere Hund ist Doggy, der kleine blaue Bär ist der Enkel von Fomka, unserem Heidelbären und heißt Louis. Und der große dort ist Fomka. Und das dort sind Daniela, Marianna und Pádraig McCarthy, womit wir alle hätten. Nein Moment, da fehlt doch jemand. Wo ist Husky?' Ich wurde ganz klein und wäre am liebsten gleich im Boden versunken. 'Nun ja, Husky. Äh der ... der hat ... gekündigt.' Es bereitete mir Mühe, das letzte Wort über die Lippen zu bringen. Es war wohl kaum zu hören. Kläglich kam es herüber. Fast schon hatte ich es verschluckt, doch Jim hatte es dennoch gehört. 'Wie meinst du – gekündigt?', fragte er. Beschämt erklärte ich Jim, was passiert war. Jim schüttelte nur verständnislos den Kopf. 'Wie kann man nur so ungeschickt sein? Jack, komm, wir suchen den Hund und bringen gleich Daniela wieder in die Schule. Oder soll sie für den Rest des Tages freigestellt werden?' 'Das wird nicht nötig sein, so eilig haben wir es mit dem Fall noch nicht. Ich denke, sie kann getrost in die Schule gehen und wir ...' Ich unterbrach Jack: 'Wir könnten schon mal das Mittagessen kochen. Ich bin Chefkoch und sage, was zu tun ist. Die anderen rühren zusammen. Ich möchte nämlich nicht die Haushaltseinrichtung entschärfen.' Jack und Jim nickten, nahmen Daniela an den Armen und brachten sie im Nu wieder zurück zur Schule. Mit Jims Flitzer, arme Daniela ...
Währenddessen sah ich mich in der Küche um und schrieb auf, was ich für mein Rezept brauchte. Es war nicht viel. Lediglich milden Hering. Kartoffeln waren da. Na gut, von den Gewürzen mal abgesehen, Salz und Pfeffer reichen eben nicht aus. So gingen Doggy und Lion einkaufen: Koriander, Kreuzkümmel, gemahlener Chili, Dill, Majoran, Curry, Fischgewürz, Senf – ach nein, Senf war ja da. Aber Soßenpulver für Fisch, das war besonders wichtig und geriebener Edamer. Wie es beim Einkaufen zuging, kann ich leider nicht sagen, jedenfalls hatte es ziemlich lange gedauert und als die beiden zurückkamen, hatten sie sich verbal in der Wolle.
'Und ich sage dir, da kommt kein Knochen dran! Es ist schon schlimm genug, dass es Hering sein muss', geiferte Lion. 'Dann

machen wir halt Koteletts anstelle von Hering ran. Wenn du sowieso keinen Hering magst. Und außerdem sollten wir milden und keinen Bismarckhering kaufen!', konterte Doggy. 'Das ist milder Hering, da steht Mild! Das ist milder Bismarckhering! Und ich an deiner Stelle würde mich nicht mit Fomka anlegen. Was meinst du, was der sagt, wenn du statt mit Hering mit Koteletts ankommst. Der würde dir sämtliche Beine einzeln rausreißen, und zwar in der Luft! Und nun halt die Klappe und trag den Beutel. Ich hab ihn wahrlich lange genug getragen!' 'Was soll ich? Den Beutel tragen? Wo kommen wir da hin? Ich finde, wir haben uns die Arbeit gerecht eingeteilt. Ich habe den Beutel hingetragen und du trägst ihn zurück. Und Fomka wird so oder so merken, dass wir den falschen Hering haben. Ich sage dir, der meinte den Matjeshering daneben! Und noch etwas: hatte Fomka nicht von Kreuzkümmel geredet? Du hast normalen Kümmel genommen.' 'Wo ist da der Unterschied? Kümmel ist Kümmel. Außerdem gab es keinen Kreuzkümmel.'
Und so kamen die zwei geifernd und streitend hier an. Pádraig versuchte, die beiden erst einmal wieder zu beruhigen und übergab mir den Beutel mit den Zutaten. Ich kippte alles auf den Tisch in der Küche und sah es mir an. 'Diese beiden Leuchten! Kreuzkümmel sollten sie doch bringen und was kaufen die? Stinknormalen Kümmel! Und was soll das sein? Doch wohl nicht etwa Hering? Wenn man nicht alles selbst macht!' Ich schüttelte den Kopf, aber ich versuchte, das Beste aus den bescheidenen Zutaten zu machen. 'Nein, nein, nein, nicht überkochen, nur warm machen. Und passt doch auf die Kartoffeln auf, wir wollen doch keinen Kartoffelbrei! Nicht doch den Hering so zerstückeln; vorsichtig in die Auflaufform geben. Passt doch auf! Lion, was machst du denn da? Zuerst eine Schicht Kartoffeln, dann den Hering und nicht umgekehrt. Was seid ihr nur für Köche?', schrie ich in einer Tour. 'Das ist doch zum junge Hunde kriegen!' Doch dann endlich hatten wir den Heringsauflauf fertig und konnten essen. Daniela war auch schon da und gerade eben kamen auch Jim, Jack und Husky zur Tür herein. Nicht lange und alle saßen am Tisch, selbst Danielas Bruder Tim. Ich servierte das Essen, Marianna hatte den Tisch gedeckt. Einige der Gäste machten lange Zähne, allen voran Schlafhund. Ich glaube, Teufel hätte es mit Genuss

gegessen. Doch der trieb sich ja im Land der ungeahnten Möglichkeiten herum und hatte seinen Spaß. Die Menschen aßen den Auflauf ohne Beanstandung, es schien ihnen sogar zu schmecken. Selbst Doggy gab ein Geräusch der Zufriedenheit von sich, obwohl er am Anfang so gemeckert hatte. Lion drückte sich vorsichtig aus, als ich fragte, ob es schmeckt. 'Mh, schmeckt interessant.' Nur Schlafhund stand vom Tisch auf und sagte: 'Tut – mir – leid – Fom – ka, – a – ber – ich – mag – kei – nen – Fisch. – Ich – ge – he – in – die – Kü – che – und – schau – mal – nach, – was – es – da – so – gibt.' Langsam trottete er aus dem Wohnzimmer in Richtung Küche. Die anderen aßen brav auf und bekamen sogar noch ein Eis als Nachspeise. Ich glaube es war Schokoeis, wobei ich Heringseis bevorzuge.
Nach dem Essen ging Timmy in sein Zimmer zum Spielen, immerhin ist er ja erst sechs gewesen. Pádraig und Marianna gingen in die Küche und räumten auf. Sie wollten schon wieder rückwärts hinausgehen, als sie die Bescherung dort sahen. Es war einiges übergekocht und angebrannt. Der Rest der Truppe zog sich zur Beratung in Danielas Zimmer zurück. Schlafhund erwartete uns dort bereits. Wir wunderten uns ein wenig darüber, dass Schlafhund schon hier war, fragten aber nicht weiter nach. Vielmehr fing Jack an, uns zu erklären, wie es in der Zukunft aussähe, dass wirklich außer den vieren, die er genannt hatte, keiner überlebt habe. Die einzige sichere Gegend sei ein alter Kriegsbunker in Deutschland. Essen oder Wasser gäbe es nicht. Die vier konnten wirklich nur überleben, weil Jack zu einem Trick gegriffen hat, den er zur Zeit nicht näher erklären könne. 'Gibt es irgendwelche Hinweise auf die Umstände, die die Katastrophe ausgelöst haben?', fragte ich. 'Nun, Fomka, wir glauben, dass es etwas mit den letzten Forschungen zu tun hat. Die zwei Wissenschaftler John Carpenter, ein Engländer, und Manfred Neelsen, ein Deutscher, waren dabei, ein Mittel zu erfinden, das Leben schaffen sollte. Doch dazu kam es nicht, da wir vorher von dieser Katastrophe überrascht wurden.' Jack erklärte noch stundenlang. Jeder gab irgendwelche Vorschläge ab, die aber fast sofort wieder für nichtig erklärt wurden. Die Zeit verging, ohne dass wir es merkten. Zwischendurch stand Daniela auf und fragte, ob jemand Schokolade haben möchte. Schlafhund meldete sich natürlich als Erster.

Also ging das Mädchen zu ihrem Regal und holte eine Tüte heraus. 'Ich hatte nämlich Geburtstag. So, hier ist ... – Keine Schokolade mehr drin? Wer hat die ganze Schokolade gegessen? Tim!', schrie sie wütend. Schlafhund wurde immer kleiner und verkroch sich hinter meinem Fuß. 'Ähm, – ich – glau – be, – das – war – ich', sagte er verlegen und senkte den Kopf. Daniela sah ihn nur ungläubig an und schüttelte den Kopf. 'Hunde, die Schokolade fressen. Sowas. Aber wenigstens hast du mir eine Tafel übrig gelassen. Und ausgerechnet die weiße.' Schlafhund zuckte in Zeitlupe mit den Schultern und sagte: 'Die – wei – ße – mag – ich – nicht – so.' Mehr sagte er nicht. Daniela teilte also die Tafel auf, wobei Schlafhund sich mit zwei kleinen Stückchen zufrieden gab. Schokolade mampfend wurde weiter diskutiert. Es muss schon weit nach Mitternacht gewesen sein, als wir beschlossen, die Sitzung fürs Erste zu unterbrechen. Na gut, sagen wir, sie wurde zwangsläufig unterbrochen und durch ein Schnarchkonzert ersetzt.
Ich weiß nicht, wie lange wir geschlafen hatten. Doch als wir aufwachten, stand die Sonne bereits hoch am Himmel. Jim, Jack und ich waren als Erste wach. Wir nutzten die Zeit, während die anderen noch schliefen, um Informationen auszutauschen, die sie noch nicht erfahren sollten. 'Wie könnt ihr denn überleben, wenn es kein Essen und kein Trinken gibt?', hauchte Jim leise zu Jack. Dieser schüttelte nur den Kopf und sagte: 'Das müsstest du doch am besten wissen.' 'Du meinst, dass du das nötige Essen und Trinken für euch vier herzauberst. Natürlich, ist wohl die einzige Möglichkeit zu überleben. Wie sieht die Erde aus, nachdem ihr wieder an die Oberfläche könnt?' 'Sie ist eine Wüste ohne Pflanzen, ohne Leben, ohne Wasser. Nur Steine, Sand, Schutt und Asche. Die Häuser sind leere Hüllen längst vergangener Zeiten. Ich glaube nicht, dass in den nächsten hundert oder tausend Jahren Leben möglich ist. Meine Kraft reicht nicht aus, um auf dem verdorrten Boden Leben wachsen zu lassen. Genau deshalb muss ich diese Katastrophe verhindern. Damit die Erde nicht so ein Schicksal erleiden muss', flüsterte Jack uns zu. Er wollte noch etwas sagen, wurde aber von Doggy unterbrochen, der gerade aufwachte. Nach und nach wachten dann auch die andern auf. 'Wie spät ist es?', fragte Daniela und schaute auf ihren Wecker. 'Ach du meine Güte, es ist ja schon fast um drei. Warum haben

mich meine Eltern nicht geweckt, um mich in die Schule zu schicken?' Sofort war sie aufgesprungen und zur Tür hinaus. Wahrscheinlich lief sie nach unten. Nach kurzer Zeit kam sie allerdings wieder und holte uns zum Frühstück. Wir erfuhren, dass Pádraig, der inzwischen auf Arbeit war, in der Schule angerufen und Daniela entschuldigt hatte; sie fühle sich nicht wohl und solle deshalb zu Hause bleiben.

Nach dem kurzen, verspäteten Frühstück zogen wir uns wieder in Danielas Zimmer zurück und nahmen die Beratung von Neuem auf. Unsere Köpfe fingen langsam an zu rauchen. Und wahrscheinlich wären wir bald im Rauch unserer Köpfe erstickt, wenn nicht der, von dem wir es am wenigsten erwartet hatten, eine Idee gehabt hätte – Schlafhund. 'Was – ist – mit – den – zwei – For – schern? – Kön – nen – die – nicht – der – Schlüs – sel – zur – Lö – sung – sein? – Viel – leicht – war – es – nur – ein – Un – fall. – Wir – kön – nten – ja – mal – mit – ih – nen – re – den', schlug er vor. 'Natürlich, das ist eine fabelhafte Idee. Dass ich nicht selbst drauf gekommen bin', entgegnete Jack. 'Jim, wir beide werden jetzt zu Pádraig gehen und ihn darum bitten, die Adressen der beiden herauszubekommen.' 'Oder wenigstens von einem der beiden', ergänzte Jim und schon waren Jim und Jack verschwunden. Uns hatten sie keinen Auftrag gegeben, also gingen wir ein wenig spazieren. Daniela führte uns in die Nähe vom Bahnhof. Dort gegenüber war ein Supermarkt. Lion hatte die Idee, dort neue Schokolade für Daniela zu kaufen. Zusammen mit Doggy ging er hinein. Schlafhund wollte auch mit, was ihm allerdings untersagt wurde, da er von der Schokolade im Laden bestimmt nicht viel übrig gelassen hätte. Der Hund beschwerte sich zwar anfangs etwas darüber, blieb dann aber brav hier bei uns. Wir sahen uns unterdessen den Bahnhof an. Gerade hatten wir die große Eingangshalle betreten, als wir plötzlich umgerannt wurden. Das heißt, Husky wurde umgerannt. 'Tut mir ehrlich leid. Wollte Sie nicht umrennen. Hab es eilig. Meine Truppe wartet auf mich. Tschüß!', und schon war das kleine hellgrüne Wollknäuel aus der Halle verschwunden. 'Wer war das?', fragte Husky. Doch wir hatten alle keine Ahnung.

Noch ehe wir uns darüber den Kopf zerbrechen konnten, hörten wir eine sehr vertraute Stimme: 'Hier seid ihr. Wir suchen euch

überall. Find ich echt nicht nett von euch, einfach abzuhauen.' Es war Lion. 'Ach Dani, hier ist deine Schokolade. Versteck sie diesmal aber besser, damit Schlafhund sie nicht wieder auffrisst', meinte Doggy und übergab Daniela einen Beutel Schokolade. 'Sagt mal, wie lange soll ich denn an der Schokolade essen? Das reicht ja für mindestens drei Jahre', entgegnete das Mädchen. 'Siehst du Lion, ich hab dir doch gesagt, dass es zu viel ist, aber du wolltest ja nicht hören.' Doggy schaute Lion herausfordernd an. 'Ach, halt die Klappe! Wer konnte sich denn nicht entscheiden, welche Schokolade wir nehmen sollen. Daher fand ich es nur recht und billig, von jeder Sorte eine zu nehmen', konterte der Löwe. 'Recht meinetwegen, aber billig? Schau doch nur mal auf den Kassenzettel. £ 15.' Doggy wedelte mit dem Kassenzettel vor Lions Nase herum. 'Nun ist aber gut. Ich danke euch trotzdem für die Schokolade. Ich werde sie schon irgendwie alle bekommen. Ich hab doch genug Freunde, die alle gerne Schokolade essen', versuchte Daniela zu schlichten. Und drei mal darfst du raten, wer sich als erster meldete. Sie nahm den Beutel mit der Schokolade entgegen und wir gingen weiter. Schlafhund lief immer dicht an ihrer Seite, egal wie schnell oder langsam sie lief. Jedenfalls die ersten paar Meter, danach gab er es dann endlich auf und trottete hinterher, wie er es immer tut. Wir gingen noch eine ganze Weile durch den kleinen, malerischen, ruhigen Ort. Daniela zeigte uns den Sportplatz. 'Oh, der Haverfordwest Rugby Football Club trainiert heute. Dann haben die bestimmt bald ein großes Spiel. So genau kenne ich mich nicht aus, da musst du meinen Vater fragen. Der hält euch einen stundenlangen Vortrag darüber', sagte Daniela, als sie die Mannschaft auf dem Platz spielen sah. 'Ähm, Dani, was ist das dort für ein Flughafen?', wollte Doggy wissen und zeigte auf besagten Flugplatz. 'Ach das, das ist der Haverfordwest Air Charter Service. Hier kannst du Flugzeuge mieten.'
Nach einer Weile machten wir uns dann auf den Rückweg. Wir kamen an einer Drogerie vorbei, als Daniela plötzlich sagte: 'Geht schon mal vor, ich muss noch etwas für meine Mutter besorgen.' Und schon betrat sie die Drogerie. Wir gingen also alleine zurück. Doch das war einfacher gesagt, als getan. Aber wie ich erfahren habe, waren wir nicht die Einzigen, die sich verlaufen hatten. Nur mit dem Unterschied, dass wir keinen Stadtplan hatten,

der uns helfen konnte. 'Hat sich irgendjemand den Weg gemerkt?', fragte ich. Die anderen sahen mich nur an und zuckten mit den Schultern. 'Ich nicht', meinte Louis. 'Was ist mit dir Lion, als stellvertretender Chef und Leiter dieser Aktion müsstest du dir doch den Weg gemerkt haben.' Doggy sah Lion herausfordernd und fragend an. 'Ähm, tut mir leid, Leute, aber ich kann mir auch nicht alles merken. Und mein Orientierungssinn ist nun mal leider unter aller Sau. Ich habe keine Ahnung, wo wir sind oder wo wir lang müssen.' Frustriert ließen wir uns am Straßenrand nieder. Wir konnten nur hoffen, dass irgendjemand vorbeikam und uns sagen könnte, wo wir lang mussten. Und so warteten wir und warteten und warteten. Es war bestimmt schon eine halbe Stunde vergangen und keine Menschen- oder Tierseele war vorbeigekommen. Die Straße war so verlassen wie ein altes Haus, das kurz vor dem Abriss stand. 'Hier kommt doch in hundert Jahren keiner vorbei. Wir sollten versuchen, wenigstens zum Bahnhof zurückzukommen', schlug Doggy vor. 'Wenn wir hier noch länger rum sitzen, bekomme ich noch Falten am Hintern.' 'Da brauchst du dir keine Sorgen zu machen. Die hast du schon', scherzte Louis. Doggy wollte schon vor Wut auf den kleinen Bären losgehen, doch er beherrschte sich. Er machte gerade so einen Kurs mit: 'Wie lerne ich mich selbst zu beherrschen' oder so ähnlich. 'Nein, um mich zu beleidigen, muss schon ein erwachsener Boxer kommen und nicht so ein halber Hering wie du! Und außerdem bin ich sehr stolz auf meine Falten, jede einzelne!' Er setzte sich wieder hin, allerdings achtete er peinlich genau darauf, dass der Abstand zwischen ihm und dem Heidelbären groß genug war. Er sah in die andere Richtung und stützte sein Kinn auf die Pfoten. Ich beließ es dabei und mischte mich nicht weiter ein. Doch plötzlich sprang Doggy auf. 'Ich glaub es nicht, ich glaub es nicht! In dieser gottverlassenen Gegend. Da kommt jemand, da kommt jemand! Seht doch, da kommt jemand!' Und schon war der Hund auf und davon. Es dauerte nicht lange und er kam wieder zurück, doch er kam nicht allein. Ein kleines grünes Etwas ging neben ihm. Es war bestimmt nicht größer als Schlafhund. Ein kleiner grüner Teddybär mit orangen Ohren, aber das sahen wir erst, als sie näher kamen. 'Na, was für ein Zufall. So trifft man sich wieder. Wo wolln's hin?' 'Du bist doch der Bär vom

Bahnhof! Das ist wirklich ein Zufall. Kommst du von hier?', fragte ich. Der kleine Bär nickte. 'Jepp, ich wohne in'dr Shakespeare Close.' 'Wie bitte?! Das ist ja ein noch größerer Zufall. Genau da wollen wir auch hin. Allerdings haben wir uns ein klein wenig verirrt.' 'Mh, seid ihr sicher, dass ihr euch nur ein wenig verirrt habt? Die Shakespeare Close liegt am anderen Ende der Stadt. Kommt, ich bringe euch hin.' Der Bär lachte leise. 'Ich bin übrigens Emil und wer seid ihr? Was führt euch in dieses Nest?' Also erklärten wir Emil auf dem Weg zu den McCarthys, wer wir sind und warum wir hergekommen waren. Emil war schwer beeindruckt von unserer Geschichte.
'Ah ja, ab hier kenne ich mich aus. Dort drüben die Straße rein und dann immer gerade aus bis zum letzten Haus.' Ich erinnerte mich wieder. Emil wollte mit. Er meinte, dass er uns hier bestimmt gut helfen könnte, da er sich hier auskannte. Also nahmen wir ihn mit. Jim, Jack und Daniela waren bereits da und warteten auf uns. Selbst Pádraig war zu Hause. Wahrscheinlich war seine Schicht um. Jim begrüßte uns. 'Na, da seid ihr ja endlich! Wir wollten schon eine Vermisstenanzeige aufgeben. Was bei dir etwas schwierig geworden wäre, Fomka, da du nicht auf ein Bild passt.' Ich hasste Jims Scherze! Vor allem, wenn sie mich betrafen. 'Ich bringe hier ein paar Ausreißer wieder. Hab sie am anderen Ende der Stadt aufgegabelt', antwortete Emil. 'Danke, dass du sie zurückgebracht hast, Emil. Doch kommt erst einmal herein. Ich mache uns einen schönen Tee', sagte Pádraig dankend zu dem kleinen Bären. Wir traten ein. 'Äh, ich ziehe eine Schüssel kühles Wasser vor, wenn es recht ist.' Die anderen Tiere stimmten mir da zu. Also machte Pádraig nur für seine Familie und Jim und Jack Tee. Die anderen bekamen Wasser. Gemütlich saßen wir am Wohnzimmertisch. Ich war der Einzige, der keinen Stuhl brauchte. Vielmehr hatte ich Probleme, nicht den Tisch umzuwerfen, da ich so groß war. 'Äh Jim, könntest du mir einen Gefallen tun? Mach mich ein paar Meter kleiner. Bitte.' 'Aber Fomka, wie soll ich das denn machen? Ich bin doch kein Zauberer.' Dabei sah er mich leicht streng an. Ach ja, jetzt fiel es mir wieder ein, Daniela sollte doch noch nichts von Jims Fähigkeiten erfahren. Also blieb mir wohl oder übel nichts anderes übrig, als mich mit diesem kleinen Tisch zu arrangieren. Jack erzählte uns, dass sie

die Adresse von John Carpenter herausgefunden hatten. Denn eigentlich wohnte er irgendwo in der Nähe von York. Wir beschlossen, dass wir nach dem Tee diesen Carpenter aufsuchen sollten. Und ursprünglich war geplant, dass auch Pádraig mitkommen sollte. Doch der meinte gleich, dass er noch Besuch erwarte, irgendein Möbelvertreter namens Mr. Bunter, deswegen hatte er auch den Nachmittag frei. Pádraig meinte, wegen des merkwürdigen Namens, dass dieser aus Deutschland oder so käme. 'Eigentlich sollte ein gewisser Mr. Siarl kommen. Doch der hat sich kurzfristig krank gemeldet, also springt dieser Mr. Bunter ein.' 'Siarl, was für ein komischer Name', meinte Louis. 'Das ist Walisisch und entspricht dem englischen Namen Charles. Man schreibt den Namen, wie man ihn spricht. Jedenfalls in diesem Fall', erklärte Pádraig. So gingen wir ohne ihn.
Es war nicht schwer, John Carpenters momentanen Aufenthaltsort zu finden. Zu Fuß waren wir nur etwa eine halbe Stunde unterwegs. Jim und ich ließen uns für kurze Zeit etwas zurückfallen, da wir reden wollten. 'Wir hatten doch ausgemacht, dass wir Daniela erst einmal nichts von meinen Fähigkeiten erzählen. Da kann ich dich nicht einfach schrumpfen lassen', fing Jim an. 'Ja, ich weiß, das hatte ich vergessen. Tut mir leid. Aber was ist mit ihrem Vater. Ich hab ihn beobachtet, der scheint was zu wissen.' Jim nickte. Er erklärte mir, dass er ihm alles erzählt hatte, als er heute morgen bei ihm im Büro war. 'Er weiß also Bescheid. Ah, da wären wir. Hier, in dem Haus dieser Familie wohnen die beiden zur Zeit.' Damit war unser kleines Gespräch beendet. 'He Jim, ist es das hier?' Lion zeigte auf das Haus. Jim nickte. 'Okay, dann werd ich mal klingeln und uns anmelden. Ihr wartet hier. Vor allem Fomka, wir wollen ja nicht, dass der gute Herr ohnmächtig wird.' Und damit war der Löwe in Richtung Haus verschwunden. Er stand vor der Tür und wartete. Nach nicht all zu langer Zeit wurde die Tür geöffnet. Jemand schaute durch den kleinen Spalt. Von unserer Position aus konnten wir aber nicht erkennen, wer es war. Lion fuchtelte mit den Armen und gestikulierte heftig. Leider konnten wir nicht hören, was er sagte. Doch was es auch war, der Person hinter der Tür schien es nicht zu gefallen. Sie knallte Lion die Tür vor der Nase zu. Verdutzt sah Lion die Tür an. Doch dann klopfte er noch einmal. Und tatsäch-

lich wurde die Tür ein zweites mal geöffnet. Nach nicht einmal zehn Sekunden wurde sie wieder zugehauen und diesmal mit mehr Wucht. Wer allerdings glaubte, dass sich Lion geschlagen gab, hatte sich geirrt. Immer und immer wieder klopfte und wummerte er gegen die Tür. Ohne Erfolg. Ich sah, wie sich über der Tür ein Fenster öffnete. Ein Eimer kam zum Vorschein und irgendetwas wurde ausgekippt. Lion schrie auf; vor Wut oder Schmerz konnte ich nicht sagen. Aber er gab sich geschlagen und kam geknickt zu uns zurück. Er schimpfte: 'Das muss ich mir nicht bieten lassen! Was glaubt der, wer ich bin? Ich bin der König der Tiere und der große Bruder von König Balthasar III. von Angst. Mir schüttet man nicht ungestraft heißes Wasser über den Pelz!' Jim verkniff sich ein Lachen und ging seinerseits zu diesem Haus. 'Da muss ein Profi ans Werk', meinte er noch, bevor er sich in Bewegung setzte. Auch er klopfte an die Tür. Nichts geschah, niemand öffnete. Jim klopfte mehrere Male ohne Erfolg. 'Von wegen Profi! Dem wird ja noch nicht einmal die Tür geöffnet', brummelte Lion in seinen Schnurrbart. 'Der und Pro ... Pro ... Profi. Das ihm die Tür geöffnet wurde, ist noch lange kein Beweis, dass er ein Pro ... Pro ... Profi ist. Wie macht der das bloß?' Lion konnte seinen Augen nicht trauen, als Jim die Tür geöffnet und ihm dann sogar Einlass gewährt wurde. Der Knabe winkte uns zu. Es sah so aus, als wolle er, dass wir zu ihm kommen. Also machten wir uns auf den kurzen Weg zur Tür. Jim stellte uns einen nach dem anderen vor. Bei mir schluckte der Mann an der Tür ein wenig, ließ mich aber eintreten. 'Wie machst du das nur? Was hast du, was ich nicht auch habe?', hörte ich Lion Jim fragen. Und Jim antwortete: 'Mehr Lebenserfahrung. Mehr Lebenserfahrung.' 'Haha, das ich nicht lache! Von wegen Lebenserfahrung, nur weil du ein paar Jährchen älter bist als ich, hast du noch lange nicht mehr Lebenserfahrung! Du bist doch nichts anderes als ein kleiner 15jähriger Bengel, der Auto fahren kann. Wobei ich mir nicht vorstellen kann, dass du den Führerschein hast.' Lion konnte einfach nicht glauben, dass dieser 'kleine Bengel', wie er Jim genannt hatte, in der Tat einen Führerschein besaß. Doch war das Dokument, das Jim dem Löwen vor die Nase hielt, alles andere als eine Fälschung. Jim lächelte und betrat das Haus. Lion trottete missmutig hinterdrein. Lion konnte nicht wissen,

dass Jim keine fünfzehn mehr war, sondern ganze 4000 Jahre. Das offenbarte er dem BBC erst später.
Doch erst einmal war das Gespräch mit John Carpenter wichtig. Er erzählte uns einiges über das Projekt, das er und sein Kollege Manfred Neelsen gerade leiteten. Zum Schluss gab er uns noch eine Kopie von der Formel, die Leben schaffen sollte. Es kostete Jim und Jack einiges an Mühe, Mr. Carpenter dazu zu überreden, uns die Formel auszuhändigen. 'Hören Sie Mr. Carpenter, wir brauchen diese Formel. Wir müssen prüfen, ob sie sicher ist und angewandt werden darf. Es wird auch niemand sonst davon erfahren. Versprochen!', flehte Jim. Doch es half nichts. 'Tut mir leid, aber ich kann Ihnen die Formel nicht überlassen. Womöglich stellen Sie damit Unsinn an. Und wie weiß ich, dass Sie die Formel an keine andere Person weitergeben?' Es waren berechtigte Fragen. Jack schien langsam die Geduld zu verlieren. Er griff in seine Hosentasche und holte ein kleines, dünnes Lederetui heraus. Er klappte es auf und zeigte es dem Forscher. 'Also gut, ich habe keine andere Wahl. Ich bin von der Regierung und habe den Auftrag, eine Kopie der Formel zu beschaffen. Bitte zeigen Sie sich kooperativ und geben Sie uns eine Kopie. Andernfalls werden Ihnen sämtliche Gelder gestrichen.' Jack verzog keine Miene. Der Mann tat mir leid. Er zitterte wie Espenlaub. Sofort kopierte er die Formel und übergab uns die Kopie. Das Original behielt er. 'Danke für Ihre Mitarbeit. Und tut mir leid, dass ich so grob war. Aber die Formel ist wichtig, damit wir Fortschritte sehen können.' Mr. Carpenter nickte und damit verabschiedeten wir uns. Als wir draußen waren, warf Jack mir und Jim einen zwinkernden Blick zu. Sofort wussten wir, dass Jack diesen Ausweis nur hergezaubert hatte. Wir schmunzelten. Zufrieden gingen wir zurück zu den McCarthys. Es war bereits dunkel geworden, solange hatte die Unterhaltung gedauert.“

„Okay, Fomka, jetzt bin ich dran mit erzählen. Immerhin war ich ja auch noch nicht ganz fertig“, unterbrach Teufel. Widerstrebend nickte Fomka und überließ Teufel das Wort.

„Also, wir hatten diesen Zettel im Hauptquartier gefunden und uns sofort auf den Weg nach Haverfordwest gemacht. Dem großen Louis haben wir natürlich auch eine Nachricht hinterlassen. Wir nahmen den nächsten Zug und nach etwa einer Stunde kamen wir am Bahnhof an. Und da standen wir nun, ohne den blassesten Schimmer, wo sich Jim und die anderen aufhalten könnten. Wir irrten durch den kleinen, friedlichen Ort. Wo sollten wir überhaupt mit der Suche beginnen? Aus den Augenwinkeln sah ich, wie sich Hund und Strolch merkwürdig ansahen. Mir schien, sie hätten irgendeine, wahrscheinlich schelmische Idee. Ich sollte mich aber gewaltig irren. Sicher, die beiden hatten eine Idee, aber sie war keineswegs schelmisch, sie war gut und sogar brauchbar. 'Jim würde in der Stadt nicht auffallen', fing Hund an zu überlegen. 'Aber eine Horde Tiere würde ...', fuhr Strolch fort. Hund beendete den Satz mit: ' ... sofort für Aufregung sorgen.' Und damit war der Grundstein für unser nächstes Handeln gelegt. Wir mussten einfach nur nach einer Horde Tieren fragen. Und genau das taten wir auch. Es dauerte nicht lange, und wir hatten eine Spur gefunden. Oder besser gesagt, die Spur hatte uns gefunden. Urplötzlich hörten wir eine grelle Stimme aufschreien. Der Höhe der Stimmlage nach zu urteilen, war es eine Frau. Ich drehte mich um und sah sie. 'Guten Tag, entschuldigen Sie bitte. Haben Sie hier in letzter Zeit eine Horde Tiere gesehen?', fragte ich. Die Frau nickte und noch bevor ich etwas sagen konnte begann ihr Redeschwall. 'Eine Horde Tiere? Natürlich habe ich die gesehen. Die waren ja auch nicht zu übersehen. Löwen, blaue Bären und Hunde. Sogar ein kleiner Junge war dabei. Es ist ja schon schlimm genug, dass hier grüne Bären wohnen; jetzt auch noch blaue. Ich hab sofort beim Zoo angerufen, ob dort nicht manchmal ein paar merkwürdige Tier abhanden gekommen sind. Doch die haben einfach ges...' 'Ist ja schon gut, schon gut. So genau wollten wir das gar nicht wissen. Wo sind diese Tiere langgegangen?', unterbrach ich. Die Frau zeigte nur kurz in eine Straße. 'Seid ihr auch aus dem Zoo ausgebrochen? Dann muss der jetzt ja leer sein. Nein, sowas. Jetzt laufen hier wilde Tiere rum. Wer weiß, was die alles anrichten. Womöglich greifen die noch unschuldige Passanten an. Ich muss sofort die Polizei ...' Wir gingen, so dass wir nicht mehr hörten, was die Frau sagte oder tat. Von wegen Passanten angreifen. Am liebsten hätte ich diese Frau angegriffen. Aber nur, um sie zu erschrecken, nicht um ihr irgend etwas zu tun.

Die Straße, die uns die Frau gezeigt hatte, erwies sich als Sackgasse. 'Na Klasse, ab hier müssen sie Flügel bekommen haben und sind auf und davon geflogen', maulte Strolch. 'So ein Quatsch. Wahrscheinlich haben die hier irgendwo eine Bleibe. Also, wo fangen wir an zu klingeln?', fragte ich entschlossen. Jim und die anderen konnten sich ja nicht in Luft aufgelöst haben. Wir fingen beim ersten Haus an.
Es wurde geöffnet. 'Guten Tag. Wie kann ich Ihnen helfen? Wer ist denn da?' Die Frau sah eifrig an mir vorbei, als sei ich Luft. Die anderen hielten sich im Hintergrund. 'Ähm, Entschuldigung, ich bin hier. Vor Ihnen. Huhu!' Ich fuchtelte mit beiden Armen vor ihrer Nase herum. 'Ich glaub es nicht, ich rede doch tatsächlich mit einer Katze!', kam die Antwort. Ich schüttelte entschieden den Kopf: 'Ich bin ein Kater, keine Katze. Ich bin auf der Suche nach einem Jungen und ein paar Tieren. Haben Sie die hier irgendwo gesehen?' 'Ich sollte doch langsam mit dem Trinken aufhören. Jetzt sehe ich schon sprechende Katzen.' Und damit war die Tür zu. Ich zuckte nur mit den Schultern: 'Hier sind sie wohl nicht. Gehen wir zum nächsten Haus.' Am nächsten Haus fand ich keine Klingel, also musste ich klopfen und das ziemlich lange und laut, da es im Haus auch sehr laut war. Hier hätten Jim und die anderen durchaus sein können. Ich meine, laut genug war es ja. Dann endlich wurde die Tür geöffnet. Ein kleiner Junge war an der Tür, bestimmt nicht älter als fünf. 'Mam, da steht eine Katze vor der Tür, darf ich die behalten? Bitte.' Und schon griff der Junge nach mir und wollte mich kuscheln und knuddeln wie ein Plüschtier. 'Nein! Hilfe! Lass los! Sofort los lassen! Hilfe!' Und wirklich konnte ich mich schließlich von dem Jungen losreißen und mich retten. Auch wenn der Kleine jetzt weinte. Ich bin doch kein Haustier und schon gar keine Katze! Hier hatte ich also auch kein Glück.
'Teufel! Komm her. Hier hinten.' Es war Blue, der mich rief. Er stand vor dem letzten Haus und winkte mich zu sich. 'Was ist denn los?', wollte ich wissen. 'Ich habe Jim und die anderen gefunden. Oder sagen wir ihren Aufenthaltsort. Sie sind hier unter gekommen.' Typisch! Der Bär musste sich mal wieder in den Vordergrund schieben. Ich als Chef des Clans hätte Jim und die anderen finden müssen, nicht Blue. Doch ich beließ es dabei. 'Gu-

ten Tag. Jim und die anderen sind also bei Ihnen unter gekommen. Wir sind ...' 'Das weiß ich doch schon längst. Freunde von Jim, Doggy, Fomka, Husky, Schlafhund, Hund, Strolch, Emil, Bunter und Kaiser Fritz. Noch mehr Tiere, nun kommt denn rein.' Wir hatten sie also gefunden. Doch was machten Fritz und Bunter hier? Und wer war Emil? Na egal, erst einmal rein in die gute Stube.
Wir wurden von einem geräumigen Flur aufgenommen. Auf der gegenüberliegenden Seite war eine Tür, die verschlossen war. Links neben uns war noch eine Tür, die in die Küche führte, rechts schien das Wohnzimmer zu sein. Wir traten ein und sahen eine Treppe, auf dessen Stufen ein uns sehr bekanntes Tier saß, eine Gams 'Was machst du denn hier? Ich dachte, du wolltest nach Frankreich?' Fritz nickte. 'Stimmt auffallend.' ..."

„Das heißt Kaiser Fritz! Kaiser Fritz! Ist das jetzt für alle Ewigkeit klar?" Kaiser Fritz stand hinter Teufel, Diablo und Fomka. Er hatte sich zu seiner vollen Größe aufgebaut und sah Teufel böse an. „Ist ja schon gut, Kaiser Fritz." Der Kater betonte dabei das Wort Kaiser; eine gewisse Abfälligkeit lag darin. Doch entweder hatte es Kaiser Fritz nicht bemerkt oder er hat großzügig darüber hinweg gehört, jedenfalls reagierte er nicht darauf. „Ich denke es ist das Klügste, wenn ich erzähle, wie ich nach Wales gekommen bin. So kann keiner hinter meinem Rücken schlecht über mich erzählen", fügte er hinzu ...

... und begann zu erklären, wie er nach Wales kam: „Ihr erinnert euch doch sicher noch daran, wie ich in New York so Hals über Kopf davongerannt bin, um meinen Flug noch zu bekommen. Ich weiß nicht, wie ich das gemacht habe, aber ich war in nur dreieinhalb Minuten am Flughafen. Ich muss geflogen sein. Und tatsächlich, da stand mein Flieger noch; ich hatte Glück. Schnell raste ich durch die Kontrollen, zeigte Ausweis und Flugticket. Es ging alles ziemlich schnell, scheinbar schaute keiner so genau auf meine Papiere. Überglücklich, den Flieger doch noch geschafft zu haben, suchte ich mir meinen Platz und setzte mich hin. Ich saß am Gang. Neben mir musste auch jemand sitzen, es lag eine Aktentasche dort. Doch die Person war nicht da. Wahrscheinlich war sie noch kurz auf Toilette, bevor es losging. Über mir leuchteten zwei Lichtzeichen auf: Anschnallen und Rauchen einstellen. Das Flugzeug setzte sich in Bewegung. Gerade noch rechtzeitig kam mein Sitznachbar zurück. Er trug einen maßgeschneiderten schwarzen Smoking und sah auch sonst sehr vornehm aus. Er sah mich irgendwie merkwürdig an. Und seine Frage irritierte, nein, sie beunruhigte mich und zwar gewaltig: „Was machst du denn hier? Wolltest du nicht nach Frankreich?" „Was meinen Sie damit, was ich hier mache? Und ob ich nicht nach Frankreich wollte? Natürlich will ich nach Frankreich und da werde ich auch hinfliegen. Moment mal, Sie sind doch dieser Hund. Wie war doch gleich der Name? Ach ja, Bunter. Wollten Sie nicht nach Wales? Was machen Sie dann im Flugzeug nach Frankreich? Das ist doch der Flieger nach Frankreich? Oder nicht?" Bunter schüttelte den Kopf: „Tut mir leid, Herr Kaiser, Sie sind im Flugzeug nach Wales. Der Flieger nach Frankreich hat zwanzig Minuten Verspätung, da er in L.A. wegen schlechten Wetters nicht rechtzeitig starten konnte." Ich fiel aus allen Wolken und das ohne Fallschirm. „Zwan... Zwanzig ... Flugzeug nach Wales? Ach du Heilige Schei...! Ich muss hier raus!" Während ich versuchte, den Sicherheitsgurt zu lösen, drängelte Bunter sich an mir vorbei und setzte sich auf seinen Platz. Panik stieg in mir hoch. Mir wurde leicht übel. Ich spürte, wie das Flugzeug abhob. Verzweifelt fummelte und würgte ich an diesem verdammten Gurt. Dann endlich hatte ich es doch geschafft, mich vom Sitz zu lösen. Aufgeregt und schier verzweifelt rannte ich auf die Stewardess zu und erzählte ihr meine missliche Lage. „Dann müssen Sie hier abspringen, ich hole Ihnen einen Fallschirm." „Abspringen?! Nie im Leben. Ich bin doch nicht lebensmüde. Ich habe doch Höhenangst! Was glauben Sie, warum ich einen Platz am Gang reserviert hatte!" Die Stewardess versuchte, mich wieder zu beruhigen. „Ist ja schon gut, mein Herr. Es sollte doch nur ein Scherz sein. Natürlich werden wir beim Bodenpersonal in London Bescheid geben. Von dort können sie dann nach Frankreich fliegen. Wir regeln das mit den Flugtickets. Sie brauchen sich keine Sorgen zu machen." „Ein Scherz! Ein Scherz! Mit einem Kaiser macht man keine Scherze! Aber ich hoffe, dass ich irgendwann einmal in Frankreich ankommen werde." Ich versuchte mich zu beruhigen. „Wenn Sie wollen, können Sie ja mit mir kommen. Wales ist eine sehr interessante und schöne Gegend. Dort können Sie sich vom Flugstress erholen und dann in aller Ruhe nach Frankreich zurückkehren. Ich meine nur, wenn Sie keine wichtigen Termine in Frankreich haben.“ Der Vorschlag klang nicht schlecht. Nickend stimmte ich zu. „Also brauchen wir kein neues Ticket besorgen. Das ist schön. Ich werde aber Bescheid sagen, dass Sie ein falsches Ticket haben, damit die Sie raus lassen.“ Ich nickte noch einmal und ging wieder auf meinen Platz zurück. Auch Bunter setzte sich wieder hin.

Während des Fluges muss ich eingeschlafen sein, jedenfalls weckte mich Bunter, als wir schon gelandet waren. Wir verließen das Flugzeug und machten uns auf den Weg zur U-Bahn nach Victoria. Von dort ging es dann mit dem Zug nach Wales. Bunter schien sich in England gut auszukennen, da er kaum auf irgendwelche Hinweisschilder achtete. Nicht lange und wir kamen in Haverfordwest an. Unterwegs musste ich Bunter allerdings noch fragen, wie es ihm möglich war, vor mir im Flieger nach London zu sein, obwohl er doch später von Teufel und den anderen gegangen war. „Taxi, Kaiser Fritz, Taxi“, meinte er nur. Mir fehlten die Worte, also folgte ich dem Hund schweigend. Geradezu zielstrebig ging er durch die Straßen. Er schien genau zu wissen, wo er lang musste. „Sag mal, bist du schon einmal hier gewesen? Du gehst hier durch die Straßen, als wüßtest du ganz genau, wo du lang musst.“ „Während du im Flugzeug geschlafen hast, hab ich mich mit der Straßenkarte von Haverfordwest beschäftigt und den Weg auswendig gelernt, den ich hier gehen muss.“ „Was soll man da noch sagen?“ Wir mussten beide lachen. Irgendwie mochte ich diesen Hund. Ich glaube, am Ende des Abenteuers hatte ich Bunter sogar erlaubt, mich nur Fritz zu nennen. Diese Ehre hat in diesem Verein hier sonst keiner. Allerdings macht der Hund kein Gebrauch von diesem Recht. „Das muss das Haus sein. Dort muss ich hin.“ Bunter zeigte auf ein Haus am Ende einer Sackgasse. Er klopfte, da er die Klingel nicht fand. Ein Mann öffnete. „Guten Tag, Mr. McCarthy. Ich bin Bunter, der Handelsreisende der Möbelfirma B&B International. Kann ich herein kommen?“ Bunter kam gleich zur Sache, was sonst ja nicht seine Art ist; wenn es nicht ums Geschäft geht. „Oh, äh ich hatte eigentlich einen Erwachsenen erwartet. Schicken die jetzt Kinder als Vertreter?" Der Mann war etwas irritiert. Bunter schüttelte nur seinen Kopf, so dass ihn seine Schlappohren rechts und links ins Gesicht peitschten. „Entschuldigung, aber ich bin kein Kind. Ich bin ein Hund. Und ich bin einer der Besten in diesem Sa... Möbelladen." Eigentlich wollte Bunter Saftladen sagen, doch er konnte sich noch beherrschen. Sein Chef hätte ihn sonst bestimmt vor die Tür gesetzt. Wir wurden eingelassen und ins Wohnzimmer an einen Tisch geführt, wo Bunter mit dem Mann, der sich Pádraig McCarthy nannte, redete und redete. Mir wurde es bald zu langweilig. Die beiden fachsimpelten mir zu viel. Also verließ ich das Wohnzimmer und setzte mich auf die Stufen zum zweiten Stock, wo ihr mich dann vorgefunden hattet. Keine Ahnung, wie lange ich dort gesessen hatte. Wenigstens waren sie mit weichem Teppich gepolstert.

So, jetzt muss ich aber wieder an die Arbeit. Sonst fällt nämlich die Krönung aus." Und damit verließ er Teufel und die anderen beiden. Und so übernahm Teufel jetzt wieder das Wort, wurde aber für eine kurze Zeit abgelenkt. Er hörte Danielas Stimme: „Großer Louis, kannst du mir mal die Girlande hoch reichen?" Daniela stand auf der Leiter. Louis nahm eine der bunten Girlanden vom Boden auf, flog damit zu Daniela hoch und übergab sie ihr. Daniela nahm das eine Ende und flog ebenfalls noch etwas höher, wo sie die Girlande dann fest machte. Sanft und sicher landete sie dann wieder auf der Leiter. Auch großer Louis landete geschmeidig wie eine Katze auf dem Boden neben den anderen Girlanden. Dieses Spiel wiederholte sich mehrere Male. Dann stellte Daniela die Leiter an einen anderen Platz und sie begannen das ganze Spiel von vorne. Man sah, dass die beiden Spaß hatten an der eigentlich sinnlosen Aktion. Eine Leiter war nicht von Nöten. Teufel musste lächeln.

Dessen ungeachtet erzählte Teufel die Geschichte des Big Ben Clan weiter: „Nachdem Fritz, ich meine Kaiser Fritz uns in aller Ausführlichkeit erklärt hatte, wie er nach Wales gekommen war, quatschten wir vergnügt und lange, während wir auf Jim und die anderen warteten. Wir erzählten uns Witze oder tauschten lustige

Erlebnisse aus. Es war einfach witzig. Wir merkten gar nicht, wie es dunkel wurde. Und beinah hätten wir auch nicht gehört, wie ihr geklingelt habt. Pádraig war es, der es hörte. Sofort ging er zur Tür und öffnete. 'Hallo Jim, du hast mir nicht erzählt, dass du einen Zoo zur Hilfe bestellt hast', begrüßte Pádraig Jim."

„Ist ja nett zu erfahren, dass ihr euch köstlich amüsiert habt, während wir hart gearbeitet haben", unterbrach Fomka. „Aber was solls? Das ist Vergangenheit. Soll ich den Rest des Kapitels noch zu Ende erzählen oder möchtest du?" Teufel übergab großzügig das Wort.

Und so erzählte Fomka weiter: „'Hi Jim, wart ihr erfolgreich? Habt ihr etwas herausgefunden? So in etwa hatte ich mir unsere Begrüßung vorgestellt und nicht: Hast du den Zoo hierher bestellt?', gab Jim zurück. 'Oder hast du kein Interesse an unserem Erfolg?', fügte er noch hinzu. 'Na, dann erzählt mal. Wart ihr denn erfolgreich?' Pádraig ließ uns am Tisch Platz nehmen. Er brachte jedem ein Glas, beziehungsweise eine Schüssel kühles Wasser. Er selber trank ein Bier. Jack erzählte, was wir herausgefunden und erreicht hatten. 'Ja, wir waren erfolgreich. Und wie. Wir haben die Formel. Was wir jetzt brauchen, ist ein guter Computer, um die Formel zu prüfen. Aber das, denke ich, ist kein Problem. Wir nehmen Jims Computer in seinem Wagen.' Gesagt, getan. Jim und Jack gingen zu Jims Wagen und gaben die Formel ein. In wenigen Minuten würden wir wissen, wo der Fehler lag. Doch ...
Pustekuchen. Von wegen, der Computer ist des Menschen bester Freund. Manchmal ist er nur des Menschen größter Feind. Jim hörte den Computer nur noch sagen: 'Fehlfunktion, Fehlfunktion, Fehlfunktion', und schon ging die Konsole an Jims Auto in Rauch auf. 'Na Klasse, das hat mir gerade noch gefehlt. Das kann doch wohl nicht wahr sein. Ich muss das Ding doch endlich mal neu programmieren und generalüberholen.' Er kam zurück ins Wohnzimmer. 'Ähm, Leute, ich glaube ich brauche eure Hilfe. Mein Computer hat gerade den Geist aufgegeben', sagte Jim geknickt.
Es klopfte in dem Moment, in dem ich zu einer Antwort ansetzen wollte. Doch es klopfte nicht wie üblich an der Tür. Nein, es

klang nicht so dumpf wie bei einer Tür, eher hell, wie auf Glas und es klang sehr nah. Teufel war der Erste, der aufstand, zum Fenster ging und es öffnete. 'Großer Louis, das ging aber schnell. Komm zur Tür, ich lass dich rein.' Teufel ging zur Tür und öffnete. Er fragte nicht einmal, ob er das durfte. Teufel benahm sich, als wäre es sein Haus. 'Darf ich vorstellen, das ist ... – He, was ist denn los Jim, oder Jack? Großer Louis? Würde mir hier irgendjemand erklären, was los ist? Hallo, ich rede mit euch! Erde an Jim, Jack und großer Louis! Halloho!' Jim, Jack und der fremde Mann sahen sich an, als hätten sie einen Geist gesehen. Und der Fremde wurde noch bleicher, als er sowieso schon wirkte. Jim machte ein paar Mundbewegungen, als wollte er etwas sagen, aber mehr als ein unterdrücktes Keuchen kam nicht heraus. Jack hatte sich schnell wieder gefasst. Der Fremde aber musste sich erst einmal setzen, auf den Boden. Im Türrahmen sank er nach unten, schnappte nach Luft. 'Jim? Was ist los mit dir? Du siehst aus, als hättest du einen Geist gesehen.' Ich legte ihm meine Tatze auf die Schulter. 'Vielleicht hab ich das, vielleicht hab ich das. Das kann einfach nicht sein.' Er ging auf den Mann im Türrahmen zu und streckte zögernd die Hand aus, als hätte er Angst. Jim wollte den Mann im Gesicht berühren, doch die Hand des Mannes war schneller. Sie fing Jims Hand ab und hielt sie mit eisernem Griff. Jims Gesicht erstarrte für einen kurzen Moment. Dann zog er mit aller Macht seine Hand zurück. 'Wie ich sehe, leben Sie noch!', sagte er. Es klang erstaunt. Der Fremde nickt: 'Ich bin nicht weniger erstaunt, dich hier zu sehen. Und das gleich zweimal. Und dann auch noch als 14- oder 15-jährigen Bengel. Du müsstest doch schon längst über 90 sein." Jim machte Grimassen, als würde er dem Mann am liebsten an die Gurgel springen. Zum Schluss schlug er sich mit der flachen Hand an die Stirn und drehte sich drei-, viermal im Kreis. Auch Jack war nicht sehr erfreut über die Aussage von diesem Mann. Er begnügte sich allerdings nur mit einem Handschlag gegen seine Stirn. 'Sie wissen, dass ich Ihnen jetzt am liebsten den Hals umdrehen möchte!', fragte Jim sauer. 'Hab ich irgendetwas Falsches gesagt?' 'Ja!', schrien Jim und Jack aus einem Munde. 'Okay, ich erkläre alles. In Ruhe und am Tisch und nur, wenn Sie auch erklären. Denn Sie müssten noch viel älter sein und schon längst eingebuddelt.' Jim ging an den Tisch

und setzte sich. Wir anderen folgten. Für Louis blieb kein Stuhl übrig. Doch Pádraig holte einen Hocker und stellte ihn zwischen Jim und Jack, die wie immer die selben Kleider trugen. Louis nahm Platz und Jim fing an, zu erklären, was Louis gemeint hatte. 'Also, jetzt muss ich wohl zugeben, dass ich kein Mensch bin. Ich bin zwar auf der Erde geboren und aufgewachsen. Doch meine Eltern kommen vom Planeten Juma. Mein Geburtsort liegt irgendwo am Loch Ness in Schottland, 3000 vor Christus. Meine Muttersprache ist Hcsinairamuj, was ins Deutsche übersetzt Jumarianisch heißt. Ich kann zaubern und fliegen, bin schneller als das Licht und spreche so ziemlich alle Sprachen, die es auf diesem Planeten gibt, ob das nun menschliche oder tierische Sprachen sind. Vollblutjumarianer werden etwa 30.000 Erdenjahre alt, das sind in unserer Zeitrechnung etwa 90 jumarianische Parasek. In eurer Zeitrechnung bin ich 4994 Jahre, das entsprechen etwa genau 14,982 jumarianische Parasek, also rund 15 Parasek. Ich denke, das ist so das Wichtigste, was ihr fürs erste wissen müsst. Jetzt bist du dran, Louis.'
Louis senkte den Kopf. Ihm viel es sichtlich schwer, die Wahrheit über sich zu erzählen. 'Ich bin genau 94 Jahre alt', fing er an. Man musste schon die Ohren spitzen, damit man ihn verstand. '94 Jahre alt. Dann müsstest du bei unserem letzten Treffen ähm ... 12 Jahre alt gewesen sein. Doch habe ich dich älter in Erinnerung', wand Jim ein, der mit der Antwort keineswegs zufrieden war. „Das ist richtig, ich war bei unserem letzten Treffen 12 Jahre alt. Doch hatte ich vorher schon 24 Jahre gelebt, bevor ich starb und wiedergeboren wurde. Ich bin seit 1900 ein Vampir. Allerdings töte ich schon seit zwanzig Jahren nicht mehr. Euer Chef hier hat mich freundlicherweise in euren Clan aufgenommen, obwohl er herausgefunden hat, was ich bin. Ich will euch helfen. Bitte gebt mir eine Chance.' Die letzten Worte drangen kaum über seine Lippe. Sie waren weniger als ein Hauch. Seine Stimme versagte einfach vor Angst, Reue und Traurigkeit. Er senkte den Kopf und schien zu weinen. Seine Hände legte er vor sein Gesicht. Jim legte sanft seine Hand auf Louis' Schulter: 'Ist schon gut. Zeig, wie du wirklich bist und wir wollen dich akzeptieren. Doch ich denke, wir haben jetzt Wichtigeres zu tun. Wir brauchen einen Computer, meiner hat ja leider den

Geist aufgegeben.' Jim lenkte somit die Unterhaltung wieder auf das Geschäft.
Doch leider mussten wir uns auf die altmodische Methode verlassen, da wir keinen gleichwertigen Computer auftreiben konnten. So saßen wir zusammen in Danielas Zimmer und brüteten über eine Lösung. Wir besprachen alle Für und Wider, alle möglichen und unmöglichen Folgen, die auftreten könnten, wenn die Formel falsch wäre. Doch die Formel wies keinen einzigen Fehler auf. Sie war vollkommen korrekt und richtig. Wir fanden nichts, das eine Katastrophe hätte auslösen können. Wir waren einfach auf der falschen Spur. Wahrscheinlich ist zu dem Zeitpunkt, an dem die Katastrophe stattfinden soll, jemand eingebrochen und hat noch eine Winzigkeit hinzugefügt, die nicht hinein durfte oder sollte. Über diesem Gedanken schliefen wir einer nach dem anderen ein. Selbst der große Louis war am Einschlafen. Es war ja auch schon kurz vor Sonnenaufgang. Ich sah noch, wie Pádraig ans Fenster ging und dort am Rolladen fummelte, dann war auch ich weg.
'Natürlich! Das ist es!' Sofort waren alle wieder hell wach. Alle sahen wir auf Hund, der so laut geschrien hatte. Auch wenn er sonst nur Flausen im Kopf hat, manchmal hat er doch ein paar helle Momente und das war so ein Moment. 'Die Formel ist vollkommen richtig. Nichts daran ist falsch. Und du, Jack, sagtest, dass kurz vor der Anwendung der Formel keiner hätte einbrechen können?! Es wäre unmöglich gewesen?', sagte er fragend. Jack nickte. 'Das stimmt.' 'Nun, vielleicht hat auch keiner eingebrochen, jedenfalls nicht zu dieser Zeit. Womöglich wurde früher eingebrochen', sagte Hund weiter, doch er wurde von Jack unterbrochen: 'Wenn das Mittel schon vorher verändert wurde, dann wäre die Katastrophe schon wesentlich eher passiert.' Hund nahm den Einwand mit einem knappen Nicken zur Kenntnis und redete weiter: 'Nicht das Mittel, sondern die Formel wurde verändert und zwar so raffiniert, das es nicht aufgefallen ist. Die Mengenangaben wurden minimal verändert. Ich habe sämtliche Möglichkeiten durchdacht; ich bin nämlich ein Ass in Chemie. Und bei einer Zusammensetzung bin ich dann stehen geblieben. Diese hier.' Hund zeigte ein Blatt Papier, auf dem eine Formel stand. Auf den ersten Blick sah sie in der Tat genauso aus, wie das Ori-

ginal. Doch Hund erklärte uns, dass er die Zusammensetzungen ein klein wenig geändert hatte. Bei einigen Zutaten hat er nur ein Prozent mehr genommen, während er bei anderen genau ein Prozent weniger genommen hatte. Jim prüfte diese Formel und bestätigte es. 'Wenn diese Formel zum Einsatz kommen würde, könnte eine Katastrophe, wie du sie beschrieben hast, durchaus zustande kommen', meinte er schließlich. 'Doch ich bezweifle, dass du den Täter in dieser Zeit finden wirst.' Jim hatte sich zu Jack gewandt, der jetzt ebenfalls die Formel betrachtete. Jack nickte. 'Das ist durchaus möglich. Jetzt heißt es herauszufinden, wer hier die Welt vernichten will. Doch wie du schon sagtest, werd ich die Antwort auf diese Frage nicht in dieser Zeit finden. Also dann, wir sehen uns im September 1998 wieder.' Damit schwang sich Jack in die Lüfte und flog durch das geschlossene Fenster, das wie durch Zauberhand nicht einmal kaputt ging. Und weg war er. Bis auf weiteres ward er nicht mehr gesehen."

Der Big Ben Clan als Rettungsorganisation

„Wir blieben noch eine Woche in Haverfordwest. Manchmal sehr zum Bedauern der Familie: wir fraßen ihr förmlich die Haare vom Kopf, jedenfalls Fomka. Und natürlich Schlafhund, wenn es um Schokolade ging. Aber wenigstens wurde so die Schokolade alle, die Doggy und Lion für Daniela gekauft hatten. Eher konnten und wollten wir sowieso nicht weg, da Jim sein Auto wieder auf Vordermann bringen musste. Zu dieser Zeit klärten wir auch die Sache mit unseren neuen Mitgliedern. Freundlich, wie ich nun einmal bin, nahm ich unsere Neuen so richtig auf den Arm. 'Nun denn, ich hoffe ihr wisst, dass alle die, die dem Big Ben Clan freiwillig helfen, auch Mitglied werden müssen. Kommen wir also zur Aufnahmeprüfung.' Ich genoß ihre dummen Gesichter. Haarklein erklärte ich den 'Neuen', was sie in der Prüfung so zu machen haben. Du kennst das ja schon. Emil und Bunter waren einverstanden und wollten gleich loslegen. Doch Kaiser Fritz empörte sich erst einmal. 'Was ist los? Ich soll eine Aufnahmeprüfung machen? Detektiv spielen? Bomben entschärfen? Und Straßenkatzen hinterherlaufen, um sie zu verhaften? Andere Probleme habt ihr nicht, oder wie!?' Jetzt empörte ich mich. Ich meine, ich bin ja eigentlich nicht empfindlich. Aber wenn mich jemand Straßenkatze schimpft, werde ich fuchsteufelswild. Das Wort Katze ist ja schon schlimm genug. Ich bin ein Kater! Aber Straßenkatze setzt dem Ganzen noch die Krone auf. 'Nennen Sie mich nicht noch einmal Straßenkatze, oder ich werde Sie ihr Leben lang Fritz nennen, Sie Möchtegernkaiser!' 'Möchtegern? Möchtegern? Ich bin Kaiser Fritz der 55. von Frankreich!' Jim musste mich und Kaiser Fritz trennen, damit wir uns nicht in die Wolle bekamen. 'Ist ja schon gut. Niemand muss hier eine Aufnahmeprüfung machen. Du, Teufel bist keine Straßenkatze und du, Kaiser Fritz bist kein Möchtegernkaiser. Das war alles nur ein kleiner Scherz. Nun gebt euch die Hufen und Pfoten und vertragt euch wieder!' Wir sahen uns giftig an, mussten dann aber beide laut lachen. Auch wenn Fritz, äh Kaiser Fritz, meist mehr als eigenwillig ist, Humor hat er. 'Wenn du willst. Oder muss ich Sie sagen oder Eure Hoheit oder wie?', fragte ich. 'Die Anrede Kaiser Fritz reicht. Ansonsten kannst du mich duzen.' 'Also, wenn du willst, kannst du in unseren Clan eintreten. Das gilt natürlich auch für die anderen. Eine Aufnahmeprüfung ist nicht nötig, da sich alle in unseren letzten zwei Fällen bewährt haben.' Und so hatten wir insgesamt fünf Neuzugänge: großer Louis, Bunter, Emil, Kaiser Fritz und Daniela. Kaiser Fritz allerdings blieb nicht so lange wie die anderen, da noch wichtige Geschäfte in Frankreich warteten, die er sowieso schon viel zu sehr vernachlässigt hatte. Bunter konnte noch bleiben, da die McCarthys seine letzten Kunden waren. Ab jetzt hatte er drei Wochen Urlaub, die allerdings sehr turbulent werden sollten. Übrigens hatte Bunter neue Bürotische und Stühle angeboten, da sich die Polizeistation neu einrichten wollte.

Jim hatte einiges zu tun an seinem Auto. Häufig hörten wir ihn fluchen, weil es nicht so klappte, wie er sich das vorgestellt hatte. Gerade war er dabei, das Klingelzeichen des Telefons zu prüfen. Er ließ sich von Pádraig anrufen. Ich hörte, wie sich Jims Telefon meldete: 'Teffelon, Teffelon.' 'Hcah Etnemarkas hcon lam! Rethculfrev Kcerdßiehcs!', fluchte Jim, was übersetzt soviel heißt wie: 'Hach Sakramente noch mal! Verdammter Schei...dr...' Aber Jim gab nicht auf. Er bastelte daran herum und probierte es noch einmal: 'Nofelet, Nofelet.' 'Ist ja gut und schön, wenn du es in meiner Sprache sagst. Aber wir sind hier auf der Erde, ich möchte es bitte in Deutsch oder Englisch haben', meinte Jim nur. Er bastelte abermals daran herum und bekam folgendes Ergebnis: 'Klimbim, klimbim.' 'Lemmih Zuerk Rettewrennod hcon lam! Das kann doch wohl nicht war sein', war Jims Antwort. So bastelte und fummelte er gut zwei Tage und Nächte an seinem Auto herum, hauptsächlich wegen des Telefons. Da sein Autocomputer so etwas wie ein Eigenleben und damit einen Eigensinn hat, war es für Jim besonders schwer. Der Computer machte, was er wollte, wie ein kleines Kind. Du glaubst nicht, was er in dieser Zeit so alles von sich gegeben hat. Sowas kann man einfach nicht wiederholen. Wenn du glaubst, du weißt, was Fluchen ist, dann hast du noch nie Jim gehört. Ein letzter Versuch brachte ihn dann doch an den Rand der Verzweiflung: 'Polizei vor der Tür, Polizei vor der Tür. Aufmachen oder wir treten die Tür ein. Aufma ...' 'Ah! Ich werd hier noch verrückt, ich drehe durch!' Jim knallte seine Faust auf das Armaturenbrett und ... 'Telefon, Telefon, Telefon.' 'Na also, warum denn nicht gleich so? Muss ich denn immer erst Gewalt anwenden?' Jim war doch noch zufrieden und rieb sich die Hände, in die er vorher kurz gespuckt hatte. Noch am selben Tag bedankten wir uns für die Gastfreundlichkeit der McCarthys und sie bedankten sich für unsere Hilfe, dann ging es zurück nach London.

Der Monat August ging seinem Ende zu, der September kam, für Jim immer der Monat, in dem er seinen Frühjahrsputz machte. Er kann in solchen Sachen nicht früh genug anfangen. Wir waren gerade mit dem Wohnzimmer beschäftigt, als sich die Türklingel meldete: 'Jemand steht vor der Tür. Jemand steht vor der Tür.' Wir hatten uns inzwischen an die komische Klingel gewöhnt. Jim hielt gerade eine Kiste in der Hand, als es klingelte. Er drehte sich zu mir um, sagte kurz: 'Halt mal bitte', und war zur Tür verschwunden. Aber diese Bitte sollte er bitter bereuen. Die Kiste war höllisch schwer und ich ließ sie sofort wieder fallen. Laut schepperte die Kiste samt Inhalt auf den Boden. Ich schrie auf vor Schmerz, da ich meine eine Pfote nicht rechtzeitig wegziehen konnte. Wild heulend hüpfte ich auf meiner linken Pfote, hielt die andere fest und pustete. 'Ai-jaijai! Tut das weh!'

'Was ist denn hier los? Randaliert ihr?', hörte ich eine Mädchenstimme. Auch Jims Stimme war zu hören; sie sprachen fast gleichzeitig: 'Meine Statuen! Teufel, was hast du mit meinen Statuen gemacht. Wie geht es euch? Seid ihr noch ganz? Wie kannst du nur meine Statuen runter schmeißen?!' Er sah mich sauer an, änderte seinen Blick gleich wieder in ein freundliches Lächeln. 'Tut mir leid, Teufel. Ich hab nicht daran gedacht, dass die Statuen zu schwer für dich sind. Für mich ist es selbstverständlich, dass ich sie hoch heben kann, als wären sie aus Plaste. Zeig mal deinen Fuß. Ach das kriegen wir schon wieder hin, komm setz dich dort auf das Sofa.' Er begleitete mich zum Sofa und verschwand im nächsten Augenblick im Nebenzimmer. Er kam mit einer Tube wieder. 'Ach, Fomka, kannst du Daniela mal zeigen, wo die Küche ist? Ich brauche eine heiße Wärmflasche.' Ich sah, wie Fomka mit Daniela das Zimmer verließ. Ich glaubte einen kurzen Aufschrei zu hören, war mir aber nicht sicher.
Nach einiger Zeit kam Daniela mit einer Wärmflasche wieder. Fomka ging hinter ihr. 'Sag mal, Jim, wann hast du das letzte mal die Küche aufgeräumt? Abgewaschen und abgetrocknen und so. Hier ist die Wärmflasche. Wofür brauchst du die?' Doch wie Jim nun einmal ist, fiel seine Erklärung mehr als karg aus, er tat einfach. Als Erstes rieb er mir eine merkwürdige Salbe auf den Fuß. Sie sah aus wie jede andere Salbe auch: weiß, glitschig und vor allem klebrig. Bäh! Aber sie schien geruchlos zu sein. Als Erstes brannte sie wie Feuer auf meiner Pfote, doch dann kühlte sie angenehm. Als Nächstes legte er mir die Wärmflasche auf den Bauch. Frag mich nicht, wozu das gut sein sollte. 'So, Teufel, in etwa einer halben Stunde wirst du wieder fit wie ein Turnschuh sein. Aber lass die Wärmflasche auf dem Bauch, sonst wirkt die Salbe nicht.'
Nach meiner Verarztung machten sich die anderen wieder ans Aufräumen. Ich lag unterdessen schwer verletzt auf dem Sofa und schaute zu. 'So, der Verletzte ist versorgt. Nun kann es weitergehen mit dem Frühjahrsputz', meinte Jim und kramte den Staubsauger hervor. 'Frühjahrsputz? Im Herbst?' Daniela staunte. Jim nickte nur: 'Ja, was dagegen? So muss ich es wenigstens nicht im Frühling tun. Da bin ich doch viel lieber draußen und genieße die ersten Sonnenstrahlen. Außerdem ist nach dem jumarianischen

Kalender jetzt Frühling.' Und ich finde, da ist was Wahres dran. 'Du könntest mir einen Gefallen tun, Ela, und unter dem Schrank dort saugen. Ich hebe ihn auch für dich hoch.' Und schon griff Jim nach einer der Ecken des Schranks und hob ihn an, als wäre er leicht wie eine Feder. Daniela, oder Ela, wie Jim sie schon nannte, saugte unter dem Schrank, dann stellte Jim ihn wieder behutsam ab. So saugten Daniela und Jim sämtliche Zimmer. Fomka durfte die zwei Bäder, den Flur und die Küche wischen, da konnte er am wenigsten Schaden anrichten. Als sie damit fertig waren, machten sie es sich in der Küche bequem, soweit das bei diesem Durcheinander dort möglich war und nahmen einen Drink. Fomkas Becher war riesig groß und bruchsicher, aber durchsichtig. 'He, wo ist mein Drink?' 'Ach, Teufel, dich haben wir ganz vergessen. Warte, ich mache dir deinen Drink. Ach übrigens, ich glaube, du kannst wieder aufstehen.' 'Ich glaube, ich bin noch zu schwach. Ich kann nicht aufstehen', gab ich zur Antwort, obwohl das nicht stimmte. Ich wollte nur noch nicht aufstehen, da ich gerade so bequem lag. Doch Jim konnte ich leider kein U für ein I vormachen, der hatte mich gleich durchschaut. 'Nun, Teufel, wenn das so ist, musst du wohl auf deinen Drink verzichten. Im Wohnzimmer auf dem Sofa wird weder gegessen noch getrunken. Tut mir leid, du musst wohl doch in die Küche kommen und ihn hier trinken. Oder du verzichtest', kam die Antwort aus der Küche. Wenn ich also etwas trinken wollte, musste ich in die Küche, ob ich nun wollte oder nicht. Also schlurfte ich zur Küchentür und fragte: 'Wo kann ich mich hinsetzen?' Jim rückte einen Stuhl an den Küchentisch und stellte ein Glas mit Strohhalm an den Platz. 'Das ist mein Glas? Was ist das für Zeug? Das ist ja giftgrün.' 'Wenn es dir nicht gefällt, musst du es nicht trinken. Ich freue mich jederzeit über einen Extra-Milchshake', meinte Jim und griff schon demonstrativ nach dem Glas. Doch ich war schneller: 'Nein, schon gut, ich probiere es.' Kritisch betrachtete ich das Gebräu und schlürfte davon. Ich war angenehm überrascht. 'Mmh, Kiwi und Stachelbeere. Schmeckt lecker.' 'Wie kommst du denn auf Kiwi-Stachelbeere? Das ist ein Nokets-Milchshake', klärte Jim auf. 'Das möchte ich auch meinen, dass du hier keine Katzen zu Milchshake verarbeitet hast.' Jim lachte laut. 'Oh, Teufel, Nokets sind jumarianische Früchte.

In eure Sprache übersetzt würden sie Stekon heißen. Sie schmecken wie Kiwi und Stachelbeere, nur nicht so süß. Die meisten Früchte, die ich hier meinen Gästen auftische, sind von Juma. Daniela zum Beispiel hat Mosciko. Ist der irdischen Zitrone ähnlich, aber süßer. Das ist der Gelbe. Ich habe Karakutje. Wie Orange, nur etwas bitterer. Das ist der orange Drink. Und Fomka hat Hcsif-Milchshake. Die kannst du allerdings mit keiner hiesigen Frucht vergleichen. Schmeckt wie kandierter Hering. Deswegen isst Fomka auch so gerne kandierten Hering.'
Nach den Drinks ging es natürlich gleich wieder an die Arbeit. Daniela kümmerte sich um den Abwasch in der Küche, während Jim sich die Schränke zur Brust nahm. Ich wischte den Staub vom Regal, nachdem Jim es ausgeräumt und den Inhalt auf dem Boden verteilt hatte. Fomka diente als Leiter, da Jim so etwas nicht besaß. 'Jim? Wo hast du das Spülmittel stehen?', hörten wir es aus der Küche rufen. 'Warte, Ela, ich komme.' Da Jim auf seinem Boden momentan nicht treten konnte, legte er den Weg von seinem 'Müllhaufen' zur Tür fliegend zurück. 'Hier oben im Schrank steht es doch. Steht doch groß drauf: Lettimlüps, Tfudejtukarak. Ach ja, ich vergaß, dass du kein Jumarianisch kannst. Heißt in deiner Sprache Spülmittel, Karakutjeduft', hörten wir Jim sagen. 'Deswegen hat mein Milchshake leicht nach Karakutje geschmeckt, der wäscht mit dem Zeug ab. Igitt!', brummte Fomka, der mich gerade zum obersten Regal hinaufgehoben hatte. 'Aua! Autsch! Nicht so toll! Du zerdrückst mich!' Ich schrie auf, weil mich dieser Bär ziemlich unsanft anfasste. Doch sofort spürte ich, wie der Druck nachließ. 'Tut mir leid, Teufel.' Jim kam zurück und sortierte. Er legte den Krempel auf zwei Haufen. Ein Haufen war Müll, der weggeworfen werden sollte. Der bedeutend größere zweite Haufen war all das, was er später noch einmal genauer begutachten wollte. Der Rest, der weder auf dem einen noch auf dem anderen Haufen landete, kam gleich wieder in den Schrank.
'Ah!' Der Aufschrei kam aus der Küche. Wir eilten sofort zu Daniela. Dabei achteten wir nicht auf den Kram, der am Boden lag, außer Jim, der wieder flog. Als wir in die Küche traten, sahen wir Daniela auf dem Tisch stehen und hysterisch schreien. Doch sie war nicht die einzige, die schrie. Ich hörte noch eine andere Stimme, viel zarter und leiser. Ein Mensch hätte sie nie gehört. 'Ah, Jim! Was

ist das für ein Krach. Da platzt einem ja das Trommelfell', sagte die zarte Stimme. Jim reagierte nicht auf diese Stimme. Er ging zu Daniela an den Tisch, nahm sie tröstend in den Arm und hob sie vom Tisch. 'Ist ja schon gut, Ela. Hab keine Angst. Das ist nur Ratti, meine Hausratte. Vor der brauchst du keine Angst zu haben.' 'Jim, was hab ich denn getan? Ich hab doch nur friedlich zwischen dem dreckigen Geschirr geschlafen, als mich etwas anfasste. Ich hatte gerade so schön geträumt: ich war im Paradies. Rundherum, so weit mein Auge blicken konnte, frisch zubereitetes Whiskas. Mmhh! Und dann wird man so unsanft geweckt.' Jim lachte. 'Ach, Ratti, das war doch nur Ela, eine Freundin von mir. Sie hilft mir beim Frühjahrsputz. Gebt euch die Pfoten und vertragt euch. Keiner braucht vor dem anderen Angst zu haben.' Etwas verhalten und zögernd streckte Daniela die Hand aus, doch zu einer Berührung kam es nicht. Beide zogen die Hände kurz vorher wieder zurück Aber sie nickten sich freundlich, wenn auch schüchtern zu. Dicke Freunde wurden sie nie, aber sie vertrugen und respektierten sich.
Ratti verließ die Küche und zog sich an einen ruhigen Ort zurück, wo sie weiter schlief. Daniela machte sich wieder an den Abwasch. Jim kramte die zweite Schrankhälfte aus, nachdem er die andere wieder 'ordentlich' eingeräumt hatte und ich und Fomka wischten weiter Staub. Jim schmiss alles, was sich in dem Schrank befand, in hohem Bogen auf den Fußboden. Es flogen einzelne Blätter, Hefte, Ordner und alte Kalender aus der Römerzeit und dem alten Ägypten mit Geburtstagen von Pharaonen, Cleopatra und anderen Freunden. Und plötzlich flog ein graues Schwert durch die Luft. Es flog in Richtung Tür und landete genau im Türrahmen. Daniela stand gerade in der Tür. Direkt in Augenhöhe blieb es im Rahmen stecken. Ein paar Zentimeter weiter rüber und es hätte das Mädchen getroffen. Wie eine Salzsäule stand sie dort. Auch wir wagten uns nicht zu bewegen und hielten den Atem an. Doch Jim schien das gar nicht zu merken, er 'räumte' munter weiter auf. Erst als er fertig war, sah er uns an und drehte sich schließlich zur Tür. 'Ach du meine Güte, Daniela! Stehst du schon lange dort?' Er ging zu ihr und zog das Schwert aus dem Rahmen. 'Tut mir leid, ich wollte dich nicht erschrecken oder ängstigen. Aber wie ich sehe, hast du ein starkes Herz. Andere hätten bei soviel Stress schon einen Herzinfarkt bekommen.' Zärtlich umarmte er Daniela. 'Aber mach dir

keine Sorgen, ich war mal Profimesserwerfer.' Dass er wegen eines Unfalles, den er selbst verschuldet hatte, rausgeschmissen wurde, vergaß er großzügig. Bald waren wir mit dem Aufräumen fertig. Zum Schluss putzte Jim nur noch die Fenster.
Tage später bekam Jim einen wichtigen Anruf. Ich, Fomka und Jim saßen gerade beim Kartenspiel. Jim hatte es noch nicht aufgegeben, mir Skat beibringen zu wollen und ich habe dieses Spiel bis heute nicht kapiert. 'Telefon, Telefon!', schrillte es. Jim, der direkt neben dem Telefon saß, nahm ab. 'Jim!', meldete er sich kurz und knapp. Was er dann noch sagte, weiß ich nicht. Er sprach Russisch. Das Gespräch dauerte nicht lange, doch schien es nichts Erfreuliches gewesen zu sein. Jim zog besorgt die Stirn in Falten. 'Das war eine Freundin aus Russland, Torka. Es gab dort ein schweres Erdbeben. Wir sollen bei den Aufräumarbeiten helfen', erklärte er uns kurz und ging zu seinem Laptop. Was er dort wollte, erfuhren wir erst später. Fomka rief bei den anderen Kernmitgliedern an und bestellte sie in den Big Ben. 'Bei Schlafhund geht keiner ran. Ich kann ihn nirgends erreichen', meinte Fomka. 'Ich hab keine Ahnung, wo er sein kann. Aber wir sollten uns erst einmal auf den Weg machen. Schlafhund kann ich nachher immer noch suchen', antwortete Jim und wir machten uns auch auf den Weg. Natürlich musste Jim seinen Flitzer nehmen und wir waren damit als Erste da. Ich persönlich wäre aber lieber als Letzter da gewesen. Ich hasse Jims Auto. Nein, ich hasse seinen Fahrstil. Selbst Schlafhund kam. Er hatte an der Themse einen Spaziergang gemacht und wollte sich noch den Big Ben ansehen, als er auf Doggy traf.
Als alle da waren, übernahm Jim das Wort. 'Also: ich habe einen Anruf aus Sachalin, einer russischen Insel, bekommen. Dort hat es ein Erdbeben gegeben. Wir haben den Auftrag, bei den Aufräumarbeiten zu helfen. Dazu müssen wir einige Planungen machen. Hier ist ein erster Bericht über die Lage in Sachalin. Torka hat mir per E-Mail Informationen geschickt.' Jim teilte neun Blätter aus; für jeden eins: ich, Fomka, Doggy, Lion, Schlafhund, Husky, Piepsy, Blue und Daniela, die ebenfalls mitgekommen war. Auf diesen Zetteln stand:

> Hier ist ein erster Lagebericht aus Sachalin!
> Der größte Teil der Insel ist zerstört. Alle Verbindungsstraßen sind unbefahrbar. Hubschrauber können wegen per-

manentem schlechten Wetters nicht starten oder landen. Die gesamte Elektrizität der Insel ist zusammengebrochen. Es gibt viele Tote und etliche, die noch verschüttet sind. Die Verletzten können nicht ausgeflogen werden. Bitte hilf uns bei den Aufräumarbeiten.

Tschüss, Torka.

Jim hatte den Text vorher für uns übersetzt, da er auf Russisch geschrieben wurde. Die haben dort ja sowieso eine merkwürdige Schrift. Die kann kein vernünftiger Kater lesen. 'Das ist doch die Pflicht des Big Ben Clan, dass wir helfen. Also, worauf warten wir noch? Auf nach Russland. Ich spreche zwar kein Wort Russisch, aber mit Vorder- und Hinterpfoten werde ich schon irgendwie durchkommen.' Ich war voller Tatendrang und Elan, doch der wurde von Schlafhund getrübt. 'Hast – du – ne – Ah – nung, – wo – Sa – cha – lin – ist? – Du – kan – nst – bis – Ja – pan – flie – gen, – von – dort – musst – du – schwim – men. – Auf – der – In – sel – kan – st – du – nicht – lan – den, – wenn – du – rich – tig – ge – le – sen – hast.' 'Brrr, Wasser. Nein danke!' Ich schüttelte mich, aber Schlafhund hatte Recht. Wenn das Wetter schlecht war, konnten wir weder mit Hubschrauber, noch mit Flugzeug auf der Insel landen. Auch mit einem Boot würde schwierig werden. Schlafhund ließ es sich nicht nehmen, während der Besprechung an einer Tafel Schokolade zu knabbern. Seine weiße Schnauze war schon ganz braun. 'Wir – bräu – chten – eine – En – ter – prise, – dann – kön – nten – wir – uns – hin – bea – men', überlegte er mehr für sich. Eine absurde Idee. Der hat doch zu viel Captain Kirk und Spock geguckt. Doch mit Jims Reaktion hätte ich nicht gerechnet. 'Das ist eine gute Idee: ein Raumschiff.' 'Ach, komm doch Jim, du willst doch jetzt nicht wirklich die Enterprise herzaubern oder wie?' 'Nein, Teufel, ich möchte kein Raumschiff herzaubern. Das würde mich viel zu viel Kraft kosten und die brauche ich nachher noch. Ich werde einfach mein Raumschiff holen. Das kann bei jedem Wetter fliegen und wie ein Hubschrauber fast überall landen. Und wenn eine Landung unmöglich ist, kann es in der Luft stehen und die Besatzung von einem zum anderen Ort beamen. Ganz einfach. Urania, bitte kommen! Urania,

bitte kommen!' Es dauerte eine Weile, bis sich jemand meldete und dieser Jemand klang nicht gerade munter. Gähnend kam die Antwort: 'Wer weckt mich? Hast du eine Ahnung, wie spät es ist?' 'Nun hab dich nicht so. Um sieben ist nun wirklich nicht so früh', unterbrach Jim die Stimme. Doch diese antwortete etwas gekränkt: 'Von wegen um sieben, um vier ist es hier. Ich bin in Brasilien und nicht in Deutschland.' 'England', korrigierte Jim. 'Hör zu, Urania, ich brauche deine Hilfe. Wir treffen uns in dreißig Minuten in Afrika, Kalahari. Bitte sei einmal pünktlich, es hängen Leben davon ab. Jim Ende.' Wir hörten noch ein leises Murren und Meckern, dann war die Verbindung unterbrochen. 'Toll, Jim, und wie sollen wir jetzt in einer halben Stunde nach Afrika kommen? Sollen wir etwa die Arme ausbreiten und fliegen? Oder willst mit deinem Auto übers Wasser schwimmen? Du hättest dein Raumschiff doch hierher bestellen können. Und außerdem wollen wir nach Sachalin und nicht nach Afrika.' 'Nun warte doch die Zeit ab, Teufel. Ich weiß schon, was ich tue. Ich hab in Afrika noch etwas zu erledigen, bevor wir nach Russland fahren können. Und wenn wir hier weiter so unnötig diskutieren, werden wir wirklich nicht rechtzeitig in Afrika ankommen. Teufel, möchtest du lieber fliegen oder mit dem Boot fahren?' Ich wählte das Boot.
'White Horse, vor zehn Minuten auf der Themse, Big Ben. Auf geht es nach Afrika.' Jim verließ unser Hauptquartier als Erster. Er trug Schlafhund. Ich, Fomka, Doggy, Blue, Husky, Piepsy und Daniela folgten. Die Themse lag direkt vor dem Gebäude und doch war das Boot eher da als wir. Doch ich sah Jims Auto gar nicht. 'Äh, Jim, wo ist dein Auto?', fragte Piepsy und sprach damit das aus, was ich auch dachte. 'Teufel wollte doch mit dem Boot fahren. Steigt ein.' 'Ja, das schon, aber du hast doch dein Auto gerufen. Oder heißt dein Boot auch White Horse?' Ich konnte mich nicht erinnern, etwas Lustiges gesagt zu haben, aber Jim fing laut an zu lachen. 'Hahaha, das ist doch, hahaha, doch White hahaha Horse.' Etwas gefasster fügte er dann noch hinzu: 'Mein Auto kann sich in ein Boot und in ein Flugzeug verwandeln. Nur nicht in ein Raumschiff. Aber nun steigt ein, wir wollen heute noch ankommen.' Wir stiegen einer nach dem anderen ins Boot, eine ziemlich wackelige Angelegenheit. Da Fomka so groß war, ließ Jim ihn auf ein verträgliches Maß von zwei Metern schrump-

fen, damit er ins Boot passte. Dann ließ er den Motor an und los ging es. Wir sausten die Themse entlang Richtung Nordsee, durch den Ärmelkanal in den Atlantischen Ozean und einmal um Afrika herum. Dummerweise war das Boot oben offen, so dass wir durch das aufgewirbelte Wasser vollgespritzt wurden, so schnell fuhren wir. Und doch wurden wir nicht nass. Jim muss es mit einem Zauber so gedreht haben, dass uns das Wasser nicht nass machte. Wie auch immer, in Namibia gingen wir dann endlich an Land. Fast gleichzeitig verwandelte sich Jims Boot wieder in ein Auto. Die Räder wurden ausgefahren, die Form änderte sich und als wir an Land waren, saßen wir im Auto. Fomka vorne, Blue, Husky und Daniela hinten, Piepsy auf Blues Schoß. Nur ich lag irgendwie unbequem. Es war eng, stickig und dunkel. Bis ich merkte, dass ich im Kofferraum lag. 'He, Hilfe! Ich will hier raus! So eine Sauerei!' Ich klopfte und schrie.
Dann spürte ich diesen unsanften Ruck. Das Nächste, das ich weiß, ist, dass es plötzlich ekelhaft hell wurde. Ich hörte Jims Stimme, noch bevor ich ihn richtig sehen konnte: 'Tut mir leid, Teufel, ich hatte vergessen, dass der Sitz, auf dem du saßest, zum Kofferraum wird. War mein Fehler. Komm, ich helfe dir raus.' Ich spürte, wie mich zwei kleine, aber kräftige Hände hochhoben und mich auf den Boden stellten. Meine Augen hatten sich jetzt an das Licht gewöhnt, nur die Hitze war unerträglich für einen Kater, der nur das kalte, feuchte London kannte. Ich stieg vorne bei Fomka auf den Schoß. Der Sicherheitsgurt kniff mich ganz schön in den Bauch und würgte mich. Zum Glück fuhren wir nicht mehr lange, aber mit Überschallgeschwindigkeit, die höchste Geschwindigkeit, die das Auto fahren konnte. Sie war aber nicht auf dem Tacho verzeichnet; Jim fuhr auch nur in der Wildnis mit dieser Geschwindigkeit. Von der Landschaft sahen wir nichts außer eine riesige Staubwolke, die uns umgab, aufgewirbelt von White Horse. Fünf Minuten nach unserem Landgang erreichten wir die Kalahari. Wir waren etwa drei oder vier Minuten zu früh da und mussten noch warten. Aber Jims Raumschiff kam pünktlich, genau auf die Minute. Es landete neben Jims Auto. Ein riesiges Gefährt, bestimmt 6m hoch, 10 Meter breit und über dreißig Meter lang. Die Farbe war schwer zu bestimmen, sie variierte von blau-grün bis dunkel-schwarz je nach Sonneneinstrahlung. Es

war stromlinienförmig gebaut, ähnlich einem Hai, nur nicht so schmal. Kurz gesagt: ziemlich imposant. 'Wie ich sehe, bist du mal pünktlich. Dickes Lob an dich. Kannst du meine Freunde hier an Bord beamen? Ich komme dann auch gleich', begrüßte Jim Urania. Und schon spürte ich, wie wir uns auflösten. Der ganze Körper kribbelte. Die Farben, die ich sah, waren herrlich, ich fühlte mich, als ob ich mitten in einem Regenbogen wäre. Eine wohlige Wärme umgab mich, nicht diese brütende Hitze Afrikas oder die nasse Kälte von England. Es war wie ein gemütlicher Frühlingstag. Leider war es viel zu schnell vorbei und ich fand mich im Inneren des Raumschiffes wieder. Ein relativ großer, leerer Raum nahm uns auf. Er war in rosa gehalten. Ich sah mich um, konnte allerdings keine Tür sehen. 'Wo ist denn hier die ...' Ich wurde von einem Lichtstrahl unterbrochen. Keine zwei Sekunden später stand Jim in voller Größe im Raum. 'Ihr seid ja noch hier? Ich dachte, ihr wärt schon mal zur Brücke gegangen', begrüßte er uns. 'Aber hier ist doch keine Tür, oder kann man in deinem Schiff einfach durch die Wände gehen?' Ich probierte es gleich und rannte mir ordentlich den Kopf ein. 'Autsch, das wird bestimmt eine riesige Beule.' Ich hielt mir die Stelle, an der ich mich gestoßen hatte. 'Also, ich an deiner Stelle würde eine Tür benutzen. Es sei denn, man ist ein Geist und kann durch Wände gehen.' Jim ging an die Stelle, gegen die ich gelaufen war, und berührte die Wand. Plötzlich tat sich eine Tür auf, keine 5 Zentimeter neben der Stelle, wo ich mich gestoßen hatte.
Wir traten in einen riesigen, langen Flur. Am Ende des Flures war wieder eine Querwand, in der eine Tür versteckt war. Auch dieser Raum war leer. Er war in hellblau gehalten. Dieser Flur wurde von irgendwoher mit blauem Licht geflutet. 'Du, Jim, wie wird dieser Flur hier eigentlich beleuchtet? Ich sehe gar keine Lampen?', fragte Piepsy, deren Englisch inzwischen perfekt war. Du weißt ja, dass sie ein fotografisches Gedächtnis hat. 'Erstens ist das hier kein Flur, sondern das Gästezimmer und zweitens wird es durch Lampen erhellt, die hinter hellblauen Glaswänden liegen', erklärte Jim. „Gästezimmer? Nun ja, etwas spärlich eingerichtet für meinen Geschmack. Außerdem hat man hier keine Privatsphäre.' Blue sah sich argwöhnisch um. 'Also, ich denke, Elefanten und Giraffen würden sich hier wohlfühlen. Und genau

die möchte ich nämlich nach Russland transportieren. Außerdem ist das auch nicht die Originaleinrichtung. Normalerweise ist der Raum in viele Zimmer geteilt. Aber wenn ich etwas Großes transportieren möchte, nehme ich die eigentlichen Gästezimmer raus.' Während wir uns unterhielten, durchquerten wir den Raum mit hallenden Schritten. Am anderen Ende öffnete Jim eine Tür wie die im Transporterraum. Wir traten in einen weiteren Raum, der kaum größer war als der Transporterraum. Es war der einzige Raum, der eine Einrichtung hatte. 'Das hier ist die Brücke. Von hier aus steuere ich den Vogel. Fasst mir ja nichts an! Besonders du Fomka!' Jim zeigte in den Raum, er war stolz wie ein kleines Kind, das gerade ein ganz tolles Weihnachtsgeschenk bekommen hat. Ach, was red ich da, Jim ist doch ein kleines Kind. 'Ähm, Jim, wenn ich dir einen Rat geben darf: Ich würde aufpassen, dass Teufel nicht an deinen Computer geht. Das letzte Mal hat er ein heilloses Chaos angerichtet.' 'Danke für den Tipp, Blue, ich werde schon aufpassen.' Jim grinste mich an. Dann sprach er wohl mit seinem Raumschiff und das ungewohnt ernst. 'Urania, beame bitte alle BBC-Mitglieder, die du erreichen kannst, an Bord. Am besten gleich auf die Brücke. Die großen schrumpfst du bitte gleich auf höchstens 4 Meter.' 'Ha, ha, Jim, guter Scherz. Ich kann in meiner Datenbank kein Mitglied finden, das über vier Meter ist. Außer Fomka, der schon hier ist', erwiderte die Computerstimme. Doch fragte ich mich, woher dieser 'Vogel', wie Jim ihn nannte, wusste, wer in unserem Clan ist. 'Kurz nachdem ihr mich in euren Clan aufgenommen habt, hatte ich alle Mitglieder in die Datenbank eingetragen und bis heute ergänzt', erklärte Jim, ohne dass er gefragt werden musste.
Nur kurze Zeit später tummelten sich sämtliche Mitglieder auf der Brücke. Einige beschwerten sich, da sie geweckt wurden, andere waren etwas verängstigt, da sie noch nie gebeamt worden waren. 'Das kann ja wohl nicht wahr sein, wird man hier aus seinem Schönheitsschlaf geweckt! Was ein Kaiser in diesem Clan hier alles ertragen muss! Wo kann man sich hier beschweren?', maulte Kaiser Fritz. 'Aber Kaiser Fritz, wer wird denn gleich sauer. Ich habe eine ganz wichtige Aufgabe, die eines Kaisers würdig ist. Du wirst für eine Weile die Leitung des Big Ben Clan in London werden, während Teufel und die anderen in Russland ge-

braucht werden.' 'Na endlich wird meine Persönlichkeit geschätzt. Und meine Führungsqualitäten auch. Okay, ihr habt eure Gemse. Mein Onkel, Prinz Julbért, wird sich derweilen um mein Geschäft kümmern. Wer sind meine Untertanen?' Kaiser Fritz war von seiner neuen Aufgabe sichtlich begeistert. Er machte schon Pläne, wie es sein könnte, was er tun würde. Seine Untertanen, wie er sie nannte, waren Hund und Strolch, Doggy Junior, Doggys Sprößling, Katze von Angst, Lions Nichte und ihr Kumpel Mike von Wuff, ein adliger deutscher Schäferhund. So wurde Kaiser Fritz nach London gebeamt. Dort sammelte er wohl seine sogenannten Untertanen und sorgte bei denen für einen Schock. Jim war inzwischen schon beim nächsten Schritt. Er beamte jede Menge Elefanten, Giraffen, Nashörner, Löwen und Nilpferde an Bord und erklärte den Neuankömmlingen, worum es ging und was sie tun sollten. Er stand in diesem langen Raum, gleich an der Tür zur Brücke. Dort hatte er sich auf einen der Elefanten gestellt, um größer zu sein. Er redete mit lauter Stimme. Man konnte meinen, eine ganze Herde von Löwen brüllte auf einmal, so laut redete er, damit auch die Letzten alles verstehen konnten. Das ganze Schiff wackelte und vibrierte. 'Wie lange wird der Flug denn dauern?', fragte ein Elefant. 'Ach, Rüssli, dich hab ich gar nicht gesehen. Wir werden nicht lange fliegen. Ein kurzer Zwischenstopp in Ägypten und im Putoranagebirge, Russland, wo ihr beide male nicht aussteigen müsst, und dann werden wir in ein paar Minuten auf Sachalin angekommen sein. Für die, die Kälte nicht gewohnt sind, gibt es warme Decken, die ich von Juma mitgebracht habe. Die halten wesentlich wärmer als Daunen oder Baumwolle. Schals für die Giraffen habe ich natürlich auch, etwa zwei Meter lang und aus dem selben Stoff wie die Decken', gab Jim zur Antwort, doch da kam schon die nächste Frage. 'Was ist mit Mützen?', fragte eine kleine Giraffe, die sich Calle nannte. 'Und Rüsselwärmer?' 'Was ist mit Ohrenwärmern.' Die letzte Frage kam von Nasi, einem Spitzmaulnashorn. 'Ist ja gut, ihr werdet schon nicht erfrieren. Jeder bekommt warme Kleidung für jeden Körperteil, oder fast jeden.' Jim war etwas genervt, blieb aber weitgehend gelassen. 'Urania, kannst du meine Gäste mit Essen und Trinken bewirten, damit sie sich noch einmal stärken können?' 'Du hast gut reden. Wo soll ich denn 100 oder 200 oder noch mehr Tonnen Gras hernehmen? Und soll ich den Löwen Rind oder Schwein oder Strauß oder was geben?', murrte das Raumschiff. 'Also ich persönlich ziehe ja ein frisches junges Gnu vor', meldete sich ein Löwe. 'Du wirst das schon machen. Wenn jemand eine Herde Elefanten, Nashörner, Giraffen und Löwen auf einmal füttern kann, dann du.' Urania knurrte und murrte noch vor sich hin, schaffte es aber doch, alle satt zu bekommen. Während dieser Rede und der Fütterung war das Schiff schon weiter geflogen. Auf dem Bildschirm war der Blaue Nil zu sehen, bald würden wir Ägypten erreichen, wo wir Lions jüngeren Bruder Balthasar III. von Angst, König von Afrika und sein gesamtes Gefolge einsammelten. Eigentlich steht dieser Titel dem älteren Sohn zu, doch Lion hat auf die Krönung verzichtet und den Posten seinem Bruder überlassen. Auch Nili, der auf der anderen Seite des Nils wohnte, wurde auf das Schiff gebeamt. Nili war ein seltenes Exemplar eines Nilpferdes, er war dunkelgrün. Eigentlich hieß Nili ja Nili Ramses III, doch er bestand nicht auf seinen Adelstitel. 'Hallo Jim, altes Haus. Wie geht es dir denn so. Schön dich auch mal wieder zu sehen. Du hast dich ja lange nicht mehr bei uns blicken lassen. Weißt du überhaupt schon, dass ich einen kleinen Sohn habe? Er heißt Lou. Ein lieber kleiner Fratz, braun. Er ist jetzt bei seiner Mutter, während ich euch in Russland helfe. Wo immer das liegen mag.' Jim hatte Mühe, Nilis Redefluss zu unterbrechen. 'Hey Nili, Nili! Ist ja gut. Wenn das ganze hier vorbei ist, werde ich euch besuchen, mir deinen Sprößling ansehen und stundenlang mit dir quatschen, bis wir Fusseln im und vorm Mund haben. Aber jetzt ist dazu keine Zeit. Geh in das Gästezimmer dort und lass dich einweisen. Nimm noch eine kleine Stärkung zu dir, dann kann es losgehen.' 'Na gut Jim, aber – vernilt und zugekrokt, lass dich ansehen, du musst doch seit deinem letzten Besuch gewachsen sein.' Jim nickte: 'Ja, ganze zwei Millimeter.' 'Sag ich doch.' Damit ging Nili dann nach draußen. Jim lachte nur kurz: 'Typisch Nili. Ich und gewachsen. Er weiß doch genau, dass ich nur ein paar Millimeter in einem Jahrzehnt wachse. Und so lange war ich nun wirklich nicht weg. Es waren doch nur fünf Jahre.' 'Ihr scheint euch gut zu kennen', bemerkte Emil, der grüne Bär. Jim nickte: 'Ja, ich hab den kleinen Nili aufwachsen sehen, bin sogar sein Patenonkel. Die Familie von

Nili sind übrigens die einzigen Nilpferde, die noch am Nil leben. Allerdings weiß die Menschheit nichts davon.'
'Bitte alle anschnallen. In wenigen Sekunden erreichen wir das Putoranagebirge. Nächster Halt ist das Putoranagebirge', hörten wir plötzlich die weibliche Stimme von Urania sagen. 'Ist gut, Urania. Sammel eine Handvoll Heidelbären ein und dann ab nach Sachalin.' Urania gab keine Antwort, doch Husky meldete sich: 'Ähm, Jim, könnten wir noch in Norilsk vorbei fliegen? Meine Schwester Ronja möchte auch gerne helfen.' 'Mh, ich denke, wir können deine Schwester von hier aus an Bord beamen, wenn du mir ihre Adresse gibst.' Husky gab die genaue Adresse nach Jims Angaben in den Computer ein und keine Minute später stand Ronja mit Morgenmantel und Lockenwicklern in den Haaren vor Husky. 'Kann man denn nicht mal in Ruhe zu Ende Frühstücken? Wo bin ich hier eigentlich? Und wie zum Teufel komm ich hier her?', fragte sie verstört. 'Was habt ihr nur immer alle mit mir? Ich bin unschuldig!' protestierte ich. Doch Husky umarmte seine Schwester und erklärte ihr, wie sie hergekommen ist. Jetzt dauerte es nicht mehr lange, bis wir in Sachalin ankommen sollten. Um uns die Zeit zu verkürzen, besprachen wir unser weiteres Vorgehen auf der Insel.
'Okay Leute, fertig oder nicht, ich beam' euch jetzt runter', hörten wir es plötzlich sagen und fanden uns fast sofort auf festem Boden wieder. 'Ach, du verdammtes, voreiliges Raumschiff! Die Tiere sind doch noch gar nicht alle angezogen, die halbe Ausrüstung fehlt noch, aber du musst uns ja schon runterbeamen!', schimpfte Jim und zauberte den Tieren wenigsten die Kleidung an, damit sie nicht frieren. Per Funk orderte Jim dann noch unsere Ausrüstung an und tadelte Urania noch einmal richtig. Dann ging es los. Jim verteilte Schubkarren, Schaufeln, Hämmer, Sägen, Seile, Stützbalken und andere Gerätschaften. Jeder bekam etwas. Die Hunde bekamen Pfotenschoner, da sie beim Schnüffeln über spitze Steine und andere Gegenstände laufen mussten. Ich hatte mir natürlich auch welche bestellt. Die Hunde suchten mit ihrer Nase die Verschütteten und wir hatten viele Hunde. Aus ganz Russland waren sie gekommen. Von der Fußhupe bis zum ausgebildeten Bernhardiner und Schäferhund war alles vertreten. Innerhalb weniger Stunden suchten sie etliche Quadratki-

lometer Boden, Schutt und Geröll ab. Jedesmal, wenn sie jemanden gefunden hatten, riefen sie das Ausgrabungsteam herbei, die die Personen ausbuddelten. Selbst Schlafhund beteiligte sich an der Suche nach Verschütteten, allerdings nicht so, wie die anderen Hunde. Er legte sich an ein halbwegs gemütliches und sicheres Plätzchen, wo er sich niederließ und die Augen schloss. Schlafhund besaß die Fähigkeit, zu 'sehen', wo Leute verschüttet waren. Jedesmal, wenn er jemanden gefunden hatte, erklärte er uns, wo er genau lag und wir konnten mit dem Ausgraben beginnen. Und ich muss sagen, dass er ausnahmsweise mal ziemlich schnell sprach für einen Schlafhund.
Plötzlich sahen wir Wasserfontänen am Horizont aufspritzen. Sie kamen näher. 'Sag bloß, die Wale möchten auch helfen? Wird ein bisschen schwierig werden, die können doch an Land nicht leben', bemerkte Piepsy, die als Erste erkannte, wer da das Wasser aufspritzte. Doch Fomka war es, der die Bären auf den Rücken der Wale sah, blaue, hellblaue, weiße, braune, schwarze, schwarzweiße. Aus allen Richtungen kamen Wale mit Bären angeschwommen. Schnell wurden sie von den anderen eingewiesen. Die Bären aus den wärmeren Gegenden bekamen warme Kleidung. Dann gingen auch sie an die Arbeit. Es dauerte nicht lange und wir hörten laute Motorgeräusche am Himmel. Wir schauten nach oben und sahen zwei Hubschrauber nahen. 'Das ist doch Wahnsinn! Sind die lebensmüde?', entfuhr es Jim und schon war er in der Luft verschwunden. Wir staunten nicht schlecht, als wir plötzlich zwei Jims sahen. Einige von uns dachten schon, Jack wäre zurückgekommen. Jeder Jim flog zu einem der beiden Hubschrauber und hielt sie stabil in der Luft fest, damit die Fallschirmspringer abspringen konnten. Hätte Jim sie nicht festgehalten, wären sie womöglich abgestürzt, da es verdammt windig war, um nicht zu sagen stürmisch. Als die Fallschirmspringer abgesprungen waren, brachten beide Jims die Hubschrauber zurück auf den nächsten Flughafen. Die Heidelbären bemühten sich unterdessen, die Fallschirmspringer aufzufangen, damit sie sich nicht sämtliche Knochen brachen. Sie staunten nicht schlecht über den 'Zoo', wie es die Menschen nannten, der hier schon fleißig am Ausgraben war. Ein paar Eisbären, oder waren es junge Heidelbären, klärten die Menschen über die Lage auf. Aber wenn ich jetzt so nachdenke:

es müssen Heidelbären gewesen sein, Eisbären können die Menschensprache nämlich nicht. Nur Heidelbären können so reden wie die Menschen. Die Männer halfen wacker mit. Für Menschen waren sie ziemlich kräftig. Doch sie waren froh, dass sie kräftige Bären, Nashörner, Nilpferde und andere starke Tiere zur Hilfe hatten. Es war sehr laut, Stimmen riefen durcheinander. Oft hörte man Löwen oder Nilpferde brüllen. Doch auch menschliche Stimmen waren zu hören. Da rief zum Beispiel einer nach einem anderen Mann: 'Charlie, ich brauche deine Hilfe!' 'Ich komme schon.' Gemeinsam versuchten sie einen, ich weiß nicht wie viel Tonnen schweren Brückenpfeiler hochzuziehen, weil jemand darunter lag. Sie hatten ihn schon ein ganzes Stück angehoben, als sie ihn wieder fallen ließen, weil er so schwer war. Zum Glück war gerade einer der Heidelbären in der Nähe und konnte den Pfeiler noch auffangen. Er drückte den Pfeiler nach oben, damit die zwei Männer den Verletzten herausziehen konnten.
Jim war inzwischen unermüdlich mit seinem Raumschiff im Einsatz. Er brachte die Verletzten in die umliegenden Krankenhäuser. Natürlich achtete er auch darauf, wer in welchem Krankenhaus abgeliefert wurde. Je nach Verletzung brachte er die Patienten in die entsprechenden Fachkliniken. Sein Computer half ihm dabei. Daniela, Emil, Bunter und kleiner Louis kümmerten sich um die verängstigten Kinder und Erwachsenen, bis sie in professionelle Behandlung kamen. 'Teufel, wir brauchen dich hier!', hörte ich plötzlich eine vertraute Stimme rufen. Es war Piepsy. 'Bin schon unterwegs!', rief ich zurück und stiefelte über Geröll und Schutt. 'Was gibt es denn für Probleme?', fragte ich, als ich Piepsy und Fomka erreicht hatte. Erst als Piepsy auf ein Loch im Boden zeigte, sah ich es. 'Da ist ein kleiner Junge eingeklemmt. Er kann sich nicht alleine befreien. Wir müssen ihn behutsam ausbuddeln, aber wir brauchen jemanden, der von innen helfen kann und ihn zudem auch noch etwas beruhigt. Wir haben keine Ahnung, wie es da drin aussieht. Daher muss uns jemand von drinnen genaue Anweisungen geben', erklärte Piepsy in nahezu perfektem Englisch. Nur ihr etwas eigenwilliger Dialekt verriet, dass Englisch nicht ihre Muttersprache ist. 'Und wieso soll ich da hinein? Du bist doch viel kleiner als ich und würdest besser hinein gelangen', fragte ich, da mir das Loch doch etwas zu eng war, auch für

einen Kater, der so ziemlich überall durch kommt. Außerdem hatte ich schon immer Platzangst, was natürlich keiner wusste. 'Das ist richtig, ich bin kleiner als du, aber du bist stärker als ich. Wir brauchen da unten jemanden, der notfalls auch mal einen Balken oder Ähnliches abstützen kann und dafür bin ich nicht stark genug. Und so auf die Schnelle weitere Mäuse aufzutreiben, ist schwierig. Es würde zu viel Zeit kosten', war die Antwort. 'Na gut, das leuchtet ein. Aber wir könnten den Jungen doch auch hinaus beamen. Wozu ist denn Jims Raumschiff da?' Die anderen überlegten. Das war wirklich keine schlechte Idee. „Da Jim aber gerade nicht da ist, werden wir noch ein paar Minuten war ...' Die Erde begann wieder zu wackeln und das ziemlich heftig. Wir hörten den Jungen weinen, sahen, wie sich der Boden senkte und damit das Loch verkleinerte. Es drohte jeden Augenblick einzustürzen. Das Nachbeben dauerte nicht lange; nur ein paar Sekunden, dann war es vorbei.
Piepsy ergriff als Erste wieder das Wort. 'Wenn wir auf Jim warten, könnte es für den Jungen zu spät werden. Wir müssen ihn jetzt da raus holen.' Und wie ein schlechtes Omen fing es auch noch an zu regnen wie aus Kübeln. Der Regen war mit dicken Hagelkörnern vermischt. Der Wind peitschte die Regentropfen und Hagelkörner gnadenlos in die Gesichter. Innerhalb von Sekunden waren wir klitschnaß. 'Also, ich werde mich in dieses Loch begeben und sehen, was ich tun kann. Soll ich mit dem Jungen reden?', fragte ich noch. Fomka nickte 'Ja, rede mit dem Jungen, damit er sich etwas beruhigt.' 'Aber ich kann doch kein Russisch', warf ich ein. Fomka zuckte nur mit den Schultern 'Dann sprich ihn in Englisch an. Auch wenn er es nicht versteht, deine Stimme wird ihn hoffentlich beruhigen. Oder sing ihm etwas vor.' Ich zuckte ebenfalls mit den Schultern. 'Wenn du meinst, dann singe ich ihm etwas vor.' Und damit zwängte ich mich durch das viel zu enge Loch nach unten zu dem Jungen. Ich unterdrückte die Schmerzensschreie, als mir teilweise mein Fell abgeschabt wurde. Ich spürte, wie mir das Blut aus den kleinen Wunden sickerte. Dann endlich hatte ich es geschafft. Ich war unten angekommen und fand den kleinen Jungen. Ich sah, wie eng es hier war. Zu zweit war es sogar noch viel enger hier unten. Das gefiel mir überhaupt nicht. Die Angst kroch in mir hoch. Mein Atem

ging schneller, mein Herz raste. Ich wollt hier nur raus, und zwar so schnell wie möglich. Alles drehte sich und wurde dunkel, ich hätte schreien können, riss mich aber zusammen und unterdrückte den Schrei, so dass nur ein leises Gurgeln über meine Lippen drang. 'Tief durchatmen, Teufel, nur nicht verrückt werden. Panik ist das Letzte, was du jetzt gebrauchen kannst. Ganz ruhig. Durch die Nase einatmen, durch den Mund aus. Ganz ruhig, beruhige dich.' Ich redete auf mich ein und versuchte mich so zu beruhigen. Und es schien, als ob der Junge auch ruhiger wurde. Es dauerte nicht lange und ich fing an zu singen. Es war irgendein Kinderlied, keine Ahnung wie es hieß. Ich weiß nur, dass es Englisch war. Vielleicht sang ich die englische Version von Bruder Jakob, vielleicht auch nicht, jedenfalls klang es schrecklich. Es war eben ein Katzengejammer. Der Junge mochte mein Gesinge bestimmt auch nicht, doch unter diesen Umständen schien es ihn wirklich zu beruhigen.
Beide hörten wir, wie draußen fieberhaft weitergearbeitet wurde. Plötzlich fing sich wieder alles zu drehen an, mir war, als ob uns die Decke entgegen kommen würde. Doch diesmal war es ganz und gar kein Trugbild, es war Realität. 'Stopp! Sofort aufhören! Hört auf! Uns kommt hier alles entgegen!', schrie ich, so laut ich konnte nach draußen. Umgehend wurden alle Arbeiten eingestellt. 'So geht das nicht. Wenn wir hier weiter graben, wird den beiden da drin die Decke entgegenkommen und alles wird einstürzen.' 'Wie wäre es, wenn wir das Loch von innen durch Balken oder Ähnlichem abstützen?', fragte auf einmal eine weibliche Stimme. Sie sprach in Englisch, allerdings mit einem russischen Dialekt. 'Torka!', hörte ich Fomka etwas überrascht antworten, wahrscheinlich hatte er diese Torka nicht bemerkt, wer immer das auch war."

Fomka nickte: „Ganz recht, ich hatte Torka nicht bemerkt. Und wenn du es wissen willst, Torka ist eine Schneeleopardin. Vielleicht sollte ich erzählen, wie wir draußen gebuddelt haben." Fomka sah seinen Chef an, der bereitwillig nickte.

So übernahm Fomka jetzt das Wort: „Torka war hinzugekommen. Sie brachte einen riesigen Balken mit. Mit der Schnauze hatte sie ihn über den Boden geschleift. Sie war sehr kräftig und schien sehr gesunde Zähne zu haben. Hinterdrein kamen noch zwei Enten, die zu zweit ebenfalls einen riesigen Holzbalken hinter sich herzogen. Eigentlich war der Balken für die zwei viel zu schwer. Sie rackerten mächtig an dem Ding. Ihr Schweiß tropfte schon von ihren flauschigen, gelben Federn. Zwischendurch mussten sie zwangsläufig eine Pause einlegen, um Luft holen zu können. Sie keuchten hörbar. Immer wieder schauten sie zwischen ihrem Balken und dem Loch hin und her, fragten sich, ob sie es bis dahin überhaupt schaffen würden. Der Weg schien für die beiden endlos weit. Ich ging ihnen entgegen und nahm ihnen die Last ab. Mit einer Pfote trug ich den Balken zu diesem Loch und legte ihn daneben. 'Teufel, ich werde jetzt einen Balken zu euch hinunter lassen. Sie zu, dass du ihn irgendwo befestigen kannst', rief ich in das Loch hinein und bekam ein knappes 'Okay.' als Antwort. Langsam schob ich den Balken in das Loch. 'Ich sehe ihn schon. Noch ein kleines Stück tiefer. Nein, nicht so schnell! Ja, ich glaub, ich hab ihn', hörte ich Teufel rufen. Schon spürte ich, wie jemand vorsichtig an dem Balken zog. Nach einer Weile hatte Teufel es geschafft, den Balken irgendwie festzuklemmen, sodass dieser die Decke jetzt stützen konnte. Das nervenaufreibendste Mikadospiel, das wir je gespielt hatten, konnte beginnen. Behutsam trugen wir Stück für Stück des Trümmerhaufens beiseite. Ein paar Nilpferde kamen mit Schubkarren und fuhren die Trümmer beiseite. Darunter war auch Nili. Doch auch die zwei Enten und Torka schoben beladene Schubkarren vor sich her. Wir waren sehr vorsichtig. Bei der kleinsten Bewegung, bei der kleinsten Einsturzgefahr hörten wir auf zu graben, befestigten den Boden, dann erst ging es weiter. Stück für Stück trugen wir so den Schutthaufen beiseite. Wir waren schon ziemlich weit gekommen, als der Stützbalken brach. Teufel konnte ihn gerade noch festhalten, damit nicht alles einstürzte. Doch lange konnte er das nicht durchhalten. Fieberhaft trugen wir die letzten Trümmer weg, waren schon fast fertig, als plötzlich alles einstürzte. Geschockt sahen wir auf dieses kleine Loch im Boden, das auf einmal nicht mehr war. 'Teufel', schrie ich verzweifelt. Das konnte einfach nicht sein. Er konnte nicht tot sein. Wer sollte denn nun den Clan leiten? Völlig verzweifelt kniete ich mich neben das Loch, das nun

völlig zugeschüttet war. 'Teufel, das darf einfach nicht sein! Das darf einfach nicht sein!' Ich weinte, konnte es einfach nicht glauben. Auch die anderen standen geschockt da und konnten sich nicht bewegen. Wir hatten uns wirklich alle Mühe gegeben, das Loch nicht einstürzen zu lassen, doch das war uns nicht geglückt. Und nun sollte es keinen Teufel mehr geben, der schief nach schräg sang und auch keinen kleinen Jungen mehr.
'Was ist denn hier los? Wieso weint ihr denn alle?', fragte plötzlich jemand. Ich sah mich um und sah einen schwarzen Kater und einen kleinen Jungen. Völlig unversehrt. Der Kater hatte ein ziemlich ramponiertes Fell, aber ansonsten war er quickfidel. 'Teufel, Teufel! Kleiner! Ihr lebt! Ich dachte, ihr wärt dort in diesem Loch verschüttet. Wie seid ihr dort rausgekommen?', fragte ich erleichtert, aber auch verwundert. Und in diesem Moment tauchte Jim hinter Teufel auf. Da wusste ich Bescheid. Jim war noch rechtzeitig gekommen und hatte Teufel und den Knaben an Bord seines Raumschiffes gebeamt. Ich rannte zu Teufel und umarmte ihn vor Glück, was diesem allerdings überhaupt nicht gefiel. Dabei war ich diesmal wirklich nicht grob. Ganz vorsichtig umarmte ich ihn. 'Fomka, meine Wunden, aua, lass los!', schrie er. Sofort ließ ich Teufel los. 'Ach, bin ich froh, dass ihr noch lebt.' Tja, das war eine ganz schöne Aufregung. Es war die größte Aufregung, die wir während der Zeit in Sachalin erlebten. Ansonsten blieb alles verhältnismäßig friedlich, wenn man von den kleineren Nachbeben einmal absah. Sogar das Wetter hatte sich gebessert. Es konnten wieder Hubschrauber fliegen. Damit war unser Einsatz beendet, wir übergaben jetzt den Menschen das Kommando, die es jetzt alleine schaffen würden. Alle Tiere wurden von Jim nach Hause gebracht. Jim bedankte sich im Namen der Menschen und im Namen des Big Ben Clan bei allen Tieren. Dann flogen auch wir nach Hause. Torka hatte es sich nicht nehmen lassen, für ein paar Tage mit nach London zu kommen. 'Ach ja, ich darf doch meine beiden Söhne Alfred und Ottokar mitnehmen?', fragte sie. Jim nickte: 'Natürlich.' 'Alfred! Ottokar!', rief Torka daraufhin, 'Wollt ihr mit nach London kommen?' Zwei Enten kamen angewatschelt, es waren die zwei Enten von vorhin. 'Ja, Mami, wir kommen mit. Können wir dort den Big Ben sehen?', fragten sie aufgeregt. 'Aber natürlich', kam Torkas Antwort. Er-

staunt und verwirrt schauten wir die Schneeleopardin an. Diese zuckte nur mit den Schultern und sagte: 'Ich war eben zur falschen Zeit am falschen Ort. Ihr wisst doch, dass kleine Enten immer den oder das als Eltern ansehen, was sie zuerst erblicken und das war nun mal ich. Ich sage euch, das ist keine leichte Aufgabe, zwei Enten zu erziehen. Besonders schwer ist es, ihnen das Jagen beizubringen.' Bei der Vorstellung, wie zwei Enten auf die Jagd gehen würden, mussten wir alle herzlichst lachen. Auf dem Raumschiff behandelte Jim Teufels Wunden, bevor wir wieder in den Big Ben gingen, was erst am nächsten Tag geschehen sollte. Doch erst einmal ruhten wir uns alle von den Strapazen aus. Sollte Fritz ruhig noch eine Weile weiter regieren. Von London sah bei unserer Ankunft keiner etwas, da wir alle schliefen. Selbst Jim war eingeschlafen. Doch sein Raumschiff konnte auch alleine fliegen. Bei Jim setzte es uns ab, wie wir beim Aufwachen dann merkten.
Als wir am nächsten Morgen aufwachten, fühlten wir uns ziemlich klamm und feucht. Wir froren, außerdem zog es von irgendwoher gewaltig. Es dauerte eine Weile, bis wir merkten, dass Jims Haus kein Dach hatte. Auch fehlte eine Wand. 'Wenn ich mich recht erinnere, hattest du mal ein Dach und vier Wände, als wir nach Russland aufbrachen', bemerkte Blue. Jim nickte abwesend. 'Fehlte das gestern Abend auch schon?', wollte Lion wissen. Jim wollte sich den Schaden des Hauses einmal von oben ansehen und flog zu dem großen Loch hinaus. Er hatte gerade erst den Kopf über die Wand gereckt, als er einen Schrei des Entsetzens ausstieß. 'Aaahh, was ist denn hier passiert? Hat hier ein Hurrikan oder sowas eingeschlagen? Die ganze Stadt ist verwüstet!' Jim stand jetzt hoch über seinem Haus, kam aber sofort wieder zurück nach unten. 'Die ganze Stadt ist verwüstet, als ob hier ein riesiger Meteorit eingeschlagen wäre', erklärte uns Jim. „Ich denke, wir sollten mal zum Big Ben gehen, falls der noch steht. Man kann Fritz nicht eine Minute aus den Augen lassen, schon stellt er Unsinn an. Möchte wissen, was der ausgefressen hat!', entgegnete Teufel. Vielleicht war er dabei etwas grob, aber zum Glück hat Kaiser Fritz nichts davon mitbekommen. Wir beeilten uns, ins Hauptquartier zu kommen. Wir quälten uns über Trümmerhaufen, aber das waren wir ja schon von den letzten Wochen gewohnt.

Der Big Ben und die Houses of Parliaments standen noch. Zwar waren auch sie beschädigt, aber sie standen noch. Doch alles andere drum herum sah aus wie nach dem Angriff von Mars Attacks oder Independence Day. Die Tür zum Big Ben hing schief in den Angeln. Als Jim sie zur Seite drückte, fiel sie krachend ins Haus. Im Big Ben war es friedlich. Ohne Schwierigkeiten erreichten wir unser Geheimversteck und es war nicht leer. Doggy Jr., Mike, Katze, Hund, Strolch und Kaiser Fritz waren da. Hund und Strolch hatten sich in die hinterste Ecke verkrochen und zitterten wie Espenlaub. Auch die anderen sahen nicht gerade glücklich aus. Sie schienen sich sogar erschreckt zu haben, als wir eintraten. 'Sagt mal, was habt ihr denn mit London angerichtet? Das sieht ja aus wie auf einem Schlachtfeld', fragte Teufel bohrend. 'Es war nicht meine Schuld, nicht meine Schuld. Konnte nichts dafür, nichts dafür. Bitte nicht hängen oder sowas. Bitte nicht', stammelte Kaiser Fritz. Seine Stimme zitterte. 'Sie waren zu groß, zu grausam und schrecklich groß. Bestimmt größer als Fomka. Schrecklich, grauenhaft', fügte er noch hinzu. Seine Stimme versagte fast. Völlig aufgelöst lief er im Raum herum. 'Was war schrecklich und größer als ich?', wollte ich wissen. 'Die Kreaturen. Riesig groß, grün.' Voller Angst erzählte Kaiser Fritz, was geschehen war. Ich will es hier jedoch kurz fassen. Kurz nachdem wir weg waren, kamen riesige Kreaturen. Sie liefen auf zwei Beinen, die denen von Kängurus sehr ähnlich waren. An den kräftigen Füßen hatten sie je eine riesige Kralle. Die Beine waren bis zum Bauch mit dünnem grünen Fell bedeckt, wahrscheinlich war es mit Algen bewachsen wie beim Faultier. Der Oberkörper und der Kopf waren mit grünen Schuppen bedeckt, ähnlich denen von Reptilien. Die Arme hätten einem Schimpansen oder anderem Affen gehören können. Auch sie waren mit grünem Fell bedeckt. Die Hände waren ohne Fell oder Schuppen. Sie sahen aus wie Affenhände, allerdings war jeweils der Daumen durch eine riesige Kralle ersetzt. Der Kopf hätte einem Tyrannosaurus gehören können. Er hatte riesige Warzenschweinhauer und scharfe Zähne. Auf der Schnauze hatte diese Kreatur ein riesiges Horn. Auf der Stirn drei weitere, die ähnlich angeordnet waren wie bei einem Triceratops. Mike glaubte, bei dem Tier eine Art Beutel gesehen zu haben, am Bauch, wie bei den Kängurus. Der Schwanz war auch dem eines Känguruhs ähnlich, nur dass an dessen Ende ein paar gewaltige Stacheln saßen, wie bei einem Stegosaurier. Und diese Kreaturen hatten London angegriffen. Wahrscheinlich wollten sie sich ein neues zu Hause suchen. Den Grund des Angriffes kannte Kaiser Fritz nicht. Jedenfalls hatten er und sein Team sich die größte Mühe gegeben, diese Kreaturen zu besiegen. Doch sie hatten keine Chance. Sie wurden von diesen Monstern einfach so durch die Luft gewirbelt. Das war genauso, als würde eine ganze Kolonie von Mäusen versuchen, eine Elefantenherde anzugreifen. Einfach zwecklos. Fritz und seine Truppe hatten den Kampf schon aufgegeben, als sie plötzlich unerwartet Hilfe bekamen. Schäferhundgroße Steine mit vier Beinen und zwei Armen griffen diese Monster an. Ein gewaltiger Kampf entbrannte. Die Menschen waren alle in ihre Keller geflohen. Wer es schaffte, hatte die Stadt verlassen. Diese Steine kämpften hart gegen diese Kreaturen. Sie verfolgten sie durch ganz London, bis sie zum Big Ben kamen. Kaiser Fritz und die anderen hatten sich dort versteckt und dachten nun, ihr letztes Stündlein hätte geschlagen. Doch direkt vor dem Big Ben tat sich plötzlich ein riesiges schwarz-gelbes Loch aus Licht auf, durch das diese grauenhaften Kreaturen verschwanden. Noch bevor die Steine folgen konnten, war das Loch verschwunden. Die Steine waren erfolgreich und machten sich ebenfalls auf den Weg. Sie verschwanden durch ein lila-orangenes Lichtloch. ‘Wir hatten uns hier versteckt. Selbst als diese Steine weg waren, trauten wir uns nicht nach draußen, da wir nicht wussten, ob noch andere von diesen Kreaturen oder Steinen hier in London herumspuken’, beendete Kaiser Fritz seinen Bericht. Wir sahen uns verwundert an. ‘Das – wird – Jah – re – dau – ern, – bis – Lon – don – wie – der – auf – ge – baut – ist’, meinte Schlafhund. Jim nickte ‘Ja, du hast recht. Und wenn hundert von deiner Sorte London wieder aufbauen wollten, würde es Jahrhunderte dauern. Doch ich denke, solange wollen wir nicht warten. Ich werd wohl doch mal meine Fähigkeiten anwenden müssen, da ich nun wirklich keine Lust mehr habe aufzuräumen. Wenn das nur nicht immer so viel Kraft und Energie kosten würde. Ihr dürft jetzt also die nächsten zwei Wochen nicht mit mir rechnen, da werde ich schlafen wie ein Murmeltier.’ Gleich darauf war Jim nicht mehr ansprechbar. Ganz konzentriert stand er im Big Ben.

Mehrere Minuten lang. Hin und wieder schwankte er verdächtig. Blue hielt sich schon bereit, ihn aufzufangen. Es war, als wäre Jim in eine Art Trance gefallen. Dann auf einmal hob er die linke Hand und schnipste mit den Fingern. Fast gleichzeitig fiel Jim wie ein abgeholzter Baum einfach um. Blue fing ihn auf.
Ich rannte nach draußen, als ob ich von einer riesigen Tarantel gestochen worden wäre. Brüllend kam ich nach kurzer Zeit wieder. Die anderen machten sich wahrscheinlich auf alles gefasst. Womöglich dachten sie, dass diese Kreaturen zurückgekehrt waren. Doch dann merkten sie, dass ich nicht aus Angst, sondern vor Freude schrie und jubelte. 'London steht wieder, als wäre nie etwas gewesen', schrie ich freudestrahlend. Wir jubelten alle. Selbst Blue warf vor Freude die Arme hoch. Dabei vergaß er fast, dass er Jim auf den Armen hielt. Auch ihn warf er mit hoch. Erschrocken folgten wir seinem Flug mit den Augen. Wenige Millimeter bevor er die Decke berührte, kam er wieder nach unten wie eine reife Pflaume. Blue beeilte sich, Jim wieder aufzufangen. Zum Glück konnte Blue sehr gut fangen. Sicher landete Jim wieder in seinen Armen. Blue wurde vor Verlegenheit ganz grün.
Wir brachten Jim nach Hause und legten ihn in sein Bett. Teufel blieb die zwei Wochen, die er schlief, bei ihm. Kaiser Fritz hatte sein Amt als Chef freiwillig abgegeben, obwohl Teufel ihm angeboten hatte es noch eine Weile behalten zu können. Also übernahm Lion seinen Platz."

Fomka unterbrach sich von selbst und gab Teufel wieder das Wort. „Ich werde unseren Müll mal nach draußen bringen. Ihr habt doch bestimmt schon alle eure Milch ausgetrunken", meinte Fomka und griff sich die zwei Pappbecher und die Pappschale, stellte sie auf den flachen Karton und verschwand damit nach draußen. Teufel erzählte in der Zwischenzeit weiter. Fomka setzte sich, als er zurückkam, leise neben Diablo und hörte zu.

„Also, wie Fomka schon sagte, blieb ich die zwei Wochen bei Jim und räumte dort etwas auf. Du kennst ja Jims Ordnung. Außerdem war mir langweilig. Vor allen Dingen machte ich mich in Jims Küche zu schaffen. Die Schränke dort mussten dringend mal ausgeräumt und ausgewaschen werden, die hatten wir bei

Jim's Frühjahrsputz großzügig vergessen. Falls du aber glaubst, Jim dankte es mir, hast du dich geirrt. Nachdem er aufgewacht war, ist er gleich in die Küche gegangen und wollte sich etwas zu Essen machen. 'Wer hat denn diese Unordnung in meine Küchenschränke gebracht? Ich finde ja gar nichts mehr wieder!', schimpfte er vor sich hin. 'Ach ja, Unordnung nennst du das? Ich ackere hier drei Stunden lang, um den Kniest von deinen Küchenschränken zu bekommen und du behauptest, ich habe hier Unordnung verbreitet. Ich kann mir ja wohl schlecht merken, wo welcher Topf und welche Pfanne gestanden hat! Ich werd wohl noch mal geschlagene zwei Wochen bei dir bleiben, weil du völlig k.o. im Bett liegst! Das nächste Mal kannst du sehen, wo du bleibst!' Ich war sauer und gekränkt. 'Och, Teufel, das tut mir leid, ich wollte dich nicht beleidigen. Ich wusste nicht, dass du aufgeräumt hast. Du hast wirklich ganze zwei Wochen hier in meinem Haus zugebracht und dich um mich gekümmert? Danke. Und tut mir wirklich leid, dass ich so grob war, aber das ist bei Jumarianern normal, wenn sie so lange geschlafen haben. Sie schimpfen auf alles und jeden, der ihnen in den Weg kommt. Sie sind dann einfach grantig, da sie noch einen Rest Schlaf in den Gliedern haben', erklärte Jim entschuldigend. Ich fand, das war verständlich, mir ging es auch immer so. Jim aß einen riesigen gebratenen und gefüllten Truthahn, Kartoffeln, frisches Brot, Weintrauben und anderes. Dazu trank er einen seiner berühmten jumarianischen Drinks. Ich hatte keine Ahnung, wo er das her hatte, der Kühlschrank war jedenfalls leer gewesen. Für das Essen brauchte er gerade mal eine Minute, ich glaube sogar noch weniger. Dann machten wir uns auf den Weg zum Big Ben. Wir hatten einiges zu besprechen.
Mit Jims Auto fuhren wir zum Hauptquartier. Nein, wir rasten. Ich hasse es, mit Jim im selben Auto zu fahren, wenn Jim der Fahrer ist. Die neun Kernmitglieder des Big Ben Clan und Kaiser Fritz sollten dieser Besprechung beiwohnen. Kaiser Fritz war eingeladen, weil er uns von den Vorfällen in London erzählen sollte; und zwar ausführlich, damit wir es in die Akten aufnehmen konnten. Das machen wir übrigens mit jedem Fall, du kennst ja unseren großen Aktenschrank im Hauptquartier. Wir erzählten, was passiert war, was wir hätten besser machen können, was gut war

und andere Sachen. Wir waren gerade mittendrin, als sich die Geheimtür öffnete. Eine kleine rosane, tropfende Pfote kam zum Vorschein. 'Ähm, Dad, weißt du, das garantiert wasserfeste Farbe wirklich nicht mehr aus dem Fell zu waschen ist?', fragte eine leise, junge Stimme. 'Junior?' Doggy lief zu der Tür und stieß wenig später einen Schrei des Entsetzens aus: 'Ah, wie siehst du denn aus? Das kann doch nicht wahr sein. Geht denn diese Woche alles schief? Erst verlässt mich deine Mutter wegen eines herumlaufenden akkubetriebenen Flohteppichs und jetzt steht hier ein rosaner Moxer vor mir, der auch noch mein Sohn ist!' 'Äh Doggy, was bitte ist ein Moxer?', wollte Husky wissen. 'Ich kenne Boxer. Aber Moxer? Ist das eine neue Hunderasse?', ergänzte er. 'Ein Moxer ist ein Mischling zwischen Boxer und Mops, wobei Junior wesentlich mehr nach mir kommt. Das Einzige, was gezeigt hat, dass mein Sohn einen Mops als Mutter hatte, war die Fellfarbe: weiß mit schwarzer Schnauze, schwarzen Ohren und schwarzer Augenumrandung. Ich hätte mich nie auf einen Mops einlassen sollen. Jeder vernünftige Boxer weiß, dass Mopse untreu sind. Und seine Mutter hat mal wieder gezeigt, dass das Gerücht wahr ist. Mit einem Löwchen ist sie durchgebrannt, einen Hund, der für jeden anständigen Hund eine Schande ist. Das ist doch kein Hund, das ist ein Fellbündel mit Beinen. Dieser Wischmopp sieht doch total häßlich aus: Vorne so eine häßliche schwarze Mähne und hinten total kurz geschoren und weiß. Den Hintern ziert ein schwarzer Fleck. Auf den Pfoten hatte er auch so komische Buschelhaare. Keine Ahnung, was sie an diesem Flohtaxi findet. Ich bin doch viel schöner, grau und schöne Falten, wie sich das für einen Boxer gehört. Das Schlimmste ist aber, dass sie mir dieses Balg zurückgelassen hat.' 'Ist ja schon gut Doggy, ist ja schon gut', versuchte Jim Doggy zu beruhigen, doch als er den jungen rosa Hund sah und das, was er angerichtet hatte, war auch Jim nicht mehr ganz so ruhig: 'Na Klasse, jetzt werden sie garantiert unser Hauptquartier finden. Dein Sohn hat den Weg dahin wunderbar markiert. Nein, nicht anfassen, nicht die schöne gelbe Wand. Ich fasse es nicht. Doggy, hier, nimm diese Handschuhe und schaffe deinen Sohn hier raus. Und sieh zu, dass er nicht noch mehr einsaut.' Damit gab Jim Doggy ein paar Handschuhe, die ganz plötzlich in seinen Händen auftauchten. Doggy nahm

Hand- beziehungsweise Pfotenschuhe und seinen Filius und verschwand aus dem Raum. Damit war die Sitzung beendet. 'Typisch Hunde!', gab Kaiser Fritz seine zynische Bemerkung dazu. Was Doggy zu Hause mit seinem Sohn gemacht hat, wissen wir nicht. Jedenfalls sah er am nächsten Morgen ziemlich ramponiert und zum Heulen aus. Auch Doggy sah geknickt aus. 'Eine Schande für jeden Boxer, ein rosa Hund. Ich hab ihn wirklich geschrubbt bis zum geht nicht mehr. Sogar mit Bleiche hab ich es versucht, ohne Erfolg.' Doggy sagte uns noch, dass sein Sohn mit alten Farbresten gespielt hatte und dabei in einen der Farbtöpfe gefallen ist. Außerdem konnte er es nicht ertragen, dass es ausgerechnet rosa war. Wo doch auch noch braun und grau zur Auswahl standen, die zu einem Hund wenigstens noch gepasst hätten. Fomka kümmerte sich darum, dass die Spuren zu unserem Geheimversteck verschwanden. Dazu nahm er Laminatböden, die dem Originalboden mehr als ähnlich waren. Unsere schöne gelbe Wand strich er zwangsläufig rosa, so wie du sie jetzt kennst. Natürlich fragte Doggy Jim, ob der seinen Sohn nicht wieder seine ursprüngliche Farbe zurückzaubern könnte. Doch Jim verneinte: 'Tut mir leid, Doggy, das kann ich nicht, da es jumarianische Farbe war. Und ich kann nicht etwas verzaubern, was von meinem eigenen Planeten kommt.' Nur mir sagte er, dass das geflunkert war. Er könnte es sehr wohl, wollte nur nicht, da ihm Doggy Junior so besser gefiel. Außerdem wollte es auch Doggy Junior nicht, ihm gefiel die Farbe. Der kleine Moxer bat Jim sogar, dass die Farbe immer so bleiben würde, denn normalerweise wäre die Farbe nach einiger Zeit wieder rausgewachsen. Jim willigte ein und so blieb Doggy Junior rosa, zum Leidwesen seines Vaters.
Der Herbst neigte sich dem Ende zu, es wurde November, der Monat, in dem uns der nächste Ärger ins Haus stand. Durch Dini erfuhren wir, dass in Seoul, Südkorea, ein Großkaufhaus eingestürzt war. Der Reporterdino bat uns um Mithilfe bei der Aufklärung des Falles, denn Dini witterte eine große Vertuschungsstory. Er sagte aber, dass die Menschen keine weitere Hilfe bei den Aufräumarbeiten brauchen würden. Dennoch schickten wir noch ein paar zur Hilfe. Noch am selben Tag waren wir in Seoul, Dini erwartete uns bereits in seinem Hotelzimmer. Jim hatte sich an einem kleinen Zeitungsladen die aktuelle Tageszeitung gekauft.

‘Hallo Dini, wir sind so schnell wie möglich gekommen. Ich hab übrigens die aktuelle Tageszeitung mitgebracht. Es ist zwar die Konkurrenz, aber das macht nichts. Vielleicht wissen die ja was, was wir noch nicht wissen.’ ‘Ähm, tut mir leid, Jim, aber ich glaube außer dir und Fomka wird keiner diese Zeitung lesen können. Wir sprechen kein Koreanisch’, bemerkte Dini. Jim grinste. ‘Bist du sicher, dass du es nicht verstehen wirst?’ Er reichte Dini die Zeitung. Kritisch, zögernd und etwas ungläubig nahm der Dino die Zeitung entgegen und staunte, dass er plötzlich alles verstand. ‘Das ist ja Englisch!’, bemerkte er erstaunt. Jim nickte, ‘Ganz genau.’ ‘Aber eben war es noch in Koreanisch. Ich bin mir sicher.“ Jim erntete fragende Blicke von Dini, zuckte aber nur mit den Schultern und lächelte. Es war mehr ein schelmisches Grinsen. Es hielt jedoch nicht lange an. Dini meldete sich entrüstest. ‘Das kann doch wohl nicht wahr sein! Das meinen die doch wohl nicht ernst! Wie können die das jetzt schon wissen? Das glauben die doch selbst nicht.’ Auf die Frage, was denn los sei, gab er uns nur die Zeitung und zeigte auf einen bestimmten Artikel, den wir uns alle durchlasen.

Einsturz eines Großkaufhauses
– Ursache womöglich geklärt

> Gestern ist in Seoul ein Großkaufhaus eingestürzt. Bis jetzt wurden 238 Tote und etliche Verletzte geborgen. Die Einsturzursache ist wahrscheinlich ein Attentat einer noch unbekannten Gruppe. Die Polizei hält sich aber mit konkreten Angaben noch zurück.

Dini gab uns unmissverständlich zu verstehen, dass die Einsturzursache noch nicht feststehen könne. Und genau da versuchten wir mit unseren Ermittlungen anzusetzen. Dini und Jim untersuchten den Tatort noch einmal. Dini durfte den Ort nur betreten, weil Jim seinen Polizeiausweis zeigte und sagte, dass der Dinosaurier zu ihm gehöre. Die beiden sahen sich ganz genau um, drehten jeden Stein um, sahen sich die Trümmer sehr gut an. Jim gab seinem Autocomputer über seine Uhr bestimmte Daten ein. Mit mäßigem Erfolg kamen sie zurück. Die anderen hatten natürlich auch nicht tatenlos herumgesessen. Von irgendwoher hatte Jim eine Zeugenliste, die er uns gab. Unsere Aufgabe war es, die Zeugen zu befragen. Keine leichte Aufgabe. Die Aussagen waren so verschieden wie ein Fisch und ein Vogel. Fisch, Vogel und die Aussagen hatten nur eine Gemeinsamkeit: Sowohl Fisch, als auch Vögel schmecken lecker und die Zeugen waren sich einig, keine Explosion gehört zu haben. Doch genau das hatte die Polizei behauptet. Also war klar, dass da irgendetwas gewaltig zum Himmel stank. Jim und Dini waren ebenfalls zu dem Schluss gekommen, dass es kein Bombenattentat sein konnte. Sonst hätten sie Spuren von einer Bombe finden müssen, was jedoch nicht der Fall war. Wir überlegten, wie wir jetzt vorgehen sollten. Blue und Fomka wollten eigentlich noch bleiben, um den Fall zu lösen. Aber leider hatten beide einen sehr wichtigen Termin. Fomka hatte ein Vorstellungsgespräch im Zoo, da er gerne nebenbei dort arbeiten wollte. Und Blue hatte ein wichtiges Gespräch mit seinem Chef. Blue war nämlich ein Angestellter in einem Außenhandel. Das hatte er uns bis dahin immer erfolgreich verschwiegen. Was das für ein Außenhandel war, sollten wir später erfahren. Doch jetzt mussten die beiden erst einmal zurück nach London. Blue musste sogar nach Amerika. Fomka bekam den Auftrag, großen Louis Bescheid zu sagen, dass er nach Seoul kommen sollte. Vielleicht konnten wir seine Hilfe gebrauchen. Während wir auf die Ankunft von Louis warteten, machten wir es uns im Park vor dem Hotel bequem. Der Dinosaurier war aber nicht allein in Seoul, er hatte seine Familie mitgebracht. Sie machten hier Urlaub. Dini hat drei reizende kleine Dinosaurierkinder, alle adoptiert. Lilly, ein Brachiosaurier, war die Mutter. Da Lilly für das Hotel einfach zu groß war, hielten wir die Beratung draußen im Park ab, wo die Brachiosaurusdame auch schlief. Die drei kleinen Racker von Dini und Lilly wuselten und tobten um uns herum, als seien wir nichts anderes als Luft. Sie konnten einem wirklich die Nerven rauben und doch konnte man nicht böse sein mit den Kleinen. Es sind eben Kinder. Der Jüngste heißt Danny. Allerdings kann man nicht sehen, dass er der jüngste ist, da er auch der größte der drei ist. Der zweitjüngste und kleinste ist Duny. Und der älteste ist Klein Dino. Von der Körpergröße her steht er aber an zweiter Stelle. Doggy Junior mimte den Dinositter. Trotzdem waren sie so laut, als ob eine ganze Horde Menschen durcheinander sprechen würde. Bei dem Radau, den die vier veranstalteten, war es nicht gerade leicht, einen klaren Gedanken zu fassen. Daher war es nicht verwunderlich, dass Lilly eine Idee hatte. Immerhin war sie es gewohnt, bei einem solchen Krach zu denken. 'Einige Tiere haben mir gesagt, dass sie ein sehr leichtes Erdbeben gespürt haben. Vielleicht sollten wir uns von irgendwoher eine Bestätigung dafür holen', schlug sie vor. 'Der Gedanke ist nicht schlecht. Ich wüsste auch schon, wo wir die Informationen herbekommen können. Hier in der Nähe gibt es doch ein Forschungsinstitut. Und wenn ich mich nicht irre, beschäftigen die sich auch mit der Erdbebenforschung oder wie die Wissenschaftler das auch immer nennen', erwiderte Jim und fügte noch ergänzend hinzu: 'Die werden uns bestimmt gerne eine Auskunft geben.' Ich meldete mich freiwillig für den kleinen Job. Das war immer noch besser, als herumzusitzen und gar nichts zu tun. Die anderen versuchten, etwas von den hiesigen Reportern und Polizisten in Erfahrung zu bringen. Und schon waren wir alle auf dem Weg. Ich fuhr mit dem Bus zum Institut. Jim hatte mir natürlich die Adresse gegeben, er war firm darin, Adressen oder Telefonnummern oder ähnliches herauszufinden, egal in welchem Land. Wenn du irgendwann irgendjemanden irgendwo suchen solltest, frag Jim. Zu 95 Prozent kann er dir sagen, wo dieser jemand sich gerade aufhält. Du brauchst nur etwas Geduld.

Mit dem Bus war ich in zehn Minuten dort angekommen. Er hielt direkt vor dem Gebäude. Zielstrebig ging ich auf das Gebäude zu. Mein Ziel war die Rezeption, wo eine junge Frau stand. Die Frau trug eine Uniform; weiße Bluse, blauer Rock, kurze, blaue Weste. Ihre rotbraunen Haare waren schlicht, aber hübsch nach hinten gebunden. 'Guten Tag', sagte ich, 'Sprechen Sie englisch?' Die Frau nickte und antwortete in einem fließenden Akzentenglisch: 'Was kann ich für sie tun?' 'Ich möchte gerne mit jemandem aus der Erdbebenforschung sprechen. Ich glaube nämlich, dass es in den letzten Tagen mindestens eins gegeben hat. Ich wollte da ein paar Fra ...' 'Tut mir leid, Herr Kater, aber Sie müssen sich irren. Es gab kein Erdbeben', unterbrach mich die Frau. 'Aber ich bin mir sicher, dass es ein Erdbeben gegeben hat. Tiere spüren so etwas eher als Menschen', hakte ich noch einmal

nach. ‘Sie irren sich! Und nun verschwinden Sie, wir haben noch anderes zu tun!’ Die Frau wurde ganz schön unfreundlich und winkte jemandem zu. Doch ich bezweifelte, dass sie jemanden gerufen hat, der mich in die richtige Abteilung bringen sollte. Ich drehte mich um und sah zwei riesige Schränke von Menschen auf mich zukommen. Sie hatten bis jetzt an der Tür gestanden. Und die beiden sahen wirklich sehr unfreundlich aus. Beide packten mich an einem Arm und trugen mich vor die Tür. Doch davon ließ ich mich nicht einschüchtern. Ich versuchte es ein zweites Mal, allerdings kam ich nicht sehr weit. Kurz hinter der Tür fingen mich diese Gorillas ab und setzen mich wieder an die Luft. Wütend ging ich von dannen, hob noch einmal drohend meine Faust und verschwand hinter der nächsten Ecke. Den Weg zurück zum Hotel ging ich zu Fuß, da der Bus erst in zehn Minuten gekommen wäre.
Als ich in Dinis Zimmer kam, waren Daniela, Husky, Dini, seine Kinder, Doggy, sein Kind und Jim gerade dabei, fern zu sehen. Es schien eine Wiederholung von MacGyver zu laufen. ‘Ach, das finde ich aber nett. Ich hoffe, ihr habt Spaß! Ich hatte jedenfalls welchen!’, sagte ich aus dem Nichts heraus. ‘Durfte mich von zwei Gorillas rausschmeißen lassen.’ ‘Teufel, das ist nicht so, wie du jetzt denkst. Wir waren auch fleißig und haben sämtliche Polizisten und Reporter befragt, die alle dieselbe Antwort gegeben haben. Wir waren eben eher fertig als du. Und da wir nicht ohne dich weitermachen wollten, haben wir uns die Zeit mit fernsehen vertrieben’, entschuldigte sich Jim stellvertretend für alle anderen. ‘Außerdem habe ich Fortbildung betrieben. Ich sehe diese Serie nicht nur aus Spaß. Aber nun zu dir, Teufel. Was hast du herausgefunden?’ Ich erklärte den Anwesenden, dass ich ebenso wenig Erfolg hatte wie sie, dass ich rausgeschmissen wurde. ‘So ohne weiteres werden wir dort nicht hineinkommen. Die haben Wachen, Videokameras, und Codeschlösser. Soweit ich gesehen habe, Kartenschlösser und Schlösser, die nur mit einem Handabdruck geöffnet werden können’, schloss ich meinen Bericht ab. Heute taten wir nichts mehr. Vom vielen Umherlaufen waren wir müde geworden. Also legten wir uns ins Bett. Daniela und Jim schliefen im Bett von Danny. Doggy und sein Sohn machten es sich in Klein Dinos Bett bequem. Ich teilte das Bett des kleinsten

mit Husky. Dini schlief in seinem Bett und Lilly und die drei Dinokinder schliefen im Park. Jim hatte ihnen ein riesiges, sehr stabiles und wasserdichtes Zelt gezaubert, damit sie ungestört schlafen konnten. Das Zelt war, wie Jim sagte, aus einem jumarianischen Stoff.
Als es kurz vor Sonnenaufgang war, kam plötzlich großer Louis ins Zimmer. Er trug irgendwelche Akten bei sich. Ich war der Erste, der ihn bemerkte, da ich schlecht schlafen konnte. 'Louis?', fragte ich und machte meine Nachttischlampe an. Das weckte natürlich auch die anderen. Doggy Junior war fast augenblicklich hellwach und mobil, während sich die anderen noch den Schlaf aus den Augen rieben. 'He, Louis, hast du mit Sachen geduscht?', wollte der junge Hund wissen. Großer Louis lächelte: 'Aber natürlich habe ich mit Sachen geduscht. Musst du auch mal ausprobieren. Macht riesigen Spaß.' Moxer und Vampir sahen sich gegenseitig an und mussten beide lachen. Louis' Zähne irritierten mich schon immer, wenn ich sie sehen konnte, damals wie heute. Und das wird sich auch nicht mehr ändern. 'Okay, Spaß beiseite', kam großer Louis dann zur Sache, 'Ich habe die Baupläne des Kaufhauses besorgt, wie du mir aufgetragen hast Jim. Aber leider gab es für mich keine Möglichkeit, unbemerkt in dieses Forschungsinstitut zu gelangen. Ich wurde vorher von einer der Wachen entdeckt. Der Wachmann kam unerwartetet zurück, er hatte etwas vergessen. Er hat mich verhaftet und aufs Polizeirevier gebracht. Dort wurde ich mit Fragen gelöchert, bis ich dachte, ich wäre bereits Schweizer Käse. Sie fragten mich, was ich im Institut wollte und wie ich über den Boden mit den Druckplatten gekommen bin. Doch ich schwieg beharrlich und hypnotisierte sie so, dass sie mich dann auch ohne weiteres gehen ließen. Bei strömendem Regen musste ich zurück zum Hotel fliegen. Ich war in zwei Sekunden triefnass.' Jim nickte nur und verließ das Zimmer. Von Louis erfuhr ich, dass er schon seit 23:00 Uhr gestern Nacht hier war. Jim hatte ihn erwartet und ihm den Auftrag gegeben, die Baupläne des Kaufhauses und die Aufzeichnungen des Institutes zu holen.
Es dauerte nicht lange und Jim kam wieder zurück. Er sagte, er habe die Baupläne des Kaufhauses nach London geschickt, um sie überprüfen zu lassen. 'Sobald sie Ergebnisse haben, schicken

sie es zu mir zurück. Und während die in London sich den Kopf zerbrechen, werden wir uns hier weiter umhorchen. Auf den Bauplänen war nicht nur das Datum der Erbauung festgehalten, sondern auch, wann das Gebäude restauriert wurde. Und die letzte Restaurierung ist noch gar nicht so lange her. Ich verspüre das große Bedürfnis, mit dem Leiter dieser Restaurierung zu sprechen. Mal sehen, ob ich herausfinde, wer das ist und wo er wohnt. Und du, Louis, ruhst dich aus! Ich brauche dich morgen Nacht.' Und schon war Jim wieder verschwunden. Diesmal blieb er länger weg. Louis war in der Zwischenzeit zum Fenster hinausgeflogen und suchte sich irgendwo im Park einen für Vampire gemütlichen Schlafplatz."

„Darf ich jetzt erzählen, was in London geschehen ist?", fragte Fomka, Teufel unterbrechend. Teufel nickte: „Aber natürlich. Ich werde mal sehen, ob ich Jim oder Louis finde. Die müssen dann von dem Einbruch ins Forschungsinstitut erzählen", fügte Teufel hinzu und verließ Diablo und Fomka für eine Weile.

Fomka berichtete Diablo unterdessen, was in London so vor sich gegangen war: „Wie du ja weißt, bin ich mit Blue nach London zurückgeflogen. Jim hatte uns Flugtickets bestellt und mich so groß wie Blue gemacht, damit ich in das Flugzeug passe. Dieser Zauber hielt aber nur solange an, wie ich in diesem Flieger saß. Jim sagt immer, dass die Zaubertricks, deren Wirkung auf eine bestimmte Zeit begrenzt sind, am schwierigsten seien. Er meint, dass sie die höchste Konzentration und körperliche Kraft verlangen. In London angekommen, machte ich mich sofort auf den Weg zum Zoo. Blue blieb am Flughafen, er musste nach Amerika weiter. Das Vorstellungsgespräch lief sehr gut. Ende der Woche sollte ich Bescheid wissen, ob sie mich nehmen oder nicht. Also blieb mir nichts anderes übrig als zu warten. Ich machte mich auf den Weg zum Big Ben, wollte nur nachsehen, ob sich während unserer Abwesenheit etwas getan hat, ob irgendwelche Nachrichten eingegangen waren. Immerhin hatte Jim uns ja seine neueste Erfindung ins Hauptquartier gestellt: einen Computer; den besten, den es zu der damaligen Zeit gab. Er hatte sogar so etwas wie einen Internetanschluss. Allerdings gab es damals kein öf-

fentliches Internet, also kamen sämtliche Nachrichten über Telefon, wurden in bestimmte Zeichen umgewandelt, so dass man die Nachricht dann auf dem Computer als normale Buchstaben und Zahlen lesen konnte. Andersherum war das genauso möglich. Zudem war der Computer noch energiesparend gebaut. Er schaltete sich, wenn keiner mehr daran arbeitete, nach einer bestimmten Zeit ab. Wenn man dann wieder am Computer arbeiten wollte, musste man nur eine bestimmte Taste drücken und der Computer schaltet sich wieder an und zeigt das Bild, das als letztes zu sehen war. Und genau diese Taste betätigte ich, als ich im Big Ben angekommen war und vor Jims Wunderding trat. Der Computer zeigte mir an, dass eine Nachricht eingegangen war. Nachdem Teufel einmal sämtliche Daten und Dateien vom Computer gelöscht hatte, weil er keine Ahnung hatte, wie das Ding zu bedienen ist, hatte Jim ein Programm installiert, das mit idiotensicheren Erläuterungen erklärt, was zu tun ist. Seitdem kann auch Teufel einen Computer bedienen. So erklärte mir der Computer Schritt für Schritt, wie ich die Nachricht lesen konnte. Die Nachricht war von Jim. Er hatte sie über Internet geschickt, sein Autocomputer hat nämliche eine drahtlose Verbindung zum Internet. Diese Art der Nachrichtenübertragung nannte Jim mailen und die Nachricht selber hieß E-Mail. Jim hatte diese Dinge erfunden, lange bevor der Mensch daran dachte. Die Technik von Juma war der Technik auf der Erde gut 10 oder 20 Erdenjahre voraus.
Ich las mir die Nachricht von Jim durch. Es waren Baupläne eines riesigen Gebäudes. Erst bei genauerem Hinschauen sah ich, dass es das Kaufhaus in Seoul war. Auf dem letzten Blatt war eine handschriftliche Notiz. Allerdings musste ich ganz schön rätseln, was sie bedeuten sollte. Bei Jims Sauklaue braucht man schon jemanden, der Hieroglyphen lesen kann. Und dann war es auch noch auf jumarianisch. Wahrscheinlich hatte er es in aller Eile geschrieben, dann schreibt er immer in seiner Muttersprache. Jim bat uns, die Pläne eingehend zu untersuchen. Wir sollten sie nach Baufehlern oder Ähnlichem durchsuchen. Also trommelte ich alle, die in London waren, zusammen. Das waren die Zwillinge Hund und Strolch, Schlafhund, Mike, Katze, König Balthasar III. von Angst und Lion, was sich als explosive Mischung herausstellen sollte.

Alle beeilten sich, in den Big Ben zu kommen. Zuerst kamen Hund und Strolch, dann Lion mit Balthasar , der bei Lion zu Besuch war. Mike und Katze kamen, scheinbar heftig miteinander turtelnd, ins Hauptquartier und wie es aussah, sehr zum Ärger von Balthasar, dem Vater von Katze. Schlafhund bildete mal wieder das Schlusslicht, aber das ist ja nichts Neues. Ich erklärte den Anwesenden, was zu tun sei. Der Bauplan bestand aus zehn Seiten. So bekam jeder eine Seite, der Rest wurde dann nach Bedarf bearbeitet, je nachdem wer mit seiner Seite fertig war. Jeder suchte sich ein gemütliches Plätzchen und sah sich die Seite genau an, prüfte jede Kleinigkeit. Nur Mike und Katze arbeiteten zusammen. Sie hatte ihre Köpfe dicht zusammengesteckt und sprachen leise miteinander. Sie schienen ziemlich zärtlich miteinander zu sprechen, was Balthasar ganz und gar nicht gefiel. 'Katze! Lass das Geflirte!' 'Aber Paps, ich flirte doch gar nicht, ich arbeite mit Mike', versuchte diese ihn zu besänftigen. 'Glaub nicht, dass ich nicht sehe, was hier vor sich geht. Ich sehe doch ganz genau, wie Mike dir schöne Augen macht! Eins sage ich dir: einen streunenden Köter wirst du mir nicht anschleppen!' 'Aber Papa! Mike ist kein streunender Köter, er ist ein stattlicher und bodenständiger Hund!', konterte Katze. 'Und außerdem hat noch keiner etwas von Hochzeit gesagt.' 'Ich kenne diese Sorte Männer. Erst machen sie einer hübschen Prinzessin schöne Augen, dann heiraten sie sie, bekommen mit ihr einen Balg und dann sind sie spurlos verschwunden! Halt dich bloß fern von solchen Strolchen!' 'Paps, ich bin erwachsen und kann alleine entscheiden! Außerdem habe ich dir schon einmal gesagt, dass Mike nur ein guter Freund ist, weiter nichts. Du brauchst dir wirklich keine Sorgen zu machen.' Balthasar beließ es fürs Erste dabei und arbeitete weiter. Schlafhund war von dem kleinen Familienstreit völlig ungerührt geblieben. Er steckte seine Nase die ganze Zeit nur in die Baupläne. Trotzdem brauchte er ganze fünf Stunden, um sie zu prüfen. Dafür war er auch der Einzige, der alle 10 Seiten bearbeitete. Aber auch er konnte keine Bau- oder Planungsfehler entdecken. Das schrieben wir Jim in einer Nachricht. Mehr konnten wir nicht tun. Schlafhund versprach zwar, die Pläne mit zu sich nach Hause zu nehmen, um sie dort noch einmal eingehend zu studieren, aber das war auch schon alles, was in unserer Macht stand. Den Rest musste das Team vor Ort herausfinden. Ach ja, ich vergaß: noch bevor ich zum Big Ben ging und die Versammlung einberief, ging ich bei Louis vorbei und sagte ihm Bescheid, dass er in Seoul gebraucht wurde. Und damit bin ich mit meinem Bericht vorerst fertig. Jetzt muss Teufel weiter erzählen. Wo bleibt der bloß so lange? Der müsste doch schon längst wieder zurück sein. Oder kann er weder Jim noch Louis finden? Das wäre typisch für die beiden: nie da, wenn man sie sucht."

In dem Moment betrat Teufel die große Halle. Er war in Begleitung eines jungen Mannes. Es konnte aber nicht Jim sein, dafür war die Person zu alt. „Es ist schwer, Jim oder Louis zu finden. Jim ist völlig wie vom Erdboden verschluckt und Louis hatte sich in Jims Keller herumgeärgert", maulte Teufel. „Keller nennst du das? Ich würde es Gerümpelbude nennen! Als ich den großen Schrank an der Wand geöffnet hatte, kam mir erst einmal der gesamte Inhalt entgegen und begrub mich unter sich! Teufel musste mir helfen, mich wieder auszugraben. Aber die Girlanden, die dort angeblich sein sollen, hab ich nicht gefunden", entgegnete Louis. Fomka musste lachen „Ja, ja, das ist Jim."
Zur selben Zeit saß Jim mit verschränkten Beinen irgendwo auf den Dächern von London und telefonierte. Allerdings war er nicht gerade froh: „Was soll das heißen, sie können die Scheinwerfer nicht liefern? Die sind doch schon seit zwei Monaten bestellt!" Jim erfuhr, dass die Scheinwerfer zwar im Lager waren, aber nicht ausgeliefert werden konnten, weil die Lkw-Fahrer streikten. „Das kann doch wohl nicht wahr sein, was fällt denen ein, jetzt zu streiken? Wenn man nicht alles selber macht. Okay, stellen sie die Scheinwerfer am Lager bereit, ich hole sie dann morgen früh um zehn Uhr dreißig ab. Dann müssen sie aber auf Ihrer Rechnung die Anlieferungskosten wegstreichen." Der Mann war einverstanden und legte auf. Jim schüttelte nur den Kopf. „Warum müssen die ausgerechnet jetzt streiken. Könnten die das nicht ein, zwei Wochen später machen? Was solls, muss ich morgen eben mit Urania dort vorbeifliegen und die Ware holen. Kann ich nicht ändern." Jim erhob sich in die Lüfte und flog dem Sonnenuntergang entgegen.

Doch nun erzählte Teufel weiter: „So, wo waren wir? Ach ja, Louis suchte sich im Park einen geeigneten Schlafplatz und wir, also ich, Husky und nach langem Betteln auch Junior, machten uns auf den Weg zu dem Bauleiter, der die Restaurierung geleitet hatte. Jim hatte wieder einmal die Adresse herausbekommen, frag mich nicht, wie er das immer macht, ich hab keine Ahnung. Jedenfalls hatte Jim eine Adresse und sogar einen Namen, Gruntzi. Für meine Begriffe ein ziemlich komischer Name für einen Menschen. Das Haus, in dem Gruntzi wohnte, war schön gelegen. Ein herrlich grüner und blühender Garten umgab das Haus. Jedenfalls im Frühling und Sommer, jetzt im Winter war davon nicht viel zu sehen. Das Haus selbst war weiß mit einem schlichten roten Ziegeldach. Die Tür und die Fensterrahmen und -läden waren ebenfalls rot. Der Garten war von einem niedrigen, roten Zaun umgeben. Ein kleiner befestigter Weg führte von der Gartentür zum Hauseingang. Selbst die Klingel war rot. Die Tür wurde einen Spalt geöffnet. ‘Kann ich helfen?’, fragte eine Stimme. ‘Äh ja, wir wollten mit Herrn Gruntzi sprechen’, gab ich zur Antwort. Der Mann lachte plötzlich. ‘Herr Gruntzi? So wurde ich ja noch nie genannt!’ Ich war mehr als irritiert. ‘Tut mir leid, aber nach den Informationen, die ich habe, heißen Sie Herr Gruntzi. Der Name kam mir aber gleich ziemlich merkwürdig vor’, entschuldigte ich mich, wobei es wohl eher ungeschickt wirkte. Der Mann lachte noch immer. ‘Der Name ist schon richtig. Ich heiße Gruntzi. Aber ich wurde noch nie Herr oder Mister oder so etwas genannt. Einfach nur Gruntzi. Und wer möchte mit mir reden?’ ‘Ich bin Teufel, der Chef des Big Ben Clan, falls Sie schon einmal was von dem gehört haben. Der Husky dort ist Husky und das ist Doggy Junior, der einzige rosa Moxer der Welt.’ Gruntzi schloss die Tür unvermittelt wieder. Ich, Husky und Junior schauten uns verwirrt an und zuckten ratlos mit den Schultern, es klapperte hinter der Tür. Dann wurde die Tür plötzlich wieder geöffnet. Und glaub mir, jetzt viel mir erst recht die Kinnlade runter. Gruntzi war kein Mensch, sondern ein Schwein. ‘Sie sind ein Schwein?’, brachte ich gepresst und verwundert vor. Das Schwein nickte: ‘Wen oder was haben Sie denn erwartet?’ Ich antwortete nicht. Das Schwein winkte uns herein. ‘Nur herein in die gute Stube’, sagte es freundlich. ‘Darf ich Ihnen irgendetwas anbieten?’ Ich nickte. ‘Ein Glas Wasser.’ Das Schwein ging vor, wir folgten und sollten noch einen Schock verdauen. Wenn du glaubst, Jim wohnt in einem Saustall, hast du recht. Aber man kann zu Recht daran zweifeln, ob er wirklich bei Eisbären und nicht bei Schweinen aufgewachsen ist. Denn zwischen Jims Bude und Gruntzis Haus gab es kaum einen Unterschied. Man konnte deutlich sehen, dass hier ein Schwein wohnte, allerdings stand die Unordnung in diesem Haus im Gegensatz zu dem gepflegten und ordentlichen Garten. ‘Das Schwein muss einen guten Gärtner haben’, sagte ich leise zu Husky und Junior. Die beiden nickten, aber Gruntzi antwortete: ‘Danke für das Kompliment. Der Garten ist mein Heiligtum, ich verbringe fast den ganzen Tag dort, um ihn in Schuss zu halten. Einen Gärtner brauche ich nicht, das mache ich alles selber. Meine Mutter sagte schon immer ‘Entweder du wirst ein Gärtner oder ein Maurerschwein’. Nun, ich bin beides, Gärtner aber nur privat.’ ‘Ah ja.’ Selbst Junior hatte es die Sprache verschlagen. Gruntzi bahnte sich einen Weg durch das Durcheinander auf dem Fußboden und wir versuchten so gut wie möglich zu folgen ohne auf etwas zu treten. Was da nicht alles herumlag: Kissen, Teller, Federn aus Kissen, Sprungfedern, alle möglichen Pinsel, bemaltes und unbemaltes Papier, Späne von angespitzten Bleistiften, Stifte und etwas, was man nicht mehr Stift nennen konnte, Lineale, Tüten, Zeitungen von letzter Woche oder noch ältere, ein Portemonnaie und, und, und. Wenn ich das alles aufzählen wollte, wäre ich morgen noch nicht fertig. Einen Teppichboden konnte ich nicht sehen, wahrscheinlich besaß das Schwein gar keinen. Wenigstens stank es in der Bude nicht. Ach ja, und die Wände hätten auch gut und gerne in Jims Behausung gepasst, ganz sein Stil, lauter bunte Farbkleckse, die ineinander überliefen. Der Tisch in dem Raum war blau, die Stühle braun. Jedenfalls das, was von ihnen frei war. Gruntzis Ziel war der Tisch mit den Stühlen, die es kurzerhand freischaufelte, natürlich alles auf den Boden. Leider waren es nur drei Stühle. Gruntzi wollte noch einen Hocker aus der Küche holen, doch Junior lehnte ab, nahm sich das Kissen, was auf dem Boden lag und setzte sich darauf. ‘Also, wo liegt euer Problem? Ihr könnt mich übrigens duzen, wenn ihr wollt’, begann Gruntzi das Gespräch. Husky übernahm das Wort. ‘Wir sind hier, um möglicherweise einen Etat aufzudecken. Es geht dabei um das Kaufhaus, was eingestürzt ist. Wir ...' Gruntzi sah Husky merkwürdig und fragend an. 'Husky meinte Eklat, einen Skandal', griff ich erklärend ein. 'Sag ich doch.' Ich schüttelte nur den Kopf, ließ den Hund aber weiterreden. 'Also, wie Teufel schön erklärt hat, meinte ich Skandal. Wir gehen davon aus, dass uns irgendjemand ein Attentat pikieren will. Was wir nicht wissen ist, wieso.' Ich musste wieder erklären: 'Husky meinte fingieren, vortäuschen.' Husky sah mich etwas sauer an, weil ich ihn schon wieder berichtigt hatte. 'Was ist, Husky? Ich habe Gruntzi nur deine Fachbegriffe erklärt, weil es die nicht verstanden hat. Nicht jeder ist so schlau und intelligent wie du und versteht solche Fachwörter', beschwichtigte ich ihn. 'Genau, Onkel Husky', meldete sich Junior, der Husky öfter Onkel Husky nannte, obwohl das nicht zutraf. 'Mh, und was habe ich mit eurer Verschwörungstheorie zu tun?', wollte das Schwein wissen. 'Was wir wissen wollen: Wie ist oder war der Zustand des Gebäudes? Wir brauchen die Einschätzung eines Fachma...schweines', erklärte Doggy Junior. 'Der Zustand des Gebäudes? Katastrophal, würde ich behaupten. Das Ding wäre doch beim nächsten großen Sturm eingestürzt. Dass es nun früher eingestürzt ist, kam überraschend, aber keineswegs unerwartet. Ich hatte es nicht anders erwartet. Und zudem hatte ich die Besitzer des Gebäudes genauso gewarnt, wie die Unternehmer, die es gemietet haben. Doch wie das nun mal so ist im Leben, es wird erst etwas unternommen, wenn etwas geschehen ist. Und dann ist es meistens zu spät.' Gruntzis Aussage verwunderte mich etwas. 'Aber du hast doch mit deinem Team erst vor kurzem Reparaturen durchgeführt', bemerkte ich. 'Das ist richtig, aber wir konnten nicht viel tun. Viele Mängel waren so gravierend, dass eine Reparatur sehr teuer geworden wäre. Also leisteten wir eigentlich nur Flickarbeiten.' 'Was, glaubst du, ist die Einsturzursache?', wollte ich als Letztes noch wissen. 'Wenn es kein Anschlag war, dann würde ich auf Altersschwäche tippen. Aber hundertprozentig sicher bin ich mir nicht.' 'Du würdest also auf Altersschwäche tippen? Würdest du das auch notfalls vor Gericht aussagen?', war meine allerletzte Frage. Gruntzi bejahte etwas zögernd. Doch ich versicherte ihm, dass es unter dem Schutz des Big Ben Clan stehe, über den er einiges wusste. Er wollte sogar beitreten. Ich stimmte natürlich sofort zu. Of-

fiziell wurde Gruntzi aber erst nach diesem Fall aufgenommen. Im Moment verabschiedeten wir uns von ihm und machten uns auf den Rückweg zum Hotel, wo wir Jim alles berichteten. Der Knabe war aber nicht sonderlich überrascht. Er schien damit gerechnet zu haben. 'Dann werden Louis und ich uns heute Nacht mal los machen und Einbrecher spielen. Allerdings brauchen wir da noch ein paar Kleinigkeiten. Husky, du besorgst ein Tuch aus Stoff, zum Beispiel ein großes Stofftaschentuch. Junior, du kümmerst dich mit deinem Vater um Kalk, er muss sehr fein sein. Die Eintrittskarte besorge ich. Fehlt nur noch die Jacke, aber ich denke, da können wir Louis' Jacke nehmen.' Damit gingen die drei los und besorgten die Sachen. Jim gab ihnen noch Geld mit, damit sie gegebenenfalls auch bezahlen konnten.
Als es dann dunkel wurde, bereitete Jim den Einbruch schon einmal vor. Kurz nach Sonnenuntergang kam dann auch Louis aus seinem Versteck. Er wurde von Jim begrüßt. Die anderen schliefen schon halb. 'Na, Louis, gut geschlafen?', glaubte ich noch zu hören, dann war ich eingeschlafen.

Ich glaube, jetzt übergebe ich besser an dich großer Louis", sagte Teufel. Louis gab eine zustimmende Geste von sich und ...

... begann zu erzählen: „Also, Jim erklärte mir, was er vorhatte. Allerdings hätte er sich das auch sparen können, denn ich erfuhr nicht mehr, als ich vorher schon wusste, er sagte mir nur, dass wir jetzt Einbrecher spielen würden, mehr nicht. Na gut, er sagte mir auch, dass er meine Jacke brauchen würde. Da aus Jim einfach nicht mehr herauszubekommen war, gingen wir los. Das heißt, wir flogen. Jim startete als Erster. 'Du kannst fliegen?', fragte ich erstaunt. 'Nun tu nicht so, natürlich kann ich fliegen. Das weiß doch jeder, der mich kennt.' 'He, Jim, natürlich weiß ich das. Ich wollte dich nur etwas auf den Arm nehmen', entgegnete ich lachend und folgte dem Knaben.
Bald hatten wir das Gebäude erreicht. Eintritt zum Gebäude gab es nur vorne. Wir landeten auf der anderen Straßenseite. Jim schien zu überlegen. 'So, Louis, sag mir, wo die Druckplatten sind.' Ich zeigte auf den Eingangsbereich vor der großen Glastür. 'Gut, verstehe. Wie sieht es an der Tür aus? Hast du etwas sehen

können?' 'Nun ja, die Tür ist durch ein Kartenschloss gesichert. Keine Ahnung, wie du das umgehen willst.' 'Ach. Also schon an der ersten Tür. Ich hatte gedacht, dass das Kartenschloss erst später kommen würde, aber gut.' Jim holte eine kleine Karte heraus. Sie war etwa so groß wie eine Kreditkarte und aus Plaste. 'Man, wo hast du denn diese gute Fälschung her? Meinst du, das klappt?' Ich sah mir die Karte an. Es war ein Foto darauf zu sehen. Allerdings sah es Jim überhaupt nicht ähnlich, geschweige denn mir. Der Mann, der auf dieser Karte abgebildet war, war mir vollkommen fremd. Ich glaube, die Karte war so etwas wie ein Ausweis oder so. Der Name des Mannes war Peter Mierra. 'Diese Karte ist keine Fälschung. Es ist die Originalkarte eines Angestellten. Ich hab sie mir ausgeliehen. Allerdings weiß er nichts davon', erklärte Jim und schwebte auf den Eingang zu. Ich folgte ihm, jedoch nicht ganz so sicher wie er. Mir wurde ja schon oft gesagt, dass ich zuweilen unheimlich wirke, aber Jim steht mir da in manchen Situationen in nichts nach.
Sachte schwebte Jim über den Boden, als würde er auf dem Bauch liegen. Er holte die Karte heraus und steckte sie in das dafür vorgesehene Schloss. Wie von Geisterhand öffnete sich die Tür. Irgendwie war mir das alles aber doch zu einfach. Und ich hatte Recht, denn hinter der ersten Tür war noch eine Tür. 'Mh, hast du dafür auch einen Schlüssel?', fragte ich. 'Das ist ja ein Ding! Hätte nicht gedacht, dass die hier gleich zwei Türen hintereinander haben! Wollen doch mal sehen, wie wir die öffnen können.' Jim schwebte immer noch über dem Boden und betrachtete sich die zweite Tür. Ich stand fliegend in der Luft, direkt hinter ihm und beobachtete die Straße. Bis jetzt war alles ruhig.
„Aha, das ist ein Zahlenschloss. Mal sehen, soweit ich weiß ist es ..." Jim unterbrach sich, tippte eine Zahl ein (848192/08) und bestätigte die Eingabe. Doch leider erzielte Jim nicht das gewünschte Ergebnis. Die Zahlenanzeige blinkte auf und sagte 'Zugriff nicht gestattet'. 'Na gut, dann eben eine andere Zahl.' Er gab eine neue Zahl ein und bestätigte; 146673/07. Wieder falsch. 'Tsim!', rief er kurz, oder so etwas ähnliches. Dann versuchte er es ein weiteres mal. 'Ähm, Jim, warte mal kurz, bevor du bestätigst', unterbrach ich seine Arbeit. 'Was gibt es?' 'Nichts weiter, ich wollte nur fragen wie oft du die falsche Nummer eingeben darfst. Ich

meine, da gibt es doch bestimmt eine Sicherheit. Sonst könnte man doch beliebig oft irgendeine Zahl eingeben, oder nicht?' Jim erklärte mir, dass er nach seinen Informationen drei Versuche habe, danach würde der Alarm losgehen. Diese Nachricht behagte mir überhaupt nicht. Schon wollte Jim seine Eingabe bestätigen; 446817/09. 'Warte! Bist du dir sicher, dass das die richtige Nummer ist?' 'Nein, bin ich nicht. Aber entweder wir kommen jetzt hinein oder die Aktion muss abgeblasen werden, etwas anderes bleibt uns nicht übrig.' Noch während er das sagte, bestätigte er die Eingabe. Ich schloss die Augen und rechnete jeden Augenblick mit einer Sirene, die losgehen würde. Doch entweder konnten wir sie nicht hören oder der Code war richtig. Ich weiß nicht, wie lange ich so dastand und mich nicht bewegen konnte. 'Hey Louis! Was ist nun? Möchtest du dort Wurzeln schlagen oder mit mir kommen?' Jims Stimme holte mich aus den Gedanken zurück. Jetzt erst bemerkte ich, dass Jim wohl den richtigen Zahlencode eingegeben haben musste; die Tür war offen. Der Junge war schon im Gebäude. Er lief jetzt ganz normal auf dem Boden. Also setzte ich nach der Tür auch auf und folgte Jim. 'Du, Jim, wie bist du eigentlich auf diese Zahlenkombinationen gekommen?' Ich konnte die Frage nicht mehr zurückhalten. 'Sie stehen alle hier auf dieser Karte. Ich wusste, dass eine davon die richtige für dieses Schloss ist', erklärte er. 'Und mit der Eingabe des richtigen Codes haben sich auch die Überwachungskameras ausgeschaltet, die hier überall zu finden sind. Die Kameras, die tagsüber filmen, schalten sich erst morgen früh um fünf ein.'

Nach den zwei Türen betraten wir eine relativ große Halle. In der Mitte dieser Halle, gegenüber des Eingangs, war die Rezeption. Normalerweise würden dort Leute sitzen und die öffentlichen Besucher begrüßen, die nach Anmeldung einige Teile des Gebäudes besichtigen dürfen. Doch jetzt war keine Menschenseele zu sehen oder zu hören. Jim und ich waren allein in dem Institut. Der Komplex hatte mehrere Stockwerke und wir befanden uns im Erdgeschoß. Es führten Treppen und Fahrstühle sowohl nach unten als auch nach oben. Unser Problem war, dass wir keine Ahnung hatten, in welches Stockwerk wir mussten. Und Jim erzählte mir, dass wir nur fünf Minuten hatten, um das richtige Zimmer und dann auch noch die gewünschten Informationen zu

finden. Sollten wir uns länger als fünf Minuten in diesem Gebäude aufhalten, würden sich sämtliche Alarmanlagen wieder anschalten, da sie nachts nur fünf Minuten ausgeschaltet werden dürfen. 'Okay Louis, warte hier, ich bin in fünf Sekunden zurück', meinte Jim und war fast gleichzeitig verschwunden. Ich spürte nur den Luftzug auf meinem Gesicht. Noch bevor ich begriff, was los war, war Jim wieder zurück. 'Ich habe das Zimmer gefunden, es ist ein Stockwerk weiter oben.' 'Ah ja, schön und das weißt du einfach so?' 'Scherz nicht, ich hab natürlich gerade das gesamte Gebäude abgelaufen. Und nun komm, ich möchte nicht von der Alarmanlage unterbrochen werden.' Ich folgte Jim, konnte mir aber nicht erklären, wie er das Gebäude in nur fünf Sekunden von oben bis unten absuchen konnte.
Zielstrebig ging Jim die Treppen nach oben, ließ die ersten vier Türen rechts und links außer acht und blieb vor der fünften Tür links stehen. Jedes wissenschaftliche Gebiet hatte hier einen eigenen Raum. Da war zum Beispiel ein Raum für die Astrologie, ein Zimmer für die Seismologie, Meteorologie, Medizin, Geologie und so weiter. Einige Türen hatten keine Aufschrift. Die Tür, vor der Jim stehen geblieben war, trug die Aufschrift Seismologie. Doch auch hier war ein Sicherheitsschloss. Jim sah sich das Schloss an und nickte: 'Okay, wir brauchen jetzt den Kalk, das Tuch und deine Jacke.' Ich gab es Jim in genau der Reihenfolge, fragte aber nicht nach dem Sinn, da er es mir sowieso nicht erklärt hätte. Ich sah einfach zu, was er machte. Zuerst streute er den Kalk auf die Fläche, auf die sonst die Hand hingelegt werden sollte. Den überflüssigen Kalk pustete er vorsichtig weg. Dann legte er das Tuch auf die Fläche und darüber schließlich meine Jacke. Ganz behutsam zog er die Jacke an den Ärmeln etwas nach unten und wie von Geisterhand öffnete sich die Tür. Ich staunte. Doch schon wurde ich an meinem schneeweißen Seidenhemd in den Raum hineingezogen. Drinnen empfingen uns etliche Computer, ein Telefon, ein Faxgerät und jede Menge Aktenschränke. Jim ging schnurstracks zum Computer und machte sich dort zu schaffen. Ich sah in den neueren Akten nach. Die oberen Akten erreichte ich nur fliegend. Ich blätterte gerade in einer der Akten, als ich Schritte vernahm. Sie kamen näher, direkt auf uns zu. 'Jim, da kommt jemand', hauchte ich ihm leise zu. 'Dann sie zu, dass du ihn beschäftigst. Ich brauche

hier noch einige Zeit.' Während Jim dies sagte, hob er nicht einmal den Kopf. 'Na toll, bleibt alles an mir hängen. Wie soll ich ihn denn ablenken, ohne selbst entdeckt zu werden?', schimpfte ich leise vor mich hin. 'Worauf habe ich mich da nur eingelassen!' 'Louis, wenn du weiter zeterst, wird uns der Wachmann hier sehr bald entdecken und dann können wir sehen, wo wir landen! Also sie zu, dass du ihn von hier fern hältst. Wie ist mir egal.' Auch diesmal hob Jim nicht einmal den Kopf. Er starrte nur stur auf den Computer. Ich schimpfte noch leise, während ich zur Tür ging. Ich stellte mich hinter die Tür, ohne genau zu wissen, was ich machen sollte. Ich ließ es einfach auf mich zu kommen, wollte sehen, wie sich die Angelegenheit entwickeln würde. Währenddessen flogen Jims Finger flink wie ein Wiesel und leise wie eine Feder über die Tastatur. Und draußen kamen die Schritte immer näher, bis sie plötzlich direkt vor der Tür endeten. Jetzt hätte ich am liebsten einfach verschwinden wollen. Ich sah, wie sich die Klinke langsam nach unten bewegte. Nervös sah ich mich zu Jim um, brachte aber kein Wort heraus. 'Okay, Louis, ich hab was ich wollte. Lass uns verschwinden', kamen Jims erlösenden Worte. Er ging in Richtung Fenster und winkte mich zu sich. So verließ ich die Tür und ging zu Jim ans Fenster. Dieser packte mich am Arm und sprang mit mir durchs Fenster, allerdings ohne es vorher zu öffnen. Ich rechnete jeden Moment damit, dass die Scheibe laut klirrend brechen würde, doch nichts dergleichen geschah. Das Einzige, was ich hörte, war, wie der Wachmann die Tür öffnete. Doch er konnte uns nicht mehr sehen. Sachte segelten wir zur Erde. Der kühle Wind strich durch Gesicht und Haare. Noch im Flug rief Jim über seine Armbanduhr, die er an der rechten Hand trug, sein Auto vor die Tür des Gebäudes. Ganz sachte, als ob wir an einem Fallschirm hängen würden, segelten wir immer weiter nach unten und landeten sicher auf den Vordersitzen des Wagens. Wie wir aber heil durch das geschlossene Fenster und durch das geschlossene Wagendach gekommen sind, ist mir bis heute ein Rätsel. Jedenfalls wurde unser nächtlicher Einbruch nie bemerkt oder angezeigt. Damit war unsere Mission gelungen. Die Daten, die Jim mitgenommen hatte, waren äußerst interessant. Sie bewiesen, dass es zur Zeit des Einbruches ein leichtes Erdbeben gegeben hat, stark genug, um ein ziemlich baufälliges Gebäude einstürzen zu lassen.

Mit Jims Wagen fuhren wir mit mehr als überhöhter Geschwindigkeit zurück zum Hotel. Der Knabe achtete auf keinerlei Geschwindigkeitsbegrenzungen. Er mied die Straßen, in denen viele Menschen waren, fuhr nur auf Hauptstraßen oder wenig benutzten Nebenstraßen. Und doch passierte es. Wir fuhren gerade durch eine ruhige kleine Straße. Auf der rechten Seite waren Wohnhäuser. Alles war ruhig, die Straße frei. Jims Auto war allein auf der Straße. Ich habe keine Ahnung, wie schnell Jim fuhr, aber es war weit mehr als erlaubt, wesentlich mehr. Und da plötzlich rannte eine Katze auf die Straße. Noch ehe ich hätte reagieren können, rannte ein großer Hund hinterher. Jim trat gewaltig auf die Bremsen. Ich schloss die Augen, erwartete den unvermeidlichen Aufprall. Doch der kam nie. 'He Louis, was ist los?', fragte Jim, als sei gar nichts geschehen. 'Was los ist? Was los ist, fragst du? Du hättest fast einen Hund überfahren, das ist los!', schrie ich entnervt zurück. 'Ach so, der Hund. Keine Panik, es konnte nichts geschehen. Meine Reaktionen sind zwanzigmal schneller als die der Menschen und White Horse, mein Wagen, ist in zwei Sekunden von hundert auf null. Ohne dass die Passagiere oder der Fahrer durchgeschüttelt werden, wie das bei herkömmlichen Autos der Fall ist. Die Technik in meinem Flitzer ist hundertmal besser und sanfter als bei allen anderen Autos, die die Menschen so herstellen. Es wird garantiert noch mindestens hundert Jahre dauern, bis die heutigen Autos der Menschen auf dem Stand sind, auf dem mein Wagen heute ist', gab Jim zur Antwort. 'Sieh doch! Dem Hund ist nichts passiert', fügte er noch hinzu und wollte weiter fahren, nachdem der Hund die Straße verlassen hatte. 'Das wirst du schön bleiben lassen! Ich fahre. Ich kann nicht ruhig neben dir sitzen, wenn du fährst.' Erstaunlicherweise willigte Jim ein, stieg aus, ging um das Auto herum und öffnete meine Tür. Ich stieg aus und nahm den Platz hinter dem Steuer ein. Der Zündschlüssel steckte noch. Ich wollte den Motor gerade starten, als Jim mir sagte: 'Aber ich warne dich. Es ist nicht einfach, dieses Auto zu fahren. Manchmal hat es seinen eigenen Willen. Vor allem bei fremden Personen.' Ich mochte Jims Gegrinse nicht, es wirkte so wissend und überheblich. Er machte sich über mich lustig. Doch ich ließ mich davon nicht beirren und startete den Motor. Wie eine zufriedene Katze schnurrte er, das rang mir ein siegessicheres Lächeln ab. Ich gab leicht Gas, dabei trat ich das Pedal fast überhaupt nicht und doch bockte der Wagen und machte einen ruckartigen Satz nach vorne. Ich versuchte es mehrere Male, immer äußerst vorsichtig. Das Auto hüpfte und bockte wie ein störrischer Esel. Dann endlich startete der Wagen durch, allerdings sehr viel schneller, als ich es wollte. Unsanft wurden wir in die Sitze gedrückt. Die Höllenmaschine fuhr ein oder zwei Meter, dann hielt sie unvermittelt und scharf bremsend an und bockte wieder mit quietschenden Reifen. Doch ich gab nicht auf. Vorsichtig trat ich Kupplung und Gas, sehr, sehr vorsichtig. Diesmal fuhr das Auto so weich und fließend an, wie ich mir das vorgestellt hatte, allerdings fuhr es in die verkehrte Richtung: rückwärts! Dabei hatte ich die Schaltung gar nicht betätigt. 'Nein, verdammt!', fluchte ich. Das Auto schien zu reagieren, jedoch nicht so, wie ich das wollte. Es fuhr jetzt in rasender Geschwindigkeit immer im Kreis. 'Ah! Hilfe! Aufhören!' Ich ließ alles los, den Lenker, die Pedale, die Schaltung und schon stand das Auto ganz friedlich auf der Straße und rührte sich nicht mehr. Es tat so, als wäre nie etwas geschehen. Ich verzichtete auf einen weiteren Versuch und sagte zu Jim: 'Ich glaube, es ist doch besser, wenn du fährst.' Und ehe ich es mich versah, saß ich wieder angeschnallt auf dem Beifahrersitz, während Jim hinter dem Steuer saß. Dabei hatte ich das Auto nicht einmal verlassen. Jim startete sein Höllengefährt und brachte uns sicher ins Hotel zurück. Die ganze Fahrt über sprach ich mit Jim kein einziges Wort, ich war sauer. Als wir im Hotel waren, suchte ich gleich mein Versteck auf und ging schlafen. Für diese Nacht hatte ich genug Abenteuer. Und eins ist sicher: Nie wieder werde ich mich freiwillig hinter das Steuer von Jims Auto setzen!

Jim ging wahrscheinlich auch ins Bett. Erst später sollte ich erfahren, was wir dort in jener Nacht gestohlen hatten. Ich war jedenfalls die nächsten zwei Nächte ziemlich beleidigt und vermied es, mit Jim zu reden. Bis er sich dann ganz offiziell bei mir entschuldigte Mit einer Weinflasche voller Schweineblut, gespendet von mehreren Schweinen. Es wurde also kein Schwein getötet. Das versöhnte mich auch schnell wieder und die Sache war vergeben, aber nicht vergessen.

So, das war es von mir. Ich werde jetzt Schluss machen und schlafen gehen, immerhin bin ich schon seit heute früh auf den Beinen und irgendwann schlaucht das auch mich.“ Damit beendete der große Louis seinen Bericht. „Gute Nacht, Louis. Aber sag mal, wie kommt es eigentlich, dass dir das Sonnenlicht nichts anhaben kann?“, fragte Diablo. „Da musst du Jim fragen. Der hat mich so verzaubert, dass ich auch tagsüber raus kann. Allerdings nur so lange, bis die Feierlichkeiten vorüber sind, dann wird leider wieder alles beim Alten sein. Aber bis dahin werde ich die Stunden an der Sonne genießen, wenn ich nicht gerade in der Halle arbeite. Und nun entschuldigt mich, ich bin bis auf weiteres nicht mehr ansprechbar.“ Damit verließ großer Louis die Halle und ward bis zum nächsten Morgen nicht mehr gesehen.

Teufel beendete unterdessen den Bericht über dieses Abenteuer: „Fomka schlief bereits selig, natürlich nicht ohne ein Konzert von sich zu geben. 'Hallo Jim, wart ihr erfolgreich? Und wieso ist großer Louis so schnell verschwunden? Er sah sauer aus. Habt ihr euch gestritten?', begrüßte ich Jim, als er ins Zimmer kam. Da ich nicht schlafen konnte, hatte ich aus dem Fenster geschaut und die vorbeifahrenden Autos gezählt. Jim beantwortete mir die Fragen in der Reihenfolge, in der ich sie gestellt hatte: 'Ja, wir waren erfolgreich. Wir hatten eine kleine Meinungsverschiedenheit in Bezug auf meine Fahrweise. Aber ich denke, der wird sich bald wieder beruhigen. Länger als eine Nacht wird er kaum sauer auf mich sein.' Doch da sollte sich Jim irren, großer Louis sprach ganze zwei Nächte nicht mit ihm. Und wenn Jim sich nicht förmlich bei ihm entschuldigt hätte, hätte die Funkstille zwischen den beiden wohl noch länger gedauert. Keine Ahnung, was Jim mit Louis angestellt hat, aber seit diesem Streit gab es keinen vergleichbaren mehr zwischen den beiden.
Die Informationen, die Jim und Louis beschafft hatten, waren aber mehr als nützlich, sie waren in der Tat die Erklärung für den Einsturz. An dem Tag, an dem das Kaufhaus eingestürzt war, gab es ein schwaches Erdbeben. So schwach, dass Menschen es nicht spüren konnten, aber stark genug, um ein baufälliges Gebäude zum Einsturz zu bringen. Doch das reichte Jim nicht. Er scannte die Baupläne und die Pläne mit den Erdbebendaten in den Computer ein und ließ sie von diesem vergleichen. Wie sich herausstellte wurde das Kaufhaus

auf einer seismographischen Spalte gebaut; genau an jener Stelle also, wo zwei Erdplatten aufeinander treffen und wo es am schlimmsten bebt, wenn es bebt. Damit hatte Jim genug Beweise, um es der Polizei zu geben. Die sollte sich dann um den Rest kümmern. Natürlich erwähnte Jim nicht, dass er einige Beweisstücke nicht ganz auf legalem Wege erhalten hatte, sonst hätten sie die nicht anerkannt. Wie der ganze Fall nun genau ausging, weiß ich nicht, jedenfalls haben wir den Fall lösen können. Soweit ich weiß, hat Gruntzi vor Gericht ausgesagt und zog danach nach Deutschland. Irgendwo ins Erzgebirge, glaube ich.

So, damit ist dieses Kapitel beendet. Ich bin jetzt auch müde und außerdem hab ich schon Fusseln vorm Mund", unterbrach Teufel den Bericht über den Big Ben Clan heute zum letzten Mal. „Aber Opa, das sind doch keine Fusseln, das ist dein Fell." Diablo war noch nicht müde und für Teufels Geschmack etwas zu frech. Doch Teufel war zu müde, um noch zu schimpfen. Er kuschelte sich an Fomkas Seite und schlief ein. Diablo sah sich noch die Zeitungsausschnitte an, die Teufel während des Gespräches geholt hatte. Doch auch er konnte seine Augen nicht mehr lange aufhalten und schlief über den Zeitungsberichten ein.
In der Halle war es still und leer. Bis auf die Bühne, die technischen Geräte, die Girlanden und Tische war nichts in diesem großen Raum. Und bis auf das dreistimmige Schnarchkonzert war auch nichts zu hören. Friedlich schliefen die drei dicht zusammengerollt vor der Bühne.

Die White Rabbits

Erst am frühen Morgen kam wieder Leben in die Konzerthalle. Zwei braune Teddybären glaubten die Ersten zu sein. Sie wurden allerdings enttäuscht, als sie Teufel, Diablo und Fomka kreuz und quer durch die Halle liegen sahen. Fomka musste im Schlaf auf die Bühne geklettert sein und ließ nun, auf dem Rücken liegend, den Kopf nach unten hängen. Teufel lag unter einem der Tische und Diablo hatte sich in den Kabeln der Technik verfangen. Einige der Zeitungsartikel, die sich Diablo angesehen hatte, lagen um

die Kiste herum verstreut. „Was ist denn hier los. Paii, siehst du auch, was ich sehe?“, fragte einer der beiden Bären. Der andere Bär antwortete: „Ja Caii, ich sehe es auch. Ich kann es auch nicht glauben. Mal sehen, ob wir die drei wecken können.“ Damit versuchten die Bärenzwillinge die zwei Kater und den Heidelbären zu wecken, was keine leichte Aufgabe war.
Jim war gerade aus der Tür seines Hauses getreten, als er ein kleines bräunliches Fellknäuel vorbeilaufen sah. Es sah so aus, als ob es etwas suche. „Hallo, du da, kann ich dir helfen?“, sprach Jim das Fellknäuel an und tippte es dabei auf die Schulter. „Ah! Hilfe, Hilfe, ein Monster!“, schrie der Fremde und rannte davon. „He, warte doch, ich bin doch nun wahrlich kein Monster. Warte!“ Jim rannte hinterher und holte den Fremden mit Leichtigkeit ein. Das Fellknäuel hielt inne, als es die Stimme hörte. Es drehte sich um: „Ach Jim, du bist es nur. Hab ich natürlich gleich gewuss, wollte nur mal testen, wie schnell du laufen kannst“, sagte das Tier. Es war ein Murmeltier. „Ja, ja, Murmli, wer's glaubt. Wo wolltest du denn hin?“ Jim wusste, dass Murmli nicht testen wollte, wie schnell er laufen konnte. „Na ich wollte zur Royal Albert Hall. Wollte mal nachsehen, wie weit die dort schon sind.“ „Ah ja, bist du sicher? Oder wolltest du doch lieber zum Britischen Museum?“, scherzte Jim. „Haha, find ich gar nicht komisch. Natürlich will ich zu dieser Konzerthalle! Doch irgendwie muss Diablo mir eine falsche Zeitangabe gegeben haben. Er hat mir gesagt, dass ich, wenn ich aussteige, nur noch fünf Minuten zu Fuß gehen müsste. Ich bin aber diese Straße schon zwanzig mal hoch und runter gelaufen und hab die Halle noch nicht gefunden!“, beschwerte sich das Murmeltier. Jim feixte. „Ich bezweifle, dass du die Konzerthalle in dieser Straße finden wirst, Murmli. Wie bist du denn nach London gekommen?“ „Mit dem Flieger bis nach Heathrow Airport. Von dort mit der Piccadilly-Line bis Holborn. Oder war es doch Covent Garden? Oder vielleicht Leicester Square? Ich habs vergessen.“ Jim schlug die flache Hand an die Stirn: „Murmeltiere. Wieso hast du es dir denn nicht aufgeschrieben?“ „Du machst Scherze, natürlich habe ich es aufgeschrieben. Hier ist der Zettel, aber sag, kannst du lesen, was da steht?“ Murmli war das Murmeltier unter den Murmeltieren, das die beste Schrift hatte.

Dabei muss festgehalten werden, dass Murmli das einzige Murmeltier ist, was schreiben kann. Leider ist ihm im Flieger der schwarze Tee vom Nachbarn über den Zettel gelaufen. Dann ist ihm noch die Marmelade von seinem Brötchen auf das Papier getropft. Dadurch war die Schrift unleserlich geworden. „Ach Murmli, du hättest in der Knightsbridge aussteigen müssen." „Wo? Kannst du das ins Deutsche übersetzen? Mit dem Englisch habe ich manchmal noch Probleme, Deutsch kann ich besser." „Das heißt Ritterbrücke. Komm, ich bringe dich hin, muss sowieso in die Halle Ich muss noch die Technik fertig aufbauen und kontrollieren." „Oh danke, das ist nett von dir." Jim öffnete die Beifahrertür seines Wagens und ließ Murmli einsteigen. Dann ging er um das Auto herum und stieg auf der anderen Seite ein. Sanft ließ er den Motor an, dann gab er Gas. Für Jims Verhältnisse war es noch nicht einmal schnell. Ausnahmsweise hielt er sich an die Geschwindigkeitsbegrenzungen. Doch schon bald staute sich der Verkehr. Das war üblich für London im Ferienverkehr. Jim betätigte kurzerhand einen blauen Knopf und das Auto verwandelte sich. Es dauerte eine Weile, bis Murmli mitbekam, dass er plötzlich flog. Es saß auf einmal nicht mehr in einem Auto, sondern in einem Flugzeug. Das Murmeltier schaute aus dem Fenster und wurde von jetzt auf gleich weiß wie Mehl. „Uah! Hilfe, Hilfe, Hilfe Hilfe! Ich will hier raus!" Murmli zappelte wie ein Fisch im Netz. Er zerrte am Sicherheitsgurt und brüllte, wandte und drehte sich. „Ich will hier raus! Ich hab doch solche Höhenangst!" „Murmli, wir fliegen doch gar nicht hoch. Nur gerade mal so hoch, dass wir über die Lkws kommen. Nun hab dich nicht so", versuchte Jim das Murmeltier zu beruhigen, das noch immer wie am Spieß schrie. „Murmli, du kannst aufhören zu schreien, wir sind gelandet. Und außerdem bin ich jetzt taub." Doch das Murmeltier hörte einfach nicht auf zu schreien. „Murmli! Jetzt ist aber gut! Aus! Sitz! Klappe!" Sofort saß das Murmeltier aufrecht auf seinem Sitz und sagte keinen Mucks mehr. „So ist's brav", meinte Jim. „Du kannst aussteigen." Zitternd griff Murmli nach der Tür und öffnete sie. Erst als das Tier sicher draußen stand, taute es wieder auf. „Jippie, ich lebe noch, ich bin noch am leben. Juchhu!" Murmli sprang und hüpfte in die Luft, schlug Räder und Saltos vor Freu-

de. Jim schüttelte nur lächelnd den Kopf, schloss seinen Wagen ab und ging in die Halle. Doch dort sollte ihn schon die nächste Überraschung erwarten.
Die Braunbärzwillinge hatten es geschafft, Teufel und Fomka zu wecken, wobei jetzt einer der beiden Braunbären in der Ecke lag. Er wurde von Fomka dort hingeschleudert, als er im Halbschlaf ausschlug. Auch Diablo wachte jetzt auf, konnte sich aber nicht erklären, warum er sich nicht bewegen konnte. Doch langsam kehrten seine Lebensgeister wieder zurück und er merkte, dass er sich in den Kabeln verfangen hatte. „Hilfe, ich bin gefesselt!“ Der andere Braunbär, Fomka und Teufel versuchten ihn zu befreien, doch sie machten es nur noch schlimmer. Einer der Lautsprecher wackelte schon gefährlich. „Hört auf! Ihr reißt doch die Lautsprecher runter“, hörten sie plötzlich jemanden rufen. Es war Jim. Sofort hörten sie auf und gaben Jim den Blick auf Diablo frei. „Ach du meine Güte, wie ist denn das passiert? Wolltest du Kabel-Diablo spielen?“ Schnell und vorsichtig befreite Jim den jungen Kater aus dem Kabelsalat.
Auf einmal wurde die ‘Idylle’ durch einen markerschütternden und grellen Schrei unterbrochen. „Ah, ein Monster, ein Pelzmonster.“ Und dann: „Hilfe, Big Foot!“ „Aber Murmli, ich bin es doch: Caii. Oh mein Schäddel brummt. Ich glaub mich hat ein Elefant getreten.“ „Caii, was ist denn mit dir passiert?“, wollte Jim wissen, der inzwischen zu Murmli und Caii herübergekommen war. „Keine Ahnung, ich wollte Fomka wecken und als ich wieder zu mir kam, lag ich hier.“ „Ei, das tat bestimmt weh. Ich hoffe, es geht wieder.“ Caii nickte: „Ja, geht schon. Ich hab doch einen Holzkopf. Sollen wir schon mal das Frühstück vorbereiten?“ „Klar, macht das. Ich denke, Teufel wird Diablo schon mal weiter unsere Geschichte verklickern. Und Fomka wird ihm dabei helfen. Aber einer von beiden wird immer etwas helfen können. Murmli wird auf jeden Fall gerne helfen, das ist eine Aufgabe, bei der er wohl keine Angst haben wird. Nicht wahr, Murmli? Ist doch besser, als mit mir das Essen zu kaufen. Oder möchtest du mit mir kommen?“, fragte Jim zu Murmli gewandt. „Äh nein, nein, kein Bedarf. Ich werde hier helfen, hier bin ich viel nützlicher. Die brauchen hier doch jemanden, der sich mit Tischdecken und so auskennt. Ohne mich sind die hier doch aufgeschmissen.“ „Ja, ja Murmli, ganz recht.

Bei Fomka solltet ihr vorsichtig sein. Er könnte die Stühle an die Tische stellen und die Tischdecke auf den Tisch legen." Damit war Jim schon auf dem Weg nach draußen. „Ich werde die Scheinwerfer abholen und unser Frühstück besorgen." Dann war er endgültig aus der großen Halle verschwunden. Murmli, Caii und Paii machten sich auf den Weg um das Geschirr zu holen, während Fomka die Stühle besorgte und die Tischdecke hinlegte.

Teufel und Diablo zogen sich unterdessen zur Bühne zurück und Teufel fuhr mit dem Erzählen fort: „Also, bist du bereit für die nächsten Kapitel unserer Geschichte? Ja? Sehr gut, denn es wird wieder interessant. Wir bekommen neuen Zuwachs. Einer von ihnen wird auch unser Sprachgenie genannt. Aber höre selbst. Doch zuerst muss ich noch eine andere Sache erwähnen, die sich kurz nach unserer Heimkehr aus Seoul ereignete. Wir waren gerade angekommen. Lion hatte noch Besuch von seinem Bruder Balthasar, dem Vater von Katze. Balthasar war der König der Löwen in Afrika, also adelig. Und seine Tochter Katze von Angst war im heiratsfähigen Alter. Ihr Vater hatte ihr bereits einen Gatten ausgesucht. Sein Name war wohl irgendwie Caspar von Hyänenschreck, sehr wohlhabend, sehr mächtig, sehr hübsch, sehr eingebildet. Er soll wohl noch schlimmer gewesen sein als unser Kaiser Fritz. Balthasar wuselte in London herum und organisierte die Hochzeitsfeier, lud die Gäste, buchte den Festsaal, bestellte das Hochzeitsessen und kümmerte sich noch um andere Dinge, die anfielen. Selbst den Brautschleier ließ er anfertigen und von Afrika nach London schicken; ein englischer Brautaustatter kam überhaupt nicht in Frage. Nur die Hochzeit sollte in London gefeiert werden, weil das Essen und die Organisation hier wesentlich besser waren. Eigentlich war nur diese Hochzeit für Balthasars Besuch ausschlaggebend. Er wollte Lion einladen, der nur zögernd zusagte. Er hatte Bedenken, was diese Hochzeit anging, wusste er doch, dass Katze niemals mit Caspar glücklich werden würde. Lion sollte der Trauzeuge sein und Dini sollte einen großen Artikel in der Zeitung schreiben. Doch auch Katze war selten mal zu sehen. Auch sie wirkte sehr beschäftigt. Wobei keiner wusste, was sie zu tun hatte.
Dann war es soweit, der Tag der Hochzeit war gekommen. Die Einzige, die von der Hochzeit nichts wusste, war die Braut. Sie

wurde einfach nur eingeladen. Balthasar wusste genau, dass sie in diese Hochzeit niemals einwilligen würde, deshalb hatte er darüber kein Wort verlauten lassen. Der Termin war am 10. März 1995 um zehn Uhr. Alle geladenen Gäste waren da. Selbst Schlafhund war pünktlich. Das Brautkleid lag schon bereit und wartete nur auf Katze. Die Hochzeitsknochen lagen im Kühlschrank, damit sie nicht schlecht wurden. Das Festessen war bereits fertig und wurde nur noch warm gehalten, kurz, alles war vorbereitet. Nur eine der wichtigsten Personen fehlte noch: Katze. Die Gesellschaft wartete. Eine halbe Stunde, eine Stunde, zwei Stunden, drei Stunden. Balthasar wurde langsam zornig, weil seine Tochter so spät kam. Er lief wütend hin und her und merkte plötzlich, dass noch jemand fehlte: Jack, Katzes Bruder. 'Wenn ich diese Bälger in die Klauen bekomme, sollen sie sich vorsehen. Das kann doch wohl nicht wahr sein. Ich hab doch ausdrücklich gesagt 10. März zehn Uhr. Und das du ja pünktlich bist! Und nun kommt dieses Balg doch zu spät!' Er fluchte die ganze Zeit.
Dann endlich ging die Tür zum Saal auf und Katze trat ein. Erstaunlicherweise bereits mit Brautkleid, ein anderes, das garantiert in London hergestellt wurde, das sah Balthasar sofort. 'Hallo Paps, tut mir leid, dass ich so spät komme, wir standen im Stau. Aber sag, was ist denn hier los? Warum diese vielen Tiere?' Sie schaute sich um, fügte dann noch hinzu: 'Egal, ich wollte dir jemanden vorstellen.' Balthasar traute dem Braten überhaupt nicht. Verunsichert fragte er: 'Wen denn?' Innerlich machte er sich auf das Schlimmste gefasst. Trotzdem half es ihm nichts, weil er mit der Antwort, die Katze gab, nie und nimmer gerechnet hatte, nicht einmal in einer Million Jahren. Katze drehte sich zur Tür um und sagte: 'Kommst du?' Ein Hund mit schwarzem Zylinder trat hervor. Er wirkte etwas schüchtern. 'Paps, das ist Mike, mein Bräutigam, wir haben gerade geheiratet. Ach ja, zu was für einer Veranstaltung war ich denn hier eingeladen?' Das war einfach zu viel für den armen Vater, beim letzten Wort fiel er einfach in Ohnmacht. Er schrie noch einmal kurz entsetzt auf, dann war er weg. Caspar von Hyänenschreck tat es ihm gleich und Dini fotografierte fleißig. Prinz Jack, ein kleiner jumarianischer Zwergwasserlöwe und Katzes Adoptivbruder, rannte zu Balthasar und sah nach,

was los war. Er war mit Katze und Mike gekommen und war bei deren Hochzeit der Trauzeuge.
'Ach so, Paps ist bloß etwas ohnmächtig, dann geht das ja', murmelte er noch und ging wieder zum Brautpaar. 'Komm, Katze, du hast es mir versprochen; wenn ich dein Trauzeuge bin, gehst du mit mir ins Schwimmbad', sagte er fröhlich. Katze machte kein glückliches Gesicht, Keine Ahnung, ob sie ihr Versprechen eingehalten hat, jedenfalls haben sie den Saal gemeinsam verlassen. Ach ja, was Dinis Bericht über die Hochzeit angeht, so umfasste er eine ganze Seite. Natürlich musste es die Titelseite sein. Die Überschrift lautete:

Königliche Hochzeit geplatzt.

> König Balthasar III von Angst (der Vater) und Caspar von Hyänenschreck (der verschmähte Bräutigam) in Ohnmacht gefallen.

Die Fotos von der Ohnmacht und vom neuen Brautpaar waren natürlich gestochen scharf. Das eine Foto zeigte Balthasar und Caspar, die gerade umfielen. Im Hintergrund war Lion gut zu erkennen, der amüsiert grinste. Nachdem Balthasar das Bild in der Zeitung gesehen hatte und sah, dass sein eigener Bruder über diese Pleite grinste, sprach er ganze drei Wochen nicht mehr mit Lion. Aber noch am Tag nach der Hochzeit verlangte Balthasar von Katze, die Vermählung mit Mike aufzuheben. Katze nickte und ihr Vater wollte sich schon zufrieden zeigen. Doch so einfach sollte er nicht davon kommen. 'Okay, Paps, ich löse die Vermählung auf. Dini, komm mal her, du musst einen Zeitungsartikel schreiben und zwar über die Auflösung meiner Vermählung mit Mike. Das würde doch ein schöner Skandal werden: König Balthasar III von Angst zwingt seine Tochter Katze von Angst, ihre Vermählung aufzulösen.' 'Nein, nein, nein. Ist ja schon gut, ist ja schon gut. Nur nicht noch einen Artikel in der Zeitung. Ist der Köter, äh Hund wenigstens adelig?' Der Löwe korrigierte seine Wortwahl, als er von seiner Tochter wegen des Köters böse angeschaut wurde. 'Aber natürlich. Ich würde doch nie jemanden heiraten, der nicht adelig ist. Sein Name ist Mike von Wuff, der Sohn eines Herzogshundes.' Wie Mikes

Mutter mit Mädchennamen hieß, verschwieg sie aber vorerst. Ihr Vater hätte es wohl nie geduldet, dass sie mit einer Familie verwandt ist, die sich 'von Hühnerstall' schimpft. Aber die Hochzeit konnte ihr Vater weder verhindern, noch rückgängig machen. Also versuchte er damit zurechtzukommen, was ihm lange Zeit nicht so recht gelingen wollte.
Nach der aufregenden Hochzeit blieb es nicht lange ruhig. Jim hatte ein zweites Hauptquartier für uns gefunden, in Philadelphia, Pennsylvania. Ich, Jim, Fomka, Husky und Schlafhund waren dort hingefahren, um unser Quartier einzurichten. Als Erstes lud er uns in seine dortige bescheidene Behausung. Es war ein ziemlich großes Haus und es war nicht blau angestrichen wie in London, sondern in 'dezentem' Pink gehalten. Wenn man davor stand, hatte es auf der rechten Seite so etwas wie einen Anbauschuppen oder eine Garage. Bis auf die Farbe sah das Gebäude annehmbar aus, auch ziemlich ordentlich. Innen war es erstaunlicherweise sehr ordentlich und aufgeräumt. Wir wunderten uns, doch Jim zuckte nur mit den Schultern und sagte: 'Ich war seit gut zwei Wochen nicht mehr zu Hause.' 'Dann solltest du öfter nicht zu Hause sein. Vielleicht sieht es dann immer so aus', stichelte ich ein wenig. 'Ha, ha.' Jim ging in die Küche und hantierte dort herum. Es klapperte und schepperte. Dann roch es nach einer Weile nach Essen.
Es dauerte nicht lange und Jim kam mit einem großen Topf ins Wohnzimmer. Fomka flitzte los, um Teller zu holen. 'Ah, da sind sie ja', hörten wir ihn sagen, dann kam er mit den Tellern an. Kein einziger war zerbrochen oder kaputt. Jim ging nochmal zurück in die Küche, um Getränke und Gläser zu holen. 'Fomka! Was hast du mit meinen Schränken gemacht? Die ganzen Türen sind ja demoliert!', hörten wir Jim schreien. 'Tschuldigung, Bruder. Aber wenigstens sind die Teller noch ganz', gab Fomka kleinlaut zurück. 'Die waren ja auch aus jumarianischem Porzellan, das bricht nicht. Aber die Schränke waren aus japanischem Holz.' Jim kam mit Getränken auf einem Tablett zurück. Ich hatte die Suppe bereits aufgetan. Jeder bekam ein Glas Milch, für Fomka natürlich unzerbrechliches Glas. 'Na denn, guten Appetit', sagte Jim und legte los. Ich kostete zuerst die Milch, sie schmeckte irgendwie eigenartig. 'Äh, Jim, was ist das?' 'Das ist Milch vom

Milchbaum. Verfeinert mit einem Tropfen Fusel pro Glas.' Er erklärte uns, dass der Milchbaum eine Pflanze auf Juma ist, genau wie der Fusel, der unseren Weintrauben ähnlich ist, nur viel besser. Die Milch vom Milchbaum schmeckt angeblich wie die Milch vom Maulwurf, aber da kann ich nichts zu sagen, da ich noch nie Maulwurfsmilch getrunken habe. Die Suppe schmeckte gut, war aber auch nicht mit der Kost zu vergleichen, die wir so kannten. Unser Gastgeber meinte, es wäre Flisch-Flaf-Suppe mit Rotkraut und Schleimgrundalgen. Flische sind übrigens Flugtiere auf Juma, sehen Fischen sehr ähnlich, können allerdings fliegen. Ähnlich verhält es sich mit den Flafen: Schafe, die fliegen. Und das Rotkraut ist auf gar keinen Fall mit dem unseren zu vergleichen, es ist dort ein Gewürz und kein Kohl. Die Schleimgrundalge ist eine jumarianische Wasserpflanze. So hat Jim uns das jedenfalls erklärt. Natürlich waren noch andere Gewürze in der Suppe, doch die verriet er nicht. Wir jedenfalls aßen tapfer und schweigend weiter.

Nach dem Essen führte uns Jim in unser neues Quartier. Er hatte es für etwas mehr als 56.000 $ gekauft, was für ein Haus dieser Größe mehr als billig war. Meine Theorie war: entweder hatte Jim sehr, sehr gute Kontakte und Beziehungen oder er hatte jemanden übers Ohr gehauen, was ich mir aber weniger vorstellen konnte. Oder aber es war das letzte Rattenloch, das er uns da als Hauptquartier andrehen wollte. Innerlich wünschte ich mir, es wäre meine erste Theorie. Doch als wir vor dem Gebäude standen – oder dem, was noch davon übrig war – dämmerte mir, dass er uns eine Bruchbude beschafft hatte. Fenster und Türen waren nur noch Löcher, das Dach war völlig eingestürzt und die Fassade sah bemitleidenswürdig aus. 'So, da wären wir. Was haltet ihr davon? Ist doch hübsch, oder?', fragte Jim stolz, als hätte er die beste Villa in ganz Philadelphia erstanden. Meinte er diese Frage wirklich ernst? Doch sein zufriedenes Gesicht verriet mir, dass er durchaus mit sich zufrieden war. 'Nun ja, Bruderherz, sieht irgendwie interessant aus. Wann wurde es denn erbaut? Vor zweihundert Jahren?', fragte Fomka vorsichtig. 'Ich weiß, Fomka, es sieht etwas mitgenommen aus. Aber wenn wir es erst einmal auf Vordermann gebracht haben, wird es das beste Haus in ganz Philadelphia sein.' 'Das meinst du doch wohl nicht im Ernst? Diese

Bruchbude soll unser neues Hauptquartier werden? Denk doch mal an das Kaufhaus in Seoul! Das sah nicht so schlimm aus und ist trotzdem wie ein Kartenhaus eingestürzt. Willst du etwa, dass uns dasselbe passiert?', fragte ich wütend. Ich konnte mich einfach nicht mehr zurückhalten. 'Was hast du nur, Teufel? Gib mir einen Monat und diese Bruchbude, wie du sie nennst, ist wieder wie neu. Hier ist schon der Plan, was alles gemacht werden muss.' Wie in einem schlechten Zeichentrickfilm ließ Jim eine riesige Rolle bedrucktes Papier über den Boden rollen. Die Rolle war mindestens einen Kilometer lang. 'Oder möchtest du lieber die Kurzfassung?' Jim verwandelte die lange Schlange bedrucktes Papier in einen etwas kleineren Stapel von etwa 10 Seiten. Auf der letzten Seite stand der Preis der Generalüberholung: etwa 2500 $. Wie er diesen Preis so niedrig halten wollte, war mir ein Rätsel. Mit Schutzhelmen, die uns Jim auf die Köpfe gezaubert hatte, betraten wie das Haus. 'Okay Leute, ihr könnt ja schon mal den Schutt hier drinnen nach da draußen in den Container bringen.' Ich drehte mich um und sah direkt am Eingang, da, wo wir gerade gestanden hatten, einen großen, rosa-blauen Container. Wenn ich genau hinsah, konnte ich die Aufschrift erkennen: Jims Home-Builders. Darunter stand sogar eine Telefonnummer, obwohl mir die Vorwahl völlig fremd war. Später erfuhr ich, dass es Jims jumarianische Telefonnummer war, wobei die nicht von einem normalen Telefon angewählt werden konnte, weil es sonst wahrscheinlich sündhaft teuer geworden wäre. Jim war schon Richtung Eingang unterwegs, als er sich noch einmal umdrehte, um zu sagen: 'Ich besorge in der Zwischenzeit das Baumaterial.'
Da standen wir nun, ich, Fomka, Schlafhund und Husky. Wir buckelten und ackerten. Es waren bestimmt schon zwei Stunden vergangen und Jim war noch immer nicht zurückgekommen. Wir hechelten und schwitzten wie die Elche. Schlafhund hatte schon nach einer Stunde ganz aufgegeben. Er war völlig erschlagen und K.o. 'Okay Leute, das reicht erst einmal. Ich mache jetzt eine Pause. Ich bin gleich zurück, hole nur eine Erfrischung. Dauert garantiert keine zwanzig Minuten.' Und schon ließ uns auch Fomka alleine. Doch wie er versprochen hatte, kam er nach etwas weniger als zwanzig Minuten wieder. Er hatte sich irgendetwas unter den Arm geklemmt. Um den anderen Arm hatte er einen

Gartenschlauch gewickelt. 'So, da bin ich wieder.' Damit legte er zuerst den Schlauch, dann das andere Ding auf den Boden. So wie es aussah, war es aus Gummi oder etwas Ähnlichem. Daneben legte er große Badetücher. Dann begann er, das Gummiding aufzublasen. Nach und nach entfaltete es seine Form. Es war ein kleines Gummiplanschbecken, das er nun mit Wasser aus dem Hydranten füllte. Dazu benutzte er den Schlauch. Als das Bad angerichtet war, stieg er hinein und lud uns ebenfalls ein. Husky war nach Fomka als Erster im Wasser. 'Wau, ist das angenehm kühl', jubelte er völlig ohne Fremdwörter. Ich zögerte, kann ich doch Wasser auf den Tod nicht ausstehen. Vorsichtig steckte ich die Pfote hinein, zog sie jedoch schnell wieder zurück. Dieses Ritual vollzog sich mehrere Male. Plötzlich spürte ich ein paar kleine Spritzer in meinem Gesicht, kommentiert mit einem verschlafenen 'Wau.' Schlafhund war in die Fluten gesprungen und trieb nun an der Oberfläche, erst auf dem Rücken, dann mal auf der Seite, dann auf dem Bauch. Und immer schön in Zeitlupe. 'Mir reichts. Sag mal, wann kommt Jim denn endlich zurück? Oder sollen wir das hier alleine machen? Ich für meinen Teil gehe jetzt spazieren.' Damit verließ ich Fomka und die beiden Hunde und schlenderte durch Philadelphia. Ich achtete gar nicht darauf, wo mich meine Pfoten hinbrachten, doch irgendwann erreichte ich einen Park mit Büschen und Bäumen. Überall roch es nach Blumen und frisch gemähtem Gras. Doch irgendein unangenehmer Geruch störte die Idylle. Es roch sehr streng, beleidigte meine feine Nase aufs Gröbste. Bald schon hatte ich herausgefunden, aus welcher Richtung der Gestank kam. Am rechten Wegrand stand ein riesiger Busch und ich war mir sicher, dass ich die Quelle des Geruchs gefunden hatte."

„Hallo Leute, alle wieder frisch und munter?" Der große Louis war gekommen. „Guten Morgen, großer Louis", grüßte Fomka und klopfte ihm 'sanft' auf die Schulter. Louis strauchelte und fiel stöhnend der Länge nach hin. Als er sich wieder aufgerappelt hatte, rieb er sich die schmerzende Schulter. „Au." „Äh, 'tschuldigung, wollte dir bestimmt nicht weh tun." Fomka senkte beschämt den Kopf. „Ist schon gut, Großer. Ich werd schon nicht dran krepieren", entgegnete Louis und grinste den Heidelbären freundlich an.

„Oh, wie ich sehe, haben wir jetzt ein Maul mehr zu stopfen. Ich hoffe das, was ich mitgebracht habe, reicht da aus“, hörten sie plötzlich jemanden sagen. Jim war zurückgekommen und trug eine große braune Papiertüte. Oben schaute Gemüse heraus. „Wo sind denn die Scheinwerfer?“, wollte Murmli wissen. „Noch im Raumschiff, kannst sie ja ausladen.“ „Haha!“ Das Murmeltier war beleidigt. „Ach, Louis, da fällt mir ein, die Girlanden, die du holen solltest ...“ „Ich hab in deinem Keller keine gefunden“, unterbrach Louis Jim. „Ähm, ich weiß, ich hatte mich geirrt. Die sind in Philadelphia im Keller, nicht in London.“ Jim zog den Kopf ein. „Wie bitte? Die sind gar nicht in deinem Keller in London? Hast du eine Ahnung, was ich in deinem sogenannten Keller durchgemacht habe? Der ganze Inhalt deiner Schränke ist mir entgegengefallen und hat mich unter sich begraben. Ich bin mehrmals mit dem Fuß umgeknickt, weil ich auf irgendetwas draufgetreten bin! Und das Schlimmste war, es stank bestialisch nach Knoblauch! Und dann muss ich erfahren, dass die Girlanden gar nicht da sind!“ „Ach ja, der Knoblauch. Den hatte ich ja dort zum Trocknen aufgehängt. Tut mir Leid Louis. Aber vielleicht besänftigt dich das hier etwas.“ Jim stellte die Tüte, die er immer noch auf dem Arm trug, auf den Boden und holte eine braune Weinflasche hervor. Er reichte sie dem Vampir. „Es ist unser bester und ältester Fusel, den wir auf Juma herstellen. Er ist fast viertausend Jahre alt. Und wie ich gehört habe, trinken Vampire gerne mal einen Schluck Wein, so als Ausgleich zum Blut, meine ich.“ Louis bedachte Jim mit einem finsteren Blick. Unerbittlich und kalt wirkte er. „He, Louis, tut mir wirklich leid. Bitte, bitte trink mich jetzt nicht aus, mein Blut schmeckt doch gar nicht, es ist nicht menschlich, ehrlich, ich schwöre es dir. Du würdest dir nur den Magen verderben. Bitte!“ Jim flehte und Louis schaute noch immer grimmig drein, machte keine Anstalten, seine Gesichtszüge aufzuhellen. Er genoss es, wie sich Jim wand, es machte ihm sichtlich Freude. Doch dann brach Louis in schallendes, amüsiertes Gelächter aus. „Ist schon gut, Jim. Ich verzeihe dir noch einmal.“ Dankend nahm er die Flasche Fusel an sich, entkorkte sie und roch daran. „Mh, der riecht lecker.“ Sofort nahm er einen Schluck aus der Flasche. „Mhm, ich glaube dafür würde ich öfter in deinem Keller etwas suchen, was dann doch im ande-

ren Keller ist“, meinte er lobend. Wir mussten alle lachen. Louis schlug Jim sanft auf die Schulter, ging dann zum Tisch hinüber und setzte sich auf einen der Stühle, die Fomka inzwischen an den Tisch gestellt hatte. Die anderen taten es ihm gleich. Jim ging um den Tisch und teilte jedem etwas zu Essen und zu Trinken aus. „Heute muss mal irdisches Essen herhalten. Meine jumarianischen Früchte sind leider ausgegangen“, erklärte er während des Austeilens. „Ach ja, Louis, für dich habe ich natürlich etwas ganz Besonderes. Es ist zwar nur gezaubert, aber genauso real wie alles andere auch. Ich hoffe, es macht dich satt.“ Jim holte fünf Früchte heraus, die wie ganz normale Orangen aussahen und sagte: „Echte Blutorangen.“ Dabei betonte er das Wort Blut. Louis verzog seine Lippen zu einem etwas merkwürdigen, aber amüsierten Lächeln. Dann aßen alle, die einen lauter, die anderen leiser. Jedenfalls schmeckte es allen.
Gestärkt ging es dann wieder an die Arbeit. Auch die anderen Mitglieder waren inzwischen eingetroffen. Schnell herrschte wieder geschäftiges Treiben in der Halle. Die letzten Handgriffe wurden heute noch getan. Ab morgen sollten die Musiker die Möglichkeit haben, ihre Generalprobe zu machen, damit zur Krönungsfeier auch wirklich alles funktionierte.
Fomka, Teufel und Diablo zogen sich wieder in eine halbwegs ruhige Ecke zurück und führten die vor dem Frühstück unterbrochene Unterhaltung fort.

Fomka war an der Reihe: „Husky, Schlafhund und ich planschten vergnügt im aufblasbaren Swimmingpool. Es war eine willkommene Abkühlung. Wir hatten ja auch schon viel geschafft heute. Teufel war einfach gegangen, wollte sich die Stadt ansehen. Das Wasser war bereits braun gefärbt, von Schlafhund. Aber er sagte uns, das sei normal. Immer wenn er in Wasser bade, würde er etwas abfärben. Husky bekam aus Versehen etwas von diesem Wasser in die Schnauze und stellte fest, dass es wie der Kakao in der Eisschokolade schmeckte. ‘Mh, lecker’, meinte er. Auch Schlafhund kostete. ‘I – gitt, – Was – ser – ka – kao.’ Schlafhund bevorzugte richtigen Milchkakao.
‘Was ist denn hier los? Habt ihr nichts zu tun?’, hörten wir plötzlich eine uns sehr vertraute Stimme. Wir drehten uns zu der Stel-

le, von der die Stimme kam und erblickten keinen anderen als Jim, der ein Dutzend Holzbretter unter den Armen trug. 'Äh, hallo Jim', stammelte ich. 'Wir, ähm, wir sind schon zur Hälfte fertig mit dem Ausräumen. Haben uns nur kurz ausgeruht. Wollten gleich weiter machen. Ehrlich.' Jim sah uns prüfend an, immer noch die Bretter unter den Armen, als ob sie nichts wiegen würden. 'Wo ist Teufel?', fragte er, ohne auch nur einmal einen Gedanken an seine Last zu verschwenden. 'Ist in der Stadt unterwegs, wollte auch eine Pause machen, aber nicht im Wasser. Hat sich einfach von hier abkonterfiert', meinte Husky. 'Abkonter ...was?' Jim sah Husky mit fragendem Blick an. 'Na, abkonterfiert, von hier entfernt', gab der Hund etwas unsicher zurück. 'Ach du meine Güte, was du meinst, ist absentieren', gab Jim lachend zurück und brachte die Bretter nach drinnen.

Ich machte Anstalten, aus dem Pool zu steigen und hob auch Schlafhund hinaus. Husky kletterte alleine hinaus. Wir machten uns ohne Teufel wieder an die Arbeit. Während Husky, Schlafhund und ich weiter die Trümmer nach draußen in den Container brachten, schaffte Jim alle möglichen Baumaterialien heran. Große Kübel mit rotem Sand, große Kübel mit schwarzem Sand, große Kübel mit Wasser, weitere Bretter, Hämmer, Nägel, Schnüre, Wasserwaagen, Maurerkellen, Backsteine, Maßbänder und, und, und. Als er alles herangeschafft hatte, rührte und kippte er einige der Zutaten zusammen, den roten und den schwarzen Sand, das Wasser. 'Ähm – Jim – was – soll – das – wer – den?', fragte Schlafhund schließlich. 'Zement.' Jims Antwort hielt sich sehr kurz. 'Aber Jim, ich dachte Zement macht man aus Kalkstein, Quarz und Ton?' Und da war ich mir sicher. Jim nickte, als ob er mir Recht gab. 'Das ist richtig, irdischen Zement stellt man so her, aber jumarianischen Zement stellt man aus Vulkansand, rotem Sand und Wasser her. Im Wasser ist genug Kalk enthalten, um daraus Zement herzustellen. Unser Wasser ist nämlich fünfmal so kalkhaltig wie das irdische Wasser. Deshalb hat auch unser Fusel diesen einmaligen Geschmack, den man auf der Erde nicht nachahmen kann', erklärte Jim. 'Jumarianer brauchen nämlich viel mehr Kalk zum Überleben als Menschen. Daher muss ich mir mein Wasser stets importieren lassen oder aber doppelt soviel trinken wie ein normaler Mensch meines körperlichen Alters. Nach kör-

perlichen Maßstäben bin ich ja immerhin erst fast 15 Jahre alt', erklärte Jim. 'Unser Zement, den wir auf Juma herstellen ist um einiges härter als der, den die Menschen hier auf der Erde benutzen. Er ist fast so hart wie Diamant, glänzt nur nicht. Nun aber wieder an die Arbeit. Wo steckt eigentlich dieser Kater?' Wir zuckten alle mit den Schultern, schufteten dann aber fleißig weiter. Wobei Schlafhund mehr schlief, als er arbeitete.
Der Tag neigte sich dem späten Nachmittag zu und noch immer war von Teufel nichts zu sehen. Es war, als ob ihn ein riesiges Loch in der Erde verschluckt hätte. Bis er dann doch völlig aufgelöst und aufgeregt zurück kam. 'Fomka! Fomka! Fomka!', rief er, ohne zu wissen, dass Jim bereits wieder zurück war."

„Warte, warte, noch nicht weiter erzählen. Lass mich erst erläutern, warum ich so aufgebracht war." unterbrach Teufel. Fomka nickte und ließ seinen Boß ...

... anstandslos übernehmen: „Nun, wie gesagt, war ich in diesem Park irgendwo in Philadelphia."

„Hallo Leute, darf ich mit zuhören?", fragte plötzlich ein uns sehr bekanntes Murmeltier. „Na klar, setz dich hin. Wir sind gerade in Philadelphia", meinte Teufel. „Ach so. Und wann kommt die Stelle, wo ihr den Clan gründet?", fragte Murmli. „Oh, Murmli, da sind wir doch schon längst vorbei." Teufels Antwort gefiel Murmli gar nicht. „Och, Menno, könnt ihr nicht noch mal von vorne anfangen? Ich hab den Anfang nicht mitbekommen." Doch als Murmli die Blicke seiner Freunde sah, besann er sich eines Besseren und sagte: „Ist ja schon gut, macht da weiter, wo ihr aufgehört habt."

„Wie ich schon einmal erw..."

„Moment, ich hab noch eine Frage", unterbrach Murmli schon wieder. „Was?!" Teufel war schon leicht gereizt. „Wann kommt denn die Szene, wo ich die ganze Welt rette?" „Also, an diese Stelle kann ich mich ehrlich gesagt nicht erinnern." Teufel setzte ein grübelndes Gesicht auf. „Du etwa, Fomka?" Fomka schüttelte den Kopf. „Murrmel? Na du weißt doch, als ich gegen die furchterregenden, acht Meter hohen Tiere mit den scharfen Krallen und den Adleraugen gekämpft habe. Du weißt doch, diese Ge... Ge... wie hießen die noch mal? Gelmensen?" „Ja Murmli, die sind schon durch. Und nun halt den Schnabel!", meinte Teufel etwas ungehalten.

Er startete einen neuen Versuch: „Also ..."

„Halt, halt, halt!", schrie Murmli wie bei Loriot, den er sich an den letzten Tage immer und immer wieder angesehen hatte. „Was?" Teufel war sichtlich sauer. „Nichts, nichts, gar nichts." Murmli grinste. „Rrrrrrrr! Na warte!" Teufel verließ Diablo, Fomka und Murmli für eine Weile, kam dann aber mit Klebestreifen wieder. Er klebte es dem Murmeltier auf den Mund. Murmli beschwerte sich: „Mpf, mpf, mpf!" Doch Teufel ignorierte es einfach, er verstand diese komische Sprache sowieso nicht. „So, jetzt kann ich hoffentlich ungestört weiter erzählen!"

Teufel startete erneut. Und diesmal gab es kein Murmeltier, das dazwischenquatschte: „Nun aber endlich zurück in den Park von Philadelphia. Ich befand mich in der Nähe eines Busches und roch diesen merkwürdigen Gestank. Also beschloss ich, mir das Gestrüpp mal näher anzusehen. Was ich entdeckte, gefiel mir ganz und gar nicht. Hinter dem Busch lag ein Mensch, regungslos. Ich fasste Mut und sah mir diesen Menschen etwas genauer an. Er war männlich und sah mir ziemlich tot aus. Erschrocken setzte ich mich hart auf meine Arschbacken.
Nach ein paar Minuten hatte ich mich wieder gefasst und wollte mich auf den Weg machen, um Jim zu benachrichtigen. Da ich kein Telefon bei mir trug und auch nicht genug Kleingeld bei mir hatte, um ein öffentliches Telefon zu benutzen, musste ich zu Fuß gehen. Und es blieb ja noch die Frage, ob Jim schon wieder zurück war. Aber wenigstens würde ich Fomka, Husky und Schlafhund finden.
Doch so weit kam es gar nicht erst. Aus unerfindlichen Gründen tauchten plötzlich zwei Polizeiautos auf. Einer der Beamten befahl mir, stehen zu bleiben und das nicht gerade in einem freundlichen Ton. Ich gehorchte lieber, blieb stehen und drehte mich

langsam zu den Beamten um. 'Ah, Officer, gut, dass Sie kommen. Ich habe dort im Gebüsch eine Leiche gefunden', sagte ich und bot mich als Zeuge an. 'Ja, ja Freundchen, auf diese faulen Tricks fallen wir nicht herein. Du wirst schön mitkommen. Sie sind wegen dringenden Mordverdachts verhaftet. Sie haben das Recht ...' Völlig aufgebracht unterbrach ich den Beamten in seinem Eifer. 'He, Moment mal. Was soll denn das? Wie kommen Sie darauf, dass ich der Täter bin? Ich bin doch gerade erst an diesen Ort gekommen und habe diesen Mann gefunden. He, das können Sie doch nicht mit mir machen. Aufhören! Ich bin Teufel, der Chef und Anführer des Big Ben Clan. Nehmt mir sofort diese Dinger ab. Aua, das tut weh! Aua, nein, aufhören! Das kann doch wohl nicht wahr sein! Jim!' Es half nichts, wie ein Schwerverbrecher wurde ich verhaftet und abgeführt.
Auf dem Revier wurde ich stundenlang vernommen und verhört. Ich sagte ihnen immer dasselbe: 'Ich bin unschuldig! Ich habe nichts getan! Wir müssen herausfinden, wer der wahre Täter ist.' Doch diese Polizisten hörten mir keine Sekunde lang zu. Sie fragten, was ich an diesem Ort gemacht habe, wo ich zur Tatzeit war, ob es Zeugen gibt und soweiter. 'Ich möchte sofort meinen Anwalt sprechen!', verlangte ich schließlich und sagte nichts mehr. Doch die Polizisten ließen nicht locker und löcherten mich weiterhin. 'Ich will meinen Anwalt sprechen. Ich habe das Recht auf einen Anwalt! Wo ist mein Anwalt?', schrie ich immer und immer wieder.
Nach etlichen Stunden verließen die beiden Polizisten den Verhörraum und ließen mich für eine Weile allein. Da meine Füße nicht gefesselt waren, lief ich aufgeregt hin und her. Wenn diese Polizisten nicht bald zurück gekommen wären, hätte ich womöglich ein riesiges Loch in den Boden gelaufen. Aber einen Vorteil hätte das gehabt: ich hätte einen Fluchtweg gehabt. Na gut, Scherz bei Seite. Ich weiß nicht, wie lange ich in diesem Raum alleine war, aber plötzlich kamen die Polizisten zurück und sie waren nicht allein. Ein Fuchs war bei ihnen, nein, ich korrigiere, es war eine Füchsin. 'Mr. Teufel, dieser Fuchs hat für Sie gebürgt, Sie können gehen. Aber ich warne Sie! Ich werde Sie auf jeden Fall im Auge behalten, verlassen Sie sich darauf. Und machen Sie, dass Sie hier raus kommen, bevor ich es mir anders überlege.' Der

Polizist, der gesprochen hatte, nahm mir die Pfotenschellen ab und ließ mich gehen. Zusammen mit der Füchsin verließ ich das Polizeigebäude. Erst draußen traute ich mich, die Füchsin zu fragen, wer sie sei. 'Ich bin Sarah. Dini hat mich geschickt, um dich hier raus zu holen. Er ist ein guter Freund von mir und ich war ihm noch einen Gefallen schuldig. Bin übrigens Anwältin. Bis zur Klärung des Falls darfst du allerdings Philadelphia nicht verlassen', erklärte mir die Füchsin. Wir gingen ein Stück gemeinsam, bevor sie sich von mir verabschiedete und nach Hause ging, um sich um ihre Kinder zu kümmern. 'Die Klärung des Falles wird aber jemand anderes übernehmen. Ich kann nicht, weil meine Kleinste krank ist. Ich muss mich um sie kümmern. Also, wir sehen uns bestimmt irgendwann einmal wieder. Bye.' Und damit war sie auch schon um die nächste Ecke verschwunden. 'He, Moment mal, wer wird denn jetzt den Fall ...', rief ich ihr hinterher. Doch Sie hörte es schon längst nicht mehr. '... übernehmen?', beendete ich meinen Satz leise. Es hatte keinen Sinn, nach Sarah zu suchen, die war schon längst über alle Straßen. Berge gibt es in Philadelphia ja nicht.
Also machte ich mich auf den Rückweg. Ich musste Fomka, Schlafhund und Husky Bescheid sagen. Musste ihnen sagen, was ich gefunden habe. So schnell mich meine Pfoten tragen konnten, flitzte ich los. Völlig entkräftet kam ich an unserem zukünftigen Hauptquartier an. Als Erstes sah ich Fomka. Er trug Schutt nach draußen in den Container. 'Fomka! Fomka! Fomka!', rief ich so laut ich konnte, doch mehr als ein Krächzen war es nicht. 'Teufel, verdammt, wo hast du dich den ganzen Tag über herumgetrieben? Wir schuften uns hier zu Tode und du amüsierst dich', entgegnete Fomka streng. 'Oh ja, Fomka, ich hab mich köstlich amüsiert. Als Erstes hab ich im Park eine Leiche entdeckt. Dann kam die Polizei und verhaftete mich wegen dringenden Mordverdachts. Danach ein stundenlanges Verhör, bis ich dann endlich freigelassen wurde, weil eine Füchsin namens Sarah, die von Dini geschickt wurde, für mich bürgte. Die dann urplötzlich sagte, sie müsse nach Hause zu ihren Kleinen. Den Fall würde jemand anderes übernehmen. Nur leider hat sie vergessen mir zu sagen wer. Ich darf die Stadt nicht verlassen und stehe unter Polizeiaufsicht. Also, wenn du das amüsieren nennst, können wir gerne tauschen!'

Ich war einfach nur sauer, der ganze Tag war versaut. 'He, ist ja schon gut, Teufel, ich konnte ja nicht ahnen, dass du dir mit einem Mord soviel Ärger einhandeln würdest, aber wenn du mich fragst, hätte ich den Mann nicht umgebracht', gab Fomka völlig unschuldig zurück. 'Was ist los? Ich hab diesen Mann nicht umgebracht. Er war bereits tot, als ich ihn gefunden habe! Also sag nie wieder, ich würde hier jemanden umbringen, sonst bringe ich dich um und dann können sie mich wirklich wegsperren und den Schlüssel wegwerfen!' Wutentbrannt ging ich auf Fomka los und verpasste ihm einen ordentlichen Schlag in die Magengegend, was mir allerdings mehr weh tat als ihm. Der Heidelbär packte mich an den Schultern und hob mich unsanft zu sich nach oben. Ich kratzte und biss so gut ich konnte. Doch Fomka lockerte seinen Griff nicht. 'Was ist denn hier los? Sind wir jetzt unter die Barbaren gegangen? Hört sofort damit auf! Alle beide!“ Jims Stimme klang hart und bestimmend, sie ließ keine Widerrede zu. 'Fomka, lass Teufel sofort wieder runter! Und du, Teufel, hörst sofort auf, Fomka zu kratzen und zu beißen!' Als wir beide noch keine Anstalten machten, fauchte Jim in gefährlich scharfem Ton: 'Sofort!' Auf der Stelle ließ Fomka mich runter, glättete noch kurz mein Fell und entschuldigte sich dann bei mir. Ich blickte Fomka nur wütend an. Wie konnte er mir unterstellen, jemanden umzubringen? Ich zeigte ihm die Zähne, damit er wusste, dass ich noch nicht fertig war. 'Es ist genug, Teufel!', herrschte mich Jim an. Sein Blick war böse und gebieterisch. Mir war klar, dass ich jetzt lieber nichts mehr sagte oder tat. Als Jim sah, dass ich mich jetzt zurückhielt, nickte er billigend und fragte mich, wo ich war. Ich erzählte ihm ebenfalls die Geschichte, die ich erlebt hatte.
Nachdem ich geendet hatte, meinte er zu mir: 'Jetzt kann ich verstehen, wieso du so empfindlich reagiert hast.' Er dachte eine Weile nach, dann sagte er: 'Okay, ich denke für heute haben wir genug getan. Ihr könnt euch jetzt in mein Haus begeben und euch bis morgen ausruhen. Hier sind die Schlüssel.' Jim übergab mir seine Schlüssel. Das Schlüsselbund war so groß, dass ich mich fragte, wie es in seine Hosentasche passte, ohne diese auszubeulen. Ich nahm die Schlüssel an und wollte noch fragen, welcher der richtige Schlüssel wäre, doch Jim war schon längst weg. 'Ähm,

geht schon mal vor, ich komme dann nach.' Und damit war auch Fomka fort. 'Also wenn ihr mich fragt, ich bin jetzt ziemlich diffus.' 'Ne, ne Husky, mach dir mal keine Sorgen. Du siehst noch ganz normal aus, kein bisschen verschwommen', gab ich amüsiert zurück. 'Du weißt genau, was ich meine!' Husky drehte beleidigt den Kopf zur Seite und schmollte. 'Warum sagst du dann nicht, dass du verwirrt bist? Sondern nutzt diese hochtrabenden Ausdrücke, die sowieso kein Schwein versteht.' 'Ich verstehe sie!', gab Husky leicht pikiert zurück. Ich und Schlafhund lachten nur. 'Ich – wuss – te – gar – nicht, – dass – du – ein Schwein – bist.' Schlafhund kicherte, als er Husky ansah und nach Hinweisen suchte, die zeigten, dass er ein Schwein war. 'Haha, der Flugs war überhaupt nicht zum Lachen.' Husky trottete davon. 'Das heißt zwar Jux und nicht flugs, aber sagen wir es mal keinem', sagte ich zu Schlafhund, der noch neben mir stand, dann folgte ich Husky. Schlafhund schlich hinterdrein. Nach zehn Metern lief ich zu Schlafhund zurück und trug ihn, sonst wären wir am nächsten Morgen noch nicht bei Jims Haus.

Ich nahm das Schlüsselbund, suchte mir einen Schlüssel aus und versuchte, damit die Tür zu öffnen. Doch das sollte sich als äußerst schwierig herausstellen. An dem Bund hingen gut zwanzig Schlüssel und nur einer würde passen. Ich probierte den ersten Schlüssel. Natürlich passte er nicht. Also nahm ich den nächsten, war ja alles nicht so tragisch. Wieder nichts. So probierte ich Schlüssel für Schlüssel, keiner passte. Nach einer Weile überlegte ich: 'Welchen Schlüssel hatte ich denn noch nicht? Hatte ich den schon? Oder den? Oder soll ich es mit dem hier versuchen? Ach verdammt, der passt auch nicht! Ich glaub, den hatte ich auch schon. Was ist mit diesem hier? Hach, ich flipp hier noch aus. Jim, welcher verdammte Schlüssel ist denn nun der Richtige?' Ich war am verzweifeln, probierte ich doch auch schon seit gut einer halben Stunde. Das war wirklich nicht mein Tag. 'Ach! Ich hab die Schnauze voll, mir reichts!' Wütend pfefferte ich den Schlüssel in die nächste Ecke.

Husky nahm ihn auf und versuchte sein Glück, doch er war genauso erfolgreich wie ich. Er probierte eine geschlagene Stunde, dann warf auch er den Schlüssel wütend beiseite. Eineinhalb Stunden standen wir nun schon vor Jims Haus und kamen nicht hinein. Ich wollte es noch einmal versuchen, doch schon nach fünf Minuten gab ich wieder resigniert auf. 'Ich wollte doch nur nach Hause, mich auf die Couch legen und ausspannen, immerhin hab ich mir das verdient.' Deprimiert setzte ich mich auf die Stufen und stützte meinen Kopf in die Pfoten. Husky tat es mir gleich. Aus den Augenwinkeln sah ich, wie Schlafhund auf das Schlüsselbund zuging, langsam und gemächlich. Nach gut zwei Minuten hatte er ihn erreicht, nahm den Schlüsselring in die Schnauze und zog ihn zur Tür. Dafür brauchte er wohl etwa sechs Minuten. 'Du – Teu – fel, – kan – nst – du – mich – mal – hoch – he – ben?', fragte der Hund so langsam wie immer. Widerwillig tat ich es. Schlafhund suchte unterdessen einen Schlüssel. Dann, als er an das Schloss kam, steckte er den Schlüssel in das Schlüsselloch, drehte ihn einmal, zweimal und schon war die Tür auf. 'Das sah ja fast so aus, als ob du genau wusstest, welcher Schlüssel passen würde.' Kritisch sah ich den Schokohund an. Dieser nickte träge. 'Steht – doch – drauf.' Irritiert sah ich Schlafhund an, nahm ihm den Schlüssel ab und besah ihn mir. Erst jetzt bemerkte ich, dass auf jedem einzelnen Schlüssel diese merkwürdigen Zeichen waren. Erstaunt blickte ich zu Schlafhund. Die Frage konnte ich mir einfach nicht verkneifen, voller Erstaunen fragte ich: 'Du verstehst Japanisch?' Schlafhunds Augen wurden groß, ohne dass er sie öffnete. 'Wie – so – Ja – pa – nisch?', fragte er, 'Das – ist – Ju – ma – ri – a – nisch. – Hier – steht – 'As – or – Su – ah' – ro – sa – Haus.' Mir fehlten die Wort. Völlig in Gedanken versunken ging ich ins Haus, ohne zu merken, dass ich den maulwurfsgroßen Schlafhund noch immer in der Pfote hielt. 'Äh – Teu – fel, – es – wä – re – nett, – wenn – du – mich – wie – der – her – un – ter – lässt', sagte der Hund plötzlich, erschreckte mich dabei so sehr, dass ich ihn fallen ließ. 'Wau!', hörte ich ihn nur noch jaulen. 'Oh, Schlafhund, das tut mir leid. Hast du dir weh getan?', fragte ich ernsthaft besorgt. 'Schon – gut, – mir – geht – es – gut.' Er hielt sich den Po, aber ansonsten schien ihm nichts weiter passiert zu sein. Bis zur Rückkehr von Jim und Fomka machten wir es uns in Jims bescheidener Hütte bequem. Wie Fomkas Verfolgungsjagd gelaufen ist, musst du ihn selbst fragen."

Fomka nickte und erzählte ohne Unterbrechung weiter: „Also, Jim war ziemlich schnell verschwunden und ich wollte gerne wissen, wo er hin wollte. Du weißt ja, dass Heidelbären, besonders die, die Fomka heißen, sehr neugierig sind. Ich rief Teufel noch zu, sie sollen schon mal vor gehen und rannte dann Jim hinterher. Ich konnte noch genau riechen, wo er lang gegangen war, so fand ich ihn dann auch schnell. 'Verdammt, wo habe ich denn nur mein Auto abgestellt? Das muss doch hier irgendwo sein', hörte ich Jim sagen. Wahrscheinlich schaute er auch auf seine Uhr, wie er es immer tut, wenn er nicht weiß, wo er mal wieder seinen Wagen abgestellt hat. Er hat ja in sein Auto einen Sender eingebaut, der mit seiner Armbanduhr verbunden ist. Na gut, eigentlich ist es ja keine Armbanduhr, sondern so etwas wie ein Schweizer Taschenmesser in Uhrform mit Kompass, Peilsender, Funkgerät, kleiner Straßenkarte, die Jim, bevor er in eine fremde Stadt reist, auf den Computer spielt, Laser und Schweißgerät, kleinen Giftpfeilen zur Betäubung und natürlich einem kleinen Pfeil mit einem sehr reißfesten Seil. Damit kann sich Jim an Wänden hochhangeln , wenn er mal keine Lust zum Fliegen hat. Selbst der beste Agent würde bei dieser Uhr neidisch werden. Sein liebster Filmgeheimagent MacGyver würde nur so mit den Ohren schlackern, wenn er so eine Uhr besessen hätte.
'Was denn? Da habe ich meinen Liebling abgestellt? Das ist ja am anderen Ende der Stadt. Da habe ich keine Lust hinzufliegen. Mal sehen. Ah ja. White Horse, komm bitte so schnell wie möglich in den Park in Philadelphia Nord.'“

„Autsch!“, unterbrach Murmli, der sich irgendwie von den Klebestreifen befreien konnte. „Sieh dir an, was du mit meinem Fell getan hast, Teufel! Wie seh ich denn jetzt aus?“, beschwerte sich das Murmeltier, doch dann schloss es sofort wieder seinen Mund, weil Teufel schon wieder das Klebeband in der Pfote hatte. „Ich sage nichts mehr, ehrlich“, beteuerte Murmli und schwieg. Teufel nickte und ...

... Fomka erzählte weiter: „Bis zum Park war es kein Problem, Jim zu folgen. Der Knabe hatte auch keine Mühe, den Tatort zu

finden, weil er noch immer mit diesen typischen Absperrbändern versiegelt war. Um keine Fuß- oder andere Spuren zu hinterlassen flog er knapp über dem Boden. Wenn ein Ast oder Zweig im Weg war, bog dieser sich von selbst zur Seite und ließ Jim durch. Ich sah, wie er sich bückte und etwas aufhob. Von meiner Position aus konnte ich allerdings schlecht erkennen, was es war. Im abendlichen Sonnenlicht jedoch funkelte es geheimnisvoll. Ich glaubte zu erkennen, dass es Zacken hatte, aber da konnte ich mich auch irren. Jim betrachtete sich diesen Gegenstand sehr lange, wiegte den Kopf, als ob er nachdachte, was er davon halten sollte und wahrscheinlich tat er das auch.
Reifenquietschen riss ihn aus den Gedanken. 'Ah, mein Wagen', hörte ich Jim sagen. So schnell, wie der im Auto saß und losfuhr, konnte ich gar nicht reagieren. Ich rief mir ein Taxi und sagte ihm, wo es lang fahren sollte. Jim hatte den Weg nach rechts eingelegt. Das Taxi folgte, obwohl ich mir sicher war, dass ich Jim nie mehr einholen würde. Ich ließ den Taxifahrer geradeaus ruckeln. Das Taxi quälte sich die Straße entlang, doch von Jim keine Spur, ich hatte ihn verloren. Wenn die Straße frei ist, ist es unmöglich, Jims Auto zu verfolgen oder einzuholen. Mir blieb nichts anderes übrig, ich musste mich mit der Niederlage zufrieden geben und Jim zu Hause fragen, was los war. 'Mist!', murmelte ich. 'Wo soll ich lang fahren, Sir?', fragte der Fahrer, wobei er das kleine Wort 'Sir' sehr merkwürdig aussprach, als ob er daran zweifeln würde, was wahrscheinlich auch der Fall war. Ich wusste keine Antwort darauf. Ich wollte ihn schon darum bitten, mich zu Jims Apartment zu fahren, als ich plötzlich ein sehr bekanntes Auto sah. Es kam aus einer kleinen Nebengasse. 'Ähm, folgen Sie diesem Wagen dort, aber verlieren Sie ihn nicht. Der rote dort.' Der Fahrer sah mich merkwürdig an, folgte dann aber meiner Bitte und dem Wagen so gut er konnte.
Irgendwann kamen wir dann in einem sehr schönen Viertel an. Ich bezahlte das Taxi mit den besten frischen Heringen, die ich hatte, dennoch schimpfte der Taxifahrer. Ich ignorierte es einfach und suchte Jim. Er musste hier irgendwo in der Nähe sein. An der Ecke der Straße war eine Bar, an der ich fast vorbeigegangen wäre, wenn ich nicht zufällig Jim durch das Fenster gesehen hätte. Er saß in einer kleinen Barnische in der Nähe vom Fenster. Der Ober kam gerade

und brachte Getränke. Keine Ahnung, wie Jim so schnell bestellen konnte, so einen großen Vorsprung hatte er doch gar nicht gehabt. Vielleicht hatte ja der Mann bestellt, der neben ihm saß. Erst jetzt fiel er mir auf. Ich kannte den Mann nicht, aber wie es aussah war er ein guter Freund von Jim. Doch wie es schien, war es ein ernstes Treffen. Wie ein Treffen einfach so unter Freunden sah es jedenfalls nicht aus. Ich strengte meine Ohren an, um zu hören, was gesagt wurde. Zum Glück waren die Fensterscheiben sehr hellhörig und Jim und sein Freund nicht zu weit entfernt, so konnte ich recht gut verstehen, worüber sie sprachen, obwohl sie etwas leiser redeten. Ich entnahm dem Gespräch, dass der fremde Mann Schwarzer Löwe hieß. 'Hast du schon von dem Mord im Park gehört, Schwarzer Löwe?', hörte ich Jims gedämpfte Stimme. Dann erklärte er, was geschehen war und reichte dem Löwen, der ein Mensch war, ein Stück Papier, vermutlich ein Foto oder ein Polizeibericht, den er geholt haben muss, als ich ihn kurzzeitig verloren hatte. Immerhin ist Jim ja Polizist, wenn er nicht gerade Schauspieler, Pilot oder sonstwas ist. 'Ich nehme an, du kennst die Person auf dem Foto', hörte ich wieder Jims Stimme. Die Antwort von Schwarzer Löwe konnte ich nicht hören, er muss sie in Form einer Geste gegeben haben, ohne Worte. 'Hicks', sagte der Fremde dann schließlich, klang wie ein Schluckauf. Jim wiederholte diesen komischen Laut: 'Hicks, ganz recht. Du kennst sein kleines Geheimnis.' Es war keine Frage, sondern eine Feststellung und Schwarzer Löwe schien zu bejahen. 'Man kann ihn nur töten, wenn man ihn enthauptet. Das ist nicht geschehen, aber wie ist er dann ums Leben gekommen? Wies er irgendwelche Verletzungen oder Vergiftung auf?', fragte der Löwe. 'Nein, es gibt keinen Hinweis auf die Todesursache, keine Herzattacke, keine Vergiftung, keine Verletzungen, weder innere noch äußere, nichts. Eigentlich müsste er noch leben. Aber es gibt keine Lebenszeichen, keine Atmung, keinen Herzschlag, keine Anzeichen auf eine Trance.' 'Das verstehe ich nicht, irgendetwas muss es doch geben.' 'Ich schlage vor, dass du dich mal in den vorhandenen Polizeiakten umsiehst. Vielleicht findest du ähnliche Fälle, irgendwelche Gemeinsamkeiten. Währenddessen werde ich mal sehen, ob ich am Tatort nicht doch noch irgendetwas übersehen habe.' Schwarzer Löwe bestätigte mit einem knappen 'Okay.' 'Sag mal, was ist das eigentlich für ein Milchshake, den du dir da immer bestellst. Wie du mich gebeten hast, habe

ich dem Kellner gesagt, er solle den üblichen Shake für dich bringen. Ich würde gerne mal kosten.' Mir kam es so vor, als ob Jim grinsen würde. 'Bitte schön, tu dir keinen Zwang an. Aber sei vorsichtig.' Ich hörte ein zaghaftes Schlürfen, dann ein angewidertes Spucken und andere undefinierbare Laute. 'Igitt! Was ist das für Zeug. Meine Zunge brennt wie Feuer.' 'Hier, trink etwas Wasser', meinte Jim zu seinem Freund und holte unter dem Tisch ein Glas hervor, das er Schwarzer Löwe gab. Gierig trank er von dem Wasser, ohne zu fragen, wo Jim das Glas so plötzlich her hatte. 'Das ist ein ganz normaler Milchshake. Geschlagene Milch mit zwei Teelöffeln Chilipulver und einer Prise Zucker. Mein Lieblingsgebräu.' 'Pfui Teufel! Das schmeckt ja widerlich. Wer so was trinkt, der frisst auch kleine Kinder. Ich ziehe ein gutes Glas Wein oder einen kräftigen Whiskey vor.' Jim und Schwarzer Löwe lachten. Dann verabschiedeten sich beide. Jim ging am Barkeeper vorbei, steckte ihm ein Scheinchen zu und sagte noch: 'Tschüss, John, dein Milchshake war übrigens mal wieder unübertroffen. Behalt das Restgeld. Schwarzer Löwe, kümmer dich um die Akten.' 'Klar, mach ich, Jim.' Damit verließ Jim die Bar und ging zu seinem Wagen.
Sofort holte ich mir ein neues Taxi und folgte Jim. Auch dieses Taxi war in einem äußerst schlechten Zustand. Ich frage mich nur, wie die Menschen ein Auto nur so schlecht behandeln können, dass es fast zu bemitleiden war."

„Soweit ich weiß, behandeln die Menschen ihre Autos oft besser als Mitmenschen oder Tiere. Aber bei deiner Größe ist es nicht verwunderlich, wenn die Taxen zusammenbrechen", unterbrach Murmli. „Ist ja schon gut, sieh mich nicht so an, als würdest du mich fressen wollen, es ist doch nur die Wahrheit. Okay, ich halt jetzt den Mund, sage nichts mehr. Wirklich, ehrlich. Nun glaub mir doch. Ich sage jetzt mpf, mpf, mpf." Teufel hielt Murmli den Mund zu, woraufhin das Murmeltier verstummte und ...

... Fomka weiter erzählte: „Jim fuhr zu sich nach Hause. Ich verließ währenddessen das Taxi und bezahlte die Fahrt, wieder mit meinen besten Heringen und wieder schimpfte der Fahrer ..."

„Was ja kein Wunde... Okay, ich bin schon ruhig."

„Ich wollte mich gerade Richtung Haus begeben, als Jim dieses auch schon wieder verließ. Oder nein, er kam aus der Garage heraus und ging wieder. Mit gebührendem Sicherheitsabstand folgte ich ihm. Scheinbar ziellos ging er durch leere Gassen, um jede Ecke, durch belebte Straßen. Letzteres bereitete mir große Schwierigkeiten, da ich auffallen würde. Also musste ich ihm einen sehr großzügigen Vorsprung geben, damit er mich und die Aufregung, die ich verursachte, nicht bemerken würde. Ich verließ mich ganz auf meine sehr gute Nase. Ziellos wanderte er durch Philadelphia. Doch wer Jim kennt, weiß es besser: er dachte nach. Er versuchte zu verarbeiten, was er in den letzten Stunden gehört und erfahren hatte.
Irgendwo in einer Nebengasse hatte ich Jim wieder eingeholt, ohne dass er mich sah. Plötzlich hörte ich einen kläglichen Schmerzensschrei. Eigentlich war es eher heulen. 'Tmmadrev!', hörte ich Jim fluchen. 'He, wer bist denn du?' 'Ich bin Cloud und habe mich verlaufen. Weißt du, ich bin neu in dieser Stadt. Aua, mein Schwanz tut weh.' 'Tut mir leid, ich hatte dich nicht gesehen. Ich wollte dich bestimmt nicht mit Absicht treten. Aber sag, wie lautet denn die Adresse, wo du wohnst?' Jim hatte sich zu einem kleinen weißen Hund hinunter gebeugt. Soweit ich das von weitem erkennen konnte, war es ein Dackel, ein kleiner weißer Dackel. Cloud beschrieb das Haus, in dem er wohnte, konnte aber nicht sagen, welche Adresse das war. Also nahm Jim den kleinen Hund und hob ab, sehr zu meinem Bedauern, weil es jetzt schwierig werden würde, ihm zu folgen. Dennoch versuchte ich mein Glück, indem ich permanent nach oben zu Jim schaute. Natürlich hielt ich mich in den Schatten der Gebäude, damit mich Jim von oben nicht so leicht entdecken konnte. Immerhin hat er bessere Augen als ein Adler. Selten schaute ich mal nach vorne, was mir zum Verhängnis werden sollte. Ich sah den Stacheldrahtzaun nicht, der am Ende einer Sackgasse quer über die Straße gespannt war. Ich lief gegen ihn und verhedderte mich in den spitzen Stacheln. Sie rissen und zerrten an meinem schönen Fell. 'Verdammter Mist. Lass mich sofort los, du verdammter Zaun. Aua, mein Fell. Ach, warum bin ich auch nur immer so neugierig? Ich sehe ja immer wieder, was ich davon habe. Autsch!' Nach einer Weile hatte ich mich befreit. Doch mein Fell war ziemlich zerfleddert. Jim war

natürlich weg. Deprimiert setzte ich mich an den Zaun, aber mit einem gebührenden Abstand. Ich überlegte, was ich jetzt tun sollte, entschied mich dann nach einigem Überlegen dafür, zurück zu Jims Haus zu gehen und dort auf ihn zu warten. Wahrscheinlich würde ich dort wie auf heißen Kohlen sitzen, ehe ich endlich erfahre, was los war.
Langsam trottete ich heimwärts. Ich kam an Pubs und Restaurants vorbei, aber auch an Wohnblocks und Apartments. Doch dann weckte ein fröhlich klingender Lärm meine Neugier. Irgendwo wurde eine Party gefeiert. Ich sah mich um und versuchte herauszufinden, wo diese Party stieg. Bald hatte ich das Gebäude gefunden, ein kleines Haus. Neugierig ging ich darauf zu und lugte durch das Fenster im Erdgeschoß. Dort saß eine Schar Kinder um einen Tisch. Plötzlich glaubte ich, mich träfe der Schlag. Saß da nicht Jim quietschvergnügt am Tisch und schnackte mit den anderen Kindern? Einer von ihnen sprach ziemlich merkwürdig. Er hatte blondes Haar. Irgendwie sah er Jim sehr ähnlich, nur ein paar Jahre jünger. Dasselbe schelmische Gesicht. Und da lief auch der weiße Dackel rum, den Jim aufgelesen hatte. 'He, Schanina, dei Kaas is vorziechlich. Ährlisch. I hawwe noch nie so'n juhten Kaas jejessen Nu jut, dor Old Aaamschtedammer is ka Vagleisch. Wat is'n dat for Kaas?' 'Ähm ja, kannst du das noch mal auf Englisch sagen? Oder wenigstens auf Deutsch, das lerne ich nämlich gerade in der Schule?', fragte ein Mädchen mit langen blonden Haaren. 'Soweit ich das verstanden habe, hat er deinen Käse gelobt und dich gefragt, was es für welcher ist', hörte ich Jim sagen. 'Nun ja, das ist 'Schweizer Bergluft' von der Firma Piepsy und Co.' 'Wat denn? Schweezer Kaas? Un dor is so juht? Det glob'ch nich.' Das Mädchen sah den merkwürdig sprechenden kleinen Jim ratlos an, unser Jim schien zu grinsen. Als sich das Mädchen hilfesuchend zu Jim umwandte, zuckte der bloß mit den Schultern und tat das unschuldigste Gesicht auf, das er zu bieten hatte. 'Sag mal, ähm', fing Jim an, geriet dann jedoch ins Stocken. 'Janina', ergänzte das Mädchen. 'Janina, weißt du, ob diese Piepsy mit Piepsy verwandt ist, die ich kenne?', fragte er dann schließlich. Janina zuckte mit den Schultern. 'Keine Ahnung. Ich kenne deine Piepsy doch nicht. Außerdem glaube ich nicht, dass da irgendjemand in der Firma Piepsy heißt, das ist doch kein Name', meinte sie. Auch die anderen wussten es nicht.

Während ich mir noch Piepsy in einer großen Käserei vorstellte, nahm meine empfindliche Nase einen äußerst vertrauten und leckeren Geruch wahr, und er näherte sich mir sehr schnell. Sofort entfernte ich mich etwas vom Fenster und ging außer Sichtweite. Keine zwei Sekunden später tauchte an eben diesem Fenster eine Frau auf und sie trug etwas in ihren Händen, das sie auf das Fensterbrett stellte. Dann entfernte sie sich wieder. Ich beäugte den Teller von ferne, er dampfte und ich war mir ziemlich sicher ... 'Alaska Seelachs! Mmhh!' Mir lief das Wasser im Maule zusammen. Es war tatsächlich Seelachsauflauf. Eifrig leckte ich mir die Lippen und stellte mir vor, wie er sanft in meinen Hals rutschte und meinen Bauch füllte. Als ich noch ein kleiner Heidelbär war, vor vielen hundert Jahren, hatte mir meine Eisbär-Adoptivmutter immer frischen Lachs gebracht. Und dieser Lachs hier war frisch, gebacken zwar, aber frisch. 'Kosten wird doch wohl erlaubt sein.' Ich langte mit meiner Tatze hinein und holte mir ein Stück heraus, dann noch eins, und noch eins und noch eins, ... Doch irgendwie bekam das dem Lachsauflauf nicht besonders gut, er wurde immer weniger. Aber lecker hat's geschmeckt. Ich lecke mir heute noch alle Tatzen danach, wenn ich nur daran denke.
Ich träumte noch friedlich vor mich hin, während ich das letzte Stück Auflauf in meinem Rachen verschwinden ließ, als plötzlich ein Donnerwetter losbrach. Eine grelle Frauenstimme fing plötzlich hysterisch an zu schreien, bevor sie dann abrupt abbrach. Danach kam reges Leben in die Bude. Die Kinder stürzten zum Fenster und stießen ebenfalls einen entsetzten Schrei aus. Unter all dem Tumult hörte ich jedoch eine Stimme ganz deutlich heraus, die in strengem, ungehaltenem Ton sagte: 'Fomka!' Ich wurde ganz klein und doch war ich noch viel zu groß. Am liebsten wäre ich in irgendeiner Spalte verschwunden, doch wie immer ist so eine Spalte oder Ritze nie da, wenn man sie braucht. Ich traute mich nicht, Jim anzusehen, doch ich spürte, wie sein Blick kurz auf die leere Auflaufform und dann streng zu mir zurück kam. Wenn Jim auch sonst eher ein Kind war, so wirkte er jetzt mehr wie ein Erwachsener und genau das konnte ich an Jim nicht ausstehen, wenn er immer so streng und erwachsen tut. 'I-ich w-wol-lte d-doch n-nur k-kos-ten. E-ehrlich', stammelte ich, ohne Jim anzusehen. 'Wer ist das? Du kennst ihn?', fragte eine Jungenstimme, die ich bis jetzt

noch nicht gehört hatte. 'Das ist ein alter Freund von mir, Fomka. Eine riesengroße Naschkatze, wenn es um Lachs oder Hering geht', antwortete Jim. Und zu mir gewandt sagte er: 'Was machst du hier?' 'Ich – ähm – ich ...' Ich brauchte eine Weile, bis ich Jim erzählen konnte, wieso ich ihm gefolgt war. Doch Jim schien genau diese Antwort erwartet zu haben. Er lächelte freundlich und tätschelte mir den Kopf. Dann tauchte auch die Frau auf, die zuvor aufgeschrien hatte. Wahrscheinlich war es die Mutter von Janina, jedenfalls sahen sie sich sehr ähnlich. 'Ah, Mrs. King. Ich hoffe, es geht Ihnen wieder besser. Ich muss mich für meinen Freund entschuldigen, er hat es nicht so gemeint. Aber wenn er guten, frischen Lachs auch nur riecht, kann er nicht mehr an sich halten und hört erst auf zu fressen, wenn der Lachs alle ist. Aber wenigstens wissen Sie, dass Ihr Lachs sehr gut war, sonst hätte Fomka ihn nicht verspeist. Äh, wenn Sie wollen, mache ich neuen Lachsauflauf, ich brauche nur das Rezept.' Den letzten Satz fügte Jim noch schnell hinzu, als er sah, dass Mrs King über das etwas misslungene Lob des Auflaufs gar nicht sehr erfreut war. 'Selbst wenn ich dir das Rezept gebe, würdest du es nicht kochen können, da ich nicht mehr die nötigen Zutaten habe', sagte die Frau schließlich. Doch Jim lächelte nur wissend und sagte: 'Geben Sie mir einfach das Rezept, um den Rest kümmere ich mich.' Mrs King willigte ein und ging in die Küche. Auch Jim wollte ihr schon folgen, doch ich hielt ihn zurück, fragte ihn, ob er nicht ein gutes Wort für mich einlegen könne, damit ich mitfeiern durfte. Die Vorstellung, dass es noch eine Portion Lachsauflauf geben würde, gefiel mir sehr. Jim sah mich prüfend an, dann nickte er und sagte: 'Aber ich kann nichts versprechen.' Damit war ich fürs Erste zufrieden.
Nach ein paar Minuten kam Jim wieder und sagte mir, ich solle zur Eingangstür kommen. Mein Bruder öffnete mir die Tür, schnipste kurz mit den Fingern, um mich auf ein erträgliches Maß zu schrumpfen, dann ließ er mich hinein. Diesen Schrumpfprozess konnte ich noch nie ausstehen, es kribbelte jedes Mal am ganzen Körper. Wahrscheinlich verzog ich das Gesicht. Als ich dann endlich die richtige Größe von nur zwei Metern hatte, trat ich ein. 'Ach, Fomka', rief Jim mir hinterher. Ich drehte mich um. 'Ja.' 'Sag mal, was bringst du eigentlich für ein Geschenk mit? Für Janina King meine ich.' Jim sah mich breit grinsend an.

'Wie bitte?', fragte ich irritiert. 'Ein Geburtstagsgeschenk. Janina hat heute Geburtstag.' 'Ah ja, aber, aber ich bin doch gar nicht eingeladen. – Ich, äh, ich ... ich könnte etwas kochen, oder, oder ... aufräumen, oder, oder ...' 'Lass gut sein Fomka, die Kings wollen ihr Haus noch wiedererkennen, wenn du es verlässt', meinte Jim lachend, wies zum Tisch, sagte mir, ich solle mich setzen und verschwand in der Küche. 'Nu juht, I glob dor Uffloof wird noch ä biss'l dauern. Denn begniech'ma uns ähmd vorärscht mit dän Schellrewwen hier', sagte der kleine Jim, der höchstens elf sein konnte und langte auf den Teller mit den gebratenen Rippchen. 'Un dardazu ä scheenes Stickl Schweezor Bärchluft', ergänzte der Junge, griff gleich zum Käse und legte sich eine große Scheibe auf sein Stück Rippchen. Er biss herzhaft hinein und versank in schwärmerisches Träumen. 'Ach, eenfach göstlisch.'
Nach einer Weile stieg mir ein sehr vertrauter Geruch in die Nase. Es roch verdächtig nach gebackenem Lachs. Und tatsächlich, Jim kam mit der Auflaufform in die Stube, die ich vorhin geleert hatte. Die Mutter von Janina sah Jim erstaunt an, denn die Auflaufform war wieder gefüllt. 'Wie ist das möglich? Ich hatte doch überhaupt keine Zutaten mehr', fragte die Frau. Jim zuckte mit den Schultern: 'Nun ja, ich hab Ihnen doch gesagt, dass ich mich um die Zutaten kümmere.' Jim lächelte und ich musste auch lächeln, konnte ich mir doch denken, wie er es angestellt hatte. Vorsichtig stellte er die Auflaufform auf dem Tisch ab und gab jedem der Anwesenden einen Teller voll. Und trotzdem war der Auflauf nach der ersten Runde nicht alle. Ganz im Gegenteil, er sah so aus, als käme er frisch aus dem Ofen. Dabei waren wir mit Janinas Eltern, Jim und mir zwölf Leute. Normalerweise hätte diese kleine Auflaufform gar nicht gereicht, aber Jim hatte sie garantiert so verzaubert, dass sie sich immer neu füllte. Und so konnte sich jeder drei bis vier Mal nachnehmen. Wir unterhielten uns angeregt. Jim erzählte, was er so machte. Natürlich musste er alles über den Big Ben Clan erzählen und das nicht nur einmal. Immer und immer wieder erzählte er die Geschichte. Die Kinder waren begeistert.

Ach, da fällt mir ein, habe ich schon erwähnt, wie die Kinder hießen oder wie sie aussahen?" unterbrach sich Fomka von selbst.

„Nein, hast du nicht“, meinte Murmli. Es war das erste Mal, dass das Murmeltier wieder etwas sagte, nachdem es so zusammengestaucht worden war. „Na gut, dann muss ich das wohl nachholen. Janina hatte ich schon erwähnt?“ Diesmal antwortete Teufel mit einem knappen Kopfnicken. „Also gut, Janina ist ein ...“
„Fomka? Ich soll dich fragen, ob du schon die Bestellung bei Mike aufgegeben hast?“, hörten Teufel, Diablo, Fomka und Murmli großen Louis plötzlich fragen. Sie hatten gar nicht gemerkt, dass er gekommen war. „Äh nein, Louis, aber ich wollte es gleich erledigen“, entgegnete Fomka. Großer Louis nickte. „Und noch etwas, ich wollte dir noch sagen, welche Blutsorten du bestellen sollst. Ich bevorzuge Schwein, Reh und Kaninchen.“
„Äh ja, klar. Kein Problem. Moment ... Schwein – Reh – Kaninchen. Gut, hab ich mir notiert. So, dann kann ich ja jetzt weitererzählen, damit ich gleich noch die Bestellung rausgeben kann. Also wo waren wir? Ach ja, ich wollte gerade beschreiben, wie die Kinder aussahen. Fang ich mal bei Janina an. An diesem Tag hatte sie ihren zwölften Geburtstag. Sie hatte langes, glattes, blondes Haar. Ihr kleines Näschen passte wunderbar in ihr zartes Gesicht. Ihre Augen waren blau, fast so schön, wie die von Husky. Ein nettes Mädchen. Sie trug ein azurblaues, kurzes, schlichtes Kleid und weiße Strümpfe. Geschmückt war sie mit einer schlichten goldenen Kette mit weißem Stein. Arne Bond war ein kleiner Blondschopf. Er hatte einen soliden Topfschnitt. Im Gegensatz zu mir war er dünn und schlaksig, aber das ist wohl nicht gerade der richtige Vergleich. Er könnte deine Figur haben Teufel, nur größer. Blaue Augen. Der Knabe trug ein dunkelblaues T-Shirt, es war schon fast schwarz. Seine Hose war weiß. An einem Ohr trug er einen kleinen Ohrring. Julia Taylor hatte braunes, glattes Haar, etwa schulterlang. Ihre Augen waren braun. Sie trug ein ärmelloses T-Shirt mit Rollkragen. Die großen bunten Blumen darauf waren nicht zu übersehen. Es wirkte, als sei sie aus den Siebzigern. Dazu trug sie einen rosa Minirock, der ebenfalls aus den Siebzigern zu sein schien. Auf ihrem T-Shirt trug sie eine Kette mit dem Peace-Zeichen. Abgerundet wurde das Ganze von roten Plateauschuhen. Das Mädchen war für ihr Alter etwas zu altmodisch angezogen. Konrad Mulder dagegen war mehr nach dem heutigen Stil gekleidet, eine einfa-

che ausgewaschene Jeans und ein schlichtes, gelbes T-Shirt. Er hatte kurzes, dunkles Haar und trug eine runde Brille. Anna-Lena Kirkwood war auch schlicht gekleidet. Sie trug ein einfaches, dunkelblaues T-Shirt und eine weiße Jeanshose. Ihre knapp schulterlangen hellbraunen Haare rahmten ihr schönes Gesicht ein. Christian Johnson, der neben Anna-Lena saß, trug einen kurzärmligen, gestreiften Pullover und eine schwarze Cordhose. Seine Haare waren kurz und braun. Jena Malone, das letzte Mädchen im Bunde hatte langes schwarzes Haar und trug eine einfache weiße Bluse und eine dünne Hose. Detlev Saatzh, nun ja, wie soll ich ihn beschreiben? Ein komischer Kauz. Er war der Einzige, der mit Anzug, Schlips und Kragen kam. Der Anzug war beige, das Hemd weiß, der Schlips dunkelgrün mit roten Kuhflecken. Doch nachdem ich mir seine Krawatte näher betrachtet hatte, erkannte ich, dass es keine Kuhflecken, sondern kleine rote Nilpferde waren. Seine Haare waren blond und sein Gesicht hätte Jims jüngerem Ich gehören können. Er war übrigens der holländische Austauschschüler.
Während ich mir die Kinder ansah und zehn Teller Lachsauflauf in mich hineinstopfte, redeten die Kinder über den Big Ben Clan. Und irgendwann überlegten sie, ob sie nicht auch eine Detektivorganisation gründen wollten. Sie waren schon soweit, dass sie über den Namen dieser Organisation nachdachten. 'Nu ja, ick würd saachen, ma nennen uns 'de glorreechen Elwe'. Wat meendor? Ick finne, dor Name is good', war Saatzh Vorschlag. Doch damit traf er nicht gerade auf offene Ohren. 'Die glorreichen Elf? Der Name ist doch blöd. Ich bin eher für 'Elf Detektive'. Das wäre besser', warf Konrad ein. Kurz vor Ende der Feier hatten sie sich dann aber auf einen Namen geeinigt. Sie nannten sich die White Rabbits. Keine Ahnung, wie sie auf diesen Namen gekommen sind, aber ich war dabei.
Dann war die Feier auch schon zu Ende. Jim stand in der Küche und ließ den Abwaschlappen und die Bürste abwaschen. Das Geschirrhandtuch trocknete ab. Als das Geschirr sauber und trocken war, flog es wie von Geisterhand in die Schränke und genau auf den angestammten Platz. Dann verabschiedeten auch wir uns. Saatzh blieb über Nacht im Haus. 'Uff widdersähn, meene Amigos. He Dschimm, deene Jeschichte woar echt juht. Hat mor

jefalle. Machs hibsch, ne. Un holt de Leffln staif.' Saatzh winkte uns noch nach, dann waren wir auch schon um die nächste Ecke gebogen und außer Sicht. Ohne ein Wort zu wechseln gingen wir nach Hause. Jim hatte ein fröhliches Lied auf den Lippen, das ich nicht kannte. Er sang auf Jumarianisch, seiner Muttersprache. Ich dachte über diesen blonden Austauschschüler nach, dessen Sprache ich einfach nicht verstand. Und das passierte mir, dem Sprachgenie. Jim war überglücklich und vergnügt. Leicht wie eine Feder hüpfte er den Weg zurück, sang immer lauter, aber leider auch ziemlich schief. 'Etueh raw nie renöhcs Gat, hcod tztej tmmok eid Thcan, riw nreief sib muz Neuargnegrom, dnu sliew os nöhcs raw, hcielg nov nrov.' Und so sang er diese Zeilen wieder und wieder. Es klang, als ob er besoffen wäre, was aber eigentlich nicht sein konnte, denn Alkohol gab es auf der Feier nicht. Die Leute auf der Straße sahen uns schon komisch an, doch Jim kümmerte das wenig, er schmetterte weiterhin fröhlich sein Liedchen.
Endlich hatten wir Jims Haus erreicht. Und da Jim seinen Schlüssel Teufel geliehen hatte, klingelte er. Blue öffnete uns. 'Blue, wo kommst du denn her?', fragte ich verwundert, da ich mir doch sicher war, dass er heute Nachmittag noch nicht in Philadelphia war. 'Ah, Jim, Fomka, da seid ihr ja', hörte ich noch eine vertraute Stimme. Es war Doggy und seinen Sohn hatte er auch gleich mitgebracht. Hund und Strolch tobten bellend und raufend durch den Flur, kamen aus dem Wohnzimmer und verschwanden in der Küche, nur um wieder zurück ins Wohnzimmer zu flitzen und von dort ins Bad, wieder raus, zur Haustür und mit einer scharfen Kehrtwende zurück ins Wohnzimmer. Wenn man den beiden länger als eine Minute zusah, konnte man schon verrückt werden. Aber wenigstens merkte man nicht, ob sie irgend etwas rumgeschmissen oder verwüstet hatten, denn Jims Haus sah immer so aus. Na gut, man muss ihm anrechnen, dass es mindestens eine Woche im Jahr halbwegs aufgeräumt aussieht, nämlich immer dann, wenn er gerade seinen Frühlingsputz hinter sich hat. Jedenfalls war ich erstaunt, dass auch Emil und kleiner Louis gekommen waren. 'Jim, was ist hier los? Wieso sind Blue und Doggy und Doggy Junior und Hund und Strolch und Emil und kleiner Louis hier? Hat das einen besonderen ...'"

„Test, Test, Test. Eins, zwei, drei. Test, Test, Test." Durch die ganze Halle dröhnte die Stimme. „Ah, Jim testet gerade die Mikros und Lautsprecher", bemerkte Diablo, während sich Murmli zitternd hinter Fomka versteckt hatte. „Die Gorgels greifen an, die Gorgels greifen an. Rette mich, wer kann!", schrie das Murmeltier. „Ach Murmli, nun reiß dich doch mal zusammen. Die Gorgels werden dich schon nicht fressen, von dir werden die sowieso nicht satt. Du reichst doch allenfalls als Zwischensnack für ein Gorgelino", scherzte Fomka. „Ha, ha, das finde ich überhaupt nicht witzig! Von wegen Zwischensnack für Gorgelinos. Soweit kommt es noch! Ich habe genug gehört, ich gehe! Jim! Darf ich auch mal testen? Darf ich, darf ich?" Und schon war Murmli auf und davon. Diablo, Fomka und Teufel schüttelten nur die Köpfe: „Murmeltiere!", sagten sie wie aus einem Munde.
„Murmli! Nein, pass doch auf! Das Kabel! Nein. Nein!" Ein Höllenlärm brach aus. Doch so plötzlich, wie der Lärm losbrach, so plötzlich war er auch schon wieder vorbei. Allerdings blieb es nicht lange ruhig. Jim wetterte wütend los: „Oh, Murmli, du Trampel. Du bist ja fast noch schlimmer als Fomka! Jetzt kann ich noch mal von vorne anfangen. Weißt du, was das für eine Arbeit ist, die Lautsprecher und Mikros anzubringen?" Jim wirbelte in der Halle herum, als ginge es um sein Leben. Nur Fomkas geübtes Auge war imstande, ihn zu sehen. Für alle anderen verschwammen seine Konturen zu einer makaber anmutenden Silhouette. Der große Louis hätte Jim vielleicht noch sehen können, seine Augen können immerhin zehnmal schneller sehen, als die von Menschen. Doch der war gerade nicht in der Halle. Zweifellos setzte Jim seine enorme Schnelligkeit ein, um die Lautsprecher und Mikros wieder anzubringen. Teufel, Diablo und Fomka ließen sich davon nicht beirren. Sie sahen nicht, wie Murmli bedrückt Richtung des Tisches ging, an dem sie heute morgen gefrühstückt hatten.

Fomka setzte den Bericht dort fort, wo er unterbrochen wurde: „Also, ich war erstaunt, dass Blue und die anderen ebenfalls in Philadelphia waren. Jim schien dies aber keineswegs zu wundern. Er wirkte eher so, als habe er genau das erwartet. 'Ah ja, da seid ihr ja alle. Sehr schön, dann können wir morgen mit der Renovierung unseres neuen Hauptquartiers anfangen. Schlaft euch am besten erst einmal aus, morgen wird ein anstrengender Tag. Ach, Hund, Strolch, hebt euch eure überschüssige Energie für morgen auf. Dann wird sie nötiger gebraucht als jetzt.' Sofort standen Hund und Strolch still, als ob sie Aufziehhunde wären und die Federn abgelaufen wären. Jim ging in die Küche und machte seinen Gästen ein schönes Abendessen. Es sah wie Auflauf aus, diesmal aber kein Seelachs. Es roch nach Karakutjeauflauf. Zum Glück war ich schon satt, ich hasse Karakutje. Das ist sowas ähnliches wie eine Pampelmusenapfelsine, aber das habe ich bestimmt schon mal erwähnt. Igitt. Die anderen aber hauten ordentlich rein. Auch hier hatte er den Auflauf so verzaubert, dass immer wieder neuer da war. Als dann endlich alle satt waren und genug getrunken hatten, gingen sie wahrscheinlich ins Bett. Leider kann ich das aber nicht genau sagen, weil ich zu der Zeit schon selig geschlafen hatte. Mein Traum war furchtbar, ich träumte, alle redeten plötzlich in der selben komischen Sprache wie dieser kleine blonde Junge namens Detlef Saatzh. Und ich war der Einzige, der diese Sprache nicht verstand. Alle um mich herum lachten und zeigten mit Fingern, Pfoten, Hufen und Krallen auf mich. Am lautesten lachte Teufel, er fing auf einmal richtig an zu schreien. Ich schreckte hoch, doch irgendwie wollte das Schreien nicht aufhören. Teufel schrie und schrie und schrie, bis ich dann nach gut zehn Minuten merkte, dass ich auf ihm lag. 'Oh, Teufel, tut mir leid.' Der Kater massierte seine schmerzenden Beine und sah mich sauertöpfisch an. 'Schon gut', presste er heraus. Hungrig gingen wir dann zum Frühstück. Es gab den Rest von gestern Abend, Karakutjeauflauf. Während ich lange Zähne machte, tat Jim jedem eine große Portion auf. Zuletzt kam er zu mir und tat mir ordentlich auf. Der Gestank von Karakutje stieg mir unangenehm in die Nase, die ich daraufhin unweigerlich rümpfte. Doch Jim achtete gar nicht auf meine Grimassen, er schöpfte nur munter weiter auf. Als er dann endlich fertig war, ging er zu seinem Platz und lud sich das Doppelte meiner Portion auf. Nachdem nun alle etwas auf dem Teller hatten, sagte er munter: 'Guten Appetit, lasst es euch schmecken.' Alle schaufelten, schmatzen und kauten. Nur ich beäugte meinen Teller angewidert und kritisch. Selbst Schlafhund aß, als wäre es die schönste Schokolade.

'Mpf, Mfomka, wfillst du mpf, nichtfs effen? Propfiers doch erft mal', sagte Jim plötzlich mit vollem Mund zu mir. 'Jim, du weißt doch, dass ich Karakutje hasse', entgegnete ich missmutig. Doch Jim grinste nur, schluckte hörbar und sagte dann: 'Du kannst es doch wirklich erst einmal kosten.' Ich stocherte weiter lustlos mit meiner großen Gabel im Essen herum, als sich Doggy zu Wort meldete: 'Was hast du denn, schmeckt doch lecker. Was hast du gegen altes Fleisch und Fischgräten?' Ich schüttelte verwirrt den Kopf und fragte: 'Altes Fleisch? Fischgräten?' 'Also bei mir ist Robbenfleisch und Fisch drauf', meinte Husky. Kleiner Louis, ein kleiner dunkelblauer Heidelbär, wollte etwas sagen: 'Ich ha...' 'Igitt! Porridge! Bäh, das schmeckt ja widerlich.' Es war Teufel, der so schrie. 'Urg, Fischauflauf mit Mäusegulasch! Pfui Teufel!' Auch Emil spuckte angewidert. 'Ups, da hab ich wohl die Teller vertauscht. Tut mir leid', entschuldigte Jim sich und schon flogen die beiden Teller aneinander vorbei und landeten jeweils vor Teufel und Emil, als sich die nächste beschwerte: 'Was soll denn das für Käse sein? Der schmeckt ja grauenhaft.' 'Was hast du? Das ist der beste Schweizer Käse, den ich hier kriegen konnte. Von der Firma Piepsy und Co. Ich fand den Namen so schön, der passt so gut zu dir', konterte Jim. 'Ach ja, was glaubst du denn wieso? Das ist meine Firma!' 'Und dann isst du nicht einmal deinen eigenen Käse?', fragte Bunter erstaunt. 'Stell dir mal vor, ich würde eine Käsereifirma leiten, dessen Käse ich sehr gern fresse. Dann würde ich ja keinen Umsatz machen, sondern alles alleine auffressen.' Da hatte Piepsy wohl recht. Jim fragte noch, welchen Käse sie denn fressen würde und verwandelte den Schweizer Käse dann in Leerdammer und Edamer. Auch ich probierte jetzt zaghaft meinen Pamps auf dem Teller und musste zu meiner größten Freude feststellen, dass es Flaf-Frikadellen mit Fischbaumfrüchten, einer pflaumengroßen, jumarianischen Pflanze waren. Die Früchte des Fischbaumes haben die Form von Fischen. Und meine Früchte schienen noch mit Flischfleisch von fliegenden jumarianischen Fischen gefüllt zu sein. Ich haute rein, als ob ich seit drei Wochen nichts mehr gegessen hätte. Jetzt war von allen Ecken und Enden des Tisches zufriedenes Schmatzen zu hören.

Nach dem Essen erklärte uns Jim, was zu tun wäre. Dachdecken, Fenster einsetzen, Leitungen und Rohre verlegen und, und, und.

Jeder bekam seine Aufgaben. Ich sollte beim Dachdecken helfen. Jim wollte sich um die elektrischen Leitungen kümmern. Alle wuselten fleißig umher und taten ihre Aufgaben. Schlafhund hatte die wichtige Aufgabe, jedem zu erklären, was wohin sollte und wie rum. Ich besah mir die Ziegel, die auf das Dach sollten. Es waren wirklich eine Menge. Zur Sicherheit wollte ich Jim fragen, also ging ich zu ihm. Doch als ich ihn fand, konnte ich meinen Augen nicht trauen. War Jack etwa wieder zurück? Der Jim aus der Zukunft, der unsere Hilfe brauchte? Oder was war hier los? Jedenfalls stand ich hinter zwei Jims. 'Ähm, Jim?', fragte ich zaghaft. 'Was? Was? Wer? Ach du, Fomka. Was gibt ... Oh, ähm. Der Moment ist unpassend. Ich, ähm, ich hab. Aber das siehst du, oder nicht, oder wie?' Jim schien ziemlich verwirrt. Und ich war es auch. 'Ähm, das Einzige, was ich sehe, ist, dass du zweimal da bist. Aber wie und warum?', fragte ich Jim. 'Ich, nun ja, ich ...' Jim überlegte, was er sagen sollte, dann erklärte er mir, er habe sich durch Zauberei verdoppelt, damit er an zwei Orten gleichzeitig sein kann. Zum einen wollte er hier beim Bau helfen und zum anderen wollte er gemeinsam mit den White Rabbits den Mordfall untersuchen. 'Das finde ich ja mal wieder toll, macht sich aus dem Staub, ohne mir etwas zu sagen. Falls du dich daran erinnerst, ich gehöre auch zu den White Rabbits und habe genauso ein Recht darauf, mitzuhelfen. Ich will mit', empörte ich mich, als Jim zu Ende geredet hatte. 'Fomka, wir brauchen dich hier. Keiner reicht ohne Leiter ans Dach. Außerdem brauchen wir hier starke Leute.' Jim gab sich wirklich Mühe, es mir auszureden, doch ich ließ nicht locker. 'Ja, aber dich brauchen wir auch.' 'Bei mir ist das auch was anderes, ich kann mich verdoppeln, verdreifachen und und und. Du kannst das nicht.' 'Ach Jim, nun sei doch nicht so. Natürlich kann ich mich nicht verdoppeln, aber du kannst mich verdoppeln, genauso, wie du mich verkleinerst. Das kannst du doch, oder?' Ich sah Jim bittend, aber auch fragend an. Der rührte sich aber kein bisschen, verzog keine Miene oder zeigte irgend eine andere Reaktion. Doch dann endlich schien er zu einer Entscheidung gekommen sein. Er rührte sich zaghaft, nickte kaum merkbar und sagte dann: 'Also gut, aber du darfst niemandem davon erzählen. Es muss geheim bleiben. Normalerweise darf ich keine anderen Geschöpfe außer mich selbst verdoppeln.' Ich sah Jim etwas besorgt an, nickte dann aber: 'Okay, ich verspreche es und bin bereit.' Ohne weitere Umschweife oder Gesten schnipste Jim mit den Fingern. Was dann geschah, war einfach unbeschreiblich. Ich fühlte ein unangenehmes Ziehen am ganzen Körper. Vor meinen Augen leuchteten rote, grüne, gelbe, blaue, rosa, orange und fliederfarbene Sternchen auf, als ob ich eine vor'n Kopf bekommen hätte. Und genauso fühlte sich auch mein Kopf an. Er drohte auseinander zu springen. Die bunten Sterne verwandelten sich in tiefe, undurchdringliche Schwärze. Das Ziehen und Zerren in meinem Körper nahm zu und wurde immer unerträglicher. Irgendwann wurde mein Körper taub, als wäre er gar nicht mehr da.

Ich weiß nicht, wie viel Zeit vergangen war, aber ganz plötzlich klärte sich mein Blick wieder und das Ziehen und Zerren war vorbei, als wäre es niemals da gewesen. Ich war noch ziemlich benommen, glaubte etwas braunes zu sehen, einen kleinen braunen Punkt, der gerade um die Ecke bog. Und rechts neben mir sah ich einen riesigen weißen Berg, der höchstwahrscheinlich mein lebendig gewordenes Spiegelbild war. Als ich dann endlich wieder klar sehen und denken konnte, sah ich, dass dieser kleine braune Punkt kein anderer als Schlafhund war. Er redete gerade mit Jim, oder eher andersherum, Jim redete mit Schlafhund. Ich hatte keine Ahnung, worüber sich die beiden unterhielten, aber Jim sagte dann schließlich. 'Also gut, überredet. Aber sag es bloß keinem. Und schon schnipste Jim ein zweites Mal und Schlafhund verschwand in einem bunten Lichtspiel. Jene Farben, die ich vor ein paar Sekunden als kleine Sterne undeutlich gesehen hatte, umgaben jetzt den Hund und ließen ihn nach und nach in einem undurchdringlichen Schwarz verschwinden. Ein leises Jaulen war zu hören, doch es wurde von dem samtartigen, wabernden Schwarz verschluckt und gedämpft. Innerhalb von Sekunden löste sich die schwarze Wolke auf und brachte zwei Schlafhunde zum Vorschein. Verwirrt schaute sich Schlafhund um.

'Okay, das reicht jetzt aber. Schlafhund, Fomka: an die Arbeit. Schlafhund, Fomka: folgt mir. Jim: du erklärst denen alles.' Sofort fragte mein Double Jims Double, welche Ziegel denn verwendet werden sollen. 'Na alle', antwortete der falsche Jim. 'Rot, blau, grün und schwarz?', fragte der falsche Fomka zur Sicherheit noch mal. 'Natürlich und leg die Ziegel so, das man von oben BBC und die Adresse lesen kann. Hier hast du die Adresse unseres Hauptquartiers.' Doch ich konnte nicht länger bleiben, um mir beim Arbeiten zuzusehen, da Jim schon einige Meter entfernt war. Er trug Schlafhund auf dem Arm. Mit ein paar großen Schritten hatte ich die beiden jedoch schnell wieder eingeholt. Gemeinsam gingen wir zu dem Haus, in dem wir tags zuvor Geburtstag gefeiert hatten. Die anderen White Rabbit-Mitglieder waren bereits da. 'Ah, Dschim, Fomka, ihr kimmet recht schpäht. Haweter dän Wäch nich jefunnen?' Diese Stimme würde ich unter Millionen von Menschen heraushören: Detlef Saatzh. 'Oh 'n naier Gascht. Wer is'n det? Ä kläner Hund. Ach nee, wie budzsch.' 'Hallo, Saatzh, wie geht es denn unserem Sprachgenie?', begrüßte ich den Jungen. 'Okay, schön, dass alle kommen konnten. Dann können wir ja unsere erste offizielle Sitzung eröffnen. Übrigens haben wir noch ein neues Mitglied, es heißt Schlafhund. Er könnte uns gute Dienste erweisen, auch wenn es jetzt noch nicht danach aussieht', sagte Jim, ging zum Tisch im Wohnzimmer und setzte sich hin, als ob es sein eigenes Haus wäre. Schlafhund legte er auf dem Tisch, nachdem er ein kuschelig weiches Handtuch dort hingezaubert hatte. Gemächlich machte es sich der Hund darauf bequem, gähnte einmal genüsslich und legte dann seinen Kopf auf seine Pfoten. Die anderen sahen Jim und den Hund sprachlos an, setzten sich dann aber wortlos an den Tisch. Als dann alle saßen, kam Jim gleich zur Sache: 'Also, wir haben uns gestern zu einer Gruppe zusammengeschlossen, weil wir dem Big Ben Clan bei der Verbrechensbekämpfung helfen wollen. Und ich habe unseren ersten Fall, den ich mit euch besprechen möchte. Ah, Nervennahrung, danke, Mrs King.'

Die Mutter von Janina King war gerade ins Wohnzimmer gekommen und brachte Schokolade, Kekse und Waffeln mit. Dazu brachte sie auch noch für jeden ein Glas Orangensaft. Doch noch bevor alle zugreifen konnten, war Schlafhund an dem Teller mit der Schokolade und putzte ihn ganz alleine weg. Die Waffeln und Kekse ließ er links liegen. Langsam ging er zu dem großen Glas Orangensaft und roch daran. 'Ha – ben – Sie – nicht – ein – gro – ßes – Glas – Ka – kao?', fragte Schlafhund die Frau, die noch ganz perplex auf den Hund schaute. 'Wie kann man nur Schokolade fressen?', bellte Cloud, der Hund der Kings. 'Schlafhund! Das war nun aber wirklich nicht nett. Du hättest den anderen ruhig etwas abgeben können', schimpfte Jim. 'A – ber – dann – wä – re – ja – nichts – mehr – für – mich – ü – brig – ge – blie – ben.' Schlafhund ließ den Kopf hängen und schniefte ein paar mal laut. 'Ist ja gut, Schlafhund, ich werde dir die Schokolade so präparieren, dass sie nicht eher alle wird, bevor wir das Treffen beendet haben. Aber nicht, dass du dann nur frisst!', tröstete Jim schließlich, schnipste einmal kurz mit den Fingern und die Schokolade war wieder da. Und aus Schlafhunds Orangensaft machte er Kakao. 'Scha – de, – dass – kei – ne – Rot – kraut, – Pfef – fer – o – der – Teu – fels – kraut – scho – ko – la – de – da – bei – ist', meinte Schlafhund nur und waufelte die Schokolade nur so in sich hinein. 'Igitt, das soll schmecken? Pfefferschokolade? Und was ist Teufelskraut?', fragte Arne. Doch statt zu antworten, gab Jim dem Jungen drei Stückchen Schokolade und erklärte: 'Die rote ist Rotkrautschokolade, nicht zu verwechseln mit dem Rotkraut, das es hier auf der Erde gibt. Dieses Rotkraut schmeckt eher nach scharfer Paprika mit Ingwer. Die dunkelbraune Schokolade ist Pfefferschokolade und die schwarze ist Teufelskrautschokolade, die würde ich zuletzt kosten.' Etwas verunsichert schaute Arne zu Jim, der nur unschuldig grinste. Doch Arne war mutig und kostete alle drei Sorten, zuerst die mit Rotkrautgeschmack, dann die mit Pfeffergeschmack und zum Schluss, wie Jim empfohlen hatte die Teufelskrautschokolade, was er allerdings sehr bereute. 'Bah! Wasser, Wasser, Wasser!' Er griff nach seinem Glas Orangensaft, das auf einmal Wasser enthielt. Arne trank das Wasser, als hätte er seit zwei Wochen nichts mehr zu trinken bekommen, wobei sich das Glas immer wieder von neuem füllte. Die anderen lachten. 'Was ist denn das für Teufelszeug gewesen? Das schmeckt ja widerlich und brennt so sehr auf der Zunge und im Hals, dass man glaubt, Zunge und Hals wären verbrannt und nicht mehr da', keuchte Arne, als er sich wieder etwas erholt hatte. 'Mach dir keine Sorgen, Arne, beides ist noch da und noch vor Ende der Besprechung wird wieder alles in Ordnung sein. Die Schokolade ist übrigens von Schlafhunds Heimat, dem Schokomond. Dort gibt es noch ganz andere Schokolade, wie zum Beispiel Schokola-

de mit dem Geschmack von süß kandierten Heringen oder Fusel. Das sind Weintrauben. Einige Schokoladensorten schmecken auch nach Frisch-, Schmier- oder Harzer Käse. Aber natürlich gibt es auch angenehme Geschmacksrichtungen nach Früchten. Probiert es doch einfach mal aus. Aber habt keine Angst, es ist nicht so wie mit den Bohnen bei Harry Potter, die nach etwas schmecken, was man niemals essen würde. Also Popelgeschmack oder den Geschmack nach Erbrochenem werdet ihr hier nicht finden. Es ist alles essbar', erklärte Jim noch, nachdem er die verunsicherten Gesichtsausdrücke sah. Er griff nach einem Stück Schokolade, schob es sich in den Mund und sagte: 'Mh, Maulwurfsmilch. Okay, können wir jetzt anfangen? Ich wollte euch sagen, worum es geht.'
Sofort waren wieder alle bei der Sache und Jim erzählte, was er über unseren ersten Fall wusste. 'Also, ich übernehme den Fall, weil ich ein persönliches Interesse daran habe. Das Opfer war ein Freund von mir. Außerdem liebe ich mysteriöse Fälle und dieser hier ist mehr als mysteriös.' 'Ach ja, wieso? Sieht doch ganz normal aus', unterbrach Jena. 'Wie du meinst, Jena. Aber dann erkläre mir, wie ein Mann sterben kann, ohne vergiftet, erwürgt oder verletzt worden zu sein. Eben so wenig hatte er eine Herzschwäche. Auch andere natürliche Todesursachen werden ausgeschlossen. Außer, dass dieser Mann tot ist, fehlt ihm rein gar nichts. Und genau das ist das mysteriöse an der Sache.' Jena musste zugeben, dass das in der Tat ungewöhnlich war. Und Jim eröffnete uns noch ein weiteres kleines Geheimnis. Anfangs zögerte er noch, wahrscheinlich hatte er seinem Freund versprochen, mit niemandem darüber zu sprechen, doch unter diesen Umständen tat er es dann doch. 'Was ich euch jetzt sage, darf ich eigentlich nicht weitergeben, da es sehr vertrauliche Informationen sind. Ihr müsst mir also alle hoch und heilig versprechen und schwören, dass ihr die Information vertraulich behandelt', begann Jim. Alle nickten und waren ganz gespannt, was Jim sagen würde. Auch Jim nickte, doch er zögerte noch immer. 'Wie soll ich anfangen? Nun, ähm. Wie ich schon sagte, kannte ich das Opfer im Park. Sein Name war, er war ein – nein. Ich ähm, ja. – Ihr kennt doch bestimmt alle den Film 'Highlander', oder?' Einige Kinder nickten, überwiegend die Jungs und ich glaube, ein Mädchen, die anderen schüt-

telten den Kopf. 'Oh, okay. Also, 'Highlander' ist ein Film. Die Hauptakteure in diesem Film sind Unsterbliche, die sich gegenseitig einen blutigen Schwertkampf auf Leben und Tod liefern. Die Hauptfigur ist der Unsterbliche Connor MacLeod. Regisseur war Russel Malcahy, was allerdings nicht viel zur Sache tut. Wichtiger sind die Drehbuchautoren. Es waren drei, doch nur einer ist wichtig, nämlich der, der die Geschichte geschrieben hat: Gregory Widen. Es ist nämlich so, dass er sich die Grundidee nicht selbst ausgedacht hatte. Er hatte die Geschichte eines Unsterblichen gehört und sich entschlossen, sie zu verfilmen. Es ist nämlich so, dass es wirklich Unsterbliche gibt und sie bekämpfen sich wirklich so wie in dem Film. Und das Beste an der ganzen Sache ist: das Opfer im Park war ein Unsterblicher und die können nur durch Enthauptung getötet werden, was allerdings nicht der Fall war. Also ein Grund mehr, weshalb er gar nicht tot sein dürfte.' Jim schwieg jetzt. Er ließ das Gesagte erst einmal wirken. Und es wirkte, es schlug ein wie eine Bombe. Es blieb ziemlich lange absolut still. Niemand sagte etwas. 'Und Connor gibt es wirklich? Und Methos und Amanda und all die anderen auch?', fragte Konrad aufgeregt. Jim lächelte, wie mir schien etwas bitter. 'Ja und nein, Konrad. Einige der Unsterblichen, die im Film erwähnt werden, gibt es wirklich, andere sind von Widen frei erfunden, und ich werde mich hüten, zu sagen, wen es wirklich gibt und wen nicht.' 'Und, und das Opfer aus dem Park war einer von ihnen? Wie hieß er denn?', wollte Arne wissen. 'Ja, er war einer von ihnen und er hieß Hüxel. Doch von den meisten wurde er einfach nur Hicks genannt, weil er immer einen Schluckauf bekam, wenn ein Unsterblicher in der Nähe war. Es war fast so, als ob er eine Allergie gegen Seinesgleichen hatte. Ich kann einfach nicht glauben, dass er tot ist, das kann einfach nicht ...' 'Ähm – Jim, – viel – lei – cht – in – te – res – siert – es – dich', unterbrach Schlafhund. 'Äh, was?' Jim war sichtlich irritiert und aus dem Konzept gebracht. 'Die – Ü – ber – schrif – t – in – ei – ner – Zei – tung – war: – Mys – te – ri – ö – ser – Mord – im – Park – eine – Nach – ah – mungs – tat?', erklärte Schlafhund. 'Das heißt, dass es einen solchen Fall schon früher gab? Wann? Wie wurde der Fall gelöst? Was stand noch da?', fragte Jim jetzt aufgebracht vor Freude. Doch Schlafhund zuckte nur mit den Schultern und schüttelte

den Kopf. 'Ich – ha – be – nur – die – Ü – ber – schrif – ten – ge – le – sen. – Wenn – ich – den – gan – zen – Ar – ti – kel – le – sen – wür – de, – wä – re – ich – doch – in – zwei – Wo – chen – noch – nicht – fer – tig.' 'Welche Zeitung war es. In welcher Zeitung hast du es gelesen?', fragte Jim noch aufgeregter. 'Ähm, – es – war – der – 'Phi – la – del – phi – a – In – quir – er', – glau – be – ich.' Sofort schnipste Jim mit den Fingern und hielt von jetzt auf gleich eine Zeitung in der Hand. Hastig blätterte er die Zeitung durch und blieb dann auf einer Seite stehen. Minutenlang sagte Jim nichts, starrte nur auf diese Zeitung. Er musste sich den Artikel mehrmals durchgelesen haben. Seine Hände zitterten vor Aufregung. '1960 gab es also schon einmal so einen Fall. Leider steht hier auch nicht viel mehr darüber. Aber ich weiß, wo wir was finden könnten.' Und schon verteilte Jim Aufgaben. Diesmal jedoch bekam jeder dieselbe Aufgabe: im Stadtarchiv etwas über vergangene Fälle herausfinden, die unserem Fall ähnlich waren. Also gingen wir los und stürmten die Bücherei. Ich glaube, dass die dort schon lange nicht mehr so viele Jugendliche auf einmal gesehen haben, die sich für die Geschichte von Philadelphia interessierten. Jedenfalls ließ der Blick der Bibliothekarin einiges vermuten.
Wir aber gingen in die Geschichtsabteilung und kramten alle Bücher hervor, die in irgendeiner Weise irgendetwas über unseren Fall berichten könnten. Doch schon bald mussten wir feststellen, dass die Bücher über die Geschichte Philadelphias mehr oder weniger nutzlos waren, da wir dort einfach nichts fanden. Und wieder war es Schlafhund, der zuerst etwas Brauchbares entdeckte. 'Wahuuuu – ich – hab – was', bellte er freudig und für seine Verhältnisse in einem atemberaubenden Tempo. Sofort scharten wir uns alle um Schlafhund. Jim nahm die alte, vergilbte Zeitung und las den Artikel, den Schlafhund zeigte, vor. 'Mysteriöser Mord an jungem Mann bleibt weiterhin ungeklärt. Die Polizei sagt, es wäre unvorstellbar, wie dieser Mann ums Leben gekommen sein könnte. Auch gibt es noch immer keinen Verdächtigen. Raub konnte ausgeschlossen werden. Das Opfer hatte keinerlei Feinde und war auch sonst nie negativ aufgefallen. Angeblich soll es schon sehr viel früher, überwiegend in Europa ähnliche Fälle gegeben haben, aber dafür gibt es keine Bestätigungen. Der Fall wurde

nun offiziell zu den ungelösten Fällen gelegt.' Jim beendete den Bericht. Wir waren alle still und ließen uns das eben Gehörte noch einmal durch den Kopf gehen. 'Mh, das klingt äußerst interessant, was denkt ihr?', fragte Julia. Christian nickte: 'Könnte es wirklich sein, dass es schon sehr viel früher solche Fälle gegeben hat?' 'Denn miste dor Dädor awwer scho sähre old sinn, nicha?', überlegte Saatzh. 'Oder es war immer ein anderer Täter, der einfach frühere Fälle bis ins kleinste Detail kopiert hat. Vielleicht hat der erste Mörder irgendwo irgendwelche Aufzeichnungen, die dann spätere Täter genutzt haben könnten', meinte Konrad. 'Vielleicht sollten wir versuchen herauszufinden, wieviel früher die anderen Morde stattgefunden haben. War es vor zehn, zwanzig oder war es schon vor hunderten oder tausenden von Jahren?', überlegte Janina. Jim hatte während der ganzen Diskussion kein einziges Wort gesagt, doch schien er sehr aufmerksam zugehört zu haben. 'Okay, Kinnings, gehen wir wieder an die Arbeit. Jeder nimmt sich alte Zeitungen oder Bücher und dann wird fleißig gelesen', meinte Jim schließlich, nahm sich einen riesigen Stapel dicker Wälzer und ging an einen Tisch. Dann kam er zurück und holte sich noch so einen Stapel. Als er sich dann hinter seine Bücher setzte, war von Jim nicht mehr viel zu sehen. Auch die anderen holten sich Bücher und Zeitungen. Schlafhund hatte sich seine Zeitungen auf dem ganzen Fußboden ausgebreitet und las darauf liegend Überschrift für Überschrift. Nur einmal rief er Jim zu, ob er nicht irgendwo Stift und Papier hätte, damit man wichtige Informationen aufschreiben konnte. Und keine zwei Sekunden später hatte jeder einen Block und bunte Stifte.
Nach gut zweieinhalb Stunden waren wir dann alle vom Lesen fix und fertig. Uns allen brummte der Schädel. Doch unsere Mühe hatte sich gelohnt. Jeder hatte einen anderen Fall gefunden, der unserem sehr ähnlich war. 'Also, was habt ihr gefunden?', fragte Jim. Saatzh begann mit seinem Fund. 'Nu jut. Ick hawwe hier 'nen Fall dor jeht ins Jaahre Nainzeehnhunnerdsechzsch (1960) zurücke. Det woar in Loss Angeeloss. Dor Mann woar gernjesund un schtarb an unjeklärdor Ursache. Dor Fall wurde ad acta jeleecht un vorjässn.' Jim nickte und notierte sich etwas auf seinem Block. Der Nächste war Christian: 'Mein Fall geht in das Jahr 1989 zurück. Selbe Kennzeichen, nie aufgeklärt. Tatort war York

in England.' Auch das notierte sich Jim. 'Ich habe etwas gefunden um 1980 in Berlin', kam es von Julia. 'Der Bericht ist aus dem Jahr 1978. Tatort war Lissabon in Portugal', sagte Arne. Anna-Lena fand etwas über einen Fall in Kitzbühel in Österreich, 1984. Kitzbühel ist übrigens eine berühmte Tennisstadt. 'Ich hab was ganz Feines aus dem Jahre 1546. Es wird die Stadt Plovidiv erwähnt. Keine Ahnung, wo das ist', ließ Konrad verlauten. 'Plovidiv liegt in Bulgarien, wenn ich mich nicht ganz irre. Okay, hab ich notiert. '46 war das?', entgegnete Jim. Konrad bestätigte, dann meldete sich Janina zu Wort. 'Ein Fall wurde 1968 in Dublin dokumentiert.' 'Hier ist ein Fall aus dem Jahre 1520 in Waa groo wiec, oder so ähnlich.' Jena hatte Mühe, den Stadtnamen auszusprechen. 'Wagrowiec. Das liegt in Polen. Gut, auch notiert. Noch jemand?', erklärte und fragte Jim. 'Ja, ich, ich', schrie ich vor Aufregung, da ich einen sehr alten Bericht gefunden hatte. '1492 in Valencia, im schönen, sonnigen Spanien.' Jim nickte nur. 'Okay, ich habe noch einen Bericht aus dem Jahre 1990 gefunden. In Connemara, Irland. Damit habe ich wohl den jüngsten Fall', meinte Jim. 'Ja, ja, und ich hab den ältesten. Juchhu.' Ich freute mich. 'Hee, – ihr – habt – mich – ver – ges – sen.' 'Ach Schlafhund, ja natürlich. Was hast du gefunden?', fragte Jim entschuldigend. 'Ich – ha – be – et – was – aus – dem – Jah – re – zwölf – hun – dert – elf – ge – fun – den. – Es – ge – schah – in – Lin – kö – ping. – Wo – ist – das?' 'Gut Schlafhund. Linköping liegt, glaube ich, in Schweden. Habt ihr noch andere Daten?' Wir schüttelten alle den Kopf. 'Gut, dann fasse ich noch einmal der Reihe nach zusammen. Der erste Fall ereignete sich 1211 in Linköping, Schweden. Dann 1492 in Valencia, Spanien, dann 1520 in Wagrowiec, Polen, 1546 in Plovidiv, Bulgarien. Dann erst wieder 1960 in Los Angeles, USA. Weitere Vorfälle dieser Art gab es dann auch 1968 in Dublin, Irland, 1978 in Lissabon, Portugal, 1980 in Berlin, Deutschland, 1984 in Kitzbühel, Österreich, 1989 in York, England, 1990 in Connemara, Irland. Und nun wieder in Philadelphia, USA. Ich denke, das unsere Liste von Daten keineswegs vollständig ist, aber dennoch, wer immer dieser verrückte Kerl ist, er kommt ziemlich weit herum und muss unsterblich sein. Oder wir haben es wirklich mit verschiedenen Tätern zu tun. Aber wie kommen dann die möglichen Aufzeichnungen des ers-

ten Täters in so viele verschiedene Länder? Hat jemand eine brauchbare Erklärung? Nein? Ich auch nicht. Vielleicht sehe ich mir noch mal das Opfer an. Womöglich haben wir irgend etwas übersehen. In den Filmen und Krimibüchern funktioniert es ja auch immer.' Damit war Jims langer Vortrag beendet. Wir stellten alle Bücher und Zeitungen wieder zurück an ihren Platz und verließen die Bibliothek. Die Kinder machten sich auf den Heimweg, Schlafhund und ich gingen zum neuen, zukünftigen Hauptquartier des Big Ben Clans zurück, um zu sehen, wie wir gearbeitet hatten und Jim ging in die Pathologie, um sich das Opfer noch einmal genau anzusehen.
Wir waren an diesem Tag schon ziemlich weit gekommen. Die Außenfassade brauchte nur noch einen Anstrich, das Dach war schon zur Hälfte fertig. Nur innen musste noch einiges getan werden. Und da sah ich mich. Auch Schlafhund stand dort neben mir. Wir schienen gerade miteinander zu reden. Der richtige Schlafhund und ich schauten uns gegenseitig an und beschlossen, auf unsere beiden Doppelgänger zuzugehen. Doch noch bevor wir sie erreicht hatten, spürte ich einen Ruck durch meinen Köper gehen, der mich scheinbar in die Luft hob, als wäre ich ein Stück Papier. Und ehe ich mich versah, war mein Doppelgänger verschwunden und ich stand an seinem Platz. Mit Schlafhund geschah dasselbe. Niemand schien gemerkt zu haben, was geschehen war. Alle benahmen sich wie immer. Teufel kam zu mir und fragte mich, wieweit ich gekommen wäre. Erstaunlicherweise wusste ich genau, was ich heute den ganzen Tag über hier im Hauptquartier getan hatte. 'Nun ja, das Dach ist zur Hälfte fertig.' Ich führte Teufel nach draußen und zeigte ihm mein Werk. Natürlich musste er auf das Gerüst klettern, um etwas zu sehen. Ich lächelte zufrieden über mein Werk, doch Teufel schien es ganz und gar nicht zu gefallen. 'Was soll das denn? Das darf doch wohl nicht wahr sein! Fomka!', schrie er entsetzt. 'Was hast du dir dabei gedacht, hier Pig Ben Clan zu schreiben?!', brüllte er wutentbrannt. 'Pig Ben ...? Wie? Wieso? Ich hab doch Big Ben ... oder? Oweia. Da hab ich mich wohl verschrieben. Tut – tut mir leid, ehrlich. Ich korrigiere es morgen gleich. Versprochen.' Mann, war das peinlich, hatte ich mich doch beim Ziegellegen verschrieben. Aber ich würde es morgen gleich als Erstes korrigieren. Den Rest des

Tages verbrachten wir in Jims Haus. Dort besprachen wir, wie gut wir vorangekommen waren und was morgen zu tun sei. Wir redeten Stunden. Und allmählich machte ich mir Sorgen, wo Jim blieb. Okay, sein Double saß hier am Tisch und machte faxen wie der echte Jim, aber der eigentliche Jim musste doch nun endlich von seiner Leicheninspektion zurückgekehren. Ich meine, solange konnte das doch nicht dauern. Vielleicht wartete Jim auch nur den richtigen Moment ab, um zurückzukehren, wenn er mit seinem Double alleine sein konnte. Aber wieso verließ Jims Doppelgänger nicht einfach den Raum.
Als dann die Sonne untergegangen war, war Jim immer noch nicht zurückgekehrt. Oder etwa doch? Der Jim, der mir gegenüber saß, zwinkerte mir plötzlich fröhlich zu, als ob er wollte, dass ich nach draußen gehe. Ich tippte Schlafhund an, der sich ebenfalls den Jim ansah, der vor uns saß. Schlafhund nickte und wir verabschiedeten uns beide ins Bett. Im Gästezimmer warteten wir dann auf Jim, der keine drei Minuten später ebenfalls ins Zimmer kam. Er grinste breit über beide Ohren, konnte einen Freudenschrei kaum unterdrücken. 'Ich hab etwas Brauchbares gefunden!', platzte es aus ihm heraus. 'War doch eine gute Idee, nochmal in die Pathologie zu gehen. Es gibt die Möglichkeit, dass Hicks noch am Leben ist. Ich habe alle üblichen Untersuchungen, die an solchen Leichen unternommen werden, fürs Erste auf Eis gelegt', sprudelte es aus Jim nur so raus. 'Schön, und für diese Information hast du so lange gebraucht?', fragte ich scharf. 'Ähm, nun ja. Nein, ich war hinterher noch bei Schwarzer Löwe. Ich musste einfach zur Feier des Tages mein Spezialgetränk zu mir nehmen. Tut mir leid, dass ich erst jetzt gekommen bin. Ach übrigens, Fomka, nette Aufschrift dort auf unserem Dach. Ich hoffe doch, du beseitigst den Fehler morgen gleich', fügte Jim noch grinsend hinzu. 'Jaaa', maulte ich. 'Aber wie kommt es, dass keiner gemerkt hat, dass du wieder da bist. Ich meine, dass aus zwei Jim wieder einer wurde. Du warst doch noch nicht einmal in der Nähe deines Doppelgängers, wie konntest du dich dann wieder mit ihm vereinigen?', fragte ich neugierig. Doch Jim unterbrach mich: 'Ach ja? Interessant. Vielleicht liegt es daran, dass ihr Tiere seid. Bei denen wirkt dieser Zauber vielleicht anders. Oder ihr hattet kein aktuelles Foto von euch dabei. Wenn ihr euch nämlich

dieses Foto anseht, werdet ihr automatisch wieder zu einer Person und befindet euch dort wieder, wo ihr eigentlich sein solltet. Bei mir war das mein Haus. Wenn ihr den Zauber durch ein Foto brecht, kommen nicht diese unangenehmen Nebenwirkungen, wie in die Luft geschleudert zu werden wie ein Stück Papier. Hatte ich euch das nicht gesagt?' Ich hasse Jim, wenn er so unschuldig tut. Doch ich ging nicht weiter darauf ein. Ich wollte einfach nur wissen, wie Jim herausgefunden hat, dass sein Freund vielleicht doch nicht tot ist. Und Jim sagte uns, er habe bei und um Hicks herum eine Macht gespürt, die er ganz gut kennt. Es ist die pulsierende Kraft von Energie. Magische Energie, die nur zu spüren ist, wenn Magie angewandt wurde. Demnach vermutete Jim, dass wir es mit Magie zu tun hatten. Wahrscheinlich irgend ein Zauberer. Wir mussten nur noch herausfinden, wer dahinter steckt und dafür sorgen, dass er nie wieder solche Zaubersprüche ausspricht. Ach ja, und natürlich mussten dann auch noch die anderen Flüche aufgehoben werden. Und da sollten wir noch einiges zu tun bekommen. Doch für heute hatten wir genug getan, wir gingen völlig k.o. ins Bett und schliefen wie ein Stein. Wir merkten körperlich, dass wir nicht nur den ganzen Tag in der Bibliothek gesessen und Bücher gewälzt hatten, sondern dass wir auch auf dem Bau tätig gewesen waren. Du kannst dir nicht vorstellen, wie dir danach sämtliche Gräten wehtun, vom schwirrenden Kopf ganz zu schweigen.
Der nächste Tag wurde auch nicht geruhsamer. Jim verdoppelte uns wieder, wir gingen wieder zu Janinas Elternhaus und Jim erzählte den restlichen White Rabbits das, was er Schlafhund und mir am Abend zuvor schon erzählt hatte. Dass er aber stundenlang in einer Bar rumhockte, verschwieg er aus Versehen mit Absicht. 'Gut, jetzt wissen wir, womit wir es zu tun haben, aber wie können wir das nutzen? Wie können wir herausfinden, mit *wem* wir es zu tun haben?', fragte Arne. 'Nun ja, Arne, so weit ich informiert bin, gibt es hier auf der Erde kein anderes Wesen, das zaubern kann wie ich, jedenfalls kein menschliches. Daher glaube ich, dass unser Verdächtiger von Juma kommen muss – meinem Heimatplaneten. Deshalb schlage ich vor, es mal mit ein paar weiteren Büchern zu versuchen. Allerdings müssten wir dann zu mir nach Hause, da ich keine Lust habe, sie hierher zu schlep-

pen', erklärte Jim. 'Awwer Schimm, mirr hamm do scho olle Biecher durchjeläsn, die mor in dor Biecheree finne konnen. Wat solle'ma denn noch for Biecher läsn?', fragte Saatzh. Jim gab ihm Recht, wir hatten bereits alle möglichen Bücher in der Bibliothek gelesen. Doch er kam mit seinem, in diesem Fall, sehr verhassten Aber. 'Stimmt schon, die Bücher, die es in der Bibliothek gab, haben wir gelesen. Und wir werden auch in keinem anderen Buch etwas finden ...' Saatzh wollte sich schon freuen, doch Jim hatte den Satz noch nicht beendet: '... das von der Erde kommt. Daher habe ich mir gedacht, schauen wir uns mal Lektüre an, die es auf meinem Planeten gibt.' Schon stöhnte Detlef.
Doch es half nichts, Jim karrte uns alle in seinen Wagen und brachte uns zu sich nach Hause, wo er schon die Bücher, die er erwähnt hatte, auf elf mittlere bis große Tische verteilt hatte. Dafür waren Couch, Fernseher, Videorecorder, Radio, CD-Player, Computer, Bücherregale und was weiß ich noch alles verschwunden. Nur diese elf Tische mit je einem bequem aussehenden Stuhl standen da. Die Stühle waren in ihrer Grundfertigung aus Holz, aber weich gepolstert, selbst die Armlehnen. Die Rückenlehne war sehr hoch und ebenfalls gepolstert. Neun Stühle und Tische hatten eine normale Größe. Ein Tisch und Stuhl war recht klein. Auf diesem kleinen Tisch lagen etwa zehn Bücher, so groß, dass sie eigentlich den gesamten Tisch hätten einnehmen müssen und trotzdem war auf dem Tisch noch genügend Platz zum Arbeiten. An dem größten der elf Tische hätte ein ausgewachsener Eisbär Platz nehmen können. Und ich ahnte, für wen er bestimmt war. Der Stapel Bücher auf diesem Tisch war doppelt so groß wie die auf den anderen Tischen. Und da, in der Ecke neben der Tür zur Küche lagen noch weitere Bücher auf dem Boden. Es sah aus wie in einer Bibliothek, nur dass die Bücher nicht in Regalen standen, sondern auf Tische und den Boden verteilt waren. Arne kommentierte diesen Zustand in Jims Wohnzimmer mit den treffenden Worten. 'Ah!' 'Wat globst'n, wie ville Biecher dat sinn? Zweedausnd? Dreedausnd? Ich glob, wenn mor da durch sinn, is de Wält vull van Scheendodn un dor Zauwerer is üwwer olle Bärche. Det duurd doch Jaahre, bis mor dardamit fertsch sinn', maulte Saatzh und damit sprach er den anderen aus der Seele. 'Nun ja, Saatzh, das sind keine zwei-

tausend oder dreitausend Bücher, das sind nur 500. Und wenn jeder fünfundvierzig von ihnen nimmt, sind wir schneller fertig. Fünf von uns müssen eins mehr nehmen. Oder ich nehme hundert und ihr den Rest, dann braucht nur jeder vierzig nehmen. Und lasst euch nicht von den Mengen an Büchern auf euren Tischen aus der Ruhe bringen. Die einen haben dort mehr Bücher, die anderen weniger liegen. Das heißt nur, dass die einen mehr laufen müssen als die anderen. Jeder nimmt so viele Bücher, wie er schafft. Also, an die Arbeit. Ach ja, vergesst nicht, dass ihr die Worte von rechts nach links lesen müsst, die Sätze aber von links nach rechts. Ich habe euch, als ihr in mein Wohnzimmer gekommen seid, so verzaubert, dass ihr alle Deutsch versteht. Ich kann euch leider nicht so verzaubern, dass ihr die Originalsprache versteht, da sie nicht von der Erde kommt. Und ich kann hier nur das herzaubern, was es hier auch wirklich gibt, Jumarianisch existiert hier aber leider nicht. Okay, genug geredet, nun viel Spaß beim Lesen. Wenn jemand etwas gefunden hat, ruft er hier.' Und damit wandte sich Jim einem der Tische zu. 'Ach ja, bevor ich es vergesse, die Bücher, die schon durchgearbeitet wurden, kommen dort drüben neben die Eingangstür. Von dort werden sie dann automatisch wieder dort eingeordnet, wo sie herkamen. Während Jim schon fleißig am Lesen war, stand der Rest der White Rabbits verdattert da. Meinte Jim das wirklich ernst? Sollten wir hier wirklich fünfhundert Bücher durchlesen und dann womöglich doch nichts finden?
Erst als Jim schon mit dem vierten Buch fertig war, hatten wir den ersten Schock überwunden und setzten uns an einen Tisch. Dabei muss ich aber bemerken, dass Jim so schnell gelesen hatte, dass es aussah, als blättere er die Bücher nur schnell durch. Die anderen, außer Schlafhund und ich, die ja Jumarianisch beherrschen, schlugen die Bücher auf und verstanden nur Bahnhof, denn obwohl sie jetzt alle Deutsch verstanden und Jumarianisch ja Deutsch rückwärts ist, konnten sie mit den Schriftzeichen in den Büchern nichts anfangen. „Des tut mich jetzt awwer leed, Dschim, awwer ick kenn dees Gaudorwälsch nie läs'n. I glob' isch bin zu bläd dadorfor', sagte Saatzh plötzlich. Und er sprach ihnen aus der Seele. Auch die anderen konnten die Schriftzeichen nicht lesen. Jim sah uns verständnislos an. 'Wieso denn? Ich hab euch

doch so verzaubert, dass ihr Jumarianisch verstehen könnt', fragte Jim irritiert. Wir nickten: 'Mag sein Jim, aber wir können die Schriftzeichen nicht lesen', erklärte Anna-Lena. 'Oh ähm, daran hab ich gar nicht gedacht. Moment, das haben wir gleich', gab Jim zurück, nahm sich ein Buch, zeichnete auf eine Seite irgendetwas, schnipste mit den Fingern und gab Anna-Lena das Buch. Diese sah in jenes Buch und staunte nicht schlecht, dass sie die Schrift auf einmal ohne Probleme lesen konnte. 'Ich hab ein bestimmtes Zeichen auf jede Seite der Bücher gezaubert, das es euch ermöglicht, die Sprache zu verstehen', erklärte Jim und setzte sich wieder an seine Bücher. Jetzt ging allen das Lesen ziemlich leicht von der Hand. Trotzdem schien gerade Schlafhund, der die Sprache ja eigentlich versteht, sich nur an einem einzigen Buch aufzuhalten. Kurz vor dem Mittagessen fing er dann an, unter seinem Stapel nach einem neuen Buch zu suchen.
Dann gab es endlich unser wohlverdientes Mittagessen. Jim und ich schauten uns ein Bild von uns an und schon saß ich am Tisch, während Jim in der Küche stand. Schlafhund kam nicht zum Mittagessen und war doch anwesend. Der zweite Schafhund vergrub sich weiterhin hinter den Büchern, während wir aßen. Die Truppe vom Bau saß auch schon am Tisch und hatte riesigen Hunger. Als dann die White Rabbits ins Esszimmer kamen, staunten sie nicht schlecht. 'Ach ja, das sind übrigens die White Rabbits und diese Tierbrigade dort ist ein Teil des Big Ben Clan. Die White Rabbits helfen mir übrigens dabei, den mysteriösen Mord aufzuklären. Ihr wisst schon, den im Park', erklärte Jim. 'Ah ja', mehr brachte Teufel nicht heraus. 'Ich dachte mir, dass ihr so in Ruhe mit dem Bau beginnen könntet und ich trotzdem gleichzeitig an dem Fall arbeiten kann', ergänzte Jim noch, dann ging er in die Küche und brachte das Mittagessen und ich muss sagen, dass es köstlich roch. Es gab übrigens Stangenstiefellauch, das den hiesigen Kartoffeln gleich kommt, mit Meerschwein- (einem kleinen Wal, dessen Vorfahren jumarianische Schweine waren) oder Seelöwensteak, einem robbenartigen jumarianischen Wasserlöwen. Als Gemüse gab es Blattalgen, die verschiedene Blattformen haben und im Meer treiben. Sie schmecken nach Spinat und Bärlauch. Zur Nachspeise gab es dann entweder Karakutje, Stekon, das wie Kiwi-Stachelbeere schmeckt und wie eine Kiwi aussieht,

oder Mosciko, eine jumarianische Zitrone, gefüllt mit zerdrücktem und gedünstetem Fruchtfleisch der jeweiligen Frucht, Fusel-, Beerenkrautbeeren und Schokolinsen. Mmh lecker. Es war erstaunlich, wie viel und wie schnell Schlafhund fraß. Er fraß regelrecht für zwei. Und ich glaube, dass ich da gar nicht mal so falsch lag, da einer der beiden Schlafhunde ja nicht am Tisch war.
Während wir alle mit Herzensfreude aßen, sprachen wir über den Bau. Wir kamen gut voran. Teufel lobte mich für die Korrektur des Tippfehlers auf dem Dach. Jetzt ging es drinnen ans verputzen, Dielen verlegen, Malern und Tapezieren. Natürlich waren die meisten Materialien von Juma und damit sehr lange haltbar, selbst wenn man sie fallen ließ.
Nach dem üppigen Mittagessen ging es wieder an die Arbeit. Ich half Jim beim Abräumen und Abwaschen. Dann verdoppelte er uns wieder und jeder ging seiner Wege. Als wir wieder ins Wohnzimmer kamen, saß wieder jeder hinter seinen Büchern und las. Nur Schlafhund schlich durch das Zimmer von Buch zu Buch und schien etwas zu suchen. Wenn man ihn jedoch fragte, gab er keine Antwort. Auf seinem Tisch sah ich eines der Bücher aufgeschlagen und es sah so aus, als wäre es immer noch das erste Buch. Irritiert schüttelte ich den Kopf und fragte mich, was Schlafhund suchte. Doch es hatte keinen Zweck ihn zu fragen, da er nicht ansprechbar war.
Wir lasen und lasen und lasen. Am Ende das Tages hatten wir schon gut die Hälfte der Bücher durch, das war eine Glanzleistung, die eigentlich ins Guinness Buch der Rekorde gehört hätte. Der nächste Tag verlief ähnlich. Doch als wir dann endlich alle fünfhundert Bücher durch hatten, waren wir genauso schlau wie vorher. Na gut, wir wussten jetzt über die Geschichte von Juma Bescheid wie kein anderer, doch das, wonach wir eigentlich gesucht hatten, fanden wir nicht. Selbst Schlafhund hatte nichts gefunden, doch er schien keineswegs zufrieden zu sein. Irgendwie hatte ich das Gefühl, dass der Hund tief in Gedanken versunken war und über etwas nachdachte, das uns nicht einmal im Traum einfallen würde. Ich hatte das Gefühl, dass er doch etwas gefunden hatte, damit aber nicht zufrieden war, dass er noch mehr Einzelheiten herausfinden wollte. Er fragte Jim sogar, ob er sich das eine Buch mal ausleihen dürfe. Es war das Buch, das er als Erstes gelesen hatte. Jim erlaubte es, war aber gleichzeitig deprimiert,

da er immer noch genauso weit war wie vor zwei Tagen. Alles Lesen und Quälen der Augen hatte nichts gebracht. Uns lief die Zeit davon und die Nachricht, die uns an diesem Tag erreichte, war auch nicht viel besser. Sie kam von Dini, dem rasenden Reporter für das Dinoblatt. Es war der Ausschnitt eines Zeitungsartikels und ein handgeschriebener Zettel. Der Bericht war aus dem aktuellen Dinoblatt:

Mysteriöser Mörder fordert weiteres Opfer

Letzte Nacht wurde in einem Parkhaus ein weiteres Opfer gefunden. Das Opfer war dieses Mal eine Frau mittleren Alters. Die Todesursache ist dieselbe wie bei dem ersten Opfer Mr Thomas*. Einen Verdächtigen gibt es derzeit noch nicht. Die Polizei ist ratlos und die White Rabbits (eine Unterorganisation des BBC), die sich des Falls angenommen haben, sind auch noch nicht weiter. Wir werden Sie aber auf jeden Fall über den neuesten Stand der Dinge informieren.

Dini

* Der Name wurde von der Redaktion geändert, eventuelle Übereinstimmungen mit anderen Namen sind rein zufällig.

'Woher weiß der schon wieder von den White Rabbits? Ich hab ihm doch gar nichts gesagt', wunderte sich Jim, nachdem er den Bericht vorgelesen hatte. 'Aber das ist typisch Dini, weiß immer alles als Erster.' Damit holte er den handgeschriebenen Zettel hervor und las auch diesen vor:

Frau ebenfalls unsterblich
Verwischte Fußspur gefunden (siehe Foto)
Zeuge hat Täter gesehen, schweigt aus Angst
Seoladh (sprich schoole): Nordpark Springbrunnen 1154; Alligatorentown

'Dini hat also einen Zeugen gefunden? Zeig mal das Foto', bat Christian. Jim kramte im großen Briefumschlag herum und holte eine relativ große Fotografie hervor. Natürlich war sie stark vergrößert worden, nach der guten Qualität zu urteilen, war das Foto von Dini höchstpersönlich aufgenommen worden. 'Jepp, wie es aussieht haben wir einen Zeugen. Und genau den werden wir, werde ich, jetzt aufsuchen', bestätigte Jim. 'Aber du weißt doch gar nicht, wo dieser Zeuge jetzt ist, oder wie er heißt. Wie willst du ihn dann finden? Oder willst du erst zu Dini gehen, der es dir dann sagt? Wer ist eigentlich Dini, ist das ein Tier oder ein Mensch? Gehört der auch zum Big Ben Clan?', wollte Julia wissen. 'Mh, ich denke, da fangen wir mal mit den letzten beiden Fragen an. Dini ist ein Paradoxisaurier vom Planeten Juma und kein Mitglied des Big Ben Clan. Er ist nur ein sehr, sehr guter Freund, der uns oft sehr nützlich ist, da er immer alles als Erster weiß. Dabei fällt mir ein, ist Dini eigentlich in Philadelphia? Ich dachte, der ist in London? Und wenn er in Philadelphia ist, was macht er dann hier? Dieser Dinosaurier ist doch immer für ein paar Rätsel gut, aber lassen wir das. Komm ich lieber zu deinen anderen Fragen. Natürlich will ich nicht erst zu Dini gehen, das brauche ich auch gar nicht, da er mir die genaue Adresse des Zeugen aufgeschrieben hat. Selbstverständlich verschlüsselt. Die letzte Zeile seiner Notiz ist die Adresse. Man muss nur wissen, wie man sie lesen muss', erklärte Jim. Und schon erklärte er uns kurz, wie die geheime Botschaft zu lesen war. Zuerst einmal hieß das Wörtchen Seoladh (schoole) Adresse. Das ist ein Irisches Wort, das Dini irgendwann mal aufgeschnappt hatte und seitdem für Geheimbotschaften verwendete. Ansonsten spricht Dini nämlich kein Wort Irisch. Das Wort Nordpark war zum einen die Angabe der Himmelsrichtung und des Ortes in dieser Himmelsrichtung. Gemeint war der Nördliche Park. Das deutsche Wort Springbrunnen musste ins englische übersetzt werden. So wurde daraus Fountain. Die Zahl 1154 musste auseinander genommen werden. In diesem Fall war es das erste Stockwerk (von oben gezählt, ohne Erdgeschoß) Zimmernummer 154, wobei die Art und Weise, wie die Zahlen zerpflückt werden müssen, ständig variiert und nur Dini und Jim genau wissen, wie sie zu lesen sind. Das letzte Wort, Alligatorentown stand für Philadelphia. Der Name kommt daher, weil Jim nur in seinem Haus in Philadelphia Alligatoren hat, sie also hier zu Hause sind. Im Endeffekt lautete die Adresse des Zeugen dann Philadelphia, Hotel Fountain am Nordpark erstes Stockwerk von

oben Zimmer 154. Und genau dort hin wollte Jim nun gehen. Julia wollte unbedingt mit, daher gingen sie zu zweit.
Der Rest blieb in Jims Apartment und ruhte sich von den Strapazen der letzten Tage aus. So viel auf einmal zu lesen ist nämlich ganz schön anstrengend und macht müde. Einer war aber unermüdlich dabei, ein und das selbe Buch zu lesen und, wie mir schien, ein und die selbe Seite. Schlafhund! Er war nicht mehr von diesem Buch wegzubekommen. Irgend etwas an der Stelle schien ihn zu stören. Doch nach gut zwei Stunden brüllte Schlafhund regelrecht: 'Na – tür – lich!' Die anderen Kinder und ich schraken zusammen. 'Schnaachdeele, wat'n los?', fragte Saatzh. Schnachdeele war sein Ausdruck für Schlafhund. 'Es – muss – noch – ein – Buch – ge – ben. – Hier – ist – ein – Ver – weis – auf – ein – an – de – res – Buch', sagte der Hund, nun wieder in seiner gewohnten monotonen Art. Ich nahm Schlafhund das Buch ab und sah mir den Bericht an. Da gab es wirklich einen Verweis auf ein anderes Buch. 'Und du hast es unter den Büchern, die Jim hier aufgestapelt hatte, nicht gefunden?', fragte ich. Schlafhund verneinte. 'Dat is awwer 'n Ding. Gönnte det Buuch unsre Andword uff de Frahche sinn?', überlegte Saatzh. Ohne groß zu überlegen stellten wir Jims Haus auf den Kopf. Da flogen Bücher und Zeitungen durch die Gegend. Geschirr klapperte gefährlich, ging aber nicht zu Bruch. Schranktüren klappten, Füße trappelten. Drei wagten sich sogar in Jims Keller, der so etwas wie sein übergroßes Kramfach war.
Konrad brachte mir eine Leiter aus dem Keller, damit ich auch den Dachboden durchsuchen konnte. Vorsichtig stellte er sie für mich auf und ich machte mich an den Aufstieg. Langsam machte ich die Dachluke auf. Ich hatte sie kaum einen Spalt weit offen, als mich zwei große gelbgrüne Augen ansahen. Bei genauerem Hinsehen jedoch musste ich erkennen: 'Huah, Alligatoren!', schrie ich, verlor das Gleichgewicht auf der Leiter und plumpste noch mit voller Wucht unten auf den Boden. Zum Glück sind Jims Böden 6 Lloz dick, das sind jumarianische Zoll, etwa 21,6 cm, sonst wäre ich wohl durch den Boden direkt in den Keller gefallen. Wenn ein Bär meiner Größe von irgendwo oben herunter fällt, werden unvorstellbare Kräfte entfesselt. Vor Angst am ganzen Köper zitternd saß ich auf meinem schmerzenden Hintern,

unfähig mich zu bewegen und schaute unverwandt nach oben, wo der Alligator, den ich gesehen hatte, bereits die Schnauze nach unten durch die Dachluke streckte.
Genau in diesem Moment kamen Julia und Jim zurück. 'Was ist denn hier los?', schrie Jim vor Entsetzen, als er seine Wohnung sah. 'Alli-, Alli- , Alligatoren. Da-, Da-, Dach-, Dachboden!', stammelte ich. 'Natürlich sind da Alligatoren. Aber was macht ihr auf dem Dachboden?', fragte Jim. Saatzh erklärte, was vorgefallen war. Als Jim von dem Buch hörte, welches den blöden Titel 'Rezrawhcs Nnam dnu Retor Nalim – eid nelbü Neierebuaz sed Seraapredurb' trug, fing auch er an, wie wild seine ganze Bude auf den Kopf zu stellen. Als Erstes sah er auf dem Dachboden nach, er hob die Leiter auf und stellte sie wieder hin. 'Mach mal Platz, Baba', sagte er zu dem Alligator, der seine Schnauze aus der Dachluke im Boden steckte. Daraufhin verschwand die Schnauze. Jim verschwand aus dem Blickfeld und wir hörten nur noch seine Stimme. 'Ali, ich weiß ja, dass du mich lieb hast, Ali – Baba, hört auf, ich hab jetzt keine Zeit. Wo hab ich das nur. Nein, auf dem Dachboden ist es nicht. Fressen gibt es erst in einer Stunde.' Damit tauche Jim wieder auf der Leiter auf und kletterte nach unten. Ohne ein Wort stürmte er nach draußen und in den Keller, den man nur von außen erreichen konnte. Wir folgten nach draußen. Jim war schon im Keller, die Tür stand sperrangelweit offen, trotzdem konnten wir Jim nicht sehen. Dafür aber hören: 'Wo hab ich das nur – Aua, Autsch! Verdammter Mist! – hingeschmissen?' Es klirrte und rumste laut. Irgendetwas war scheppernd zu Boden gefallen. 'Ah! Arne, Christian, ihr seid das. Was macht ihr da unten?' 'Nichts weiter. Wir wollten nur mal sehen, wie es so ist, unter einem Berg Krempel begraben zu sein. – Hilf uns hier lieber raus!', hörten wir einen der beiden keuchen, ich glaube es war Arne. Es folgte ein minutenlanges Scheppern, Klappern und Fluchen, dann kamen Arne und Christian unversehrt zurück. Jim blieb noch gut fünf Minuten da unten und machte ein Gezeter wie ein Waschweib. Und immer wieder lautes Klappern und Lärmen.
Dann endlich tauchte auch Jim wieder aus dem Keller auf, mit leeren Händen. Er schlug sich mit der flachen Hand an den Kopf, grad so, als ob ihm gerade etwas eingefallen wäre. 'Natürlich. Wie konnte ich das nur vergessen? Ich habe es doch Schwarzen Löwen geliehen.' Hastig stieg er in sein rotes Auto, das er direkt vorm Keller geparkt

hatte, und raste wie von einer Tarantel gestochen davon. Bis zum späten Abend hörten wir kein Wort von Jim. Doch als er kam, überhörte es keiner. Mit einer Wucht, das es eine Wonne war, schmiss er die Haustür auf, knallte sie wieder zu, stürmte hinüber zum Tisch und knallte ein Buch auf den Tisch. Dass der zweite Jim im Haus war, schien er gar nicht zu bemerken. Die White Rabbits blieben wie erstarrt an ihren Plätzen. Jim blickte in die Runde, von einem Gesicht zum Nächsten. Als er das Gesicht seines Doubles erreicht hatte, geschah mit Jim genau das, was vor ein paar Tagen mir und Schlafhund passiert war. Jim wurde in die Luft gewirbelt wie ein Stück Papier. Auch der zweite Jim wurde in die Höhe gerissen. Beide rasten aufeinander zu und verschmolzen miteinander. 'Hca tmmadrev, niem Regnägleppod raw reih!', fluchte Jim etwas, allerdings mehr zu sich selbst und verhältnismäßig leise und verhalten.
'Okay, Leute, ich habe das Buch gefunden. Mein Freund Schwarzer Löwe hatte es noch', sagte Jim nach einer Weile und hielt stolz das Buch in die Luft, welches er zuvor auf den Tisch gedonnert hatte. Er hielt es so, dass jeder es sehen konnte. Es hatte einen sehr interessanten Titel. Allerdings sah er mir nicht sehr jumarianisch aus: 'Mein Herz ist für immer dein'. Schien ein Liebesroman zu sein. Die Autorin sagte mir nichts, kann mich nicht einmal an ihren Namen erinnern, aber ich weiß, dass es eine Frau war. Jim erntete hilflose Blicke, ließ sich davon aber nicht beirren. 'Hier ist das Buch über die beiden Brüder Schwarzer Mann und Roter Milan', sagte Jim, schlug das Buch auf einer bestimmten Seite auf, und las vor:

> 'Die besonderen Fähigkeiten von Roter Milan bestehen dagegen darin, den Menschen etwas glauben zu lassen, was gar nicht existiert. So kann er zum Beispiel einen Menschen tot erscheinen lassen, obwohl der quicklebendig und nur in einen tiefen Schlaf gefallen ist. Das erklärt auch, warum diese Menschen keine Verletzungen oder so etwas in der Art aufweisen. Es gibt nur eine Möglichkeit, sie aus diesem Schlaf zurückzuholen: ein anderer Jumarianer oder eine Jumarianerin (sie müssen noch Kinder sein) muss ganz fest wollen, dass die Opfer von Roter Milan wieder aus dem Schlaf aufwachen sollen.'

'So, jetzt wissen wir also, mit wem wir es zu tun haben und wie wir seine Opfer wieder ins Leben zurückbringen können. Jetzt müssen wir nur noch herausfinden, wie wir diesem Roten Milan das Handwerk ein für alle Male legen können. Das wird allerdings nicht so einfach werden. Als sie damals von Juma verbannt und vertrieben wurden, brauchten wir zwanzig erwachsene, ausgebildete Jumarianer. Wir haben nur einen und der ist noch lange nicht erwachsen, selbst wenn er das schon oft behauptet hat', erklärte Jim, nachdem er den Bericht beendet hatte. 'Von wem spricht der bloß?', fragte ich sarkastisch. Jim bedachte mich nur mit einem bösen Blick, sprach dann aber weiter: 'Ich habe ehrlich gesagt keine Ahnung, wie wir diesen Zauberer loswerden können. Uns bleibt also vorerst nichts anderes übrig, als alle Opfer wieder zum Leben zu erwecken. Keine Ahnung, wie ich das alles schaffen soll. Immerhin werde ich ja auch beim Big Ben Clan gebraucht. Und meine Jobs will ich auch nicht alle aufgeben.'
'Wir brauchen nur bis 1999 warten, dann würde sich unser Problem von alleine lösen', unterbrach Julia. 'Hier steht, dass Roter Milan eine Heidenangst vor einer Sonnenfinsternis hat', ergänzte sie noch. 'Julia, ich denke, wir sollten eine andere Lösung finden. Wir können nicht vier Jahre lang immer wieder die Opfer von diesem verrückten Zauberer zu neuem Leben erwecken. Wie stellst du dir das vor?', wollte Jena wissen. Und ich musste ihr Recht geben. 'Julia, die Idee ist nicht schlecht. Was wir brauchen, ist eine Sonnenfinsternis, aber nicht erst in vier Jahren, sondern noch heute, spätestens morgen. Gut, also werde ich mich zuerst um die Opfer ...', überlegte Jim, wurde aber von Julia unterbrochen: 'Um die Opfer kümmere ich mich, kümmere du dich um die Sonnenfinsternis, wenn du eine Chance siehst, sie ein paar Jahre vorzuziehen.' Du hättest Jims Gesicht sehen müssen, als Julia sagte, dass sie sich um die Opfer kümmern wolle. Seine Kinnlade fiel ihm auf den Boden, wie in dem Film 'Die Maske' mit Jim Carry. Er wollte seiner Verwunderung irgendwie Ausdruck verleihen, brachte aber keinen Laut heraus. Jim konnte einfach nicht glauben, dass Julia eine Jumarianerin ist. 'Ist schon gut, Jim, wenn du heute noch fertig werden möchtest, dann würde ich jetzt anfangen. Erklärungen gibt es später. Versprochen!', sagte Julia und verschwand.

Jim schüttelte die letzte Verwunderung ab und machte sich auf den Weg auf den Dachboden, wo er seine Bücher lagerte. Nach zwei Minuten kam er wieder hinunter und stürmte nach draußen. Ganz still und angespannt stellte er sich hin. Zu voller Größe aufgerichtet. Er war so angespannt und konzentriert wie damals, als er London wieder aufgebaut hatte, nachdem es von irgendwelchen Ungeheuern verwüstet wurde. Dann endlich schnipste er mit den Fingern. Nach und nach, ganz langsam schob sich der Mond vor die Sonne. Wie bei einer richtigen Sonnenfinsternis. Gebannt schauten wir nach oben. Irgendwie schienen wir gegen das Sonnenlicht immun zu sein, wir mussten nicht einmal blinzeln. Es war beeindruckend, wie die Sonne sich verdunkelte. Und da plötzlich tauchte eine Sternschnuppe auf. Sie verhielt sich aber sehr merkwürdig. Normalerweise bewegen sich Sternschnuppen von oben nach unten, diese aber bewegte sich in die entgegengesetzte Richtung, schien die Erde zu verlassen. Wir ahnten, wer das war. Unser Plan hatte also funktioniert. Erst jetzt merkten wir das Blitzgewitter, was hinter einem Auto auf der anderen Straßenseite ständig aufflackerte.
Am nächsten Tag wussten wir, dass es Dini war, der für die Blitze verantwortlich war. Ein riesiger Zeitungsartikel von ihm war im Dinoblatt abgedruckt, mit Fotos:

Unerwartete Sonnenfinsternis

Gestern Nachmittag gegen zwei Uhr verdunkelte sich unerwartet die Sonne und es kam zu einer Sonnenfinsternis. Die Wissenschaftler konnten sie sich nicht erklären, da sie doch die nächste Sonnenfinsternis erst für den 11. August 1999 vorausgesagt haben, und zwar in Deutschland, nicht auf der ganzen Welt, wie das gestern der Fall war. Die Sonnenfinsternis war aber nicht das Einzige, was am Himmel zu sehen war. Auch eine schöne Sternschnuppe konnte bestaunt werden und das im wahrsten Sinn des Wortes, denn diese Sternschnuppe bewegte sich nicht Richtung Erde, sondern Richtung All. Es war, als würde sie fliehen. Die Wissenschaftler haben dafür bis jetzt noch keine Erklärungen. Doch auch in diesem Fall werde ich meine Leser auf dem Laufenden halten.

Es stand auch ein ausführlicher Bericht über die White Rabbits in der Zeitung. Jim erzählte mir, dass er Dini getroffen hatte, als er zu unserem Zeugen ging. Ach ja, unser Zeuge. Den hatte ich gar nicht mehr erwähnt. Das kommt daher, dass wir mit seinen Aussagen auch nicht viel weiter kamen. Zwar konnte er den Täter sehr gut beschreiben: sehr harte und ausdruckslose Gesichtszüge, rotbraune, strähnige, schulterlange Haare, große, spitze Nase, die Ohren von den Haaren verdeckt. Aber leider konnten wir ihn in den Polizeiakten nicht finden und auch sonst hatten wir kein Bild von ihm. Doch Dini hatte uns versprochen, dass er einen großen Bericht über diesen Mann schreiben wollte, der dann im Stadtarchiv von Philadelphia eingesehen werden kann. Und diesmal mit einem Phantombild.
Ach ja, die Wiedersehensfreude von Hicks und Jim und natürlich die ausführliche Erklärung von Julia darf ich euch nicht vorenthalten, wobei ich beides so kurz wie möglich halten möchte. Zuerst das Wiedersehen. Es war kurz nachdem Dini verschwunden war. Jim stand noch vor seinem Haus, sichtlich erschöpft. Diese Stimmung änderte sich aber schlagartig, als er plötzlich Hicks sah. Und Hicks sah Jim. Vor lauter Freude rannten sie sich entgegen und umarmten sich dann. Was sie sich für zärtliche, freundschaftliche und erleichterte Worte sagten, überlasse ich deiner Phantasie. Aber eine so herzliche und freudige Begrüßung hab ich noch nie gesehen. Beide schienen Tränen in den Augen zu haben. 'Deine Freundin hat mir erzählt, was passiert ist. Ich kann mich an nichts erinnern, mir kommt alles so vor, als hätte ich ein paar Stunden geschlafen. Dass es Tage waren, kann ich nicht glauben und doch ist es wahr', meinte Hicks. Julia und die anderen waren für beide nicht da. Sie beachteten uns mit keiner Silbe. So standen wir gut eine halbe Stunde draußen und freuten uns über Jims und Hicks' Freude.
Endlich schenkte Jim uns Beachtung. 'Ach, Julia, wolltest du mir nicht etwas erklären?', fiel er wie immer mit der Tür ins Haus und führte Hicks nach drinnen. Wir folgten ihm, Julia als Erste. Dort brachte Teufel erst einmal etwas zu trinken und zu essen. 'Die Kekse habe ich selbst gebacken', sagte er stolz. Jim nahm einen der Kekse und biss herzhaft hinein. Es knackste so laut, als hätte er Beton oder Holz zerbissen. 'Ähm, Teufel, was hast du für

Zutaten verwendet?', fragte er kritisch. 'Ähm, na was ich in deiner Küche so gefunden habe', war die Antwort. 'Ein bisschen von diesem, ein bisschen von jenem.' 'Könntest du mir das mal zeigen?' Jim stand auf und Teufel führte ihn in die Küche. 'Ah ja, Schnabelhundeier, Schattenmehlgrasmehl, Maulwurfsmilchbutter, Streifenrotkraut und – au weia, hast du das hier auch benutzt?', hörten wir Jim fragen. 'Äh, ja, wieso?' 'Koste mal.' Es dauerte nicht lange und wir hörten Teufel kurz leise jaulen. 'Au, ist das hart. Was ist das? Wieso sind die Kekse so hart?' 'Das sind geriebene Nadeln der Nadellinde, davon macht man höchstens eine bis zwei Prisen an Kekse. Wenn man das an den Teig macht, werden die Kekse steinhart. Wie viel hast du davon dran gemacht?' 'Etwa 65g. Ich dachte, es wäre Zucker. Ich hatte vorher auch gekostet, es schmeckte süß.' 'Ist schon gut Teufel, war lieb gemeint. Aber das nächste Mal fragst du jemanden in Bezug auf die Zutaten, die ich hier habe.' Damit kamen beide wieder ins Wohnzimmer zurück. Jim trug eine Schüssel mit Keksen und diesmal waren sie nicht hart. Er stellte sie auf den Tisch, griff nach der Schüssel mit den anderen Keksen. 'Die hier werde ich meinen Wachhunden Ali und Baba heute Abend geben, die werden sich freuen, die lieben die Kekse genauso.' Und damit brachte er die harten Plätzchen nach draußen.
Dann erzählte Julia endlich, dass ihre Eltern Kiam und Anaj mov netor Hcier sind und dass sie einen Bruder namens Nikev hat. 'Nach langwieriger Recherche habe ich dann herausgefunden, dass du mein zehn jumarianische Monate älterer Bruder Nikev bist.' 'Ich bin dein Bruder?', fragte Jim erstaunt. 'Du heißt Nikev, zu deutsch also – ähm – Vekin? Und wie ist dein richtiger Name? Ailuj?', fragte Teufel erstaunt. 'Nein, ich bin Anis.' 'Mh, Anis. Gibt es da nicht in Griechenland so einen Schnaps mit Anis?', fragte Teufel 'Wobei, ich bevorzuge ja die Anisbonbons, Schnaps trink ich ja nicht, aber riechen tut der gu ... – Okay, ich sag ja schon nichts mehr.' Teufel hielt den Mund, als er Julias drohenden Blick sah. Doch gleich darauf lächelte sie wieder. 'Ich bin also dein großer Bruder, zehn jumarianische Monate, das sind 278 Erdenjahre, älter als du. Klingt gut. Gibt es wenigstens keinen Streit um den Thron auf Juma. War doch nur ein Scherz.' Jim kratzte sich verlegen mit der Hand am Kopf und grinste. Julia

musste lachen. 'Ach, Jim, bevor ich es vergesse, deine Kollegen von der Pathologie wollten mich nicht an die Leichen lassen. Ich musste mir erst deinen Ausweis ausleihen. Hab natürlich vergessen, den Namen zu ändern. Der Polizist hat ganz schön blöd geguckt, als ich ihm den Ausweis gezeigt habe. Wollte ihn beim verlassen des Gebäudes noch einmal sehen, hab dann Jimina aus deinem Namen gemacht', sagte Julia. 'Oh, ja. Ich glaube, es ist ganz gut, wenn ich uns allen einen Ausweis besorge, der uns berechtigt, Tatorte zu betreten. Das werde ich morgen gleich in Angriff nehmen, sowohl für die White Rabbits als auch für den Big Ben Clan', meinte Jim und schon am nächsten Tag hatten alle einen schicken Ausweis mit Bild. Das Bild bewegte sich sogar, jeder winkte und lächelte dabei. War ein kleiner Gag von Jim. Damit war dieses kleine Abenteuer überstanden, doch das Nächste wartete schon. Ich werde jetzt aber die Bestellung für das Festmahl der Feier aufgeben. Teufel, übernimmst du?"

Eigenartige Vorfälle in Tipperary

„Aber sicher doch, Fomka. Ich mache am Bes ..." „Iluam tsi ma Llab. Reba ad tmmok Mik. Re tfierg na. Re tmmokeb ned Llab, tnner ruz nehcsirengeg Eties, tßeihcs dnu ... – ... ROOOOOT, ROOOOOT, ROOOOT!", hörte man es plötzlich über die Lautsprecher dröhnen. Jim brach plötzlich in Jubelgeschrei aus. „Ja! Tor! Fantastisch, macht weiter so, Jungs! Super Mik! Ihr müsst den Rückstand von vier zu eins Toren und die fünf zu zwei Punkte noch aufholen" Neugierig stellten sich alle, die in der Halle waren um Jim herum, der vor seinem Videoplayer und Bildschirm saß und bis jetzt gefummelt hatte. Ein paar Kabel hingen aus den Geräten. Auf der großen Leinwand war eine sportliche Veranstaltung zu sehen. Es sah aus wie Fußball. Allerdings wurde es auf dem Wasser gespielt, wahrscheinlich war es das Meer. Die Mannschaften versuchten einen Ball in schwimmende Tore zu schießen. Und wie es aussah, wurde sowohl nach Punkten, als auch nach Toren gezählt. Die Mannschaft, die Jim gerade bejubelt hatte, schien irgendwie im Rückstand zu sein. „Ähm, Jim, was ist das?", fragte ein kleiner, grau-weißer Husky, dessen Name Flax war.

„Das, mein Junge, ist Llabßuf, die Amuj elanoitanretni Agil. Es spielen übrigens die beiden Mannschaften LB Efalfsginök, das sind Waldflafe, gegen retsre LB Rehcsif, das sind Jumarianer. Die Flafe sind leider die Favoriten in diesem Spiel", erklärte Jim dem kleinen Husky. „Was sind denn Flafe?", wollte Paii, ein brauner Bär wissen. Caii, der Zwillingsbruder von Paii wollte gerade dasselbe fragen. „Das da sind Flafe", erwiderte Jim und zeigte auf den großen Bildschirm, über den lauter Schafe flogen, verfolgt von Jumarianern, die versuchten, den Flafen den Ball abzunehmen. Die sogenannten Flafe sahen aus wie ganz normale Schafe, nur dass sie sich auf den Hinterhufen über das Wasser bewegten und mit den Vorderhufen, an denen, ähnlich wie bei Fledermäusen Flughäute zu sehen waren, wedelten. Es schien wieder spannend zu werden. Die Jumarianer griffen wieder durch den jungen Mann von eben, diesem Mik, an. Er spielte wahnsinnig gute Pässe mit einem anderen Spieler seiner Mannschaft. Jim schaltete den Ton sofort wieder an. „Mik tfierg redeiw na. Rellot Ssap fua Luap. Luap tßeihcs! Dnu ... Aab tläh! Ellot Edarap. Nnisnhaw! Nehes Eis hcis sad na!" Die tolle Parade wurde noch einmal ausführlich und in Zeitlupe gebracht. Das Flaf im Tor hatte den Ball fantastisch gehalten. Baa, wie der Torwart der Flafe hieß, war echt Klasse. „Was?! Ein Punkt für LB Efalfsginök? Verdammt, Luap ist zu hoch geflogen!", fluchte Jim erstaunlicherweise mal nicht auf Jumarianisch. Jim erklärte den Umstehenden, dass die gegnerische Mannschaft einen Punkt bekommt, wenn ein Spieler höher fliegt, als das Tor ist. Also bekam LB Efalfsginök einen Punkt, weil ein Spieler der gegnerischen Mannschaft zu hoch flog.
„Sag mal Jim, sind bei euch alle Flafe hellgrün mit weißen Köpfen und Beinen? Nee, da ist ja noch eins mit schwarzem Kopf", fragte Murmli. „Nein, Murmli, das Grün ist nur die Trikotfarbe der Flafe. Da sie aber keine Trikots anziehen können und wollen, wird ihnen vor jedem Spiel Bauch und Rücken durch Zauberei in der jeweiligen Mannschaftsfarbe eingef ... Foul, das war ein Foul. Das muss Elfmeter geben!", rief Jim aufgeregt. Und schon zückte der Schiedsrichter, ein hellblauer Heidelbär, eine grüne Karte und pfiff auf Elfmeter. Mik sollte den Elfmeter ausführen. Er legte den Ball auf ein fußballgroßes Feld, das gerade aus dem Wasser auftauchte, machte sich zum Schuss bereit und schoss. Der Ball flog hoch durch

die Luft, direkt auf das Tor zu, wo Baa, der Torwart der Flafe, stand. Es würde ein schwerer Ball werden, den Baa zu halten hatte. Und dann ... ging das Bild weg, nur noch Rauschen und Schnee war zu sehen. „Was? Nein! Nicht jetzt! Komm zurück! Komm schon! Zeig mir, ob Mik trifft! Verdammt“, fluchte Jim, doch das Bild kam nicht zurück. Schnell machten sich alle wieder an ihre Arbeit. Jetzt war nur noch Jim zu hören, der lauthals fluchte. Doch nach einer Weile hatte auch er sich wieder beruhigt und werkelte an der Leinwand herum, damit zur Feier alles darüber übertragen werden konnte. Nur ab und zu murmelte er wütend, weil er nicht erfahren konnte, ob Mik getroffen hatte. Fomka, Diablo, Teufel und Murmli gingen wieder in ihre Ecke. Fomka kümmerte sich um die Bestellung und Teufel erzählte weiter.
„Ah, Mike, endlich erreiche ich dich. Ich wollte die Bestellung für die Feier aufgeben. Was? Sie sind nicht Mike? Nur der Gorilla. Na gut, ähm, kann ich Ihnen die Bestellung durchgeben?“, fragte Fomka am Telefon. „Sie wollen erst was? Ein Aufnahmegerät holen? Sie können nicht schreiben? Sind Sie jetzt bereit? Ja, okay. Ich fange mit dem Hauptmenü an. Also 823,9 kg Fleisch und ein Zebra am Stück. Von dem Fleisch bitte 250g in Schokosoße eingelegt. Dann 51t Gras, 1002,1 kg Wasserpflanzen, 1015, 5 kg Obst und Gemüse. Fünf Kohlköpfe, 51t Rinde, Äste und ähnliches und vier bis fünf Büsche. Eine kleine Dose Katzenfutter, das beste, was sie haben, die Ratte ist wählerisch ...“ Und so las Fomka seine ganze Liste vor, während Murmli ihm still lauschte und Teufel die Geschichte des Big Ben Clan ...

... weitererzählte: „Wo waren wir? Ah ja. Wir waren gerade zu Hause angekommen, als Jim schon wieder lauter Papier und einen Taschenrechner herausholte. Nach Stunden rief er nach mir und dem Rest des Big Ben Clankerns, sprich Lion, Husky, Blue, Fomka, Doggy, Piepsy und Schlafhund. Bei dieser Sitzung rechnete er uns vor, wie viel die Fahrt nach Philadelphia und zurück gekostet hatte. Natürlich waren das nicht die einzigen Kosten, die er uns vorrechnete. Es kamen noch Reise- und Hotelkosten von anderen Aufträgen hinzu. So kam einiges an Geld zusammen. Und Jim weigerte sich, alle Kosten zu tragen, nur weil er viel Geld besitzt. Nach langer Diskussion, bei der es ungewöhnlich ruhig

blieb, kamen wir zu der Entscheidung, dass jedes Mitglied sich einen Job suchen solle und einen Teil des Lohnes in die Kasse des Big Ben Clan zahlen muss. Damit ergab sich aber ein neues Problem. Wenn jedes Mitglied einen Job hat, kann es nicht uneingeschränkt in der Gegend herumfahren und Fälle für den Big Ben Clan lösen. Unser Clan musste so aufgeteilt werden, dass sich jeder nur um einen bestimmten Teil der Welt kümmerte. So entstanden die verschiedenen Mannschaften auf der ganzen Welt. In jedem Land gibt es welche. Ich will aber nur die Mitglieder der sechs Hauptmannschaften erwähnen. Die Erste ist für England zuständig. Natürlich zähle ich nur die Mitglieder auf, die zu dieser Zeit, also 1995, in der Mannschaft waren, und auch nur die wichtigsten. Sonst wären wir in zwei Monaten noch nicht fertig. In England zum Beispiel waren Doggy und sein Junior, Fomka und Husky tätig. Chef der Truppe war Lion. Jeder von ihnen hatte bereits einen Job. Fomka arbeitete in dem Zoo, in dem er zur Gründungszeit eingesperrt gewesen war. Husky war ein Sportler beim Windhundrennen. Er bekam eine Sondergenehmigung, da sie eigentlich nur Windhunde nehmen. Übrigens war Husky in diesem Jahr nach Shrewsbury gezogen. Wenn du mich fragst ein sehr merkwürdiger Name für einen Ort. Lion hatte einen Lebensmittelgroßhandel übernommen. Der ehemalige Chef war Lions Groß-Groß-Cousin. Lion ist übrigens seit jenem Jahr der Hauptlieferant für Mike's Snackbar, die Mike damals gerade erst eröffnet hatte. Durch Mikes Werbung bestellte dann später auch Kaiser Fritz bei Lion. Du weißt ja, Kaiser Fritz hat ein nobles französisches Hotel-Restaurant. Doggy war der Einzige, der keinen festen Job hatte. Dafür war er einfach nicht geschaffen. Er ist und bleibt nun mal ein Straßenhund. Doggy schlug sich mit Gelegenheitsjobs durch. Das gesamte Geld, das er dafür bekam, zahlte er in die Kasse des Big Ben Clan ein. Selber braucht er ja kein Geld, findet alles, was er braucht, auf der Straße.
Ich denke, wenn ich jetzt noch die Mannschaft von Irland vorstelle, reicht das fürs Erste, denn unser nächstes Abenteuer führte uns nach Irland. Die anderen Mannschaften stelle ich dann vor, wenn es an der Zeit ist. Für Irland waren Hund und Strolch zuständig. Aber sie waren nicht alleine, zwei Neuzugänge sollten ihnen helfen. Reh, ein kleines, ein halbes Jahr altes Rehkitz, war

es, der uns den neuen Auftrag bescherte. Der Chef war Teintidh (sprich tjentich – ch wie in Bach), ein kleiner grüner Drache. Der Auftrag führte uns in die schöne Grafschaft Tipperary, in einen Ort namens Nenagh in Irland. Irgendwann kurz nachdem wir wieder aus Philadelphia zurückgekehrt waren, nein, eigentlich noch am selben Tag, erreichte Jim eine Nachricht. Nämlich als Jim in seinen Briefkasten schaute, der bis dahin immer wieder mit dem Satz 'Du hast Post.' und 'Nun hol schon endlich deine Post raus, du fauler Sack!' genervt hatte. Ein Brief lag drin, ein lumpiger Brief und dafür machte dieser Briefkasten so einen Aufstand. Die Handschrift auf dem Umschlag war mir unbekannt und auch Jim schien sich zu fragen, wer diesen Brief geschickt haben könnte. Als Absender stand Reh O'Fia drauf. Der Rest des Absenders war für mich unleserlich. Schnell las Jim den Brief, bis er es auf einmal sehr eilig hatte. Er stürmte durchs Haus und suchte ein paar Sachen zusammen, als ob er eine Reise unternehmen wollte. Doch ich wunderte mich noch über diesen merkwürdigen Namen. Wie konnte jemand nur Reh heißen?"

„Dann noch 15 Liter Blut und zwar Schwein, Reh und Kaninchen. Alles getrennt und beschriftet. Bitte kühl lagern, und zwar genau 4° C warm, nicht wärmer und nicht kälter. Verstanden? Gut. Dann kommen noch ca. 90, nein 92 große Tassen Kaffee und etwa 45 große Tassen Tee, verschiedene Sorten, von Früchtetee über Earl Grey bis hin zu Grünem Tee. Ebenfalls beschriftet, damit die Gäste wissen, wo welcher Tee drin ist. Gut, das ganze dann bis zum 03. Januar, aber Mike weiß ja Bescheid." „Was weiß ich?", fragte Mike, der plötzlich hinter Fomka aufgetaucht war. „Äh, was? Tschüss erstmal. Mike. Ähm, ich habe deinem Gorilla gerade die Bestellung für die Feier durchgegeben. Er hat sie aufgenommen." „Ah, Gorilla. Ja, einen besseren Mitarbeiter kann ich in ganz London nicht finden. Er kann zwar nicht schreiben, aber er weiß sich immer zu helfen. Und ein Gedächtnis hat der, da kann selbst ich mir eine Scheibe von abschneiden", schwärmte Mike und ging davon. Nach ein paar Sekunden kam er wieder zurück. „Falsche Richtung, ich muss doch in die Umkleidekabinen und Aufenthaltsräume für die Musiker, nicht in die Besenkammer", erklärte Mike und verschwand in die entgegengesetzte Richtung.

„Fomka? Bist du jetzt fertig mit bestellen? Dann kannst du nämlich über euer Abenteuer in Nenagh berichten“, rief Teufel Fomka zu und Fomka kam wieder zu den beiden Katern und Murmli, setzte sich hin und fragte, wo sie denn stehen geblieben wären. Teufel brachte Fomka kurz auf den neuesten Stand und der Heidelbär fuhr fort: „Gut. Wie Teufel schon gesagt hatte, packte Jim, nachdem er den Brief gelesen hatte, sofort die Koffer. Auch mir gab er den Brief zu lesen. Schlafhund schaute mit hinein. Der Brief enthielt einen Hilferuf aus Nenagh und er war an die White Rabbits gerichtet. Auch ich packte jetzt meine sieben Sachen zusammen und machte mich reisefertig. Dabei bemerkte ich nicht, das auch Teufel den Brief gelesen und sofort die neue Mannschaft in Irland verständigt hatte. Die Mannschaft war damals noch klein, Teintidh hatte nur eine Handvoll Mitglieder zu leiten, auf die ich später noch genau eingehen werde.
Wir waren mit dem Packen schon fast fertig, als es an der Tür klingelte. ‘Jemand ist an der Tür, jemand ist an der Tür’, rief die Klingel. Doch Jim schien es nicht gehört zu haben. Und dennoch öffnete er die Tür, um seine paar Sachen, die er auf die Fahrt mitnehmen wollte in seinen Wagen zu bringen. Als er Daniela sah, die vor der Tür stand, erschrak er so sehr, dass er alles fallen ließ und sein Herz so laut pochte, dass es sich herzförmig auf seinem Pullover abzeichnete. Normalerweise pflegte Daniela, wenn Jim so kindisch war, immer zu sagen: ‘Du wirst wohl nie erwachsen?’, oder ‘Lass den Unsinn!’ Doch diesmal sagte sie: ‘Du willst schon wieder ohne mich verreisen? Warum willst du immer den ganzen Spaß einstreichen und ich muss zu Hause rumsitzen und auf die Rückkehr des Prinzen warten?’ ‘Aber Daniela, nun mach mal halb lang. Als wir nach Philadelphia gefahren sind, hatten dir deine Eltern nicht erlaubt mitzukommen. Ich hätte dich wirklich mitgenommen, wir hätten dort jede Hand gebrauchen können, nicht nur bei den Ermittlungen’, konterte Jim, doch Daniela war damit nicht zufrieden. ‘So, so, zum Aufräumen und Putzen bin ich gut genug. Ist es das, was du sagen willst?’ ‘Was? Nein! Ich meinte doch nur, dass wir dich dort gut gebraucht hätten. Nicht nur zum Putzen und Aufräumen, sondern auch zum Lösen des Falls. Soweit ich weiß, haben Mädchen in solchen Fällen die bessere Phantasie und das will ich nicht bestreiten. Wir hätten vielleicht viel weniger Bücher

lesen müssen und so', versuchte es Jim. 'Wie ich im Dinoblatt gelesen habe, warst du nicht gerade von wenig Mädchen umgeben. Bei einem hast du dich sogar ganz schön eingekratzt. Wie hieß sie doch gleich? Janina Kong? Nein, King.' 'Ich war doch nur zu einem Geburtstag. Und das auch nur, weil ich ihren Hund wiedergefunden hatte. Da ist und war nie was zwischen uns, ich schwöre. Und seit wann liest du das Dinoblatt?' 'Seitdem ich mal bei dir aufgeräumt und ein altes Dinoblatt gefunden habe. Wer sind die White Rabbits? Und wieso wurde ich nicht gefragt, ob ich mit machen möchte?' Jim konnte nur noch den Mund auf und zu machen und brachte kein Wort heraus. Daniela ging währenddessen zum Telefon und rief ihre Eltern an, um die Erlaubnis zu erhalten, mit Jim die Ferien zu verbringen. Sie wollte unbedingt mit uns mit und sie ließ sich von nichts und niemandem davon abbringen. Erstaunlicherweise erlaubten ihre Eltern die Reise nach Irland und so kam Daniela mit. Sie half auch fleißig beim Packen. Während Jim alles nur ins Auto warf, nahm Daniela alles wieder heraus und legte es sorgfältig hinein. Jim staunte nicht schlecht, was so alles in sein Auto passte und das ganz ohne Zauberei.
Dann ging es endlich los. Jim fuhr quer durch England, von Südosten, wo London lag, nach Nordwesten. Als wir dann an den Ufern der Irischen See ankamen, stiegen alle aus und Jim betätigte den Knopf, der das Auto in ein Boot verwandelte. Dann stiegen wir wieder ein. Jim machte das übrigens seit diesem Zwischenfall, wo Teufel im Kofferraum landete immer so, er ließ alle aussteigen. Nur er blieb immer im Wagen, da sich die Position seines Sitzes nicht verändert. Das Boot schaukelte gewaltig auf der stürmischen Irischen See. Doch wir kamen sicher in Irland, in der Nähe von Dublin, an. Von dort ging es dann über breite Haupt- und schmale Landstraßen quer durch Irland nach Nenagh, das im Inneren der Insel in der Grafschaft Tipperary liegt. Wir fuhren durch atemberaubende Landschaften, sahen weite grüne Wiesen und sanfte Hügel. Hier und da ein paar Cottages, traditionelle irische Landhäuser, und vor allem Kühe, Schafe und Ziegen. Ab und zu waren mal Touristen auf Fahrrädern zu sehen. Einmal kam uns ein Einheimischer mit einem Wagen entgegen, der von einem rotbraunen Esel gezogen wurde. Sehr viel später erst sollten wir erfahren, wer dieser Esel, oder besser diese Eselin war.

Bald kamen wir durch einen kleinen Ort, dessen Namen ich nicht mehr weiß. Dahinter kam dann Weideland, auf dem mehr als eine Herde Schafe stand, der es gefiel, mitten auf der Straße zu stehen. Bald war White Horse von Schafen umgeben, so dass wir weder vorwärts, noch rückwärts, noch irgendwie anders von der Stelle kamen. Wohin wir auch schauten, überall schmutzig weiße Wollknäuel auf vier Hufen. Okay, ein schwarzes war dabei und ein Schaf, das schwarze Hufen, Schwanz und Kopf hatte. Ich beugte meinen Kopf aus dem Fenster und wollte den Schafen sagen, sie sollten uns doch bitte vorbeilassen. Doch noch bevor ich irgendetwas sagen konnte, stoben die Schafe laut schreiend auseinander: 'Hilfe! Ein Riese!', blökten sie. Irritiert sah ich mich um. 'Wo ist ein Riese?', fragte ich. 'Ach, Fomka, die meinten dich. Musstest du die armen Schafe so erschrecken? Ich möchte jetzt nicht der Schäfer sein, der sie wieder zusammentreiben muss. Aber wenigstens ist die Straße jetzt wieder frei', meinte Jim nur und fuhr weiter. Und ich muss sagen, dass dies meine angenehmste Fahrt mit Jims Auto war. Er fuhr regelrecht langsam, hielt sich an die Geschwindigkeitsbegrenzungen und fuhr teilweise auch langsamer. Man sah richtig, wie er die Landschaft genoss.

Dann endlich kamen wir in Nenagh an. Doch Jim hielt nicht an, er schien durch den Ort durchfahren zu wollen. Das Ortsausgangsschild war schon zu sehen, als plötzlich ein grüner Drachen vor der Windschutzscheibe auftauchte und Jim zum Anhalten zwang. Er ließ das Seitenfenster an der Fahrerseite herunter und der Drachen trat heran und grüßte uns: 'Tach. Wollt'd wohl wied'r geh'n?' Dabei rollte er die R's sehr hart. Man hörte, dass er ein Schotte war. 'Wie gehen? Wir sind doch noch gar nicht da. Oder bist du unser Geleitschutz?', fragte Jim. 'Noch nich ang'komm'n? Wo wollt's ihr denn noch hi? O'r seid's gar nich Dschim?' 'Doch, doch. Aber wir wollen zu Reh O'Fia.' 'Ach, O'Fia, das Einsiedlerreh. Kennt ihr den Weg da hoch?'

Nachdem Jim verneint hatte, führte uns der Drache, der sich Teintidh nannte, zu Rehs Haus, ebenfalls ein robustes Cottage. Vor dem Haus, das an einem kleinen Waldstück lag, stand ein Reh und schien auf irgendetwas zu warten. Als es uns sah, kam es auf uns zu und begrüßte uns. 'Hallo, da seid ihr ja endlich. Oh, ihr habt Verstärkung aus dem Dorf mitgebracht? Hallo Teintidh.

Kommt rein, die anderen sind auch schon da.' 'Hallo Reh. Du hast's die Truppe herb'stellt? I dacht, die seins von Teuf'l g'schickt wo'd'n', meinte Teintidh und trat vor das Reh. 'Ja, ich habe einen Brief an Jim geschickt, damit er uns hilft. Genauso, wie ich Briefe nach Philadelphia geschickt habe, um den Rest der White Rabbits zu benachrichtigen', erklärte Reh und öffnete die Haustür. Drinnen sah es sehr interessant aus. So eine Art und Weise der Einrichtung hatte ich noch nie gesehen. Es glich einem kleinen Wald. Überall große und kleine Pflanzen in Töpfen und großen Schalen. Sogar das Sofa war eine riesige große Hecke, die in die entsprechende Form geschnitten wurde. An den Armlehnen und der Rückenlehne blühte es zart rosa und weiß. Die Kleiderschränke und Stühle waren mit Efeu bewachsen, sogar der Tisch. Es duftete im ganzen Haus, als säßen wir direkt im Wald. Der Teppich sah wie eine naturgetreue Imitation von Gras aus. Und genau dort hatten es sich die anderen Mitglieder der White Rabbits gemütlich gemacht. Daniela, Jim, Teintidh, Schlafhund und ich setzten uns dazu. Reh brachte uns gekühlten Kräutertee, den wir alle schlürften, er war mit Honig gesüßt.
Reh übernahm jetzt das Wort und klärte uns über den Grund des Hilferufes auf. 'Alles begann vor etwa drei Tagen. Ein paar Hundebesitzer riefen bei der Polizei an und meldeten, dass ihr Hund auf unerklärliche Weise gestorben wäre. Man habe Gift in ihren Körpern gefunden. Die Art des Giftes ist uns allerdings unbekannt.' Das Telefon klingelte plötzlich, Reh ging sofort ran. Er sagte nicht viel: 'Ja, gut. Sind sie sicher? Okay, danke.' Dann kam er wieder zu uns zurück und sagte: 'Das war mein Freund vom Polizeirevier. Sie haben das Hundefutter untersucht und festgestellt, dass es dasselbe Gift enthielt wie die toten Hunde.' 'Das Hundefutter? Wer ist so krank und vergiftet Hundefutter?', wollte Arne wissen. Die anderen zuckten nur mit den Schultern. 'Wat is'n dor Näm for det Hunnefudder?', fragte Saatzh. ''S heißt Lucky Dog. Eig'ntlich ei schön'r Name fü's Hun'efutt'r', war Teintidhs Antwort. 'Is übrig'ns eig'ne Herstellung. Von 'nem klei'n Bau'rhof auß'rha'b der Stadt.' Jim wollte natürlich sofort dort hin, also stellte Teintidh, der hier das Sagen hatte, eine kleine Truppe zusammen.
Anna-Lena und Jena wurden geschickt, um die Bauern zu befragen. Reh begleitete sie, damit sie auch den Weg finden. Julia und

Jim untersuchten unterdessen nocheinmal das Gift. Reh hatte eine kleine Probe von dem Hundefutter von der Polizeistation mitgehen lassen. Doch auch die beiden konnten das Gift nicht identifizieren, da Jims Autodatenbank über außerirdische Pflanzen-, Tier- und synthetische Gifte noch nicht vollständig war. 'Ich glaube, da muss einer von uns nach Philadelphia fahren und das Gift dort untersuchen', meinte Jim schließlich. Julia meldete sich freiwillig und fuhr mit ihrem kleinen Raumschiff, das wie eine fliegende Untertasse aussah, los. Der Einstieg war übrigens oben durch eine blaue, leicht durchsichtige Dachluke. 'Ich melde mich dann, sobald ich was habe', sagte Julia zum Abschied, schloss die Dachluke und hob senkrecht ab. Dabei war das Raumschiff so leise wie ein Vogel.
Kurz nachdem Julia weg war, kamen Anna-Lena, Jena und Reh zurück und hatten einige merkwürdige Sachen zu berichten. Seán MacGintey, der Bauer, besaß zwei hellbraune Kühe. Eines Tages kam ein fremder Mann und verkaufte ihm eine dunkelbraune Kuh. MacGintey hatte diese Kuh genau so behandelt, wie die anderen beiden auch. Es dauerte nicht lange und die neue Kuh wurde schwanger. Sie gebar ein kerngesundes Kalb. Es lernte laufen wie ein normales Kalb, benahm sich auch sonst ganz normal. Doch eines Tages fand er das Kalb tot im Stall. Der Arzt untersuchte es, konnte aber keine Krankheiten feststellen, genauso wenig wie Gift. Verletzungen hatte es auch keine, was uns irgendwie bekannt vorkam. Daher verarbeitete MacGintey das Kalb wie üblich zu Hundefutter, was noch in der selben Woche an den kleinen Supermarkt im Ort verkauft wurde. Jedenfalls ein Teil, der Rest wurde gleich vor Ort vom Bauernhof verkauft.
'Okay, ich denke, dass wir sämtliche Überreste des Hundefutters aus dem Verkehr ziehen sollten. Konrad, Teintidh, Fomka und Reh kümmern sich um den Supermarkt. Der Rest klappert sämtliche Haushalte ab', gab Jim routinemäßig die Befehle. Teintidh ließ es sich gefallen. Wir machten uns sofort auf den Weg hinunter ins Dorf. Unten angekommen sahen wir Hund und Strolch, die dort gewartet hatten. 'Verdammt, wo ward ihr? Wir warten hier schon seit Stunden. Habt ihr euch etwa verfahren? Und wer sind die da?', fragten Hund und Strolch zur selben Zeit. 'Ach, euch hab'ch ganz v'rgess'n. Wir war'n ob'n bei Reh. Dschim wurd'

von ihm eing'lad'n. Dort hab'n wir all's b'sproch'n. War'n auch noch mal bei MacGintey.' Teintidh erzählte kurz, was in den letzten Stunden passiert war und gab ihnen den Auftrag, die Wohnhäuser abzuklappern und die Reste des Hundefutters sicher zu stellen. Und schon eilten alle los. Ohne Aufforderung bildeten sich kleine Gruppen. 'Wir treffen uns dann bei Reh', meinte Jim, wurde aber von Reh unterbrochen. 'Kommt nicht in Frage, Hundefutter kommt mir nicht ins Haus. Hast du eine Ahnung, wie lange es dann in meinem Haus nach diesem Zeug stinken würde? Zur Beratung und zu Besprechungen stelle ich mein Haus gerne zur Verfügung, aber das Hundefutter bleibt draußen!' 'Ihr könnt das Zeug in die Garage meines Großvaters bringen. Wir können uns bei mir treffen, ich zeige euch wo das ist. Es muss nur sichergestellt werden, dass unser Hund nicht an das sichergestellte Futter ran kann', bot Arne an. Bis jetzt dachten wir immer, Arne komme aus Amerika, doch er belehrte uns eines besseren, sagte, seine Familie komme ursprünglich aus Irland, sei dann vor Jahrhunderten nach Amerika ausgewandert und seine Großeltern wären dann wieder nach Irland zurückgekommen.
Nachdem dann endlich klar war, wo wir uns wieder treffen sollten, ging es richtig los. Jede Gruppe ging in eine andere Richtung. Nach gut drei Stunden waren dann auch die letzten wieder zurück. Hund und Strolch hatten schlechte Laune. 'Das ist gemein. Überall, wo wir hinkamen, war schon jemand gewesen. Wir sind völlig nutzlos durchs Dorf gelaufen!', maulten sie missmutig. Selbst Schlafhund hatte in den drei Stunden zwei Häuser geschafft, was die beiden noch mehr deprimierte. Wie wir erfuhren, hatten sich die beiden erst eine Weile gestritten, wo sie langgehen sollten. Aber wenigstens kamen sie nicht alleine zurück, Mike und Katze waren bei ihnen. Mike meinte, er esse zwar kein Hundefutter, aber er kann nicht zulassen, dass andere unschuldige Hunde mit dem Zeug vergiftet werden. Deswegen wollten er und Katze uns helfen und sind extra aus Killaloe hierher gekommen. In Killaloe hatten sie gerade Urlaub gemacht.
Bei Arne in der Garage schauten wir uns dann unsere Ausbeute an, gut hundert normale und vierzig Doppelpacks, alles kleine Dosen. 'Wau, sind das viele. Hätte nicht gedacht, dass man aus einem kleinen Kalb soviel Dosenfutter herstellen kann', meinte

Mike erstaunt. 'Stimmt, Mike, aber du musst bedenken, dass es keine normale Kuh war, sie war verzaubert', klärte ihn Jim auf. Der Anruf aus Philadelphia kam am späten Nachmittag. Julia hatte etwas herausgefunden. Soweit Jims Schwester feststellen konnte, war es ein unbekanntes Gift, das in Verbindung mit Sauerstoff zu reinem Kohlendioxid wird, also äußerst tödlich ist. Wie es aussah, war das Gift außerirdischer Natur. Julia hatte auch herausgefunden, dass sich der Schwarze Mann gerne solcher Zaubertricks bedient. Damit war klar, dass wir es mit dem Bruder des roten Milan zu tun hatten, der für seinen kleinen Bruder Rache wollte. 'Ich mache mich sofort noch einmal zu diesem Bauernhof auf und rede mit den Kühen', sagte ich und wollte schon gehen. 'Ich komme mit', meldete sich Katze und folgte mir. Also nahm ich sie mit.
Auf dem Bauernhof angekommen ging ich sofort zu den Weideflächen und bat bei den Kühen um ein Gespräch, das mir sofort gewährt wurde. 'Grüß euch, ihr lieben Kühe', sagte ich höflich. Die drei Kühe grüßten zurück und kamen neugierig auf mich zu. 'Ich habe ein paar Fragen.' Ich erklärte ihnen, wie weit wir mit unseren Ermittlungen waren und fragte sie, ob sie in den letzten Wochen etwas Merkwürdiges bemerkt hatten. Bó, Óg und Lao (sprich Li) überlegten."

„Du, Fomka, diese Namen, haben die irgendeine Bedeutung? Ich meine, sie sind sehr merkwürdig", unterbrach Diablo. Der Heidelbär nickte „Ja, Bó heißt soviel wie Kuh, Óg heißt klein und Lao ist das irische Wort für Kalb, wobei die besagte Kuh längst kein Kalb mehr war.

Nach einer Weile sagte Bó, dass eines Tages ein Mann gekommen war. Er war ganz in schwarz gekleidet, eine lange schwarze Kutte, die schwarze Kapuze tief ins Gesicht gezogen. Wenn mal ein Fuß unter der Kutte hervorschaute, dann war auch er von einem schwarzen Schuh umgeben. An den Händen trug er schwarze Lederhandschuhe. Die Haare waren nicht zu sehen, doch es hätte keinen gewundert, wenn nicht auch sie schwarz gewesen wären, so erklärte mir Bó. Die beiden anderen stimmten zu. 'Er hat unheimliche Geräusche von sich gegeben. Die Stimme klang wie

die einer Krähe mit Halsschmerzen. Die Worte haben wir kaum verstanden, er brabbelte und krächzte nur vor sich hin. Nur eins haben wir gut hören können: Hier ist der perfekte Platz, um mein Gift auszuprobieren. Wenn es funktioniert, kommt die ganze Welt dran, hihihi, krch krch, krch', meinte Óg. Das war das Letzte, was sie von diesem Mann gesehen oder gehört hatten.
Ach nein, Lao hatte noch etwas gehört. Bevor dieser mysteriöse Mann verschwand, sagte er wohl noch: 'Nun aber zurück nach Hause, zum höchsten Berg der Welt.' Dann soll er wohl verschwunden sein, in Luft aufgelöst. Ich bedankte mich bei den Kühen für die wertvollen Informationen und machte mich auf den Weg zum Farmerhaus. Katze musste dort sein, da sie mir nicht zu den Kühen gefolgt war. Doch auch dort war sie nicht. Mr MacGintey wusste nicht, wo Katze war. Doch noch bevor ich sie suchen konnte, kam sie schon wieder zurück. Und sie war nicht allein. Ein kleines Rehkitz folgte ihr stolpernd. 'Hallo Fomka, hast du was gefunden?', fragte Katze und bemerkte das kleine Kitz gar nicht. Ich bejahte die Frage. 'Und wie ich sehe, hast du auch etwas gefunden', fügte ich noch hinzu und zeigte auf das Reh. Katze schaute hinter sich: 'Ach das. Ähm, ich war im Wald und habe nach Spuren gesucht. Auf einmal sah ich dieses Reh. Es ruft immerzu Mama.' Katze zuckte mit den Schultern. Das Rehkitz ging auf die Löwin zu und schmiegte sich zärtlich an ihren Kopf. 'Mama', sagte es ganz sanft. Ich musste lächeln, scheinbar hatte sich das Reh Katze als neue Mutter auserkoren. Katze fand das nicht besonders prickelnd. Doch wie dieses Kleine sich so an sie kuschelte, konnte sie es nicht einfach wegstoßen, ihr Mutterinstinkt kam wohl durch. Sie beschloss, das Reh einfach mitzunehmen. Und so machten wir uns zu dritt auf den Rückweg. Natürlich erst nach einer schönen Tasse schwarzen Tees mit Milch und Zucker, die uns Bauer MacGintey freundlicherweise spendierte."

„Ist hier gerade von Kim die Rede?", fragte plötzlich eine weibliche Stimme hinter Fomka. Der Heidelbär drehte sich um und sah Katze, eine Löwin, vor sich. „Ah, Katze, ja, die Rede ist von Kim", bestätigte der Bär. „Dann ist es vielleicht ganz gut, wenn ich kurz erzähle, wie ich sie gefunden habe", meinte Katze und fing ohne eine Antwort abzuwarten an ...

...zu erzählen: „Also, wir kamen da bei diesem Bauernhof an und Fomka verschwand sofort, ohne ein Wort zu sagen in Richtung Kuhweide. Ich wollte mich in der Gegend mal umsehen. Natürlich habe ich zuerst bei den Hausherren geklingelt und gesagt, dass wir uns auf ihrem Gelände mal umsehen wollten, denn nur deswegen haben wir Tee bekommen, ansonsten hätten die MacGinteys uns gar nicht bemerkt.
Da Fomka bei den Kühen auf der Weide war, ging ich in die andere Richtung, auf den kleinen Wald zu. Eigentlich war es mehr ein Hain. Der Boden dort war durchgeweicht von den letzten Regenschauern. Und es tropfte permanent von den nassen Bäumen in mein Genick, auf meinen Kopf, auf mein Hinterteil. Ich hasse Wasser! Aber ich lief weiter und hielt nach möglichen Spuren Ausschau. Doch machte ich mir keine große Hoffnung, etwas zu finden, der Regen hatte sämtliche Fußspuren weggespült.
Da hörte ich ein leises Geräusch. Es hörte sich wie ein Weinen an. Es schien aus nördlicher Richtung zu kommen, tiefer im Hain. Auf Samtpfötchen ging ich in die Richtung, aus der das Geräusch kam und sah mich plötzlich einem kleinen Rehkitz gegenüber. Das Kleine weinte zum herzerweichen. Ich blieb jedoch außer Sicht- und Riechweite, um zu sehen, ob die Mutter des Kleinen nicht zurückkommt. Aber es geschah gar nichts, das Rehkitz weinte immer noch nach seiner Mama und die Mutter blieb fern. Allerdings wartete ich auch nur gut eine halbe Stunde, bevor ich mich wieder auf den Rückweg machte. Die Mutter würde schon noch kommen. Außerdem konnte ich mich doch nicht um ein Reh kümmern, was sollte denn mein Vater dazu sagen. Der war doch schon in Ohnmacht gefallen, als ich Mike heiratete.
Ich merkte nicht, dass mir jemand folgte, als ich den Wald verließ. Den Rest weißt du ja schon. Wir nahmen das Rehkitz mit ins Dorf zurück.

Okay, wenn ihr mal wieder etwas wissen wollt, dann lasst es mich wissen. Ich erzähle euch gerne Geschichten aus meiner Familie. Und da gibt es viel zu erzählen. Zum Beispiel Kims erster Geburtstag, oder Kims erstes Weihnachten, oder ..." „Ähm, Katze, wir lassen es dich wissen, wenn wir etwas wissen wollen, versprochen", unterbrach Teufel Katzes Redeschwall. „Okay, ihr wisst ja, wo ihr mich findet“, meinte Katze noch, bevor sie sich trollte.

„Wieder bei den anderen im Dorf angekommen, erzählte ich gleich, was mir die drei Kühe erzählt hatten, während sich das kleine Reh mit Mike anfreundete. Von ihm bekam sie auch den Namen Kim. Mike und Katze adoptierten es und Katze rief natürlich sofort bei ihrem Vater an, um ihm zu erzählen, dass er jetzt Großpapa sei. Dass seine Enkelin ein Rehkitz war, verschwieg sie fürs Erste.
Julia, die aus Philadelphia wieder zurückgekehrt war, meinte, dass wir eine Möglichkeit hätten, den Schwarzen Mann zu besiegen. Dies jedoch würde im schwarzen Buch stehen, das sich jedoch unvorteilhafter Weise im Besitz des Schwarzen Mannes befand. Also mussten wir uns wohl oder übel auf den Weg zum höchsten Berg, dem Mount Kea machen.
Jim traf natürlich gleich die Vorbereitungen für unsere Reise zum höchsten Berg der Welt. ‘Juchhu, es geht wieder auf Reisen!’, riefen Hund und Strolch freudig und hüpften umher. ‘Wo liegt denn der höchste Berg der Welt?’, fragte Hund dann schließlich, wobei man sah, dass Strolch die selbe Frage stellen wollte. ‘Erstens, der höchste Berg liegt nicht, er steht und zweitens ist er im Himalaya zu finden’, belehrte Mike, doch Jim schüttelte den Kopf. ‘Das ist so nicht richtig. Der höchste Berg der Welt ist nicht im Himalaya, sondern vor Hawaii im Pazifik. Er ist 10 203 Meter hoch, wobei aber nur 4205 Meter über dem Wasser sind und heißt Mount Kea’, korrigierte Jim. Doch Teintidh war mit der Antwort nicht ganz einverstanden. ‘Ähm, Jim, wieso bist du so sicher, dass dieser Schwarze Mann genau diesen Berg meint und nicht, wie Mike, den Mount Everest? Nur mal so als Frage.’ ‘Nun ja, ähm. Das nehme ich einfach mal so an.’ Eine andere Antwort fiel Jim nicht ein.
‘Mama, darf ich mit in den Urlaub? Wo fahren wir denn hin? Wo liegt denn Pafizik? Den Ort kenne ich gar nicht’, fragte Kim, während sie zu ihrer neuen Mutter stolperte. ‘Ach, Kim, das heißt Pazifik und nicht Pafizik. Und der Pazifik ist kein Ort, sondern ein großer Ozean. Und außerdem fahren wir nicht in den Urlaub, wir sind geschäftlich unterwegs’, erklärte Katze ruhig. Doch Kim sah ihre Mutter nur noch ratloser an. ‘Was ist ein Ozean? Und

was ist geschäftlich?', fragte das kleine Reh. Mike versuchte sich jetzt: 'Also, der Ozean ist ein großes Meer.' Kim schaute ihn fragend an. 'Nimm den größten See, den du kennst und vergrößere ihn ins Unendliche, dann hast du ein Meer', versuchte es Mike noch einmal. Kim sah ihn weiter hilflos an. 'Was ist denn ein See?' 'Ähm, kennst du einen Fluß?', fragte Teintidh. Kim nickte. Endlich mal etwas, was sie kannte. 'Dann nimm den Fluß und mach ihn genauso breit, wie lang', fuhr Teintidh fort, wurde aber von Kim unterbrochen. 'Wie lang ist denn ein Fluß? Und was ist nun geschäftlich?' 'Ich gebe es auf', resignierte Teintidh endlich. Jim lächelte nur vergnügt.
Als dann alle abreisebereit waren, ging es los. Mit Jims Auto fuhren wir bis zum Atlantik, wobei ich mich die ganze Fahrt über fragte, wie wir alle in den kleinen Pkw gepasst hatten, wir waren immerhin 19 Leute und allein ich würde schon den ganzen Wagen ausfüllen. Doch wir fanden alle problemlos und bequem Platz, ohne dass das Auto mit dem Bauch auf der Erde hing. Als kleinen Gag gab es jeweils vor jedem Sitz eine kleine Bar, an der wir uns bedienen konnten, wie in einer Limousine. Es gab Orangensaft und Schokolade und Kekse und Gummibärchen. Jim hatte dieses kleine Extra in seinen Flitzer hineingezaubert.
Wir fuhren in atemberaubender Landschaft, grüne sanfte Hügel, kleine Mittelgebirge, Seen und natürlich Flüsse. Als Teintidh den ersten Fluß sah, musste er ihn gleich Kim zeigen, genau wie die Seen. Das kleine Reh war begeistert. Wieder sahen wir auch Schafe und Ziegen. 'Mama, guck mal, das sind aber komische Rehe. Die sind aber dick. Und da, die Rehe haben merkwürdige Hörner. Außerdem sind die weiß, schwarz oder bunt', meinte Kim aufgeregt. Wir mussten lachen. 'Ach, Kim, das sind doch Schafe und Ziegen, keine Rehe', berichtigte Kims neuer Vater Mike, der rechts neben Kim saß. Links daneben saß natürlich Katze. Wir fuhren quer durch County Clare, bis zum Atlantik. Du kannst dir Kims große Augen kaum vorstellen, als sie so viel Wasser auf einmal sah. 'Mama, Mama, Mama', rief sie aufgeregt. 'Ist das Pafizik? Ist das Pafizik?' 'Aber nein, Kim, das ist der Atlantik. Den müssen wir überqueren, um nach Amerika zu kommen. Dann wird Jim schräg durch Amerika zum Pazifik fahren', erklärte Arne, einer der White Rabbits, die ja ebenfalls mitgekommen waren,

bis jetzt aber leider etwas zu kurz kamen. 'Au fein, wir fahren über, über ... über was eigentlich?', freute sich das kleine Reh. 'Das nennt man Meer.' Wieder war es Arne, der erklärte. 'Wir fahren übers Meer. Ist Amerika auch ein Meer?' Kims Neugier und Wissensdurst war größer, als unsere Nerven. Zwar blieben wir alle sehr ruhig und erklärten, aber dennoch fing Kim an, uns auf die Nerven zu gehen, was nichts gegen das Reh sein sollte. Aber Kim war ja noch ein Baby, dadurch war es etwas leichter zu ertragen. Und natürlich der Umstand, dass wir eine Gruppe waren. So konnte jeder mal eine Frage beantworten.
Wenigstens hatten wir auf dem Meer etwas Ruhe. Kim hing die meiste Zeit nur über der Reling. Bei Jims Affenzahn, den er mal wieder drauf hatte, war es auch kein Wunder, dass Kim schlecht wurde. Mike kümmerte sich als Vater wirklich rührend um die kleine, während Katze auf der anderen Seite hockte und Reh betreute, der ebenfalls mit den Fischen telefonierte. Auch die anderen fühlten sich auf dem kleinen Boot nicht sehr wohl, außer Jim natürlich, der juchzend den Wind und die Gischt auf seinem Gesicht genoss. Nach gut eineinhalb Stunden waren wir dann endlich in Amerika. Irgendwo abseits der Häfen und Grenzaufsicht gingen wir an Land, stiegen aus und ließen Jim sein Sportboot wieder in ein Auto verwandeln. Die Zeit der Verwandlung nutzten wir, um uns von den Strapazen auf dem Meer auszuruhen. Besonders Kim und Reh brauchten eine Pause. Beide torkelten am Strand entlang, als ob sie gerade erst laufen lernten. 'Du, Papa, wackelt das Meer immer so?' Mike nickte: 'Meistens. Manchmal ist es sogar noch viel schlimmer.'
Kaum hatte der Schäferhund das gesagt, blies Jim schon wieder zur Weiterfahrt. Also stiegen wir alle wieder in White Horse, Jims Multifahrzeug, das jetzt wieder ein schöner roter Straßenflitzer war. Die rasante Fahrt ging jetzt zu Land weiter, querfeldein. Manchmal war das Gelände so uneben, das Jim sein Auto auf Geländewagen umstellte. Wir fuhren durch Staub, Schlamm und Städte. Wobei Jim letztere meistens mied. Die Scheiben an den Seiten und überhaupt alle Scheiben waren mit Schlamm bedeckt. Jedoch nicht lange. Front und Heckscheibe wurde durch Scheibenwischer frei gehalten, an den Seiten jedoch erschien immer wieder ein Stück Stoff, das einem Lappen sehr ähnlich sah. Das

Stück Stoff wischte an den Seiten des Autos lang. Ich beobachtete das Schauspiel eine Weile und wunderte mich, warum der weiße Lappen eigentlich nie schmutzig wurde. Doch nach einiger Zeit wurde mir das dann zu langweilig und ich schlief ein. Kim redete eigentlich die ganze Fahrt über. Sie war begeistert über die riesig großen Kühe, die hier und da zu hunderten durch die Prärie trampelten. Daniela erklärte ihr, dass es Bisons seien und keine Kühe. Ich jedoch nickte schön ein und döste vor mich hin.

Unsanft geweckt wurde ich erst von Spanisch sprechenden Beamten, die wild gestikulierten und ziemlich aufgebracht wirkten. Jim schien dies alles aber recht gelassen zu nehmen. Erst nach und nach verstand ich, was die zwei Beamten wollten: unsere Ausweise. Scheinbar waren wir gerade dabei, die amerikanische Grenze nach Mexiko zu überqueren. Jim kramte in seinen vielen Taschen und suchte etwas, garantiert seinen Ausweis. 'Oh, seht mal da, ein Bison mit menschlichem Oberkörper!', rief Jim plötzlich aus. Die Beamten sahen verwirrt, aber auch neugierig in die Richtung, die Jim ihnen gezeigt hatte. Im selben Moment wollte Jim Gas geben und abhauen. Doch er hatte nicht mit der Aufmerksamkeit der Beamten gerechnet. 'Halt! Hier geblieben! Zeigen Sie uns Ihre Papiere!', schrie einer der beiden auf Spanisch. 'Och, nun seid doch nicht so kleinlich. Ich bin es doch, der liebe Jim', versuchte es Jim. 'Und wenn Sie der Kaiser von Amerika wären, zeigen Sie mir endlich Ihren Ausweis! Oder ich verständige deine Eltern und die Polizei!' 'Das dürfte schwierig werden, zumal Sie nicht wissen, wer ich bin. Aber die Adresse meiner Eltern kann ich ihnen geben. Moment, hier hab ich sie ja.' Jim reichte einem der Beamten einen kleinen Zettel, auf dem 'Harappa – Tal des Indus-Flusses' stand.

'Was soll das, ich will Ihren Ausweis!' Die Beamten hatten ihre Geduld entgültig verloren. 'Ist ja gut, hier ist er ja, hab ihn gefunden.' Jim reichte den beiden ein kleines Lederetui hin, in dem sein Ausweis steckte. Doch als die Augen der Zollbeamten immer größer wurden und sie ungläubig drein schauten, schwante Jim schon, dass er den falschen Ausweis gegeben hatte. Er griff noch einmal in die Tasche, aus der er das letzte Dokument geholt hatte und wurde sich immer bewusster, dass es wirklich der falsche Ausweis war. 'So, so, Nikev mov Netor Hcier, geboren

9000 h.E.T. (hcan Etor Tdats = nach Rote Stadt – die Hauptstadt von Juma) am Loch Ness. Planetenangehörigkeit irdisch und jumarianisch. Wohnort Erde. Soll das ein Scherz sein?' Jim lächelte nur verlegen: 'Ähä, sorry, falscher Ausweis.' Schneller als Lucky Luke griff Jim nach seinem jumarianischen Ausweis, trat das Gaspedal und sauste davon. Wir sahen noch, wie die beiden Beamten hinterher schimpften und mit den Fäusten drohten.
Erst als wir weit genug von der Grenze und außer Sichtweite waren, hielt Jim an und begann, sich noch mehr zu wundern. Verwirrt besah er sich seinen Ausweis und schüttelte nur den Kopf. 'Wie konnten die bloß meinen Ausweis lesen? Steht doch auf jumarianisch da.'

Nach einem Blick auf Jims jumarianischen Ausweis musste ich ihm Recht geben. Doch dann bemerkte ich ein kleines Zeichen rechts unten auf dem Dokument. Ich machte Jim darauf aufmerksam und der stellte fest, dass das selbe Zeichen auch auf der Rückseite rechts unten zu sehen war. Jim erkannte das Zeichen, ein Zauberzeichen, wodurch alle Beamten im ganzen Universum die jumarianische Schrift lesen und die Sprache verstehen konnten.

Vorderseite von Jim's jumarianischen Ausweis

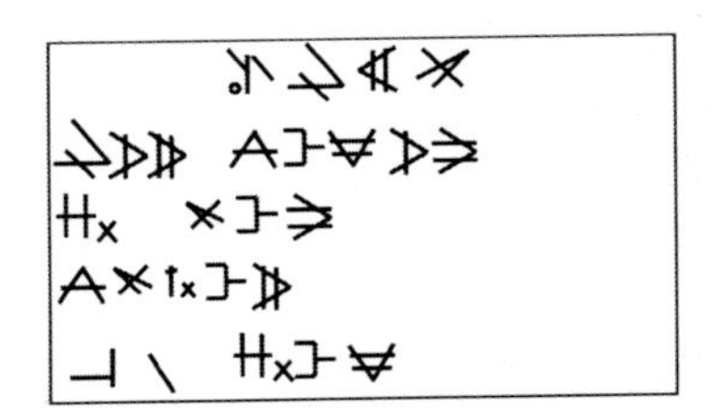

1. Zeile = Amuj (zu dt. Juma)
2. Zeile = mov Netor (zu dt. vom Roten)
3. Zeile = Hcier (zu dt. Reich)
4. Zeile = Nikev (Jim's Norname auf Juma)
5. Zeile = 9000 h.E.T. (= hcan Etor Tdats–etwa 3000 v.Chr.)

Rückseite von Jim's jumarianischen Ausweis

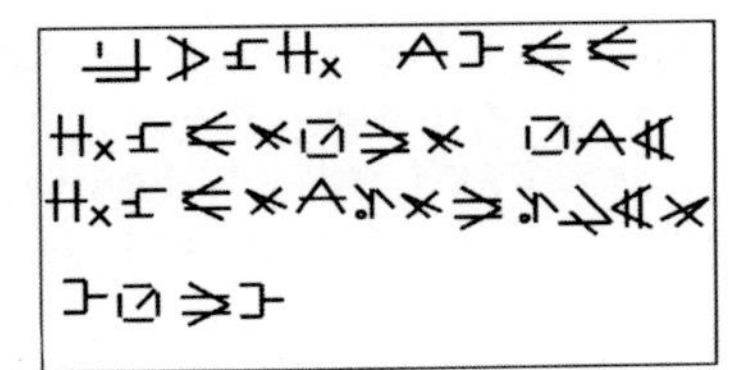

1. Zeile = *Loch Ness (geb. Loch Ness)
2. Zeile = hcsidri dnu (zu dt. irdisch und)
3. Zeile = hcsinairamuj (zu dt. jumarianisch)
4. Zeile = Edre (zu dt. Erde)

Kopfschüttelnd ließ Jim den Motor an und fuhr weiter. Immer wieder murmelte er vor sich hin: 'Ich hatte den offiziellen Grenzübergang nach Mexiko weiter östlich in Erinnerung. Die müssen den Posten ein Stück verlegt haben.' Auf die Idee, dass er sich vielleicht ein wenig verfahren und verschätzt haben könnte, kam er nicht.
Nicht lange nach diesem Zwischenfall an der Grenze kamen wir am Pazifik an. Kim war als Erste ausgestiegen und hinunter zum Strand gelaufen. 'Mama, Papa, ist das der Pafizik – Pa-zi-fik?', fragte das Kitz. 'Okay Leute, alle her kommen, Lageplan besprechen', rief Jim plötzlich. Kim jedoch hörte das nicht, sie watete ins Wasser und tollte herum.
'Okay, kurze Erklärung, wir sind hier. Hawaii, beziehungsweise der Mount Kea ist hier. Das heißt, wir müssen per Boot hinüberfahren. Allerdings gibt es da ein Problem. Wenn wir mit meinem kleinen Flitzer fahren, könnten wir vom Schwarzen Mann entdeckt werden, was wir aber tunlichst vermeiden wollen. Zum hinschwimmen ist es allerdings etwas weit. Fomka und ich würden es vielleicht schaffen. Und Teintidh könnte fliegen, aber der Rest? Tauchen hatte ich auch schon in Erwägung gezogen, es jedoch gleich wieder verworfen. Die meisten werden das nicht können und für Fomka würden wir auf die Schnelle keine passende Sauerstoffflasche finden. Daher habe ich mir gedacht, wir fahren mit dem Boot soweit an den Berg heran wie möglich, ohne jedoch gesehen zu werden. Von dort aus würden wir dann tauchen. Ich werde eure Lungen so verändern, dass ihr auch unter Wasser atmen könnt. Noch irgendwelche Fragen? Nein? Dann kann es ja losgehen, alle an Bord.' Jim ließ nicht einmal eine Frage zu, sondern stieg gleich an Bord seines Autos, das jetzt wieder ein rotes Sportboot war. Rechts und links waren Ruder angebracht. Captain Jim saß schon an den Rudern und wartete auf seine Mannschaft, die einer nach dem anderen einstieg. Kim zögerte: 'Ähm, muss – muss ich da mit kommen?' 'Nein, musst du nicht, ich werde mit dir hier warten. Falls irgend etwas geschieht, können wir dann als letzte Rettung hinterher, wenn es unbedingt sein muss', meinte Reh, während er das Boot wieder verließ. So blieben Reh und Kim am Strand von Mexiko zurück, während wir uns auf den Weg in die Höhle des Löwen machten.

Dann endlich waren wir fast am Mount Kea. Jim schnipste mit den Fingern und kurz danach waren Hund und Strolch als Erste im Wasser, gefolgt von den White Rabbits, Teintidh, Katze, Mike, Jim und mir. Schlafhund verließ als Letzter das Boot. Arne blieb zurück, um Hilfe holen zu können, falls das nötig werden sollte. Der Rest ging auf Tauchgang. Es wurde ein sehr langer Tauchgang, immerhin mussten wir auf 5998 m abtauchen. Anfangs war es ungewohnt, unter Wasser zu atmen, doch mit der Zeit gewöhnten wir uns daran. An den permanenten Druck auf den Ohren gewöhnte ich mich aber nicht. Dann endlich erreichten wir so etwas wie ein Ufer. Es war sehr felsig, aber nicht steil. Das Ufer schien aus Kalkstein zu sein, war aber viel härter. Von irgendwoher erhellte ein fahler Lichtstrahl die Höhle, gerade hell genug, dass wir die Umrisse erkennen konnten. Das Licht tauchte die weiße Wand in ein mattes Gelb. Es führten zwei Wege in das innere des Berges."

„Ich wusste gar nicht, dass der Mount Kea innen hohl ist", fiel Diablo ins Wort. „Da bist du wohl nicht der Einzige. Ich und bestimmt auch viele andere der White Rabbits wussten es auch nicht", antwortete Fomka kurz
und erzählte dann weiter: „Wir überlegten, welchen Weg wir nehmen sollten. 'In einem Film habe ich mal gehört, man solle immer den rechten Weg nehmen', schlug ich vor und nahm den rechten Weg. Ich war noch nicht weit gegangen, als eine riesige Flamme auf mich zuraste. So schnell ich konnte, machte ich kehrt und rannte zurück. Aber die Flamme holte mich ein. Völlig verrußt und schwarz kam ich aus dem Gang gestürmt, rief 'Wir nehmen doch lieber den linken Weg!' und verschwand schon im selbigen. Der Rest folgte mir.
Erst nach einer Weile blieb ich keuchend stehen. Hund und Strolch fingen zuerst an zu lachen. Die anderen stimmten ein. Auch ich musste lachen. Als wir uns dann endlich wieder gefasst hatten, legte Jim seinen Zeigefinger auf den Mund. Ab jetzt wurde nur noch flüsternd gesprochen. Leise gingen wir den linken Gang entlang. Er war schmal und schnurgerade. Nicht eine einzige Kurve oder Biegung kam. Der Gang war wie mit dem Lineal gezogen. Auch zweigten keine anderen Wege, Pfade oder Gänge von unse-

rem ab. Es ging weder bergauf, noch bergab. Der Gang schien einmal quer durch den Berg zu gehen und nahm kein Ende. Wir waren bestimmt schon Stunden unterwegs und noch immer hatte sich unser Weg nicht verändert. Es schien fast so, als ob wir auf der Stelle laufen würden.
Urplötzlich stand uns eine Gestalt gegenüber. Nah genug, um ihre Konturen zu erkennen, doch zu weit weg, als das man mehr hätte erkennen können. Wie es schien, trug die Gestalt eine lange dunkle Kutte mit Kapuze, die das Gesicht im Dunkeln ließ. 'Wie amüsant, ihr lauft auf der Stelle?', fragte eine heisere Krähenstimme unter der Kapuze, die von den Wänden hundertfach zurückgeworfen wurde. Laut und durchdringend lachte er. Sein Lachen ging durch Mark und Bein. Wir verzogen wütend die Gesichter, ließen uns aber nicht dazu hinreißen, uns auf diesen Teufel zu stürzen. Sein süffisantes, hämisches, siegessicheres Lächeln regte mich auf. Wir standen da und funkelten diese Kreatur an, die zurück funkelte – kalt, unerbittlich, gnadenlos. Der Schwarze Mann war sich seiner Sache mehr als sicher.
Die nächste Bewegung, die dieser Teufel in Außerirdischengestalt machte, ließ bei einigen dann endgültig die Sicherungen durchbrennen. Er holte einen relativ großen, eckigen Gegenstand unter seiner Kutte hervor. 'Ihr seid doch wegen dem hier gekommen', höhnte er mit seiner krächzenden Stimme und hielt den Gegenstand in die Höhe. 'Das schwarze Buch. Nicht wahr? Wollt mich vernichten. Und hier steht drin, wie es geht. Aber ihr könnt mich nicht vernichten, da ihr das Buch nie in die Hände bekommen werdet. Aber bitte, versucht es. Ihr müsst es euch nur von hier abholen.' Laut lachend ließ er das Buch außerhalb unserer Reichweite in der Luft schweben und verschwand in einer Rauchwolke. Verdutzt sahen wir uns an. Das roch gewaltig nach Falle. Doch noch bevor wir reagieren konnten, waren Hund und Strolch schon auf das Buch zugelaufen. Dann ging es Schlag auf Schlag. Mike wollte die beiden zurückhalten, Katze wollte Mike zurückhalten, ich wollte Katze zurückhalten und so weiter, bis dann alle in einem Käfig saßen und weder vor noch zurück konnten. 'Tolle Leistung, Hund und Strolch! Echt super', schimpfte Jim. Die beiden Zwillinge sahen Jim mit ihrem treudoofen Hundeblick an und baten um Entschuldigung. Doch unser größtes Problem war jetzt,

aus dem Käfig zu kommen. Ich versuchte es. Es konnte ja nicht so schwer sein, aus diesem Käfig zu kommen, immerhin war er nur aus Holz. Jim zauberte meine Pfoten etwas schmaler, damit sie durch die Stäbe passten und ich drückte und drückte und drückte. Mir lief schon der Schweiß von der Stirn. Mein Gesicht verzog sich vor Anstrengung, meine Pfoten taten weh. Ich war jedoch nicht in der Lage, die Gitterstäbe zu zerbrechen. Ratlos sah ich Jim und die anderen an. 'Wat iss'n los? Bittu zu schwach? Det is do nur Holz, weider nischt', meldete sich Saatzh zu Wort. 'Versuch es doch selbst. Keine Ahnung, was das für Holz ist, hart wie Stahl oder noch härter. Mit Gewalt ist da kein durchkommen', gab ich etwas gereizt zurück. 'Jo mai, det tut mor leid. I konnt je nich wiss'n, das des ke noormahles Holz i. Awwer Holz tut brenn'n. Meechlicherweese kenn unner Draache da wot tun.' 'Meechlicherweese hat du Recht, oder? Probiers doch einfach mal, Teintidh', probierte ich mich in Saatzh' Sprache. Teintidh sah uns beide etwas ratlos an, bevor er begriff, was Saatzh gemeint hatte. 'Nu, gut, tretn's z'rück', warnte der Drache noch, bevor er Luft holte und eine riesige heiße Flamme spie. Allerdings blieb auch das ohne Erfolg. Das Holz fing nicht einmal den Hauch eines Feuers. Es sah noch genauso aus wie vorher, keine einzige Stelle war verrußt oder angesengt. 'Nu, det haut mer umme. Isn det zu jloben? Kee Holz is so widorschpenst'sch und robust wie dat'ier. Dat is do zum quäk'n.' Jim versuchte sich jetzt. Er fing an, sich voll und ganz auf seine Fähigkeiten zu konzentrieren, war nicht mehr ansprechbar und schnipste mit den Fingern. Und das tat er mehrmals hintereinander, ebenfalls ohne Erfolg. 'Wie es aussieht, ist es verzaubertes Holz. Daher kann es Fomka nicht zerbrechen oder Teintidh verbrennen. Ich habe versucht, den Zauberspruch aufzuheben. Leider ist der Schwarze Mann viel stärker als ich, da er um einiges älter ist. Mindestens noch mal so alt wie ich, wenn das reicht', erklärte Jim. Er versuchte es weiter und weiter, verwand seine gesamte Kraft auf den Versuch, die Gitterstäbe zu zerstören. In dieser Beziehung ist Jim einmalig, er gibt nicht auf, jedenfalls solange nicht, bis er erschöpft zusammenbricht, was er dann auch tat.

Vorsichtig legte ich Jim in meinen Arm und ließ ihn dort schlafen. Auch die anderen schliefen nach und nach ein. Wie spät es

war, als ich langsam einnickte, weiß ich nicht. Ich hatte jedes Gefühl für Zeit verloren. Mittag war aber auf jeden Fall schon sehr lange vorbei. Mein Magen knurrte, als trainiere er für die Meisterschaft im Magenknurren. Er hätte bestimmt gewonnen. 'Was ist denn das hier für ein Krach? Wer brummt hier so laut? Ach ne, wen haben wir denn da? Sitzt ihr etwa fest? Das tut mir aber leid. Und ihr wollt mich besiegen? Das ich nicht lache.' Der Schwarze Mann war gekommen und grinste wieder sein ekliges, höhnisches Grinsen. Mein Magen gab die Antwort. „Grr! Urg! Grr!' Ich tat, als würde ich schlafen. Kurz darauf war diese Kreatur auch wieder verschwunden. Sein Lachen hörte ich aber noch ziemlich lange durch die Höhle hallen.
Irgendwann fiel auch ich in einen tiefen Schlaf. Mir war, als ob ich sogar im Traum noch die grässliche Stimme des Schwarzen Mannes hörte, die höhnisch lachte. Doch das konnte auch nur ein schlechter Traum gewesen sein. Ein merkwürdiges, knacksendes und nagendes Geräusch weckte mich irgendwann. Völlig schlaftrunken sah ich mich um. An dem Käfig sah ich zwei schwarze Fellbälle, die sich bewegten. Bald war mein Koordinationssinn wieder soweit wach, dass ich mitbekam, dass die merkwürdigen Geräusche von diesen Fellbällen verursacht wurden. Auch meine Augen wurden bald besser. Mehr und mehr erkannte ich, dass sich zwei Biber an den Gitterstäben zu schaffen machten. Ein großer und ein kleiner.
Der große Biber schien bemerkt zu haben, dass ich ihn beobachtete. Er unterbrach seine Arbeit und sagte: 'Guten Morgen, die Herren und Damen. Gut geschlafen? Euer Freund hat uns übrigens geschickt, der sitzt da draußen auf einem hübschen roten Boot. Macht sich Sorgen um Euch, weil Ihr nicht zurückgekommen seid. Wir, meine Nichte Anny und ich, Anton, werden Euch hier jetzt rausholen.' Kracks, kracks, kracks; der Biber ging wieder an die Arbeit und zernagte das Holz.
Teintidh war nicht der Einzige, der sich darüber wunderte, warum zwei Biber mit dem Holz spielend fertig wurden, während ein großer, starker Bär und ein Feuer speiender Drache nicht einen Kratzer hinterlassen hatten. 'Das – kracks, kracks, kracks – ist ganz – kracks, kracks, kracks, kracks, kracks – leicht zu er – kracks, kracks – klären. Anny und ich – kracks, kracks, kracks,

kracks – waren auf – kracks, kracks – Hawaii zu Besuch – kracks, kracks – bei einer Brief – kracks, kracks, kracks – freundin.' Mit vielen weiteren Kracks-Kracks-Unterbrechungen erklärte Anton, dass die beiden zusammen in einem Boot einen Ausflug gemacht hatten und dann zufällig ein schwarzes Boot gesehen hatten, dem sie gefolgt waren. In dem Boot saß wohl eine Person in einer schwarzen Kutte. Das nächste, an was sich die beiden Biber dann erinnern konnten, war ein dunkles, trübes, schwarzes Licht. Keine Ahnung, wie ich mir ein schwarzes Licht vorstellen muss. Als sie dann wieder aufwachten, befanden sie sich in dieser Höhle, die zuvor nicht vorhanden war. So mussten sie mit samt dem Berg verzaubert worden sein.
Schon bald waren die Gitterstäbe durchgebissen und wir kletterten einer nach dem anderen hinaus. Leise schlichen wir uns tiefer in die Höhle, immerhin brauchten wir ja noch das schwarze Buch, um den schwarzen Mann vernichten zu können. Anny und Anton waren zurückgeblieben. Wir waren noch nicht weit gekommen, als wir eine uns sehr bekannte Stimme hörten. 'Ich habe keine Ahnung, wie ihr aus dem Käfig herausgekommen seid, aber wenn ihr glaubt, ihr könntet dieses Buch hier bekommen, habt ihr euch geschnitten', krächzte die Stimme. 'Zuerst werde ich euch vernichten und mir dann die ganze Welt untertan machen.' Die Stimme nervte mich. Wütend rannte ich auf diese Kreatur los. Jim rief mir noch hinterher: 'Bleib hier!', folgte mir aber nicht. Ich rannte derweil immer schneller und schneller, ohne jedoch voran zukommen. Als ich eine beruhigende Hand auf meiner Schulter spürte, blieb ich stehen und regte mich wieder etwas ab. Jim hatte mir seine Hand auf die Schulter gelegt. Damit er dort auch herankam, flog er.
'Dürfte ich eine Frage stellen? Wieso wollen sie uns vernichten?', wagte Mike zu fragen. 'Ihr habt meinem kleinen Bruder Angst eingeflößt!', donnerte der schwarze Mann. Seine Stimme klang jetzt wie die einer heiseren Krähe, der man die Federn am lebendigen Leibe ausrupfte. Ohne ein weiteres Wort schleuderte uns der schwarze Mann einen gewaltigen Blitz entgegen, der uns mit Leichtigkeit hätte auslöschen können. Doch er hatte nicht mit Jims Gegenwehr gerechnet, der durch Zauberei versuchte, den Blitz zu zerschlagen. Er brachte dabei all seine Kraft auf. Allerdings

reichte diese Kraft nicht aus, um den Zauber vom schwarzen Mann zu brechen, er konnte ihn nur schwächen, und selbst das riss uns noch von den Socken. So schnell wir konnten, rappelten wir uns auf. Der schwarze Mann grölte vor Lachen. 'Eure erbärmlichen Versuche, mir entgegen zu treten, sind lächerlich!', krächzte er und schickte einen zweiten Blitz auf uns zu. Auch diesmal wurde der schwarze Mann überrascht. Sein Angriff wurde ein zweites Mal abgeschwächt. Julia, Jims kleine Schwester hatte sich versucht. Wieder wurden wir von den Beinen gefegt und weitere Blitze folgten. Wir mussten zusehen, dass wir wieder auf Beine und Pfoten kamen und Land gewannen. Julia, die White Rabbits, Katze, die beiden Zwillinge und Teintidh kamen als Erste hoch. Jim blieb auf dem Boden liegen, er war zu schwach zum Aufstehen. Also nahm ich ihn mir unter den einen Arm und Schlafhund unter den anderen. Dann nahm ich meine Pfoten in die Tatzen und rannte nach draußen. Hinter mir stürzte die Höhle ein. Der Krach der Blitze mischte sich unter das Tösen, das durch den Einsturz verursacht wurde.
Bald gelangten wir an das kalksteinartige Ufer und stürzten uns in die Fluten. Die Berührung mit dem kühlen, aber nicht kalten Nass schien Jims Lebensgeister neu zu wecken. Er fing ganz von alleine an zu schwimmen. Und so musste ich nur noch Schlafhund tragen, was mir das Tauchen nicht erleichterte. Außerdem funktionierten unsere verzauberten Lungen nicht mehr so wie beim ersten Tauchgang. Dadurch schien mir der Rückweg unendlich viel länger als der Hinweg. Die Luft wurde immer knapper. Das Gehirn gab bereits den Befehl zum Atmen, was ich jedoch unterdrückte. Schlafhund schien damit allerdings keine Probleme zu haben. Ruhig und völlig reglos klemmte er unter meinem Arm. Ich bekam einen Schreck. Was, wenn Schlafhund bewusstlos war und sich deshalb nicht bewegte? Voller Angst stieß ich einen Schrei aus, der mir aber durch das Wasser im Halse stecken blieb. Lediglich ein paar Blasen glitten an die Wasseroberfläche.
Dann endlich durchstieß auch ich die Oberfläche und sog gierig die frische Meeresluft in meine Lungen. Mehrere Hände griffen nach mir und versuchten mich hochzuziehen. Das Boot, auf das mich die Hände ziehen wollten, wackelte bedrohlich, doch sie schafften es. Kaum war ich an Bord, schmiss Julia den Motor an

und wir düsten mit Jims Boot davon Richtung Mexiko, wo uns Reh und Kim erwarteten. Jim lag ausgestreckt auf den Planken des Bootes und keuchte erschöpft.
Am mexikanischen Ufer lief Kim aufgeregt hin und her. Als sie uns sah, blieb sie stehen und machte einen Luftsprung. Auch Reh erschien jetzt hinter Kim und schaute aufs Meer. Kim rannte los und stürzte sich in die Fluten, während Reh am Ufer zurück blieb und geduldig darauf wartete, dass wir das Ufer betraten. 'Mama, Papa! Mama, Papa!', rief Kim und suchte nach ihnen. Als wir dann endlich am Ufer ankamen, stiegen alle aus. Julia ließ das Boot noch auf den Strand fahren, zog dann die Handbremse, machte den Gang raus und schaltete den Motor ab. Das Boot war jetzt wieder ein Auto. Kim hatte in der Zwischenzeit schon ihre Mutter gefunden und schmiegte sich freudig an sie.
Kims nächste Frage traf uns alle wie ein harter Schlag in die Magengegend: 'Wo ist Papa?' Ja, wo war Mike? Ich war mir sicher, dass er vor mir aus der Höhle gerannt war, wie alle anderen auch. Und Janina war sich sicher, dass Mike direkt hinter ihr lief. Doch Mike war nicht da. Julia stürmte zum Auto, verwandelte es wieder in ein Boot und fuhr noch einmal hinaus zum Berg. Sie blieb gut eine halbe Stunde draußen, bevor sie ohne Mike wiederkehrte. Sie zuckte betrübt mit den Schultern: 'Die Höhle, in der wir waren, ist verschwunden, als hätte es sie nie gegeben. Ich habe auch das Meer rund um den Berg mehrmals abgesucht. Mike habe ich aber nicht gefunden. Es sieht also nicht so aus, als sei er ertrunken. Möglicherweise hat sich der Schwarze Mann Mike gekrallt. Und er wird schon längst über alle Berge sein', erklärte Jims Schwester. Bedrückt und mitleidig sahen wir Kim an, der die Tränen nur so über die Wagen rollten. 'Papa!', schrie sie und rannte ins Landesinnere. Katze folgte ihr und versuchte sie zu trösten. 'Wir werden ihn wiederfinden, das verspreche ich dir', versprach sie ihrer Tochter.
Damit war dieses Abenteuer vorerst beendet. Doch wir waren ziemlich sicher, dass wir nicht das letzte Mal vom Schwarzen Mann gehört hatten. Wenn er Mike wirklich in seiner Gewalt hatte, dann würde er sich mit Sicherheit mit uns in Verbindung setzen. Doch bis dahin mussten wir versuchen, so normal wie möglich weiter zu machen. Katze zum Beispiel erzog ihre Tochter nach

bestem Wissen und Gewissen. Sie brachte ihr das Jagen und das Brüllen bei. Und ich muss sagen, für ein Reh machte sich Kim gar nicht mal so schlecht. Kim besuchte die Löwenschule, wo sie nach anfänglichen Schwierigkeiten ganz gut zurecht kam. Natürlich musste sie den anderen Löwenkindern erst zeigen, dass sie ein genauso guter Löwe war, wie die anderen.
Ach, und was Schlafhund angeht, so war er nicht ohnmächtig oder bewusstlos, er hatte ledig seine Atmung auf ein Minimum reduziert, was dann zu jenen körperlichen Eigenschaften führt, wie ich sie dort unter Wasser erlebt hatte."

Die verschwundenen Kinder

Teufel unterbrach Fomkas Bericht. „Jim und Julia suchten noch gut drei Monate nach Mike. Sie suchten ihn auf der ganzen Welt. Leider ohne Erfolg." Fomka bestätigte. „Ich glaube, für unser nächstes Abenteuer muss ich Jim holen, da er einen Teil erzählen muss. Ich seh mal, wo ich ihn finden kann. Da drüben bei der Videoleinwand ist er nicht mehr." Schon war Fomka unterwegs, auf der Suche nach Jim ...

... und Teufel fuhr mit der Geschichte des Big Ben Clan fort: „Nach dem Abenteuer in Irland und auf Hawaii gab es einige Neuerungen. So hatten wir uns zum Beispiel darüber geeinigt, dass jedes Mitglied einen Teil der Kosten des Clans übernimmt. Die meisten Mitglieder hatten neben dem BBC noch einen Job und von diesem Geld zahlten sie etwas, um die Kosten des Clans zu decken. So eine Reise nach Hawaii oder Irland ist ja auch nicht billig, selbst wenn man mit Jims Fahrzeugen fährt. Außerdem waren dann noch Strom und Heizkosten für das Hauptquartier, Telefongebühren und, und, und.
Nun aber zum nächsten Abenteuer. Also, Jim und Julia hatten Mike ganze drei Monate ohne Erfolg gesucht. Doch dann endlich sollten wir ihn finden."

„Moment, Moment!", hörten Diablo und Teufel plötzlich jemanden rufen. Und dann trat jemand hinter ein paar Stühlen und

Tischen hervor: Dini, der rasende Reporter des Dinoblattes. „Dini! Was machst du denn hier?“, fragte Teufel erstaunt. Der grüne Paradoxisaurier war nämlich nicht zum Helfen hier. „Ich bin hier, um mir die Umgebung hier anzuschauen. Ihr wollt doch, dass ich nächste Woche gute Bilder liefere, da muss ich jetzt schon mal sehen, wie hier die Lichtverhältnisse sind, damit ich die richtige Ausrüstung mitbringe“, erklärte Dini und zeigte seinen Notizblock, wo schon einiges an Gekritzel stand. „Nun aber zu dem Grund, warum ich euch unterbrochen habe. Teufel, du hast doch glatt ein Ereignis vergessen zu erzählen. Dann werd ich es für dich übernehmen. Ich finde, dein Enkel sollte es erfahren.“ Teufel schüttelte noch den Kopf, doch Dini ließ sich davon nicht beirren und ...

... fing an zu erzählen: „Nun denn, Teufel hat vergessen dir zu sagen, dass er einen Ladendieb verfolgt hat. Und das war wirklich eine heiße Verfolgungsjagd, hundert mal besser als im Kino. Das war so: Teufel ging mal wieder in den abendlichen Straßen von London spazieren. Zwar ist Teufel damals schon der Chef der Philadelphia-Mannschaft gewesen, aber zum Zeitpunkt des Überfalls war er gerade in seiner Lieblingsstadt London. Wie Teufel da nun so schön durch London schlenderte, hörte er plötzlich eine Alarmanlage. Sofort rannte Teufel los, um zu sehen, ob er helfen konnte. Ich rannte ihm natürlich hinterher, um ihn nicht zu verlieren. Immerhin versprach die Geschichte interessant zu werden. Ich brauchte nämlich noch eine gute Story für die Titelseite.
Teufel rannte auf eine Bank zu, aus der gerade ein maskierter Mann mit einem Sack herauskam und weg rannte. ‘Der mit der Maske und dem Sack?’, fragte Teufel, als ob das nicht offensichtlich war. Wie der Weihnachtsmann sah er jedenfalls nicht aus. Die Frau, die Teufel gefragt hatte, bejahte mit einem Nicken und der Kater nahm sofort die Verfolgung des Bankräubers auf. Leider war der Ganove schneller als Teufel und der Vorsprung wurde immer größer. Da sah der Kater einen kleinen Jungen mit einem Skateboard. ‘Darf ich mir das ausleihen? Brings dir gleich zurück’, meinte Teufel nur, krallte sich das Board und stellte es sich unter seine Pfoten.“

„Ich wusste gar nicht, dass du Skateboard fahren kannst Opa“, unterbrach Diablo. „Ehrlich gesagt, wusste ich es bis zu diesem Tag auch nicht“, meinte Teufel nur. „Darf ich jetzt weiter erzählen?“ „Nein, Teufel, ich bin doch mit meinem Bericht noch gar nicht fertig.“

Und so musste Teufel Dini weitererzählen lassen: „Obwohl Teufel noch nie Skateboard gefahren war, machte er es ganz gut. Ich hatte es ziemlich schwer, Teufel zu folgen. Doch der kleine Bruder des Jungen, von dem sich Teufel das Board geliehen hatte, besaß ein Dreirad, das ich mir vorübergehend unter den Nagel riss, um hinterher zu kommen. Es ging über Straßen, Fußwege und Parks. Immer wenn Teufel von der Straße auf den Fußweg sprang, verlor er fast das Gleichgewicht. Ich holperte hinterher. Gelegentlich fuhr er fast einen Passanten um, den ich dann meistens erwischte. Dann lief der Dieb eine Treppe hinunter und Teufel mit dem Skateboard hinterher. Der Kater bekam die Sprünge mehr schlecht als recht hin. Teufel schrie vor Angst. Den letzten Absatz schaffte er dann nicht mehr. Er verlor das Gleichgewicht und fiel direkt auf den Räuber und warf ihn damit um. Ich landete neben Teufel und dem Dieb. Das Dreirad lag zwei Treppenabsätze weiter oben. Ich war die letzten beiden Treppenabsätze hinuntergepurzelt. Ich hatte überall blaue und grüne Flecken, wobei die grünen Flecken auf meiner grünen Haut kaum zu sehen waren.“

Damit beendete Dini seinen kurzen Bericht. „Zum Glück hatte es meine Kamera überlebt, sonst hätte ich dieses Foto gar nicht in die Zeitung bringen können“, ergänzte er und zeigte einen alten Zeitungsausschnitt mit einem Foto von Teufel auf einem Skateboard. Der Saurier hatte den Artikel gerade aus der Kiste gesucht, die zwischen Diablo und Teufel stand. Der zukünftige Chef des Clans sah sich den Artikel genau an. Dann sah er voller Stolz zu seinem Großvater. „Siehst echt Klasse aus auf dem Skateboard. Hast du es auch wieder zurückgegeben?“, fragte der Kleine. Teufel schüttelte den Kopf. „Nein, das ging leider nicht. Als ich die Treppe hinuntergefallen bin, bin ich direkt auf dem Board gelandet, welches wiederum auf dem Räuber landete. Es ist zerbrochen. Aber der kleine Junge, von dem ich mir das Skateboard geliehen hatte, freute sich so sehr über sein neues, besseres Skateboard, dass er mir nicht böse war. Er sagte sogar, ich könne ihm wieder mal sein Skateboard kaputt machen, wenn er dann wieder ein so schönes neues bekommen würde. Doch das würde mir dann doch zu teuer werden. Wenn ich jetzt weitererzählen dürfte."

Diablo nickte und Teufel fing an, vom nächsten Abenteuer zu berichten: „Wie schon erwähnt, suchten Jim und Julia Mike drei Monate lang ohne Erfolg. Doch eines Tages hörten wir in den Nachrichten, dass neun Kinder verschwunden seien. Die Namen ließen uns aufhorchen: Arne Bond, Jena Malone, Anna-Lena Kirkwood, Christian Johnson, Janina King, Detlev Saatzh, Konrad Mulder, Daniela McCarthy und Julia Tylor. Sie alle hatten eins gemeinsam. Alle waren sie beim letzten Abenteuer in Nenagh dabei. Ich zögerte keinen Moment und berief sofort eine Notversammlung ein. Zu einer solchen Versammlung haben all die zu erscheinen, die zum Kern des Big Ben Clan gehören. Das waren Doggy, Blue, Lion, Piepsy, Husky, Fomka, Jim und Schlafhund. Nach etwa einer halben Stunde waren alle da, alle bis auf Schlafhund, Fomka und Jim. Wir warteten noch eine halbe Stunde. Doch von den Dreien fehlte jede Spur. Zwischendurch versuchten wir immer wieder, bei ihnen zu Hause anzurufen. Bei Fomka ging keiner ran und Jims Anrufbeantworter sagte immer wieder: 'Keiner zu Hause, keiner zu Hause, keiner zu Hause.' Als wir es dann zum hunderteinten mal versuchten, sagte der Anrufbeantworter grob: 'Sie schon wieder, ich sagte Ihnen doch 'Keiner zu Hause'! Und nun legen Sie endlich auf und suchen Jim woanders!' Völlig perplex und sprachlos legte ich auf. 'Jim ist definitiv nicht zu Hause. Mann, hat der einen unfreundlichen Anrufbeantworter.' Ich schüttelte nur ungläubig den Kopf. Jim, Fomka und Schlafhund waren also genau wie die neun Kinder spurlos verschwunden und auch sie gehörten den White Rabbits an. Gemeinsam überlegten wir, wie wir vorgehen sollten. Erst verschwand Mike und jetzt der Rest, der am letzten Fall gearbeitet hatte. Na gut, Teintidh war, wie sich bald herausstellte, nicht verschwunden. Wir waren uns ziemlich sicher, dass der Schwarze Mann hinter der ganzen Sache stecken musste. Doch wo sollten wir ihn suchen? Husky meinte nach einer Weile: 'Wir sollten eine groß angelegte

Ahndung einleiten. Alle Mannschaften auf der ganzen Welt sollten die White Rabbits suchen. Oder wenigstens ein Teil der Mannschaften in aller Welt.' 'Gute Idee, Husky, aber wir können den Schwarzen Mann nicht bestrafen, wenn wir nicht wissen, wo er steckt', gab ich zurück. 'Von bestrafen war ja auch nicht die Rede. Ich sprach von einer groß angelegten Ahndung', bekräftigte Husky. Doggy nickte jetzt. 'Ganz genau, du sprachst von einer Ahndung, was ein Fremdwort für Bestrafung ist. Was du meinst ist eine Fahndung.' Husky brummte nur etwas säuerlich in seinen Bart hinein, erwiderte aber nichts.
Wir entschieden inzwischen, Huskys Vorschlag in die Tat umzusetzen. Also benachrichtigten wir alle Gruppen auf der ganzen Welt, die einen Teil ihrer Leute zur Suche abstellten. Sogar Dini und seine Familie, Lilly, seine Frau, Klein Dino, Duni und Danny, seine Kinder halfen beim Suchen. Doch es half nichts. Selbst unser bester Dinoblatt-Reporter, der sonst immer alles zu wissen schien, konnte keine Spuren finden, weder bei den Opfern zu Hause noch in der näheren Umgebung. Die Suche zog sich gut eine Woche hin. Und auch danach warteten wir auf irgendein Zeichen oder einen Hinweis. Wir hofften wenigstens auf eine Lösegeldforderung. Doch vergebens, nicht einmal so etwas kam. Es war, als ob die Erde die White Rabbits alle verschlungen hätte. Wir waren schon kurz davor, die Hoffnung zu verlieren."

„Au weia, ein trauriges Kapitel in der Geschichte des BBC." Jim war gekommen. Er hatte einen Becher mit Milch in der Hand und bot Teufel, Diablo, Murmli und Fomka, der zusammen mit Jim zurückgekommen war, auch einen Becher an. Alle vier nahmen dankend an. Jim schnipste kurz mit den Fingern und schon hatte jeder einen Becher voll Milch vor sich stehen. „Mmh, ein Hcsif-Milchshake. Lecker", meinte Fomka und schlürfte genüsslich an seinem Becher. Auch Diablo leckte sich sein Mäulchen: „Fisch-Teufelskraut-Milchshake. Köstlich" Teufel schleckte an seinem Fisch-Honig-Milchshake, während sich Jim und Murmli an ihren Teufelskraut-Chili-Ingwer-Shakes gütlich taten. Jim wollte schon mit dem Erzählen anfangen, als ihn Dini unterbrach, der noch immer zuhörte. „He, wo ist mein Milchshake?" „Oh Dini, dich hatte ich gar nicht gesehen. Bitte schön, hier ist dein Becher.

Tyrannoklykos-Grasfarn-Mosciko-Shake, den magst du doch so gern." „Mh lecker." Schnell griff Dini nach seinem Becher und leerte ihn zur Hälfte, nur damit er sich gleich darauf wieder füllte. „Ähm Dini, was ist Tyrannoklykos, Grasfarn und Mosciko?", wollte Diablo wissen, der sich darunter nichts vorstellen konnte. Also erklärte Dini, dass ein Tyrannoklykos das gefährlichste Landraubtier auf Juma sei, dass Grasfarn eine Farnart und Mosciko eine etwas süßere Zitrone sei, die beide auf Juma wachsen.

„Darf ich jetzt anfangen, von unserem nächsten Abenteuer mit dem Schwarzen Mann zu erzählen? Ja? Gut!" Und somit begann Jim: „Alles fing damit an, dass ich mich am Abend vor meinem Verschwinden wie üblich schlafen legte. Ich trug meinen kuschelweichen Schlafanzug mit den Kreisen, Drei- und Vierecken.
Als ich jedoch am nächsten Tag aufwachte, fand ich mich nicht in meinem Bett wieder. Ich war noch nicht einmal in meinem Haus, sondern lag irgendwo in einem Wald auf weichem Moos. Das Erste, was ich mich natürlich fragte, war: 'Wo bin ich hier?' Und das Zweite: 'Wie zum Teufel komme ich hier her?' Ich beschloss, mich hier etwas umzusehen. Vielleicht würde ich ja ein paar Hinweise finden, die mir weiterhelfen könnten. Der Wald war mir aber völlig unbekannt und fremd. Viele der Bäume und Pflanzen hatte ich in meinem Leben noch nie gesehen, und ich hab schon so einiges gesehen. Die Pflanzen, die ich hier sah, hatte ich jedoch noch nie gesehen. Einige Pflanzen sonderten einen eigenartigen grünlich-lila Nebel ab, andere wiederum schienen regelrecht Arme zu haben, die nach mir greifen wollten. Eine der Pflanzen wechselte ständig Farbe, Aussehen und scheinbar auch den Standort. Mal wurde sie größer, mal kleiner, mal glich sie einem Labyrinth, mal einem geraden Weg.
Ich ging in die entgegengesetzte Richtung dieser Labyrinthpflanze, da ich es nicht riskieren wollte, mich in einer so fremden Umgebung zu verlaufen. Weit war ich noch nicht gekommen, als ich am Boden jemanden liegen sah. Vorsichtig näherte ich mich der Person auf dem Boden. Es konnte ja eine Falle sein. Als ich nah genug heran war, erkannte ich die Person: Daniela! Mir steckte plötzlich ein Kloß im Hals. Was war mit Daniela? War sie verletzt oder gar noch Schlimmeres? Ich mochte gar nicht daran denken.

Doch meine allerschlimmste Befürchtung löste sich zum Glück in Luft auf, als ich sah, dass sich Daniela bewegte. Erleichtert ging ich jetzt so nah heran, dass ich sie berühren konnte. Ich musste innerlich lachen, lachen über meine dummen Befürchtungen. Daniela ging es gut, sie schlief nur, genau wie ich geschlafen hatte. Sanft versuchte ich Daniela wachzurütteln. Doch sie schlief ziemlich fest. Ich wollte sie schon sanft auf den Mund küssen, als sie dann doch die Augen aufschlug. 'Mist!', dachte ich. Da hatte ich nun die Chance gehabt, Daniela zu küssen, ohne gleich eine gefangen zu bekommen, und da zögere ich zu lange. Ich hätte mich ohrfeigen können. 'Jim, was machst du in meinem Schlafzimmer? Und wieso hast du dich soweit über mich gebeugt? Du Lüstling!', und schon hatte ich Danielas flache Hand in meinem Gesicht.
'Aber ...' Weiter kam ich nicht. Daniela schlug mich beiseite und trabte wütend ein paar Schritte von mir weg. Doch schon bald blieb sie wie angewurzelt stehen. 'Das ist nicht mein Schlafzimmer. Jim! Wo hast du mich hingebracht?' 'Ich habe gar nichts.' Wieder wurde ich unterbrochen. Ein weiteres Mädchen betrat die kleine Lichtung. Es war Julia, meine kleine Schwester. Sie schien einen Schlafanzug zu tragen. Jetzt fiel mir auf, dass auch Daniela ihr Rosennachthemd trug.
Julia kam auf uns zu und fragte uns, wo wir denn seien. Doch sie wartete gar nicht erst auf eine Antwort, sondern fragte gleich darauf belustigt, was ich denn für Kleidung an hätte. Erst jetzt merkte ich mit Schrecken, dass ich ebenfalls noch meinen Schlafanzug an hatte. Auch Daniela musste über meinen Schlafanzug lachen. 'Find ich gar nicht witzig! Mir gefällt er. Gestern hatte ich noch meinen grünen Schlafanzug mit den roten, gelben und blauen Punkten und Querstreifen an', meinte ich nur trotzig, wurde dann aber gleich wieder ernst. 'Okay, Leute, wir sollten schleunigst herausfinden, wo wir hier sind, wie wir hier her kamen und vor allem, wie wir wieder nach Hause kommen. Ich hab nämlich keine Lust, den Rest meines Lebens hier zu verbringen. Die Pflanzen gefallen mir hier nicht.' Julia und Daniela nickten und wir machten uns gemeinsam auf den Weg. Immer versucht, den Pflanzen so weit wie möglich aus dem Weg zu gehen. Wir trauten ihnen nicht recht.

Bald lag vor uns aber ein schier unüberwindlicher Wald aus Pflanzen, die allesamt nicht sehr vertrauenswürdig aussahen. Dieser Wald war mehrere Kilometer breit und wer weiß wie viele Kilometer tief. Hoch war er nicht gerade. Er hätte Fomka wohl gerade so bis zum Kopf gereicht. Aber wie es aussah, waren etliche dornenbewehrte Pflanzen darunter, die uns unsere Haut aufgekratzt hätten. 'Ich bezweifle, dass wir hier weiter kommen. Was schlagt ihr vor?', fragte ich. Meine kleine Schwester hatte als Erste eine Idee. 'Zu Fuß werden wir wirklich nicht weiterkommen. Aber wie wäre es mit dem Luftweg?' Die Idee war nicht schlecht, wobei Daniela aber nicht sehr begeistert war. 'Ihr vergesst, dass ich nicht fliegen kann', warf sie ein. Ich nickte nur, nahm sie an die Hand und sagte: 'Stimmt, du kannst nicht fliegen, aber ich', und schon hob ich samt Daniela ab. Julia folgte mir.
Hoch über den scheußlichen Pflanzen flogen wir. Einige der Pflanzen versuchten mit ihren lianenartigen, dornenbesetzten Armen nach uns zu greifen, erreichten uns aber nicht. So flogen wir gut drei Kilometer, vielleicht auch mehr. Julia war es, die unter uns ein paar Lebewesen ausmachte. Sie zeigte mit dem Finger in die Richtung. Auch ich sah es jetzt und nickte. Meine Schwester ging vorsichtig runter, um die Lebewesen besser erkennen zu können. 'Es sind zwei Mädchen', rief sie zu uns hoch. Ohne Zögern setzte auch ich jetzt zur Landung an. Die beiden Mädchen schliefen friedlich. Sie trugen ebenfalls noch ihre Nachthemden. Ich erkannte die beiden auf Anhieb: Anna-Lena und Janina. Langsam fing ich an, Zusammenhänge zu sehen. Wir alle hatten etwas gemeinsam, alle gehörten wir den White Rabbits an. Mir kam eine Vermutung, sagte jedoch noch nichts, da ich nichts Genaueres wusste.
Behutsam weckten wir die beiden Mädchen. Langsam öffneten die beiden die Augen und waren genau so verwirrt wie wir, als wir erwachten. 'Wo sind wir?', fragte Janina. 'Keine Ahnung. Aber ich hab auf jeden Fall nicht vor, für immer hier zu bleiben', erklärte ich. Eigentlich wollte ich schon zum Aufbruch blasen, da ich Hunger hatte, doch soweit kam ich nicht. Im Gebüsch, das uns hier irgendwie immer umgab, raschelte es. Die Mädchen mussten es auch gehört haben. Jedenfalls waren sie plötzlich mucksmäuschenstill und wagten nicht, sich zu bewegen. Mutig stellte ich mich vor die Mädchen, um sie zu schützen. Das Rascheln

kam immer näher, mein Herz rutschte immer tiefer. Denn wer immer für dieses Rascheln und die Bewegungen verantwortlich war, er musste sehr groß sein. Zudem spürte ich eine unbeschreibliche, übernatürliche Macht, schon seit ich aufgewacht war. Wer oder was da auch immer kam, konnte durchaus gefährlich werden. Julia gesellte sich zu mir, was mein Herz auch nicht viel höher steigen ließ.
Da. Ein riesenhafter Fuß durchbrach das Unterholz und trat ins Freie. Und da. Eine unwahrscheinlich riesige Pranke, dann der schreckliche große Kopf. Mit den niedlichen, kleinen, runden Ohren und den zwei Knopfaugen? 'Fomka! Mann, hast du uns einen Schrecken eingejagt!', rief ich erleichtert, als ich meinen kleinen Adoptivbruder erkannte. Auch Fomka schien erleichtert. Hinter Fomka konnte man eine breite Schneise sehen, die der Heidelbär ohne Rücksicht auf Verluste in dieses unwegsame Gestrüpp geschlagen hatte. Doch die Schneise war nicht alles, was wir sehen konnten. Sechs weitere Wesen kamen die Schneise entlang auf uns zu. Es waren die restlichen Mitglieder der White Rabbits: Arne, Christian, Konrad, Saatzh, Jena und Schlafhund. Jetzt war völlig klar, mit wem wir es zu tun hatten. Der Schwarze Mann hatte immerhin noch eine Rechnung mit uns offen. Doch leider hatten wir noch immer keine Ahnung, wo wir uns befanden oder wie wir wieder nach Hause kommen konnten.
Fomkas Magen knurrte mal wieder laut und vernehmlich. Wir mussten lachen. 'Ich glaube, wir brauchen etwas zum Frühstück. Ich werd mal sehen, ob ich etwas Essbares auftreiben kann in dieser ungastlichen Gegend.' Und schon erhob ich mich in die Lüfte, um nach einem schönen Frühstück Ausschau zu halten.
Nicht lange und ich hatte einen schönen, weiträumigen und friedlich aussehenden Platz gefunden, wo es jede Menge Früchte gab. Aus mehreren riesigen Blättern machte ich eine Art Beutel, in den ich dann die Früchte hineintun wollte. Die Blätter waren mindestens vier mal so groß wie Rhabarberblätter und zehnmal so stabil. Dennoch waren sie biegsam und leicht zu verarbeiten. Als mein Beutel aus Blättern fertig war, besah ich mir vorsichtig die Gegend, immer auf der Suche nach etwas Essbarem. Schnell wurde ich fündig, hier war es wie im Paradies. Sicher, die Früchte sahen merkwürdig aus. Einige der Früchte sahen aus wie Oran-

gen, ihre Schale jedoch war lila mit grünen Punkten. Dann gab es noch rosa Früchte, deren Stiel wie der Schwanz eines Schweines aussah. Gegenüber des Stiels hatte diese Frucht eine Auswucherung, die einer Schweineschnauze glich, die grünen Blätter rechts und links neben der Schnauze gaben gute Schweinsohren ab. Diese merkwürdige Frucht war kugelrund. Etwas, das wie Beine aussah, gab es nicht. Ich nahm die Früchte mit und brachte sie den anderen, die erst einmal etwas kritisch drein schauten. Julia sah sich meine Beute am kritischsten an. Sie roch daran, löste ein kleines Stück aus einer der Früchte und leckte kurz daran. Bei beiden Früchten verzog sie etwas das Gesicht. Dennoch aß sie das kleine Stück auf. 'Ich glaube, sie sind essbar, allerdings nicht ganz mein Geschmack', sagte Julia dann schließlich. Also griffen wir zu und aßen. Die lila Frucht sah von innen wie ein Apfel aus. Das Fleisch war braun und schmeckte nach Anis und Zimt mit einer Prise Nelke. Die Schweinchenfrucht hingegen sah innen aus wie eine rosa Kiwi mit grünen Kernen. Ihr Geschmack erinnerte mich an Kiwi, allerdings scheußlich sauer wie eine Zitrone. Auch glaubte ich ein, zwei Prisen Pfeffer zu schmecken. Die meisten verzogen bei dem Geschmack die Gesichter, sogar ich hatte gewisse Probleme mit dem eigenartigen Geschmack und das will was heißen. Nur Saatzh stopfte sich die Früchte hinein. Nach seinen zufriedenen Esslauten zu urteilen, schmeckte es ihm. Er war aber auch der Einzige, dem es schmeckte."

„Ist ja ein Wunder. Es gibt etwas, das Jim nicht mag. Murrmel. Hatte ich am Anfang vergessen." Murmli grinste breit von einem Ohr zum anderen. Doch er grinste nicht lange, da er von Jim einen kleinen, freundlichen Klaps bekam. „Ja, es gibt etwas, das ich nicht esse. Anis zum Beispiel. Und ich bevorzuge Scharfes und Bitteres eher als Saures. Der leichte Pfeffergeschmack hat es noch halbwegs erträglich gemacht", erklärte Jim lächelnd.
„Telefon, Telefon, Telefon. Nimm ab, nimm ab, es ist äußerst wichtig", schrillte es plötzlich aus Jims Westentasche. „Jim hier? Was kann ich für Sie ...", sagte Jim, als er abgenommen hatte. Doch scheinbar blieben ihm die Worte im Halse stecken. Mit verzogener Mine hielt er sich das Handy etwas weiter weg vom Ohr. Sein Gesprächspartner sprach sehr laut und wirkte irgend-

wie wütend. „Ähm, ist es denn schon um zehn? Schon um eins. Um eins! Verdammter Mist, ich hab Sie doch glatt vergessen. Ich bin in einer Minute da." Sofort legte Jim auf und steckte sein Handy zurück in die Westentasche. „Ich hab doch ganz vergessen, dass ich um zehn einen Kunden vom Tower of London abholen und in die Usher Hall in Edinburgh bringen soll. Der hat dort heute Abend ein Konzert. Der steht jetzt schon drei Stunden da draußen im Regen. Bin weg, falls ihr mich sucht." Und ehe wir es uns versahen, war Jim verschwunden.
„Urg, grrr, grr." „Ich glaube mein Magen signalisiert, dass er großen Hunger hat", wechselte Fomka das Thema. „Wollt ihr Hähnchennuggets mit Pellkartoffeln, rohen Zwiebeln, Senf und sauren Gurken?", fragte plötzlich ein kleiner brauner Hase. „Schummelchen. Sag mal Hähnchen mit Zwiebeln, Senf und sauren Gurken? Wer war denn da heute der Koch?", wollte Teufel wissen. „Flax hat sich heute mal versucht. Er hat genommen, was er finden konnte. Als zweite Variante könnt ihr auch Pommes, gebratene Kiwi, gebratene Orangen und mit Datteln gefüllte Bratäpfel haben." „Aja, klingt interessant. Das nehme ich", meinte Diablo. „Ich bevorzuge dann doch eher die Pellkartoffeln." „Ich auch." „Murrmel, ich nehm beides." „Okay, einmal Pommes mit Kiwi, Orange und Apfel, zweimal Pellkartoffeln mit Hähnchen, Zwiebeln und Gurke und einmal beides. Auf einem Teller?" Murmli nickte. „Ach ja, und hier noch was zu trinken. Soweit ich weiß, ist das Orangen-, Apfel-, Holundersaft mit Selters." Teufel, Diablo, Murmli und Fomka nahmen dankend an und kosteten kritisch. Nach den langen Jahren mit Jim waren sie ja schon einige merkwürdige Speisen gewohnt. Zum Glück war dieses Essen nicht scharf.

Dann erzählte Fomka schmatzend und kauend weiter: „Vielleicht sollte ich erst einmal erzählen, was ich erlebt habe, bevor ich auf Jim und die anderen traf. Als Erstes muss ich wohl erzählen, wie ich an jenem Tag aufgewacht bin. Ich träumte gerade davon, wie ich mich über eine riesige Holztonne, vollgestopft mit kandierten Heringen und gegrilltem Lachs, hermachte. Mh, wenn ich daran denke, habe ich noch immer diesen leckeren, vollmundigen Geschmack im Mund. Plötzlich ertönten Polizeisirenen. Sie kamen immer näher und näher, wurden immer lauter und lauter. Das

Nächste, woran ich mich erinnern kann, war, dass irgendjemand vor lauter Schmerz schrie wie am Spieß. Und dieser jemand wollte einfach nicht aufhören zu schreien. Nach geraumer Zeit erst merkte ich, dass es Schlafhund war, der da so erbärmlich jaulte. Er lag direkt unter mir, keine Ahnung, wie er da hingekommen ist. Gestern Abend jedenfalls lag er noch nicht in meinem Bett. Sofort stand ich auf und richtete Schlafhund ein wenig, damit er nicht mehr so platt aussah. Ich merkte erst sehr spät, dass ich nicht in meinem Bett lag, sondern auf weichem Moos. 'Wo sind wir hier?', fragte ich mich. 'Kei – ne – Ah – nung, – wo – wir – sind', war Schlafhunds Kommentar, obwohl ich doch sicher war, nichts gesagt zu haben. 'Ich – weiß – auch – nicht, – wa – rum – Ar – ne, – Chris – ti – an, – Je – na, – Saaatzh – und – Kon – rad – da – drü – ben – im – Wald – lie – gen – und – nicht – im – Bett.' Erstaunt sah ich Schlafhund an. Woher wusste er, dass in diesem undurchdringlichen Gestrüpp, das er Wald nannte, unsere Freunde lagen? Konnte der Hund etwa durch Bäume und Gegenstände sehen?

Aus den Augenwinkeln sah ich, dass Schlafhund den Kopf schüttelte. Oder hatte ich mich geirrt? Doch Schlafhund bestätigte meinen Verdacht. Er erklärte mir, dass er in die Zukunft sehen kann und in die Vergangenheit und in die Gegenwart. So konnte er ohne Probleme mit geschlossen Augen durch die Gegend gehen, ohne auch nur einmal gegen irgendetwas oder irgendjemanden zu laufen. Und so hatte er auch die fünf Mitglieder der White Rabbits gesehen. Doch ich kümmerte mich nicht weiter darum, sondern steuerte auf das Gestrüpp zu. Schlafhund folgte mir schleichend. Ich hatte schon das erste Gebüsch erreicht und wollte es beiseite drücken, damit ich durch konnte. Jedoch keine Sekunde später schmerzte mir meine rechte Pfote. 'Aua, das verdammte Grünzeug beißt!' Ich leckte meine schmerzende Pfote und versuchte es noch einmal. Wieder wurde ich gebissen. Doch diesmal schlug ich vor Wut und Schmerz um mich und traf. Was ich genau traf, weiß ich nicht, aber irgendwie schien es dem Gemüse weh zu tun. Heulend zog es sich zurück und gab den Weg frei. Und so schlug und trat ich mir den Weg durch dieses Gestrüpp, bis zu den Kindern und weiter. Jedes Mal, wenn wir einen der White Rabbits erreicht hatten, blieben wir stehen und weckten

ihn sanft. Aber wie ich das auch von mir kenne, waren Christian und die anderen Morgenmuffel und schimpften, weil ich sie geweckt hatte. Saatzh zum Beispiel giftete mich an: 'Des globs't'je nit. Wat fällt'n dich Dussl inn. Nu wird miche 'n janzn Daach 's Greize so sähre schmäärzn, des icke kom grauchn koan.' Er rieb sich den Rücken und sah mich gar nicht freundlich an. Wahrscheinlich hatte er schlecht geschlafen, immerhin war der Boden nicht gerade weich.
Gemeinsam gingen wir dann weiter. Saatzh humpelte übertrieben. Es machte ihm Spaß, mich aufzuziehen, jedenfalls an diesem Tag. Ich weiß nicht, wie lange wir uns durch diesen undurchdringlichen Wald schlugen, aber bald schon hörten wir Stimmen. Wir konnten nicht einordnen, wem sie gehörten. Vorsichtig gingen wir in die Richtung, aus der die Stimmen kamen. Ich voran, alle anderen hinterdrein. Dann endlich schien das beißende und jaulende Grünzeug zu Ende zu sein Wir konnten zwar noch nicht sehen, was dahinter lag, aber auf jeden Fall war es dort heller als hier. Als Erstes konnte ich meinen Fuß ins Freie setzen, dann half ich mit der Pfote nach, um den Kopf hindurch zu stecken. Mit den Worten: 'Fomka! Mann, hast du uns einen Schrecken eingejagt!', wurde ich begrüßt.
Was dann geschah, hat Jim ja schon erzählt. Ich will bei unserem Frühstück fortsetzen. Die Früchte haben übrigens scheußlich geschmeckt. Aber was soll man tun, wenn man hungrig ist und nichts anderes hat. Jedenfalls aßen wir gemütlich, als wir plötzlich einen riesigen Tumult hörten, der aus dem Garten kam, aus dem Jim die Früchte geholt hatte. Es klang wie ein wütendes Schnauben und Schimpfen. Dann kam noch Getrampel hinzu. Die ganze Erde wackelte und bebte wie bei einem leichten Erdbeben. Kurz darauf traten vier Riesen aus dem beißenden Gebüsch. Wir staunten nicht schlecht, als wir sie sahen.
'Teufel? Doggy? Blue? Lion?', riefen wir erstaunt wie aus einem Mund. 'Saw thcam rhi nned reih?' 'Un wiesu seid's su jewacksn? Det missn min'stens fuffzn Medor sinn or mor. Awwer weshalew seid's'n su wietnd? Wot hamm'orn jemacht?' Die Riesen rannten mit erhobenen Fäusten auf uns zu, schnaubten und schimpften. Saatzh und die anderen traten einen Schritt zurück, während Jim, Julia und ich uns vor unsere Freunde stellten, um sie zu schützen. Immerhin

waren die vier nicht die einzigen Riesen hier, auch wenn dem fünften Riesen beim Anblick der Situation das Herz in den Magen rutschte und noch weiter. Ich machte mir fast in die Hosen vor Angst, wenn ich welche angehabt hätte. 'Wer von euch hat uns unsere Früchte aus unserem Garten gestohlen?', fragte der Riesenteufel, die Betonung lag auf 'unsere' und 'unserem'. Jim trat hervor mit flacher, erhobener Hand, als ob er sich meldete. 'Ich habe die Früchte nicht gestohlen. Ähm, nur geliehen. Ähm, da, ihr könnt sie wieder haben.' Jim trat etwas zurück und gab den Blick auf die Früchte frei, die eine Minute zuvor alle aufgegessen waren.
Auch die Mädchen und die Jungen traten einen Schritt zurück und ließen die Riesen an die Früchte. Der Riesendoggy bückte sich und hob die Früchte auf. Er gab sie Teufel, der sie sich kritisch betrachtete, an ihnen roch und sie kostete. 'Was soll das sein? Das sind nicht unsere Früchte! Das hier ist keine Zimtanis und das hier ist keine Zitrowis!', schrie er. 'Diese hier schmeckt nach Zitrone und Anis', sagte Teufel und zeigte das Schweinchen in die Luft. 'Und die hier schmeckt nach Kiwi und Zimt.' Er zeigte die andere Frucht in die Luft. Jim wurde erst so blass wie unser großer Louis und dann so feuerrot wie Lions Mähne. 'Da habe ich wohl die Früchte etwas vertauscht', brabbelte er leise in seinen nicht vorhandenen Bart, dass nur ich es verstand.
'Wau, wau, wau! Trooper, lass sie in Ruhe, das sind meine Freunde, die sind in Ordnung', hörten wir plötzlich eine vertraute Stimme. Teufel drehte sich um. Wahrscheinlich war dieser Riesenteufel Trooper. 'Keine Sorge Mike, keine Maus, ich wollte sie nicht zerquetschen. Ganz im Gegenteil, die Früchte schmecken echt interessant. Mal was anderes als die Früchte, die wir kennen.' 'Mike?!' Wir staunten nicht schlecht, Mike hier zu sehen. 'Mike, keine Maus? Wie kommst du denn zu diesem Namen?', fragte Daniela. 'Nun ja, als mich die Riesen das erste Mal gesehen hatten, wollten sie mich zertreten, weil sie dachten, ich wäre eine Maus. Du musst wissen, dass die Riesen Angst vor Mäusen haben. Ich rief ihnen immer wieder zu 'Ich bin Mike, keine Maus!' Irgendwie glauben die jetzt, dass das mein Name ist', erklärte Mike. Wir mussten lachen.
Doch ein weiterer, markerschütternder Schrei oder eher Fluch ließ uns das Lachen im Halse stecken bleiben. Es folgte ein Erd-

beben und die vier Riesen waren verschwunden. 'Der schwarze Hexenmeister!', schrien sie vor Angst. Hácêk (sprich: Hatschek), der unserem Blue verdammt ähnlich sah, lief am schnellsten und schrie auch am lautesten vor Angst. Auch uns fuhr die Angst in die Glieder. Mike versteckte sich in den Gebüschen, aus dem ich und die anderen gekommen waren. Es hatte sich wieder vollständig und dicht geschlossen. Mike schien gar nicht zu interessieren, ob er gebissen wird. Er hatte mehr Angst vor diesem Wutgeschrei als vor dem Grünzeug.
Erst mehrere Minuten, nachdem das Gebrüll verhallt war, kam er aus seinem Versteck wieder hervor. Erstaunlicherweise trug er keine Bisswunden oder ähnliche Verletzungen. Die Pflanzen schienen ihm nichts angetan zu haben. Später erfuhr ich, dass die Pflanzen Mike seit dem Tag, seit er sie gehörig gebissen und zerfleddert hatte, nie wieder angegriffen hatten. Also würden sie mich auch nie wieder angreifen. Doch im Moment interessierte uns nur die Herkunft und der Urheber dieses Schreies. Doch Mike war aus dem Gestrüpp nicht herauszubekommen. Noch nie hatten wir Mike so ängstlich gesehen. Früher war er nie so. Wir kannten ihn eher als lebensfrohen, wagemutigen Schäferhund. Doch dieses merkwürdige Land schien ihn verändert zu haben. Jim schaffte es dann aber mit seiner Engelsgeduld, die er durchaus manchmal aufweist, dass Mike endlich über das Land redete. Was er sagte, versetzte mir und den anderen einen Schock. Julia und Jim schienen aber damit gerechnet zu haben.
Wir erfuhren, dass der Schwarze Mann hier das Sagen hat. Er hatte Mike hierher gebracht und auch die White Rabbits, um sich an uns zu rächen. 'Es wird gemunkelt, dass er das Land erschaffen hatte an dem Tag, an dem er von den White Rabbits vertrieben wurde', erklärte Mike. 'Dieses Land gibt es also erst seit gut drei Monaten?', fragte Christian erstaunt. 'Was, nur drei Monate? Mir kam das hier wie mindestens zehn Jahre vor.' Mike war sichtlich erstaunt, aber auch froh, dass er nicht mehr alleine war. 'Mh, für zehn Jahre hast du dich aber gut gehalten', sagte Arne mit einem Lächeln. 'Hier – al – tert – man – nicht – so, – wie – auf – der – Er – de', mischte sich Schlafhund ein. Keine Ahnung, woher er so was immer nur weiß. Der Hund war mir schon oft unheimlich. Und immer wieder läuft mir ein kalter Schauer über den Rücken, wenn

er Gedanken zu lesen scheint oder etwas über etwas weiß, was eigentlich keiner weiß. Wenn du verstehst, was ich meine.
Auch Mike schien über Schlafhunds Erklärung erstaunt. 'Hier in diesem Land gibt es fast nur schreckliche Dinge. Beißende und würgende Pflanzen, schreckliche Vögel, die Adlern gleichen, aber weitaus größer und schrecklicher aussehen. Manche von ihnen haben zwei oder mehr Köpfe oder vier bis fünf mit schrecklichen Krallen bewehrte Füße. Und was in den Labyrinthen alles haust, die vor dem Schloss des Schwarzen Mannes wachsen, möchte ich gar nicht erst wissen. Noch nie ist von dort einer wieder lebend zurückgekehrt', erzählte Mike weiter. 'Alle Wesen scheinen für den Schwarzen Mann zu arbeiten, ob das nun Tiere oder Pflanzen sind. Es gibt nur vier Wesen, die nicht für ihn arbeiten und panische Angst vor ihm haben.' 'Lass mich raten, die vier Riesen. Hab ich Recht, hab ich Recht oder hab ich Recht?', fragte Janina. Mike nickte als Antwort. 'War hier von uns die Rede?', hörten wir eine tiefe Stimme, die entfernt an Lions Stimme erinnerte, nur unendlich viel lauter und tiefer.
'Jondo!', rief Mike etwas überrascht, jedoch mehr erfreut. 'Ja, von euch war die Rede', ergänzte der Schäferhund. 'Ich denke, es ist an der Zeit, dass ich euch miteinander bekannt mache. Das sind Jondo, Trooper, Hácêk und Joranda.' Dabei zeigte er der Reihe nach auf die Riesen. Jondo war ein übergroßer Lion, Trooper ein Riesen-Teufel, Hácêk ein Blue, gut einen Kopf größer als Fomka, vielleicht auch zwei und Joranda war ein riesiger Doggy. 'Und das da sind meine Freunde Jim, Fomka, Schlafhund, Daniela, Arne, Christian, Jena, Konrad, Julia, Anna-Lena, Janina und das da ist unser Sprachgenie Saatzh.' 'Juht'n Daach oalle mit'nanner', gab Saatzh seinen Kommentar dazu. Jim sah sich die vier Riesen ganz genau an. Er schien zu überlegen. Dann schnippte er kurzerhand mit den Fingern und vor ihm entstand aus dem Nichts eine Staffelei mit Leinwand, Pinsel und Farbe. 'Ich darf euch doch zeichnen? Das muss einfach für die Nachwelt festgehalten werden', meinte Jim. Er sagte es in einer kindlichen Freundlichkeit. Dennoch ließ sein Ton kaum eine Widerrede zu. Ehrfürchtig traten die Riesen jeweils einen Schritt zurück. Ein normaler Mensch hätte jedoch mindestens zehn, ein Menschenkind im Alter von zehn Jahren gut zwanzig Schritte gebraucht.

Ich bezweifle jedoch, dass die Riesen wegen Jims Ton, sondern viel mehr wegen der Zauberei, die er anwandte, Angst hatten. 'Ihr braucht vor dem Bengel, äh, ich meinte Engel, keine Angst haben. Der tut euch nichts. Es gibt nämlich auch gute Zauberer', erklärte ich den Riesen, wobei ich mich zwischendurch wegen Jims aufgesetzten, bösem Blick korrigieren musste. Nach einiger Zeit hatten wir die Riesen dann soweit, dass sie sich als Modell zur Verfügung stellten. Und so malte Jim sie. Vom Betrachter aus gesehen standen sie von links nach rechts wie folgt: Jondo/Lion, Trooper/Teufel, Joranda/Doggy und Hácêk/Blue. Es war ein gelungenes Bild, das Jim da fertig brachte. Voller Stolz präsentierte Jim sein, wie er sagt, Meisterwerk.
'Wenn – ihr – nichts – da – ge – gen – habt, – wür – de – ich – vor – schla – gen, – ins – Schloss – von – Schwar – zer – Mann – zu – geh – en', unterbrach Schlafhund die Idylle. 'Zum Schwarzen Mann, bist du verrückt?', rief Anna-Lena voller Entsetzen aus. 'Ihr – kön – nt – ja – auch – für – im – mer – hier – blei – ben – und – die – an – de – ren – Er – den – kin – der – auch – hier – las – sen', gab der Schokohund unbeeindruckt zurück. 'Für immer hier bleiben? Bei diesem lebensgefährlichen Grünzeug? Nein danke!', meinte Konrad entsetzt und entschieden. 'Andere Erdenkinder?', fragte Jim alarmiert. 'Det kinnma net zu-lass'n. Mir miss'n de Kleenen redd'n, eschaahl wie', meinte Saatzh entschlossen und stiefelte los. 'Saatzh, nur zu deiner Information, das Schloss liegt in der Richtung', sagte Mike und zeigte in die entgegengesetzte Richtung. 'Ähm, jo, kloar wie Glooßbriehe. Det hab'sch nadierlich jewusst, wollt' nur seh'n, wie juht ihr uffbasst', sagte Detlef und machte kehrt, um in die andere Richtung zu gehen. Und so machten wir uns auf den Weg zum Schloss vom Schwarzen Mann. Sogar die Riesen folgten uns, wenn auch in einigem Abstand und zögernd."

„Okay, Okay, ich bin jetzt wieder dran. Ich muss doch erzählen, wie wir die ganze Welt auf den Kopf gestellt haben, um Jim, die White Rabbits und die verschwundenen Kinder zu finden", unterbrach Teufel etwas rüde. „Aber natürlich, euer Hochwohlgeboren." Fomka machte eine übertrieben gestelzte Verbeugung. Diablo kugelte sich vor Lachen und auch Teufel und Fomka mussten über sich lachen. „Ihr könntet im Zirkus auftreten, als Pausen-

clowns. Aber in einem echten Schloss würdet ihr nicht lange überleben." Der Jungkater sah sich Teufel und Fomka noch einmal kritisch an, dann brach er erneut in Gelächter aus.
„Also ich war schon mal in einem Schloss. Und ich bin recht gut zurecht gekommen, hatte dort viel Spaß. Nur die anderen Schlossbewohner hatten Probleme, zurecht zu kommen", hörten sie plötzlich eine bekannte Stimme. Es war die Stimme eines erwachsenen Hundes, dennoch hatte sie etwas kindliches an sich. „Darf ich davon erzählen? Darf ich, darf ich, darf ich? Bitte, bitte, bitte." Aufgeregt sprang ein grauweißer Husky umher. Wer es nicht besser wusste, würde glauben, einen kleinen Welpen vor sich zu haben. Doch dieser Husky war schon gut zwölf Jahre alt. Da er aber ein Findelwelpe war, wusste keiner ganz genau, wie alt er war. „Flax, so beruhige dich doch. Natürlich darfst du die Geschichte erzählen, w ...", versuchte Teufel den Hund zu beruhigen, doch Flax unterbrach ihn sofort freudig. „Super! Also, das war zu Jims und Dani ..." „Stop!", schrie Teufel jetzt. Sofort saß Flax ganz ruhig und aufgerichtet da, um Teufel zu lauschen. Er machte einen etwas eingeschnappten Eindruck. „Zwölf Jahre willst du sein? Du benimmst dich wie ein einjähriger Hund. Außerdem ...", schimpfte Teufel. „Na und, Jim ist 5002 Jahre alt und benimmt sich auch noch wie ein Kind!", konterte Flax. „Das ist doch etwas anderes, nach jumarianischer Rechnung ist Jim ja noch ein Kind, im Gegensatz zu dir. Außerdem ...", versuchte Teufel zu erklären. „Das ist mir egal. Ich benehme mich, wie ich es will. Solange ich damit keinem schade, ist das doch meine Sache, oder?" Teufel schnaufte, während Fomka und Diablo interessiert dem Zwiestreit zusahen. „Ist ja gut, Flax, du hast Recht und ich habe meine Ruhe. Aber du kannst deine Geschichte nicht erzählen ...", setzte Teufel ein weiteres mal an. „Wieso nicht? Vorhin hast du doch gesagt, ich könne mei ...", empörte sich Flax. „Ja doch! Hör mir doch erst einmal zu Ende zu. Wir sind noch nicht so weit. Du kannst die Geschichte nachher erzählen, wir rufen dich dann rechtzeitig. Versprochen. Und nun geh und kontrolliere, ob Jim die Technik auch richtig angebracht und installiert hat." „Wieso wollt ihr mich hier nicht haben, Murmli war ja vorhin auch bei euch?", fragte Flax traurig und vielleicht auch etwas beleidigt. „Murmli? Wieso war? Wo ist der denn? Eben war er doch noch hier", wunderte sich Teufel. „Ich glaube, der wollte sich

was zu trinken holen", meinte Flax, „Er kam mir entgegen." „Stimmt, ich hab mir was zu trinken aus der Küche geholt", hörten sie Murmli jetzt sagen. „Und ich habe ihn begleitet." Bei dieser Stimme stellten sich Teufels Nackenhaare auf. 'Bitte lass es nicht Dschonny sein. Bitte, bitte, bitte', betete er in Gedanken 'Schlimmer kann es nun wirklich nicht werden', fügte er in Gedanken noch dazu, als ...
„Hi Leute, was liegt an? Große Versammlung? Ein Kriegsrat? Darf ich mitmachen?" Das war zu viel für den armen Teufel, er konnte einen Schrei nicht mehr unterdrücken. „Das darf doch nicht wahr sein! Womit habe ich diese Folter verdient? Murmli, Flax und Dschonny allein sind ja schon schlimm genug, aber alle drei zusammen und dann noch Hund und Strolch, das ist zu viel", schrie Teufel verzweifelt. Dazu muss erwähnt werden, dass Flax, Hund, Strolch, Dschonny und Murmli neben Pádraig die größten Chaoten des Clans sind. „Was hast du denn? Begrüßt man so alte Freunde? Du solltest froh sein, das Pohdrig nicht hier ist. Zum Glück weiß er ja nichts von der Feier", meinte Dschonny, ein frecher Waschbär. „Wenn Dini aber schon vor der Feier von der Feier berichtet, würde ich nicht meine Pfote dafür ins Feuer legen", ergänzte er noch, während Teufel schon mal anfing, immer weißer im Gesicht zu werden. „Oh nein! Bitte nicht. Dini wollte doch einen Tag vor der Feier einen Bericht darüber schreiben", seufzte Teufel. „Mach dir keine Sorgen, Kater, so schnell wird Pohdrig hier nicht aufkreuzen. Wenn ich richtig informiert bin, ist er zur Zeit am Niger in Afrika, um seine Sippe zu besuchen. Dort kommt die Zeitung, glaube ich, immer ein bis zwei Tage später", beruhigte der Waschbär. Teufel war etwas erleichtert. „Komm Flax, wir checken mal die Technik. Murmli, kommst du mit?", wechselte Dschonny das Thema. Während Flax schon auf dem Sprung war, schüttelte das Murmeltier den Kopf. „Nee, nee, geht nur, ich schlürfe hier in Ruhe meinen Ingwerpunsch", war die Antwort. Und schon hörte man ein genüßliches Schlürfen und Schmatzen. Mit einer fachmännischen Mine ließ Murmli sich den Punsch auf der Zunge zergehen. „Der ist aber süß. Du, Flax, ist da zufällig noch Chili dran? Ich meine außer Ingwer", fragte Murmli Flax. „Kommt drauf an, welchen Punsch hast du denn genommen? Den aus dem blauen oder den aus dem grünen Topf?", war Flax' Gegenfrage. „Ich glaube der grüne, wieso?" „Im grünen Topf ist Ing-

wer, Chili und Teufelskraut dran." „Ach so, na dann. Ist eine Spur zu süß, aber schmeckt nicht schlecht." 'Der muss doch unter Geschmacksverirrung leiden!', dachte Dschonny, schüttelte den Kopf und wand sich zum Gehen. Flax folgte, während Murmli sich in respektvollem Abstand zu Teufel, Fomka und Diablo setzte. Sein Schwanz zuckte vor Aufregung und Spannung. Ungeduldig wartete er auf seinen Erzähleinsatz.

„Gut, da jetzt alle Unklarheiten beseitigt sind, kann ich ja weitererzählen", fing Teufel seinen nächsten Bericht an. Diablo und Fomka nickten, Murmli äußerte sich nicht weiter. „Während Fomka und die White Rabbits in diesem fremden Land waren ..."

„Das Land hieß übrigens Tob, wie Mike uns erklärte. Heißt übersetzt soviel wie Tod, was auch irgendwie passend war", unterbrach Fomka kurz. „Die Sprache muss sich dieser verrückte Jumarianer ausgedacht haben, Jumarianisch war es jedenfalls nicht. Du kannst jetzt fortfahren, Teufel."

Teufel nickte und fuhr fort: „Also, während Fomka, Jim und die anderen in Tob waren, suchten wir hier auf der Erde fieberhaft nach den Vermissten. Trotz weltweiter Suche hatten wir nach einer Woche noch keine Ergebnisse erzielt. Dass auch ein paar Kinder spurlos und über Nacht verschwunden waren, erfuhren wir nur durch Zufall. Dini ließ all seine Beziehungen spielen, um Hinweise zu finden. Dabei hörte er auch, dass eben ein paar Kinder aus Nenagh vermisst wurden. Völlig aufgeregt kam er zu uns in die Zentrale. Dort erzählte er uns, was ihm sein Freund und Kollege Iain, ein graues Eichhörnchen ihm erzählt hatte.
Als ich das Wort Nenagh hörte, schrillten bei mir sämtliche Alarmglocken. Ich erinnerte mich an das letzte Abenteuer des BBC. Zwar war ich nicht dabei, aber wenn ein Freund spurlos verschwindet, vergisst man das so schnell nicht. Und für einen Hund war Mike ein sehr guter Freund. Schnell kam uns der ungute Verdacht, dass wir es schon wieder mit dem Schwarzen Mann zu tun hatten. Doch wie sollten wir gegen einen Gegner vorgehen, den wir nicht einmal zu Gesicht bekamen? Diesmal war kein Jim da, der uns seine schlauen jumarianischen Bücher zur Verfügung stel-

len konnte oder eine kluge Julia, oder ein Schlafhund mit seinen Visionen und Träumen. Da wir nichts dergleichen zur Verfügung hatten, mussten wir es mit herkömmlichen Methoden versuchen. Wir schickten ein paar Leute zu den Familien vor Ort, um Einzelheiten zu erfahren. Es waren natürlich alle Reporter vom Dinoblatt, die angewiesen wurden, diskret vorzugehen. Die Informationen durften nicht ohne die Genehmigung des Big Ben Clan an die Öffentlichkeit. Und diese Genehmigung würden wir erst nach Aufklärung des Falls geben. Durch die Befragungen erfuhren wir, dass die Kinder wie jeden Abend ins Bett gegangen waren. Bei allen Betroffenen war die Kleidung für den nächsten Tag noch unberührt. Das hieß, dass die Entführten in Nachtzeug oder Unterwäsche waren. Leider half uns diese Erkenntnis kaum weiter, da wir dasselbe auch bei den White Rabbits beobachtet hatten. Es sagte uns nur, dass die Kinder von der selben Person entführt worden waren wie Jim und die anderen. Aus allen Teilen der Welt trafen täglich neue Meldungen ein, wobei nie etwas Neues drinstand.
Zu allem Überfluss fing Piepsy jetzt an, sich merkwürdig zu benehmen. Sie wirkte sehr still, in sich gekehrt und ängstlich. Doch darüber reden wollte sie nicht. Dieses Verhalten fing kurz nach dem Verschwinden der White Rabbits an, ich glaube gut einen Tag später."

„Uns erging es inzwischen auch nicht viel besser", unterbrach Fomka. Teufel nickte und ließ Fomka ohne Widerrede erzählen: „Wie schon gesagt, machten wir uns auf den Weg zum Schloss. Der Weg zum Schloss war weit und anstrengend. Zwar trafen wir nicht auf irgendwelche Tiere oder wildgewordene Pflanzen, aber wir mussten durch eine nicht enden wollende Wüste, die dann allmählich in einen übel stinkenden Sumpf überging und dann in ein riesiges Meer. Zuerst war diese mörderische Wüste. Sie war mindestens doppelt so groß wie die Sahara und der Sand war so spitz und scharf, dass uns nach nicht einmal zehn Minuten die Pfoten und Füße schmerzten. Da die Kinder alle noch in Schlafkleidung waren, hatten sie auch keine Schuhe. Und auch meine dicken Sohlen waren zerschunden. 'So geht das nicht weiter', stöhnte Jim. Er versuchte, seine Schmerzen zu unterdrücken, doch auch ihm taten die Füße weh. 'Oh Mann, meene Fieß bring ma noch umme. I koan koa ahnzjen Schritt mor jehn.' Wir setzten uns erst einmal hin, um unsere Füße zu entlasten und auszuruhen. Auch die Riesen setzten sich dazu. Allerdings schienen sie keine Probleme mit dem mörderischen Sand zu haben. 'Ähm, Trooper, sag mal, wie groß ist die Wüste?', fragte Jim die Riesen. 'Nun, man braucht nicht mehr als eine halbe Stunde, um sie zu durchqueren', meinte Trooper. 'Eine halbe Stunde? Das heißt, wir müssen noch zwanzig Minuten laufen, richtig?', fragte Arne. Trooper nickte 'Ja, in Riesenschritten. Aber die Kinder hier können keine Riesenschritte machen', warf ich ein. 'Ach ja, das hatte ich vergessen, entschuldigt', sagte Trooper.

'Okay Leute. Hier, reibt damit eure Füße ein, bindet euch das hier um den Bauch und dann zieht diese Schuhe hier an', sagte Jim plötzlich und legte eine große Tube, Wärmflaschen mit Bändern und Schuhe in den Sand. Er selbst hatte seine Schuhe bereits an. Ich war der Erste, der sich seine Pfoten einreiben ließ. Die Salbe brannte wie Feuer auf den Wunden. Ich musste einen Schmerzensschrei unterdrücken, was mir abgesehen von Jim als Einzigem gelang. Schlafhunds Schrei kam natürlich erst gut eine Minute, nachdem eingecremt wurde. Doch schon kurz nach dem Einreiben ließ der Schmerz nach. Wozu wir aber diese Wärmflasche um den Bauch tragen mussten, weiß ich bis heute noch nicht genau. Angeblich soll die Salbe nicht wirken, wenn der Bauch nicht warm gehalten wird, so steht es jedenfalls in Jims jumarianischem Kräuter- und Heilbuch. Aber das muss noch lange nicht heißen, dass ich solchen Humbug glaube.

Nachdem wir uns die Schuhe angezogen hatten, die übrigens ebenfalls etwas von dieser Salbe enthielten, mussten wir nur noch mit der Hitze kämpfen, die fast unerträglich war. Bald wurde es feuchter und schwüler. Dann wurde es etwas kühler. Die Luft fing an, unangenehm zu riechen. Und je weiter wir kamen, desto erbärmlicher stank es. 'Was ist das? Das stinkt hier ja widerlich', fragte Anna-Lena angeekelt. Wir anderen pflichteten ihr bei. 'Des mieft je wie innor Aalskuhle', sagte Saatzh, womit er meinte, es rieche schlimmer als in einer plumpskloartigen Sickergrube.

Schlafhund fand als Erster heraus, weswegen es hier so stank, wenn auch eher unfreiwillig. Wir dachten an nichts Böses, als wir plötzlich Schlafhund um Hilfe rufen hörten. Und Schlafhund musste

in riesigen Schwierigkeiten stecken, denn er schrie und strampelte in einem für ihn unnormalem Tempo. Als wir Schlafhund erreicht hatten, der schon mal vorneweg geschlichen war, während wir eine kleine Pause eingelegt hatten, konnten wir nur noch ein Ohr sehen, der Rest war im Moor versunken. Jondo erreichte Schlafhund als Erster. Mit der Pfote griff er in den Schlamm und zog den Hund heraus. Triefend nass setzte er unseren Freund auf festen Boden. Er spuckte eine Menge schmutziges Wasser und Matsch. 'Päh, päh, päh! Matsch', sagte er angewidert.
'Klasse, ein Moor. Was kommt als Nächstes? Da einen sicheren Weg durch zu finden wird Tage dauern', maulte Christian. Auch Jim gab ihm Recht, was mich am meisten beunruhigte, da er doch sonst immer eine Idee auf Lager hatte. Diesmal jedoch hatte seine Schwester Julia die zündende Idee. Ohne Vorwarnung vergrößerten und verbreiterten sich unsere Schuhe, so dass sie wie die Schneeschuhe der Inuit aussahen. 'Schnieke Bammbuschn', lobte Saatzh Julias hergezauberte Schuhe. 'Leider kann ich für die Riesen keine Schuhe herzaubern, dafür reicht meine Kraft nicht', entschuldigte sich Julia. 'Ist schon okay, das Moor wird uns kaum bis zur Hüfte gehen. Also, untergehen werden wir schon nicht', meinte Joranda. Und tatsächlich ging den Riesen der Schlamm nur bis zu den Hüften. Die anderen liefen mit ihren Schuhen mehr schlecht als recht. Vor allem Schlafhund hatte Probleme, die Pfoten mit den breiten Schuhen einigermaßen sicher zu setzen. Sein Gang wirkte noch unbeholfener als der einer Ente. Dadurch wurden wir noch mehr aufgehalten als sonst, weswegen ich ihn dann auch den Rest durch das Moor trug. Zum Glück geschah nichts weiter auf unserem Weg durch diesen Morast. Lediglich die riesigen Mücken störten uns. Die waren etwa so groß wie die Brummer auf der Erde. Allerdings schien sie irgendetwas davon abzuhalten, uns zu stechen. Vielleicht war es die Salbe, mit der wir uns eingecremt hatten. Dennoch durchquerten wir den Sumpf mit wild wedelnden und fuchtelnden Armen.
Bald hatten wir auch dieses ätzende Moor hinter uns gelassen und standen vor einem überdimensional großen Meer. Unsere Schuhe verschwanden ganz plötzlich wieder, so dass ich Schlafhund wieder auf seine vier Pfoten setzen konnte. 'Super! Und wo bekommen wir jetzt ein Boot her?', fragte Konrad. 'Es muss vor allen Dingen

ziemlich groß sein, immerhin müssen fünf Riesen darin Platz finden', ergänzte Jena. Sie hatte den Satz kaum ausgesprochen, als vier der fünf Riesen merkwürdige, ängstliche und verwirrte Geräusche von sich gaben. Der fünfte Riese, ich nämlich, ließ alles ohne einen Ton über sich ergehen. Jim ließ uns nämlich gerade schrumpfen, damit das Boot nicht zu groß werden musste. Es dauerte nicht lange und wir fünf waren nur noch einen Kopf größer als Jim. 'So, Julia, jetzt bist du dran. Wie wäre es mit einem schönen roten Motorboot?', wandte sich Jim an seine Schwester, die auch sofort ein lilafarbenes Boot mit weißen Blumen auf dem Wasser erscheinen ließ. 'Mh, auch gut, dann eben lila mit weißen Blumen. Warum nicht?' 'Sinn des Jänsebliemchn?', fragte Saatzh. Julia schüttelte mit dem Kopf: 'Nee, Marjerittn', antwortete Julia in Saatzh' Sprache, wobei sie Margeriten meinte. 'Bitte alles einsteigen', rief sie noch und ging an Bord. Noch ahnten wir nicht, dass dies eine der gefährlichsten Etappen werden sollte, abgesehen vom Labyrinth, was uns noch bevorstand. Mike bestieg als zweiter das Boot. Die anderen folgten nach und nach. Trooper, Joranda, Hácêk und Jondo bildeten den Schluss. Sie setzten nicht sehr viel Vertrauen in dieses Schaukelding, wie sie es nannten. Es dauerte jedoch nicht lange und sie hatten sich halbwegs an das Boot gewöhnt.
Gut eine Stunde lang geschah unnatürlich wenig, nämlich nichts. Das Wasser war viel zu ruhig, viel zu leicht kamen wir vorwärts. Jim fing an, ein beunruhigtes Gesicht aufzusetzen. 'Das gefäll ...', fing Jim an, doch Mikes erschrecktes Jaulen unterbrach ihn: 'Da ist was im Wasser, etwas ziemlich großes!', schrie er. Jim war sofort alarmiert und schaute ebenfalls angestrengt auf das Wasser. Unaufhörlich wanderten seine Augen von einem Punkt zum Nächsten. Auch die anderen, mich eingeschlossen, sahen besorgt auf die friedlich daliegende Wasseroberfläche. Sehen konnte aber keiner etwas.
Der folgende Angriff kam schnell und völlig unerwartet. Er kam nämlich nicht aus dem Wasser, sondern aus der Luft. Ein riesiger Vogel griff uns immer wieder im Sturzflug an. Er hatte mit Sicherheit eine Flügelspannweite von mehreren Metern. Das Boot wackelte bedrohlich. Wir hatten Mühe, das Gleichgewicht zu halten. Das Geschrei des Vogels, der bei näherem Betrachten eher

wie ein riesiger Flugsaurier aussah, war schrecklich schrill und schmerzte in den Ohren. Immer wieder flog dieser Saurier Angriffe auf uns, die Jim jedes Mal versuchte abzuwenden, was ihm mehr schlecht als recht gelang. Das Schlimmste an diesem Ungeheuer war, dass es eigentlich nur ein fliegendes Skelett war.
Wir hatten es endlich geschafft, das Boot wieder halbwegs ruhig im Wasser zu halten, als es schon wieder gefährlich anfing zu wackeln. Diesmal jedoch bekamen wir mehrere gewaltige Stöße von unten. Wir schrieen vor Schreck und Angst. Mit großer Mühe versuchte Jim, das Boot irgendwie im Gleichgewicht zu halten. 'Legt euch alle flach auf den Bauch', rief er uns zu. Er selbst balancierte das Gleichgewicht immer wieder neu aus. So schnell und überraschend die Angriffe kamen, so schnell und überraschend waren sie auch wieder vorbei. 'Was zum Henker war das?', fragte Konrad. Jim zuckte mit den Schultern. 'Des sah mich uss wie ä Dinosauricher. Awwer ziemlich macher, wenn de mich frahst.' Noch immer behielt Jim die Wasseroberfläche im Auge. Er traute dem plötzlichen Frieden nicht.
Und das zu Recht. Kaum hatten wir uns wieder beruhigt, wurde Saatzh an den Armen gepackt. Jemand oder etwas versuchte, ihn über Bord zu ziehen. Konrad griff mutig ein und biss das Ungeheuer in den Arm, Fuß, Tentakel oder was auch immer. Wutentbrannt griff es nun nach Konrad und zog ihn über Bord. 'Konrad!', schrie Jim und sprang hinterher. Das Erste, wogegen er sich im Wasser wehren musste, war ein Hai, der am ganzen Körper Stacheln und am Ende seiner Schnauze einen ähnlichen Fortsatz hatte wie ein irdischer Sägefisch. Dieser Hai kam dem Boot manchmal bedrohlich nahe. Einmal hätte er uns beinahe in der Mitte durchgesägt, was er wahrscheinlich mühelos geschafft hätte bei seiner Größe, die eher an einen Buckelwal erinnern ließ. Doch kurz bevor dieser Monsterhai das Boot zersägen konnte, wurde dieser von einem gewaltigen Arm beiseite geschleudert. Er flog gut zwei Meter weit. Ein anderer Arm griff nach Jim und zog ihn in die Luft. 'Hi Konrad, ich bin gekommen um dich zu retten', sagte Jim, als er mit Konrad, der die ganze Zeit zwischen Wasser und Luft hin und her pendelte, auf gleicher Höhe war. 'Ich dachte schon, du willst hier nur so rumhängen', witzelte Konrad.

Jim und Konrad versuchten heftig, sich gegen den scheinbar kräftigen Griff zu wehren, doch vergebens. 'Männer! Müssen immer zeigen, wie toll sie doch sind', meinte Julia nur kopfschüttelnd. Doch noch bevor sie etwas tun konnte, kam dieser riesige Saurier, oder das, was von ihm übrig war, wieder und griff diesmal nicht das Boot, sondern das andere Monster an. Er machte ihm die Beute streitig. Der Krake ließ beide fallen. Während Jim aber ins Wasser fiel, wurde Konrad von diesem Saurier in die nackten Krallen genommen und weggetragen. Der Arme schrie wie am Spieß.
'Jetzt reicht es aber!', schrie Julia wütend, konzentrierte sich kurz und schnippte mit dem Finger. Kurz darauf kam ein weiteres Monster angeflogen. Aber ehrlich gesagt, sah es gar nicht so monsterhaft aus. Im Gegenteil, es sah aus wie ein fliegendes Wollknäuel, nein, ein Schaf. Ja, es war ein fliegendes Schaf. Sicher, du wirst jetzt sagen, das ist doch ein Flaf, aber wir wussten es damals noch nicht. 'Du, Julia, ist das Schaf dort von dir? Ich meine, hast du das hergezaubert?', fragte ich. Julia nickte stolz. 'Klasse, was soll denn ein Schaf gegen dieses Flugmonster ausrichten?', fragte Arne kritisch und enttäuscht. 'Warte es doch erst mal ab.' Wir zuckten mit den Schultern und schauten nach oben.
Das Schaf ging urplötzlich zum Angriff über, bremste jedoch kurz vor dem Saurier ab und ließ sich fallen. Wahrscheinlich hatte es Angst bekommen, immerhin war das Schaf nur gerade mal so groß wie der Kopf des Flugsauriers. Es machte einen Sturzflug ins Wasser, wo es gut eine Minute blieb, bevor es wieder auftauchte. Es hatte sich bewaffnet. Rechts und links schaute einer dieser Haie aus seinem Maul. Er zappelte so wild, dass ich mich wunderte, wie das Schaf diese Last überhaupt in die Luft bekommen konnte. Mit einer atemberaubenden Geschwindigkeit flog es auf den Flugsaurier zu, der immer noch Konrad in seinen Klauen hielt. Das Schaf flog knapp unterhalb der Echse, dicht an der Kralle mit Konrad. Der sägenartige Fortsatz des Hais musste unweigerlich die Klaue des Sauriers absäbeln. Und tatsächlich. Wenige Sekunden später hörten wir ein ohrenbetäubendes, schrilles Geschrei, durchsetzt von Konrads Geschrei, als der samt Kralle, in der er noch immer hing, nach unten fiel. Auch der Hai fiel hinterher und das Schaf. Es überholte Konrad, und noch bevor dieser ins Wasser fiel, fing das Schaf ihn auf seinem Rücken auf.

Sicher landeten die beiden auf dem Boot, in das Jim gerade wieder pitschnass gestiegen war. Auch Konrad und sein Retter waren triefendnass. 'Das hast du gut gemacht', lobte Julia das fliegende Schaf. Und das ließ es sich nicht nehmen, breit zu grinsen und ...
...seine messerscharfen Reißzähne zu entblößen. Mit einem riesen Platsch fiel auch der Hai ins Wasser und spritzte die Insassen des Bootes voll. 'Häb, häb', meinte das Schaf nur. Du kannst dir sicher unsere Gesichter vorstellen, als wir das Schaf diese merkwürdigen Laute von sich geben hörten, bevor es wieder verschwand. 'Wat waor denn des for a Dier?', fragte Saatzh. 'Das war ein Flaf', antwortete Jim für Julia. 'Ein was?', fragte Jena. 'Ein Flaf. Es lebt normalerweise auf Juma. Flafe sind Fleischfresser und leben im Wald, in der Wüste und auf dem Meer, beziehungsweise an der Küste. Aber diese anderen Monster kamen mir auch ziemlich bekannt vor. Abgesehen von diesem fliegenden Exemplar', meinte Jim. Julia stimmte ihm zu: 'Ganz recht, der Stachelsägehai und auch die Achtarmer sind beides Tiere von Juma. Wie aber der Pteranodon da rein passt, weiß ich nicht.' 'Achtarmer? Also wenn ihr mich fragt, ich habe eindeutig mehr als acht Arme gezählt. Das waren mindestens zwanzig Arme, wenn nicht sogar mehr', meinte Konrad. 'Es war ein Zwölfarmer, Julia, Konrad hat recht. Ein Zwölfarmer und ein Achtarmer', gab Jim seinen Kommentar ab. Aber ob dieses Vieh nun acht oder zwölf Arme hatte, uns war es egal. Hauptsache, wir waren noch am Leben. Und sowohl die Armer, als auch der Hai und der Pteranodon waren verschwunden und hatten ihr Heil in der Flucht gesucht. Nochmal werden die sich wohl kaum mit einem Flaf anlegen. Zugegeben, dieses Flaf war nicht besonders groß, aber oho. Besser hätte ich es kaum machen können. Wahrscheinlich noch nicht einmal annähernd so gut.
Den Rest der Fahrt über das Meer geschah nichts weiter. Dann endlich sahen wir Land. Janina sah es als Erste. Viel war von dem Land vor uns noch nicht zu sehen, aber es nahm den gesamten Horizont ein. 'Scheint ein ziemlich lang gestrecktes Land zu sein', bemerkte Anna-Lena. In mäßigem Tempo fuhren wir darauf zu, immer auf die Wasseroberfläche und in die Luft schauend, ob sich dort irgendeine Gefahr abzeichnet. Doch es blieb ruhig. Bald konnten wir erkennen, dass es sich vor uns um ein riesiges Gebirge handelte, das direkt aus dem Wasser steil aufstieg. Ein An-

legeplatz würde schwer zu finden sein, wenn überhaupt, da das Gebirge massives, glattes Gestein war, das keinen Schutz vor dem Meer bot.
'Jim, sieh mal, das da drüben sieht wie eine Höhle aus', sagte Daniela und zeigte auf eine Öffnung in der riesigen Mauer, rechts vom Bug. Steuerbord also, wie der Seemann sagen würde. Jetzt sahen auch wir die Öffnung, die wie eine sehr große Höhle aussah. Keine fünfhundert Meter weiter, diesmal auf der anderen Seite des Bugs, entdeckten wir eine weitere Höhle. 'Wahrscheinlich müssen wir durch eine dieser Höhlen, um zum Schloss zu gelangen. Welche ist es, Trooper?', fragte ich. Doch die Riesen und auch Mike konnten uns nicht weiterhelfen, da sie noch nie in diesem Teil des Landes gewesen waren. 'Gut, da sind wir also nicht die Einzigen, die den Weg nicht kennen. Also, welchen Höhleneingang nehmen wir. Und komm nicht wieder mit deinem Film, von wegen immer den rechten Weg nehmen, Fomka', meinte Jim und erinnerte mich damit schmerzlich an den Schwarzen Mann, als wir im Mount Kea waren und ich den falschen Weg genommen hatte. Somit stand für mich fest, dass wir diesmal den linken Eingang nehmen würden. Jim fragte die anderen. Und bald hatten sie einstimmig entschieden, dass wir doch die rechte Höhle nehmen. Der Schwarze Mann würde ja nicht zweimal auf derselben Seite eine Schikane einbauen ...
...dachten die White Rabbits. Ich war ja diesmal für den linken Eingang. Wir fuhren jedoch auf den rechten Höhleneingang zu. Feuer kam uns diesmal zum Glück nicht entgegen, dafür begann sich plötzlich die Decke der Höhle zu bewegen. Sie kam uns stetig entgegen. Auch wurde die Luft hier drin immer stickiger und feuchter. Und als mir dann auch noch eine eklige Feuchtigkeit in den Nacken tropfte, wurde mir die Höhle noch unangenehmer. Die spitzen Stalaktiten, die an der Decke wuchsen, kamen immer näher. 'Ähm, Jim, bist du sicher, dass das hier eine Höhle ist? Wenn ja, dann sabbert sie', sagte ich beunruhigt, während ich mir die zähflüssige Flüssigkeit aus dem Nacken holte und voller Ekel ins Wasser warf. 'Xifizurk hcon lam! Sad tsi nie Hcsifluamnelhöh! Raus hier! Wenden, sofort wenden!', schrie Jim voller Wut und Entsetzen. Die vier Riesen, die jetzt kaum größer als Jim waren, und ich ruderten, was das Zeug hielt, um den Motor zu

unterstützen. Das Boot wendete. Schon bald fingen wir an zu keuchen und zu schwitzen, doch wir ließen nicht locker. Unermüdlich ruderten wir gegen die Strömung und brachten uns damit Zentimeter für Zentimeter weiter aus der Gefahrenzone.
Kaum hatten wir die Höhle verlassen, fiel die Decke, die sich als ein riesiger Oberkiefer herausstellte, nach unten. Das Tier, dem der gewaltige Kiefer gehörte, schnaubte wütend, weil es uns verfehlt hatte. Erst als wir das Tier mindestens 100 Meter hinter uns gelassen hatten, wurden wir langsamer. 'Was zum Henker war das?', fragte ich noch völlig außer Atem. 'Das war ein Hcsifluamnelhöh', wiederholte Jim, erntete aber nur verständnislose, fragende Blicke. 'Ein Höhlenmaulfisch', sagte Julia erklärend. 'Ihr Maul ist so groß, dass sie ein ganzes Boot samt Inhalt verschlucken können.' 'Ach, wirklich?', meinte Daniela. Und Arne sagte nur: 'Ich will heim, hier gefällt es mir ganz und gar nicht. Fleisch fressende Pflanzen, stinkende Moore, messerscharfer Sand, riesige Haie, fliegende Skelette, Fische, die ganze Boote fressen. Das reicht mir! Ich will heim.' 'Ich hab euch doch gesagt, wir sollten den linken Eingang nehmen. Aber auf mich hört ja keiner', sagte ich in einem gespielten beleidigten Ton. 'Ist ja gut, Fomka, das nächste Mal sind wir schlauer, dann schicken wir dich wieder vor, um den Gang zu testen', scherzte Jim. 'Okay, genug gescherzt, wir sollten uns auf den Weg machen. Die Kinder wollen befreit werden', fügte Jim nach kurzer Zeit hinzu. Und so steuerten wir auf den anderen Höhleneingang zu. Diesmal ließen wir nur den Motor für uns arbeiten.
An der Höhle angekommen, hielten wir kurz an. Julia ließ ihr Flaf, das sie noch einmal hergezaubert hatte, vorausfliegen. Die Höhle schien diesmal echt zu sein, dem Flaf geschah nichts und wenn es wieder ein Höhlenmaulfisch gewesen wäre, hätte Julia ihr Flaf natürlich rechtzeitig aus der Gefahrenzone gezaubert.
Wir folgten dem Flaf in die Höhle. Eigentlich war es ja keine Höhle, sondern eher ein Durchgang, der immer enger und schmaler wurde. Je weiter wir hineinfuhren, desto dunkler wurde es. Bald konnten wir nichts mehr erkennen. 'Kann hier irgendjemand etwas sehen? Ich jedenfalls ...', fragte Janina. 'Vor – sicht! – Leicht – nach – rechts!', schrie Schlafhund plötzlich, schneller als sonst, aber immer noch langsamer als wir. Janina, die am Steuer saß,

korrigierte den Kurs leicht. Schlafhund gab noch zwei, drei Kurskorrekturen, dann hatten wir die Höhle hinter uns gelassen. Gleich hinter der Höhle, am Ende des Meeres stand eine lange Mauer aus tiefschwarzem Granit. Ein Eingang war zu erkennen. Darüber waren goldene Schriftzeichen. Schriftzeichen, die der jumarianischen Schrift ähnelten, aber dennoch Unterschiede aufwiesen. 'Was steht da?', wollte Mike wissen. Er hatte uns zwar gesagt, was Tob bedeutet, beherrschte diese Sprache dennoch nicht genug, um alles zu verstehen. 'Das verrückte Labyrinth – Eintreten und erleben', las Jim vor. 'Klingt fast wie der Werbeslogan eines Vergnügungsparkes', meinte Mike. Und damit hatte er nicht einmal so unrecht, es war ein Vergnügungspark, allerdings nicht für uns, sondern für den Schwarzen Mann.
'Ich denke, es dürfte kein Problem werden, hier durchzukommen. Die Mauern sind nicht besonders hoch, die Riesen können darüber hinwegsehen, wenn sie erst einmal wieder ihre normale Größe wieder haben', meinte Jim zuversichtlich, was er aber nicht lange blieb. Spätestens als die Riesen wieder ihre ursprüngliche Größe hatten und immer noch nicht über die Mauer sehen konnten, musste Jim eingestehen, dass es doch nicht so einfach werden würde, durch das Labyrinth zu kommen. Trooper versuchte, sich an der Mauer hochzuziehen, um hinübersehen zu können, doch je mehr er sich streckte, desto größer wurde die Mauer, so dass er nie mit den Armen das Ende der Mauer erfassen konnte. Er versuchte noch etwas anderes. Mike sollte versuchen, die Mauer zu greifen, also hob er ihn so hoch er konnte, doch auch das nützte nichts. Die Mauer wuchs und wuchs. Erst als Trooper Mike wieder abgesetzt hatte, schrumpfte sie wieder ein wenig. Jim startete einen letzten Versuch und flog hoch in die Luft, um so über die Mauer sehen zu können oder wenigstens in das Labyrinth. Doch weit gefehlt. 'Das kann doch nicht sein, das ganze Labyrinth besteht plötzlich aus dichten Pflanzen. Ich kann keinen Flecken Boden erkennen. Und das Schloss kann ich von hier auch nicht sehen. Keine Ahnung, in welcher Richtung das liegt.' Resigniert landete Jim wieder vor den Mauern, die sich aus unserer Sicht kein bisschen verändert hatten.
Was sollten wir jetzt tun? Einfach so auf gut Glück das Labyrinth betreten wäre Selbstmord gewesen. Wir hätten uns hoffnungslos

verirrt. 'Hat nicht irgendjemand ein Seil dabei?', fragte Mike. Doch das musste leider verneint werden. Da alle noch in Nachtzeug waren, hatten wir nichts dabei, das uns bei der Orientierung geholfen hätte. Wir überlegten, was wir tun sollten. Nur einen schien das nicht zu interessieren. Schlafhund stiefelte einfach drauf los und betrat das Labyrinth. 'Schlafhund, warte! Wo willst du denn hin?', schrie Anna-Lena ihm nach. 'Ich – kenn – den – Weg, – folgt – mir!', antwortete er knapp und ging weiter. Wir sahen uns ratlos an, folgten ihm dann aber schnell, um ihn nicht zu verlieren. Die Riesen zögerten noch etwas. Ihnen war das Labyrinth nicht geheuer. Doch dann schlossen sie sich uns an.
Kaum hatte der Letzte das Labyrinth betreten, verschwand der Eingang. Ein paar Sekunden lang waren noch silberne Schriftzeichen zu erkennen, die Jim mit 'Viel Vergnügen' übersetzte. 'Ich hasse dieses Labyrinth', sagte Konrad verachtend. Und diese Anlage hatte es in sich. Schon der Anfang war der Hammer. Vom Eingang gingen fünf Wege ab, die je noch einmal in zwei verschiedene Treppen aufgeteilt waren. Immer eine nach oben und eine nach unten. Wir hatten also zehn verschiedene Möglichkeiten. Schlafhund jedoch ging zielstrebig den rechten der drei Wege nach unten. Die anderen folgten. Als der letzte die Wendeltreppe betreten hatte, verwandelte sich die Treppe in eine Rutsche. Wir rutschten und rutschten und hörten gar nicht mehr auf zu rutschen. Immer um eine enge Kurve. Ich habe gar nicht versucht zu zählen, wie viele wir passierten. Auf jeden Fall war uns schwindlig, als wir unten ankamen. 'Möchte nicht wissen, wie hoch das ist', sagte Arne, der sich mit am schnellsten wieder gefangen hatte. Er blickte nach oben. 'Das – wa – ren – drei – hun – dert – drei – ßig – Me – ter. – So – hoch – wie – der – Ei – ffel – turm', beantwortete Schlafhund die Frage präzise. 'Gait dat nur mir so, or is aich ah so üwwl?', fragte Saatzh, der käseweiß im Gesicht war. Er saß am Ende der Rutsche, die nun wieder eine Treppe war und lehnte sich an das Geländer, das ihn jedoch nicht lange stützte. Von jetzt auf gleich verwandelte sich das Geländer in eine armdicke, dreihundertdreißig Meter lange Schlange, deren Kopf Saatzh ansah. 'Uah!', brüllte er voller Entsetzen und brachte sich mit einem riesigen Satz in sichere Entfernung. 'Weg hier!', schrie Julia und rannte los. 'Halt!', hörten wir Schlafhund verschlafen

bellen. Er wandte sich nach links. Julia wollte geradeaus gehen. Schleunigst schnappte ich mir Schlafhund und wand mich in die Richtung, die er eingeschlagen hatte. Die anderen folgten hastig. 'Ich will hier raus!', sagte Arne mit Nachdruck. Dagegen hatte niemand etwas einzuwenden, aber der einzige Weg hier raus war der durch dieses verdammte Labyrinth.
Wir waren noch nicht weit gekommen, als es plötzlich nicht mehr weiter ging. Vor uns lag eine riesige Mauer aus Dornenpflanzen, die immer weiter wuchsen. 'Hier geht es wohl nicht weiter. Schlafhund, was hast du zu deiner Verteidigung zu sagen?', meinte Konrad. 'Ich – ver – steh – das – nicht. – Vor – drei – Se – kun – den – war – hier – noch – ein – Durch – gang.' Schlafhund schüttelte ratlos den Kopf. 'Meechlicherweese stimmt da wat mit deenen Visjon'n nit', überlegte Saatzh. 'Was soll das heißen? Meine Visionen stimmen nicht? Ich zeig dir gleich was von wegen Visionen!' So schnell und sauer hatten wir Schlafhund bis jetzt noch nie sprechen hören. 'Is ja juht, is ja juht. Meinetweechen stimmt mit dorr oalles, awwer des Lawürinth stimmt nich', beschwichtigte Saatzh Schlafhund. Und so plötzlich, wie dessen Wutausbruch gekommen war, so plötzlich war er auch wieder vorbei und alles war bei Schlafhund wieder wie immer. 'Ich denke, wir sollten umkehren und einen neuen Weg suchen', wechselte Daniela das Thema.
Wir wandten uns in die Richtung, aus der wir gekommen waren und mussten entsetzt feststellen, dass sich der Weg gerade schloss. Du musst dir das wie dieses Brettspiel vorstellen, du weißt schon, 'Das verrückte Labyrinth', da verschieben sich die Wände auch, wenn man Pech hat. Genauso war es bei uns. Nur dass dieser Ort noch viel mehr Überraschungen bereithielt.
Wir waren also eingesperrt. Ich versuchte die Pflanzen zu schlagen, wie ich es gemacht hatte, bevor ich Jim und die anderen getroffen hatte. Es klappte auch. Am Anfang jedenfalls. Doch bald schon verwandelten sich die Pflanzen in harten Granit. Vor Schmerz aufheulend zog ich meine Pfote zurück. In der Wand konnte man jetzt eine Delle sehen, die so groß wie meine Pfote war. 'Was kommt als Nächstes, fliegende Kampfmäuse?', fragte Jena. 'Würde mich nicht wundern', meinte Arne trocken.
'Ich will euch ja nicht beunruhigen, aber hört ihr das?' Janina lauschte angestrengt in die Gegend. Auch wir konnten es jetzt

hören. Ein Rauschen in der Luft, ein Rauschen, das immer näher kam. 'Was immer das ist, es klingt nicht gesund. Und wir können hier nicht weg.' Keine zwei Sekunden später verdunkelte sich der Himmel. Die Mädchen stießen einen spitzen Schrei aus. Und auch die Jungs würgten etwas. Die Riesen machten sich so klein sie nur konnten. Wenn sie nicht so viel Angst gehabt hätten, hätten sie Jim bestimmt darum gebeten, sie ganz, ganz klein zu zaubern, damit sie sich besser verstecken konnten.
Über uns kreiste ein riesiges Tier. Erst beim zweiten Hinsehen konnten wir erkennen, was es war. Ein Drache. Ein riesiger, fünfköpfiger Drache mit zehn Schwänzen und sechs Beinen. Sein Körper war giftgrün. Wie es aussah, waren all seine Schwänze mit Dornen besetzt. Damit pflügte er durch die Mauer und riss riesige Stücke heraus. Leider nur oben. Er spuckte Feuer aus allen fünf Mäulern auf einmal. Die Mauern waren aber so hoch, dass seine Flammen den Boden nicht erreichten. Wir kauerten uns in die hinterste Ecke. Gegen diese Kreatur konnten wir nichts ausrichten.
Joranda war es, der uns dieses mal den Hals rettete, wobei das eher unfreiwillig geschah. Der Drache muss ihm bei einer seiner Attacken den Pelz versengt haben, jedenfalls brüllte Joranda plötzlich wie von einer Tarantel gestochen auf, griff nach dem Drachen, bekam einen der Schwänze zu fassen und spielte kurzerhand Hammerwerfen mit dem Untier. Und der Drache flog und flog und flog durch die Luft wie eine Spielzeugpuppe. Bald war er nicht mehr zu sehen. Und er kam auch nicht wieder. 'Wow', staunte Christian. 'Hab ich das grad wirklich getan?', fragte Joranda mit zittriger Stimme. Wir staunten nicht schlecht über den Riesen.
'Gut, das Problem wäre gelöst. Schlafhund, sag uns, in welche Richtung wir jetzt müssen', sagte Jim, der darauf drängte, hier endlich zu verschwinden. Schlafhund wendete sich nacheinander jeder Himmelsrichtung zu und verharrte dort eine Weile. Schließlich blickte er nach Süden. 'Da – lang', sagte er. Jim nickte. 'Gut, ich hoffe, du hast Hunger', fügte er dem Nicken hinzu, ohne weitere Erklärungen abzugeben. Doch Schlafhund wusste sofort, was zu tun war, als Jim mit den Fingern geschnippt hatte. Er fraß sich behände durch die Mauer, bis er durch war. Julia verkleinerte uns auf Schlafhunds Größe, damit wir durch das Loch passten.

Auf der anderen Seite nahmen wir dann wieder unsere normale Größe an. 'Milch – scho – ko – la – de – mit – Rot- – und – Teu – fels – kraut – mag – ich – zwar – lie – ber, – a – ber – Zart – bit – ter – ist – auch – o – kay', bemerkte Schlafhund, als wir alle unser Gefängnis verlassen hatten. 'Tut mir leid, Schlafhund, aber es ist nicht gerade einfach, aus schwarzem Granit Milchschokolade zu zaubern', erklärte Jim. 'Ist – ja – gut, – sol – lte – kei – ne – Kri – tik – sein.' Doch Jim wusste das.
'Lasst uns weitergehen. Wer weiß, was noch kommt', drängte Janina zum Aufbruch. Also trabten wir weiter, immer hinter Schlafhund her, der erstaunlicherweise mal relativ schnell ging. Auch er wollte hier so schnell wie möglich wieder weg. Bald standen wir vor einer Treppe, die sowohl nach oben, als auch nach unten ging. Schlafhund führte uns nach oben, immer weiter und weiter und weiter. Die Treppe schien kein Ende zu haben. Nach gut zehn Minuten stetigem Aufwärtssteigen blieben wir endlich stehen. Es war immer noch kein Ende in Sicht. 'Wie hoch geht es denn noch?', fragte Anna-Lena, die schon nicht mehr konnte. Wir machten eine Pause, bevor wir weiter gingen. Dann gingen wir weitere zehn Minuten, ohne ein Ende zu erreichen. 'Jetzt reichts mir! Das ist doch nicht normal!' Jondo stampfte vor Wut auf. Er war keineswegs am Ende seiner Kräfte, aber er hatte eindeutig keine Lust mehr, immer nur Treppen zu steigen. Das Aufstampfen hinterließ einen gut sichtbaren Fußabdruck auf der Stufe. 'Jondo, es ist bestimmt nicht mehr weit. Lass uns weitergehen', versuchte ich ihn aufzumuntern. Und tatsächlich, er ging weiter.
Fünf Minuten später kamen wir an eine beschädigte Treppenstufe. Jondo entdeckte sie als Erster, da er voranging. 'Wie ist das denn möglich? Mein Fuß passt genau in dieses Loch auf der Treppe.' Wir sahen es uns erstaunt an. Jondo hatte recht, es war sein Fußabdruck. Aber wie war das möglich? Ratlos sahen wir uns an. 'Okay Leute, ihr wartet hier, ich komme gleich wieder', meinte Jim und war verschwunden, bevor irgendjemand auch nur ansatzweise etwas dagegen einwenden konnte. Er war die Treppe weiter nach oben gestiegen.
Nach fünf Minuten kam Jim schon wieder. Von unten! Verwirrt schauten wir Jim an. Wie hatte er das gemacht? Doch Jim war keineswegs verwirrt, eher beunruhigt und ratlos. Er kam bis auf

die beschädigte Treppenstufe heran, sagte aber kein Wort. Nachdenklich schaute er auf die Stufen.
'Jim?', fragte Daniela zögernd. 'Was ...?' Daniela brach ab, als sie merkte, das Jim gar nicht zuhörte. 'Schlafhund, sagtest du nicht, wir müssten diese Treppe hinauf?' Schlafhund nickte und wollte antworten, doch Jim sprach weiter: 'Wir gehen schon eine halbe Stunde diese verdammte Treppe hinauf. Diese Treppe hat weder einen Anfang, noch ein Ende.' Schlafhund senkte betreten den Kopf. 'Ich – weiß – nicht, – was – ich – falsch – ge – se – hen – ha – be. – Es – war – die – se – Trep – pe', versuchte er sich zu verteidigen. 'Ist schon gut, Schlafhund, es liegt nicht an dir. Ich will hier nur wieder Raus!' Das letzte Wort brüllte Jim regelrecht hinaus. Wütend trat er gegen die Stufe, auf die schon Jondo mit Wucht draufgetreten war. Plötzlich verschwand die Stufe, auf der er gerade stand und er fiel nach unten. Wir hörten nur noch seinen erschreckten Schrei.
Daniela kniete sich auf die Treppe und sah in das Loch im Boden. 'Jim!', schrie sie nach unten. Keine Antwort. 'Jim?', rief Mike jetzt nach unten. 'Vermaledeiter Mist! Mein Steißbein', hörten wir Jim fluchen. Ich musste grinsen. Jim ging es gut, er lebte noch und schien unverletzt, abgesehen von seinem schmerzenden Steißbein. Wir waren froh, dass Jim nichts passiert war. Doch der Knabe ließ uns keine Zeit zum verschnaufen. 'Guckt nicht so blöd, kommt lieber hoch', rief er uns entgegen."

„Wie jetzt?", unterbrach Diablo verwirrt. „Das hatten wir auch gedacht. Wir waren uns sicher, dass Jim nach unten gefallen war, dennoch sagte er, wir sollen raufkommen." „Ist hier von mir die Rede?", hörten Diablo, Teufel und Fomka plötzlich eine sehr bekannte kindliche Stimme fragen. „Jim?!", brachte Diablo nur heraus. „Du bist schon wieder zurück?", war Teufels Kommentar. „Dein Fahrgast tut mir leid", bedauerte Fomka Jims Passagier. „Mein armes Auto", entgegnete Jim. „Ich muss die Bezüge erneuern lassen. Im Moment lüftet es gerade. Der Gestank ist ja nicht auszuhalten." Demonstrativ hielt er sich die Nase zu. Fomka konnte sich nur zu gut denken, was passiert war. In nur einer Stunde war Jim nach Edinburgh und zurück gefahren und das von London aus. „Wolltest du ihn nicht nach Edinburgh fliegen?", fragte Fomka. Jim nickte „Richtig, aber dann hätte der Arme noch länger im Regen stehn müssen. Heute morgen zum Beispiel ist mein Flugzeug in den Streik getreten. 'Keine Lust, keine Lust, keine Lust. Ich fliege erst, wenn du mir auch einen Namen gibst wie White Horse' hat es gesagt. Und in der Beziehung ist das Flugzeug ziemlich störrisch. Ich wollte nicht riskieren, den armen Mann noch länger warten zu lassen, weil mein Flugzeug möglicherweise nicht fliegen möchte. Worüber habt ihr denn eigentlich grad gesprochen, ich hab doch meinen Namen gehört.“ Der Junge verstand es, von jetzt auf gleich ohne einen Zusammenhang das Thema zu wechseln. Jim sagt dann oft, seine Gedanken machen einen Bocksprung. Fomka nickte: „Ja, es war von dir die Rede und ich werde lieber mal weiter erzählen, damit ich endlich aus diesem verdammten Labyrinth raus komme.“ meinte er nur und ...

...setzte sein Versprechen in die Tat um: „Wir standen da also an dem Loch in der Treppe und schauten nach unten, während Jim ebenfalls nach unten zu schauen schien. 'Ach was solls!', meinte Mike plötzlich und sprang. 'Ahu!', schrie er. 'Autsch, mein Hintern', hörten wir als Nächstes. 'Hi Jim. Oh, du hast recht, wir waren wirklich unten', fügte Mike noch hinzu. Nach und nach sprangen dann auch die anderen nach oben. Und tatsächlich mussten wir feststellen, dass Jim recht hatte. Ungläubig schüttelten wir die Köpfe, machten uns dann aber wortlos weiter. Schlafhund immer vorneweg und wir im Kriechtempo hinterher. Lange Zeit blieb es ruhig. Zu lange für meinen Geschmack.
Dann jedoch begann die Erde zu beben. Das Beben schien immer näher zu kommen, bis plötzlich ein riesiges Monster vor uns stand und uns entgegen brüllte. Die Bestie war mindestens so groß wie ich, stand auf zwei Beinen, hatte den Unterleib eines Vogelsauriers und den Kopf eines Tyrannosaurus. Am Rumpf hatte er so etwas wie Flügel. Allerdings waren sie für seine Größe garantiert zu klein zum Fliegen. Sein Maul war voller riesiger Zähne, die mindestens doppelt so groß waren, wie die eines weißen Hais. Der Schwanz war vergleichsweise kurz.
Doch all das interessierte uns in diesem Augenblick wenig. Das Einzige, was uns interessierte, war: 'Weg hier!' Jim nahm als Erster die Beine in die Hand. Ein zweiter Brüller, und auch die ande-

ren wendeten sich zum Laufen. Schlafhund überholte mich sogar, was mich im nachhinein verwunderte. Wir rannten, was das Zeug hielt, das Monstrum stets dicht hinter uns. Ohne Plan rannten wir durch dieses Labyrinth, in der Hoffnung, hier irgendwie lebend herauszukommen.
Jim war uns um einige Längen voraus. Ich sah noch, wie er um eine Ecke bog. Keine zwei Sekunden später kam er in heller Panik zurückgerannt. Hinter ihm lauter Dinis, in allen möglichen Grünabstufungen. Hunderte auf Jims Fersen. Jim rannte direkt auf uns zu. Von der einen Seite Paradoxisaurier, von der andern dieses Monster. 'Auf den Boden und Köpfe einziehen!', schrie Julia und schmiss sich zu Boden. Sie riss noch zwei der Mädchen mit. Die anderen taten es ihr gleich und warfen sich ebenfalls auf den staubigen Boden, obwohl sie nicht verstanden, was das sollte. Doch wir sollten gleich sehen, warum Julia zu Boden ging.
Die Paradoxisaurier überrannten uns förmlich, lauter kleine, krallenbewehrte Pfoten, die über unsere Rücken tapsten. Zu hunderten stürzten sie sich auf das andere Monster und rangen es nieder. Wir gönnten uns nicht das Vergnügen, zu sehen, wie dieser Kampf ausgehen würde, wir sahen zu, dass wir Land gewannen. Als wir glaubten, dass uns keiner mehr folgte, hielten wir an und fielen erschöpft auf die Knie. 'Was zum Henker war das?', fragte ich keuchend. 'Ein Tyrannoklykos. Oder meinst du die Horde Paradoxisaurier?', war Jims Antwort. 'Der Typ hat keine Ahnung von jumarianischer Biologie. Er müsste doch wissen, dass Paradoxisaurier gerne mal einen Tyrannoklykos verspeisen, wenn sie genug sind, um mit ihm fertig zu werden', tadelte Julia. Jim musste lachen und auch wir stimmten ein.
'Seht ihr, was ich sehe?', rief Mike plötzlich. Wir sahen in die Richtung, in die Mike zeigte. Die Wand vor uns verschob sich und wir sahen einen Ausgang. Wie die Wilden rannten wir darauf zu, bevor er wieder verschwand. Wir hatten es geschafft, wir waren draußen.
Vor uns lag ein unendlich tiefer Abgrund, über den eine nicht gerade vertrauenswürdige Hängebrücke zu einem Schloss führte. Auf den Türmen wehten Fahnen, deren Form schwer zu beschreiben war. Jedenfalls hatten sie unterschiedlich viele Zacken. Eine Fahne war rundherum gezackt, während eine andere vier Zacken

hatte. Eine dritte hatte nur drei. Auch die Fenster hatten oben drei Zacken, wie die Türme. Das Schloss selbst war tiefschwarz. Genau wie die Fahnen. Wahrscheinlich war das Wappen des Schlosses ein schwarzer Geier auf schwarzem Hintergrund. Ich hörte Hácêk, der direkt neben mir stand, hart schlucken. 'Da wollen wir wirklich rein?', fragte er vor Angst schlotternd. Die Erde zitterte schon leicht. 'Wollen ist wohl zu viel gesagt, mein Großer. Ich würde jetzt lieber zu Hause sitzen und an meinen Erfindungen basteln', meinte Jim. 'Oder vielleicht mit Ali und Baba schwimmen.' Auf die fragenden Gesichter der Riesen hin erklärte ich, dass Ali und Baba die beiden Hausalligatoren von Jim waren, wobei sie auch nicht wussten, was ein Alligator ist. Doch das zu erklären blieb keine Zeit.
'Oke, hot nich oaner oane Idee, wat mor jez mach'n? Tzum Beespiel, wie mor da nüwwer gimm'n?', fragte Saatzh. Doch er bekam keine Antwort. Hácêk brabbelte nur etwas unverständliches in seinen Bart, die anderen schwiegen. Anna-Lena wollte den Anfang machen und über die Brücke gehen. Doch sie hatte ihren Fuß noch nicht richtig auf die Brücke gestellt, als sie einen schrillen Schrei von sich gab. Erschrocken wandten wir uns zu ihr um und sahen, was sie so erschreckt hatte. Direkt über der Brücke hing ein riesiges Augenpaar. Sie glühten und schienen aus Feuer zu sein. Ich musste als Erstes an die Bücher 'Der Herr der Ringe denken', wo ein ähnliches Auge auftauchte, allerdings nur eins. Hier waren es zwei. 'Ups, da das wa warr wo wohl de der fa falsche Spr Spruch', stotterte Hácêk ängstlich. Was er als Nächstes brabbelte, war wieder nicht zu verstehen.
Die Augen griffen uns an. Zwei Feuerstrahlen, die sich irgendwo trafen, bündelten und direkt auf uns zu kamen. Instinktiv duckten wir uns. Getroffen wurden wir von den Strahlen jedoch nie. Zentimeter vor uns verschwanden sie, samt Augen. Joranda fing jetzt an zu singen: 'Dass die Sonne sich verdunkelt, hatte man schon oft geseh'n, dass die Vögel nicht mehr flogen ...', und so weiter. Ich kannte das Lied, wunderte mich, dass es hier auch bekannt war. Maffay hatte es geschrieben.
Das Tor zum Schloss öffnete sich. Ein Mann mit schwarzer Kutte trat heraus. Keiner brauchte zu fragen, wer das war, wir wussten es alle. 'Ich ich wi will je jetzt mei meine Tuba!', brüllte Hácêk

voller Angst und prompt hatte er sie in der Hand. Sofort fing der Riesenbär an, darauf zu spielen. 'Alle meine Entchen ...'
Was nun geschah, glaubten wir selbst kaum. Der Schwarze Mann veränderte sich. Wir sahen, wie sich seine Gesichtszüge in eine erstaunte Fratze verwandelten. Bald war der Schwarze Mann nur noch eine schwarze Wolke, die sich direkt auf die Öffnung der Tuba zubewegte und dort verschwand. Die Tuba wurde daraufhin ebenfalls tief schwarz. Hácêk schien zunehmend Schwierigkeiten zu haben das Instrument zu halten. Es entschwebte ihm nach oben. Dort verharrte das Blasinstrument eine Weile, bevor ein riesiger schwarzer Mund auftauchte. Der Mund war schwarz und hatte dunkelbraune Säbelzahntiger-Zähne. Er öffnete sich noch weiter, als er so schon war und verschlang die Tuba. 'Halt, das kannst du doch nicht machen! Meine Tuba! Spuck sie sofort wieder aus!', brüllte Hácêk wütend und traurig zugleich. Doch der Mund leckte sich die Lippen: 'Mh, lecker, eine schwarze Tuba, mein Lieblingsessen. Ach ja, darf ich mich vorstellen, ich bin Zayx, der Mund. Ich muss euch loben, ihr habt ganze Arbeit geleistet. Wenn ihr wollt, könnt ihr gehen. Man sieht sich die Tage.' Und schon verschwand er so schnell und unerwartet, wie er gekommen war. Die Tuba war weg und mit ihr auch der Schwarze Mann.
'Und dafür scheucht der uns durch dieses vermaledeite Labyrinth! Für so eine lächerliche Aktion!', beschwerte sich Jim. 'Wir sind hergekommen, um die Kinder zu befreien, die der Schwarze Mann entführt hat. Und da der Kerl jetzt weg ist, können wir im Schloss nachsehen, wo sie sind', meinte Mike und betrat die Brücke. Sehr vorsichtig tat er eine Pfote vor die andere.
Als Mike drüben war, ging der Nächste und so weiter. Die vier Riesen und ich trauten uns nicht über die baufällige Brücke, wir warteten am Ausgang des Labyrinths. Ich weiß nicht, wie lange sie in diesem Schloss waren, aber sie kamen ohne die Kinder zurück. Sie standen noch auf der anderen Seite der Brücke, als sie sich plötzlich auflösten. Nur ich stand noch da, und die Riesen. 'Wo, wo sind sie hin?', fragte ich verzweifelt. Ich hasste dieses Land, wollte endlich nach Hause. 'Keine Sorge, denen geht es gut, genau wie den Kindern, die ihr nach Hause holen wolltet. Wenn du willst, kann ich dich auch nach Hause schicken. Jetzt, da der Schwarze Mann nicht mehr ist, haben wir Riesen die Macht

über Tob', erklärte mir Trooper. Ich staunte nicht schlecht. 'Sag mal Joranda, wieso hast du eigentlich vorhin angefangen zu singen?', fragte ich. Der Riese zuckte mit den Schultern: 'Keine Ahnung. Ich hatte plötzlich das Gefühl, genau dieses Lied singen zu müssen. Ich kannte es vorher noch nicht einmal.' Ich nickte nur erstaunt. Trooper schien dies falsch gedeutet zu haben, denn er sagte auf einmal 'Auf Wiedersehen. Ihr könnt gerne mal wieder kommen', und plötzlich sah ich nur noch schwarz vor mir."

„Zur selben Zeit, als Fomka, Jim und die anderen im Labyrinth waren, waren wir mit unserer Suche nach den Vermissten noch keinen Schritt weiter gekommen", unterbrach Teufel ...

und übernahm wieder: „Nur Piepsy hatte sich verändert, sie war ruhiger geworden. Eines Tages erzählte sie uns, dass sie schon seit fünf Tagen merkwürdige Augen sehe, die ihr zublinzelten. 'Ich glaube, es sind Morsezeichen oder so was ähnliches. Jedenfalls steckt ein System dahinter', erklärte uns die Maus. 'Und weißt du, was sie sagen wollen?', fragte Doggy Jr. 'Woher soll ich das wissen? Ich war nie bei der Marine', protestierte Piepsy. 'Ich kann das Morsealphabet. Wenn du mir die Reihenfolge sagst, kann ich es übersetzen', meinte Kim. Erstaunt sahen wir das Kitz an. Wie konnte ein Kitz von ungefähr drei Monaten so schnell das Morsealphabet lernen? 'Was seht ihr mich so an, ich brauchte eine Ablenkung, als mein Vater verschwand, also hab ich etliche Bücher gelesen. Unter anderem 'Smij Neiraomem'. War am Anfang gar nicht so einfach zu verstehen.' 'Wieso denn nicht?', fragte Teufel verwundert. 'Das Buch war in Hieroglyphen geschrieben. Und dann auch noch verkehrt herum, alle Worte rückwärts. Wartet, ich hole es.' Kim ging und holte es. Sie brachte zwei Bücher mit. Eins war in merkwürdigen Schriftzeichen geschrieben, das andere in normalen und diesen merkwürdigen Zeichen. 'Das hier ist das Buch, was ich gelesen habe, und das ist das Buch, in dem ich die Bedeutung der Schriftzeichen nachgeschlagen habe', erklärte Kim. Wir schüttelten nur erstaunt den Kopf. Dini war zwar auch im Hauptquartier in London, schlief aber tief und fest auf der Heizung, die auf fünf gestellt war. Er war einfach groggy und todmüde. Immerhin ist er in den letzten Tagen, nein, in der letzten

Woche nur von einer lauwarmen Spur zur nächsten gehetzt, hatte bei allen möglichen Leuten Fragen gestellt, geforscht und gefahndet. Alles ohne Erfolg. Jetzt schnarchte, grunzte und schmatzte er genüsslich vor sich hin.
'Pieps', ließ Piepsy plötzlich verlauten. Sie zeigte an die Wand, an der wir absolut nichts sehen konnten. 'Die Augen, da sind sie wieder. Sie zwinkern mir zu. Einmal lang – Pause – einmal kurz, einmal lang, einmal kurz – Pause – eins, zwei, drei, viermal kurz – Pause – einmal kurz, einmal lang – eins, zweimal kurz, einmal lang, einmal kurz – lange Pause ...' Und so buchstabierte Piepsy alles, was die Augen morsten. Zum Schluss, nachdem es aus dem Morsealphabet ins jumarianische, ins Deutsche und dann ins Englische übersetzt wurde, kam dann raus: 'Fahrt nach Trittau, sucht das Ortsschild zur Hahnheide, findet das Tor zu Tob.' 'Schön, wenn mir jetzt noch jemand sagen kann, wo Trittau oder Tob liegt und was eine Hahnheide ist?', fragte ich. Doch keiner hatte eine Ahnung. Doggy Jr. war es, der als Erstes an den Computer ging und Jims selbstgeschriebenes Atlasprogramm öffnete. Dort gab er einfach mal Trittau ein. Der Computer spuckte uns aus, dass es in der Nähe von Hamburg in Norddeutschland lag. Junior versuchte es noch einmal und gab Hahnheide ein. Der Computer spuckte aus 'Das ist der Wald, der in Trittau wächst, du Dämel!' Jims Atlasprogramm kannte jedes noch so kleine Kaff. Selbst eine Häusersammlung von weniger als vier Häusern war dort verzeichnet, wie zum Beispiel Bullenhorst in Norddeutschland und Ich in der Sahara. Und natürlich wichtige oder weniger wichtige Gebäude, Gewässer, Wälder oder sonst was.
'Okay, jetzt wissen wir schon mal, wo wir hin müssen. Also werd ich denen in Deutschland mal Bescheid sagen, dass sie dort suchen', sagte ich und ging ans Telefon. 'Klingel, klingel, klingel, ring, ring, ring, schell, schell, schell', machte es, bis abgenommen wurde. Gruntzi, der Chef in Deutschland meldete sich. Ich erklärte ihm, was wir herausgefunden hatten. Piepsy schaltete sich noch dazwischen, sie wollte auch nach Deutschland, genau wie Kim. Beide meinten, sie würden dort gebraucht, um die Augen zu verstehen, falls sie noch weitere Hinweise geben sollten. Und damit hatten die beiden recht. Mit Jims Auto flogen sie dort hin. Natürlich mit Autopilot, was das Auto im Notfall erlaubt.

Was in Deutschland passierte, kann ich nur nach Piepsys und Kims Bericht erzählen. In Trittau angekommen suchten sie nach dem besagten Ortsschild, was sie wohl nach einer halben Stunde gefunden hatten. Es stand an der Straße, die in die Hahnheide führte. Der Wald ist übrigens ein Naturschutzgebiet. Ein toller Wald, hab ich mir sagen lassen, ein Paradies zum Spazierengehen. Die Augen tauchten wieder auf und übermittelten einen Zauberspruch, den Piepsy aufsagen sollte. Es war das letzte mal in diesem Abenteuer, dass Piepsy die Augen sah.
'Okay Kim, wie war der Spruch?', fragte Piepsy. Gruntzi, Kaiser Fritz, Paii, Caii und kleiner Louis hielten sich im Hintergrund, sie sollten nur zur Unterstützung mit in das Land, weil wir nicht wussten, was uns dort erwarten würde. 'Der Spruch lautet wie folgt: Fönfe asd Otr urz nenue Letw, etter ine ni end Odt', gab Kim leise zurück (Öffne das Tor zur neuen Welt, trete ein in den Tod). Piepsy wollte es gerade laut wiederholen, als sich auf dem Ortsschild ein Bild zeigte. Jim, Fomka, Schlafhund und all die anderen Entführten waren dort zu sehen. Friedlich schlafend tauchten sie wieder in ihren Betten auf. Nur Jims Bett blieb leer. Piepsy und die anderen warteten, ob sich noch etwas tat. Und tatsächlich, da tauchte plötzlich ein riesiger schwarzer Mund auf, der Zähne hatte wie ein Säbelzahntiger. Braun waren sie. 'Geht nach Hause, dort werden sich die letzten Fragen, die ihr noch habt, klären. Geht und begrüßt eure Freunde und die Kinder.' Dann verschwand er einfach wieder. Die Deutschlandmannschaft, Piepsy und Kim sahen sich fragend an. 'Sowas, lässt uns hier einfach unwissend stehen. Das hat die Welt noch nicht gesehen, so etwas Unhöfliches', beschwerte sich Kaiser Fritz, der sich übrigens bis heute noch nicht beschwert hat, dass er in Deutschland kein Chef ist. Er wollte es gar nicht, nachdem wir ihm einmal die Verantwortung in England übertragen hatten und London von känguruhähnlichen Monstern angegriffen wurde. 'Okay, ich denke, Kim und ich machen uns zurück nach London. Wenn sich dort etwas ergibt, werdet ihr es sofort erfahren', meinte Piepsy. Und so verabschiedeten sie sich wieder. Aber nicht bevor sie nicht wenigstens einen ausgiebigen Spaziergang durch die Hahnheide zum Aussichtsturm und von dort zum Mühlenteich gemacht hatten. Das Wetter war herrlich: schönster Sonnenschein und nicht zu kalt.

Am nächsten Morgen kamen Fomka und Schlafhund wieder in den Big Ben und erzählten von einem merkwürdigen Traum, den sie beide gehabt hatten. Jim kam etwas später. Er hatte schlechte Laune. Auch er erzählte von seinem Traum, doch glaubte er nicht hundertprozentig daran, dass es nur ein Traum war. 'Ich bin gestern Abend ganz normal in London zu Bett gegangen, hatte meinen kuschelweichen Lieblingsschlafanzug an.' 'Ja, mit Kreisen, Drei- und Vierecken. Urkomisch', lachte Fomka. Jim reagierte gar nicht darauf, sondern protestierte weiter: 'Und wo wache ich auf? Im Schwimmbassin von Ali und Baba, samt Schlafanzug. Ihr glaubt ja nicht, wie ich vor Schreck mit den Armen gerudert habe.' Wir mussten lachen. 'Ich hatte noch nicht einmal die Zeit, das Schwarze Buch zu finden. Und das hier schwamm neben mir im Wasser.' Er hielt ein ziemlich gewelltes, angefressenes Papier hoch. 'Das ist ein Bild von den vier Riesen, das ich gezeichnet hatte. Baba hatte Hunger gehabt und es etwas angefressen.' Wir mussten alle lachen. Sicher, das Abenteuer, das die White Rabbits da scheinbar erlebt hatten, war zwar ziemlich aufregend und nervenzerfetzend, aber sie hatten es alle heil überstanden. Ich, Doggy, Blue und Lion wunderten uns nur, wieso Jim uns auf diesem angefressenen Bild zweimal gezeichnet hatte, einmal in groß und einmal in klein. Heute wissen wir, dass das nicht wir, sondern Riesen sind, deren Namen Trooper, Hácêk, Joranda und Jondo waren.
Am größten war jedoch die Wiedersehensfreude bei Familie Mike-Katze. Kim freute sich riesig, dass sie ihren Papa wieder hatte. Ausgelassen und voller Übermut legte sie ihre Vorderhufe um Mikes Hals und leckte sein Gesicht. Und Kaiser Fritz lud die kleine Familie, die White Rabbits und den BBC-Kern zu einem Essen in sein Restaurant ein. In Deutschland natürlich, in Dresden mit direktem Blick auf die Elbe. Ein herrliches Ambiente, rustikale Ausstattung. Alle Farben passten zusammen. Die Tische und Stühle waren aus feinstem Teakholz. Das Essen war hervorragend, so gut hatten wir schon lange nicht mehr gegessen. Jim fand nur, dass die Teller 'etwas zu aufgeräumt' waren, aber das war der einzige Mangel, den wir feststellen konnten. Es ist halt ein vornehmes Fünf-Sterne-Restaurant. Außerdem hatte Kaiser Fritz nur das gekocht, was wir auch aßen, also nicht so was wie Fischeier, Schnecken oder Frösche. Normalerweise hätte ein Es-

sen im 'Restaurant Empereur Fritz LV', zu deutsch 'Restaurant Kaiser Fritz 55.' für 18 Personen über 100, wenn nicht sogar 200 Euro gekostet. Wir bekamen es aber kostenlos. Für soviel Geld wäre ich niemals freiwillig Essen gegangen.

Die magischen Augen

Eigentlich wollten Mike, Katze und Kim nach Afrika fliegen, um dort bei Katzes Vater ein paar Tage Urlaub zu machen, doch viel Zeit blieb nicht dafür."

„Urlaub bei Balthasar? Naja, Urlaub konnte man das nicht nennen, und ich meine nicht die kurze Zeit", wurde die Erzählung unterbrochen. Mike war aufgetaucht, er trug ein Mobiltelefon bei sich. Scheinbar hatte er gerade telefoniert. „Wenn ihr wollt, erzähle ich euch kurz von diesem 'Urlaub'", bot Mike an. „Aber dann dauert es doch noch länger, bis ich die Welt retten kann", protestierte Murmli mit vollem Mund. „Von wegen Welt retten. Erst einmal müssen wir die Verpflegung für die Arbeiter hier vor dir retten, bevor du sie ganz alleine auffrisst", konterte Mike. „Ifch effse doch gar nifcht", beteuerte Murmli, während er sich gerade sein Sandwich hinter die Backen schob. Dazu fiel den anderen nichts mehr ein. „Schmeckt übrifbens köfstlich. Nur finde ich es etwas zu scharf, trotz des Pfeffers, den ich noch drauf gemacht habe. Ich hätte doch kein Nougatsandwich nehmen sollen." Weiteres Kopfschütteln.

„Wenn ich jetzt kurz erzählen dürfte? Danke!" Und so begann Mike zu erzählen: „Es war gleich nach dem Festessen im 'Restaurant Empereur Fritz LV'. Die anderen hatten sich schon von Fritz verabschiedet und waren zu den Limousinen gegangen, die Kaiser Fritz aus seinem Fuhrpark zur Verfügung stellte. Nur noch Katze, Kim und ich waren zurückgeblieben, als Kaiser Fritz mich zurückrief: 'Mike, Katze, ich hab hier noch was für euch.' Er reichte uns Papier herüber. Erst bei genauem Hinsehen merkte ich, dass es Tickets waren, Flugtickets nach Afrika. 'Ich habe mir gedacht, ihr wollt nach dem freudigen Wiedersehen mal zusammen Urlaub ma-

chen. Und soweit ich weiß, kennt Balthasar seine Enkelin noch gar nicht. Ich hab angerufen und gesagt, dass ihr mit eurer Tochter zu Besuch kommt. Hab ihm gesagt, dass sie Kim heißt. Da hat er gemeint 'Einen anständigen Namen hat sie ja schon mal, das ist gut.' Er weiß allerdings noch nicht, dass sie ein Rehkitz ist.' 'Ganz toll. Echt super. Der wird sich freuen. Vielleicht können wir ja Nili besuchen. Danke Kaiser Fritz. Wir werden dir eine Karte schicken. Versprochen! Mit Eiffelturm drauf.' 'Mike, der Eiffelturm steht in Paris, nicht in Ägypten. Schickt lieber eine Karte mit der Cheopspyramide', korrigierte Kaiser Fritz. 'Was hast du denn nur. Soweit ich weiß, liegt Paris doch in Ägypten, gleich neben Kairo', meinte ich voller Überzeugung. 'Geografie sechs, setzen!', meinte Kaiser Fritz nur. 'Paris neben Kairo?! Ich fass es nicht!' Kopfschüttelnd verließ er die Gaststube. Kurz bevor er die Küche betrat, rief er noch: 'Viel Spaß.'
Auch wir wendeten uns zum Gehen. Eine Limousine wartete noch auf uns. 'Ich weiß wirklich nicht, was er hat?!' 'Mike, Paris liegt in Frankreich, nicht in Afrika', erklärte mir meine Frau. 'Mh, da muss ich gefehlt haben, als wir in der Schule Frankreich durchnahmen', entgegnete ich nachdenklich. 'Aber was liegt dann neben Kairo?' 'Oh Mann, Gizeh!' 'Ach so? Und da steht die Cheopspyramide?' 'Ich geb's auf.' 'Du, Papa, was für ein Tier ist eigentlich das Cheops?', meldete sich Kim jetzt zu Wort. Katze stieg einfach, ohne ein Wort zu sagen, in die Nobelkallesche. Kim und ich folgten.
Im Wagen saßen noch Janina, Anna-Lena und Arne. Wir hatten viel Platz im Inneren. Es gab kalte Mixgetränke mit einer Frucht am Glasrand und Strohhalm und Schirmchen. Sie schmeckten köstlich und waren garantiert ohne Alkohol, damit die Fahrer nicht in Versuchung geraten. Im Hintergrund lief ruhige Musik, klang wie Vangelis.
Nicht lange und wir hatten den Flughafen von Dresden erreicht. Wir stiegen aus, bedankten uns noch einmal beim Chauffeur und baten ihn, auch Kaiser Fritz noch mal zu danken. Dann betraten wir den Flughafen, informierten uns, wo wir hin mussten und checkten ein. Gepäck hatten wir nicht. 'Hey, Mike, wo wollt ihr denn hin? Zu unserem Terminal geht es da lang', rief Arne uns entgegen, als er merkte, dass wir eine andere Richtung einschlugen. 'Äh, ja, ich weiß, aber unser Terminal liegt in dieser Rich-

tung. Wir fliegen nicht nach London', war meine Antwort. 'Wir fliegen zu Opa und besuchen Cheops und Paris und Kairo und Gizeh', rief Kim aufgeregt. 'Bin gespannt, wie Cheops aussieht. Darf ich dann auch im Nili schwimmen, Papa?', fügte die Kleine noch hinzu. Julia grinste freundlich: 'Bestimmt ziemlich verschrumpelt. Und sicher meinst du den Nil, nicht Nili. Auf jeden Fall solltet ihr euch das Museum für Ägyptische Geschichte in Kairo ansehen.' Kim wurde leicht rot im Gesicht. Auch die anderen wünschten uns viel Spaß. Jim bedauerte den armen Balthasar, wünschte uns aber auch einen schönen Urlaub.
Wir machten uns also zum Flugzeug nach Kairo. Von dort holte uns Jack ab, Katzes Adoptivbruder, ein jumarianischer Zwergwasserlöwe. Als er seine Schwester sah, fragte er sie, wo denn die kleine Kim sei. Ich zeigte auf das kleine Kitz. Jack runzelte die Stirn. 'Äh, hallo, willkommen in Kairo. Ich bin Jack, der Bruder von Katze', begrüßte er Kim. Die Kleine schaute auf Jack hinunter und grüßte ebenfalls. 'Also gut, dann folgt mir mal. Paps wird sich bestimmt freuen.' Der Löwe ging vor, wir folgten.
Balthasar lebte etwas auswärts von Kairo. Wir gingen den Weg zu Fuß, etwa eine halbe Stunde. Bald tauchte vor uns ein riesiges Zeltlager auf. Dort standen mindestens zwanzig Zelte und ein pompöses in der Mitte. Alle in gelb gehalten. Sie waren einfarbig. Auf dem großen Zelt in der Mitte wehte eine Fahne. Rot war sie, mit einem weißen Quadrat in der Mitte, auf dem ein blaues Wappen war. Ein hellblauer Streifen durchzog das Wappen. Über dem blauen Streifen rechts war ein Vogel zu sehen. Unter dem blauen Band war ein Pfotenabdruck zu sehen.

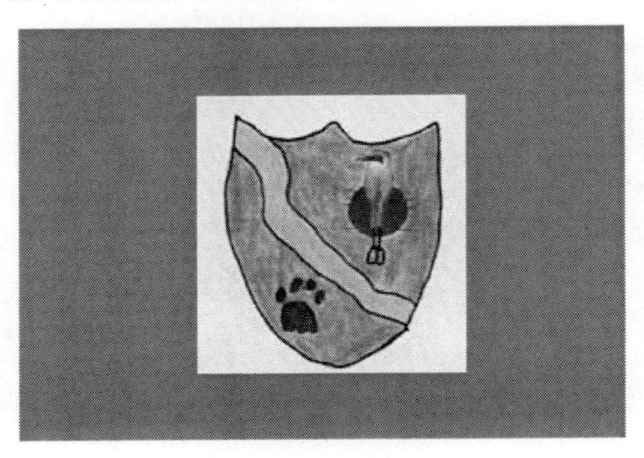

'Wartet hier. Ich sag Bescheid, dass ihr da seid', rief Jack und lief auf das große Zelt zu. Wir taten Jack den Gefallen und warteten. Aber ich denke, wir warteten auch aus Angst vor Balthasars Reaktion auf Kim.
Da kam er, mein Schwiegervater. Ich schluckte hart. Rechts und links lief je ein Wachlöwe, hinter ihm Jack. Dann stand er vor uns. 'Hallo Katze', begrüßte er seine Tochter herzlich. 'Hallo Schwiegersohn', grüßte er mich nicht mehr ganz so herzlich. 'Ist ja nett, dass ihr das Mittagessen mitgebracht habt. Und noch richtig frisch. Aber wo ist meine Enkelin?', meinte Balthasar fragend und schaute sich um. 'Ähm, Paps, das ist deine Enkelin. Kim', gab Katze zur Antwort. 'Das ist ein Scherz, nicht wahr Tochter? Du machst immer wieder solche dummen Scherze', fragte ihr Vater hoffend. Wir schüttelten alle beide mit dem Kopf. Kim stand etwas ratlos zwischen uns. 'Mama, wer ist das?', fragte sie. 'Das ist dein Opa, mein Schatz', kam die Antwort. Dann sahen wir nur noch Staub vor uns aufwirbeln und hörten ein dumpfes Geräusch. Als sich der Staub verzogen hatte, sahen wir Balthasar auf dem Boden liegen: ohnmächtig. Die beiden Wachlöwen trugen ihn in sein Zelt. Wir folgten. Diesmal dauerte es länger, bis er wieder zu sich kam als beim letzten Mal, wo Katze mich als ihren Mann vorgestellt hatte. Den Rest des Tages murmelte er gestresst vor sich hin. 'Von allen Löwen auf der Welt sucht sich meine Tochter einen Hund als Mann und von allen Fleisch fressenden Tieren auf der Welt ausgerechnet einen auf Stelzen laufenden Pflanzenvertilger als Tochter. Warum? Womit hab ich das verdient, womit nur?', hörten wir ihn immer wieder stöhnen. 'Aber Paps, ich hab mir Kim nicht ausgesucht, sondern sie mich', versuchte Katze einmal, es zu erklären, doch Balthasar hörte nicht zu. 'Was soll ich ihr denn zu fressen geben? Gras?', fragte er nur. 'Also, wenn es nach mir ginge, würde ich gern ein Steak oder ein Kotelett essen. Und dazu gegrilltes Gras. Und wenn du hast, Bratkartoffeln mit Schinken', bestellte Kim bei Balthasar. Der sah das Reh irritiert an, zuckte dann mit den Schultern und gab seinem Leibkoch Jonas LeBeaux, einer Gams aus den Französischen Alpen, die Bestellung. Ich glaube, er ist der Mann von Kaiser Fritz' Schwester.
Im Endeffekt gab es dann Zebrahaxen mit Sauce Bernais und extra für Kim Bratkartoffeln mit Schinken. Gras hatten sie gera-

de nicht im Lager gehabt. Kim langte ordentlich zu, sehr zum Erstaunen ihres Großvaters und der anderen Löwen im Lager. Nach dem üppigen Mahl lud uns Balthasar ein, die Cheopspyramide zu besichtigen. Sie lag in der Nähe von Gizeh, auf der anderen Seite vom Nil. Mit Kamelen ging es dort hin. Und ich muss sagen, Kamele sind gute Schwimmer. Sie stinken zwar zum Himmel, aber es sind gute Schwimmer. Bevor wir den Fluss überquerten, hielten wir noch einmal an, damit wir uns noch einmal sammeln konnten. 'Opa, ist das dort Gras im Wasser?', fragte Kim plötzlich und zeigte auf eine grüne Insel im Fluss. Dicht daneben schwamm eine kleine braune Insel. Die grüne Insel wurde immer größer und spritzte plötzlich Wasser aus. 'Ahh! Das ist Nili, weg hier!', brüllte mein Schwiegervater und wendete das Kamel. Ein paar Meter weiter weg vom Nil blieb er stehen. 'Ich hatte doch Recht, es heißt Nili und nicht Nil', freute sich Kim. 'Aber Kim, dein Opa meinte doch die grüne Insel dort im Wasser', erklärte Katze. Die Insel kam immer näher und wurde immer größer, bis sich dann ein grünes Nilpferd mit schwarzem Haarpüschel auf dem Kopf aus dem Wasser schaukelte. Das braune Nilpferd folgte. 'Hallo, sagt bloß, ihr wollt über den Fluss?', grüßte das grüne Nilpferd, das Nili heißt. 'Schön, dass ihr mich besuchen wollt. Ach ja, darf ich meinen Sohn vorstellen? Das ist Lou. Er trainiert für Wimbledon. Ist schon ziemlich gut. Und das, mein Sohn sind meine Freunde, Balthasar (solange er auf seiner Seite des Flußes bleibt), Mike, ...' So stellte er uns alle vor. 'Und das ist, äh ja, wer ist das eigentlich?', fragte er, als er bei Kim angekommen war. Wir stellten Kim vor. 'Na, dann kommt mal. Balthasar darf auch mit kommen, wenn er nach seinem Besuch wieder nach Hause geht', lud uns Nili ein. Du musst wissen, dass Balthasar und Nili sich nicht besonders mögen, wenn es darum geht, das Territorium zu teilen. „Papa, was macht ihr denn da drüben? Ich will auch mit!', hörten wir plötzlich jemanden von der anderen Seite des Flusses schreien. 'Das ist Junior, mein Jüngster. Dann komm doch rüber. Es hindert dich keiner daran', meinte Nili. 'Aber ich hasse Wasser', protestierte der Kleine. 'Was soll ich mit dem Kleinen bloß machen? Ich hätte ihn als Baby nicht bei Löwen in Obhut lassen sollen, als ich die Staatsbesuche machen musste.' Nili hatte damals mit seiner Frau Besuche in ande-

ren Ländern machen müssen. Die befreundeten Staaten hatten darauf bestanden, Nilis Frau kennen zu lernen. 'Ist ja gut, Junior, wir kommen rüber. Und vielleicht kann Jack dir ja heute und morgen etwas Schwimmunterricht geben.' 'Och Paps, ...', hörten wir Junior murren, wobei die Hälfte von dem, was er sagte nicht bei uns ankam.
Wir überquerten den Fluss. Die Löwen achteten peinlich genau darauf, nicht nass zu werden. Katze kletterte sogar bis auf den Kopf von ihrem Kamel. Nur Jack, der kleine Löwe, sprang von seinem Kamel und führte es durch das Wasser. Er planschte und schwamm wie ein kleines Kind. Jack ist ja in etwa so hoch wie ein Fischotter, aber gut sechs Zentimeter kürzer.
Drüben angekommen schüttelte sich das kleine Energiebündel so, dass Junior auf jeden Fall eine Ladung Spritzer abbekommen musste. Erstaunlicherweise schien es dem jungen Nilpferd zu gefallen. Lachend sagte es: 'Spritz mich nochmal voll. Bitte, bitte, bitte.' Und Jack spritzte das Kleine von oben bis unten nass, bis es dann anfing, auch Jack nass zu spritzen. Und mit einem Mal stand es im Nil. So planschten Junior und Jack im Nil. 'Junior, kommst du mit zur Cheopspyramide? Oder willst du hier mit Jack noch etwas baden?' Natürlich wollte Junior baden, also blieben die beiden zurück, während wir uns mit den triefend nassen Kamelen auf den Weg zur Pyramide machten. Nili und Lou gingen zu Fuß.
Bald schon hatten wir sie erreicht. Doch was mussten wir sehen? Die Pyramide war abgesperrt. Davor waren jede Menge Gerätschaften. Menschen waren aber nicht zu sehen. Nur ein grüner Bär kam auf uns zu, nicht viel größer als Teufel. 'Pharao Nili', grüßte er und verbeugte sich. 'Es tut mir leid, aber die Pyramide darf vorübergehend nicht betreten werden. Es werden gerade Untersuchungen durchgeführt', ergänze er, während er sich noch immer verbeugte. 'Erheb dich, Tapsi. Du musst dich nicht verbeugen. Und was die Besichtigung der Pyramide angeht: ich erlaube es, aber nur meinen Gästen. Und ich werde persönlich dafür sorgen, dass sie nichts anfassen oder mitnehmen. Du wirst uns führen. Ich versichere dir, dass du keinen Ärger mit deinem Chef bekommen wirst. Dafür sorge ich schon. Und nun zeig uns doch bitte die Cheopspyramide.'"

„Parao Nili?", unterbrach Diablo erstaunt. „Ja, wusstest du das noch nicht? Nili ist Pharao. Pharao Nili Ramses III. Wobei sich nur die grünen Nilpferde Ramses nennen dürfen", erklärte Mike. „Und Nili ist grün, daher heißt er auch Ramses", bemerkte Diablo. Mike nickte. Auch Diablo nickte, als Zeichen, dass Mike jetzt ...

... fortfahren konnte: „Gut. Tapsi, der grüne Teddybär führte uns also in die Pyramide. Es gab viel zu sehen und zu bestaunen. Ach ja, hab ich ja ganz vergessen, ohne Licht kann man in diesen riesigen Gebäuden gar nichts sehen. Tapsi gab uns natürlich vorher Fackeln, gleich am Anfang, und wir mussten hoch und heilig versprechen, nichts anzufassen oder gar mitzunehmen. Doch dieses Versprechen einzuhalten war gar nicht so einfach. Es gab so viele Dinge zu bestaunen. Aus Gold und Silber, Ton; riesige Hallen, unzählige Gänge. 'Wenn ihr euch nicht verlaufen wollt, solltet ihr zusammen bleiben', riet Tapsi, als er merkte, dass Kim zurück blieb. Sofort schloss meine kleine Tochter wieder zur Gruppe auf. Tapsi erklärte uns viel über die Ägypter und die Pyramide. Wie sie gelebt hatten, wie sie gebaut haben. 'Das hier war die Grabkammer des Pharaos Cheops und seiner Familie. Pharaonen wurden nach ihrem Tod mumifiziert. Der Balsamierer, wie der Mann genannt wurde, der die Toten mumifizierte, trug dabei eine Schakalmaske, das Symbol für Anubis, den Gott der Toten. Zuerst wurden dem Verstorbenen die inneren Organe und das Gehirn entfernt; das, was am schnellsten verwesen kann. Das Gehirn wurde herausgenommen, indem man mit einen heißen ...' 'Äh, Tapsi, bitte keine Einzelheiten', bat Balthasar mit etwas zittriger Stimme. 'Ich möchte auch gar nicht wissen, was diese trippelnden Geräusche hinter den Wänden macht', fügte er noch hinzu und schloss schleunigst ganz dicht zu uns auf. 'Das sind Skarabäen, nicht weiter wild. Die tun dir bestimmt nichts', gab Tapsi zur Beruhigung zurück. Und so erzählte unser Touristenführer über das alte Ägypten, gut eine Stunde, vielleicht mehr. Aber wenn ich das alles ausführlich berichten wollte, würde das wohl den Rahmen sprengen.
Also mach ich am nächsten Tag weiter. Wir übernachteten bei Nili und seiner Familie. Zum Abend gab es, ja was gab es eigentlich. Wenn ich ehrlich bin, weiß ich bis heute nicht, wie das hieß. Ich

hatte so etwas noch nie zuvor gegessen und danach auch nicht wieder. Auf jeden Fall waren Erbsen und Knoblauch drin. Ich muss Nili bei der Feier mal fragen, was er uns damals serviert hatte. Am nächsten Morgen ritten wir dann auf den Kamelen zurück. Junior begleitete uns bis über den Fluss, durch den er vergnügt planschte. Er hatte sich übrigens sehr gut mit Jack verstanden.
Der Anruf aus London kam am nächsten Tag. Balthasar ging ans Telefon. 'Kairo am Nil, König Balthasar, wer stört?' 'Ich bin Teufel, der Freund Ihrer Enkelin ...', kam die Antwort. 'Aja, so jung und schon verknallt. Ich sag's ja immer: Pflanzenvertilger sind frühreif. Ich hoffe, du bist kein Pflanzenvertilger', gab Balthasar zurück. 'Nee, nee, ich bin kein Pflanzenfresser, nur eine Hyäne ...' 'Ah!' Balthasar knallte den Hörer auf die Gabel. 'Das ist ja wohl eine Frechheit! Kim!', schrie er vor Wut. Kim zuckte erschrocken zusammen und versteckte sich hinter ihrer Mutter. Dahinter schaute sie hervor und fletschte die Zähne, worüber ich mich immer wieder amüsieren könnte. 'Ich bin unschuldig', sagte die Kleine. Doch Balthasar sah seine Enkelin grimmig an. 'Ich habe gehört, du bist in eine Hyäne verliebt?', fragte er scharf und lauernd. Doch Kim sah ihren Großvater nur verständnislos an, hatte absolut keine Ahnung, was denn wohl eine Hyäne sei. Balthasar wollte schon losdonnern und Kim der Lüge bezichtigen, als das Telefon erneut klingelte. 'Was?!', brüllte er in den Hörer. 'Eure Majestät, ich bin es noch mal, Teufel, und ich bin garantiert *keine* Hyäne. Das war nur ein schlechter Scherz von mir. Es tut mir leid. Ist Katze oder Mike zu sprechen?' 'Ein Scherz sollte das sein? Ich lache später darüber. Wenn ich dich irgendwann einmal in meine Krallen bekommen sollte, dann kitzle ich dich durch, bist du lachst!', brüllte Balthasar wütend, gab dann das Telefon an mich weiter.
Teufel wollte uns nach London zurückbeordern – Notfall. Also nahmen wir das nächste Flugzeug nach London und von dort sollte es nach Wales gehen. Doch hatten wir uns das einfacher vorgestellt. Am Flughafen angekommen, stellten wir erst einmal fest, dass hier die Hölle los war. Hunderte von Touristen, die sich in der Wartehalle drängten. Dutzende Polizisten, die verzweifelt versuchten, die Touristen zu beruhigen. Und ständig Durchsagen auf Arabisch. Balthasar, der uns zum Flughafen gebracht hatte, über-

setzte für uns. 'Na Klasse, jetzt habe ich die Bagage noch länger auf dem Hals. Warum müssen die vermaledeiten Piloten und die Leute im Tower gerade jetzt streiken?', murrte Balthasar. 'Was soll das heißen, die Piloten streiken?', fragte ich. 'Das heißt, ihr werdet hier so schnell nicht weg kommen', gab unser Gastgeber zurück. 'Aber wir müssen weg, so schnell wie möglich. Hast du nicht irgendeinen Privatjet oder so etwas?', fragte ich. 'Fliegen könnte ich ja. Hab doch vor drei Jahren meinen Pilotenschein gemacht. Alles was ich brauche ist ein Flugzeug und eine Karte, wie ich nach Wales komme.' 'Ein Flugzeug, lass mich überlegen. Wenn mich nicht alles täuscht, ich glaube ...' Balthasar brach mitten im Satz ab und ging zu seinem Kamel. Wir folgten ihm zurück ins Lager.

Dort angekommen ging Balthasar in sein Zelt und kramte in allen möglichen Kisten herum. 'Aja, hier ist es ja.' Wir hatten draußen gewartet, doch als wir Balthasars Worte hörten, zweifelten wir daran, dass wir alle in das Flugzeug passen würden.

Mit einer Rolle aus Papyrus kam der Löwe wieder heraus. 'Sag nicht, dass das der Bauplan ist und wir das Flugzeug erst zusammenbasteln müssen?', fragte ich entsetzt. 'So ein Quatsch, das ist nur der Plan, wie ich zu meinem Flugzeug komme', sagte Balthasar beruhigend, aber seine Worte ließen mein Herz nur weiter in die Hose rutschen. Wenn er schon eine Karte brauchte, um sein Flugzeug zu finden, dann war das Fluggerät garantiert schon seit mindestens fünf Jahren nicht mehr beim TÜV gewesen, wenn nicht schon länger. Ich hatte die schlimmsten Vorstellungen, was uns dann aber geboten wurde, übertraf meine wildesten Vorstellungen um Längen.

Wir standen vor einem Flugzeug, wenn man das noch so nennen konnte, das gut und gerne schon hundert Jahre alt sein konnte, eine uralte Fokker aus dem Ersten Weltkrieg. Ich glaube, in besseren Zeiten war es mal rot gewesen, jetzt war es nur noch rostfarben und von diesem Rost wurde es auch nur noch zusammen gehalten. Ein Rad fehlte, der Propeller war verbogen, Fensterscheiben hatte das Ding scheinbar noch nie gesehen, einer der Flügel hing windschief nach unten.

Jetzt war ich an der Reihe in Ohnmacht zu fallen. Ich sackte in die Knie, konnte aber noch verhindern, dass ich umkippte. 'Das,

das ist nicht dein Ernst, oder?', fragte ich zittrig und entsetzt. 'Hast ja Recht, könnte etwas gefährlich sein. Moment!' Balthasar kramte in einer Kiste, die neben dem Gerät stand. 'Hier hab ich noch einen Helm, Fliegeranzug und Brille.' Jetzt zog ich es doch vor, umzukippen.
Kim näherte sich dem Mordinstrument vorsichtig, aber neugierig. Sie berührte einen der Flügel, wollte gerade etwas fragen, als ein lautes Geschepper losbrach. Binnen Sekunden brach das gesamte Flugzeug in sich zusammen. 'Ähm, ja, nun, ich glaube das mit dem Fliegen hat sich erledigt. Ich versteh das nicht, das letzte mal ist es noch einwandfrei geflogen', meinte Balthasar betreten. 'Wann soll das gewesen sein? Im Ersten Weltkrieg?' 'Nein, mein Großvater hat meinen Bruder Lion mal mitgenommen, als er noch ein kleiner Löwe war', beteuerte er. Von Katze erfuhren wir, dass das vor gut 20 Jahren war. Seitdem war das Flugzeug nie wieder angesehen worden. Katze wusste bis dahin noch nicht einmal, dass es noch existierte. Wir gingen ins Lager zurück, mit dem Fliegen war es Essig. 'Vielleicht hat Nili noch ein Flugzeug', meinte Balthasar kleinlaut. Im Lager riefen wir ihn gleich an und fragten. 'Tut mir leid, Mike, ich würde dir gerne helfen, aber leider ist mein Flugzeug gerade beim TÜV, es wird gerade generalüberholt. In zwei, drei Tagen wird es aber wieder flugtauglich sein. Aber hat Balthasar kein Flugzeug? Mir war doch so.' Das war nun nicht die Antwort, die ich hören wollte. 'Nun ja, da kann man nichts machen. Sitzen wir hier halt fest, bis die Piloten gewillt sind, ihre Arbeit wieder aufzunehmen.' Frustriert legte ich auf. Wir saßen in Kairo fest und Jim und die anderen hatten ihren Spaß.
'Können wir nicht Jim anrufen?', schlug Katze vor. 'Er könnte doch sein Flugzeug vorbeischicken.' Die Idee war nicht schlecht. Sofort wählte ich Jims Nummer. 'Tut mir ja schrecklich leid, aber im Moment keine Nummer unter diesem Anschluss. Wenn es unbedingt nötig ist, hinterlassen Sie eine Nachricht. Aber nicht länger als eine halbe Stunde. Wer sich verwählt hat, legt bitte umgehend auf, Sie sind hier falsch. Jims Anrufbeantworter: Ende. Sprechen Sie bitte jetzt: Bieb', hörte ich den Anrufbeantworter. 'Nie ist er da, wenn man ihn braucht', maulte ich auf den Anrufbeantworter. 'Tut mir leid, wenn er nicht da ist. Ich gebe Ihre Nachricht aber gerne weiter, sobald Jim zu erreichen ist. Danke

für Ihre netten Worte. Tülü und bis demnächst mal wieder', antwortete der Anrufbeantworter auf meine Nachricht und legte auf. Auch ich legte wieder auf. Teufel anzurufen wäre auch sinnlos gewesen, er hätte Jim wahrscheinlich auch nicht erreicht. Somit war der schöne Urlaub hin."

„Okay, Teufel, möchtest du jetzt weitermachen?", unterbrach sich Mike selbst. Der Kater nickte und wollte gerade beginnen, als ein ohrenbetäubender Lärm losbrach. Es klang wie ein gewaltiges Gewitter, das immer lauter wurde. „Was ist das für ein Krach, Fomka?!", schrie Teufel fragend und schaute sich nach Fomka um, der nicht mehr da war. „Mike?!", schrie er dem Schäferhund zu, damit der ihn verstand. Dieser zuckte nur die Schultern. „Keine Ahnung, wo Fomka ist!", brüllte Mike zurück, wobei der Krach bereits aufgehört hatte. „Schrei doch nicht so, Mike", entgegnete Teufel. Teufel und Mike sahen sich um, ob sie Fomka irgendwo entdecken konnten. Kein Zipfelchen von Fomka war zu sehen, was bei seiner Größe nur eins bedeuten konnte: er war nicht mehr in der Halle, anderenfalls hätten sie ihn irgendwo gesehen. „Wenn ihr Fomka sucht, der ist vorhin gerade zu den Umkleideräumen gegangen", mischte sich Diablo plötzlich ein, als wäre es das Normalste von der Welt, dass Fomka in die Umkleidekabinen geht. „Wieso sagst du das ni ..." Der Rest des Satzes ging in erneutem 'Gewitterkrach' unter. Man sah nur noch, wie sich seine Lippen bewegten. Das Donnern und Grollen war diesmal wesentlich lauter und dumpfer als vorhin. „Bum, bum! Bum, bum!" ging es immer wieder.
Teufel war jetzt auf hundertachtzig. „ ...!", bewegte er wütend seine Lippen, ohne dass man etwas verstehen konnte. Je näher er den Umkleideräumen kam, desto lauter wurde der Krach. Mit Geschepper schmiss er die Tür auf, doch auch das ging im Krach unter, der sich, wenn man genau hinhörte, zu einer Melodie formte. „ ...?!", rief er in den Raum hinein. „ ...!", brüllte er. „Ruhe!" Sofort wunderte er sich, dass er eine so laute Stimme hatte. Er drehte sich um und sah sich Lion gegenüber. Er hatte gebrüllt. Abrupt war Ruhe. Jim nahm seine Kopfhörer ab, genau wie die anderen. „Eric, so geht das nicht, du spielst völlig falsch. Hallo Teufel, hallo Lion." Die Begrüßung klang ehr beiläufig. „Teufel? Lion?", fragte Jim dann erstaunt. „Was macht ihr denn hier?"

„Eigentlich wollten wir uns nur über den immensen, zugegeben recht gut klingenden Krach beschweren. Keine vernünftigen Lebewesen können bei diesem Lärm arbeiten“, gab Teufel als Antwort. „Wobei ich aber nicht sagen will, dass ihr nicht vernünftig seid. Musiker und Künstler sind doch die vernünftigsten Personen auf der ganzen Welt“, versuchte er die Musiker zu beschwichtigen, als diese ihn böse ansahen. Der Gitarrist rechts neben der Tür lächelte ihm versöhnlich zu. „Hey, moment mal! Sind Sie nicht? Sie sind doch? Das kann doch nicht sein? Sie sind doch nicht? Darf ich ein Autogramm? Bitte! Warten Sie! Ich hole Stift und etwas zum Schreiben.“ Aufgeregt lief Teufel zu Jim hinüber, holte sich dort einen Kuli aus Jims Hemdtasche, ohne sich zu wundern, dass Jim ein Hemd trug, sogar in weiß und einfarbig, riss ihm den türkisfarbenen Schlips vom Hals und ging zu dem Musiker zurück. „Äh, hier, bitte“, rief er aufgeregt. Lachend unterschrieb der Musiker. „Ähm, Teufel, damit wir hier klar sehen, das Autogramm gehört mir, immerhin waren es mein Kuli und mein Schlips!“ „Ähä, ’tschuldigung, ähm, ich kauf dir einen Neuen, versprochen. Und, äh, hier ist dein Kuli.“ Teufel trat noch einmal zu Jim und gab ihm den Kuli zurück. „Super, ich hab ein Autogramm. Ähm, bleiben Sie noch länger? Können wir vielleicht noch etwas quatschen?“, fragte Teufel frei von der Leber weg, ohne Zurückhaltung.
„Spielt weiter, meine Herren, meine Dame. Aber bitte etwas leiser, wenn es nicht zu viele Umstände macht. Ach, und du da, Elch, wie heißt du? Wenn du keine Noten lesen kannst, solltest du vielleicht nicht spielen. Das passt einfach nicht zu dem Spiel der anderen.“ Teufel verbeugte sich kurz und verließ den Raum. Lion sah ihm irritiert und verwirrt nach. Auch der weiße Elch, dessen Name übrigens Eric war, war verwirrt. „Woher weiß der freche Kater, dass ich keine Noten lesen kann?“, fragte er bedrückt. „Ich bin doch nur Hobbymusiker. Wenn ich statt Noten eine Grifftafel hätte, wäre es einfacher.“ Von jetzt auf gleich verwandelten sich Erics Noten in eine Grifftafel. Der Elch rieb sich verwirrt die Augen, als wollte er nicht glauben, was er sah. „Ist es so besser?“, fragte Jim. Eric nickte stumm.
Lion war Teufel gefolgt. „Teufel, warte doch mal. Sag mal, wer war denn das? Muss man den kennen?“, fragte er, als er Teufel

eingeholt hatte. „Wer das war? Das ist der größte Musiker von ganz Britannien, ach, was sag ich, von der ganzen Welt. Keiner spielt die Gitarre so gut wie er, David Gilmour." „Ah ja. Und der spielt bei U2, oder?" „U2? Mensch, wo warst du im Musikunterricht? U2 sind Iren, keine Briten. Gilmour spielt bei Pink Floyd, du Nulpe." „Waren das nicht Australier? Steppenwolf sind doch auch Deutsche", gab Lion als ziemlich hilflose Antwort. „Na klar, und ich bin ein Hund. Mann, von Musik keine Ahnung und davon eine ganze Menge." Wortlos betraten Lion und Teufel die große Halle wieder. Diablo hatte seinen Platz nicht verlassen. Lion ging in die entgegengesetzte Richtung, als er plötzlich wie angewurzelt stehen blieb. Er rieb sich die Augen. Das konnte nicht sein, da stand Jim, beim Sicherungskasten. „Jim sprach, es werde Licht. Und es ward kein Licht?", hörte Lion ihn sagen. Er versuchte noch einmal die gleiche Prozedur, wieder kein Erfolg. „Das versteh ich nicht", murmelte er. „Vielleicht so? Es werde kein Licht?" Plötzlich ging in der ganzen Halle das Licht an. Die verschiedenen bunten Scheinwerfer, die Deckenbeleuchtung. „Es geht doch", meinte er stolz. „Verdammter Stecker, lag mitten im Weg, so dass ich drüber stolpern musste. Ich hoffe es hat keiner gemerkt, dass ich ihn aus Versehen herausgezogen hatte. Ich dachte erst, ich werde von einer riesigen Schlange angegriffen. Murrmel, murrmel, murrmel", schimpfte Murmli kopfschüttelnd, als er hinter den technischen Geräten hervorkam, hinter denen er sich vor dem Krach versteckt hatte. „Dieses Murmeltier", meinte Jim nur. „Könnte ein Sohn von Balthasar sein, soviel Angst, wie das hat." Und schon löste sich Jim in einer Wolke aus Rauch auf. „Dieser Jim", sagte jetzt Lion tadelnd. „Muss einen immer so erschrecken. Von wegen der war hier. Das war nur eine Kopie von ihm."

Teufel erzählte, während sich Lion wunderte und Murmli schreiend davonlief, weiter. Bibbernd und zitternd versteckte sich das Murmeltier diesmal hinter Diablo. Von der lauten Musik war nichts mehr zu hören, Jim hatte die Umkleidekabinen schalldicht gemacht, damit draußen keiner was hörte. Drinnen ging es weiter wie bisher, bis auf die Tatsache, dass Eric jetzt immer besser wurde: „Gut, wo waren wir?"

„Ist mir egal, Hauptsache weit, weit weg von diesem schrecklichen Ort, wo man von Schlangenkabeln angegriffen und von sich auflösenden Jims erschreckt wird, murrmel.“ „Dann solltest du dich im nächstbesten Schrank einschließen, denn der Ort, wo wir jetzt hingehen, gefällt dir garantiert noch weniger als der Ort hier. Ach, ich vergaß, im Schrank ist es ja zu dunkel für dich“, kommentierte Teufel und ließ sich jetzt nicht noch einmal von Murmli stören.

„Na gut, wir hatten also das letzte Abenteuer überstanden, aber eine längere Ruhepause war uns nicht vergönnt. Mike war ja, wie du schon gehört hast, mit seiner kleinen Familie auf Familienbesuch in Kairo, während Jim in Wales war. Daniela hatte ihn für ein Wochenende zu sich nach Hause eingeladen. Da Jim Daniela überraschen wollte, fuhr er schon am Freitag los. Er wollte sie von der Schule abholen. Als er in Wales ankam, war gerade große Mittagpause. Soweit ich weiß, hatte Jim mit Danielas Klassenkameraden und ihr Fangen gespielt. Jedenfalls sagte sie mir das, als ich sie abholen wollte. Ich war nämlich auch eingeladen.
Als ich ankam, war es schon später Nachmittag. Es klingelte bereits. ‘Teufel?! Was machst du denn hier?’, begrüßte mich Daniela erstaunt. ‘Na, du hast mich doch übers Wochenende eingeladen’, gab ich ebenso erstaunt, wie leicht verunsichert zurück. Sie hatte mich doch eingeladen. ‘Natürlich hab ich dich eingeladen, aber ich hab nicht damit gerechnet, dass ihr mich beide abholen wollt.’ ‘Da wir gerade von Jim sprechen: wo ist er?’, fragte ich Daniela. Es klingelte schon wieder zur Stunde. In kurzen Stichpunkten sagte sie mir, dass Jim beim Fangenspielen in die Büsche gelaufen und von dort nicht wieder auftaucht war. Ich versprach Daniela, mich im Gebüsch noch einmal umzusehen und Daniela beeilte sich, dass sie in ihren Klassenraum kam. ‘Wieso ist dieser Kerl eigentlich schon hier? Ich wollte doch der Erste sein’, dachte ich etwas beleidigt, aber größtenteils verwundert. Ich verschwendete aber keinen weiteren Gedanken daran, es galt mal wieder Jim zu finden. Neben Fangen war Verstecken und Verschwinden scheinbar seine liebste Sportart.
Wie versprochen, durchforstete ich noch einmal das Gebüsch. Doch alles, was ich fand, waren Fußtapsen und ein Schwert, Jims Schwert. Schlanke, blanke, glitzernde Klinge, kunstvoll verzierter

Griff. Es hatte einen feinen Goldüberzug. Es war eins von Jims Schwertern, die er im Laufe der Jahrhunderte angehäuft hatte. Meist war es das Schwert, das er immer bei sich trug, da es leicht und klein war, nicht so schnell auffiel. Er hatte aber noch ganz andere Schwerter.

Jedenfalls fehlte von Jim jede Spur, abgesehen von den Spuren, die mich nicht weiter brachten. Okay, ich muss gestehen, dass Jims Fußspuren noch ein Stück weit ins Gebüsch führten und sich dann dort verloren. Aber von dem Loch im oberen Teil des Gebüsches zu urteilen, ist Jim von der Stelle, wo die Spuren endeten, geflogen. Und in der Luft hinterlässt man nur ganz selten Spuren.

Als es dann endlich zum letzten Mal klingelte und Daniela aus ihrem Klassenraum gestürmt kam, knallte sie mir die Tür ins Gesicht. Ich heulte auf vor Schmerz, immerhin tat mir nicht nur die Schnauze weh, sondern auch mein Hinterteil, auf das ich vor Schreck gefallen war. 'Teufel!', rief Daniela erschrocken. 'Alles in Ordnung?' 'Bis auf die Tatsache, dass ich mich jetzt wie ein Boxer fühle, ist alles okay. Wau, wau', gab ich zur Antwort, bevor ich endgültig zu Boden ging.

Als ich wieder zu mir kam, lag ich in den Armen eines hübschen Mädchens, das aber leider schon vergeben war. Mit einem Papierhandtuch tupfte sie mir die Nase ab, die scheinbar etwas geblutet hatte. 'Ist das der Katzenhimmel?', fragte ich noch etwas benommen. 'Nun ja, Teufel, als Himmel würde ich die Schule nicht bezeichnen wollen. Kannst du aufstehen?' Langsam kam die Klarheit zurück, ich nickte und machte Versuche, mich zu erheben. Mit Danielas Hilfe klappte es auch gleich beim ersten Mal und ich kippte nicht einmal wieder um. 'Au Mann, mein Schädel brummt vielleicht, als ob ich dort hunderte von Hummeln und Brummern drin hätte.' 'Tut mir leid, Teufel, aber man stellt sich auch nicht direkt hinter die Tür.' 'Ich wollte sie doch nur öffnen, als es geklingelt hatte.' Daniela streichelte tröstend meinen Kopf und gemeinsam verließen wir dann endlich das Gebäude und auch das Gelände. Ich erzählte Daniela, dass Jim vom Gebüsch aus geflogen sein musste, ich aber keine Ahnung hatte wohin. So beschlossen wir erst einmal, nach Hause zu gehen. Dort wollten wir dann in Ruhe besprechen, wie es weiter gehen sollte. 'Oh, ver-

dammt, ich wollte doch Jims Schwert mitnehmen, das ich im Gebüsch gefunden habe', fiel mir plötzlich wieder ein. 'Wo hab ich das nur gelassen?' 'Du hast es fallen lassen, als du die Tür vor den Kopf bekommen hast. Ich hab es in meinen Schulranzen gepackt. Da es größer war als mein Ranzen, wollte ich es oben rauskucken lassen, aber als ich es einpackte, konnte ich es soweit hineinschieben, bis es nicht mehr zu sehen war. Und auf der anderen Seite kam es auch nicht wieder raus', beruhigte mich Daniela. Das waren Jims typische Zaubereien, dass große Gegenstände in kleine Taschen passten.
Daniela wohnte ja, wie du dich vielleicht noch erinnerst, im letzten Haus der Shakespeare Close, einer Sackgasse. Das Haus war wunderschön. Zweistöckig, mintgrün, mit schwarzem Ziegeldach und wunderschönen bunten Blumenkästen an den Fenstern. Hinter dem Haus war ein herrlicher, buntgrüner Garten.
Daniela hatte die Haustür gerade erst aufgeschlossen, als ihre Mutter Marianna sie auch schon rief. 'Dani, Jim ist da, er wartet auf dem Dach auf dich. Es scheint wichtig zu sein.' Wir sahen uns fragend an: 'Auf dem Dach!?', sagten wir beide fragend. Marianna nickte nur knapp. Was sollten wir dazu sagen? Wir zuckten nur mit den Schultern. Daniela setzte sich in Bewegung auf die Treppe zu, die nach oben führte. Ich folgte ihr mit etwas Unbehagen. Ich hasste Dächer. Auf Bäume kletterte ich lieber, da kann Kater sich wenigstens gut festhalten. Im Obergeschoss angekommen, holte Daniela eine Leiter und stellte sie an die Dachluke. Dann ging es die Leiter hoch. Das Mädchen unerschrocken und furchtlos voran, ich vorsichtiger hinterher. Ela, wie Jim sie immer liebevoll nennt, schien leicht wütend zu sein. 'Jim Barnes! Was fällt dir ein, mich in der Schule einfach so stehen zu lassen. Ich dachte, du wärst mal wieder entführt oder ähnliches. Tu das nie, nie wieder!', giftete sie los, als sie noch auf der letzten Sprosse stand. 'Ela, ich ...' 'Komm mir nicht mit Ela! Du kannst mir kein Honig ums Maul schmieren!', gab sie zurück, als Jim mit einer Erklärung ansetzte. 'Aber Dani ...' 'Keine Schmeicheleien, ich will eine Erklärung!' Daniela war bereits aufs Dach geklettert. 'Dann lass mich doch mal ausreden! In gewisser Weise wurde ich ja entführt. Ein Lichtstrahl erfasste mich und beamte mich auf den Fahrersitz meines White Horses. Auf dem Beifahrersitz saß Ja-

mes Bond. Er hatte den neuen Rückholmechanismus aktiviert. Dummerweise hat der Beamer das Dach des Gebüsches etwas entschärft, aber das wächst wieder. Aber erinnere mich nach unserem nächsten Abenteuer bitte daran, dass ich den Beamer noch einmal überprüfe, er funktioniert noch nicht richtig Hat er mir doch meinen Kopf verkehrt herum auf die Schultern gesetzt. Das musste ich dann mit Zauberei korrigieren.' 'Deine Geschichten werden auch immer besser! James Bond? Beamer a lá Scotty beam me up. So ein Kokolores!', schimpfte Daniela. 'Aber Ela, das ist die Wahrheit. Du kennst doch Arne. Und dessen Vater heißt James. Er ist, was ich dir eigentlich nicht sagen darf, beim CIA tätig, gebürtiger Ami und seine Familie kommt ursprünglich aus Irland. Und weil er die skandinavischen Länder so liebt, hat er seinen Sohn Arne genannt. Und was den Beamer angeht, so wurde er nicht von Gene Roddenberry erfunden, sondern von meinen Urahnen. Ich hab ihn lediglich etwas verbessert, nur die Feinjustierung fehlt noch. Früher konnte man sich nur beamen, wenn man einen kleinen Sender bei sich hatte. Jetzt muss man lediglich die DNS der gewünschten Person eingeben, dann sucht ein Scanner die nähere Umgebung danach ab. Und wenn er die richtige DNS gefunden hat, wird die Person dann dahin gebeamt, von wo das ganze gestartet wurde. Im Grunde ganz einfach, doch deswegen hab ich euch nicht hierher gebeten.' 'Darüber reden wir später noch. Nun aber zu was anderem. Wieso hat dich Arnes Vater eigentlich entführt?', gab Daniela zurück. Sie hatte sich neben Jim gesetzt, als wäre es das Normalste auf der Welt, auf einem Dach zu sitzen. Ich hatte mich damit begnügt, auf der Leiter stehen zu bleiben. Dort hatte ich wenigstens vernünftigen Halt.
Jim erklärte uns, dass er und sein Partner James den Auftrag hatten, einen Attentäter zu finden. In den vergangenen Tagen hatte dieser nämlich mehrere Mädchen angegriffen. James ist zurück nach Amerika, um mehr Informationen zu bekommen. In zwei Tagen wollten sie sich wieder hier treffen. Solange sollte Jim auf Daniela aufpassen. Natürlich übertrug er mir diese ehrenvolle Aufgabe. Am liebsten hätte Jim Daniela fürs Wochenende mit zu sich genommen, doch in diesem Punkt blieb sie stur. Sie wollte unbedingt hier bleiben. 'Mach dir keine Sorgen, Jim, ich pass schon auf sie auf', versprach ich Jim. 'Und außerdem bist du

doch auch noch da', ergänzte ich noch. 'Nein, Teufel, ich werd nicht da sein. Ich muss an meinem Transporter arbeiten, damit er in Notfallsituationen einsatzbereit ist.' Mit diesen Worten verschwand Jim in den Himmel. 'Na komm, Daniela, amüsieren wir uns etwas', sagte ich zu Daniela. 'Ach, Teufel, dass du mir nicht auf dumme Gedanken kommst, wenn ich weg bin', hörte ich eine Stimme aus der Luft. Vor Schreck verlor ich den Halt und purzelte die Leiter runter. Daniela bekam mich gerade noch am Arm zu fassen. 'Pass doch auf, Teufel.' Schnell kletterte ich den Rest der Leiter hinunter und entfernte mich so schnell wie möglich von diesem Mordsgerät. Jims Freundin folgte, sicher und leichtfüßig wie eine Katze, von mir mal abgesehen.
'So, und was machen wir jetzt?', fragte Dani. Ich zuckte mit den Schultern: 'Hast du nicht einen Videorecorder in deinem Zimmer? Ich hab fürs Wochenende nämlich ein paar Videos mitgebracht. So für die lauen Spätsommernächte.' Daniela war einverstanden. Ihr Zimmer war direkt gegenüber der Treppe. Es war ein geräumiges Zimmer, mit Fernseher und Videorecorder. Sie hatte ein Doppelstockbett, in dem das untere Bett fehlte. Dort war eine geräumige, schummrige Sitzecke mit gedämpftem Licht. Der Fernseher stand genau gegenüber. Der Schreibtisch stand am Kopfende vor dem Fenster. Wir setzten uns in die Sitzecke und ich breitete meine Videos aus. 'Ein Murmeltier sieht grün? Ein Murmeltier kommt selten allein? Wenn der Schimpanse zweimal klingelt? Das Schweigen der Schäferhunde? Murmelzilla? Teufel, ist das deine Vorstellung von Videos für laue Sommernächte?', fragte Daniela entsetzt. 'Nun ja, ich hab auch noch was anderes', sagte ich und packte weiter aus: Sissi, die junge Katzenkaiserin, Heidi, das Meerschwein aus den Bergen, Der Bergziegendoktor, Coyote Ugly – das Original. Danielas Gesicht wurde immer länger. 'Wie toll', meinte sie nur, als noch ein Video aus meinem Rucksack fiel. „Planet der Menschen?! Das scheint halbwegs vernünftig zu klingen. Regie Frankellin Jeronnimo Schaffnerschimp. Mit Murmli Heston und Cheetah Hunterson. Kenn ich alle nicht.'
'Aber der ist echt gut. Der Produzent war Gary Murmelhausen, der beste Produzent aus ganz Murmelwutt City.' Mein Schützling zog nur die Augenbrauen hoch. Im Endeffekt einigten wir uns dann auf diesen Film. Im Gegenzug dazu musste ich mir dann

'Planet der Affen' ansehen. Und ich muss sagen, die Ähnlichkeit zwischen Menschen und Affen ist unverkennbar.
Jedenfalls schauten wir bis spät in die Nacht Video. Als die Filme dann zu Ende waren, machten wir uns ins Bett. Dani schlief in ihrem Bett und ich auf einer Matratze vor dem Bett. Der Traum, den ich hatte, war schrecklich. Ich träumte, ich ging mit Daniela spazieren, als plötzlich eine Person mit ins Gesicht gezogener Kapuze unseren Weg kreuzte und Ela angriff. Die Person hatte zwei Schimpansenpfoten. In einer hielt sie eine Laserpistole. Doch scheinbar hatte dieser Typ keine Ahnung, wie diese Waffe zu benutzen ist. Er schlug damit um sich. Ich schaffte es, ihm die Kapuze aus dem Gesicht zu reißen und erschrak. Der Mann, wenn es denn ein Mann war, hatte eine Affenschnauze, eine Menschenstirn und Affenohren. Er war eine makabere Mischung aus Affe und Mensch. Doch noch bevor ich begriff, was los war, bekam ich einen gewaltigen Schlag seines langen Affenarms in den Bauch. Ich krümmte mich heulend vor Schmerz und wachte auf. Daniela war auf mich drauf getreten, als sie aufstand. 'Was ist los? Ela, bist du in Sicherheit? Wo ist dieser Affenmensch?', fragte ich völlig benommen, während ich mir unbewusst den Bauch hielt. 'He, Teufel, wach auf! Das war nur ein Traum. Ich bin in Ordnung. Komm, in ein paar Minuten gibt es Frühstück. Willst du zuerst ins Bad?', begrüßte Daniela mich sanft. Hörte ich da Bad? Am frühen Morgen, nach einem Albtraum? Oder war dieser Albtraum noch gar nicht vorbei? Seit wann waschen sich Katzen mit Wasser? Aber Frühstück war der Silberstreif am dunklen Horizont. 'Ähm, geh du nur, ich geh schon mal in die Küche', sagte ich dem Mädchen. Sie lächelte. Jetzt war der Morgen wieder schön, wenigstens bis zum Frühstück. Als ich ins Wohnzimmer kam, wo wir aßen, saß Danielas Bruder Tim bereits am Tisch. Er war gerade dabei, jedem eine Kelle Pampe in die Schüsseln zu klatschen. Timmy erklärte mir, das wäre Porridge und würde mit Milch gegessen, was ich als Engländer allerdings wusste. 'Na wunderbar, Babybreichen', dachte ich. 'Sag mal, fehlt da nicht ein Gedeck? Wir sind doch sechs', fragte ich schließlich. 'Nö, Jim hat schon seine vier Schüsseln intus. Allerdings solltet ihr ihm mal Manieren beibringen, er hat den Porridge mit einem auf einer Seite ausgehöhlten Würstchen gegessen und nicht mit dem Löffel',

meinte Tim beiläufig. 'Ah ja', gab ich zurück. Das war typisch Jim. Er lebte größtenteils nach seinen eigenen Regeln, wobei er dabei aber genau darauf achtete, dass niemand zu Schaden kam. Dann saßen wir alle am Tisch und aßen. Obwohl ich Porridge nicht mochte, probierte ich eine Löffelspitze von der Pampe, die mir vorgesetzt wurde, in der Hoffnung, dass Marianna besser kochen kann als alle anderen. Doch leider war dies nicht der Fall. 'Bah, das ist ja scheußlich!', meinte ich, entschuldigte mich dann aber gleich für meine Unhöflichkeit: 'Entschuldigung, ich meinte es nicht so, aber ich glaube, das hier ist nichts für mich.' Marianna, Danielas Mutter, musste lachen. So hielt ich mich eher an die Ham und Eggs und das Toast und die Orangenmarmelade. Dazu eine Schale Milch und ein Glas Orangensaft. Lecker.
Nach dem Frühstück begleitete ich Daniela in die Schule. Ihr kleiner Bruder begleitete uns, immerhin ging er auf dieselbe Schule. Ich durfte als Gastschüler ebenfalls mit in Danielas Klasse. Mathe, Englisch, Erdkunde, Walisisch, Zeichnen und Musik standen heute Vormittag auf dem Programm. Nachmittags dann noch mal Soziologie, Ethik und Sport. In dieser Zeit geschah nichts Außergewöhnliches. Nach der Schule verabredete sich Daniela mit einer Freundin zum Spielen. Vorher jedoch machte sie noch ihre Hausaufgaben: Mathe, Englisch und Erdkunde. Danach ging sie mit mir im Schlepptau zu ihrer Freundin Clair. Ihre Freundin hatte einen Ball mitgebracht. Ich konnte mich nicht zurückhalten, ein Spiel vorzuschlagen. 'Hey, wir können doch Schweinchen in der Mitte spielen', rief ich freudig, da ich dieses Spiel schon lange nicht mehr gespielt hatte. Allerdings erntete ich nur fragende Blicke. Völlig klar und zurecht, immerhin war es ein Spiel, das ich in Deutschland kennen gelernt hatte, als ich noch ein Jungkater war."

„Du warst mal jung? Kann ich mir gar nicht vorstel ... gut, ich halt den Mund, murrmel", unterbrach Murmli frech. Als er Teufels bösen Blick sah, gab er sofort wieder Ruhe. „Sag gar nichts mehr, ehrlich", fügte er noch einmal bekräftigend hinzu. Doch schon die nächsten gemurmelten Worte, die eigentlich keiner hören sollte, entkräfteten Murmlis Beteuerung wieder: „Kann ich mir aber trotzdem nicht vorstellen." Doch Teufel überhörte diese Bemerkung ...

... und erzählte weiter: „Ich erklärte den Mädchen also das Spiel. 'Schweinchen in der Mitte geht so: einer steht in der Mitte und zwei oder mehr um ihn herum. Die, die draußen stehen, werfen sich den Ball zu und der in der Mitte muss ihn fangen. Schafft er das, so darf er in den Kreis und der, der den Ball zuletzt geworfen hat, muss in die Mitte. Alles kapiert?' Jep, sie hatten es verstanden. Wir hatten eine lustige und schöne Zeit miteinander bis zu dem Zeitpunkt, an dem ich Durst bekam und in Clairs Haus ging. Ich war nicht lange weg, hatte lediglich etwas Wasser aus der Leitung getrunken.
Doch als ich das Haus wieder verließ, sah ich einen fremden Mann. Er schien mit den beiden Mädchen zu reden. Daniela wirkte, als ob sie dem Mann nicht recht traute. Auch ich hatte kein gutes Gefühl. Irgendeine Gefahr lauerte hier. Ich kam ein Stück näher und hörte, wie er sich als 'Bond' vorstellte, 'James Bond', eben ganz in Bond-Manier. 'Darf ich stören?', fragte ich, als ich mich ihnen genähert hatte. 'Ich bin Teufel, Big Ben Clan-Boss Teufel.' Daniela musste grinsen und dieser Bond lächelte auch amüsiert. 'Hallo Mr. Teufel. Nett, sie kennen zu lernen.' Mr. Bond gab mir die Hand, die ich mit einem Pfotenschlag abklatschte. 'Ich dachte, sie wollten erst morgen kommen, oder hab ich das falsch verstanden?', fragte ich James Bond. Dieser schüttelte den Kopf. Nein, ich hatte es nicht falsch verstanden, er war nur schon einen Tag eher gekommen, um mögliche Verfolger abzuschütteln. 'Sagen Sie mal, Mr. Teufel, wissen Sie, wo Mr. Barnes ist?', wandte sich Bond schließlich fragend an mich. Ich musste mir einen Lachanfall verkneifen. Es klang aber auch zu komisch: Mr. Barnes. Jim und Mr., einfach nicht vorstellbar. 'Ähm, Teufel und du ist okay, Mr. Bond. Und nein, ich hab keine Ahnung, wo Jim ist. Hab ihn seit gestern Abend nicht mehr gesehen. Ach, und wenn Sie Jim schon formell ansprechen wollen: er ist nicht nur ein Mr., er ist mindestens ein Sir, eigentlich ja eher so was wie ein König', belehrte ich Jims Kollegen. Jetzt konnte sich Daniela nicht mehr zurückhalten, sie prustete los vor lachen. 'Jim und König? Das ist ja wie Pinguin auf Antilopenjagd.' 'Lach nicht, immerhin gab es schon öfters in der Geschichte kindliche Herrscher. Frag Jim, der wird dir sagen: 'Den und den hab ich gekannt, mit dem hab ich im Sand-

kasten gespielt' und so weiter ...' Ich wollte noch mehr über Jim sagen, doch James Bond wollte los, sehen, ob er Jim irgendwo anders finden konnte.
Ich, Daniela und Clair wollten noch eine Weile weiter spielen. 'Wo ist der Ball?', fragte ich und Clair zeigte Richtung Haus. Ich war vorhin daran vorbeigegangen, ohne es zu merken. So musste ich ein Stück zurück gehen und ihn holen. Ich war schon ein paar Schritte entfernt, als ich Geräusche hörte. Als ich mich umdrehte, sah ich einen Mann mit einem Buschmesser in der Hand. Er sprang auf Daniela zu. Clair stand etwas abseits. James Bond konnte nicht mehr helfen, von ihm war nur noch der Rücken zu sehen. Ich war zu weit weg, um rechtzeitig bei Daniela zu sein. Er stand mit erhobenem Arm vor ihr, das Messer über ihrem Gesicht. Ich konnte nicht mehr hinsehen, es war aus! Danielas und Clairs Schreie gingen mir bis ins Mark. Die Schreie, dann das Stöhnen! Ruhe! Erst nach Sekunden wagte ich es, die Augen wieder zu öffnen. Was ich sah, war ein großes, zugeschnürtes Bündel. Jims Fuß stand darauf, wie der Fuß eines Nashornjägers auf seiner Trophäe. Das Messer hielt er in der Hand und betrachtete es sich eindringlich. 'Interessante Waffe. Der muss Jäger sein. Hey, Moment mal, das ist doch ... Das kann doch nicht sein ... Das ist doch die Waffe, die ich von meinem besten Freund in Ägypten geschenkt bekommen habe. Ich hatte sie vor 200 Jahren verloren. Hätte nicht gedacht, sie je wieder zu finden.' Jims Reaktion erstaunte uns. Er steckte das Messer ein und fing an, den Angreifer zu begutachten. 'So passt du also auf Daniela auf, ja? Du kannst froh sein, dass ich in der Nähe war. Ach übrigens, schön, dass du mit meinen Titeln so prahlst, dann muss ich das wenigstens nicht machen!' Ich spürte, wie mir das Blut in den Kopf schoss. Wäre mein Fell nicht schwarz, ich wäre rot geworden. 'Dieser nette Herr hat euch übrigens von Danielas Haus aus verfolgt', kritisierte Jim weiter. 'Das kann nicht sein, meine Sinne sind so gut, ich würde sogar im Dunkeln eine Maus von einem Elefanten unterscheiden können', konterte ich und lief prompt gegen ein geparktes Auto.'Wie du meinst Teufel. Zu was anderem. Fällt dir an diesem Mann etwas auf?', gab Jim zurück, ohne weiter auf meinen Protest einzugehen. Ich sah mir den Mann an. Nun ja, er war gekleidet wie ein Jäger im Busch. Nur der Tropenhut fehlte. Er

war weiß, das Haar kurz und blond. 'Ähm, er ist ziemlich groß und kräftig?' gab ich fragend zurück. Jim schüttelte missbilligend den Kopf. 'Er hatte ein Buschmesser als Waffe?', versuchte ich es weiter. 'Nein, Teufel, sieh doch hin, der Mann steht unter Hypnose. Hier, sieh dir seine Augen an.' Erst jetzt merkte ich, dass der Mann gar nicht bewusstlos war, er bewegte sich bloß nicht. 'Er hat blau-graue Augen', bemerkte ich, aber das war nicht das, was Jim hören wollte. Jim gab es auf, mir etwas zu erklären. Er ließ einen warmen Sommerregen auf den Mann, und zwar nur auf den Mann, herniederregnen, danach band er den Mann wieder los. Ein Seil hatte Jim ja immer bei sich. Meist ist es so klein wie die beliebte Peitsche von Indiana Jones. So nimmt es nicht soviel Platz weg.

'Was ist denn hier los? Ich habe Kampfgeräusche gehört', hörten wir plötzlich jemanden sagen. 'Ah, Jimmy-Boy. Schön, dass du auch hier bist. Was für ein Kampfgeräusch meinst du? Der Mann hier ist doch bloß gestolpert', scherzte Jim. Es war James, der zurückgekommen war. Der Mann, über den sich Jim gerade etwas lustig machte, schaute verwirrt drein. Er hatte keine Ahnung, wie er hierher gekommen war. Wie wir erfuhren, wollte er gerade auf Arbeit in einen Zirkus, in dem er einen trotteligen Safarijäger spielte. Deshalb hatte er auch diese Jägerkluft an. Doch das Verrückteste war ja, dass besagter Zirkus gerade in Philadelphia Station machte.

'Gut, dass du in der Nähe warst, Jim. Sonst wäre womöglich Schlimmeres passiert', meinte James, nachdem Jim den noch verwirrten Mann wieder nach Philadelphia gezaubert hatte. Er sagte, der Mann würde sich an nichts mehr erinnern, sobald er philadelphianischen Boden berühren würde. Und wenn er sich doch erinnern sollte, würde er glauben, es wäre ein Albtraum gewesen. 'Okay Jim, du willst sicher wissen, wohin unser nächster Auftrag führt', begann James. 'Lass mich raten, Jimbo! Philadelphia. Richtig?' James nickte: 'Grob gesagt Pennsylvania, ja.' 'Und wo treffen wir uns?', hakte Jim nach. 'Übliche Zeit, üblicher Ort. Mauritius wird uns dort erwarten.' 'Gut, unseren Auftrag werd ich dir später erzählen, wir sollten uns erst einmal um die Mädchen kümmern', bemerkte Jim. Und was war mit mir? Wer kümmerte sich um mich? Ich hatte bestimmt genauso viel Angst durchgestanden.

'Na, Teufel? Alles klar?', fragte Jim dann doch noch. Ich lächelte etwas gequält, nickte aber. Was Jim als Nächstes tat, hätte ich niemals für möglich gehalten und ich werd es auch nie, nie, nie vergessen. Er umarmte mich kurz. Nur kurz, aber es tat gut. Danach schenkte ich ihm ein lockeres Lächeln. Auch Jim lächelte mir zu. Nachdem wir Clair entgültig klargemacht hatten, dass sie nicht in Gefahr ist, ging sie wieder in ihr Elternhaus. An der Tür winkte sie uns noch zu. Sie bat Daniela, doch bei ihr anzurufen, wenn alles vorbei war. Dani versprach es und wir machten uns auf den Weg zur Shakespeare Close. Unterwegs geschah nichts mehr.
Zu Hause angekommen, gab es erst einmal Abendessen. Mrs. McCarthy freute sich über den neuen Gast, der ihr als James Bond vorgestellt wurde. Er war dann auch das Gesprächsthema beim Essen. Vergleiche zwischen dem realen und dem Film-James Bond. Reale Abenteuer und Aufträge, die der Film-Bond ausführen musste. Und natürlich die Diskussion darüber, welcher der bessere Bond ist. Jim und James ließen sich nicht beirren und blieben bei ihrer Meinung, dass es nur einen Bond geben konnte. Und der saß gerade mit am Tisch. Pádraig tendierte mehr zu Roger Moore, während Danis Bruder Tim mehr für Pierce Brosnan schwärmte. Nur Marianna sah lieber die Filme mit Sean Connery. 'Das sind eindeutig die Besten', sagte sie. Es gab übrigens ein walisisches Rezept. Marianna nannte es 'Granny's Broth' oder walisisch 'Cawl Mam-gu', zu deutsch etwa Omis Brühe, eine Suppe mit Lauch, Karotten, Lammnacken, Kohlrüben, Kartoffeln, Petersilie und anderen guten Zutaten. Einfach köstlich. Entgegen dem Vorurteil, Briten könnten nicht kochen, konnte Marianna sehr gut kochen.
Nach dem Essen ging es wieder in Danielas Zimmer. Ihr kleiner Bruder leistete uns Gesellschaft. Wir spielten Karten. Jim hatte es immer noch nicht aufgegeben, jedem Skat beizubringen, doch auch hier hatte er kein Glück. So spielten wir dann Mau-Mau und jumarianisches Rommé, das bis auf ein paar kleine Abwandlungen dem irdischen Rommé ähnlich ist."

„Jumarianisches Rommé? Wie geht denn das?", unterbrach Diablo. Teufel lachte. „Hmh, das lass dir mal von Jim beibringen.

Vielleicht auf der Krönungsfeier. Wenn ich dir jetzt noch die Regeln erklären soll, würden wir nicht fertig werden bis zur Feier", vertröstete Teufel Diablo. „Och schade. Na gut, ich frag ihn dann, ganz bestimmt", meinte Diablo und ließ seinen Großvater ...

... weitererzählen: „Nachdem dann Timmy endlich im Bett lag und schlief, gingen wir langsam dazu über, die Sachen zu packen. Marianna war überhaupt nicht davon begeistert, ihre Tochter für eine Weile ins Ausland, über den 'großen Teich' fahren zu lassen. Jim und James beteuerten, dass sie dafür sorgen würden, dass Daniela ihre Schularbeiten macht. Nach einigem bitten und betteln und beteuern, dass es besser wäre, wenn sie bei Jim bliebe, durfte sie dann doch mitfahren. 'Bevor sie dich kennen gelernt hatte, lebte sie viel ungefährlicher', meinte Marianna zu Jim. Nachdem die Sachen gepackt waren, ging auch Daniela ins Bett. Ich und Jim gingen noch nach unten, wo wir uns dann noch bis elf Uhr Bilder ansahen. Bei einem Foto wurden Jims Augen sehr groß: 'Wer ist das?', fragte er ganz erschrocken und voller Befürchtungen. 'Das ist meine Mutter, Marian McCarthy', gab Pádraig zur Antwort 'Das kann doch nicht wahr sein, meine Marian!' Jetzt fiel Pádraigs Kinnlade nach unten. 'Woher kennst du sie denn?', fragte er entgeistert. 'Äh, nun ja. Wir hatten uns vor 34 Jahren in Llandrindod Wells, Wales kennen gelernt. Und äh, ich ... ich ... Weißt du, wer dein Vater ist?' 'Llandrindod Wells? Da bin ich geboren', bemerkte Pádraig, ohne auf Jims Frage zu reagieren. Erst ein paar Sekunden später kapierte er, dass Jim noch etwas gefragt hatte. 'Äh, wie war die Frage?' Jim wiederholte sie geduldig. 'Mein Vater? Nun ja, offiziell ist er ein großer, gut aussehender junger Mann aus Deutschland, der damals in Wales wohnte und von seiner Firma nach Amerika versetzt wurde. Inoffiziell aber kommt er wohl von einem anderen Planeten, ist in der ganzen Welt aufgewachsen, arbeitet bei der CIA und sieht aus wie ein kleiner zwölfjähriger Bub. Wenn du mich fragst, horrender Blödsinn. Aber Moment mal, du hast doch mal gesagt, du seist ein Außerirdischer. Wenn ich jetzt alles, was ich über dich weiß zusammen ... Nein, nie und nimmer!', schloss Pádraig seine Erklärung. Ich und Marianna sahen Jim und Pádraig fragend an. Wir wussten nicht, was los war. Doch die beiden störte das über-

haupt nicht. Im Gegenteil: 'Du willst doch nicht etwa behaupten, dass du ... Aber wenn ich genau darüber nachdenke ... Möglich wäre das schon ...' Pádraig stammelte für uns unverständliches, wirres Zeug, doch Jim nickte nur und meinte: 'Ganz recht. Es ist möglich und es ist auch tatsächlich so.' 'Kann mir mal jemand sagen, wovon ihr hier redet?', fragte Marianna schließlich. Jim antwortete und seine Antwort verschlug uns mehr als nur die Sprache. Er behauptete, dass er Pádraigs Vater sei. Das mussten wir erst einmal verdauen.
Wenn wir nicht schon gesessen hätten, wir hätten uns erst einmal hinsetzen müssen. Pádraig stand als Erster auf, ging an die Hausbar und schenkte sich einen schottischen Whiskey ein. Marianna wollte einen Klaren haben. Beide tranken sie ihr Glas in einem Zug aus. Ich begnügte mich mit einem Glas Wasser, das ich mir über den Pelz schüttete. Dabei hasse ich Wasser. 'Meine Mutter hatte gesagt, dass mein Vater groß und gut aussehend gewesen sein soll, was man von dir nicht behaupten kann', meinte Jims Sohn. Jim wirkte etwas beleidigt. 'Was soll das heißen? Für mein Alter bin ich ziemlich groß und gut aussehen tue ich doch. Aber du hast Recht, deine Mutter hat mich etwas älter gemacht, als ich äußerlich war. Immerhin sah ich zu dieser Zeit noch aus wie jetzt', gab Jim zurück. 'Aber die andere Geschichte mit dem Außerirdischen, da ist jedes Wort wahr. Wem hat sie es noch erzählt?' Pádraig beteuerte, dass sie es nur ihm erzählt hatte, was Jim auch glaubte. Er kannte Marian, sie hätte es nie jemandem gesagt. Da ihre Eltern aber, wie Pádraig sagte, bereits tot waren, als sie es ihm sagte, blieb nur noch Pádraig übrig. So erzählten wir noch gut eine Stunde. So war Pádraigs Onkel ein Heidelbär. Und Fomkas Sohn Blue war Pádraigs Cousin. Alles in allem war das zu so später Stunde ziemlich verwirrend. Ich hab keine Ahnung, wie spät es war, als man mich und Jim ins Bett trug. Aber der Morgen danach war die reinste Folter. Der Wecker klingelte mitten in der Nacht: um fünf."

„Wo war eigentlich James Bond? Es klang nicht so, als ob er mit Bilder angesehen hatte", unterbrach Diablo. „Äh, stimmt. James hatte noch mit uns Karten gespielt, danach ist er mit Daniela ins Bett gegangen. Natürlich getrennte Betten. Er schlief auf der

Matratze, auf der ich die Nacht zuvor geschlafen hatte. Allerdings etwas weiter unter das Bett geschoben. Die Stühle und der Tisch waren zur Seite geräumt.

Es war gegen fünf, als ein kalter, nasser Waschlappen über meinem Gesicht ausgewrungen wurde. James trug die gerechte Strafe davon, ein kleines Andenken im Gesicht. Auch Jim maulte, als er nassgespritzt wurde. Ich glaube, er verpasste James Eselsohren, aber ich war noch zu müde, um das mitzukriegen. 'Raus aus den Federn. Das Frühstück ist schon fertig', hörte ich James sagen. Ich schlief noch fast. Das änderte sich aber, als er Frühstück erwähnte. Es duftete nach Spiegelei und Speck. Dazu Toast und Orangensaft. Für Jim gab es Porridge mit Würstchenlöffel. Ich glaube, Jim nannte es Thüringer Würstchen. Die britischen Würstchen könne man nicht essen, sagt er immer. Jim schlang auch diesmal sein Essen herunter, allerdings noch halb im Schlaf. All seine Bewegungen wirkten mechanisch. Seinen kakelbunten Pullover hatte er linksrum an.
Nach dem Frühstück ging es gleich los. Daniela hatte die Sachen schon im Auto verstaut. Marianna kam ins Wohnzimmer. Sie konnte es sich nicht nehmen lassen, sich von ihrer Tochter und ihrem Schwiegervater zu verabschieden. Pádraig wollte auch mitkommen. Er hatte heute Frühschicht. Wie immer wollte er auf Arbeit essen, bevor es losging. Marianna sah das zwar nicht sehr gerne, hatte es aber inzwischen aufgegeben, es ihrem Mann ausreden zu wollen. So setzte sich Pádraig in den Wagen namens White Horse, hinter den Beifahrer. Ich saß neben ihm in der Mitte. Neben mir Daniela. James wollte auf der Fahrerseite einsteigen, doch Jim war schneller. 'Äh, Jim, du willst doch wohl nicht etwa fahren', fragte er besorgt. 'Uah! Wieso nicht?', gab Jim gähnend zurück. 'Genau deshalb. Du bist viel zu müde. Würdest hinter dem Steuer nur einschlafen.' James sprach wie ein Vater zu Jim. Wahrscheinlich sah er in ihm manchmal auch so etwas wie einen Sohn, den er beschützen und manchmal auch rügen musste. 'Aber Daddy, mein Auto würde dich nie fahren lassen. Außerdem fährt es allein', gähnte Jim. Damit setzte er sich hinter das Steuer, drückte einen Knopf und das Auto startete automatisch. James blieb nichts anderes übrig, als den Beifahrersitz zu neh-

men. Er saß kaum, als der rote Flitzer startete. 'Nächster Halt ... Ja wo ist denn der nächste Halt?', fing das Auto an. 'Pennsylvania, Philadelphia', murrte James. Jim schlief schon wieder. Ich schaute auf die Landschaft, die vergleichsweise langsam am Auto vorbeizog. Der Autopilot fuhr nur so schnell wie die anderen Autos. Bald fielen auch mir und Pádraig die Augen zu. Auch für ihn war es ein Fehler gewesen, so lange auf zu bleiben. Ob Daniela ebenfalls schlief, weiß ich nicht. Nach einer Weile hielten wir kurz an und ließen Pádraig aussteigen. 'Viel Glück und seid ja vorsichtig', sagte er, als er ausstieg. 'Du aber auch, Paps', gab Daniela zurück. 'Hm, ich glaube die Abenteuerlust liegt in der Familie. Ich Polizist und Geheimagent, mein Sohn Polizist und meine Enkelin fängt auch schon an. Na gut. Tschüss dann. Halt die Ohren steif, wir melden uns', rief Jim noch. Pádraig musste lächeln, während Daniela verständnislos dreinschaute. Das Auto fuhr weiter und ließ Danis Vater zurück. Ich sah ihr verdutztes Gesicht und erklärte ihr, was gestern Nacht herausgekommen war. Als Daniela das erfuhr, musste sie erst einmal schwer atmen. Sie glaubte es einfach nicht. Jim schwor, dass es die Wahrheit wäre. Doch auch da konnte sie es kaum glauben. Weitere Erklärungen gab es aber vorerst nicht, da sowohl Jim als auch ich wieder eingeschlafen waren und James keinen blassen Schimmer von dem hatte, was in dieser Nacht besprochen wurde.
Frag mich nicht, wie wir über den großen Teich gekommen sind. Jedenfalls war es noch dunkel, als wir ankamen. 'Bitte alles aufwachen, wir sind in Pennsylvania, Philadelphia. Es ist genau zwei Uhr Eastern Time. Wolkenloser Himmel bei 10 °C', kommentierte White Horse. Wir fuhren gerade über den leeren Highway. Was war denn hier los? Seit wann ist der Highway leer? James zuckte nur mit den Schultern: 'Was guckt ihr mich so an? Ich hab die Straße nicht absperren lassen', wehrte James ab. Er erklärte uns, dass Mauritius den Highway hatte sperren lassen, weil es hier die meisten Übergriffe auf blonde Frauen gegeben hat. Zum Glück war bis jetzt noch nichts Schlimmes passiert.
Nach einer Weile kamen wir dann an ein dunkelrosa Haus. In einem Fenster brannte Licht. 'Ah, wie ich sehe, ist Mauritius schon da. Er hat den Schlüssel also gefunden', meinte Jim und holte seinen Schlüssel aus der Tasche. Ich wundere mich noch heute,

wie er dieses riesige Bund in die Hosentasche bekommt, ohne dass sie ausbeult. Aber was solls, ich werd es sowieso nie verstehen. Jedenfalls öffnete Jim die Tür und wurde von einem merkwürdigen Geruch empfangen. 'Wonach riecht das hier?', fragte er laut genug, dass es im Haus gehört werden musste. Fomka kam aus der Küche. Er trug eine riesige Schürze mit einem blauen Heidelbärkoch drauf. Auf dem Kopf trug er eine Art Kochmütze. 'Ah, hallo Jim, ich bin gerade am Abwaschen. Ich hatte etwas Hunger gehabt, da hab ich mir einen Nachtsnack gemacht', begrüßte er uns. 'Es ist noch was da, willst du was abhaben?', fügte er noch hinzu. 'Ich hab Hunger!', rief Daniela, bereute es aber bald. Mit Fomkas Teller fand Jim auch heraus, wonach es hier roch. 'Was ist das, Fomka?', fragte Daniela unsicher. 'Das ist ein Nougatheringauflauf mit Ananassoße und Teufelskrautsahne', gab er zur Antwort. Daniela verzog das Gesicht: 'Ähm, Jim, meint er mit Nougathering ...?', fing Daniela an. Jim unterbrach sie und antwortete: 'Mit Nougathering meint er richtige Heringe, die im Meer schwimmen. Er hat sie mit Nougat eingerieben und gebacken.' Danielas Gesicht verzog sich noch weiter: 'Äh, ich glaub, ich habe keinen Hunger mehr.' 'Dann nicht, bleibt eben mehr für mich.' Fomka schaufelte den Rest seines Auflaufes in sich hinein. Ein Gähnen erschrak uns. Als wir uns umdrehten und in Richtung Wohnzimmer blickten, stand ein Mann in der Tür. Nicht sehr groß, struppiges schwarzes Haar, weißer Schlüpfer, oben ohne. Seine Brustbehaarung war überwältigend, ebenfalls schwarz und leicht gelockt. Seinem Gesichtsausdruck nach musste er gerade aus dem Bett gefallen sein. 'Was ist denn das für ein Krach mitten in der Nacht? Und wonach riecht das hier?', fragte der Mann verschlafen. 'Ach, hallo Chef! Guten Morgen', gab Jim zur Antwort. 'Von wegen Morgen! Mitten in der Nacht. Ich geh wieder schlafen, wir reden morgen früh.' Damit verschwand der Mann, den Jim Chef nannte, wieder im Wohnzimmer. Ich hätte schwören können, dass er an der linken Schulter tätowiert war, ein Kleeblatt oder so was. Sicher war ich allerdings nicht, ich hatte auch nie wieder die Chance, es noch einmal zu sehen.
Auch wir waren noch müde, also zauberte Jim uns ein paar Matratzen in Wohn- und Schlafzimmer und wir betteten uns dort bis gegen sechs. Als wir in die Küche kamen, war der Tisch bereits

dabei, sich zu decken. Im Ofen buken sich die Brötchen, der Kaffee machte sich. Das Wasser für den Tee war gerade fertig und goss sich selbständig in die Tassen mit den Teebeuteln. Als die Brötchen fertig waren, kamen die dicken Handschuhe und holten sie eines nach dem anderen heraus. Ein Messer schnitt sie jeweils in zwei Hälften.

Als wir schon alle am Tisch saßen, kam Jim herein. Er trug eine Gummischürze, die ihm bis zu den Füßen reichte. Dazu trug er kniehohe Gummistiefel. Unter der Schürze hatte er ein schreibuntes Hemd und karierte Hosen. Er wirkte etwas abgekämpft und hatte nasse Haare. Seine Kleidung war aber trocken. 'Was ist denn mit dir passiert, Jim?', fragte Daniela besorgt. 'Nichts, ich hab nur Ali und Baba gefüttert und ein wenig mit ihnen gekämpft, damit sie nicht zu fett werden', erklärte Jim. 'Meinen Sie diese Monster in Ihrem Swimmingpool auf dem Dachboden?', fragte Jims Chef. 'Welcher Swimmingpool? Ich hab doch keinen Swimmingpool. Oder meinst du das Wasserbassin für meine beiden Hausalligatoren Ali und Baba?' 'Hausalli ... Ich bin in diesem Bassin geschwommen, als mich plötzlich zwei Krokodile angriffen.' Jim konnte sich ein Lachen nicht verkneifen: 'Du bist da oben geschwommen? Kein Wunder, dass du angegriffen wurdest, du hast ihnen das Revier streitig gemacht. Und außerdem sind es Alligatoren und keine Krokodile. Aber du hättest keine Angst haben müssen, die beiden wollten nur spielen.' Jims Chef war außer sich. 'Sie halten sich Alligatoren als Haustiere?! Das sind exotische Tiere, die nicht einfach so in Wohnungen gehalten werden dürfen. Diese Tiere sind gefährlich! Haben Sie eigentlich eine Erlaubnis dafür, die Tiere halten zu dürfen?', brüllte er. Jim holte einen Zettel unter seiner Schürze hervor und reichte ihn dem Chef. 'Sondergenehmigung zur Haltung wilder Tiere' stand dort als Überschrift. Jim hatte eine Erlaubnis. Zwar war diese schon 1925 ausgestellt worden, doch sie galt noch. Diese Urkunde galt speziell für Reptilien wie Schlangen, Krokodile, Alligatoren und Leguane. 'Ich hatte damals einen Komodo-Waran, den ich aus Australien mitgebracht hatte. Ohne meine Hilfe hätte er nie überlebt. Calvin Coolidge, der damalige Präsident der Vereinigten Staaten hat mir diese Urkunde ausgestellt. Calvin war übrigens ein richtig netter Kerl. Wenn man uns zusammen auf der Straße

sah, meinten die Leute immer wieder, wir wären Vater und Sohn. Mir hat's gefallen', grinste Jim. 'Am lustigsten wurde es dann, wenn ich auch noch meinen kleinen, 1,50 Meter großen Waran Gassi führte.' Jim schwelgte in Erinnerungen. Ein zufriedenes Lächeln huschte über seine Lippen. Gedankenverloren setzte er sich an den Tisch. 'Über dieses kleine Abenteuer mit Siva, meinem kleinen Waran könnt ihr dann in meiner Autobiographie lesen. Übrigens hat Siva damals meist nur auf ihren jumarianischen Namen Avis gehört', prahlte er mal wieder. 'Autobiographie? Du?', fragte James verdutzt und ungläubig. 'Natürlich, hab schon angefangen. Das Buch wird dann Jims Memoarien heißen. Bin schon auf Seite 47.'
Wenn Mauritius ihn nicht unterbrochen hätte, hätten wir uns jetzt Jims Lebensgeschichte anhören müssen. So gingen wir aber dazu über, den Fall zu erörtern, damit jeder auf dem neuesten Stand war. 'Jim, können wir hier gefahrlos reden?', fragte Mauritius. Jim nickte: 'Aber natürlich, ich hab erst heute Nacht alles auf Abhörwanzen und Kameras untersuchen lassen.' Mauritius war zufrieden und fing an zu erzählen: 'Also, wir wissen, dass alle Opfer blonde Frauen waren, bis auf ein Opfer, das ein junger Mann mit langen Haaren war. Wahrscheinlich hat unser Täter ihn mit einer Frau verwechselt. Die Angreifer waren allesamt hypnotisiert. In dieser Beziehung gibt es keine Ausnahme. Damit steht für uns fest, dass unser Täter im Hintergrund agiert.' 'Klingt nicht gerade vielversprechend. Wir haben also so gut wie nichts in der Hand, womit wir anfangen können', meinte James nachdenklich.
Jim stand vom Küchentisch auf und ging in den Flur zum Schrank. Er holte seine Jacke heraus und warf sie sich über. Schürze und Stiefel hatte er natürlich schon vor dem Essen ausgezogen. 'Wo wollen Sie hin, Jim?', fragte sein Chef. 'In den Red Wild Boar. Kommt ihr mit? Vielleicht finden wir dort einen Anfang', gab Jim zur Antwort. Mauritius schüttelte den Kopf. 'Das ist Ihr Auftrag. Ich muss wieder ins Büro. Und bitte, Jim, keine zu ausgefallenen Methoden. Sie wissen, dass ich sie nicht gut heiße!' 'Wieso, Mr. Philip M. Fox? Bis jetzt haben sie immer funktioniert.' Damit war Jim an der Tür. 'Ach, Jim, das nächste Mal wäre es nett, wenn Sie mir gleich sagen, wo ihr Wohnungsschlüssel ist. Ich bin eine halbe Stunde durch den ganzen Garten und in die Garage

gelaufen, bis der letzte Hinweis dann endlich zum Schlüssel führte.' 'Ähm, Entschuldigung, Cheffchen, ich wollte nur nicht, dass jeder den Schlüssel gleich findet. Außerdem hast du ihn doch gefunden. Und Fomka war auch zu Hause. Klingeln hätte also gereicht', gab Jim entschuldigend zurück. Doch sein Chef schüttelte den Kopf. Fomka war zu der Zeit, zu der Mauritius ankam, einkaufen. 'Na gut, das war Pech. Soll ich dich irgendwo mit hinnehmen, Chef? Ich habe einen Platz frei im Wagen', bot Jim an. Doch Mauritius Fox lehnte dankend ab. Scheinbar kannte er Jims Fahrstil. 'Wie du meinst.' 'Ach, Jim, ich wäre Ihnen sehr dankbar, wenn Sie mich mit 'Sie' anreden würden.' 'Klar Chef, mach ich doch glatt. Wir sehen uns dann. Ich werde dich – Sie auf dem Laufenden halten.' Damit war Jim aus der Tür. 'Er lernt es nie.' Auch Mauritius verließ das Haus und nahm sich ein Taxi. Ich, Fomka, Daniela und James folgten Jim. Zusammen fuhr uns Jim in den Red Wild Boar.
Es war eine kleine Bar, rustikal eingerichtet. Das Gebäude musste noch aus der Zeit von Indianer und Cowboy stammen. Gut, die Fassade war aus modernem Stein, aber die Einrichtung sah wie in einem alten Saloon aus. Die Kneipe gehörte einem Freund von Jim. Sein Name war John O'Hara, seine Familie war vor vielen Jahren aus Irland eingewandert, daher der irische Name. 'Ah, Jim, mein Lieblingsgast. Immer wenn du kommst, hast du einen schweren Fall zu knacken. Aber Schwarzer Löwe kommt erst in zehn Minuten', wurde Jim gleich herzlich begrüßt. Der Mann, der Jim begrüßte, umarmte ihn erst einmal. Jim ließ ihn widerwillig gewähren. 'Okay, das reicht. Was sollen denn meine Freunde denken', meinte Jim schließlich, während er sich befreite. 'Entschuldigung. Ähm, da drüben ist noch ein Tisch frei. Was darf ich bringen?' John führte uns an den freien Tisch und wir setzten uns. Dann bestellten wir ein paar Getränke. Fomka und ich nahmen Wasser. Daniela gönnte sich eine Cola. Jim nahm einen Vanille-Bananen-Kirsch-Milchshake. James bestellte sich einen Martini, gerührt, nicht geschüttelt.
Als John Richtung Bartheke ging, meinte Jim zu James: 'Da hast du dir aber was ganz Nobles ausgesucht.' 'Wieso, ist doch nur ein Martini. Kostet nicht mehr als zwei Dollar', gab James zurück. Da kamen schon unsere Getränke. Wir bedankten uns und tran-

ken einen Schluck. James hatte das Glas noch nicht abgesetzt, als Jim sagte: 'Das denkst du, dass der nur zwei Dollar kostet. Hier kostet ein Martini 3,50 $. Aber das andere ist günstiger.' James prustete sein Getränk wieder ins Glas. 'Du machst Witze, oder?' Jim verneinte: 'Das liegt mir fern', beteuerte er. Mit einem bitteren Beigeschmack trank James seinen Martini. 'Unverschämt, 3,50. Bei mir zu Hause kostet der nur 'n Zweier', murmelte er. Jim grinste.

Bald darauf betrat Schwarzer Löwe die Bar. Als er Jim sah, begrüßte er ihn mit: 'Hallo Jim, wie kann ich dir helfen?' Wahrscheinlich wusste er, dass, wenn Jim in dieser Bar sitzt, er Probleme mit einem Fall hatte und Schwarzer Löwe um Hilfe bitten wollte. Und da Jim nicht wusste, wo er ihn sonst finden könnte, ging er halt immer in diese Bar.

Schwarzer Löwe setzte sich auf den letzten freien Stuhl am Tisch. Jim erzählte, was wir schon wussten. Jemand hypnotisierte Menschen, die dann andere Menschen angreifen sollten. 'Tja, Frog, mehr wissen wir auch nicht', schloss er dann seinen Bericht. Ich musste mich natürlich erst einmal umsehen, ob denn jemand gekommen war. Soweit ich wusste, hieß der Mann, mit dem Jim sprach, Schwarzer Löwe. Doch dann begriff ich, dass Frog nur der Codename war. 'Hypnotisiert, sagst du? Die Opfer waren blonde Mädchen?', fragte Schwarzer Löwe. Jim nickte. 'Stimmt genau. Nur ein Opfer war ein blonder langhaariger Mann. Wahrscheinlich ein Irrtum.' 'Möglich. Wie viele Menschen wurden bereits angegriffen?', fragte Frog weiter. 'Wir wissen von zehn Opfern. Vielleicht sind es auch mehr. Wieso fragst du?' Schwarzer Löwe erklärte, dass er schon von früheren Fällen gehört hatte, die sich vor hunderten und tausenden von Jahren abgespielt haben mussten. 'Ich glaube, ich hab irgendwo ein Buch, in dem etwas über sehr alte Vorfälle dieser Art steht.' Damit verließ uns der Schwarze Löwe für eine Weile. Wir sahen uns verdattert an. 'Tja, ich weiß schon, warum ich hierher komme, wenn ich nicht weiter weiß. Schwarzer Löwe hat immer irgendein Trumpf im Ärmel.'

Als Schwarzer Löwe zurückkam, trug er ein Monster von Buch unter seinem Arm. 'Hier hab ich das Buch', sagte er und legte das Buch auf den Tisch. Eigentlich war das Buch viel zu groß für den

Tisch, aber es passte sich automatisch der Größe an. Das Schnipsen von Jims Fingern hatte ich gar nicht gehört. Trotzdem wusste ich, dass er seine Finger im Spiel hatte. Zielsicher schlug Schwarzer Löwe die richtige Seite auf. 'Hier hab ich es. Die Magischen Augen hypnotisieren ihre Opfer, die dann auf die Jagd nach jungen blonden Mädchen und Frauen gehen. Alle sechs Opfer ist ein junger blonder Mann dabei. Im Mittelalter gelang es einem deutschen Priester, die Augen in eine Flasche zu sperren. Nach Jahren gerieten die Augen in Vergessenheit.' 'Na Klasse, verkorkte Augen, die Menschen hypnotisieren können und über tausend Jahre alt sind. Was kommt als Nächstes? Fliegende Schweine mit Euter?', entgegnete ich abweisend. Doch die anderen schienen Frogs Vermutungen ernst zu nehmen. 'Kann es sein, dass jemand diese Flasche gefunden und geöffnet hat? Und wenn ja, wo hat er sie geöffnet?', fragte Fomka. 'Wenn die Augen einmal befreit sind, sind sie dann auf einen bestimmten Ort beschränkt oder können sie sich fortbewegen?', wollte Daniela wissen. Schwarzer Löwe zuckte mit den Schultern. 'Ihr glaubt doch nicht wirklich an magische Augen, oder?', fragte ich noch einmal. Doch alles, was ich erntete, waren vorwurfsvolle Blicke. 'Teufel, überleg doch mal, was wir schon alles erlebt haben. Einen Jim aus der Zukunft, du hast Außerirdische kennen gelernt, dann der mysteriöse Hundefutterfall in Tipperary. Da würden mich magische Augen nicht mehr wundern. Vor allem nach unserem letzten Abenteuer auf Tob', versuchte Jim an meine Vernunft zu appellieren. Mit Erfolg, er hatte mich überzeugt, das ganze doch ernst zu nehmen. 'Gut, angenommen wir haben es wirklich mit ein Paar Augen zu tun, wie sollen wir sie dann finden? Sollen wir uns hinstellen und rufen 'Hallo magische Augen, kommt doch mal raus, wir wollen euch vernichten.'? Und was ist, wenn wir sie gefunden haben? Wie können wir sie ein für alle Mal vernichten? Oder wollen wir sie wieder einwecken wie vor tausend Jahren?' Meine Fragen klangen spöttisch, was ich auch an den bösen Blicken merkte, die mir zugeworfen wurden. 'War ja nur eine Frage', versuchte ich zu entkräften. Mit mäßigem Erfolg. Mein Ton schien aber großzügig überhört worden zu sein. Schwarzer Löwe erzählte bloß, was er noch wusste. 'Soweit ich informiert bin, sind die Augen braun. Wahrscheinlich sehen sie genauso aus wie die Augen, die euch

damals gesagt haben, wo eure Freunde sind, nur dass sie nicht blau, sonder eben braun sind.' Woher wusste dieser Mann von den blauen Augen, die uns damals in Deutschland auf dem Ortsschild erschienen waren und uns geholfen hatten? Wer hatte ihm davon erzählt. Ich vermute mal, Jim hatte da aus dem Nähkästchen geplaudert.
Wie dem auch sei, drei mal darfst du raten, wohin uns die Informationen von Schwarzer Löwe geführt haben: in die Bibliothek. Jim zahlte noch die Getränke, bevor wir den Pub verließen. 'Ach, John, ihr Martini war gut, aber für meinen Geschmack etwas zu teuer', meinte James noch beim rausgehen. 'Ich gebe zu, Sir, er ist nicht der Billigste, aber er ist auf jeden Fall der Beste, den Sie je bekommen werden', gab John ungerührt zurück. 'Er meint es nicht so, John. Er ist nur verwöhnt, wenn es um Preise geht', Jim stieß James lächelnd in die Seite. 'Komm, wir haben zu tun', wandte er sich an James. 'Viel Glück. Ich hoffe, ich konnte helfen', rief Schwarzer Löwe noch hinterher, aber da waren wir schon wieder auf der Straße. Jims Auto war direkt vor dem Eingang auf der anderen Straßenseite geparkt.
Dann standen wir vor der Stadtbibliothek. Es war ein riesiges Gebäude. 'Das ist eines der ältesten Gebäude hier in der Stadt', meinte Jim. 'Es ist an die hundert Jahre alt.' 'Jim, das ist doch nicht alt. Die neuesten Häuser bei uns sind kaum jünger', gab Daniela zurück und betrat die Bibliothek. Die Fülle an Bücher erschlug mich nahezu. Das Gebäude war dreistöckig. In jedem Stockwerk standen die Regale bis unter die Decke. Alle prall gefüllt mit Büchern. Unten, gegenüber des Eingangs war die Rezeption. Daniela kam schon wieder von dort auf uns zu. 'Dritter Stock gegenüber des Fahrstuhls', sagte sie und marschierte auf den Fahrstuhl zu. 'Ich wusste gar nicht, dass es vor hundert Jahren schon Fahrstühle gab', bemerkte ich etwas verwirrt. Jim schüttelte nur den Kopf: 'Nein, Teufel, vor hundert Jahren gab es hier noch keinen Fahrstuhl, nur Treppen. Die Fahrstühle haben sie erst vor 15 oder 20 Jahren eingebaut, als das Haus restauriert wurde. Aber die Stadtbibliothek war hier schon immer drin', klärte Jim auf, während wir mit dem Aufzug nach oben fuhren.
Die Drei leuchtete rot auf, die Türen schwangen auf und wir betraten den dritten Stock. Geradezu standen riesige Regale, an

denen Schrifttafeln angebracht waren. 'Mythologie und Legenden aller Welt' stand an einem Regal. Das war unsere Abteilung. Rechts neben dem Aufzug war ein leidlich abgegrenzter Raum mit Computern. 'Wer übernimmt die Computerrecherche?', fragte Daniela 'Ich bestimmt nicht! Das letzte Mal, als ich an einem Computer mit Internet war, bekam ich irgendwelche schmutzigen Seiten. Und dann hatte ich wohl noch die Hälfte gelöscht', wehrte ich gleich ab und ging zu den Regalen. 'Mir sind Bücher auch lieber', meinte Jim und folgte mir. 'Ich werde sehen, was ich finde', opferte sich James. Aber im Grunde wollte er ja auch in diese Abteilung. Bücher sind ihm zu staubig. Daniela half ihm am Computer. Ich, Fomka und Jim wälzten Bücher. Große Bücher, kleine Bücher, dicke Bücher, dünne Bücher, alte staubige Bücher, neuere Bücher. Einige Bücher waren fast so alt wie diese Bibliothek. Sie wurden auch nicht mehr verliehen. Wir mussten die Mitarbeiterin in dieser Abteilung darum bitten, die alten Bücher aus der Vitrine zu holen. Zwei oder drei Stunden verbrachten wir in der Bibliothek. Wir wälzten Buch für Buch, bis wir das Gefühl hatten, alle Bücher dieser Bücherei durch zu haben. James und Daniela gesellten sich bald auch zu uns. Sie hatten schon ganz kleine und eckige Augen. Doch sehr glücklich wirkten sie nicht. 'Was man im Internet nicht alles finden kann. Ich war auf diversen Arztseiten, von zweifelhaften Personen erstellt', meinte James. 'Bei mir war es ähnlich. Alle möglichen und unmöglichen Dämonen- und Guruseiten hab ich gefunden. Aber auf keiner Stand etwas über unser kleines Problem.'
Uns war es nicht anders ergangen. Sämtliche Bücher über Mythologie, Dämonen und unerklärliche Phänomene hatten wir durchgewälzt, alles ohne Erfolg. 'Wir haben auch nichts gefunden. In keinem Buch steht auch nur annähernd etwas über magische, hypnotisierende Augen.' Jim war deprimiert. 'Ähm, Leute, spricht von euch jemand Latein? Hier steht was von 'Oculi magices fuscuribus sunt ...' Kann damit jemand was anfangen?', fragte ich in die deprimierte Runde. Jim war sofort bei mir und riss mir das Buch aus den Pfoten. Schnell fand er den Absatz und las ihn in fließendem Latein vor, dann übersetzte er den Absatz, als wäre er in Englisch geschrieben. Es stand nicht viel über die Augen drin, das meiste wussten wir bereits. Nur ein Satz war für uns interes-

sant: 'Die Augen können nur mit ihrer eigenen Waffe geschlagen werden.' Das war der letzte Satz dieses Absatzes. Mehr war aus diesem Buch nicht herauszubekommen. 'Tja, alles was wir tun müssen, ist die Augen zu finden und sie zu hypnotisieren. Nichts leichter als das', meinte Jim. Es klang spöttisch, zeigte, dass er genauso schlau war wie vorher. Warum müssen die in diesen alten Büchern immer in Rätseln sprechen? Reicht es denn nicht schon, dass sie in Kauderwelsch schreiben?
Deprimiert verließen wir die Bücherei. Wir gingen geschlossen zurück zu Jims Apartment. Nur Jim schlug eine andere Richtung ein. Auf die Frage, wohin er wolle, gab er keine Antwort. Er schien uns gar nicht zu hören. Wir jedenfalls machten uns auf den Heimweg. Keiner sprach ein Wort, jeder hing seinen Gedanken nach, überlegte, was die Verfasser dieses Absatzes wohl damit gemeint haben könnten, man könne die Augen nur mit ihren eigenen Waffen schlagen. Wie sollten wir die Augen besiegen, bevor sie uns hypnotisieren konnten? Wäre Jims Haus nicht so grell, wir wären daran vorbeigelaufen, so sehr waren wir in Gedanken. Fomka ging zielstrebig an der Garage vorbei zur Rückseite des Gebäudes. Dort langte er mit seiner Tatze aufs Dach und holte den Schlüssel für die Haustür herrunter. Er warf ihn James zu und traf natürlich perfekt. Mit einem 'Autsch!' hielt sich James die Stirn. 'Äh, tschuldigung. Tat es doll weh? Warte, ich puste mal', meinte Fomka, kam auf James zu und fing an zu pusten, dass wir glaubten, ein kleiner Sturm wäre aufgekommen. Bond fiel erst einmal auf den Hosenboden. 'Äh, danke Fomka, es ist schon viel besser.' Jims Freund rieb sich noch einmal die Stirn, stand dann auf und griff nach dem Schlüssel, der auf den Boden gefallen war. Ich half James wieder auf die Beine.
Gemeinsam gingen ich, James und Fomka wieder nach vorn. Daniela hatte vor der Haustür gewartet. 'Du siehst so zerzaust aus, James. Was ist passiert?', fragte sie, als sie uns erblickte. 'Ach, ich bin nur in einen Sturm geraten', gab der als Antwort und öffnete die Tür. Drinnen überlegten wir, was wir gegen diese Augen unternehmen könnten. Wir ließen uns im Wohnzimmer nieder. Ich, James und Daniela hatten uns gerade hingesetzt, als wir erst ein lautes Platsch und dann entsetzte Schreie hörten. Sie kamen aus dem Flur. So schnell wir nur konnten, rannten wir zur

Wohnzimmertür. James, der der Tür am Nächsten war, vorne weg, dann Daniela und ich. Dass James und Daniela im letzten Moment an der Tür haltgemacht hatten, sah ich zu spät. Ich rannte in sie hinein.
Es platschte laut und wir fanden uns in einem Bassin voller Wasser wieder. Die zwei Alligatorenmäuler schnappten freudig. 'Uha!', schrieen wir wie aus einem Munde. 'Nein, ich schmecke nicht! Was hast du denn nur gemacht, Fomka?', schrie ich, während ich zwischendurch untertauchte, um den Alligatoren zu entkommen. 'Ich hab nur die Tür abgeschlossen. Hilfe!', brüllte Fomka, während er mit aller Kraft vor den Alligatoren davon schwamm. Ich, Daniela und James taten es ihm gleich. In panischer Angst flohen wir vor Jims Haustieren. Und den possierlichen Tierchen machte es einen Heidenspaß, uns zu jagen. Richtig Panik bekam ich erst, als James plötzlich untertauchte. Nach Minuten erst kam er wieder an die Oberfläche, nur um nochmals abzutauchen. Diesen Vorgang wiederholte er mehrere Male, bis er mit einem Schlüssel wiederkam. Dann schwamm er zur Eingangstür, musste aber feststellen, dass es ihm unmöglich war, an das Schloss zu kommen. 'James, pass auf!' Einer der Alligatoren kam von hinten direkt auf James zu. Der Alligator schien mit den Zähen zu klappern und machte Geräusche. Immer näher kam er auf James zu. Dieser hatte keine Möglichkeit mehr, rechtzeitig auszuweichen. Ich glaub, in diesem Moment schwitzte er Blut und Wasser. Der Alligator war nun direkt bei James. Jetzt war es aus mit James! Ich schloss die Augen. Ich hörte James' Schrei, ich hörte Danielas Schrei. Dann flog ich durch die Luft und landete unsanft auf hartem Untergrund. Als ich die Augen wieder öffnete, fand ich mich am Ufer des Bassins wieder. Fomka kletterte gerade hoch. James und Daniela lagen kurz hinter mir, triefend nass, aber, von ein paar blauen Flecken abgesehen, unversehrt. 'Du kannst in dem Bassin stehen?', fragte James erschöpft und verwundert. 'Äh ja, jetzt wo du es sagst, fällt es mir auch auf', gab Fomka verlegen zurück und kratzte sich hinter dem rechten Ohr. Erschöpft und nass gingen wir ins Wohnzimmer. Das Bassin im Flur blieb offen. Nochmal ging keiner freiwillig ins Wasser.
Das Klimpern eines Schlüssels in der Haustür gefiel uns am besten. Erleichtert rannten, nein, gingen wir in den Flur. Als wir sahen,

dass der Boden wieder fest und trocken war und dass Jim in der Tür stand, rannten wir zu ihm und umarmten ihn. 'Was ist denn hier los? Wieso seid ihr so nass?' Es war Fomkas Aufgabe, alles zu erklären. Und so erklärte er, wie er die Tür von innen wieder abgeschlossen hatte, plötzlich den Boden unter den Füßen verlor und ins Wasser gefallen war. Wie ich, Daniela und James aus dem Wohnzimmer gerannt kamen und ebenfalls kopfüber ins Wasser gefallen waren, wie wir vor den Alligatoren die Flucht ergriffen und wie uns Fomka dann wieder aus dem Wasser gefischt hatte. Jim prustete vor Lachen, er fand es urkomisch. Mit einem Schnipsen trocknete er Kleider, Fell und Haare. Dann gingen wir wieder alle ins Wohnzimmer, wo Jim uns einiges zu erzählen hatte. Auf dem Weg nach Hause hatte er eine Idee gehabt, wie wir die Augen besiegen könnten. Hundert Prozent sicher war er allerdings nicht.
'Ich hab die Lösung für unser Problem. Alles was wir brauchen sind Brillengestelle mit möglichst großen Löchern für die Gläser. Dann brauchen wir Spiegelglas und die Philadelphia-Truppe. Und ich denke, wir brauchen Schlafhund. Der muss uns helfen, die Augen zu finden, vorher können wir sie nicht bekämpfen', erklärte Jim, wobei er etliche Details wegließ. Er sagt nie mehr, als er für unbedingt nötig hält. Ich glaube, da hat er sich einiges von der Serie MacGyver abgekupfert. So machten wir uns auf den Weg, alles zu besorgen, was wir brauchten. Ich und Daniela besorgten die Brillengestelle. Und da waren einige kitschige Exemplare dabei. Alle hatten sie viel Platz für Gläser, wie Jim es wollte. Einige hatten kleine bunte Glassteinchen und Glitter, andere waren kunterbunt, aber ohne Schmuck. Eine Brille hatte eine Feder an einem der Bügel. Aus Spaß liefen wir beide mit je einem Exemplar herum. Ich hatte die mit der Feder und Dani die quietschgelbe mit den roten und blauen Steinchen. Fröhlich scherzend gingen wir durch die Stadt, überlegten, wie unsere Freunde mit der oder der Brille aussehen könnten.
Dann plötzlich fiel mir ein merkwürdiges Haus auf. Ich schickte Daniela schon mal voraus, sagte ihr, ich würde nach kommen. Und so ging sie ..."

„Ich hatte die undankbare Aufgabe, die Mannschaft zusammenzutrommeln", unterbrach Fomka, der auch gleich ...

...das Erzählen übernahm: „Die beiden schwierigen Fälle waren Schlafhund und großer Louis. Louis war schwierig, weil er um diese Tageszeit noch schlief. Auf Anrufbeantworter zu sprechen, wäre bei ihm allerdings sinnlos gewesen, er hat ja keinen. Und so musste ich über eine Stunde probieren, ihn zu erreichen. Als ich dann endlich jemanden an der Strippe hatte, klang mir eine schlaftrunkene Stimme ans Ohr. 'Louis de La Roche-sur-Yon.' 'Hi Louis. Versuche dich schon seit einer Stunde zu erreichen.' Ich wollte noch mehr sagen, als mich Louis' feine, aber missgestimmte Stimme unterbrach: 'Du konntest mich seit einer Stunde nicht erreichen? Dann würd' ich mal auf die Uhr schauen! Vernünftige Personen wie ich schlafen um diese Zeit!' 'Tut mir ja leid, Louis, aber ich würde es nicht eine Stunde lang versuchen, und schon gar nicht um diese Zeit, wenn es nicht lebenswichtig wäre', versuchte ich ihn zu beruhigen. 'Könntest du so schnell wie möglich zu Jims Haus kommen?', fragte ich. 'Fomka, wie du vielleicht schon bemerkt hast, ist es Tag und hellster Sonnenschein. Und ich bin nicht der Typ, der sich durch die stinkende Kanalisation schleicht!', gab Louis müde zurück. 'Das weiß ich doch, Louis, deshalb sagte ich doch, so schnell wie möglich. Dass es in deinem Fall nicht vor Sonnenuntergang ist, weiß ich doch.' Damit war Louis dann einverstanden. Er legte auf und sich wahrscheinlich wieder hin.

Das zweite Problemkind war Schlafhund. Ich rief in London an, wo die Einsatzgebiete sämtlicher Mitglieder gespeichert waren. Dort erfuhr ich, dass Schlafhund in Italien stationiert war. Also rief ich dort an, nur um zu erfahren, dass der Hund im Urlaub war. Leider konnte mir keiner sagen, wo Schlafhund Urlaub machte. Damit stand ich vor einem unlösbaren Problem. Wie sollte ich Schlafhund ausfindig machen, wenn ich nicht einmal wusste, wo der sich aufhielt. Kurz nachdem ich mit Louis gesprochen hatte, kam ein Anruf. Er war aus Italien. Eine Maus, deren Namen ich jetzt nicht mehr weiß, sagte mir, Schlafhund habe ihr gesagt, er wolle nach Schottland zum Bergwandern. Sie gab mir die Adresse eines Gasthauses, das ich dann auch gleich anrief. Natürlich musste ich vorher noch die Telefonnummer heraussuchen, die wusste das Mäuschen nämlich nicht. Dort in dem Gasthaus erreichte ich den Schokohund dann auch endlich. Ich sagte

ihm, was Sache ist und schickte ihm Jims Wagen, damit er noch heute hier ankam. Damit hatte ich dann alle erreicht.
Daniela kam gerade ohne Teufel wieder. Jim war zu der Zeit im Keller, wenn man seine Gerümpelbude da unten als Keller bezeichnen konnte. Kurz nach Daniela kam auch er herein. Er trug Glasplatten unterschiedlicher Größe. Jim hatte die Glasplatten gerade in seinem Arbeitszimmer abgelegt, als die Tür ein weiteres Mal aufging. Teufel kam herein. Mit irrem Blick und einer Keule in der Pfote. Er ging zielstrebig auf das Wohnzimmer zu, wo sich Daniela und Jim aufhielten. Mich, der gerade vor der Toilettentür stand, schien er gar nicht wahrzunehmen, ich war nämlich kurz vorher mal für kleine Heidelbären, die Toilettenspülung rauschte noch. Was im Wohnzimmer genau passierte, weiß ich nicht, aber ich hörte Danielas Schrei. Nur kurz, danach war quälende Ruhe. Jim hatte ich überhaupt nicht gehört. Als ich ins Wohnzimmer kam, war schon wieder alles vorbei.
'Uah!', hörten wir plötzlich vom Dachboden. Bald darauf kam ein durchnässter Teufel ins Wohnzimmer. Die Keule hatte er nicht mehr bei sich. 'Ich hasse Wasser!', schimpfte er, während er sich angewidert schüttelte. 'Was ist überhaupt passiert? Ich weiß noch, wie ich in dieses Haus gegangen bin. Ich glaube, der Raum innen war leer, an Wände oder eine Decke kann ich mich nicht erinnern, nur diese scheußlich schönen braunen Augen. Das Nächste, was ich weiß, ist, dass ich mich in einem Schwimmbecken für Alligatoren wiederfand.' Das war wirklich interessant. Ein Haus ohne Räume und Einrichtungen, braune Augen: all das klang sehr verdächtig nach dem, was wir suchten.
'Wenn – ihr – die – Au – gen – schon – ge – fun – den – habt, – braucht – ihr – mich – ja – nicht – mehr', hörten wir plötzlich eine traurige Stimme. Es war Schlafhund. Wir hatten gar nicht bemerkt, wie er das Haus betreten hatte. Jim war als Erster bei Schlafhund. Tröstend und versöhnend streichelte er ihn: 'Natürlich brauchen wir dich. Jetzt vielleicht nicht mehr zum Aufspüren der Augen, aber wir haben noch andere Aufgaben, für die wir jeden brauchen, den wir bekommen können.' 'Hey, und was ist mit mir? Wer bedauert mich? Ich bin nass und völlig verstört, musste schon wieder in einem Alligatorenbassin schwimmen und kenn noch nicht einmal den Grund', beschwerte sich Teufel. Es

schien, als sei er den Tränen nah. Daniela umarmte ihn ganz liebevoll. Wenn jemand trösten kann, dann Daniela.
'Tut mir leid, Teufel. Aber auch ich kann nur einen zur Zeit trösten. Ist mit dir wieder alles in Ordnung?', entschuldigte sich Jim bei Teufel. 'Erzähl doch mal ...' Wieder ging die Tür auf. Ratti, Blue und Bunter kamen herein. 'Sag mal, Jim, muss man bei dir immer so lange nach dem Schlüssel suchen? Eine halbe Stunde rennen wir da draußen schon rum', schimpfte Blue. 'Hallo, schön, dass ihr kommen konntet. Warum habt ihr denn nicht geklingelt? Wir sind doch zu Hause', begrüßte Jim die Neuankömmlinge. 'Wieso wir nicht geklingelt haben? Du hast gut reden. Da draußen an der Tür steht ein großer Zettel, 'Bitte nicht klingeln, keiner zu Hause. – Betreten auf eigene Gefahr'. Also mussten wir doch davon ausgehen, dass du nicht zu Hause bist, oder?', gab Bunter zurück. Ratti stimmte zu. 'Sagt bloß, der Zettel hängt immer noch draußen. Wie schusselig von mir.' Sofort ging Jim raus und entfernte den Zettel. Als er zurück ins Wohnzimmer kam, hatte er Emil im Schlepptau.
'So, dann sind wir ja alle da. Können wir anfangen? Möchte irgendjemand etwas zu trinken? Teufel, einen schönen Tee mit Milch und Zucker?' Teufel nickte. 'Einen Earl Grey bitte, mit Zitrone und Honig', gab der Kater zurück. Auch die anderen bestellten Getränke: Milchshakes, Saft, Mineralwasser, Fanta. Daniela wollte eine Cola. Nachdem alle etwas zu trinken hatten fingen wir an, über unser Problem und Jims mögliche Lösung zu reden. Dass großer Louis fehlte, schien Jim gar nicht zu merken. Teufel erzählte, wie er neben Jims Haus ein braunes Haus gesehen hatte, etwas kleiner als Jims. Nach Teufels Beschreibung war es vollständig braun, sogar die Fenster. Es musste gleich neben Jims Garage stehen. Innen schien nur ein Raum zu sein. Allerdings hatte dieser weder Wände, noch eine Decke. Bis auf die Augen war er wohl völlig leer. Aber so ganz genau konnte sich Teufel nicht mehr erinnern.
Dann war Jim dran, seinen Plan zu erläutern. 'Gut, ich hab euch hierher holen lassen, weil ich euch zur Durchführung meines Planes brauchen werde.' Jim griff zu dem Beutel, den Daniela mitgebracht hatte. Eine nach der anderen holte er den Inhalt heraus und legte sie auf den Wohnzimmertisch. Zum Vorschein kamen

die seltsamsten und komischsten Brillen, die ich je sah. Alle hatten sie keine Gläser. Abgesehen von der Taucherbrille, die auch dabei lag. 'Diese Brillen und die Glasscheiben da drüben auf meinem Arbeitstisch werden wir nachher brauchen', erklärte Jim. 'Ich werde die Brillen noch so präparieren, dass wir sie problemlos einsetzen können. Das wird aber noch den ganzen Abend dauern. Wir werden also erst morgen früh nach dem Frühstück unseren Plan durchführen.' 'Das ist auch gut so, Jim, dann wird auch großer Louis eingetroffen sein. Der wäre nämlich ziemlich sauer, wenn wir ohne ihn anfangen, vor allem, weil ich ihn vorhin aus dem Bett geklingelt habe', warf ich meinen Kommentar in die Runde. 'Ach ja, Louis, den hab ich ganz vergessen.' Jim schlug sich an die Stirn. 'Gut, ruht euch noch aus. Keiner verlässt das Haus, besonders du nicht, Teufel! Spielt Karten, Schach oder Filmeraten. Ich werde derweilen die Brillen bearbeiten.' Und so spielten wir bis zum Sonnenuntergang Filmeraten. Einer dachte sich einen Film aus, gab Stichworte, ein Bild, einen Schauspieler, eine Figur oder, oder, oder, und die anderen mussten Fragen stellen, die nur mit ja oder nein beantwortet werden durften. Es war ein lustiges Spiel.
Ein oder zwei Stunden nach Sonnenuntergang klingelte es an der Tür. Der Letzte der Truppe trudelte ein. Er wirkte noch leicht verschlafen. Ich öffnete. 'Hallo, Louis. Schön, dass du auch kommen konntest, jetzt sind wir nämlich komplett. Komm rein. Wenn du was zu trinken haben möchtest, musst du nur Jim Bescheid sagen. Ich denke, du solltest sowieso erst mal mit Jim reden, der klärt dich über alle Einzelheiten auf. Dort drüben im Wohnzimmer, wenn du reinkommst rechts.' 'Ist schon gut, Fomka. Ich werd mich finden', unterbrach Louis meinen Redeschwall. 'Du musst dich nicht bei mir einkratzen, nur weil du mich zu einer mehr als unvampirischen Zeit geweckt hast. Es war ein Notfall', fügte er noch hinzu. Ich kratzte mich verlegen hinter dem Ohr. Er hatte mich völlig durchschaut. Seine Menschen- und Tierkenntnisse sind einfach überwältigend.
Louis streichelte mir noch über den Bauch, was nur Louis und meinem Bruder erlaubt ist, dann legte er seinen langen ledernen Mantel ab und ging ins Wohnzimmer. Auch dort wurde er herzlich begrüßt. Jim brachte Louis in Kürze auf den neuesten Stand.

'So, mehr wissen wir leider auch nicht. Ach ja, möchtest du eigentlich etwas trinken? Scotch, Irish Malt, ein Korn oder lieber Kirschsaft?' hörte ich Jim fragen. 'Ähm, ich hätte gern eine Pint Kirschsaft mit einem Schuss Scotch. Ich hatte noch keine Gelegenheit etwas zu mir zu nehmen', entgegnete Louis. 'Gut, Louis, wenn es dir nichts ausmacht, nimm dir selbst ein, zwei Gläser. Steht alles im Kühlschrank, oberstes Fach. Die Gläser sind in dem kleinen Schrank über dem Ofen. Aber pass auf, dass da Royale Chateau drauf steht und nicht Lesuf. In der Lesufflasche ist nämlich Essig drin', meinte Jim noch. Louis nickte und ging in die Küche. Er holte sich einen großen, tönernen Bierkrug heraus, der gut und gerne aus dem alten Rom stammen konnte, ging zum Kühlschrank, holte die Flasche Chateau heraus und füllte seinen Krug fast ganz voll. 'Jim! Wo ist denn dein Scotch?', rief Louis aus der Küche. 'In der Essigflasche in der Kühlschranktür', kam die Antwort aus dem Wohnzimmer. 'In der Essigflasche?', fragte Louis leise kopfschüttelnd zu sich. 'Die Whiskeyflasche ist mir runtergefallen und hatte einen Sprung', erklärte Jim quer durch die Wohnung. Louis nahm die Essigflasche und goss etwas Whiskey in sein Blut. Dann nahm er einen großen Schluck, verzog aber etwas das Gesicht. 'Das ist Rind', sagte er, als er wieder im Wohnzimmer war. 'Trinkst du das nicht gern? Hattest du doch mal gesagt', fragte Jim irritiert. Louis schüttelte den Kopf: 'Nein, nicht Rind, Kaninchen. Kaninchen mag ich', gab der Vampir zurück. Da hatte sich Jim geirrt. Aber Louis trank es trotzdem, nachdem er noch einen weiteren Schluck Whiskey eingegossen hatte.
Als das Glas leer war, brachte er es in die Küche zurück und wusch es gleich ab. Aus reiner Neugier schaute er in die Lesufflasche. 'Es riecht nach Schokolade', meinte er zu mir. Er hatte bemerkt, dass ich hinter ihm stand. Kritisch beäugte er die Flüssigkeit in der Flasche, kostete dann einen kleinen Schluck, den er fast sofort wieder ausspuckte. 'Das Zeug ätzt mir ja die Speiseröhre weg! Pfui Teufel!', sagte er angewidert. Jetzt war auch ich neugierig geworden und kostete. Selbe Reaktion wie Louis. Es schmeckte süßlich, aber zur gleichen Zeit auch sauer. Es war saurer als irdischer Essig, hatte gleichzeitig aber auch diesen süßlichen Schokoladengeschmack. 'Das Zeug ist ja widerlich.' Ich steckte die Zunge raus und hielt sie unter laufendes Wasser. Louis tat es mir gleich.

'Fomka, wo bleibst du denn? Oh, Louis, ich wusste gar nicht, dass du schon da bist', hörten wir plötzlich Bunter sagen. Er war in die Küche gekommen. 'Hallo, Bunter. Schön, dich auch mal wieder zu sehen', grüßte Louis. Dann gingen wir gemeinsam ins Schlafzimmer, weil Jim im Wohnzimmer nicht gestört werden wollte. Bald aber machten wir uns Sorgen. Jim kam nicht einmal ins Schlafzimmer. Es war schon spät und wir hörten Jim nicht mehr fluchen. Besorgt ging Louis nachschauen, die meisten anderen schliefen nämlich bereits, alle auf ein und demselben Bett. Es dauerte nicht lange und Louis kam ins Schlafzimmer zurück. 'Weiß jemand, wo Jim seine Decken aufbewahrt?', fragte er mich leise. Ich zeigte auf das Bett, wo die anderen schliefen: 'Unter dem Bett', flüsterte ich zurück. Doch da konnten wir nicht ran, ohne die anderen zu wecken. Also ging Louis in den Flur und holte seinen langen Mantel. Damit ging er dann ins Wohnzimmer. Neugierig, wie ich bin, folgte ich ihm leise. Ich sah, wie er Jim, der nicht mehr auf seinem Stuhl saß, sondern auf der Couch lag, sanft und vorsichtig mit dem Mantel zudeckte. Mit dem Finger auf den Lippen wendete er sich zu mir und verließ das Wohnzimmer wieder. 'Er ist über seiner Arbeit eingeschlafen. Aber wie es aussieht, ist er fertig geworden. Ich denke, dass die Aktion morgen früh starten wird. Wahrscheinlich ohne mich', flüsterte Louis. Der letzte Satz klang etwas wehmütig. Ich schüttelte entschieden den Kopf. 'Das glaube ich nicht. Jim findet einen Weg, dich auch dabei sein zu lassen', hauchte ich zurück. 'Wir werden sehen', meinte Louis und wollte wieder ins Schlafzimmer gehen. Ich jedoch legte mich auf den weichen Wohnzimmerteppich vor der Couch. Louis zuckte mit den Schultern und setzte sich in einen Sessel. Ich merkte noch, wie er sich ein Buch nahm.
Aber dann schlief ich auch schon tief und fest und träumte von Heringen, die mich plötzlich angriffen. Ihr Blick war starr und weit weg. Sie wirkten wie hypnotisiert. Im Hintergrund erschienen dann die braunen Augen. Sie schienen zu lachen, sich zu amüsieren, wie ich von den Heringen malträtiert wurde. Jeder Hering trug ein kleines Messer und eine kleine Gabel, mit der sie mich zerteilen wollten, wie man es normalerweise mit Heringen macht, wenn sie auf dem Teller liegen. Ich rannte davon. Nicht lange und ich erreichte einen tiefen Abgrund. Voller Panik rannte

ich immer am Abgrund entlang, in der Hoffnung, irgendwo einen Fluchtweg zu finden. Es dauerte eine Weile, bis ich begriff, dass ich auf einem überdimensional großen Teller umherlief, Messer und Gabel der Heringe stets dicht hinter mir.
Am nächsten Morgen wachte ich wieder auf, Jim in den Pranken. Friedlich wie ein kleines Baby schlief er noch. Vorsichtig löste ich mich von ihm und stand auf. Louis war inzwischen auch eingeschlafen, immerhin war die Sonne schon aufgegangen. Ich ging in die Küche und bereitete das Frühstück. Als ich damit fertig war, weckte ich die anderen, abgesehen von Louis, den ich mit seinem Mantel zudeckte.
Das Frühstück war köstlich, wobei einige etwas lange Zähne machten. Es gab frischen Lachs, sauren, kandierten Hering, Nougatbrot, Eiersalat und eisgekühlten Wildkirschtee mit Honig. 'Wo ist denn die Wurst?', fragte Emil. Teufel dagegen schlug bei dem Lachs zu. Den Hering schien keiner so recht zu mögen, abgesehen von Bunter und Blue. Nach dem Frühstück ging ich Louis wecken, während Jim die Brillen holte, die noch auf seinem Arbeitstisch lagen. Alle fein säuberlich auf einen Stapel gelegt. Auf der Arbeitsfläche lag ein großes Blatt Papier. 'Nun sieh dir das an', meinte Jim und zeigte mir das Blatt. Dort war eine hübsche Zeichnung zu sehen von mir und Jim, wie wir Arm in Arm vor der Couch lagen. Allerdings fehlte der Zeichnung noch Farbe. 'Wie ich sehe, gefällt euch mein Bild', meinte Louis, der unser Interesse sah. 'Äh, ja, es ist wunderschön. Ich wusste nicht, das du so gut zeichnen kannst', gab Jim zurück. 'Bevor ich zum Vampir wurde, wollte ich Maler werden', entgegnete Louis. 'Ich hab vor allem da Vinci nachgezeichnet. Viele gute Kopien sind von mir.' Was Louis da sagte, klang schon ein wenig stolz.
'Gut, reden wir ein anderes Mal darüber, wir haben zu tun', trieb Jim uns beide jetzt an. Er schnappte sich die Brillen, ging damit in die Küche, wo die anderen noch saßen und teilte sie aus. Jeder bekam eine. Teufel bekam die mit der Feder. Was Jim nicht wusste, war, dass sich Teufel diese Brille schon einmal ausgesucht hatte, bevor er in dieses Haus ging. Mir passte leider nur die Taucherbrille, weil die einen Gummizug hatte. Louis hatte eine karierte Brille mit kleinen Affen drauf.

'Okay, kurz zur Erklärung: in dem lateinischen Buch, das Teufel gefunden hat, stand drin, dass die Augen nur mit den eigenen Waffen zu schlagen sind. Auf dem Rückweg von der Bibliothek hab ich überlegt, was damit gemeint war, bis mir dann eingefallen ist, dass die Augen die Menschen hypnotisieren, das ist ihre Waffe. Also müssen wir die Augen ebenfalls hypnotisieren', fing Jim an, wurde aber von Emil unterbrochen. 'Na toll! Wir sollen die Augen hypnotisieren. Und wie, bitte schön, sollen wir das anstellen, ohne selbst vorher hypnotisiert zu werden?' 'Genau dazu wollte ich gerade kommen. Ich hab euch nicht umsonst diese schicken Brillen ausgeteilt. Immerhin wollen wir nicht zum Fasching gehen. Ach, Daniela, hast du den Kassenzettel mitgebracht? Den braucht mein Chef nämlich.' Daniela ging in den Flur an ihre Jacke und holte ihr Portemonnaie heraus, in dem sie den Kassenzettel verstaut hatte. 'Hier, Jim.' Dieser bedankte sich. Dann erzählte er weiter: 'Also, wie gesagt, für meinen Plan brauchen wir diese Brillen. Und dass die mir in diesem Haus keiner abnimmt! Auf die Idee bin ich gekommen, als ich vor einem Schaufenster für CDs stand.' 'CDs?!', unterbrach James diesmal. 'Ja, die hatten da so 'ne tolle CD von Tangerine Dream.' 'Von wem?', fragte Daniela. 'Ist jetzt nicht so wichtig. Jedenfalls stand ich da vor diesem Schaufenster und sah mein Spiegelbild. Da fiel mir ein, dass wir die Augen genau so besiegen könnten.' 'Mit einem Schaufenster?', fragte Ratti, Jims Hausratte, erstaunt. 'Nein, natürlich nicht mit einem Schaufenster, aber mit einem Spiegel. Die Augen senden mit Sicherheit hypnotische Strahlen aus, die wir mit unseren Spiegelglasbrillen zurückwerfen können. So hypnotisieren sich die Augen selbst, theoretisch', erklärte Jim. 'Theoretisch. Und was ist, wenn etwas schief geht oder es nicht funktioniert?', fragte Emil, der kleine grüne Bär. 'Bete dafür, dass es nicht schief geht, sonst wird das eine sehr kurze Offensive. Ende der Ansprache, an die Arbeit.' 'Wie ermutigend', dachte ich bei mir. Dennoch setzte ich die Brille auf. Auch Schlafhund setzte seine Brille auf, obwohl er keine Brille gebraucht hätte, da es schwierig werden würde, ihn zu hypnotisieren. Jim gab dem Hund die Brille mit der Begründung, je mehr Spiegel wir hätten, desto größer wäre die Chancen, dass wir gewinnen.

Dann war es so weit. Wir gingen in das Haus, und Teufel hatte recht, das Haus bestand nur aus einem einzigen Raum, der weder Wände noch eine Decke hatte. Keine Möbel, keine Türen, keine Fenster, nicht einmal eine Lampe. Und da waren auch die magischen Augen, mitten im Raum. Wir sahen genau zu ihnen, standen uns Auge in Auge gegenüber. Tief braun waren sie, überdimensional groß. Sie schienen uns zu verspotten. Über eine Minute standen wir da und schauten die Augen an. Es tat sich nichts. Das war zum einen ganz gut, das zeigte schon mal, dass wir durch die Brillen immun gegen die Hypnosestrahlen waren. Zum anderen war es auch schlecht, denn es schien nicht die Wirkung hervorzurufen, die wir uns erhofft hatten. 'Jim, es scheint nicht ganz so zu funktionieren, wie du dir das erhofft hast', hauchte ich Jim zu, der direkt neben mir stand. 'Die Augen sind groß, möglicherweise braucht es mehr Zeit, bis die Hypnosestrahlen wirken', gab Jim zurück. Während des Gespräches änderten wir nicht einmal die Blickrichtung. Das Brummen, das plötzlich den Raum erfüllte, irritierte uns. Die Ersten wollten sich schon umsehen, als Jim rief: 'Keiner rührt sich! Alle bleiben so stehen wie sie waren!' Mühsam gehorchten alle. Das Brummen wurde immer lauter und unerträglicher. Die Augen fingen an zu glühen, nicht rot, sondern braun. In diesem Licht schien es, als ob die Augen blinzeln würden, einmal kurz, einmal lang, Pause, einmal kurz, einmal lang, Pause, vier mal kurz. Dann explodierten die Augen. 'Raus hier!', schrie Jim, als das Haus schon einstürzte. Sofort nahmen wir die Beine und Pfoten in die Hände und Tatzen und sahen zu, dass wir Land gewannen. Einer nach dem anderen verließen wir das einstürzende Haus. Wir waren schon alle draußen, als wir plötzlich Danielas Ruf hörten. Sie war hingefallen und zurück geblieben. Irgend etwas lag auf ihr drauf, wahrscheinlich ein Balken, wobei ich mir nicht erklären konnte, wo der her kommen sollte. Hier gab es doch kein Dach und keine Wände. Jim rannte zurück, riss den Balken runter und trug Daniela nach draußen.
Als wir wieder in Jims Behausung waren und Daniela von Jim verarztet wurde, war es endlich überstanden. 'Ist es schlimm, Jim?', fragte Daniela unter Schmerzen. Jim setzte ein etwas besorgtes Gesicht auf. 'Es ist gebrochen', sagte er schließlich. Dies hob Danis Stimmung allerdings nicht besonders. 'Aber keine Sorge, es wird

in etwa drei Tagen wieder geheilt sein', fügte er noch hinzu. 'Wie darf ich denn das verstehen?', fragte Blue. 'Dani ist eine Vierteljumarianerin, das heißt, ihr Großvater war Volljumarianer. Die Fähigkeiten eines Jumarianers, der einen Menschen heiratet, vererben sich auf die zweite Generation, sprich auf die Enkel. Also hat Daniela dieselben Fähigkeiten wie ich, nur nicht ganz so stark ausgeprägt', erklärte Jim für alle.
Als alle verarztet und gesäubert waren, ging Jim ins Wohnzimmer und bereitete ein zweites Frühstück. Am Tisch fragte ich Jim, ob er auch gesehen hat, dass die Augen geblinzelt hatten. Er nickte. Und die anderen bestätigten dasselbe. Aber was hatten sie geblinzelt, es wirkte wie Morsezeichen. Jim fragte per Funkuhr sein Auto, was ihm dann folgendes zurückschrieb: '.- .- .... = Aah!' 'Super, Augen, die ihren letzten Laut schreien', meinte ich sarkastisch. Wir mussten alle lachen.
Wir blieben noch drei Tage in Philadelphia. Dass sich Daniela bei diesem Einsatz verletzt hatte, erfuhren ihre Eltern nicht. Die hätten uns nie wieder ihre Tochter anvertraut, hatten wir doch versprochen, auf Daniela aufzupassen.
Nachdem sich Daniela wieder erholt hatte, fuhr Jim sie wieder nach Hause. Die anderen waren schon früher gegangen. Nur ich war noch geblieben und Ratti, Jims Hausratte. Schlafhund war wieder nach Schottland gefahren, immerhin hatte er noch Urlaub. Ich begleitete Daniela und Jim nach London. Damit war dieser Fall abgeschlossen. Einige von uns gingen in die wohlverdienten Ferien. Ich zum Beispiel bin Schlafhund nachgereist. Die letzte Woche wollten wir die schottischen Highlands gemeinsam erstürmen. Ich hatte mir einen geruhsamen Urlaub ausgemalt. Gemächliche Spaziergänge, langes Warten auf Schlafhund. Doch ich sollte mein blaues Wunder erleben. Schlafhund war es nämlich, der immer auf mich wartete. 'Wo bleibst du denn? Das Essen wird kalt. Ich hab schon für uns bestellt', hörte ich ihn mehr als einmal sagen. Und was musste er immer wieder bestellen? Haggis. Pfui Teufel. Bis zu diesem Urlaub hab ich immer gedacht, Schlafhund wäre in allem, was er tut, eine Schnecke, aber ich musste bitter erfahren, dass er im Wandern Weltmeister war."

Damit beendete Fomka seinen Bericht.

Der Schattenmann

Teufel wollte wieder übernehmen. „Ähm, Opi, können wir mal 'ne ganz kurze Pause machen? Ich muss nämlich mal für kleine Stubentiger." Teufel nickte: „Aber natürlich, wir wollen ja nicht, dass du platzt. Wer soll denn sonst die Schweinerei weg machen und wer soll dann mein Nachfolger werden." Teufel, Diablo und Fomka mussten lachen. Murmli, der in sicherer Entfernung zuhörte, kicherte in sich hinein. Richtig zu lachen traute er sich nicht.
Während Diablo fort war, unterhielten sich Fomka und Teufel etwas. „Ich bin froh, dass dieses Kapitel vorbei ist. Das war das schlimmste Kapitel in meinem Leben. Erst musste ich auf ein Dach steigen, fiel danach beim runterklettern die Leiter runter, mir wurde in den Magen getreten, dann gab es Porridge, ich musste mit Alligatoren um die Wette schwimmen, danach hab ich wohl Daniela angegriffen, ohne etwas zu merken und zum Schluss fand ich mich schon wieder in einem Alligatorenbecken wieder. Ach ja, dann kommt ja noch dieser merkwürdige Hering, den du zum Frühstück gemacht hast." Fomka musste lachen. „Ja, das waren wirklich nicht deine Tage. Ah, Diablo kommt zurück. Möchtest du weitererzählen?", gab Fomka zurück. Teufel nickte. „Also ich finde, das war das lustigste Abenteuer, das ich bis jetzt gehört habe", hörten Fomka und Teufel eine bekannte Stimme hinter einer Ecke sagen. „Murmli, du freches Murmelviech! Wenn ich dich erwische, kannst du was erleben!", brüllte Teufel wütend. Murmli sah zu, dass er Land gewann. Er kam aber wieder zurück, als Diablo zurück kam.
„Na, Diablo, können wir weitermachen?", fragte Teufel. Der Jungkater nickte: „Das heißt, eine Frage hätte ich noch", fügte er seinem Nicken zu. „Was möchtest du denn wissen?", fragte Fomka. „Als ihr in das braune Haus gegangen seid, da war es doch schon Tag, oder? Soweit ich weiß, ist Louis allergisch gegen Sonnenlicht." Fomka und Teufel nickten. „Das ist richtig. Aber Jim hat Louis für die Dauer des Einsatzes immun gegen die Sonne gemacht. Das war ja nicht das erste Mal", erklärte Teufel schließlich. Damit waren alle Unklarheiten beseitigt und ...

... Teufel konnte den Bericht fortsetzen: „Wo waren wir? Ach ja, im Februar des Jahres 1996, da nämlich stand das nächste Aben-

teuer an. Diesmal führte es uns nach Deutschland, in ein kleines Kuhkaff namens Sangerhausen. Das liegt in Mitteldeutschland. Die nächstgrößere bekannte Stadt ist wohl Halle. Jedenfalls liegt es in Sachsen-Anhalt. Und genau dorthin sollte es bald gehen. Ich war bei diesem Abenteuer zwar nicht dabei, aber dennoch kann ich dir den Anfang erzählen, bevor Fomka dann übernimmt. Gruntzi, unser Chefschwein in Deutschland hat mir nämlich alles haarklein erzählt.
Alles begann irgendwann Anfang 1996. Ungewöhnlich viele Vermisstenmeldungen gingen in ganz Deutschland durch die Presse. Die Polizei hatte keine Spur, keine verdächtige Person und absolut keine Motive. Alle hatten sie eine glückliche Familie, keine Feinde, keinen Kontakt zu zwielichtigen Gestalten, keine Schulden, keine Sorgen in der Schule, jedenfalls keine schwerwiegenden. Zwischen den Vermissten gab es keinerlei Verbindungen, ja, sie kannten sich noch nicht einmal. Die Vorfälle schienen sich aber nur auf ein bestimmtes Gebiet zu konzentrieren, nämlich die kleine Stadt Sangerhausen.
Am Anfang bekamen wir in England und Amerika nicht so richtig mit, was da in Deutschland los war. Doch als sich die Fälle häuften, wurde auch in den anderen Ländern darüber berichtet. Der BBC (der Sender, nicht der Clan) zum Beispiel sagte in einer Nachrichtensendung: 'In letzter Zeit häuften sich in Sangerhausen, einer kleinen Stadt in Deutschland Fälle von verschwundenen Kindern, meist Mädchen. Keiner weiß, was mit den Kindern geschehen. ist. Sind sie einem Gewaltverbrechen zum Opfer gefallen? Oder liegt eine Entführung vor? Nach den letzten Ermittlungen geht man eher von einem Gewaltverbrechen aus. Es wurden Blutlachen gefunden. Ob diese von den Vermissten stammen, ist bis jetzt noch nicht bekannt. Die Polizei wollte sich zu diesen Vorfällen nicht äußern. Selbst der Big Ben Clan hat sich noch nicht dazu geäußert. Aber wahrscheinlich wurden die White Rabbits, eine untergeordnete Gruppe des Big Ben Clan, mit dem Fall betraut. Warum sich der Big Ben Clan nicht selbst um den Fall kümmert, ist noch nicht geklärt.'
Ich schaltete das Radio wieder ab. 'Wieso sich der Big Ben Clan noch nicht darum kümmert?', äffte ich den Nachrichtensprecher nach. Ich war mir sicher, dass der Big Ben Clan vor Ort schon

Schritte unternommen hatte. Gruntzi würde schon alles Nötige in die Wege geleitet haben, da war ich mir sicher. Das Schwein war in dieser Hinsicht sehr zuverlässig, weswegen es in Deutschland auch das Kommando hat. Ich saß allein zu Hause, es hatte wieder mal angefangen zu schneien. Leider war es viel zu warm, als dass auch nur ein Krümel Schnee liegen blieb. In London soll es aber auch nicht besser gewesen sein. Du weißt ja, ich wohnte inzwischen in Philadelphia. Den BBC kann ich aber nur hören, weil Jim mir ein spezielles Radio geschenkt hat, das Radiosender auch über sehr weite Strecken fehlerfrei empfangen kann. So etwas wie einen Live Stream gab es noch nicht.
Das Telefon klingelte. Als ich abnahm, war Gruntzi an der Strippe. Er bat mich um Hilfe, da sie mit dem Fall nicht mehr alleine fertig wurden. Da viele BBC-Mitglieder noch im Urlaub waren, schickte ich die White Rabbits, die dank Jims Überredungskunst alle für ein paar Tage von der Schule befreit wurden. So übernahm Jims kleiner Clan die Ermittlungen und fuhr nach Sangerhausen. Erster Treffpunkt für alle war London. Von dort ging es dann mit Jims Flugzeug nach Deutschland."

„Ich denke, ab hier sollte ich übernehmen", unterbrach Fomka, der dann auch gleich ...

... weiter erzählte: „Wie Teufel schon sagte, flogen wir mit Jims Multiauto White Horse nach Deutschland. Da Sangerhausen keinen Flughafen hat, landeten wir außerhalb und fuhren dann mit dem Auto rein. Treffpunkt war das kleine Café am schiefen Jakob, einer Kirche, deren Turm mächtig schief stand. Das Café war in einem kleinen Einkaufszentrum. Wenn man unten zur Tür reinkam, war gleich auf der linken Seite ein kleines Lädchen, wo es Wein, Schokolade, Spirituosen und dergleichen gab. Rechts gab es Taschen. Hinter den Taschen wurden Zeitungen und Zeitschriften verkauft. Und natürlich Lose für Lotto. Ebenfalls auf der rechten Seite war eine Drogerie. Gegenüber der Eingangstür, ganz am Ende des Gebäudes, gab es Kleidung zu kaufen. Links hinten gab es einen Kramladen, in dem es allen möglichen Schnickschnack zu erwerben gab. Unten gab es, wenn ich mich recht erinnere, Geschirr. Aber da waren wir nicht. Unser Weg führte

nach oben, wo es unter anderem Schreibwaren gab, aber auch Unterwäsche und Babykleidung. Und natürlich das kleine Café. Dort war unser Ziel. Gruntzi saß bereits an einem der zwei Tische am Fenster. Er schlürfte eine Schokolade. Von weitem konnte ich aber nicht erkennen, ob es eine heiße oder eine Eisschokolade war.
Wie auch immer, Schlafhund, der ja zu den White Rabbits gehört, war als Erster bei Gruntzi. Doch das Schwein kannte den Hund und war schneller. Mit einer leichten Bewegung brachte Gruntzi die Schokolade aus Schlafhunds Reichweite. Schlafhund schaute der Schokolade traurig nach, setzte sich dann aber ganz brav an den Tisch gegenüber von Gruntzi. Auch wir anderen setzten uns an den Tisch. Eine junge Serviererin kam an unseren Tisch und nahm unsere Bestellungen auf. Schlafhund bestellte als Erster: fünf heiße Kakaomilch und fünf Eisschokoladen. Ich nahm einen großen Eisbecher, die anderen Kuchen, Eis, heiße Schokolade und ähnliches. Während die junge Kellnerin die Bestellungen in die Küche brachte, brachte uns Gruntzi auf den neuesten Stand der Dinge. 'Wo fange ich am Besten an?', überlegte Gruntzi. 'Wie ihr ja wisst, werden Personen vermisst: Kinder. In den letzten drei Wochen zehn Vermisste. An den Orten, wo die Kinder als Letztes gesehen wurden, fand man Blutlachen, die von den Opfern stammen könnten. Sicher ist das aber nicht. Das Blut konnte einfach nicht analysiert werden. Somit müssen wir annehmen, dass magische Kräfte am Werke sind. Caii, unser Experte für pathologische Untersuchungen konnte die rote Substanz, die wir für Blut halten, nicht analysieren. Es ist, als würde sie gar nicht existieren und doch ist sie da. Spuren von Gewaltanwendungen gibt es an keinem Tatort.' Gruntzi unterbrach sich, weil die junge Kellnerin mit den Getränken, dem Kuchen und dem Eis zurückkam. Schlafhund bekam seins als Erster. Und noch bevor der Letzte seine Bestellung vor sich stehen hatte, war der Hund schon wieder fertig. Wir aßen und tranken noch aus, bevor Gruntzi uns dann in unser Gästezimmer brachte. Caii und Paii, die beiden Braunbärzwillinge, die eine gewisse Ähnlichkeit mit den Ewoks aus Star Wars VI haben, hatten sich bereiterklärt, uns aufzunehmen. Mit dem Bus mussten wir in ein kleines Dorf ganz in der Nähe fahren. Es nannte sich Blankenheim, ein hübsches, kleines, verschla-

fenes Nest. Caii und Paii wohnten direkt an der Hauptstraße. Wir mussten nur die Straße überqueren, um die große Hecke, die den Garten abgrenzte bis vor zur Oberen Wassergasse, wo Jim klingelte. Jims Auto stand bereits in der Garageneinfahrt.
Caii öffnete. 'Hallo. Schön, dass ihr da seid. Kommt rein, kommt rein.' 'Des is echt ä scheenes Haisch'n. Jefället mir. Lang un flach. Un dor scheene Jarten dahinner. Nur de olle Schtraße is nich so doll. Diese oll'n Lastor', beurteilte Saatzh das Haus. Es war übrigens weiß angestrichen und rundherum standen Bäume, Sträucher und Beete.
Die braune Holztür mit der Glasscheibe und dem schwarzen Gitter davor wirkte schon recht alt. Die große Hausnummer daneben war schwarz. Das Fenster links bestand aus vielen kleineren dicken Glaswürfeln, milchweiß, ein paar auch gelb. Caii ging beiseite und ließ uns eintreten. Ein schmaler Flur, der rechts um die Ecke ging, fing uns auf. Direkt gegenüber der Tür stand ein Kleiderschrank für die Jacken. Links an der Wand, neben einer Tür stand eine Ablage für Schuhe. Für zehn Schuhpaare war da allerdings kein Platz. Paii kam aus dem kleinen Zimmer schräg gegenüber der Eingangstür. 'Ein paar können ihre Schuhe und Mäntel hier rein bringen.' Und so legten wir die Mäntel in dem kleinen Zimmer in eine Truhe, die links neben der Tür stand. Unten war eine Schublade für die Schuhe.
'Dann kommt erst mal ins Wohnzimmer und seht, wo ihr einen Platz findet.' Paii führte uns in ein großes Wohnzimmer, vorbei an dem kleinen Zimmer und dem Bad auf der linken und einer verschlossenen Tür und der Küche auf der rechten Seite. Das Wohnzimmer war riesig. Wenn man zur Tür rein kam, stand auf der rechten Seite ein Bücherregel und daneben eine Schrankwand. Am Fenster stand der Fernseher mit Tisch und Couch. Das Bett stand direkt an dem Raumteiler, der das Wohnzimmer in zwei Hälften teilte. Gegenüber des Raumteilers, links neben der Tür hing ein riesiger Setzkasten mit lauter StarWars Figuren. Der hintere Teil des Wohnzimmers, wo der große Esstisch stand, war kleiner als der vordere Teil. Das zweite große Fenster befand sich gegenüber des Raumteilers. Neben dem Setzkasten war eine Tür, die in den Garten führte. An dem großen Tisch ließen wir uns nieder. Zwölf Stühle standen rundherum. Dennoch waren es zwei zu wenig. Caii kam

aber mit einem weiteren Stuhl herein, stellte ihn an den Tisch und verschwand wieder nach draußen, um noch einen Stuhl zu holen. Dann endlich hatten alle einen Platz gefunden. Es war zwar ziemlich eng, aber für eine Weile würde es gehen.
Caii und Paii saßen nebeneinander. Man konnte die beiden Zwillinge kaum auseinander halten. Sicher, es gab kleine Unterschiede, so war zum Beispiel Paiis linkes Auge weniger mit Fell bedeckt, als das seines Bruders. Paii war auch sehr viel ordentlicher gekämmt als Caii. Beide hatten sie rotbraune Ohren und Schnauzen. Auch ihre Augen waren rotbraun. Ihre Nasen waren schwarz und oval. 'Gut, gibt es noch Dinge, die ihr wissen wollt?', fing Caii an. Jim nickte. 'Wer ist jetzt eigentlich alles für diesen Fall zuständig?', fragte er. 'Das seid ihr, wie ihr hier sitzt. Dann sind da noch Kaiser Fritz, kleiner Louis, Gruntzi und wir zwei', gab Paii zurück. 'Kaiser Fritz? Wohnt der nicht in Dresden? Soweit ich weiß, hat er dort ein neues nobles Restaurant aufgemacht', warf ich fragend ein. Die beiden Zwillinge nickten zur selben Zeit. 'Das ist richtig, Kaiser Fritz wohnt normalerweise in Dresden. Im Moment ist er aber hier. Als ihr kamt, habt ihr doch sicher das Haus gegenüber bemerkt, direkt an der Straße. Das ist ein Restaurant und eine Herberge. Der Edelgarten. Dort übernachtet Kaiser Fritz zur Zeit', sagte Caii dann schließlich. So redeten wir noch gut eine halbe Stunde, über die Gegend hier, über den Fall, über die nächsten Schritte.
'So Leute, wenn ihr noch mal auf Toilette müsst, solltet ihr es jetzt tun. Bei vierzehn Personen wird das eine ganze Weile dauern. Die Toiletten sind einmal hier zur Tür raus, erste Tür rechts. Und einmal den Flur bis ganz runter, durch die Tür da vorne, durch die Küche bis ganz hinter. In einer halben Stunde wollen wir los. Wir treffen uns mit den anderen in Sangerhausen am Bahnhof', beendete Paii irgendwann die Runde. Und so ging das Gestürme auf die beiden Toiletten los. Der Bus Nr. 481 brachte uns dann nach Sangerhausen, direkt zum Bahnhof.
Dort angekommen, warteten Gruntzi und kleiner Louis bereits auf uns. Nur Kaiser Fritz fehlte noch. So mussten wir auf ihn warten. 'Wo bleibt denn Ihre Majestät?', fragte Anna-Lena etwas spöttisch. 'Na, du weeßt do, des Gamstier is do ä Gaisor, des derf kimmen, wann's will', spöttelte auch Saatzh. 'Des habsch jehört,

du elender Mistkerl!', hörten wir plötzlich jemanden sagen. Es klang ziemlich sauer. 'Äh, Gaisor Fritz, des is awwer ne Üweraschu'g. Wo bist'n jewes'n? Caii saachte, des de och mit'm Bus hät's fahr'n müss'n', gab Saatzh erschrocken zurück. 'Erwähne nie wieder, hast du gehört, nie wieder Bus in meiner Gegenwart. Ich kam zur Bushaltestelle und sah den verdammten Bus nur noch wegfahren. Ich musste also mit dem Zug fahren. Der Berg, den man da zum Bahnhof runter muss, ist ja nett, aber wenn man es eilig hat, mehr als unpraktisch. Bin ich doch glatt ausgerutscht und den Berg runtergerollt. Die Mauer unten, bevor die Treppe anfängt, hat mich grad noch aufgefangen. Jetzt musste ich natürlich erst mal zurück in meine Unterkunft. So zerzaust und vom Schnee durchnässt konnte ich ja unmöglich unter die Leute gehen. In meinem Zimmer föhnte ich mich dann erstmal und kämmte mich. Dann ging ich wieder Richtung Bahnhof, diesmal langsamer. Die Schranken waren noch offen, so ging ich rüber. Kurz danach gingen die Schranken zu. Bald darauf kam auch ein Zug. Auf dem anderen Gleis, in die andere Richtung, dahin, wo ich hin wollte. 'Verdammter Mist!', brüllte ich, raste über die Gleise, vor der Lok lang und schaffte den Zug gerade noch. Ich glaube, der Lokführer da vorne hatte einen Heidenschreck bekommen. Jedenfalls saß ich dann im Zug. Und ob ihr es glaubt oder nicht, der Typ im Zug wollte doch tatsächlichen meinen Fahrschein sehen, von einem Kaiser, stellt euch das mal vor. Und er ging nicht eher, als bis ich ihm das Geld für ein Ticket gegeben hatte. So eine Frechheit!', erzählte uns Kaiser Fritz seine ach so schlimme Leidensgeschichte.
Schnurstracks ging er auf den kleinen runden Kiosk zu, der vor dem Bahnhofsgebäude stand. 'Was können sie mir so zum Essen anbieten? Etwas kleines, wenn es geht', sagte Kaiser Fritz, als er von der Verkäuferin gefragt wurde. 'Die Thüringer Rostbratwürstchen sind heute im Angebot', gab die Frau mittleren Alters zurück. 'Gut, dann nehm ich eine. Mit Senf.' Nach ein paar Minütchen, die unserem Kaiser natürlich viel zu lang waren, bekam er seine Wurst in einem Brötchen. Wir anderen waren schon ein Stück in Richtung Stadt gegangen. Kaiser Fritz kam hinterher. Er war noch nicht weit, als wir ihn sagen hörten: 'Das Würstchen ist doch eine Zumutung! Nie und nimmer ist das eine original Thü-

ringer Rostbratwurst! Und der Senf betäubt einem die ganze Zunge. Ist wahrscheinlich Absicht, damit keiner den Geschmack dieses Rostbratwurstverschnitts bemerkt. Ich werde das reklamieren!' Schon war Kaiser Fritz auf dem Rückweg zu dem Kiosk. Doch Jim war schneller. Er packte ihn an den Hörnern und bewegte ihn zum Stehen. 'Du bleibst hier und wirst dich nicht beschweren! Die arme Frau kann doch nichts dafür, dass dein Gaumen besseres gewöhnt ist! Außerdem haben wir wichtigeres zu tun!' So wurde Kaiser Fritz solange von Jim festgehalten, bis der sich wieder beruhigt hatte und sich nicht mehr beschweren wollte. Doch das dauerte eine ganze Weile. Immer wieder sagte er wütend: 'Jim, lass mich zu diesem Kiosk. Einer muss doch seine Meinung sagen!' 'Hast du dich jetzt endlich wieder beruhigt? Dann können wir nämlich weiter machen. Ich werde jetzt die einzelnen Gruppen einteilen und dann gehen wir los.' 'Wo wollen wir überhaupt hin?', fragte die eingebildete Gams noch. 'Wir werden jetzt jeden einzelnen Tatort auf Spuren untersuchen, die die Polizei und wir übersehen haben könnten!' Trotz des Kaisers Murren teilte Jim uns in fünf kleine Gruppen auf, zwei Vierer- und drei Dreiergruppen. 'Also, die Mädchen wurden an den folgenden Orten das letzte Mal gesehen. Oder vielmehr dort wurden ihre letzten Spuren gefunden. Und zwar am Taubenberg, das ist nordöstlich von Sangerhausen, an der Engelsburg nordwestlich von Sangerhausen, an der Kupferhütte, an der Brühl-Hohe Linde und im Eschental. Die Orte haben allesamt zwei Dinge gemeinsam. Zum Einen liegen sie alle außerhalb von Sangerhausen und zum anderen liegen sie alle in nördlicherer Richtung. Keine Ahnung, was das zu bedeuten hat. Ich hoffe nur, dass wir diesen Mistkerl, der die Mädchen getötet hat, schnell finden', meinte Caii. Sein Bruder widersprach in einer Sache. 'Ich persönlich glaube ja, dass die Kinder immer noch am Leben sind und unversehrt. Wenn das nicht der Fall sein sollte, hätten wir doch mindestens eine Leiche finden müssen. Die können doch nicht alle so gut versteckt sein. Irgendwann muss der Täter doch mal 'nen Fehler machen.' Obwohl Caii und Paii Zwillinge waren, waren sie fast immer verschiedener Meinung, aber genau das machte die beiden liebenswert und interessant.
Jedenfalls bekam jede Gruppe ihr Ziel genannt. Konrad, Detlev, Gruntzi und ich mussten nach Nordosten, zum Taubenberg. Der

Tatort bot einen schrecklichen Anblick. Der Schnee war an vielen Stellen rot gefärbt. Fußspuren waren zu sehen. Einen richtigen Kampf schien es aber nicht gegeben zu haben. Alle sahen wir uns sorgfältig um. 'Wer immer der Täter ist, er hat Schuhgröße 46', rief Konrad plötzlich. 'Woher weißt du das, warst du bei den Pfadfindern?', entgegnete Gruntzi erstaunt. Konrad schüttelte den Kopf, 'Nein, natürlich nicht. Aber hier in diesem Abdruck ist die Schuhgröße sehr gut zu erkennen', gab er zurück. Wir mussten lachen. Mehr konnten wir nicht entdecken. Nur Saatzh taumelte gedankenverloren durch die Gegend. Einmal stieß er mit Konrad zusammen, der sein Gleichgewicht nur noch mit Mühe halten konnte. 'Pass doch auf, wo du hintrittst!', schrie Konrad wütend. 'Duud mich leed Gumpäl. I woar in Jedangken', entschuldigte sich Saatzh und ging verträumt weiter. 'Hab ich gemerkt', sagte Konrad halblaut hinter Saatzh her, aber er war sich sicher, dass dieser das nicht gehört hatte. Konrad konnte nur den Kopf schütteln.
Nach einer guten Stunde machten wir uns wieder auf den Rückweg, genauso schlau wie vorher. Allerdings machte uns Detlev Saatzh Sorgen. So merkwürdig hatte der sich noch nie benommen, abgesehen von seinem 'Sprachfehler'. Wir mussten ihn regelrecht vom Tatort wegziehen und vorwärts drängen, sonst wäre er einfach stehen geblieben und hätte nicht bemerkt, dass wir weg waren. Treffpunkt war Caiis und Paiis Haus in Blankenheim. Wir fuhren wieder mit dem Bus. Allerdings merkten wir erst zu spät, dass wir aussteigen mussten. Wir fuhren am Haus vorbei. 'Klasse', meinte Konrad. Ich drückte derweil den Knopf, damit der Bus an der nächsten Haltestelle anhielt. Wir fuhren die Hauptstraße hoch, irgendwann ging es dann rechts in eine Straße. An einer Wendeschleife hielt der Bus an und ließ uns aussteigen. 'Super, und wo jetzt lang?', fragte ich, doch Gruntzi war schon vor gegangen, Saatzh im Schlepptau. Links neben dem Wartehäuschen war ein Weg. Dort gingen wir lang, an einer Eisdiele vorbei, direkt unten an der Straße war ein Blumengeschäft. An diesem Geschäft bogen wir nach links auf einen Fußweg. Diesen Weg gingen wir bis zur Ampel. Auf der anderen Straßenseite ging kurz hinter der Ampel ein schmaler Weg ab, den wir nahmen. Wir bogen aber fast gleich wieder links ab, zwischen einem Wohnhaus und einem kleineren Gebäude. Dort kamen wir dann an drei

Wege. Die eine Straße führte hinunter zur Hauptstraße, wo die Straße rechts hinführte, weiß ich nicht, wir nahmen jedenfalls die mittlere, an einem Husky vorbei. Diese Straße gingen wir, bis wir an die Hauptstraße kamen. Kurz vor der Hauptstraße führte Gruntzi uns nach rechts, bis wir dann endlich links Caiis und Paiis Haus sahen.

Gruntzi suchte die Klingel, wurde aber nicht fündig. Also gingen wir bis zur Haustür. Leider fanden wir dort auch keine Klingel. 'Sowas, hier muss doch irgendwo eine Klingel sein', meinte Konrad verwundert. Gruntzi zuckte nur ratlos mit den Schultern, ich wusste auch keinen Rat. Und Saatzh? Der stand noch unten an der Treppe und träumte. Was war nur los mit ihm? Völlig in Gedanken streckte er seine rechte Hand zu dem von Pflanzen verdeckten Eckpfeiler aus. Das Tor, das einmal zwischen den zwei Pfeilern gewesen sein musste, existierte nicht mehr. Keine zwei Minuten später wurde geöffnet. 'Wo kommt ihr denn jetzt her? Der Bus ist doch schon vor ein paar Minuten durch', grüßte uns Caii gleich. 'Wir sind eine Station zu weit gefahren', erklärte Gruntzi und trat als Erster ein. Konrad und ich folgten, Saatzh stand noch immer an der Treppe, aber er hatte sie schon überwunden und stand jetzt oben. 'Detlev, nun komm doch endlich. Es ist kalt', rief ich Saatzh zu. Langsam setzte er sich in Bewegung. Gedankenverloren ging er im Flur rechts um die Ecke und wollte gleich die erste Tür nehmen; er hatte sie schon geöffnet, wie es schien, ging es dort zum Keller. Caii hielt ihn noch rechtzeitig zurück. 'Wo willst du denn hin?', schrie Caii schon fast. Endlich wachte Saatzh aus seiner Trance auf. 'Wat's los? Wo binsch'n, wie kimm'ch hier hinne?', fragte er verstört. Arne und Julia erschienen im Flur und fragten, was los sei. Detlev Saatzh wurde ins Wohnzimmer bugsiert und sicher auf die Couch vor dem Fernseher gesetzt. Konrad, Arne, Julia, Gruntzi und ich folgten. Dort warteten wir auf die anderen. Wir unterhielten uns schon mal über den Fall, über das, was wir an den Tatorten gesehen haben. Nur Saatzh schwieg.

Bald hörten wir etwas ständig gegen das große Stubenfenster fallen. Es klang dumpf. Caii ging ans Fenster, öffnete eine Seite und bekam prompt einen Schneeball ins Gesicht. 'Mpf!', Er schüttelte sich. 'Was soll denn das? Ich gehe gleich zu euren Eltern! Ach,

Daniela, Janina, Schlafhund, Louis, ihr seid das. Ich dachte, es wären die Nachbarskinder aus der Unteren Wassergasse. Wieso klingelt ihr nicht?' Caii hatte sich wieder beruhigt. Er schloss das Fenster und ging vor zur Tür. 'Kommt rein. Ihr seht ja durchgefroren aus. Ich koche euch einen heißen Tee. Schlafhund, möchtest du eine heiße Schokolade? Für dich wird sie grad noch so reichen.' Schlafhund nickte verschlafen. Doch diesmal schien es, als sei er wirklich müde. Müde ließ er sich vor der Couch fallen, er schaffte es nicht mehr hinauf. 'Was habt ihr denn mit dem gemacht?', fragte Konrad. 'Weißt du, wie weit es vom Sangerhäuser Bahnhof bis zur Engelsburg ist? Das liegt im äußersten Nordwesten. Und Schlafhund ist gewetzt, als sei der Teufel höchstpersönlich hinter ihm her', meinte kleiner Louis nur. Caii kam mit einem kleinen Servierwagen herein, auf dem Tassen mit Tee und Schokolade standen. Zucker, Zitrone, Milch und Honig waren auch da. Caii teilte gerade die Getränke aus, als die Eingangstür aufgeschlossen wurde. 'Paii und seine Truppe ist zurück. Fehlen nur noch Jim, Kaiser Fritz und Jena', meinte Caii. 'Na, wie ist es bei euch gelaufen?', fragte Caii gleich, als sein Bruder und die anderen im Wohnzimmer waren. Doch auch Paii schien sehr abwesend zu sein und über irgend etwas nachzudenken, genau wie Saatzh. Die beiden schienen mehr zu wissen, als wir. 'Paii, was hast du?', fragte sein Bruder. Keine Antwort. Nur ein leises Fluchen von Saatzh, der sich an seinem Tee verbrannt hatte. Doch weder Paii, noch Detlev rückte mit einer Erklärung heraus.
Jim und seine Truppe kamen als Letzte. Jena war ziemlich ruhig, Kaiser Fritz dagegen käseweiß. 'Was ist denn passiert? Ihr seid so schweigsam', fragte Caii. Und so erzählte Jim, was sie gefunden hatten. 'Ich hatte also doch Recht, die Kinder sind nicht mehr am Leben', meinte Caii überzeugt und durch den Bericht von Jim bestärkt. 'White Horse hat herausgefunden, dass es sich bei der Leiche um einen Jungen namens Max handelt. Er untersucht aber noch Blutproben, die wir vom Tatort haben mitgehen lassen. Die Ergebnisse dürften bald vorliegen', erzählte Jim. Und als wenn das das Stichwort gewesen wäre, piepte Jims Auto an. Jim schaltete das Funkgerät an seiner Uhr an und fragte, was herausgekommen sei. Die Antwort konnte keinem von uns gefallen. 'Wie meinst du das, das Blut ist zu 80% Schweineblut und zu 20% menschlich?

Willst du etwa behaupten, es handele sich um ein Werschwein?'
Jim war entsetzt, was bei ihm eine Seltenheit ist. 'Wie kann das sein? Der Junge, den wir gefunden haben, ist zu 80% ein Schwein.' Jim wusste nicht, was er sagen sollte.
'Jetzt möchte ich aber mal wissen, warum Paii und Saatzh so still sind und träumend durch die Gegend laufen!', meinte Christian, der in Paiis Gruppe war. 'Ich glaube nicht, dass der Junge tot ist, dass überhaupt jemand gestorben ist', fing Paii an. Saatzh nickte: 'Des glob'ch o ni. Örch'ndwat müfflt da jewaltsch jen Himm'l.' 'Dein Auto hat doch gesagt, dass das, was wir da gefunden haben kein Menschenblut ist, oder nur zu 20 Prozent', meinte Paii fragend. Jim sagte aber, dass er das Blut dem Jungen abgenommen hatte. 'Des macht's Janze do noch märgwürdcher, als'es su scho is. A Bub, där zu achtzsch Prosent äh Schween is. Des is do Dummtüch, absolutes Kokolores.' Und da hatte Saatzh durchaus Recht. Doch heute war es schon zu spät, um die richtige Lösung noch zu finden. Caii war bereits mit Kaiser Fritz und Julia in der Küche und bereitete das Abendessen, wobei Kaiser Fritz nur Kontrolleur war, der aufpasste, das alles richtig gemacht wurde. Erstaunlicherweise hörten wir keinerlei Klagen aus der Küche und das will was heißen.
Als die drei dann das Essen servierten, konnte Gruntzi nicht an sich halten und fragte: 'Wie kommt es, dass von dir keine Klagen kamen bezüglich des Essens?' 'Was soll das heißen, Klagen über das Essen? Wenn man das Essen richtig zubereitet, hab ich nichts zu beanstanden', gab Kaiser Fritz hochnäsig zurück und teilte die Teller aus. Und abgesehen vom Kaviar und den Muscheln schmeckte es auch sehr lecker. Als Hors-d'oeuvre gab es Käsespieße mit Weintrauben und einer Käsecremesoße, ein Paradies für Piepsy. 'Kä – se?', maulte Schlafhund verschlafen. 'Das – kön – nt – ihr – ei – nem – Kä – se – hund – vor – set – zen, – a – ber – nicht – mir.' Doch Caii brachte noch vier andere Spieße mit Schokoladen aller Art. Aber frag mich nicht, was ein Käsehund ist, das weiß ich nicht. Ich hab auch ehrlich gesagt nicht weiter nachgefragt.
Nach dem Essen ging Kaiser Fritz mit Louis wieder in seine Pension, Gruntzi machte sich ebenfalls auf den Heimweg. Und auch wir legten uns ins Bett, die meisten waren vollkommen erschöpft vom Tag. Und sehr viel konnten wir heute sowieso nicht mehr

ausrichten. Konrad, Arne und Christian schliefen im Gästezimmer im Keller. Wenn man unten zur Tür reinkommt, stand an der rechten Wand ein Einzelbett. Links neben der Tür stand gleich ein großer Schrank und davor, an der linken Wand in der Mitte ein Doppelbett. Vor dem Bett war noch ein kleiner Schrank und zu beiden Seiten des Doppelbettes stand je ein Nachtschränkchen. Daniela und Schlafhund teilten sich das Bett im kleinen Zimmer, es stand gleich rechts neben der Tür. Caii teilte sein kleines Wohnzimmer mit Jim, der genau vor der Fernseh- und Radioanlage schlief, die zur Tür rein rechts stand. In der Mitte des Raumes stand ein runder Tisch, um den vier Stühle standen. Am Fenster befand sich ein Nähtisch. Am Bettende stand eine Truhe voller Plüschtiere, die, wie Caii mir versicherte, alle selbst gemacht waren. Die Wände waren rotbraun. Das Fenster war rot, das Bett braun und das Bettzeug gelb mit Flipper drauf. Auf dem Bett saß ein Sechsfüßer, eine Figur aus einem russischen Buch namens 'Die sieben unterirdischen Könige' von Alexander Wolkow. Anna-Lena, Detlev, Jena, Janina, Julia und ich schliefen mit Paii im großen Wohnzimmer. Dessen Wände waren im Kuhlook angemalt. Das Bett war blau und die Fensterrahmen grün. Auf der Bettdecke war Jabba the Hut aus Star Wars zu sehen. Und auch im Setzkasten waren lauter Star-Wars-Figuren und Raumschiffe. Paii schien ein großer Fan von Star Wars zu sein, ganz im Gegensatz zu seinem Bruder. Obwohl die beiden Zwillinge waren, konnten sie unterschiedlicher kaum sein. Die Nacht war, abgesehen von etlichen Schnarchkonzerten, ziemlich ruhig.
Am frühen Morgen schrillte das Telefon und holte uns alle aus dem Schlaf. Wenigstens war es diesmal ein ganz normales Telefon, es war ja auch nicht das von Jim. Doch genau dieser nahm den Hörer ab und meldete sich 'Hello, Jim here, Caii and Paii's house', meldete er sich auf Englisch, entsann sich aber schnell, dass er hier in Deutschland war und jeder, der hier anrief, auch Deutsch sprechen würde. 'Erm, sorry, ich meinte, Jim am Apparat, Caiis und Paiis Haus', korrigierte er sich schnell. Die darauf folgenden Minuten sprach er fast gar nicht, hörte nur zu. Ab und zu kam mal ein 'Mhm, interessant. Sind Sie sicher?' heraus. Wobei er auch da ein zwei mal mit Englisch anfing und sich dann ins Deutsche korrigierte.

Sein besorgtes Gesicht gefiel mir ganz und gar nicht. 'Wat isn los? Du kieckst uss dor Wääsch'n als ob'de änne miese Nachricht jekricht hoast', meinte Saatzh, der als Erster wach war. Er sprach uns aus der Seele. 'Ein angeblicher Zeuge zu unserem Fall soll sich auf der Polizeistation gemeldet haben', erklärte Jim knapp, zauberte sich ausgehfertig und machte sich auf den Weg ins Polizeirevier nach Sangerhausen. 'Jim?', rief Daniela noch hinterher. Doch der hörte es schon gar nicht mehr.

Uns blieb nichts anderes übrig, als uns zu wundern. Wir machten uns für den Frühstückstisch fertig. Als der Letzte ins Wohnzimmer kam, war bereits alles gedeckt. Zum Frühstück gab es kalte Kakao- oder Bananenmilch, Toast oder Brötchen mit Wurst, Kirsch-, Erdbeer- oder Apfelmarmelade und Salat. Butter und Margarine standen auch auf dem Tisch. 'Habt – ihr – kein – Nou – gat?', fragte Schlafhund traurig. Caii schüttelte den Kopf. 'Nein, tut mir leid.' 'Na, was hab ich dir gesagt, kauf Nougat, Schlafhund mag das. Aber nein, du musst es abstreiten und behaupten, der isst keins', kritisierte Paii. 'Ist ja gut. Hol lieber die Müslischüsseln. Und bring den Quark mit.' Caii hasste es, wenn sein Bruder Recht behielt. Paii entgegnete nichts mehr und ging. 'Kann – ich – eine – klei – ne – Schüs – sel – ha – ben?', fragte Schlafhund, als Paii schon draußen war und so rief Caii seinem Bruder noch hinterher, er solle eine kleine Schüssel mitbringen.

Als dann endlich alles da war, aßen wir in Ruhe. Wann Jim zurückkommen würde, wussten wir sowieso nicht. Schlafhund füllte sich etwas von dem Kräuterquark in seine kleine Schüssel, tat gut ein Dutzend Teelöffel Kakaopulver drüber und rührte es um. Das ganze schmierte er sich dann auf sein Toast. 'Schmeckt – wie – zu – Hau – se – auf – Ju – ma. – Frisch – aus – dem – Ka – ka – fri – kä – see', meinte Schlafhund verträumt. 'Kakafrikäsee?', fragten wir anderen erstaunt. Ich kannte diesen See natürlich. 'Der Kakafrikäsee ist ein See auf dem Schokomond von Juma. Er heißt so, weil er aus Kakao und Frischkäse besteht. Also Kaka wie Kakao und Frikäsee wie Frischkäsesee. Da Käsesee für einen Schokohund aber zu kompliziert zu sprechen ist, heißt es eben nur Käsee', erklärte ich. Schlafhund nickte zufrieden mampfend. Dass kein Nougat da war, störte ihn nicht mehr.

Irgendwann gegen neun kam Jim wieder. Die nachdenklichen Falten in seinem Gesicht machten ihn um einiges älter. Außer dem Quark stand nichts mehr auf dem Wohnzimmertisch. Und genau dort ditschte Jim seinen Zeigefinger hinein und leckte ihn genüßlich ab. 'Mh, Kakafrikäse aus dem Kakafrikäsee', meinte er und schleckte den Rest aus der Schüssel, sehr zum Leidwesen von Schlafhund, der sich die Schüssel für später aufheben wollte. 'Wau?', bellte er traurig. 'Tut mir leid, Schlafhund', entschuldigte sich Jim und zauberte die kleine Schüssel wieder voll. Dann erzählte Jim von den Vorkommnissen auf der Polizeistation. 'Der angebliche Zeuge heißt Martin Köhler. Er behauptet gesehen zu haben, wie ein Mann eines der Opfer getötet haben soll. Aber ehrlich gesagt, bin ich nicht sehr davon überzeugt. Nein, ich bin mir sicher, dass er lügt. Zumal er sich nicht für einen Tatort entscheiden konnte. Mal war er am Taubenberg und dann an der Engelsburg. Kann ich mir persönlich aber nicht vorstellen. Beide Orte liegen ziemlich weit auseinander. Er hätte schon an zwei Orten gleichzeitig sein müssen und das trau ich diesem Herrn nicht zu. Ich denke, der wollte sich nur wichtig machen. Das heißt, wir sind genau so schlau wie vorher.' Da hatte Jim wohl Recht, aber wie sollten wir dann an diesen Fall gehen? 'Irgendwie müssen wir den Täter doch aus der Reserve locken können', überlegte Christian. 'Ich wüsste, wie wir es anstellen könnten. Alles was wir brauchen ist ein Köder', meinte Jim. 'Was siehst du mich so an? Du denkst doch wohl nicht etwa ...? Nein, Jim, vergiss es, ich werde nicht deinen Köder spielen! So weit kommt's noch. Schlag dir das ja aus dem Kopf. Ich hab ja schon viel mitgemacht, aber das kannst du nicht von mir verlangen! Seit du in mein Leben gestolpert bist, hab ich keine ruhige Minute mehr!', protestierte Daniela energisch. Vergeblich versuchte Jim, sie doch noch zu überreden. Danielas Antwort war und blieb ein eindeutiges 'Nein!'. Jim hätte sich auf den Kopf stellen, ein volles Glas in der einen Hand tragen und dabei zehn mal hüpfen können, ohne etwas zu verschütten. Aber Daniela blieb bei ihrer Entscheidung. Und auch kein anderer meldete sich freiwillig. 'Des machste mal scheene selwer', war Saatzh' Kommentar.

Jim wollte sich gerade noch mal an Anna-Lena wenden, als es plötzlich an der Tür klingelte. So wandte er sich an Caii: 'Erwartet ihr Besuch?' Die beiden Brüder schüttelten zur selben Zeit den Kopf. Paii war aber schon auf dem Weg zur Tür. Als Paii aber nach fünf Minuten noch immer nicht zurück kam, machte sich Jim Sorgen und ging selbst zur Tür. Er hörte Paii erzählen, aber die andere Stimme kam ihm auch irgendwie vertraut vor. Lange schon hatte er sie nicht mehr gehört. 'Ah, Jim, gut, dass du kommst. Dieser Mann hier behauptet doch steif und fest, dich zu kennen.' Doch Jim achtete nicht auf den Braunbären. Im Gegenteil, er stieß ihn beiseite und umarmte den fremden Mann freudig. 'Mensch, Duncan, wie lange ist es her, dass wir uns das letzte Mal gesehen haben? Ein Leben, zwei Leben?', rief er freudig. 'Hey, Jimbo. Du hast dich kein bisschen verändert. Wie geht es dir so? Erinnerst du dich noch an die Kreuzfahrt auf der Titanic? Das endete eher in einer Abenteuerfahrt und kannst du dich noch erinnern, wie ich dich das eine mal so erschreckt habe? Ich hatte eine alte chinesische Maske auf. Dein Gesicht vergess' ich nicht. Könnt mich heut noch kringeln. Schade, dass ich keinen Fotoapparat dabei hatte.' Der Mann prustete vor Lachen, während Jim seine Worte mit einem knappen 'Haha!' kommentierte. 'Das war gar nicht komisch. Aber ich kann mich noch gut daran erinnern, wie du vor meinem Haustier auf den Schrank in der Kabine gesprungen bist', gab Jim zurück. 'Ich mag keine Ratten. Hast du immer noch Ratten als Haustiere? Wie hieß die Ratte damals nochmal?' 'Stinki.' 'Ach ja, passt ja zu einer Ratte. Aber erinnerst du dich noch, wie wir bei diesem Wellengang beide an der Reling standen, grün vor Übelkeit und mit dem Löwen telefonierten?', Jim schüttelte den Kopf: 'Nein Duncan, du hast telefoniert, ich nicht. Immerhin bin ich ja schon mehrmals zur See gefahren, unter den Wikingern, Störtebeker, Kolumbus, Magellan, Bering.' 'Ist ja gut, Jim, wir glauben dir. Aber ich denke, wir haben jetzt Wichtigeres zu tun, als alte Geschichten zu erzählen', unterbrach Konrad die Wiedersehensfreude. 'Hast ja recht, Konrad. Aber ich denke, die Zeit reicht noch, um euch einander vorzustellen. Das ist mein alter Kumpel Duncan McLeod. Ich hab ihn damals auf der Titanic kennen gelernt. Und das sind meine Freunde Konrad Mulder, Janina King, Arne Bond, Christian Johnson, Anna-Lena Kirkwood, Detlev Saatzh und Schlafhund. Mein Adoptivbruder Fomka und meine beste Freundin Daniela McCarthy. Und die beiden Braunbären sind die Eigentümer des Hauses, Caii und Paii.' Der Mann, den Jim als seinen Kumpel Duncan McLeod vorstellte, verbeugte sich kurz: 'Freut mich, euch kennen zu lernen.' 'Moment mal, wo ist Julia?', fragte Jim völlig erschrocken. Doch keiner hatte sie gesehen. Niemandem war aufgefallen, ob sie noch beim Frühstück war oder nicht. Wahrscheinlich sieht sie sich noch mal auf einem der Tatorte um. Auf jeden Fall war sie alt genug, um auf sich selbst aufzupassen. So wandte sich Jim wieder an seinen alten Kumpel: 'Sag mal, Mac, was treibt dich eigentlich hierher? Und woher wusstest du, wo ich bin?', fragte Jim neugierig. Duncan erklärte, dass er zufällig in der Gegend wäre. Er wohne zur Zeit in Halle und arbeite dort bei der Polizei. Von seinem Chef wurde er nach Sangerhausen geschickt, weil hier unerklärlicherweise Menschen verschwinden. Ein Kollege habe ihm dann gesagt, dass ein gewisser Jim Barnes ebenfalls an dem Fall arbeite. 'Nun sagt mir der Name Jim Barnes nicht viel. Okay, Jim hieß er schon damals, aber der Nachname war damals noch Burns. Aber als ich hörte, wie er sich kleidete, wusste ich sofort, wer gemeint war. Ich musste dich einfach besuchen.' Wie du siehst, würde man Jim selbst mit einem völlig anderen Namen wiedererkennen, wenn man ihn beschrieben bekommt. Aber gut. Wir wollen ja nicht lästern.

Noch bevor wir die weiteren Schritte besprechen konnten wurden wir unterbrochen. Das Telefon mal wieder. Jim nahm ab. 'Yes', meldete er sich. 'Ähä. Terrible. Wirklich? Where? When? Wo? Already on our way. Sind in ten Minutes da.' Ein Wunder, dass die Person am anderen Apparat Jims Kauderwelsch verstanden hat. 'Ich vergesse doch immer, dass ich hier Deutsch sprechen muss', grinste er. Dann erklärte er uns, was vorgefallen war. Der Polizei wurde gerade eben ein weiterer Fall gemeldet. Natürlich machten wir uns sofort auf den Weg nach Sangerhausen. Treffpunkt war das hiesige Krankenhaus.

Dort angekommen wurden wir erst einmal ins Bild gesetzt. Man hatte ein Mädchen gefunden. Schwer verletzt, aber noch am Leben. Die Polizei glaubte, es sei das Werk des Schattenmannes, wie er inzwischen schon genannt wurde. Der zuständige Polizist führte uns zu dem Zimmer, wo das Mädchen lag. Davor blieb er aber stehen und meinte: 'Ich kann leider nur höchstens zwei hi-

nein lassen.' Und so betraten Jim und Mac das Zimmer. Den entsetzten Schrei, den Jim ausstieß, als er im Zimmer war, werde ich mein ganzes Leben lang nicht wieder vergessen. So hatte ich ihn noch nie schreien gehört. Nackte Angst, pure Besorgnis, wahnsinnige Wut, blankes Entsetzen. Alles vereint in diesem einen Schrei. Ich lugte durch den Türschlitz und sah gerade noch, wie Jim am Bett zu Boden sank. Völlig kraftlos, zittrig und käsebleich. 'Sie kennen das Mädchen?', hörte ich den Polizisten fragen, sehen konnte ich ihn nicht. Doch Jim antwortete nicht. Er war noch völlig durch den Wind. So etwas hatte ich bei ihm noch nie erlebt. 'Julia', hörte ich ihn vor Wut und Verzweiflung zitternd sagen. Das traf auch mich hart. Wie es schien, war es Julia, die dort im Krankenbett lag. Vergeblich versuchte Mac Jim zu beruhigen. Dann hörten wir ein lautes Klirren und Duncans Ruf: 'Jim!'
Stille trat ein. Erst eine ganze Weile später kam Duncan aus dem Zimmer. Jim war durch das Fenster nach draußen geflogen, allerdings hatte er es vorher nicht geöffnet. Was jetzt? Jim war weg, Julia lag schwer verletzt im Krankenhaus und der Verrückte lief noch immer frei herum. Eines war klar, wenn wir den Kerl finden wollten, brauchten wir Jim. Also machten wir uns auf die Suche nach ihm. Wir benachrichtigten auch die anderen Clan-Mitglieder auf der ganzen Welt, da Jim ja überall sein konnte. Duncan und Daniela blieben bei Julia, während der Rest ganz Sangerhausen, Blankenheim, Eisleben und Umgebung durchkämmte. Leider ohne Erfolg.
Von Daniela und Duncan erfuhren wir dann, dass Jim nach gut zwei Stunden wieder aufgetaucht war. Er muss wohl triefend nass gewesen sein. Und er hatte etwas bei sich, das er Julia einflößte."

„Wie ich höre, sprecht ihr über mich. Wenn ihr wollt, erzähle ich euch, was geschehen ist, als ich weg war", bot Jim an, der gerade drei Tische balancierte. Mit einem Ruck ließ er die drei Tische in die Höhe schnellen. Sie landeten alle drei nebeneinander. Vergnügt setzte er sich im Schneidersitz auf einen der Tische und begann zu erzählen: „Das ich aus dem geschlossenen Fenster geflogen bin, weißt du ja schon, das brauch ich dir nicht zu erzählen. Ich muss dazu sagen, dass ich wusste, dass meine kleine Schwester wieder auf die Beine kommen würde. Was mir an die-

sem Anblick am meisten zugesetzt hatte, war, dass ein solcher Anblick überhaupt möglich war. Julia ist ein Mädchen, das sich durchaus zu verteidigen versteht. So schnell lässt sie sich nicht verletzen. Ihr Gegner musste also ziemlich stark gewesen sein. Wir mussten demnach davon ausgehen, dass es eine Person von Juma war.
Um einen klaren Kopf zu bekommen, flog ich rasend schnell durch die Welt. Ich achtete nicht darauf, wo ich hin flog. Bäume und Sträucher mähte ich um, in Gewitter und Hurrikans flog ich direkt hinein. Wind peitschte, Regen prasselte. Äste und Dornen zerrten an meinen Kleidern. Aus den kalten Gewittern ging es geradewegs in die heißen Sandstürme der Wüste. Von dort dann zur Antarktis. Dort endlich blieb ich vor einem Eisberg sitzen und kühlte mich langsam ab. Meine Wut war abgeklungen. Ich fasste wieder klarere Gedanken. Ein kleiner Seehund heiterte mich auf. Er ließ einen Fisch auf seiner Nase tanzen. Als ich ihm einen Schneeball hinwarf fing er auch den und spielte damit. Er klatschte mit den Flossen, als er mir den Schneeball ins Gesicht warf. Kurz darauf verschwand er in einem Eisloch und guckte verschmitzt daraus hervor. Ich musste über den kleinen Kerl lachen. Er brachte mich wieder auf andere Gedanken.
So machte ich mich los, auf den Weg nach Harappa, einer uralten Stadt meiner Vorfahren. Sie lag im Tal des Indus-Flusses. Meine Eltern lebten einst dort. Die Technik meines Volkes hat man übrigens bis heute nicht gefunden, jedenfalls das meiste davon. Es liegt versteckt in Höhlen, deren Eingänge so gut verschlossen sind, dass nur Jumarianer sie finden können. In dieser Stadt habe ich so ziemlich alles über meine Vergangenheit und über mein Volk erfahren. Aber ich denke, es ist besser, du liest es in meiner Autobiographie nach, wenn sie auf den Markt kommt. Sie wird übrigens Jims Memoarien heißen. Ist ja gut Teufel, schau mich nicht so grimmig an, ich erzähle ja schon weiter.
Also, ich begab mich auf den Weg nach Harappa. Dort suchte ich die alten Ruinen auf, die ich damals entdeckt hatte. Die Stadt selbst bestand aus Häusern, die aus gebrannten Ziegeln gefertigt wurden. Die Straßen waren in Winkel angelegt. Die Stadtviertel wurden einst nach funktionalen Gesichtspunkten errichtet. Die Häuser hatten meist eine Etage sowie einen Hof. Küche, Wohn-

räume und manchmal auch das Bad gingen zum Hof hin. Natürlich gab es schon eine Kanalisation. Die Abwässer aus den Häusern wurden durch Rinnen in den Außenmauern dort hineingeleitet. Die Gebäude waren eher schmucklos. Aber all das interessierte mich nicht. Ich wollte zu den unterirdischen Anlagen der Stadt, noch unter der Kanalisation. Doch um dort hinzugelangen, musste ich erst einmal den Eingang zu den Abwasserkanälen finden. Da ich den Weg aber bereits kannte, fiel es mir nicht sonderlich schwer. Wesentlich schwieriger war es, die geheime Tür zu den Räumen dahinter und darunter zu finden. Ich musste genau hinsehen. Früher war der Eingang zwar gekennzeichnet, aber heute kann man die Schrift wegen der Verwitterung kaum noch erkennen. Ich war in den Abwasserkanälen noch nicht all zu weit gegangen, als ich einen Stein entdeckte. Zuerst glaubte ich, gefunden zu haben, wonach ich suchte. Aber ich irrte. Auf dem großen Stein waren nur ein paar Rillen, keine Schriftzeichen. Ich ging weiter. Kurz hinter dem Stein fand ich an der Wand einen Schalter. Ich betätigte ihn und die Gänge wurden mit einem trüben Licht erhellt. Es brachte kaum Änderung in die Lichtverhältnisse hier unten, aber ich konnte an der einen Wand eine kleine Nische erkennen. Zwar gab es hier unten viele Nischen, aber diese, glaubte ich mich zu erinnern, war die Richtige. Tatsächlich, ich fand die feinen, kaum mehr leserlichen Schriftzeichen an der Wand. [illegible] stand dort, was soviel wie Eingang heißt. Einige Buchstaben waren allerdings kaum noch zu erkennen. Neben dem Wort war ein loser Stein, den ich entfernte. Dahinter lag der Knopf zum Öffnen der Tür. Den betätigte ich.

Nichts geschah. ‘Sowas?’, dachte ich. Ich drückte den Knopf noch einmal. Wieder nichts. Verärgert schlug ich gegen den Knopf. Immer noch nichts. Der Tritt gegen die Tür brachte endlich den gewünschten Erfolg. Die Tür hatte lediglich geklemmt. Ein großer Raum nahm mich auf, ein Raum, der ununterbrochen beleuchtet war und das ohne Lampen, Kerzen oder Fackeln. Das Licht kam aus den Tunneln, die hier zuhauf von der Höhle abzweigten. Das Licht war weich und sanft, heller als draußen und doch nicht blendend. Alle Geräte, die hier standen, waren in ein angenehmes lila Licht getaucht. Riesige Computerapparaturen standen hier. Sie konnten aus der Anfangszeit der menschlichen

Computer stammen, in Wirklichkeit aber waren sie sehr viel älter. Etwas jünger als das alte Harappa. Sie stammten also aus dem 3. Jahrtausend vor Christus. Es waren jumarianische Computer mit jumarianischen Tastaturen, die gut und gerne auch du hättest benutzen können, ohne etwas kaputt zu machen, Fomka. In diesem Raum gab es eigentlich nur eine Wand, direkt rechts neben der Eingangstür. Dort stand vom Boden bis zur Decke ein Regal. Das Regal war noch eineinhalbmal höher als du, Fomka. Die großen Türen aus durchsichtigem Kunststoff waren aber wesentlich jünger als die anderen Gegenstände in dieser Höhle. Die Regaltüren stammten allenfalls aus dem Jahre 2500 bis 2000 v. Chr., waren also eher eine neuere Erfindung der Jumarianer.
Links neben der Tür zweigte einer von vielen Gängen ab. Insgesamt waren es hier zwanzig. An dem Gang direkt neben dem Eingang waren Zeichen in die Wand geritzt. Die oberen Zeichen waren sehr viel älter als die Zeichen darunter. Sie mussten schon mindestens 10.000 Jahre alt sein. Mal sehen, ob ich die Zeichen noch beschreiben kann. Der erste Buchstabe bestand aus zwei Kreisen, ein kleiner und ein größerer drumherum. Über dem großen Kreis war ein waagerechter gerader Strich und ein gerader Strich ging auf der rechten Seite schräg ab. Der zweite Buchstabe war ein Stern, dann kam ein Herz, dann kam dasselbe Zeichen wie das Erste und dann wieder ein Stern. Danach kam ein „größer" und ein „kleiner als" Zeichen, die sich überschneiden. Der nächste Buchstabe bestand aus zwei Kreisen, die in einem kleinen Abstand übereinander standen. Sie waren mit einem geraden Strich verbunden. Ein Hügel mit einem auf dem Rücken liegenden großen G kam als Nächstes. Dann war eine größere Lücke. Das nächste Wort fing wieder mit einem Stern an, gefolgt von einem weiteren Stern. Dann kam ein Gebilde, das ich kaum beschreiben kann. Es bestand aus gewellten Linien, die ein wenig aussahen wie eine Spinne. Dann kam wieder ein Stern. Als Nächstes stand da ein Auge mit vier Wimpern und als Letztes ein Rechteck und daneben ein Plus. Beide Symbole wurden oben und unten mit einem krummen Pfeil verbunden. Beide Pfeilspitzen zeigten zum Plus. Etwa so:

Darunter stand dann in jumarianischer Schrift 'Achtung Fallen'. Aber all das interessierte mich nicht. Was ich wollte, fand ich im großen Regal. Etwas Rotkraut, schwarzes Pfeifenkraut, die Wurzel einer Giftigelblume, die Beeren des Beerenkrautes und die Früchte des Fischbaumes, die natürlich ganz oben im Regal lagen. Zuerst musste ich die Früchte des Beerenkrautes und des Fischbaumes zerstampfen, dann die Wurzel der Giftigelblume hineinreiben, alles gut umrühren und zum Schluss das gemahlene Rotkraut und das gemahlene Pfeifenkraut hinzufügen, alles gut schütteln und eine halbe Stunde ziehen lassen. Teufelskrautsaft und Milch vom Milchbaum musste ich aufkochen lassen und zu dem Früchtebrei fügen. Gut umrühren, fertig. Die Milch kochte ich übrigens in einem der vielen Gänge. Der Gang war so angelegt, dass sich in dessen Mitte Wasser sammelte, das so heiß war, dass man darin kochen konnte. Unter diesem Gang floss nämlich Lava und erhitzte den Boden und das Wasser auf mitunter hundert Grad. Als Warnung stand an diesem Gang auch 'Vorsicht: Heiß'. Einmal bin ich diesem Gang gefolgt und kam an einem aktiven Vulkan heraus, auf dem hunderte von Paradoxisauriern wohnten, wie Dini einer ist. Aber das ist wohl eine andere Geschichte, ebenfalls in meinem Buch nachzulesen.
Jedenfalls musste ich das Medikament für Julia nur noch an die Frau bringen. Also machte ich mich auf den Rückweg nach Deutschland. Wieder flog ich durch Regen und Sonnenschein. Richtige Unwetter und Orkane waren diesmal aber nicht dabei. Alles weitere kann dir Fomka erzählen; ich muss noch die Tische und Stühle für die Feier aufstellen."

Und so übergab Jim das Wort wieder an Fomka, während er sich die drei Tische schnappte und davon marschierte. „Hab ich was verpasst?", hörten wir plötzlich Murmli fragen. „Wieso verpasst? Warst du weg?", kam die Gegenfrage von Diablo. „Das find ich aber nett. Keiner merkt, wenn ich mal kurz verschwinde", murrte das Murmeltier. „Solange es nur kurz ist und nicht für Tage ist es doch okay. Wenn ich da an Jim denke; der hat es sich fast zur Gewohnheit gemacht, ständig zu verschwinden und auch mindestens einen Tag verschwunden zu bleiben", witzelte Teufel. „Haha, wie witzig. Keiner mag mich hier." Beleidigt drehte sich Murmli weg und verschränkte die Arme. „He, Murmli, Teufel hat das nicht so gemeint. Wenn du willst, erzähle ich dir ganz schnell, was du verpasst hast. Sehr viel ist es ja nicht", tröstete Fomka. Und so erzählte er in kurzen Worten, was Jim alles erlebt hatte, wie er durch Unwetter flog, am Südpol landete und das Medikament herstellte.

Dann fuhr er mit dem Bericht fort: „Wie Jim schon sagte, kam er mit diesem Medikament zurück. Seine Kleider waren zerrissen und durchnässt. Duncan erzählte uns, dass er sich, als er zurückkam, wortlos an Julias Bett kniete und ihr eine Flüssigkeit verabreichte. Zu Duncan und Daniela meinte er nur, sie könnten sich jetzt ausruhen, er würde die Bettwache übernehmen. Natürlich bedankte er sich noch bei seinen zwei Freunden.
Und die anderen, die nach Jim gesucht hatten, wurden informiert, dass Jim sich wieder angefunden hatte. Nur meine Truppe, Janina, Schlafhund, Caii und ich wurden nicht informiert, weil man uns nicht finden konnte.
Mit müden Füßen kamen wir spät abends ins Krankenhaus zurück und mussten feststellen, dass es Julia schon wieder viel besser ging. Sie saß bereits wieder im Bett. Was uns Julia zu erzählen hatte, beunruhigte uns sehr. Sie hatte den Angreifer weder gehört, noch gesehen. Er schien aus dem Nichts gekommen und auch dorthin wieder verschwunden zu sein. Und Julia hatte wahrlich ein gutes Gehör und gute Augen. Sie hätte ihn bemerken müssen. Doch das Schlimmste an allem war, dass wir noch immer keine Ahnung hatten, mit wem wir es zu tun hatten. Es hätte ein Jumarianer sein können wie Roter Milan und sein Bruder. Ein Mensch war eigentlich unwahrscheinlich, da wir annahmen, dass hier in irgendeiner Weise Zauberei im Spiel war. Dafür sprach zum Beispiel das Blut, das wir gefunden hatten. 80% Schwein und 20% Mensch. Das konnte nur das Werk eines verrückten Außerirdischen sein. Ein Mensch wäre zu so einer Kreuzung kaum in der Lage, immerhin hatte das 'Resultat' mindestens ein paar Stunden gelebt. Die menschliche Technologie ist zu so etwas aber noch lange nicht in der Lage. Wir waren uns also alle einig, dass wir es mit einem Außerirdischen zu tun hatten, höchstwahrscheinlich einem Jumarianer. Blieben noch zwei Probleme: erstens, wie finden wir ihn, zweitens, wie machen wir ihn unschädlich.

Doch da Julia noch nicht wieder vollständig auf dem Damm war und auch die anderen vor Müdigkeit nicht mehr klar denken konnten, beschlossen wir, uns erst morgen Gedanken zu machen. Jim blieb bei Julia im Krankenhaus, während die anderen nach Hause oder zu Paii und Caii fuhren. Morgen früh wollten wir uns dann gegen neun Uhr am Krankenhaus treffen. Doch zu diesem Treffen kam es nicht, jedenfalls nicht zu der Zeit und an dem ausgemachten Ort.
Früh um sechs kam Jim mit Julia im Schlepptau aufgeregt nach Blankenheim zu Paii und Caii. Kurz nach ihnen kam Kaiser Fritz völlig verschlafen und mit Ringen unter den nur halb geöffneten Augen. Er hatte nicht bemerkt, dass er noch seine kurze Blümchenschlafanzughose an hatte. Aber gekämmt war er. 'Des is awwer ä scheenes Autfitt, wat du da trächst Koaisor Fritz', feixte Saatzh. Sofort war Kaiser Fritz wach und wurde ganz rot und dann ganz wütend. 'Wie kannst du es wagen, mich mitten in der Nacht zu wecken und mich zur Eile anzuhalten Jim Barnes?!', rief er zornig und verschwand im Bad. Nach bemerkenswerten zehn Minuten kam er ordentlich gewaschen, gestriegelt und mit glänzenden Zähnen heraus. Die Pyjamahose hatte er im Bad gelassen. Die anderen warteten schon im Wohnzimmer. Gruntzi und kleiner Louis waren nicht da.
'Okay Leute, hört mal zu', fing Jim dann an. Er stand am Kopf des großen ovalen Tisches, an dem wir schon gefrühstückt und geabendbrotet hatten. 'Julia und ich hatten heute morgen eine tolle Idee.' 'Heute morgen? Du meinst wohl eher heute Nacht. Sechs Uhr ist doch nicht Morgen, das ist Nacht', wurde Jim protestierend von Kaiser Fritz unterbrochen. 'Und erinnert mich nach diesem Abenteuer bitte daran, dass ich meinen Diener feure. Wie kann er mir nur diesen Schlafanzug einpacken!', fügte er noch aufgebracht hinzu. 'Wie Sie wünschen, Euer Hochwohlgeboren. Ich werde Euch höchst persönlich daran erinnern, wenn ich jetzt ohne Unterbrechung weiter erzählen dürfte', versuchte Jim, das Wort wieder an sich zu reißen.
Mit Erfolg. So erklärte er uns seinen Plan, oder besser er sagte ganz in MacGyver-Manier, was wir alles besorgen sollten. Den Plan erzählte er uns nicht direkt. 'Wir brauchen einen 1,36m langen Holzstamm. Vier kleinere Stämme, einen alten Werkzeug-

kasten mit Nägeln, Säge, kleine dünne Holzstücke, eine Plastetüte, Bohrer, ein dickeres Seil, Handschellen, Tomatensaft oder rote Farbe, einen sehr leisen, leistungsfähigen Motor, einen Fußball, Kleidung und Haare. Sprecht euch ab, wer was besorgt. Kleiner Louis und Gruntzi besorgen den Holzstamm.' Damit war Jims umfangreiche Erklärung beendet, und wie immer wusste keiner, worum es überhaupt ging.
Nach einer oder zwei Stunden hatten wir alles zusammen und legten es in den Garten von Caii und Paii. Jim war schon dort, aber wie es aussah, hat Jim nichts besorgt, was wir brauchen konnten. Doch er schien etwas gezeichnet zu haben. Es sah aus wie ein Mädchen, ein mechanisches Mädchen. Erst jetzt erklärte er uns sein Vorhaben richtig. 'Also, hört gut zu: das hier ist für Arme und Beine.' Jim zeigte auf die kleinen Holzstücke. 'Den Stamm benutzen wir als Körper und den Fußball als Kopf. Der Tomatensaft wird das Blut. Und mit dem Kleinkram bauen wir die Blutbahnen. Diese werden wir dann mit den Tüten von innen verkleiden. Den Motor bauen wir in Höhe des Herzens ein. Und damit steuern wir unser Mädchen. Alles verstanden?' Jim zeigte uns eine Fernbedienung.
Und schon ging es los. 'Ich brauche den einen Arm. Fomka, kannst du ihn mal festhalten?', rief Arne. 'Daniela, bring mir mal Hammer und Nägel', ergänzte er noch. Arne nagelte den Arm an. Plötzlich spürte ich ein unerträgliches, schmerzhaftes Hämmern in meinem linken Daumen. Ich musste sofort aufschreien. 'Ah! Au, au, au, au' Ich hüpfte auf einem Bein und hielt mir die linke Pfote. 'Oje, hab ich dir aus Versehen auf den Daumen geschlagen?', fragte Arne. Jim musste meine Pfote sofort verarzten. Als das geschehen war, ging es weiter. 'Hey, Fomka, es tut mir leid. Ich wollte dir bestimmt nicht auf die Pfoten hauen', entschuldigte sich Arne. Ich nahm es ihm auch nicht übel, denn besser hätte ich es bestimmt auch nicht gekonnt. Als ich Kaiser Fritz zetern hörte, ging es mir schon wieder besser. 'Was soll ich? Diese Pampe anrühren? Seid ihr noch ganz bei Trost? Ich mache mich doch schmutzig!', hörte ich ihn schimpfen. Doch kleiner Louis, der nicht mehr blau, sondern rot war, nahm darauf keine Rücksicht und drückte Kaiser Fritz den Rührstab in die Hufe. Jim kam hinzu und meinte: 'Da könnte noch etwas Sand zum andicken

ran. Doch nicht so viel, du Depp!' 'Wen nennst du hier einen Depp, du Bengel?', kreischte Kaiser Fritz zurück, 'Was glaubst du, wer du bist?' 'Entschuldigung, ich meinte natürlich kaiserlicher Depp', grinste Jim frech. Wenn Fritz nicht schon von der Farbe rot war, dann war er es jetzt vor Wut. Wutschnaubend ging er zum Gartentor. Er wollte über die Straße in seine Pension, um die Koffer zu packen. Jim merkte, dass er zu weit gegangen war. Schnell zauberte er die beste Gamsfell-Pflegelotion in seine Hand und rannte Kaiser Fritz hinterher. Noch vor dem Tor konnte er die Gams abfangen. 'Kaiser Fritz, Eure Hoheit, es tut mir leid. Bitte vergebt mir meinen jugendlichen Leichtsinn und nehmt dies als Zeichen meiner Reue an.' Jim sprach erstaunlich ernst und überzeugend. Ich weiß nicht, wie er es fertig brachte, sich tiefer zu verbeugen, als Kaiser Fritz groß ist, immerhin war Jim größer als der Kaiser. Kaiser Fritz warf Jim noch ein paar Sekunden lang einen bösen, vernichtenden Blick zu. Er prüfte, ob er in Jims Gesicht irgendwo ein Zeichen des Hohns finden würde. Als er aber nicht fündig wurde, lockerte sich sein Blick und er nahm das Geschenk an. Man merkte, dass Jim schon einige Übung mit Königen, Kaisern und anderen Herrschern hatte.
Nach etwa drei oder vier Stunden waren wir fertig. Nun warteten wir auf die Nacht. Ich holte den Schlaf aber schon mal vor, was gar nicht so einfach war, weil meine Pfote noch immer schmerzte. Irgendwann schlief ich aber trotzdem ein.
Um neun wurde ich geweckt. 'Fomka, wir wollen uns jetzt auf die Lauer legen', sagte Jim. Verschlafen nickte ich. Schnell merkte ich, dass ich nicht der Einzige war, der ein wenig geschlafen hatte. Alle wussten, dass es eine lange Nacht werden würde. Wir machten uns auf den Weg nach Sangerhausen, in der Hoffnung, dass er dort zuschlagen würde. White Horse brachte uns zur Sangerhäuser Walkmühle. Die Walkmühle ist eine ehemalige Mühle. Ein Wald umgab sie. Der Weg zur Mühle war durchaus als bergig zu bezeichnen. Im Frühling treffen sich die Leute hier häufig zum Grillen. Doch jetzt, im Februar war es still. Nur unsere Mädchenattrappe stand einsam dort, gut bewacht von Ratti, Jims Hausratte. Mehr oder weniger gemütlich gingen wir auf das Mädchen zu. Wir waren schon fast da, als sich Jim, Julia und Duncan urplötzlich versteiften und in die Stille lauschten. Sie schienen

etwas gehört zu haben. Auch die anderen blieben verwirrt stehen. Wie der Blitz und ohne Vorwarnung schnellte MacLeod auf die Bäume zu, die rechts vor im standen. Keine zwei Sekunden später fand er sich in einem schmerzvollen Polizeigriff wieder. Er wehrte sich heftig und schaffte es, den Angreifer, den er eigentlich selbst angreifen wollte, über die Schulter zu werfen und ihn mit dem Knie am Boden festzunageln. Duncan ballte die rechte Hand zur Faust und wollte zuschlagen. Doch Jim hielt ihn auf. 'Nicht Mac, der gehört zu uns', rief er. Mac schaute Jim ungläubig an, ließ dann aber von dem Mann am Boden ab. 'Auch wenn ich keine Ahnung habe, was er hier macht', fügte Jim zu dem Mann gerichtet hinzu und half ihm auf.
Jetzt erst erkannten wir, dass es sich um Großer Louis handelte. 'Teufel hat mich geschickt, weil er sich Sorgen um euch macht. Ihr habt euch schon lange nicht mehr gemeldet', erklärte dieser. Julia klärte Louis über den Stress auf, den wir in den letzten Tagen hatten. Doch Saatzh unterbrach den kleinen Plausch. 'I bin nu zwoar kee Expäärte, awwer I glob mor sollt'n uns vorstäckn, damit dor bäse Bub uns nich sieht.' Die anderen stimmten zu. Und nachdem Jim Mac übersetzt hatte, was Saatzh gesagt hatte, gab auch er unserem Sprachgenie Recht und suchte sich ein geeignetes Versteck. Jim schaltete noch unsere Attrappe ein und versteckte sich dann ebenfalls.
Jetzt hieß es warten. Wir lagen auf der Lauer, immer bereit zum Angriff. Die Zeit verstrich, die Puppe lief auf und ab und ab und auf, während wir anfingen, um die Wette zu zittern. Je weiter die Nacht fort schritt, desto kälter wurde es. Schlafhund, der solche Kälte eigentlich nicht mochte, zitterte am schnellsten. 'Da – da – das – i – ist – A – Arsch – ka – ka – kalt – hi – hier', bibberte er so langsam wie immer. Man musste schon genau hinhören, um zu verstehen, was er sagte. 'Scht', zischte Jim, schnipste mit den Fingern und prompt hatte Schlafhund einen hübschen gestrickten Anzug, eine Mütze und Pfotenschuhe an. 'Schlafhund, hast du keine Vision, wo der Kerl sein könnte? Du siehst so was doch sonst immer', hauchte Daniela, die auf der anderen Seite neben Schlafhund hockte. 'Wi – wie – ka – kann – i – ich – b – bei – di – dieser – Kä – Kälte – Vi – Visionen – ha – haben?', bibberte der Hund zurück, diesmal nicht ganz so schlimm wie zuvor.

Das leise Knirschen von Schnee, das in der Stille der Nacht doch sehr laut wirkte, ließ unsere Nerven bis aufs Äußerste anspannen. Angestrengt sahen wir in die Dunkelheit. Doch schnell stellte sich heraus, dass es nur eine Ratte war. Schnell machte Ratti ihr klar, dass sie sich heute Nacht lieber nicht hier aufhalten sollte. Daraufhin verschwand die andere Ratte wieder im Wald.
Lange Zeit zum Aufatmen hatten wir allerdings nicht. Schon hörten wir wieder etwas. Schritte. Schritte von Lederstiefeln, die durch den Schnee stapften. Wieder machten wir uns bereit. Es dauerte nicht lange und aus der Dunkelheit trat eine Gestalt. Jim machte ein Gesicht, als würde er die Gestalt kennen. Doch er schien sie nicht richtig einordnen zu können. 'Wo habe ich diese Gestalt schon einmal gesehen?', hörte ich ihn vor sich hin nuscheln. Wir alle sahen, wie die Gestalt unser Mädchen angriff. Genau in diesem Moment warf MacLeod das Lasso. Der erste Wurf war gleich ein Treffer. Wir hatten den Kerl gefangen. Jim war als Erster bei dieser Gestalt. Ihr Gesicht war von einer Maske verdeckt. MacLeod, der sich inzwischen über den Gefangenen gebeugt hatte, zog im die Maske vom Kopf. Als Jim das Gesicht des Mannes sah, verfinsterte sich sein Blick. 'Ich kenne sie also doch. Dachte ich mir fast', meinte er trocken. 'Wie war das doch gleich? Sie haben den Mörder an der Engelsburg, an der Kupferhütte und am Taubenberg gesehen, und das alles zur selben Zeit? Das kam mir doch gleich verdächtig vor. Ich hätte gleich merken müssen, dass sie mit der Sache irgend etwas zu tun haben mussten', fauchte Jim wütend.
Der Mann sah uns kalt und berechnend an. Da war kein Anflug von Reue zu sehen. Sie war von ihm auch nicht zu erwarten. Er war ein typischer Rebell. Seine gesamte Kleidung bestand aus Leder. Piercings pflasterten sein ganzes Gesicht. Für meinen Geschmack war es schon eine Verunstaltung des Gesichts. Unsanft zog Jim den Mann, der noch immer am Boden lag, zu sich nach oben. Er konnte den Mann nicht leiden und daraus machte er keinen Hehl. Normalerweise würde er sich zusammenreißen, aber in diesem Fall gab er sich noch nicht einmal Mühe. Der Mann hatte Kinder entführt und wer weiß was mit ihnen angestellt, er hatte Jims Schwester schwer verletzt, was ein normaler Mensch nie geschafft hätte. Jim ging davon aus, dass der Mann sehr stark sein müsste, umso

überraschter war er, wie wenig er sich wehrte. 'Geht lieber zurück', warnte er uns. Er schien mit einem Trumpf zu rechnen, den der Mistkerl noch ausspielen würde. Nur Julia, MacLeod und Großer Louis blieben bei Jim, die anderen zogen sich zurück und beobachteten das Geschehen aus sicherer Entfernung.
'So, und nun zu dir, Freundchen. Ich denke, du hast schon gemerkt, dass ich dich nicht leiden kann. Also, ich erklär dir jetzt, wie das Spiel läuft: Entweder du sagst mir jetzt, was ich wissen will oder wir haben eine ziemlich lange Auseinandersetzung miteinander. Wie ist es dir lieber?', warf Jim seinem wie ein Westpaket verschnürtem Gegenüber an den Kopf. Dieser hatte aber nichts besseres zu tun, als Jim ins Gesicht zu spucken. Angewidert wischte sich Jim mit dem Anorakärmel über das Gesicht. 'Hey, was soll das? Ich hab doch noch gar nichts gefragt', giftete Julias Bruder unseren Gefangenen an. 'Also, wo sind die Kinder, die verschwunden sind? Und was hast du mit ihnen gemacht?' Der Mann machte aber keinerlei Anstalten etwas zu erwidern. 'Ich kann mich nicht erinnern, Ihren Mund gefesselt zu haben', griff Duncan jetzt ein. Die Antwort blieb aber weiterhin aus. 'Mh, möglicherweise waren die Fragen etwas zu schwer für den Anfang. Fangen wir mit etwas anderem an: Wer bist du überhaupt?', stellte Jim eine weitere Frage. Auch darauf gab es keine Antwort. Jim zuckte nur lax mit den Schultern: 'Na gut, er will die harte Tour.' Mit fester Hand griff er den Mann und hob vom Boden ab. Als er in etwa die Höhe einer alten Eiche erreicht hatte, stoppte er. Aber auch weiterhin zeigte der Mann keine Reaktion. Höhenangst hatte er also nicht. Jim ließ das kalt, er drehte den Mann so, dass er mit dem Kopf nach unten sehen musste. Mit der rechten Hand hielt er ein Bein des Mannes fest. 'Sagst du mir jetzt, was ich wissen möchte?', fragte Jim noch einmal. 'Da kannst du warten, bis du schwarz wirst', meinte der Verbrecher nur. „Okay, dann kannst du es mir jetzt sagen, ich bin schwarz', gab Jim unberührt, ja geradezu belustigt zurück. Ungläubig schielte der Mann zu Jim nach oben. 'Leck mich!', schnauzte der Mann. 'Das werd ich garantiert nicht machen. Rede endlich, meine Geduld ist gleich zu Ende!', gab Jim zurück. Er war merklich gereizt.
Großer Louis griff jetzt in die ganze Sache ein. 'Ich an ihrer Stelle würde langsam anfangen zu reden, die Geduld des Knaben ist

nicht besonders groß. Sie wissen doch, wie Kinder sind, unberechenbar und launisch und er ist nun mal ein Kind', rief er nach oben. Doch auch das brachte keine Wirkung. Daher ging großer Louis aufs Äußerste. 'Wie sie meinen. Ist sowieso egal, wir wissen bereits, wo die Kinder sind. Wir hätten es nur lieber von ihnen gehört. Sie wissen schon, damit wir etwas haben, womit wir vor Gericht gehen können.' 'Sie bluffen!', schrie der Mann nach unten. Sein Kopf lief schon rot an. 'Nun kommen sie endlich. Wir werden die Kinder in Hamburg schon finden. Sie können mir glauben, dass wir schon längst ein paar Kollegen von der Polizei hingeschickt haben, um sie zu befreien.' Wir waren uns sicher, dass Louis bluffte, oder etwa nicht? Das Gesicht des Mannes, der sich noch immer in Jims festem Griff befand, sagte uns alles. Und endlich brach er zusammen und gestand, dass die Kinder in Hamburg wären, alle gesund und unversehrt.
Jim war schon fast zufrieden. Nur eine Sache konnte er sich nicht verkneifen. Er ließ den Mann für einen Sekundenbruchteil fallen. Ein Schrei des Entsetzens drang von dem Mund des Mannes. Dann setzte Jim den Typ am Boden ab. Bibbernd vor Angst blieb er dort liegen. Ich glaube, er nuschelte irgendwas von 'Die sind doch verrückt', oder so. Doch darauf achtete keiner mehr. Jim gab Anweisungen, den Festgenommenen zur nächsten Polizeistation zu bringen, während er die Kinder suchen und nach Hause bringen wollte. Denn obwohl wir wussten, dass sich die Kinder in einem Lagerhaus am Hamburger Hafen befanden, hatten wir keine Ahnung, welches nun genau gemeint war.
Wir eskortierten den Mann, von dem sich später herausstellte, dass er Mr. Donevan Sunshine hieß, zur nächsten Polizeistation – zu Fuß versteht sich. Mr. Sunshine war ein kluger und erfinderischer junger Mann, der sich für ein Studium der Genforschung angemeldet hatte, aber abgelehnt wurde, weil er sein Äußeres nicht ändern wollte. Also hatte sich Donevan Sunshine alles, was er über Genforschung und -manipulation und Klonen wusste, aus Büchern selbst beigebracht. Eines Tages fand er wohl ein jumarianisches Buch, das er sich von einem Freund, einem Sprachwissenschaftler, übersetzen ließ. In dem Buch stand unter anderem, wie man aus einem Meerschwein, einem Tier von Juma, das nur im Wasser lebt und viel Ähnlichkeit mit einem Schwein hat, und einem Ju-

marianer Klone herstellt. Da unser Frankenstein aber weder ein jumarianisches Meerschwein, noch einen Jumarianer hatte, verwendete er einfach richtige Schweine und Menschen. Was Mr. Sunshine allerdings nicht wissen konnte, war, dass dieses Buch lediglich die Anfänge der jumarianischen Forschung waren. Dass die darin beschriebenen Experimente allesamt schief gingen und die Klone nach ein bis zwei Wochen alle starben, stand nicht in dem Buch. Das hätte er nämlich in Band zwei nachlesen können, was Julia ihm auch mit dem Genuss der Genugtuung sagte.
Jim hatte White Horse zu sich gerufen, um die Kinder zu befreien. Zum Glück brauchte er nicht lange, um sie zu finden. Seine erstklassige Technik half ihm dabei. Das Lagerhaus war sehr groß, überall standen Kisten und technische Geräte herum. Einige Kisten waren aus Holz, einige aus Metall. Einige waren mit bunten Planen abgedeckt und eine war leer und zertrümmert. Die Kiste sah aus, als sei sie von innen aufgebrochen. Jims Computer spuckte zu dieser Kiste beunruhigende Daten aus: mit 95%iger Sicherheit war in dieser Kiste ein Tiger transportiert worden. Jim konnte die Daten nicht glauben und fragte noch einmal nach. 'Entschuldige, Jim, der Tiger war vor einem Monat hier drin. Als die Kinder hierher gebracht wurden, war die Kiste bereits leer', tönte die helle, weibliche Stimme aus Jims Uhrenfunkgerät. Jim schnaufte hörbar vor Erleichterung. 'Wie kannst du mir einen solchen Schrecken einjagen?', rügte er den Computer. Dann aber rief er nach den Kindern, die sich in der hintersten Ecke befanden. Scheinbar hatte der Wahnsinnige aber gut für das leibliche Wohl der Kinder gesorgt. Abgesehen davon, dass sie etwas schmutzig waren, waren sie wohlauf und gesund.
Die Kinder freuten sich, dass sie endlich nach Hause durften. Schnell stellte sich heraus, dass die Kinder aus mehreren verschiedenen Bundesländern kamen. So lud er die Kinder nach Bundesländer sortiert in sein Auto und brachte sie nach Hause zu ihren Eltern. Die Wiedersehensfreude war bei allen Familien riesengroß. Und nach Jims Aussage auch die Freude über Jims Fahrstil. 'Mein Papa würde nie so schnell fahren', meinten wohl einige der Kinder jubelnd.
Damit war unsere Arbeit getan und wir kehrten wieder zurück an unsere eigentlichen Arbeitsorte. Das heißt, ich genehmigte mir

eine Woche Urlaub und blieb noch ein bisschen in Sangerhausen. Ich sah mir das Mammutskelett im Spengler Museum am Bahnhof und das Schaubergwerk Röhrigschacht an. Leider war das Rosarium geschlossenen. Im Winter würde es dort auch keinen Spass machen."

Mystery in Norway oder mysteriöse Vorfälle in Norwegen

„Es war im April des Jahres 1996, als ich, Husky und Saatzh beschlossen, gemeinsam in den Urlaub zu fahren." Teufel übernahm jetzt wieder. „Teufel, du willst doch wohl jetzt nicht ernsthaft von deinem Urlaub erzählen? Ich wollte eigentlich mit dem nächsten Abenteuer weiter machen. Was interessiert uns dein Urlaub? Das hier sollte lediglich ein Rückblick auf unsere Abenteuer sein. Was wir da im Urlaub gemacht haben, steht doch nicht zur Debatte", protestierte Fomka. „Ich bestehe aber darauf. Ich wollte mal ein bisschen Lustiges in die Unterhaltung bringen." „Aber Teufel." „Kein aber. Du wirst sehen, mein Abenteuer in Norwegen wird dir gefallen. Und außerdem haben wir dort Flax getroffen." Fomka gab es auf, gegen Teufel anzukämpfen.

„Wie schon gesagt", fuhr Teufel seinen Bericht fort: „Ich, Saatzh und Husky hatten beschlossen, gemeinsam in Norwegen Urlaub zu machen. Wir trafen uns in London. Dort packten wir die restlichen Sachen noch ein. An diesem Abend legten wir uns zeitig schlafen, da wir früh raus wollten. Wir übernachteten dort übrigens in einem Hotel etwas außerhalb von London. Die Hotels in der Londoner Innenstadt waren entweder schon ausgebucht oder für nur eine Nacht etwas teuer.
Als wir am nächsten Morgen aufstanden, war es noch dunkel. Saatzh war schon etwas früher aufgestanden, er hatte auch den Kleinbus besorgt. Husky und Saatzh hatten den Bus schon beladen, während ich irgendwie nicht aus den Federn kam. Sie saßen bereits im Bus und warteten auf mich. Ich konnte meinen Katerausweis nicht finden. Deshalb mussten sie so lange auf mich warten. Unser Frühstück durften wir nach langen Überredungsküns-

ten von Saatzh mitnehmen. Aber ich glaube, die Dame hat uns das Frühstück nur mitgegeben, weil sie Saatzh' Dialekt nicht mehr hören konnte und ihn endlich loswerden wollte.
Als ich meinen Ausweis dann endlich gefunden hatte, konnte es losgehen. Aber gerade als ich einsteigen wollte, fuhr Saatzh einfach los. Ich dachte, er wolle nur ein Stück vorfahren, weil es auf dem Parkplatz recht eng war. Doch ich sollte mich irren. Saatzh beschleunigte und fuhr richtig los, ohne mich. Ich nahm die Tatzen in die Pfoten und rannte, was das Zeug hielt, hinter dem Bus her. Wütend fuchtelte ich mit den Armen, dass Saatzh anhalten solle. Jedoch ohne Erfolg. Meine Beine wurden langsam schwer und ich hatte keine Puste mehr.
Plötzlich verließ Saatzh die Straße und fuhr über einen kleinen Sandberg. Ich konnte gerade noch bis dahin laufen. Dort angekommen, legte ich mich auf den Hügel. Ich hatte keine Lust mehr, dem Bus hinterherzulaufen. Dann schien sich das Blatt aber zu wenden. Der Kleinbus musste anhalten. Ein Polizist stand neben ihm. Er schrieb einen Strafzettel. Saatzh war wohl etwas zu schnell gefahren und hatte die Straße verlassen. Ich gesellte mich zu ihnen. Natürlich musste ich mir diesen Wisch erst einmal ansehen. Auf den Strafzettel waren Blumen gemalt. Zwar hatte ich noch nie einen Strafzettel gesehen, dennoch konnte ich mir nicht vorstellen, dass sie dafür Blümchenpapier verwenden. Doch das war mir jetzt sowieso egal, ich stieg in den Wagen und wollte die Tür schließen. So sehr ich aber auch daran zog und zerrte, ich bekam die Tür nicht zu. Sie bewegte sich keinen Zentimeter. Dann hatte ich sie aber doch zu bekommen.
Jetzt, da alle im Bus saßen, konnte Saatzh endlich losfahren. Doch Saatzh konnte gerade mal den Motor anlassen, als eine fremde Frau einstieg. Dunkles, halblanges Haar, etwas pummelig, Blumenkleid. Ihr Gesicht wirkte freundlich. Ich wurde das Gefühl nicht los, sie zu kennen. Aber woher? Und wie heißt sie? Ich konnte es mir nicht erklären."

„Das ist ja ein turbulenter Urlaubsstart", unterbrach Fomka bedauernd. „Kann man wohl sagen, kann man wohl sagen", war Teufels Reaktion. „Habt ihr sie mit nach Norwegen genommen? Weißt du jetzt, wer sie war?" Diablo war genau wie sein Großvater: sehr, sehr neugierig.

Teufel nickte: „Wir haben sie mitgenommen, aber ich weiß bis heute nicht, wer sie war. Saatzh und Husky nahmen von der Frau keine Notiz, sie mussten ja auch nicht neben ihr sitzen. Die Überfahrt nach Norwegen verlief ohne Zwischenfall. Es wurde langsam hell.
Von der Fähre aus mussten wir noch ein ganzes Stück ins Landesinnere fahren. Bald kamen wir an eine Kreuzung. An einer Tankstelle wollten wir eine kleine Rast machen. Ich, Saatzh und Husky stiegen aus, um uns etwas die Beine zu vertreten. Saatzh wollte sich den Weg geradeaus ansehen, während ich und Husky nach der Kreuzung nach links gingen. Wir beide waren noch nicht weit gekommen, als wir plötzlich hörten, wie jemand sagte: 'Der Dunkle wird seine gerechte Strafe bekommen!' Keine Ahnung warum, aber ich sprintete zu Saatzh. Erst jetzt bemerkte ich, dass er von der Sonne schon ein wenig gebräunt war. War er das vorhin auch schon und ich habe es nur nicht bemerkt? Oder war er vorhin noch nicht so braun? Jedenfalls stellte ich mich vor Saatzh, um ihn zu beschützen.
Die wütenden Leute kamen jedoch nicht dazu, uns irgend etwas anzutun, denn Husky rief auf einmal: 'Der Mond fährt!' Ich konnte nicht glauben, was Husky da gesagt hatte. Wie sollte ein Mond fahren? Über den Satz erstaunt, blickte ich nach oben. Aber ich war keineswegs der Einzige, der nach oben schaute. Und tatsächlich, der Mond bewegte sich schnell am Himmel. Er bewegte sich gerade so, als würde er in einem rasenden Tempo untergehen. Er kam der Erde entgegen, wurde dabei immer schneller und schneller."

Fomka und Diablo sahen Teufel bereits komisch an. Sie konnten nicht glauben, was ihnen da aufgetischt wurde, das reinste Seemannsgarn, dabei war Teufel noch nicht einmal ein Seemann, ganz im Gegenteil, er hasste Wasser.

Doch Teufel ließ sich von den Blicken nicht irritieren, er wollte den beiden später Zeit zum Wundern geben: „Plötzlich stürzte der Mond ab, fiel einfach zu Boden. Er war nicht größer als eine Frisbyscheibe. Sofort hob ich ihn auf und versuchte, ihn wie selbige wieder nach oben zu werfen. Der Mond stieg hoch und gewann an Höhe. Trotzdem erreichte er nicht annähernd die Höhe, die er erreichen sollte. Er beschrieb in der Luft eine Kurve und kam zur Erde zurück. Ich versuchte es immer und immer wieder, ohne Erfolg. Auch die anderen fingen an, den Mond nach oben zu werfen. Plötzlich hatte jeder einen Mond in der Hand."

Jetzt ließ Teufel Fomka, Murmli und Diablo die Zeit, sich zu wundern. „Ein Mond, der herunterfällt? Das glaubst du doch wohl selbst nicht", meinte Fomka zum Beispiel. „Du willst uns doch bestimmt auf den Arm nehmen, oder?" Teufel schüttelte den Kopf: „Ich nehme euch nicht auf den Arm. Das ist mein voller Ernst." Fomka, Murmli und Diablo konnten es nicht glauben.

Dennoch ließen sie ihn weiterspinnen: „Plötzlich kam eine Frau auf mich zu. Sie war noch recht jung. 'Können sie mir helfen? Mein Mann sagt immer, dass er sterben müsse. Er muss doch immer diese Tabletten nehmen, die er immer mit Marathon[1] runterspült', sagte die Frau. Ich war natürlich hilfsbereit und ging mit der jungen Frau mit. Der Mann lag auf dem Bett. Sofort trat ich an sein Bett und untersuchte den Mann. Ich hörte einen schwachen Herzschlag, versuchte ihn zurückzuholen. Doch als sich nach längerem Bemühen kein Erfolg abzeichnete, gab ich es schließlich auf. Ich wollte der Frau die Nachricht mitteilen, als sich hinter mir etwas bewegte.
Sofort drehte ich mich um. Der Mann saß plötzlich wieder aufrecht im Bett. Beide, die Frau und der Mann lachten schallend. Lachten, lachten, lachten. Ihre Gesichter drehten sich um mich herum, immer schneller und schneller. Das Lachen ging in ein komisches Schrillen über, als ob ein Wecker klingeln würde. Es wurde immer lauter. Plötzlich saß ich aufrecht in meinem Bett. Ich sah mich um, begriff noch nicht, was geschehen war.
Doch dann kamen Saatzh und Husky ins Zimmer. Draußen war es dunkel. Ich wollte noch fragen, ob wir nicht schon in Norwegen seien, doch langsam begriff ich, dass ich nur geträumt hatte. Ich musste gähnen, es war ja auch erst um vier.
Nach einem kurzen Frühstück machten wir uns auf den Weg zur Fähre."

---

[1] ein isotonisches Getränk in Deutschen Landen

„Es war also nur ein Traum? Ich konnte es sowieso nicht recht glauben, dass ihr das erlebt habt“, unterbrach Fomka. Teufel nickte: „Nur ein Traum.“ Alle im Raum lachten. „Ihr seid übrigens die Ersten, die von diesem Traum erfahren haben“, fügte Teufel nach längerer Zeit unter Lachen hinzu.

„Wir sind jedenfalls gleich nach dem Essen losgefahren. Natürlich nicht mit einem Kleinbus und ich musste auch nicht hinterher rennen. Husky war am Steuer, ich saß hinter dem Beifahrer. Neben mir lag noch Gepäck. Wir fuhren zur Fähre. Dort mussten wir etwa drei Stunden auf das Schiff warten. Wegen Wintereinbruchs in Norwegen hatte die Fähre Verspätung. Aber auch in England war es nicht gerade warm, die Straßen waren spiegelglatt, und das im April. Wir kamen recht spät bei der Fähre an. Saatzh glaubte schon, wir würden die Fähre nicht mehr schaffen. Bei der Fähre angekommen, mussten wir in einer langen Schlange warten. Es war eiskalt, da wir den Motor abgestellt hatten, wurde auch im Auto nicht geheizt. Ab und zu gingen wir in einen großen Aufenthaltsraum, der extra für Autofahrer und andere Nutzer gebaut wurde. Dort konnte man etwas essen, was wir aber nicht taten, da wir uns etwas zu Essen mitgenommen hatten, und wir konnten uns, was am Wichtigsten war, aufwärmen.
Dann endlich kam unser Schiff. Husky fuhr an Bord. Dort angekommen suchten wir erst einmal die Rezeption, da wir noch keine Karten hatten. Wir kauften uns eine Karte für eine Viererkabine. Ein Bett blieb dabei allerdings frei. Dort kam dann unser Handgepäck drauf. Die Nordsee war recht stürmisch und wir waren keineswegs seefest. Außerdem waren wir noch müde. Doch bevor wir uns hinlegten, setzten wir uns erst einmal in eine kleine Bar und tranken etwas. Saatzh und Husky tranken Cola, und ich einen alkoholfreien Cocktail.
'Meine Cola bitte mit einem Schuss Kirschsaft', meinte Husky. 'Jepp, un meene Gola bidde mit een Schuss Zitron'nsaft. Awer kee Ees', ließ auch Saatzh seinen Sonderwunsch ab. Natürlich saßen noch andere in dieser Bar. Einige spielten Skat oder irgend ein anderes Kartenspiel.
Dann begann die große Fahrt. Ich, Saatzh und Husky redeten noch über Gott und die Welt. Doch dann wurde uns schon ein

wenig schwummerig, unser Zeichen, in unsere Kabine zu gehen. Da das Schiff groß war, verliefen wir uns beim ersten Mal, liefen runter, statt hoch. Und auch oben liefen wir erst in die falsche Richtung. Zur Erleichterung aller hatten wir unsere Bleibe dann nach längerem Suchen und ein oder zweimal Fragen doch noch gefunden. Wie wir aber merkten, waren wir nicht die Einzigen, die ihre Kabine suchten.
Zu guter Letzt lagen wir dann doch in unseren Kojen. Husky musste vorher noch einmal kurz aufs stille Örtchen, dann ging er auch zu Bett. Wir merkten, wie das Schiff schaukelte, hin und her. Es wiegte uns regelrecht in einen leichten Schlaf. Gegen acht Uhr wurden wir geweckt, da das Boot bald anlegen sollte. Wir zogen uns an und packten die wenigen Sachen, die wir ausgepackt hatten, wieder ein. Dann gingen wir zum Auto und verstauten die Sachen dort. Danach ging es zum Frühstück. Den Rest der Zeit verbrachten wir dann in den kleinen Geschäften, die dort an Bord waren. Als Erstes gingen wir in ein Parfümgeschäft. Obwohl der Seegang schon ein wenig zurückgegangen war, wurde uns dort ein wenig schlecht. Wir mussten schnell wieder fliehen. Bald darauf wurden alle Autofahrer darum gebeten, sich zu ihren Autos zu begeben, also machten wir uns auf den Weg. Nachdem das Schiff angelegt hatte, konnten wir es dann endlich verlassen. Im Schneckentempo fuhren wir von der Fähre und suchten unseren Weg aus dem Hafen. Als wir dann freie Fahrt hatten, fuhren wir weiter zu unserer Unterkunft.
Eines Tages, ich meine eines Abends, waren wir auf Elchsafari. Allerdings war uns das Glück nicht hold. Nirgends zeigte sich ein Elch, nicht einmal die Schwanzspitze eines Elches. Das Einzige, was wir trafen, war ein kleiner Hund, ein kleiner, grau-weißer Husky, der uns entgegenstürmte und freudig mir dem Schwanz wackelte. Vor uns ließ er sich fallen und rollte sich im Schnee. Dabei lachte er schnaufend und vergnügt. 'Hi, Leute. Was führt euch denn hier her?', fragte er dann, als er wieder auf allen vier Pfboten stand. Wir merkten sofort, dass er noch ein Kind war. 'Mor sin uff nor Elksafarie. Awwer de Elks scheen'n dat nich zu wissen, die zaichen sich nämlsch joarnisch', meinte Saatzh traurig. Der Husky grinste nur: 'Des is mor awer ne budzsche Nuudl. Wo hott'n dor seen'n Dialekt her?', kicherte der junge Husky,

während er sich alle Mühe machte, Saatzh Dialekt zu imitieren. Selbst Saatzh musste grinsen. 'Wie heißt du denn, Kleiner? Und wo sind deine Eltern?', fragte Husky. 'Ich bin Flax', antwortete dieser. 'Wie heißt denn der? Sein Dialekt ist doch zu schön', stellte der junge Hund, der sich Flax nannte, als Gegenfrage. 'Das ist Detlev Saatzh. Ignorier seinen Dialekt einfach, das kann man nur unter Anatomie zählen', gab Husky zurück. Der kleine Flax hatte natürlich nix verstanden. 'Dein Artgenosse meinte, dass man den Dialekt von Saatzh nur unter Anomalie, was soviel wie Unnormalität heißt, zählen kann. Sprich: so wie Detlev Saatzh spricht, kann man nicht als normal bezeichnen', versuchte ich zu erklären und hoffte, dass ich die Fremdwörter richtig erklärt hatte. Flax nickte. 'Wenn ich den Dialektkumpel richtig verstanden hab, wollt ihr Elche sehen? Und das im April?' In Flax Stimme lag ein bisschen Spott. 'Elchzeit ist doch im Herbst. Jetzt haben die doch ihre Kinder', erklärte Flax unseren bisherigen Misserfolg bei der 'Elchjagd'. 'Kanschte uns drotzdem Elks zeechen?', frachte Saatzh, äh, fragte Saatzh. Flax nickte vergnügt: 'Was bekomm ich dafür?', fragte er frech. 'Eine Tracht Prügel weniger', antwortete ich genauso flapsig. 'Das war doch nur ein Scherz', druckste Flax betreten. 'Das weiß Teufel doch. Er hat doch auch nur ein Flugs gemacht', tröstete Husky den jungen Hund und leckte dessen Schnauze. 'Was zum Himmelkreuzdonnerwetter ist nun schon wieder ein Flugs?', fragte der Welpe, indem er Huskys Zunge auswich. 'Was Husky meinte ist Jux, ein Spaß. Und er hat recht, ich hab nur Spaß gemacht. Möchtest du uns jetzt ein oder mehr Elche zeigen?', schritt ich erklärend ein. Flax zuckte nur mit den Schultern und stiefelte los Richtung Wald. Am Waldrand, nicht weit von uns entfernt, drehte er sich um und rief 'Dann kommt mal. Ich weiß, wo man um diese Jahreszeit Elche findet. Eigentlich gibt es dort immer Elche, die wohnen dort, ist allerdings etwas weiter weg von hier.' Da wir noch keinen Elch zu Gesicht bekommen hatten, folgten wir unauffällig.
Und so liefen wir durch Wald, über Lichtungen, durch unwegsames Gestrüpp und am Abgrund von senkrechten Steilwänden mit herrlichem Blick aufs Meer. Husky hatte jedoch keinen Blick für diese Naturschönheit, er war damit beschäftigt, so weit wie möglich auf der Innenseite besagter Steilwände zu gehen. Ihm wurde

ja schon schwindlig, als er da hinunter sah. Wir kamen an eine wunderschöne sprudelnde Quelle. Jedenfalls würde sie in die Luft sprudeln, wenn sie nicht eingefroren wäre. So gab ihr Anblick ein bizarres, romantisches und wunderschönes Bild. An der Quelle machten wir eine kurze Pause. Und die war bitter nötig, jedenfalls für mich, Saatzh und Husky. Flax hingegen war noch putzmunter und fidel. Während wir keuchend und völlig k.o. an der zugefrorenen Quelle saßen, tobte er herum. Nach einer Weile war Saatzh der Erste, der wieder halbwegs fit war. Er holte die Kamera heraus und machte Fotos von der Quelle. Und natürlich von mir und Husky, wie wir völlig kaputt auf einem Stein saßen und unsere Füße massierten, die wir vor Kälte und Anstrengung schon gar nicht mehr spürten. 'Ich sollte mal wieder etwas mehr trainieren. Das nächste Schlittenrennen ist nicht mehr allzu weit weg', meinte Husky, während er seine schmerzenden Füße beäugte. Du musst wissen, dass Husky häufig bei diversen Hunde- beziehungsweise Schlittenhunderennen mitmacht. 'Dann hast du ja den besten Trainingspartner gefunden. Er nennt sich Flax', witzelte ich und hüpfte wieder auf. Eigentlich sollte es elegant und leichtfüßig wirken, doch das tat es mit Sicherheit nicht.
'Können wir jetzt weiter?', fragte der junge Hund ungeduldig. Und so ging es weiter. Nach gut zwei Stunden erreichten wir eine kleine Lichtung, auf deren anderer Seite eine Hütte stand. Etwas erhöht auf einem kleinen Hügel. Dahinter schien ein kleiner Bach zu plätschern. 'Et voila', meinte Flax stolz, indem er auf die Hütte zeigte. 'Schön, eine Holzhütte. Wenn sie rechts und links noch sowas wie ein Geweih hätte, würde die Hütte mit etwas Fantasie einem Elch ähneln. Ja doch', bemerkte ich trocken. 'Awwer i docht du wollt's uns ä poar Elks zeechn?' 'Grr!', knurrte Flax. 'In der Hütte wohnt doch rein zufälligerweise der Elch, den ich euch vorstellen wollte', fügte er etwas beleidigt hinzu und stapfte auf die Hütte zu. 'He, Kleiner, es tut mir leid', rief ich und flitzte hinterdrein. 'Klasse gemacht, ihr Bonitäten!', schimpfte Husky mit uns, wobei wir beide keine Ahnung hatten, was er mit Bonitäten meinte.
Flax kümmerte sich aber reichlich wenig darum. Er war schon fast an der Tür des Hauses angelangt und klopfte. Die Tür blieb aber verschlossen, selbst als wir ein paar Minuten später zu Flax

aufgeholt hatten. Der Welpe klopfte noch einmal. Wieder ohne Erfolg. 'Ølav scheint nicht zu Hause zu sein? Komisch, wo treibt er sich bei dieser Kälte nur rum? Er sagt doch selbst immer, bei dieser Affenkälte scheucht man doch keinen Elch vor die Tür', murmelte Flax, wobei er den Namen Ølav, Ölaf aussprach. 'Wo zum Geier ist denn der Blumentopf?', fing er nach einiger Suche an zu schimpfen. Gott allein weiß, wonach der Hund suchte. Doch dann fand er, wonach er suchte. Unter einem kleinen Schneehügel entdeckte er einen umgedrehten Blumentopf. Der Hügel kam allerdings nur zustande, weil der Topf verschneit war. Unter diesem Topf lag ...
... nichts! Das irritierte Flax aber nicht, er griff in den Topf und holte vom Boden einen Schlüssel hervor. Der Schlüssel musste am Boden des Blumentopfes befestigt gewesen sein. Mit dem Schlüssel öffnete er dann die Tür. Scheinbar kannten sich der hier wohnende Elch und Flax sehr gut, sonst würde der Welpe wohl kaum so frech sein und die Hütte betreten. 'Kommt rein. Ølav ist nur kurz weg, das Feuer im Kamin brennt noch.' Zwar konnte ich mir nicht erklären, wie Flax die vor sich hinglühende Asche ein brennendes Feuer nennen konnte, aber wenn er meinte musste es ja stimmen. Und was Flax unter nur kurz weg versteht, ist mir auch ein Rätsel. Der Bewohner des Hauses musste schon mindestens seit heute Morgen weg sein. Auf jeden Fall war es im Haus kaum wärmer als draußen. ''S wäre wärchlich scheene, wenn mor ä scheenes Feu'r machen kinnten, I hab schon Eeszappen on meene Fias', sprach uns Saatzh aus der Seele. Und so entfachte Husky das Feuer im Kamin neu, legte neues Holz auf und wir streckten unsere Füße gen Ofen. Wunderschön, warm und gemütlich. Wir spürten, wie wieder Leben durch unsere gefrorenen Hinterpfoten schoss. Bald dösten wir unter der wohligen Wärme ein.
„Da kommt er! Da kommt er!.' Flax' Geschrei ließ uns von den Stühlen kippen. Unsanft landeten wir auf dem Po. 'Einbrecher?', fragte ich noch halb verschlafen, ohne überhaupt zu wissen, was los war. Sekunden später merkte ich aber, dass der junge Hund wie von einer Tarantel gestochen am Fenster auf und ab lief und immer wieder rief: 'Da kommt er.' 'Moment mal, das sind ja zwei, nein, da ist noch einer. Ølav scheint Besuch zu bekommen. Dann war er ja heute am Bahnhof', fügte Flax noch hinzu. Schnell

ging Flax zur Tür. Kurz bevor Ølav die Klinke der Tür herunterdrücken konnte, riss Flax die Tür nach innen auf und sprang dem braunen Elch freudig um den Hals. 'Hi Ølav. Ich muss dir meine Freunde vorstellen. Komm schnell', rief der Welpe mit hitzigem Gemüt. 'I ich d den k ke i ich bra brauch j jetzt w was h heißes. Ka ka kalt', stotterte Ølav frierend. Auch die beiden anderen Elche klapperten mit den Zähnen. Schnell setzte der braune Elch, den Flax Ølav nannte, einen Kessel Wasser auf und brühte einen schönen heißen Kräutertee aus Kräutern, die sie im Sommer auf der Wiese gesammelt hatten. Der Elch machte auch für uns Tee, wobei Flax bei Kräutertee lange Zähne machte. Aber mit dem Ingwerhonig, den der graue Elch mitgebracht hatte, meinte er, könne man den Tee gerade so genießen.
Nachdem dann endlich alle aufgetaut waren, wandte sich Ølav an uns, dann zu Flax. 'Wie ich sehe, hast du Besuch mitgebracht. Wie nett, dann haben wir ja bald ein Full House. Wenn dann morgen noch Elchis Frau kommt, muss ich anbauen. Wer sind denn deine Freunde?' 'Das sind Touries. Der lange schwarze heißt, glaube ich, Teufel, der Husky heißt Husky. Und dieses Sprachgenie heißt, heißt. Ach wie hieß er denn noch mal. Dialektkumpel halt', stellte Flax uns den Elchen vor. 'I heeße übrigens Detlef Saatzh, mit zwee 'a' un 'tzh'', mischte sich Saatzh ein, bevor Flax die Elche vorstellen konnte. 'Der Name klingt irgendwie – ausländisch. Der Dialekt klingt eher wie – eine Katze, die rückwärts miaut. Ist das Polnisch rückwärts?', witzelte Ølav, allerdings nicht ganz ohne Folgen. Schon hatte er die krallenbewehrte Pfote von Teufel im Gesicht, der sich etwas beleidigt fühlte wegen der Katze. 'Dei Hjumor is echt juht. Jefällt mor. Nu weeß'ch ändlich, wat for ne Schpraache i sprech', nahm Saatzh Ølavs Worte gelassen hin. 'Zwaor kimm'ch nich us Bohlen, sondorn us Nederland, awwer det mach joarnischt.' Wir mussten über Saatzh' Humor lachen. Dann stellten sich die Elche vor. 'Also, ich bin Ølav, wohne hier in Norwegen. Der graue Elch ist mein älterer Bruder Elchi, der in Schweden aufgewachsen ist und dementsprechend einen leichten Dialekt hat. Und der kleine braune Elch ist mein Neffe Elchi Jr.' 'Tach', grüßten Elchi und Elchi Jr. 'Paps, der Aahmd is noch jungk, darf'ch noch ä bissl raus jehn?', fragte Junior seinen Vater. Der nickte

nur: ‘Wie wärs mit nor Schneeballschlacht? Dor Schnee is juht dafür. Kommt’er mit?’
‘Juchhu!’, brüllten Junior und Flax. Sie waren auch die Ersten, die draußen waren. Saatzh folgte fast genauso schnell. Als ich als Letzter raus kam, war die Schlacht schon in vollem Gange. Kaum hatte ich die Tür geschlossen und mich umgedreht, bekam ich auch schon einen Batzen Schnee ins Gesicht. ‘Treffer!’, jubelte Flax vergnügt. Mit gespielter Wut nahm ich selbst einen Schneeball in die Pfote und warf nach Flax. Der war aber schneller, als ich dachte. Sekunden, bevor ihn der Ball traf, duckte er sich, und Husky, der hinter dem Welpen stand, bekam die ganze Ladung ab. ‘Einseifen, einseifen, einseifen’, rief Saatzh lachend, nahm eine Hand voll Schnee und seifte damit Husky ein. Nach einigen Kabbeleien konnte Husky sich befreien. Und warf nun seinerseits einen Schneeball. Allerdings traf er nur ein Verkehrsschild, das die Geschwindigkeit auf 50 km/h begrenzte. Bei genauem Hinsehen konnte man an der Null außen ein Hirschgeweih erkennen, genau wie an der Fünf. So sah es aus, als ob die Fünfzig der Kopf eines Elches wäre. ‘Klasse, ein Verkehrsschild mitten im Wald. Ist das für tieffliegende Vögel? Nicht schneller als 50 km/h fliegen? Oder Vorsicht, Elchgeweihe?’, lachte ich über das Schild, als ich es sah. Ich war völlig perplex, als Ølav ernsthaft nickte. ‘Nicht ganz, jedenfalls fast. Dieses Gebiet hier ist bei Menschen ein beliebtes Jagdrevier für Elche. Gegenüber des Schildes, auf der anderen Seite der Lichtung befindet sich ein Hochsitz. Von diesem Schild bis zum Hochsitz sind es etwas mehr als fünfzig Meter. Das Schild soll die Elche warnen, während der Jagdsaison nicht näher an den Hochsitz zu gehen, als 50 Meter, also in der Nähe des Schildes zu bleiben. So haben es die Menschen schwerer, uns zu treffen.’ Starr vor Staunen, aber auch mit kleinen Zweifeln, schaute ich Ølav an. Aber der meinte es vollkommen ernst.
Da es aber schon langsam dunkel wurde und wir auch schon etwas müde waren, gingen wir wieder ins Haus. Während Ølav und Elchi das Essen bereiteten, tobten Flax und Elchi Jr. durch das Haus. Ich, Saatzh und Husky setzten uns wieder vor den Kamin. Er war aus einfachem Stein, aber bunt bemalt. Die Zeichnungen sahen wie von Kinderhand gefertigt aus. Das Tier rechts oben zum Beispiel sollte wohl einen Elch darstellen, während das Tier

auf der linken Seite eher einer grauen Katze mit schwarzen Ohren und buschigem Schwanz oder einer jungen Elchkuh ähnelte. 'Wer is'n dor Günstler von de Bildor am Gamien? De Katt is wärkl'ch scheene', meinte Saatzh. Flax kam angesprintet und sprang Saatzh auf den Schoß, der einen unterdrückten Luftstoß von sich gab. 'Was meinst? Was ist denn ein Katt?', fragte der junge Hund aufgeregt. 'I meene dat do. De Katt lingks oohm. Un ä Katt is a Dier. Oan weibl'chor Gatorr', versuchte Saatzh zu erklären. 'Also, wenn das eine Katze ist, dann fress ich 'nen Besen. Sieht eher wie 'ne junge Elchkuh aus', rief ich dazwischen, bevor Flax auch nur ansatzweise antworten konnte. 'Das ist doch keine Katze und erst recht keine Elchkuh! Man sieht doch, dass das ein Husky ist!', protestierte Flax beleidigt. 'Tut mich leed, Flax', entschuldigte sich Saatzh. 'Also, ich hätte gleich auf einen Hund getippt. Vielleicht nicht unbedingt auf einen Husky, aber ein Hund', mischte sich Husky jetzt ein. 'Aber wieso hat er eine Blume im Maul?', fügte er noch hinzu. 'Stimmt, der Husky hat eine Blume im Maul', bestätigte ich. 'Eine Blume? Eine Katze mit einer Blume im Maul? Was für eine Beleidigung', murmelte er noch, als er mit hoch erhobenem Haupte wieder zu Elchi Jr. ging.
Ølav stand plötzlich hinter uns. Er musste lachen, als er sich das besagte Bild ansah. 'Das ist Flax mit einem Knochen in der Schnauze', meinte Ølav mit einem Lächeln. 'Und der Elch da oben ist Elchi Jr. mit einer Decke auf dem Rücken. Es sind also jeweils Selbstporträts.' Ølav hatte noch einen Kochlöffel zwischen dem rechten Geweih und dem rechten Ohr. 'Ihr könnt dann übrigens den Tisch decken und essen kommen', rief Elchi in den Raum hinein. Gemeint waren damit Elchi Jr. und Flax.
Schon stürmten Flax und Elchi Jr. zu den handgefertigten und handbemalten Küchenschränken, die über der Kochstelle hingen. Also an der Wand, die der Tür gegenüber lag. Der Kamin stand an der Wand zur Linken, davor drei bequeme Stühle und ein kleiner Tisch. Die große Truhe in der linken Ecke war scheinbar ebenfalls selbst gearbeitet und bemalt in dezentem Blau mit einer großen roten Rose. In der Mitte stand der große Esstisch mit vier Stühlen. In der rechten Ecke gegenüber der Tür war ein Kleiderschrank, der bis zur Decke reichte. Direkt rechts neben der Tür ging eine Treppe nach oben. Das Ende konnte ich nicht sehen, da

die Treppe um eine Kurve ging. An den freien Wänden hingen Elchbilder. Ein Bild zeigte einen Elch auf Skiern. Darunter stand Uri Anders, 1867. Ein anderes Bild zeigte einen Elch beim Snowboarden. Er sprang gerade über einen Hügel. Darunter stand Ølav, 1994. 'Hübsche Bilder', meinte ich mehr oder weniger beiläufig. Ølav kam zu mir und stellte mir seine Verwandtschaft vor. Auch Husky und Saatzh waren daran interessiert. 'Das ist Uri Anders, mein Urururururgroßvater. Das Bild wurde bei einem Skilanglauf gemalt. Uri hatte damals den ersten Platz belegt. Und das bin ich, als ich 6 Jahre alt war. Das war für mich die erste Snowboardmeisterschaft. Hab einen beachtlichen zehnten Platz belegt.' Die Bilder waren alle von Künstlerhand gezeichnet. Oben, in den Schlafgemächern hingen, wie ich erfuhr, auch noch etliche Bilder. Doch jetzt ging es erst einmal zum Essen. Es gab panierte und gebratene Maiskolben, in Kohlblätter eingewickelte und gedünstete Maiskolben und Maisbrei. Dazu frisch gepressten Maissaft. 'Urg, sowas kann man essen?', fragte ich mich in Gedanken. 'Sieht interessant aus', sagte ich schließlich. Elchi Jr. hingegen strahlte bis über beide Ohren. 'Cool, mein Lieblingsessen!', rief er freudig. Flax hingegen machte ebenfalls ein langes Gesicht. 'Das ist ja Grünzeug. Brr!' 'Magst du etwa keinen Mais?', fragte Ølav erstaunt. Und er schien es ernst zu meinen. Flax schüttelte den Kopf. 'Aber habt ihr nicht noch meine Kekse? Ich hatte sie doch in eine Blechdose getan', fragte Flax hoffnungsvoll. 'Meinst du diese merkwürdigen Hähnchen-Puten-Kekse mit Teufelskraut und Fusel? Da kannst du sicher sein, dass die noch da sind. Außer dir isst das keiner', gab Ølav zurück, sagte dann noch, er finde die Dose über dem Kamin im Schrank. Nachdem wir uns dann auch bei den Getränken auf Maissaft und Tee geeinigt hatten, waren alle halbwegs glücklich. Flax und Husky aßen Kekse, alle anderen nahmen mit dem, was gekocht wurde, vorlieb.

Nach dem Essen wuschen Flax und Elchi Jr. ab, während Elchi und Ølav ein Brettspiel aufbauten, das sie uns als 'Elch, ärgere dich nicht' vorstellten. Im Grunde war es ein 'Mensch, ärgere dich nicht', nur dass es Platz für acht Spieler bot und als Figuren Elche benutzt wurden. Vier Elche waren auf Skiern, vier auf Snowboards, vier in Bobs, vier trugen Schlittschuhe, vier hatten Badeanzüge an, vier trugen Fußballtrikots und einen Fußball am Fuß,

vier hatten Leichtathletiksachen an und vier ritten auf Ochsen. Der Würfel war recht groß und zeigte statt Augen jeweils Elchköpfe. Wir spielten sehr lange. Es war ein äußerst hitziges und aufregendes Spiel. Alle paar Minuten wurde eine Elchfigur aus dem Spiel geschlagen. Am Ende gewann dann Saatzh. Den Zweiten machte Flax und den Dritten Elchi Jr. Irgendwann gingen wir dann alle müde ins Bett. Wir schliefen alle oben.
Wie schon gesagt, hingen auch dort in jedem Zimmer und im Flur Portraits von der Elchfamilie. Alle hatten sie irgendwelche Sportkluft an. Ein Fußballer, ein Schwimmer, ein Taucher. In dem Zimmer von Elchi Jr. und Flax hing ein Bild von den beiden beim Wettrennen. Flax war eine Kopflänge weit vorne.
Der nächste Tag war dann leider schon unser Abreisetag. So hatten wir leider keine Gelegenheit, die Mutter von Elchi Jr. kennen zu lernen. Wenigstens wurden wir von der ganzen Familie und Flax zum Bahnhof gebracht. Mit unseren Gastgebern, die wir am Abend zuvor noch von Ølavs Hütte aus angerufen hatten, hatten wir ausgemacht, dass sie uns unser Auto dort hinbringen würden. Beladen war es schon. Bezahlt war der Urlaub ja bereits per Bank.
Gut zwei Stunden liefen wir bis zum Bahnhof. Die Elche wohnten aber wirklich am A ... der Welt. Am Bahnhof warteten wir dann auf Elina, Elchis Frau und Elchi Juniors Mutter. Wir wollten doch nicht abreisen, bevor wir sie nicht kennen gelernt hatten. 'Ah, diesmal ist der Zug wenigstens pünktlich. Gestern musste ich einen halben Tag warten. Erst blieb der Zug wegen eines Lokschadens stehen und dann kam er in eine Schneewehe.'
Der Zug fuhr ein und wir warteten ungeduldig darauf, dass eine Elchdame aussteigen würde. Elchi Jr. sah Elina als Erster. 'Mama!', rief er und lief auf eine Elchdame mit riesigem Hut zu. Der Hut war mit Blumen verziert. Auf dem Rücken hatte Elina ihre Taschen. Elchi Jr. und Elina gaben sich einen Nasenstups zur Begrüßung. Dann kamen beide auf uns zu. 'Mama, darf ich vorstellen, das sind Teufel, Husky und Detlef', stellte uns der kleine Elch vor, wobei er bei Nennung der Namen immer auf die jeweilige Person zeigte. Wir redeten noch eine Weile, bevor wir uns dann endgültig verabschiedeten. Natürlich tauschten wir noch Adressen und Telefonnummern aus.

Dann stiegen wir in unseren Wagen. Flax setzte sich neben Husky und grinste breit. 'Ich komm mit. Wird bestimmt lustig', meinte der junge Hund nur und schnallte sich an. Lustig wurde es ganz sicher, allerdings nur für Flax. Er löcherte uns über alle möglichen und unmöglichen Dinge. Zum Beispiel 'Was ist der Big Ben Clan. Kann ich da auch mitmachen? Was machen wir da so? Kann ich der Anführer sein? Muss man auch Spanisch und Chinesisch rückwärts verstehen? Bekommt man da Geld oder wird man mit Spielzeug und Essen bezahlt?' So nervte er uns die ganze Zeit. Nur einen einzigen Lichtblick gab es für uns. Wenigstens auf der Fähre hielt er seine vorlaute Klappe. Aber auch nur, weil er die meiste Zeit über der Reling hing.
So kamen wir dann in England an. Flax blieb bei Husky, der tut mir bis heute leid. Keine Ahnung, wie er diese Strapaze aushält. Um des lieben Friedens Willen nahmen wir Flax auch in den Big Ben Clan auf. Allerdings bestand ich auf eine Aufnahmeprüfung, da er mit Husky nicht verwandt war. Er musste mit Husky um die Wette rennen, wobei Husky gewann. Dann sollte er einen Schlitten ziehen, was ich bald bereute, da ich im Schlitten saß und er wie eine besengte Sau fuhr. Dann sollte er etwas reparieren, ein altes Telefon, das selbst Jim nicht mehr ohne Zauberei in Gang gebracht hatte. Die letzte und für ihn schwierigste Prüfung war eine Minute lang still sitzen. Für uns sehr erholsam. Zum Schluss bekam Flax dann seine Aufnahmeurkunde und seinen Big Ben Clan-Ausweis, die er unterschreiben musste. Auch hier hatte er einige Schwierigkeiten, er schrieb seinen Namen spiegelverkehrt auf die Dokumente:

Flax

So, jetzt wisst ihr, wie Flax in meinen Clan kam", beendete Teufel seinen Bericht. 'Murrmel, wer wollte denn wissen, wie diese Nervensäge in den Clan kam? Ihr könnt lieber mal erzählen, wie ich die Welt rette!", maulte Murmli. In dem Moment öffnete sich die Tür von den Umkleideräumen. „So, halbe, nein, eine Stunde Mittagspause", hörten die drei Jim rufen. „Na endlich", rief Eric, „ich bin schon am verhungern", und verschwand Richtung Essenstisch. Einige Musiker gingen direkt auf Teufel und die ande-

ren zu. „Na, Mr Teufel. Was macht ihr hier so?" „Wir sind gerade dabei, diesem Jungkater hier die Geschichte des Big Ben Clan zu erzählen", antwortete Teufel. „Stimmt nicht, ich warte nur darauf, dass ich erzählen kann, wie ich ganz allein die Welt gerettet habe." „Ruhe!", riefen die beiden Kater aus einem Munde. Im Hintergrund waren noch Paukenschläge zu hören. „Fomka! Pause!", rief Jim noch einmal etwas lauter in den Proberaum. „Ist ja gut!" Das letzte Wort unterstrich Fomka, der von Jim verdoppelt worden war, damit er Diablo vom Big Ben Clan erzählen konnte, noch mit einem Paukenschlag.
„Apropos Musiker. Da gibt es ja noch eine Geschichte, die ich erzählen muss", meinte Teufel, wurde aber von Murmli unterbrochen. „Bitte nicht noch eine Geschichte! Wann rette ich endlich die Wmflt!" Diablo hielt dem Murmeltier den Mund zu, weil er Murmlis Generve nicht mehr aushalten konnte. „Flax! Komm mal her", rief Diablo, als er den jungen Hund an der Essenstheke sah, der allerdings auch nicht mehr der Jüngste war. „Dir ist doch bestimmt langweilig. Hier, spiel mit dem hier, dem ist auch langweilig." „Au fein, eine Pause kann ich gebrauchen. Komm Kumpel!", rief er vergnügt, griff sich das Murmeltier und führte es aus der Halle. Da half auch kein Zetern und Schreien. „Ich bin ein Murmeltier, holt mich hier raus. Das könnt ihr doch nicht mit mir mpfmpf!" Jetzt hatten die zwei Kater endlich etwas Ruhe. Auch Fomka setzte sich wieder dazu. Er konnte sich denken, was Teufel erzählen wollte. Er liebte diese Geschichte. „Dann erzähl mal von Jims Start als Musiker." Und so begann Teufel zu erzählen:

„Also, es war ungefähr zwei Wochen vor unserem Urlaub. Ich fand in der Zeitung ein Inserat: 'Sänger und Gitarrist gesucht. Bitte melden bei Janine Wetzel undsoweiter.' las ich vor. Jim musste natürlich aufgeregt wie ein Kind rufen: 'Oh toll, das wär doch was für mich.' Er war gerade bei mir zu Besuch. 'Pah, du und singen. Da könnten die auch genauso gut mich nehmen', rief ich abwertend. 'Und jeder Hund kann besser Gitarre spielen als du.' Ich erwartete jetzt einen Stupser von Jim, doch das geschah nicht. Stattdessen holte Jim eine Sofortbildkamera und fotografierte mich. Völlig irritiert starrte ich Jim an. Dann holte er eine Gitarre und sagte grinsend zu mir: 'Dann beweis es.' 'Wuff, ich bin doch ne Ka ha ... Wieso belle ich eigentlich, wuff?' Vorsichtig betastete ich meinen Kopf. Ich hatte große Schlappohren und eine feuchte Nase. 'Wau, was hast du getan, du Strolch?', rief ich entsetzt. Lachend zeigte mir Jim das Foto, das er geschossen hatte. Auf dem Bild war der Körper eines wunderschönen, gut gebauten Katers, der schrecklicherweise einen struppigen, länglichen, mehrfarbigen Hundekopf hatte. Ich glaube, er gehörte einem Zwergpinscher oder so. Ich kenn mich bei Hunden nicht so aus."

„Falsch, Teufel, es war kein Zwergpinscher, es war ein Basset Griffon Vendéen, wenn du es genau wissen willst", unterbrach Jim. Drohend zeigte Teufel seine Krallen. Dann ließ er sich aber nicht weiter von Jim stören ...

... und erzählte weiter: „Jedenfalls war es ein schrecklicher Anblick. Zum Davonlaufen. 'Wuff, gib sofort meinen richtigen Kopf wieder!', schrie ich. 'Nur wenn du nicht wieder so abfällige Bemerkungen machst.' 'Ich versprech's', murmelte ich gedehnt. Jim schnippte mit den Fingern, und ich hatte endlich meinen schönen alten Kopf wieder. 'Gut. Scherz beiseite.' 'Scherz? Scherz nennst du das?', unterbrach ich. 'Ist ja gut. Auf jeden Fall werde ich jetzt bei dieser Nummer hier anrufen.' Jim wählte, nach Spanien. 'Erm, Buenas días', grüßte Jim in den Hörer. Was er dann noch erzählte, entzog sich meinem Verständnis. Jedenfalls etliches davon. Nach einiger Zeit wechselte er dann ins Englische, so mühelos wie auf Knopfdruck, als ob es das Normalste auf der Welt wäre. Er erzählte noch stundenlang weiter, während ich in der Küche das Abendessen vorbereitete.
Am nächsten Tag fuhr Jim in aller Herrgottsfrühe nach Spanien. Ich kam natürlich mit, musste doch unbedingt sehen, wie sich Jim da beim Vorspielen blamierte. Und außerdem wollte ich schon immer mal nach Spanien. Dass es aber in die Pampa Spaniens gehen würde, hatte mir keiner gesagt. Ersteinmal ging es von Philadelphia über den Atlantik nach Lissabon und von dort über Madrid und Logrono nach Nordosten. Das war noch einfach, schon fast Kinderkram. Doch dann fing es auch schon langsam an. Der letzte große Ort, an dem wir uns noch orientieren konnten, war

Pamplona. Ab da ging es dann in die Pampa. Aber in welche Richtung sollten wir jetzt fahren? Erstmal Richtung französische Grenze und wenige Kilometer vorher nach Osten abbiegen. Soweit, so gut, nur, wo ist dieses komische Land zu Ende und wo fängt das Kaiser-Fritz-Reich an? Überall waren Grenzposten, an denen wir unsere Ausweise zeigen mussten. Hier aber auf der Straße nach Frankreich, wo wir uns befanden, stießen wir auf keinen Posten. An der Grenze zwischen Amerika und Übersee passierten wir einen Grenzposten, zwischen Übersee und Portugal und Portugal und Spanien ebenfalls. In dieser gottverlassen Gegend aber war nichts, nicht einmal ein Haus, in dem wir hätten nach dem Weg fragen können. Wahrscheinlich würde sich hier ein Grenzposten nicht lohnen, da wir im Umkreis von 5 km das einzige Auto waren.
Nach einiger Zeit kamen wir dann endlich in einen größeren Ort namens St. Jean irgendwas, was allerdings ziemlich französisch klang. Sicherheitshalber fragte Jim den Autocomputer, wo wir waren. 'Wir sind gerade in Saint-Jean-Pied-de-Port hineingefahren', antwortete dieser. 'Äußerst witzig, das habe ich auch gelesen', gab Jim genervt zurück. '42 Breitengrad und erster Längengrad', gab der Computer als zweite Antwort. 'Ich bau dich gleich aus. Du weißt genau, was ich wissen will', schimpfte Jim sauer. 'Ist ja schon gut, werd doch nicht gleich so rabiat. Ich wollte doch nur mal witzig sein. Wir befinden uns in Frankreich, ca. 23 km hinter der spanischen Grenze.' 'Geht doch. Warum muss ich immer erst grob werden?', gab Jim zurück, war mit der Antwort aber genauso wenig zufrieden. Nach Frankreich wollten wir eigentlich nicht. Und eine halbe Stunde waren wir schon zu spät, Tendenz steigend.
Uns blieb nichts anderes übrig als umzukehren. Jim rief bei Janine Wetzel an, um unsere Situation zu erklären. Natürlich hatte Jim schon damals eine Freisprechanlage. Als das Telefon nach dem Wort 'Tschüss' alleine aufgelegt hatte, meinte Jim: 'Okay, ein gewisser Enrique Hernandez kommt uns entgegen und lotst uns zu unserem Ziel. Achte auf einen grün-metallic farbenen Bukatti mit dem Kennzeichen NA für Navarra Pamplona -7834-XY.' 'Und was ist, wenn wir zu schnell sind und ihn unterwegs nicht treffen?', fragte ich nervös. 'Nun mach dir nicht ins Fell. Er wird doch nicht einen alten Schrotthaufen oder Wimmelsquieke, wie Saatzh sagen würde, fahren.' 'Hör mir bloß mit dem Komiker

auf', gab ich genervt zurück. 'Warum hat uns eigentlich nicht gleich jemand abgeholt?', fragte ich. 'Weil die Mutter der Familie ein Familienmitglied nach San Sebastian bringen musste und nur ein Auto zur Verfügung stand. Öffentliche Verkehrsmittel fahren nicht bis zur Farm', gab Jim zurück.
Auf dem Rückweg Richtung Spanien schwiegen wir uns an. Jim achtete auf den nichtvorhandenen Verkehr und auf ein möglicherweise uns entgegenkommendes grünes Auto und ich hielt nur nach dem Auto Ausschau. Nach einiger Zeit sahen wir in einem Feldweg einen grünen Wagen stehen. Jim fuhr langsamer und hielt dann an. 'Jim Barnes?', fragte der Mann zweifelnd und blickte mich kritisch an. Keine Ahnung, wieso er mich für Jim hielt. Womöglich, weil ich gefahren wurde. Wahrscheinlich dachte er, dass sich Jim fahren lässt und nicht selbst fährt. Aber ich fragte nicht weiter nach. Jim grinste nur. 'Äh, nee, nee, der Lange neben mir. Ich kann nur singen, Instrumente spiele ich nicht', gab ich verlegen zurück und lieferte dem Herrn eine Kostprobe meines wunderbaren Gesanges. 'Schon gut, danke, danke. Wir überlegen es uns. Außerdem ist das Vorsingen auf der Farm, nicht hier', gab der Mann mit sichtlich gequältem Gesicht zurück. Banause, hat keine Ahnung von guter Musik. Und auch Jim nahm seine Hände wieder von seinen Ohren, als ich mit dem Singen aufgehört hatte. Jim und der Mann, der sich als Enrique Hernandez vorstellte, schüttelten sich noch die Hand, dann stiegen wir wieder in unsere Autos.
Wir folgten Señor Hernandez in den kleinen Pfad, den ich zuvor als Feldweg bezeichnet hatte. Der Weg war besser, als er auf den ersten Blick aussah. Zwar hatte nur ein Auto Platz, bei Gegenverkehr würde es problematisch werden, aber die Schlaglöcher waren nicht so tief, dass ein ganzes Auto darin Platz gehabt hätte. Nach ein paar Minuten kamen wir dann an einem großen Haus an. Wir passierten ein Schild, das über der Einfahrt hing. 'Bienvenidos a Esperane' stand dort in unübersehbaren Lettern. Ich spreche zwar kein Spanisch, aber ich vermute das heißt soviel wie 'Willkommen in Spanien'."

„Miau? España heißt doch meines Wissens Spanien und nicht Esperane", unterbrach Diablo. „Dann wars ein Rechtschreibfehler“, verteidigte sich Teufel. „Esperane heißt die Farm, Teufel. Das hat Jim doch 110 mal erzählt“, mischte sich Fomka ein. „Wau! Ich halt das nicht mehr aus! Zum hundertundelften Mal erzählt mir diese Kreatur, wie es die Welt gerettet hat. Und jedes Mal dichtet er noch etwas hinzu!“, hörten wir Flax entnervt rufen. „Und dann wurde ich von dem Scor über die Schlucht gewmpf!“ Flax hatte Murmli einen Schal in den Mund gestopft und am Hinterkopf zugebunden. „Mpf mhm mpfl!“, versuchte sich Murmli zu beschweren. Beleidigt und wie es schien traurig, rannte Murmli aus der Halle. „Warte doch, Murmli. Nun sei doch nicht gleich eingeschnappt. Flax hat das nicht so gemeint“, rief Fomka und rannte dem Murmeltier hinterher. „Murmli! Bleib doch stehen!“ Murmli hatte es bereits geschafft, sich den Schal wieder abzubinden. „Niemand kann mich leiden! Alle hacken sie nur auf mir rum!“, schimpfte Murmli traurig. „Das stimmt doch gar nicht. Es ist nur, du nervst etwas mit deiner Weltrettungsgeschichte. Sicher, du hast der Welt einen großen Dienst erwiesen, aber wenn man sich diese Geschichte am Tag 10 mal anhören muss, dann wird es irgendwann langweilig und nervig. Das ist wirklich nichts gegen dich“, versuchte Fomka Murmli zu versöhnen. „Pah! Das sagst du jetzt nur so, weil du ein schlechtes Gewissen hast!“, meinte Murmli beleidigt, hatte dabei die Arme verschränkt und den Kopf nach oben gerichtet. „Das ist doch gar nicht wahr. Ich soll es ja eigentlich nicht sagen, aber du sollst bei der Krönungsfeier noch eine kleine Überraschung bekommen“, versuchte Fomka nun zu locken. ‘Was erzähle ich da bloß? Bin ich denn jetzt von allen guten Geistern verlassen? Wo soll ich denn jetzt bis zur Feier eine Überraschung herbekommen?’, dachte Fomka bei sich. „Eine Überraschung? Und nur für mich? Man, das ist ja toll. Aber ich komme nur, wenn sich Flax bei mir entschuldigt!“ Das kleine Murmeltier war aufgeregt, blieb aber hart, was die Entschuldigung von Flax anging. Und so versprach Fomka, dass sich Flax entschuldigen würde.

Murmli war zufrieden und halbwegs getröstet. Zusammen mit Fomka gingen sie wieder in die Halle. Als allererstes suchten sie gemeinsam Flax. Als der hörte, dass er Murmlis Stolz verletzt hatte, entschuldigte er sich bedingt. Er wollte aber auch eine Entschuldigung, weil er so gefoltert wurde. Und endlich vertrugen sich die beiden wieder. Flax war auch bereit, wieder mit Murmli zu spielen, bzw. nach der Pause mit ihm zu arbeiten. „Und wenn deine Geschichte kommt, Murmli, dann hole ich dich. Versprochen. Und wenn ich nicht komme, dann Teufel oder Diablo", versprach Fomka noch heilig, bevor er wieder zu Teufel und Diablo zurückkehrte, die sich während Murmlis kleinem Ausraster erst einmal etwas zu trinken und ein paar Snacks von der Arbeiter-Bar geholt hatten. Auf dem Weg dahin überlegte er angestrengt, wie er aus seiner misslichen Lage wieder herauskommen sollte. Diablo sah, dass Fomka in Schwierigkeiten war und fragte: „Fomka, was ist los mit dir?" Und so erklärte Fomka, was passiert war, wie er Murmli versprechen musste, dass er eine Überraschung bekommen würde. „Hm, da mach dir mal keine Sorgen, mir fällt schon was ein", gab der Jungkater zurück und ließ Teufel dann aber ...

... weitererzählen: „Das Haus war im Stile eines alten Bauernhauses gebaut. Es war aus Holz und zweistöckig. Direkt an das Haus gebaut war ein großer Stall mit vielen kleinen Schweinen. Auf der anderen Seite des Grundstücks waren drei weitere Häuser, wahrscheinlich für Gäste. Wir gingen auf das Bauernhaus zu. In der Tür war ein kleines Herzchen als Blickfenster. Die Tür war schön bemalt. Links war ein Murmeltier abgebildet, das eine Krone in den Pfoten hielt. Aber den meisten Platz nahm eine altbekannte Gams ein. Sie stand vor dem Murmeltier und neigte seinen Kopf nach unten, um die Krone zu empfangen. Es sollte wohl eine Krönung darstellen. 'Du, Jim, frag ihn mal, warum ein französischer Kaiser auf spanischen Türen abgebildet ist.' 'Das ist nicht Kaiser Fritz, sondern sein Ururgroßvater. Er hatte uns einst eine großzügige Spende zukommen lassen, damit wir diese Farm hier wieder aufbauen konnten. Damals wurde sie von einem Erdrutsch völlig zerstört. Als Dank für diese Großzügigkeit haben unsere Vorfahren dann dieses Bild gemalt. Das ist übrigens Kaiser Fritz der 51. Und das Murmeltier ist Murmli der Erste aus dem Land der Friedensvögel, wie das Murmeltier unserer Familie sagte. Frag mich nicht, wo das liegt. Aber ihr müsst wissen, dass der damalige Kaiser ein Murmeltier als Berater hatte, von dem er auch gekrönt wurde.' Wir staunten nicht schlecht. Wo Kaiser Fritz' Familie alles ihre Hufen drin hatte! Ich staunte aber auch noch, dass Señor

Hernandez Englisch sprach und das fließend, zwar mit Akzent, aber fließend.
'Na, dann kommt mal rein.' Señor Hernandez öffnete die Tür und ließ uns eintreten. Wir erwarteten eine Einrichtung im Stile eines spanischen Bauernhofes, doch weit gefehlt. Als wir eintraten, empfing uns ein riesiger Raum voller Instrumente, Lautsprecher, Stapel von Noten, die auf einem Schreibtisch fein säuberlich durcheinander lagen. Auf dem Schreibtisch standen drei Computer. Dementsprechend groß war dann auch der Schreibtisch. Ein Drucker stand auf einem kleinen umfunktionierten Couchtisch direkt neben dem Schreibtisch. Gegenüber des Schreibtisches stand ein uraltes Mischpult. Ein paar Meter neben dem Mischpult ging eine Treppe nach oben. 'Oben könnt ihr euch erst einmal frisch machen. Meine Frau gibt euch kühle Limo. Und wenn du dann bereit bist, kommst du zum Vorspielen nach unten', erklärte Señor Hernandez. Jim nickte und stieg die Treppen nach oben. Ich folgte. Auf dem Weg nach oben konnten wir Fotos an den Wänden rechts und links bestaunen. Einige waren schon sehr alt. Unter eines der Bilder war die Jahreszahl 1817 geschrieben. Über der Jahreszahl stand 'v.l.n.r. Leya, Diego, Jaime, Inés und Anita Hernandez'. Alle fünf hatten sie Instrumente in der Hand. Leya, ein Mädchen, hatte ein Banjo, Diego eine spanische Gitarre. Jaime, ein etwa 20 jähriger Junge hatte eine Mundharmonika in der Hand und ein Akkordeon umgebunden. Inez und Anita spielten Flöten. Das uralte Bild war erstaunlich gut erhalten. Auch auf den anderen Bildern waren Familienmitglieder der Familie aus den verschiedensten Jahren zu sehen, alle mit Instrumenten. Alles in allem also eine sehr musikalische Familie.
Die Mutter der Familie wartete oben bereits in der Küche. Sie lag direkt neben einem weiteren, kleinen Raum, der abgeschlossen war. Ein Junge war auch noch in der Küche. Er brachte uns auch die Gläser mit der Limo. 'Die hab ich selbst gemacht', sagte er stolz, natürlich auf spanisch. Jim übersetzte für mich. 'Kostet mal. Irgendwie hab ich nämlich das Gefühl, dass ich etwas vergessen habe', fügte er noch hinzu. Und so tranken wir. Jim schluckte die Limo in einem Zug runter. 'Mhh, die war gut. Löscht den Durst. Die beste Limo, die ich bis jetzt getrunken habe', gab er als Kommentar ab. Das machte mich neugierig. Daher nahm auch ich einen großen Schluck. Doch im nächsten Moment merkte ich,

wie meine Gesichtszüge einfroren. Ein rasender Impuls jagte meinem Gehirn entgegen, nur um ihm zu sagen: 'Sauer!' Gequält schluckte ich die Flüssigkeit nach unten. Mein ganzer Hals kratze. Als ich den Schluck endlich hinuntergeschluckt hatte, musste ich mich schütteln. Wenigstens war ich jetzt wach. Der Junge sah mich verwirrt an, kostete dann auch und stimmte mir zu, dass da eindeutig Zucker fehlte. Wir mussten alle lachen. Es handelte sich übrigens um Zitronenlimo ohne Kohlensäure. Der Junge, der sich als John Rait vorstellte, nahm von der jetzigen Limo etwas ab und zuckerte den Rest. Danach schenkte er mir noch ein Glas ein und stellte die Kanne dann in den Kühlschrank. Auch Jim bekam noch ein Glas. Die Kanne mit der sauren Limo kennzeichnete John noch, bevor er auch diese in den Kühlschrank stellte.
'Ähm, wo finde ich das Bad?', fragte Jim auf spanisch. John zeigte Jim, wo er lang musste. Am anderen Ende des Ganges, gegenüber der Küche war das Bad. Wenn sich Jim dem Bad zuwand, befanden sich zu seiner Rechten zwei Zimmer und zu seiner Linken drei. Gleich der erste Raum auf der Rechten war wohl das Spielzimmer, das sah ich, als ich einmal auf Toilette musste. Betten standen aber nicht darin.
Ich und die Familie gingen schon mal nach unten, während Jim ins Bad ging. Unten unterhielten wir uns etwas. Zum Glück konnte die Familie auch Englisch, mit meinem Spanisch kam ich nämlich nicht sehr weit. 'Buenas días' verstand ich, danach hörte es aber schon auf. Keine Ahnung, was Jim da so lange im Bad machte. 'Man sagt ja, Frauen brauchen Stunden im Bad. Demnach müsste Jim eine Frau sein', sagte ich zur Familie. 'Das habe ich gehört, Teufel!', hörte wir Jim prompt rufen, es schien direkt von oben durch die Decke zu kommen. Wir saßen nämlich direkt unter dem Bad auf Klappstühlen. Ich konnte mich aber nicht weiter fragen, wie das sein konnte. Meine Aufmerksamkeit wurde von der Eingangstür abgelenkt. Zwei junge Leute traten ein. Ein junger Mann und ein Mädchen. Der Gestank, den die beiden verströmten, war bestialisch. Die Mutter rief gleich etwas auf Spanisch. Daraufhin verließen die Kinder das Haus wieder und kamen nach einer Weile sauber wieder zurück. Inez, die Mutter, erklärte mir, sie habe die beiden ins Bad im Gästehaus geschickt, weil das Bad oben bereits besetzt war. 'Das waren Michael und Janine. Sie

haben gerade den Schweinestall ausgemistet.' Das konnte man riechen. Den Namen des Jungen sprach Inez betont Deutsch aus. Scheinbar bestand der Junge darauf. Wie auch immer.
Die beiden Jugendlichen kamen kurz vor Jim wieder ins Haus. Die Stühle standen jetzt schon vor den aufgebauten Instrumenten. Jim musste von der Treppe, die hinter uns lag, an uns vorbei, um an die Instrumente kommen zu können. Kaum hatten wir uns alle hingesetzt, hörten wir von oben auch schon Musik. Es klang nach Dudelsack. Doch die Melodie kam mir nicht bekannt vor, wobei ich auch nicht behaupten möchte, dass ich viele Dudelsacklieder kenne. Wir drehten uns zu Jim um und mussten uns alle das Lachen mehr als verkneifen. Janine schaffte es nicht, sie musste losprusten vor Lachen. Doch Jim ließ sich dadurch nicht aus der Ruhe bringen und spielte einfach weiter. Du möchtest jetzt sicherlich wissen, wieso wir lachen mussten. Nun ja, es war wegen Jims Outfit. Das Jim schräge Sachen anzieht, ist allgemein bekannt. Aber das war mehr als schräg. Da passte wirklich nichts zusammen. Unten hatte er einen Schottenrock oder Kilt an. Dazu die typisch schottischen Strümpfe, den schottischen Hüftbeutel und das typisch schottische Messer. Oben trug er ein buntes Hawaii-Hemd. Gekrönt wurde alles von einem spitzen Tirolerhut. Die Melodie, die er spielte, war eine Mischung aus schottischem Marsch, Real und Jig. Mal etwas langsamer gespielt und mal etwas schneller. Er wechselte zwischen gleitenden und abrupten Übergängen. Das Lied war mit Betreten der Bühne zu Ende, ohne Nachtöne, als würde etwas fehlen. 'Das war meine Nationalhymne', erklärte Jim. 'Als Nächstes hört ihr ein Lied im Stil von Pink Floyd und Vangelis. Ich nenne es 'Nikev mov Netor Hcier'. Mein Lieblingsstück.' Es war ein instrumentales Stück. Danach spielte Jim in Sachen Musikrichtung quer Beet. Von Klassischem über Rock und Pop, Hardrock bis hin zu Elektronikmusik und Blues. Dabei spielte er mehrere Instrumente zur selben Zeit, besser gesagt, sie spielten sich selbst. 'So, zum Schluss möchte ich noch ein Volkslied singen. Mein persönliches Lieblingsvolkslied. Das Erste, was ich fehlerfrei singen konnte. Es heißt 'Amuj' und erzählt von meiner Heimat', kündigte Jim sein letztes Lied an. Gleich darauf holte er aus seinem Rockbund hinter dem Rücken zwei Löffel hervor. Aus der Tasche suchte er ein merkwürdiges Ding

heraus, was ich noch nie zuvor gesehen hatte. Warte, ich versuch es mal aufzumalen: So in etwa sah es aus:“

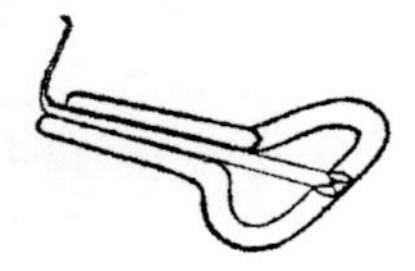

„Mensch, Teufel, das ist doch eine Maultrommel“, unterbrach Fomka, als er sah, was Teufel auf ein Stück Papier zeichnete. Das Papier hatte er bei der letzten Pause geholt, da er wusste, dass er es brauchen würde. „Danke, Fomka. Endlich weiß ich, wie man das Ding nennt“, gab Teufel zurück und erzählte dann ...

... weiter: „Bevor er anfing zu spielen, verdoppelte er sich erst einmal. Dann gab er dem zweiten Jim die, wie Fomka sagte, Maultrommel. Er selbst spielte die Löffel. Synchron fingen beide Jims an zu spielen. Der richtige Jim schlug die beiden Löffel mit der Hand aneinander, der andere Jim erzeugte mit der Maultrommel interessante Töne. Dann setzte eine klassische Gitarre ein und die Maultrommel wurde immer leiser, bis sie dann zusammen mit Jim ganz erlosch und verschwand. Mit Einsetzen der Gitarre fing Jim dann auch an zu singen. Dabei spielte er aber weiterhin fleißig Löffel. Der Text des Liedes klang merkwürdig und war nicht zu verstehen.

Amuj tsi eniem Tamieh
Ssorg dnu nöhcs
Ellovsinmieheg Ereem, eralk Nees

fing er an zu singen, was wohl der Refrain war. Die zwei Strophen des Liedes sprach er mehr im Stile eines irdischen Liedes, welches sich ‘We didn’t start the fire’ nannte. Nach dem Refrain kam die erste Strophe:

Dnallefeits, Setor Hcier, Ainakluv
Ierd Etnenitnok, uzad Nlesni
Sokylk, Niewlesuf dnu Falf
Hcilrhäfeg, rekcel, thcin remmi varb

Danach kam wieder der Refrain, wobei er die erste Zeile am Schluss des Refrains noch einmal wiederholte. Dann folgte die letzte Strophe:

Dnomesäk dnu Dnomokohcs
Edieb dnis thcin tnhowebnu
Neeshclim, Ednuhfalhcs, Sarglehcsuk
Dnuseg, remmi edüm, neseir ßaps.

Es folgte noch zwei Mal der Refrain. Nebenbei spielte Jim noch Gitarre, Löffel, Dudelsack, Topfdeckel und Trommel, die er mit den Löffeln schlug. Ach ja, und einen Kuli nutzte er noch als Schlagzeug. Er schlug ihn immer wieder im Takt gegen seine Handfläche. Nach diesem Lied beendete Jim dann seinen Vortrag. Er hatte während des Vorspielens nahezu alle Instrumente genutzt, die da waren und noch ein paar eigene, die er sich mitgebracht, bzw. aus der Küche unerlaubt geliehen hatte. Die Familie sah dem ganzen Spektakel zunächst sprachlos zu. Und auch nach Beendigung des kleinen Konzertes blieb erst einmal eine Weile Sprachlosigkeit zurück. Dann begann Enrique Hernandez zaghaft zu klatschen. Die anderen stimmten nach und nach ein, bis der Applaus immer mehr anschwoll. Jim verbeugte sich vor seinem Publikum wie ein Profi, der gerade vor Millionen von Fans gespielt hatte. Er genoss den Augenblick des Applauses.
Señor Hernandez trat applaudierend hervor. 'Interessante Vorstellung. Und vor allem interessantes Outfit. Zeigt uns, dass du ein ziemlich schräger Vogel bist. Der Rock ist hübsch.' Der letzte Satz war wohl eher ironisch gemeint. 'Das ist kein Rock, das ist ein Kilt und er hat die Farben meines Clans. Barnes heißt mein Clan nämlich', erklärte Jim ruhig. Der Kilt, wie Jim den Rock nannte, war dunkelblau mit gelben und grünen Karos. Die Karos hatten eine für den Clan typische Anordnung. 'Ich finde, er passt ganz gut in unsere Band. Was das Singen angeht, da haben wir uns zwar etwas anderes vorgestellt, aber einen so guten Musiker mit 'Modegeschmack' sollten wir nicht abweisen', meinte Michael. Enrique sah den Jungen prüfend an. Nach endlos erscheinenden Sekunden nickte er zustimmend. 'Es ist eure Band, nicht meine. Ihr habt das Sagen. Außerdem passt er zu eurem merk-

würdigen Namen.' 'Hahaha!', gaben Janine, Michael und John gedehnt wie aus einem Munde zurück.
Um die ganze Sache jetzt etwas abzukürzen, Jim wurde in die Band aufgenommen. Michael Altfeld, wie der Junge mit vollem Namen hieß, übernahm den Gesang und die Band schrieb so viele Alben wie kaum eine Band vor ihr. Die Band heißt übrigens 'Odds Against Tomorrow' und spielt auch auf deiner Krönungsfeier.

Die Roboter

Jetzt sollten wir aber mit dem nächsten Abenteuer weiter machen. Diesmal ging es nach Österreich. Es war etwa im Mai des Jahres 1996, als uns eine E-Mail aus Österreich in Philadelphia erreichte. Lou, ein braunes Nilpferd, dessen Lieblingssport Tennis ist, hatte uns um Hilfe gebeten. Lou ist übrigens der älteste Sprössling von Nili. Worum es genau ging, stand nicht in der Mail. Zu der Zeit, als die Mail ankam, 4:30 Uhr in der Frühe, hatte großer Louis gerade noch Dienst. In eineinhalb Stunden sollte er abgelöst werden. Die E-Mail war an Jim gerichtet mit dem Zusatz 'Äußerst wichtig und dringend'. Sofort klingelte Louis mich aus dem Bett. Er weckte mich aus den schönsten Träumen. Ich war gerade Kaiser Teufel I. von Frankreich und habe Kaiser Fritz abgelöst. Naja, was solls, jedenfalls bin ich sofort ins Philadelphia-Hauptquartier gefahren. Als ich ankam, war Jim bereits da. Louis hatte auch ihn angerufen. Auch er schien aus dem Bett gefallen zu sein. Er hatte sein T-Shirt verkehrt herum an, das Schild war vorne. Wenigstens hatte er es nicht linksherum an. Gekämmt war er scheinbar auch nicht. Aber er war munter genug, um zu bemerken, dass ich meine rechte Hinterpfote in Gips hatte. 'Was ist denn mit dir passiert, Teufel?', fragte er. 'Ach nichts, ich bin beim Wechseln der Deckenlampe im Wohnzimmer vom Stuhl gefallen', gab ich zurück. 'Mh, dann kannst du schon mal nicht mit nach Österreich. Mal sehen, wer sonst noch in Frage kommen könnte.' Sofort schaute Jim in der Urlaubs- und Krankenliste nach, welche Mitglieder nicht da drauf stehen. Von denen suchte er sich eine Handvoll aus, zeigte mir das Ergebnis und ich segnete es ab. 'Wie kommt es eigentlich, dass alle, die in der Nähe von Österreich wohnen, im Urlaub sind? Na gut, Bunter ist auf Geschäftsreise im Kaukasus', bemerkte Jim. So waren wir gezwungen, die Mannschaft aus anderen Ländern heranzukarren. Normalerweise hat ja jedes Land seine eigene Mannschaft. Nur Österreich hatte noch keine. 'Wer hat die E-Mail eigentlich geschrieben?', fragte ich. 'Das war Lou. Wie es aussieht, ist er in Österreich. Aber was macht er da? Ich denke, der Kleine wohnt noch bei seinen Eltern in Ägypten', gab Louis zurück."

„Im Endeffekt kamen dann Fomka, Doggy, Doggy Jr., Reh, Lion und Flax mit. Und deshalb gebe ich das Wort jetzt an Fomka. Ich muss unbedingt noch mit David schnacken", endete Teufel und verschwand Richtung kaltem Buffet. „Wen meint er mit David?", fragte Diablo irritiert. „Ich denke mal, er meint David Gilmour von Pink Floyd. Dein Opa ist doch Fan von der Band und vor allem von David Gilmour", gab Fomka zurück. „Gut, dann wollen wir mal sehen, was in Österreich so alles passierte.

Wie unser Auftrag überhaupt lautete, erfuhren wir erst, als wir in Wien angekommen waren. Dort erfuhren wir auch, wieso Lou in Österreich war. Er wollte ein großer Tennisstar werden und sollte in Wien Unterricht von einem der besten Spieler bekommen. Oleandro Murrieta hieß er, eine spanische Ginsterkatze. Lou und seine Familie wohnten für die Zeit des Trainings bei Oleandro oder Ole, wie Lou ihn nannte. Layla, Lous und Juniors Mutter, und Nili waren auch da und Junior natürlich. Die ganze Familie holte uns vom Flughafen ab. Nur Lou war nicht da, weil er heute Training hatte. Auch auf dem Weg zu Señor Murrietas Haus sagten weder Nili noch Layla etwas über den Auftrag. Junior wusste wahrscheinlich nicht, worum es ging, er war noch zu jung.
Erst im Haus von Oleandro erfuhren wir, worum es ging. 'Also, gestern Abend bekam ich auf dein altes Handy einen Anruf von den CIA-Leuten, die in dieser Gegend tätig sind. Sie sagten mir, dass sie an ein paar besonders geheimen Robotern arbeiteten. Gestern Nachmittag sind ihnen eben diese Roboter leider abhanden gekommen, ganz aus Versehen. Jedenfalls sind diese Roboter in den falschen Händen äußerst gefährlich. Und möglicherweise auch jetzt, da sie wohl irgendeinen Defekt haben, den deine Leute nicht

näher definieren können oder wollen. Wir haben jetzt den Auftrag, eben diese wild gewordenen Roboter wieder einzufangen, bevor sie in falsche Hände geraten und bevor sie die ganze Stadt verwüsten', erklärte uns Nili. 'Ach, und noch etwas. Sag deinen Kollegen, die sollen nicht mehr auf dieser Nummer anrufen, das ist jetzt mein Handy', fügte er noch hinzu. 'Mh, eigentlich hatte ich es denen schon verklickert. Aber du kennst ja die Bürohengste, die geben es an die Agenten erst viel später oder gar nicht weiter. Und was die Roboter angeht, die müssen ja einen gehörigen Knacks weg haben, wenn sie mich rufen. Ich bin doch eigentlich nur die Feuerwehr, die den Großbrand löscht', gab Jim zurück. 'Na toll, die Drecksarbeit bleibt mal wieder an uns hängen. Jim, ich würde Gefahrenzulage verlangen!', maulte Flax. Jim lachte: 'Die bekomm' ich doch schon. Aber bestimmt zu wenig.' Flax zuckte mit den Schultern. 'Wie stellen die sich das vor? Sollen wir zu diesen netten Robotern gehen und fragen, 'Hallo Roboter, würdet ihr jetzt bitte wieder normal werden und mitkommen?' oder wie?', nörgelte er. Jim versuchte den kleinen Husky wieder zu beruhigen. 'Erst einmal müssen wir wissen, wie viele Roboter es sind, dann brauchen wir alle Informationen über diese Kollegen, die wir kriegen können. Und dann werden wir weiter sehen', schlug Jim vor. 'Es sind zehn nette kleine Roboter. Mehr verrät uns die CIA nicht, weil es sonst keine Geheimwaffe mehr ist', erklärte Lou. 'Zehn? Und die sind alle abgehauen? Ich glaube, die Leute müssen mal wieder eine Ausbildung bekommen: 'Wie erfinde ich Roboter und wie sorge ich dafür, dass die nicht abhauen?' Wie kann man denn nur zehn Roboter verlieren?' Jim schüttelte missbilligend den Kopf. 'Naja, sechs haben sie wieder einfangen können, aber vier laufen noch frei herum', versuchte Layla zu beschwichtigen. 'Auch nicht viel besser', meinte Jim aber nur.
'Wie dem auch sei, ich brauche mehr Informationen', setzte Jim fort und klemmte sich hinter den Computer. Er gab einen Code ein: Combi. Das Passwort wurde aber abgelehnt. 'Ach ja, verdammt. Der neue Monat hat doch angefangen. Da gibt es doch neue Passwörter.' Jim schlug sich an die Stirn, nahm sein Handy und wählte eine Nummer. Nach einer Weile meldete er sich mit 'Jim, Kennummer: 07/099', wobei er den Schrägstrich als Slash bezeichnete. Dann musste er wieder eine Weile warten, bevor er sagte 'Ich

brauche das neue Kennwort für C/11Q.' Natürlich hatte Jim Zettel und Stift bereitgelegt. In Druckbuchstaben notierte er: getönter norwegischer Schriftsteller. Dann legte Jim auf und ging wieder an den Computer. Dort gab er ein einziges, relativ kurzes Wort ein. Gleich darauf ratterte der Computer nur so vor sich hin und spuckte Informationen im Überfluss aus. 'Du, Jim, was ist C/11Q eigentlich?', fragte Doggy Junior neugierig. 'Das sind die einzigen Roboter, an denen die CIA arbeitet und von denen ich weiß. Die arbeiten übrigens schon fast 12 Jahre an den Dingern. Aber meine Hilfe wollten sie ja nicht, sonst wären wir nach 12 Monaten schon fertig gewesen', gab Jim als Erklärung zurück. 'So, was haben wir denn da?', fragte Jim, als er die einzelnen Namen der Roboter eingab. 'Was gibst du denn da ein? Und was ist ein getönter norwegischer Schriftsteller?', fragte Flax neugierig. Zur ersten Frage gab Jim eine Antwort, die zweite Frage aber blieb für einen Monat unbeantwortet, da es ein Passwort für geheime CIA-Internetseiten war. Das Passwort hieß Rosalie. Die Namen, die Jim in den Computer eingab waren: C/11Q/s1, C/11Q/s2, C/11Q/s3 und C/11Q/s4. Die erste Buchstaben-Zahlenkombination C/11Q stand für das Projekt, /s1, /s2, /s3 und /s4 waren die Nummern der übrig gebliebenen, entflohenen Roboter.
Über den ersten Roboter hatte der Computer folgende Informationen: Der Roboter C/11Q/s1 war eckig. Die Augen waren Glühlampen. Die Nase war der Startknopf, der gleichzeitig die Umwelt abtastete, damit der Roboter sich orientieren konnte. Der Aufbau des Gesichts war bei allen gleich. Der rechte Arm des Roboters war ein Hammer an einem Schlauch, der mit dem 50 Gigabyte starken Speicher verbunden war. Auch die Rollen, mit denen sich unser Freund fortbewegte, der Staubsauger an seiner linken Hand, sowie das gesamte Gesicht waren an diesen Speicher angeschlossen.
Der Zweite sah etwas anders aus: Er sah aus wie ein riesiger Kegel und bewegte sich wie sein Kollege auf Rollen fort, die mit dem Hauptmotor und dem 100 Gigabyte starken Speicher verbunden war. Über den Rollen war ein Kanonenkugellager. Darüber saß der Speicher. Über dem Speicher war der erste Motor zu finden, der alles antrieb. Der zweite Motor trieb nur den linken Arm an, der einer Bohrmaschine glich. Als rechten Arm hatte man ein Kanonenrohr verwendet.

C/11Q/s3 wurde wie folgt beschrieben: Ein Kassettenradio als Kopf. Auch hier waren die Glühlampen und der Startknopf vorhanden. Als Arme dienten zwei alte Ventilatoren. C/11Q/s3 hatte einen größeren Motor als die andern, da dieser mehr anzutreiben hatte. C/11Q/s3's Speicherkapazität betrug 100 Gigabyte.
Und der letzte Ausreißer sah so aus: Er hatte einen dreieckigen Kopf. Auf diesem saß, mit zwei kurzen Rohren verbunden, ein quaderförmiger Kasten. In der Mitte dieses Kastens war eine minimale Öffnung, ein Laser. Der Körper war ein Trapez. Sein Speicher betrug 50 Gigabyte.
'So, jetzt wissen wir mehr', meinte Jim. 'Ich hätte dir auch sagen können, wie die vier Roboter aussehen. Sie sind gerade hier draußen vorbeigepoltert', meinte Reh trocken. 'Dein White Horse hat sich übrigens auf eine der Laternen geflüchtet, um nicht demoliert zu werden. Die anderen Autos hatten nicht so viel Glück', fügte Reh noch hinzu. 'Rowdys!', hörten wir eine weibliche Stimme von draußen schreien. Es war definitiv White Horse, welche sich über das Benehmen der Roboter beschwerte. Sofort war Jim am Fenster und schaute auf die Straße. Er riss das Fenster auf und rief 'White Horse, bist du in Ordnung?' 'Etwas durcheinander, aber ich lebe noch', gab das Auto zurück und wagte es, sich wieder auf die Straße zu stellen 'Das glaub ich einfach nicht. Die haben ja nichts heil gelassen', rief Jim, als er nach unten sah. So schnell er konnte, rannte er runter auf die Straße. Er hob ab, um sich den Schaden von oben anzusehen. Das Ausmaß war verheerend. Kaum ein Auto, das den Weg der Roboter kreuzte, blieb heil. Briefkästen, Telefonzellen und Fensterscheiben von Supermärkten und anderen Läden waren zerstört. Nichts hatten sie heil gelassen. Oder doch? Bei näherem Hinsehen konnte man erkennen, dass Kindergärten, Schulen, Spielplätze, Krankenhäuser, Kirchen und andere Einrichtungen ähnlicher Art keinen Kratzer abbekommen hatten. Wieso machten die Roboter um diese Orte einen Bogen? Wir konnten uns darauf keinen Reim machen. Zudem waren uns zunächst die Hände, bzw. Pfoten gebunden. Wir hatten ja keine Ahnung, was wir tun sollten, wenn wir den Robotern gegenüberstehen würden. 'Bis jetzt scheint noch niemand verletzt worden sein. Aber wenn uns nicht bald etwas einfällt, kann sich das sehr schnell ändern. Uns muss schn ...'

Jim wurde von einem Geräusch an der Tür unterbrochen. 'Ah, Lou, du bist zurück. Wie war denn das Training', hörten wir Nili sagen, wobei er die letzte Silbe des letzen Wortes gedehnter und leiser aussprach. Wir hörten kleine, schwere Füße die Treppe hochschlurfen. 'Sowas ...', hörten wir Nili von unten sagen. 'Ihr Sohn war heute wirklich gut drauf. Er wird bestimmt mal ein ernst zu nehmender Gegner für mich. Seine Ausdauer und sein Wille sind enorm. Obwohl er kaum noch stehen konnte, wollte er weiter machen', hörten wir eine zweite, fremde Stimme. Das musste wohl Oleandro Murrieta sein, unser Gastgeber und Lous Trainer.

Wir gingen nach unten, um Oleandro und Lou zu begrüßen. Nur Jim und Flax blieben oben über den Bauplänen hocken. Sämtliche Baupläne waren in Lous Zimmer ausgebreitet. Auch auf dem Bett, wo sich Lou müde hinschmiss. 'He, Lou, du liegst auf unseren Bauplänen', rief Flax und zerrte an einem Stück Papier. 'Flax, hör auf, du machst die Pläne noch kaputt!', rief Jim und sorgte dafür, dass Lou kurz über dem Bett schwebte. Flax holte die Pläne vom Bett und Jim ließ Lou wieder zurück schweben, als sei nie etwas gewesen.

Wir waren zur selben Zeit unten und unterhielten uns mit Oleandro, Layla und Nili. Zuerst redeten wir über Lous Training. Wie er sich anstellte, welches Potential er hat und so weiter. Und ich muss dir sagen, Oleandro Murrieta hielt große Stücke auf den Nachwuchsspieler. Nebenbei gab es Abendbrot. Oleandro hatte ein großes Fresspaket mitgebracht, das wunderbar roch. Er ging in die Küche, schmiss das Ganze noch mal in den Ofen und servierte dann. 'Das ist Wiener Zwiebelrostbraten mit Braterdäpfeln. Hab ich im Restaurant hier um die Ecke gekauft', erklärte Oleandro. 'Was sind denn nun schon wieder Erdäpfel?', wollte Reh wissen. 'Das frag ich mich auch ganz besorgt. Kann man das essen?', fragte auch Doggy Junior. 'Ich weiß es, ich weiß es', rief Junior freudig. 'Das sind Kartoffeln.' Ich nickte zustimmend. 'Oh, mh, oah. Mann, ist das lecker.' Lion hörte gar nicht mehr auf zu schwärmen. Doggy pflichtete ihm bei. Flax kam nach einer Weile auch nach unten: 'Mann, was riecht denn hier so lecker? Krieg ich auch was?', rief er noch von der Treppe. Schnuppernd tapste er ins Wohnzimmer. Als er in der Tür stand, hörten wir seinen

Magen, der laut protestierte, dass es noch kein Abendessen gab. Wir mussten alle sehr lachen. 'Na, komm schon, du kleiner ausgehungerter Wolf', sagte Oleandro und deckte für eine Person mehr. 'Ich bin ein kleiner, hungriger Husky, kein Wolf', gab Flax zurück. 'Ich weiß doch, aber mit einem Wolf verbindet man eher ein hungriges Tier, als mit einem Garten- und Haushund', war Oleandros Antwort. Flax dachte nicht weiter darüber nach und setzte sich an den Tisch. Es schmeckte ihm sicht- und hörbar. Jim kam nicht nach unten.
Nach dem Abendessen brachte Doggy Jim einen Teller voll Essen nach oben. Dazu ein großes Glas weißen Traubensaft, wie es jeder hatte. Die beiden Juniors machten den Abwasch. Am Anfang stritten sie sich zwar, wer abwaschen und wer abtrocknen solle, aber nach einer Weile hatten sie sich geeinigt; Nili Junior hatte die schlagkräftigeren Argumente. Natürlich haben sie sich nicht geschlagen, aber bei einem möglichen Kampf wäre es so gewesen. So musste Doggy Junior den fettigen Abwasch machen, während Nili Junior das etwas angenehmere Abtrocknen übernahm.
Jim war während der ganzen Zeit mit den Bauplänen der Roboter beschäftigt, suchte nach möglichen Schwachstellen. Bis jetzt allerdings ohne Erfolg. Flax gesellte sich wieder zu Jim und half ihm. Wir konnten da leider nicht sehr viel ausrichten, das war mehr was für Techniker wie Jim und Flax eben. Den ganzen Abend saßen sie über den Plänen, während wir uns unten unterhielten. Lou machte das einzig Richtige, er ratzte in seinem Bett vor sich hin. Wir hörten sein Schnarchen bis nach unten und wunderten uns, dass sich Jim und Flax nicht gestört fühlten. Spätestens beim ins Bett gehen sollten wir merken, warum sich die beiden nicht gestört fühlten. Jim hatte dafür gesorgt, dass man das Schnarchen nur im übrigen Haus hört, jedoch nicht in dem Zimmer, in dem unsere beiden Techniker saßen. Als wir in Lous Zimmer kamen, lagen Flax und Jim über den Bauplänen und schliefen. Lou selbst schnarchte auf dem Bett. Auch wir legten uns schlafen. Unsere Zimmer lagen auf der selben Etage. Es dauerte nicht lange und wir waren alle eingeschlafen.
Am nächsten Morgen wachten Doggy, Doggy Junior, Nili Junior, Lion, Reh und ich als Erste auf; so dachten wir jedenfalls. Doch es schien so, als ob jemand die Treppen hinaufgestampft kam. So wie

es sich anhörte, schwer beladen. Neugierig machte ich die Tür auf und sah Lou an uns vorbei gehen. Sehr vorsichtig, immer darauf achtend, das Tablett nicht fallen zu lassen, das er trug. Darauf waren vier Teller. Zwei waren mit jeweils zwei Sandwiches bedeckt und zwei mit jeweils vier Sandwiches. Dazu ein Glas und eine Schale Wasser. In der rechten Pfote, an ein paar Finger gehängt, ein Eimer, in dem vermutlich auch Wasser war. 'Hey, Lou, so hungrig sind wir nun auch wieder nicht. Wer soll denn das alles essen?', hörten wir Jim aus dem Zimmer rufen. 'Das ist ja auch nicht für euch. Hier ist dein Teller und hier deiner. Die beiden sind meine. Deine Schüssel, dein Glas, mein Eimer', gab Lou zurück. 'Und das wird auch bestimmt reichen', hörten wir Flax ironisch sagen. 'Wo denkst du hin, Flax. Unten in der Küche stehen noch mal zwei solche Teller, die haben nur nicht aufs Tablett gepasst', gab Lou zurück und kam mit diesen Worten wieder aus dem Zimmer. Das Tablett hatte er bei sich. Nach einer Weile kam er wieder mit zwei weiteren Tellern. Und einen weiteren Eimer trug er ebenfalls bei sich. Vermutlich wieder mit Wasser. Doggy Junior, der hinter mir stand, fragte nur: 'Wie kann man nur so verfressen sein?' Die Antwort kam von Nili Junior, der neben Doggy stand. 'Was hast du nur, das ist doch nicht viel, 16 dreilagige Sandwiches. Mama und Papa essen zum Frühstück mindestens doppelt so viel. Danach gibt es dann meistens noch eine Wanne voll Obst. Aber wenn wir gerade vom Frühstück reden, ich habe einen Nilpferdhunger.' Und damit war Junior auf dem Weg nach unten in die Küche. Wir folgten. Als wir in die Küche kamen, war die gleich von drei Nilpferden bevölkert, die auf eine Festtagsplatte ihre Sandwiches legten, ich korrigiere, es waren zwei Festtagsplatten. Zwischen den beiden Eltern stand der Mülleimer, der vor lauter Toastbrotpapier überquoll. Junior hatte seine drei Teller neben sich auf die Anrichte gestellt. Nachdem Familie Nili die Küche verlassen hatte, konnten wir endlich rein. Keine zwei Minuten später stand Oleandro in der Tür. 'Das kann doch wohl nicht wahr sein. Jedesmal, wenn ich in die Küche will, ist die voll! Schon zum dritten Mal.' Unverrichteter Dinge zog er wieder ab. Reh folgte ihm auf dem Fuße. Wie angestochen rannte er nach draußen. So wie es sich anhörte, nach oben. Wir schmierten weiter unsere Bemmen. Ich schmierte für unseren Gastgeber mit.

Wir waren gerade fertig mit unseren Schnitten, als Reh geknickt wieder in die Küche kam. Auf die Frage, was es wohl hätte, gab es keine Antwort. Schweigend nahm es Toastbrote und schmierte sie, ohne dass es sie vorher getoastet hatte. Dann gingen wir in die Stube und setzten uns an den Tisch. Nili stopfte gerade 3 dreilagige Sandwiches in sein Maul, während Layla mit einem Eimer Wasser nachspülte. Kaum hatten wir uns zum Frühstücken hingesetzt, als Jim ins Zimmer gestürmt kam und rief: 'Auf, Leute, wir haben zu tun. Ich habe einen Plan.' 'Wir frühstücken erst einmal. Mit leerem Magen setze ich keinen Fuß vor die Tür!' protestierten Doggy Junior und Doggy. 'Jim ich habe eine Id...', versuchte Reh etwas zu sagen, doch Jim fing sofort an, seinen Plan zu erklären. 'So, das ist mein Plan: Wir suchen jeden Roboter einzeln, ihr lenkt ihn dann ab, während Flax und ich diese beiden Fernbedienungen benutzen, um die Roboter wieder auszuschalten. Ich habe die Fernbedienung auf jeden einzelnen Roboter eingestellt. Damit müssten wir wieder Kontrolle über die vier haben.' Wenn du mich fragst, war das der blödeste Plan, den Jim je hatte, aber mich hatte ja keiner gefragt, leider. Und so machten wir uns nach dem Frühstück auf die Jagd nach den Robotern.

Es war nicht sonderlich schwer, die Spur der Vier zu finden. Wo sie hinkamen, haben sie ein Chaos zurückgelassen. Wir konnten die Roboter bis zum Augarten im Norden der Stadt verfolgen, dort fanden wir dann den Ersten. Jetzt kamen wir ins Spiel. 'Hey, Roboter, hier sind wir! Nenenenene!', fing Lion an zu rufen. 'Ich find das bescheuert', protestierte Doggy Junior. 'Ist mir egal, wie ihr das findet! Lauft!' Ich war es, der als Erster die Pfoten in die Pranken nahm. Die anderen folgten mir, der Roboter natürlich auch. 'Hey, was soll denn das? Ihr sollt sie ablenken, nicht von mir weglocken!', hörten wir Jim hinter uns fluchen. Aber der konnte uns jetzt kreuzweise, wir lassen uns doch nicht von Robotern verprügeln. Wir liefen und liefen, quer durch Wien. An einer Ecke wollten wir abbiegen, mussten es uns allerdings anders überlegen, weil von dort schon der zweite Roboter kam. Es dauerte nicht lange und wir hatten alle Vier hinter uns. Der Friedhof, der direkt vor uns lag, kam uns ganz gelegen. Gerade rechtzeitig schafften wir es noch auf das Gelände. Die Roboter folgten nicht.

Völlig außer Atem ließen wir uns auf den Weg fallen. 'Hab – hab ich irgendwas Fal – Falsches gesagt?', keuchte Lion. 'Nein, Lion, Jim ha – hat nur de – den falschen Plan aus – gear – beitet', keuchte Reh zurück. Wir saßen auf dem Friedhof fest und das hatten wir alles Jim zu verdanken. Die Roboter bewachten den Ausgang. 'Was machen wir jetzt? Wir können doch nicht ewig hier bleiben. Na, ganz tolle Sache, jetzt fängt es auch noch an zu regnen! Jim, ich bring dich um!' Lion war sauer. Wie jede gute Katze, abgesehen von Tigern, hasste er das Wasser. 'Ich hatte ja einen anderen Plan, der weitaus vielversprechender war, als der von Jim. Aber Jim hat mir ja noch nicht einmal zugehört. Er ist einfach so stur wie ein verzogener Bengel', beschwerte sich Reh. 'Falls es dir noch nicht aufgefallen sein sollte: Jim ist ein verzogener Bengel und ich finde, es ist Zeit, ihm die Hammelbeine lang zu ziehen, bevor er Flax auch noch versaut', gab Lion zurück. 'Lasst uns sehen, wie wir hier wieder weg kommen', fügte er noch hinzu. Lion sah sich um. 'Fomka, du könntest ...', fing er an, wurde aber von Doggy Junior gestört. 'Wie wäre es, wenn ...' 'Doggy Junior, wie du vielleicht unschwer erkennen kannst, arbeite ich gerade einen Plan aus, wie wir von hier verschwinden können! Also, Fomka, du könntest ...', unterbrach er den jungen Hund unwirsch. 'Aber Lion, wir könnten doch einfach ...' Lion hörte gar nicht auf Junior und erzählte uns seinen Plan. Ich sollte alle über die Mauer heben, die gegenüber des Eingangs lag, mich würden sie dann von der Mauer aus, die mir bis zum Bauch ging nach oben ziehen. Und so reichte ich einen nach dem anderen hoch. Erst Lion, dann Doggy, dann Reh ... Moment mal, wo waren Reh und Doggy Junior? Ich schaute mich um, konnte sie aber nicht entdecken. 'Wo sind Reh und Junior?', fragte ich. Doch auch Lion und Doggy konnten sie nicht entdecken. 'Komm schon, wir werden sie später suchen. Gib uns deine Pfoten, wir ziehen dich rauf', gab Lion als Antwort. So streckte ich meine Pfoten nach oben und Lion und Doggy zogen und zerrten daran. Leider war ich für die beiden viel zu schwer, sie konnten mich keinen Zentimeter bewegen. Zudem war die Mauer von dem vielen Moos glitschig und rutschig, so dass ich mit meinen Hinterpfoten ständig abrutschte.

'Wenn ihr drei Komiker da fertig seid, könnte Fomka vielleicht zum Tor raus kommen und ihr könntet sehen, wie ihr da runter

kommt. Die Roboter sind schon lange weg, seit der Regen eingesetzt hatte', hörten wir plötzlich Junior sagen, der auf der anderen Seite der Mauer stand, zusammen mit Reh. 'Ehm! Naja, so geht es natürlich auch', gab Lion zu, der inzwischen schon bis auf die Mähne aufgeweicht war. 'Ihr und eure Pläne! Ich mache mich hier zum Kasper und Junior und Reh spazieren einfach zum Tor raus.' Ich hatte von dieser Aktion inzwischen die Nase gestrichen voll und stapfte zum Tor. Doggy und Lion ließ ich auf der Mauer zurück. 'He, Fomka, du kannst uns doch nicht hier sitzen lassen. Fomka, komm zurück! Wie sollen wir denn jetzt von hier runter kommen? Fomka!', brüllten die beiden. Und sie hatten recht, ich konnte sie nicht einfach sitzen lassen, dazu hatte ich ein viel zu weiches Herz. Außerdem wollten wir doch gemeinsam Jim durch die Mangel nehmen. Also hob ich sie wieder runter. Gemeinsam machten wir uns dann auf den Weg zu Oleandro.
Dort angekommen fragte Lion dann gleich wütend: 'Wo ist er? Wo ist der Kerl? Den werd ich durch'n Fleischwolf dreh'n! Wenn ich den in die Pranken bekomme!' Schon stürmte er der Treppe entgegen. Doch weit kam er nicht. 'Komm sofort zurück! Du Ferkel! Schau dir an, was für eine Schweinerei du hier hinterlassen hast. Sieh zu, dass du deine Pfoten abtrittst!', hörten wir Oleandro rufen und schon hatte er Lion am Ohr gepackt und zurück zum Eingang geschleift. Lion brüllte vor Schmerz. Oleandro hatte eine immense Kraft in seinem rechten Schlagarm. Nachdem sich Lion dann die Pfoten abgetreten und sich gewaschen hatte, drückte Oleandro ihm eine Schaufel und einen Handfeger in die Pranken. 'Hier, mach deine Schweinerei weg', kommentierte er seine Geste noch. Die anderen hatten sich lieber gleich die Pfoten abgetreten. Junior war dabei der Erste. Der andere Junior, der uns die Tür geöffnet hatte, half Lion freiwillig dabei, den Eingangsbereich wieder zu säubern. Wahrscheinlich, weil er wusste, wie es ist, sauber zu machen. Oft genug musste er schon seinen Mist wegräumen, -wischen oder -schmeißen. Eine lästige Aufgabe.
Wir waren in der Zwischenzeit schon nach oben gegangen. Jim und Flax fanden wir in Lous Zimmer. Lou war auch da. Er sah Jim und Flax dabei zu, wie sie an den zwei Fernbedienungen herumschraubten. 'Hallo, schön, dass ihr beiden nicht nass geworden seid. Lou, ich dachte, du hast heute auch Training.' 'Nö,

heute nicht. Heute ist Trainingspause. Aber sagt mal, kann es sein, dass es draußen regnet? Dein Fell ist so nass.' 'Nein, Lou, es regnet nicht, wir haben nur alle eine Dusche genommen! Natürlich regnet es. Und dass wir überhaupt in diesen Regen gekommen sind, haben wir diesen beiden Spezialisten zu verdanken!', gab Doggy Junior zurück. 'Was habt ihr denn? Wenn ihr nicht weggerannt wärt, hätte es funktioniert. Aber wir überarbeiten die Fernbedienungen noch einmal. Vielleicht bekommen wir eine größere Reichweite raus', gab Jim zurück. Das war genug, den ganzen Schmarren, wie die Wiener sagen würden, noch einmal durchmachen? Nein, danke. Darauf hatte keiner Lust. Doggy sprach aus, was wir alle dachten. 'Vergiss es, Jim, wir werden jetzt hören, was Reh für einen Plan hat. Vielleicht ist der intelligenter.' Nach einigem Hin und Her war Jim dann endlich bereit, Rehs Idee zu hören. 'Vor ein paar Wochen hatte ich meinen Toaster außer Gefecht gesetzt, weil Blumenwasser hinein getropft ist. Die Blumenvase ist vom Regal gefallen. Vielleicht können wir die Roboter auch so kurzschließen. Natürlich bräuchten wir größere Wasserbehälter, aber das Prinzip ist das gleiche', erklärte er. 'Hey, der Plan klingt gut. Warum hast du das nicht früher gesagt. Dann hätten wir uns die letzte Plei... He, Leute, wo geht ihr denn hin? Hab ich irgendwas Falsches gesagt? He! Gemeinheit! Flax, weißt du, was ich gesagt habe?' 'Keine Ahnung.'
Wir gingen wieder nach unten, um die Einzelheiten von Rehs Plan zu erörtern. Auf jeden Fall würden wir größere Behälter brauchen als eine Vase. Das Problem war nur, welche aufzutreiben. Wir hatten schon überlegt, ein paar Regenfässer zu konfiszieren. Wir waren mitten in der Besprechung, als die Couch plötzlich rief: 'Telefon, Telefon. Sofort rangehen, Hohes Tier dran.' Völlig erschrocken sprang Reh, der auf der Couch saß, auf. 'Aahh!', schrie er. Doggy Junior handelte sofort und griff in eine der Ritzen. Der erste Griff ging ins Leere. Beim zweiten Versuch holte er dann Jims Handy hervor. Er nahm ab und meldete sich: 'Ja.' Es war ein schönes, lang gezogenes 'Ja'. 'So eine Frechheit! Ja? Wer ist Ja? Ich dachte, ich wär bei Jim. Oder ist das nur der Anrufbeantworter?', hörten wir eine bekannte Stimme aus dem Telefon. 'Oh, Entschuldigung, Euer Hochwohlgeboren. Aber ja, ich bin der Anrufbeantworter. Bitte sprechen Sie nach dem Bell-

ton. Wau', scherzte der kleine rosa Hund. 'Wie bitte? Sprechen Sie nach dem Bellton? Ich wusste ja, dass Jim verrückt ist, aber diesen blöden Anrufbeantworterspruch hätte ich ihm nun nicht zugetraut', hörten wir Kaiser Fritz' erstaunte Stimme. Wir mussten lachen. 'Das ist gar kein Anrufbeantworter! Wo ist Jim? Ich muss mich beschweren', meinte unser Kaiser dann. 'Mann oh Mann, Jim ist heute aber gefragt, was Beschwerden angeht. Ah, da kommt er ja. Jim, für dich. Ein netter Anrufer.' Mit diesen Worten übergab Doggy Junior das Handy an Jim. Dieser meldete sich mit seinem Namen, kam aber nicht weiter. 'Jim, was hast du nun wieder angestellt? Deine merkwürdigen Roboter haben mein neues Restaurant demoliert, das nächste Woche in Wien öffnen sollte. Sieh zu, dass du deine Brut zurückpfeifst oder du pfeifst auf dem Polizeipräsidium weiter!', fing Kaiser Fritz gleich an zu brüllen. Scheinbar dachte er, Jim hätte diese Roboter erfunden. Anzunehmen war es ja, auf jeden Fall war es nicht ganz abwegig. Doch diesmal hatte Kaiser Fritz nicht Recht. 'Nun mal langsam mit den jungen Gemsen! Mit den Robotern habe ich nix zu tun. Und wenn ich bemerken darf, sind wir schon fleißig dabei, die Roboter wieder einzufangen. Was machen eigentlich eure Majestät in Wien?' 'Nachdenken kann der auch nicht. Ich sagte doch, ich will ein Restaurant aufmachen. Deswegen bin ich in Wien. Und außerdem wollte ich mal Urlaub von dir haben, was ja wieder mal nicht funktioniert. Was machst du eigentlich in Wien?', kam die Antwort des Kaisers. 'Da muss ich wohl deinen Kommentar zurückgeben. Nachdenken kann der auch nicht. Scheinbar bist du so weit gekommen, dass du mitbekommen hast, dass wir in Wien sind. Wahrscheinlich, weil ich sagte, dass wir den Robotern auf der Spur sind. Und damit hättest du auch den Grund unseres Aufenthaltes in Wien. So und jetzt muss ich Schluss machen, wir haben noch Roboter einzufangen. Schick mir eine Schadensliste und ich leite sie an das CIA weiter, die für alle Schäden aufkommen werden. Und wenn nicht, dann tret' ich ihnen in den Allerwertesten! Tschüss.' Damit legte Jim auf, wählte eine Nummer und bestellte zwei Löschfahrzeuge bei der Feuerwehr. Mehr waren nicht zu kriegen. Die eine Hälfte war zerstört und die andere Hälfte war wegen der Roboter im Einsatz.

'So, lasst uns Roboter jagen', drängte Jim zum Aufbruch. Treffpunkt war die Feuerwehrstation direkt neben der Kirche. Auch sie hatte Schäden zu beklagen, aber die Löschfahrzeuge waren heil geblieben, weil die Garage zu dicht an der Kirche stand. Wir teilten uns auf die zwei Fahrzeuge auf. Je ein Feuerwehrmann fuhr die beiden Wagen. Reh, Lion und ich bestiegen das eine Fahrzeug, Doggy und Doggy Junior das zweite. Doggy Junior fuhr auf der Leiter mit. Dort hielt er sich fest. Ich musste mich leider auch auf der Leiter festhalten, da ich nicht in das Fahrzeug passte. Jim und Flax fuhren in White Horse. Doch bevor wir los fuhren, fragte Jim noch, wo hier der nächste See, Fluss, Teich oder ähnliches wäre. 'Der Donaukanal ist nicht weit von hier. Folge einfach der Hörlgasse. In die Richtung ist auch die Donau, ziemlich parallel dazu. Aber das ist weiter', meinte einer der Feuerwehrleute. Er sprach beachtlich gut Hochdeutsch. Wie wir erfuhren, ist er zugezogen und kommt ursprünglich aus Hannover. Jim bedankte sich und düste los. Natürlich mit Flugzeug. Er wollte White Horse mit Wasser laden, um mitreden zu können. Die Feuerwehrleute montierten schon mal den Schlauch am Wassertank. Nachher musste es schnell gehen. Wir würden keine Gelegenheit haben, anzuhalten, um alles vorzubereiten. Zum Schluss wurden Doggy Junior und ich mit starken Seilen an die Leiter gebunden, damit wir nicht runterfallen konnten. Aber wir hatten noch genügend Bewegungsfreiheit, um mit dem Schlauch hantieren zu können.
Und dann ging es los. Jim war auch wieder zurück. 'Okay, Leute. Beim letzten Versuch hatte ich es wenigstens geschafft, einen der vier zu markieren. Sprich, ich kann ihn auf meinem Monitor verfolgen. Die drei anderen werden nicht weit sein. Folgt mir einfach. Und Junior und Fomka sollen ja vorsichtig auf der Leiter sein', gab Jim über Funk durch. Junior und ich führten unsere Pfote bzw. Pranke zur Stirn, um Jim zu zeigen, dass wir verstanden hatten. Schon setzte sich das Löschfahrzeug mit Doggy und seinem Junior in Bewegung. Mein Wagen folgte. Jim flog voraus. Schon bald hörten wir seine Stimme aus dem Funkgerät: 'Erster Roboter gesichtet. Er fährt die Währinger Straße hoch.' Und so folgten wir besagter Straße. So wie es aussah, fuhr der oder die Roboter wohl auf der falschen Straßenseite, die Autos auf der

anderen Seite waren noch relativ in Takt, von den Fensterscheiben mal abgesehen. Menschen waren zum Glück nicht unterwegs. Sie schienen sich alle an die Ausgangssperre zu halten.
Mit Blaulicht und Sirene fuhren wir die Straße lang, die Jim genannt hatte. Wir waren gerade an der Lazarettgasse vorbeigefahren, als Jim sagte: 'Die nächste Straße scharf links.' 'Roger', sagte mein Fahrer. 'Aber der heißt doch Jim, nicht Roger', hörte ich Reh, der direkt neben dem Fahrer saß, verwundert sagen. Der Fahrer musste lachen. Er erklärte Reh, wie das mit der Funksprache ist.
Als wir um die Ecke fuhren, jauchzte Doggy Junior vor Vergnügen. Ich dagegen fand es ganz und gar nicht witzig. Angstvoll hielt ich mich so kräftig wie nur irgend möglich fest, was der Leiter zwar nicht so gut bekam, aber mich nicht so sehr hin und her schaukeln ließ. Als wir in die Straße eingebogen waren, wieder seitenverkehrt, sahen wir den Roboter bereits, ganz am Ende der Straße. Er bog als Letzter links ab. Der Fahrer im ersten Löschzug reagierte als Erster. 'Jim, a so wias ausschaut, sans in de Lazarettgossn eibogn, de joa direkt in de Währinger Stroas geht. De fohrn jou im Groass.' 'Sie haben Recht, Die fahren wirklich im Kreis.' Wir wurden langsamer, wendeten und fuhren zurück, bis wir an das andere Ende der Lazarettgasse gekommen waren. Dort warteten wir eine Weile. Jim stieg höher auf, um die Straßen von oben sehen zu können.
'Verdammter Mist!', hörten wir über Funk. 'Einer der vier ist gleich am Anfang in eine kurze Straße eingebogen, die auf die Kinderspitalstraße führt. Und ein anderer ist in die Spitalgasse gefahren, direkt auf die Alserstraße zu. Der Dritte, der Markierte kommt direkt auf uns zu. Und den Vierten kann ich nicht ausmachen. 'Okay, ich werde hier warten', sagte mein Fahrer. 'I werd za da Spitoisgoss fohrn', hörten wir Doggys Fahrer. 'Gut, damit ist die Spitalgasse auch weg, dann nehm ich den letzten, der noch in Sichtweite ist', sagte Jim und setzte sich in Bewegung.
Damit setzte sich Doggys Wagen in Bewegung. Er fuhr in die Richtung, aus der wir zu allererst gekommen waren. Doch gleich bei der nächsten Gelegenheit bog er rechts ab. Jim flog quer über das Gelände direkt auf die besagte Straße zu, in der sich sein Ausreißer befand.
Wir blieben an Ort und Stelle und warteten auf unser Opfer, in der Hoffnung, dass es nicht kehrt gemacht oder irgendwo anders

abgebogen ist. Doch es dauerte nicht lange und wir sahen unseren Freund. Ich machte mich derweil bereit. Lion war ausgestiegen, um das Wasser aufdrehen zu können. Ich richtete schon mal den Schlauch aus. Der Feuerwehrmann gab mir noch einige Tips, wie ich den Schlauch halten sollte, um eine weite Distanz überbrücken zu können. Wir blieben ruhig, ließen keine Möglichkeit zu, unser Vorhaben zu durchschauen. Bis auf wenige Meter ließen wir den Roboter heran. Es war der mit dem Kegelkopf. Als er auf gut 100 Meter heran war, drehte Lion das Wasser auf. Ich brauchte erst eine Weile, bis ich den Schlauch steuern konnte. Er war ziemlich schwer durch den Druck, den das Wasser ausübte. Aber nach einer Weile hatte ich dann endlich den Roboter getroffen. Er fing an zu qualmen, drehte sich ein paar mal im Kreis, schlug dann den Weg zurück ein, kam aber nicht mehr weit. Leblos blieb er nach ein paar Metern stehen. 'Mission erfüllt', rief unser Feuerwehrmann Klaus durchs Funkgerät. Kurz darauf hörten wir Jim über Funk: 'Kollege Radiokopf ist auch außer Gefecht.' 'Da Dritte, der is nu auf der Flucht. Wir han auf da Laundesgerichtsstrossn Richtung Messplotz. Mia hauma fost. Junior, richt die dawei', hörten wir den zweiten Löschwagen. 'Hä, was will der?', fragte Junior. 'Junior, der möchte, dass du dich bereit machst, damit du den Roboter außer Gefecht setzen kannst', gab Jim laut vernehmlich durch Funk zurück. 'Ach so.'“

„Sprecht ihr gerade von der ungewöhnlichen Löschaktion in Wien?“, unterbrach Doggy, der gerade zum Mittagessen in die Halle kam. „Äh, ja. Wir sind gerade an der Stelle, wo ihr euren Roboter erledigt, bevor wir dann auf die Suche nach dem letzten gingen“, gab Fomka zurück. „Mh, dann lasst mich mal erzählen. In welcher Straße seid ihr denn schon?“ „Landesgerichtsstraße, Richtung Messeplatz“, war Fomkas knappe, präzise Antwort.

Doggy nickte und übernahm das Wort: „Wir hatten den kleinen Kerl mit dem Dreieckskopf bereits im Visier. Mein Junior machte sich schon mal bereit für die Spritzaktion. Ein paar Meter mussten wir noch heran. Ich kletterte schon mal aus dem Wagen, hielt mich an der Tür fest und versuchte, die Schalter und Hebel für das Wasser zu erreichen. Du musst wissen, ich als Hund has-

se Klettern, ich bin doch keine Katze. Und etwas kräftiger gebaut war ich auch noch.
Unvermittelt bog unser Roboter bei gut 90 km/h nach rechts in eine kleine Straße ab. Ich glaube, sie nannte sich Josefsgasse oder so. Die Tür schwang hin und her und ich klammerte mich verzweifelt an selbige, um nicht herunterzufallen. 'Wahu!', brüllte ich vor Angst. Der Feuerwehrmann am Steuer, Lutz hieß er, schaffte es noch irgendwie, mich am Genick zu greifen und mich in den Wagen zurückzuziehen. Junior fand es witzig. Was sich aber bald ändern sollte.
Die Gasse war nicht sehr lang. An ihrem Ende bog der Roboter nach rechts in die Lange Gasse. Wir fuhren wieder näher heran und starteten einen zweiten Versuch. Diesmal bog er nicht unverhofft ab. Ich schaffte es, den Wasserschlauch aufzudrehen. Der Schlauch machte einen gewaltigen Sprung. Junior war gezwungen, den Weg des Schlauches mitzugehen. Der Druck, mit dem das Wasser durch den Schlauch schoss, war einfach zu stark, als dass er ihn unter Kontrolle bringen konnte. Hin und her wurde er geschleudert. Spätestens jetzt fand er das Ganze nicht mehr witzig. 'Junior! Alles in Ordnung?', fragte ich besorgt. Doch Junior jaulte nur verängstigt und kläglich. Krampfhaft versuchte er, sich irgendwo festzuhalten, da er immer weiter aus dem Seil rutschte, das für seinen kleinen Körper einfach viel zu groß war. 'Wahu!', brüllte Junior ununterbrochen. Du kannst dir vorstellen, wie sich mein Herz verkrampfte, als ich den Kleinen so brüllen hörte. Der Schlauch schlenkerte unkontrolliert hin und her, verwandelte die Straße hinter uns in einen kleinen Fluss.
Dann kam, was kommen musste. Mein kleiner Schatz rutschte aus dem Seil, das ihn eigentlich festhalten sollte. Auch hatte er keine Kraft mehr, sich am Schlauch festzuhalten. Er ließ los und flog vom Wagen. Doch ich hörte kein Klirren, Scheppern oder Schreien. Oder doch, ich hörte einen Schrei. 'Junior!', hörte ich jemanden schreien. Ich brauchte eine Weile um zu kapieren, dass ich schrie. Ich wollte schon aus dem Fahrerhaus springen. Doch Lutz hielt mich zurück. 'Doa bleim! Se kinan do heaz ned ospringa. Um ernarn Buam mias ma se späder umschau. Zerscht mias ma en Roboter außer G'fecht sezn', sagte er zu mir. Die einzelnen Worte verstand ich mehr oder weniger, Deutsch konnte ich ja.

Aber in diesen Sekunden machten seine Worte zusammengenommen keinen Sinn. Die Worte, die Sekunden später an mein Ohr drangen, holten mich wieder aus meiner Starre heraus. 'Ich hab den Kleinen, Doggy. Junior ist unverletzt, etwas zerzaust und durch den Wind, aber unverletzt.' Es war Jim, über Funk.
Zeit zum Freuen hatte ich aber nicht. Schon wieder sprach Lutz Merkwürdiges, sagte etwas von Steuer übernehmen. Dann kletterte er nach draußen. 'Uah!', brüllte ich vom Beifahrersitz. So schnell ich konnte hechtete ich auf den Fahrersitz und nahm das Steuer in die Pfoten. Dass meine Hinterpfoten nicht zum Gaspedal oder zur Bremse reichten, wollen wir mal großzügig verschweigen. In den schrecklichsten Sekunden meines Lebens dachte ich nur eins: 'Ist der verrückt?' Ich mühte mich redlich ab, das riesige Gefährt irgendwie gerade auf der Straße zu halten. Dann fing es auch noch an zu regnen. Ich schaffte es einfach nicht, das Wasser, das an der Frontscheibe in Strömen herunter lief, mit dem Wasser aus dem Schlauch in Verbindung zu bringen. Lutz hielt den Schlauch ja über das Fahrerhaus, zwangsläufig musste ja auch ein Teil des Wassers an der Frontscheibe herunterlaufen.
Auf jeden Fall versperrte mir das Wasser die Sicht auf die Straße. Dabei hatte ich so schon Probleme, das Löschfahrzeug auf der Straße zu halten. 'Verdammt, wo schalte ich die Scheibenwischer ein? Ich hab doch noch nicht einmal einen Führerschein. Jim, Hilfe!' Zu spät sah ich den kleinen Roboter, der dicht vor mir auf der Straße stand und sich keinen Zentimeter mehr rührte. Zu allem Überfluss war der Roboter nicht das Einzige, das mir im Weg stand. Mitten auf der Straße stand ein Pkw, zerknautscht und demoliert, aber immer noch groß genug, um hineinfahren zu können. 'Doggy, es wa aun da Zeit zam bremsn!', brüllte Lutz von der Leiter her. 'Bremsen, wie witzig. Wie denn?', schrie es in meinem Gehirn. Verzweifelt streckte ich meine Beine so lang aus, wie es nur ging. Dabei rutsche ich immer weiter unter das Armaturenbrett. Die Straße hatte ich schon gar nicht mehr im Blick. Die panischen Schreie von Lutz ließen mich wieder auf die Straße blicken. Was ich da sah, konnte mir ganz und gar nicht gefallen. Das Lenkrad war viel zu weit nach rechts eingestellt, sodass wir direkt auf die rechte Häuserzeile zusteuerten. Zum Gegenlenken war es schon viel zu spät. Ich machte nur noch die Augen zu

und betete zu Anubis, dem Hunde- oder Schakalgott. Bei uns Hunden hat Anubis ja eine etwas andere Bedeutung als bei den alten Ägyptern. Die Ägypter haben diesen Gott übrigens von uns Hunden übernommen. Jedenfalls betete ich zu Anubis, dass doch ein Wunder geschehen sollte. Die Hauswand kam immer näher und näher. Dann kam der Aufprall. Ich schloss die Augen. Jetzt war es aus. Mein Leben würde jetzt für immer zu Ende gehen. Anubis hatte mich verlassen.
Um mich herum trat Stille ein, lähmende, drückende Stille. Es dauerte eine Weile, bis ich die Augen wieder öffnen konnte. Was ich sah, verwirrte mich. Ich wusste genau, dass wir gegen die Hauswand geprallt waren, doch jetzt standen wir wenige Zentimeter vor der Wand, vielleicht eine Handbreit davor. Die Wand des Hauses schien zu wackeln und zu wabern. Aber das konnte nicht sein. Das waren bestimmt Wahnvorstellungen eines Hundes, der jeden Moment wegen seiner schweren Verletzungen das Zeitliche segnen wird.
Die Fahrertür wurde geöffnet und man mühte sich, mich aus dem Wagen zu holen. 'Ach, lasst mich hier sterben. Es ist aus', sagte ich matt. 'Red kein Quatsch, von wegen sterben. Du hast noch nicht einmal einen Kratzer abbekommen', gab Jim zurück, während er mich aus dem Wagen holte. 'Lutz zum Beispiel hat ein paar Schürfwunden davongetragen', fügte er noch hinzu.
Draußen erholte ich mich schnell. Bald schaffte ich es sogar, mir die Schäden, die der Löschwagen davon getragen haben musste, anzusehen. Doch da waren keine! 'Hä, wie ...' '... geht das denn?' Ich merkte gar nicht, dass ich die letzten drei Worte laut aussprach. 'Hey, Doggy, ich lass doch nicht unseren besten hier anwesenden Hundevater vor eine harte Steinwand fahren. Ich hab das Haus einfach kurzerhand in eine Gummiwand verzaubert. Die Wand hat euch sanft aufgefangen und euren Aufprall gemindert', gab Jim stolz zurück. 'Ein Gummihaus? In das ich hineingefahren bin?', sagte ich noch, bevor ich es vorzog, zu Boden zu sinken. Die Aufregung war einfach zu viel.
Als ich wieder aufwachte, fand ich mich in Lous Bett wieder. Layla beugte sich gerade über mich. Sie wollte mich gerade mit einem feuchten Tuch abtupfen. 'Ich bin im Himmel', hörte ich mich leise sagen. 'Nix ist mit Himmel. Du bist bei Oleandro. Schön, dass du

wieder unter den Lebenden weilst', kam die Antwort von Layla. Mir war bis jetzt noch nie aufgefallen, was für eine schöne Stimme sie hat. Sie wäre bestimmt eine gute Sängerin.
Ich stand auf und setzte mich auf die Bettkante. Von unten drangen Stimmen an mein Ohr. Scheinbar war eine heiße Diskussion im Gange. Ich konnte mir schon denken, worum es da ging. '... ist ja ganz gut, aber wie sollen wir ihn finden?', hörte ich jemanden sagen, ich glaube es war Reh. Vielleicht war es auch Flax, so genau konnte ich das von oben nicht hören.
'Lass uns runter gehen', schlug Layla vor. Ich folgte ihr nach unten. Jim, Reh, Flax und die anderen saßen im Wohnzimmer am Tisch. 'Ah, Doggy, wieder unter den Lebenden?', wurde ich von Lion begrüßt. 'Ja. Wo ist mein kleiner Spatz?', gab ich zurück. 'Ich bin hier, Paps', hörte ich Juniors Stimme von hinten. Zusammen mit Lou kam er die Treppen herunter. Ich hatte gar nicht bemerkt, dass Lou gefehlt hatte. Er hatte sich um meinen Kleinen gekümmert. 'Ist mit dir alles in Ordnung, Junior?', fragte ich ganz besorgt. 'Ja, Paps. Bin nur noch etwas durch den Wind. Aber sonst bin ich okay', gab mein Spross zurück. Lion und Oleandro, die auf der Couch saßen, rückten ein Stück, damit wir auch noch ein Plätzchen fanden.
Bis zum späten Abend berieten wir noch, wie wir den letzten Roboter finden sollten. Mit rund 1 533 000 Einwohnern zählte Wien schon lange nicht mehr zu den Dörfern."

„Wo bleibt eigentlich dieser Fomka, der wollte doch nur mal kurz auf Toilette?", unterbrach Doggy sich selbst. „Ah, da kommt er ja. Aber wieso hat er eine Tür in der Pfote?", fügte er verwundert hinzu. „Ähm, Doggy, hast du Jim gesehen?", fragte Fomka, als er Diablo und Doggy erreicht hatte. Doggy verneinte, wollte aber wissen, wieso Fomka eine Tür mit sich herumschleppte. Der Heidelbär erklärte, dass die Tür zu seiner Toilette geklemmt hatte und er sie nicht mehr aufbekam. So musste er sie kurzerhand aus den Angeln heben, damit er überhaupt wieder raus kam. „Das glaub ich einfach nicht", erwiderte Doggy ungläubig, als Fomka erzählte, was passiert war. Dann stand er auf, deutete an, Fomka auf seinen Platz zu schieben und sagte: „Fomka, du pflanzt dich jetzt hier hin und erzählst die Geschichte weiter und ich suche

Jim. Die Tür lässt du einfach hier liegen und Diablo sagt dir, wo wir stehen geblieben waren." Dann verschwand der Boxer. „Das ist ja wohl der Gipfel", meinte Fomka. „Nö, Fomka, der ist auf dem Großglockner ganz oben", war Diablos freche Antwort. Dafür fing er sich einen sanften Knuff ein. „Na gut, du Lausebengel, erzähl, wo Doggy stehen geblieben war." Diablo brachte den sanftmütigen Heidelbären auf den neuesten Stand und der ...

... erzählte weiter: „Aja, die Suche nach dem letzten Roboter. Mal sehen. Wie Doggy schon sagte, überlegten wir bis in den späten Abend hinein, wo wir den letzten Ausreißer finden konnten. Wir versuchten, uns in die Denkweise eines Roboters zu versetzen, was ja eigentlich unmöglich ist. Irgendwann war es dann schon so spät, dass wir kaum noch unsere Augen offen halten konnten. So gingen wir ins Bett. Lou war schon eine ganze Weile früher ins Bett gehuscht. Morgen sollte für ihn wieder ein anstrengender Trainingstag werden. Wann Lou und Oleandro das Haus verlassen hatten, entzog sich unserer Kenntnis. Als wir aufwachten und zum Frühstück kamen, waren sie jedenfalls schon weg. Dabei waren wir auch ziemlich früh, nämlich gegen sechs aufgestanden. Sofort nach dem Frühstück teilte uns Jim in Gruppen ein. Doggy und sein Junior, Reh und Layla, Lion und Flax, Nili und sein Junior und dann noch Jim und ich. Jim stattete jede Gruppe noch mit einem Funkgerät aus, dann gingen wir los, jede Gruppe in eine andere Richtung. Mit den Funkgeräten blieben wir in Kontakt und berichteten den anderen von unseren Misserfolgen und vergeblichen Suchen.
Gegen Mittag gaben wir dann erst einmal erfolglos auf. Unsere Füße beschwerten sich schon über die ungewohnte Anstrengung. So machten wir uns zurück in unser 'Hauptquartier', wie man es für die paar Tage schon nennen konnte. Erstaunt stellten wir fest, dass Lou und Oleandro bereits wieder zurück waren. Oleandro schien Lou gerade zu verarzten. Er hatte sich am Bein verletzt. Jim kam auf Lou zu und bat Oleandro beiseitezutreten. Dann verarztete Jim das junge Tennisnachwuchstalent. 'Wie ich sehe, hattest du heute auch Pech', meinte Jim fragend. 'Wir waren heute auch erfolglos', fügte er noch hinzu. Doch Lou schüttelte den Kopf: 'Nein, ich hatte kein Pech. Ganz im Gegenteil, ich hatte

Glück. Bei unserem Aufwärmjoggen im Park kam plötzlich ein Roboter aus dem Gebüsch geschossen. Ich hatte ihn nicht rechtzeitig gesehen und bin über ihn drüber gefallen. Der Roboter allerdings hatte nicht so großes Glück, mein Gewicht war ihm einfach zu schwer. Ihr könnt ihn euch im Augarten in der Nähe vom Augartenpalais abholen.' Erstaunt sah Jim das kleine Nilpferd an. Dann sagte er: 'Na, das sind doch Neuigkeiten! Ganz nach meinem Geschmack. Damit ist der Fall wohl gelöst. Der Rest ist Reparatur und Formsache. Beim Ersten kann Flax mir helfen, wenn er Lust hat. Das andere ist eine Aufgabe für mich. Mal sehen, wie kräftig ich meinen Kollegen in den Hintern treten muss.' Wir mussten lachen über die Art, wie Jim das ganze sagte. Das kann man einfach nicht nach machen. Auf jeden Fall taten mir die CIA-Agenten schon etwas leid.
Doggy und Doggy Junior kümmerten sich um C/11Q/s4, den Roboter mit dem dreieckigen Kopf. Reh und ich sammelten C/11Q/s2, den Kegelkopfroboter, ein und brachten ihn zu Oleandro ins Haus. Lion und Flax nahmen sich C/11Q/s3, den mit dem Kassettenradio, vor. Nili und Junior sammelten die Einzelteile des eckigen Roboters, C/11Q/s1 zusammen. Jim war unterdessen in ganz Wien unterwegs und stellte eine Schadensliste auf, die er dann seinen Arbeitgebern überreichen wollte. Der Schaden belief sich auf etliche Milliarden Dollar, die Schäden an den Robotern nicht mitgerechnet, da Jim diese kostenfrei reparierte. Das CIA zahlte den Schaden anstandslos, wahrscheinlich, weil Jim innerhalb der zwei Wochen, in denen er die Roboter reparierte, mindestens siebzig mal anrief und nachfragte, ob die Bürger schon entschädigt seien.
Auch wir blieben noch eine Weile in Österreich, nicht zuletzt wegen der netten Gastfreundschaft. Wir begleiteten Lou und Oleandro zum Training, sahen zu, wie sich die beiden die Bälle um die Ohren schlugen. Lou war in der Tat sehr gut, sein Trainer hatte nicht übertrieben. Zwar verlor er die Spiele gegen seinen Trainer noch, aber für den wurde es immer schwerer. Es würde nicht lange dauern, und Lou würde genauso gut wie Oleandro sein.
Ein paar Wochen später bekamen wir einen Brief; wir sollten wegen unseres Mutes ausgezeichnet werden. Jim rief alle zusam-

men, die mit von der Partie waren, auch die Feuerwehrleute. Wir fuhren noch einmal nach Österreich, diesmal nur, um unsere 'Orden' abzuholen.
Dann war es soweit, wir bekamen unsere Orden. 'Im Nam'n des Landes übergeb i Ihn'n, Jim, Flax, Lion, Reh, Doggy, Doggy Junior, Lou, Layla, Nili Junior, Klaus Oberleitner un Lutz Scharnagel, den Ehr'nord'n für besond'ren Mut', sagte der Bürgermeister in mehr oder weniger perfektem Hochdeutsch und hängte uns jedem eine Medaille um den Hals. Jim sagte als Erster: 'Danke.' Das Publikum klatschte. Wir waren teilweise gerührt vor Freude. Damit war das Abenteuer mit den Robotern endgültig vorbei.

Das Geheimnis von Michael Skellig

Das nächste Abenteuer konnte kommen. Doch das ließ etwas länger auf sich warten. Gut ein Jahr lang war es relativ ruhig. Keine größeren Herausforderungen oder Einsätze. Kein Verrückter, der die Welt beherrschen wollte, keine schweren Katastrophen, niemand, der sich rächen wollte. Sprich, es war einfach langweilig. Die Mitglieder konnten ihren Jobs nachgehen, die sie neben dem BBC noch haben, konnten ihre Familien pflegen und so weiter.
Bei Katze, Mike und Kim hatte sich in diesem Jahr zum Beispiel was getan. Kim war groß geworden und sie hatte einen netten Freund, der ihr gerne immer wieder von dem Abenteuer in Wien erzählte. Und Kim hörte immer wieder gerne zu. Bald, nach etwa einem halben Jahr, zogen Reh und Kim dann auch zusammen. Sie zogen nach Cahirciveen, County Kerry, das im Südwesten Irlands liegt, direkt am Atlantik, Rehs Geburtsort. Kim lernte für Reh sogar Gälisch. Es stellte sich heraus, dass Kim ein Talent für Sprachen hatte. Katze und Mike besuchten die beiden ab und zu mal, andersrum natürlich auch.
Bei Doggy und Doggy Junior hatte sich auch etwas getan. Seit dem letzten Abenteuer nämlich machen beide einen großen Bogen um Löschfahrzeuge. Das hat sich auch bis heute nicht geändert. Und Teufel, man höre und staune, hatte sich ein hübsches Kätzchen angelacht. Leoni hieß sie, was soviel bedeutet wie kräf-

tige Löwin. Sie war weiß, mit einer hübschen schwarzen Blume auf der Stirn. In dieser Zeit waren es eigentlich Blue und Lion, die den Clan leiteten, da Teufel häufig abkömmlich war. Auch Jim schien besseres zu tun zu haben. Oft war er mit Daniela zusammen. Wie es aussah, bahnte sich da was Ernsteres an, das nach irdischem Gesetz eigentlich verboten war. Nach irdischen Gesetzen dürfen enge Verwandte nämlich nicht heiraten, geschweige denn Kinder kriegen. Doch bei Jim und Daniela war das irgendwie etwas anderes. In den letzten Wochen merkten wir, dass Daniela zugenommen hatte. Vor allem in den letzten zwei Monaten hatte Daniela zugenommen. Kurz bevor Jim und Daniela in den Urlaub fuhren, erzählten sie uns, dass sie Nachwuchs erwarten würden. Das freute uns zwar sehr, aber wir waren auch erstaunt über die Entwicklung. Und die Mutter von Daniela war ganz und gar nicht begeistert von Danielas Schwangerschaft, immerhin war Daniela erst elf. Keine Ahnung, wie sie es schaffte, aber sie brachte ihre Mutter dazu, das Kind, das sie bekommen würde, zu akzeptieren. In dieser Zeit jedoch hatten die beiden einiges zu überstehen, was die Familie anging. Doch zusammen meisterten sie die Probleme.
Auch Schlafhund war selten zu sehen. Was er für Geheimnisse hatte, weiß ich bis heute noch nicht."

Diablo unterbrach: „Ah, Leoni, meine Lieblingsomi. Kommt sie eigentlich auch? Muss sie ja, das wird sie sich kaum entgehen lassen." Fomka lächelte. Diablo und Leoni waren die besten Freunde, die man sich vorstellen konnte. Da Diablos Mutter früh starb, war Leoni so etwas wie eine Ersatzmutter. Sie würde zur Feier aber etwas später kommen, da sie noch arbeiten musste.

„Dann erzähl mal ganz schnell weiter, ich will doch wissen, wie es weitergeht, und wohin es euch diesmal verschlug." Fomka nickte und nahm den Faden wieder auf: „Gut, wie schon gesagt, hatten wir gut ein Jahr lang Ruhe. Doch das zweite Halbjahr sollte dafür umso härter und turbulenter werden. Im Juli 1997 fing es an. Katze und Mike benachrichtigten uns. Sie hatten einen Eilbrief von Reh und Kim bekommen. Kim hatte ihn auf Löwisch mit hundischem Einfluß geschrieben. Und so wie es aussah, hatte sie

den Brief in aller Eile geschrieben. Was genau geschehen war, hatte Kim nicht geschrieben, aber wir sollten uns beeilen und sofort kommen. Etliche Tiere schienen unsere Hilfe zu brauchen. Reh und Kim würden auf Michael Skellig warten. Sie schlug vor, von Portmagee mit dem Boot überzusetzen.
Da Teufel mit Leoni beschäftigt war, Jim und Daniela Urlaub beantragt hatten und Blue in seinem Unternehmen viel zu tun hatte, nahm Lion den Anruf von Mike entgegen. Weil Lion aber nicht ganz auf dem Laufenden war, versuchte er, mich auf meinem Handy zu erreichen. Es war übrigens mein erstes Handy, schön klein und handlich. Zwar hab ich später noch andere Handys gehabt, aber eigentlich hab ich immer das benutzt."

„Hier, ich zeig es dir mal." Fomka holte ein Handy aus seinem Fell hervor. Unter dem Fell hatte er eine Art Gürteltasche für das Gerät. Stolz überreichte er Diablo das Handy, der ungläubige und große Augen machte. „Klein und handlich?", fragte er fast spöttisch. „Natürlich, sieh doch mal, es liegt gut in der Pranke. Mit meinen Krallen kann ich die Tasten problemlos betätigen und der Abstand von Lautsprecher und Mikrofon ist auch nicht zu klein." Fomka zeigte die Merkmale. „Darf ich mal?", fragte Diablo und griff nach dem Handy. Fomka gab es ihm. Als Diablo es in seiner Pfote hielt, ließ er diese ein paar Zentimeter nach unten sacken. „Das Ding ist ja schwer, riesig groß und klobig. Das ist kein Handy, das ist eine Telefonzelle mit Anbau", kritisierte der Jungkater. „Du hast ja keine Ahnung", gab Fomka beleidigt zurück. „Also, wenn ihr mich fragt, ich finde, es ist alles nur eine Frage der Ansicht", hörten die beiden eine fremde Stimme. Sie sprach Deutsch. „Hallo. Mit wem haben wir die Ehre?", grüßte Fomka, ebenfalls auf Deutsch. „Tut mir leid, dass ich hier so hereinplatze, ich bin Dieter Birr. Meine Band und ich sind zu einer Feier eingeladen in der Royal Albert Hall. Sind wir da hier richtig?", gab der Mann zurück. „Holla, sie sind aber früh dran. Aber ja, sie sind hier richtig. Ich glaube, es ist am besten, wenn sie mit Jim über den weiteren Ablauf reden, der managed das ganze hier mehr oder weniger. Auf jeden Fall ist er für das Koordinieren der Musiker und deren Unterbringung zuständig. Aber der Knabe ist nie da, wenn man ihn braucht. Die haben gerade Probepause, was soviel heißt wie, der kann sonstwo sein. Doggy ist aber auch auf der Suche nach ihm. Also ist es nur eine Frage der Zeit, bis er hier vorbei kommt. Wenn sie wollen, können sie sich gerne zu uns setzen. Oder sie bedienen sich am Buffet. Oder beides. Ich glaube, da drüben sind auch Stühle. Ist ihre Band eigentlich auch schon da? Dann gilt für die nämlich das Gleiche", erklärte Fomka aufgeregt. Der Musiker musste lächeln. „Ist schon gut. Ich denke wir werden erst einmal etwas essen. Auf der Fahrt hatten wir zwar auch schon was gegessen, aber ich könnte noch eine Kleinigkeit vertragen. Sagen Sie mir einfach Bescheid, wenn dieser Jim hier eintrudelt." „Klar doch. Ich denke, der wird sie auch kennen, ich meine vom Aussehen her. Der kommt dann schon auf sie zu. Sie können sich ja in der Zwischenzeit schon mal mit der Bühne vertraut machen." Der Musiker nickte, dann ging er dem Ausgang der Halle zu, um die anderen zu holen und ihnen zu sagen, wie es jetzt weiter gehen würde. Danach fanden sich alle erst einmal am kalten Buffet ein, bevor sie die Halle und die Bühne inspizierten und sich mit allem vertraut machten. Jim ließ auch nicht mehr lange auf sich warten, er begrüßte die Band gleich, als er sie sah: „Na sowas, das nenn ich deutsche Pünktlichkeit. Die Puhdys. Hallo, ich bin Jim. Ich zeig ihnen erstmal, wo sie Ihre Instrumente bis zum Auftritt verstauen können. Die beiden Gitarristen können sich dann ja schon mal im Übungsraum dort drüben ..." Jim führte die Band in die Umkleide und Proberäume. Ihre verdutzten Gesichter, als sie Jim sahen, gefielen Diablo. Er konnte sich ein Grinsen nicht verkneifen.

„Gut, dann können wir ja fortfahren." Diablo nickte und Fomka steckte das Handy wieder weg: „Also, Lion versuchte, mich auf Handy zu erreichen, weil ich ihm helfen sollte, einen Trupp zusammenzustellen, der zu dem schon vorhandenen Team in Irland noch dazukommen sollte. Er erreichte mich auch. Wir saßen gerade im Auto Richtung Portmagee. Eigentlich war es Zufall, dass wir genau in diese Richtung fuhren, wo uns der nächste Fall erwarten sollte. Wir wollten auf Michael Skellig, einer kleinen Insel, lediglich Urlaub machen, weit weg von Menschen und Touristen.
Ich nahm ab und war überrascht, Lion am Apparat zu haben, wo doch Blue Dienst hatte. 'Hey, Lion, wieso bist du in der Zentrale?

Wo ist Blue?', fragte ich. 'Das möchte ich auch gern wissen. Der hat heute morgen hier angerufen und gesagt, dass einer seiner Lehrlinge in seiner Firma riesigen Mist gebaut hatte und Blue es jetzt wieder geradebiegen muss. Teufel hab ich nicht erreicht und Jim hat Urlaub', gab Lion zurück. 'Ich weiß, dass Jim Urlaub hat, er will zu einer kleinen Insel', gab ich zurück. Damit hatte ich Lion wohl erstaunt. Jedenfalls fragte er: 'Woher weißt du das? Er hat doch keinem gesagt, wo er hin will. Oder hat er es dir erzählt?' 'Nun ja, er sitzt neben mir auf dem Fahrersitz. Wir wollten nämlich zusammen Urlaub machen', gab ich zurück. 'Das ist blöd. Und vor allem, wo ist dein Urlaubsschein?', hörte ich Lion durchs Telefon. Ich beteuerte, dass ich den Urlaubsschein vor einer Woche eingereicht hatte. Nach ein paar Minuten hatte er ihn auch gefunden, unter den eingegangenen Rechnungen, die wir noch bezahlen mussten. 'Wer tut denn sowas unter die Rechnungen?', kritisierte er. Dann hörte ich ihn murmeln, wen er sonst auf die Insel Michael Skellig schicken könne, wenn wir im Urlaub sind und er das Irlandteam nicht erreichen konnte. Diese Worte waren eigentlich gar nicht an mich gerichtet. Lion wollte schon auflegen, ohne sich zu verabschieden. Doch ich rief noch rechtzeitig in den Hörer: 'Warte, Lion, sagtest du Michael Skellig? Das liegt doch auf dem Weg. Genau dort wollten wir nämlich eigentlich hin. Wir übernehmen den Fall. Worum geht es?' Von hinten spürte ich schon wieder den stechenden, missbilligenden Blick von Daniela, die gehofft hatte, den Urlaub in Ruhe verbringen zu können. Auch Jims Gesicht verfinsterte sich. Lion erklärte mir, dass er nicht genau wusste, worum es ging. Kim hatte lediglich einen Brief geschrieben, dass Leben davon abhängen würden. 'Ich muss auflegen, sämtliche Telefone stehen hier nicht mehr still', hörte ich Lions gestresste Stimme. Dann legte er auf. Die anderen Anrufe waren übrigens, wie wir nach dem Abenteuer erfuhren, besorgte Angehörige oder Freunde von den BBC-Mitgliedern, die für Irland zuständig waren. Sie wollten sie als vermisst melden. Lion konnte alle fürs Erste damit beruhigen, dass bereits ein Team unterwegs war, um den Fall zu klären. Erleichterung kam für Lion gut zwanzig Minuten später. Da kamen nämlich die ersten Mitglieder, die für England zuständig waren.
Wir fuhren unterdessen weiter Richtung Portmagee. Unsere Urlaubslaune war gänzlich dahin. Was haben wir eigentlich verbro-

chen, dass unser Urlaub immer wieder zu einem unerwarteten Abenteuer werden muss? Mit den White Rabbits, mit denen wir auf Michael Skellig zelten wollten, trafen wir uns in Portmagee, von wo aus wir dann die Insel ansteuern wollten.
Als wir am Treffpunkt ankamen, hatte Arne bereits ein Boot samt Kapitän gemietet. Allerdings konnte ich nicht sagen, wer älter war, das Boot oder sein Kapitän? Ein weißer Vollbart wucherte in seinem Gesicht. Das weiße Kopfhaar war dafür umso spärlicher. Zwar ging sein Haar bis zu den Schultern, aber auf dem Kopf hatte er keine Haare mehr. Sein Hemd wies diverse Löcher auf und seine ausgewaschene Hose reichte ihm gerade mal bis zum Knie und war an den Hosenbeinen ausgefranst. Das Boot machte auch nicht unbedingt einen vertrauenswürdigen Eindruck. Sicher, es war groß genug, auch mich zu tragen, aber war es auch stark genug? Das Holz wirkte morsch und brüchig. An etlichen Stellen waren Löcher notdürftig geflickt. 'Auf keinen Fall steige ich da ein!', beschwerte ich mich. Jim lächelte nur. 'Nun hab dich mal nicht so, Fomka. Pass auf!', gab er dann zurück, schnipste mit den Fingern und siehe da, das Boot sah wieder aus wie neu. Das braungegerbte Gesicht des Kapitäns wurde mit einem mal käsebleich. Erschreckt wich er ein paar Schritte zurück. 'Oh, keine Sorge, Captain, ich tu ihnen bestimmt nix. Und sehen sie es doch mal von der Seite, jetzt haben sie endlich wieder ein nagelneues Boot. Können wir jetzt übersetzen? Ich möchte heute noch Michael Skellig erreichen', wollte Jim den Kapitän beruhigen. Doch sobald er den letzten Satz, oder besser gesagt den Namen unseres Zieles ausgesprochen hatte, wurde der Kapitän noch bleicher. 'Seit über 750 Jahren hat sich keiner auf diese Insel getraut. Sie ist verflucht. Die armen, törichten Seelen, die sich doch hingetraut haben, kamen nie mehr zurück. Vor ein paar Monaten hatte sich eine Familie von Touristen zu dieser Insel aufgemacht. Seitdem haben wir sie nicht wieder gesehen. Eine Gruppe von Tieren wollte den Fall untersuchen. Auch sie kamen nicht zurück. Gestern fand sich plötzlich eine Krabbe in meinem Fangnetz, die einen Zettel bei sich hatte. Bei näherem Hinsehen erkannte ich, dass es sich um einen Brief handelte, eingepackt in eine wasserdichte Plastetüte. Der Briefumschlag war aus einem Briefbogen gefaltet und scheinbar mit Harz zusammengeklebt. Adressiert war der

Brief an Mike und Katze von Wuff in London. 'Äußerst Eilig' stand noch drauf. Also nahm ich den Brief und schickte ihn per Eilpost nach London. Die Krabbe warf ich wieder zurück ins Meer, da ich keine Krabben, sondern Fische angle. Außerdem war die Krabbe noch viel zu jung. Wie ihr seht, ist es viel zu gefährlich für eine Schar Kinder, auf die Insel zu setzen', brachte uns der Kapitän auf den neuesten Stand. Dann sah er mit einem scheuen Blick auf sein neues Boot und dann auf Jim. Schließlich sagte er: 'Aber wer aus einem zwei Jahrzehnte alten Kahn ein nagelneues Schiff zaubern kann, hat vielleicht doch eine Chance wiederzukommen. Ich fahre euch rüber, aber nur, wenn ich die Insel nicht betreten muss und ich gleich wieder zurück fahren kann.' Damit waren wir einverstanden. Ich fand die Idee allerdings nicht so gut. Wenn wir erst einmal auf der Insel sind, wie sollten wir dann ohne Boot wieder zurückkommen? Oder rechnete Jim damit, dass wir nicht zurückkehren würden. Aber das wollte ich einfach nicht glauben.
Mit einem flauen Gefühl im Magen bestiegen wir das Boot. Ich stieg mit dem Kapitän als Letzter ein. Der Kapitän, dessen Name Brian O'Fleherty war, drückte mir ein Paar Ruder in die Pfoten. Jims Warnung an Brian kam zu spät. Ich nahm die Ruder in die Pranken und knacks waren sie in der Mitte zerbrochen. Jim nahm mir die Ruder ab, zauberte sie wieder ganz und übernahm für mich das Rudern. Der Kapitän übernahm am Heck, dem Hinterteil des Bootes, das Lenken. Nebenbei sang er aus voller Kehle irische Lieder: ' ...was sailing round the ocean; was sailing round the sea; I think of handsome Molly; where ever she may be ...' Und: ' ...Oh as I went home on Tuesday night; as drunk as drunk could be; I saw a coat behind the door ...; as I went home on Wednesday night; as drunk as drunk could be; I saw a pipe upon the chair; where my old pipe should be; Well I called my wife, ...' Und etliche andere Lieder. Meist waren es Seemannslieder oder Lieder mit Whisky. Er konnte richtig gut singen. Die Lieder, die er sang, passten zu seiner rauen, tiefen Stimme. So ging es die ganze Fahrt über, bis wir dann endlich in die Nähe unseres Ziels kamen. Dort hörte er sofort auf zu singen. Um seine Angst zu verbergen, erzählte er etwas über sich und seine Heimatstadt, in der er geboren wurde. Wir erfuhren, dass er in Galway zur Welt

kam und mit seinen Eltern im Alter von zehn Jahren nach Portmagee gezogen ist. Und natürlich sprach er über Whisky: welcher am besten schmeckt und welchen man lieber nicht trinken sollte. Jim gab Brian eine Flasche mit dem Kommentar: 'Wer ein richtiger Mann ist, der trinkt diese Flasche in einem Zug leer.' Kritisch beäugte Brian die Flasche. Sie war durchsichtig. Der Inhalt machte die Flasche weiß. 'Das sieht aus wie Milch', meinte er schließlich. Jim nickte: 'Probieren sie!' Dass Brian die Flasche wie eine Wasserflasche ansetzte und alles auf einmal hinunterschluckte, hätte Jim nicht erwartet. Brian zeigte auch keine Anzeichen, dass es ihm zu scharf wäre. Sein Gesicht wurde nicht einmal rot.
'Das Zeug ist gut. Was ist das?', fragte er, als er die Flasche wieder abgesetzt hatte. Jetzt war es Jim, der ein verdutztes Gesicht machte. Bis jetzt hatte er kaum einen Menschen gefunden, der Teufelskrautmilch in einem Schluck ohne Beanstandung getrunken hatte. Der Letzte, der das gemacht hatte, war Klaus Störtebeker. 'Wow, wie es scheint spielen sie in der selben Klasse wie mein Freund Klaus. Das ist selten', bewunderte Jim den Seebären. Der wollte gerade eine Flasche Rum ansetzen. Doch Jim konnte ihn noch rechtzeitig davon abhalten. Erklären konnte er es aber nicht, da wir gerade das Land erreichten. 'Wenn sie wollen, zeige ich Ihnen nach meiner Rückkehr, warum man nach dieser Milch keinen Alkohol trinken sollte, mindestens zwei Stunden lang.' Der Kapitän nickte, ließ uns aussteigen und fuhr wieder zurück. Er wünschte uns noch viel Glück, dann war er weg.
Wir hatten unterdessen den Strand erreicht. Das Erste, was uns an Land auffiel, war die Ruhe. Keine Möwen oder Kormorane kreisten kreischend um die Insel, keine Krabben, Krebse oder anderen Tiere huschten über den Strand. Keine Menschenseele war zu sehen. Wir schienen alleine zu sein. Eine unheimliche Atmosphäre legte sich um diese Insel. Irgend etwas lauerte hier. Irgendein Geheimnis, was nur darauf wartete, von uns entdeckt zu werden.

Wir beschlossen, erst einmal die Insel zu erkunden, jemanden zu suchen, der hier auf der Insel wohnte, was allerdings nicht anzunehmen war. Die Insel war unbewohnt. Sie war schön, friedlich lag sie da, und doch so fremd und bedrohlich. Auf dem sandigen

Boden wuchs grünlich-gelbes Gras, vereinzelt war mal ein Strauch zu sehen. Sträucher, die auf sandigem Boden existieren konnten. Die Wolken über der Insel hingen tief. Und sie hielten ihr Versprechen, es fing an zu nieseln.
Etwas ratlos sahen wir uns um. Doch wir konnten nicht mehr entdecken, als wir schon sahen. Niemand war da, um uns zu empfangen. Oder etwa doch? Da im Gebüsch bewegte sich etwas. Es schien näher zu kommen. Ich tippte Jim an, wobei dieser fast auf die Nase flog. 'Was ist denn los?', fragte er. Ich zeigte auf das Gebüsch. Jetzt sah auch Jim die Bewegung. Er trat einen Schritt zurück. 'Des find'ch joar nich juht. Mor stähn hier wie uffm Särvierbrätt. Ma kinnen uns joar nich vorsteck'n o'r so', flüsterte Saatzh. Da hatte Saatzh wohl Recht.
'Vor mir braucht ihr euch auch nicht verstecken', hörten wir eine vertraute Stimme flüstern. Es war Reh. Er winkte uns zu sich herüber und gebot uns zur Eile. So huschten wir alle zu dem Busch, hinter dem Reh hervorgekommen war. Unter dem Busch befand sich eine Falltür, durch die wir alle unter die Erde gingen. Kim erwartete uns dort unten bereits. 'Kommt, beeilt euch', begrüßte sie uns.
Als wir dann alle unter der Erde waren und Reh die Klappe geschlossen hatte, bedeutete uns Kim, ihr zu folgen. 'Bleibt ja beisammen, hier unten kann man sich schnell verlaufen.' Dicht bei dicht folgten wir ihr also. Reh bildete den Schluss. Sowohl Kim als auch Reh hatten je eine Taschenlampe. So hatten wir wenigstens etwas Licht in dem völligen Stockdunkel hier unten.
Nach einer Weile blieb Kim stehen. Arne oder Christian merkte es zu spät und rempelte mich. 'Wir sind da. Vorsicht, wenn ihr die Leiter hochklettert. Wer Hufen hat oder sonst ungeschickt beim Klettern ist, kann den Aufzug nehmen, er muss sich aber selbst nach oben ziehen', flüsterte Kim in unsere Richtung. Dann stieg sie auf ein einzelnes Brett, das an ein paar Stricken befestigt war und zog sich mit ihrer Schnauze hoch. Einer nach dem anderen folgte. Oben angelangt, standen wir in einer uralten Kirche. Ein Teil des Gebäudes war bereits eingestürzt. Der Teil, in dem wir uns befanden, hatte noch ein Dach. Aber beim nächsten größeren Sturm würde auch das einstürzen.
'Okay, sind alle da? Kommt hier rüber, hier haben wir ein Lagerfeuer gemacht, die einzige Wärmequelle hier in der Nähe', sagte

Kim und legte neues Holz in die matte Glut. Da es ziemlich feucht und ungemütlich war, versammelten wir uns alle um das Feuer. Jetzt erzählte Reh auch, was genau los war. 'Ihr wollt jetzt sicher wissen, warum ich euch hierher bestellt habe. Das ist so, hier auf der Insel wohnt seit ewigen Zeiten jemand, der sämtliche Tiere und verirrte Menschen gefangen hält. Er hat auch uns in seiner Gewalt gehabt. Doch wir konnten uns befreien. Seitdem halten wir uns hier versteckt. Das ist eine alte Kirche, heiliger Boden also. Dieser Verrückte kann uns hier nicht finden, seine Instrumente können keine Gebiete erfassen, die heilig sind und vor die Tür setzt er keinen Fuß.' 'Des is awwer intresant. Wat wisster'n no üwer dän Verrüchten? Wo kimmet'r her? Wie tut'r heeßen? Konn'er zauwern or sonstewasch?', fragte Saatzh eifrig. Diesmal übernahm Kim das Wort. 'Wie er heißt, wissen wir nicht. Aber wir sind uns sicher, dass er von Juma kommt, jedenfalls haben wir das so gehört. Ich zitiere: ‚Wenn die mich auf Juma rausschmeißen, muss ich meine Forschungsarbeiten eben auf der Erde fortsetzen.' hat er einmal gesagt. Sehr viel mehr wissen wir leider nicht. Aber unser ganzes Irland-Team ist in seiner Gefangenschaft. Die Menschen und Tiere dort unten bekommen gerade mal so viel zu essen, dass es gerade eben so reicht. Mit Waschen und Putzen ist da unten nix.' Mit diesen Worten beendetet Kim ihren Bericht. Jim nickte: 'Der kommt unter Garantie von Juma', bestätigte Jim. 'Ich glaube auch zu wissen, wer das ist.' 'Sag nicht, es ist der Schwarze Mann oder sein Bruder Roter Milan. Von den beiden habe ich nämlich genug', betete Anna-Lena fast. Zu Anna-Lenas Erleichterung schüttelte Jim entwarnend den Kopf. 'Nein, es ist keiner von beiden. Wenn ich mich nicht irre, ist sein Name laut der Legende von vor über 750 Jahren Professor Dr. K. Nickel, Konrad Nickel. Er hat skrupellos an Menschen und Tieren experimentiert. Deshalb wurde er dann von Juma verbannt', erklärte Jim. Jena lief sichtlich ein kalter Schauer über den Rücken. Auch die andern machten kein gutes Gesicht. 'Und – was schlaaagt – ihr – jetzt – vor? – Was – kön – nen – wir – tun?', fragte Schlafhund. Alle sahen sich fragend an, niemand wusste so recht, was zu tun ist. 'Keine Ahnung, was wir jetzt tun sollen, ich dachte ihr wüsstet vielleicht etwas', entgegnete Reh schließlich. 'Die ganze Irlandtruppe ist in der Gewalt dieses Karnickels', fügte Reh noch hinzu. 'Nicht Karnickel, sondern K. Nickel, Konrad', korrigierte Jim. 'Ist doch jetzt egal, Fakt ist, dass etwas geschehen muss und zwar schnell', meinte Janina. Damit hatte sie vollkommen Recht. 'Gut, unternehmen wir etwas. Ich schlage vor, ihr zeigt mir, wo ich den Kerl finde. Ich gehe rein, nehme ihn einmal richtig in die Mangel, befreie die Menschen und Tiere und schieße den Mistkerl zum Mond', schlug ich leichtsinnig, unüberlegt und wütend vor. 'Eh du den Professor in die Mangel nehmen kannst, hat der dich in seine neueste Tischdekoration verwandelt, Fomka, also vergiss diesen Kamikazeplan!', kritisierte Jim. 'Vielleicht sollten wir uns erst einmal überlegen, was wir denn überhaupt über diesen Verrückten wissen', schlug Daniela vor. Das war der erste vernünftige Vorschlag. So fasste Jim noch mal zusammen: 'Dr. K. Nickel ist vor über 750 Jahren von Juma verbannt worden, weil er skrupellose Versuche mit Menschen und Tieren gemacht hatte. Wir können also annehmen, dass er noch sehr viel älter ist. Außerdem wird er zaubern können, da er ja auch Jumarianer ist. Wir wissen, dass er hier auf dieser schönen Insel ist. Und ich gehe doch recht in der Annahme, dass ihr wisst, wo genau er im Moment haust, oder?' Reh und Kim nickten. Doch da endete auch schon unser Wissen. Um aber einen Gegner besiegen zu können, muss man mehr wissen. Das hieß für uns also, mehr über diesen Dr. K. Nickel herausfinden, alles zusammenzukratzen, was sich finden lässt, und das sollte auf keinen Fall einfach werden.

Als Erstes teilten wir die White Rabbits in vier gleich große Gruppen auf. Daniela McCarthy, Jim Barnes und Jena Malone bildeten die erste Gruppe. Detlef Saatzh, Konrad Mulder und Janina King die zweite, Arne Bond, Christian Johnson und Anna-Lena Kirkwood die dritte Gruppe. Und Schlafhund, Julia Taylor und ich bildeten die letzte Gruppe. Jim übernahm das Wort. 'Okay, die erste Gruppe unter meiner Leitung wird sich die Insel ansehen. Das heißt, wir werden uns jeden noch so kleinen Winkel ansehen und genauestens untersuchen. So können wir uns ein Bild von der Insel machen und unsere Befreiungsaktion besser vorbereiten.' Daniela und Jena nickten zustimmend. Sagen brauchten sie nichts. 'Die zweite Gruppe wird versuchen, die gefangenen Menschen und Tiere zu finden. Aber setzt Markierungen, die

nicht so schnell entfernt werden können. Da unten könnt ihr euch ziemlich verfransen. Reh, du begleitest die Truppe. Konrad wird hier die Leitung übernehmen.' 'Jut, dat goit in Ordnung. Dem Verrüchten wer'n mas scho zeiche. Dor wird's'ch mächtsch wunnern', meinte Saatzh angriffslustig. 'Nein, Amigo, ihr werdet auf keinen Fall einen Alleingang wagen. Habt ihr mich verstanden? Vor allem du Saatzh! Wenn ihr die Gefangenen gefunden habt, kommt ihr wieder hierher. Dann besprechen wir alles weitere. Ich will hier keinen sehen, der einen Alleingang macht, das gilt für alle!', gab Jim mahnend zurück. Detlef nickte. Mürrisch sagte er: 'Wenn de meenst.' Jim war zufrieden.
'Nun zu Gruppe drei. Christian, du wirst die Gruppe leiten. Eure Aufgabe: Alle möglichen und unmöglichen Materialien sammeln, aus denen sich Waffen basteln lassen. Steine, Stöcke, alte Metallgefäße und ähnliches, Seile, Schlamm, feinen Sand, schöne stinkende Pflanzen und dergleichen. Verstanden?' 'Jo, ist gebongt', sagte Arne. 'Gut. Gruppe vier. Schlafhund, Fomka und Julia. Eure Aufgabe wird es sein, diesen Typen zu finden. Aber seid ja vorsichtig, den jumarianischen Überlieferungen zufolge ist Professor Dr. K. Nickel äußerst gefährlich. Also kein unnötiges Risiko eingehen. Julia, du wirst die Leitung übernehmen. Kim, du begleitest diese Gruppe.' Julia und Kim nickten. 'Okay Amigos, packen wir's an.'
Nach dieser Ansprache und abermaligen Warnungen von Jim ging dann jede Gruppe seinen Aufgaben nach. Daniela, Jim und Jena schauten sich auf der Insel um. Jim fertigte eine genaue Zeichnung von der Insel an. Dasselbe machten sie mit den Gängen unter der Erde. An der Oberfläche geschah nichts Außergewöhnliches. Aber unterirdisch stießen die drei auf einen Gang, den sie besser nicht langgegangen wären. Es war gleich der erste Gang, den sie nahmen. 'Der Gang gefällt mir ganz und gar nicht, Jim', meinte Daniela. 'Und mein kleiner Racker im Bauch mag den Gang auch nicht, er tritt mich ständig.' 'Bleibt dicht bei mir. Mal sehen, ob ich hier etwas Licht reinbringen kann. Jim schnipste und schon schienen die Wände leicht zu leuchten. Es war kein helles Licht, aber hell genug, um die nächsten paar Meter zu sehen. Irgendwann kamen sie dann an das Ende des Ganges. 'Was ist das für ein helles, gelb-rotes Licht am Ende des Ganges?', frag-

te Jena. Jim konnte es aber auch nicht sagen. ‘Bleibt hinter mir’, hauchte er leise. Je näher sie dem Ende des Weges kamen, desto heißer wurde es. Bald konnten sie es nur noch in einer Art Schutzglocke aushalten. Jim verzauberte die Luft um sie herum in eine erträgliche, gleichbleibend kühle Luft. Was sie hinter der runden Öffnung erwartete, war eine einzige brennende Hölle. Ein riesiger Vulkan brach gerade aus, Wiesen und Wälder standen in Flammen. Plötzlich kam ein riesiges, pelziges Tier auf die drei zugerannt. Mindestens sechs Meter lang, hoch wie ein Elefant. Rotbraunes Fell, panisch vor Angst. Sowohl Jena als auch Daniela konnten sich einen schrillen Schrei nicht verkneifen. Auch Jim rutschte bei diesem Anblick das Herz in die Hose. ‘Bloß weg hier!’, schrie er und rannte in die Richtung, aus der sie gekommen waren. Daniela und Jena folgten ihm stehenden Fußes. Sie rannten, bis sie wieder am Anfang des Ganges waren.
‘Was zum Henker war das?’, japste Jena noch ganz außer Atem. ‘Das war ein Megatherium, ein Riesenfaultier. Seit Millionen von Jahren ausgestorben’, keuchte Jim zurück. Bevor sie weiter gingen, brachte Jim an diesem Gang gut sichtbar eine Warnung an. 'Diesen Gang nicht benutzen, akute Lebensgefahr!’, schrieb er. Der weitere Verlauf ihres Auftrages verlief ohne weitere Zwischenfälle.
Die zweite Gruppe, das waren Detlef, Konrad, Janina und Reh, sollten die Gefangenen finden. ‘Reh, ich denke, du solltest uns führen, du warst hier schon mal’, schlug Konrad vor. Reh fand an diesem Vorschlag keinen großen Gefallen, dennoch ging er zaghaft voran. Die anderen drei folgten dicht auf, Janina als Mädchen in der Mitte. ‘Ich bin nicht ganz sicher, welcher der richtige Weg ist. Als Kim und ich geflohen sind, war uns ein riesiges Monster auf den Hufen, wir haben also nicht so darauf geachtet, wo wir hinliefen’, versuchte Reh zu erklären. ‘Es gibt Monster hier unten?’, fragte Janina mit zittriger Stimme. Bei dem Gedanken an das Monstrum, das ihnen begegnet war, brachte Reh keinen Ton heraus, er nickte nur stumm. Janina schluckte leise. Auch Saatzh fühlte sich nicht wohl. Nur Konrad zeigte keine Angst, was aber nicht heißen sollte, dass er keine hatte. ‘Es wird Zeit, dass wir diesem Professor in den Allerwertesten treten und zwar mit Schmackes! Ich schäme mich ja, Konrad zu heißen. Dieser Konrad Nickel ist eine Schande für alle Konrads!’, sagte Konrad

wütend. Dabei achtete er aber darauf, nicht zu laut zu reden. Gehört werden wollte er von fremden Ohren nicht. Plötzlich hörten sie Schritte. Dann vernahmen sie ein leises Stöhnen. 'Hört ihr das? Klingt irgendwie unheimlich', bemerkte Konrad. 'Lasst uns umkehren! Das ist bestimmt dieses Monster!', zitterte Reh. 'Das kommt gar nicht in Frage, wir sehen dem Monster von Angesicht zu Angesicht ins Au ... Uah!', fing Konrad an zu protestieren, doch als er das Monster sah, das da um die Ecke kam, war er der Erste, der Fersengeld gab. Das Monster sah aus wie eine riesige Spinne, hatte zehn Beine, zwei Hörner auf der Stirn und Säbelzähne. 'Weg hier!', brüllte Reh und überholte Konrad noch. Weit kamen sie aber nicht, da von vorne erneut Schritte zu hören waren. Verängstigt blieben sie stehen. Von der einen Seite kam die Säbelzahnspinne, von der anderen Seite Schritte unbekannter Herkunft.
Der schrille Schrei kam von keinem der vier, er kam von vorn, aus Richtung der Schritte. Saatzh konnte gerade noch einen grauschwarz geringelten Schwanz erkennen, dann war der Jemand auch schon wieder weg. Detlef beschloss, angesichts ihres Verfolgers dasselbe zu tun wie dieser geringelte Schwanz, von dem er nicht wusste, wem er gehörte. Nur Konrad blieb stehen und blickte zurück. Er betrachtete sich ihren Verfolger etwas genauer. Das Monster schien gar nicht so gefährlich zu sein, wie es aussah. Im Gegenteil, irgendwie wirkte das Geschöpf traurig und verängstigt. 'He, Saatzh, Janina, Reh, bleibt doch mal stehen', rief Konrad seinen drei Kameraden zu. Doch die drei waren sich nicht sicher, ob Konrad das ernst gemeint hatte. Als die drei immer noch nicht stehen blieben, rief Konrad noch einmal: 'Seht euch doch mal dieses Wesen an, es hat Angst.' Saatzh, Reh und Janina konnten es erst nicht recht glauben. Doch Saatzh war es, der zuerst zurückging und sich diese merkwürdige Kreatur ansah. 'Gonrad hat Recht, des Dieer kieckt wärchlich draurig us. Un I globte schon's woll't mi abmorgsen', kommentierte Saatzh. 'Ich mag keine Spinnen und schon gar nicht welche mit langen Zähnen und Hörnern', meinte Janina nicht sonderlich begeistert. Dabei hielt sie sich schützend hinter Saatzh versteckt. 'Da muss ich der Kleinen Recht geben. Spinnen sind scheußlich. Aber das da ist doch nie und nimmer 'ne Spinne', hörten die vier plötzlich

eine fremde Stimme. Sie klang, als ob sie sich nicht entscheiden konnte zwischen ängstlichem und keckem Klang.
Die Stimme, und wahrscheinlich auch der Schwanz vorhin, gehörten einem Waschbären. Allerdings stimmte auch mit diesem Tier nicht alles. Statt der üblichen Waschbärohren hatte der Bär Hasenohren. 'Bitte helft mir, meinen kleinen Bruder zu finden. Dieser Wahnsinnige hat ihn noch gefangen', flehte der kleine Waschbär. Er stellte sich als Rocky vor, hat mit Boxen aber nix zu tun. 'Wenn ihr uns zeigt, wo die anderen Gefangenen sind, dann können wir euch helfen hier rauszukommen. Und vielleicht kann Jim euch wieder normal zaubern. Das ist ja eine Zumutung, Tierquälerei', meinte Konrad. Die Spinne, Susi, und der Waschbär erklärten sich einverstanden und brachten die Truppe zu den anderen Gefangenen. Als sie die Gefangenen gefunden hatten, machten sie genaue Notizen über die ganze Situation und dann machten sie sich genau nach Vorschrift zum Treffpunkt zurück. Rocky und Susi kamen mit.
Gruppe Drei hatte meiner Meinung nach eine der leichtesten Aufgaben. Na gut, vielleicht war sie nicht so einfach, wie ich mir das vorgestellt habe, immerhin gab es auf dieser Insel nicht viel, was man als Waffe nutzen könnte. 'Gut, Leute, was könnte man als Waffe benutzen?', fragte Arne. Christian und Anna-Lena zuckten mit den Schultern. 'Wie wäre es mit dem Stock hier', schlug Anna-Lena vor, schlug mit dem Stock leicht auf den Boden und – knacks! 'Oder doch nicht', fügte sie schnell hinzu. 'Hier ist absolut nichts zu finden. Sollen wir den Typen mit Sand beschmeißen? Auf dieser gottverlassenen Insel gibt es ja noch nicht einmal richtige Steine, nur Sand, morsche Stöcke und alte Schiffswracks', maulte Arne. 'Sagtest du eben Schiffswracks? Überleg doch mal, was man alles auf alten Schiffen finden kann. Wenn wir Waffen finden, dann da.' Christian war aufgeregt. 'Stimmt, bei Sturm wird doch etliches an den Strand gespült, nicht nur alte Schiffe, sondern auch tote, stinkende Tiere. Und Jim hat doch gesagt, wir sollen was suchen, das auch schön stinkt', stimmte Anna-Lena zu. Also gab es keine Diskussion mehr, wo sie als Nächstes hingehen würden. An den Strand, wo das Wrack stand.
'Wir sollten auf diesem alten Schiff vorsichtig sein', warnte Christian. 'Falls noch alte Piraten drauf sind?', scherzte Arne. 'Blöd-

sinn. Weil die Dielen und Holzböden morsch sein werden.' Christian fand den Scherz nicht besonders witzig, Anna-Lena allerdings schon. Das Schiff musste früher mal mächtig gewesen sein. Schon allein die Galionsfigur war mächtig. Eine große Frau, mit Matrosenmütze und Teufelsschwanz. Die Farben der Figur konnte man nur noch erahnen. Das Kleid und der Schwanz waren rot, die Schwanzspitze schwarz, die Mütze war weiß mit etwas Blau. Hände und Gesicht waren wahrscheinlich fleischfarben gewesen, das lange wallende Haar pechschwarz. Vom Schiffsnamen waren nur noch Bruchteile zu erkennen. Der erste Buchstabe war vielleicht einmal ein P, B oder R. Dann waren da ein paar Striche, die zu einem F oder E gehören könnten. Der letzte Buchstabe war aber definitiv ein R. 'Ihr könnt sagen, was ihr wollt, mir gefällt dieses Schiff nicht', sagte Anna-Lena mit Unbehagen. 'Wenn wir Material für Waffen finden sollen, dann sollten wir uns auf diesem Schiff umsehen. Kommt schon, so schlimm wird es schon nicht werden.' Arne war voller Tatendrang und ging zuerst auf das Wrack zu. Christian folgte etwas vorsichtiger. Anna-Lena konnte sich nicht recht entscheiden. Das alte Schiff flößte ihr Unbehagen ein, irgend etwas Unheimliches schien dort zu lauern. Allerdings wollte sie auch nicht alleine am Strand zurückbleiben, also blieb ihr nichts anderes übrig, als den Jungs zu folgen.

Gemeinsam betraten sie dann das Schiff. Kaum hatten sie es betreten, kam dichter Nebel auf. Er war so dicht, das man glauben konnte, es wäre Nacht. Der Strand war nicht mehr zu sehen. 'Jungs, das gefällt mir nicht. Wo kommt der Nebel so plötzlich her?' Anna-Lenas Stimme klang leise und zittrig. 'Ach, komm schon, das ist nur Nebel', versuchte Arne sie zu beruhigen. 'Sieh es doch mal von der Seite, wenigstens gewittert es nicht.' Kaum hatte Arne diesen Satz ausgesprochen, als es auch schon anfing, wie aus Eimern zu gießen, zu donnern und zu grollen, als wolle die Welt untergehen. 'Na ja, es könnte noch schlimmer sein. Es könnten zum Beispiel ...' 'Arne, halt die Klappe, bevor du uns noch etwas Schreckliches auf den Hals hetzt!', riefen Christian und Anna-Lena wie aus einem Munde. 'Was habt ihr denn?', fragte Arne kleinlaut.

Die drei sahen zu, dass sie unter Deck kamen, wo es wenigstens halbwegs trocken war. Dass sie dabei von zwei bösartig blitzen-

den Augen beobachtet wurden, merkten sie nicht oder sie verdrängten es erfolgreich. 'Vielleicht sollten wir uns trennen, umso schneller sind wir fertig', schlug Arne vor. 'Ich werde garantiert nicht alleine durch dieses schaurige Schiff gehen!', widersprach Anna-Lena. Diskussionen ließ sie nicht zu. Wie sich herausstellen sollte, war das auch ganz gut so. Unter Deck fanden sie als Erstes die Kapitänskajüte. Dort gingen sie rein und sahen sich um. Die Kajüte sah aus wie nach einem Einbruch. Der Stuhl und der Tisch waren zerbrochen, die Bettwäsche war zerfleddert und von Algen zerfressen. Mitten im Raum, da, wo der Tisch mal gestanden hatte, fand sich eine riesige Lache Blut. Die Person, der das Blut gehörte, war nicht zu sehen, nicht einmal die Überreste. Neben der Blutlache lag ein zerbrochenes Messer. Arne hob die Bruchstücke auf und legte sie in einen Kopfkissenbezug, den er im Kleiderschrank gefunden hatte, der einzige, der noch heil war. 'Kra, kra, Eindringlinge! Werft sie über die Planke, werft sie über die Planke! Kra, kra', krächzte plötzlich jemand. Es war ein etwas zerzauster, rot-blauer Ara, der da an der Decke der Kabine flog. 'Das ist aber ein putziger Vogel. Komm mal her zu mir, komm', sagte Arne und streckte die Hand nach dem Vogel aus. Und tatsächlich, der Ara kam auf Arne zugeflogen. Allerdings nicht so, wie erwartet. Wie ein Pfeil schoss er auf Arnes Arm zu, mit dem spitzen, gefährlichen Schnabel voran. So schnell, wie der Vogel auf Arne zuschoss, konnte er gar nicht reagieren. Dann war er an Arne vorbei, draußen im Gang. Kreidebleich stand Arne im Zimmer. 'Ist der eben durch deinen Arm geflogen?', fragte Christian kaum hörbar und ebenfalls bleich wie eine Kalkwand.
'Sieh einer an, Besuch. Wie nett, ich hatte schon lange keinen Besuch mehr.' Die fiese Stimme kam vom Flur. Zaghaft drehten sich die drei um und schauten zur Tür. Dieser Anblick war für Anna-Lena einfach zu viel. Christian fing sie gerade noch rechtzeitig auf. Auch Arne und Christian wurden die Knie weich. Die Person, die da mit einem riesigen Säbel in der Tür stand, trug unter seinem linken Arm seinen Kopf. Und eben jener Kopf hatte geredet. 'Was habt ihr denn, noch nie einen alten, enthaupteten Piraten gesehen?', fragte der Kopf unter dem Arm des Mannes. Christian und Arne waren nicht imstande zu antworten, sie starrten lediglich auf den Kopf unter dem Arm. 'Oh, ist es so vielleicht besser?', fragte

der Pirat und setzte den Kopf mit den roten Haaren und dem roten Vollbart auf seinen angestammten Platz. Der Pirat wartete die Antwort gar nicht erst ab. 'Gut, und nun sagt mir, was ihr auf meinem Schiff wollt?', fragte er barsch. 'Nichts', log Arne.
Anna-Lena, die noch immer in Christians Schoß lag, kam langsam wieder zu sich. 'Lügt mich nicht an, ihr Gören!', brüllte der Pirat. 'Ich weiß genau, was ihr wollt! Ihr wollt meinen Schatz stehlen, wie alle Piraten und Gauner.' Die drei hatten absolut keine Ahnung, wovon dieser Pirat sprach. Anna-Lena bekam sowieso nicht viel mit. 'Aber das werd ich euch schon austreiben. Jari! Bring diese Bälger an Deck und bind sie ja fest zusammen!' Ein anderer Pirat kam herein und befahl den Kindern, in einer Reihe nach oben zu gehen. Um zu unterstreichen, wie ernst er es meinte, fuchtelte er noch mit seinem Schwert herum. Dass er ein Loch in der Stirn hatte, schien ihn nicht weiter zu stören. Christian musste Anna-Lena stützen, da sie immer noch nicht richtig bei Kräften war.
An Deck wurden die drei an den Hauptmast gebunden. Der Kapitän trat vor sie, den Kopf auf den Schultern, das Schwert in der rechten und die Pulle Rum in der linken Hand. 'So seht ihr also im Tageslicht aus', bemerkte der Pirat, der sich noch immer nicht vorgestellt hatte. Jari, scheinbar sein erster Maat, stand treu neben seinem Kapitän. 'Wenn man das hier Tageslicht nennen kann. Niemals sehen wir das Sonnenlicht, nur den Nebel. Seit Jahrhunderten schon können wir diese gottverdammte Insel nicht verlassen. Ein Fluch liegt auf uns. 'Verrecken sollt ihr, an einer verlassenen, kargen Insel stranden und nie wieder von dort weg können, bis an mein Lebensende!', hat er gesagt. Hajo Frederik Klausens. Dieser verdammte Bengel hat uns bis in alle Ewigkeit verflucht. Der war kaum älter als ihr, dreizehn oder vierzehn. Mich, den schrecklichen Roten Henker und seine Crew hat er verflucht. Das gefürchtetste Piratenschiff waren wir seinerzeit. Bis wir hier strandeten. Jeder Versuch, die Insel zu verlassen, endete unweigerlich wieder hier. Ob wegen Sturm, Strudel, Riff oder urplötzlich drehendem, starken Wind. Wir waren hier, wir sind hier gefangen. Ein Seemann, der gezwungen ist, für ewig an ein und demselben Ort zu bleiben, wird zwangsläufig irgendwann verrückt. Bald fingen wir an, uns gegenseitig umzu-

bringen', erzählte der Pirat, der sich selber Roter Henker nannte, seine Leidensgeschichte.
'Und wie ich sehe, hast du dich kein bisschen gebessert. Du nimmst immer noch Unschuldige gefangen, Kinder. Schämst du dich denn gar nicht', war plötzlich eine Bubenstimme vom höchsten Mast her zu hören. Es war zwar kaum möglich, aber der Rote Henker wurde noch blasser, als er so schon war. Er kannte die Stimme, hatte aber niemals geglaubt, sie je wieder zu hören. 'Was ist los, Hasso? Wau, wau. Sag bloß, du erinnerst dich nicht mehr an mich. Böses Hundi.' Voller Entsetzen über den Anblick von Jim machte der Piratenkapitän, der von Jim Hasso genannt wurde, eine zu hastige Bewegung und der Kopf fiel zu Boden und rollte dort ein Stückchen. 'Hee, du musst doch nicht gleich den Kopf verlieren', rief Jim vom Mast herunter, sprang mit einem Satz nach unten und ging auf den kopflosen Piraten zu. Jari hatte sich nach dem Kopf gebückt und brachte ihn jetzt seinem Kapitän. 'Hier, euer Kopf, Kapitän Roter Henker', sagte Jari ehrfürchtig. 'Gib her, du Idiot!', brüllte der Rote Henker, riss seinem Maat den Kopf aus den Händen und stieß ihn beiseite.
'Du! Das ist unmöglich. Und du bist kaum älter als damals. Was für ein Teufel bist du?', fragte Hasso mit einer Stimme, die einer Katze hätte gehören können, der man auf den Schwanz getreten hat. 'Ich ein Teufel? Den richtigen Teufel hast du noch gar nicht kennen gelernt. Aber das lässt sich sicherlich nachholen. Was hältst du davon, wenn ich dich und deine gesamte Crew zu meinem Kollegen, dem Teufel höchst persönlich, schicke? Jetzt sofort? Der freut sich immer über neue Seelen, die er quälen kann.' So ernst hatten Arne, Christian und Anna-Lena Jim noch nie reden hören, ernst und drohend. Die Piraten gingen bei Jims Worten alle zwei Schritte zurück. Jim kostete die Angst der Piraten aus. 'Ich könnte euch auch einen Teil eures Fluches erlassen, wenn ihr diese drei Kinder frei lasst und mir helft, einen schlimmeren Teufel als mich zu besiegen', bot Jim den Piraten an. Der Kapitän zögerte etwas, scheinbar hatte er noch immer Angst vor Jim oder Hajo Frederik Klausens, wie er Jim nannte.
'Lasst sie frei!', brüllte Hasso mit knirschenden Zähnen. 'Beeilt euch, ihr reudigen Köter von Piraten!' So schnell sie konnten, banden sie die drei vom Mast. Jim nickte zufrieden. 'So, und nun

zum zweiten Teil eurer Sühne. Hier auf dieser Insel hat sich ein schlimmer Verbrecher verkrochen, der hier seine Schandtaten begeht. Ihr werdet mir helfen, diesem Kerl das Handwerk zu legen. Danach werde ich euch, na sagen wir mal, 20.000 Jahre erlassen. Mal rechnen: ich war damals 4390 Jahre alt, das heißt, es waren nicht ganz 30.000 Jahre, die ihr verflucht seid. 30.000 minus 4390 sind 25.610 Jahre, die ihr hier leben müsstet. Davon habt ihr jetzt schon 607 Jahre abgesessen. Die ziehe ich also von den 25.610 Jahren ab, das sind 25.003 Jahre. Davon ziehe ich dann die 20.000 Jahre ab, die ich euch vom Fluch erlasse. Bleiben also noch 5003 schöne Jahre', rechnete Jim den Piraten vor. Die Aussicht, noch 5003 Jahre untot auf dieser Insel leben zu müssen, behagte ihnen nicht besonders. 'Aber nach der ganzen Geschichte hier können wir gerne noch mal neu über euer Schicksal verhandeln, ich bin ja kein Unmensch und ein Teufel bin ich schon gar nicht. Na gut, manchmal kann ich schon ein Teufelchen sein, aber nur manchmal.' Die Piraten willigten sofort ein und begleiteten Jim, Anna-Lena, Christian und Arne zurück zur alten Kirche. Natürlich nahmen sie auch etliche Waffen mit und andere Dinge, die Jim genannt hatte, die die Piraten nie und nimmer als Waffe benutzt hätten. Ich übrigens auch nicht.
Nun noch schnell zu Gruppe vier, das waren Schlafhund, Kim, Julia und ich. Wir hatten die Aufgabe, den Grund zu suchen, der uns erst den Urlaub versaut hatte. Leider hatten wir absolut keine Ahnung, wo wir suchen sollten. Reh und Kim hatten gesagt, dass er sich selten auf die Insel wagen würde. Damit war die Wahrscheinlichkeit, ihn unterirdisch zu finden, wesentlich größer. Daher machten wir uns gar nicht erst die Mühe, überirdisch nach Dr. K. Nickel zu suchen. Kim ging zusammen mit mir voran. Sie weigerte sich einfach, ganz alleine vorneweg zu gehen, was auch verständlich war, nachdem, was ich von diesem Kerl gehört habe. Schon bald kamen wir an einen Gang, neben dem frische Schriftzeichen standen. Die Handschrift kam mir bekannt vor, aber wieso war sie in diesen alten Gängen zu finden. 'Ist das nicht Jims Handschrift?', fragte Julia, und sie musste es ja wissen, immerhin war sie Jims Schwester. 'Was steht denn da? 'Diesen Gang nicht benutzen, akute Lebensgefahr!' Aja. Da war Jim wieder neugierig.' Aber genau das war ja seine Auf-

gabe gewesen und wir waren froh, dass er und sein Team ihre Aufgabe so gut erledigt hatte. Wir mieden also den Gang, wie Jim uns geschrieben hatten.
Da wir keine Ahnung hatten, wo dieser Mann sich aufhielt, wenn er mal nicht bei seinen perfiden Experimenten war, liefen wir ziemlich planlos durch die unterirdischen Gänge. Es war Kims Idee, erst einmal nach den Gefangenen zu suchen, um dem Wissenschaftler vielleicht von dort aus bis in sein Schlafgemach zu folgen. Die Idee war gar nicht mal so schlecht. Doch auch bei dieser Idee hatten wir Probleme, sie umzusetzen, da Kim nicht mehr genau wusste, wo Reh und sie langgegangen waren. 'Der Gang kommt mir bekannt vor, ich glaube, hier sind wir langgegangen. Aber in welche Richtung?', überlegte Kim. Dann beschloss sie einfach, nach rechts zu gehen. Da wir erst recht keine Ahnung hatten, vertrauten wir Kim und folgten ihr.
Ich weiß nicht, ob ich mir das nur einbildete, aber irgendwie schien der Gang immer schmaler und flacher zu werden, je weiter wir gingen. 'Ähm, wartet mal, Freunde', rief ich. 'Irgendwie glaube ich, dass der Gang schrumpft, je weiter wir gehen.' 'Das kann doch nicht sein, Fomka. Sowas gibt es nicht', meinte Kim. 'Da – ken – nst – du – die – Ju – ma – ri – a – ner – nicht', meldete sich Schlafhund zu Wort. 'Stimmt, was wir mit Jumarianern schon alles erlebt haben, Treppengeländer, die plötzlich zur Schlange werden, Gänge, die ohne Vorwarnung zur Sackgasse werden, Löcher im Boden, die dich, wenn du runtergefallen bist, nach oben bringen und lauter so ein Blödsinn. Da würden mich schrumpfende Gänge nicht mehr verwundern', erklärte ich dem Reh. Auch die anderen nickten bestätigend.
'Schade, dabei hab ich mir solche Mühe mit den Gängen hier unten gegeben. Wer waren denn die Genies, von denen du eben geredet hattest?' Die Stimme kannten wir nicht, oder doch? Kim schien die Stimme schon mal gehört zu haben. 'Ah, das ist aber nett, dass ihr mir mein Spielzeug zurück bringt, ich hatte es schon vermisst', sagte die Stimme weiter. Sofort versteckte sich Kim hinter mir. Auch Schlafhund trat hinter mich. Julia postierte sich herausfordernd neben mich. 'Ach nein, wie süß, ein kleines Mädchen und ein Babybär wollen gegen mich kämpfen.' Das war zu viel. Der Typ konnte ja eine Menge anstellen, aber mich, einen

Heidelbären, und die Schwester vom Herrscher des Roten Reichs beleidigen, dass setzte dem ganzen die Krone auf! Die blinde Wut hatte mich gepackt. Ich stürzte auf diesen Jumarianer zu, um ihn unter mir zu begraben. Dabei hatte ich allerdings mehr Glück als Verstand, dass ich nicht als Sofa oder ähnliches endete. Dieses Karnickel hätte mich gut und gerne in irgendetwas verwandeln können. Doch ich hatte den Überraschungseffekt auf meiner Seite. Mit einem direkten Angriff hatte er nicht gerechnet. Ich sprang ihm entgegen, warf ihn um und sprang noch mal mit aller Wucht, die ich aufbringen konnte, auf ihn drauf. 'Das war für das kleine Mädchen', rief ich. Dann verpasste ich ihm noch einen Fausthieb ins Gesicht. 'Und das für den Babybären! Und das ist ...' Ich wollte noch einmal zuschlagen, doch jemand zog mich weg. Zwei Sekunden später fand ich mich in einem anderen Gang wieder. Julia hatte sich in einen Heidelbären verwandelt, um mich von diesem Professor wegzureißen. Dann hatte sie uns zwei oder drei Gänge weiter gezaubert. Ich war sauer. 'Was sollte das eben. Ich hatte ihn fast weich geprügelt. Der war fertig', brüllte ich wütend. 'Ich würde noch lauter schreien, der Professor hat uns bestimmt noch nicht gehört!', gab Julia gereizt zurück. 'Und wie kommst du darauf, dass du ihn fast fertig hattest? Du hast überhaupt nicht gemerkt, dass er dabei war, einen Zauber gegen dich zu verwenden! Wenn ich dich da nicht weggeholt hätte, hätten wir jetzt nur noch eine Schabe namens Fomka und keinen Heidelbären mehr!' 'Pah, Schabe. Von wegen!', protestierte ich, doch schon wurde mir der Mund zugehalten. 'Scht', hauchte Julia. Schritte waren zu hören. 'Das ist er bestimmt. Er kommt hier her', flüsterte Kim. Weit war er nicht mehr entfernt. Ein Schritt, noch ein Schritt ...
Schlafhund zerrte an Julias Hosenbeinen und zeigte dann auf die rechte Wand. Für Schlafhund erstaunlich schnell ging er auf die Wand zu und verschwand plötzlich darin. Julia, jetzt wieder in ihrer richtigen Gestalt, drückte mich Richtung Wand. Zur selben Zeit zog sie auch Kim sanft am Hals. Kaum war Kim hinter der Wand verschwunden, kam auch schon dieser Professor um die Ecke. Wir konnten ihn sehen. Einen Atemhauch weit entfernt stand er und starrte genau auf uns. 'Wer hat denn diese grässlichen Figuren hier an die Wand gemalt. Der konnte wirklich nicht zeichnen', hörten wir ihn sagen, dann verschwand er wieder.

Schlafhund sprang als Erster wieder auf den Gang, wo wir zuvor gestanden hatten. 'Der – hat – ja – Recht, – das – Bild – ist – wirk – lich – schlecht', bemerkte der Hund, als er uns ansah. Julia verließ als Zweite die Wand. Sie konnte nicht anders, als Kim und mich zu umreißen. Besonders um den Bauch herum kitzelte das. Kim und ich sprangen gleichzeitig raus. Wir sahen uns an, was sie gezeichnet hatte:

'Das ist doch eine Beleidigung!', schimpfte ich. Doch Schlafhund biss mich gleich ins linke Bein, dass ich jaulend aufschrie und vor Schmerz in den nächsten Gang rannte. 'Wir – sol – lten – ver – schwinden!', brüllte Schlafhund und folgte mir in den Gang. Julia und Kim kamen hinterher. Kaum hatten wir uns im nächsten Gang versteckt, als wir auch schon die Worte hörten: 'Ich bin doch ein Idiot! Die hatten sich in der Zauberwand versteckt. Das war kein Gemälde, das waren diese Gören und der Bär. Verdammt, das Mädchen und dieser komische Köter sind schon weg, aber wenigstens sind das Reh und der Bär noch da.' Endlich sprach er mal ein wahres Wort, er war ein Idiot. Wir sahen, wie er in die Wand griff, um das Reh am Hals herauszuziehen, aber er griff ins Leere. Auch bei mir hatte er kein Glück. 'Verdammt, die haben mich zum Narren gehalten. Wenn ich die zwischen die Finger bekomme.' Wütend trat er den Rückzug an. Wir verschnauften. 'Oh Mann! Sag mal, Schlafhund, woher wusstest du von dieser Wand?', fragte Kim, als sie sicher war, dass der Professor sie nicht mehr hören konnte. Ich erklärte ihr schnell, dass Schlafhund im scheinbaren Schlaf, den er sein Leben lang hält, die Zukunft, die Gegenwart und die Vergangenheit sehen kann. Diesmal hatte er einmal die Vergangenheit gesehen, wie Professor Dr. K. Nickel diese Wand angelegt hatte und einmal hatte er die Zukunft gesehen, wie jener Professor wieder zurückkommen würde, was ja eingetreten war. Nach dem kleinen Zwischenfall sahen wir zu, dass wir Land gewannen. So schnell wir konnten machten wir uns auf den Rückweg zu unserem Treffpunkt, wo die anderen bestimmt schon warteten.

An unserem Treffpunkt wartete bereits der nächste Schock auf uns. Neben den drei anderen Teams war da noch eine ganze Mannschaft Piraten, was noch nicht das Schlimmste war. Ein Pirat hatte ein Loch in der Stirn und lief trotzdem noch rum. Es war anzunehmen, dass die anderen Piraten ebenfalls kleine tödliche Verletzungen hatten, die wir von Weitem nicht sehen konnten. Auf jeden Fall schienen die Piraten allesamt Geister zu sein. 'Jim, was machen die denn hier? Sind das Freunde von dir?', fragte ich gleich, als ich herangekommen war. Jim drehte sich zu mir um und antwortete: 'Na ja, sagen wir mal so, es sind alte Bekannte. Freunde möchte ich sie nicht nennen. Das ist der Kapitän des Piratenschiffes Roter Henker. Bevor Klaus' Roter Teufel bekannt wurde, war dieses Schiff das gefürchtetste in Nord und Ostsee.' 'Klaus? Wer ist Klaus?', fragte Jena. Sie war nicht die Einzige, die nicht wusste, von wem Jim da sprach. 'Na, Klaus. Störtebeker. Ich hatte damals auf seinem Schiff angeheuert. Und der Rote Henker hatte uns angegriffen. Nachdem wir ihn mit Ach und Krach in die Flucht geschlagen hatten, hatten wir nie wieder etwas von diesem Schiff gehört. Wer konnte denn ahnen, dass mein Fluch sich bewahrheiten würde und das Schiff vor dieser Insel auf Grund laufen würde? Aber in ein paar Jährchen könnt ihr das alles in meinen Memoarien nachlesen. Ich bereite das Buch schon vor, welche Stationen ich gegangen bin. Mal sehn, wie viel ich noch zusammen kriege', erklärte Jim.

'Jetzt haben wir aber Wichtigeres zu tun. Fangen wir mit Gruppe zwei an. Habt ihr die Gefangenen gefunden?', setzte er das Thema wechselnd fort. Konrad nickte und Saatzh antwortete: 'Jepp, Hamm'er. Zwee hamm'er glee mitjebra'ht. Des sin Susi un Rocky, oane Säw'lzahnschpinne un a Garnick'lwaschbär.' Die riesige Spinne mit den Säbelzähnen und den Hörnern auf dem Kopf und den Waschbären mit Hasenohren hatte ich vor lauter Piraten gar nicht bemerkt. Jim nickte zufrieden. 'Gut. Gruppe drei ist klar, die Waffen und unerwartete Verstärkung haben wir. Wie sieht es mit der letzten Gruppe aus? Habt ihr Professor Dr. K. Nickel gefunden?', wand sich Jim schließlich an uns. Julia übernahm das Wort. 'Nun ja, eigentlich hatte dieser K. Nickel eher uns gefunden. Nur dank Teamarbeit konnten wir entkommen. Fomka hat ihn erst einmal platt gemacht, ich habe Fomka aus der Gefahrenzone geholt, bevor er noch Blödsinn anstellen konnte, Schlafhund hat uns ein gutes Versteck gesucht und Kim hatte uns sehr gut geführt.' 'Da habt ihr Glück gehabt. Nun gut. Vorschläge, wie wir den Kerl besiegen können?', gab Jim zurück. Er legte ein Stück Papier in die Mitte auf den Boden. Es war eine Landkarte. Einen konkreten Vorschlag konnte aber keiner liefern.

'Wenn ich als Kapitän des Roten Henkers sprechen darf ...', fing der Pirat an, machte dann eine fragende Pause, in der er Jim ansah. Dieser nickte. 'Ich finde, du fängst erst einmal an, uns zu erklären, was du aus diesen Dingen hier machen willst. Getreidestaub, Pinienkerne, Harz, Kiefernkerne, Gaslampen, leere Pistolen und Gewehre?' Jim musste grinsen, erzählte dann aber. 'Diesen Getreidestaub füllen wir statt Schießpulver in die Pistolen. Die Dinger sind schon ziemlich alt und altmodisch. Sie haben nur einen Schuss und das Pulver darf nicht nass werden. Moment mal, zu eurer Zeit gab es diese kleinen Spielzeuge doch noch gar nicht. Wo habt ihr die her?' Jim sah den Piratenkapitän prüfend an. Dieser zuckte mit einer Unschuldsmiene lediglich die Schultern. 'Was verlangst du? Wir sind Piraten und längst nicht das einzige Schiff, das hier gestrandet ist', erklärte der Rote Henker, als wäre es das natürlichste auf der Welt. 'Hm, hätt ich mir eigentlich denken können. Nun gut. Wie gesagt, den Getreidestaub in die Pistole füllen. Bitte schön, das ist eure Aufgabe.' Mit diesen Worten gab er den Piraten den Getreidestaub und fünf Pistolen. 'Wie willst du mit Getreidestaub jemanden töten?', fragte der Rote Henker. 'Aber, aber, wer spricht denn vom Töten? Da siehst du einen der größten Unterschiede zwischen uns beiden. Ich bin kein Pirat und ich töte auch niemanden. Mit den Dingern will ich lediglich in die Luft schießen, zur Ablenkung', erklärte Jim. Das war schon immer sein Wesen, er hat viel Fantasie und einen guten Sinn für Gerechtigkeit, aber niemals würde er jemanden

töten. Wenn er doch mal keine Wahl haben sollte, würde er einen tödlichen Ausgang lieber mit seiner Zauberei verhindern, als irgendein Leben zu gefährden.
Doch der Pirat widersprach: 'Natürlich bist du ein Pirat, du bist immerhin unter der Flagge eines Piraten gesegelt. Oder was glaubst du, was Störtebeker war?' Doch Jim schüttelte den Kopf. 'Das siehst du falsch, Roter Henker. Störtebeker war ein Freibeuter, kein Pirat. Er hatte den Segen einer Regierung, ihr hattet das nicht. Durch Intrigen wurde er später lediglich als Pirat dargestellt. Klaus war ein ehrenhafter Mann und ein verdammt guter Kapitän. Ich würde jeder Zeit wieder mit ihm segeln.' Noch nie hatte ich Jim einen Menschen so verteidigen sehen. Er musste wirklich große Stücke auf den Mann geben, von dem bis heute noch so wenig bekannt ist.
Dann erklärte Jim aber weiter, was er vor hatte. 'Wo sind die Pinien- und die Kiefernkerne?', fragte er. Die Pinienkerne wollte er mit Feuer anzünden, um so Gewehrschüsse zu imitieren. Wenn diese Kerne angezündet werden, dann knallen sie laut und springen auf, ähnlich wie Popkorn. Die Kiefernkerne brauchte er zum Anzünden von kleinen Landminen. Dafür sollten Detlef und Christian ein kleines Feld vorbereiten, es mit Harz einstreichen. In kleinen Abständen in einer Reihe. Jim zeigte auf der selbst gefertigten Karte den Ort, an dem diese kleine Falle aufgestellt werden sollte.
'Gut, für die letzte Falle benötigen wir das vom Schiff gekratzte Teer und etwas Feuer. Wenn wir das Teer, das ja aus Öl hergestellt wird, erhitzen, dürften wir eine kleine Nebelwand erhalten. Sehr praktisch, wenn wir unsere Handlungen verschleiern wollen.' Damit beendete Jim seine Ausführungen. 'Jetzt seid ihr dran', fügte er noch hinzu. Kim übernahm das Wort. Sie war dafür, an den Ort zu gehen, wo sich die Gefangenen aufhalten. 'Das Karnickel kommt früher oder später sowieso dahin, wenn es nicht schon dort ist. Eine kleine Gruppe wird dafür zuständig sein, die Gefangenen zu befreien, während die anderen in kleinen Gruppen Ablenkungen organisieren.' 'Wau, – ich – mel – de – mich – frei – wil – lig – zum – Be – frei – en – der – Ge – fang – en – en', meldete sich Schlafhund. Jim nickte, er wollte ebenfalls Schlafhund für diese Gruppe vorschlagen, als Wachhund. Er würde sie rechtzeitig warnen können, falls der Professor unerwartet zurück-

kommen sollte. Da Daniela sich nicht so anstrengen durfte, kam auch sie in die Gruppe von Schlafhund. Anna-Lena meldete sich ebenfalls freiwillig, die Aufregung der letzten Stunden waren ihr einfach zu viel gewesen. Der Rest bekam Waffen, um unseren Gegner ablenken zu können. Wir teilten uns in Zweiergruppen auf, um so viel Verwirrung wie möglich zu verursachen. Natürlich wollten sich die Piraten diesen, wie sie es nannten, Spaß nicht entgehen lassen. Bevor es los ging, gab Jim jeder Gruppe eine Kopie der Karte, die er angelegt hatte, mit allen Warnhinweisen und so, damit sich auch ja keiner verläuft. 'Und ich will auf keinen Fall Tote und Verletzte haben', betonte Jim noch mal. Diese Worte waren mehr an die Piraten gerichtet. 'Bei wem sollen wir mitgehen?', fragte Rocky plötzlich. 'Ich denke, du und Susi? Susi geht mit Schlafhund mit, dem braunen Tier mit den geschlossenen Augen.'
In den Gängen trennten wir uns dann. Ich ging mit Kim. Die Piraten blieben unter sich. Daniela, Schlafhund und Anna-Lena waren ebenfalls bei uns. Wir würden uns dann trennen, wenn wir bei den Gefangenen angekommen sind. Die drei würden die Gefangenen zur Kirche bringen. Nicht lange, und wir hatten die Gefangenen gefunden. Zwar war es zu dunkel, Genaueres zu erkennen, aber dieses Halbdunkel ließ erahnen, was dieser Verrückte mit den Tieren und Menschen gemacht hatte. Ein Elefant zum Beispiel schien ein Horn auf der Stirn zu haben, ähnlich wie ein Einhorn. Eine Seekuh hatte einen weiblichen, menschlichen Oberkörper bekommen, wie eine Meerjungfrau. Wut kochte in mir hoch. Wie konnte dieser Typ nur so etwas untierliches machen?
Auf der anderen Seite des Raumes, auf der rechten Seite sah ich den Kerl. Ich konnte mich nicht mehr halten und stürmte laut brüllend vor. 'Was zum Henker? Du schon wieder! Hast du noch nicht genug?', hörte ich den Professor kreischen. 'Henker ist gar nicht so verkehrt. Ich bin dein Henker, der Rote Henker!', kam plötzlich die Stimme des Piraten von der anderen Seite des Raumes, dicht beim Professor. Verwirrt drehte sich der Professor zu dem Piraten um, der seinen Kopf wieder mal unter dem Arm trug. Für einen kurzen Moment blieb der Jumarianer wie eine Salzsäule stehen, doch dann warf er dem Piraten einen grellen Feuerball entgegen. Jeder normale Mensch wäre bei dieser Atta-

cke gestorben, nicht so der Pirat. Der wurde einfach nur wütend. 'Du hast meine Kleidung ruiniert!' Mit einem Satz war er bei dem Professor, schwang seinén Säbel und wollte gerade zuschlagen, als er in seiner Hand dahinschmolz. Da der Pirat bereits tot war, spürte er keinen Schmerz an den Fingern. 'Der kann ja zaubern, das ist der Teufel. Hajo, du Mistkerl, wieso hast du das nicht gleich gesagt?', brüllte Hasso und brachte sich erst einmal in Sicherheit, um weitere Schritte zu überlegen. Doch Professor Dr. K. Nickel folgte ihm. Ich setzte alles auf eine Karte und ließ die Ladung Pinienkerne los, die ich in dem Gang, wo wir gerade waren, vor mir hingelegt hatte. Die Kerne zersprangen und knallten wie ein Maschinengewehr.
Es zeigte die gewünschte Wirkung, K. Nickel blieb wie angewurzelt stehen, duckte sich scheinbar auch ein wenig, kam, als das Knallen vorbei war, auf uns zu. Sein langes Cape wehte drohend. 'Versteckt euch!', flüsterte ich Schlafhund, Anna-Lena und Daniela zu. 'Du bist gut, wo denn?', hauchte Daniela zurück. 'Soll ich uns fünf etwa unsichtbar machen?', fügte sie noch fragend hinzu und fing plötzlich an, sich aufzulösen. Auch Schlafhund, Anna-Lena, Susi und Rocky wurden plötzlich unsichtbar.
Zeit zum Wundern blieb uns nicht, da uns unser Verfolger im Nacken saß. Kim und ich sahen zu, dass wir Land gewannen. Hinter einer leichten Biegung kamen wir an einem Gang vorbei, als mich plötzlich eine Hand ergriff und versuchte, mich in den Gang zu ziehen. Ich ließ es zu und betrat diesen Abzweig. Auch Kim wurde in diesen Gang gezogen. Arne und Christian waren es. Sie legten den Zeigefinger auf ihren Mund und hielten uns zum Schweigen an. Der Professor blieb vor dem Gang stehen und überlegte, wo er langgehen solle. Da unser Gang dunkler war, konnte er uns nicht sehen. Wir hielten den Atem an. In dem Moment knallte es an einer anderen Stelle, nicht weit entfernt. Sofort lief der Professor in die Richtung.
'Das waren Reh und Konrad, hier schräg gegenüber', flüsterte Christian. Arne drängte zum Aufbruch. Sie hatten sich mit Konrad und Reh abgesprochen. Ein paar Gänge weiter wollten sie den Professor wieder woanders hin locken. Wir gingen zu dem mit Harz präparierten Gang. Das Harz würde genau zwischen uns und dem Professor sein. Da das Licht bescheiden war, würde

man das Harz nicht sehen. Und da kamen die beiden auch schon angeflitzt. Sie schienen vorbeilaufen zu wollen. Christian handelte. 'Hey, hier rein', rief er. Konrad und Reh wendeten und kamen auf uns zu. Sie mussten aufpassen, dass sie nicht auf das Harz traten, damit sie nicht kleben blieben.
Kaum hatten sie uns erreicht, als der Professor auch schon an dem Gang ankam. 'Hier sind wir, sie Armleuchter', rief Arne. 'Das wollte ich schon immer mal sagen', fügte er noch vergnügt hinzu. Es wirkte. Dr. K. Nickel drehte sich in die richtige Richtung und kam auf uns zu. Arne, Christian, Kim und ich hatten die Kiefernzapfen schon bereit. Ein paar Schritte, bevor der Zauberer über das Harz ging, warfen wir die brennenden Zapfen. Kim und ich warfen daneben, Arne und Christian trafen je zweimal. Die Zapfen hatten das Harz kaum berührt, als auch schon eine kleine Explosion losbrach. Der Professor musste sein Gesicht schützen, was uns genügend Zeit gab abzuhauen. Sobald die Explosionen vorbei waren, würde er uns folgen, was wir ja beabsichtigten.
Am Ende des Weges standen drei Piraten. Der Kapitän war nicht dabei. Den Professor konnten wir auch noch nicht sehen, aber er war bestimmt ziemlich dicht hinter uns. 'Macht euch hier rein, wir übernehmen den. Schiefzahn, du nimmst das andere Ende des Seils und gehst da rüber', sagte ein ziemlich großer Blonder zu einem kleinen, pummeligen Glatzkopf mit schiefem Schneidezahn. 'Ai, Snorken', sagte der Kurze und versteckte sich in dem Nebengang, den der Blonde ihm gezeigt hatte. Nicht lange danach kam auch schon das, wie Kim zu sagen pflegte, Karnickel. Auf ein Zeichen zogen die beiden Piraten gleichzeitig an dem Seil und brachten den Professor zu Fall. Der kleine Pirat, der Schiefzahn genannt wurde, wollte gerade mit einem Messer auf den wehrlos am Boden liegenden losgehen. Doch Snorken hielt ihn zurück. 'Keine Toten, hat der Bengel gesagt, das weißt du doch. Oder willst du noch mal 600 Jahre oder mehr auf dieser gottverdammten Insel verbringen?' Schiefzahn hatte die Hand mit dem Messer noch immer erhoben und ließ sie mit voller Wucht auf den Professor niedersausen. Er traf ihn mit dem Griff im Gesicht.
Die erhoffte Wirkung hatte es jedoch nicht. Zwar war der Professor ziemlich benommen, aber Schiefzahn hatte einen so gewalti-

gen Bums in seinen Fäusten, dass er normalerweise den, den er schlug, k.o. geschlagen hätte. Mit einer scharfen Handbewegung schleuderte Professor Dr. K. Nickel Schiefzahn bei Seite und gegen die nächste Wand. Ein heller, gebündelter Lichtstrahl folgte und traf den Piraten. Dieser machte sofort einige Verwandlungen durch. Mal hatte er einen Schweinekopf, mal eine Elefantennase, mal einen Krokodilkopf mit Hasenohren. Im Endeffekt blieb er dann aber bei seiner normalen Gestalt. Der Zauber konnte bei ihm nicht wirken, weil er bereits tot war. Dennoch wirkte der Zauber auf eine ganz eigensinnige Art und Weise. Der Pirat konnte nicht glauben, wozu sein Gegenüber fähig war. Das konnte nur der Leibhaftige sein. Eine andere Erklärung gab es für ihn einfach nicht. Aber auch der Professor war erstaunt über die Wirkung oder besser Nicht-Wirkung, seines Zaubers. Noch nie hatte einer seiner Zauber versagt. Aber er hatte auch noch nie versucht, einen Toten zu verzaubern.
Der Professor erholte sich von seiner Pleite schneller, als Schiefzahn von seinem Schock. Schon wollte er zum nächsten Angriff übergehen. Er hatte Kim gesehen und wollte sie gerade angreifen. Reh stand etwas abseits von Kim, aber nah genug, um sie zur Seite zu stoßen. Der helle Lichtstrahl kam auf Kim zu, da sie aber beiseite geschubst wurde, war Reh jetzt in der vollen Schusslinie. Ein Ausweichen war nicht mehr möglich. Reh sah sich schon als Rehgulasch oder ähnliches. Starr vor Schreck standen wir da. Die Sekunden verstrichen in dreifacher Zeitlupe. Ich versuchte, Reh noch zu erreichen, würde aber unweigerlich zu spät kommen. Der Strahl prallte auf!
Doch aus unerklärlichen Gründen ging der Strahl zurück zum Absender. Dieser konnte aber rechtzeitig ausweichen, so dass der Lichtstrahl die gegenüberliegende Wand traf. Reh kippte ohnmächtig um. Ich konnte ihn gerade noch auffangen. Julia trat plötzlich aus dem Gang heraus, in dem Reh, Kim und ich standen. Sie hatte den Zauber reflektiert. 'Können sie sich nur an Schwächeren vergreifen? Trauen sie sich nicht, mit einem ebenbürtigen Gegner zu kämpfen, sie Pfeife?' Zu uns sagte sie: 'Verschwindet von hier.' Wir hörten lieber auf sie und traten den Rückzug an. 'Hey, das gilt nicht für sie! Bleiben sie hier, sie Feigling!', schrie Julia und rannte dem flüchtenden Professor nach.

'Kommt ihr klar?', fragte ich schon halb auf dem Sprung. Der Pirat, der von Schiefzahn Snorken genannt wurde, nickte. 'Klar, wir kümmern uns um die beiden Rehe, geh nur. Wir bringen die beiden in die Kirche.' Ich nickte und folgte Julia. Ich sah gerade noch, wie Julia links um die Ecke bog. So schnell ich konnte, folgte ich ihr. Sie könnte vielleicht meine Hilfe brauchen. Mit meinen langen Schritten hatte ich sie bald eingeholt. Doch den Professor konnte ich nicht sehen. Julia blieb stehen. 'Verdammt, ich hab ihn verloren', fluchte sie. Vor uns lagen zwei Gänge. 'Ich nehme den und du den', rief ich schnell und nahm den rechten Weg. Ich rannte den Weg entlang. Er hatte viele Abzweigungen, ich lief jedoch immer geradeaus. Doch ich sah schon von weitem, dass ich mich am Ende des Ganges doch entscheiden musste.
Kaum hatte ich den Quergang betreten, als mich etwas von links rammte. Ich hörte einen kurzen Aufschrei und sah zwei grelle Blitze aufzucken. Ich glaubte das Wort 'Clodera' oder so ähnlich zu hören, sowohl von rechts, als auch von links. Es dauerte eine Weile, bis ich bemerkte, was passiert war. Der Professor war gegen mich gerannt. Da ich ebenfalls gerannt bin, war die Wucht groß genug, um ihn an die gegenüberliegende Wand zu schleudern. Es war jene Wand, in der wir uns zuvor versteckt hatten, Julia, Schlafhund, Kim und ich. Das Wort, das ich gehört hatte, lautete nicht 'Clodera', sondern 'Claudere', was das lateinische Wort für schließen oder verschließen war. Mit diesem Zauber haben Julia und Jim die Zauberwand verschlossen, so dass der Professor nicht mehr herauskam. Und wenn es je ein hässliches Portrait gegeben hatte, dann das.
'Wow, Fomka, das war ganze Arbeit. Wozu ein dicker Bauch gut sein kann', lachte Jim, wobei er 'dicker Bauch' nicht böse, sondern eher liebevoll meinte, und das wusste ich auch. 'Jim, das ist doch kein dicker Bauch, das sind alles Muskeln, hast du doch gesehen', gab ich lachend zurück. 'Lass uns zurück zur Kirchenruine gehen, mal sehen, was wir für die Gefangenen tun können oder gar müssen', unterbrach Julia die fröhliche Runde. Sie hatte vollkommen Recht und wir machten uns auf den Rückweg.
Die anderen waren inzwischen alle angekommen. Und es waren viele. Die meisten Tiere sahen grauenvoll aus. Unmögliche Kreuzungen zwischen allen möglichen Tieren und auch Menschen. Ju-

lia und Jim hatten ziemlich viel zu tut, jeden einzelnen Zauber zu brechen und rückgängig zu machen. Die grausamste Kreuzung war ein Löwe mit einer Hyäne. Dieses Tier war nur dabei, sein Hinterteil zu beißen. Es ist ja allgemein bekannt, dass sich Hyänen und Löwen nicht ausstehen können. Dieses Tier wurde zuerst erlöst. Danach kamen alle jungen Tiere dran. Ein Waschbär namens Dschonny war der Nächste. Er wurde mit einem Kakadu gekreuzt. So hatte er einen Kakaduschwanz, samt Füßchen und Flügeln und eine kleine Kakaduhaube auf dem Kopf. Der Kopf und die Vorderpfoten waren seine eigenen. Er schwirrte die ganze Zeit in der Luft herum und krächzte 'Guter Dschonny, guter Dschonny.' Der Ara vom Roten Henker leistete Dschonny Gesellschaft. 'Achtung, Captain Jack vom Roten Henker', trällerte der Papagei und flog hinter Dschonny her.
Jim hatte Mühe, den Waschbärkakadu einzufangen. Der Kapitän der Piraten schaffte es schließlich, indem er seinen Vogel zurück rief. Dschonny folgte und Jim konnte aus dem Mischtier wieder zwei einzelne Geschöpfe zaubern. Auch der Bruder von Dschonny, Rocky, wurde zurückverwandelt. Natürlich wurde auch die gesamte Irlandmannschaft, zu der neben Reh und Kim auch Teintidh, Hund und Strolch gehörten, zurückverwandelt. 'Ist ja eigenartig, Hund und Strolch hat der Typ ja gar nicht verzaubert. Merkwürdig', bemerkte Julia erstaunt. 'Was heißt hier, nicht verzaubert? Ich will mein Hinterteil wieder', jaulte Hund. 'Ich auch. Ich laufe garantiert nicht den Rest meines Lebens mit dem Hinterteil meines Bruders rum!', protestierte auch Strolch. Das muss eine grauenhafte Strafe für die beiden Zwillingsbrüder sein. So nah waren sie sich noch nie. Julia beeilte sich, die beiden Hunde wieder zu trennen. Die größte Herausforderung für Jim und Julia war jedoch Susi, die Säbelzahnspinne. Bei ihr wurden zum einen drei Tiere vereint und zum anderen war eines der Tiere bereits seit Jahrtausenden tot. Urplötzlich stand ein ausgewachsener Säbelzahntiger in den Ruinen der Kirche. Die meisten Tiere und Menschen flohen, so schnell sie konnten. Der Tiger schaute kurz verwirrt drein, fing dann aber an zu brüllen. 'Lass ihn verschwinden!', schrie Daniela und plötzlich machte es ganz laut 'Puff' und der Säbelzahntiger war verschwunden. 'Unglaublich', staunte Jim. Zum Glück wurde keiner verletzt. 'Du kommst ganz nach mir', meinte Jim grinsend, aber auch ein

wenig stolz. Daniela sah verwirrt und etwas verlegen drein. 'Keine Angst, Ela, ich zeig dir schon, wie man richtig zaubert, versprochen. Aber nun lasst uns hier abschließen und von hier verschwinden. Ich will endlich Urlaub machen und zwar richtig.' Jim ging auf Daniela zu und legte ihr seine Hand auf die Schulter.
'Hey, und was ist mit uns?', fragte der Piratenkapitän. 'Was soll schon sein, ich sagte doch, wir sollten hier endlich alles abschließen, da gehört ihr auch dazu. Und da ihr uns sehr gut geholfen und einigen von uns das Leben gerettet habt, denke ich, kann ich euch endgültig von eurem Fluch befreien. Die sechshundert Jahre waren wohl genug Strafe. Und ehrlich gesagt, hätte ich damals nicht einmal im Traum damit gerechnet, dass mein Fluch in Erfüllung gehen würde. Ihr seid also frei und könnt diese Insel verlassen.' Jim wollte den Fluch schon aufheben, als Arne rief: 'Warte, Jim, ich hab noch ne Frage.' Jim nickte und Arne stellte seine Frage. 'Du hast den Blonden vorhin Snorken genannt, ein ziemlich ungewöhnlicher Name. Was bedeutet er?' Arne hatte zu dem kleinen Glatzkopf Schiefzahn gesprochen. Dieser musste lachen. 'Das ist Plattdütsch und bedeutet Schnarchen. Den Spitznamen hat er bekommen, weil keiner hier an Bord lauter schnarcht als er', erklärte Schiefzahn und stupste Snorken von hinten in den Rücken. 'Da hat er wohl recht, du Landratte. War nett, euch kennen zu lernen. Ich hoffe, wir haben euch nicht all zu viel Angst gemacht, aber wir sind nun mal Piraten', bestätigte Snorken. „Ist schon okay, wir werden es überleben. Aber nett war es nicht', meinte Christian. Anna-Lena sagte nichts.
'Nun ist aber gut. Ich will hier endlich weg', unterbrach Jim und entließ die Piraten aus ihrem Fluch. 'Ach, Hasso, du scheinst doch kein so übler Bursche zu sein, bist damals einfach nur in die falschen Kreise gelangt', rief Jim noch. Hasso zog sogar den Hut vor Jim. 'Du bist auch in Ordnung', rief der Pirat zurück, 'Ich hatte seit Jahrhunderten nicht mehr so viel Spaß wie heute.' Dann löste er sich zusammen mit seiner Mannschaft in Rauchschwaden auf, die der Wind schließlich forttrug. Als Nächstes mussten wir uns Gedanken machen, wie wir von dieser Insel kamen. Brian O'Fleherty war mit seinem Boot ja wieder zurückgerudert. Wir kamen überein, erst einmal wieder zur Küste zu gehen, diesmal aber überirdisch.

An der Küste angekommen, staunten wir nicht schlecht. Das kleine Boot am Strand kam uns irgendwie bekannt vor, auch der weißhaarige Mann war uns nicht unbekannt. 'Was machen sie denn hier? Ich dachte, sie wollten wieder zurück nach Portmagee?', fragte Jim erstaunt. 'Ach, hör doch auf', winkte O'Fleherty genervt ab. 'Ich bin losgefahren, hatte die Insel schon gar nicht mehr gesehen, als ich aus unerklärlichen Gründen einen Bogen fuhr und zu dieser verdammten Insel zurückkam. Ich hab es ein paar mal versucht, landete aber immer wieder hier', schimpfte Brian. Das war interessant. Sollte das etwa heißen, dass wir auf dieser Insel festsaßen? Jim schien das aber nicht zu beeindrucken, er ließ das Boot zu Wasser, vergrößerte es um ein dreifaches und bat uns einzusteigen. Er war zuversichtlich, dass wir jetzt wegkommen würden, da sämtliche Zauber gebrochen waren. Und Jim sollte Recht behalten.
Ohne Probleme setzten wir alle sicher zum irischen Festland über. Von dort wurde dafür gesorgt, dass alle Tiere und Menschen wieder nach Hause kamen. Zum Bürgermeister der Stadt, einem mittelgroßen, etwas dicken Mann mit rostbraunen Haaren, sagte Jim dann, die Insel Michael Skellig sei wieder völlig sicher und ungefährlich. Nur die unterirdischen Gänge sollten gemieden werden, die sind immer noch gefährlich und ein einziges Labyrinth. Brian O'Fleherty lud uns alle ins 'Portmagee Ghost' ein, dem einzigen Pub in der Gegend. Wir bestellten uns Wasser, Limo oder Saft. Nur Brian nahm einen doppelten Whiskey. Er wollte sein Glas gerade zum Trinken ansetzen, als Jim, der seine übliche Milch trank, sagte: 'Ach, Captain, ich wollte ihnen doch mal zeigen, wieso Sie nach dieser Milch keinen Alkohol trinken sollten.' O'Fleherty nickte. 'Dann zeig mal.' Jim nahm eine Pipette, die er unerklärlicher Weise in seiner Hosentasche hatte, heraus, füllte sie mit seiner Milch, nahm sich das Whiskeyglas und träufelte einen Tropfen Milch hinein. Sofort stach ein kleines Flämmchen aus dem Glas hervor und brannte friedlich an der Whiskeyoberfläche. 'Wenn Teufelskraut mit Alkohol in Berührung kommt, fängt es sofort Feuer, egal ob das Kraut gekocht, gebacken, gemahlen, getrocknet oder sonst was ist', erklärte Jim. Als das Feuerchen ausgegangen war, gab er dem Kapitän sein Glas Whiskey zurück. Brian trank, verzog aber gleichzeitig das Gesicht. 'Klasse, jetzt

schmeckt der gute Tropfen wie Katzenpisse. Is ja gar kein Alkohol mehr drin.' 'Ähm, tut mir leid. Warte, ich bestell dir 'nen neuen.' Jim ging zur Bar, verwandelte sich kurz in Brian O'Fleherty, bestellte einen doppelten Whiskey und kam als Jim wieder zurück. Es war ein echt cooler Abend. Zwar sahen wir von Jim nicht viel, da dieser fast nur Seefahrergeschichten mit Brian austauschte, aber wir hatten auch unseren Spaß. Wir unterhielten uns vor allem über das eben erst erlebte. Einige hatten einen erheblichen Bedarf, das Ganze zu verarbeiten. Nicht zuletzt Anna-Lena und der kleine Dschonny, der damals noch ein Baby war. Wobei Rocky seinen kleinen Bruder ziemlich bald ins Bett brachte und auch selbst nicht wieder in die Bar kam. Natürlich ging der kleine Dschonny nicht ohne seine warme Kakaomilch ins Bett. Er trank sogar zwei Tassen heißen Kakao. Der kleine Waschbär hatte noch die nächsten Monate zu leiden. Dadurch, dass er für eine Zeit zur Hälfte ein Kakadu war und durch die Gegend flog, glaubte er noch lange danach, dass er fliegen könne."

„Tja, damit gibt es für dieses Abenteuer nicht mehr viel zu sagen. Es war vorbei und der Professor hatte sich für ewig in einem der unterirdischen Gänge an der Wand verewigt. Balthasar rief natürlich mehrmals während des Abenteuers an und fragte, ob seine Enkelin schon wieder heil zurückgekommen wäre, natürlich nur, weil er nicht wollte, dass sich seine kleine Tochter solange Sorgen um ihre Tochter machen muss", beendete Fomka das Kapitel. „Jim und Daniela hatten natürlich neuen Urlaub beantragt. Da aber im August und September kein Urlaub mehr frei war, mussten sie den Urlaub auf Oktober verschieben. Auch Schlafhund hatte für demnächst Urlaub beantragt. Es sollten aber mindestens drei Wochen sein, damit die Zeit reicht, was immer er damit meinte. Weshalb Schlafhund ganze drei Wochen Urlaub haben wollte, weiß ich bis heute nicht."
„Ah, seid ihr schon bei unserem zweiten Urlaubsversuch? Dann sollte ich wohl mal erzählen. Fomka, mach erst mal Pause. In einer halben Stunde gehen die Proben weiter", unterbrach Jim. „Und bring die Tür in die Toilette zurück, lehn sie dort gegen die Wand, aber so, dass keiner drüberfallen kann." Fomka nickte und nahm die Tür mit.

Abenteuer in der Jura

„Nun zu uns und unserem zweiten Versuch, einen Urlaub zu starten.“ Damit begann Jim seinen Bericht über das nächste Abenteuer: „Diesmal sollte es drei Wochen in die USA gehen, in die Great Plains. In Iowa hatten wir ein hübsches kleines Ferienhaus gemietet. Teintidh (sprich tjentich – ch wie in Bach), Blue, kleiner Louis, Bunter und natürlich Kaiser Fritz waren mit von der Partie.“

„Ja, ja, den Kaiser als letztes nennen, das haben wir gern. Ich glaub, ich muss mal hier bleiben, um zu kontrollieren, dass du alles richtig erzählst“, unterbrach Kaiser Fritz und setzte sich neben Jim. „Sei froh, dass ich dich überhaupt 'Kaiser' genannt habe“, gab Jim spitz zurück. Kaiser Fritz wollte sich gerade entrüsten, als noch eine bekannte Stimme rief: „Au fein, au fein. Urlaubsgeschichten mag ich.“ Es war Murmli, der zurück gekommen war. Er musste Flax allein gelassen haben. „Sag bloß, jetzt kommst du mir mit dem nächsten Urlaub. Hat Teufel in Norwegen und Mike in Afrika nicht gereicht?“, maulte Diablo. „Glaub mir, Kleiner, es wird dir gefallen. Außerdem kann ein bisschen Weltgeschichte nicht schaden.“ entgegnete Jim und ...

... fing an zu erzählen: „Früh ging es los, von Philadelphia aus. Daniela war schon einen Tag eher von Wales angereist. Wir fuhren Richtung Iowa. Die Fahrt mit White Horse verlief ruhig. Da wir Urlaub hatten, fuhr ich auch langsam und hielt mich an die Geschwindigkeitsbegrenzungen. Zwischenfälle gab es, bis zu dem Zwischenfall mit dem Angreifer aus der Luft, nicht. Kaiser Fritz machte uns darauf aufmerksam. 'Jim! Fahr schneller, sonst rammt uns die Libelle von links!', brüllte er. Das war das erste Mal, dass ich darum gebeten wurde, schneller zu fahren. 'Nun mach dir mal nicht ins Fell wegen einer kleinen Li – Wohow! Ach du Schande!' Als ich die Libelle sah, trat ich die Eisen aber voll durch. Nur Zentimeter schrammte das Vieh an meinem schönen Auto vorbei. Kaum war die Libelle vorbeigeflogen, stieg ich auf die Bremsklötze. Mit einem Ruck hielt ich an und sprintete aus dem Wagen. Weit war die Libelle noch nicht und mit gut 70 cm Flügelspannweite war sie groß genug, um noch identifiziert werden zu können. Es war eine Meganeura, eine Riesenlibelle aus der Zeit vor den Sauriern. 'Ach du heiliges Kanonenrohr, wir sind im Perm gelandet', dachte ich jedenfalls im ersten Moment. Doch als ich mir die Pflanzen ansah, die hier so wuchsen, konnte das eigentlich nicht sein. Farne, Koniferen, Zypressen und Pinien gab es im Perm nicht. Den Pflanzen nach zu urteilen, mussten wir in der Jura sein, was auch nicht viel besser war."

„Jetzt komm mir nicht mit einem weiteren Urlaub, der sich als Traum herausstellt", unterbrach Diablo leicht genervt. Doch Jim schüttelte entschieden den Kopf: „Das ist kein Traum gewesen, ich wäre froh, wenn es einer gewesen wäre. Aber das ist alles genau so passiert. Ich schwöre." Jim hob die linke Hand zum Schwur. „Jim, man schwört mit rechts", wollte Diablo schlauer sein. „Ich hab auf jumarianisch geschworen, dort macht man das mit links", erklärte Jim aber. „Endlich mal einer, der das genauso sieht wie ich, murrmel", stimmte Murmli zu. „Aber nun erzähl ganz schnell weiter, ich mag diese Zeit", drängelte Murmli.

Jim lächelte: „Da bist du aber der Einzige. Vor allem unser Kaiser konnte die Jura, besser gesagt die Oberjura nicht ausstehen. 'Lass uns ganz schnell von hier verschwinden, dieser Ort ist für mein äußeres Erscheinungsbild nicht zuträglich', sagte er und war als Erster wieder im Auto. White Horse war der selben Meinung. So stiegen wir wieder alle ein, ich wendete den Wagen und fuhr mit der selben Geschwindigkeit in genau die selbe Richtung, aus der wir gekommen waren, aber nichts geschah. 'So bald wir nach Hause kommen, muss ich mal nachsehen, wo der Ort Perm liegt, der ist ja grausam. Hier werd ich garantiert kein Restaurant aufmachen!', schimpfte die Gams. Ein Lachen konnte ich mir einfach nicht verkneifen. 'Aber Fritz, äh, Kaiser Fritz. Zum einen sind wir nicht im Perm, wie ich erst dachte, sondern in der Jura und zum anderen ist das kein Ort, sondern ein Zeitalter der Erde, das Zeitalter der Saurier, um genau zu sein', klärte ich Kaiser Fritz auf. Aber für ihn machte das wohl keinen großen Unterschied, er wollte einfach nur weg hier. Allerdings sollte sich das schwieriger gestalten, als gehofft.

Wir waren schon eine ganze Weile gefahren, aber die Landschaft änderte sich nicht in dem Maße, wie wir das gern gehabt hätten. Ich hielt an. 'Wie es scheint, hat es keinen Sinn, weiter in diese Richtung zu fahren. Das Zeittor scheint wieder geschlossen zu sein. Wir müssen wohl oder übel einen anderen Rückweg finden. Wie ich diesen Urlaub schon wieder liebe!' 'Wie aufregend, das passt zu dem Thema, das wir gerade in der Schule haben. Schade, dass wir etwas weit zurückgegangen sind, ich hätte gern mal meine Vorfahren kennen gelernt, zum Beispiel den Amphicyon, der auch in Nordamerika gelebt hat. Leider weiß ich nicht mehr genau, in welcher Zeit', meinte kleiner Louis aufgeregt. 'Wenn wir wieder in unserer Zeit sind, kannst du ja mal nachschauen. Ich muss nämlich ehrlich sagen, dass ich auch überfragt bin', entgegnete ich. Kaiser Fritz fand das alles nicht besonders prickelnd. 'Schön, dass sich wenigstens einer freut. Könnten wir jetzt einen Weg nach Hause suchen?', sagte er pikiert. Wir wollten uns gerade in Bewegung setzen, zu Fuß, um mehr sehen zu können.
Plötzlich hörten wir zwei Schreie, die gut und gerne auch einer gewesen sein konnten. 'Uah Hilfe! Ein Monster!' Die beiden Stimmen klangen ähnlich, waren uns aber gänzlich unbekannt und kamen aus etwas unterschiedlicher Richtung. Kurz darauf wackelte die Erde. 'Klasse, ein Erdbeben', beschwerte sich Kaiser Fritz. Zu mehr kam er nicht, da ich ihn an den Hörnern packte und ihn in Bewegung setzte. Dabei rief ich: 'Weg hier! Macht schon, oder wollt ihr Allosauruszwischensnacks werden?' White Horse setzte sich nach mir als Erster in Bewegung. 'Hilfe, ich will nicht im Magen eines Sauriers landen! Ich bin doch noch viel zu jung', jaulte mein Auto und raste davon. 'Warte, du feiges Auto, nimm Daniela mit', rief ich noch hinter White Horse her. Zögernd kam das Auto wieder zurück, lud Daniela ein, die wegen anderer Umstände nicht so viel Anstrengung vertragen konnte und raste wieder davon. Ich hörte das Brüllen der Allosaurier hinter uns. Sie kamen immer näher. 'Auf den Wald zu, schnell', schrie ich nach vorn und nach hinten. Wenn wir eine Chance hatten, diese Fleischfresser abzuhängen, dann im dichten Wald. Die Allosaurier waren zu groß, um uns zu folgen.
White Horse erreichte mit Daniela als Erster den Wald, dicht gefolgt von Kaiser Fritz, der in seinem Leben noch nie so schnell

gerannt ist. Teintidh, Blue und ich folgten, kleiner Louis war der Letzte. Aber es kam noch jemand, ein gelber Bär und ein weiterer Bär war noch mitten auf der freien Fläche. Er war gestolpert und hingefallen, würde es also nicht mehr rechtzeitig zum Wald schaffen. Der Allosaurier war schon gefährlich nah. 'White Horse, du musst ihn holen, sonst schafft er es nicht', rief ich zu meinem Auto. Doch genau in diesem Moment knickte der Saurier einen einzeln stehenden Baum einfach um, als wäre es ein Stück Pappe. 'Nie und nimmer kriegst du mich da raus. Ich bin doch nicht lebensmüde. Ich bin noch zu jung für den Autofriedhof.' Der Saurier brüllte gefährlich. Nur noch ein paar Meter trennten ihn von seiner leichten Beute, die inzwischen wieder aufgestanden war.
Da schoss Teintidh, unser Drachen, aus dem Wald direkt auf den Allosaurier zu. Auch er konnte fauchen, mindestens genauso gut wie dieser Dino. Und genau das ließ er dieses riesige Tier wissen. Es wirkte etwas. Der Allosaurier verlangsamte für ein paar Sekunden sein Tempo und schaute zu dem Drachen. Teintidh war ein stolzes und großes Tier, zwei bis drei Köpfe größer als Fomka, der gute 4 Meter groß war, zwar noch nicht ganz, aber fast. Dennoch beeindruckte es den Saurier nicht sonderlich, war er doch mit gut 12 Metern um einiges größer. Aber Teintidhs Auftauchen hatte eine ganz entscheidende Wirkung. Der Saurier ließ von dem kleinen gelben Bären ab und konzentrierte sich auf den Drachen. 'In'n Wald!', rief Teintidh dem Bären noch schnell zu. Mehr Zeit hatte er nicht, der Saurier griff an. Zum Glück flog Teintidh hoch genug, sodass der Allosaurier ihn knapp verfehlte. 'Nänänänänä. Blöd'r, blöd'r Dino. Komm fang mi do, du Holzkopp', reizte Teintidh den Saurier. Der brüllte noch gefährlicher als zuvor. 'Teintidh, lass das! Reiz ihn nicht noch. Komm zurück in den Wald', rief Bunter besorgt. Und er hatte Recht, unser kleiner Jungdrachen trieb ein gefährliches Spiel, dass er leicht verlieren konnte. Tatsächlich kam Teintidh auf den Wald zugeflogen, seinen Verfolger dicht auf den Fersen. Der kleine Drachen machte einen entscheidenden Fehler, er flog zu tief. Der Allosaurier konnte ihn erhaschen und vom Himmel pflücken. Dabei verletzte sich Teintidh seinen rechten Flügel etwas, konnte also nicht mehr fliegen. Der Kampf musste jetzt auf dem Boden fortgeführt werden. Doch gerade dort hatte Teintidh kaum eine Chance, weil er einfach viel

zu klein war. Verzweifelt ging er auf allen vieren rückwärts. Er ging im Kreis, suchte nach einer Möglichkeit, seinen Gegner anzugreifen. Doch diese Gelegenheit gab es nicht. Mit seinem riesigen Maul schnappte der Allosaurus nach Teintidh, der flink genug war, um auszuweichen. Lange könnte er dieses Spielchen aber nicht mehr spielen, es zehrte an seinen Kräften. Der Drache griff zu seiner letzten Waffe, dem Feuer. Da er aber nicht genug gefressen hatte, produzierte sein Magen nicht genügend Gase, die er zum Feuerspucken brauchte, nämlich Methan. Es reichte nur, um den Saurier auf Distanz zu halten, was aber nicht mehr lange funktionieren würde. Der Fluchtweg zum Wald war ihm inzwischen abgeschnitten. Am Ende seiner Kräfte stieß Teintidh einen so grellen Schrei aus, dass es in den Ohren schmerzte.
Wenig später hörten wir einen anderen grellen Schrei. Er klang wesentlich kräftiger und kam direkt von oben. Irgend etwas kam da über den Wald geflogen. Dann sahen wir nur noch einen gewaltigen Feuerstrahl, der den Allosaurier am Allerwertesten traf. Vor Schmerz und Wut kreischte dieser auf und rannte davon. Das Tier, das den Saurier in die Flucht gejagt hatte, landete auf dem freien Feld direkt neben Teintidh und rieb tröstend seinen Kopf an dem von Teintidh. ‘Danke’, hörte ich Teintidh sagen, er schien den Tränen nahe.
‘Ich weiß schon, wieso ich diesen Ort, diese Zeit oder wie auch immer hasse. Mein armes kleines Gamsherz’, beklagte sich Kaiser Fritz. ‘Ihr könnt wieder raus kommen, der Allosaurier ist weg und wird auch nicht wieder kommen’, hörten wir den Altdrachen sagen. Ich kam natürlich als Erster aus unserer Zuflucht hervor. Daniela, die inzwischen wieder aus dem Wagen gestiegen war, folgte mir dicht auf. Sie war noch etwas schüchtern. Der große Drache sah uns kritisch und verwundert an. ‘Gestalten wie euch hab ich ja noch nie gesehen und ich bin schon fast 4000 Jahre alt.’ ‘Ähm, wir kommen auch nicht von hier’, erklärte Bunter. ‘Genau. Und ich will hier auch nicht länger bleiben, als unbedingt notwendig. Durch dieses Monster eben ist meine Frisur ganz durcheinander gekommen. Wie seh ich denn aus?’, zeterte Kaiser Fritz. ‘Wie du aussiehst? Nun ja, wie ein köstlicher Zwischensnack. Nur diese Zotteln müssen vorher ab’, erwiderte der alte Drachen. Teintidh lachte, als er das Gesicht von Kaiser Fritz sah. ‘Kais’r

Fritz, des war doch nur a Witz', sagte er. Doch unser Kaiser fand das ganz und gar nicht komisch.
Um die Situation zu entschärfen, erklärte ich, wo wir herkamen und fragte gleich, ob der Drachen nicht einen Weg zurück kennen würde. Doch dieser verneinte, gab aber einen Tip, wer uns helfen könnte. Er beschrieb uns auch den Weg. 'Geht zwei Tage lang immer der Sonne hinterher. Dann müsst ihr an den Redwoodbäumen links abbiegen und einen Tag geradeaus gehen. Wenn ihr die großen Berge seht, seid ihr da. Der Saurier dort nennt sich Dini von Vulkania.' Wir bedankten uns und gingen los. Naja, eigentlich fuhren wir. Bummi und Brummi, wie sich uns die beiden gelben Bären vorgestellt hatten, nahmen wir mit. Dass uns der Name Dini von Vulkania irgendwie bekannt vorkam, sagten wir nicht.
'Dini von Vulkania? Ist das Zufall oder ist das jemand, den wir sehr gut kennen?', fragte sich Blue. Doch ich musste ihm einen Dämpfer verpassen. In der Jura gab es Dini noch gar nicht, der wurde erst in der Kreidezeit geboren. Aber wahrscheinlich handelte es sich bei diesem Dini um einen Urahnen von unserem Reportersaurier. Wir fuhren. Zwischenfälle gab es keine weiter. Die Landschaft war herrlich. Man konnte sich nicht vorstellen, dass es in etlichen Millionen Jahren an dieser Stelle Wolkenkratzer, Flugzeuge, Autos und Verkehrschaos geben sollte. Da drüben grasten friedlich ein paar Stegosaurier und Brachiosaurier. Dort spielte ein kleiner Camptosaurier. Wir kamen gut voran. Über die Hälfte des ersten Tages hatten wir schon rum. Ich fuhr vergleichweise langsam, sicherheitshalber, da wir nie wissen konnten, was als Nächstes geschehen würde.
Jetzt fingen wir aber mehr und mehr an, langsamer zu werden, obwohl ich immer weiter das Gaspedal durchdrückte. 'White Horse, was ist los? Wieso werden wir immer langsamer?', fragte ich schließlich. Die Antwort gefiel uns gar nicht: 'Weil ihr zu schwer seid. Der Boden wird immer matschiger.' 'Wie meint er das, der Boden wird immer matschiger?' Danielas Frage war eigentlich überflüssig. Wir konnten uns denken, wo wir uns gerade befanden. 'Sie, ich bin eine Sie und kein Er', korrigierte White Horse etwas beleidigt.
Ich stoppte meinen Wagen und stieg aus. Die anderen folgten, bis auf Kaiser Fritz. 'In diesen Modder werde ich garantiert nicht

rausgehen!', streikte er. 'Nun hab dich nicht so, Fritz, wir müssen schließlich auch laufen', trieb ich Kaiser Fritz an. 'Das heißt immer noch Kaiser Fritz! Auch für dich. Und ich werd garantiert nicht in diesen Matsch hinausgehen! Das Zeug bekomm' ich doch sonst nie wieder aus meinem Fell raus.' Dass ausgerechnet Daniela Kaiser Fritz dazu überreden konnte, White Horse zu verlassen, hätte ich nie gedacht. 'Aber Kaiser Fritz', sagte sie. 'Weißt du denn nicht, dass Schlammpackungen gut für Haut und Haare sind? Andere Kaiser und Frauen, die was auf sich halten, bezahlen ein Vermögen für Schlammpackungen und du schlägst eine kostenlose Schönheitskur in den Wind? Das kann ich einfach nicht glauben.' Das hatte gesessen. Du glaubst ja nicht, wie schnell unser Kaiser aus dem Auto gehüpft ist und sich im Schlamm gewälzt hat.

'Gut, Kaiser Fritz, wenn du dann fertig bist mit Baden, können wir vielleicht weiter gehen. Es sei denn, du willst lieber in der Zeit der Saurier bleiben', drängte ich schließlich zum Aufbruch. So ging es dann weiter, immer der Sonne hinterher. Ich versuchte einen halbwegs sicheren Weg durch dieses Moor zu finden. White Horse ließ ich um einiges Schrumpfen, damit sie es einfacher hatte, ebenfalls hier durch zu kommen. Wir folgten der Sonne, so gut es eben ging, einen weiteren Tag. Natürlich machten wir zwischendurch einige Pausen, in denen wir Pflanzen, Reptilien und kleine Säugetiere aßen, die in dieser Moorlandschaft gediehen. Warum die Natur aber diese lästigen Mücken erfunden hatte, konnte ich mir nicht erklären. Schon in dieser Zeit ärgerten sie die Lebewesen, die im Moor lebten. Um uns des Nachts vor den Biestern zu schützen, zauberte ich uns ein Zelt auf Stelzen. So konnte es nicht einsacken und wir waren vor den Mücken sicher. Dann endlich hatten wir das Moor hinter uns gelassen. In nicht allzu ferner Ferne sahen wir eine Gruppe Bäume. Vom Moorrand aus konnten wir noch nicht sagen, was es für Bäume waren, aber ich konnte mir denken, dass es jene Bäume waren, an denen wir dann nach links abbiegen und immer geradeaus laufen sollten. Und ich hatte recht. Jetzt würde es also nur noch einen Tag dauern und wir würden diesen Dini finden, der uns vielleicht helfen konnte. An der Gruppe Redwoodbäumen machten wir aber erst einmal eine Pause. In dem Fluss, der an dieser Baumgruppe vorbeifloss, wollten wir endlich mal wieder ein schönes Bad nehmen.

Das Wasser war angenehm warm und sauber, glasklar und erfrischend. Aber leider auch gefährlich. Kaiser Fritz war als Erster im Wasser, er wollte den langsam trocknenden Schlamm abwaschen. So planschte und tobte er ganz unkaiserlich im kühlen Nass herum. Die beiden gelben Bären, unsere neuen Freunde, wollten gleich folgen. Doch ich konnte sie gerade noch davon abhalten. 'Fritz, du solltest so schnell wie möglich aus dem Wasser kommen!', rief ich Kaiser Fritz zu. Doch der rief mir einfach nur zurück: 'Wann lernt ihr das denn endlich? Es heißt Kaiser – Ach du Schande! Hilfe!' So schnell er konnte, versuchte er ans Ufer zu kommen. Ein riesiges Flusskrokodil folgte ihm hungrig. Mit einem Satz sprang Kaiser Fritz aus dem Wasser, das riesige Maul des Krokodils schnappte kraftvoll und laut krachend zu. Jeder Knochen, der zwischen diese gewaltigen Kiefer geriet, hätte keine Chance und wäre zersplittert wie ein Stück morsches Holz. Unsere Gams hatte großes Glück. Das Maul verfehlte Kaiser Fritz' Hinterhuf um ein paar Zentimeter. Kaiser Fritz stürzte. 'Es hat mich. Es ist aus, ich bin Krokofutter!', heulte er. 'Is doch schon gut, ähm, wie heißt du noch mal? Na ja, jedenfalls hat dich das riesige Krokodil um Haaresbreite verfehlt', sagte Bummi, oder war es doch Brummi? Ich konnte diese beiden Zwillinge noch nicht so recht auseinander halten. 'Ich lebe noch?', fragte Kaiser Fritz erleichtert. Wenigstens war er jetzt wieder blitzblank sauber. Da das Baden im Fluss, wie sich herausgestellt hatte, gefährlich war, zauberte ich uns eine große Metallwanne, die selbst einen Heidelbären wie Blue fassen konnte, stattete sie mit einem Wasserhahn und einem Schlauch aus, der direkt in den Fluss ging und wir hatten ein gemütliches und ungefährliches Badevergnügen. Kaiser Fritz durfte natürlich als Erster hineinsteigen, da er ja so einen Schreck bekommen hatte. Seine Lavendelseife hatte er immer bei sich, vor allem im Urlaub. Auch die anderen hatten ihre Seifen mit. Jeder durfte genau eine halbe Stunde baden, länger war nicht erlaubt, da wir heute noch weiter wollten. Kleiner Louis brauchte gerade mal fünf Minuten. In die Wanne hüpfen, waschen, raushüpfen, abtrocknen, fertig. Natürlich war die Wanne hinter einem undurchsichtigen Vorhang versteckt, damit keiner beim Baden beobachtet werden konnte. Nachdem dann alle fertig waren mit Baden, roch das Wasser ziemlich stark nach sämt-

lichen Seifen und Duschbad. Rosenduft, Latschenkiefer, süß duftende Kokosseife und so weiter. Nur Bummi und Brummi, unsere neuen Freunde, hatten keine Seife bei sich. Sie waren auch nicht in den Urlaub gefahren, sondern hatten einfach eine Wanderung gemacht, wie sie uns gesagt haben. Am Straßenrand hatten sie lediglich eine Pause eingelegt, als sie sich plötzlich in dieser Welt wieder fanden. 'Tja, so kamen wir hier her. Wie ist das mit euch?' 'Wir waren lediglich auf dem Weg in den Urlaub, wollten nach Iowa. Aber so, wie das hier aussieht, ist das wohl eher Colorado. Wir sind also nicht nur in der falschen Zeit, sondern auch am falschen Ort. Und eins weiß ich, ich will hier verdammt nochmal so schnell wie möglich wieder weg!' Den letzten Satz sagte ich mit Nachdruck. Ich ging auch sofort wieder los. Die Wanne mit dem Wasser hatte ich bereits wieder weggezaubert.
Die anderen folgten mir, so schnell es ihnen möglich war. Kleiner Louis und Bunter konnten als Erste nicht mehr weiter. Ihre Beine waren die kürzesten. Mit seinen 19 und ein paar zerlatschten Zentimetern war kleiner Louis auch nicht sonderlich groß. Bunter war etwas größer. Da wir aber noch keine Pause einlegen wollten, erklärte sich Teintidh, dessen Flügel sich wieder erholt hatte, bereit, die beiden auf seinem Rücken zu tragen, was allerdings auch nicht lange gut ging. Kleiner Louis war im Gegensatz zu Bunter absolut nicht schwindelfrei. Ihm wurde schlecht da oben. Sein dunkles Blau wurde immer heller, bis es fast weiß war. 'Teintidh, ich will hier runter', keuchte er. So musste Teintidh landen und den kleinen Bären absetzen. Kaum hatte dieser den Boden betreten, musste er sich auch schon übergeben. Kleiner Louis war kreidebleich. Ich schlug vor, ihn in White Horse fahren zu lassen, was er dann auch dankend annahm. Bunter bevorzugte Teintidh als Transportmittel, durch seine vielen Geschäftsreisen war er das viele Fliegen gewohnt.
Gegen Mittag machten wir unsere erste Pause an diesem Tag. Da wir nix zu essen hatten, ging ich mit Blue und Teintidh auf die Jagd. Teintidh fand ein paar Spuren im feuchten Sand. Sie waren noch nicht alt, höchstens eine halbe Stunde, wahrscheinlich weniger. Der Fußabdruck war nicht sonderlich groß, es konnte also kein großer Saurier sein. Er hatte drei Zehen mit Krallen, die allerdings nicht sehr gefährlich aussahen. Den Abständen nach

lief er auf zwei Beinen. 'Er ist noch nicht weit weg. Wenn wir uns beeilen, holen wir ihn ein', sagte ich und rannte los. 'Hee, warte. Ist dieses Vieh gefährlich?', fragte Blue besorgt. 'Ich glaube nicht', rief ich zurück. 'Den Abständen der Fußabdrücke nach zu urteilen, ist dieses Tier höchstens zwei Meter groß.'
Schon bald hatten wir das Tier eingeholt. Blue entdeckte es als Erster. Wir teilten uns auf und kreisten es von drei Seiten ein. Teintidh wollte von oben angreifen. Blue suchte in den leichten Hügeln Deckung und ich legte mich ins Gras und schlich wie ein Indianer voran. Da hat sich die Zeit damals bei den Indianern im Jahre 1492 gelohnt. Ich habe damals viel von ihnen gelernt. Auch Teintidh und Blue waren nicht gerade ungeübt. Doch das, was jetzt passieren sollte, überraschte uns alle. Blue schrie plötzlich erschreckt auf. Aber das war nicht die einzige Stimme, die wir hörten. Noch ein anderer schrie erschreckt, lief schreiend über das freie Feld auf die gegenüberliegende Seite. Unsere Beute, ein Dryosaurus, ein Pflanzenfresser, war natürlich auf und davon. Das kleine grüne Tierchen, das da eben über die Ebene gerannt war, erinnerte mich auf den ersten Blick an Dini. Ich hörte es noch quäken. 'Apap, Apap! Ad raw nie seaulb Reit', sagte das Tier. Es sprach einen etwas anderen jumarianischen Dialekt, daher hatte ich leichte Probleme, den Kleinen zu verstehen.
Mehr Sorgen bereiteten mir allerdings die drei Dinosaurier, die jetzt aus dem Gras hervortraten. Sie waren grün mit Zacken auf dem Rücken, die vom Nacken bis zur Schwanzspitze gingen. Die Augen erinnerten irgendwie ein bisschen an Froschaugen. Kurz gesagt, sie sahen alle aus wie kleine Dinis. Wir hatten es mit Paradoxisauriern zu tun. Es waren aber nur drei und das Kind, das wir gesehen hatten. Ob noch andere Kinder in der Nähe waren, konnte ich nicht sagen. 'Saw tlleaf hceu nie, eresnu Rednik os uz neckerhcsre?', fragte einer der Paradoxisaurier, er war der Größte von den drei Erwachsenen. Allerdings hatte ich arge Probleme zu verstehen, was er wollte. Sein Dialekt war mir so ziemlich unbekannt. 'Ähm, White Horse, es wäre schön, wenn du mir diesen Dialekt übersetzen könntest. Ich hab da ein paar Probleme', sagte ich über Funk flehend zu meinem Flitzer. Ich gab den Text so ein, wie ich ihn noch in Erinnerung hatte und der Computer fing an zu arbeiten. Dann kam die Antwort. 'Soweit ich das

verstanden habe, fragt dieses Tier, wieso wir seine Kinder so erschrecken können.' 'Danke', sagte ich zu meinem Auto und 'Se tut snu diel', zu den drei Sauriern. 'Deil, Jim, deil, nicht diel', korrigierte White Horse über Funk. Also wiederholte ich den Satz noch einmal, diesmal aber richtig. 'Riw neraw fua – äh fau red Dgaj, nettah Regnuh', versuchte ich zu erklären. Dieser Paradoxisaurier sah uns schräg an. So etwas wie uns hatte er noch nie gesehen, abgesehen von Teintidh. Ich versuchte ihm irgendwie verständlich zu machen, dass wir aus einer anderen Zeit kamen und dorthin zurück wollten. White Horse half mir dabei ziemlich gut. Doch die Saurier verstanden es einfach nicht, nicht etwa, weil sie meinen Dialekt nicht sprachen, nein, sie kapierten die Situation einfach nicht. Nach dem ich eine gute halbe Stunde versucht hatte, es ihnen zu erklären, versuchte ich etwas anderes. Ich sagte ihnen, dass ich gern mit Dini von Vulkania reden wollte, aber auch das verstanden sie nicht. 'Jim, vielleicht versuchst du es mal mit der jumarianischen Aussprache des Namens', schlug Blue vor. Die Idee war gut, so einfach. 'Hci ethceom nreg uz Inid nov Ainakluv', sagte ich. Die Reaktion war enorm. 'Hcsnem, muraw tsgas ud sad thcin hceilg?', rief der Saurier, mit dem ich die ganze Zeit gesprochen habe. 'Tmmok tim', sagte er noch, rief seine Kinder und die beiden anderen Erwachsenen, die die Kinder wieder beruhigt hatten und stapfte los. 'Hea tetraw. Riw dnis thcin neilla', rief ich, immerhin fehlte noch die Hälfte unseres Trupps. Über Funk rief ich White Horse und die anderen hier her. Sie maulten etwas, da sie Hunger hatten. Doch mein Auto brachte sie. Der Saurier, mit dem ich die ganze Zeit gesprochen hatte, sagte, dass es bei seiner Herde was zu fressen geben würde. Sie wären nicht weit weg. Das versöhnte die anderen. Vor allem Kaiser Fritz.
Als die Saurier White Horse sahen, bekamen sie es mit der Angst zu tun. Sowas hatten sie noch nie gesehen. 'Nei Retsnom! Nei Retsnom!', riefen sie und waren auf und davon. 'Tetraw! Sad Otua tut hcue – äh hceu xin', rief ich hinterher. Eines der Kinder drehte sich um, das Größte von ihnen. Das andere, das wir zuerst gesehen hatten, war das Kleinste. Neugierig, aber schüchtern kam der große Spross auf uns zu, beschnupperte vorsichtig das Auto. 'Ud tsnnak hcim nreg nessafna, hci eßeib thcin', sagte das Auto

freundlich. Schüchtern näherte sich der kleine Kerl, wollte das Auto tatsächlich anfassen, zog seine Pfote aber kurz vorher hastig wieder zurück. Er traute sich einfach nicht. Dennoch hatte die Reaktion des Kleinen bewirkt, dass auch die Eltern und die anderen beiden Kinder zurückkamen. So führten uns die sechs Paradoxisaurier zu ihrer Herde.
Dort angekommen, waren wir erst einmal baff. Ich wusste ja, dass die Herden der Paradoxisaurier ziemlich groß sind, aber ich hatte keine Vorstellung, wie viele das waren. 'Wow, wie viele sind das?', fragte kleiner Louis beeindruckt. Ich übersetzte und bekam die Antwort. In dieser Herde lebten an die neunzig Tiere, was für diese Zeit ziemlich viel war. In der Jura waren achtzig Tiere der Durchschnitt. Paradoxisaurier sind sowieso, wie ihr Name schon sagt, ziemlich paradox. So können sie mitunter gut 1 Milliarde Jahre alt werden. Dini zum Beispiel ist heute 120 Millionen Jahre alt, also sehr viel älter als ich. Neben ihm komme ich mir noch vor wie ein Neugeborenes. Soweit ich weiß, haben Paradoxisaurier türkisfarbenes Blut, sie lieben es möglichst heiß, weswegen sie sehr gern in aktiven Vulkanen wie dem Ätna wohnen. Dort fühlen sie sich sauwohl. Nicht selten fand man früher auch mal einen solchen Saurier in einem Hochofen der Menschen. Da, wo diese Tiere ursprünglich herkamen, war es nämlich auch schön warm. Wenn du dich im Sommer über Temperaturen von 30°C beklagst, ist das für Paradoxisaurier gerade mal eine laue Frühlingsnacht. Wie diese Tiere die Eiszeiten überlebt haben, ist mir bis heute ein Rätsel. Eingeführt wurden diese Tiere übrigens von Jumarianern, als sie noch ganz am Anfang ihrer Forschungen standen. Sie wollten wissen, wie sich Tiere ihres Planeten auf anderen Planeten behaupten. Die Paradoxisaurier kamen Anfang der Trias hierher. Heidelbären zum Beispiel erst viel später, als die Säugetiere schon ziemlich groß waren. Ach ja, das Wichtigste war, oder ist, dass sie wie Drachen Feuer spucken können. Dazu müssen sie nur die einen oder anderen Lavasteine fressen. Die Steine werden im Magen zersetzt, setzen bestimmte Stoffe, Gase oder sowas, frei, die dann in eine Kammer weiter oben steigen. In dieser Kammer kann dann je nach Bedarf noch ein weiteres Gas, das der Körper produziert, hinzugefügt werden. Feuerspucken ist allerdings eine reine Übungssache und gar nicht so einfach. Ach

ja, und sie sind das Gegenteil von Schnabeltieren. Wie du ja wissen solltest, legen Schnabeltiere Eier und säugen ihre Kinder dann. Paradoxisaurier gebären lebendig und säugen nicht.
Jedenfalls waren wir jetzt bei diesen possierlichen Tierchen. Dicht an die Berge gedrängt lag ein riesiges Tier. Bei näherem Hinsehen erkannte ich, dass es jener Allosaurier war, der uns vor zweieinhalb Tagen angegriffen hatte. Er musste einen anderen Weg hierher genommen haben oder er wahr sehr viel schneller als wir. Was für eine Ironie! Noch vor ein paar Tagen wollte dieser Saurier uns fressen, nun aßen wir ihn. Da diese Paradoxisaurusherde einen exquisiten Geschmack hatte, wurde das Fleisch des Allosauriers von gut zwanzig erwachsenen Tieren gleichmäßig durchgebraten. Die drei erwachsenen Paradoxisaurier, die uns hierher gebracht hatten, hatten uns bereits angekündigt. Ein dunkelgrüner Saurier mit einem hellgrünen Fleck auf der Stirn brachte jedem von uns ein Stück Fleisch. Blue und kleiner Louis machten lange Zähne. Heidelbären waren nun mal Pflanzenfresser, abgesehen von Fomka, der viel lieber Fisch frisst. Kaiser Fritz war eigentlich auch ein Pflanzenfresser, wollte aber mal gebratenen Allosaurier kosten. 'Wann hab ich schon mal die Chance, Saurier zu kosten', war seine Erklärung. Der Allosaurier schmeckte vorzüglich. Ein wenig nach Huhn, mit leichtem Lammgeschmack. 'Mit ein wenig Knoblauch und Koriander wäre das ein Festessen. Dazu eine schöne Bratensoße und Thüringer Klöße und Rotkohl. Ein Gedicht', schwärmte Kaiser Fritz. Keine zwei Sekunden später hatte er sein vorgeschwärmtes Gericht schon auf dem Teller. Auch die anderen von unserer Gruppe bekamen dieses Mittagessen. Und Kaiser Fritz hatte Recht, es schmeckte wirklich köstlich. Eins muss man ihm lassen, so eitel wie er auch ist, was das Essen und die Einrichtungen angeht, hat er in der Tat den besten Geschmack."

„Pass ja auf, was du sagst. Ich und eitel. Von wegen. Ich weiß, dass ich die schönste Gams bin. Eitel, tse", unterbrach Kaiser Fritz. Jim hielt sich den Kopf, an den er den kaiserlichen Huf bekommen hatte. „Ich wollte doch lediglich ein Kompliment machen. Gemeinheit", jaulte Jim, allerdings tat er mehr so, als dass er wirklich heulte.

Dann fuhr er fort mit seinem Bericht: „Wie gesagt, das Essen war einfach fantastisch. Nach dem wir alle satt waren, fragte ich nach Dini von Vulkania. Es stellte sich heraus, dass der Paradoxisaurier, der uns das Fleisch gebracht hatte, Dini von Vulkania war. Ich redete mit ihm, versuchte ihm unsere Situation zu schildern. Mit Hilfe von White Horse konnte ich ihm auch alles verständlich machen. Er hörte interessiert zu und glaubte mir jedes Wort. Ich erfuhr, dass er selbst schon ein solches Erlebnis hatte. Hier in der Nähe gäbe es Höhlen, die Zeitreisen ermöglichen. Als junger Dino von gerade mal 130 Jahren war er mal in eine solche Höhle geraten und kam an einem Ort raus, der ihm ganz und gar nicht gefiel. Da war es so kalt, dass er sich kaum noch bewegen konnte. Nur mit Mühe konnte er sich wieder in den Höhleneingang retten, sonst wäre er in dieser Zeit angefroren. Der Grund, weshalb er überhaupt die Kraft hatte, zurückzukehren, war das riesige Tier mit den schrecklichen Zähnen, die genauso lang wie sein Schwanz im Gesicht waren. Wütend trampelte es damals auf ihn zu. Zum Glück war es zu groß, um in diese Höhle zu passen. 'Kannst du mir sagen, wei wir zu deisen Höhlen kommen?', fragte ich Dini von Vulkania in seiner Sprache. Dass ich ein paar kleine Fehler in dem Satz hatte, merkte ich nicht. Auch Dini Senior störte sich nicht daran, er schien mich trotzdem zu verstehen. Unser Dini behauptet übrigens felsenfest, dass sein Vater damals Jims jumarianischen Dialekt eingeführt hatte, weil der einfach einfacher war. Ein gewisser Jim soll ihn darauf gebracht haben. Erst jetzt, während dieses Urlaubs merkte ich, dass Dini mich damit meinte. Ich hätte seinen Vater auf die Idee gebracht, die Sprache der Paradoxisaurier zu vereinfachen.
'Jim, kannst du diese Saurier mal fragen, wo man sich hier baden könnte?', fragte Kaiser Fritz plötzlich. Ich drehte mich um und hätte die Gams kaum wiedererkannt. Sie war über und über mit Sand, Schlamm und Zweigen bedeckt. 'Was hast du denn gemacht?', fragte ich erschrocken. 'Ich gar nix. Die Rotzgören haben das gemacht. Matschballschlacht schimpft sich das Spiel. Kam mir irgendwie wie eine Schneeballschlacht vor, nur nicht mit Schnee, sondern mit Matsch. Eines der kleinen Monster hat mich sogar eingeseift', schimpfte er. Ich musste grinsen, fragte Dini dann aber nach einem Ort, an dem sich unser Kaiser gefahrlos

waschen konnte. Dini zeigte in eine Höhle, deren Eingang so klein und schmal war, dass gerade mal ein ausgewachsener Paradoxisaurier hinein passte. Kaiser Fritz allerdings war mit 75 cm Schulterhöhe etwas zu hoch für den Höhleneingang, er passte nicht hindurch. 'Wie witzig', schmollte er. 'Wie soll ich da denn durch passen? Der Eingang ist doch viel zu klein.' 'Falsch, Fritz, du bist nur zu groß', scherzte einer der beiden gelben Bären. 'Dir verzeih ich es noch mal, dass du nicht Kaiser gesagt hast. Du weißt es noch nicht besser. Aber ich sag es dir jetzt und deinem Bruder kannst du es auch gleich sagen: Ich lege verdammt viel Wert darauf, mit meinem Titel angeredet zu werden. Kaiser Fritz. Verstanden und abgespeichert?' Kaiser Fritz schaute den Bären scharf an. 'Ach, und noch etwas. Ein Kaiser ist niemals zu groß oder zu klein, zu dick oder zu dünn oder sonst etwas. Er ist immer genau richtig, das andere ist falsch.' Der Bär nickte bei fast jedem Wort. Dann kam er auf mich zu und flüsterte mir ins Ohr: 'Ist der immer so schräg drauf?' Ich zuckte nur mit den Schultern und nickte dabei. 'Das hab ich gehört', schnappte Kaiser Fritz und stapfte wütend davon Richtung Höhleneingang. Er versuchte sich hindurchzuzwängen. Ohne dass er es merkte, half ich ein wenig nach, verzauberte den Eingang so, dass er sich an seine Größe anpasste und danach wieder ganz normal wie vorher aussah.
Die Schreie, die wir kurz nach Kaiser Fritz' Verschwinden in die Höhle hörten, hätten jeden Toten geweckt. 'Au! Heiß, heiß, heiß, heiß! Mein Hintern', brüllte er, rannte wie angesengt aus der Höhle, die sich wieder seiner Größe anpasste zum nahe gelegenen Fluss und hing dort seinen roten Pavianpo hinein. Ein 'Zisch' und ein 'Ahhh' und alles war vorbei. Zum Glück waren keine gefährlichen Tiere in der Nähe des Wasser, die ihm in seinen Hintern hätten beißen können. 'Die sind doch verrückt. Ich wollte baden und mich nicht kochen!', schimpfte er. 'Was hat er?', fragte Dini mich in seiner Sprache. 'Du hättest mir sagen sollen, dass euer Bad eine heiße Quelle ist. Aber das hätt ich mir eigentlich denken können. Das Wasser war für ihn einfach viel zu heiß', erklärte ich ihm. 'Heiß? Das Wasser ist doch nicht heiß, eher schön lauwarm.' Darauf sagte ich nichts mehr.
Jedenfalls bedankten wir uns für das gute Allosauriersteak und die Hilfe und verabschiedeten uns. Nach Dini Seniors Beschrei-

bung mussten wir einen halben Tag lang den Bergen in Richtung Sonnenuntergang, also Westen folgen, dann würden wir den Höhleneingang finden. Er würde uns dann alle nach Hause bringen. Da wir keine Lust hatten, zu Fuß zu gehen, fuhren wir alle mit White Horse, trotz heftiger Proteste seitens des Autos. Weil wir aber zwei mehr waren, passten wir nicht alle rein. So machte ich die Stoßstange von meinem Auto ab, drückte auf einen Knopf und die Stoßstange verwandelte sich in einen geschlossenen Anhänger, den ich am Auto anbrachte. Bummi und Brummi nahmen dort freiwillig Platz. Natürlich gab es da auch Sitze. Allerdings konnten wir mit dem Anhänger nicht allzu schnell fahren, was auch gar nicht nötig war, waren wir doch eigentlich auf Urlaub und nicht auf der Flucht. Mit dem Auto brauchten wir keinen halben Tag bis zu der Höhle, nur etwa sechs Stunden.
'Endlich, da ist die Höhle', meinte Daniela. Ich musste ihr zustimmen. Wir standen vor dem Höhleneingang. Ich ging als Erster auf den Gang zu und trat ein. Doch direkt hinter dem Eingang verzweigte sich die Höhle in unendlich viele Gänge, die sich wild kreuzten. 'Ähm, ja, und woher sollen wir wissen, welcher Gang der Richtige ist?', fragte ich mich besorgt und verließ die Höhle wieder. 'Was ist los? Ist es nicht die richtige Höhle?', fragte Blue. Was sollte ich ihm sagen? Am besten die Wahrheit: 'Doch, die richtige Höhle ist es schon', fing ich an. Bunter unterbrach mich: 'Das klingt nach einem Aber.' Ich nickte. 'Die Höhle ist richtig, aber welchen Gang wir nehmen sollen, das hatte Dini nicht gesagt. Hinter dem Eingang verzweigen sich die Gänge zu einem einzigen Labyrinth.' Jetzt war guter Rat teuer. Zurückgehen und dadurch einen Tag verlieren oder einfach einen Gang nehmen und dann wer weiß wo rauskommen? Bei dem Gedanken, noch schlimmeren Wesen zu begegnen als denen in der Jura, schauderte es den meisten. Also entschieden wir zurückzukehren und Dini zu fragen.
Der plötzlich eintretende Riesentumult hinter uns war aber nicht mit eingerechnet. Das Brüllen kam uns unangenehm bekannt vor. Es konnte sich nur um einen Allosaurier handeln. Der Lautstärke nach zu urteilen waren es aber mehr als einer; drei oder vier mindestens. Doch da waren noch andere Stimmen. Kleiner Louis stand starr vor Schreck da. Er wandte der Höhle als Einziger den

Rücken zu und sah, was hinter uns geschah. Auch ich drehte mich jetzt langsam um. Der folgende Schreckensschrei stammte von Bunter, der sich jetzt ebenfalls umgedreht hatte.
Die Szene, die sich uns bot, ließ uns das Blut in den Adern gefrieren. Mit gut sechs km/h trampelte ein lila Brachiosaurier, ein Langhals, auf uns zu. Der Größe nach zu urteilen war es noch ein 'kleiner' Brachiosaurier, was für uns aber keinen großen Unterschied machte. So oder so würde er uns zertrampeln. Gefolgt von vier Allosauriern, einer rechts, einer links, zwei hinten. Die vier Fleischfresser holten schnell auf, waren sie doch wesentlich schneller als der schwerfällige Brachiosaurus. 'In die Höhle!', rief ich und rannte hinein. Die anderen folgten mir dicht auf den Fersen. Blue, kleiner Louis und Bunter waren die letzten, da Louis und Bunter erst einmal aus ihrer Starre gerissen werden mussten. Ohne darauf zu achten, wohin wir überhaupt liefen, durchquerten wir die Höhle.
Schon bald fanden wir uns an einem anderen Ort wieder. Dass durch das Betreten der Höhle das Zeitfeld im Umkreis von ein paar Metern ebenfalls durcheinander kam, merkten wir nicht. Später fiel mir erst ein, wie Lilly, Duni und Danny in unsere Zeit kamen. Sie waren alle drei vor vier Allosauriern weggelaufen. Dass ich Danny und Duni in der Jura aber nicht gesehen hatte, irritierte mich ein wenig. Doch dann dachte ich daran, wie groß Lilly auch damals schon war. Leicht und locker hätte sie die beiden anderen Saurier mit ihrem massigen Körper verdecken können. Und so ist es bestimmt auch gewesen. Soweit ich weiß, landeten diese drei Saurier im Wales der 80er Jahre. Zu dieser Zeit war ich mit Padraig, meinem Sohn, was ich damals aber noch nicht wusste, gerade in der Polizeiakademie.
Wir kamen allerdings nicht gerade da raus, wo wir es gern gewollt hätten. Die Pflanzenwelt hatte sich sicherlich geändert. Es gab blühende Laubbäume und kleine Blümchen, deren Namen ich nicht kannte. Aber für unsere Zeit waren es zu wenig blühende Laubbäume. Da drüben in den Bäumen huschte ein rattenähnliches Tier entlang. Ich fragte White Horse, was das für ein Tierchen war, da ich es nicht lange genug gesehen hatte. 'Das war ein Alphadon. Verbreitung von Alberta bis New Mexico der Kreidezeit. Ca. 30 cm lang, ein primitives Beutel ...' 'Ist schon gut, ich wollte keine Biologiestunde, ich will nur nach Hause!', unterbrach

ich White Horse unwirsch. Unsere Situation hatte sich kaum gebessert, im Gegenteil, sie hatte sich eher verschlechtert. Die Saurier in dieser Zeit sind noch weitaus gefährlicher als es der Allosaurier schon war. Daher sollten wir hier so schnell wie möglich verschwinden. Mit einem T-Rex wollte ich mich in meinem sowieso schon versauten Urlaub nicht auch noch anlegen.
'Jim, wo sind wir? Oder sollte ich lieber fragen, 'Wann' sind wir?', fragte Daniela zaghaft. Ich musste es ihnen sagen, sie auf die Gefahren dieser Zeit hinweisen. 'Hast du eine Ahnung, wann ein T-Rex und ein Triceratops gelebt hat?', stellte ich die Gegenfrage. Daniela schüttelte zögernd den Kopf. 'Ich weiß es, ich weiß es', rief Brummi dagegen aufgeregt. Inzwischen konnte ich die beiden übrigens auseinander halten. 'Wir sind in der Kreidezeit.' Brummi war richtiggehend begeistert. Ich nickte nur, war wenig davon begeistert.
'Wir sollten zusehen, dass wir hier so schnell wie möglich verschwinden', drängte ich zum Aufbruch. Aber in welche Richtung sollten wir gehen? Zurück durch die Höhle und hoffen, dass wir in der Jura rauskommen, um dort Dini Senior zu fragen? Oder sollten wir Dini Senior in dieser Zeit suchen und ihn fragen? Was war sicherer? Ich hatte keine Ahnung, welchen Weg wir in der Höhle gegangen waren. 'Kann sich jemand erinnern, wo wir in der Höhle lang gegangen sind?', fragte ich. 'Also, ich bin da lang gerannt, wo du lang gerannt bist, Jim', kam die Antwort von Kaiser Fritz. 'Das ist mir schon klar!', gab ich sauer zurück. Wir hatten echt Glück, dass alle den selben Weg genommen hatten und keiner verloren gegangen war. Nicht auszudenken, wenn wir getrennt worden wären. Uns blieb nichts anderes übrig, als Dini in dieser Zeit aufzusuchen. So machten wir uns auf den Weg in der Hoffnung, dass Dini von Vulkania noch immer in der Nähe der Höhle wohnte.
Da es uns zu gefährlich erschien, zu Fuß zu Dini zu gehen, fuhren wir alle mit White Horse. Wir waren noch nicht weit gekommen, als wir plötzlich immer langsamer wurden und dann endgültig stehen blieben. 'Was ist denn los, schon wieder ein Moor?', fragte Bunter. Doch ich musste den Kopf schütteln. 'Nein, das nicht, aber es ist auch nicht viel besser. Wir haben keinen Treibstoff mehr', war die Antwort. 'Selbst mit dem Reservekanister kom-

men wir nicht weit. Gerade mal bis zu Dinis Rudel. Zurück würden wir dann nicht mehr kommen.' 'Na Klasse. Und wie sollen wir jetzt vorankommen. Ich glaube kaum, dass du dein Auto in dieser Zeit zurücklassen willst, oder?', maulte Kaiser Fritz. So viel, wie der während des Urlaubes schon gemault hat, konnte man ihn glatt für ein Maultier halten.

Aua! Das war doch nur ein Scherz." Jim hielt sich mal wieder den Hinterkopf, wo er schon wieder einen Huftritt verpasst bekam. „Kicher, kich ...Au!", kicherte Murmli vergnügt. Allerdings auch nur so lange, bis er ebenfalls zwei Klapse bekam, einmal von Jim und einmal von Kaiser Fritz. „Hee, was soll denn das? Murrmel?" Beleidigt verschränkte er die Arme und setzte sich außer Reichweite von Jim und Kaiser Fritz, um nicht wieder geschlagen zu werden. Jim erzählte unterdessen ...

... weiter: „Jedenfalls hatten wir jetzt ein Problem. Da ich mein Auto nicht alleine zurücklassen wollte, tankte ich mit dem Kanister voller Kirschsaft auf und wir machten uns zu Fuß auf den Weg, um Treibstoff zu sparen. Teintidh behielt die Umgebung aus der Luft im Auge. Blue, Bummi, Brummi und ich gingen außen, während Kaiser Fritz, kleiner Louis, Daniela und Bunter in der Mitte gingen. So liefen wir gut eineinhalb Stunden. Die Landschaft war herrlich, ebenso wie die Luft, rein und warm. Es roch nach Regen, der bald auf uns niederprasseln würde.
Das mittlere Erdbeben gefiel uns aber ganz und gar nicht. 'Was ist denn jetzt los?', fragte kleiner Louis besorgt. 'Scheint ein Erdbeben zu sein, ist in dieser Zeit keine Seltenheit', erklärte ich, wurde aber bald eines Besseren belehrt. 'Ähm, Jim, ich hab eine gute und eine schlechte Nachricht', mischte sich White Horse ein und sagte erst die gute Nachricht: 'Es war kein Erdbeben.' 'Da bin ich aber beruhigt', atmete Kaiser Fritz auf. 'Die schlechte Nachricht ist ...', fing mein Auto an zu erzählen. Doch Teintidh, der hoch über unseren Köpfen flog, kam ihr zuvor. 'Uha! Lauft! Weg hier!', brüllte er und machte in der Luft kehrt. 'Was ist?', rief Blue ihm hinterher, ohne jedoch eine Antwort von ihm zu bekommen. 'T-Rex!', antwortete White Horse stattdessen und war ebenfalls auf und davon.

'Bleib hier!', donnerte ich. 'Wir haben nicht genug Treibstoff für eine Flucht!' Prompt blieb White Horse stehen, genau wie die anderen. 'Hinter das Auto, schnell!', rief ich, was White Horse absolut überhaupt nicht schmeckte. 'Teintidh, wenn du genug Kraft hast, solltest du in der Luft bleiben und alles von oben koordinieren und uns warnen, wenn es nötig ist', schlug ich vor. 'Einspruch', rief mein Auto dazwischen. 'Einspruch abgelehnt', gab ich sofort als Antwort. So verbarrikadierten wir uns hinter meinem Wagen. 'Ich hoffe doch, du hast einen Plan', fragte Kaiser Fritz von der Seite. 'Ähm, ja, wir verstecken uns zunächst hinter meinem Auto', fing ich an. 'Aha, und weiter?', fragte Kaiser Fritz. Ich zuckte mit den Schultern. 'Weiter bin ich mit meinem Plan noch nicht. Ich bin für Vorschläge offen', gab ich zurück. 'Super, weiter bist du noch nicht. Willst du uns hier alle umbringen?', jaulte Kaiser Fritz. Er störte mich beim Nachdenken. Wütend entgegnete ich: 'Wenn du nicht gleich Ruhe gibst, nehme ich dich und werfe dich dem netten Schoßhündchen da zum Fraß vor. Danach kann ich dann vielleicht in Ruhe nachdenken und mir einen Plan ausdenken!' Sofort war Kaiser Fritz still und sagte keinen Mucks mehr. Auch die anderen verhielten sich ruhig. Dennoch wollte in meinen grauen Zellen kein Plan reifen. Sich mit einem T-Rex anzulegen, ist, als wolle man einen außer Kontrolle geratenen Bulldozer mit den bloßen Händen aufhalten.

Da tauchte der T-Rex auch schon vor uns auf. Riesig groß mit scharfen Zähnen in einem riesigen Maul. Sein Gebrüll war ohrenbetäubend. Kaiser Fritz und die anderen wurden hinter dem Auto immer kleiner. Auch White Horse hätte sich am liebsten in Luft aufgelöst.

Ein hilfloses, ängstliches Quieken änderte die Situation völlig. Das Quieken kam nicht von uns. Schräg vor uns im Gras musste es gewesen sein. Den 'kleinen' Kerl hatte ich vorher gar nicht bemerkt. Es handelte sich um einen kleinen Triceratops. Der T-Rex war jetzt auf ihn aufmerksam geworden, er blieb stehen, schaute sich um, wendete und rannte auf den kleinen Saurier zu. Wie angewurzelt stand der Kleine da, starr vor Angst. Was jetzt geschah, passierte so schnell, dass ich kaum reagieren konnte. 'Louis, bleib hier. Bist du verrückt geworden?', hörte ich plötzlich die Stimme von Bunter, der hinter meinem Auto hervor auf den rie-

sigen Saurier zurannte. Erst jetzt bemerkte ich, dass kleiner Louis, bewaffnet mit einem Knüppel und laut schreiend, ebenfalls auf den T-Rex zulief. 'Hey, du übergroßes Reptilienbaby. Leg dich gefälligst mit jemandem an, der dir gewachsen ist', brüllte er dem Tier entgegen, wobei ich sagen muss, dass gerade Louis dieser Bestie nicht gewachsen war. Doch der kleine verrückte Bär schien genau das zu erreichen, was er beabsichtigt hatte, auch wenn er sich die Ausmaße so nicht im entferntesten vorgestellt hatte. Der Tyranno schaute verwirrt umher, sah dann den kleinen blauen Bären. Verdattert blieb der Saurier stehen. Noch nie hatte er ein solches Tier wie Louis gesehen, klein, blau, bepelzt. Lange hielt die Verwunderung des Tyrannos allerdings nicht an. Schon schwenkte er seinen mächtigen Schwanz in Louis' Richtung. Wie angewurzelt blieb der kleine Bär stehen, sah den kräftigen Schwanz auf sich zu sausen. Mit großer Sicherheit hätte er ihn voll getroffen und ihn von den Beinen gehauen. Doch mit einem Brüllen wischte er lediglich über Louis hinweg. Plötzlich war auch Bunter in der Gefahrenzone. Er hatte Louis zu Boden geworfen, kurz bevor der Schwanz den kleinen Bären erreichen konnte. 'Sind denn auf einmal alle verrückt geworden?' rief ich erschrocken.
Zeit zum Aufatmen oder für eine Warnung blieb aber nicht. Wie aus dem Nichts tauchte plötzlich noch ein Triceratops auf. Er stieß den T-Rex kräftig in die Seite, so dass dieser von den Beinen gefegt und auf mein schönes Auto zugesegelt kam. Ein Ausweichen war nicht mehr möglich, schon krachte der riesige Saurier in meine Windschutzscheibe. 'Aua. Ich hab mir was gebrochen', rief mein Auto erschrocken. Auch ich hatte etwas knacken gehört. Der T-Rex war mit dem Rücken auf White Horse gelandet, rollte ein Stück und fiel auf der anderen Seite der Motorhaube wieder runter. Mit Wucht fiel er auf die Seite. Wütend grollte er. Sein Brüllen erfüllte die Luft über Meilen. Aber er hatte Mühe, wieder auf seine Beine zu kommen, er war einfach zu schwer. Diese Gelegenheit nutzten wir, um uns in Sicherheit zu bringen. Die Triceratopsmutter schubste ihren kleinen Sprössling ebenfalls aus der Gefahrenzone und drohte dem T-Rex, der inzwischen schon fast wieder auf die Beine gekommen war.
Dann stand er wieder, wütend und brüllend. Der Triceratops stand drohend vor ihm, seine drei Hörner direkt auf ihn gerichtet. Auch

sie brüllte, um zu zeigen, dass sie auf keinen Fall so leicht ihr Kleines preisgeben würde. Wer den Kleinen haben wollte, musste erst an ihr vorbei. Ein Kampf zwischen zwei Giganten entbrannte, ein Kampf, bei dem so einiges zu Bruch ging, Bäume, Sträucher, Knochen. Aus sicherer Entfernung wohnten wir diesem Kampf bei. Ich glaube, jeder Archäologe hätte sich so etwas gewünscht, nur um die Saurier besser verstehen zu können. Der Triceratops ließ den T-Rex die Hörner fühlen, während der Tyranno mit seinem Schwanz versuchte, das Dreihorn aus der Bahn zu werfen. Doch er hatte zunächst keine Chance, einen gezielten Treffer zu landen. Im Gegenteil, er musste etliche Schläge mit den Hörnern einstecken, die ihn immer wütender werden ließen. Er schlug mit dem Schwanz um sich, biss und trat. Irgendwie gelang es ihm dann doch, den Triceratops gefährlich zu treffen. Nur eine kurze Unachtsamkeit der Triceratopsmutter und sie hatte sich einen heftigen Schlag des T-Rex-Schwanzes eingefangen. Sie strauchelte etwas, nicht genug, um das Gleichgewicht zu verlieren, aber es reichte, um sich den Biss in die Seite einzufangen. Der schmerzerfüllte, wütende Schrei hallte über die Ebene. Voller Wut und Raserei versuchte sich der Triceratops vom T-Rex loszureißen, doch es war zu spät. Der Tyranno ließ nicht mehr locker. In weniger als ein paar Minuten hatte er den Triceratops niedergerungen und besiegt. Triumphierend stellte der T-Rex seinen Fuß auf den toten Triceratops, der seine Mittagsmahlzeit werden sollte, und ließ seinen warnenden Schrei über die Ebene hallen, als Zeichen, dass er seine Beute nicht ohne Kampf aufgeben würde. Doch lange hatte der Tyrannosaurus keine Freude an seinem Mittagessen.
Schon hörten wir eine uns vertraute Stimme. Zwar gehörte sie nicht Dini Senior, aber jemand anderem Vertrauten. 'Jungs, der liebe T-Rex hat unser Mittagessen serviert, holen wir es uns!', rief die Stimme. Ein allgemeines freudiges Brüllen ging durch die Reihen. Gut tausend kleine grüne Saurier hatten den T-Rex umstellt. Die Paradoxisaurier gab es in allen möglichen Grünschattierungen. War das wirklich Dini Seniors Rudel? Es war ziemlich groß geworden. Wie dem auch sei, dem Tyranno gefiel die Übermacht von kleinen grünen Sauriern überhaupt nicht. Zwar brüllte er noch drohend, doch es klang nicht mehr so überzeugend wie zuvor. Als die Paradoxisaurier dann im Chor antworteten und

den T-Rex um Längen übertönten, suchte dieser sein Heil lieber in der Flucht.
'Okay, es ist angerichtet, bedient euch, Jungs', rief derselbe Dino, der auch schon zum Angriff geblasen hatte. Natürlich redeten sie auf Jumarianisch. Im Vergleich zum Dialekt in der Jura hatte sich die Sprache ganz schön weiter entwickelt und sich dem Jumarianer-Jumarianisch angeglichen. Die Paradoxisaurier stürzten sich auf den toten Körper des Triceratops, grillten ihn mit ihrem Feuer und fingen an, sich satt zu fressen. Als sie satt waren, fingen die ersten Paradoxisaurier an, riesige Stücke Fleisch zu zweit oder zu dritt wegzutragen. Wahrscheinlich brachten sie es nach Hause zu den anderen Rudelmitgliedern, die zurückgeblieben waren. Uns hatten sie noch gar nicht bemerkt. Daher trat ich nach einer Weile vor und grüßte die Paradoxisaurier. 'Med Reiruasixodarap muz Ssurg', sagte ich. 'Wo ist dieser verdammte Saurier, der uns nicht gesagt hatte, wie wir in der Höhle gehen sollen?', fragte Kaiser Fritz aufgebracht. Zum Glück verstanden die Paradoxisaurier in dieser Zeit weder Englisch noch Französisch. So übersetzte ich für Kaiser Fritz: 'Re etgas: Ow nednif riw Inid nov Ainakluv?', was so viel bedeutete, wie 'Wo finden wir Dini von Vulkania?' Die Antwort war überraschend und weniger gut. Ich werde sie mal in unserer Sprache wiedergeben: 'Im Magen eines Tyrannosaurus, des Tyrannos, den wir gerade verscheucht haben. Aber irgendwann kriegen wir auch den und dann Gnade ihm sonst wer!' Wir erfuhren, dass Dini Senior von diesem Tyrannosaurus beim Trinken überrascht und gefressen worden war.
'Ihr müsst die Truppe merkwürdiger Kreaturen und der junge Drache sein, die mein Vater meinte, als er von einer Gruppe Tiere redete, die zurück in ihre Zeit wollten. Er hat mir schon gesagt, dass er vergessen hatte, euch den genauen Weg zu erläutern. Da er keine Ahnung hatte, wann ihr rauskommen würdet, hatte er mich beauftragt, hier auf euch zu warten, bis ihr hier ankommt. Was ich ja auch getan habe', sprudelte es aus dem jungen Paradoxisaurier hervor, der sich als Dini Seniors Sohn zu erkennen gab. Es war nichts anderes möglich, das musste unser Reporter-Dini sein, den wir sehr viel später kennen lernen würden. 'Ich wusste gar nicht, dass Dini früher mal so eine Sabbeltasche war, wie Saatzh es nennen würde', bemerkte Kaiser Fritz.

Noch bevor irgendjemand etwas sagen konnte, fing es plötzlich an zu regnen. Es schüttete so stark, dass wir innerhalb kürzester Zeit klatschnass waren. 'Meine Frisur! Wie seh ich denn jetzt aus?', japste Kaiser Fritz und strich sich durch das klatschnasse Fell. 'Du siehst jetzt aus wie ein begossener Pudel', lachte Bummi. Er hatte aber schnell genug gelernt und entfernte sich sicherheitshalber mal aus Kaiser Fritz' Reichweite.
'Ähm, Leute, ich will euch ja nicht stören, aber wo ist der Triceratops, der vorhin noch hier war?', mischte sich kleiner Louis jetzt ein. Wir sahen uns um, konnten den Kleinen aber nirgends entdecken. 'Sucht ihr was?', fragte Dini in seiner Sprache. Ich nickte. 'Wir suchen den Triceratops, der eben noch hier war.' Mit dieser Antwort erntete ich nur Unverständnis. Dini blickte auf den fast leer gefressenen Kadaver und dann zu mir, gerade so, als wolle er sagen 'Aber da liegt er doch.' Ich ahnte, was Dini von mir dachte und versuchte, das Missverständnis möglichst schnell aufzuklären. So schüttelte ich den Kopf und sagte: 'Dieses Triceratopsweibchen hatte ein Kind, das sie beschützte. Vor ein paar Minuten war es noch da, jetzt ist es aber verschwunden.' Sofort veranlasste Dini eine Suchaktion mit dem Ergebnis, dass der Kleine in die Höhle gegangen sein musste, seine Fußspuren endeten davor. Wie sollten wir den kleinen Kerl jetzt finden? Der konnte sonst wo rauskommen. Doch dann strengte ich meinen Grips an und überlegte. Dini hatte doch mal gesagt, wann, wie und wo er Klein Dino, so wird der Kleine später nämlich heißen, gefunden hatte. Ja natürlich, das war auch in Wales, allerdings 1981, ein Jahr, nachdem er Lilly, Danny und Duni gefunden hatte. Also übernahm ich die Initiative und sagte zu Dini: 'Hör zu, Dini. Dieser kleine Triceratops wird in ferner Zukunft einer deiner drei Söhne werden. Dazu ist es aber wichtig, dass du ihn zum richtigen Zeitpunkt findest. Also hör zu und merk es dir. Du musst in den Jahren 1980 und 1981 in Wales sein, und zwar in der Nähe des Berges Snowdon.' Dini sah mich an, als hätte ich Räder im Gesicht. 'In wieviel Tagen ist denn 1980 und 1981? Und wo ist Snoden?', fragte er mich verwirrt. Wie erklärt man einem Dini der Kreidezeit, wann 1980 und wo Wales ist? Ich entschloss mich zu folgender Antwort: '1980 ist noch weit hin, sehr lange hin. Das wirst du dann schon mitkriegen, versprochen. Merk dir einfach

nur die Zahl: 1980. 1981 ist dann 365 Tage später. Und wo Snowdon – S – n – o – w – d – o – n – liegt, wirst du dann auch herausfinden. Dürfte dir dann nicht mehr schwer fallen. Im Moment ist es aber schwer zu erklären, da der Ort in dieser Zeit noch keinen Namen hat, oder womöglich noch nicht einmal existiert.' Dini nahm meine Erklärung so hin. Und wie es scheint, hat er es ja richtig verstanden und den Kleinen gefunden. Nun konnten wir zur Lösung unserer Probleme kommen.

Das eine Problem war mehr oder weniger schnell gelöst. Dini erklärte uns, wie wir in der Höhle zu gehen hatten. 'Also, wenn ihr die Höhle betreten habt, müsst ihr zuerst nach drei Gängen nach links abbiegen. Soll heißen: drei Gänge abzählen und den nächsten links gehen. Dabei müsst ihr aufpassen, dass ihr alle Gänge mitzählt, also rechts und links. Also nach dem dritten Gang links. Dann sieben Gänge geradeaus, bevor ihr dann in den achten auf der rechten Seite einbiegt. Diesen Gang nehmt ihr bis zur ersten Abzweigung auf der rechten Seite. Dort müsst ihr dann rein. Und dann noch mal fünf Gänge gerade aus, danach links. Dann müsstet ihr eigentlich da sein. Und wenn nicht, dann kommt ihr einfach zurück. Ähm, falls ihr euch findet.' 'Wie soll man sich das denn merken?', fragte kleiner Louis. Doch da meldete sich White Horse: 'Ich hab den Weg gespeichert. Von mir aus kann es losgehen.' Gut, so ein Auto zu haben. Schlecht nur, wenn man nicht genug Treibstoff hat, um die Höhle zu durchqueren. Kirschsaft wird es in dieser Zeit wohl kaum geben und zum Umbauen des Motors fehlte mir blöderweise die Ausrüstung und das Material. Mit der Hilfe und dem Einfallsreichtum von Bunter, Blue und Teintidh hatte ich aber nicht gerechnet. Bunter war es, der mich fragte, ob ich nicht irgendwo ein paar Seile oder ähnliches hätte. Seine Idee? Er wollte das Seil in die beiden vorderen Türen klemmen und die beiden Enden zum Ziehen nutzen. Die stärksten unserer Gruppe würden wohl in der Lage sein, White Horse durch die Höhle zu ziehen. Teintidh und Blue meldeten sich freiwillig und Bummi und Brummi würden die beiden ablösen, wenn sie nicht mehr konnten. Ein Seil hab ich eigentlich immer im Kofferraum. Und so führten wir Bunters Idee aus. Erst bei der Anbringung des Seils fiel mir der Kratzer an der Frontscheibe auf. 'So ein Mist. Du hast dir tatsächlich was gebrochen. Ein

Glück, dass deine Scheiben aus jumarianischem Glas sind. Das scheint auch Tyrannos auszuhalten. Dini, ich hätte noch eine Bitte', fluchte ich, wobei ich den letzten Satz an Dini richtete. Der schenkte mir seine nicht sichtbaren Ohren. 'Wenn ihr jemals diesen T-Rex stellen und überwältigen solltet, dann beiss ihn von mir mal ordentlich in den Allerwertesten! Der hat doch tatsächlich mein Auto beschädigt.' 'Klar, wird gemacht, mit Vergnügen', entgegnete Dini. Er blieb noch, um uns zu verabschieden.
Teintidh und Blue nahmen die beiden Enden des Seils in die Pfoten und zogen White Horse, die nur noch auf Sparmodus lief. Lediglich das Navigationssystem war eingeschaltet. Alles andere war abgeschaltet. So kamen wir sicher im Colorado unserer Zeit an. Die Fahrt nach Iowa, unserem eigentlichen Urlaubsziel schenkten wir uns, wir hatten genug von Urlaub. Außerdem waren sowieso schon drei Wochen vergangen, damit war unser Urlaub vorüber. Die Zeitreise durch diese Höhlen waren halt nicht hundertprozentig präzise. Dass uns noch keiner vermisst hatte, lag daran, dass keiner wusste, wo wir Urlaub machen würden. Die hätten uns erst ab morgen gesucht, wenn wir nicht beim BBC aufgetaucht wären. Na gut, wohl erst am Montag, wir hatten ja erst Samstag. Diesen Tag und den Sonntag nutzten wir noch, um uns auszuruhen. Auch Bummi und Brummi hatte keiner vermisst, da sie eine vierwöchige Wanderung durch Iowa machen wollten. Kleiner Louis schrieb an diesem Wochenende seinen Aufsatz über die Jurazeit und konnte dort sehr gut seine Erlebnisse in dieser Zeit einbringen. Natürlich glaubte seine Lehrerin nicht, dass er das alles höchstpersönlich und am eigenen Leib erlebt hatte, fand aber die Idee, den Unterrichtsstoff in einer Abenteuergeschichte abzufassen so gut, dass er eine Eins plus bekam und nochmal eine Eins plus für das Fach Aufsätze und Literatur."

Armee der Finsternis

„Tja, damit war unser kleiner unfreiwilliger Abstecher in die Zeit der Saurier vorbei. Doch wie schon erwähnt wurde, war ja die zweite Hälfte des Jahres äußerst stressig. So ging es nach dem Abenteuer in der Jura auch gleich wieder hoch her, diesmal in

Ägypten. Bis jetzt hatten wir dieses Land ja nur als Gäste besucht, nicht als Hilfsgruppe. Aber zunächst einmal bekam Lion einen eiligen Turmfalken zugeschickt, etwa einen Monat vor unserer Abreise nach Ägypten. Was allerdings in dem Brief stand, den Lion direkt im BBC-Hauptquartier während einer wichtigen Sitzung bekam, erfuhren wir nicht." Jim kam langsam zum Schluss seines Berichtes. „So, ich muss jetzt wieder zu den Proben. Noch eine Stunde und dann komm ich zurück und erzähl euch die letzten paar Abenteuer. Ich werde sehen, ob ich Tapsi finden kann, der euch das nächste Abenteuer erzählt. Ihr könnt ja solange Karten spielen", sagte Jim, holte ein Rommésspiel aus seiner Hosentasche und gab es Diablo, der die Karten sofort nahm und die Karten, die er brauchte, heraussuchte. Alle Zahlen von 2 bis 6 und die Joker brauchte er nicht. Jim war inzwischen schon verschwunden. Diablo fragte Murmli und Kaiser Fritz unterdessen, ob sie mitspielen wollten. Murmli war als Erster da und Kaiser Fritz fragte: „Was spielen wir? Aber kein Skat, das kann ich nicht." Ohne eine Antwort zu geben, teilte Diablo erst einmal die Karten aus. „Wau, hier wird Karten gespielt? Kann ich mitspielen?", meldete sich ein kleiner brauner Hund mit blauem Halsband. Es war Strolch. „Aber natürlich, Strolch, wir brauchen noch einen", gab Diablo zurück und teilte noch einmal aus. Jeder bekam acht Karten. Dann erklärte er die Regeln. „Also, das Spiel geht wie folgt: Einer von euch fängt an und legt eine, zwei oder drei Karten, zum Beispiel zwei Siebenen. Der Nächste muss diese zwei Siebenen mit zwei größeren Karten, zum Beispiel zwei Achten oder zwei Buben, ausstechen. Wenn einer nicht über die gelegten Karten drüber kommt, setzt er aus und der nächste ist dran. Wenn keiner drüber kommt, ist der Spieler an der Reihe, der die letzte Karte gelegt hat. Dieser darf dann mit irgendeiner Karte weiter machen. Gewonnen hat der, der zuerst keine Karten mehr hat. Der Gewinner bekommt dann im nächsten Spiel die zwei besten Karten des Verlierers, während der Verlierer zwei beliebige Karten des Gewinners bekommt. Der Gewinner fängt dann wieder an." Strolch, Murmli und Kaiser Fritz nickten. „Und wie nennt sich dieses Spiel?", fragte Kaiser Fritz. „Es nennt sich 'Depp', weil der Verlierer eben dieser ist." Kaiser Fritz gefiel dieser Name überhaupt nicht, dennoch spielte er mit. Allerdings nur solange, bis er das erste mal verloren hatte, was gleich im ersten Spiel der Fall war. „Ich spiele nicht mehr mit! Das Spiel ist mir zu blöd!“, schimpfte er und stapfte davon. Er schien noch sowas wie „Von wegen Depp!“ zu murmeln. „Gewonnen!“, brüllte Strolch unterdessen vor Freude. Doch da kam auch schon Tapsi, ein kleiner hellgrüner Bär. „Ihr wollt also etwas über Ägypten hören. Na, wollen wir mal sehen.“ Er setzte sich zu den dreien, verschränkte die Beine und ...

... begann zu erzählen: „So, was wollt ihr hören? Ist ja gut, seht mich nicht so vorwurfsvoll an. Ich erzähle ja schon. Also, habt ihr schon gehört, dass ich in Ägypten Touristen durch die Pyramiden führe und denen alles über das Leben und das Land der alten Ägypter erzähle? Gut, dann brauch ich das nicht mehr zu erwähnen. Okay, wo fangen wir dann am besten an. He, schlaft doch nicht gleich ein, ich erzähle ja nur. Es ist nur, normalerweise bereite ich meine Vorträge immer einen Tag vorher vor. Ich wurde hier jetzt ins kalte Wasser geschubst. Jetzt weiß ich nämlich auch, wo ich anfange.
Und zwar bei meiner Behausung. Da ich von Nomaden der Wüste großgezogen wurde, bevorzuge ich nämlich die Übernachtung in einem einfachen Zelt, was meist etwas außerhalb der Städte steht. Zur damaligen Zeit wohnte ich in der Nähe von Nilis Hofstaat. Das ging auch sehr gut bis zu dem Tag, als ich unerwarteten Besuch und ein Angebot bekam, dass ich nicht ablehnen konnte. Ein alter Freund besuchte mich. Wir hatten uns als junge Erwachsene beim Archäologiestudium, Spezialisierung auf Ägyptologie, kennen gelernt. Während ich es nicht über den Fremdenführer durch Pyramiden hinaus geschafft hatte, war er ein angesehener Ägyptologe geworden. Der alte Jeremie, ein Schimpanse, war schon immer etwas pfiffiger als ich. Wie immer trug er seine, wie er sie nannte, Professorenbrille. Oben waren der Rahmen und die Gläser gerade, dann bildeten sie einen Halbkreis nach unten. Insgesamt waren die Brillengläser, die aus reinem Glas gefertigt waren, ziemlich schmal. Die Brille diente Jeremie lediglich als Schmuck. Er fand sich damit einfach gebildeter, was er eigentlich auch war. Sein Gesicht hatte im Vergleich zur Studienzeit ein paar mehr Falten bekommen, aber ich war ja auch größer und kräftiger geworden.

‘Hey, Jeremie! Mann, wir haben uns ja lange nicht mehr gesehen. Was machst du denn so? Was führt dich zu mir?’, begrüßte ich ihn überglücklich. ‘Wollt dich mal wieder besuchen, du alter Schlawiner. Fünf Jahre sind eine lange Zeit. Außerdem hab ich ein interessantes Angebot für dich’, gab Jeremie zurück. Dadurch, dass sowohl ich als auch Jeremie ständig unterwegs waren, hatten wir uns seit gut fünf Jahren nicht mehr gesehen. Aber natürlich sind wir per Brief und Telefon in Kontakt geblieben.
Ich ließ meinen alten Jugendfreund eintreten und machte ihm einen schönen Feigen-Datteltee aus Feigen- und Dattelblüten, sein Lieblingstee. Wir redeten lange über alte Zeiten, über das, was wir in den letzten fünf Jahren gemacht hatten. Wir klönten und schnackten. Als die Nacht fiel, und sie fiel wirklich fast von jetzt auf gleich, kamen wir dann irgendwie auf Jeremies Angebot zu sprechen. Die letzten drei Monate war er bei Ausgrabungen in Gizeh. Dort hatten sie eine neue, unbekannte Pyramide entdeckt. ‘Nach ersten Berechnungen ist die Pyramide über zweitausend Jahre alt’, sagte Jeremie. ‘Wir haben sogar schon die Grabkammer gefunden, aber noch nicht öffnen können. So, wie wir die Inschriften verstanden haben, muss dort der Berater des Pharao begraben sein. Leider konnten wir noch nicht feststellen, welchem Pharao er gedient hatte, da dieses Stück beim Öffnen der ersten Kammer so sehr beschädigt wurde, dass man es nicht mehr lesen kann.’ Ich hörte interessiert zu. Als Jeremie von Löwen in schwarzen Kapuzenumhängen auf schwarzen Pferden erzählte, wurde es erst richtig interessant. Die Mähne der Löwen soll schwarz gefärbt und zu Zöpfen zusammengebunden gewesen sein, im Rastalook mit weißen Perlen oder so. ‘Die griffen uns doch tatsächlich an, meistens Nachts, wenn wir schliefen. Scheint so, als ob die nicht wollen, dass wir da arbeiten und Ausgrabungen vornehmen’, erzählte Jeremie. Wie mein Freund mir das so erzählte, geschah das gleich in er ersten Woche, in der zweiten Nacht. Drei Nächte lang ging das so, dann hatten die Archäologen das Camp aufgegeben, nachdem es nämlich die ersten Toten gab. ‘Auf beiden Seiten. Professor Dr. Dennis Fingan, ein Pinguin in meinem Alter, und, wie mir scheint, der Anführer dieses Wüstenvolks. Als die beiden starben, hielt einer der Angreifer sein Pferd an und faselte irgendetwas in seiner Muttersprache, was ich nicht verstand. Sofort

hielten alle anderen seines Stammes die Pferde an, stellten sich in einer Reihe, im Halbkreis hinter den, der die Befehlsgewalt übernommen hatte. Einer aus der Reihe stieg vom Pferd, ging zu seinem toten Anführer und hievte ihn auf dessen weißes Pferd, das einzige weiße Pferd. Der einzeln stehende Fremde befahl uns dann, diesen Ort zu verlassen, sonst würden sie in der nächsten Nacht wiederkommen und keinen mehr am Leben lassen. Er sprach erstaunlicherweise in ziemlich gutem, fast akzentfreien Englisch. Die Nacht über blieben wir noch im Lager. Die Klagelaute des Wüstenvolkes hörten wir noch die ganze Nacht über. Am nächsten Morgen bauten wir unter den wachsamen Augen der Fremden, die uns aus der Ferne zusahen, alles ab und zogen von dannen.'
'Und du hast keine Ahnung, was die wollten oder was für eine Sprache die gesprochen haben?' fragte ich, als Jeremie seinen Bericht beendet hatte. Doch der antwortete nur mit einem Kopfschütteln. 'Diese Sprache habe ich noch nie gehört. Was ich aber eigentlich fragen wollte: Hättest du Lust, mit mir noch einmal zu dieser Pyramide zu gehen? Ich wollte die Hieroglyphen noch versuchen zu entziffern und vielleicht noch die eine oder andere Grabbeigabe sicherstellen, bevor Grabräuber kommen.' Der Vorschlag klang in der Tat verlockend, immerhin war ich schon einige Male bei Ausgrabungen dabei gewesen. Doch dieses Löwenvolk wollte mir nicht aus dem Kopf gehen. Sie hatten bestimmt ihre Gründe, warum sie diese Pyramide bewachten und mit ihrem Leben schützten. Sie hatten auch unmissverständlich deutlich gemacht, dass sie nicht davor zurückschreckten, jeden Eindringling, der nicht auf sie hörte, zu töten. Was immer dieses Volk da bewacht, es muss sehr wertvoll sein, oder aber sehr gefährlich.
Jeremie bemerkte mein Zögern. 'Nun komm schon, es wird nicht lange dauern. Vielleicht einen Tag. Das wird dieses Wüstenvolk schon nicht mitbekommen', versuchte er mich zu überreden. Und ich Rindviech von einem Bären hab mich wirklich überreden lassen! Jedenfalls machten wir uns bereits am nächsten Morgen auf den Weg zu dieser Pyramide. Gegen Mittag waren wir dort. Von den Löwen hatten wir bis jetzt noch nichts gesehen, dennoch glaubte ich, hunderte von Blicken zu spüren, die uns kritisch und argwöhnisch anschauten. Jeremie bemerkte nichts oder er ignorierte es gekonnt, jedenfalls tänzelte er fröhlich vor mir her wie ein

kleines Kind, das sich freute, draußen toben zu dürfen. In der Beziehung hat sich Jeremie nicht verändert. Sicher, er kann konzentriert und ernst arbeiten, aber er kann auch im nächsten Moment ein kleines Kind sein.
Nach gut einem halben Tag waren wir endlich am Ziel unserer, wie sich bald herausstellen sollte, Albträume. In einer Sache hatte Jeremie allerdings Recht, die Pyramide war in der Tat ein Prachtstück. Für ihr Alter von über zweitausend Jahren war dieses Bauwerk in ziemlich gutem Zustand. Es schien fast so, als ob diese Pyramide von jemandem in Stand gehalten wurde, was gar nicht so abwegig ist, wenn du mich fragst. In der Nähe des Eingangs bauten wir unser Zelt für die Nacht auf, länger wollten wir auch gar nicht bleiben. Noch immer hatten wir von den Löwen keine Schwanzspitze gesehen. Dennoch hatte ich das Gefühl, dass jeder unserer Schritte argwöhnisch und mit ernsten Blicken verfolgt wurde. Das sagte ich Jeremie auch. Doch was hatte ich erwartet? Er schlug meine Bedenken in den trockenen und heißen Wind.
'Es geht doch alles gut. Was hast du? Komm, lass uns hineingehen, damit wir wieder rauskommen, wenn es noch etwas hell ist', meinte mein Freund nur und ging mit seiner Ausrüstung Richtung Pyramideneingang. Mit einem unguten Gefühl folgte ich. Bevor ich endgültig in der Pyramide verschwand, blickte ich noch ein letztes Mal über die weite Wüstenlandschaft und die Dünen in der Ferne, die hinter der flirrenden Luft lagen.
'Nun komm schon! Oder bist du festgewachsen?' Jeremies Stimme holte mich aus meinen Gedanken und unguten Gefühlen, in denen ich mich verloren hatte. Mein Freund hatte bereits die relativ große Halle, die uns fast direkt hinter dem Eingang aufnahm, durchquert und wartete nun auf der anderen Seite auf mich. Seine Fackel hielt er hoch erhoben, damit auch ich etwas sehen konnte. Zwar reichte das karge Licht bei weitem nicht aus, um die gesamte Halle zu erleuchten, aber wenigstens schaffte es es, dunkle und graue Schatten zu erschaffen. So konnte ich meinen Weg zu Jeremie mehr oder weniger erahnen.
'Na endlich. Ich dachte schon, du wolltest doch noch kneifen', flüsterte mir Jeremie zu, als fürchte er, wir würden belauscht. Aber wenn es nicht das Löwenvolk war, das uns belauschen könnte, dann konnten es nur die vermoderten Mumien in dieser Pyra-

mide sein, was ich allerdings für unwahrscheinlich hielt. Der Gang, vor dem wir jetzt standen, ging ziemlich steil nach unten. Zum Glück hatten die damaligen Architekten Treppen nach unten gebaut, enge, unebene Treppen, aber Treppen. Vorsichtig und dicht bei dicht wagten wir den Abstieg. Jeremie ging voran. Mit erhobener Fackel leuchtete er uns voraus. Je tiefer wir kamen, desto mulmiger wurde mir. Ich sagte aber nichts, Jeremie würde ja doch nur lachen und es als übertriebene Angst abtun. Die Luft hier unten war alt, stickig und verbraucht. Sie roch nach Tod, wie in den meisten Pyramiden, die geöffnet wurden. Und doch war diese hier irgendwie anders. Gut, die Malereien an den Wänden waren zwangsläufig anders, immerhin waren es keine Menschenpyramiden. In diesen Pyramiden wurden meistens die Nilpferdpharaonen, die Nili Ramses beerdigt. Demnach waren die meisten Bilder der in den Pyramiden Beerdigten grüne Nilpferde. Doch hier war das anders. Erst ziemlich spät, als wir schon die zweite Halle am Fuße der Treppe durchquert hatten, fiel mir auf, dass die Zeichnungen anders waren. Es waren keine Nilpferde, nein, es waren Hyänen. Wem auch immer dieses Grab gehörte, er war bestimmt kein Nilpferd.
Am anderen Ende der zweiten Kammer, die etwas kleiner war als die Erste, standen wir in einer Sackgasse. Doch Jeremie schien das nicht zu beeindrucken. Er ging zielstrebig auf die Wand zu, schaute sich die Schriftzeichen genauer an, drückte dann auf das von Anubis und plötzlich öffnete sich die Wand. Ich war beeindruckt, aber irgendwie hatte ich das auch erwartet. Jeremie ist in Ägyptologenkreisen bekannt dafür, keine einzige Wand in einer Pyramide zu zerstören. Daher ist er bei möglichen Geldgebern auch überhaupt nicht beliebt, da seine Ausgrabungen immer so lange dauern, meist doppelt so lange wie bei seinen Kollegen. Dafür sind seine Ergebnisse meist besser, präziser und ertragreicher.
Jedenfalls öffnete Jeremie die Wand vor uns und wir traten in eine dritte Kammer, von der drei Gänge abgingen. In dieser Kammer lagen schon die ersten Artefakte, die zu groß waren, um sie ohne weiteres mitnehmen zu können. Genau in der Mitte stand eine überdimensionale Statue. Dadurch war in der Kammer kaum mehr Platz für andere Dinge. Kleinigkeiten hatten am Fuße der Statue gelegen, so sagte mir Jeremie. Meist waren es Schmuckstücke und

ein Speer mit einem Katzen- oder Löwenkopf als Griff. Doch diese Dinge waren bereits entfernt worden. Interessanterweise befand sich über jedem der drei Eingänge ein Abbild eines Tieres. Links von mir zum Beispiel war ein Bild einer Hyäne, in der Mitte das erste Nilpferd, das ich hier sah. Es sah Nili sehr ähnlich. Über dem Eingang zu unserer Rechten war ein Löwe mit Rastalocken und Umhang auf einem Pferd. Ich hatte damit gerechnet, dass Jeremie den Gang mit der Hyäne nimmt, da in dieser Pyramide so viele Hyänen zu sehen waren. Doch ich täuschte mich, er nahm den Gang zu unserer Rechten, den, mit dem Löwen drüber.
Je weiter wir diesen Gang gingen, desto mehr merkte ich, dass es der richtige Weg zur Grabkammer war. Die Schriftzeichen waren unverkennbar. Zwar stand nicht direkt: 'Weg zur Grabkammer, bitte hier lang', aber die Zeichen sprachen eindeutig dafür, dass wir auf dem richtigen Weg waren. Wir kamen an anderen Abzweigungen vorbei, bogen mal hier und mal dort ab. Jeremie schien genau zu wissen, wo wir lang mussten. Ohne Zweifel führte er mich durch die Pyramide. Doch irgendwann standen wir wirklich vor einer Sackgasse.
'Hinter dieser Wand ist vermutlich die Grabkammer.' Das letzte Wort sagte er so, als würde noch ein 'Aber' kommen. Und dieses 'Aber' kam. 'Leider hab ich keine Ahnung, wie wir da rein kommen', fügte Jeremie nach einer kurzen Pause noch hinzu. 'Wir könnten ja einen der Löwen fragen', meinte ich. Es sollte eigentlich ein Scherz werden, aber mit Jeremies Reaktion hätte ich nicht gerechnet. 'Löwen? Was für Löwen? Sind die hier?', fragte er, während er sich voller Panik im Raum umsah. Ich versuchte ihn zu beruhigen: 'Jeremie. Jeremie! Jeremie! Hör mir zu, das war nur ein Scherz. Außer uns beiden, dem Staub und den Mumien ist niemand hier', rief ich. Langsam beruhigte sich mein Freund wieder. 'Das find ich überhaupt nicht komisch!', sagte er schließlich. 'Tschuldigung. Konnt ja nich ahnen, dass dich das so erschreckt', sagte ich reumütig. 'Schon gut. Vergessen wir das. Überlegen wir uns lieber, wie wir in die Kammer dahinter kommen.' Jeremie hatte recht. Je schneller wir in die eigentliche Grabkammer kamen, desto schneller würden wir hier auch wieder wegkommen. Und Jeremie würde sowieso nicht eher hier weg wollen, bis er die Mumie, die hier begraben lag, gefunden hatte.

So untersuchten wir die fragliche Wand Zentimeter um Zentimeter. Wir berührten jedes Steinchen, jedes Auge, jede Nase. Der Erfolg blieb aber aus. Deprimiert setzte ich mich an die Wand. Ich wollte hier raus. Jeremie wollte aber noch nicht aufgeben. Er probierte es noch weiter, blieb aber immer noch ohne Erfolg. Ich stellte mir gerade vor, was passieren würde, wenn das Löwenvolk uns hier finden würde. Plötzlich hörte ich Stimmen. Sie raunten und flüsterten dicht an meinem Ohr. Erschreckt schaute ich mich um. War hier jemand? Ich verstand nicht, was die Stimmen hauchten. Die Sprache kam mir seltsam fremd, aber doch irgendwie bekannt vor. Bei genauerem Hinhören merkte ich aber, dass es nur eine Stimme war. Ich kannte die Stimme nicht, doch glaubte ich, sie gehörte einem männlichen Lebewesen. Je länger und intensiver ich zuhörte, desto vertrauter wurde mir die Sprache. Auf einmal verstand ich sie. 'Das Auge der großen Hyäne. Öffne die Tür, befreie mich', sagte die Stimme. Wie hypnotisiert ging ich auf die Wand zu, drückte Jeremie beiseite. Mein Freund schien etwas zu sagen, verwirrt, besorgt, verärgert. Ich weiß es nicht, ich bekam es gar nicht mit. Die große Hyäne in der Mitte der Wand suchte ich. Das Auge, ein blauer Saphir. Vorsichtig berührte ich den Stein. Nichts geschah. Ich drückte doller. Wieder nichts. Dann schließlich schlug ich vor Wut mit der geballten Faust auf das Auge.
Schwerfällig und knarzend schob sich die Wand auf und hinterließ einen Durchgang. Ein ziemlich muffiger Geruch strömte uns als Erstes entgegen. Jeremies gepresstes 'Wow!' brachte mich wieder in die Realität. Die Stimme verschwand. Und auf die Frage meines Freundes, wie ich das gemacht hatte, konnte ich nur mit den Schultern zucken. Ich hatte keinen blassen Schimmer, was geschehen war. Es schien so, als ob irgendjemand wollte, dass wir in die Grabkammer gingen.
Auf jeden Fall war der Weg jetzt frei und wir traten ein. Jeremie ging wie immer vor. Die Kammer war fantastisch. In der Mitte stand der Sarkophag. An dem einen schmalen Ende des Sarkophags stand wieder so ein Löwe mit Rastalocken und einem Schwert mit Katzenkopf als Griff. Die Statue hatte einen bösen, ernsten Blick, so ganz nach dem Motto: 'Noch einen Schritt weiter und ich zerteile dich in zwei Hälften!'. In der Tat sah dieser Löwe so aus, als wollte er jeden Augenblick auf einen lossprin-

gen. Die beiden Löwenstatuen rechts und links neben dem Eingang bemerkten wir erst, als wir im Raum waren und zur Tür blicken konnten. Auch diese beiden Löwen sahen nicht gerade freundlich aus. Es schien so, als ob uns diese Statuen nicht in diesem Raum haben wollten. Auch die beiden Löwen am Eingang waren bewaffnet, ebenfalls mit Schwertern. Einer hatte sogar eine Peitsche bei sich, wie es aussah, fein säuberlich am Hosenbund befestigt. Jeremie beeindruckten die drei Löwen nicht, im Gegenteil. Fasziniert sah er sie alle drei ausgiebig an. Ich hatte kein gutes Gefühl. Wir sollten eigentlich gar nicht hier sein. Doch es war sinnlos, Jeremie davon überzeugen zu wollen, er würde ja doch nicht hören. Um meine Gedanken abzulenken, ging ich auf den Sarg zu, der in der Mitte stand. Erstaunlicherweise gab es in dieser Grabkammer keinerlei Grabbeigaben, keine Kleidung, keine Spuren von Essensresten, kein Schmuck, keine Waffen. Nur der Sarkophag und die drei Löwenstatuen. Ansonsten war die Kammer leer. Nur die Wände waren voller Hieroglyphen und Zeichnungen. Genau wie der Sarg. Diese Tatsache blieb auch Jeremie nicht verborgen. 'Merkwürdig. Wieso gibt es in dieser Kammer nichts außer drei Statuen und dem Sarkophag? Das ist doch nicht normal', murmelte er mehr für sich. 'Wie dem auch sei. Mal sehn, was der Sarkophag so hergibt.' Mit diesen Worten kam er zu mir, legte seine linke Hand auf meine rechte Schulter und schaute interessiert auf das massige Steingebilde vor uns.
Ich versuchte zu entziffern, was auf dem Sarg stand. Mein Altägyptisch war leider nicht das Beste, weswegen ich auch kein Ägyptologe wurde, sondern nur Fremdenführer. 'Aluka liegt hier zu Grabe, bewacht von den Tefnut über den Tod hinaus. Hütet euch vor dem Fluch', las Jeremie in unserer Sprache vor. Ein Fluch? Wenn man den Filmen trauen darf, so sollte man lieber nicht in der Nähe sein, wenn es um ägyptische Flüche geht. Doch Jeremie sagte nur: 'Papperlapapp. Es ist wissenschaftlich nachgewiesen, dass es bei den meisten Ausgrabungen keinen Fluch gab. Meist waren nur natürliche Phänomene Schuld an den Unglücken und das ist Berufsrisiko. Mir ist jedenfalls noch kein Fluch untergekommen. Komm, hilf mir lieber mal, den Deckel zu öffnen.' Mit aller Kraft machte sich Jeremie am Sargdeckel zu schaffen. Es war einfach zwecklos, Jeremie davon überzeugen zu wollen,

von hier zu verschwinden. Neugierig ging er einmal um den Steinsarg herum, um vielleicht irgendwo einen Öffnungsmechanismus zu finden. Doch er hatte keinen Erfolg.
'Nun mach doch mal ein bisschen mit hier. Muss ich denn alles alleine machen?', drängte er mich. So schaute auch ich mir den Sarg an, ohne etwas Bestimmtes zu suchen. Besonders interessierte mich der Deckel, von dem Jeremie vorgelesen hatte. Auf dem Deckel war das Relief einer Hyäne zu sehen, die mit ihren Vorderpfoten etwas Rundes hielt. Um die Hyäne waren die Schriftzeichen, die Jeremie übersetzt und vorgelesen hatte. Diese Zeichen interessierten mich allerdings wenig. Der Kreis, den diese Hyäne zu halten schien, hatte mein Interesse geweckt. Er sah von der Farbe her fast genauso grau aus wie der Stein, aus dem der Sarg war. Ich weiß nicht, was mich dazu trieb, aber ich musste diesen Kreis einfach anfassen. Er fühlte sich kalt an, gar nicht wie Stein, eher wie Metall. Vorsichtig versuchte ich das Amulett zu lösen und zu entfernen. Ich drehte und zog leicht daran, bis ich es plötzlich in den Tatzen hatte.
Von jetzt auf gleich brach ein mörderischer Sandsturm in der Grabkammer aus. Die Fackel, die Jeremie am Eingang neben der Tür befestigt hatte, ging aus und ließ uns in völliger Dunkelheit, die allerdings nicht lange anhielt. Lichthyänen schwebten plötzlich durch den Raum. Sie füllten auf einmal die ganze Kammer aus. Aber das war noch nicht das Schlimmste. Die hässliche Fratze, die sich plötzlich über dem Sarg in der Mitte abzeichnete, wurde immer größer und überragte bald alle anderen Hyänen. 'Ihr Narren!' Die Stimme dieser Riesenhyäne war nicht von dieser Welt. Sie klang so nah und doch so, als würde sie aus einem anderen Raum kommen. Das bösartige Lachen ließ mich auf der Stelle gefrieren, das Amulett noch immer in meiner Tatze. Auch die anderen Hyänen stimmten in dieses gemeine Lachen ein.
Jeremie war es, der die Initiative übernahm. Brüllend vor Angst lief er um den Sarg herum, auf mich zu und zog mich nach draußen. Für mich handelte Jeremie in Zeitlupe und ohne Ton. Ich ließ einfach geschehen, was er mit mir machte. Im Stockdunkeln rannten wir aus der Pyramide, stießen hier und da gegen Gegenstände. Mein Freund schien auch im Dunkeln genau zu wissen, wo wir lang mussten. Später erklärte er mir, er sei immer

der Nase nach gegangen; je näher wir dem Ausgang kamen, desto besser wurde die Luft. Endlich zeichnete sich der rechteckige Eingang in der Dunkelheit ab. Der Schatten, der dort im Licht stand, kümmerte uns nicht, obwohl wir ihn sahen. Wie die Besengten rasten wir an der Gestalt, die sich als Löwe herausstellte, vorbei, vorbei an den anderen Löwen, an unserem Zelt, in den Jeep, mit dem wir gekommen waren. Der Schlüssel steckte noch und irgendwie schaffte es Jeremie, den Motor in Gang zu bringen. Als ob der Teufel persönlich in seinem Nacken säße, wendete er den Wagen, fuhr dabei fast eines der schwarzen Pferde samt Reiter um und fort waren wir. Der Reiter konnte sein Pferd gerade noch rechtzeitig aus dem Weg lenken. Wütend wieherte es. Erst vor meinem Zelt machten wir halt, völlig außer Atem, schwitzend und frierend, zitternd vor Angst. 'Was in Dreiteufelsnamen war das?', fragte Jeremie, der als Erster die Stimme wiederfand. 'Ich hab doch gesagt, wir sollten nicht dort sein. Aber du hörst ja nicht', antwortete ich pikiert, aber mit belegter Stimme. 'Wer hat denn dieses Ding vom Sarg entfernt?', echauffierte sich Jeremie. 'Nun mach aber mal halblang. Wenn ich das Amulett nicht entfernt hätte, dann hättest du es früher oder später gemacht!', konterte ich wütend. Das hatte gesessen, denn Jeremie wusste genau, dass ich recht hatte. 'Tut mir leid, war nicht so gemeint', sagte er schließlich und wir waren wieder versöhnt. Zur Beruhigung der Gemüter kochten wir uns einen Dattel-Feigentee und aßen Kekse dazu. Das, was wir in der Pyramide erlebt hatten, taten wir schon bald als Hirngespinst und Streich unserer Nerven ab. Wir gingen dazu über, uns das Amulett anzuschauen. Es war fein gearbeitet, etwa ein oder zwei Zentimeter dick und von beiden Seiten mit Relief. Hieroglyphen verliefen vom Rand wie ein Schneckenhaus nach innen in die Mitte. Auf der anderen Seite des Amuletts war eine Hyäne und eine Gemse abgebildet, die beide von einem Nilpferd getreten wurden. Das Nilpferd sah Nili ziemlich ähnlich und die Hyäne war dieselbe wie in der Pyramide. Nur die Gams kam uns spanisch vor, dabei war sie, wie sich später noch herausstellte, französisch. 'Was steht da?', wollte ich wissen. Jeremie versuchte, die Schriftzeichen zu entziffern. 'Aus ... Reich? ... men, ins ... der ... sehn? oder gehen?, ... ewig', stammelte er. Ich verstand kein Wort. 'Das Amulett ist so schmutzig und verstaubt,

dass es erst einmal gründlich gereinigt werden muss. Aber heute nicht mehr', meinte Jeremie schließlich, legte das Medaillon beiseite und ging zum Wassertrog, um sich für die Nacht fertig zu machen. Auch ich machte mich bettfertig.
Mein Schlaf war unruhig und schlecht. Wilde Träume trieben mir den Angstschweiß auf die Stirn. Ich sah ein Heer von Hyänen auf Nilis Palast zustürmen, angeführt von jener Hyäne, die wir schon in der Pyramide als übergroßen Kopf gesehen hatten. Wieder hörte ich das grauenvolle Lachen und die Worte 'Ihr Narren!'. Mit einem Angstschrei wachte ich auf. Wie sich herausstellte, hatte auch Jeremie schlecht geträumt. War es nun Zufall oder Magie? Jedenfalls wachten wir beide zur selben Zeit schweißgebadet und schreiend auf. Wir sahen uns gegenseitig an und wussten, dass wir dasselbe geträumt hatten. So schnell wir konnten, wuschen wir uns, putzten die Zähne und gingen schnurstracks ohne Frühstück in Nilis Palast.
Zu unserer Erleichterung stellten wir fest, dass keine Hyänenarmee auf dem Weg zum Schloss war. Dennoch erwartete uns eine unangenehme Überraschung, als wir in Nilis Schloss ankamen. Die zwei schwarzen Pferde, die im Holzstall standen, hatten wir gar nicht bemerkt. Als wir dann in Nilis Gemächer gebracht wurden, fiel uns doch glatt die Kinnlade runter. Da waren doch tatsächlich zwei Löwen mit schwarzen Rastalocken, die vor Nili auf einem Kissen saßen. Die beiden Löwen waren scheinbar unterschiedlich alt. Der Jüngere der beiden stand mit einem Satz auf und zog sofort sein Schwert. Hätte Nili ihn nicht aufgehalten, wäre er bestimmt auf uns beide losgegangen. 'Halt!', brüllte er. Nilis Stimme, Nilis Befehl hallte tausendfach von den Wänden wider. Der junge Löwe mit dem Schwert in der Pfote hielt inne. Sein Blick blieb aber genauso finster wie zuvor. 'Diese beiden Idioten sind daran Schuld, dass Aluka aus der Unterwelt zurückkehren konnte!', sagte der Löwe mit scharfer Zunge. „Erstens: niemand nennt meine Gäste Idioten, auch wenn sie die größten sein sollten!', sagte Nili mit gebieterischer Stimme. Der junge Löwe wollte unterbrechen, doch Nili fuhr mit noch lauterer Stimme fort: „Zweitens: Niemand greift meine Gäste an, ob nun nur mit der Hand oder mit dem Schwert! Drittens: Was bringt es uns, wenn du die beiden umbringst? Aluka verschwindet nicht wieder

in der Unterwelt, nur weil du die beiden Nießtüten umbringst!' Hatte ich gerade richtig gehört? Hatte uns Nili wirklich Nießtüten genannt? Das war ja wohl die Höhe!
'Wie ihr meint, mein Pharao', sagte der junge Löwe schließlich, ließ sein Schwert in die Scheide zurückgleiten und fiel vor Nili auf die Knie wie ein unterwürfiger Diener. Mit einem milden Lächeln ließ Nili den jungen Löwen, den er Aura nannte, aufstehen. 'Tapsi, wollt ihr beide euch nicht auch setzen? Da drüben liegen noch zwei Kissen', sagte Nili zu uns gewandt. Jeremie war als Erster bei den Kissen und brachte mir eins mit. 'Aura. Was ist das denn für ein Name?' murmelte er so vor sich hin. 'Aura ist Hebräisch und bedeutet Licht!', sagte Aura ungehalten. Um die dicke Luft im Raum etwas abzukühlen, rief Nili Akira herein. Akira, ein Hyänenmädchen, war für das leibliche Wohl von Nili zuständig, sie brachte die Speisen von der Küche zu Nili. 'Akira, wärst du bitte so nett und bringst meinen Gästen ein Glas eisgekühlten Früchtetee mit Honig?' Akira verbeugte sich und verließ den Raum wieder. Nach einer Weile kam sie mit einem Tablett mit Gläsern wieder. Natürlich waren die Teegläser vom allerfeinsten, edelste Glasverarbeitung mit Skarabäeneinschluss. Um das Glas war ein silberner Ring, der zu einem Henkel wurde. Verziert war der gut drei Zentimeter breite Ring mit Rubinen, Saphiren und Diamanten. Zwischen den einzelnen Steinen, die abwechselnd auf dem Silber befestigt waren, stand jeweils ein ägyptisches Schriftzeichen. 'Ähm, Nili, haben diese Schriftzeichen irgendeine Bedeutung?', fragte ich, obwohl ich wusste, dass auch Jeremie das hätte sagen können. Mit etwas Mühe hätte ich es auch selbst lesen können, doch dazu ging mir im Moment zu viel durch den Kopf. Nili nickte: 'Ja, auf den Gläsern steht mein Name, Pharao Nili Ramses III', gab Nili zur Antwort. 'Jeder Pharao bekommt sein eigenes Geschirr mit seinem eigenen Namen. Und nur die Nili Ramses dürfen Diamanten in ihr Geschirr einarbeiten lassen. Und Nili Ramses dürfen sich nur die grünen Nilpferde in der Familie nennen, die werden sehr selten geboren. Nun aber zu euch. Was habt ihr beiden angestellt in der Pyramide von Aluka?' Doch noch bevor wir antworten konnten, stürmte ein Zebra im Galopp ins Zimmer. Aufgeregt rief es: 'Wir sind umstellt, wir sind umstellt! Hunderte von Hyänen, eine richtige Armee. Draußen vor den Toren. Wachposten Lina schickt mich.'

Sofort war Nili am Fenster und schaute nach draußen. Noch nie hatte ich Nili so bleich im Gesicht gesehen wie in diesem Augenblick. Auch wir schauten durch das Fenster nach draußen. Was wir sahen, traf uns wie ein Stich ins Herz. Genau diese Szene hatten wir in unserem Traum gesehen. Hunderte von Hyänen auf dem Weg zum Palast. 'An die Waffen!', brüllte Nili und war als Erster aus dem Zimmer. 'Alle waffenfähigen Jungen und Männer an die Waffen und zu den Toren!' Wir folgten Nili, der uns in die Waffenkammer im Keller führte. Die beiden Löwen folgten uns nicht, wahrscheinlich waren sie bereits auf dem Weg zum Tor. Noch etliche andere Tiere waren uns zur Waffenkammer gefolgt, Schimpansen, Elefanten, Leoparden, Nilpferde, Warzenschweine und Schakale. Akira lief uns über den Weg. 'Akira, bring meine Familie hier heil raus, du kennst das Versteck', sagte er zu der Hyäne und lief weiter zur Waffenkammer. Dort gab er uns je eine Rüstung, die erstaunlich leicht war, ein Messer und ein Schwert. Jeremie nahm noch eine Steinschleuder und verfaultes Obst und Eier, trotz Nilis Kommentar, dass das kaum etwas bringen würde. Schon waren wir unterwegs zu den Ställen, wo noch etliche Pferde, zumeist Araber, standen. Jeremie bekam ein braunes Pferd. Ich hingegen bevorzugte José, das kleine, braun-weiß-schwarz gescheckte Pony in der Ecke. Ich konnte Pferde noch nie besonders leiden. Das Pony aber kannte ich schon und es kannte mich. Anders war das bei Jeremie und seinem Araberhengst, er hatte ausgerechnet den wildesten im Stall erwischt. Mit wildem Gebrüll ritt Nili voran. So hatte ich Nili noch nie gesehen, er war richtiggehend sauer. Mein Pony stapfte munter hinterher. Es schien sich zu freuen, endlich mal wieder ausreiten zu dürfen. Nur Jeremie ritt in die verkehrte Richtung. 'Hee, verdammt, wo läufst du denn hin, du blödes Pferd, da lang, da.' Schon lag Jeremie wieder auf dem Boden der Tatsachen und musste seinem Pferd hinterher rennen. 'Warte, du blödes Pferd, bleib sofort stehen!', schrie er unentwegt. Dann verschwand er aus meinem Sichtfeld.
Ich folgte Nili. Als wir unten am Tor ankamen, war schon eine ganze Armee von Löwen dabei, gegen die Hyänen zu kämpfen. Aber im Vergleich zur Hyänenarmee war die Armee der Löwen ein Witz. Die Löwen kämpften fast wie Götter, dennoch wurden die Hyänen nicht weniger. Jedes Mal, wenn eine Hyäne halbiert,

oder ihr der Kopf abgeschlagen wurde, hat sie sich wieder zusammengeflickt und ritt weiter, als wäre nie etwas geschehen. 'Nehmt euch die Kamele vor. Die Hyänen bringen nichts!', rief Nili schließlich über das Kampffeld. Und so kümmerten wir uns um die Kamele, auf denen unsere Angreifer ritten. Doch auch das hatte keinen Erfolg, die Kamele waren scheinbar genauso tot wie ihre Reiter. Plötzlich sah ich eine Hyäne mit einer zum Schlag ausgeholten Pfanne, die mit Kampfgeschrei direkt auf mich zugerannt kam, ohne Pferd, ohne Kamel. Ich holte mit meinem Schwert zum Schlag aus, schlug zu

und verfehlte die Hyäne, die an mir vorbei rannte und einer anderen Hyäne hinter mir die Pfanne vor den Kopf schlug. Der Reiter auf dem Kamel, der mich fast erschlagen hätte, blieb verdattert stehen, nicht etwa, weil ihn die Pfanne getroffen hatte, die war durch seinen Kopf hindurchgesurrt, sondern weil sie von einer Hyäne angegriffen wurde! So schnell ich konnte, griff ich mir die Hyäne mit der Pfanne, die genauso verdattert dastand wie die andere, zog sie auf mein Pony, das unwillig schnaubte und sah zu, dass ich Land gewann. Neben mir lief ein Strauß, der immer wieder versuchte, eines der Kamele zu treten, ebenfalls mit mäßigem Erfolg.

'Rückzug!', hörte ich Nilis Stimme über das gesamte Kampfesgetummel hinweg. 'Rückzug!', wiederholte er mehrmals, bis sämtliche Pferde auf dem Rückmarsch waren. Da der Weg zum Palast von Geisterhyänen abgeschnitten war, die uns durchaus verletzen konnten, wie ich später feststellen sollte, blieb nur die Flucht nach vorn. 'Über den Nil!', brüllte Nili kurz vor der Heiserkeit. So versuchte sich jeder irgendwie zum Nil durchzuschlagen, was die Hyänen natürlich mit aller Macht zu verhindern versuchten. Ich hatte den Fluss schon fast erreicht, als ich Nili hinter mir vor Wut brüllen hörte. Ich wendete mein Pony und hielt es an. Ich sah Nili umringt von fünf, sechs Hyänen, alle mit erhobenen Schwertern. Wie ein Berserker versuchte Nili sich gegen die Angriffe zu wehren, hatte aber kaum eine Chance.

Was dann geschah, überraschte nicht nur die Hyänen. Wie aus dem Nichts lief plötzlich ein braunes Pferd im wilden Galopp auf die kleine Gruppe von Hyänen zu. Diese bemerkten das Pferd und dessen Reiter, der verkehrtherum auf dem Pferd saß und

versuchte, sich krampfhaft am Schwanz des Tieres festzuhalten, gar nicht. Zu sehr waren sie mit ihrem Opfer beschäftigt. Wie eine Kanone kam das braune Pferd auf die kleine Gruppe zugerast. Es folgten ein dumpfes 'Rums' und ein wütendes und erschrecktes Gebrüll. Zwei Kamele fielen samt Reiter um, die drei oder vier anderen liefen panisch davon, zwei von ihnen ohne Reiter. Die zwei Kamele, die umgefallen waren, rappelten sich wieder auf und rannten ebenfalls davon. Die drei Hyänen, die abgeworfen worden waren, rannten hinterher, während sich die restlichen Hyänen krampfhaft an ihren Tieren festhielten, um nicht herunterzufallen. Jeremies Pferd hingegen stürmte auf den Nil zu. Mit einem Satz war es im Wasser, es spritzte Jeremie bis zum Kopf. Natürlich hatte sich das Pferd ausgerechnet die Stelle ausgesucht, an welcher der Nil am tiefsten wird. Mein Freund konnte sich nicht mehr lange auf seinem Tier halten und fiel ins Wasser. Das Pferd, das übrigens Falak hieß, galoppierte auf die andere Seite des Flusses und blieb dort endlich mit dem Vorderhuf stampfend stehen. Jeremie musste zum anderen Ufer schwimmen.
Nili steuerte sein Pferd unterdessen ebenfalls auf den Fluss zu. Auch ich wendete mein Pferd wieder, wartete aber noch auf Nili. Gemeinsam überquerten wir den Nil. Wir bekamen vorübergehend bei Balthasar Asyl, um dort die nächsten Schritte planen zu können. Doch da ging das Gebrüll schon los: 'Stinkende, schmutzige Hyänen kommen mir nicht in meinen Palast!', brüllte Balthasar. Ich sah mich um, ehrlich gesagt konnte ich weder einen Palast, noch eine stinkende, schmutzige Hyäne ausmachen. Nili stieg unterdessen von seinem Pferd und trat an Balthasar heran. Mit ruhigen Worten sagte er: 'Da hat mein Koch Samson ja Glück. Er ist weder schmutzig, noch stinkt er.' Widerwillig ließ Balthasar uns vier passieren. Die Hyäne behielt er aber im Auge. Ich sah, wie einige der schwarzen Löwen Wunden zu verbinden schienen. Scheinbar waren sie von den Hyänen verletzt worden.
Doch ich hatte nicht die Zeit, genauer hinzusehen, denn schon wurden Jeremie und ich, kaum dass wir vom Pferd gestiegen waren, von Nili an den Ohren in Balthasars Zelt gezogen. Mit Gezeter und Gejaule gingen wir zwangsläufig mit. 'So, ihr beiden Rindviecher! Nun zu euch! Was habt ihr angestellt?', donnerte Nili sauer, als er uns in das größte Zelt geschubst hatte. 'Nichts', stam-

melte Jeremie, der mit dem Rücken auf dem Boden lag, die Arme angewinkelt, um den Oberkörper aufrichten zu können. 'Das könnt ihr mir nicht erzählen! Wo kommen diese verdammten Geisterhyänen denn her?' 'Ich weiß es nicht!', schrie Jeremie vor Wut und Angst. Im weiteren Gespräch, das etwas ruhiger verlief als der Anfang, stellte sich heraus, dass ich die Hyänen aufgeweckt hatte, indem ich das Amulett vom Sarg entfernte.
Wir waren mitten im Gespräch, als draußen im Lager ein schrecklicher Tumult ..."

Die letzten Worte von Tapsi wurden von einem lauten Motorknattern verschluckt. Neugierig gingen Tapsi, Murmli, Diablo und Strolch auf den Ausgang der Halle zu. Als sie raus kamen, sahen sie einen Hubschrauber über der Halle schweben. Langsam senkte er sich nach unten. Das Wappen von Balthasar war auf dem Helikopter zu sehen. Doch als der Hubschrauber noch tiefer kam, konnte man erkennen, dass das Wappen nachträglich draufgepappt wurde. Das Gefährt gehörte nämlich eigentlich Nili, der es, wie man noch über den Motorkrach hörte, ganz und gar nicht toll fand. Doch Balthasar sagte nichts. Im Gegenteil, er klammerte sich krampfhaft an den Helikopter und jaulte vor Angst. Wenn er eins hasst, dann ist das Fliegen.
Als sie endlich festen Boden unter den Pfoten hatten, war es Balthasar, der als Erster ausstieg. Nili und Anhang folgten, dann Brülli und Loi. Jack war der letzte, der ausstieg. Er war sichtlich enttäuscht, dass der Flug schon vorbei war. Gemeinsam gingen sie wieder in die Halle. Die Neuankömmlinge hatten natürlich erst einmal Hunger. Balthasar brauchte als Erstes einen kräftigen Kaffee, schwarz versteht sich. Danach gesellten sich die Neuankömmlinge zu Diablo, Strolch, Murmli und Tapsi, der bereits ...

... weiter erzählte: „Der Tumult, der damals im Lager ausbrach, kam natürlich nicht von Hubschraubern, sondern vielmehr von Stimmen. 'Hey, sie können da nicht rein. Das ist das Privatzelt der königlichen Familie!', hörten wir jemanden brüllen. 'Lassen sie mich durch oder ich lasse sie höchstpersönlich zu den hungrigen Pavianen sperren!', brüllte ein anderer. Kurz darauf wurde der Vorhang, der als Tür diente, beiseite geschoben und ein Löwe mit schwarzen

Rastalocken und schwarzem Kapuzenmantel trat ein. Balthasar war über diese Störung reichlich ungehalten. Hinter diesem fremden Rastalockenlöwen trat noch ein Löwe ein. Er war gut einen Kopf kleiner als der Erste, hatte leicht gewelltes, sandgelbes Mähnenhaar und das königliche Wappen auf dem Stück weißem Stoff, das Bauch und Rücken bedeckte und Spaghettiträger hatte. 'Es tut mir leid, mein König, er ist einfach so an mir vorbeigestürmt.' stammelte der kleine Löwe, der noch recht jung aussah. 'Schon gut, Zakiras, du kannst dich entfernen, ich kümmere mich um unseren Besuch', entgegnete Balthasar, der den Löwen mit den schwarzen Haaren skeptisch ansah. Der junge Löwe machte unterdessen einen Knicks, stammelte etwas von 'Jawohl, eure Majestät', und war aus dem Zelt verschwunden. 'Ist sein zweiter Tag heute, er ist noch etwas unsicher', gab Balthasar zur Erklärung. 'Und nun zu ...', sagte er zu dem Fremden gewandt, bevor ihm die Kinnlade nach unten sackte. Auch uns packte das Staunen. Der fremde Löwe mit den merkwürdigen Haaren sah plötzlich irgendwie anders aus. Von Anfang an hatten mich die Haare des Löwen gestört. Sie wirkten so komisch, ich konnte nicht genau sagen, was es war. Doch als der Löwe plötzlich seine Mähne abnahm, wusste ich, was es war. Die Perücke des Löwen saß schief, als ob sie verrutscht war. Auf einmal hatte der Löwe eine rote Mähne. Ich kannte den Löwen, hatte ihn bei einem meiner früheren Besuche schon einmal kennen gelernt. Soweit ich mich erinnern konnte, war es Balthasars älterer Bruder. Aber wieso war er wie dieses Wüstenvolk angezogen?
'Lion?', fragte auch Balthasar erstaunt. 'Hi, Bruderherz, ich erkläre alles später. In ein paar Stunden müsste übrigens ein Team vom Big Ben Clan hier eintreffen. Die wollen uns helfen, diese Mumie wieder in ihr Grab zu legen, wo sie hingehört', fing Lion gleich, ohne irgendwelche Fragen abzuwarten, an zu erzählen. Während dieser Zeit versuchten wir uns schon einmal zu überlegen, wie wir gegen die Mumie vorgehen könnten. Lion und Balthasar hatten darum gebeten, sie alleine zu lassen. So wurden wir von Zakiras in ein Gästezelt gebracht. Was Lion und Balthasar allerdings zu besprechen hatten, erfuhr ich erst sehr viel später und Jeremie gar nicht.
Kurze Zeit nachdem wir ins Gästezimmer gebracht wurden, kamen noch fünf weitere Gäste in unser Zelt, drei Nilpferde und

zwei Huskys. Eins der drei Nilpferde war braun und hatte einen Tennisschläger bei sich. Es war etwas kräftiger gebaut als das andere kleine Flusspferd. Das dritte war das größte. Es trug einen riesigen, breiten, weißen Hut mit echten Blumen. Layla war das, Nilis Frau. Und die beiden kleinen waren Lou, der Tennisspieler und Junior, das Schwimmass. Die beiden Hunde kannte ich nicht. Der eine war schwarzweiß und trug ein rotes Halsband, der andere, kleinere war grauweiß mit schwarzen Ohren und trug kein Halsband. Er schien ziemlich fidel zu sein, während der Hund mit dem Halsband eher ruhig und geduldig schien. 'Ich halte diesen Köter nicht mehr aus. Zum Glück muss ich mich jetzt nicht mehr um ihn kümmern. Hab ihn nur hierher bringen sollen und alleine auf diesem Weg hat er mir so viele Fragen gestellt, dass ich jetzt Löcher im Bauch habe!', klagte der junge Löwe, der die fünf in unser Zelt gebracht hatte. Nili sprang sofort auf und lief glücklich auf seine Familie und seine Gäste zu. Er war froh, dass sie heil rausgekommen waren. Dennoch mischte sich plötzlich Besorgnis in seinen Blick. 'Wo ist Akira?', fragte er besorgt. Layla sah ihren Mann betrübt an. Mit zittriger, belegter Stimme sagte sie, dass das Hyänenmädchen in der Gewalt der Geisterhyänen sei. Wütend ballte Nili seine Fäuste. 'Wenn ihr auch nur eine Kleinigkeit passiert, dann wasch ich diesen Hyänen den Kopf!', zischte der Pharao wütend durch die Zähne. 'Genau! Recht so', pflichtete ihm Jeremie bei. 'Und mit euch beiden fange ich an!', war Nilis Antwort auf Jeremies Kommentar. Entsetzt und verständnislos sah Jeremie den Pharao an, konnte einfach nicht verstehen, was er Falsches gesagt haben könnte.
Jedenfalls stand, als wir am nächsten Morgen aufstanden, ein neues Zelt neben unserem. Neugierig ging ich an diesem Zelt vorbei. Am Eingang war ein Zettel angebracht, auf dem in riesigen Buchstaben stand:

BITTE NICHT STÖREN, SONST SETZT ES OHRFEIGEN!!!

Darunter war ein kleiner Pfotenabdruck zu erkennen. Ich schätze, er war von einem Hund oder Wolf. Allerdings noch ein junger.
Der halbe Vormittag ging ins Land, da sich niemand so recht traute, die Bewohner des neuen Zeltes zu wecken. Außerdem waren die sechs erst spät in der Nacht angekommen. Dennoch herrschte jede Menge Betrieb im Lager. Den gesamten Vormittag kamen alle möglichen Leute, die von den Vorkommnissen gehört hatten und helfen wollten. Ein Elefant namens Rüssli, ein Nashorn mit dem Namen Nasi Hörnchen, eine Giraffe, die sich als Calle vorstellte. Dann kam da noch ein kleines, waschbärgroßes Tier, das bei genauerer Betrachtung wie ein Löwe aussah. Dieser 'Schrumpflöwe' stellte sich mir als Prinz Jack I. vor, Sohn von Balthasar III von Angst. 'Du wächst bestimmt noch', meinte ich, ohne mich über ihn lustig machen zu wollen. 'Ich hoffe, das war nur ein schlechter Scherz von dir!', zischte der kleine Löwe wütend. 'Ich bin im Oktober 27 Jahre alt geworden, ich bin sogar älter als mein Adoptivvater, was du ihm allerdings nicht unter die Nase reiben solltest, wenn du selbige behalten möchtest!' 'Entschuldigung, eure Hoheit, ich wusste nicht, dass Familie von Angst so schnell eingeschnappt ist', sagte ich in einem leicht verächtlichen Ton. Scheinbar war es etwas zu verächtlich, weil ich plötzlich eine Ohrfeige sitzen hatte und zwar für einen so kleinen Löwen eine ziemlich heftige. Völlig verwirrt hielt ich mir die Backe und murmelte: 'Entschuldigung. Ich bin zu weit gegangen.' 'Schon gut, ich hab auch etwas überreagiert', gab Prinz Jack zu.
Kurz vor dem Mittagessen gab es im Zeltlager – oder im königlichen Palast, wie mich König Balthasar belehrte – einen ziemlichen Tumult. An allen Ecken hörte man irgendjemanden fluchen: 'Passt doch auf, wo ihr hinlauft!', oder: 'Habt ihr keine Augen im Kopf?', oder: 'Hier wird nicht gerannt!', oder: 'Das chinesische Porzellan bezahlt ihr uns!' Spätestens als ich umgerannt wurde, wusste ich, wer für diesen Krach verantwortlich war. Es waren zwei kleine Hunde und ein Rehkitz. Den einen Hund kannte ich bereits, es war der junge Husky Flax. Der andere war mir unbekannt. Ein junger Schäferhund. Aber das Reh hatte ich schon einmal gesehen, konnte mich aber nicht mehr daran erinnern wo. 'Flax, Kim, Max! Mittagessen!', hörte ich plötzlich eine Löwin brüllen. Und schon lag ich wieder am Boden, die drei kleinen

Racker liefen im Galopp zurück, wo sie hergekommen waren, zur Raubtierfütterung. Als die drei außer Sichtweite waren, wagte ich es, wieder aufzustehen und mir das Fell abzuklopfen. Dann ging auch ich zum Mittagessen. Es gab gefülltes Gnu, gegrilltes Zebra, Antilope am Spieß, gegrillte Akazienblätter, gedünstetes Gras, Algen-Fischauflauf mit Datteln, Feigen und Gnukäse überbacken. Auf Wunsch von Kaiser Fritz gab es auch gebackene Schnecken, gekochte Muscheln und Krebse im Bärlauchmantel mit Spinatsoße. Jonas LeBeaux , der Koch von Balthasar, hatte sich selbst übertroffen. Es schmeckte vorzüglich und jeder fand etwas für sich. Sogar Kim wurde satt. Es war schon merkwürdig zu sehen, wie ein Rehkitz Antilopenspieße und gefülltes Gnu fraß.
Nach dem üppigen Essen ging es dann in die Besprechung, wir mussten einen Plan machen, wie wir den Palast zurückerobern konnten. Die erste Frage, die bei dieser Besprechung gestellt wurde, war: 'Was macht diese Gams hier?' Sie kam von Nili. 'Diese Gams hat sich freiwillig gemeldet, und das, obwohl es ihr hier viel zu warm ist. Sie ist nämlich die einzige im BBC, die sich mit dieser Hyäne auskennt! Meine Vorfahren haben nämlich ihre Tagebücher hinterlassen', antwortete Kaiser Fritz, wobei er das Wort Gams besonders betonte. 'Mag sein, dass ihr diese Hyäne kennt, aber nur Udulanteranbatoch und Sinuhe haben es geschafft, sie zu besiegen', entgegnete Nili und rief damit lauter fragende Gesichter hervor. 'Wer bitte schön ist dieser Udu-schieß-mich-tot?', wollte Kaiser Fritz wissen. 'Pau!', entgegneten Flax und Max zusammen, was von Kaiser Fritz mit einem verächtlichen Blick quittiert wurde. Die Antwort kam, noch bevor Nili überhaupt Luft holen konnte, von Kim: 'Das sind Jim und Fomka. So hießen die beiden damals im alten Ägypten.' Erstaunt sah Nili das kleine Reh an. 'Woher weißt du das?', fragte er. Kim zuckte bloß mit den Schultern und sagte: 'Berufsgeheimnis.' 'Was für ein Beruf?', fragte Nili. Auch die anderen sahen Kim, die ja noch ein Kind war, fragend an. 'Dini hat es mir beigebracht. Wenn man ein guter Reporter werden möchte, darf man niemandem seine Quellen und Tricks verraten. Ich übe schon mal', gab das Kitz ruhig und gelassen zurück. 'Aber das ist doch jetzt egal. Fakt ist, dass Jim nicht hier ist. Alles andere ist doch unwichtig', fügte Kim schnell noch hinzu, da sie keine Lust hatte, weiter auf dem Thema Berufswahl herumzureiten.

'Da hat die Kleine Recht, aber vielleicht genügt ja auch Hajo Frederik Klausens', kam plötzlich eine kindliche Stimme aus dem Nichts. Sofort drehte sich Kim um und lief freudig auf Jim zu, der irgendwann in seiner Vergangenheit auch mal Hajo Frederik Klausens geheißen hatte. 'Jim! Woher wusstest du, dass du hier gebraucht wirst?', fragte Kim, die uns damit die Frage abnahm, die auch wir uns stellten. 'Tja, wie soll ich sagen? Man bekommt ja schließlich nicht alle Tage eine Papyrusrolle mit ägyptischen Hieroglyphen mit der Unterschrift von Aluka, auf der eine Herausforderung steht', gab Jim unbekümmert als Antwort und zeigte die Papyrusrolle. 'Dieses Dreckstück von Hyäne, nichts gegen anwesende Hyänen, hat dich hierher gelockt?', fragte Nili schockiert. 'Das ist doch bestimmt eine Falle', warnte Lion. Jims erstaunter, irritierter und erschreckter Blick fiel auf den schwarz gekleideten Löwen. 'Lion?! Wie siehst du denn aus?' Doch Lion winkte ab und meinte, er würde es später erklären.
So setzten wir uns erst einmal hin und überlegten, was wir gegen diese Hyäne namens Aluka, was übrigens soviel wie Blutsauger bedeutet, und deren Armee unternehmen könnten. Schon bald mussten wir aber feststellen, dass so gut wie keiner etwas Genaues über Aluka und den Fluch wusste. 'Aber ich weiß, wo etwas über unser Problem steht. Das Buch heißt 'Aluka – vom Berater des Pharaos zum Verräter' von Nili Ramses II. Das Buch steht in meiner privaten Bibliothek', sagte Nili schließlich. 'Na wie toll! In seiner privaten Bibliothek. Lass mich raten, wo die ist. Bestimmt nicht außerhalb des Palastes, oder?', meinte Balthasar vorwurfsvoll. 'Tut mir leid, dass ich meine Bücher in meiner Bibliothek aufbewahre, aber ich hab nun mal nicht damit gerechnet, dass ich von einer zigtausend Jahre alten, halb vermoderten, rachsüchtigen Hyäne angegriffen und aus meinem Palast vertrieben werde!', verteidigte sich Nili beleidigt. 'Das hättest du aber erwarten müssen, immerhin kanntest du die Überlieferungen und den Fluch', gab Balthasar hitzig zurück. 'Na sicher, ich schleppe deswegen das Buch von gut 60cm Länge, 30 cm Breite und 20 cm Dicke ständig und zu jeder Tageszeit mit mir rum! Sag mal, spinnst du?' 'Du hättest ja wenigstens die Stelle auswendig lernen können, wo steht, wie man diese Missgeburt wieder los wird.' 'Na klar, andere Probleme hast du nicht, du Möchtegernkönig!' 'Möchtegernkönig? Möchtegernkönig? Du, du

Überbleibsel einer verrotteten Kultur!' 'Was hast du ges ...?' Nili war jetzt aufgestanden, auch Balthasar hatte sich erhoben.
„Das **reicht**!', brüllte Jim jetzt so laut, dass sämtliche Vögel vor Schreck vom Himmel gefallen wären, wenn da welche gewesen wären. Wie versteinert verharrten alle auf ihren Plätzen. 'Hört sofort auf zu streiten, oder ist es euer Plan, dass sich diese Hyänen über euch totlachen?', fügte Jim in normaler Lautstärke hinzu. Angewidert und verächtlich schauten Nili und Balthasar jeweils in eine andere Richtung. Jim schüttelte nur den Kopf und murmelte: 'Und mir wirft man vor kindisch zu sein.'
Nachdem Jim Balthasar an das eine Ende und Nili an das andere Ende gesetzt hatte und sich die beiden nicht mehr beharken konnten, überlegten wir, wie wir an das Buch gelangen könnten. Um zu verhindern, dass die beiden Streithähne wieder einen Streit vom Zaun brechen, hat Jim die beiden so verzaubert, dass ihnen kein Wort über die Lippen bekommen konnten, sobald sie sich miteinander streiten wollten. Im Endeffekt kamen wir dann zu dem Entschluss, ein kleines Team in den Palast zu schicken, um das Buch zu holen. Und da wir Nili und Balthasar davon abhalten mussten, sich gegenseitig an die Gurgel zu springen, entschieden wir, dass Nili auf jeden Fall mit bei dem Team sein sollte. Nicht nur, weil Nili wusste, wie das Buch aussah. Rüssli, Ronja, Jeremie und ich meldeten uns ebenfalls freiwillig. Da niemand anderes auf Flax aufpassen wollte, musste Husky widerwillig zurückbleiben und Babysitter spielen. Der Plan war so einfach, wie gewagt: hineingehen, das Buch holen und wieder verschwinden, weiter nichts.
Gut eine Stunde später waren wir auf dem Weg zu Nilis Palast. Nili führte uns, da er den Weg am besten kannte. Er führte uns in einen der vielen Geheimeingänge. Unbemerkt kamen wir in den Palast. Mit schlafwandlerischer Sicherheit führte uns Nili durch die vielen Gänge. Dann plötzlich standen wir vor einer Wand, in einer Sackgasse. Der Pharao blieb vor der Wand stehen, drehte sich zu uns um und legte seinen Zeigefinger auf seine Lippen. Die Wand war mit ägyptischen Zeichen und Symbolen verziert. In der Mitte war ein großes Nilpferd, das auf einem Stuhl saß und ein Buch in der Hand hatte. Um das Nilpferd herum waren Bücherregale. 'Wir sind da. Seid leise. Wir wissen nicht, ob eine dieser Hyänen hier drin ist', flüsterte Nili. 'Was sollten Hyänen in einer Bibliothek suchen?

Jeder weiß doch, dass die weder lesen noch schreiben können', flüsterte Jeremie verächtlich zurück. Schon hatte er einen leichten aber energischen Rüsselschlag im Genick. Sofort war Jeremie ruhig und sagte nichts mehr. Die Frage war jetzt nur, wie wir sicher sein konnten, dass in der Bibliothek niemand war. Dafür hatte Nili aber eine simple Lösung. Er ging dichter an die Wand, berührte einen Stein und schon trat ein Bildschirm zum Vorschein. Mit ein paar Knopfdrücken schaltete er den Monitor an. Er war in mehrere Sequenzen unterteilt, in denen die Bibliothek aus verschiedenen Blickwinkeln zu sehen war.
'Okay, die Luft ist rein, wir können gehen', sagte Nili schließlich und öffnete durch Berühren eines anderen Steins die versteckte Tür in der Wand. Ein blendendes, gelbes Licht strömte in den dunklen Geheimgang. Wir mussten erst einmal die Augen zukneifen, um uns an das Licht zu gewöhnen. Nili war es schließlich auch, der vor ging. Für ein so altes Gebäude war es in der Bibliothek ziemlich hell, obwohl die Fenster doch relativ klein waren. Doch ein Blick nach oben an die lampenlose Decke erklärte alles. Die Decke war aus Panzerglas. So konnte das Tageslicht ungehindert in den Raum fluten. Der Raum selbst war mit alten Artefakten ausgestattet und geschmückt, die gut und gerne in ein Museum gehörten. Meist waren sie ägyptischer Herkunft. Statuen von Katzen, Löwen und einem übergroßen Skarabäus flankierten die Regale. Doch genau gegenüber des Geheimeinganges stand eine Skulptur, die eher französisch aussah. Sie war ziemlich gut gearbeitet und zeigte eine Gams mit einer Krone zwischen den Hörnern. Am Sockel der Skulptur war ein Wappen eingraviert, das man im Detail allerdings nicht von weitem erkennen konnte. Als ich jedoch näher herantrat, sah ich, dass es oben zwei Spitzen hatte, die im Bogen unten spitz zuliefen. Die beiden Spitzen oben waren schräg gestreift, erst blau, dann weiß und rot. Darunter war rechts und links der Kopf einer Gams zu sehen und darunter eine Krone.

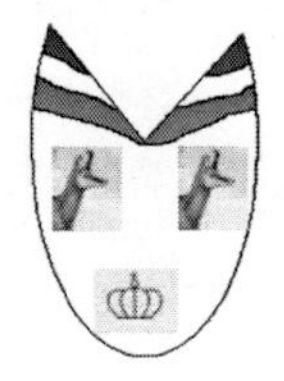

Neugierig berührte ich das Wappen, das mir ganz und gar nicht pharaonisch vorkam. Es ließ sich bewegen. Vorsichtig drückte ich auf das Wappen. Plötzlich hörte ich ein Scheppern, dann einen Schrei, dann erst einmal nichts mehr. Ich sah mich um, wollte wissen, was passiert war. 'Wo ist Nili?', fragte ich, als ich ihn nicht finden konnte. 'Welcher Trottel hat hier ein Loch in den Boden gemacht?', hörte ich Nilis wütende Stimme aus dem Boden. Doch dann hörte ich ein leises, aber energisches 'Scht!' Jeremie war es, der uns zur Ruhe mahnte. Schon waren alle ruhig. So konnten wir die Schritte hören, die draußen immer näher kamen. Man hatte uns gehört, jetzt würde es nicht mehr lange dauern und wir würden entdeckt werden. Regungslos verharrten wir im Raum. Zeit für eine Flucht würde nicht bleiben. Schon hörten wir, wie die Türklinke nach unten gedrückt wurde.
Doch dann kam draußen im Flur ein hitziges Stimmengewirr auf. Ich verstand nichts von dem, was da draußen erzählt wurde, obwohl ich, neben der Statue, fast direkt an der Tür stand. Wahrscheinlich war es ägyptisch. Jedenfalls ließ der, der die Türklinke bereits gedrückt hatte, selbige wieder los und entfernte sich von der Tür. Wir atmeten durch und überlegten, wie wir Nili aus dem Loch bekommen könnten. Rüssli versuchte, Nili nach oben zu ziehen, doch alleine schaffte er es nicht und wir anderen waren zu schwach, um Nili heben zu können. Ronja war es, die Nili aus dem Loch befreite. Eigentlich wollte sie nur etwas Staub vom linken Vorderhuf der Gams entfernen, als dieser nachgab und sich plötzlich eine Treppe auftat, die vom Loch nach oben führte. Bequem kletterte Nili die Treppe nach oben. Als er den Boden der Bibliothek erreichte, verschwand die Treppe wieder und der Boden ging in seine Ausgangsposition zurück, genau wie die Statue. Schnell griff Nili in das Regal, vor dem eben noch das Loch war. Eines der Bücher stand etwas aus der Reihe. Genau dieses nahm er, dann winkte er uns zum Geheimgang zurück. 'Nili, hast du gehört, was die Hyänen da draußen gesagt haben?', wollte Ronja, Huskys jüngere Schwester, wissen. Der Pharao nickte. 'Ja', sagte er. 'Die Hyänen meinten, sie bräuchten Verstärkung, weil ein Eindringling im Palast wäre. Wen oder was sie auch gesehen haben, es hat uns den Hals gerettet.' Damit beendete Nili das Gespräch für den Rest des Weges.

Der Weg zum Lager verlief wieder ohne Zwischenfälle. Als wir dort ankamen, herrschte Aufregung. Es schien, als ob sie jemanden suchten. Husky kam auf uns zu, ständig den Namen Flax rufend. 'Flax, verdammt, wo bist du?', fluchte er zwischendurch ein paar mal. 'Was ist hier los, Husky?', fragte Ronja. Huskys knappe Antwort gefiel uns gar nicht: 'Flax ist verschwunden.' 'Waaas?', rief Ronja aufgeregt, ungläubig und besorgt. 'Dieser Lausebengel, wenn man nur zwei Sekunden nicht aufpasst, macht er nur Dummheiten!', fing Ronja gleich an zu schimpfen. Nilis Vermutung machte die Sache auch nicht besser: 'Ich glaube, ich weiß, wo Flax ist. Doch im Moment können wir nichts für ihn tun.' Schnell erklärte er Husky, was im Schloss vorgefallen war. Der Eindringling, den die Hyänen gesucht hatten, konnte nur Flax sein, und wahrscheinlich befand er sich gerade in diesem Moment in der Gewalt von Aluka. Wir setzten uns zusammen, das heißt zuerst setzten sich Jim und Nili alleine über das riesige Buch und versuchten, es für alle die zu übersetzen, die kein Ägyptisch sprachen. Dann versuchten wir in den alten Texten, die Nili Jim teilweise vorlesen musste, weil dieser die Schrift nicht entziffern konnte, Hinweise zu finden, wie man die Hyänenplage wieder loswerden konnte. Nasi war es, der einen Bericht fand, der uns helfen konnte. Doch noch bevor er vorlesen konnte, hörten wir im Lager wieder einen Tumult. Wir gingen nach draußen, um zu sehen, was los war. Mit allem hatten wir gerechnet, nur nicht mit drei Geisterhyänen, die einen kleinen zappelnden Husky gefesselt und geknebelt ins Lager brachten. 'Nehmt ihn wieder, das ist ja nicht zum Aushalten! Meinem schlimmsten Feind möchte ich diese Geisel nicht wünschen.' Mit diesen Worten warfen sie das zappelnde Bündel vor sich auf den Boden und verschwanden wieder.
Nachdem wir Flax von seinen Fesseln befreit hatten, fragte dieser ganz traurig: 'Was haben die netten Hyänen denn bloß? Ich hatte sie doch lediglich gefragt, ob sie nicht etwas Stroh oder Gras oder vielleicht ein Kissen für mich hätten. Ich kann doch auf hartem Boden so schlecht schlafen. Und mit leerem Magen kann ich erst recht nicht schlafen. Also hab ich gegen die Tür geklopft, die die Hyänen zu meiner Sicherheit abgeschlossen hatten, und fragte, ob sie mir nicht etwas zu essen bringen könnten, weil ich doch so einen Hunger hatte. Und da ich Brot nicht gerne trocken hinun-

terwürge, fragte ich nach einer Schale Wasser. Und nachdem ich satt war und getrunken hatte, wollte ich mit jemandem spielen. Mir war doch so langweilig. Nach gut einer Stunde kam dann endlich eine Hyäne und wir haben Indianer und Cowboy gespielt. Die Hyäne war der Indianer, sie hat mich gefesselt und mich dann zu seinem Häuptling gebracht. Der war aber gar nicht lieb und hat mich und die Hyäne weggeschickt. Und dann waren wir hier.' Es sprudelte aus Flax nur so hervor, als hätte er wochenlang kein Wort reden dürfen. Ein bisschen taten mir die Hyänen leid, aber nur ein bisschen, verdient hatten sie es ja.
Nachdem Flax sich wieder beruhigt hatte, gingen wir zu dem über, was wir vor Flax' Rückkehr gemacht hatten. Nasi hatte ja etwas gefunden, das uns helfen könnte. Mühsam versuchte er den Text vorzulesen: 'Bei vollem Mond ist es das Schaf, das den schmutzigen Hund in die Burg bringt.' Wir sahen Nasi ziemlich merkwürdig an, der Text ergab keinen Sinn. Unschuldig zuckte das Nashorn mit den Schultern. 'Was wollt ihr, mein Arabisch ist nun mal nicht besonders gut', gab es als Entschuldigung. Jim war aufgestanden und zu Nasi hinüber gegangen. 'Zeig mal her', sagte er und riss dem Nashorn das Buch aus der Hand. 'Regilieh Mabmib!', rief er aus, als er auf die aufgeschlagene Seite des Buches sah. 'Natürlich, ich bin vielleicht ein Klykos!' Mit voller Wucht schlug er sich die flache Hand an die Stirn. 'Dass ich da nicht gleich dran gedacht habe', schimpfte er sich selbst aus. Wir anderen sahen uns nur fragend an. Wovon redete Jim da? Doch ohne, dass jemand die Frage ausgesprochen hatte, beantwortete Jim sie uns. 'Nili, mein Kumpel, das ist meine Schrift! Das hab ich geschrieben, als ich noch ein kleiner Steppke war. 'Bei Vollmond ist es das Amulett, das die Hyäne zurück in den Sarg bringt.' Das Amulett ist der Schlüssel zu unserem Problem. Mit ihm können wir die Hyänen wieder dahin zurückschicken, wo sie herkamen. Du, Schimpanse, gib mir das Amulett', erklärte Jim. Den letzten Satz hatte er an Jeremie gerichtet. Dass er mit 'Schimpanse' angesprochen wurde, missfiel ihm allerdings. 'Das heißt immer noch Jeremie! Und außerdem hat Tapsi das Amulett, er war es doch auch, der es entwendet hatte!', protestierte er. 'Tschuldigung Jeremie, in der Aufregung hab ich glatt vergessen, wie du heißt. Verzeihst du mir?', entschuldigte sich Jim und zauberte einen Bananen-Ananas-Pudding mit Bananen und Ana-

nas-Stückchen hervor, den er Jeremie gab. Dieser nahm die angenehme und schmackhafte Entschuldigung dankend an.
Tapsi hatte unterdessen das Medaillon herausgeholt und überreichte es Jim. 'Ah, das ist es. 'Aus dem Reich der Toten gekommen, zurück ins Reich der Toten soll er gehen, der Verräter, für immer und ewig.' Mal überlegen, wie war das noch mal? Ach ja, soweit ich mich erinnern kann, muss Aluka diese Zauberformel aussprechen', sagte Jim freudig. 'Na klar, diese Hyäne wird auch mit Sicherheit freiwillig diesen Text vorlesen, ob sie nun lesen kann oder nicht!', witzelte Balthasar spöttisch. Auch die anderen, die Hyänen kannten, waren derselben Meinung. Auch Jim stimmte zu. 'Schon richtig, Hyänen sind, bis auf ein paar Ausnahmen, nicht gerade sehr intelligent. Und Aluka gehört zu den Hyänen, die am arrogantesten und nicht besonders intelligent sind. Aber das Wichtigste ist, sie kann lesen. Ich denke schon, mit einer kleinen List können wir sie dazu bringen, diese Zeilen zu lesen.' Jim erklärte uns, was er vor hatte. Er wollte die Eitelkeit dieser Hyäne ausnutzen und sie damit reinlegen. Da die ewigwährende Feindschaft zwischen Löwen und Hyänen bekannt ist, sollte Balthasar die Hyäne dazu bringen, den Spruch vorzulesen. Der König wusste auch ganz genau, wie er das anstellen wollte, verriet es uns aber nicht. Nur Jim bestand darauf, es zu erfahren, um beurteilen zu können, ob es auch wirklich funktionieren kann. Kaiser Fritz wollte aber auch unbedingt mit von der Party sein, seine Familie hatte noch eine alte Rechnung mit dieser Hyäne offen. Da Husky noch nichts zu tun hatte, bestand er auch darauf, mitzukommen. 'Dem Typen werden wir eine Ironie bieten, die sich gewaschen hat! Die werden wir schon ganz schön drapieren', meinte Husky freudig, ohne zu merken, dass seine Worte keinen rechten Sinn ergeben wollten. 'Kann schon sein, dass wir die Hyänen ziemlich verspotten, aber glaubst du wirklich, du kannst sie in Falten legen?', fragte ich Husky, der mich ansah, als ob er nicht wüsste oder verstehe, was ich von ihm wollte. Seine Gegenfrage bestätigte meinen Verdacht: 'Wie kommst du auf verspotten und in Falten legen? Ich sagte doch Ironie und drapieren, was soviel heißt wie Todeskampf und überlisten, falls du es noch nicht weißt!' 'Falls es dich interessieren sollte, ich weiß, was Ironie und drapieren heißt, du scheinst es aber nicht so genau zu wissen. Was du meinst ist Agonie und düpieren', korrigierte ich

den Husky, was ich wenig später bereute. Wie ein Verrückter wetterte er plötzlich los, ob ich ihm wohl vorhalten wolle, dass er nicht wisse, was er sagt. Entschieden wehrte ich ab, wollte den Hund nicht noch mehr reizen. Doch der Hund bellte weiter und weiter, bis Jim ihm die Stimme verbot. Zwar bellte er noch ein paar Sekunden lautlos weiter, bis er merkte, dass er keine Stimme mehr hatte. Als er das merkte, sah er Jim wütend und dann beleidigt an.
Jedenfalls teilte Jim uns schließlich in Gruppen ein. Die schwarzen Löwen zum Beispiel sollten die Hyänen ablenken, die wir in Nilis Palast halten wollten. Kaiser Fritz sollte den Lockvogel an Aluka schicken. Rüssli und Nasi sollten aufpassen, dass Aluka die Pyramide nicht mehr verlässt. Calle, unsere Giraffe sollte nach der Hyäne Ausschau halten und uns Bescheid geben, wenn sie kommt und uns gegebenenfalls warnen, wenn ihre Armee kommen sollte. Balthasar sollte die Hyäne dazu bringen, die besagten Zeilen zu lesen. Husky, Flax und Ronja meldeten sich freiwillig für den Angriff auf Nili's Palast. Auch Nili war mit von der Party. Samson, Nili's Koch sollte den Brief von Kaiser Fritz an die Hyäne bringen. Max, Mike, Katze und Jeremie sicherten die restlichen Ausgänge der Pyramide. Jim, Kaiser Fritz, Balthasar und ich warteten in der Grabkammer auf unseren Gast.
Ronja, die von uns allen die schönste Schrift hatte, verfasste den Brief an Aluka:

Verehrtester zukünftiger Pharao Aluka,

ich, Kaiser Fritz LV, direkter Nachfahre von Kaiser Fritz – XXXIII, möchte Sie höflichst in Ihre Pyramide einladen. Dort habe ich noch eine alte Sache mit Ihnen zu klären, die seit dem alten Ägypten noch offen ist. Bitte kommen Sie allein, so wie auch ich und Balthasar alleine kommen werden. Wir treffen uns bei Mondaufgang in Ihrer ehemaligen Grabkammer.

Mit freundlichsten Grüßen

Kaiser Fritz LV

‘Sehr gut. Samson, hier ist der Brief. Bring ihn auf dem schnellsten Wege zu Aluka’, lobte Jim zufrieden. Samson war allerdings weniger begeistert. ‘Ich soll zu diesen schrecklichen Hyänen? Die werden mich dort sowieso lynchen. Ich bin doch keine Hyäne, jedenfalls fühle und denke ich nicht wie eine. Nili hat mich erzogen. Ich fühle mich eher wie ein Nilpferd’, moserte er. Flax konnte sich ein Lachen nicht verkneifen, genauso wenig, wie die Bemerkung: ‘Ein ziemlich schmales Nilpferd. Du passt doch dreimal in Nilis Klamotten.’ ‘Lästere nur weiter, du verzogener Bengel!’, knurrte Samson gefährlich. Dabei ließ er auch seine Zähne knirschen, als Zeichen, wie kräftig und scharf sie sind. ‘Ich werd dir dann schon deine Hammelbeine lang ziehen!’, fügte der Koch noch hinzu. Wütend riss er Jim den Brief aus der Hand und ging davon, ohne sich noch einmal umzudrehen. ‘Es tut mir leid!’, rief Flax reumütig hinter Samson her. Als dieser in keinster Weise reagierte, fügte der junge Hund noch leise und traurig hinzu: ‘Ehrlich.’
‘Wie dem auch sei, wir sollten jetzt alle auf unsere Posten gehen. Lion, ihr greift an, sobald Aluka den Palast verlassen hat und außer Sichtweite ist. Der Rest kommt mit mir. Ich erkläre euch dann vor Ort alles. Auf geht’s!’, rief Jim freudig und stand auf. Zielstrebig ging Jim auf eines der Kamele zu, die im Lager standen. ‘Na, meine Süße, wie wär’s mit uns beiden?’, fragte Jim das Kamel, auf das er zugegangen war und streichelte dessen Hals. Missmutig schnaubte das Tier, während Jim fast augenblicklich mit seiner Hand vor seiner Nase wedelte und das Gesicht verzog. ‘Puh, Mundgeruch!’ Dann stieg er auf und wartete auf uns.
Jeremie nahm wieder den wilden Hengst, der inzwischen zu dem Schimpansen ziemlich zutraulich geworden war. Scheinbar hatte es den Hengst beeindruckt, dass Jeremie letzten Endes doch im Sattel geblieben war. Auch die anderen schnappten sich Pferde und Kamele. Dann ging es los Richtung Pyramide. Wir mussten sicher gehen, dass wir vor Aluka dort ankommen würden. Es dauerte auch nicht lange und wir hatten unser Ziel erreicht. Sofort erklärte uns Jim, was zu tun war. Calle sollte weit genug von der Pyramide entfernt sein, damit Aluka keinen Verdacht schöpft, sollte aber dennoch in Sichtkontakt bleiben, damit er uns ein Zeichen geben konnte. Nasi und Rüssli postierten sich vor dem Eingang der Pyramide. Jim verzauberte die beiden so, dass sie

ihre Farbe automatisch ihrer Umgebung anpassten und damit fast völlig unsichtbar waren. Max, Mike, Katze und Jeremie versteckten sich hinter der Pyramide. Kaiser Fritz, Balthasar, Jim und ich gingen in die Grabkammer. Bei so viel Adel um mich herum fühlte ich mich regelrecht klein. Fritz, Kaiser von Bordeaux und Frankreich, Balthasar, König von Afrika, Jim, Herrscher des Roten Reichs auf Juma und daneben ich, Tapsi, der Befreier von Aluka. Echt ganz toll!
Die Zeit verging ziemlich schnell. Jim befragte uns alle drei noch mal, was wir tun sollten. 'Kaiser Fritz, was machst du, wenn Aluka kommt?' 'Ich begrüße ihn, stelle ihm Balthasar vor und lynche ihn, weil er meinen Urahnen damals betrogen, verraten und verkauft hat', entgegnete Kaiser Fritz überzeugt und sicher. 'Nein, Fritz, du wirst ihn nicht lynchen!', widersprach Jim energisch, ging dann aber gleich zu Balthasar über. 'Ich soll Aluka dazu bringen, diese Zeilen hier zu lesen, die du von dem Amulett abgeschrieben hast', antwortete Balthasar, als Jim ihn fragte, was er tun sollte. Jim nickte zufrieden. 'Gut, und was ist mit dir, Tapsi?', fragte er schließlich mich. Betreten schaute ich zu Boden. 'Ich mache mich nahezu unsichtbar und fasse auf gar keinen Fall etwas an', murmelte ich in meinen nicht vorhandenen Bart. Wieder nickte Jim.
Kurz darauf kam Rüssli herein und sagte uns, dass Aluka in ein paar Minuten da sein würde. 'Okay, danke. Geh jetzt wieder auf deinen Posten. Und ihr beide geht auch auf eure Posten. Und Fritz, du wirst Aluka nicht lynchen!', gab Jim die letzten Befehle. 'Ist ja gut, Jim, ich werd ihn schon nicht lynchen, nur foltern', gab Kaiser Fritz zurück. 'Kaiser Fritz!', war Jims Antwort auf die letzte Bemerkung. 'Ist ja schon gut, war nur ein Scherz', druckste der Kaiser etwas. Dann machten wir uns alle auf unsere Positionen und warteten auf die Hyäne. Jim und ich verkrümelten uns in die Schatten der Grabkammer.
Kurz darauf betrat Aluka die Kammer. 'Kaiser Fritz LV', sagte die Hyäne verächtlich. 'Sieht genauso bekloppt aus wie sein eingebildeter, dummer Vorfahre. Ein Wunder, dass diese Familie noch auf dem Thron ist. Hätte man mich nicht zum Tode verurteilt, wären jetzt meine Nachfahren auf dem französischen und ägyptischen Thron.' Die Verachtung in der Stimme der Hyäne war schon

fast ätzend. Kaiser Fritz hatte sichtlich Mühe, sich zu beherrschen und nicht auf Aluka los zugehen. Aber er riss sich zusammen. 'Ich freue mich auch, euch endlich einmal persönlich zu treffen', presste er zwischen den Zähnen hervor. 'Darf ich vorstellen, das ist König Balthasar III. von Angst', fügte die Gams in ruhigerem Ton noch hinzu und zeigte auf den Löwen. 'Ich dachte, es war abgemacht, dass wir alleine kommen', meinte die Hyäne plötzlich gefährlich. Doch Kaiser Fritz ließ sich durch den Ton von Aluka nicht aus der Ruhe bringen. 'Was habt ihr denn, eure Stinkenenz? Wir sind doch alleine gekommen. Balthasar von Angst kam alleine hier her, ich kam alleine hier her und ihr kamt doch sicherlich auch alleine hier her. Damit ist doch alles im Lot', gab Kaiser Fritz angriffslustig zurück. 'So gesehen habt Ihr wohl Recht. Aber sagt, was genau wolltet ihr mit mir ins Reine bringen?' Ganz überzeugt klang die Hyäne nicht. 'Och, nichts weiter. Ich wollte nur eine offizielle Entschuldigung von euch. Ihr wisst schon, wegen des Verrates damals an Kaiser Fritz – XXXIII.' Kaiser Fritz sagte dies mit einem solchen Ernst und Stolz in der Stimme, dass es schon fast unheimlich war. Das schrille und höhnische Lachen von Aluka war aber das Schlimmste. 'Entschuldigen? Ich? Davon träumst du wohl!' Ich verzog mich noch weiter in die Schatten der Kammer, die Hyäne war mir mehr als unsympathisch. Doch Kaiser Fritz ließ sich nicht aus der Ruhe bringen.
'Ihr habt richtig gehört, ich möchte, dass ihr euch bei mir entschuldigt. Und zwar schriftlich!', gab Fritz schlicht und mit fester Stimme zurück. Diesmal klang seine Stimme jedoch nicht mehr so gleichgültig. Die Verhöhnung Alukas machte der Gams zu schaffen. 'Eine Entschuldigung? Schriftlich? Wovon träumst du nachts?', fragte die Geisterhyäne höhnend. Jetzt schaltete sich Balthasar ein. „Ihr wollt nur nicht zugeben, dass ihr weder schreiben, noch lesen könnt!', versuchte er Aluka anzustacheln. Es schien in der Tat zu funktionieren. Wütend bleckte Aluka die Zähne. Drohend ging er auf Balthasar zu. Mit jedem Schritt sagte er ein Wort, drohend: „Nimm das sofort zurück!' Als er gerade mal ein paar Fuß vor Balthasar stand, fügte er drohend zischend hinzu: 'Ich konnte bereits lesen, als du noch nicht einmal existiert hast, als dein Urahne noch in den Windeln lag!' 'Dann beweise es!', entgegnete Balthasar herausfordernd. Er streckte Aluka den Zettel

hin, auf dem die Formel stand. Mit einer wütenden Geste entriss Aluka Balthasar das Blatt Papier. 'Du behauptest also, ich könne nicht lesen? Ich werd es dir beweisen!', stieß die Hyäne hervor. Sie holte tief Luft, schaute auf das Blatt und fing tatsächlich an vorzulesen. 'Aus dem Reich der Toten gekommen, zurück ins Reich der Toten soll er gehen, der Verräter, für immer und ewig.' Natürlich las er es auf ägyptisch vor, was ich mit keiner Silbe verstand. Für Sekunden war Stille in der Grabkammer. Doch dann ergriff Balthasar das Wort. 'Bitte entschuldigt, eure Blödienz, ich hab mich geirrt, ihr könnt tatsächlich lesen. Allerdings könnt ihr nicht zur gleichen Zeit denken.' 'Was soll das?', fing Aluka an zu fragen. Mit Horror schaute er noch einmal auf den Zettel. 'Ihr habt mich reingelegt! Nein!' Urplötzlich fing Aluka an, in grünem Licht zu leuchten. Er schien Schmerzen zu haben, jedenfalls krümmte er sich. Das ging mehrere Minuten lang so, dabei wurde das Licht immer intensiver. Dann überschlugen sich die Ereignisse. Calle kam plötzlich hereingestürmt und rief aufgeregt: 'Sie kommen, sie kommen!' Wir machten uns auf einen Angriff der Hyänenarmee gefasst.
Von Ronja erfuhr ich später, was am Palast geschehen war. Aluka war gerade weg, als Lion zum Angriff blies. Mit wildem, entschlossenem Kampfesgebrüll ritten sie mit gezogenen Waffen in den Palast. Die Armee der Hyänen war so überrascht über den plötzlichen Angriff, dass Nili und die anderen sie am Anfang regelrecht überrannten. Doch schon bald hatten sich die Hyänen besser organisiert und lieferten sich einen erbitterten Kampf mit der Löwenarmee. Diesmal war unsere kleine Streitmacht besser vorbereitet als beim letzten Kampf. Jim hatte ihnen allen eine Uniform aus jumarianischem Metall gegeben, durch die die Waffen der Hyänen nicht dringen konnten. So gab es auf unserer Seite wenigstens keine größeren Verletzungen, außer vielleicht ein paar blauer Flecke. Keine Ahnung, wie lange der Kampf dauerte, auf jeden Fall zehrte er ganz schön an den Kräften. Durch den aufgewirbelten Staub war kaum noch etwas zu erkennen. Die bräunlichgelben Hyänen waren fast nur noch durch ihr ständiges Gegeifer und Gekicher auszumachen, sie verschmolzen beinahe völlig mit dem aufgewirbelten Staub. Auch die Löwen waren nur noch schwer zu erkennen. Der Kampf war hart und alle wünsch-

ten sich, er wäre bald vorüber. Nur der junge Flax schien seinen Spaß zu haben. Über das ganze Schlachtfeld war er zu hören, wie er übermütig herumtollte und die Hyänen ärgerte. Oh ja, ärgern konnte er gut, sehr gut sogar. Da der junge Hund durch den vielen Staub ganz grau war, war auch er schwer zu erkennen. Und wo er konnte, stellte er einer Hyäne, die zum Beispiel ihr Pferd verloren hatte und zu Fuß weiter kämpfte, ein Bein, sprang auf sie drauf und kitzelte sie, bis sie freiwillig aufgab und davon lief. Eine Aktion bescherte uns allerdings einen gehörigen Vorteil. Er heulte plötzlich durch eine Art Trichter. Frag mich bitte nicht, wo er den her hatte."

„Na, aus der Küche von Nili. Ich hab ihn mir geholt, als alle anderen noch darauf warteten, dass Aluka endlich verschwinden würde. Ich hab mich einfach in die Küche geschlichen, den Weg kannte ich ja schon", hörten Tapsi, Diablo, Strolch und Murmli plötzlich jemanden sagen. Es war Flax. „Flax, wo kommst du denn her?", fragte Tapsi erschrocken. „Teufel schickt mich, er sagt, ihr sollt euch beeilen, das Abendessen ist gleich fertig", entgegnete Flax. „Aber, aber das geht noch nicht. Ich muss doch erst noch meine Geschichte erzählen", fing Murmli an zu jammern. Er konnte es kaum noch erwarten, seine Geschichte, seinen großen Auftritt zu erzählen. Doch das musste wohl bis zum nächsten Tag warten, was dem Murmeltier überhaupt nicht gefiel. Beleidigt verschränkte es die Arme, drehte den anderen den Rücken zu und schmollte. Aber es blieb, um die aktuelle Geschichte noch zu Ende hören zu können. „Gut, Flax, sag dem Oberkater, wir kommen gleich. Dauert nicht mehr lang, bin auch schon fast fertig mit Erzählen", sagte Tapsi zu Flax, der den 'Befehl' unverzüglich ausführte.

Tapsi hingegen beendete seinen Bericht: „Gut, Flax hatte diesen Trichter, der für ihn schon fast eine Flüstertüte war, aus Nilis Küche. Jedenfalls heulte er da hindurch. Der Ton, der dabei herauskam, verschreckte sämtliche Kamele der Hyänen so sehr, dass sie ihre Reiter allesamt abwarfen und ihr Heil in der Flucht suchten. Da Flax dasselbe während seines Aufenthalts als Gast von Nili und Balthasar sowohl bei den Pferden des Pharaos, als auch

bei den Pferden des Königs gemacht hatte, ließ sie die Aktion von Flax jetzt ziemlich kalt. Doch noch bevor sie ihren Vorteil richtig auskosten konnten, fingen die Hyänen plötzlich an, sich in grünlichen Nebel zu verwandeln, der in die Luft stieg über den graugelben Staub. Dort sammelte sich das Licht, bis es eine riesige, das gesamte Schlachtfeld überdeckende Wolke war, die sich ziemlich schnell zielstrebig in eine bestimmte Richtung in Bewegung setzte. Durch den Staub war aber nur zu erraten, dass die grüne Nebelwolke auf dem Weg zur Pyramide war, direkt auf uns zu. Calle war der Erste, der diese Wolke sah. Wie der Blitz rannte er zur Pyramide, an Nasi und Rüssli vorbei direkt in die Grabkammer, wo Aluka gerade angefangen hatte, grün zu leuchten. Das Licht wurde immer intensiver.
Kurz hinter Calle, keine Minute später, kam diese grüne Wolke an, die aus mehreren Hyänen bestand. Allesamt strebten sie auf Aluka zu, vereinigten sich mit ihm, quollen zu einem riesigen grünen Lichtball, der kurz blendend hell aufblitzte, zu explodieren schien und dann immer weiter in sich zusammen sackte, bis er endgültig verschwunden war.
Steif vor Angst, Faszination und Schreck stand ich in meiner Ecke. Ich konnte nicht glauben, was ich da gerade gesehen hatte. Jims 'Wow, das nenn ich einen bombastischen Abgang!' holte mich wieder in die Realität. Balthasar stand bewegungslos, kalkweiß und mit zu Berge stehender Mähne da. Doch selbst nachdem Aluka schon eine ganze Weile verschwunden war, rührte sich Balthasar überhaupt nicht. Wie versteinert stand er da. Kaiser Fritz, der neben ihm stand, ging auf ihn zu und wedelte mit seiner Hufe vor Balthasars Gesicht. Dieser reagierte aber in keinster Weise. 'Balthasar, was ist mit dir? Balthasar?', fragte Kaiser Fritz besorgt. Auch ich traute mich wieder etwas weiter in die Kammer hinein und blieb nicht mehr nur an der Wand stehen. 'Was ist mit Balthasar?', wollte auch ich besorgt wissen. 'Balthasar? Alles in Ordnung? Halloho, wohnt da noch jemand drin?', schaltete sich Jim jetzt ein. Doch auch das brachte keinen Erfolg. 'Mh, das ist schwerwiegender, als ich dachte. Der ist völlig weggetreten.' Jim ließ in kurzen Abständen seine Faust auf Balthasars Gesicht zurasen, bevor er sie Millimeter vor der Berührung bremste. Der Löwe verzog nicht einmal eine Wimper. Jim hob Balthasar kurzerhand hoch und trug ihn aus der Pyramide.

Doch als wir ans Tageslicht traten, blieb Jim plötzlich stehen. Mit Balthasar auf dem Rücken schaute er sich um, als ob er etwas oder jemanden suchte. Und tatsächlich, er fing an, Nasi und Rüssli zu rufen, die scheinbar nicht auf ihrem Posten waren. Nach ein paar Rufen kamen sie dann endlich schüchtern hinter der Pyramide vor. Max, Mike, Katze und Jeremie folgten. Jim lächelte: 'Ist schon gut, ihr könnt kommen. Keine Gefahr mehr.' Sofort leisteten Nasi und die anderen Folge, sahen aber besorgt aus, als sie Balthasar sahen. Jim erklärte ihnen, was passiert war und dass er erst im Lager mehr für den König tun könne. Also stiegen wir auf unsere Reittiere und machten uns auf den Rückweg. Balthasar wurde von Jim auf dessen edlen Araberhengst gelegt und festgeschnallt. Dann stieg Jim auf sein Kamel.
Im Lager brachte Jim Balthasar erst einmal in das königliche Palastzelt. Dort sah er sich den Löwen etwas genauer an. Doch was er auch versuchte, kein Mittelchen schien zu wirken. Also ließ er ihn vorerst alleine, in der Hoffnung, er würde sich so vielleicht besser erholen. Dass Lion in sein Zelt ging, merkte außer mir keiner. 'Komm schon, kleiner Bruder, du musst doch die Anführerschaft der Tefnut für mich übernehmen. Ich bin doch für sowas nicht geschaffen', hörte ich ihn immer wieder sagen. Keine Ahnung, wovon er da sprach. Von den Tefnut hatte ich noch nie gehört, geschweige denn, dass ich sie je gesehen hatte. Aber scheinbar hatte die Anwesenheit von Lion positive Wirkung auf Balthasar. Er fing an sich zu regen und bald schon war er wieder zu sich gekommen. Das Erste, was er sagte war: 'Ah, ein Gespenst!' 'Balthasar, beruhig dich doch! Aluka ist besiegt und wird niemandem mehr etwas tun. Und Gespenster gibt es hier auch nicht. Sieh doch, ich bin es nur', versuchte Lion seinen Bruder zu beruhigen.
Nach einem kräftigen Tee ging es Balthasar wieder besser. Jetzt kam das Interessanteste. Lion stellte den schwarzen Löwen seinen Bruder vor. 'Wie ich euch schon gesagt habe, kann ich die Führung der Tefnut nicht übernehmen. Das schaff ich einfach nicht. Schon als Kind war schnell ersichtlich, dass ich nicht dazu geschaffen bin, ein Volk zu führen. Deshalb ist ja auch mein Bruder Balthasar III von Angst König von Afrika und nicht ich. Er wird euren, unseren Stamm leiten. Und wenn mal Not am Mann ist, scheut euch nicht mich zu rufen.' Du hättest Balthasars Ge-

sicht sehen müssen, als Lion ihm seinen Posten anbot. Verdutzt sah er seinen Bruder an. 'Wie jetzt? Ich? Anführer von diesem Verein?', fragte er skeptisch und schaute sich dabei jeden einzelnen Löwen genau an. 'Boss dieser geschmacklos gestylten, auf schwarzen Pferden reitenden Löwen?', fügte er ernst hinzu. Die Löwen sahen Balthasar scharf an. Sie fühlten sich beleidigt.
'Warum nicht. Aber diese Frisur werd ich mir auf gar keinen Fall zulegen!', sagte Balthasar schließlich freudig. Die schwarzen Löwen sahen Balthasar prüfend an. 'Dieser Witz von einem Löwen soll unser Anführer sein? Seine Frisur schreit zum Himmel. Er ist feige und was das Schlimmste ist, er kann unseren Pharao, dem wir dienen, nicht ausstehen!' Der Löwe, der gesprochen hatte, machte eine kurze Pause, um seine Worte wirken zu lassen. Er ließ sogar zu, dass Balthasar noch etwas sagte. 'Pharao? Ihr meint doch nicht etwa dieses grüne Nilpferd. Dem soll ich dienen? Na super. Lion, wieso hast du das nicht eher gesagt. Ich muss verrückt sein, diesen Posten anzunehmen.' Der schwarze Löwe, der zuvor gesprochen hatte, lächelte vergnügt. 'Er ist genau wie sein Vater. Ein fähiger Anführer und Löwe war er, bevor er von diesen Archäologen umgebracht wurde. Genau wie bei dir war seine Mähne eine Katastrophe. Es war einfach unmöglich, ihm eine vernünftige Frisur zu verpassen. Bei dir wird es ganz ähnlich sein.' Balthasar aber wehrte sich vehement gegen diese neue Frisur. Er sagte, er könne sich so nicht seinem Volk zeigen, was sollen die denn von ihm, ihrem Herrscher denken? Als Balthasar erfuhr, dass er sich ganz aus seinem bisherigen Leben zurückziehen sollte, wurden seine Proteste noch lauter. 'Auf gar keinen Fall. Okay, es hätte vielleicht den einen oder anderen Vorteil, sich von seinem bisherigen Leben zurückzuziehen, aber vergesst es! Ich werde meine Familie nicht zurücklassen, auch wenn sie durchaus entwürdigend ist!' Am Ende haben sich beide Parteien dann darauf geeinigt, dass Balthasar in seinem 'normalen' Leben bleiben darf. Es ist ihm aber verboten, je über die Tefnut, wie sich die schwarzen Löwen nannten, zu sprechen. Seine engsten Freunde im BBC und seine Familie sind die Einzigen, denen er es je erzählt hat. Er durfte auch seine Frisur behalten. Ekju, der Löwe, der von Anfang an die 'Verhandlung' geführt hatte, begründete diese Entscheidung: 'Es ist sowieso unmöglich, deiner Mähne die übliche

Frisur zu verpassen.' Allerdings bestand Ekju darauf, dass Balthasar, wenn er bei den Tefnut ist, eine entsprechende Perücke trägt. Damit war Balthasar einverstanden. 'Wenigstens erkennt mich so keiner, wenn ich mit diesem Haarteil rum renne', sagte der König sarkastisch. Die Löwen mussten lachen. Und auch Lion und Balthasar stimmten ein. Sie erzählten noch den ganzen Abend über die Aufgaben der Tefnut in der Vergangenheit und in der Gegenwart. Über Balthasars und Lions Vater, der entgegen der Annahme der Beiden keineswegs tot, sondern lediglich der Anführer der Tefnut war. Tefnut ist übrigens die ägyptische Göttin der Feuchtigkeit, aber auch der Hitze, die meist als Mensch mit Löwenkopf oder als Löwin dargestellt wurde. Sie war Namensgeber dieses Wüstenstammes, der einst die Leibgarde des Pharaos war.
Als die Löwen dann anfingen zu erzählen, wie König Balthasar II von Angst, ihr voriger Anführer und Vater von Lion und Balthasar, starb, verkrümelte ich mich lieber. Zwar hatte ich keine Schuld am Tod des Königs, aber ich kannte jemanden, der in gewisser Weise daran beteiligt und nicht ganz unschuldig war. Das war für mich Grund genug, so schnell es ging das Zelt zu verlassen.
Ich ging zurück in unser Gastzelt, wo Jeremie schon wartete. Er hatte seine Sachen bereits gepackt. Morgen früh würde er abreisen, zurück nach London, um dort alles aufzuschreiben, was er hier erlebt hatte. Ich bemerkte erst gar nicht, dass mein Freund etwas in der Hand hatte, mit dem er spielte. Als ich genauer hinsah, erkannte ich dieses verfluchte Amulett. 'Wo hast du das her?', fragte ich mit bebender Stimme. 'Hab's in Jims Schlafsack gefunden. Wollte es mit nach London nehmen', entgegnete Jeremie völlig unbekümmert. Mir ging fast der Hut hoch. 'Bist du wahnsinnig?', schrie ich ihn an. 'Du hast doch gesehen, was dieses Ding bewirkt hat. Gib es her, Jim soll sich darum kümmern.' Ich versuchte meinem Freund dieses Teufelsding abzunehmen. Doch dieser weigerte sich und zog es außer Reichweite. 'Das ist meins!', kreischte er und lieferte sich mit mir eine Verfolgungsjagd durch das enge Zelt.
Nach einer Weile hatte ich ihn endlich eingeholt und konnte ihn zu Boden werfen. Doch Jeremie hörte nicht auf sich zu wehren. Wir kabbelten uns am Boden entlang. Dann endlich hatte er es geschafft! Das Zelt stürzte über unseren Köpfen ein. Verzweifelt

versuchten wir uns aus dem Zeltstoff herauszuwinden, doch je mehr wir uns bewegten, desto mehr verhedderten wir uns. Bald wurde uns klar, dass wir wie Mäuse in der Falle saßen. Ich fing also an, nach Hilfe zu rufen, was Jeremie überhaupt nicht guthieß. Er befürchtete, dass unser Retter ihm das Amulett wieder abnehmen würde, was dann auch geschah. Lion war es schließlich, der uns fand und befreite. Zuerst fand er mich in dem Gewirr aus Stoff."

„Murmel, jetzt beeil dich mal. Ich will heute noch was essen!", beschwerte sich Murmli. „Es steht dir jeder Zeit frei zu gehen!", gab Tapsi knapp zurück. „Und komm mir jetzt nicht mit 'Da verpass ich doch die Hälfte.' Lass dir von Dini die Big Ben Clan-Chronik geben, da steht alles bis ins kleinste Detail drin", fügte der grüne Bär noch hinzu.

Dann erzählte er weiter: „Jeremie fand Lion als Zweites. Er griff ihn an der Faust. Als auch mein Freund befreit war und dieser seine Faust immer noch nicht öffnete, fragte Lion neugierig: 'Was hast du da?' 'Nichts', stammelte der Schimpanse und versteckte seine Hand hinter dem Rücken. Damit ließ sich Lion aber nicht abspeisen. Er griff Jeremie am anderen Arm, hielt ihn fest, drehte ihn um und griff mit seiner freien Pranke nach Jeremies Faust. Er drückte sanft, aber dennoch energisch genug zu, um Jeremie dazu zu bewegen, die Faust zu öffnen. 'Das glaub ich ja wohl nicht!', schimpfte Lion, als ihm das Amulett in die Tatze fiel. „Jim, Jim!', rief er so laut er konnte.
Nicht lange und Jim war zur Stelle. Als Lion ihm das Amulett übergab, wusste er sofort, was los war. Er nahm das Schmuckstück an sich und übergab es den Tefnut, die es am nächsten Tag wieder an seinen Platz legen sollten.
'Spätestens morgen Abend muss das Amulett wieder an seinem Platz sein, sonst kommt Aluka wieder. Noch wird er von dem Bannspruch, den er ausgesprochen hat, im Sarkophag gefangen gehalten. Aber nach dem zweiten Sonnenuntergang nach Aussprache des Bannes, kann Aluka zurückkehren', sagte Jim zu Balthasar gewandt, als er wieder im Palastzelt war. Ich geh mal davon aus, dass die Tefnut sich darum gekümmert haben. Jedenfalls ließ

Balthasar das Amulett nicht mehr aus den Augen, bis er am nächsten Morgen ein paar seiner Löwen zur Pyramide schickte. Die anderen machten sich auf den Heimweg. Nur Ekju blieb zurück. Er sollte Balthasar in das Lager der Tefnut führen, sobald dieser alles für seine kurzzeitige Abwesenheit vorbereitet hatte. Soweit ich weiß, war Ekju der persönliche Berater von Balthasars Vater gewesen. Und nun sollte er auch der Berater des Nachfolgers werden. Wann genau Balthasar seine gewohnte Welt für eine Weile verließ, weiß ich nicht, auf jeden Fall war es ein paar Tage nach dem ich das Lager verlassen hatte.
Jeremie war gleich nach dem Frühstück weg und auf dem Weg nach London. Er schien noch etwas beleidigt, dass er das Amulett nicht mehr hatte. Auch die Kopie, die Jim ihm schenkte, heiterte ihn nicht besonders auf. Auch Flax, Ronja Husky, Kaiser Fritz und ich verließen mit Nili, dessen Familie und Samson das Zeltlager und machten uns auf den Weg zu Nilis Palast.
Im Palast angekommen, kam uns eine hübsche Hyänendame entgegen gelaufen. Freudig und erleichtert rannte sie auf Samson zu, der sie freudig in die Pfoten nahm. 'Akira, du lebst! Wie geht es dir, meine Kleine?' erkundigte sich Samson. 'Ich bin okay. Oh, Samson, ich hatte solche Angst. Diese schrecklichen Hyänen', sagte Akira noch leicht zittrig. Samson drückte die Kleine noch fester an sich. 'Ich bin ja jetzt da, meine kleine Schwester. Dir wird jetzt nichts mehr passieren', entgegnete Nilis Koch tröstend.
'Könnten wir jetzt rein gehen? Ich möchte sehen, ob das große Familienportrait noch in der Eingangshalle hängt', unterbrach Kaiser Fritz ungeduldig. Doch als wir in die Eingangshalle kamen, entgleisten fast die Gesichtszüge des Kaisers vor Entsetzen. Die gesamte Halle war 'vollgekleistert' (wie Kaiser Fritz es nannte) mit unzähligen Nili-Portraits. Fast schon panisch rannte Kaiser Fritz durch das Untergeschoss des Schlosses. 'Weg, alles weg! Verschwunden! Fort!', nuschelte er dabei ständig. Als er dann endlich wieder zu seinem Ausgangspunkt zurückkam, sagte er: 'Alle Bilder und Statuen meiner Vorfahren sind weg!' Es klang schon fast verzweifelt. 'Nun beruhige dich doch, Fritz. Meine Familie hat nichts von diesen Bildern und Statuen weggeschmissen. Alles steht in Kisten im Keller, gut verpackt und gepflegt. Du kannst dir dein Eigentum gerne abholen. Bei mir steht es nur vor den

Füßen rum', versuchte Nili die Gams zu beruhigen. Und so geschah es, dass Kaiser Fritz gleich nach einem Telefon fragte und seine Diener anwies, ein paar Lkws nach Ägypten zu schicken, um die ganzen Artefakte abzuholen.
Zwei Überraschungen hatte Nili aber noch. Er schaffte es, Kaiser Fritz dazu zu überreden, mit ihm in die Bibliothek zu gehen. Dort angekommen, traute der Kaiser seinen Augen kaum. Da stand doch tatsächlich noch eine Statue seines Urahnen. 'Sie ist mit dem Boden fest verankert. Es war also unmöglich, sie zu entfernen, ohne den ganzen Boden aufreißen zu müssen. Außerdem haben wir gestern bemerkt, dass dieses Meisterwerk der Türöffner für eine versteckte Tür im Boden dieses Raumes ist', erklärte Nili. Ich musste natürlich angeben und sagen, dass ich das entdeckt hatte. Nili gab mir aber einen kleinen Dämpfer und meinte: 'Damit hättest du uns fast an die Hyänen verkauft!' Beschämt senkte ich den Kopf.
Die zweite Überraschung befand sich in Nilis Schlafgemach hinter einem Vorhang, was Kaiser Fritz überhaupt nicht gefiel. 'So ein fantastisches Bild und es wird nicht einmal gezeigt!', sagte diese Gams beleidigt. 'Aber Fritz, ich hab das Bild doch nicht verhangen, weil ich den Kaiser nicht sehen will. Es ging mir einzig und allein um diese verdammte Hyäne da im Hintergrund', log Nili, während er auf die Hyäne zeigte, die tatsächlich auf dem Bild zu sehen war. 'Da diese Hyäne aber wichtig ist, hab ich sie nicht übermalen lassen', fügte der Pharao noch hinzu und fasste auf die Nase der Hyäne. Plötzlich trat das Bild etwas aus der Wand ab, schwang dann zur Seite und gab einen geheimen Gang frei. 'Mit dem linken Horn der Gams wird der Gang von hier aus übrigens wieder geschlossen.' Kaiser Fritz fand während unseres Aufenthalts noch etliche Geheimgänge, die Nili noch nicht gefunden hatte. Nili staunte nicht schlecht. Doch Kaiser Fritz erklärte es. Sein Urahne hatte von diesem Schloss samt Geheimgängen und Geheimverstecken eine genaue Karte angefertigt. Diese hatte er bei seiner Vertreibung mitgenommen. Ich war mir aber sicher, dass Kaiser Fritz nicht alle Geheimeingänge verriet, die er kannte.

Tja, damit ist das Abenteuer zu Ende. Ich machte mich dann auch wieder auf den Heimweg. Und ich denke, wir machen uns jetzt zum Abendessen. Was meint ihr, sollen wir Murmli schlafen lassen?", beendete Tapsi seinen Bericht. Murmli war inzwischen selig eingeschlummert, wurde von Diablo aber geweckt und sie gingen gemeinsam zum Essen. Strolch und Diablo hüpften vergnügt voraus.

Verschwunden

Nach dem Essen machten sich die Anwesenden auf den Heimweg. Einige von ihnen wohnten ja für die Zeit in Hotels. Strolch und Hund zum Beispiel wohnten bei Mike und Katze. Dort bekamen sie das ehemalige Spielzimmer von Kim, das grün tapeziert war, wie ein wunderschöner Wald. Der halbe Flur ließ einen allerdings eher an Ägypten und Afrika denken. Bilder von afrikanischen Wildtieren in atemberaubenden Aufnahmen säumten die Wände des Eingangs. Fantastische Sonnenuntergänge und Aufnahmen von entfernten Sandstürmen waren auch darunter. Hier und da hing eine furchteinflößende, afrikanische Maske. Plötzlich aber hörte der afrikanische Stil auf und ein ganz 'normaler' Stil fing an. Der Flur war plötzlich mit einer schlichten, cremefarbenen Rauhfasertapete tapeziert. Ein riesiger Kalender mit deutschen Hollywood-Schäferhunden zierte die Wand. Der Monat Januar zeigte Arni Schwarzenhund, wie er gerade durch eine gefährlich aussehende Feuerwand springt. Unten links war eine Vorschau auf den nächsten Hund, Till Sprachlos auf einem Motorrad.
Auch das übrige Haus war eine Mischung aus afrikanischer, europäischer und försterähnlicher Einrichtung. Jeweils ein Zimmer war nur auf Afrika, 'Normal' oder Wald getrimmt. Hund und Strolch schliefen im 'Wald des Friedens', wie auf der Zimmertür stand. Mikes persönliches Zimmer hieß 'Mike von Wuffs kleines Königreich' und das Zimmer von Katze nannte sich 'Wildes Afrika'. An einer Zimmertür stand 'Trautes Heim für zwei', wahrscheinlich das Schlafzimmer von Mike und Katze.
Hund und Strolch schliefen prachtvoll. Hund war es, der zum besseren Einschlafen eine der vorhandenen CDs in den Player gelegt hatte. Es war eine CD mit nächtlichen Waldgeräuschen. Noch nie hatten die beiden Hunde besser geschlafen. Zum Früh-

stück am nächsten Morgen gab es dann Hackfleischbrötchen mit Meerrettich oder Senf. „Als wir Kim gerade erst aufgenommen hatten, hatte sie ihr Hackbrötchen nie ohne Kräuterremoulade gegessen und ich glaube, sie isst es auch heute noch so“, erklärte Mike. Katze stimmte ihm zu.
Nach dem Frühstück jedenfalls nahm Mike Hund und Strolch mit in die Innenstadt. Mike musste sich um die Bestellung des Big Ben Clan kümmern und seine beiden Gäste wollten kurz mal in der Royal Albert Hall vorbeischauen und dann shoppen gehen. Sie brauchten noch ein paar gute Klamotten für die Party. Hund war schon vorneweg geflitzt. Strolch wollte gerade hinterher, als er von Mike zurückgerufen wurde: „Hund, warte mal!“ Als Strolch nicht hörte, rief er noch einmal: „Hund, warte doch mal.“ Diesmal blieb Strolch stehen. Verwirrt fragte er: „Meinst du mich?“ Mike nickte: „Wen denn sonst?“ „Aber ich bin nicht Hund, sondern Strolch“, gab Strolch zurück. „Oh, Entschuldigung, ich hab dich verwechselt. Von hinten seht ihr irgendwie beide gleich aus. Wie dem auch sei. Kannst du Jim sagen, er soll auf die Einladungen schreiben, dass sich die Gäste melden sollen, wenn sie etwas Bestimmtes haben wollen, Chips oder Eis und so. Damit ich weiß, was für Sorten ich besorgen soll. Sie sollen sich möglichst heute noch melden. Unter dieser Nummer erreichen sie mich. Das ist Jims spezieller Anrufbeantworter, der die Anforderungen am Ende eines Tages gleich als Einkaufsliste ausdruckt.“ Strolch nahm den kleinen Zettel, den ihm Mike reichte und verschwand in der Halle.
„Null, null, vier, vier. Bindestrich. Eins, sieben, eins. Noch ein Bindestrich. Acht, sechs, acht, sechs , vier , fünf, drei“, las Strolch im Gehen vor. Er blieb kurz stehen und überlegte: „Muss ich die Bindestriche auch wählen? Aber soweit ich mich erinnern kann, gibt es auf dem Telefon keine Bindestriche. Ach, egal!“ Er flitzte, um seinen Bruder wieder einzuholen.
Die Halle lag noch ziemlich ruhig da. Sie war aber bereits gut geschmückt und für die Feier hergerichtet. Sehr viele würden heute kaum kommen, da das meiste schon erledigt war. Diablo, Jim und Teufel waren bereits da. Daniela kam gerade aus den hinteren Räumen der Halle. Sie ging direkt auf Diablo zu. „Okay, zukünftiger Boss, wollen wir weiter machen? Soweit mir Jim sag-

te, seid ihr gerade bei dem Kapitel, wo Jim mal wieder seiner Lieblingsbeschäftigung nachgeht und das wiedermal ohne mich. Sitzen gelassen hat er mich mit Tochter Claudia, die damals knapp ein halbes Jahr alt war", sagte Daniela tatenfreudig. Diablo nickte. Er war voller Neugier. Auch Teufel wollte sich für eine Weile dazu setzen, bevor er dann das Mittagessen für die Musiker, die heute und die nächsten drei Tage noch zum Proben gekommen waren, machen wollte. „Hee, Strolch, da drüben gibt's Geschichten, lass uns hin gehen!", rief Hund aufgeregt. „Ich komme gleich, muss Jim nur noch was ausrichten", rief Strolch zurück. So ging Strolch zu Jim und erzählte ihm, was Mike ausrichten ließ. „Geht klar. Wenn mich jemand sucht, ich bin Einladungen austeilen und im Proberaum", gab Jim zurück und verschwand. „Äh, ja, alles klar", stammelte Strolch etwas verwirrt, gesellte sich dann aber wieder zu seinem Bruder und zu Diablo und Teufel.

„Gut, sind jetzt alle da, die Geschichten hören wollen? Wer noch nicht da ist, meldet sich jetzt bitte", scherzte Daniela, bevor sie anfing, die folgende Geschichte zu erzählen: „Also, wie schon gesagt, ging Jim mal wieder seiner Lieblingsbeschäftigung nach, dem Verschwinden. Darin hat er ja schon Übung. Doch zuvor muss ich wohl erst noch erwähnen, dass Jim und ich am 24. Januar des selben Jah ..."

„He! Wartet auf mich! Murrmel!", wurde Daniela von einer atemlosen, beleidigten Stimme unterbrochen. „So was unhöfliches! Nee aber auch!" „Da muss'ch dem kleenen Moormeldier awwer Recht jehm. Ihr hätt't wärchlich uff uns woarten könne", kam Saatzh zustimmende Stimme. „Um Ährlich ze sinn, wollt i eechendlich oarzähl'n. Derf'ch anfang'n? Wo wart'n jerad?" „Ähm, Saatzh, ich will ja nicht unhöflich sein, aber ich wollte von der Geschichte eigentlich etwas verstehen", druckste Diablo etwas herum. Es tat ihm weh, seinem Freund absagen zu müssen, aber es war ihm einfach zu anstrengend, das nächste Kapitel des Big Ben Clan in Kauderwelsch zu hören. Saatzh' trauriger Blick tat Diablo in der Seele weh. „Wie de meenst, Kleener. Awwer derf'ch denn wenchstens mit zuheeren?", gab Saatzh traurig zurück und setzte sich ohne eine Antwort abzuwarten auf den Boden.

„Okay, sind jetzt alle anwesend? Kann ich mit dem Bericht endlich beginnen? Und komm mir nicht mit 'Ich habe die Hälfte verpasst', Murmli, ich hatte gerade erst angefangen!" Murmli wollte nämlich gerade den Mund aufmachen und etwas sagen, schloss ihn aber gleich wieder, als ihn Daniela scharf ansah.

Dann fing sie endgültig an zu erzählen: „Wie schon gesagt, waren Jim und ich am 24. Januar des selben Jahres glückliche Eltern einer gesunden Tochter geworden. Jim hatte ihr den Namen Claudia gegeben. Dafür versprach er mir, dass ich den Namen für ihren kleinen Bruder aussuchen dürfte. Die Kleine hielt uns ganz schön auf Trab. Es gab kaum eine Nacht, in der wir in Ruhe schlafen konnten. Eines Nachts hörten wir zum Beispiel ein dumpfes 'Plumps' und dann hörten wir nur noch, wie Claudia weinte. Jim war als Erstes bei ihr und sah, dass sie aus ihrem Gitterbettchen gefallen war. Keine Ahnung, wie sie das gemacht hat, sie war doch erst drei Monate alt. Jim brachte daraufhin eine kleine Kamera am Bett an, vielleicht passierte es ja noch einmal. Und es geschah noch einmal, gleich in der darauf folgenden Nacht. Wieder war Jim als Erster bei Claudia. Diesmal konnten wir durch die Kamera sehen, was geschehen war. Claudia hatte doch tatsächlich geschwebt und hatte dabei nicht bemerkt, dass sie nicht mehr über ihrem Bett war. Irgendwann hat sie dann aufgehört zu fliegen und ist unweigerlich auf den Boden neben dem Bett gefallen. 'Na sieh mal einer an, unsere kleine Claudia fängt schon an zu fliegen wie ihr Papa', freute sich Jim. Claudia lachte ihm vergnügt ins Gesicht. Es war ein süßes Bild, wie Jim da mit seiner kleinen Tochter auf dem Arm im Zimmer stand und ihr mit der Nase die Nase rieb. Er kümmerte sich wirklich rührend um die Kleine. Nachts war er es immer, der aufstand, um Claudia zu beruhigen oder zu windeln, während er sich zufrieden in sein Bett und an mich kuschelte. Das Bettchen der Kleinen hat er so umgebaut, dass sie nicht mehr herausfallen konnte, es sich aber sofort öffnete, wenn ich oder Jim an das Baby heran wollten.
Bis zum 7. Juli lief alles ganz gut, wie in einer richtigen kleinen Familie. Wir besuchten meine Eltern, die sich über ihre Enkelin freuten. Bis zum Schluss wollten sie mir nicht glauben, dass ich ein Kind bekommen würde, da es bei mir keinerlei Anzeichen

gab. Ich bekam keinen dicken Bauch und schlecht war mir, wie sonst den meisten Frauen, auch nicht. Allerdings aß ich im wahrsten Sinn des Wortes für zwei.
Und plötzlich, in der Nacht vom 7. zum 8. Juli 1998, eine Nacht vor seinem 4998sten Geburtstag, verschwand Jim spurlos. Es war eigentlich untypisch für Jim, an so einem Tag zu verschwinden. Seinen Geburtstag würde er um nichts in der Welt verpassen wollen."

„Darf ich jetzt, da er endlich verschwunden ist, erzählen, was er erlebt hat? Ja? Also, ...", begann Murmli strahlend zu erzählen. Doch Daniela unterbrach ihn unwirsch mit : „Halt die Klappe!" „Menno", sagte Murmli traurig. Daniela kratzte das aber wenig, sie erzählte einfach ...

... weiter: „Wie genau er verschwunden ist, hab ich bis heute nicht ganz verstanden. Jedenfalls sind wir abends gemeinsam ins Bett gegangen, nachdem ich Claudia ins Bett gebracht hatte. Als ich am nächsten Morgen aufwachte, war das Bett neben mir leer. Zuerst dachte ich, Jim würde sich um unsere Tochter kümmern oder mir gar als Überraschung ein Frühstück ans Bett bringen. Frag mich aber nicht, wie ich auf diese Idee gekommen bin. Jim hat mir sehr sehr selten Frühstück ans Bett gebracht, abgesehen vom Hochzeitstag, den wir damals aber noch gar nicht hatten. Und an seinem Geburtstag würde er erst recht nicht auf eine solche Idee kommen."

„Pfui, Daniela, schämt euch! Ein uneheliches Kind!", tadelte Teufel mit breitem Grinsen. Daniela drückte den Oberkörper des Kater für diese Bemerkung sanft aber energisch ein wenig zurück, während Teufel diese Bewegung freiwillig mit machte. „Mensch!", sagte sie tadelnd. „Kater trifft es wohl eher", gab Teufel zurück. Beide mussten sie lachen. „Du bist schlimm, Teufel. Aber lass mich jetzt weiter erzählen, sonst platzt Murmli noch vor Aufregung. Und wer soll dann den Dreck wieder weg machen?", gab Daniela schließlich zurück. Teufel stimmte zu. „Erzähl ruhig weiter. Ihr kommt doch bestimmt auch ohne mich klar, ich muss nämlich schon mal mit dem Mittagessen anfangen Ich hab nämlich noch keine Ahnung, was es geben soll", sagte Teufel und entfernte sich. Aber nicht ohne ein: „Benimm dich ja ordentlich in der Gegenwart einer jungen Dame, Diablo.“ Der Jungkater murmelte noch etwas in seinen Bart, dann fuhr Daniela mit der Geschichte ...

... fort: „Jim war also nicht in seinem Bett. Ich schaute daher zuerst bei Claudia ins Zimmer. Sie schlief friedlich. Doch von Jim war nichts zu sehen. Auch in der Küche konnte ich ihn nicht finden. Ich durchsuchte das ganze Haus. Sogar die Gerümpelbude, die Jim Keller nannte. Wenn es nach mir ginge, hätte ich schon längst die Hälfte weggeschmissen und aufgeräumt. Aber Jim lässt keinen anderen dort unten aufräumen. Und wenn Jim nicht zufällig dort im Keller verschütt gegangen ist, war er auch da unten nicht. Aber wo war er dann? Ich wusste erst einmal nicht, was ich jetzt tun sollte, denn ich konnte Claudia ja nicht alleine lassen. Wenn Jim aber wirklich verschwunden war, musste ich dem Big Ben Clan Bescheid sagen. Doch das wollte ich nicht übers Telefon. Meine Eltern waren zu weit weg, um kurzfristig auf meine Tochter aufpassen zu können. Also entschloss ich mich, meinen kleinen Schatz mitzunehmen. Ich machte die Kleine fertig, fütterte sie, schmierte mir ein Toast und trank dazu ein Glas frisch gepressten Karakutjesaft, Orange war leider nicht mehr da. Nach dem kurzen und schnellen Frühstück zog ich meine Kleine an und machte mich mit ihr auf dem Weg ins Hauptquartier. Wir wohnten damals in Philadelphia, wollten aber im folgenden Monat nach London, in Jims zweites Haus ziehen. Doch das war noch Zukunftsmusik. Im Moment interessierte mich nur eins: Wo war Jim schon wieder hin? Das wurde bei ihm schon fast zur schlechten Angewohnheit.
Der Weg zum Hauptquartier war nicht sehr weit, trotzdem wurde ich nass wie ein Pudel, der gerade ins Wasser gefallen ist. Und das nur, weil sich Jims Lieblingsspielzeug geweigert hatte, mich mit diesem ‘Plärrbündel’, wie White Horse meine Tochter nannte, einsteigen zu lassen. ‘Komm schon, White Horse, du kannst mich hier doch nicht einfach im Regen stehen lassen’, bettelte ich schon fast. Claudia hatte ich in ihrem Körbchen im Hauseingang stehen, wo sie vor dem Regen sicher war. Doch White Horses freche Antwort war: ‘Es hindert dich keiner daran, wieder ins Haus

zu gehen und dir einen schönen geruhsamen Tag zu machen.' 'Wie kann ich mir einen geruhsamen Tag machen, wenn Jim verschwunden ist', gab ich gereizt zurück. 'Jetzt streite ich mich schon mit einem Auto', dachte ich bei mir. Die Reaktion von White Horse hatte ich allerdings nicht erwartet. 'Jim ist verschwunden? Wieso stehst du denn da im Regen? Steig ein, wir müssen dem Big Ben Clan Bescheid sagen.' Mir fehlten die Worte. Aber wenigstens brachte mich White Horse jetzt endlich zum Hauptquartier.
Das Hauptquartier war ein schönes, weiß-rot kariert gestrichenes Haus mit schwarzem Dach. Ein paar der Dachziegel hatten eine andere Farbe und bildeten die Worte 'Big Ben Clan', wobei das erste Wort mit roten, das zweite mit blauen und das letzte Wort mit grünen Ziegeln gebildet wurde. Als das Hauptquartier damals aus einer Bruchbude gebaut wurde, war Fomka ein Rechtschreibfehler unterlaufen. Er hatte damals 'Pig Ben Clan' geschrieben. Jetzt jedoch stand der Name richtig auf dem Dach. White Horse brachte mich bis genau vor die Tür, damit ich so wenig wie möglich nass wurde. Das kurze Stück die Treppe hoch nahm ich den Schirm. Claudia war die einzige, die über dieses miserable Wetter fröhlich lachen konnte. Teufel war auch schon griesgrämig. Er sah aus wie ein begossener Pudel, der immer noch im Regen steht, ich hätte ihn auswringen können. 'Morgen, Teufel, hast du gerade ausgiebig geduscht?' 'Hör mich bloß off!', gab Teufel zurück. 'Du siehst auch nicht besser aus. Sag mal, wieso ist Jim heute morgen nicht erschienen? Er hätte vor einer Stunde mit Ratti hier sein müssen', wechselte Teufel schnell das Thema. Schon waren wir bei dem Grund, dessendwegen ich an diesem Morgen bei diesem miesen Wetter zum BBC-Hauptquartier gekommen war. Eigentlich hatte ich nämlich Erziehungsurlaub, den ich mir mit Jim teilte. Das erste halbe Jahr sollte ich zu Hause bleiben, das zweite halbe Jahr dann Jim. Wenn der aber ständig verschwand, sollte ich wohl noch einmal darüber nachdenken.
Jetzt aber musste ich Teufel darüber in Kenntnis setzen, dass Jim weg war. 'Wie: weg?', fragte Teufel. 'Na, weg weg. So richtig weg. Gestern Abend war er noch da und heute morgen war er weg', gab ich zur Antwort. Daraufhin bat mich Teufel ins Büro. 'Ist das deine kleine Tochter?', fragte der Kater, als er auf dem Weg zum Büro in das Körbchen sah. Sofort fing Claudia an zu weinen. Als

Teufel seinen Kopf wieder hob und mich fragte, was die Kleine hätte, hörte sie wieder auf zu weinen. Doch sobald sich Teufel wieder über Claudia beugte, fing sie wieder an. 'Sowas. Ich glaub, sie mag mich nicht. Gemeinheit!'
Wir gingen den Flur entlang. Teufel traute sich nicht mehr, Claudia anzusehen, er wollte nicht, dass sie weint. Der Flur war nicht tapeziert, sondern bemalt. Auf weißem Untergrund waren alle Big Ben Clan-Mitglieder dieses Hauptquartiers gemalt. Bald waren wir in Teufels Büro. Er teilte es sich mit großem Louis, der es nachts besetzte. Als wir das Büro betraten, saß Louis am Schreibtisch und schlief. Er schien gerade ein Schriftstück verfasst zu haben, jedenfalls klemmte es noch in der Schreibmaschine. Neben ihm stand ein schnurloses Telefon mit externem Anrufbeantworter, der an einem Drucker angeschlossen war, damit die Aufträge, die auf Anrufbeantworter gesprochen wurden, gleich ausgedruckt und zusammen mit den anderen Sachen zu dem speziellen Fall zugeheftet werden konnten. Auch ein Faxgerät stand auf dem Schreibtisch, ebenfalls auf dem neuesten Stand. Nur die Schreibmaschine aus dem Jahre 1928 wollte nicht recht dazu passen. Sie war Louis' erste Schreibmaschine, sein Heiligtum. Ein Wunder, dass er auch Teufel darauf schreiben ließ. Ansonsten war das Zimmer schlicht eingerichtet. Ein paar Bilder hingen an den Wänden. Ein Portrait von Louis und Teufel und noch ein paar andere Bilder, die Louis alle selbst gemalt hatte. Das kleine Bild auf dem Schreibtisch neben der Tischlampe hatte ich zuerst gar nicht bemerkt. Es zeigte je zweimal Teufel, Blue, Lion und Doggy. Das Bild hatte Jim damals gemalt, als wir von Tob zurück kamen.
Teufel ging zu Louis hinüber, um ihn zu wecken. 'Louis? Louis? Aufwachen', sagte er leise. 'Was, wo bin ich?', fragte Louis verschlafen. 'Louis, ich bin's, Teufel.' 'Der Teufel? Bin ich denn schon in der Hölle?', antwortete Louis weiterhin verschlafen auf Teufels Worte. Dann endlich merkte er, was los war. Teufel konnte ihm endlich erklären, dass Jim verschwunden war. Und noch bevor Teufel geendet hatte, kam Blue total aufgeregt hereingestürmt. 'Habt ihr schon gehört? In London sind Flax und Ratti verschwunden', sagte Blue beim Eintreten. 'Und in Philadelphia ist Jim verschwunden', ergänzte ich. Blue schaute uns noch bestürzter an als

zuvor. 'Was zum Henker ist so toll am Verschwinden, dass Jim andauernd mit verschwindet?', fragte Blue in einem tadelnden Ton. 'Wenn ihr nichts dagegen habt, würde ich mich jetzt in meine Wohnung zurückziehen und schlafen', meinte Louis plötzlich und war schon an der Tür. 'Übrigens, deine Kleine ist echt niedlich', fügte er noch hinzu. Claudia war bis jetzt die ganze Zeit friedlich und ruhig gewesen, doch jetzt fing sie an zu weinen. Ich sah zum Schreibtisch, wo ich Claudia hingestellt hatte. Hatte sich Teufel vielleicht wieder über sie gebeugt? Doch Teufel war noch nicht einmal in der Nähe von meiner Tochter. Ich versuchte, die Kleine zu beruhigen. Aber sie hörte nicht auf zu weinen. Louis kam noch mal zurück und fragte, was mit Claudia los sei. Als Claudia ihn sah, hörte sie sofort auf zu schreien. Freudig lächelte sie Louis an und brabbelte irgend etwas. Sie schien ihn zu mögen. Nach einigem Bitten konnte ich Louis dann auch dazu überreden, auf Claudia aufzupassen, während ich half, nach Jim zu suchen. Ich musste einfach nach Jim suchen. Und da meine Eltern in Wales wohnten, war es unmöglich, sie so schnell mit der Aufsicht meiner Tochter zu betrauen. Louis nahm sie mit zu sich in die Wohnung. Er wohnt ja, wie du vielleicht weißt, im Keller des Hauptquartiers in Philadelphia. Dort legte er sich in seinem uralten Schaukelstuhl schlafen. Claudia nahm er auf den Schoß. Der Schaukelstuhl musste damals bestimmt auch schon 60 Jahre alt gewesen sein. Soweit ich weiß, hatte er sich den Stuhl gekauft, als er 38, also noch ein Mensch war.
Ich hatte jetzt wenigstens Handlungsfreiheit und konnte den Vater meiner Tochter suchen. Bunter und Emil wurden frühzeitig zur Arbeit geholt. Eigentlich hätten sie heute erst mittags kommen müssen. Als wir alle zusammen waren, machten wir eine Konferenzschaltung mit London. Dafür nutzten wir Jims Bildtelefon in dessen Büro. Auch in London war in Jims Büro ein Bildtelefon. Lion, Doggy, sein Junior, Fomka und Husky waren dort. 'Ratti ist heute morgen nicht erschienen. Und mein Kleiner war heute morgen auch nicht mehr in seinem Bett. Stattdessen lag dieser Zettel auf seinem Kissen. Wenn das ein Erpresserschreiben ist, verstehe ich kein Wort. Das ist in einer Schrift geschrieben, die ich noch nie gesehen habe', sagte Husky, der sichtlich besorgt um Flax war. Zwar kann Flax eine ganz schöne Nervensä-

ge sein, aber wenn er nicht mehr da ist, fehlt irgendetwas. 'Moment mal, Husky, diesen Zettel hast du mir ja noch gar nicht gezeigt. Ich kenne diese Schrift. Hab sie schon irgendwo mal gesehen, aber frag mich nicht wo.' Wir in Philadelphia sahen, wie Fomka Husky den Zettel aus der Pfote nahm. 'Sag bloß, du kannst das lesen, Fomka', schaltete sich Teufel jetzt ein. 'Ach wo, wo denkst du hin, Teufel. Ich hab nie behauptet, dass ich das lesen kann. Ich sagte nur, dass ich diese Schrift schon einmal gesehen habe', gab Fomka kopfschüttelnd zurück.
Ein Zettel? Auf Flax' Kopfkissen? Gab es bei Jim auch einen Zettel? Wenn ja, wo war er? Und wer hatte ihn da hingelegt? Diese und andere Frage schossen durch meinen Kopf. Wo war Jim nur? Wer hatte ihn diesmal entführt? Ging es ihm gut? Ich machte mir solche Sorgen. 'Ähm, Fomka, könnte ich den Zettel mal sehen?', fragte ich schließlich. 'Aber natürlich. Hier', gab Fomka zurück und hielt das Schriftstück so dicht an die Kamera, dass ich nichts erkennen konnte außer Papier. 'Ähm, Fomka, nicht so nah, ich kann doch gar nichts lesen', informierte ich den tapsigen Heidelbären. Mit einem 'Ups, tschuldigung' nahm er das Papier etwas weiter weg. Jetzt konnte ich die Zeichen zwar erkennen, aber nicht lesen. Aber Fomka hatte Recht, die Zeichen kamen mir auch bekannt vor. Wenn ich mich doch nur daran erinnern könnte, wo ich diese Zeichen schon einmal gesehen hatte. Ich konnte mich einfach nicht mehr erinnern. Auch Fomka konnte nicht sagen, wo er diese Schrift schon einmal gesehen hatte.
Nach gut einer halben Stunde Gespräch kamen wir überein, dass wir uns vorerst getrennt auf die Suche machen wollten. Für den Zettel beauftragten wir einen Kryptologen, einen gewissen Jason Meier, ein Freund des Big Ben Clan. Doch auch er machte kaum Fortschritte, er konnte den Text auf dem Zettel nicht entziffern, jedenfalls ergab es keinen Sinn. Auch wir kamen kaum voran, zumal wir keine Ahnung hatten, wo wir anfangen sollten. Wir hatten mal wieder nichts in der Hand. Uns blieb nur eins übrig: Flugblätter von den Vermissten auszuteilen. Emil organisierte das. Das Dumme war nur, dass wir von Ratti kein aktuelles Bild hatten. Doch in dieser Beziehung half uns großer Louis weiter. Er malte sie naturgetreu, als ob er sie abgezeichnet hätte. Leider fruchteten alle diese Dinge nicht.

Es war schon spät, als wir vorerst zu Bett gehen wollten. Die meisten hatten das Büro schon verlassen, als der Anruf kam: aus Italien. Teufel nahm den Hörer ab. Es war Schlafhund. 'Gu – ten – Tag!', hörte ich ihn sagen, ich hatte das Telefon auf Mithören gestellt. Soweit ich weiß, war es in Italien gerade 15 Uhr, während es bei uns 21Uhr war. Schlafhund hatte natürlich von unserem neuesten Fall gehört. Er war es auch, der uns auf eine ziemlich gute Idee brachte. 'Ich – hät – te – ei – ne – Idee, – wer – uns – hel – fen – kön – nte', sagte Schlafhund in seiner üblichen, langsamen Art. Teufel war zu der Zeit allerdings nicht sonderlich begeistert davon, auf jedes Wort sechs Sekunden lang zu warten. Er war todmüde. Schlussendlich war Schlafhunds Vorschlag, Zayx, den Mund von Tob, zu Hilfe zu holen. 'Das ist eine Superidee, Schlafhund. Kümmert euch darum, ich geh jetzt schlafen', gab Teufel als Antwort. 'Geht – klar – Teu – fel. – Teu – fel? – Teu – fel?' Von Teufel war nur noch ein Schnarchen zu hören, während er vom Tisch vor ihm gestützt wurde. Den Hörer hatte er noch so halb in der Pfote. Ich nahm ihm den Hörer ab und sagte: 'Alles okay, Schlafhund, Teufel pennt nur im Stehen.' 'Ach – so. – Äh, – Da – ni, – sag – mal, – wie – ruf – ich – die – sen – Mund – ei – gent – lich? – Ein – fach – nur – den – Na – men – ru – fen, – o – der – wie?', fragte Schlafhund. 'Ich denke schon. Versucht es doch einfach. Mehr als schief gehen kann es ja wohl nicht', gab ich zurück. Dann verabschiedeten wir uns und ich legte auf.
Ich war mir sicher, dass Schlafhund das packte und machte mich erst einmal auf in Richtung Keller, um nach meiner Kleinen zu sehen. Claudia und Louis schliefen noch friedlich im Schaukelstuhl, als ich kam. Louis wachte aber fast sofort auf, als ich sein kleines Reich betrat. Vorsichtig sah er nach Claudia. Sie schlief ganz friedlich mit einem Lächeln auf den Lippen. Ganz behutsam stand Louis auf und legte Claudia in den Schaukelstuhl. Sie strampelte etwas unwillig, schlief aber weiter. Ohne ein einziges Geräusch kam Louis auf mich zu und fragte kaum hörbar, ob wir schon etwas gefunden hätten. Ich schüttelte nur deprimiert den Kopf, sagte ihm aber auch, dass Schlafhund versuchen wollte, einen Freund zu Hilfe zu holen. 'Wo war dieser Zayx noch mal her?', wollte Louis wissen. Ich sagte ihm, er solle Emil fragen, der wisse, wo die Notizen zu diesem Fall zu finden seien. Ich war

einfach zu müde, um lange Erklärungen abzugeben. Louis bot mir übrigens an, diese Nacht in seiner Wohnung zu verbringen. Und da Ali und Baba vor zwei Tagen gefüttert worden waren, war es noch nicht unbedingt nötig, sie heute zu füttern. Meistens bekommen sie sowieso nur einmal in der Woche jeweils ein Zebra oder etwas ähnliches.

Als ich am nächsten Morgen wieder ins Büro kam, sah ich Louis am Schreibtisch eingegangene Hinweise lesen, während Emil und Bunter friedlich zusammengekauert und aneinandergekuschelt auf dem Boden schliefen, zugedeckt mit Louis' Mantel. Als er mich bemerkte, legte er leise den Zeigerfinger auf den Mund. 'Morgen', flüsterte er. 'Das Frühstück müsste gleich kommen, ich hab Salate bestellt. Und für Bunter fünf Koteletts. Reichen sieben große Salate für einen kleinen Bären?' Ich musste lächeln. Tee war auch schon gemacht. Sogar das Fläschchen für Claudia war schon bereitgestellt. Louis hätte mit Sicherheit einen super Vater abgegeben. Ich fütterte meine Tochter. Mein Frühstück kam kurz darauf mit einem Boten, der durch sein Klingeln auch Bunter und Emil weckte. 'Das Frühstück ist da, das Frühstück ist da', rief die Klingel einige Male. Ich öffnete, bezahlte die Rechnung und brachte das Gelieferte rein, um es zu verteilen. Louis ging unterdessen in sein Apartment im Keller zurück. Die Pflege meiner Tochter übernahm er auch wieder, freiwillig versteht sich.

Noch bevor wir mit dem Frühstück richtig fertig waren, kam Blue hereingestürmt. Er hatte eine Zeitung in der Pfote, wahrscheinlich das Dinoblatt. Mit den Worten 'Habt ihr schon die Zeitung gelesen?' knallte er uns die Zeitung auf den Schreibtisch. Die Zeitung war wesentlich dünner als üblich. Die riesige Überschrift auf der ersten Seite und die fünf Bilder darunter sprangen einem regelrecht entgegen:

Spitzenreporter Dini Paradoxi und die vier Big Ben Clan Mitglieder Jim Barnes, Piepsy, Ratti und Flax verschwunden!

Darunter stand dann ein seitenlanger Bericht über die fünf Vermissten. Wie sich herausstellte, gab es auch bei den anderen Opfern einen Zettel mit denselben merkwürdigen Schriftzeichen, die noch immer nicht entziffert werden konnten. Jedenfalls brachte uns dieser Artikel auch nicht viel weiter, bis auf die Tatsache, dass noch zwei Personen mehr vermisst wurden, als wir zuerst annahmen. 'Sag bloß, Piepsy ist auch verschwunden. Wieso wissen wir davon noch nichts?', fragte ich erstaunt. Bunter beantwortete diese Frage: 'Sie wurde heute morgen als vermisst gemeldet. Die Nachricht kam kurz vor dir rein.' Bunter und Emil brachten mich und Teufel, der kurz nach Blue kam, auf den neuesten Stand der Dinge. Auf die Flugblätter hin hatten sich etliche Bürger gemeldet, die einen der Vermissten gesehen haben wollten. Doch die Aussagen waren so widersprüchlich wie ein Schneemann in der Wüste. Dass Jim zur selben Zeit an mehreren Orten sein konnte, wussten wir, das war möglich. Aber Flax und Ratti? Das war unwahrscheinlich. 'Was hatte eigentlich Zayx gesagt?', fragte Teufel. 'Soweit ich weiß, wollte Zayx sehen, was er tun kann. Danach hat er sich nicht mehr gemeldet', gab Emil zurück. Wir hatten also noch immer nicht mehr in der Hand als die zweifelhaften Zeugenaussagen.

Der einzige Zeuge, der uns wirklich weiter helfen konnte, meldete sich im Laufe des Tages. Es war ein kleiner Junge im Alter von zehn, elf Jahren. Er kam am späten Vormittag in unsere Zentrale. Der Junge schien aus einem der Chinesenviertel zu kommen, was sich in seinem Namen bestätigte. Er hieß Tsing Tang. Seine Worte überraschten uns. 'Ich bin Tsing Tang, Zayx hat mich geschickt. Ich soll euch zeigen, wo eure Freunde sind', sagte der Junge in perfektem Oxfordenglisch. Als es an die Zusammenstellung des Teams ging, fanden sich schnell Freiwillige. Husky und ich hatten auf jeden Fall einen Grund mitzukommen, Husky wegen Flax und ich wegen Jim. Dann musste Tsing natürlich mitkommen, da er anscheinend wusste, wo sich die Vermissten befanden. Er wollte unbedingt seine beiden Freunde Max und William McWilly mitnehmen. Damit waren wir schon zu fünft. Dazu gesellten sich noch die beiden Nervensägen Hund und Strolch, da sie ihren 'Streichpartner' wiederhaben wollten und von den White Rabbits wurden noch Saatzh und Jena eingeteilt. Auch sie hatten sich freiwillig gemeldet. Im Grunde hatte sich der gesamte Big Ben Clan zur Suche gemeldet. Alle konnten aber natürlich nicht mit.

Gegen Mittag ging es dann endlich los. Der Treffpunkt lag am nördlichen Rand von Philadelphia. Wir waren allerdings erstaunt,

als wir am Treffpunkt zwei kleine weiße Gorillas mit braunem Gesicht und braunen Pfoten sahen, hatten wir doch eher mit Menschen gerechnet. Tsing stellte sie uns mit William und Max McWilly vor. Saatzh kam als Letzter fast zu spät. 'Des is joarnich so eenfach, sich hier net zu vorloof'n. Un wenn'ch nach'm Wech jefraht ha'e, ham mich de Leide bleede anjeseh'n, als ob'ch von'em annorn Stäärn kimme.' Tsing sah Saatzh fragend an. Er schien kein Wort verstanden zu haben. 'Was für eine Sprache ist das?', fragte er schließlich. 'Das ist Saatzhisch', gab Hund witzelnd zurück. 'Genau, das spricht man in Saatzhhausen', stimmte sein Bruder Strolch zu. Dafür bekamen alle beide eine Kopfnuss von Saatzh.
Nach dem kleinen Scherz der beiden Zwillinge ging es los. Wir standen an einem Bergmassiv, das direkt in die Appalachen hinauf führte. Tsing führte uns zunächst genau in diese Richtung, eine gute halbe Stunde lang. Dabei achtete er darauf, dass es nicht zu steil wurde und alle gut mithalten konnten. Dennoch stöhnten Hund und Strolch bald. Sie konnten einfach nicht mehr. Klettern war nicht ihr Ding. 'Kommt schon, ihr beiden Koniferen, nur keine falsche Müdigkeit pikieren', rief Husky in Richtung der beiden Zwillinge. Ich fragte mich, wieso er zwei Nadelbäume rief, die in der Tat in genau der selben Richtung standen, in die Husky gerufen hatte. 'Sag mal, du Husky, wie war dein Name doch gleich? Na egal. Aber wieso willst du, dass diese Nadelbäume da drüben keine falsche Müdigkeit einpflanzen?', fragte Tsing, nachdem er kurz stehengeblieben war. 'Wovon redest du, Tsing?', fragte Husky verwirrt. 'Das möchte ich auch gerne wissen, wovon redest du?', war die Antwort. 'Ich hatte die Zwillinge nur aufgefordert, keine Müdigkeit vorzutäuschen', gab Husky beleidigt zurück. 'Keiner versteht mich', fügte er noch murmelnd hinzu. 'Übrigens heiße ich Husky. Ist denn das so schwer zu merken?'
Wir machten eine kurze Pause, damit sich Hund und Strolch ein wenig ausruhen konnten, dann führte uns Tsing weiter. Jetzt war es aber nicht mehr weit, nur noch etwa zehn Minuten, dann standen wir vor einem Höhleneingang, an dem wir die selben merkwürdigen Zeichen fanden, wie sie auf den Zetteln standen, die an Stelle der Vermissten zurückgelassen wurden. 'Sag mal, Tsing, kannst du das hier lesen?', fragte Jena, die sich auf der ganzen Tour noch nicht einmal zu Wort gemeldet hatte. 'Nee, nee, lesen

kann ich es nicht, aber wenn es mir jemand vorliest, könnte ich es übersetzen', gab der Junge zurück. Ich war baff. Neue Hoffnung stieg in mir hoch. Konnte dieser Junge vielleicht diese Zettel entziffern, die wir bekommen hatten? Doch ich wurde enttäuscht. Zwar hatte ich die Übersetzungsversuche des Kryptologen bei mir, aber für Tsing ergaben die Buchstaben keinen Sinn. „Krzum orzix pexkro? Kiz, kriz kwacks kwerkz? Ne, das kann nicht stimmen.' Mit diesen Worten gab mir Tsing den Zettel zurück. Traurig senkte ich den Kopf. 'Wir sollten gehen, wenn ihr eure Freunde finden wollt', wechselte Tsing das Thema. Die anderen stimmten zu.
Und so führte uns der Junge in dieses Höhlensystem. Im Gegensatz zu den Höhlen, die wir bereits gesehen hatten, war dieser Teil nicht beleuchtet. Eher das Gegenteil war der Fall, es war stockfinster. 'Gibt es hier auch Licht?', fragte Jena mit einem etwas mulmigen Gefühl. Die unverständliche Antwort kam von irgendwo in der Höhle. 'Hajines (hatschien) jillyx (tschilik) yichocce (jalocke) trqueaji (trätschi)', hörten wir eine fremde Stimme. Wem sie gehörte, konnten wir allerdings nicht sehen. Wenigstens konnte uns Tsing übersetzen, was die fremde Stimme gesagt hatte. 'Wer immer da geredet hat, er sagte in etwa: 'Wieder mal kein Licht hier.' Wahrscheinlich ist es ausgefallen.' 'ßurxschytos (Würxlitos) feung (fön) jiun (tschiühn) diterquits (dateris) yxbrelleacht (ikbrelläch)', hörten wir die Stimme weiter sagen. Tsing übersetzte wieder. 'Ich nehme mal an, Würxlitos ist ein Name. Und eben dieser soll sich um dieses Problem hier kümmern.' Danach hörten wir keine Stimmen mehr. Wer immer da war, musste weitergegangen sein.
Auch wir versuchten weiter zu gehen, was sich allerdings als schwierig erwies, da wir die Hand vor Augen nicht mehr sehen konnten. „Okay, Leute, ihr fasst euch jetzt alle an Händen und Pfoten, damit wir uns nicht verlieren. Am besten gehen wir dicht an der Wand, damit wir einen Orientierungspunkt haben', wies uns Tsing an. Wir leisteten natürlich Folge, immerhin war er der Einzige, der sich in diesen Höhlen auskannte. Dachten wir jedenfalls. Schnell stellte sich jedoch heraus, dass Tsing ganz und gar keine Ahnung hatte, wo wir lang mussten. 'Du, Kleener, haschte üwwerhaupt ne Ahnungk, wosch longk jeht? Mor laatsch'n hier schon üwwer ne

Stunne rum', fragte Saatzh nach einer Weile. 'Sag mal, Saatzh, woher weißt du, wie lange wir schon laufen?', wollte Jena wissen und Saatzh erklärte ihr, dass das Ziffernblatt seiner Uhr beleuchtet sei, allerdings nicht hell genug, um uns zu leuchten. Tsing blieb nichts anderes übrig, als uns die Wahrheit zu sagen. Er wusste, dass sich unsere Freunde im Land der Friedensvögel aufhalten, er wusste auch, dass einer dieser Gänge dort hinführte. Was er allerdings nicht wusste, war der genaue Weg da hin.
Bis jetzt waren wir immer geradeaus gegangen und jedes Mal, wenn auf der rechten Seite, auf der wir gingen, ein Gang abging, warnte uns Tsing rechtzeitig, damit wir langsamer gingen. Immerhin mussten wir alle, aber vor allem Tsing, ein Stück völlig blind gehen. Plötzlich hörten wir ein schmerzvolles: 'Autsch!' und einer rempelte in den Nächsten. 'Was ist los?', wollte Strolch wissen, der am Ende der Reihe gegangen war und nicht, wie die meisten anderen, hingefallen war. 'Och, nix weiter, nur eine Wand', gab Tsing zurück. 'Und? Das ist doch kein Ovum. Hier sind überall Wände, das paralysiert uns doch nicht daran weiterzugehen', meinte Husky. 'Erstens nennt man das Novum und nicht Ovum. Ein Ovum ist nämlich eine weibliche Eizelle, falls es dich interessiert. Zweitens kann uns das höchstens imperdieren und nicht paralysieren. Und drittens hindert uns diese Wand am Weitergehen, da sie von Rechts einmal gerade nach links geht und uns den Weg versperrt. Kurz, wir sitzen in einer Sackgasse', gab Tsing korrigierend zurück. Das war echt super. Im Stockdunkeln mussten wir wieder umkehren. Vorsichtig fassten wir uns wieder an den Händen und reihten uns der Reihe nach auf, Tsing als Erster. Wir anderen folgten stolpernd. Langsam ging es zurück. Wir waren noch nicht weit gekommen, als wir plötzlich einen kurzen Schrei hörten, dazwischen das Schaben von Stein auf Stein. Gleich darauf war wieder Ruhe. 'Alles in Ordnung? Ist irgendetwas passiert?', fragte Tsing. Jeder Einzelne antwortete, bis auf einen: Husky! Auch unser Rufen half nichts, Husky meldete sich nicht. Er war einfach verschwunden. Irgendwo in dieser Wand musste eine Geheimtür sein, aber im Dunkeln war es einfach unmöglich, sie zu finden. Wenn wir Licht gehabt hätten, wäre das vielleicht anders gewesen, aber unter diesen Umständen.

Wir gingen zurück bis zur ersten Abzweigung, die wir finden konnten. Auch hier war es stockfinster, so dass wir wieder Hand in Hand an der Wand entlang schlichen. Doch nach und nach schien sich die Dunkelheit zu lichten. Zuerst konnten wir nur schemenhafte Umrisse erkennen, die immer schärfer wurden. Dennoch war alles grau in grau. Nur der helle Lichtschein am Ende des Ganges wurde intensiver. Auf dieses leicht runde Viereck gingen wir zu. Schon bald standen wir in mattem Licht, das in unregelmäßigen Intervallen die Farbe änderte. Manchmal waren auch mehrere Farben zur gleichen Zeit zu sehen. 'Endlich sieht man mal etwas', meinte Hund erleichtert, ihm schien die Dunkelheit nicht gefallen zu haben. Den anderen hatte sie aber genauso wenig gefallen. Jetzt, wo wir endlich was sehen konnten, blieben wir erst einmal stehen, um zu beraten, wie es weiter gehen sollte. Husky war verschwunden und musste in diesen Tunneln irgendwie selbst zurecht kommen. Mit Glück begegneten wir ihm irgendwo wieder. Denn nach dem, was ich bereits über diese Tunnel wusste, war jeder Weg irgendwie mit einem anderen verbunden, der wieder auf einen anderen Weg traf und so weiter. Wir entschlossen uns, weiter nach Jim zu suchen. Aber wir wollten Husky nicht einfach seinem Schicksal überlassen, also riefen wir Zayx den Mund noch einmal und baten ihn, unseren Freund zu suchen und ihm zu helfen oder ihm Hilfe zu schicken. Zayx erklärte sich freundlicherweise bereit dazu und verschwand wieder.
Wenigstens hatte er uns eine ungefähre Richtung gegeben, in die wir gehen mussten. Nach Zayx' Aussage mussten wir uns südöstlich halten, dann würden wir das Land der Friedensvögel finden. Blöderweise hatten wir keinen Kompass bei uns. Wir konnten nur vermuten, wo wir waren. Der Eingang, durch den wir gekommen waren, lag im Nordwesten, wir mussten also genau in die entgegengesetzte Richtung. Wobei das wahrscheinlich schwierig werden würde, da es mit Sicherheit keinen Gang geben würde, der schnurstracks geradeaus führte. Wenigstens hatte Tsing Papier und Stift bei sich, frag mich nicht wieso. Jedenfalls schrieb er an alle vier Ränder jeweils Osten, Süden, Westen oder Norden. In die Ecken schrieb er Südosten, Südwest, Nordwesten und Nordosten. dann fing er an, den Gang einzuzeichnen, den wir bis jetzt gegangen waren. Die fünf oder sechs Gänge, die auf der

rechten Seite abzweigten, deutete er nur an, bis auf den Letzten, den wir gegangen waren, nachdem wir in der Sackgasse gelandet waren. Auch hier zeichnete er alles ein, was er sehen konnte. Nachdem er fertig war, nahmen wir den Weg, der am ehesten in die Richtung führte, in die wir mussten. Jedesmal, wenn eine Abzweigung kam, zeichnete Tsing sie ein. Wir nahmen aber immer nur die Wege, die in etwa in unsere Richtung gingen. So liefen wir eine ganze Weile durch die Tunnel, bogen ab, wenn der Weg zu sehr von unserer Richtung abwich und hofften insgeheim, bald die Tunnel verlassen zu können. Doch irgendwann teilte sich der Weg so, dass zwar beide in etwa Richtung Südost verliefen, aber der eine steil nach oben und der andere steil nach unten ging. 'Na super. Unn wo lang loof ma jetze?' 'Vielleicht ist es ...' '... egal wo wir lang laufen.' 'Sie treffen sich ...' '... bestimmt irgendwann wieder', beantworteten Hund und Strolch Saatzh' Frage. 'Die Gänge sind zwar alle irgendwie verbunden, sodass man von überall überall hinkommt. Aber ich glaube nicht, dass sich zwei Tunnel, wenn sie sich getrennt haben, wieder direkt zum anderen führen. Das bedeutet, dass wir irgendwo abbiegen müssten, um auf den unteren Gang zu stoßen und umgekehrt', versuchte Tsing das System des Labyrinths zu erklären.
'Gut, wenn das so ist, dann gehen wir da lang', bestimmte Jena und nahm den Weg, der nach unten führte. 'Der andere ist mir zu steil', fügte sie im Laufen hinzu. Dabei war der andere Weg nicht weniger steil. Außerdem wäre ich lieber bergauf gegangen, dort ist die Luft meist besser als tief unter der Erde. Doch Jena ließ keine Diskussion zu. Also folgten wir ihr. Tsing konnte sie wenigstens zum Warten anhalten, damit er den Anfang des anderen Ganges einzeichnen konnte, dann ging er wieder voran. Die ersten paar Meter ging der Gang ziemlich steil nach unten. Hier und da waren einige Steine locker, rutschig und mit Moos bewachsen. Wir mussten ganz schön vorsichtig gehen. Zum Glück war der Gang beleuchtet, sonst wär es reiner Selbstmord gewesen, hier lang zu gehen. Nach einer Weile wurde der Weg aber ebener, obwohl es noch immer bergab ging. Aber je tiefer wir kamen, desto feuchter wurde es. Jetzt war nicht mehr nur der Boden vereinzelt nass, sondern auch die Wände und die Decke, von der es immer wieder mal tropfte. Nach gut zwei Stunden

stand uns das Wasser bereits knöchelhoch. Es roch salzig und besonders warm war es auch nicht. An den Wänden war Salz, das von verdampftem Salzwasser zurückgelassen wurde. Zwischen dem Salz wuchsen Meerespflanzen, die ich noch nie zuvor gesehen hatte. 'Wenn'sch's ni besser wüßt, würd'sch meenen mor sinn unner Wassor, mitt'n im Määr', meldete sich Saatzh schließlich zu Wort. Wir gingen aber weiter, als es vorne im Gang zu blitzen schien. Neugierig gingen wir auf die Stelle zu. Was uns da erwartete, versetzte uns in Staunen. Mitten in der Höhlenwand war plötzlich ein Fenster, das von rechts einmal über die Decke auf die linke Seite ging. Doch das war es nicht, was uns die Sprache verschlug. Nein, es war der Zitterrochen, der sich gegen drei junge weiße Haie wehrte. 'Wow!', war Saatzh' Kommentar, so ziemlich das einzige Wort seines Dialektes, das jeder verstand. 'Wir sind ja wirklich unter Wasser', presste Max McWilly heraus, dabei schüttelte er sich unbehaglich. Am Ende des Tunnels mit Aussicht aufs Meer ging es fast senkrecht nach unten. Am Boden waren wenig vertrauenswürdige Seile befestigt, die nach unten hingen. 'Das ist bestimmt nicht der richtige Weg. Der ist mir viel zu nass', beschwerte sich William und kehrte stehenden Fußes um. Die anderen folgten. Nur Jena stand noch ein paar Sekunden da, dann sagte sie: 'Ist ja gut, vielleicht war es der falsche Weg. Aber seht es doch mal von der Seite: So eine Szene wie eben habt ihr bestimmt noch nie gesehen.' Dann folgte sie. Unsere vorwurfsvollen Blicke ließen Jena schließlich verstummen.
'Hey, Leute, seht mal! Die Haie scheinen sich zu unterhalten', riefen Hund und Strolch aufgeregt. Und tatsächlich, sie schienen sich wirklich zu unterhalten. 'Ach, ich wünschte, wir könnten hören, was sie sagen', flüsterte ich leise vor mich hin und plötzlich waren drei verschiedene, fremde Stimmen zu hören. 'Dieser blöde Rochen! Ich zittere ja jetzt noch bis in die Schwanzflosse.' 'Hast Recht, Sharkey, ein gemeiner Rochen. Hätte der nicht sagen können, dass er ein Zitterrochen ist?', meinte der andere Hai. 'Wie kann dieser Fisch die Frechheit besitzen, uns, die Könige der Weltmeere, mit so billigen Tricks außer Gefecht zu setzen?', sagte der dritte Hai. 'Lass uns von hier verschwinden. Was guckt ihr denn so blöd? Noch nie 'nen elektrisierten Hai gesehen?' Die letzte, bissige Bemerkung war an uns gerichtet. Strolch murmelte

eine ebenso bissige, wie gemeine Antwort zurück, hatte er doch nicht damit gerechnet, dass die Haie auch uns hören konnten. 'Wie wohl gegrillter Hai schmeckt?' Bei dem Gedanken mussten wir alle etwas grinsen. Die drei Haie da draußen fanden die Bemerkung allerdings weniger lustig. Wütend schwammen sie auf die Fensterscheibe zu. Mit einem 'Wumm' knallten sie mit ihren Schnauzen dagegen. Das Glas, oder was immer das war, hielt dem Druck aber stand. Voller Schreck und Panik sahen wir zu, dass wir Land gewannen. Erst vor dem steilen Anstieg blieben wir wieder stehen, einige von uns völlig außer Atem. Allerdings hatten wir nun ein neues Problem: Wie sollten wir diesen steilen, feuchten, rutschigen Weg hinauf kommen?"

„Ihr hattet ein Problem? Das ist noch gar nichts gegen mein Problem", wurde die Runde von Husky unterbrochen. „Hallo Husky, auch schon wach?", fragte Diablo, wobei er aber nur erstaunt tat. „Und wer fragt mich. Als ich hinter dieser verdammten Tür verschwunden bin, stand ich ganz allein da und ich hatte keine ..." „Husky! Würdest du wohl mal die Güte besitzen, uns hier zu helfen? Geschichten kannst du später hören!", rief Katze missbilligend. „Ist ja gut, ich komme. Wie es scheint, muss ich euch meine Erlebnisse in diesen Gängen später erzählen. Ich muss los, sonst springt mir Katze noch an den Hals." Schon war Husky auf und davon. Katze begrüßte ihn mit: „Soll ich dir mal wirklich an die Gurgel springen?" und zeigte die Krallen. Ihr freches Grinsen zeigte aber, dass sie nur Spaß machte.

Daniela erzählte unterdessen mit einem Lächeln auf den Lippen weiter: „Wir standen also vor einem ziemlich steilen, glitschigen Aufstieg, der im Grunde unmöglich war. Zu rutschig waren die Steine. 'Tolle Leistung, Jena! Wir sitzen fest. Wenn wir den Gang weiter gehen, werden wir wahrscheinlich irgendwann schwimmen müssen und hier kommen wir nicht hoch. Daniela vielleicht, die kann fliegen. Aber wie sollen die anderen hoch kommen?', kritisierte Tsing. 'Tut mir leid, aber ihr hättet mir ja nicht folgen müssen', gab Jena eingeschnappt zurück. 'Globst'e wärkl'ch, das mor di oaleen hier unnen rumloof'n lass'n? Un nu mach'mer ne kleene Pause un üwwerläch'n uns, was mer dun känn'n.' Und das

taten wir dann auch. Immerhin waren wir schon gut drei Stunden unterwegs, seit wir Husky verloren hatten.
Doch auch nach dieser Pause fiel uns keine Lösung ein. 'Wenn es hier doch wenigstens einen Lift oder eine Treppe geben würde. Nur eine Treppe', seufzte ich. Urplötzlich verwandelten sich die glitschigen Steine in eine glitschige Treppe, die wir mehr oder weniger bequem hinaufsteigen konnten. Oben angekommen erwartete uns Zayx, mit dem wir nun überhaupt nicht gerechnet hatten. 'Wo kommt ihr denn her? Wisst ihr denn nicht, dass es lebensgefährlich ist, diesen Gang zu benutzen? Euch hätte sonst was passieren können', schimpfte der Mund, wobei er weniger böse, sondern eher besorgt klang. 'Lebensgefährlich? Und wieso schreibt dann keiner was dran oder sperrt den Gang ab?' 'Erstens war der Gang abgesperrt, nur irgend ein Idiot hat die Absperrung wieder abgerissen und zweitens steht es dran, rechts an der Wand', gab der Mund zurück. Wir sahen auf die Stelle, die uns Zayx genannt hatten. Da standen wirklich Zeichen an der Wand, die selben merkwürdigen Zeichen, die auf den Zetteln standen, die wir an Stelle unserer Freunde fanden. 'Na gut, meinetwegen stand hier was, aber wer soll das lesen können?', fragte Tsing. 'Ich hatte es dir doch beigebracht', antwortete Zayx anklagend. 'Mag sein, aber diese blöden Schriftzeichen kann ich mir nicht merken. Was weiß denn ich, was da steht!' Zum Glück wechselte Zayx schnell das Thema und sagte uns, Husky sei wohl auf und nicht mehr in den Tunneln. Uns führte er jetzt auch sicher ans Ziel. Der Weg, den wir von Anfang an hätten nehmen müssen, ging nur die ersten paar Meter steil bergauf, danach war er eben und zog sich lange hin. 'So, ihr Nasen, ich denke, ab hier findet ihr alleine. Den nächsten Gang links, fünf Gänge geradeaus und dann noch einmal links. Den Gang dann bis zum Ende gehen, dann kommt ihr auf vier weitere, nebeneinanderliegende Abzweigungen, von denen ihr euch eine aussuchen könnt', sagte der Mund nach einer Weile und verschwand dann.
Wir folgten den Anweisungen und kamen tatsächlich bald in ein Land. Vor uns sahen wir einen Fluss, links neben uns, gar nicht mal so weit weg, stand ein Vulkan oder etwas ähnliches, jedenfalls stieg Qualm auf. Auf der anderen Seite des Flusses gab es eine Wüste oder Savanne. Es schien dort nichts zu wachsen, der Bo-

den war grau-braun. 'He, Leute, seht doch, der Boden da drüben scheint sich zu bewegen!', rief ich entsetzt. Es war bestimmt keine Einbildung, der Boden bewegte sich und er schien zu reden. 'Murmel, murmel, murmel!', hörte ich eine Art Marschgesang. Auch die anderen mussten zustimmen. 'Das sind Tiere', bemerkte Hund. 'Ziemlich viele Tiere, fast so zahlreich wie bei uns Heuschrecken, Ratten oder Kaninchen', pflichtete Hunds Bruder bei. 'Möchlischorweese sollt'mer dänen folchen', schlug Saatzh vor. Unser Problem war nur, dass wir weit und breit keine Brücke sahen. 'He, ihr da, wie seid ihr über den Fluss gekommen?', rief Tsing den Tieren zu. 'Sching (sank) schang (sunk) schong (senk)!', antwortete eines der Tiere. 'Wos hotter gsohcht? Ma vasteht det Kauderwelsch üwwerhaupt niche', beschwerte sich Saatzh. Tsing übersetzte es mühsam mit 'Wir sind hier geboren.' 'Unn wenner hier jeborn wärd?', rief Saatzh über den Fluss. 'Hä?', kam die Antwort, gefolgt von einem 'Jirque (Tschire), meacht (mäch; ch wie in Bach) ßying (wjank).' Jetzt quittierte Saatzh die Antwort von dem Tier am anderen Flußufer mit einem 'Hä?' Eines der Fellbällchen war stehen geblieben, Richtung Fluss gekommen und war dann verschwunden.
Kurz darauf kam das Tier, das sich als Murmeltier entpuppte, fast direkt vor uns wieder zum Vorschein. 'Eiyxck (eaiks; Vokale einzeln) stoogo (tuhgo) oz (oz)?', fragte das Murmeltier in neugierig aufgeregtem Ton. Tsing übersetzte: 'Er will wissen, was du gesagt hast.' Dann übersetzte er die Frage, die Saatzh gestellte hatte, in die Sprache der Murmeltiere. Das Murmeltier meinte, sie würden den Fluss über die Brücken überqueren, die in regelmäßigen Abständen über ihn führten. 'Welche Brücken meint das Murmeltier?', fragte Strolch, während er sich umsah. 'Keine Ahnung, Bruderherz, aber hier ist ein Tunnel, da können wir durch. Hilfe, ich stecke fest!', kam die Antwort von Hund, der zappelnd in einem Loch in der Erde feststeckte. 'ßyo (wje), ßyo (wje), ngno (kno) geutz (götz), schi (sa) un (ühn) xjiy (ktschii)', sagte das Murmeltier. Tsing übersetzte: 'Der ist zu klein?' 'Das ist ein Hund', belehrte Strolch.
Es dauerte eine Weile, bis wir Hund wieder aus dem Loch hatten. Er war voller Erde und Zweige und spuckte auch selbiges. 'Ich hasse Matsch im Mund', sagte er, während er die restliche feuch-

te Erde ausspuckte. Während Hund noch würgte und spuckte, versuchte ich mich im Zaubern, eine Brücke konnte doch wohl nicht so schwer sein. 'Ene mene Mücke, über den Fluß eine Brücke.' Nichts. 'Eine Brücke.' Ich schnipste wie Jim mit den Fingern, was leider nicht so klappen wollte, wie es sollte. Es passierte gar nichts. 'Ich will jetzt eine Brücke!', rief ich wütend, schon zeichnete sich eine Brücke ab. Allerdings war sie nicht wirklich da, eher wie ein Regenbogen, eine Lichtspiegelung. 'Och Mann!', fluchte ich wütend und die Luftspiegelung löste sich in Rauch auf. 'Warum klappt das nie, wenn ich es will? Ich hab doch alles so gemacht, wie Jim es mir gesagt hat. Eine Brücke vorstellen, ganz fest vorstellen und noch fester vorstellen. Den Gedanken festhalten und ...' 'Hee, eine Brücke. Super, Daniela!' Ich öffnete die Augen, darauf bedacht, den Gedanken an eine Brücke zu behalten, und sah in der Tat eine Brücke. Ich gebe zu, es war keine besondere, zwei trockene Baumstämme nebeneinander, aber immerhin etwas. 'Ihr wollt durch diesen Tunnel gehen? Ist es euch da nicht zu dunkel?', fragte das Murmeltier, das sich übrigens Fyino (fjanjo) nannte, in seiner Sprache. Tsing mühte sich wieder mit dem Übersetzen ab. Er meinte, die Murmeltiere sprechen einen anderen Dialekt. Jedenfalls gingen wir dann kopfschüttelnd über die Brücke. Fyino folgte uns, er bevorzugte aber den Tunnel, den er selbst als Brücke bezeichnete. Auch in anderen Dingen fiel uns die Eigenheit dieses Murmeltieres auf. So nannte er diesen riesigen Teppich an Murmeltieren klein und die Sonne ging auch nicht unter, sondern auf.
Nach einiger Zeit dünnte sich die Lawine aus Pelztieren langsam aus. Zuerst verließen uns die Tiere, die auf vier Beinen liefen. Dann verabschiedeten sich einige der Tiere, die auf zwei Pfoten unterwegs waren. Zum Schluss waren es dann nur noch einige hundert, die wie Lemminge auf ein kleines Dorf zuliefen."

„Genug, genug, jetzt bin ich dran", unterbrach Murmli, der ganz ungeduldig wie auf Kohlen saß oder auf Watte, wie er sagte. „Noch nicht ganz, Murmli. Du hältst jetzt erst mal noch deinen Stola, während ich fakturiere, was ich so erlebt habe", unterbrach Husky, der gerade zurück gekommen war. „Bitte was?" Murmli sah Husky hilfesuchend an. „Du sollst deinen Mund halten, während

ich erzähle! Ist denn das so schwer zu verstehen?“ Diablo graute es schon davor, wenn Husky eine Geschichte erzählte. Er würde bestimmt nur die Hälfte verstehen, wenn überhaupt. „Aber Husky, eine Stola ist doch ein langer, schmaler Schal und kein Mund. Und sicherlich möchtest du erzählen und nicht etwas berechnen“, korrigierte Daniela vorsichtig. Sie wusste, dass Husky in der Beziehung empfindlich ist. Aber dieser blieb diesmal ganz ruhig, was für ihn eigentlich ungewöhnlich ist.
„Ähm, Husky, wenn du jetzt erzählst, was du erlebt hast, würde es dir dann was ausmachen, wenn du keine Fachbegriffe und Fremdwörter benutzen würdest? Du weißt doch, ich verstehe diese Fremdwörter nicht alle, bin doch noch jung“, bat Diablo. Husky nickte und fing an zu erzählen.

Die Score

„Ich denke, ich fange da an, wo ich verschwinde. Und keine Angst, ich gebe mir Mühe, sensibel, äh, verständlich zu reden, versprochen. Okay, wir standen da also in der Sackgasse und kamen nicht weiter. Die anderen waren schon im Begriff umzukehren. Mich jedoch faszinierte die Wand. Sie war so schön rau und manchmal glatt. Auf einmal spürte ich, wie sich die Wand bewegte. Ehe ich es mich versah, hatte mich die Wand in einen anderen Raum geschoben und sich zwischen mich und meine Freunde gestellt. Jetzt stand ich ganz alleine im Dunkeln und hatte absolut keine Ahnung, wo ich lang sollte. Wenigstens sah ich vor mir einen Gang, der beleuchtet sein musste. Auf dieses Licht ging ich zu.
Es war nicht besonders hell, aber man konnte wenigstens was erkennen. Die Wände waren bemalt. Da waren zum Beispiel Tiere, die hatten fünf Beine und Flügel, dann gab es noch Tiere, die wie Flugsaurier aussahen, Murmeltiere waren auch zu sehen. An einer Stelle war eine Stadt aufgemalt, die scheinbar im Wasser versunken war. Fische und andere Meerestiere schwammen um die Stadt herum. Sogar einen Dini fand ich, inklusive Familie oder Rudel oder wie auch immer. Ich fand sogar ein Bild von den Kreaturen, die damals London platt gemacht hatten, während Kaiser Fritz das Kommando hatte. Du weißt schon, das Viech

mit den drei Hörnern auf dem Kopf, dem Horn auf der Nase und diesen schrecklichen Hauern, das ein wenig wie ein Känguruh aussah. Auf dem Bild sah diese Kreatur gar nicht so groß aus, wie Kaiser Fritz sie beschrieben hatte. Ich überlegte, in welche Richtung ich gehen sollte. Beide Seiten versprachen interessant zu werden, doch nur ein Weg war richtig. Ich wand mich nach rechts. Weitere Bilder säumten meinen Weg. Sogar das Bild von Troja war zu sehen, der Tag, an dem es fiel. Neandertaler und Säbelzahntiger und etwas, das wie Backsteine aussah. Der unterirdische Raum mit dem riesigen Computer, der riesige Tasten auf der Tastatur hatte und jumarianische Schriftzeichen, irritierte mich etwas. Und dieser Mund, der am Ende des Ganges war, schien sich sogar zu bewegen.
Plötzlich fing er auch noch an zu reden. 'Ich nehme an, du bist Husky', sagte er. Das Bild kannte mich! Es dauerte seine Zeit, bis ich begriff, dass der Mund echt war und kein Bild. Er kam auf mich zu. 'Dich zu finden war gar nicht so einfach. Folge mir, ich führe dich aus den Tunneln', sagte der Mund und schwebte vorneweg. Ich trottete etwas skeptisch hinterher. Er führte mich mal um diese Ecke, mal um jene, da eine Kurve, da einen, ich will es mal Berg nennen, hinauf. Irgendwann hielt Zayx dann an und sagte mir, ich müsse jetzt nur noch geradeaus gehen, bis ich vor vier Gängen stünde. Dort sollte ich mir dann einen aussuchen, egal welchen. Blöderweise hatte er vergessen mir zu sagen, dass ich die Tunnel nicht bei rotem Licht durchqueren soll, da ich sonst eine unfreiwillige Zeitreise machen und sonst wo landen könnte.
Als ich durch einen der Tunnel ging, war das Licht am anderen Ende hellrot. Der Ort, an dem ich ankam, war in zartes Rot getaucht, der sich ins Rosa wandelte. Vor mir lag ein Fluss, links neben mir eine Vulkanlandschaft, rechts neben mir war Grasland. Der einzige Weg war wohl der ins Landesinnere über den Fluss. Doch der war breit. Ich ging näher heran. Das merkwürdige Licht tauchte den Fluss in die verschiedensten Farben. Leider konnte ich nicht bis auf den Grund des Flusses sehen, wusste also nicht, was mich dort erwarten würde. Doch ich hatte wohl kaum eine andere Wahl. Prüfend steckte ich einen Fuß ins Wasser. Es war angenehm kühl. Und machte nicht nass? Vorsichtig watete ich

durch das trockene Wasser. Nach ein paar Schritten musste ich allerdings schwimmen, da ich den Grund nicht mehr erreichte. Das Blöde war nur: Ich kam nicht vorwärts. Je mehr ich mich anstrengte, desto weiter rückte das andere Ufer in die Ferne, bis ich wieder an dem Ufer stand, von dem ich kam. 'Na super!', dachte ich mir. Ich versuchte es noch ein paar Mal, immer mit dem selben Erfolg. Ich kam einfach nicht vorwärts. 'Moment mal, ich komme nicht vorwärts? Vielleicht muss ich – ach das ist doch Kokolores, oder?' Einen Versuch war es wert. Ich stieg ins Wasser, kehrte dem Ufer, das ich erreichen wollte, den Rücken zu und fing an zu schwimmen, immer auf das Ufer vor mir zu. Und tatsächlich: Das Ufer wurde immer kleiner. Je länger ich im Wasser blieb, desto kribbliger wurde mir, als ob mein gesamter Körper eingeschlafen wäre.

Plötzlich ging es nicht weiter. Vorsichtig tastete ich nach Boden und kletterte so rückwärts aus dem Wasser. Am Ufer machte ich erst einmal Pause. Mein gesamter Körper kribbelte noch leicht. Ich hatte Hunger und nichts zu essen dabei. Bonvivant – Was sagst du? Ich meine Proviant? Meinetwegen auch das. Jedenfalls hatten wir es sowieso irgendwie vergessen. Ziemlich überstürzt und unvorbereitet waren wir losgegangen. Mein Magen brüllte schon vor Hunger. Ein kleines Murmeltier kam auf mich zu und schien etwas zu fragen. Ich verstand aber kein Wort. 'Schik (sak) ji (tschi) oozaatt (uhzaht)?' Ich sah das Murmeltier hilflos an, verstand ich doch kein Wort, von dem, was es sagte.

Hilfe kam von jemandem, von dem ich es nicht erwartet hatte: Jim. 'Das Murmeltier fragte, ob du satt bist. Was hattest du denn Feines zu essen? Hast du mir nichts übrig gelassen?', sagte Jim. 'Ich hab nichts gegessen, ich hab Kohldampf wie ein Wolf', gab ich zurück. Meine Aussage wurde durch das Grollen in meinem Magen noch unterstrichen. 'Du verstehst die Sprache?', fügte ich hinzu, als mein Bauch gerade Ruhe gab. 'Irgendwie schon. Keine Ahnung, hab die Sprache noch nie zuvor gehört und doch verstehe ich jedes Wort. Merkwürdig.' 'Was? Das nennst du dubios? Ich musste rückwärts schwimmend den Fluss überqueren, das Wasser ist nicht nass und man hat nach 'ner Weile das Gefühl, der Körper wäre eingeschlafen. Das nenne ich dubios', gab ich zurück. 'Du meinst wohl kurios, nicht dubios', korrigierte Jim

mich mal wieder. 'Hör zu, Jim, ich bin nicht hunderte von Meilen durch kuriose, dunkle Tunnel und Höhlen gegangen, nur um mich hier von dir lamentieren zu lassen!', bellte ich ihn wütend an. 'Du meinst wohl demen ... Schon gut, hab nichts gesagt. Ich frage dieses Murmeltier mal, wo es was zu essen gibt', gab Jim zurück. Ich schlug Jim vor, das Tier lieber zu fragen, wo es kein Essen gibt, damit wir heute noch an was zu beißen kommen. Keine Ahnung, ob Jim den Rat befolgte, jedenfalls brachte uns der kleine Kerl in sein Dorf, wo wir was zu essen bekamen. Es gab verschiedene Pflanzen und Kräuter, gekocht, wie die Murmeltiere sagten, auf dem Grill. Die Pelzbälle behaupteten, das Essen wäre süß. Wir mussten uns wohl daran gewöhnen, dass sie ständig das Gegenteil meinten. Nach dem Essen brannte mir die Schnauze wie Feuer. Jim schien nie besser gegessen zu haben. 'Hätte 'ne Spur schärfer sein können', sagte er zu mir. Ich zog nur die Augenbrauen hoch.
Eines der Murmeltiere kam auf uns zu und fragte, ob wir mit ihm zusammen ein Verdauungsnickerchen machen wollten."

„Jim! Hey, Jim. Kannst du für mich übernehmen? Ich muss mal für kleine Hunde", unterbrach sich Husky selbst. „Ich bin gerade bei unserem Verdauungsnickerchen bei den Murmelviechern", fügte er noch hinzu und rannte auf Toilette. „Klar doch, Husky. Verlier unterwegs nichts", rief Jim frech hinterher, grinste und setzte sich zu Diablo, Hund und Strolch.

„Also gut, ich werd aber etwas früher anfangen, als Husky aufgehört hatte, nämlich in der Nacht, in der ich freiwillig verschwand. Ich hatte gerade den schönsten Traum, den ich mir vorstellen kann: Eine Weltraumrundreise mit Frau und Kind auf der Enterprise mit Captain Kirk. Ich war gerade dabei, Mr. Spock in Kubusschach zu schlagen, als plötzlich das Schiff anfing zu wackeln, als würden wir angegriffen. 'Jim ruft Captain Kirk! Captain, was ist denn da los, wieso wackelt hier alles?', fragte ich über Funk. Die Antwort wollte nicht so recht in die Situation passen. 'Weil du jetzt aufstehen musst, deine Hilfe wird gebraucht. Wach endlich auf. Du bist ja schwerer aufzuwecken als ein Wüstensandsteintier und die schlafen schon wie ein Stein.' 'Was ist los?', fragte ich verschlafen, öffnete meine Augen einen Spalt weit und blickte einem Backstein mit Armen in die Augen. 'Wie bitte? Ein Backstein mit Armen und Augen? Ich muss noch träumen', dachte ich, fragte aber: 'Von welchem Planeten kommen Sie denn? Von Regula I?' Das Beste an diesem Traum war, dass der Stein reden konnte. 'Nein, Jim, ich komme aus der Zwischenwelt und will dich jetzt in das Land der Friedensvögel bringen, weil die dort deine Hilfe brauchen.' Zwischenwelt? Friedensvögel? Wie diese Friedensvögel wohl aussehen mochten? Ich war jetzt wenigstens hellwach. Und vor mir stand tatsächlich ein Backstein mit Armen. 'Moment mal, habt ihr nicht damals London verwüstet?' 'Wir haben London lediglich gerettet. Auch wenn die halbe Stadt dabei leicht beschädigt wurde.' 'Leicht beschädigt? Das soll wohl ein Witz sein? Die gesamte Stadt lag in ihre Einzelteile zerlegt am Boden, schlimmer als bei 'nem Erdbeben!' 'Das hab ich doch gesagt, jedenfalls in der Friedensvögellandbewohner-Sicht. Und schrei nicht so, deine Freundin könnte aufwachen. Und nun zu deiner Aufgabe. Diese Gelmensen, die damals London dem Erdboden gleich gemacht haben, bedrohen jetzt das Land der Friedensvögel, deshalb brauchen wir deine Hilfe. Halt den Mund, du wirst nicht der Einzige sein, der zu Hilfe geholt wird und nun zieh dich an, quatschen und Zeit verplempern kann ich auch alleine. Immer noch Mund halten! Ich werde deiner Freundin schon einen Zettel zurücklassen, wo genau drauf steht, wo du bist', schnatterte der Backstein, ohne mir auch nur einmal zu erlauben, ihn zu unterbrechen. Jedes Mal, wenn ich den Mund öffnete, verbot er mir selbigen.

Da ich scheinbar sowieso keine Chance hatte zu widersprechen, tat ich, wie mir befohlen wurde. Außerdem versprach es ein klasse Abenteuer zu werden. Daniela wollte ich nicht mitnehmen. Einer musste ja auf die Kleine aufpassen, auch wenn ich gerade dran war. Ich zog mich schnell an. Da ich kein Licht anmachen wollte, griff ich das, was ich gerade fand. Später merkte ich erst, dass es eine dunkelblaue Jeans, ein weißes T-Shirt und eine blaue Weste, passend zur Hose, war, also völlig geschmacklos. Wahrscheinlich hatte mir Daniela diese Sachen raus gelegt, wusste ich doch genau, dass ich mir für den nächsten Tag meinen Schottenrock und mein gestreiftes T-Shirt rausgenommen hatte. Was ich

jetzt anzog, hatte mir Daniela wahrscheinlich gekauft. Möglicherweise zum Geburtstag, den ich ja an diesem Tag hatte.
Bevor ich dem Backstein, dem jetzt auch Beine wuchsen, folgte, ging ich noch einmal zu meiner Tochter und gab ihr einen Schmatzer. Dann folgte ich dem laufenden Stein. Entgegen meinen Vermutungen führte er mich nicht zur Haustür, sondern zur Gartentür. 'Komm schon. Wir haben es eilig', rief der Stein, der ziemlich schnell unterwegs war, dafür, dass es ein schwerer Stein war. 'Ist ja gut. Was ist eigentlich mit dem Zettel?', fragte ich. 'Den hab ich im Wohnzimmer auf den großen Esstisch gelegt, als du der Kleinen einen Kuss gegeben hast.' 'Aha. Hast du eigentlich auch einen Namen? Und was für 'ne Kreatur bist du eigentlich?', fragte ich neugierig. 'Ich heiße Toxlirox und bin ein Wüstensandsteintier aus der Zwischenwelt. So, hier ist der Eingang.' Das 'Wüstensandsteintier' mit dem merkwürdigen Namen Toxlirox hatte mich vor einen großen Findling geführt, den ich einfach in meinem Garten gelassen hatte. Genau dieser Stein ging plötzlich zur Seite, als Toxlirox ihn mit den Fingern kraulte. Und er ging im wahrsten Sinn des Wortes. Er grüßte sogar freundlich: 'Oxchyquen (okliën)!' 'Mein Findling spricht?! Und ich versteh es auch noch?' Dieser Findling hatte nämlich 'Guten Tag!' gesagt. 'Danke Ferdong (ferdoh)', sagte Toxlirox und verschwand in dem Loch, auf dem Ferdong bis eben gesessen hatte. Ich folgte ihm. Der laufende und sprechende Findling in meinem Garten verschloss den Eingang nach uns wieder.
Ich erwartete eine dunkle Höhle oder einen Gang oder ähnliches, aber der Gang war matt beleuchtet, lila-grün gestreift. Wir gingen eine ganze Weile durch die Gänge, bogen einige Male rechts oder links ab. Ich hätte mich aber nie und nimmer allein zurückgefunden. Irgendwann kamen wir in einen Gang, von dem vier weitere Gänge abzweigten. 'Wir sind da, Jim. Jeder dieser vier Gänge führt in das selbe Land. Viel Glück', sagte Toxlirox und wollte sich schon verabschieden. 'Moment mal! Kommst du nicht mit?' Das Wüstensandsteintier schüttelte stumm den Kopf, entschloss sich dann aber doch etwas zu sagen: 'Das letzte Mal, als ein Wüstensandsteintier im Land der Friedensvögel war, gab es eine Massenhysterie. Wenn du dort bist, wirst du es schon verstehen. Du musst die Murmeltiere suchen, das sind die klei-

nen Pelztiere auf zwei Beinen, nicht die auf vier.' Mit diesen Worten entfernte sich Toxlirox entgültig. 'Sprechen die wenigstens meine Sprache?', rief ich Toxlirox noch hinter her. 'Keine Sorge, du wirst sie verstehen und sie dich', rief er zurück und war um die Ecke verschwunden. Ich hatte eigentlich noch so viele Fragen. Was sollte ich in diesem merkwürdigen Land machen? Wo finde ich diese Murmeltiere? Und wie, zum Klykos, komme ich wieder nach Hause?
Da ich aber keine Antwort zu erwarten hatte, blieb mir nichts anderes übrig, als durch einen dieser vier Tunnel zu gehen. Der Tunnel, den ich wählte, war eigentlich nur ein Tor, obwohl er so dunkel war, dass man den Ausgang nicht erkennen konnte. Als ich in dem Land ankam, glaubte ich, eine bekannte Stimme schreien zu hören. Ich sah mich um, konnte aber nichts Verdächtiges sehen. Selbst der Himmel hing friedlich in den schönsten Farben über mir. Schwarz-weiße Kuhflecken hatte er gerade, die sich allerdings schon wieder in tiefes Schwarz veränderten. Jetzt war es fast stockdunkel, für ein paar Minuten. Ich hielt es für klüger zu warten, bis es wieder heller würde. Schon bald färbte sich der Himmel blutrot. So blieb er eine ganze Weile, eine gute Stunde, wobei er in dieser Zeit sämtliche Rottöne durchging, von Bordeauxrot über Wein- und hellrot bis hin zu orange war so ziemlich alles vertreten.
Vor mir lag ein ziemlich breiter Fluss. Da ich keine Brücke sah, beschloss ich hinüber zu fliegen, was ich noch heute bereue. Okay, bereuen ist ein bisschen zu viel gesagt. Ich versuchte abzuheben und fiel doch glatt auf die Gusche. Es war fast so, als würde ich runterfallen, wo ich doch noch gar nicht oben war. Ich versuchte es nochmal, aber diesmal sank ich in den Boden ein. 'Was zum ...? Wie komm ich hier wieder raus?', fragte ich mich und sank noch etwas tiefer in den Boden. 'Ich will hier raus!', rief ich und stak bis zum Hals in der Erde. 'Das find ich überhaupt nich komisch! Wie tief kann ich denn noch sinken?' Wie eine Rakete schoss ich nach oben, als ich wieder auf dem Boden aufkam, war das Loch, in dem ich versunken war, schon wieder weg. Verdutzt stand ich da. Konnte nicht begreifen, was hier los war. 'Hätte mich dieser Backstein nicht warnen können?', fragte ich mich. Ich wollte doch nur über den Fluss fliegen.

Bei diesem Gedanken ging die Reise in die Erde schon wieder los. Tiefer und tiefer sank ich, bis ich unter der Erde war und mich vorwärts bewegte. Als es endlich wieder hell wurde, stand ich auf der anderen Seite des Flusses. Ich war aus dem Boden geschossen, als ob der mich ausspuckte. So schwindlig wie in diesem Moment war mir noch nie. Als es mir wieder etwas besser ging, machte ich mich daran, die Gegend zu erkunden. Vor mir, in einiger Entfernung, stand ein riesiges Murmeltier und schien Ausschau zu halten. Ich betrachtete es eine Weile, doch es bewegte sich keinen Zentimeter. Wie eine Statue stand es da. Entweder die Tiere in diesem Land bewegten sich auf die gleiche Weise wie bei uns die Blumen, oder es war wirklich nur eine Statue. Ich wagte es letzteres anzunehmen.
Plötzlich sah ich aus den Augenwinkeln ein Tier vorbeihuschen. Es kam näher, blieb dann aber in einiger Entfernung stehen. Es war aber in Hörweite. So rief ich dem Tier zu, es solle warten, ich wolle zu ihm kommen. Aber es lief davon. Ich rannte hinterher und rief, es solle doch bitte warten, ich wolle mit ihm reden. Doch es half nichts, das Tier rannte davon und verschwand. Ich schüttelte nur den Kopf und wand mich wieder Richtung Fluss. Das Tier hatte mich dazu gebracht, mich ein ganzes Stück vom Wasser zu entfernen. Dennoch konnte ich erkennen, dass dort jemand schwamm.
Neugierig ging ich zurück. Je näher ich kam, desto bekannter kam mir der Jemand im Wasser vor. Ich sah auch das Tier wieder, das vor mir weggerannt war, es war ein Murmeltier. Die Person im Fluss war den Fluten inzwischen entstiegen. 'Husky? Was macht Husky hier?' Erschöpft saß Husky am Ufer. Ich hörte das Nichtmurmeltier sagen: 'Schik (sak) ji (tschi) oozaatt (uhzaht)?' Das Merkwürdige daran war, dass ich es verstand. Husky schien es aber nicht zu verstehen. 'Das Murmeltier fragte, ob du satt bist. Was hattest du denn Feines zu essen? Hast du mir nichts übrig gelassen?', übersetzte ich. Den Rest kennst du ja.
Ich mache jetzt also da weiter, wo Husky aufgehört hatte zu erzählen. Nach dem köstlichen Essen machten wir also ein Verdauungsnickerchen. Das vierbeinige Murmeltier nannte sich Yste (ischte), was so viel wie Riese bedeutete, dabei war der Kerl doch relativ klein, selbst für ein Murmeltier. Der Kleine sagte mir auch,

dass sie keine Murmeltiere sind. 'Wir sind nahe Verwandte der Murmeltiere, Murmelviecher. Wenn du mich fragst, sind wir die intelligenteren', sagte Yste. 'Wenn wir gerade von Murmeltieren reden, wo kann ich die finden? Toxlirox, ein Wüstensandsteintier, hat mich vor ein paar Stunden hierher geschickt, weil sie Hilfe brauchen', sagte ich. 'Vor ein paar Stunden, das ist nicht möglich, wir suchen dich und die anderen doch schon seit einem Tag', sagte Husky aufgeregt, ohne Ystes Antwort auf meine Frage abzuwarten. Doch noch bevor ich antworten konnte, meldete sich Yste zu Wort. 'Ein Wüstensandsteintier? Du hast ein Wüstensandsteintier gesehen? Wow, er hat ein Wüstensandsteintier gesehen. Das glaub ich einfach nicht. Sehen sie wirklich aus wie Steine? Man sagt, sie können sich unsichtbar machen und fliegen. Stimmt das?' Verwirrt sah ich Yste an. Er war ja völlig außer Rand und Band. 'Könntest du kurz Ruhe geben, ich möchte meinem Freund etwas sagen', bat ich höflich, doch das Murmelviech plapperte unentwegt weiter. 'Yste, könntest du bitte riesigen Krach machen, ich möchte Husky kurz anschweigen? Geht das?', versuchte ich es noch einmal. 'Oh ja, natürlich, ich mache Krach. Mh!' Yste biss die Lippen zusammen und sagte keinen Mucks. So konnte ich mich voll und ganz auf Husky konzentrieren. Ich erklärte ihm, dass ich gerade erst kurz vor ihm angekommen war. Doch Husky bestand darauf, dass sie schon einen ganzen Tag nach mir, Flax, Piepsy, Ratti und Dini suchten. 'Möglicherweise bist du ein Stück in der Zeit zurückgereist. Bei diesen merkwürdigen Tunneln ist das durchaus möglich', gab ich zurück. 'Moment mal, soll das heißen, ich bin gerade auf der Suche nach dir, während ich mit dir hier spreche, oder wie jetzt?' 'Irgendwie so, ja', gab ich zurück.
Während ich mich mit Husky unterhielt, redete auch Yste mit mir, stellte mir irgendwelche Fragen, ich glaube über Wüstensandsteintiere. Lange hatte sein Krachmachen jedenfalls nicht gehalten. 'Gib endlich Ruhe!', fuhr ich das Murmelviech genervt an. Für einen Moment hielt es den Mund. Doch kurz darauf brach es in Tränen aus und rannte davon. 'Yste, warte! Es tut mir leid, ehrlich. Bitte komm zurück', rief ich dem Murmelviech hinterher. Doch es war zwecklos. Yste war weg. Seine Familie kam aber fast sofort darauf. Wütend, dass ich ein kleines Murmelviech so anschweigen und verängstigen konnte. Gut hundert

kleine Pelztiere umringten uns, wie ich später erfuhr, nur die nächsten Verwandten von Yste. 'Husky, ich denke, wir sollten uns vom Acker machen', flüsterte ich Husky zu und ging schon die ersten Schritte rückwärts. Husky stimmte zu, murmelte aber immer wieder: 'Tschuldigung, aber Jim ist immer so." Wir stolperten aus dem Murmelviechdorf Richtung Fluss. 'Klopsji (khoptschi) zayx (zuïk) amgche (umkle) Scorgo (orgo)!', flüsterte mir ein Murmelviech heimlich zu.
'Wau, das ist ja merkwürdig, wieso verstehe ich dieses Viech?', fragte Husky. 'Du hast verstanden, dass uns das Murmelviech vor Scorgos gewarnt hat?', fragte ich erstaunt. Diesmal war es an Husky, mich zu korrigieren. 'Aber Jim, Scorgo ist doch schon die Mehrzahl, die Einzahl wäre doch Scor', sagte er belehrend. 'Wir wissen aber trotzdem nicht, was Score sind', gab ich zurück.
Das Dorf hatten wir bereits hinter uns gelassen. Wir waren aber noch nicht weit gekommen, als Husky plötzlich vom Boden abhob. 'He, Husky, wo willst du denn hin? Und wieso kannst du flie... Hey, was ist hier los?' Auch ich hob plötzlich vom Boden ab, ohne auch nur im Entferntesten daran gedacht zu haben, fliegen zu wollen. Ich hörte das mächtige Flügelrauschen über mir. Vorsichtig schaute ich nach oben, außer einem Bauch konnte ich aber nicht viel erkennen. Ich versuchte Husky zu finden. Links neben mir hing er in der mächtigen Pranke eines Flugtieres, das mir noch nie untergekommen war. Es hatte scharfe Zähne, Hundeohren und zwei Hörner auf der Nase wie ein Nashorn. Die Schnauze glich eher einer Großkatze mit Schuppen. Die Flügel waren ledrig. Das Tier schien fünf Beine zu haben. Mit den beiden hinteren hielt es Husky. Die drei vorderen waren jeweils mit einer riesigen Klaue bewaffnet. Die Pfoten waren beschuppt, die Beine selbst trugen Fell, wie auch der Rest des Körpers, abgesehen vom Gesicht. Einen Schwanz schien das Tier nicht zu haben. Mit mächtigen Schwüngen brachten uns die Tiere dem Vulkan immer näher, den ich beim Betreten des Landes bereits gesehen hatte.
Dort angekommen setzten die Tiere uns ab. Während ich beinahe fallen gelassen wurde, setzte das andere Husky sanft auf den Boden. Kaum hatten wir den Boden berührt, da kamen uns auch schon vier Personen entgegen, die wir kannten. 'Mann oh Mann, die werden blass werden vor Neid. So eine fantastische Story

hatte ich noch nie. Wahnsinn!', rief der Paradoxisaurier, während er ein Blitzlichtgewitter auslöste. Sein Notizblock schien schon recht gut mit Infomaterial gefüllt zu sein. 'Das gibt eine Sonderausgabe. Klasse!' Völlig perplex sah ich Dini, Flax, Piepsy und Ratti an. 'Was macht ihr denn hier?' 'Das wissen wir ... Urg, mir ist schlecht', fing Flax an und rannte plötzlich ein paar Schritte weit davon, um sich zu übergeben. Von Piepsy erfuhr ich, dass sich Flax schon seit der Ankunft in diesem Vulkan nicht besonders wohl fühlte.
Es stellte sich schließlich heraus, dass er Früchte vom sogenannten Zlapirz (zluparz) gegessen hatte, einer äußerst giftige Pflanze. Zum Glück war sie noch nicht reif, sonst wäre sie fast sofort tödlich gewesen. So war es wenigstens noch möglich, ein Gegengift zu besorgen. Echtstemebeacht (echtemebäch) erklärte mir den Weg. Als es aber daran ging, mir die besagte Pflanze zu beschreiben, musste er leider passen, da es zu viele verschiedene Pflanzen gab, die ähnlich aussahen. Also gab er mir Xenoxo (kenjoko) an die Seite, dessen Name übrigens die merkwürdige Bedeutung Schuppiger hatte. Als ich ihn dann sah, wurde mir klar wieso. Anders als seine Artgenossen war er am gesamten Körper beschuppt und nicht behaart. Er war recht klein und rundlich, aber ziemlich agil.
Zusammen machten wir uns auf den Weg. Husky blieb bei den, wie wir feststellen mussten, Scoren, um auf seinen Sohn aufzupassen. 'Ihr solltet fliegen, dann seid ihr schneller. Xenoxo, glaubst du, du kannst den Jungen tragen?', fragte Echtstemebeacht. 'Ja schon', fing Xenoxo an, doch Echtstemebeacht ließ ihn nicht ausreden. 'Gut, dann macht euch auf den Weg, ihr habt zwei Tage. Sehr viel länger dürft ihr nicht brauchen', entgegnete der Anführer der Score und verschwand im Inneren der Höhle, wo Flax lag. Er versicherte uns, dass er sich persönlich um meinen Freund kümmern wollte.
Xenoxo ging vor, ich folgte. Als wir schon fast außer Sichtweite des Dorfes waren, begann ich mich zu fragen, wann der Scor mich endlich packen und in die Lüfte abheben wollte. Ich selbst wollte es in diesem merkwürdigen Land nicht riskieren, noch einmal aus eigener Kraft zu fliegen. Doch Xenoxo machte keine Anstalten. Also sprach ich ihn darauf an. Seine Reaktion hatte

ich nicht erwartet. Er druckste verlegen herum, bevor er endlich damit rausrückte, dass er Höhenangst hatte und nur sehr ungern flog. Das überraschte mich. Ein Scor, der nicht gern flog, wo es doch eigentlich seine Natur war. 'Bitte verrat es keinem', bat mich der Scor. Ich nickte verständnisvoll und wir gingen zu Fuß weiter. Der Weg war recht gemütlich, abgesehen vom Abstieg vom Vulkan. Wir gingen über freies Feld, saftiges, sanftes, grünes Gras. Bis zum Gebirge auf der anderen Seite der Ebene gab es keine Zwischenfälle. Dann ging es an den Aufstieg. Xenoxo nannte dieses Gebirge das Renzolgebirge. Der Aufstieg war nicht wirklich anstrengend. Mein Fremdenführer hatte auch eine einfache Route gewählt. Um auf das Plateau oben zu kommen, hielten wir uns ziemlich nah am Rand des Gebirges. Der Weg schraubte sich gemächlich in schwindelerregende Höhen. 'Nur nicht runter sehen, nur nicht runter sehen', murmelte Xenoxo unentwegt und hielt seinen Blick starr gerade aus. Ich blieb kurz stehen, um vorsichtig nach unten zu sehen. Ich schätze, dass wir an einem gut 800 m tiefen Abhang entlang gingen. Nicht gerade ungefährlich, zumal der Weg immer schmaler und steiniger wurde. 'Sag mal, Xenoxo, gibt es keinen anderen Weg?', fragte ich schließlich. 'Klar gibt es den, die gehen alle an einigen Stellen fast senkrecht nach oben oder unten. Eine weitere Möglichkeit wäre das Fliegen. Wenn dir das lieber ist, werde ich dich auch per Luftlinie nach oben bringen. Ich ziehe diesen Weg zwar vor, aber wenn du es wünschst, fliege ich.' Ich hörte die unterdrückte Angst in seiner Stimme und wollte es ihm nicht antun, wegen mir fliegen zu müssen. Nicht, wenn es nicht unbedingt nötig war. Also verließen wir uns weiterhin auf unsere Füße und unsere Augen.
Für mich war der Weg noch längst nicht so eng wie für Xenoxo. Ich hatte also nicht so große Probleme wie er. Immer häufiger trat er auf lose Steine und rutschte leicht weg. Dann kam, was ich schon lange kommen sah. Xenoxo rutschte endgültig weg und fiel in die Tiefe. 'Xenoxo, warte, wo willst du denn hin?', rief ich ihm hinterher. In einem gewagten Sturzflug wollte ich versuchen, den Scor zu retten. Ich ließ mich fallen und ich fiel, und fiel und fiel ...
... nach oben! Doch noch bevor ich einen anderen Gedanken fassen konnte, schnurrte ich auch schon wieder dem Boden entgegen, und diesmal wirklich. Sekunden später lag ich, mit dem

Allerwertesten zuerst, auf dem Boden, der Stein unter meinem Hintern war spitz. Schmerzverzerrt rieb ich mein Hinterteil. 'Verdammter Mist!', zischte ich, beeilte mich dann aber, an den Abgrund zu gehen. Vorsichtig schaute ich hinunter. Da sah ich Xenoxo. Wie ein nasser Sack hing er in einem Busch, der dort an der Wand wuchs. 'Ist mit dir alles in Ordnung?', fragte ich besorgt. 'Ja, mir geht's gut, ich sitz hier nur fest. Meine Flügel sind verletzt. Dieser blöde Baum muss auch unbedingt Dornen haben!' Ich wusste zwar nicht, wo Xenoxo einen Baum sah, aber die Situation war bescheiden.
'Warte, ich versuche dich wieder hoch zu holen', rief ich dem Scor entgegen, doch dieser lehnte nur ab. 'Nein, ich komm schon klar. Sieh du zu, dass du die Heilpflanze findest. Sie nennt sich Rofxyx (rofkik)', rief mir Xenoxo nach oben. 'Du bist lustig, wie soll ich diese Pflanze finden? Ich weiß doch gar nicht, wie sie aussieht', rief ich zurück. Doch Xenoxo bestand darauf. Er meinte, hier oben wohnen noch andere Wesen, die sich Gorgel nennen. Die seien zwar nicht besonders nett, aber da ich fremd hier war, würden sie mir vielleicht helfen. Sie sollten sich hier gut auskennen. Da ich keine Zeit für Diskussionen hatte und Xenoxo darauf bestand, ihn zurückzulassen, machte ich mich auf den Weg, den mir mein Führer beschrieben hatte.
Da es immer steiniger wurde, kam ich immer mühsamer voran. 'Hey, du da, was machst du da unten? Bist du verrückt, als Ortsunkundiger so einen schlechten und gefährlichen Weg zu nehmen?', hörte ich von irgendwo oben eine zarte, fremde Stimme. Ich sah mich um, konnte aber niemanden erkennen. 'Wohl verirrt?', fragte die Stimme wieder, sie kam von irgendwo links über meinem Ohr. Ich blickte nach oben und sah ein kleines graubraunes Pelztier. 'Hallo. Nein, ich hab mich nicht verlaufen. Ich weiß genau, wo ich lang muss. Was ich allerdings nicht weiß, ist, wo ich die Pflanze Rofxyx finde', gab ich zurück. 'Den Weg kann ich dir erklären, dann kannst du die Pflanze holen. Aber ich würde dir abraten, da hin zu gehen. Gefährliche Gegend.' 'Oh Mann, versteht denn hier jeder immer nur das Gegenteil von dem, was ich sage?', dachte ich bei mir. 'Okay, Kleiner, ich weiß, wo ich diese Pflanze finde. Und ich weiß auch ganz genau, wie sie aussieht', fing ich an. 'Na, dann ist ja alles im roten Bereich, ich

dachte schon, ich müsste helfen. Guten Tag', unterbrach das Tier fast sofort und machte Anstalten zu gehen.
'Ich werd hier noch wahnsinnig!', ließ ich meiner Frustration freien Lauf. 'Okay, Kumpel. Frage: Wo finde ich Rofxyx? Wie sieht die Pflanze aus? Wie komme ich da heil hin?' 'Also wolltest du doch meine Hilfe. Nun, zu erstens: Nicht hier. Zu zweitens: Wie immer. Und zu drittens: Gar nicht. Murrmel, warum vergess ich das immer? Weißt du, jedes Murmeltier murmelt, bevor es was sagt. Nur ich vergess das dauernd.' Ich verdrehte nur die Augen. 'Wie meinst du das, man kommt nicht hin?', fragte ich schließlich. 'Das hab ich nicht gesagt. Deine Frage war, wie man sicher hinkommt, nicht, wie man allgemein hinkommt', war die Antwort. Dazu fehlten mir einfach die Worte. Soll mir nur noch mal einer kommen und behaupten, ich wär verrückt! Nach einiger Zeit und etlichen Nerven weniger hatte ich das Murmeltier, das sich als Murmli vorstellte, soweit mir zu erklären, wo ich die Pflanze finden könnte. So, wie es mir aber den Weg erklärte, schwirrte mir bald der Kopf. 'Und die Blume, die du suchst, ist so klein, hat eine schwarze Blüte und runde, glatte Blätter, etwa so.' Murmli versuchte, die Blätter auf den Boden zu malen. Doch sie waren keineswegs rund, sondern eher oval, vorne spitz zulaufend und gezackt. Womöglich waren die Blüten dann wohl auch eher weiß als schwarz. 'Okay, Murmli, du kommst mit! Bring mich hin', sagte ich schließlich. Der Horror in Murmlis Gesicht sagte mir sofort, dass das Tier nicht unbedingt freiwillig mitkommen würde. 'Den Weg zeigen? Mitkommen? Nur über meine Leiche. Nicht für Geld und schöne Worte würde ich da lang gehen.' Bei dem lang gezogenen Wort 'da' zeigte es in die Richtung, in die ich gehen müsste. 'Nun komm schon, ich brauch dich', versuchte ich es. Das Murmeltier nickte, ich machte mir schon Hoffnung. 'Klar doch, als lebende Zielscheibe. Vergiss es, da kriegen mich keine zehn Gorgels rein.' Das schien sein letztes Wort zu sein. So beschloss ich, zu einer List zu greifen 'Aber zwanzig Gorgels würden dich schon hineinbekommen, oder?' sagte ich todernst. 'Zwanzig? Wo?', kreischte Murmli, während er sich panisch umsah. 'Noch sind sie hinter mir. Ich weiß aber nicht, wie schnell sie mich eingeholt haben. Bin ihnen vorhin begegnet. Wie schnell können die laufen?' 'Äh, da lang geht's. Folge mir', beeilte sich Murmli zu sagen und stieg den Berg hinauf. Ich grinste zufrieden und folgte."

„Das fand ich gar nicht nett, ein Murmeltier so zu vergackeiern! Murrmel“, unterbrach Murmli noch immer sauer. „Ach, Murmli, nun sei doch nicht so sauer. Das ist fünf Jahre her“, versuchte Jim Murmli zu beschwichtigen. Doch dieser blickte Jim nur böse an. „Zur Strafe erzähle ich jetzt weiter.

Wie Jim schon sagte, hatte er mich dazu gebracht, freiwillig zu den Gorgels zu gehen. Die zwanzig Gorgels, die angeblich hinter ihm her waren, gab es natürlich nie. Er hatte zu dieser Zeit ja noch nicht einmal eine Ahnung, wie ein Gorgel überhaupt aussieht. Dennoch führte ich Jim nach oben, zeigte ihm einen anderen Weg, als den, den er bis jetzt gegangen war. Behände kletterte ich die Wand hinauf, Jim folgte immer stärker keuchend. Immer öfter musste ich auf ihn warten. ‘Wo bleibst du denn?’, fragte ich. Der Junge schickte mir nur ein gequältes Grinsen hinauf. Als wir dann endlich oben ankamen, forderte Jim eine Pause. So hielten wir und Jim ruhte sich aus, während ich nach Essbarem suchte.“

„Ja, daran kann ich mich noch gut erinnern. Auf einmal kam Murmli auf mich zugerannt und rief: ’Fang ihn, fang ihn!’ Und plötzlich flog mir ein Pilz an den Kopf“, unterbrach Jim. Aber er ließ Murmli gleich ...

... weiter erzählen: „Ja, einer dieser Fliegenpilze war mir entkommen und weggeflogen. Wenn man nämlich nicht aufpasst, flutschen sie einem aus den Pfoten und fliegen davon. Deswegen heißen die nämlich Fliegenpilze. ‘Super, Jim, du hast ihn ausgeknockt. Jetzt können wir ihn gefahrlos schneiden und braten’, jubelte ich Jim entgegen. Dieser sah mich aber nur irritiert an, hob geistesabwesend den Pilz auf, der vor seine Füße gefallen war. Mit all den anderen Pilzen, die ich noch gefunden hatte, machte ich dann Ngßij (kwatsch), also Pilze mit Soße. Genauer gesagt war es eine scharfe Kräutersoße. Jim meinte, sie hätte ruhig etwas milder sein können.
Nach dem Essen ging es dann an den Abstieg. Ein sanfter, gleichmäßig absteigender Hügel lag vor uns. ‘Okay, da geht’s runter. Das ist das Stück Weg, das am meisten Spaß macht’, sagte ich,

hockte mich hin, beugte meinen Oberkörper nach vorne, so dass ich eine Kugel bildete und kullerte nach unten. 'Nun warte doch mal. Hey, wie soll ich denn bitte schön da runterkommen? Tmmadrev!', hörte ich Jim rufen, wobei ich das letzte Wort nicht verstand. Als ich unten angekommen war und Jim noch direkt hinter mir war, schaute ich nach oben. Er stand noch immer auf der Anhöhe. 'Nun komm schon', rief ich ihm entgegen. Vorsichtig ging er an den Abstieg. Auf einmal glitt er aus, fiel auf den Hosenboden und rutschte den Rest des Hanges wie Tarzan schreiend auf seinem Allerwertesten hinunter.
'Retmmadrev Tsim! Eniem euen Esoh. Treiniur!', schimpfte Jim, als er unten ankam. Als ich ihn fragend ansah, da ich kein Wort verstand, übersetzte er mir knapp: 'Ich sagte, meine neue Hose ist ruiniert.' Während er das sagte, klopfte er sich auf seine dunkelblaue Hose, um wenigstens den gröbsten Dreck wegzubekommen. Ein paar kleine Grasflecken blieben aber. Auf dem dunklen Blau waren sie aber kaum zu sehen.
'Schön, dass du auch endlich unten bist. Und willkommen in den Tälern der Gorgels. Können wir jetzt weiter gehen? Ab hier ist der Weg einfach.' Jim nickte nur und machte Anstalten voranzugehen, nahm allerdings den falschen Weg. 'Hey, wo willst du denn hin?', fragte ich ihn und bewegte mich in die entgegengesetzte Richtung. Jim machte kehrt und folgte mir. Schnurstracks ging ich auf die Schlucht am anderen Ende des Tales zu. Meine Knie zitterten aber trotzdem. Vor der Schlucht blieb ich stehen. 'Gut, hinter dieser Schlucht wachsen die Blumen, die du suchst. Bist du sicher, dass du da hin willst?', sagte ich. Meine Stimme bebte vor Angst. 'Ich muss, Murmli, mein Freund braucht dieses Medikament. Spätestens in zwei Tagen muss er es bekommen', versuchte Jim mich zu überreden.
Schweren Herzens ging ich voran, Jim dicht hinter mir. Die schmale Schlucht war so dunkel, dass man das andere Ende nicht sehen konnte, obwohl es ein schnurgerader Weg war. Nach einiger Zeit hatten wir die Schlucht durchquert. Wir waren kaum in das dahinter liegende Tal getreten, als plötzlich ein riesiger Gorgel vor mir stand. Starr vor Angst sah ich ihm ins grausige Gesicht. 'Ein Gorgel, ein Gorgel, wir sind verloren, ich wusste es!', brüllte ich und rannte wieder zurück in die Schlucht, direkt in Jim hinein. 'Aua,

was ist denn los?', hörte ich ihn fragen. 'Ein Gorgel, ein riesiger Gorgel!', jammerte ich zurück. 'Wirklich? Wo? Zeig mal', gab Jim zurück, setzte mich hinter sich ab und ging auf den Ausgang der Schlucht zu. 'Nein, Jim, wirf dein Leben nicht einfach so weg. Die Gorgel sind gefährlich', flehte ich den Jungen an, während ich mich an sein Hosenbein hängte, um ihn aufzuhalten. Der Bengel schleifte mich aber einfach mit, als wäre ich Luft. Dann trat Jim hinaus ins Tal und blieb stehen. Er schien sich neugierig umzusehen. 'Wo ist denn nun dein Gorgel, Murmli?', fragte er schließlich. Doch noch bevor ich antworten konnte, antwortete der Gorgel. 'Er meint mich, ich bin hier unten. Aber ich bin kein Gorgel, ich bin ein Gorgelino.' Der Ausdruck auf Jims Gesicht gefiel mir gar nicht, als er diesen schrecklichen Gorgel ansah. Doch dann besaß er die Frechheit, lauthals los zu prusten. 'Das ist dein gefährlicher Gorgel! Hahahahaha!', sagte er lachend, während er sich den Bauch hielt und Tränen in den Augen hatte. 'Dieser kleine Kerl ist ja bestimmt noch einen Kopf kleiner als du', fügte er noch hinzu, diesmal etwas weniger lachend. Aber schon bald blieb ihm für eine Weile das Lachen im Halse stecken. Ein riesiger Schatten legte sich plötzlich über den Gorgelino und wuchs bis an Jims Fußspitzen. Noch verängstigter als zuvor klammerte ich mich an Jims Bein.
'Oh, hallo. Morgen, wie geht es dir? Du sag mal, ich bin fremd hier. Jim ist mein Name. Ich suche eine Pflanze namens Rofxyx (rofkik). Weißt du, wo die wächst?', fragte Jim frisch-frech von der Leber weg, als wär dieser Gorgel, der hinter dem Gorgelino aufgetaucht war, der allerbeste Freund, den er Jahre lang nicht mehr gesehen hatte. Das Gesicht des Gorgel verfinsterte sich bei dieser Frechheit. 'Du bist ganz schön vorlaut, Bürschchen!', donnerte der Gorgel. Er war bestimmt zehn oder zwanzig Meter groß."

„Murmli, das waren doch höchstens vier Meter, kaum größer als Fomka", unterbrach Jim korrigierend. „Der ist ja auch mindestens zwanzig Meter hoch und noch mal zehn Meter breit. Murrmel!", beteuerte Murmli. „Red doch kein Blech, Murmli, Fomka ist vier Meter groß", sagte Jim belehrend. „Wenn du es so viel besser weißt, dann erzähl du doch weiter!", gab Murmli sauer zurück. Und schon wollte Jim anfangen zu erzählen: „Wie du meinst. Also, der Gorgel war etwa so groß wie Fomka, aber weitaus schlanker."

„Hey! Moment mal! Was fällt dir ein? Ich bin dran mit erzählen, also halt die Klappe!", unterbrach Murmli aber sofort wieder. „Aber ...", fing Jim an.

„Kein aber, ich erzähle, basta! Also, nachdem der Gorgel Jim ein vorlautes Bürschchen genannt hatte, hat er ihn mit seinen mächtigen Pranken hochgehoben und wollte ihn zerquetschen. Nur durch meinen wagemutigen Einsatz steht er immer noch vor euch."

„Murmli, bleib bei den Tatsachen! Außerdem kann sich Diablo bestimmt nicht vorstellen, wie dieser Gorgel aussah, wenn du ihn nicht beschreibst", unterbrach Jim schon wieder.

„Ist ja gut, ist ja gut. Also, ich rettete Jim nicht. Und der Gorgel hatte vier schreckliche Klauen an jeder Hand und an jedem Fuß und je eine Kralle am Innenknöchel. Er hatte lange Arme und lange Beine und Ohren wie du und dein Großvater. Im Grunde sah er genauso aus wie ihr beiden, nur dass er Klauen hatte. Hände und Füße waren nicht so behaart wie der Rest des Körpers. Und die Gorgelino sehen übrigens genauso aus, nur dass sie weitaus kleiner sind.
Dieser Gorgel jedenfalls sah Jim aus strengen Augen an. Dann beugte er sich nach unten und griff mit der einen Hand erst nach Jim und mit der anderen dann nach mir. Ich wehrte mich tapfer gegen diese gefährliche Krea ... Was? Na gut, ich brüllte wie am Spieß. Doch es half nichts, der Gorgel hielt uns fest umklammert und setzte uns auf seine Schultern. Mit uns auf den Schultern schaukelte der Gorgel voran, ich wurde da oben schon ganz landkrank.
Es dauerte eine Ewigkeit, bis er uns wieder absetzte. Jedenfalls kam es mir so vor. Wie Jim gerade eindrucksvoll mit den Fingern demonstriert hat, waren es nur fünfzehn oder zwanzig Gorgelschritte, in einem Feld voller Rofxyx."

„Die Blumen hatten wirklich schwarze Blüten. Allerdings waren die Blätter weder rund, noch glatt. Sie waren oval und hatten Nesseln, wie eine Brennessel. Ich hab mir beim Pflücken lauter schmerzhafte Pusteln eingefangen", unterbrach Jim, ließ Murmli aber gleich ...

... weiter erzählen: „Jim pflückte also diese Pflanzen und bekam dadurch, wie er schon sagte, kleine rote Pusteln an den Händen. Ich hatte dann die ehrenvolle Aufgabe, die Pflanzen zum Scorvulkan zu bringen. 'Ach übrigens, was ich schon die ganze Zeit fragen wollte: Wieso bist du eigentlich hier?', fragte ich Jim. 'Wenn ich das so genau wüsste, wär ich glücklich. Ein Wüstensandsteintier namens Toxli ...' 'Ehrlich, ein Wüstensandsteintier? Er ist von den Göttern geschickt, unser Erlöser. Unsere Gebete wurden erhört', unterbrach ich jubelnd. Jim beendete seinen Satz noch: ' ...rox. Eure Götter? Was für Gebete?' 'Ja, Gebete. Wir hatten darum gebetet, dass uns die Götter Hilfe schicken, Hilfe gegen die neuen Eindringlinge, die sich selber Gelmensen nennen. Du sollst uns helfen, gegen sie zu kämpfen. Eigentlich wollte ich dir unser Problem gerne zeigen, aber bislang ist es uns leider, oder zum Glück noch nicht begegnet. Moment, ich hab ein Bild von denen.' Ich schüttelte meinen rechten Arm und ein Bild in Größe einer Briefmarke kam zum Vorschein. Die Armtasche war übrigens meine Erfindung. Jim nahm das kleine Bild und machte seine Augen so groß, wie er konnte. 'Ähm, Murmli, du hast nicht zufällig eine Lupe bei dir, oder?', fragte er, doch das hörte ich schon gar nicht mehr.
Starr vor Angst blickte ich an Jim vorbei, zitterte am ganzen Körper. Als Jim mich fragte, ob alles in Ordnung wäre, streckte ich bibbernd meinen Arm aus und zeigte hinter Jim. Ganz unbedarft fragte Jim: 'Was?' Er drehte sich um und sprang gleich einen Schritt zurück: 'Wou!' Dann fügte Jim hinzu: 'Äh, hallöchen. Sind sie auch neu hier?' Das bösartige Brüllen dieses Viehs ging durch Mark und Knochen und war überhaupt nicht freundlich gemeint. Selbst der Gorgel bekam bei dem Anblick dieser Kreatur weiche Knie. Känguruhbeine, Saurierschwanz mit drei spitzen Zacken am Ende, Schimpansenarme mit Klauenhänden, Löwenkopf mit Wildschweingebiss. Drei Hörner direkt auf dem Kopf, ein Horn auf der Nase. Unterkörper behaart wie bei einem Säugetier, Oberkörper beschuppt wie bei einem Reptil. Hände ledrig, Arme ebenfalls behaart, kleine Augen. Im Verhältnis zur Körpergröße wirkten sie wie Stecknadelköpfe.
'Da lang!', rief der Gorgel und lief auf eine Wand im Felsen zu. Der kleine Gorgelino war schon längst über alle Berge. An der

Wand angekommen, trat der Gorgel einmal kräftig dagegen. Langsam öffnete sich ein Spalt. Aber es dauerte zu lange, dieses Vieh war zu schnell. Es hatte Jim schon erreicht und hielt ihn im Würgegriff. Der Gorgel lief zurück, um Jim zu helfen. Ich beschloss, mich in Sicherheit zu bringen. Immerhin musste doch einer überleben und Jims Freund die Medizin bringen. 'Jim, versuch zu meinem Volk vorzudringen, die werden uns helfen gegen diese Missgeburten. Ich bringe die Pflanze zu deinem Freund', rief ich Jim entgegen und war im Gang verschwunden. 'Warte du – Lass mich los! – blödes Murmeltier – Du sollst mich loslassen!' Mit einem mächtigen Schlag konnte sich Jim kurze Zeit befreien. Er rannte auf den Tunnel zu. 'Du weißt doch gar nicht, wo du hin sollst. Du sollst deine Griffeln von mir nehmen! Scorvulkan, Echtstemebeacht! Loslassen, loslassen, loslassen!' Ich sah noch, wie Jim den Gelmens in die Pfote biss. Dieser heulte sofort auf, mehr bekam ich von dem Kampf nicht mit."

„Ach ja, der Kampf mit dem Gelmens. Murmli, darf ich kurz? Nur eine Minute", unterbrach Jim hoffnungsvoll. Murmli wollte den Mund gerade öffnen und widersprechen, doch Jim kam ihm zuvor. „Ja? Klasse!

Also, dieser Gelmens hatte mich schon wieder in seinen dreckigen Klauen, ließ aber kurz etwas lockerer, als ich ihn gebissen hatte. Ich versuchte, mich wieder zu befreien, doch es gelang mir nicht, bis die Arme des Gelmens auf einmal schlaff nach unten fielen. Auch ich fiel, zum Glück nach oben, sonst wäre das Ungetüm auf mich drauf gefallen.
Als ich wieder sicher am Boden war, sah ich den Gorgel mit einer Keule, so groß wie ein kleiner Baum. Der Gelmens hatte eine riesige Beule am Kopf. 'Danke', keuchte ich. Der Gorgel zwinkerte mir nur zu. 'Du, sag mal, wie war dein Name doch gleich?' Mir war eingefallen, dass ich mich nicht erinnern konnte, ob mir der Gorgel seinen Namen gesagt hatte oder nicht. 'Ich heiße Serwot' Ich war erstaunt, dass es in diesem Land mal einen Namen gab, den man so sprach, wie man ihn schrieb. Aber ich war mir jetzt sicher, dass mir der Gorgel ihn noch nicht gesagt hatte.

‘Wie ist das jetzt mit diesem Murmeltier? Es sagte, ich solle Hilfe holen. Wo denn?’, wechselte ich das Thema. ‘Komm mit, ich bring dich hin’, gab Serwot als Antwort und führte mich durch Tunneldurchgänge hinaus aus dem Tal. Er brachte mich die Hälfte des Weges. Den Rest musste ich alleine gehen, was aber ziemlich einfach war: immer geradeaus. Zwischenfälle gab es keine. Serwot selber ging wieder zurück, um seine Leute zu benachrichtigen.

Ja, Murmli, du kannst jetzt wieder“, unterbrach sich Jim selbst. Er hatte gesehen, wie Murmli immer ungeduldiger vor Jim auf und ab ging. „Wird ja auch Zeit, dass du fertig wirst. Du redest ja eine halbe Ewigkeit“, schimpfte Murmli, ging dann aber wieder zu seiner ...

... Geschichte über: „Zum ersten Mal lief ich vom Renzolgebirge nicht in mein Tal zurück, sondern kam direkt zum Scorvulkan. Noch nie war ich näher als 20 Kilometer an den Scorvulkan herangekommen und in der Gorgelschlucht war ich vorher auch noch nie gewesen, immer nur im Randgebirge. Und selbst das hatte mir meine Mami verboten. Aber seit ich Jim kannte, ging es mit mir Berg ab. Sagt meine Mutter immer.
Der Tunnel, durch den ich ging, war dunkel und feucht. Von der Decke tropfte Wasser. Wahrscheinlich floss irgendwo über dem Tunnel ein kleiner Bach oder sowas. Im Tunnel war ich aber wenigstens noch sicher. Wovon mir dieser Gorgel aber nichts erzählt hatte, war der tiefe, tiefe Abgrund, in dem der Tunnel endete. Er war zweimal so tief wie ein Gorgel groß ist. Nein, Jim, ich übertreibe nicht. Na ja, gut, vielleicht ein ganz kleines bisschen. Okay, ich gebe es zu, ich habe übertrieben. Ein Gorgel hätte vermutlich nur einen Schritt gebraucht, um nach unten zu kommen, für mich war es aber viel zu hoch. ‘Verdammt, ist das tief. Wie soll ich hier denn jemals runterkommen?’, fragte ich mich besorgt. Zu allem Überfluß brach auch noch ein heftiger Sturm aus.“

„Murmli!“, unterbrach Jim schon wieder tadelnd. Er wusste, dass Murmli mal wieder übertrieb. „Nun lass mich doch erzählen! Unterbrich nicht andauernd. Ständig korrigierst du mich, dabei warst du doch gar nicht dabei“, beschwerte sich Murmli. „Dann solltest du nicht immer so übertreiben“, gab Jim zurück. Beleidigt murmelte Murmli: „Gar nicht wahr.“

Dann erzählte er weiter: „Wie ich schon sagte, zog zu allem Überfluss ein Sturm auf. Dachte ich jedenfalls. Doch es war kein Sturm, sondern ein Scor, der am Eingang des Tunnels vorbeigeflogen war. ‘Hey, Scor! Scor! Hier unten bin ich’, rief ich dem Scor entgegen. Der Scor drehte ab und kam auf mich zu. Vor dem Eingang blieb er mitten in der Luft stehen und sah mich an. Ich stand mit stolzer Brust da und sagte ... Okay, ich wurde immer kleiner und sagte: ‘Jim schickt mich. Ich soll diese Pflanze hier seinem kranken Freund bringen.’ ‘Dann steig auf, Flax geht es immer schlechter, er braucht seine Medizin’, entgegnete der Scor und flog so dicht unter den Ausgang, wie es gefahrlos möglich war. Ich war mir allerdings nicht ganz sicher, ob ich wirklich springen sollte. ‘Nun mach schon, ich kann hier nicht ewig verharren!’, drängte der Scor. Doch ich traute mich einfach nicht. Was, wenn ich runter falle oder daneben springe? Der Scor machte mir die Entscheidung allerdings leichter. ‘Wenn du nicht sofort springst, fresse ich dich mit Haut und Haar’, zischte er mir gefährlich zu. Ich sprang und fast gleichzeitig stieg ich auf, einen befellten Körper mit Schuppen unter mir. Panisch krallte ich mich an dem Fell des Scors fest und hoffte, dass der Flug bald zu Ende sein würde. Die Augen hatte ich fest zugekniffen, um die Höhe nicht sehen zu müssen.
Eine Ewigkeit später ging es im Sturzflug nach unten. Es war fast so, als ob er sich senkrecht nach unten fallen ließ und genau auf dem Platz stehen blieb, wo er gelandet war. ‘Du kannst aufhören, mir das Fell auszureißen, wir sind da’, hörte ich den Scor sagen. Unverzüglich ließ ich los und rutschte am Flügel meines Transportmittels sicher zum Boden. ‘Okay, Murmeltier, jetzt gib uns die Heilpflanze’, forderte der Scor, als ich wieder sicheren Halt hatte. ‘Ich heiße Murmli! Hier ist die Pflanze.’ Ich streckte die Pfote mit der Pflanze aus und gab sie dem Scor, der sich als Eymilgych (Eimachil) vorstellte. ‘Sag mal, Murmli, wo ist Jim?’, fragte Eymilgych noch, wobei er meinen Namen betonte. Ich erzählte ihm alles, was passiert war und sagte ihm, dass sich die Murmeltiere und Murmelviechter auf den Weg machen, die Gelmensen

zu vertreiben. Auch die Gorgel und Gorgelinos wollten mit machen. 'Das klingt gut. Wir sollten auch mit machen', meinte Eymilgych euphorisch. 'Darf ich auch mit machen?', hörten wir plötzlich eine fremde Stimme, die scheinbar auch nicht zu den Scoren gehörte.
'Heiliger ßurxschytos (Würxlitos)!', rief ich aus. Wahrscheinlich war ich so weiß wie der Himmel an manchen Tagen. Auch den Scoren ging es nicht viel besser. Der gesamte Scorvulkan war von Gelmensen umstellt, die allesamt grausam grinsten. 'Bringt die Frauen und Kinder in Sicherheit und Jims Freund. Und die anderen auf zum Angriff', schrie ein Scor, der, wie ich später erfuhr, Echtstemebeacht (echtemebäch) hieß. Und schon war die Hölle los auf dem Vulkan. Frauen und Kinder wurden von einer Hand voll männlicher Score begleitet und in Sicherheit gebracht, die anderen gingen zum Angriff über. Einige Frauen schienen nicht gehört zu haben, dass sie evakuiert werden sollten, sie kämpften an der Seite der Männer. Und sie kämpften verdammt gut.
Der letzte Scor, der jemanden in Sicherheit brachte, flog gerade über mich hinweg. Er hatte ein Tier in der Klaue, das ich noch nie gesehen hatte. 'He, du da oben! Nimm mich mit, ich bin auch ein Kind', rief ich dem Scor nach oben. Dieser kam augenblicklich im Sturzflug nach unten, öffnete eine der beiden hinteren Klauen und griff mich am Schlafittchen. Schnell gewann er wieder an Höhe. Er flog in Richtung Gorgelschlucht. 'Alles in Ordnung mit dir, Murmeltier?', fragte mich der Scor. Jetzt erst bemerkte ich, dass es Eymilgych war. 'Fast', stammelte ich zurück. Murmeltiere waren nun mal nicht fürs Fliegen gemacht, da beißt der Gorgelino keinen Faden ab. 'Wir sollten zu Jim fliegen. Er sollte erfahren, was passiert ist', schlug ich vor. Der Scor stimmte mir zu, flog aber dennoch Richtung Gorgelschlucht. 'Ähm, Eymilgych, Jim ist wahrscheinlich im Murmeltierland', unterrichtete ich den Scor. 'Sag das doch gleich', gab er zurück und wendete in einem ziemlich engen Bogen.
Wir mussten nicht lange fliegen, bis wir Jim sahen. Ganz und gar nicht im Tal der Friedensvögel, wie wir unseren bescheidenen Teil des Landes bezeichneten. 'Der ist doch verrückt! Macht ein Nickerchen keine hundert Meter vom Samselonturm entfernt.' Seit die Gelmensen in den Turm eingezogen waren, war es in dieser

Gegend nicht mehr sicher. Sie nannten diesen Turm übrigens auch Molocholturm, nach ihrem Anführer. Doch als wir kamen, schien der Turm fast ausgestorben, nur vereinzelt waren Wachen zu sehen. Eymilgych ließ uns nur ein paar Meter neben Jim herunter und landete selbst. Ich war natürlich gleich bei Jim und rüttelte ihn wach. 'He, aufstehen, du kannst hier doch nicht einfach so schlafen', rief ich immer wieder. Doch Jim gab nur unwirsch zurück: 'Was soll denn das? Ich schlafe doch gar nicht. Glaubst du wirklich, ich schlafe hier, nur hundert Meter von einem Wespennest entfernt?' Was waren denn nun schon wieder Wespen? Jim erklärte mir aber, dass er genau wusste, dass in diesem Turm bösartige Gelmensen hausten.
'Jim, eine Katastrophe ist passiert. Die Gelmensen haben den Scorvulkan eingenommen!', wechselte ich schnell das Thema. Jim sah mich prüfend an. Scheinbar glaubte er mir nicht."

„Doch, Murmli, ich habe dir geglaubt. Ich wollte nur wissen, wie viel du übertrieben hattest", unterbrach Jim einmal mehr. Murmli verteidigte sich: „Ich übertreibe niemals!" „Siehste, Murmli, noch eine Übertreibung."

„Pah, von wegen! Lass mich lieber weitererzählen.: Aus der Entfernung walzte sich ein pelziger, braun-grauer Teppich auf uns zu. Je näher der Teppich kam, desto klarer wurde, dass es sich um Murmeltiere und Murmelviechter handelte. Tausende und abertausende. Jim traute seinen Augen kaum. 'Die sind ja wie Heuschrecken. Gibt es da irgendwo ein Nest?', fragte er staunend. Ich wusste damals zwar noch nicht, was Heuschrecken waren, fragte aber nicht weiter nach.
Vor uns blieben die Murmeltiere stehen. Eines der Murmeltiere trat nach vorne. Es war Dschoon, der Anführer aller Murmeltiere. 'Juht'n Daach, meene Härrn.' 'Oh Gott, ein zweiter Saatzh. Ich dachte, wenigstens hier hätte ich Ruhe vor dem', stöhnte Jim. Ich fragte Dschoon aber gleich, ob denn alle da seien. Dieser nickte. 'Dürlich, dürlich. Nur Muurmli hab'ch nich jefunn'n. Keen blass'n Dunst wo där sein kinnt', fügte Dschoon seinem Nicken zu. 'Du Dämel, ich bin doch hier!', gab ich etwas unbedacht zurück. 'Kee bleeder Knifst nennt mi ähn Däm'l! Hammer uns da

vorstann'n?', fauchte mich Dschoon böse an. Jim sah nur dumm aus der Wäsche und flüsterte mir ins Ohr: 'Was ist denn bitte schön ein Knifst?' 'Das ist ein Schimpfwort, Jim, genau wie Trottel oder Dämel', erklärte ich ihm. Ich wusste, dass ich zuweit gegangen war. Die Stelle als Anführer der Murmeltiere konnte ich zunächst einmal begraben, schade eigentlich.
Wie dem auch sei, Jim stieg wieder auf den Scor, griff den inzwischen wieder gesunden Flax und sagte dem Scor, er solle Richtung Gorgelschlucht fliegen. 'He, Jim, wo willst du denn hin? Wir müssen doch zum Scorvulkan. Der ist belagert, nicht die Gorgelschlucht. Nun warte doch, halt!', rief ich Jim hinterher. Ich konnte nicht verstehen, was er schon wieder in dieser Schlucht wollte. Die Schlacht würde doch mit großer Sicherheit im Scorvulkan geschlagen werden und nicht bei den Gorgels.
Noch bevor wir den Fuß des Gebirges erreicht hatten, konnte ich sehen, was Jim meinte. Tausende von Gorgeln, Gorgelinos und Scoren standen dort zu einer Armee aufgereiht. Jim ließ Eymilgych vor der Armee landen. Einmal sicher auf dem Boden, stieg Jim dem Scor regelrecht aufs Dach, sprich, er kletterte soweit nach oben, wie es ohne Gefahr möglich war, um von allen gesehen zu werden. 'Okay, Leute, alle herhören. Ich möchte jetzt wissen, wie viele wir sind.' Jim hatte den Satz kaum beendet, als alle auf einmal losbrüllten und Jim kein Wort verstand. Ich hörte, wie er sagte: 'Nicht alle auf einmal. Ruhe!' Doch alle anderen hörten es scheinbar nicht. Also holte Jim tief Luft und brüllte: „Ruhe!' Seine Figuckchen sehe ich noch heute vor mir. Er fasste sich erst an die Gurgel und dann an den Mund. Dann fragte er sich, wieso er so leise geflüstert hatte. Doch im Gegenteil, er hatte so laut gebrüllt, dass das gesamte Gebirge wackelte. Sofort kehrte Ruhe ein. Jim sah staunend in die Runde, konnte nicht verstehen, wieso es auf einmal so ruhig war. Aber ich glaube, inzwischen hatte Jim es aufgegeben, zu verstehen, wie dieses Land hier funktionierte. Jedenfalls nutzte er die eingekehrte Ruhe aus, um noch einmal zu reden. 'Okay, Leute, das war ja alles schön und gut, aber mir wäre es lieber, wenn einer nach dem anderen redet. Die Gorgels fangen an, dann die Gorgelinos, dann die Murmeltiere und Murmelviechters und dann die Score.' Und so geschah es dann auch. Zuerst trat ein Gorgel und ein Gorgelino hervor. Der

Gorgel rief aus: ‘200.001 Gorgels!’ Dann trat der Gorgelino noch einen Schritt nach vorn und sagte: ‘180.675 Gorgelinos.’ Die beiden wurden daraufhin von Dschoon abgelöst, der für die Murmeltiere und für die Murmelviechters sprach: ‘600.999 Murmelltiere und 18.323 Murmellviechter.’ Danach kamen die Score dran. ‘Wir sind noch 5.000 kampfbereite Score, Mütter und Kinder nicht mitgezählt. Alle anderen Score haben es nicht geschafft, den Vulkan zu verlassen. Wahrscheinlich sind sie Gefangene’, sagte Echtstemebeacht, Anführer der Score. Dann trat noch Dini vor und sagte kampfeslustig: ‘Dann sind da noch ein Paradoxisaurier, eine Ratte, eine Maus und, wie ich sehe, auch noch zwei Huskys und ein Jumarianer. Ich würde sagen: Heizen wir diesen Gelmensen mal richtig ein. Ich hoffe sie mögen es heiß!’ Piepsy, Ratti, Husky und Flax stimmten jubelnd zu. Jim nickte zufrieden. ‘Super, damit sind wir 1.005.004. Wenn die Gelmensen da kein Muffensausen bekommen, weiß ich auch nicht weiter!’ Flax, der inzwischen wieder kerngesund war, grinste breit und voller Tatendrang. Nur Piepsy hatte eine zynische Bemerkung auf Lager: ‘Ich finde, wir sollten Flax alleine zu den Gelmensen schicken. Nach höchstens einer Stunde würden die dann freiwillig das Land für immer verlassen.’ Jim konnte sich ein Grinsen nicht verkneifen, Flax aber ging mit erhobenem Haupt voran, als Zeichen, dass ihn nur Hunde beleidigen konnten.
‘Flax, du dummer Hund, wo willst du denn schon wieder hin? Willst du etwa wirklich alleine gehen? Wir sollten uns einen Plan machen, wie wir zum Vulkan kommen, ohne entdeckt zu werden. Macht jemand einen Vorschlag?’, rief Jim Flax hinterher, der stehen blieb und widerwillig kehrt machte. Aus Protest setzte er sich zwischen zwei Murmeltiere und nicht neben Jim oder Piepsy. Die klügsten Köpfe der einzelnen Rassen kamen zu Jim nach vorne und besprachen das weitere Vorgehen. Wir beschlossen, die Truppe zu teilen. Die Hälfte sollte zum Scorvulkan durchbrechen und ihn wieder einnehmen, während der Rest Rückendeckung für den Notfall geben sollte. Da wir nicht genau wussten, mit wie vielen Gelmensen wir es zu tun hatten, mussten wir auf Nummer sicher gehen. Die Score wollten zusammen mit etwa der Hälfte der Gorgels, Gorgelinos und Murmeltiere die Vorhut bilden. Insgesamt waren sie dann etwa 490.000 Angreifer. Gemeinsam machten sie sich auf den Weg.

Doch schon nach etwa einer Stunde kamen sie wieder zurück. Oder besser das, was von ihnen übrig war. Die meisten Score kamen nicht zurück, darunter war auch Echtstemebeacht. 'Was ist passiert?', fragte Jim bestürzt. 'Gelmensen sind passiert!', meinte ein Gorgelino trocken. 'Es war fast so, als hätten sie uns erwartet', erklärte ein Murmeltier. 'Die haben kurzen Prozess mit uns gemacht. Ein Wunder, dass die uns nicht schneller erledigt und nicht alle erwischt haben', fügte das Murmeltier noch hinzu. 'Ja, es war fast so, als ob die uns nicht sehen konnten, als ob sie kurzsichtig sind', warf nun auch ein Scor hinzu. 'Moment. Wie meinst du das mit kurzsichtig? Was könntest du jetzt nicht sehen, wenn du kurzsichtig wärst?', fragte Jim vorsichtshalber. 'Na, das da drüben zum Beispiel', antwortete der Scor und zeigte auf das Gebirge, von dem wir uns ja schon ein ganzes Stück entfernt hatten. Jim schien zu überlegen, er brummelte vor sich hin, sowas wie: 'Verstehe, sehr gut', oder so ähnlich. 'Gut, wie viele sind wir jetzt noch etwa?', rief Jim schließlich laut aus. Die Handvoll Score waren schnell gezählt. Von den Gorgel und Gorgelinos waren etwas mehr als die Hälfte zurückgekehrt. Dschoon dagegen rief 'Zählungk!', und schon fingen die Murmeltiere an zu rufen: 'Eins', 'Zwei', 'Drei' Doch noch bevor die Murmeltiere bei fünf waren, unterbrach Jim die Zählung. 'Dschoon, wir wollen in diesem Jahrhundert noch fertig werden! Schätzt doch einfach.' 'Schäätz'n? Was gloobst'n, was mer hier duhn?', entgegnete Dschoon beleidigt. 'Mh! Ich meinte, ihr sollt zählen, wie viel ihr seid', entgegnete Jim entnervt. 'Och soo. Sach des do glei. Denn sinn mer wohl hunjefähr ähm ... hunjefähr jenau ... jenuch', war die Antwort. 'So genau wollt ich es auch wieder nicht wissen', stöhnte Jim, beließ es dann aber dabei.
'Also gut, ich habe eine Idee. Hört zu', fing Jim an, und erklärte den Plan. Im Endeffekt näherten sich die restlichen Score und die Gorgel vom Fluss aus. Die Gorgelinos, Murmeltiere und Murmelviechter kamen von der Schlucht aus. Wir gaben den Scoren und Gorgeln eine gute Stunde Vorsprung, um den Fluss zu erreichen. Als dann die ersten Nebelfelder über die offene Ebene zogen, machten wir uns auf den Weg. Der Nebel kam vom gefrorenen Fluss, den die Score und der kleine grüne Kerl, der mit Jim gekommen war, mit ihrem Feuer zufrieren ließen. Dampfendes

Trockeneis war die Folge. Im Schutze des Nebels arbeiteten wir uns zum Vulkan vor. Xenoxo, einer der Score, die nicht in Gefangenschaft geraten waren, hatte mir erklärt, wo die Wahrscheinlichkeit, dass es Wachen gibt, am geringsten sein könnte. Es war eine Steilwand, die fast senkrecht nach oben ging. 'Klasse, schon wieder klettern. Und dann auch noch so hoch', stöhnte ich.
Die große Frage war allerdings: Wie sollten wir da hoch kommen? Es war definitiv zu steil, um ohne weiteres hinauf zu kommen. Doch Jim ließ sich davon nicht beirren. 'Ein paar Seile wären nicht schlecht', meinte Jim, schnipste mit den Fingern und schon hingen ein paar dünne Schnürchen, wie Jim es nannte, von oben bis ganz nach unten. Während Jim, Flax, Husky, Piepsy, Ratti, Dini und die Gorgelinos noch zögernd am Fuße des Berges standen, fingen die ersten Murmeltiere an, nach oben zu klettern. Zehn oder zwanzig hingen jeweils an einem Seil. 'Wenn diese dünnen Schnüre zwanzig Murmeltiere tragen, warum sollten sie dann nicht auch eine noch viel kleinere Ratte tragen?', sagte sich Ratti und kletterte ebenfalls nach oben. Auch Piepsy riskierte es. So kletterten alle nach oben. Zum Schluss standen nur noch Jim, die beiden Huskys und Dini unten, die den Seilen nicht über den Weg trauten. 'Kommt ihr nun nach oben oder nicht?', rief ich nach unten. Eine Antwort bekam ich nicht. 'Das ist doch Wahnsinn. Dieser Zwirn hält doch nie und nimmer unser Gewicht', meinte Husky. Dini und Jim stimmten ihm zu. Jim war es, der die Initiative ergriff. Vorsichtig versuchte er vom Boden abzuheben. Erstaunt darüber, dass es endlich mal klappte, sagte er seinen Freunden, sie sollen sich festhalten. Dann brachte er sie fliegend nach oben.
Kurz vor dem Ende der Steilwand versagten seine Flugfähigkeiten und sie drohten alle abzustürzen. Ich konnte Jim gerade noch an einer Hand packen. Da mir die vier aber viel zu schwer waren, zogen sie mich ebenfalls mit nach unten. Ein anderes Murmeltier schaffte es aber, mich zu greifen. Und dieses Murmeltier wurde wieder von einem anderen Murmeltier oder Viech gehalten. So ging das so lange, bis wir kräftig genug waren, Jim und seine Freunde hinaufzuziehen.
Als wir dann endlich sicher oben angekommen waren, teilten wir uns in mehrere kleinere Gruppen auf. Jim, seine Freunde, ich und noch ein paar andere Murmeltiere versuchten, die gefange-

nen Score zu finden, während die anderen Gruppen die Gelmensen beschäftigen sollten, jedenfalls den größten Teil von ihnen.
Unsere Gruppe brauchte einige Zeit, bis wir die Score gefunden hatten, da wir keine Ahnung hatten, wo die Score ihre Kerker haben. Aus Erzählungen von unseren Urmurmeltieren wusste ich, dass Score schreckliche Verließe hatten. Sie sollen so eng sein, dass sich ein Murmeltier gerade so bewegen konnte. Jim wollte mir wieder einmal nicht glauben. 'Wie sollen dann die Score Platz in den Verließen finden?', fragte er skeptisch. 'Du wirst schon sehen', gab ich zurück, ließ Jim aber voran gehen. Wenn ihm was passieren sollte, muss doch mindestens einer übrig bleiben, der die Situation retten könnte. Brauchst gar nicht so bedächtig zu nicken, ist doch so! Wir waren eine ganze Weile unterwegs, immer abwärts. Da wir den Vulkan bis nach oben hochgeklettert waren, mussten wir jetzt eben solange nach unten steigen, da wir die Verließe im untersten Stockwerk vermuteten. Zudem mussten wir auch vorsichtig sein, da wir überall Gelmensen vermuteten. Es kamen uns auch einige entgegen, die auf dem Weg nach oben waren. Ihrem aufgeregten Geplapper zufolge, das wir aber nicht verstanden, herrschte ein ziemlicher Tumult. Zum Glück entdeckten sie uns nicht.
Bald hatten wir den Kerker gefunden. Ich staunte, dass es gar keine einzelnen Verließe gab, sondern nur einen einzigen Raum, in dessen hinteren Teil die Score waren. Der Weg zum Ausgang war kein bisschen versperrt und völlig frei. Wieso flohen die Score und die paar anderen Gefangenen dann nicht? 'Hallo Score, wir sind zu eurer Rettung gekommen', posaunte ich frisch-fröhlich aus und lief auf die Score zu. 'Sofort stehen bleiben, sonst muss man euch auch noch retten!', herrschte mich ein Scor an. Erschreckt blieb ich stehen. 'Du musst doch erst das Kraftfeld ausschalten. Was meinst du wohl, warum wir immer noch hier drin sind? Außerdem würdest du den Alarm auslösen, wenn du gegen das Kraftfeld laufen würdest', erklärte der Scor, es war Echtstemebeacht. Er erklärte uns auch, wo und wie wir das Kraftfeld ausschalten konnten. Was uns da erzählt wurde, gefiel Jim überhaupt nicht. 'Sag mir bitte, dass das nicht wahr ist, Echtstemebeacht. Der Kontrollraum für dieses Kraftfeld befindet sich nicht im obersten Stock dieses Vulkans. Das ist nur ein blöder Scherz von dir

oder du meinst mal wieder das Gegenteil von dem, was ich verstehe.' Echtstemebeacht sah Jim verständnislos an. 'Wie ich schon sagte, du musst die Treppen dort bis ganz nach oben gehen', wiederholte der Scor und zeigte auf die Treppe, die wir gerade herunter gekommen waren. 'Das find ich ja ganz toll. Ich wollte ja schon immer ein paar Pfund abnehmen. Daniela sagt auch schon, ich sei zu dick', sagte Jim sarkastisch. Ich war mir sicher, dass er es nicht so meinte, wie er es sagte. 'Du musst jeden Knopf beziehungsweise Hebel einmal betätigen oder umlegen', erklärte Echtstemebeacht. 'Das wird nicht schwer sein', sagte Jim und war auf und davon, bevor Echtstemebeacht noch etwas sagen konnte. 'Warte! So ein dummer Junge', sagte der Scor. Doch Jim war schon lange weg."

„Darf ich das kurz erzählen?", fragte Jim vorsichtig. „Ungern, Jim, aber wenn es unbedingt sein muss. Beeil dich aber", stimmte Murmli zögernd zu. „Sicher muss es sein, oder willst du erzählen, wie es mir im Kontrollraum ergangen ist?", unterstrich Jim die Notwendigkeit, dass er erzählen müsse. „Ist ja schon gut, fang endlich ...

... an!", drängte Murmli. „Ja doch, ich fang ja schon an. Wie Murmli schon sagte, machte ich mich sofort auf den Weg zum Kontrollraum. Aber schon auf der zehnten Stufe fiel mir ein, dass ich gar keinen Kontakt zu Murmli haben würde, wenn ich da oben war. Und in der momentanen Lage konnte das gefährlich werden. Zurückgehen und ein Funkgerät hinbringen hätte mich aber wertvolle Zeit gekostet. Ich beschloss, etwas zu riskieren, obwohl ich keine Ahnung hatte, ob oder wie das in diesem Land funktionieren würde, immerhin war es einer der schwierigsten Zauber, die ein Jumarianer durchführen konnte. Ich versuchte mich zu vervielfältigen. Konzentriert fixierte ich meine Gedanken auf das, was ich herzaubern wollte. Entgegen meiner Befürchtungen ging es verdammt einfach, als wäre ich in meiner Welt, wo alles in geordneten Bahnen verläuft. Mein zweites Ich stand vor mir, blaues Hemd mit weißen Schäfchenwolken, grüne Hose mit bunten Blümchen, schwarze Schuhe, zwei Funkgeräte in der Hand. Eins gab ich mir selber, das andere ließ ich von mir zu

Murmli bringen. Murmlis Gesicht hättest du sehen müssen, als er mich sah. 'Jim? Wo hast du denn auf einmal diese Sachen her? Ich dachte, du bist auf dem Weg in den Kontrollraum?', fragte es mich baff. Ich reagierte aber nicht auf Murmlis Frage, sondern drückte ihm das Funkgerät in die Pfote und erklärte ihm den Umgang damit, dann verschwand ich wieder, löste mich in Rauch auf, wie immer, wenn das Original auf das Foto sieht, von dem die Kopie kam.
Während mein zweites Ich nach unten ging, machte ich mich wieder auf den Weg nach ganz oben. Je höher ich kam, desto lauter wurde es. Draußen tobte der Kampf gegen die Gelmensen. Ich hatte aber nicht die Zeit nachzusehen, wie es für uns gerade lief. Geschickt schlängelte ich mich an Gelmensen vorbei, die als Wachen im Vulkan geblieben waren. Und dann geschah es, ich stand am Ende der Treppen, fand aber keine Tür, die in irgendeinen Raum führen könnte. Ich stand in einem runden Raum, in dem ich keinen einzigen Knopf oder Hebel fand. Mir blieb nichts anderes übrig, als Murmli um Hilfe zu bitten. Also nahm ich mein Funkgerät raus und rief so leise wie möglich, aber so laut wie nötig in das Mikro: 'Jim an Murmli, Jim an Murmli, Murmli bitte kommen. Over.' Die Antwort kam schnell: 'Murmli an Jim, ich komme. Aber wohin denn?' Ich schlug mir an den Kopf, das glaubte ich jetzt nicht. 'Nein, Murmli, du sollst da bleiben, wo du bist! Wenn ich sage 'Bitte kommen', dann meine ich, dass du dich melden sollst', erklärte ich dem Murmeltier. 'Ach so, warum sagst du das denn nicht gleich?', kam die Antwort zurück. Ich erklärte Murmli mein Problem und dieser erklärte es Echtstemebeacht. Der Scor sagte mir, dass die Tür zum Kontrollraum in der Decke war. Ich schaute nach oben und fand tatsächlich eine Tür. 'Roger, hab die Tür gesichtet. Over', bestätigte ich. Kurz darauf hörte ich Murmlis Stimme im Funkgerät. 'Ähm, Jim, auch auf die Gefahr hin, dass du mich jetzt für intelligent hältst: Wer ist nun schon wieder Roger?' 'Ähm, das erklär ich dir später, Murmli. Oder frag Echtstemebeacht', gab ich zurück und wollte mir gerade 'nen Kopf machen, wie ich an die Tür kommen soll, als Murmlis Antwort kam 'Ähm, Jim, der weiß das auch nicht.' 'Ich melde mich später', gab ich knapp zurück und ging wieder zu meinem Problem über. Zum Hochspringen war es viel zu weit oben. Aus

irgend einem Grund probierte ich es aber dennoch. Mit einem riesen Satz flog ich der Falltür regelrecht entgegen. Nun hing ich da am Türring, mit dem die Tür geöffnet wurde.
Zentimeter um Zentimeter gab die Tür nach, bis sie schließlich ganz auf ging. Ich hing natürlich immer noch am Ring und strampelte mit den Beinen. Irgendwie schaffte ich es dann aber doch, mich nach oben zu schwingen. Oben angekommen, wäre ich am liebsten wieder einen Schritt zurückgegangen. Ich beließ es dann aber bei den Worten: 'Hca ud egilieh Eßiehcs!' Was ich in diesem Kontrollraum sah, raubte mir jeglichen Glauben. Der Kontrollraum war voller Knöpfe und Hebel, die alle nur einmal betätigt werden wollten und durften. 'Na super!', dachte ich bei mir. Mein Gehirn lief auf Hochtouren. Wie sollte ich mir merken, welchen Knopf ich schon hatte? Am besten wäre es doch, wenn jeder Knopf und Hebel nach dem Betätigen eine bestimmte, einheitliche Farbe bekommen würde. Rot, gelb, blau und grün war bereits vorhanden. Also versuchte ich mich so zu konzentrieren, dass die betätigten Knöpfe die Farbe weiß bekommen. Dass die Farbe im Endeffekt schwarz war, war mir letztendlich egal. Nur der letzte Knopf, den ich noch nicht betätigt hatte, ließ mich die Haare raufen. 'Das glaub ich jetzt nicht. Automatische Abschaltung des Kraftfeldes im Kerker!', las ich laut vor. Hätte ich diesen blöden Knopf nicht eher finden können? Nein, ich musste erst jeden Knopf einzeln betätigen.
Wie dem auch sei, ich musste Murmli Bescheid geben, dass das Kraftfeld abgeschaltet war. 'Jim an Murmli, Jim an Murmli. Bitte melde dich', rief ich ins Funkgerät, bekam aber keine Antwort. 'Murmli, was ist denn los? Wieso meldest du dich nicht?', fragte ich besorgt. Immer noch keine Antwort. 'Murmli, was ist denn los? Sag doch was.' Diesmal kam eine Antwort. 'Hier Murmli, was gibt's?', hörte ich durch den Lautsprecher. 'Wieso hast du dich nicht gleich gemeldet?', fragte ich. 'Hab ich doch. Echtstemebeacht kann es bezeugen', gab das Murmeltier zurück. 'Ich fasse es ja wohl nicht! Wie blöd kann ein einzelnes Murmeltier sein?', fragte ich mich. Zu Murmli aber sagte ich, dass die Score wieder frei waren. 'Welche Score? Hier ist nur noch Echtstemebeacht, die anderen sind schon längst weg. Im Kampfgeschehen, denke ich', antwortete Murmli. 'Dann bleibt bitte, wo ihr seid.

Ich komme zu euch', gab ich zurück und wollte gerade wieder durch die Falltür nach unten.
Meinen Kopf, den ich bereits durch die Luke gesteckt hatte, zog ich aber schnell wieder zurück. 'Retmmadrev Tsim!', dachte ich. Standen da unten doch tatsächlich zwei Gelmensen. Ich saß fest. Einen Ausgang gab es hier oben nicht, keine erkennbaren Türen oder Fenster, abgesehen von der Falltür. 'Jim an Murmli, Jim an Murmli, bitte melden und zwar mündlich!', rief ich. Diesmal meldete sich das Murmeltier. So leise wie möglich erklärte ich ihm meine momentane Situation. 'Das tut mir leid, Jim. Ich hoffe, du wirst mit den Gelmensen fertig', war Murmlis Antwort. Das war ja wohl die größte Frechheit, die ich in meinen fast fünftausend Lebensjahren je erlebt habe! 'Pass ja auf! Wenn ich dich in meine Finger bekomme! Dagegen werden dir zwei Gelmensen wie Milchbubis mit Samthandschuhen vorkommen, das versprech ich dir!', gab ich wütend zurück. 'Ist ja gut, ich komme schon. Was tut man nicht alles für sein Land?', hörte ich Murmli noch ins Funkgerät murmeln, bevor ich für eine ganze Weile nichts mehr von dem kleinen Kerl hörte."

„Gut, das reicht. Du wolltest nur kurz erzählen, was du erlebt hast. Das war vor etwa einer Stunde", unterbrach Murmli ungeduldig. „Ja, ja", stöhnte Jim etwas. „Ich wäre euch sehr verbunden, wenn ihr euch nicht darum streiten würdet, wer hier was und wie lange erzählt. Könnt ihr nicht einfach die Geschichte zu Ende erzählen?", bat Diablo. Er hatte bis jetzt brav und interessiert zugehört und keinen Mucks gesagt. Hund stimmte Diablo zu. „Schon gut, ich erzähle jetzt weiter", gab Murmli zurück und wollte gerade anfangen, als ihn Jim wieder unterbrach. „Wo ist Strolch eigentlich? War der nicht bis eben noch hier?", fragte er. Und wirklich, Strolch war nicht da. Doch Hund wusste, wo sein Bruder war: „Der ist kurz für kleine Welpen. Da drüben kommt er schon wieder." Als Strolch dann endlich da war, fuhr Murmli mit dem Bericht ...

... fort: „Wie Jim schon sagte, hatte er mir gedroht, schlimmer zu sein als zwei Gelmensen, wenn ich ihm nicht zu Hilfe eilen würde. Ich eilte also. Echtstemebeacht eilte hinterher, holte mich ein und nahm mich auf seinen Rücken. Schnell waren wir im oberen

Teil des Vulkans angekommen. Vorsichtig näherten wir uns den beiden Gelmensen, die noch immer vor dem Eingang zum Kontrollraum waren und in einer Sprache redeten, die mir fremd war. Sie schienen Jim aber noch nicht bemerkt zu haben. Das war gut. Aber was sollten wir jetzt tun? Echtstemebeacht hatte die Idee, eine Idee, die mir ganz und gar nicht gefiel.
'Murmli, locke die Gelmensen dort die Treppe hinunter. Den ersten Gang links läufst du hinein. Am Ende des Ganges wirst du über die Klippe springen', sagte der Scor. Ich glaubte meinen Ohren kaum. Hatte Echtstemebeacht wirklich gesagt, ich solle über die Klippe springen? 'Ich soll was? Bist du noch ganz mpf, mpf, mpf?', fing ich an zu brüllen, bevor mir Echtstemebeacht den Mund zuhielt. 'Nicht so laut!', hauchte er mir entgegen und zeigte mit dem Kopf zu den beiden Gelmensen. Er hatte Recht und ich hatte Glück, dass mich die beiden Gelmensen nicht gehört hatten. Ich beschloss, mich jetzt leise zu beschweren. 'Bist du noch ganz schussecht? Ich spring doch nicht freiwillig über einen Abgrund, nur um einen Jungen zu retten, den ich noch nicht einmal richtig kenne!' 'Scht! Reg dich nicht auf, vertrau mir einfach. Ich lass dich schon nicht da runter springen, wenn ich dich nicht auffangen könnte', hauchte mir der Scor zu. Wirklich überzeugt war ich noch nicht, aber eine andere Wahl hatte ich wohl kaum.
Ich trat also mit zittrigen Knien vor und rief: 'Hey, ihr dummen Gelmensen. Seid ihr so dumm, wie ihr ausseht?' Keine Ahnung, ob sie verstanden haben, was ich sagte, immerhin sprachen sie ja eine andere Sprache. Aber es wirkte. Schwerfällig donnerten sie auf mich zu. Dabei wackelten sie wie eine Ente von einer Seite auf die andere. Sah irgendwie komisch aus. Ich hatte dafür aber keinen Blick, sondern sah zu, dass ich weg kam. Worauf hatte ich mich da nur eingelassen? Zum Glück waren diese Viecher weder besonders intelligent, noch schnell. So blieb mein Vorsprung mehr oder weniger konstant.
Da war der erste Gang. Ich bog etwas langsamer ab, damit diese Viecher sehen konnten, wo ich lang gelaufen war. Die Gelmensen schienen aber langsam müde zu werden. Also blieb ich stehen und rief noch mal: 'Hey, ihr Pfeifen, ihr seid wohl zu fett, um ein kleines Murmeltier zu fangen?' Ich steckte noch die Zunge raus und

zeigte ihnen lange Ohren. Es wirkte, sie folgten mir weiter. Da vorne war schon die Öffnung, über die ich hinweg springen sollte."

„Jau, und während Murmli die beiden Gelmensen ablenkte, kam Echtstemebeacht zu mir in den Kontrollraum, ging ohne ein Wort zu sagen an einen der Knöpfe, die inzwischen nicht mehr schwarz waren, und drückte einen blauen Knopf. Plötzlich öffnete sich die Kuppel des Raumes und Sonnenlicht kam herein. Echtstemebeacht sagte, ich solle aufsteigen. Mit ein paar mächtigen Schwüngen stiegen wir dann auf und verließen den Berg. Der Scor flog einmal um den Vulkan herum. Was er auf der anderen Seite des Berges wollte, wusste ich zunächst nicht, aber ich sollte es bald erfahren. Aber das erzählt dir lieber Murmli, der kann das viel besser", hatte Jim Murmli kurz unterbrochen. Er übergab aber gleich wieder an ...

... Murmli: „Am Abgrund angekommen blieb ich stehen. Ich saß in der Falle. Vor mir der Sprung in die Tiefe, der mir den Hals brechen würde. Hinter mir zwei Gelmensen, die mir ebenfalls den Hals brechen würden. Was war jetzt besser? Bei welcher Option gab es doch noch ein oder zwei Prozent Hoffnung? Noch bevor ich mich entscheiden konnte, hörte ich eine vertraute Stimme. 'Nun spring doch endlich, du blödes Murmeltier. Oder bist du angewachsen?' Ohne weiter nachzudenken sprang ich.
Und landete direkt auf dem Rücken von Echtstemebeacht, der sich wieder in die Lüfte schwang. Die beiden Gelmensen waren nicht mehr in der Lage anzuhalten und stürzten über die Klippe. Sie fielen und fielen und fielen. Zwei laute Platscher ließen vermuten, dass sie in den Fluss am Fuße des Vulkans gefallen waren. Jim wollte unterdessen zum Riesenmurmeltier fliegen. Seine Begründung? Jetzt, da die meisten Gelmensen hier am Vulkan waren, musste der Turm zwangsläufig weitestgehend ungeschützt sein. Gegen alle meine Einwände flogen wir schließlich zum Samselonturm. Doch zuvor landeten wir. Auch zwei weitere Score sollten landen. Diese Score trugen bereits Husky, Flax, Piepsy, Dini und Ratti. Dann pfiff Jim noch zehn Murmeltiere herbei, die sich auf die drei Score verteilen sollten. Drei kletterten eher widerwillig bei Jim und mir auf, drei ebenfalls widerwillig bei Flax

und Husky und die restlichen vier bestiegen wieder ungern den letzten Scor. Nur Samselon, der bei Dini und Ratti mitflog, jubelte vergnügt. Als wir dann starteten, ließ er es sich nicht nehmen, seine Freude über das Schlachtfeld zu schreien: 'Jachhu!' Die anderen Murmeltiere klammerten sich ängstlich ans Fell ihres Transportmittels.
Eine halbe Ewigkeit später erreichten wir den Turm. Es gab nur eine Wache am einzigen Eingang am Fuße des Turmes. Dort kamen wir also nicht rein. Die drei Score, Echtstemebeacht, Xenoxo und Eymachil landeten daher auf dem Berg neben dem Turm. Der Geheimeingang dort oben war von weitem kaum zu sehen. Nur wenige Murmeltiere kannten diesen Eingang und ich war eines von den wenigen. Wobei das nur ein Zufall war. Eigentlich kennen nur die Anführer der Murmeltiere diese Tür. Doch ich hab sie entdeckt, als ich noch ein kleines Murmeltier war. Hatte mich bei einem Unwetter dort unten versteckt. Das war nämlich so, wir hatten damals Verstecken ge..."

„Murmli! Bleib bei der Sache. Es ist uns ziemlich egal, wie du den Eingang gefunden hast", holte Jim Murmli wieder auf den Grund der Tatsachen. „Ich halte es aber für eine wichtige Tatsache!", beschwerte sich das Murmeltier. „Wir aber nicht! Also erzähl weiter und zwar an der Stelle, als wir in den Turm gingen!", gab Jim zurück. Murmli maulte noch ein wenig über die Ungerechtigkeit, erzählte aber brav ...

... weiter: „Meinetwegen. Banausen! Wie schon gesagt, kannte ich den Eingang und lotste Echtstemebeacht genau dort hin. Zu meinem Glück war Dschoon bei unserer Truppe nicht dabei. Wenn der herausfinden sollte, dass ich den Eingang kenne, na dann guten Tag. Die anderen Murmeltiere aber waren erstaunt über den Geheimeingang. Es bedurfte einiger Mühe, ihnen klar zu machen, dass sie niemandem sagen durften, dass sie diese Tür kannten. Und wenn sie es doch sagten, sollten sie auf keinen Fall erwähnen, dass sie es von mir wussten. Am Ende konnte ich sie dann aber doch davon überzeugen.
Als dann aber alle Klarheiten beseitigt waren, machten wir uns auf den Weg in den Turm. Da es hier oben im Turm keinerlei

Wachen gab, nahmen wir an, dass die Gelmensen diesen Teil des Turmes nicht kannten. 'Die Gelmensen müssen im unteren Teil des heiligen Turmes sein. Was genau hast du vor, Jim?', fragte eines der Murmeltiere, ich glaube es war Samselon, den die meisten aber nur Sam nannten. Du musst wissen, dass Samselon ein Zwilling ist, Sam und Tam. Die beiden sind einfach nicht auseinander zu halten."

„Machst du Witze?", fragte Jim. „Murmeltiere gleichen sich doch wie ein Ei dem anderen, egal ob sie Zwillinge sind oder nicht", fügte er hinzu. „Von wegen. Du hast ja keine Ahnung. Jedes Murmeltier sieht anders aus. Einige haben dunkleres Fell, andere haben leichte Flecken, wieder andere haben Locken, die Nächsten haben kurzes Fell, andere langes. Ein paar haben schiefe Na...", protestierte Murmli, bevor er von Jim unterbrochen wurde. „Schon gut, ich glaube dir. Ich sehe, ich bin wirklich ahnungslos", beschwichtigte er.

„Da hast du Recht. Wie dem auch sei, Samselon fragte Jim, wie es jetzt weitergehen sollte. Jims Antwort gefiel aber keinem von uns: 'Keine Ahnung, macht Vorschläge.' 'Das ist nicht dein Ernst, Jim?', fragte Samselon. Kleinlaut fügte er dann noch hinzu: 'Oder?' 'Glaubt mir, Leute, das ist sein voller Ernst. Sowas macht der ständig', erklärte Piepsy. Jetzt erst merkte ich, dass dem Dinosaurier namens Dini das Fliegen nicht bekommen sein musste, er war noch ganz grün im Gesicht, grüner als sonst, dunkelgrün.
Flax meldete sich zu Wort. 'Ich finde, wir sollten den Turm stürmen, alles niederrennen, was uns in den Weg kommt, dann alle einsammeln und in den Tunneln, durch die wir gekommen sind, aussetzen. Ehe die sich da raus gefunden haben, sind sie alt und grau.' Während er das sagte, sprang er fidel, keck und angriffslustig umher. 'Na klar Flax. Und noch bevor du 'Buh' sagen kannst, sitzen wir allesamt im Kerker und verrotten', entgegnete Jim. 'Och menno!' Flax trollte sich in den Hintergrund und schmollte ein wenig. 'Wir könnten ja den Obergelmens gefangen nehmen und ihn als Druckmittel gegen die anderen einsetzen. Die verlassen dann zwangsläufig das Land', schlug Husky vor. 'Oder sie schließen sich alle zusammen und hauen uns auf den Deckel. Außer-

dem: Wer sagt uns, dass ihnen etwas an ihrem Anführer liegt?', entkräftete Jim auch diesen Vorschlag. 'Wir könnten auch nach Hause gehen und alles so lassen, wie es ist', schlug ich vor, wobei ich unter Jims bösem Blick immer kleinlauter wurde. 'Dann eben nich!', meinte ich schlussendlich. Dini meldete sich zu Wort, ihm schien es wieder etwas besser zu gehen. 'Ich und die drei Score könnten den Gelmensen doch mal so richtig Feuer unterm Hintern machen.' Die drei Score stimmten kampfeslustig und voller Tatendrang zu. Damit waren wir Murmeltiere aber nicht einverstanden. 'Ihr setzt unseren heiligen Turm nicht in Brand, das könnt ihr gleich hundertmal vergessen!', protestierten wir. Jim jedoch zog genau diesen Vorschlag in Betracht. 'Gar keine so dumme Idee. Mal nachdenken. Ja, das könnte was werden. So und so. Ja, das ist gut.' Jim sah uns mit großen Augen an, erklärte uns dann, was er vor hatte: 'Zunächst einmal brauchen wir Rauch. Dann brauchen wir – mal überlegen ... Ah ja.' Mehr sagte er vorerst nicht. Er fing nur an, seine Weste auszuziehen und dann sein weißes T-Shirt. 'Der Striptease ist ja ganz nett, Jim, aber kannst du das nicht auf später verlegen?', fragte Piepsy, die im Gesicht leicht orange geworden war. Immerhin stand der Junge jetzt oben ohne da. Er zog sich aber gleich wieder seine Weste an. Dann fing er an, sein T-Shirt zu zerreißen. Zuerst riss er beide Ärmel ab, dann trennte er Vorder- und Rückseite voneinander. 'Daniela wird mich lynchen, wenn ich nach Hause komme. Das T-Shirt war noch neu. Aber ich werde es wieder heil zaubern, sobald ich zu Hause bin, das verspreche ich', sagte er, ballte seine rechte Hand zur Faust und zeigte dann Zeige- und Mittelfinger in die Luft.
Die Ärmel steckte er in seine Westentaschen, die beiden anderen Teile hielt er stolz hoch. Dann sagte er: 'Dieser Turm ist doch bestimmt schon uralt. Wurde er nicht von Murmeltieren erbaut?' Ich nickte zustimmend. 'Und das Murmeltier, dem dieser Turm gewidmet wurde, ist hier doch bestimmt ermordet worden. Jetzt spukt hier sein Geist umher. Hab ich nicht Recht, Murmli?', fügte Jim hinzu. Ich hatte keine Ahnung, wo er diesen Schmarrn aufgeschnappt hatte. Samselon war niemals in diesem Turm umgebracht worden. Er war auch nicht der Erbauer des Turmes. Vielmehr wurde er erst nach seinem Tod zu Ehren von Samselon errichtet, der damals die Kydyni (kidina) aus unserm Land vertrieben hatte.

Sie sahen den Gelmensen übrigens ziemlich ähnlich, doch waren sie überall beschuppt und hatten keine Haare. Zudem war ihre Haut von unzähligen kleinen Hörnern übersät. Kurzsichtig waren sie aber auch, wenn auch nicht ganz so stark, wie die Gelmensen. Aber Geister gab es in diesem Turm nie. Und genau das sagte ich ihm auch. Jim aber grinste nur verschmitzt. 'Ich weiß doch, aber die Gelmensen wissen es nicht. Und soweit ich weiß, sind die doch so gut wie blind. Die werden gar nicht merken, dass hier nur ein ganz normales Murmeltier druntersteckt', gab er zurück, während er die beiden Teile seines T-Shirts hoch hielt. 'Und der Rauch von Dini, Echtstemebeacht, Xenoxo und Eymilgych (Eimachil) wird die Sicht noch weiter verschlechtern.'
'Super, darf ich das Gespenst sein? Bitte Jim, bitte', bettelte Flax, doch Jim schüttelte nur den Kopf. 'Nein, Flax, es muss schon ein Murmeltier sein, das das Gespenst spielt. Damit es echt wirkt', begründete Jim seine Antwort. Dann sah er uns Murmeltiere an. Die Frage, die in seinem Gesicht stand, musste nicht einmal ausgesprochen werden. Wir wussten, was er fragen wollte. Samselon meldete sich freiwillig. Auch Ülmrum meldete sich. 'Flax? Du und Husky, ihr könnt die Geistergeräusche machen. Ihr wisst schon, jaulen und heulen. So, dann brauchen wir noch zwei unheilbringende schwarze Mäuse. Eine haben wir ja schon, na ja fast. Dini, kannst du Piepsy etwas einschwärzen?' Dini nickte und noch bevor Piepsy Einspruch erheben konnte, fand sie sich in einer Wolke aus schwarzem Ruß wieder. Sie musste husten. Dazwischen formte sie ein paar Worte wie: 'Darüber reden wir später, Jim!'
'Dann können wir ja jetzt los', rief Flax aufgeregt und lief zu der Tür, die in das Innere des Turmes führte. 'Halt, du durchgeknallter Hund!', rief ich ihm nach. Der Hund blieb stehen und sah mich mit großen Augen an. 'Glaubst du wirklich, du kannst hier einfach so umhertollen, als wär das hier ein großer Spielplatz? Hier gibt es Fallen, die Eindringlinge abhalten sollen', schimpfte ich. Mit runtergeklappten Ohren und eingekniffenem Schwanz tapste der junge Hund hinter seinen Vater.
Ülmrum ging als Erster durch die Tür und auf die Treppe, die gleich an der Tür endete beziehungsweise anfing. Wir anderen folgten einer nach dem anderen. Ülmrum war noch nicht all zu-

weit gekommen, als er plötzlich ohne ersichtlichen Grund stehen blieb. Schnell hatten wir zu ihm aufgeschlossen. 'Was ist denn los? Warum gehst du nicht weiter?', fragte Ratti. 'Ich würde ja gern, aber es geht nicht', war die Antwort. Um es uns zu demonstrieren, nahm er seinen rechten Fuß und wollte ihn setzen. Das Klappern und Scheppern verriet uns, dass Ülmrum anscheinend mit einer Fußkette gefesselt war. 'Das hat uns gerade noch gefehlt', stöhnte einer der Score. Doch Jim blieb ganz ruhig, nahm Dini nach vorne und bat ihn, die Kette durchzubrennen. Laut Jims Aussage hat ein Paradoxisauer das heißeste Feuer. Davon war allerdings nichts zu merken. Innerhalb kürzester Zeit war die Kette gefroren. Dicke Eiszapfen hingen an ihr herunter. 'Ich hasse dieses Land!', stöhnte Jim, 'Ich hasse es!' Wütend trat er gegen die Kette, die auf der Stelle in tausend Stücke zerbrach. 'So geht es natürlich auch', murmelte Tamselon. Er hielt etwas kleines in der Hand. 'Aber wäre es nicht einfacher gewesen, einfach diesen Schlüssel zu nehmen?' 'Wo hat er den denn her?', fragte Jim. 'Paps ist doch der Schlüsselmeister. Und dieses Schlüsselbund hatte er auf dem Kampffeld am Vulkan verloren. Damit ihn die Gelmensen nicht in ihre dreckigen Klauen bekommen, hab ich ihn mitgenommen.' Ich musste grinsen. Das war typisch für Tam.
Da wir aber keine Zeit verlieren wollten, machten wir uns wieder auf den Weg. Diesmal ging ich voran. Wir gingen ziemlich langsam, um ja keine Falle zu übersehen. Die nächsten vierhundertsieben Stufen gab es aber keine Falle. Plötzlich spürte ich Jims Hand im Nacken, die mich kräftig, aber nicht zu fest hielt. 'Warte, Murmli', hauchte er mir zu. Dann fügte er hinzu: 'Kann jemand Rauch machen? Und zwar in diese Richtung.' Jim zeigte auf das Ende der Treppe. Eymilgych trat nach vorne und schnaufte durch seine Nasenlöcher. Eine kleine, weiße Rauchwolke war das Ergebnis. Sie war mit lauter kleinen, leuchtend roten Strichen durchzogen. 'Hab ich's mir doch gedacht', murmelte Jim in seinen nicht vorhandenen Bart. Die anderen sahen Jim nur fragend an, hatten wir doch alle keine Ahnung, wovon er sprach. Seine Erklärung ließ diesmal aber nicht lange auf sich warten. 'Eine Lichtschranke. Die würde sofort registrieren, wenn jemand vorbei geht. Aber ich denke, dass einer von euch drunter durch passen könnte. Wer von euch ist der Kleinste?' Sam und Tam meldeten sich. Sie waren die beiden kleinsten

anwesenden Murmeltiere, beide gleichgroß. Sie wollten schon anfangen sich zu streiten, wer wohl kleiner sei, als Dini meinte: 'Ich glaube, Ratti ist die Kleinste von uns allen.' Sam und Tam wollten das aber nicht wahr haben. Also ließ Jim alle drei aneinander aufstellen. Sie sollten sich so groß machen, wie es ging. Letztendlich mussten die beiden Zwillinge eingestehen, dass Ratti kleiner war als sie. Auch Piepsy war ein paar Zentimeter größer als Ratti. So war es an Ratti, sich unter der Lichtschranke hindurchzuschmuggeln. Wie ein Profi machte sie das. Nur kurz bevor sie durch war, hätte sie die Schranke fast mit ihrem Schwanz berührt. Jims Warnruf kam gerade noch rechtzeitig. Die ganze Zeit über produzierte Eymilgych guten, weißen Rauch, damit die Lichtstrahlen zu sehen waren.
Wir atmeten alle tief durch, als Ratti auf der anderen Seite angekommen war. Ratti schaute sich dort drüben um, fand dann drei verschiedenfarbige Knöpfe, einen roten, einen grünen und einen weißen. 'Welchen soll ich drücken?', fragte Ratti. Doch woher sollten wir das wissen? So weit unten im Turm war ich noch nie. Die Treppe bin ich nie bis ganz nach unten gegangen. 'Versuch es doch mit dem weißen', schlug Eymilgych dann aber vor. Ratti nickte: 'Auf deine Verantwortung.'
Sie drückte. Eine zaghafte raue Stimme meldete sich. 'Wer ist da?' Wir erstarrten alle vor Schreck. Ohne Zweifel war es ein Gelmens, der aber genauso überrascht war wie wir. Nur Ratti reagierte gedankenschnell. Mit tiefer, verstellter Stimme, die wohl einem Geist gleichen sollte, sagte sie: 'Ich bin Samselon, der Geist dieses Turmes. Ich habe vergessen, welchen Knopf ich hier drükken muss, damit ich die Lichtschranke abschalten kann. Welchen würdest du nehmen: rot oder grün?' Der Gelmens an der anderen Seite der Sprechanlage überlegte scheinbar eine Weile, was er antworten sollte. Dann sagte er unsicher: 'Rot?' 'Danke. Äh, danke', erwiderte Ratti, wobei sie beim ersten 'Danke' vergessen hatte, ihre Stimme zu verstellen.
Zaghaft näherte sie sich einem der beiden Knöpfe. Sie hatte ihn schon fast erreicht, schien sich aber kurzfristig umentschieden zu haben. Wie es aussah, drückte sie im letzten Moment doch einen anderen Knopf. Es schien nichts zu geschehen. 'Eymilgych, bitte etwas Rauch', bat Jim den Scor. Dieser spuckte Rauch. Die roten

Leuchtstriche waren aber nicht mehr zu sehen. 'Tja, Gelmens, falsche Antwort, Sie müssen die Quizshow leider verlassen', witzelte Ratti. Wir sahen inzwischen zu, dass wir auf die andere Seite kamen. Als dann endlich alle drüben waren, drückte Ratti den roten Knopf. Zur Kontrolle blies Eymilgych noch einmal Rauch. Die Lichtstrahlen waren wieder da.
Wir gingen weiter. Zwar gab es jetzt keine Treppen mehr, dennoch ging es weiterhin bergab. Diesmal ging ich voran. Sehr lange dauerte es nicht, als ich plötzlich abrupt stehen bleiben musste. Zwei oder drei andere Murmeltiere rannten in mich hinein. Ich hatte Mühe, das Gleichgewicht zu halten. Beinah wäre ich in den Abgrund vor mir gefallen. 'Was ist los?', fragte Dini von hinten. 'Hier geht's nicht weiter', rief ich. Jim wollte sich das Ganze ansehen und bestätigte meine Aussage. Es ging ziemlich tief nach unten. Zum Drüberspringen war die andere Seite aber viel zu weit entfernt, selbst für einen Scor. Insgesamt war der Raum aber viel zu eng, als dass unsere fliegenden Begleiter ihre Flügel hätten ausbreiten können. 'Hier muss es doch einen Weg nach drüben geben', murmelte Jim ständig vor sich hin, während er die Wände absuchte. Dini war es, der einen Hinweis fand. 'He, Leute, seht mal, hier muss es eine Brücke geben.' 'Merkwürdig, hier gibt es aber nirgendwo eine Vorrichtung, mit der man die Brücke ausfahren kann', gab Jim nachdenklich zurück. Plötzlich fiel es mir wie Scorschuppen aus den Haaren! Die Fallen waren so angelegt, dass man sie nur von einer Seite abschalten konnte und zwar vom Haupteingang kommend. Wir liefen damit in die falsche Richtung. Jemand wollte, dass auf gar keinen Fall jemand vom Geheimausgang hier nach unten kam. Die Tür sollte nur als Notausgang dienen. Ich unterbreitete meinen Begleitern meine Überlegungen.
'Klasse! Und wie sollen wir deiner Meinung nach da rüber kommen? Fliegen ist unmöglich. Und wenn wir Glück haben, wenn wir großes Glück haben, schaffen Eymilgych, Xenoxo und ich den Sprung auf die andere Seite gerade mal eben so. Ballast können wir dann also nicht mit nehmen. Und da runter will ich auf keinen Fall fallen. Die Viecher, die da unten hausen, sehen nicht gerade vertrauenswürdig aus', meldete sich Echtstemebeacht zu Wort. Todesmutig, wie ich war, beugte ich mich weit über den

Rand des Abgr – Was sagst du, Jim? Nicht weit? – Na gut, ich lugte mit einem Auge über den Abgrund: 'Das sind Wechtel' Sowas wie bei euch Piranhas, Diablo, nur dass sie nicht im Wasser leben. Um zu demonstrieren, was die so anstellen konnten, ließ ich meinen heimlichen Proviant in die Schlucht fallen. Das Stück Fleisch hatte noch nicht einmal den Boden der Schlucht erreicht, als es auch schon wieder alle war. Die anderen, die es gesehen hatten, schluckten hart.
Nur Flax verzog keine Mine. 'Och, ich denke, wir müssen weder springen, noch fliegen', meinte er nur. 'Echtstemebeacht, leihst du mir kurz dein Ohr? Du musst dich schon runterbeugen, ich kann nämlich nicht zu deinem Ohr rauffliegen.' Der Scor bückte sich zu dem jungen Hund runter. Dieser flüsterte Echtstemebeacht etwas ins Ohr. Das Lächeln auf dem Gesicht des Scors wurde immer breiter. 'Das ist gut. Das ist sehr gut', kommentierte er den Vorschlag. Dann fragte Echtstemebeacht: 'Welches Murmeltier kann lesen?' Meine Leute sahen sich fragend an. 'Lesen? Was ist das?', 'Nie davon gehört', 'Kann man das essen?', fragten die meisten Murmeltiere. Nur ich musste prahlen und sagte: 'Ich kann lesen. Ich ging auf die Murrmeltieruniversität in Murrmelhausen. He, Hilfe, was soll, was soll das? Ich will zu meiner Mama! Hilfe!' Der Scor ließ mich nicht einmal zu Ende prahlen. Mit seiner mächtigen Vorderklaue nahm er mich hoch, holte aus, schleuderte den ganzen Arm nach vorne und ließ mich fallen. Ich segelte über die Schlucht. Mein Brüllen hat man bestimmt noch am Scorvulkan und in der Gorgelschlucht gehört. Dieser Knifst von einem Scor hat mich doch tatsächlich über die Schlucht geworfen! Wie eine Kugel rollte ich auf der anderen Seite aus und landete direkt vor einer Leiste Knöpfe. Benommen und noch etwas dusselig im Kopf stand ich auf.
Als es mir wieder besser ging, sah ich mir die Knöpfe genauer an. Diesmal waren sie nicht grün, rot oder weiß, sondern hellblau, blau und dunkelblau. Darunter stand: 'Brücke ausfahren, Brücke einfahren, Falltüren öffnen.' Ich drückte also auf den hellblauen Knopf. Langsam näherte sich die Brücke der anderen Seite. Schnell aber näherten sich stampfende Schritte meiner Position. Panisch sah ich mich um, um mich verstecken zu können. Ich drängte mich dicht an die Wand.

Gerade rechtzeitig. Drei Gelmensen kamen gerade um die Ecke. Als sie meine Freunde auf der anderen Seite der Schlucht sahen, überquerten sie die Schlucht. Sie hatten gerade etwa die Hälfte der Brücke überquert, als ich todesmutig aus meinem Versteck sprang und den Gelmensen hinterherrief: 'Hey, ihr blöden Gelmsen, hier bin ich.' Die Gelmensen drehten sich um und sahen mich. Genau in diesem Moment drückte ich den dunkelblauen Knopf. Päng, den Gelmensen fehlte plötzlich der Boden unter den Füßen. Sie fielen in die Schlucht. Was genau dort passierte, will ich lieber nicht beschreiben, es sind noch Minderjährige anwesend, nicht wahr, Jim?"

„Von wegen minderjährig. Du willst es bloß nicht erzählen, weil es dein Magen nicht aushält", unterbrach Jim, der genau wusste, wer hier mit 'minderjährig' gemeint war. „Von wegen", konterte Murmli. „Aber bitte, wenn du es bis ins Detail ausführen möchtest, tu dir keinen Zwang an." „Nein, nein, Murmli. Wir können doch nicht riskieren, dass du uns hier zusammenbrichst. Wer soll denn dann deine Geschichte weiter erzählen?", wehrte Jim fast schon grinsend ab. „Feigling", kommentierte Murmli Jims Antwort, erzählte dann jedoch gleich ...

... weiter: „Jedenfalls waren wir die drei Gelmensen jetzt los. Die Brücke fuhr bis zur anderen Seite aus und die anderen konnten die Schlucht unbeschadet überqueren. Ich wollte mich gerade bei Echtstemebeacht beschweren, weil er mich ohne Vorwarnung über die Schlucht geworfen hatte, da ging Jim schon zum nächsten Schritt unseres Planes über und fuhr mir über den Mund. 'Dini, ich glaube, Piepsy braucht noch mal etwas schwarze Farbe. Ülmrum, Sam, hier eure Kostüme. Zieht sie euch über', gab Jim Anweisungen. Im Nu war Piepsy wieder schwarz. Die beiden Gespenster hatten aber scheinbar ein paar Probleme mit ihren Kostümen. Sie hatten sich auf die T-Shirt-Hälften gestellt und versuchten jetzt, sie sich über den Kopf zu ziehen. 'Nein, nein, nein, nein! So rum, von oben über den Kopf.' Jim nahm beide hoch, stellte sie neben ihr Kostüm und ließ das Stück Stoff dann von oben über ihre Köpfe fallen. 'Sag doch gleich, dass wir das Kostüm so rum anziehen sollten', kam die Antwort von den bei-

den Gespenstern. Jim hatte es schon lange aufgegeben, unsere Welt zu verstehen.
Er drängte uns nun nach vorn. Die anderen sollten sich bereit machen. Sie sollten so viele Gruselgeräusche wie möglich machen, ohne dabei zu übertreiben, was nicht ganz einfach war. Dann rief Jim noch Tam zu sich. 'Tam, du wirst Samselons Nachfahren spielen. Du sagst den Gelmensen, dass du ihre Kapitulation forderst, andernfalls würdest du den Geist deines Urahnen auf sie hetzen. Wenn sie an der Geschichte zweifeln sollten, sag ihnen, dass es ein schlechtes Omen ist, wenn sie zwei schwarze Mäuse sehen, die sich jeweils aus der anderen Richtung begegnen', erklärte Jim dem armen Jungen. 'Was soll ich?' Schauspielerei war noch nie seine Stärke. Er schien sich mit dem Auftrag überfordert zu fühlen. Doch Jim verstand es, ihn zu motivieren: 'Hey, Tamselon, ich hätte dich für diese Aufgabe nie ausgewählt, wenn ich dich nicht für die richtige Besetzung halten würde. Du schaffst das schon. Vertrau dir einfach.' Mit diesen Worten schob er das arme Murmeltier vorwärts, bis sie den Aufenthaltsort des Obergelmens erreicht hatten. 'Viel Glück!', sagte Jim noch und schob Tamselon endgültig in Sichtweite der Gelmensen.
'Sieh mal, Chef, wir haben Besuch', hörten wir fast sofort einen der Gelmensen sagen. Wir sahen, wie er Tam zu Molochol, dem Chef der Gelmensen, schob. 'Sieh mal einer an, ein Murmeltier. Und wie's aussieht, noch ein Baby.' 'Ich bin kein Baby! Ich bin der direkte Nachfahre und Erbe von Samselon, zu dessen Ehren dieser Turm gebaut wurde', protestierte Tamselon. Das hatte er schon mal überzeugend rüber gebracht, als ob er wirklich sauer gewesen wäre. 'Und falls ihr es genau wissen wollt, mein Urahne ist damals in diesem Turm ermordet worden. Seitdem spukt er hier jedes Jahr an seinem Todestag umher. Und der Todestag ist genau ... Au weia, der ist heute. Hilfe, rette sich wer kann!' Tamselon wollte gerade panisch kehrt Marsch machen, wurde aber von seinem Bewacher festgehalten. 'Hier geblieben!', rief er wütend. Tamselon wurde aufgefordert, noch mehr über dieses Gespenst zu erzählen, was hier angeblich spuken soll. 'Ich, ähm, hab so das Gefühl, ihr glaubt mir nicht. Kann das sein?', fragte Tamselon, der inzwischen nicht mehr ganz so mutig war. 'Du hast es erfasst, Kleiner', kam die Antwort des Anführers. 'Er wird kom-

men. Heute. Zwei schwarze Mäuse, deren Weg sich kreuzen, sind die Vorboten. Aber wenn du keine Mäuse sehen solltest, ist alles in Ordnung und ich trolle mich wieder', gab Tam zurück. Doch Molochol donnerte nur wütend, dass er nirgendwo hingehen würde. Aber mitten im Satz hielt er inne. Liefen doch nur ein paar Meter vor ihm zwei schwarze Mäuse, die sich auf halber Strecke trafen und aneinander vorbei liefen.
Erschreckt trat Molochol zunächst einen Schritt zurück. Doch dann besann er sich eines Besseren und meinte: 'Zufall. Reiner Zu...' 'Huhu uhu bu!' Da war das Gespenst. Aber was war das? Da war noch ein Gespenst. Jim biss sich verzweifelt in die Faust. 'Das darf doch nicht wahr sein', heulte er. Die Gelmensen lachten nur. 'Von wegen Gespenst. Du willst mich wohl verarschen? Holt mir diese beiden Möchtegerngespenster!', donnerte Molochol. Tam war jetzt in einer ziemlich prekären Situation. 'Ich, ähm ...', stotterte er, während Sam und Ülmrum zusahen, dass sie sich in Sicherheit brachten.
'Murmli, Echtstemebeacht, herkommen', rief Jim eilig, aber leise. Er erklärte uns in aller Eile, was wir tun sollten. In weniger als zwei Sekunden stand ich an der Wand, angeleuchtet von Jims Taschenlampe. Echtstemebeacht fing an, fürchterlich zu brüllen, während ich meine 'Klauen' zeigte und so tat, als ob ich wütend brüllen würde. Durch Jims gekonnte Beleuchtung projizierte er ein Riesenmurmeltier. Als die Gelmensen dieses Murmeltier sahen, bekamen sie es schließlich doch mit der Angst zu tun. Molochol rannte als Erster aus dem Turm. Seine Gefolgsleute, die noch im Turm waren, folgten ihm stehenden Fußes. Wir sahen sie in diesem Land nie wieder. Die Gelmensen vom Vulkan waren ebenfalls für immer vertrieben.
Wir machten uns auf den Weg ins Dorf. Nicht lange und die anderen Dorfmitglieder kamen zurück. Wir staunten nicht schlecht, als sie noch ein paar Fremde mitbrachten, die Jim und seine Freunde allerdings zu kennen schienen. Die Freude war groß. Doch kaum hatte das Mädchen Jim umarmt, als sie ihn auch schon wieder los ließ, ihn ein Stück von sich wegdrückte und ihn sich genau ansah. 'Wo ist dein neues T-Shirt, das ich dir zum Anziehen rausgelegt hatte?', fragte sie bohrend. Mit verlegenen Gesten holte Jim die Ärmel aus seiner Westentasche und den Rest

von Sam und Ülmrum. 'Ich kann dir alles erklären. Und, äh, ich bring das alles wieder in Ordnung, wenn wir zu Hause sind. Versprochen. Bei meiner Freibeuterehre.' Du musst wissen, dass Jim irgendwann in seiner Vergangenheit als Freibeuter auf dem Schiff 'Roter Teufel' gedient hat. Daniela war noch nicht ganz zufrieden, beließ es aber vorerst dabei. Wahrscheinlich wollte sie vor Gästen nicht wutschnaubend eine Standpauke halten. 'Komm du mir nur nach Hause, Freundchen!', zischte sie noch. Mehr sagte sie nicht. Die Feier über den Sieg über die Gelmensen wurde im ganzen Land gefeiert. Seit der Vertreibung der Kydyni (ki-dina) hatte man Gorgel, Gorgelinos, Score, Murmeltiere und Murmelviechter nicht mehr zusammen feiern sehen. Die Feierlichkeiten gingen noch bis in den frühen Morgen. Jim und seine Freunde erzählten mir einiges über ihre Welt. So viel, dass ich neugierig wurde und diese Welt unbedingt nicht sehen wollte. Meine Mutter war von dieser 'fixen Idee', wie sie es nannte, wenig begeistert. Ich ließ mich davon aber nicht abhalten. So kam es, dass ich am späten Mittag, nach dem Frühstück zusammen mit Jim und seinen Freunden durch die Tunnel in deren Welt ging. Woher Jim den genauen Weg wusste, konnte er selbst nicht sagen. Er versuchte aber auch nicht, sich darüber Gedanken zu machen. 'Manche Dinge muss man eben einfach so hinnehmen, wie sie sind', sagte er immer. Kaum war er wieder zu Hause, machte er sich auch gleich daran, sein T-Shirt wieder zu reparieren. Er schnipste mit den Fingern und hatte plötzlich ein Knäuel Wolle in der Hand. Das war dem Guten einfach zu viel, Jim fing einfach nur an zu heulen. Seine Fähigkeiten brauchten noch gut eine Woche, um wieder richtig zu funktionieren. Auch benutzte er oft noch neuglypische Worte. Sein T-Shirt strickte er in Handarbeit wieder zusammen, Faden für Faden. Als er fertig war, sah es wieder fast wie neu aus. Ich hatte unterdessen jede Menge Spaß in Jims Welt und beschloss deshalb, ein wenig länger zu bleiben als geplant.

So, damit ist dieses Abenteuer leider auch schon wieder vorbei. Aber wisst ihr was: Ich hab eine grandiose Idee. Ich erzähle euch die Geschichte einfach noch mal. Also ...", beendete Murmli die Geschichte. Doch er wurde mal wieder von Jim unterbrochen. „Murmli!", sagte er mahnend. „Ist ja schon gut, dann eben nicht.

Aber wenn du die Geschichte noch einmal hören willst, lass es mich einfach wissen, ja", sagte Murmli an Diablo gewandt. Dieser versprach es dem Murmeltier und lobte ihn für diese heldenhafte Tat und die wunderschöne Geschichte.

Das Zeitloch

„Wie Murmli schon sagte, war damit unser Abenteuer im Land der Friedensvögel ausgestanden und beendet. Meine Fähigkeiten brauchten in der Tat einige Zeit, bis sie sich wieder normalisiert hatten. Diese Wüstensandsteine haben wir seit damals nicht wieder gesehen, abgesehen von dem einen alten in meinem Garten, den ich ab und zu mal von Moos und Gras befreie", meldete sich Jim zu Wort. „Vielleicht sollte ich jetzt die nächste Geschichte erzählen. Balthasar, was machst du denn schon hier?" Balthasar, Katzes Vater und Kims Opa war gekommen. Wie immer mit struppeliger Mähne. Er kam doch tatsächlich nur in die Halle, um zu fragen, was er zur Krönungszeremonie tragen soll. „Ach, Balthasar, ein gutes Jackett, ein Hemd mit Schlips und eine passende Hose würde vollkommen ausreichen", schlug Jim vor. „Ach du meine Güte, dann muss ich ja noch einkaufen gehen. Oh Schreck. Wo gibt es denn hier in London feine Boutiquen?", antwortete Balthasar panisch. „Balthasar, Balthasar. Ein T-Shirt und eine Jeans sind auch okay", versuchte Jim den Löwen zu beruhigen. Doch das Gegenteil war der Fall. „Ein T-Shirt? Jeans? So etwas besitze ich doch gar nicht. Oh je." Schon eilte Balthasar davon. Jim rief dem Löwen noch hinterher: „Versuch es mal bei Gieves & Hawkes in der Savile Row." Balthasar hob nur die rechte Pfote, als Zeichen, dass er verstanden hatte, dann war er aus der Halle verschwunden. Jim schüttelte nur lächelnd den Kopf, bevor er dazu überging, das nächste Abenteuer zu ...

... erzählen: „Nach unserem Abenteuer im Land der Friedensvögel blieb es nicht lange ruhig. Zunächst einmal kam aber ein erwarteter, wenn auch völlig vergessener Besuch. Murmli brachte ihn im September des selben Jahres mit. Er kam ganz aufgelöst mit dem Besuch ins Hauptquartier in Philadelphia. Emil hatte gerade Dienst,

zusammen mit mir. Der Bär war es auch, der Murmli in Empfang nahm. 'Emil, Emil. Du musst sofort sämtliche Mitglieder des hiesigen Hauptquartiers zusammen rufen, Jim hat sein Gedächtnis verloren. Er glaubt, er heißt Jack', plapperte Murmli aufgeregt. Der Junge, den Murmli mitgebracht hatte, bestand auch darauf Jack zu sein. 'Aber Murmli, das da kann überhaupt nicht Jim sein, der sitzt doch im Büro und bearbeitet den Papierkram vom letzten Fall', erklärte Emil. Doch Murmli wollte davon nichts wissen. Er stapfte mit seinem 'Jim' im Schlepptau ins Büro. Wie vom Blitz getroffen blieb er allerdings in der geöffneten Tür stehen. 'Wie, was?', stotterte das arme Murmeltier. Doch gleich darauf schlug es sich mit der Pfote an die Stirn. 'Darauf hätt ich ja auch selbst kommen können. Jim hat einen Zwillingsbruder und der heißt Jack Barnes.' 'Äh, Jack MacIntosh. Ich heiße Jack MacIntosh. Und ich bin nicht Jims Bruder. Ich bin vielmehr Jims älteres Ich. Wenn du's genau wissen willst, ich komme aus dem Jahr 2006', erklärte Jack. 'Hey, Jim, lange nicht mehr gesehen. Noch alles senkrecht bei dir?', wandte sich Jack an mich. 'Lass mich raten, ich bin wegen des Weltuntergangs in diesem Jahr hier, hab ich Recht, hab ich Recht, oder hab ich Recht?', fragte ich mich selbst. 'Wenn du so fragst, dann wohl eher 'oder', oder?', antwortete ich mir. 'Ach, halt die Klappe', schimpfte ich mich aus. Ich konnte nicht glauben, dass ich in acht Jahren noch genauso vorlaut sein sollte wie heute. Murmli verfolgte den Schlagabtausch zwischen mir und Jack mit großen Augen. 'Da sage nur noch einer, meine Welt sei verrückt. Das glaubt mir doch keiner, wenn ich nach Hause komme', kommentierte Murmli seine Verwunderung.
Jack erklärte uns in aller Eile, wie weit er mit seinen Ermittlungen war. 'Ich glaube, wir haben einen Verdächtigen. Genau kann ich das aber nicht sagen.' Ein gewisser Jack Johnson, der sich selbst wohl Jack the Ripper's Great-Grandson nannte, sollte der Verdächtige sein.
Wie sich bald herausstellte, hatte mein älteres Ich damit vollkommen Recht. Wir konnten diesen Jack Johnson noch vor dem Einbruch in das Labor in Wales festnehmen. Du musst wissen, dass ich mit mir und Fomka extra nach Wales gefahren bin. Die beiden Forscher John Carpenter und Manfred Neelsen schienen sich noch an uns zu erinnern. Mr. Neelsen fragte sogar, wo denn der Löwe sei,

der damals dabei war. 'Lion ist in London und hat dort, denke ich, einiges zu tun', erklärte ich Mr. Neelsen. Dank unserer Hilfe war die Formel ein voller Erfolg, der eine Revolution in der Medizin und in der Archäologie zur Folge haben würde. Eine neue Formel, die Leben schaffen sollte. Was man damit alles anstellen konnte. Natürlich sagten wir den beiden Forschern mit Nachdruck, dass wir sie und ihre Formel im Auge behalten würden, nur zur Sicherheit. Bis jetzt ist aber noch nichts Schlimmes passiert. Jack ist wieder in seine Zeit zurückgegangen und wir sahen nie wieder etwas von ihm. Jedenfalls nicht in der Vergangenheit.
Nach diesem kleinen Abstecher in Wales blieb es bis auf Weiteres ruhig. Daniela und ich wohnten zu der Zeit in London in unserem hellblauen Haus. Unsere kleine Tochter Claudia entwickelte sich prächtig. Ihr erstes Wort war, ob ihr es nun glaubt oder nicht: 'Tsim.'"

„Wo sie das wohl her hat?", fragte Strolch, ganz so, als wäre er ein Unschuldshund. „Komm, Hund, wir wollten doch noch einkaufen. Außerdem kennen wir die folgende Geschichte doch schon", fügte er noch hinzu. „Jo, Bruderherz, lass uns shoppen gehen." Damit führte Hund seinen Bruder an. Strolch flitzte hinterher.
Jim wollte gerade weiter erzählen, als Husky völlig aufgelöst und triefnass angerannt kam. „Jim, Jim, Jim! Du musst sofort mitkommen. Ich hab doch nur gezogen. Das ganze Wasser. Die Toilette. Oh mein Gott. Überschwemmung!", jaulte er aufgeregt. „Wie bitte? Was ist los? Wieso bist du so nass und was ist das für Papier in deinem Fell?", wollte Jim wissen. „Überschwemmung, Toilette, kommen, schnell!", stammelte Husky aufgebracht. Daniela versprach, sich darum zu kümmern. Detlef Saatzh nahm sie gleich mit. Husky folgte den beiden zurück auf die Herrentoilette. „Ich bleibe, Jim. Erzähl einfach weiter. Was geschah als Nächstes? Deine Tochter entwickelte sich prächtig und konnte Tsim sagen, was immer das heißen möge, murrmel", drängte Murmli. Da Jim wusste, dass das Toilettenproblem bei Daniela in guten Händen war, ließ er sich nicht ...

... zweimal bitten: „Tsim ist Jumarianisch, meine Muttersprache, und heißt übersetzt Mist, sozusagen mein liebstes Schimpfwort.

Jedenfalls hatten wir uns entschieden zu heiraten. Am 23. Mai 1999 heirateten wir vor dem Standesamt. Es war eine verhältnismäßig kleine Feier. Die meisten BBC-Mitglieder, die mitfeiern wollten, hatten noch keine Zeit. Wir hatten uns sowieso von Anfang an für den 26. Juni als offizielle Hochzeit geeinigt. Und genau dort werde ich jetzt beginnen.
Die Nacht vor den Feierlichkeiten war sternenklar. Ideal zum Sternegucken, Schmusen und Träumen. Und genau das taten wir auch, wir, Daniela und ich. Morgen war unser großer Tag. Alle Vorkehrungen waren getroffen. Die Festtafel stand, die Gäste waren geladen, das Essen war besorgt, die Hochzeitskleidung war angefertigt, gewaschen und bereitgelegt. Die Utensilien für die drei jumarianischen Hochzeitsrituale standen bereit. Jetzt musste es nur noch Morgen werden und die Gäste kommen. Gegen 13 Uhr sollte das Fest dann beginnen. Natürlich würden wir auf jumarianisch heiraten.
Daniela war zwar erst 13 Jahre alt, noch ein Kind. Aber bei Jumarianern ist es durchaus normal, dass sie schon im Kindesalter heiraten. Ich gelte ja auch noch als Kind, obwohl ich schon ein paar tausend Jahre auf dem Buckel habe. Und die Tatsache, dass Daniela meine Enkelin ist, hinderte uns auch nicht daran zu heiraten. Nach jumarianischem Recht ist eine solche Hochzeit erlaubt. Auf Juma kann man durchaus die Kinder seiner Kinder heiraten und als Herrscher von Juma sowieso. Natürlich musste unsere Hochzeit am Ort meiner Geburt gefeiert werden, am Loch Ness.
Wir waren gerade dabei, uns gegenseitig Sterne zu zeigen und uns neue Sternbilder auszudenken, als Fomka von den Zelten herüberrief.: ‘Wollt ihr nicht auch langsam ins Bett gehen?’ Ich schaute etwas süßsauer drein, fühlte mich gestört. ‘Mmhh!’, murrte ich. Daniela grinste etwas. ‘Wir kommen gleich’, antwortete sie dann statt meiner. Wir blieben dann auch nicht mehr lange am Ufer des Loch Ness sitzen. Die Tradition wollte, dass das zukünftige Brautpaar in der Nacht vor der Hochzeit getrennt schläft.
Der Morgen war noch jung, als Flax in mein Zelt kam und in meinen Schlafsack kroch. Sein wildes Hin- und Herwälzen weckte mich aus meinen schönsten Träumen. ‘Flax, wieso bist du nicht bei Husky?’, fragte ich verschlafen? „Der schläft noch.“ gab Flax zurück. „Ach und ich hab wohl nicht mehr geschlafen?“ fragte ich

etwas gereizt. Es war halt noch sehr früh am Morgen. Die Sonne fing gerade erst an aufzugehen. Ich war noch etwas müde, aber schlafen konnte ich nicht mehr, zu aufgeregt war ich. Heute war es soweit, heute würden Daniela und ich heiraten. 'Lass uns etwas raus gehen, bevor es Frühstück gibt. Die frische, kühle Loch Ness-Luft wird uns gut tun', schlug ich vor. 'Au fein!', rief Flax und war als Erster aus dem Zelt gestürmt. Ich probierte schon mal mein Hochzeitsgewand an, meinen traditionellen Kilt und meinen Tirolerhut, dann folgte ich.
Flax war schon längst in die Fluten gesprungen und planschte. Man muss dazu sagen, dass das Wasser des Loch Ness nie wärmer als 7° C ist, also ziemlich kalt. 'Komm rein, Jim, das Wasser ist schön warm', rief der Hund zu mir herüber. 'Von wegen schön warm! Der Hund leidet doch an Verirrung!', dachte ich bei mir, aber Flax war nun mal ein Husky und kaltes Wasser durchaus gewohnt. Für ihn wäre Wasser erst ab -10° C kalt. 'Flax, komm raus, ich habe eine bessere Idee', rief ich ihm als Antwort zu und ging zu einem kleinen Boot, das am Ufer lag. Ich drehte das Boot auf den Bauch, legte die Ruder hinein, die darunter lagen und schob es langsam ins Wasser. Als es anfing zu schwimmen, stieg ich hinzu. Flax schwamm zu mir ans Boot und stieg vom Wasser aus zu, das heißt, ich hievte ihn an Bord. Langsam ruderte ich uns auf den See hinaus. Es war wunderschön, der Sonnenaufgang hing über dem See und färbte den Himmel und das Wasser rosarot und orange.
Wir fuhren ziemlich weit hinaus, bis in die Mitte. Dort hielten wir für eine Weile an und ließen uns treiben. Die Touristenboote würden erst sehr viel später den See befahren, wenn es ein normaler Tag gewesen wäre. Doch heute war kein normaler Tag. Ich hatte den gesamten See für den Tag gemietet und den Bootsbetreibern den Ausfall ihrer Einnahmen bezahlt. So würden wir heute den ganzen Tag Ruhe vor den Touristen haben. Die konnten wir heute nämlich nicht gebrauchen.
In der Mitte des Sees trieben wir also ruhig dahin. 'Ich find es echt toll hier. Man könnte fast meinen, man wär in Norwegen, irgendwo, wo es nicht ganz so bergig ist', schwärmte Flax und ich musste ihm Recht geben. Es war einfach herrlich. Der frische Wind, der Duft des Sees, das Plätschern der Wellen gegen unser

Boot. Wir blieben so lange, bis die Sonne vollständig aufgegangen war. Im Lager regte sich inzwischen auch schon etwas. Flax wollte zurückrudern, doch nach etlichen Runden, die wir im Kreis gefahren waren, gab er es auf und überließ mir die Ruder. Das Ufer war bald nicht mehr weit entfernt, konnte ich doch Blue bereits sehen, der am Ufer stand und nach uns Ausschau hielt. Flax winkte ihm schon zu.
Von einer Sekunde auf die nächste jedoch fanden wir uns in einem Regen aus Pfeilen wieder. Wilde, brüllende Schreie waren vom Ufer her zu hören. Allerdings nicht von vorn sondern von der Seite, von beiden Seiten. Das Ufer vor uns hatte dem Lauf eines Flusses Platz gemacht. 'Jim, was geht hier vor?', fragte Flax, der sich vor Angst flach auf den Boden des Bootes gelegt hatte. Auch ich zog es vor, mich zu ducken. Was hier vorging, konnte ich auch nicht mit Sicherheit sagen, jedenfalls noch nicht. Dazu war die momentane Situation einfach viel zu unübersichtlich und gefährlich. Mit ziemlicher Sicherheit konnte ich nur sagen, dass wir von jetzt auf gleich in irgendein erbittertes Gefecht geplatzt waren. Wer da gegen wen kämpfte, warum und wieso wir auf einmal hier waren, konnte ich nicht sagen. Eins war aber klar, Loch Ness war das hier nicht.
So plötzlich, wie der Pfeilregen angefangen hat, so plötzlich war er auch wieder vorbei. 'Sie ziehen sich zurück', hörte ich auf einmal eine mehr als vertraute Stimme rufen. Ich hätte schwören können, dass das meine Stimme war. Dabei war ich mir hundertprozentig sicher, dass ich nichts gesagt hatte. Vorsichtig lugte ich über den Bootsrand hervor. Ich sah lauter Männer mit Pfeilen, Bögen, Messern und vereinzelten Schwertern bewaffnet. So wie die Männer gekleidet waren, gehörten sie ins Mittelalter. Der Hammer aber war der kleine Junge, der von den Männern umringt wurde. Die Klamotten, die der Junge trug, waren die reinste Katastrophe. Kanariengelbe Strumpfhosen, dazu passend einen kurzen Rock und ein Oberteil. Die Haare schulterlang und strubbelig. Grausam und so verdammt auffällig. Aber irgendwie glaubte ich den Bengel zu kennen. Auch die Stimme kam mir vertraut vor. Sie klang wie meine eigene!
'Das bin ich? Unmöglich, so grauenhaft hab ich mich doch nie gekleidet und dieser Haarschnitt, eine Zumutung', sagte ich mehr

zu mir. Flax, der noch immer im Boot kauerte, sah mich fragend an. 'Das bist du? Wie kommst du hier her? Wo kommt dieser Wald her? Und wo zum Geier sind die Zelte?', fragte er mich. 'Nein, Flax, die Frage ist, wie kommen wir hier her? Soweit ich weiß, ist das der Sherwood Forest und der Kleine dort nennt sich Robin Hood. Das heißt, wir sind irgendwann am Ende des 12. Jahrhunderts.'
'Hey, ihr da, wer seid Ihr? Kommt ans Ufer', rief ein stämmiger Riese von einem Mann. 'Little John? Das gibt's doch nicht. Bist du geschrumpft? Ich hab dich größer in Erinnerung', rief ich zurück. Doch Little John sah mich nur verwirrt an. 'Was redest du da? Wir kennen uns nicht. Und komm aus dem Fluss.' Natürlich, Little John konnte mich ja gar nicht kennen, ich kam ja aus einer anderen Zeit. Langsam ruderte ich ans Ufer. Flax kauerte noch immer im Boot. 'He, Flax, du kannst rauskommen, die netten Herren werden dir nichts tun', versuchte ich ihn zu beruhigen. Und tatsächlich, vorsichtig lugte er über dem Bootsrand hervor. 'Du bist dir ziemlich sicher. Woher willst du wissen, dass wir dir und deinem ... Hund?', fing Little John drohend an. 'Ja, er ist ein Hund. Und ich weiß, dass ihr uns nichts tun werdet. Zum einen haben wir nämlich keine Wertsachen bei uns und zum anderen können wir euch helfen', entgegnete ich. Diesmal antwortete mein jüngeres Ich: 'Wie kommst du darauf, dass wir euch nichts tun? Und was gibt dir die Gewissheit, dass du uns helfen könntest. Wir brauchen keine Hilfe. Scheinbar hast du keine Ahnung, wen du vor dir hast. Ich bin Robin Revenger of the Good!' Seinen Namen sagte er mit einem solchen Stolz, dass einem schon fast schlecht werden konnte. 'Oh Gott, was für ein Name. So einen grauenhaften Namen kann ich mir doch nie ausgedacht haben.' Ich hatte leider etwas zu laut gesprochen. Mein jüngeres Ich hatte mich gehört und sah mich verwirrt an. 'Wie meinst du das, so einen grauenhaften Namen kann ich mir doch nie ausgedacht haben? Wer bist du?', fragte er aufgeregt. 'Wer ich bin? Ich bin Jim, vom Clan der Barnes. Schotte, wie man leicht sieht', entgegnete ich flapsig, aber stolz und zeigte meinen Kilt. Meinen Tirolerhut nahm ich vorsichtshalber schnell ab. Kritisch wurde ich von den Männern und dem Jungen beäugt.
Da wir aber damit rechnen mussten, dass die Soldaten bald zurückkommen und wahrscheinlich Verstärkung mitbringen wür-

den, mussten wir diesen Ort so schnell wie möglich verlassen. So versuchte ich mein jüngeres Ich davon zu überzeugen, was gar nicht so einfach war. Hätte nicht gedacht, dass ich so stur und dumm sein konnte.
Irgendwie schaffte ich es aber doch, ihn zu überreden. Robin war es, der uns in sein Versteck führte. Ich versteckte vorher aber noch unser Ruderboot. Das Versteck hätte auffälliger kaum sein können. Es fehlte bloß noch die Leuchtreklame 'Hier wohnt Robin, der Rächer der Guten'. Ein kleines Zeltlager mitten auf einer kleinen Lichtung. Sicher, die Lichtung war nicht all zu leicht zu finden, aber trotzdem. Bei einer genauen Durchsuchung des Waldes würde man sie sicher finden. Und selbst wenn nicht: Der Krach der Männer war nicht zu überhören. Ihre Kämpfe und Machtspiele hätte man auch noch in Peru und Lhasa hören können.
Während ich krampfhaft versuchte, Ruhe in dieses Schreikonzert zu bringen, amüsierte sich Flax köstlich. Es war mir aber fast unmöglich, für Ruhe zu sorgen, da mir keiner zuhörte. Also griff ich zum äußersten. „Haltet die Schnauzen!', schrie ich so laut, dass man mich noch auf dem Mond hören musste. Sämtliche Vögel und andere Tiere liefen oder flogen erschrocken davon, sofern sie es nicht schon längst getan hatten. Die Männer um Robin gaben endlich Ruhe. 'So ist doch schon viel besser. Dass euch die Soldaten des Königs noch nicht gefunden haben, grenzt schon fast an ein Wunder. Ihr macht einen Krach, als wärt ihr hundert und nicht nur zwanzig', sagte ich in ruhigem Ton. 'Wenn ihr als Geächtete überleben wollt, müsst ihr euch dringend andere Manieren aneignen und euch andere Kleider und ein besseres Versteck zulegen, sonst macht ihr es keinen Monat mehr.' Die Kritik hat gesessen. Little John, der größte Draufgänger in der Truppe, abgesehen von Robin selbst, schien Kritik nicht sonderlich zu vertragen. 'Willst du Lausebengel uns etwa kritisieren?', fragte er mich. 'Oh nein, das liegt mir fern. Ich will diesem Lausebengel da nur ein paar Tips geben, wie man in diesen Wäldern besser überlebt. Wenn ihr aber meint, meine Hilfe nicht zu benötigen, geh ich wieder. Ich dachte nur, ich wüsste ein weitaus besseres Versteck für die Truppe als dieses hier. Geräumig, vor Wind und Wetter geschützt und vor allem schwer zu finden.' Little John war zwar immer noch etwas skeptisch, aber Robin schien

wenigstens ein wenig interessiert. Ein Mönch war es, der letztendlich zustimmte. Schande über mich, dass mir sein Name nicht gleich einfiel, war er doch neben Little John einer meiner besten Freunde. Während John eher meine draufgängerische Seite ansprach, war Bruder Tuck stets darum bemüht, mich auf dem richtigen Weg zu halten. Er war sozusagen meine Stimme der Vernunft, die ich bitter nötig hatte. Er hat mich praktisch erzogen."

„Da hat er wohl kläglich versagt. Murrmel", versuchte Murmli Jim zu ärgern. „Ach, komm, Murmli. Glaubst du wirklich, bei dir hätte er mehr Erfolg gehabt?", gab Jim stattdessen zurück. Er ließ sich nicht ärgern, nicht von diesem Murmeltier. „Dies bestätigt meine Vermutung ja." „Sei ja froh, dass Bruder Tucks Erziehung doch ein wenig genutzt hat, sonst würde ich dich jetzt durch den Fleischwolf drehen!", meinte Jim scherzhaft drohend. Dann setzte er seine Erzählung ...

... fort: „Bruder Tuck wollte also wissen, wo das Versteck, das ich vorschlug, lag. Also führte ich Robin, Bruder Tuck und Little John, der unbedingt mit wollte, zu einem Wasserfall. Vom jetzigen Lager aus war es natürlich ein relativ langer Weg. Nach einer Weile fing Flax, der ebenfalls mitkam, langsam an zu nerven, ähnlich wie der Esel bei Shrek. 'Du, Jim, sind wir bald da?', fragte der junge Hund ständig. Nach etwa einer Stunde änderte er seine Frage in: 'Wann machen wir Pause?' Als das auch nicht funktionierte, fing er an zu hecheln und zu keuchen, als stünde er kurz vor dem Abnippeln. 'Wenn du nicht sofort die Klappe hältst, bist du wirklich gleich am krepieren, Flax!', bellte ich dem Hund zu. Da Little John und Bruder Tuck die Hundesprache nicht verstanden, sahen sie mich beide etwas merkwürdig an. 'Was ist? Ich hab dem Hund nur gesagt, er soll sich nicht so haben. Der kann nämlich sehr wohl noch, der will bloß nicht', gab ich schulterzuckend zurück. Doch Bruder Tuck sah mich immer noch schief an. Wer mit Tieren redet, konnte in der damaligen Zeit durchaus als Hexer oder als verrückt abgestempelt und verurteilt werden.
Ich ging aber weiter ohne einen weiteren Kommentar. Little John und Robin folgten sofort. Flax und Bruder Tuck sahen sich noch eine Weile an, folgten dann aber auch. Es dauerte nicht mehr

lange und wir kamen an ein paar kleine Hügel. Ein Teil war von Sträuchern und Gras verdeckt. Genau auf diese Stelle führte ich meine Begleiter. Hinter einem der Büsche war ein Höhleneingang versteckt. Die Höhle dahinter war groß genug, um gut 20 Mann aufzunehmen. Es war warm und windgeschützt, besser als in den Zelten im jetzigen Lager. Und vor allem war die Höhle besser versteckt als die Zelte auf der Lichtung. Robin, Bruder Tuck und Little John waren sofort beeindruckt. Natürlich wollte Robin es zuerst nicht zugeben. Doch dank Little John und Bruder Tuck hatte er schließlich keine andere Wahl. Innerhalb eines Tages war das gesamte Lager umgezogen. Wobei Flax dabei keine große Hilfe war. Überall stand er im Weg, nervte oder wollte spielen. Er tänzelte einem nur vor den Füßen herum. Und natürlich musste er ständig fragen, wann es etwas zu essen gab. Nachdem aber Will Scarlett die Geduld verlor und Flax so richtig anschnauzte: 'Halt endlich deine Schnauze, du verlauster Köter!', war endlich Ruhe. Gegen Abend, als es ans Abendessen ging, merkten wir erst, dass Flax nicht mehr im Lager war. Er war einfach weg, abgehauen. Das hatte mir gerade noch gefehlt. Flax auf Abwegen in einer Zeit, die er nicht kannte und in die er nicht gehörte. Der konnte überall sein. Wo sollte ich anfangen zu suchen? Da es aber schon begann dunkel zu werden, mussten wir die Suche auf den nächsten Tag verlegen. 'Selbst wenn dieser Hund nicht da ist, stiftet er nur Unruhe!', maulte Robin."

„Ist da von mir die Rede?", fragte Flax plötzlich. Er hatte ein Stieleis in der Pfote, an dem er leckte. Sofort schnipste Jim mit dem Finger und Flax' Eis vervierfachte sich. Dann stand Jim auf, nahm Flax drei der Eis ab und sagte: „Danke, dass du uns Eis mitgebracht hast, Flax." Der Hund guckte nur verdutzt. „Wie?", mehr brachte er zunächst nicht hervor. Jim verteilte währenddessen das Eis.
„Setzt dich doch zu uns, Flax. Du willst doch bestimmt erzählen, was du beim Sheriff von Nottingham erlebt hast, stimmt's?" Jim bot Flax einen Platz an. Dieser setzte sich dann auch. „Klar doch."

Damit begann Flax zu erzählen: „Wir waren da also in diesem Lager angekommen. Lauter riesige Bäume von Männern und in deren Mitte ein kleiner schmächtiger Hänfling, der sich Robin Revenger of the Good nannte. Wenn du mich fragst, ein äußerst bekloppter Name. Wer soll sich den denn merken? Jedenfalls konnte Jim den Haufen dazu überreden, an einem anderen, sichereren Ort ihr neues Lager aufzuschlagen. Und so zogen wir noch am Tag unserer Ankunft um. Der Umzug war aber alles andere als aufregend. Überall schubste man mich aus dem Weg, wenn ich helfen wollte, sagte mir bloß, ich sei noch zu klein und wenn ich fragte, wann es Essen gab, warf man mir nur böse Blicke zu und meinte, man hätte zu tun. Als mich Will Scarlett dann vollschnauzte, ich verlauster Köter solle doch endlich die Schnauze halten, hatte ich endgültig das Maul voll. Ich schnappte mir Robins Mütze, die er verloren hatte und verließ das Lager Richtung Wald. 'Du bist zu klein. Steh nicht ständig im Weg rum! Halt die Schnauze! Nerv nicht! Pah, die können mich doch alle mal gern haben', schimpfte ich vor mich hin. 'Wer glauben denn die, wer sie sind?' Ich war sauer. Darüber vergaß ich aber ganz und gar, dass Jim mich ein paar Stunden zuvor so verzaubert hatte, dass mich auch Menschen verstehen konnten. Einige Male schimpfte ich nämlich auch über Robin. Wahrscheinlich hat mich der Sheriff deswegen gefangen genommen und in den Kerker gesteckt. Jedenfalls stand er plötzlich mit ein paar seiner Soldaten vor mir, alle hoch zu Ross. 'Wen haben wir denn da? Einen sprechenden Hund. Stellt euch mal die Attraktion auf dem Markt vor, wenn wir den dort auftreten lassen', sagte der Mann, der als einziger etwas andere Kleidung trug als die anderen. Es schien Kleidung von Rang zu sein, während die anderen nur einfache Soldaten waren. Die Soldaten lachten über das, was der Anführer gesagt hatte. Ich hatte den Witz wohl verpasst, konnte ich mir doch nicht zusammenreimen, was so lustig war. Der folgende Satz war aber alles andere als lustig: 'Ergreift ihn!' Innerhalb von Sekunden war ich wie ein Stück Fleisch in Seile gewickelt und wurde auf den Rücken eines der Pferde geschmissen. So ritten wir dem Waldrand entgegen. Doch schon nach ein paar Minuten hielten sie an und knebelten mich. Ich hatte ihnen wohl zu sehr geschrieen: 'Lasst mich runter, sofort loslassen. Ich will zu Jim. Wenn ihr mich nicht sofort frei lasst, beiß ich euch bei der nächsten Gelegenheit dahin, wo es weh tut!' 'Halt die Schnauze, du Köter!', schrie der Anführer. Schon wieder

Schnauze halten! Da ich aber geknebelt wurde, musste ich wohl oder übel die Schnauze halten. Aber zappeln konnte ich noch, was den Soldaten genauso wenig passte.
Irgendwann kamen wir dann in der Stadt an, wo sie mich in den Kerker sperrten, was ich aber nicht auf mir sitzen ließ. Ich biss, zappelte, kratzte und trat. Doch es half nichts. Mit weit von sich weg gestrecktem Arm warf mich der Soldat in die dunkle, feuchte und stickige Zelle. Ich fluchte und schimpfte dem Soldaten hinterher und hämmerte gegen die verschlossene Tür. 'Lasst mich hier raus! Wartet nur, bis Jim euch in die Finger bekommt, danach passt ihr als Briefmarke auf einen Brief! Ich will hier raus! Ihr könnt doch einen Husky nicht einfach so einsperren. Ich hab nix getan. Hey, bist du überhaupt noch da? Ich will hier raus!', brüllte ich ohne Unterlass, bis ich endlich heiser war. Aber auch dann hörte ich nicht auf, gegen die Tür zu hämmern. Es gab kaum noch eine Stelle, die nicht aufgeschrammt war. Irgendwann brach ich dann erschöpft vor der Tür zusammen und weinte. Ich glaubte noch zu hören, wie die Wache sagte: 'Endlich gibt der Köter Ruhe.' Doch sicher war ich nicht. Ich fiel in einen traumlosen Schlaf und wenn ich doch geträumt habe, konnte ich mich nicht mehr daran erinnern.
Irgendwann kam einer in meine Zelle, schmiss mir etwas Undefinierbares vor die Füße, von dem er behauptete, es sei mein Frühstück, stellte noch eine Schüssel Wasser daneben, von dem er die Hälfte verschüttete und knallte die Zellentür wieder zu. Wieder rannte ich zur Tür und hämmerte verzweifelt dagegen. 'Ich will hier verdammt nochmal raus. Wo ist mein Anwalt? Ich habe das Recht auf einen Anwalt!', brüllte ich dem Wachmann hinterher, doch der lachte nur, als er das Wort Anwalt hörte, gerade so, als ob ich gesagt hätte, ich wolle mit dem Butzemännchen reden.
Die Keule 'Fleisch', die der Haufen wohl mal gewesen war, stank bereits, als wäre sie mindestens zwei Tage alt. Und das Fleisch, das noch an den Knochen dran war, hätte gerade so für eine kleine Maus gereicht, aber nicht für einen jungen Husky wie mich. Wenigstens hatte ich eine kleine Mückenpfütze zu trinken. Ich gab aber nicht auf hier rauszukommen. Da mein Brüllen nichts brachte, versuchte ich meine Lieblingstour. 'Wann kann ich hier raus? Wann kann ich hier raus? Wann kann ich hier raus?', fragte

ich gut eine halbe Stunde lang, bevor der Wachmann die Geduld verlor und mir androhte, eines meiner Körperteile abzuschneiden. Er sagte es so überzeugend, dass ich erst einmal eine Weile ruhig blieb. Beim Wachwechsel machte ich dann weiter. Ich erzählte der Wache stundenlang etwas über das Weltall und benutzte dabei so viele Fremdwörter, wie mir einfielen, ob sie nun passten oder nicht. Der arme Wächter verstand nur Bahnhof. Und immer, wenn mein Bewacher am Einschlafen war, redete ich so laut, dass er aufwachen musste. Zwar wurde mir durch das viele Reden der Mund trocken, aber wenn ich damit die Wachleute nerven konnte, war es mir das wert.
Die nächste Wache nervte ich mit meinem Verlangen nach Essen und Trinken. Es war eine Genugtuung zuzuschauen, wie die armen Männer langsam verrückt wurden. Einer der Männer schien selbst Kinder zu haben. Jedenfalls war er äußerst nett und gab mir sogar etwas von seinem Mittagessen ab. Zwar war es nicht viel, aber wenigstens etwas mehr als an dem Knochen, den ich als Frühstück bekommen hatte. Nach dem Essen spielten wir dann 'Ich sehe was, was du nicht siehst' und so eine Art 'Was bin ich' mit mittelalterlichen Berufen. Ich erfuhr sogar seinen Namen: Will Stutely. Ein netter Kerl, der am Ende sogar zu Robins Männern gehörte.
Jetzt jedoch spielte er mit mir, bis es langsam Abend wurde. Plötzlich kam der Anführer dieser Reiterbande herein, der sich als Sheriff von Nottingham vorstellte. Als er sah, dass Will Stutely mit mir Ratespiele spielte, fing er wütend an zu brüllen. 'Sind wir hier im Kindergarten, oder was? Du sollst den Köter bewachen, nicht mit ihm spielen!' Der Sheriff griff Will am Arm und schubste ihn mit Gewalt die Treppe hinauf nach draußen.
Dann kam er zurück und wandte sich mir zu. 'Nun zu dir, du Köter. Wie es scheint, bist du ein Freund von Robin. Zudem habe ich das Gefühl, der Kerl hat Hilfe bekommen. Wie sonst hätte er wissen können, dass wir ihn heute, vor ein paar Minuten, in seinem Lager überfallen und fest nehmen wollten? Stell dir unsere Gesichter vor, als wir auf die Lichtung kamen, wo eine Nacht zuvor noch ein Lager mit einem Dutzend Zelten war', zeterte der Sheriff. Ohne eine Sekunde nachzudenken antwortete ich : 'Wir sind umgez...' Doch schnell hielt ich mir beide Pfoten

vor die Schnauze. Der Sheriff aber wurde hellhörig. 'Umgezogen, sagst du. Wohin denn, wenn ich fragen darf?' Ich hielt mir meine Schnauze aber immer noch fest zu und antwortete: 'Mhmpf mh mpf!', was soviel heißen sollte wie 'Von mir erfährst du nichts!' Doch das beeindruckte den Sheriff nicht. Im Gegenteil, er kam in meine Zelle und zerrte mich unsanft am Schlafittchen durch mein Gefängnis. Ich jaulte vor Angst und Schmerz, sagte aber nichts. 'Du willst also nicht reden? Na gut, dann wollen wir mal sehen, wie viel du diesem Robin wert bist. Ich werde offiziell deine Hinrichtung für morgen Nachmittag bekanntgeben. Das wird ein Spaß. Mal sehn, ob dein Freund kommt, um dich zu retten.' Das höhnische Lachen klingelt mir heute noch in den Ohren. Hat der da eben wirklich gesagt, er wolle mich hinrichten lassen? Ich schluckte. Panik stieg in mir hoch. Ich war doch noch viel zu jung zum Sterben. Außerdem hatte ich mich doch so sehr auf die Hochzeitsfeier gefreut, die heute statt finden sollte, oder besser gesagt in ein paar hundert Jahren, obwohl es noch vor kurzem heute gewesen ist. Oder wie jetzt? Ich blicke bei diesen ganzen Zeitreisen einfach nicht durch.
Jedenfalls kam der Nachmittag viel zu schnell. Eben war ich noch in meiner Zelle und im nächsten Moment stand ich an einem Minigalgen mit einer Schlinge um den Hals. Die Reaktion der Schaulustigen war interessant. Sie beobachteten das Geschehen nicht mit Staunen oder Jubeln, wie man es oft in diesen Mittelalterfilmen sieht, sondern sie kringelten sich vor Lachen. Zeigten mit den Fingern auf den Sheriff. Ich konnte es zwar nicht sehen, aber einige hatten bestimmt schon Tränen in den Augen. Der Sheriff fing langsam an vor Wut zu kochen. 'Hängt ihn!', brüllte er schließlich vor Wut. Der Henker zog mir von hinten eine schwarze Kapuze über den Kopf, damit ich nichts sehen konnte. Kurz darauf spürte ich, wie der Sockel unter meinen Pfoten weggestoßen wurde. Das Seil spannte sich und presste mir die Luft aus der Luftröhre. Jetzt war alles aus."

„Gut, gut, lassen wir dich noch ein bisschen baumeln. Ich will jetzt erstmal erzählen, wie wir dich gesucht haben", unterbrach Jim fast schon frech. „Wie war das eben? Mich noch etwas baumeln lassen? Mich noch etwas baumeln lassen?", entgegnete Flax wutschnaubend. „Gute Idee, Jim", fügte er dann breit grinsend hinzu und überließ Jim das Wort. „Murrmel, dann erstickt er ja und kann nicht weitererzählen!" „Das ist doch Quatsch, Murmli", gab Flax zurück. Während Murmli noch verdattert drein schaute, wollte Jim weitererzählen: „Also, ..." Doch weiter kam er nicht. Murmli korrigierte: „Nein, das ist Ngßij (kwatsch)!" Und wie durch Magie holte Murmli einen Teller mit einem kleingeschnippelten Etwas hervor. „Ist gut Murmli, pack es wieder weg", sagte Jim. Murmli murrte noch etwas, ließ Jim dann aber ...

... weitererzählen: „Wir hatten also bemerkt, dass Flax verschwunden war. Da es aber schon dunkel wurde, beschlossen wir, erst im Morgengrauen nach Flax zu suchen. Ein paar von uns suchten den Wald ab. Drei sollten in der Stadt suchen. Will Scarlett, Bruder Tuck und Robin gingen in die Stadt. Dass Bruder Tuck ging, darauf bestand ich. Ich wollte sicher gehen, dass Robin keinen Alleingang unternam. Allan a-Dale, Midge Millerson, Little John, Gilbert Whiteland und ich suchten gemeinsam den Wald ab. Auch die anderen Männer um Robin suchten den Wald ab, alle in kleinen Gruppen. Doch hatte Robin und sein Trupp mehr Erfolg als wir im Wald. Er musste von Bruder Tuck, der ziemlich beleibt und kräftig war, auf den Schultern zurück getragen werden, weil er sonst Blödsinn angestellt hätte.
Was wir von Bruder Tuck und Will erfuhren, gefiel uns gar nicht, obwohl es eigentlich verrückt war. Wer lässt schon einen Husky in der Öffentlichkeit hängen? Doch es schien der volle Ernst des Sheriffs zu sein. Robin war schon in der Höhle verschwunden, um sich bis an die Zähne zu bewaffnen mit Pfeilen und Bogen und Steinen und Steinschleuder. Ich konnte ihn gerade noch am Kragen packen und am Gehen hindern. 'Warte Robin!', rief ich ihm zu. 'Ich geh doch recht in der Annahme, dass du etwas Spaß haben möchtest, wenn du Flax befreist. Dazu sollten wir aber unsere Vorgangsweise genau planen, damit nichts schief geht. Einfach Reinstürmen und Losballern funktioniert heute nicht und auch nicht in hundert Jahren, merk dir das! Außerdem macht es viel mehr Spaß, böse Buben auszutricksen und sie als dumm dastehen zu lassen, glaub mir, Robin', versuchte ich mein jüngeres Ich zu beruhigen. 'Mehr Spaß als Reinstürmen und Losballern? Das geht?',

fragte Robin ungläubig. Ich nickte und bestätigte es ihm. 'Zunächst einmal braucht ihr aber alle vernünftige Klamotten. Kanariengelb geht ja gar nicht.' Mit einem Schnips hatten alle mehr oder weniger grüne oder braune Kleider an. Robin mokierte sich gleich: 'Grün? Warum ausgerechnet grün? Ich hasse grün. Da sieht man mich doch gar nicht, mich, den Rächer der Verderbten, äh, der Enterbten.' 'Oh Mann, Otto-geschädigt bin ich auch schon, und das, wo es Otto noch gar nicht gibt', dachte ich nur bei mir. 'Das ist doch der Sinn der Sache, dass du nicht mehr überall gesehen wirst. Sonst wirst du hier nicht alt', sagte ich, wollte noch mehr sagen, doch Robin unterbrach mich mit den Worten: 'Ja, ja, blah, blah, blah.' Belehrungen konnte ich damals schon nicht besonders leiden. Jedenfalls erklärte ich den Männern den Plan. Bis zum Nachmittag, bis zur Hinrichtung von Flax war es nicht mehr lang hin. Schnell war alles erklärt. Zwar verstand Robin am Anfang noch nicht, wo da der Spaß sein sollte, aber ich konnte ihn dazu überreden, mitzumachen. Die meisten Männer im Lager gingen in kleinen Gruppen voraus. Das zog sich bis zum Nachmittag hin. Die letzten sechs, Robin und mich nicht mitgezählt, bildeten den Schluss. Wir hüllten uns in eine lange Kapuzenkutte ein. Darunter trugen wir unsere normale Kleidung. Pfeile und Bogen versteckten wir unter der Kutte. 'Die Verkleidung der anderen würde mir besser gefallen!', maulte Robin. Es war verdammt schwer, Robin vom Gegenteil zu überzeugen. 'Iwo, Robin, sieh mal, in dem Kostüm, das die anderen tragen, werden sie doch vom Sheriff nur rumkommandiert und schlecht behandelt, das kann dir nicht passieren', versuchte ich mich zu überzeugen. So leidlich war es mir auch gelungen. Jedenfalls muffelte Robin nicht mehr so herum. Auf dem Weg zur Stadt ging ich den Plan noch einmal durch. 'Robin, was machst du, wenn der Henker das Seil straff zieht?' 'Was soll die blöde Frage? Ich spanne natürlich meinen Bogen und warte darauf, dass dieser Hund anfängt zu baumeln. Im selben Moment schieße ich dann das Seil durch, damit er auf den Boden fällt', erklärte Robin richtig. 'Glaubst du, dass du das packst?', fragte ich skeptisch. 'Logo', kam die lässige Antwort.

Auf dem Marktplatz angekommen, mischten wir uns unter das johlende und vor Lachen kreischende Volk. Robin und ich dräng-

ten uns ganz nach vorn, sehr zum Missfallen der anderen. Doch das störte uns nicht, wir hatten anderes im Kopf. Flax war bereits an den Galgen gebunden, der Henker wartete hinter ihm auf den Befehl anzufangen. Sein Gesicht konnte man nicht sehen, da es unter einer Kapuze versteckt war, doch ich war mir sicher, dass er seinen Spaß daran hatte, jemanden zu erhängen, ob es nun ein Mensch oder ein Hund war. Doch heute sollte er leer ausgehen. Der Sheriff fing schon an, richtig wütend zu werden. 'Hängt ihn!', brüllte er schließlich vor Wut. Und schon ging es los, der Henker nahm die schwarze Kappe und zog sie Flax über den Kopf. Währenddessen bereitete Robin seinen Bogen vor, jede Sekunde zählte. Auch ich machte mich bereit.
Der Hocker fiel, Flax baumelte plötzlich in der Luft, Robin schoss, ein erschreckter Schrei des Sheriffs, dessen Hut er getroffen hatte, mein Schuss, der das Seil traf, das Plumps, als Flax zu Boden fiel. Es ging alles so wahnsinnig schnell. Bruder Tuck griff sich Flax und brachte ihn in Sicherheit, der Sheriff brüllte: 'Verhaftet sie alle!' Die Soldaten verhafteten die restlichen Soldaten, die noch nicht von unseren Leuten ausgetauscht wurden und natürlich den Sheriff persönlich. Das Gezeter des Sheriffs sehe ich heute noch vor mir, wie er sich vergeblich gegen seine zwei Peiniger wehrte. Aber gegen Jakob und Gilbert hatte er nicht den Hauch einer Chance, selbst Mike Tyson hätte keine Chance gehabt Klar, der Sheriff war nicht gerade klein und zart, aber gegen Jakob und Gilbert wirkte er wie eine Prima Ballerina. Die Menge, die zur Hinrichtung erschienen war, johlte vor Lachen, einige konnten sich kaum noch halten, sodass sie sich an allem und jedem festhielten.
Ein paar Minuten später befand sich der gesamte Stolz des Königs samt Sheriff im Kerker, schön dicht zusammengepfercht auf die vier Zellen verteilt. 'Lasst mich hier sofort wieder raus!', brüllte der Sheriff wutentbrannt.
Plötzlich kam Flax in den Kerker gerannt. 'Ihr müsst ihn frei lassen, ihr müsst ihn frei lassen, bitte', rief er ständig. Irritiert von seinen Worten fragte ich ihn: 'Wen?' 'Na, den da, der war so nett zu mir, der ist in Ordnung', entgegnete Flax und zeigte auf einen jungen Mann, der knapp rechts neben dem Sheriff stand. Keine Ahnung, wieso der Sheriff plötzlich so süffisant grinste, als hätte er das schönste Geschenk seines Lebens bekommen.

Ich öffnete jedenfalls die Zellentür und sagte: 'Na, dann komm mal raus.' Der Sheriff war es, der als Erster Richtung Tür ging. Ich hielt ihn aber mit meiner Rechten fest und fragte: 'Wohin willst du denn?' Dann griff ich nach dem jungen Mann, den Flax meinte und zog ihn aus der Zelle, bevor ich sie wieder schloss. 'Das ist ja wohl die Höhe! Wie könnt ihr es wagen, mich, euren Sheriff, so zu behandeln?', protestierte der Sheriff. Doch das interessierte mich nicht. Ich wollte dem Kerker schon den Rücken kehren, als Flax fragte: 'Du, Jim, ich finde, ich konnte bei diesem Abenteuer noch viel zu wenig spielen. Darf ich jetzt wenigstens mit denen da spielen? Bitte.' Flax? Spielen mit den Soldaten und dem Sheriff? Das versprach interessant zu werden und vor allem lustig. Für Robin wäre das bestimmt auch was. Also nickte ich, holte Robin und Little John hinzu und los ging es.
„Okay Jungs, wir spielen jetzt ein paar Ratespiele und wer etwas richtig beantwortet, darf gehen. Wer eine Frage falsch beantwortet, darf uns noch etwas länger Gesellschaft leisten', erklärte Flax. Dann dachte er sich die erste Frage aus: 'Wer erfand als Erster die Zahnpasta?' Ratlose Gesichter. Niemand schien es zu wissen. Wie konnten sie auch. Das weiß ja in unserer heutigen Zeit auch kaum ein Normalsterblicher. 'Flax, die Frage ist fies', meinte ich nur. 'Mh. Vielleicht hast du Recht, Jim, die Frage ist für den Anfang wohl etwas zu schwer.' Dass es die Ägypter waren, erwähnte Flax mit keiner Silbe. Stattdessen fragte er: 'Niemand und Keiner gingen in ein Haus. Niemand ging hinten, Keiner ging vorne raus. Wer blieb im Haus?' Wieder trat Schweigen ein. Dann kamen Antworten wie 'Niemand' oder 'Keiner', was Flax natürlich beides verneinte. Einer von ihnen sagte schließlich wütend: 'Das kann doch keiner Wissen. Das ist doch ... und üb...' 'Das ist richtig! 'Und' blieb im Haus', unterbrach Flax den Soldaten. Damit war er der Erste, der gehen durfte. Es kamen dann noch Fragen wie 'Wie viel Kehlen hat ein Mensch' (Antwort: 3) und 'Was liegt zwischen Berg und Tal?' (Antwort: und) oder 'Je mehr es bekommt, desto hungriger wird es; hat es aber alles gefressen, so stirbt es.' Robin beantwortete die Frage frech, wie er war mit: 'Der Sheriff.' Seine Erklärung? Ganz einfach: 'Je mehr Macht der Sheriff bekommt, desto mehr will er; hat er aber die ganze Macht, werde ich dafür sorgen, dass er stirbt.' Das löste natürlich Wut und Gelächter aus, war aber nicht die rich-

tige Antwort. Die richtige Antwort war natürlich das Feuer. Die Soldaten verließen das Verließ einer nach dem anderen. Natürlich waren etliche Fragen dabei, die falsch beantwortet wurden. Der Sheriff bekam aber immer die Fragen, die er kaum wissen konnte. Sowas wie: 'Wer schrieb Beethovens Fünfte?' Für diese Frage durfte er einen Joker nutzen. Er durfte sich einen der Soldaten aussuchen, der antworten sollte. Er wählte einen mittelalten Mann namens Charles. Dessen Antwort war eigentlich keine Antwort, sondern eher die Frage, wer denn Beethoven überhaupt ist. Doch das war Flax egal, er ließ die Antwort gelten. Natürlich freute sich der Sheriff schon, weil die Frage richtig beantwortet wurde und er jetzt rauskommen würde. So dachte er jedenfalls. Aber Flax fragte: 'Wo willst du denn hin, Onkel? Charles hat die Frage beantwortet, nicht du.' 'Aber er hat doch die Frage für mich beantwortet, also kann ich raus', protestierte der Sheriff. Doch Flax gab ihm einen kleinen Dämpfer: 'Nein, nein, Onkel, das hast du wohl falsch verstanden. Wieso sollst du für etwas frei kommen, das ein anderer geleistet hat?' Und so kam auch der letzte Soldat frei.
Für den Sheriff gab es noch zwei Fragen. Die Erste stellte Robin und sie lautete: 'Wie lautet mein Name?' 'Das ist einfach: Robin Revenger of the Good', antwortete der Sheriff siegessicher. Da Robin schon sagen wollte, es wäre richtig, antwortete ich schnell: 'Tut mir leid, aber das ist falsch. Er heißt Robin Hood. Wie kommst du denn auf den blöden, völlig dämlichen Namen Robin Revenger of the Good?' Man konnte zusehen, wie die Gesichtsfarbe des Sheriffs von normal in dunkelrot wechselte, so wütend war er. 'Der Junge hat recht, mein Name ist Robin Hood. So wie ihr mich genannt habt, würde sich doch noch nicht einmal ein Blutegel nennen', bekräftigte Robin, der Gefallen daran fand, den Sheriff in Wut zu sehen. Flax war dafür, dem Sheriff noch eine letzte Chance, aber wirklich ein letzte Chance zu geben. Und so fragte Little John: 'Wie groß bin ich? In Zahlen und Fuß ausgedrückt.' Der Sheriff verlor entgültig die Geduld. „Was weiß denn ich? 5 Fuß?' Doch Little John schüttelte nur den Kopf. 'Tut mir leid, falsche Antwort. Ich bin fast 6 Fuß groß.' Was, wenn du mich fragst, für die damalige Zeit ziemlich groß war.
Jedenfalls war die Antwort falsch und wir ließen den Sheriff im Verließ. Sein Gezeter und Gebrüll half ihm nichts. Little John

drehte sich an der Tür noch einmal um und versprach: 'Ich frage ihre Soldaten mal, ob sie euch rauslassen wollen.' Dann gingen wir, ohne uns noch einmal umzudrehen.
Das Gelächter auf dem Heimweg war groß. Die ganze Sache war noch Wochen später in aller Munde. Der Sheriff wurde entlassen und durfte nun die Kerkerzellen im Dauerbesuch kennen lernen. Der Nachfolger des Sheriffs war aber auch nicht viel besser. Flax und ich blieben noch etwa eine Woche und brachten Robin alles bei, was er wissen musste, um im Wald zu überleben. Dann versuchten wir, wieder in unsere Zeit zu kommen, was allerdings nicht so einfach war, wie wir uns das gewünscht hätten. Zumal wir nicht genau wussten, an welcher Stelle des Flusses wir ankamen. Wir entschlossen uns schließlich, den Fluss von Anfang bis Ende abzufahren, was natürlich nichts brachte. Also versuchten wir es in die andere Richtung, was weitaus kraftaufwändiger war. Doch diesmal klappte es.
Plötzlich fanden wir uns auf dem Loch Ness wieder. Blue stand noch immer am Ufer und sah zu uns raus. Als wir dann endlich am Ufer angekommen waren, fragte Blue, was denn da eben losgewesen sei. Eine Sekunde waren wir noch da und in der nächsten waren wir weg, um in der übernächsten wieder aufzutauchen. Flax und ich sahen uns fragend an, zuckten dann mit den Schultern und sagten: 'Keine Ahnung, was du meinst.' Dann ließen wir Blue verdattert stehen, während wir uns kichernd zu den Zelten machten, um uns für die anstehende Hochzeit vorzubereiten.
Nach einem aufregenden Abenteuer in der Vergangenheit war es dann endlich soweit. Da kam meine zukünftige Braut. Sie trug ein langes Indigo-farbenes Kleid aus Seidenbrokat. Es war mit Goldfäden durchwebt. Auf dem Kopf trug sie einen Kranz aus rosa Rosen mit einem kurzen Schleier aus Seidenspitze. Ich trug, wie schon am Anfang erwähnt, ein buntes Justaucorpus, eine lange Jacke also, einen Schottenrock und ein gelbes Hemd mit langer grüner Weste. Auf dem Kopf trug ich jetzt nicht mehr meinen Tirolerhut, den ich übrigens im Sherwood Forrest bei Robin vergessen hatte, sondern einen türkisfarbenen Zylinder mit einem Kranz aus weißen Rosen drauf.
Bevor es aber zur Trauung ging, mussten erst noch drei Aufgaben bewältigt werden, um zu beweisen, dass wir für eine eigene Fami-

lie bereit waren. Als Erstes kam das Brotbacken. Jeder für sich und ohne Zauberei. Auf unseren Arbeitsplätzen lagen jeweils ein Rezept, die benötigten Zutaten und die Backutensilien. Der Ofen war natürlich ein original Steinofen, den ich eigens für diesen Zweck hergezaubert hatte. Nach einer guten Stunde waren die Brote fertig. Kaiser Fritz durfte kosten. Zuerst kostete er Danielas Brot. Es stank übrigens gewaltig gen Himmel, da ihr der Knoblauch ausgerutscht war. Aber es schmeckte unserem Kaiser, auch wenn er danach den ganzen Nachmittag leichte Blähungen hatte. Nachdem er auch meins probiert hatte, kam auch noch ein Schluckauf hinzu, da er mit meiner besonderen Schärfe nicht vertraut war."

„Ich war der Zweitkoster", fiel Murmli Jim mal wieder ins Wort. „Und mir haben beide Brote nicht geschmeckt. Beim Ersten wurde mir schlecht, weil ich Knoblauch am besten vertragen kann, das andere war zu süß." „Er meint, dass er keinen Knoblauch verträgt", erklärte Jim dem Jungkater. „Und warum sagt er das nicht?", wollte Diablo wissen. „Das hab ich doch gesagt! Du musst nur besser zuhören!", maulte Murmli zurück. „Ist ja gut, Murmli. Er meint es nicht so. Du musst wissen, dass Diablo mit deiner Sprache nicht so vertraut ist wie ich", beschwichtigte Jim. Dann konnte er ...

... weitererzählen: „Der zweite Test bestand darin, Wäsche zu waschen. Mit der Hand, versteht sich. Es gab Wäschestücke, die hatten Grasflecken und Motoröl und es gab 'normalschmutzige' Wäsche. Mit der normalen Wäsche hatte ich keine Probleme. Als es dann aber an die stark verschmutze Wäsche ging, sah das schon ganz anders aus. Als ich mit dem Waschen fertig war, war der Fleck zwar weg, aber der Stoff, auf dem der Fleck war, auch. Vermutlich hab ich zu viel Bleichmittel genommen und zu stark gerubbelt.
Dritter und letzter Teil der Prüfung war das Wickeln eines Babys, das wir alle beide bravourös meisterten, da wir schon Erfahrungen mit Claudia hatten. Das Dummybaby war übrigens eine normale Puppe aus dem Spielzeugladen, die ich so verzaubert hatte, dass sie wie ein richtiges Baby strampelte.

Jetzt stand der Trauung nichts mehr im Wege. Julia, meine kleine Schwester, mimte dabei den jumarianischen Priester, was eigentlich ein Unding war, da nur Männer Priester werden durften, aber das erfuhr ja keiner. Außerdem bin ich ja jetzt Herrscher von Juma und kann Gesetze etwas verändern. Fomka war mein Trauzeuge, Danielas Mutter Marianna war Danielas Trauzeugin. Sie trug ein hübsches weißes Kleid mit Spitze. Padraig, Danielas Vater, trug seinen besten Anzug. Sie trugen also das krasse Gegenteil von dem, was Daniela und ich trugen. Fomka trug einen Tirolerhut mit weißem Margarittenkranz, den ich seiner Größe angepasst hatte, und einen typisch jumarianischen Schlips aus mehreren verschiedenen Stoffarten verschiedenster Farben 'zusammengeschustert'. Die typische Jumamode halt.
Dann war es soweit: Fomka führte mich vor den Traupriester und Marianna führte Daniela. Natürlich wurden wir von jumarianischer Hochzeitsmusik begleitet. Im Vordergrund der Musik war natürlich ein typisch jumarianisches Instrument zu hören, das Nationalinstrument, der Quinquin. Der Quinquin ist eine Mischung aus Gitarre und Klavier. Am Griff befinden sich Tasten wie bei einem Klavier, die mit den sechs Saiten des Resonanzkörpers, der wie eine 'normale' Gitarre aussieht, aber auch andere Formen haben kann, verbunden sind. Spielt man nun die Tasten, so schlägt ein kleines Hämmerchen die entsprechende Saite an. Natürlich kann man noch andere Töne erzeugen, indem man gleichzeitig auch die Saiten zupft oder die Tasten nicht benutzt. Je nach dem, wie gespielt wird, klingt das Instrument dann entweder eher wie ein Klavier oder eher wie eine Gitarre oder wie beides zusammen. Eine Woik war natürlich auch zu hören. Die Woik ist ein Blasinstrument. Sie wird aus einer Schneckenmuschel hergestellt. Meist hat sie drei Löcher zum Spielen und eins, wo man hineinbläst. An dem Ende, aus dem der Ton kommt, ist noch ein Schellenkranz aus kleineren Muscheln angebracht. Unter den klei-

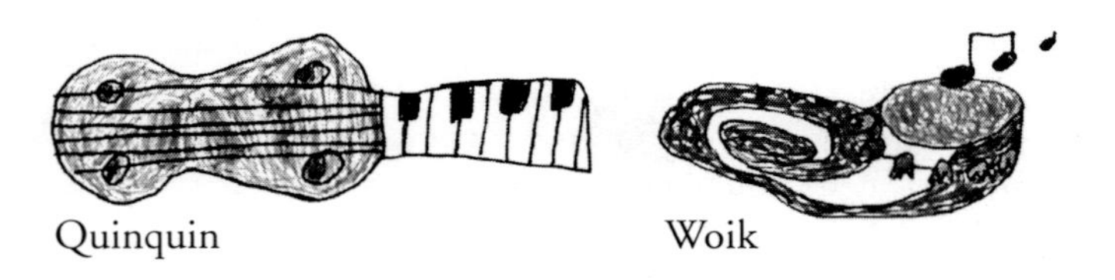

Quinquin Woik

nen Muscheln sind noch einmal kleine Löcher, die dafür sorgen, dass sich die Muscheln bewegen und klappernde Geräusche machen. Die Farben dieses Instrumentes konnten von Muschel zu Muschel variieren, auch der Ton war je nach Größe und Form der ausgewählten Muschel unterschiedlich.
Dann endlich standen wir vor Julia, die die Traurede sprach:

'Ierd Negnufürp neraw uz nehetseb,
Etrednuh nedrew hcon nemmok.
Masniemeg tedrew rhi eis negitläweb.
Ud Daniela McCarthy tsriw menied
Nnam Nikev mov Netor Hcier
ni nella Negal sed Snebel nehetsieb, nhi nebeil dnu nerhe.
Muz Nehciez renied Euert bigrebü mhi nenied Znarknemulb.'

Daniela übergab mir also ihren Rosenkranz. Dann wiederholte Julia den Text. Diesmal vertauschte sie die Namen. Auch ich übergab Daniela meinen Kranz. Damit waren wir dann offiziell verheiratet. Und da kam auch schon die Hochzeitstorte herangefahren. Gebacken von Julia und Fomka. Sie war gut einen Meter hoch und hatte drei Stufen. Auf der ersten Stufe waren eine Daniela- und eine Jimfigur in ganz normaler Kleidung, auf der Zweiten eine Daniela- und Jimfigur in Hochzeitsgewand und auf der dritten und letzten eine Daniela- und Jimfigur mit einer Claudiafigur, die in einem kleinen Bettchen schlief.
Doch zunächst wurden all die anderen Köstlichkeiten gegessen. Flaf-Käsesalat, gefüllter Flisch, Tyrannoklykossteaks, Blattalgensalat mit Dressing, Stangenstiefellauchauflauf mit Karakutje oder Fischfrucht, extra für Fomka. Natürlich gab es noch die verschiedensten jumarianischen Früchte und Schokoladen.
Schon nach dem Essen packte mich die Lust, ein schönes Hochzeitslied zu singen. Und so sang ich ein selbst ausgedachtes Lied in meiner Muttersprache:

Red Gat tsi nöhcs dnu rabrednuw
Eid Reief ßorg, red Etsäg leiv
Se thcal red Xodarap xodarap
Se tlebuj red Räbledieh dnu tznat – thcin rewhcs

Se tkölb sad Falf, se tgnis red Hcsilf
Sella driw llits, sella driw gihur,
Sla sad Raaptuarb tmmok

Hcsbüh tedielkeg red Nnam tim Kcarf dnu Kcor
Nöchsrednuw eid Uarf tim Dielk dnu Znark
Mmok dnu znat, mmok dnu znat
Gitsul eid Kisum, hcier tkcedeg red Hcsit
Se tbig Hcsilf, se tgib Hcsilf dnu Ejtukarak – hm
Treiefeg driw sib ni eid Thcan
Kcütshürf stbig blah thca, blah thca

Da wir keine Instrumente hatten, nutze ich alles, was ich finden konnte. Ich trommelte auf Stühlen, mit dem Besteck auf Tellern und Tassen und Weinkaraffen. Mit der Zuckerdose voller Würfelzucker klapperte ich wie mit einer Rassel und die Zuckerzangen verwendete ich als Kastagnetten. Da die meisten Gäste aber kaum bis gar kein Jumarianisch verstanden, konnten sie auch nicht mitsingen. Ich sang aber noch mehr Lieder, die sie eher kannten oder eher mitsingen konnten. Es wurde bis in die späten Nachtstunden gesungen, getanzt, gegessen und genascht. Als jumarianische Leckerei gab es natürlich überwiegend Früchte vom Schokolinsenbaum, unter anderem mit Schmelzkäse gefüllte Schokolinsen. Es gab aber auch kandierte Süßwurzeln und Streifenkrautplätzchen, die schmecken wie Zimt oder Nelken. Dann gab es da noch Karakutje-, Beerenkraut- oder Fuselbeermaultaschen und und und.
Unsere kleine Tochter Claudia hatte auch jede Menge Spaß mit Flax und den Murmeltieren, die ebenfalls zu den Gästen zählten. So hatten Daniela und ich nicht so viel mit ihr zu tun. Zwar war es eher Claudia, die mit den Murmeltieren spielte als umgekehrt, aber sie hatte sichtlich Spaß, sie in der Luft schweben zu lassen, sie in Plüschtiere, Bälle oder Rasseln zu verwandeln."

„Ja, ja, daran kann ich mich noch gut erinnern, murrmel! Mir klingelten noch Tage nach der Hochzeit die Ohren, weil sie mich in eine Rassel verwandelt hat!", unterbrach Murmli protestierend. Diablo konnte bei der Vorstellung, Murmli als Rassel zu sehen, nicht an sich halten und prustete los vor Lachen. „Und was sagte Jim, als ich ihm sagte, wie seine Tochter uns behandelte? 'Ach, lass sie doch, sie testet nur ihre Zauberkräfte aus. Sie kann euch nicht ernsthaft schaden', sagte er", fuhr Murmli fort sich zu beschweren. Sarkastisch und nachäffend fügte er noch hinzu: „Sie kann euch nicht ernsthaft schaden. Er lachte auch noch über Claudias 'Zauberversuche', wie er es nannte." „Ach, Murmli, nun sei mal nicht so. Claudia war erst ein Jahr alt, noch ein Baby", versuchte Jim Murmli zu beschwichtigen. „Falls das ein Versuch sein soll, dich bei mir einzuschleimen, damit ich auf der Krönungsfeier wieder Babysitter spiele, dann vergiss es am Besten gleich wieder!", zeterte Murmli aber unbeeindruckt weiter. „Keine Sorge, Murmli, ich habe bereits einen Babysitter für dieses Mal. Großer Louis wird sich bei der Feier ein wenig um die anwesenden Kinder kümmern", beruhigte Jim Murmli, der am Rande eines Nervenzusammenbruchs zu sein schien bei dem Gedanken, wieder Babysitten zu müssen. Murmli beruhigte sich wieder, als er erfuhr, dass er nicht auf die Kinder aufpassen musste und ließ Jim den ...

... Rest erzählen: „Da wir gerade von Louis sprachen, der war bei der Hochzeit natürlich auch dabei. Der Umstand, dass es bedeckt war, machte es ihm möglich. Geregnet hatte es aber die ganze Feier über nicht. Wäre ja auch noch schöner. Auf jeden Fall hatten wir eine Menge Spaß und der Fusel, der jumarianische Wein, und der Fuselbeersaft flossen in rauen Mengen. Natürlich gab es auch noch Karakutjesaft und Beerenkrautsaft und Stekonsaft, den kannst du in etwa mit Kiwi-Stachelbeersaft vergleichen. Zum Anstoßen durfte aber der Feuerfusel nicht fehlen. Dazu nimmt man eine Prise Teufelskraut, streut es sich auf die Zunge und trinkt dann einen Schluck Fusel. Sobald das Teufelskraut mit Alkohol in Berührung kommt, schlägt es eine Stichflamme. Es sieht dann also so aus, als ob man wirklich Feuer spucken würde, ähnlich einem Feuerspucker im Zirkus. Ich musste meinen Gästen aber einbläuen, dass sie nur eine Prise Teufelskraut nehmen dürfen, weil es sonst gefährlich werden konnte.
Nach der Feier ging es natürlich in die Hochzeitsnacht, in der es ebenfalls heiß her ging. Das Produkt kam dann am 29. Februar 2000 auf die Welt und heißt Jan Barnes. Unsere Flitterwochen

führten uns nach Harappa in Indien. Dort zeigte ich Daniela die Stadt meiner Vorfahren, meiner Eltern und meiner Schwester. Jedenfalls das, was noch übrig geblieben war. Der gesamte überirdische Teil der Stadt ist ja inzwischen fast vollständig zerstört. Aber der unterirdische Teil steht noch und ist noch vollkommen intakt. Es war eine schöne Zeit, wir waren alleine, die Landschaft war herrlich, die Bauten unter der Erde atemberaubend. Nach den zwei wunderschönen Wochen Harappa ging es dann auf Einladung von Murmli ins Land der Friedensvögel. Auch diese zwei Wochen waren aufregend und lustig, wie du dir nach unserem letzten Besuch in diesem Land vorstellen kannst."

Der letzte Diener

„So, dann will ich gleich zum nächsten Abenteuer übergehen, oder braucht ihr noch mal eine PP?", fragte Jim. „Murrmel? Was ist denn eine PP?", wollte Murmli wissen. „Das ist eine Pullerpause", erklärte Diablo lächelnd, „Ich brauch aber keine." Auch Murmli lehnte ab. So begann Jim ...

... das neue Abenteuer: „Unser vorletztes Abenteuer erwartete uns im Juni 2000. Und ehrlich gesagt, hätte ich auch darauf verzichten können. Von allen Abenteuern, die ich mit dem Big Ben Clan erlebt habe, war dies mein schrecklichstes.
Wie kam es dazu? Nun ja, ich weiß nicht, ob dir der Ort Trenton was sagt. Das liegt in New Jersey an der Ostküste von Amerika, unweit von Philadelphia. Mein Freund und ehemaliger Kollege John O'Connor arbeitet dort als Polizist. Im Juni hatte er gerade einen ziemlich schweren Fall zu bearbeiten. Immer wieder verschwanden junge Mädchen und tauchten alle später wieder auf, tief und fest schlafend. Und nichts konnte sie wecken. Ich erfuhr aus der Times von den Fällen. Ich musste meinen Freund natürlich gleich anrufen, der allerdings ziemlich kurz angebunden war und so gut wie nichts erzählte. Er hatte also den Fall übernommen, obwohl er es vehement abstritt, was er immer tat, wenn er einen schwierigen Fall hatte. Natürlich musste ich sofort nach Trenton fahren, um meinem alten Freund zu helfen, der davon

allerdings wenig begeistert war. Lag wohl daran, dass ich ihm bei seinen Fällen wenig Glück gebracht habe. Immerhin wurde er in vier von fünf Fällen einmal angeschossen, auf eine Bombe geschnallt, beinah in die Luft gesprengt, wegen angeblichen Hochverrats verhaftet und dutzende Male suspendiert und entlassen und das immer nur, wenn ich in dem Fall mitgemischt habe.
Jedenfalls war er hellauf begeistert, als ich am Morgen nach dem Telefonat in seiner Polizeiwache stand und ihn darum bat, ihm helfen zu dürfen. 'Kommt ja überhaupt nicht in Frage! Das letzte Mal, als du mir geholfen hast, hat man mich als Bombendekoration benutzt! Vergiss es!', wehrte John entschieden ab. 'Och, bitte, bitte, bitte!', bettelte ich mit Dackelblick. John konnte einfach nicht anders und musste lachen: 'Hör auf damit, Jim! Das ist doch lächerlich. Meine Antwort heißt nein und dabei bleibt es.' 'Nun komm schon, John, du weißt, dass du mich brauchst', versuchte ich es weiter. Doch John meinte nur, ich könne mir zwei weitere Köpfe wachsen lassen und dann mit den drei Köpfen jonglieren, er würde mich trotzdem nicht an dem Fall beteiligen. Das glaubte ich John aber nicht, also versuchte ich es. Ich ließ mir einen Katzenkopf und einen Waschbärkopf wachsen und jonglierte damit. Meinem Freund schien es aber nicht zu gefallen. 'Lass das! Was sollen denn meine Kollegen von mir halten?', fragte er mich. Da ich aber keine Anstalten machte aufzuhören, fügte er schließlich genervt hinzu: 'Also gut, du kannst mir helfen. Aber hör jetzt endlich mit diesem Unsinn auf!' Das tat ich jetzt natürlich gerne, hatte ich doch erreicht, was ich wollte.
Doch meine Freude währte nicht lange. Schon hörte ich eine bekannte Stimme hinter mir, die da sagte: 'Jim Barnes! Was fällt dir ein, mich mit den Kindern schon wieder sitzen zu lassen und auf Abenteuertour zu gehen?' Meine bessere Hälfte stand wütend im Gebäude, Jan auf dem Arm und Claudia an der Hand. John war baff, wusste er doch noch gar nicht, dass ich Kinder hatte. 'Ich bin sogar schon verheiratet, John. Darf ich vorstellen, das ist meine Frau Daniela Barnes. Die Kleine ist Claudia und der kleine Fratz auf Elas Arm ist Jan. Und das da ist mein Freund John O'Connor, mit dem ich vor Jahren mal eine Zeit lang zusammen gearbeitet hatte. Mehr oder weniger erfolgreich', stellte ich alle vor. 'Tsililop', brabbelte Claudia und zeigte auf John.

'Jim, nun sag doch auch mal was. Unsere Kleine lernt nur falsche Wörter', tadelte Daniela. Ich musste ihr Recht geben. 'Mama hat Recht, Claudia, das heißt Tsizilop und nicht Tsililop', korrigierte ich Claudia schließlich, was Daniela auch nicht recht war. 'Was denn?', fragte ich unschuldig zurück. 'Du weißt genau, was ich meine. Du sollst Claudia Englisch beibringen und kein Jumarianisch', schimpfte Daniela mit mir. Ich versicherte ihr aber, dass sie sich keine Sorgen machen müsse. 'Jumarianische Kinder lernen schneller als Menschen. Das mit dem Englisch lernt sie schon noch.' Daniela war nicht hundertprozentig überzeugt, beließ es aber dabei.
Für die Zeit, die der Fall in Anspruch nehmen würde, wohnten wir in einem kleinen Hotel am Stadtrand. John hatte uns nicht erlaubt, bei ihm zu wohnen. Für Claudia und Jan konnten wir einen Babysitter finden. Doch Daniela blieb so oft bei den beiden wie möglich. Auch ich verdoppelte mich ab und zu mal. Es ist aber unmöglich, diesen Zauber für die gesamte Zeit aufrecht zu erhalten, da er Kraft kostet.
Jedenfalls ging es jetzt erst einmal darum, unseren Fall zu lösen. John brachte mich in das Krankenhaus, in dem die Mädchen lagen. Da ich noch meinen alten Ausweis hatte, der übrigens dank kleiner Zauberei immer gültig war, kam ich ohne Probleme rein. Auch ich war nicht in der Lage, den Mädchen zu helfen. Bei einem Mädchen stutzte ich aber. Es hatte schulterlange, blond-braune lockige Haare, ein engelsgleiches Gesicht, zarte Hände und Ärmchen. Dennoch glaubte ich nicht unbedingt, ein Mädchen vor mir zu haben. Genau das sagte ich John auch. 'Das ist auch kein Mädchen, sondern ein Junge. Wahrscheinlich hat es der Täter wie die meisten anderen Menschen für ein Mädchen gehalten', erklärte er mir. Sein Name war Kevin Taylor. Seine Familie und auch die Familien der anderen waren bereits informiert worden.
Aber wie schon gesagt konnte ich den Opfern im Moment auch nicht helfen. Doch eins wusste ich ganz genau, diesmal konnte mein Freund nicht angeschossen oder als bombastische Dekoration verwendet werden. Allerhöchstens würde er verzaubert werden. Mehr würde wohl nicht geschehen.
'Das find ich überhaupt nicht komisch, Jim. Nur verzaubert, mehr nicht! Das ist schon viel zu viel!', holte mich Johns Geschimpfe

aus meinen Gedanken zurück. Ich war völlig perplex. Wie konnte John wissen, was ich gedacht hatte? 'Äh, wie jetzt? Was meinst du?', fragte ich ihn erschrocken und unsicher. 'Nun tu nicht so, Jim, ich hab genau gehört, was du gesagt hast!', schimpfte John. Ich musste laut gedacht haben, wie überaus peinlich. Wahrscheinlich lief ich gerade rot wie eine Tomate an."

„Murrmel? Tomaten sind doch grün", kommentierte Murmli. Schon hatte er eine Tomate im Gesicht. „Sag ich doch, murrmel!", gab das Tier ungerührt zurück und leckte sich das Fell ab. „Wenn die nur nicht immer so trocken wären", meinte Murmli noch. Dazu fiel Jim nix mehr ein. Er gab Murmli ein Taschentuch in dem selben Karomuster wie sein Kilt, dann erzählte er ...

... weiter: „Ich hatte einen ersten Verdacht, mit wem wir es zu tun hatten. Es war eigentlich kaum etwas anderes möglich. Wir hatten es mal wieder mit den beiden Zauberern Schwarzer Mann und Roter Milanovic zu tun. Schwarzer Mann schied aus, da der ja von einer schwarzen Tuba gefressen wurde. Blieb also nur noch Roter Milanovic oder kurz Roter Milan. Aber was wollte er? Zunächst einmal brauchten wir eine Idee, um die Mädchen und den Jungen wieder ins Leben zurückzuholen. Dann mussten wir diesen Schweinehund von Roten Milan finden und endgültig unschädlich machen. Ich flog natürlich gleich erstmal ins Philadelphia-Hauptquartier, was ja so weit nicht weg war. Dort holte ich mir sämtliche Akten, die wir bereits über Roten Milanovic und Schwarzen Mann hatten. Diese übergab ich in Kopie meinem Freund John, der sich mit den beiden Vögeln vertraut machen sollte. Ich holte in der Zwischenzeit sämtliche Bücher, die irgendetwas mit den beiden Jumarianern zu tun hatten, von mir zu Hause und aus Harappa, dem eigentlichen Archiv der Jumarianer auf der Erde. Abwechselnd kümmerten Daniela und ich uns um unsere Kinder, während der je andere die jumarianischen Bücher studierte. Daniela fühlte sich dabei aber etwas betrogen. Sie meinte doch glatt, sie müsse viel länger auf die Kinder aufpassen als ich, dabei hatten wir ausgemacht, dass immer nach einer halben Stunde gewechselt wurde. Und das wurde mit einer Digitaluhr gestoppt. Behauptete sie doch glatt, ich würde die Uhr manipulieren."

Jim grinste ganz unschuldig. „Ich wusste es, du Schuft! Komm du mir nur nach Hause!", kam plötzlich eine wütende Stimme, gefolgt von einer Kopfnuss. „Ela, was machst du denn hier?", fragte Jim erschrocken. „Eigentlich wollte ich dich nur wissen lassen, dass die Toilette wieder funktioniert, aber jetzt will ich dir lieber das Fell über die Ohren ziehn!", gab Daniela pikiert zurück. „Tut mir leid, Ela. Aber du kannst sowieso besser mit Kindern umgehen als ich. Außerdem ist dein Jumarianisch nicht so gut wie meins. Ich dachte, ich würde dir einen Gefallen tun, wenn du dich nicht so lange mit den jumarianischen Schriften herumquälen musst. Ich hab nur an dich gedacht, Ela", beteuerte Jim. „Wer's glaubt. Aber eine andere Sache: Was ziehst du zur Feier eigentlich an? Sind deine Sachen überhaupt sauber?" Geschickt wechselte Daniela das Thema für Jim von einer Unannehmlichkeit in die nächste. „Was soll ich schon anziehen? Meinen Kilt, mein Hawaii-Hemd und den Tirolerhut. Das müsste eigentlich noch sauber sein, ich hab doch mehrere", gab Jim zurück. Daniela nickte nur zufrieden. 'Wenigstens eine Sache, die er auf die Reihe bekommen hat', dachte sie sich und verließ dann die Halle, um ihre Sachen auf Vordermann zu bringen. Ihr gefiel zwar nicht, was Jim anziehen wollte, doch wusste sie inzwischen, dass sie Jim das nicht ausreden konnte, also akzeptierte sie es. Er war nun mal so.
„Gut, der Hausdrachen ist wieder weg, machen wir also wei...", fing Jim an, doch weiter kam er nicht. „Das hab ich gehört, Jim Barnes!", kam Danielas Kommentar zurück. „Verdammter Mist! Wieso müssen Menschen immer das hören, was sie nicht hören sollen", fluchte Jim leise. Wieder die Antwort: „Auch das hab ich gehört." Daniela war bereits an der Tür und verließ gerade die Halle. Sie hatte sich nicht einmal umgedreht, als sie Jim antwortete. „Ist ja schon gut, sieh zu, dass du deine Sachen fertig bekommst, damit ich endlich in Ruhe über dich herziehen kann", gab Jim scherzhaft zurück. Schon kam ein langer Arm auf ihn zu, der ihm eine sanfte Ohrfeige verpasste. Er gehörte Daniela, die sich jetzt doch umgedreht hatte, nun aber die Halle verließ.

„Sowas. Naja, ich will fortfahren: Wie gesagt studierten wir die jumarianischen Bücher, um einen Gegenzauber zu finden. Es war schon spät, als der Anruf kam. Daniela und die Kinder schliefen

schon und ich war auch schon fast eingeschlafen. 'Jim, aufwachen, Jim, aufwachen. Telefon, Telefon. Sehr wichtig', flüsterte das Telefon gerade laut genug, dass ich wach wurde. 'Wer stört?', fragte ich müde in den Hörer. Mein Freund schwarzer Löwe störte und der war immer willkommen. Hätte ich seine Stimme nicht erkannt, ich hätte geglaubt, es wäre ein Fremder. Er meldete sich nämlich mit seinem bürgerlichen Namen Peter O'Toole, der mir fast überhaupt nicht geläufig war. 'Was gibt's, Schwarzer Löwe? Und wieso benutzt du deinen bürgerlichen Namen? Den kenn ich doch gar nicht', fragte ich müde und etwas besorgt. Seinen richtigen Namen verwendet Schwarzer Löwe nämlich eigentlich nur, wenn er Besuch von der Polizei oder anderen unangenehmen Leuten hat. Und scheinbar hatte Schwarzer Löwe Besuch von der letztgenannten Personengruppe. Natürlich machte ich mich sofort auf den Weg zu meinem Freund. Für Daniela klebte ich einen Zettel an den Kühlschrank, damit sie sich keine Sorgen machte. Der Mann, der zu Schwarzer Löwe kam, sah nicht unbedingt bedrohlich aus. Zwar war er mit schätzungsweise 1,80 m nicht unbedingt klein, dennoch war er eher schmächtig, fast schon ein Hungerhaken. Seiner Kleidung nach zu urteilen konnte er aus dem England des 16. Jahrhunderts kommen. Man sah ihm an, dass er zweifellos als Diener bei einer wichtigen Persönlichkeit arbeitete. Weißes Hemd, schwarzer Anzug, schwarze Fliege, Haare kurz und sauber gestriegelt. Nur sein Dreitagebart wollte nicht recht zu ihm passen. Auch sein Name ließ nicht auf eine Dienertätigkeit schließen. Er stellte sich als Timo Travolta vor, wobei er gleich unmissverständlich zu verstehen gab, dass er mit einem gewissen John Travolta nix zu tun hatte.
Timo sagte uns, dass eines der Mädchen seine Nichte wäre. Er wollte uns helfen, den Täter zu finden. Doch genau wie ich hatte Schwarzer Löwe ein ungutes Gefühl bei der Sache. Das sagte mir mein Freund auch auf Klingonisch. Da wir beide Fan von Star Trek waren, hatten wir beide diese fiktive Sprache gelernt. Warum mich Schwarzer Löwe aber nicht auf Jumarianisch ansprach, wie wir es sonst immer machen, wenn Normalsterbliche nicht verstehen sollten, was wir sagten, weiß ich nicht. Und auch ich hatte nicht das Bedürfnis, in meiner Muttersprache zu sprechen, ein inneres Gefühl riet mir davon ab. Dennoch halfen wir dem

Mann. Ich behielt ihn aber so oft wie möglich im Auge, was eigentlich immer war, da mein inneres Auge ihm auf Schritt und Tritt folgte. Dennoch verlor ich ihn ein oder zwei mal.
Der unangenehme Teil dieses Abenteuers begann aber erst am nächsten Tag. Er begann damit, dass ich Einkaufen sollte. Wir brauchten unter anderem Milch, Babybrei und Windeln. Vorher durfte ich aber erst mal Jan füttern und Claudia etwas zu Essen hinstellen. Jan hatte aber überhaupt nicht vor, auch nur einen Löffel Brei zu essen. Viel lieber tapezierte er damit das Hotelzimmer und mich. Ich griff zu einer bewährten Methode. 'Guck mal, da kommt ein Flugzeug. Ladeluke auf!' Natürlich funktioniert das bei Jumarianern nur, wenn da wirklich ein Flugzeug kommt. Also verzauberte ich Jans Breichen in ein Flugzeug, das vor dessen Mund darauf wartete, hineinfliegen zu können. Doch Jan dachte nicht daran, den Mund zu öffnen. Im Gegenteil, er griff mit der Hand nach dem Brei, und warf das, was er in seine kleinen Patschhändchen bekam, nach mir. Als mich der Brei im Gesicht traf, lachte er quietschvergnügt. 'Nun ist aber gut, Jan. Sieh doch mal, so ein leckeres Breichen. Mh, ist das lecker', versuchte ich es, doch Jan drehte einfach den Kopf weg. 'Vielleicht mag er die Geschmacksrichtung nicht. Ich probier es mal mit Flaf-Stangenstiefellauch-Brei vielleicht mag er das eher', dachte ich bei mir, schnipste mit den Fingern und schon hatte ich den gewünschten Brei im Glas und auf dem Löffel. Und wie durch ein Wunder konnte Jan von diesem Brei nicht genug bekommen. Ich sah auf das Glas, um welche Sorte es sich ursprüngliche gehandelt hatte. 'Gulasch-Erbsen. Naja, nicht grad das Beste', sagte ich leise zu mir, während mein kleiner Spross Löffel für Löffel in sich hineinstopfen ließ, bis er dann endlich satt und glücklich war. Nach seinem Bäuerchen legte ich ihn wieder in sein Bettchen, das wir für ihn bekommen hatten und sah zu, dass ich das Zimmer wieder auf Vordermann brachte. Dann machte ich mich endlich auf den Weg zum Einkaufen.
Da es noch früh am Morgen war, war es noch nicht voll. Ich kaufe sowieso lieber früh ein, wenn noch nicht so viel los ist. Das ganze Gedränge und Gewarte ist mir einfach zuwider. An der Kasse ging es schnell. Vor mir stand nur ein kleines, sieben oder acht Jahre altes Mädchen und kaufte sich ein Stieleis und Bon-

bons. Dann war ich mit Bezahlen dran. Die Kassiererin guckte nicht schlecht, als sie die Babybreichen sah. 'Tyrannoklykos-Stekon? Raketenkrebs-Fuselbeer? Wolfhase-Käsegras? Was soll das denn sein?', fragte sie skeptisch. Aber es ging problemlos über den Scanner, worüber sich die arme Frau noch mehr wunderte. Während ich alles wieder in den Wagen packte, sah ich, dass das Mädchen vor mir ihr Portemonnaie verloren hatte. Ich rief das Mädchen zurück, aber die Kleine schien mich nicht zu hören. Also hob ich das Portemonnaie auf, sobald ich mit dem Bezahlen fertig war, was etwas länger dauerte, da ich das falsche Portemonnaie eingepackt hatte. Da waren nur jumarianische Glog und Relat drin. Zum Glück hatte ich aber noch meine Kreditkarte mit.
Als ich jedoch wieder aufblickte, war das Mädchen weg. Ich schaute also in die Geldbörse um zu sehen, ob irgendwo eine Adresse stand. Und tatsächlich, ich fand eine. Das Mädchen wohnte gar nicht mal weit von hier. Ich schnappte mir also meinen Einkauf und ging zu der Wohnung.
Doch ich musste noch nicht einmal bis zu der Wohnung gehen, da ich die Kleine schon vorher wiedertraf. Ich rief ihren Namen, Julie Timmens, den ich ja von ihrem Kinderausweis kannte. Erschrocken drehte sich das Mädchen um, sah mich verängstigt an und rannte davon. Ich rannte ihr ein Stück nach, gab es dann aber auf. Nicht dass ich sie nicht hätte einholen können. Ganz im Gegenteil, ich war alle Male schneller als sie. Aber ich wollte ihr nicht noch mehr Angst machen. Womöglich hätte sie dann noch die gesamte Straße und deren Anwohner zusammengebrüllt und darauf konnte ich verzichten. Ich beschloss also, das Portemonnaie bei ihr vorbeizubringen, wenn ihre Eltern wieder da waren. Dazu kam es leider nicht. Gegen Nachmittag kam gleich eine ganze Horde von Polizisten in unser Hotel und nahmen sich doch glatt die Frechheit heraus, mich zu verhaften. 'Was soll denn das? Wieso verhaftet ihr mich? Nehmt diese verdammten Freundschaftsringe von meinen Armen! Ich werde mich bei meinem Chef beschweren und dann könnt ihr eure Schreibtische leerräumen, das verspreche ich euch!', zeterte ich wütend. Was sollte das? Was hatte ich getan, dass ich wie ein Schwerverbrecher abgeführt und in den Verhörraum gebracht wurde. Zu meinem Entsetzen führte mein eigener Chef das Verhör! Was wurde hier gespielt? Wie kam

mein Chef überhaupt hier her? Er war doch für ein ganz anderes Revier zuständig! Ich musste im falschen Film sein.
Die erste Frage, die der Chef mir stellte, beleidigte mich schon fast. 'Ich nehme an, du weißt, warum du hier bist. Wir hatten einen anonymen Anrufer, der uns sagte, dass er gesehen habe, wie du Julie Timmens verfolgt hast. Nun ist sie verschwunden, genau wie die anderen.' Ich japste gepresst nach Luft. Das konnte er doch nicht im Ernst annehmen? Chief Miller konnte doch nicht im Ernst glauben, dass ich irgend etwas mit den Mädchen zu tun hatte. Und genau das sagte ich ihm auch. 'Schon gut, Jim, ich glaube nicht, dass du es warst. Das würdest du nie tun. Aber irgend jemand versucht dir da ein Ding anzudrehn. Und du solltest schleunigst heraus finden, wer.' Hörte ich eben richtig? Stiftete mein Chef mich zum Ausbruch an? Aber nein, natürlich nicht. Ich hatte kapiert, was Chief Miller wollte. 'Alles klar, Chiefi, ich werd das Kind schon schaukeln', gab ich nach einer Weile zurück. Ich wusste genau, dass mein Chef diese Anrede hasste, aber es machte einfach Spaß, ihn damit ein wenig zu ärgern. Und der Chief hatte schon vor Jahren aufgehört darüber zu schimpfen, da es sowieso keinen Sinn hatte.
Dann kam ein anderer Polizist herein, der im Rang um einiges unter meinem Chef stand. Er führte das langweilige, kaugummiartige Verhör fort. Ich fläzte mich gelangweilt in meinen unbequemen Stuhl, legte die Füße auf den Tisch und schlief halb ein. Meinem Gegenüber schien das keineswegs zu gefallen. Er war sogar so unverfroren, mir die Füße vom Tisch zu schlagen, so dass ich das Gleichgewicht verlor und mit dem Stuhl nach hinten kippte. Ich quittierte dies mit einem unwilligen Knurren und Zähne fletschen, wobei ich natürlich meine schönsten Raubtierzähne frei legte. Der junge Polizist ging gleich ein paar Schritte zurück und wagte es nicht mehr, mir die Beine vom Tisch zu schlagen. Seine Fragen blieben aber genauso langweilig und meine Antworten waren auch immer wieder die selben. 'Ja, ich bin dem Mädchen hinterher gelaufen. Nein, ich kannte das Mädchen nicht. Den Namen hab ich auf ihrem Ausweis im Portemonnaie gefunden. Nein ich habe nicht den Entschluss gefasst, das Mädchen zu entführen, als ich es im Supermarkt gesehen hatte. Ich hab mit der verdammten Sache nichts zu tun!' Den letzten Satz

schrie ich so laut hinaus, dass der ganze Raum wie bei einem mittleren Erdbeben wackelte und der junge Polizist vom Stuhl fiel. So schnell er konnte, war er bei der Tür und nach draußen verschwunden. Ich konnte seine Angst vor mir fast körperlich spüren. Irgendwie tat mir der Knabe leid, er konnte ja nix dafür. Er tat nur seinen Job. Doch meine Geduld war endgültig am Ende. Noch eine von diesen Fragen und ich wäre durchgedreht.
Das Ergebnis meines Wutausbruchs? Ich wurde in eine Zelle gebracht, in der noch ein anderer Mann war. Mein wütender Blick schien den ausgewachsenen Schrank zu amüsieren. Er schien sich schon die schönsten Dinge auszudenken, die er mir antun könnte. Doch ich zeigte ihm gleich, dass er mit mir lieber keinen Streit anfangen sollte. Ich packte den Hünen am rechten Arm, hob ihn hoch, als wöge er nicht mehr als eine Feder, drehte ihn über meinem Kopf ein wenig und ließ ihn dann aufs Bett fallen. Damit waren die Fronten geklärt und ich hatte meine Ruhe. Er gab mir sogar den oberen Teil des Doppelstockbettes. Jetzt musste ich nur noch hier raus, ohne dass es einer merkt. Blöderweise hatte ich kein einziges Bild von mir mit, um mich verdoppeln zu können und ohne Bild war es ungleich schwerer, den Zauber auszuführen, geschweige denn etliche Stunden aufrecht zu erhalten.
Der Besuch, den ich keine zwei Stunden nach meinem Einzug in die Zelle bekam, konnte kein Zufall sein. Ich war mir sicher, dass Chief Miller da was gedreht hatte. John war es, der mich besuchte. Seine Begrüßung hatte ich mir eigentlich anders vorgestellt. 'Das ist ja mal ein Wunder. Diesmal sitze nicht ich im Knast, sondern du. Wie fühlt man sich so?' Wäre nicht eine Trennscheibe zwischen uns gewesen, ich weiß nicht, was ich getan hätte. So steckte ich ihm nur die Zunge raus und fragte dann, wie weit er mit dem Fall wäre. Natürlich war er noch nicht viel weiter gekommen. Julie Timmens wurde genau wie die anderen Mädchen gefunden und mit den selben Symptomen in das Krankenhaus gebracht, in dem auch die anderen schon lagen. Aber er hätte auch noch etwas, was er mir geben sollte. Er zeigte mir ein Bild, ein Foto von mir. Das war ja Klasse. 'Da gibt es nur ein Problem. Wie soll ich dir das durch die Scheibe geben?', fragte John hilflos. Ich zuckte aber nur amüsiert mit den Schultern und sagte, er solle es einfach hinlegen. Nicht gerade von meinen Worten überzeugt

tat er, was ich ihm sagte. Keine Sekunde später lag es auf meiner Seite der Scheibe. John sah mich missbilligend an. Ich zuckte nur Unschuld heuchelnd mit den Schultern, was John mit einem Kopfschütteln quittierte. 'Ach, übrigens, deine Frau ist nicht sehr begeistert davon, dass du im Gefängnis sitzt.' 'Ach, glaubst du, mir gefällt das? Was sollen denn meine Kinder sagen, wenn ich denen später mal sage, Paps war im Knast?', gab ich etwas ungehalten zurück. Wir redeten noch eine gute halbe Stunde miteinander. Fast zwanzig Minuten länger, als es den anderen erlaubt war. Aber die Polizisten trauten sich wohl nicht, mir vorzuschreiben, wann ich wieder in meine Zelle zu gehen hatte.
Als ich dann endlich wieder in meiner Zelle war und es langsam dunkler wurde, bereitete ich meinen Ausbruch vor. Gleich nachdem mein Zellengenosse schlief, sah ich mir mein Foto an und schnippte mit den Fingern. Schon stand ein zweiter Jim vor mir. Er hatte ein Bund Schlüssel in der Hosentasche, das er mir übergab. Ich schloss so leise wie möglich meine Zelle auf und dann wieder zu und schlich nach draußen. Die Wache, die am Ausgang hätte stehen sollen, saß auf einem ziemlich unbequem aussehenden, altersschwachen Holzstuhl und pennte. Unter anderen Umständen hätte ich dem Kerl einen gehörigen Schrecken eingejagt. Da ich aber bereits einen Zauber laufen hatte, wäre es zu kraftaufwändig gewesen, noch einen Zauber anzuwenden. Am liebsten wäre ich als sein Chef aufgekreuzt und hätte ihm gesagt, dass er beim nächsten Mal zu Hause weiterschlafen könne. So ließ ich es aber bleiben und schlich mich an ihm vorbei. Blöderweise bemerkte er mich aber trotzdem. Verschlafen fragte er mich, wer da sei. 'Niemand', flüsterte ich, als würde ich zu meinem kleinen Jan sprechen, wenn er Nachts aufwacht und nicht mehr einschlafen kann. 'Wirklich? Dann ist ja gut. Krrr chu, rrr, chu', kam die schläfrige Antwort. 'Das glaub ich jetzt nicht! Der pennt einfach weiter! Ich glaub, ich muss mal einen Beschwerdebrief an den hiesigen Leiter der Station schreiben!', dachte ich bei mir und verschwand endgültig. Natürlich regnete es wie aus Eimern, sodass ich schon nach gut einer Minute von oben bis unten nass war. Mein Ziel war zunächst einmal meine geliebte Ela. Als ich zu Hause ankam, wurde ich erst einmal von Daniela begrüßt: 'Jim Barnes, du altes Ferkel! Wirst du wohl deine dreckigen Botten

draußen ausziehen?!' 'Ich freu mich auch, dich wieder zu sehn. Vor allem, weil ich nicht mehr im Knast sitze!', antwortete ich etwas gekränkt, zog aber gleich meine Schuhe aus und stellte sie vor der Tür ab. Dann fiel sie mir freudig um den Hals und knutschte mich von oben bis unten ab. Ich hab ja nix gegen ein Küsschen, aber abgeknutscht zu werden? Pfui Teufel!
Danielas nächste Frage war aber, wie ich aus dem Gefängnis rausgekommen wäre. Wer meine Kaution bezahlt hätte. 'Welche Kaution? Was ist das überhaupt?', fragte ich zurück, und schon war Daniela klar, dass ich ausgebrochen war. Sofort machte sich Besorgnis und Entsetzen auf ihrem schönen Gesicht breit. Ich beruhigte sie aber. 'Keine Sorge, Ela, die merken gar nicht, dass ich weg bin, weil ich eigentlich gar nicht weg bin. Jedenfalls nicht richtig. Wenn du verstehst, was ich meine.' Daniela sah mich einen Moment prüfend an, dann lächelte sie ermahnend, aber auch glücklich.
Als Nächstes mussten wir uns überlegen, wie wir diesen vermaledeiten Roten Milan finden und ihn ein für alle Male ausschalten können. Schwarzen Löwen anrufen wollte ich nicht. Jedenfalls nicht zu dieser nachtschlafenden Stunde. Wahrscheinlich hatte er den ganzen Tag damit zugebracht, eine Lösung zu finden. 'Vielleicht sollten wir uns erst einmal schlafenlegen, es ist immerhin spät', schlug Daniela vor. Das gefiel mir aber überhaupt nicht. Da hätte ich auch bei meinem Kumpel im Knast bleiben können. Nein, ich musste etwas tun. Meinetwegen sollte sich Daniela eine Weile aufs Ohr hauen, immerhin hatte sie den Tag über genug Stress gehabt. Und genau das sagte ich ihr auch: 'Du kannst dich ruhig hinlegen. Ich kümmere mich um die Kinder, wenn es nötig ist und versuche, eine Lösung zu finden.' Damit dirigierte ich sie ins Schlafzimmer des Hotelzimmers und rollte das kleine Gitterbett von Jan nach draußen. Claudia schlief in dem Zimmer neben dem Schlafzimmer. Dachte ich jedenfalls. Doch kaum war ich aus dem Schlafzimmer gekommen, hörte ich die Tür zu Claudias Zimmer aufgehen. Ein verschlafenes Mädchen im Nachthemd und einem Plüschtier auf dem Arm kam heraus. Sie rieb sich die Augen mit der freien Hand und sah mich erst verdattert und dann freudestrahlend an. 'Apap, Papa. Ud bist redeiw da', rief sie und rannte auf mich zu, um mich in den Arm zu nehmen. Dabei fiel

ihr das Plüschtier herunter, was uns aber im Moment nicht störte. Ich drückte die Kleine an mich und küsste sie auf die Stirn. 'Na, mein Spatz? Wie geht es dir? Bin so froh, wieder hier zu sein.' Ich streichelte Claudia über den Kopf. 'Ich hcua.' Sie hatte damals die Angewohnheit, in einem Satz zwei Sprachen zu benutzen, sehr zum Leidwesen ihrer Mutter. 'Na, wen haben wir denn hier?', fragte ich, während ich nach dem Plüschtier griff. 'Dnuhfalhcs', sagte sie. Ich war baff. Das Plüschtier sah tatsächlich genauso aus wie unser Schlafhund, nur halt als Plüschtier. Plötzlich kam mir die Idee. 'Das ist es. Natürlich, dass ich nicht von selbst darauf gekommen bin? Claudia, du bist die Größte.' Ich gab ihr einen dicken Kuss auf die Wange und drückte sie an mich. Es war kurz vor eins, also müsste es in Italien gerade Frühstückszeit sein. Ich griff zum Telefon und wählte die Nummer des BBC-Hauptquartiers in Italien. Es dauerte fast eine Minute, bis jemand abnahm. 'Sagt mal, schlaft ihr noch?' Als Antwort kam: 'Nein – ich – bin – schon – wach. – Bin – hier – noch – a – llein.' 'Super, gleich der Richtige am Apparat. Hör zu, Schlafhund, ich brauch deine Hilfe', fing ich an, als der Hund mich unterbrach: 'Ich – weiß, – des – halb – wol – lte – ich – doch – auch – schon – los, – als – das – Te – le – fon – kling – el – te.' 'Du wolltest hier her kommen? Kannst du mir nicht von dort sagen, wo der rote Milan ist?', fragte ich Schlafhund. Doch ich sah förmlich, wie er am anderen Ende der Leitung den Kopf schüttelte. 'Nein – da – bin – ich – zu – weit – weg', war seine Antwort. 'Gut, Schlafhund. Bleib wo du bist, ich kümmere mich darum, dass du sicher und schnell hier ankommst', sagte ich noch, bevor ich mit den Fingern schnippte. Gut eine Minute später kam er aus dem Telefonhörer, den ich in der Hand hielt, heraus und sah mich erschrocken und verdattert an. Als Schlafhund sicher und vollständig auf dem Tisch neben dem Telefon stand, legte ich auf.
'Keine Angst, Schlafhund. Ich habe dich nur in elektrische Impulse verwandelt und dich durch die Telefonleitung gejagt. Und mach dir keine Sorgen, es sind keine Nebenwirkungen und Spätfolgen bekannt. Und in Italien liegt da, wo du gestanden hast, ein Zettel, auf dem steht, dass ich dich nach Trenton geholt habe. Die wissen also auch Bescheid in Italien', versuchte ich Schlafhund zu beruhigen. Doch es schien nicht zu helfen, Schlafhund war sauer, was

bei ihm eigentlich noch nie der Fall war: 'Bist du verrückt, mich ohne Vorwarnung durch ein Telefon zu schicken?! Ich hätte einen Herzanfall bekommen können oder Schlimmeres.' Schlafhund schrie nicht einmal, im Gegenteil, er sprach eigentlich ziemlich leise, aber für ihn ungewöhnlich schnell und in scharfem Ton. Aber nach einer Portion ofenfrischem Schokoladenauflauf mit Kirschen, Ananas und Honig war er wieder friedlich.

'Der – ro – te – Mi – lan – ist – im Pa – ra – dies', meinte Schlafhund, während er so vor sich hin waufelte. 'Im Paradies? Wie meinst du das?' Scheinbar hatte die Transportart bei Schlafhund doch ein paar Nebenwirkungen, er redet wirres Zeug. 'Für – mich – wä – re – es – das – Pa – ra – dies', fügte er auf meine Frage hinzu. Und dann brabbelte er nur noch irgendwas von Schokolade. Also beauftragte ich White Horse, Schlafhund wieder zurück nach Rom zu bringen, wenn dieser seinen Auflauf aufgegessen hat und er nach Hause wollte. Wenn er nicht heim wollte, sollte er halt bleiben, aber nicht die ganze Schokolade in der Minibar auffressen.

Ich machte mich derweil auf den Weg zu John O'Connor. Ich war schon an der Tür, als Schlafhund mir hinterher rief: 'Wenn ich es mir recht überlege, ist es eher die Hölle, keine einzige Schokolade mehr im Paradies.' Da ich ja schon fast das Zimmer verlassen hatte, war er gezwungen, schnell zu sprechen, was bei ihm schon fast lächerlich wirkte. Er versprach mir, auf die Kinder aufzupassen, solange ich weg war. Ich hob nur die Hand und war endgültig aus dem Hotel verschwunden. Da Schlafhund ja entschieden hatte zu bleiben, nahm ich White Horse und fuhr zur Polizeistation meines Freundes. Doch als ich davor stand, dachte ich nur bei mir: 'Jim, was machst du denn da für Müll? Ich kann doch nicht einfach auf die Polizeistation, wo die mich doch sicher in meiner Zelle wähnen.' Also nahm ich zunächst mein Handy und rief drinnen an. Mit verstellter Stimme fragte ich nach meinem Freund, der aber schon dienstfrei hatte und auch nicht mehr länger bleiben konnte, da er sonst im Stehen eingeschlafen wäre. Also bedankte ich mich für die Info, sagte dem netten Mann, dass ich später noch mal zurückrufen würde und er nichts ausrichten musste. Dann legte ich auf, knüppelte den Rückwärtsgang rein und gab Gas, dass die Reifen quietsch-

ten und der Asphalt qualmte. Das hatte ich jetzt einfach mal nötig, um wach zu werden und meine Wut über die Verhaftung abzureagieren. Ich legte ein gewagtes Wendemanöver hin und fuhr zu John nach Hause, der sich unbeschreiblich über meinen Besuch freute: 'Jim?! Was zum Henker machst du hier? Wie bist du aus dem Gefängnis entkommen? Du bist doch nicht etwa ausgebrochen? Verschwinde hier, schleunigst, bevor jemand auf die Idee kommt, ich hätte dir bei der Flucht geholfen!' 'Das hast du ja auch', gab ich zur Antwort und wedelte mit dem Foto, stets darauf bedacht, das Bild nicht selbst zu sehen, da ich sonst sofort wieder in meiner Zelle sitzen würde. 'Ich weiß von nichts', sagte John fast panisch, während er versuchte, mich daran zu hindern über die Türschwelle zu treten. 'John, bitte, lass den Unsinn. Ich brauch deine Hilfe. Und du brauchst keine Angst zu haben, dir wird nichts geschehen. Niemand wird merken, dass ich weg bin, Ehrenwort.' Ich hob die linke Hand zum Schwur und drängte John mit der rechten Hand in das Wohnungsinnere. 'Man schwört mit der rechten Hand, nicht mit der linken', korrigierte mich mein Freund, doch ich schüttelte nur entschieden den Kopf. 'Ich hab auf jumarianisch geschworen, da ist es üblich, die linke Hand zu nehmen.'
'Nun, da du schon mal in meiner Wohnung bist, was willst du?', versuchte John das Thema zu wechseln. 'Hast du eigentlich eine Ahnung, wie spät es ist?', fügte er noch hinzu. 'Jo, ich weiß, wie spät es ist. Schlafenszeit. Aber ich habe keine Zeit zum Schlafen, da ich den Mistkerl finden will, der mich im Knast sehen wollte! Und du wirst mir dabei helfen!' 'Ich werd was?! Kommt nicht in Frage!', protestierte John, doch ich ließ keine Widerrede zu.
So bot mir John nur etwas zu Trinken an und nahm sich selbst einen doppelten Whiskey. Ich nahm einen Chili-Anis-Zimt-Milchshake. Dann gingen wir zum Tages- beziehungsweise zum Nachtthema über, das mich beschäftigte. 'Hast du eine Ahnung, was mein Freund damit meinen könnte, wenn er sagt, dass der, den wir suchen, im Paradies ist? Oder dass mein Freund, wenn er es recht bedenkt, dieses Paradies eher für die Hölle hält, weil es dort keine Schokolade mehr gibt?', fragte ich John, der mich aber gleich wieder unterbrach. 'Wie bitte? Ich versteh kein Wort von dem, was du schwafelst.' 'Also, mein Freund hat gesagt ...'

Die Türklingel ging wieder. 'Was ist denn heute Nacht los? Schon wieder jemand an der Tür. Zum Glück bin ich nicht mehr verheiratet. Meine Frau wäre verrückt geworden!' Seit einem halben Jahr war John ja geschieden. Marry-Ann hatte es nicht mehr ausgehalten, dass ihr Mann ständig Überstunden machte. Und ehrlich gesagt glaube ich, dass auch John froh war, die Ehe beenden zu können. Jetzt war er aber an der Tür und öffnete sie. Als er sah, wer draußen stand, schrie er kurz auf und knallte dann die Tür wieder zu. Kreidebleich stammelte er dann: „Da stehn drei Elche vor der Tür!' 'Elche?' Sofort war ich an der Tür und öffnete sie. 'Mensch, Elchi, Elchi Junior und Ølav. Was macht ihr denn hier? Kommt rein, kommt rein.' Ich gab die Tür frei und ließ die drei Elche eintreten, sehr zum Missfallen von John. 'Elchi, sag, wo ist deine Frau Elina eigentlich? Sag nicht, du hast sie in Schweden gelassen?' Elchi schüttelte den Kopf. 'Nein nein, die ist einkaufen', gab er zurück. 'Jetzt? Um diese Zeit?' Das konnte ich einfach nicht glauben. 'Ja, sie will sich einen neuen Hut kaufen und außerdem hat sie noch nie Nachts eingekauft. Weißt du, bei uns auf dem Land ist das nicht möglich', erklärte Elchi. Mein Kommentar war einfach nur: 'Frauen!' Schnell wechselte ich das Thema wieder. 'Was macht ihr eigentlich hier?', fragte ich. 'Was wir hier machen? Was wir hier machen, fragst du? So eine saudumme Frage. Als wir in der Morgenausgabe des schwedischen Dinoblattes gelesen haben, dass du im Gefängnis sitzt, sind wir gekommen, um dich da raus zu holen. Aber wie ich sehe, brauchst du unsere Hilfe nicht mehr, du bist draußen', erklärte mir Ølav. 'Das stand schon in der schwedischen Ausgabe des Dinoblattes? Ich bin doch erst gestern Mittag verhaftet worden', gab ich erstaunt und ungläubig zurück. 'Jupp! Und in der norwegischen und englischen Morgenausgabe und in der amerikanischen und kanadischen Abendausgabe', ergänzte Ølav und wedelte mit der Zeitung vor meiner Nase herum, aus der er die Information hatte. Und tatsächlich, gleich auf der Titelseite gab es einen Artikel über meine Verhaftung. Geschrieben hatte diesen Artikel Dini! Nur ein Bild war diesmal nicht dabei. Wie macht dieser Saurier das bloß? Ich kenne keinen Reporter, der besser ist als er, weder in der Vergangenheit noch in der Gegenwart. Dieser kleine grüne Kerl ist einfach ein Teufelsbraten.

'Wie dem auch sei. Schön dass ihr hier seid. Das ist übrigens John O'Connor, ein Freund und ehemaliger Partner. Wir haben mal eine Zeit lang zusammen ermittelt. Und die drei sind Ølav, Elchi und Elchi Junior, Freunde des Big Ben Clan. Das sagt dir doch bestimmt etwas, oder?' Nachdem ich meine Freunde vorgestellt hatte, ging ich wieder zu dem Fall über, den ich zu bearbeiten hatte. Ich überlegte, wie ich mein Problem so erklären konnte, dass es auch jeder versteht. Da John Schlafhund nicht kannte, beschloss ich, erst einmal zu erklären, wer Schlafhund war. Als John dann endlich verstanden hatte, wie Schlafhund so tickt, stellte ich meine Fragen noch einmal: 'Also, mein Freund Schlafhund hat gesagt, dass sich unser Mann im Paradies aufhalte. Doch dann sagte er, dass es eigentlich gar kein Paradies wäre, sondern eher die Hölle, weil es keine Schokolade mehr gibt. Nun die Frage: An welchem Ort gab es mal Berge von Schokolade, die jetzt weg sind?' Elchi Junior schlug ein Schokoladengeschäft vor, nachdem er durchgelaufen ist. Aber für Scherze war ich zur Zeit nicht aufgelegt. Elchi schlug dann einen Rummel vor. Immerhin gibt es dort auch Schokolade. 'Nein, das glaube ich nicht. Ein Rummelplatz ist kein Paradies für einen Schlafhund. Dafür gibt es dort zu wenig Schokolade', gab ich zu bedenken. John war schon halb eingeschlafen, als ihm eine glorreiche Idee kam. 'Was ist mit einer Schokoladenfabrik?', fragte er. Doch Ølav meinte nur, dass es dort noch Schokolade geben müsste. John aber schüttelte heftig den Kopf: 'Nicht in der Schokoladenfabrik am Stadtrand. Die ist nämlich seit über fünf Jahren nicht mehr in Betrieb.' Na so ein Glück. 'John, lass uns gehn. Ich will diesen Mistkerl hochnehmen und zwar so schnell wie möglich.' Ich war schon an der Tür. John protestierte stammelnd: 'Aber es ist doch noch mitten in der Nacht.' Ich schaute auf meine Uhr. 'Ach, komm, in gut zwei Stunden musst du sowieso aufstehen und auf Arbeit gehen.' Der böse Blick von John spießte mich gleich mehrere Male förmlich auf. Also sagte ich ihm, er solle sich ins Bett legen. Ich würde den Bösewicht mit den drei Elchen alleine fangen. 'Ist ja schon gut, ich komme mit', resignierte er schließlich.
So fuhren wir dann mit meinem Wagen zu besagter Schokoladenfabrik. John konnte nicht glauben, dass die drei Elche allesamt

auf der Rückbank Platz fanden. Nach gut einer halben Stunde waren wir am Ziel. Ruhig und friedlich lag die Fabrik vor uns. Keine Autos oder Menschen waren zu sehen. Nur eine schwarze Katze sprang von einer alten verrosteten Mülltonne und schmiss dabei den Deckel scheppernd runter. Ansonsten war diese Gegend wie ausgestorben.
Wir stiegen aus. John griff sich an die Hüfte, um seine Waffe, eine 45er Beretta, herauszuholen. Er musste aber feststellen, dass er nur im gestreiften Pyjama war und keinen Dienstschießprügel mit hatte. 'So ein verdammter Mist!', fluchte er leise und sah sich nach etwas Brauchbarem um, das er als Waffe nutzen konnte. Abgesehen von jenem Deckel, den die Katze kurz zuvor umgeworfen hatte, fand er aber nichts. Langsam gingen wir hinein in die Fabrik. Elchi, Elchi Junior und Ølaf folgten uns. Drinnen war es natürlich so dunkel wie in einem Kuhhintern. Ølaf war es, der eine Taschenlampe hinter seinem Schaufelgeweih hervorholte. 'Wo hat das Tier die Lampe her?', fragte John verdutzt. Ich zuckte nur die Schultern, nahm die Taschenlampe und befestigte sie auf Ølafs Geweih. So durfte er vorausgehen und uns leuchten. 'Ich hatte mich vorhin beim Einsteigen draufgesetzt', erklärte Ølaf aber noch, bevor er losstiefelte.
Wir durchforsteten das gesamte Gebäude von oben bis unten. Gefunden haben wir allerdings nichts. Die Fabrik war so leer wie eine Packung Schokoladeneis, die in Schlafhunds Pfoten kommen war. 'Wie es aussieht, sind wir hier falsch', meinte John müde. Doch ich war mir hundertprozentig sicher, dass wir richtig waren. Ich konnte meinen Gegner fast körperlich spüren. Da John aber hundemüde war, willigte ich ein, den Heimweg anzutreten. Unterwegs schlief mein Freund friedlich neben mir ein. Zu Hause legte ich ihn in sein Bett und stellte seinen Wecker auf fünf Uhr, immerhin musste er da aufstehen. Danach machte auch ich mich auf den Heimweg. Die drei Elche nahm ich mit.

Daheim war alles friedlich. Daniela schlief in ihrem Bett. Daneben lag Jan, der irgendwie da hingekrabbelt und hochgeflogen sein musste. Claudia schlief mit ihren beiden Schlafhunden im Kinderbett. Mit ihren beiden Schlafhunden? Einer der beiden Schlafhunde bewegte sich sogar. Ich hatte aber nicht mehr den

Nerv, mir darüber Gedanken zu machen. Da ich schon seit ein paar Stunden einen Zauber aufrecht erhalten musste, war ich hundemüde. So legte ich mich in mein Bett und schlief und schlief und schlief bis um fünf. Abends, versteht sich. Da weckte mich nämlich ein wütend klingelndes Telefon mit Johns Stimme: 'Jim, du dämlicher Idiot, nimm ab!', hörte ich es ständig schreien. Als ich dann endlich abnahm, hörte ich Johns wütende Stimme: 'Nun nimm endlich ab, du dämlicher Hund! Ich hab ein Hühnchen mit dir zu rupfen!' 'Guähn! Ich bin ja schon dran. Was ist denn los?' Und schon donnerte John los. Ich hätte Schuld, dass er zu spät, beziehungsweise gar nicht auf Arbeit kam. Wegen mir hätte er verschlafen. Doch konnte ich mir nicht vorstellen, was ich damit zu tun haben sollte, dass John verschlafen hat. 'Was hast du denn, John? Ich hab dich in dein Bett gelegt, nachdem ich bei dir ankam und du neben mir geschlafen hattest. Und dann hab ich deinen Wecker auf um fünf gestellt.' 'Sicher hast du den Wecker auf um fünf gestellt', fing John an, doch ich unterbrach ihn: 'Also, wo ist dann das Problem?' 'Wo das Problem ist? Wo das Problem ist? Der Wecker klingelte um fünf Uhr abends!' Ich war baff, war ich mir doch sicher, dass ich den Wecker auf fünf Uhr gestellt hatte. Doch schon mit dem nächsten Satz von John klärte sich die ganze Sache auf: 'Du hast den Wecker auf fünf Uhr p.m. gestellt und nicht auf a.m.' 'Wie 'am' und 'pm'? Hat das was zu bedeuten?', fragte ich ratlos. Und John erklärte mir, dass p.m. post meridiem und a.m. ante meridiem heißt. 'Das ist ...' 'Lateinisch, ich weiß, ich weiß. Stimmt, jetzt wo du es sagst. Oh, verdammt, es tut mir leid, aber ich war gestern so hundemüde, da hab ich darauf nicht geachtet. Bei meinem Wecker muss ich nur sagen, ich will morgen früh um fünf aufstehen und der Wecker stellt sich automatisch.' Ich entschuldigte mich noch einige Male bei John, bevor ich auflegte. Und kaum lag der Hörer wieder auf der Gabel oder bei mir in der Feststation, als es an der Tür klopfte. Dann klingelte das Telefon. 'Na toll! Haben die sich abgesprochen, dass sie zur selben Zeit klingeln?', dachte ich bei mir. 'Ich kann mich ja schlecht noch einmal teilen!'
Doch das war nicht nötig, Claudia war schon auf dem Weg zur Tür. Ich nahm unterdessen den Hörer wieder ab und meldete

mich. Mein Freund Schwarzer Löwe war am Apparat. Er sagte mir, dass sich dieser Timo Travolta wieder bei ihm gemeldet hatte und um Hilfe bat. Der Besuch an der Tür war weniger erfreulich. Zum einen waren Murmli und Flax da, und zum anderen kamen gerade noch zwei Polizeibeamte den Gang entlang auf unser Zimmer zu. Sofort kletterte ich aus dem Fenster im vierten Stock und sprang nach unten.
Keine zwei Minuten später kamen die beiden Polizisten ins Zimmer und fragten Claudia, wo denn ihr Vater sei. Und für ihre Antwort liebe ich sie noch heute: 'Apap tsi uz Rezrawhcs Ewöl negnageg.' Und das plapperte sie immer und immer wieder. Mehr bekamen die Polizisten aus ihr nicht heraus.
Ich war unterdessen auf dem Weg zum Schwarzen Löwen. Murmli und Flax trafen kaum später ein und Schlafhund wartete schon seit einer halben Stunde auf uns. Die drei Elche hatten bei Schwarzer Löwe übernachtet. Aber ich konnte mir kaum erklären, wie Schlafhund vor uns angekommen war. Wahrscheinlich hatte er schon viel früher gewusst, dass wir uns hier treffen würden und war schon los gegangen. Jedenfalls war er schon da, als wir kamen. Und auch Timo Travolta war da.
Und was er uns jetzt erzählte, schlug dem Fass fast den Boden aus. Er meinte doch tatsächlich, dass er für Roten Milanovic arbeitete. Natürlich hatte der Mann freiwillig für den roten Milan gearbeitet. Doch nun, da scheinbar das Leben seiner Nichte in Gefahr war, kam er zu uns, um seinen Mist von uns wieder in Ordnung bringen zu lassen. Solche Leute hab ich echt gern. Wenigstens verriet er uns, wo wir diesen Milanovic finden konnten. Und wie sich herausstellte, waren John und ich vergangene Nacht gar nicht mal so verkehrt gewesen, wir hatten lediglich die Tür zur Fabrik verkehrt geöffnet. 'Verkehrt geöffnet? Wie soll man denn eine Tür noch öffnen, wenn nicht durch das Drücken der Klinke?', wollte Ølaf wissen, doch Timo zuckte auch nur mit den Schultern. 'Ich hab keine Ahnung, wie die Tür sonst aufgeht. Jedes Mal, wenn ich kam, ging sie von selbst auf.' Das half uns nicht sonderlich weiter, aber es würde sich schon noch ein Weg finden. Immerhin wussten wir jetzt ja, dass wir richtig waren.
Also machten wir uns allesamt auf den Weg zur Fabrik. Als wir ankamen stand Daniela schon vor der Tür und wartete auf uns.

Sie musste John irgendwie dazu gebracht haben, bei Claudia und Jan zu bleiben. Ich nam an, dass er verdammt sauer sein würde, wenn ich ihn das nächste Mal sah. Aber das war jetzt Nebensache, unser Hauptproblem war es, in die Fabrik zu kommen, und zwar in den Teil, in dem sich Roter Milan aufhielt. Ich konnte mir nicht vorstellen, wie wir die Tür anders öffnen sollten als auf die übliche Weise. Einen Schlüssel gab es ja nicht.
Doch Murmli war es, der das Problem für uns löste. Während ich noch in Gedanken war, fragte er: 'Wo ist das Problem, warum gehen wir nicht hinein?' Er ging an die Scharniere auf der anderen Seite der Tür, löste sie ab und öffnete. Ich war baff, wie Murmli Türen zu öffnen pflegte. Zum Glück hat er bei mir noch nie Türen geöffnet.
Was uns jetzt aber hinter dieser Tür erwartete, gefiel uns nicht besonders. Natürlich sah es irgendwie genauso aus, wie bei unserem ersten Besuch, allerdings war alles in ein tiefes Rot getaucht. Es war brütend heiß, aber auch kalt wie an einem Wintermorgen. Abgesehen von dem matten roten Licht gab es keine Lichtquellen. An den Wänden schienen hunderte von Augen zu sein, die uns hämisch, misstrauisch und hasserfüllt ansahen und beobachteten. Langsam und dicht gedrängt gingen wir weiter. Ølaf hatte wieder die Taschenlampe dabei, die merkwürdigerweise nicht wie üblich gelb, sondern, wie alles hier, rot schien. Was uns natürlich nicht viel nützte, da wir dadurch auch nicht mehr sehen konnten. Aber hinter einer Tür, die mir bei meinem ersten Besuch gar nicht aufgefallen war, direkt gegenüber der Eingangstür, drang ein schwacher, weißlich-gelber Lichtschimmer hervor. Und genau das erregte unsere Aufmerksamkeit.
Vorsichtig und geschlossen gingen wir also auf die Tür zu. Ich kam als Erstes an und öffnete. Doch kaum hatte ich sie geöffnet, wurde der Raum dunkel und staubig, als ob seit Jahren keiner mehr in diesem Gebäude, geschweige denn in diesem Raum gewesen sei. Und doch fühlte ich, dass jemand hier war. Ich glaubte Stimmen zu hören. Da aber ansonsten nichts in diesem Raum zu sein schien, schloss ich die Tür wieder. Und schon war der gelbe Lichtstrahl wieder da. 'Was ist los?', wollte Daniela wissen. 'Ich nehme an, dass wir diese Tür auch anders öffnen müssen', gab ich leicht gereizt zurück. Auch Daniela war nicht sonderlich darüber

begeistert. ‘Ich werd dem Typen was erzählen, von wegen Türen anders öffnen!’, geiferte sie fast, schnippte mit den Fingern und die Tür war weg, als hätte sie es nie gegeben. Nur noch der Türrahmen stand.
Über diese Reaktion war ich nicht einmal wirklich erstaunt. Sie hat halt Gene von mir in sich. Was uns in dem Raum hinter der Tür erwartete, erstaunte mich schon eher. In der Mitte des Raums schwebte eine riesige Kugel aus gleißendem weißen Licht. In ihr schienen weitere kleine Kugeln zu sein. Die Stimmen, die ich vorhin zu hören geglaubt hatte, waren jetzt deutlich vernehmbar. Sie klagten, redeten durcheinander und schienen aus der riesigen Kugel zu kommen. Die Wände des Raumes sahen rosa aus, wobei ich glaube, dass sie nur durch das helle weiße Licht in rosa getaucht wurden und normalerweise rot waren. Einen Boden schien es nicht zu geben. Hinter der Tür ging es gleich meilenweit in die Tiefe, die sich irgendwann im Nichts verlor. Auch eine Decke schien der Raum nicht zu haben. Er schien nur aus vier roten, oder rosa Wänden zu bestehen, die endlos weit nach oben und unten gingen und irgendwo in der Mitte hing halt die Tür, an der wir gerade standen. Noch bevor wir uns in Ruhe umsehen konnten, hörten wir eine Stimme, die tausendfach von den Wänden widerhallte. Zunächst hatte ich Mühe zu verstehen, was diese Stimme sagte, aber dann wurde es klarer: ‘Oh, ich hab unerwarteten Besuch.’ Ich hatte keinen Zweifel, wer das war, obwohl ich niemanden sah. ‘Kommt rein, kommt rein. Omit, du Idiot! Du warst mein letzter Diener. Auf niemanden kann man sich heutzutage mehr verlassen! Früher, ja, früher war das noch anders. Da machte keiner, was er wollte.’ Diesmal sprach der Rote Milan leiser.
Murmli war es, der den ersten Schritt in den Raum hinein wagte. Vorsichtig nahm er sein rechtes Bein hoch und stellte es in dem Raum ins Leere. Und wie durch ein Wunder schien er mitten in der Luft stehen zu können. Vorsichtig machte er ein paar Schritte ins Innere des Raumes. ‘Ähm, hallo. Ich bin Murmli vom Land der Friedensvögel. Ich, ähm, ich bin Gast in diesem Land und ich, ähm, ich habe gehört, ihr seid auch Gast hier. Wie, ähm, gefällt es euch denn? Ich find es hier, ähm schrecklich, alles so, ähm, unnormal und so.’ Der Rote Milan, der eine rote Kutte mit Kapuze anhatte und dazu rote Schuhe trug, sah das Murmeltier

an. Welchen Ausdruck er auf seinem Gesicht hatte, konnte ich nicht sagen, da sein Gesicht nicht zu sehen war. 'Willst du mir nicht noch deinen Freund vorstellen? Den mit diesem riesigen Ding auf dem Kopf?', fragte der Rote Milan und zeigte dabei auf Ølaf. 'Och, das, ja das ist Ølaf, mein Glückselch. Hast du eigentlich auch einen Glücksbringer? Weißt du, mit einem Glücksbringer kommt man einfach besser durchs Leben. Man hat häufiger Glück und so und außerdem fühlt man sich dann selbst sicherer, weißt du? Solltest dir echt einen Glücksbringer anschaffen. Ich kann dir sogar sagen, wo es die besten gibt. Also, wenn du jemals ins Land der Friedensvögel kommen solltest, dann musst du von den Tunneln aus gerade über den Fluss, bis du den Samselonturm siehst. Weißt du, das ist ein Turm in Form eines riesigen Murmeltieres. Wenn du diesen Turm erreicht hast, musst du nach links, bis du das Gorgelgebirge siehst. Dahinter liegt die Gorgelschlucht und ...', fing Murmli an zu plappern. Doch der Rote Milan verlor die Geduld und schrie: 'Halt die Klappe! Das ist ja nicht zum Aushalten!' 'Äh, ja, schon klar, du glaubst nicht an Glückbringer und so, hab ich recht? Weißt du was, der Cousin von dem Onkel von meiner Mutters Bruder, der glaubte auch nicht an Glückbringer und so. Und weißt du, was mit dem passiert ist? Der ist die Treppe runtergefallen und lag dann sechs Wochen vollständig in Gips eingepackt. Ich kann dir sagen, der hat vielleicht gejault und geschimpft. Und der Neffe vom Opa meiner Großnichte ...' Und so textete Murmli den armen Roten Milan zu, während wir anderen uns leise zu dem riesigen Lichtball in der Mitte des Raumes schlichen. Milanovic schien uns nicht zu bemerken. Unser 'Freund' Timo war inzwischen verschwunden.
Das sollte uns jetzt aber erstmal nicht weiter stören. Wir mussten versuchen, die Seelen der Kinder freizulassen, die sich in dieser Kugel befanden. Das war aber gar nicht so einfach, da wir keine Ahnung hatten, wie wir die Kugel öffnen könnten.
'... Und der Bruder vom Onkel der Großcousine meiner Großtante ...', hörte ich Murmli immer noch quatschen. Er leistete ganze Arbeit. Er lenkte den Roten Milan ab, ohne dass es ihm jemand gesagt hätte. Ich wand mich aber wieder der Kugel zu. Blöderweise fand ich keinen Anfang und Murmli würde Milanovic nicht ewig hinhalten können. Elchi war es, der einen Weg

fand. Er entdeckte nämlich eine Tür in der Wand, die so gut versteckt war, dass man sie kaum sehen konnte. Eigentlich war es ja Zufall, dass Elchi sie fand, er lehnte sich dagegen und die Tür ging mit einem Knarksen auf.
'Was war das?', fragte Roter Milan alarmiert und sah sich um. Das hatte uns gerade noch gefehlt. Doch Ølaf reagierte gedankenschnell: 'Das war was?' 'Dieses Geräusch?', gab roter Milan zurück. Daniela, Elchi, Elchi Junior, Flax und ich standen stocksteif da und wagten nicht zu atmen. 'Welches Geräusch? Murmli, hast du was gehört?', fragte Ølaf. 'Nö, hab nix gehört. Unser Freund hört vielleicht Gespenster. Weißt du, der Uropa des Neffen vom Neffen meiner Nichte, der hatte auch immer irgendwas gehört, was nicht da war. Der kam zum Schluss sogar in eine Anstalt. Kann ziemlich schlimm sein, Dinge zu hören oder gar zu sehen. Wenn sie jetzt nämlich noch ein rotes Kaninchen mit weißen Ohren sehen, dann sollten sie mal zu einem Psychologen gehen ...', meinte Murmli. Diesmal reagierte Daniela schnell und zauberte gleich jenes Kaninchen in den Raum. 'So ein Blödsinn! Rote Kaninchen. Wollt ihr mich für dumm verkaufen!?', brüllte der Rote Milan sauer. 'Aber Herr Milanovic, das würden wir nie tun. Wo denkt ihr hin? Wenn ich daran denke, was passieren kann, wenn man jemanden für dumm verkauft. Der arme Bruder vom Großonkel meiner Großnichte, den haben sie zerhäckselt, als er die Großnichte vom Urgroßvater meines Großgroßonkels für dumm verkauft hat. Schrecklich, die Sache, äußerst schrecklich. Weißt du, wir haben den Samselonturm in meinem Heimatland. Der wurde eigens für Samselon, dem Bruder vom Großonkel meiner Großnichte errichtet. Und jedes Jahr am Jahrestag der Zerhäckselung beten alle Murmeltiere zu Samselon, ehrlich. Schau mich nicht so an, als würde ich Pilze mit Soße reden, das ist die Wahrheit', versuchte Murmli den Roten Milan zu besänftigen.
Währenddessen überprüften wir, was sich hinter der Tür befand, die wir gerade gefunden hatten. Im Gegensatz zu allen anderen Räumen war dieser nicht rot. Er war schlicht. Ein Tisch, ein Stuhl, ein Regal, sogar ein Bett. Der Raum hatte keine Fenster und keine Lampen. Er war stockfinster. 'Gibt es hier kein Licht?', fragte Flax und sofort flackerte ein Licht auf. Jetzt erst sah ich, dass der Raum keineswegs keine Lampen hatte. Die gesamte Decke war

mit einem Glas überzogen. Unter den Glasscheiben brannten helle Lampen oder Leuchtstoffröhren. Auf jeden Fall war es hell. Ansonsten war der Raum nichts besonderes. Fast leer, abgesehen von den paar Möbeln, die ich bereits erwähnt habe. In dem Regal standen ein paar wenige Bücher, die nicht unbedingt so aussahen wie übliche Bücher. Die Einbände schienen aus Kunststoff zu sein. Ich ging zu diesem Regal und sah mir die Bücher mal näher an. Sie waren wirklich aus einem Stoff, der der irdischen Plaste ähnlich war, aber weitaus widerstandsfähiger und bruchsicher wirkte. Und alle hatten sie ein Schloss zum Abschließen. Man brauchte ein Passwort, das man an der rechten Seite des Schlosses eingeben musste, um das Buch wieder öffnen zu können. Es waren sozusagen die jumarianischen Tagebücher. Am Schloss war eine kleine Tastatur, auf der man das Passwort eingeben musste. Die meisten Bücher waren nicht abgeschlossen. Entweder, weil nichts Wichtiges drin stand, oder einfach, weil es hier zu Lande sowieso keiner lesen und verstehen würde. Eins der Bücher war allerdings abgeschlossen. Das weckte meine Neugier. Welches Passwort könnte ein Typ wie Milanovic genommen haben?
'Darf ich mal, Jim?', fragte Daniela und riss mir das Tagebuch aus der Hand. Sie tippte etwas ein und schon beim ersten Versuch öffnete sich das Buch auf wundersame Weise. Erstaunt fragte ich, was sie eingetippt hätte. 'Rezrawhcs Nnam.' Wie einfallsreich von Milanovic. Daniela blätterte im Buch herum und fand einen Hinweis darauf, wie man die große Kugel im Vorraum öffnen konnte. 'Das wird nicht gerade einfach. Sieh dir das an. Das wird uns unsere gesamte Zauberkunst abverlangen', meinte sie schließlich. Ich las mir die Stelle, die Ela mir zeigte, durch und musste ihr Recht geben. 'Flax, Elchi, Elchi Junior, wir brauchen eure Hilfe. Ihr müsst fest wollen, dass die Seelen aus der Kugel wieder frei kommen. Ihr dürft an nichts anderes denken, verstanden?', fragte ich an die drei gewandt. Alle drei nickten. Dann gingen wir wieder raus und machten uns an die Arbeit. Mit einem Blick und einem Nicken sprachen wir uns ab und fingen an. Wir konzentrierten uns so sehr auf die Kugel und das, was darin war, dass es schon fast weh tat."

„Murrmel, darf ich weiter erzählen? Darf ich, darf ich? Bitte, bitte, bitte", quengelte Murmli. Und zu Murmlis Erstaunen nickte

Jim nur. „Suppi. Also ...", fing das Murmeltier an. „Aber bleib beim Wesentlichen. Keine Ausschmückungen, bitte", unterbrach Jim noch einmal, bevor er Murmli ...

... weiterreden ließ: „Ist ja gut. Während Jim, Daniela, Flax und die beiden anderen Elche sich an der Kugel zu schaffen machten, redete ich mich um Kopf und Fell. Ølaf half mir hin und wieder dabei. Ich zählte dem Roten Milan so ziemlich alle Geschichten auf, die irgendein Verwandter irgendwann mal erlebt hatte."

„Du willst doch nicht etwa sagen, dass all diese Geschichten echt sind?", fragte Diablo entsetzt. „Aber natürlich sind die Geschichten echt. Okay, das eine oder andere Mal hab ich wohl etwas übertrieben, aber das Meiste ist wahr und es hat ja seinen Zweck erfüllt, oder etwa nicht?", gab Murmli entrüstet zurück. Er und lügen? Von wegen, niemals würde er das tun.

„Darf ich jetzt weitererzählen? Ihr wollt doch bestimmt heute noch fertig werden. Ich meine, ich hätte kein Problem damit, die Geschichte ausführlich zu erzählen, aber Jim will ja nur die Kurzfassung, was mir persönlich leid ... Schon gut Jim, ich erzähle weiter ... Je mehr ich den Roten Milan zutextete, desto gereizter wurde er. Doch mutig, wie ich war, redete ich mir weiter Fusseln in den Bauch und Haare an den Mund. 'Halt endlich deine verdammte Klappe. Das ist ja schlimmer als Folter!', brüllte der Rote Milan und nahm ganz plötzlich seine Kapuze ab. Ein hässliches, rot angelaufenes Gesicht kam zum Vorschein. Es schimmerte in einem Rot, das durchaus mit seinen Haaren und mit einem Feuermelder mithalten könnte. Selbst seine Pferdezähne schienen rot zu sein. Ølaf und ich traten beide vor Schreck einen Schritt zurück. 'So, du Quasselstrippe, jetzt bin ich dran. Weißt du, was mit Leuten passiert, die mich stundenlang anquatschen?', fing der Rote Milan an. Ich hätte ihn vielleicht nicht mit 'Es waren nur ein paar Minuten, keine Stunden.' korrigieren sollen. Denn jetzt war er richtig sauer. 'Schweig, du Kröte!', schrie er. Voller Angst hüpfte ich noch einen Schritt zurück. Dass Ølaf mich aus angstgeweiteten Augen ansah, kam mir im ersten Moment nicht sonderlich verwunderlich vor. Als ich dann aber merkte, dass ich plötzlich

nicht mehr so aussah, wie es sein sollte, konnte ich einen Entsetzensschrei nicht mehr unterdrücken. Ich hatte eine schrumpelige Haut voller Huckel und Beulen. Meine Pfoten und Hinterbeine trugen hässliche lange Finger und Zehen und kamen mir länger vor als normal. Als ich etwas sagen wollte, kam nur ein gekrächztes 'Quak' heraus.
Doch es blieb keine Zeit, um mir darüber Gedanken zu machen oder auch nur annähernd Angst zu bekommen. Milanovic kam mit ausgebreiteten Armen auf uns beide zu und wir wichen mehr und mehr zurück. Irgendetwas schien uns leicht zu ziehen. Und je weiter wir zurück gingen, desto stärker wurde der Sog.
Was darauf geschah, ging viel zu schnell, um es wirklich zu kapieren. Ich hörte eine fremde Stimme, die mir allerdings bekannt vorkam. 'Milanovic, du elender Bastard!' Der Rote Milan hielt für einen Moment ungläubig inne, was ihm allerdings nicht besonders gut bekam. Denn plötzlich schien er nach vorne zu stolpern, obwohl er gar nicht lief, sondern stand. Er strauchelte an uns beiden vorbei auf dieses schwarze Nichts zu, das ich bis jetzt noch gar nicht bemerkt hatte. Durch den Roten Milan, der zwischen Ølaf und mir durchgestolpert war, wurden wir beide zur Seite gedrängt, was bestimmt unser Glück war. Der Rote Milan nämlich wurde von diesem schwarzen Nichts regelrecht verschluckt und verschwand für immer aus der Geschichte des Big Ben Clan.
Das nächste Unheimliche, das geschah, spielte sich hinter jener Kugel ab, die sich nach und nach auflöste. Die kleinen Kügelchen schwirrten durch den Raum und suchten ihren Weg nach draußen. Jim dagegen fing langsam an zu schrumpfen, zu verblassen und sich aufzulösen, bis er vollständig verschwunden war.
Aufgeregt hüpfte ich zu Daniela, Flax und den anderen Elchen und fragte, wo Jim hin wäre. Doch die beiden Elche sahen mich nur verständnislos an, während Daniela mit den Fingern schnipste. Innerhalb kürzester Zeit war ich wieder ein richtiges Murmeltier. 'Du, Murmli, könntest du wiederholen, was du gesagt hast? Du hast nämlich so gequakt, dass wir nichts verstanden haben', meinte Elchi Junior kichernd. Auch Elchi und Ølaf konnten sich ein Kichern nicht verkneifen. Und Flax versuchte es gar nicht erst. 'Das ist ja urkomisch!' Wie bitte? Ich bekam Panik. Das

durfte einfach nicht sein. Dieser Hund macht einen üblen Scherz mit mir. Wie angesengt rannte ich aus dem Raum und aus der Fabrik. Ich hatte doch tatsächlich noch die Augen einer Kröte.
Beim Auto blieb ich stehen. Es war abgeschlossen und White Horse wollte mich absolut nicht rein lassen. Im Gegenteil, es kullerte sich auf das Dach und lachte lauthals los, als es mich sah. 'Äußerst komisch!', maulte ich das Auto an, das sich gar nicht wieder einkriegen konnte. Als dann endlich Daniela und die anderen kamen, sprach Daniela ein ernstes Wort mit White Horse, dann war Ruhe. 'Hör zu, White Horse, Jim ist wieder im Gefängnis. Du wirst uns da jetzt hinbringen, damit wir ihn abholen können. Und dieser nette Herr hier braucht eine neue Behausung', sagte Daniela und zog Timo Travolta ein Stück weit nach vorne. 'Der da? Nie und nimmer, den werd ich auf keinen Fall einsteigen lassen. Wo kommen wir denn da hin? Den Helfer vom Roten Milan durch die Gegend zu kutschieren. Vergiss es!', protestierte White Horse. Doch Daniela ließ keine Diskussionen zu, sondern öffnete durch Zauberkraft die hintere Tür, steckte Timo auf die Rückbank und verschloss die Tür wieder mit Zauberkraft, sodass White Horse auch ja nicht auf die Idee kommen konnte, ihn wieder auszuspucken.
Nach einiger Zeit kamen wir dann am Polizeirevier an, wo White Horse seinen ungeliebten Fahrgast sofort ausspuckte. Der Mann landete unsanft auf allen Vieren, was Daniela nicht sonderlich gefiel, denn sie schimpfte etwas wie: 'Musste das sein?' White Horse entgegnete nichts, steckte Daniela nur die Zunge raus, als diese ihr den Rücken zudrehte. 'Ich hab genau gesehen, was du gemacht hast!', rief Ela zurück, ohne sich auch nur ansatzweise umzudrehen. Sie hielt als Erklärung einen kleinen Handspiegel über die Schulter.
Dann betrat sie das Polizeigebäude. Innerhalb von ein paar Minuten waren wir samt Jim wieder draußen und Timo Travolta durfte gleich da bleiben. Sein Prozess würde demnächst beginnen und auf weniger als ein Jahr schwedische Gardinen durfte er nicht hoffen. Seinen Boss hatte man aber nie gefunden. Jim musste derweilen von Elchi getragen werden, da er völlig k.o. war. Es dauerte gut eine Woche, bis er wieder völlig auf dem Damm war. Doch er war noch kräftig genug um mitzubekommen, was bei

ihm im Hotel vorging, als wir ankamen. Zunächst einmal begrüßte uns die Frau an der Rezeption mit den Worten: 'Haustiere sind hier nicht erlaubt', und dann fragte sie noch, was das für ein Krach auf Jims Zimmer wäre. Die anderen Gäste hätten sich bereits beschwert. Daniela konterte aber gekonnt: 'Erstens sind das keine Haustiere, sondern Freunde des Big Ben Clan und zweitens hab ich keine Ahnung, was das für Krach ist, da wir bis eben nicht im Zimmer waren!' Mit diesen Worten ging Daniela zum Aufzug und fuhr mit uns allen nach oben.
Als wir auf den Gang kamen, auf dem Danielas Zimmer lag, hörten wir schon den Krach. Ein 'Tut, tut, tut', wie von einer Eisenbahn und ein 'Brrrmm, brum, brrrmmm' wie von einem Flugzeug drangen auf den Flur. 'Was zum Teufel ist da drinnen los?', fragte Daniela und öffnete die Tür. Was sich uns dort bot, hätte getrost aus einem murmeltierischen Kinderzimmer sein können. Überall lag Spielzeug herum, irgendwo in der Mitte war ein kleiner Platz freigeschaufelt, auf dem eine Modelleisenbahn fuhr und fröhlich tutete. Darüber flog ein braunes, elektrisches, einmotoriges Flugzeug im Kreis. Der Motor schien aber schon ein wenig zu kränkeln, es sackte immer öfter ab, fing sich aber wieder. 'Was ist denn hier los? Wo ist John?', schrie Daniela. Sie wollte noch mehr sagen, aber als sie nach John fragte, tutete die Eisenbahn. Mit ein wenig Fantasie klang es fast wie 'Hier bin ich.' Daniela schien genau dasselbe zu denken, denn sie sah auch plötzlich auf die Eisenbahn und auf das Flugzeug. Das Flugzeug, fiel mir jetzt auf, sah etwas merkwürdig aus. Es war Schokoladenbraun mit schwarzer Nase. Auch die Flügel und die äußerste Spitze vom Heck waren schwarz. Und die Fenster waren nicht eckig, wie sonst üblich, sondern oval mit einem glatten Ende unten. Unter den Fensterscheiben waren schwarze Zacken aufgemalt. Alles in allem sahen sie wie Schlafhunds Augen aus.
'Das glaub ich jetzt nicht! Das darf doch wohl nicht wahr sein! Claudia, ab ins Bett, aber schleunigst! Darüber reden wir noch!', schimpfte Daniela, schnippte mit den Fingern und plötzlich verwandelte sich die Eisenbahn in einen Menschen, der auf allen Vieren im Kreis herumrannte. Das Flugzeug stürzte wie ein Stein nach unten und wurde zu einem braunen Hund, der mit seinen schwarzen Ohren flatterte. Elchi Junior fing ihn glücklich auf sei-

nem Rücken auf. Die Schienen verwandelten sich übrigens in Papierschnipsel, die zu einem Kreis gelegt waren. Daniela schien solche 'Rückgängigzauber' schon häufiger gemacht zu haben, nichts und niemand trug nämlich einen Schaden davon. Nur ich saß noch mit meinen Krötenaugen. Wahrscheinlich war dieser Zauber stärker als der ihrer Tochter.
John war natürlich stinksauer, dass er mal wieder 'angegriffen' worden war. Und das wollte er Jim auch auf die Nase binden. Doch als er sah, in welchem Zustand Jim war, verschob er das auf den nächsten Tag.
Da bekam Jim eine Abreibung, die sich gewaschen hatte: 'Jedes Mal, wenn ich mit dir zusammenarbeite, werd ich angegriffen! Ich wurde in ein kleines weißes Kaninchen verzaubert und gedrückt und geknuddelt, dass ich in zwei Wochen noch blaue Flecken haben werde. Und als das Kaninchen langweilig wurde, wurde ich in eine Eisenbahn verzaubert und durfte im Kreis rennen und ständig 'tut, tut' sagen! Nie wieder, hörst du, Jim, nie wieder werde ich mit dir zusammen arbeiten oder auf deine zwei Bälger aufpassen! Und dann verpasse ich auch noch die Festnahme vom Täter!', brüllte John seinen Freund Jim die Ohren voll. Doch Jim, der gute drei Wochen so gut wie gar nicht zaubern konnte, blieb ganz ruhig und gelassen. Er grinste sogar etwas. 'Aber John, ich weiß nicht, was du hast? Du bist im Einsatz weder angeschossen, noch als Kanone, noch als sonst irgendetwas verwendet worden. Und du hast deinen Job noch, musstest nicht ins Gefängnis, wurdest nicht vorübergehend suspendiert und wurdest vom Täter nicht im geringsten verzaubert. Also ist dir im Einsatz überhaupt nichts passiert. Was dir privat passiert, dafür kann ich ja wohl nichts, oder?' Und wo Jim Recht hat, hat er Recht, oder? John schien das aber anders zu sehen. Er schimpfte noch eine ganze Weile weiter und er gab erst Ruhe, als Jim ihn zum Essen einlud.
John durfte sich das Lokal aussuchen. Natürlich musste es das 'Empereur de France' sein, das vor ein paar Tagen neu eröffnet hatte. John bestellte sich dort Austern in feinster Dill-Sahnesauce und mit kleinen Frühkartoffeln. Dazu einen gemischten Salat mit selbstgemachtem französischen Dressing und einen exquisiten französischen Weißwein, Jahrgang 1876. Daniela nahm ein Bœuf bourguignon."

„Das heißt Böf burgonjon und nicht Boeuf bourguignon!", verbesserte Kaiser Fritz plötzlich wie aus dem Nichts. „Oh, Herr Kaiser, ich hab euch gar nicht bemerkt, euer Hochwohlgeboren. Und ihr habt natürlich Recht. Jetzt, wo ihr es sagt, fällt es mir auch wieder ein. Ihr hattet Daniela damals auch korrigiert", schleimte Murmli. „Noch ein bisschen heftiger und der Schleim würde dir aus Ohren und Nase triefen", witzelte Jim, was ihm zwei bitterböse Blicke einbrachte. Diablo indessen fragte: „Du, Kaiser Fritz, was ist eigentlich Bööff Burgosonstwas?" Murmli antwortete statt Kaiser Fritz: „Das ist schlicht und einfach Rindergulasch Burgunder Art." „Schlicht? Schlicht?! Bei mir ist nichts schlicht, verstanden?", wetterte Kaiser Fritz über Murmlis Übersetzung. „Ist ja gut, ich erzähle jetzt einfach ...

... weiter, okay? Daniela jedenfalls aß Gulasch. Für Claudia und Jan bestellte Jim je eine Portion Kartoffeln, Gemüse und Steak. Claudia verwandelte ihre Kartoffeln in schöne fettige und salzige Pommes. Jim bestellte sich eine Pizza, sehr zum Missfallen von Kaiser Fritz, der die Bestellungen aufnahm. 'Mafiatorte? Ein Stück Pappe mit Belag? In meinem Lokal?', schimpfte er empört. Jim musste erst grinsen, dann lachen. 'Hey, Kaiser Fritz, das war doch nur ein Scherz.' Jim fuhr mit dem Finger über die Karte. Dann blieb er an einer bestimmten Stelle stehen. 'Ah ja, das klingt lecker. Ich nehme einen Comté-Salat als Vorspeise. Dann ein Aligot und zur Nachspeise ein paar Les pets-de-nonne mit Vanillecremé.' Die Elche bestellten alle drei je drei Salate, wie ihn Jim bestellt hatte und noch je eine Biersuppe. Nun war ich an der Reihe, etwas zu bestellen. 'Also, ich hätte gern einmal Quatsch mit Soße.' 'Bitte was? So etwas führen wir nicht', gab Kaiser Fritz zurück. Deshalb änderte ich meine Bestellung in Chili Con Carne. Doch auch das schien der Gams nicht zu gefallen. 'Chili Con Carne? Hör mal zu, du Murmeltier, du bist hier in einem französischen Restaurant und nicht in einem spanischen!' 'Habt ihr dann wenigstens Rülpskuchen?', fragte ich schließlich. Aber Kaiser Fritz sah mich an, als würde ich Glypisch vorwärts sprechen. 'Na, der Kuchen, nach dem man immer so schön rülpsen kann. Der mit Zwiebeln und Schinken', erklärte ich. 'Ach, du meinst Quiche Lorraine. Rülpskuchen, Frechheit!', schimpfte Kaiser Fritz, nahm noch die Getränkebestel-

lung auf, dann stampfte er in die Küche. Einige Zeit später kam unser Essen und wir ließen es uns schmecken.
Während des Essens lud ich alle zu dem Konzert von Erics Band auf dem Ontariosee ein. 'Ein Konzert? Auf dem Ontariosee? Cool! Wann denn?', fragte Jim ganz aufgeregt. Erstaunlicherweise antwortete Elchi: 'Heute Abend. Mit deinem netten kleinen Flitzer schaffen wir das locker.' 'Jupp, ganz Recht. Und ich hab hier noch ein paar Freikarten. Eric sagte, ich könne ein paar meiner Familienmitglieder einladen. Wahrscheinlich hat er nicht die geringste Vorstellung, wie groß meine Familie ist! Wie soll ich aus hunderten nur drei Mitglieder aussuchen? Also geb ich sie euch. Hier.' Jim griff freudig wie ein Kind nach den Karten. 'Super! Konzert!', rief er.
Und schon ein paar Stunden später waren wir auf dem Weg zum Konzert. Claudia und Jan blieben in der Zeit bei Jims Schwester Julia, die Jim heute morgen bereits angerufen hatte, damit sie mich wieder normal zaubern konnte. Das Konzert war einfach Klasse. Zu Erics Band gehören Eric, der Gitarre und Violine spielt. Max und William McWilly spielen Schlagzeug und Percussion. Dann gibt es da noch Padraig am Keyboard und Nasi am Bass. Und natürlich noch mich als Sänger. Und selbstverständlich wird fast nur auf Glypisch gesungen, das die Menschen in dieser Welt als Fantasiesprache bezeichnen. So eine Frechheit! Eines unserer bekanntesten Lieder heißt 'ßwo (wje) ßorgo (worgo) schin (san) leto (heto) gin (gan)', was soviel bedeutet wie 'Das Wandern ist des Müllers Lust'. Wenn ich mich recht erinnere, ist es genau derselbe Text wie in dem deutschen Volkslied. Aber es ist weitaus rockiger gespielt. Mit einem geilen Violinen-Solo."

„Hier, Diablo, ich sing dir mal die erste Strophe vor:

ßwo (wje) ßorgo (worgo) schin (san) leto (heto) gin (gan),
ßwo (wje) ßorgo (worgo) schin (san) leto (heto) gin (gan),
ßwo ßorlogo (worhogo).
ßwo oongfyeu (uhkfjö) lgun (chühn) aaßeacht (awäch) leto (heto) schi (sa),
ßwuu (wjo) yuukoo (joku) ßwo (wje) ßorgo (worgo) jixi (tschika)
ßwuu (wjo) yuukoo (joku) ßwo (wje) ßorgo (worgo) jixi (tschika)
ßwo ßorlogo (worhogo)."

„Aber Murmli, das klingt ja genauso wie die deutsche Version“, stellte Diablo fest, als Murmli sein Lied zu Ende geträllert hatte. „Ach, wie kommt das bloß? Die Deutschen haben unser Lied gecovert, wie man das hier so nennt“, konterte Murmli. Diablo sah Murmli so an, als würde er alles andere tun, als dem Murmeltier zu glauben, sagte aber nichts.

Er ließ Murmli einfach weitererzählen: „Wir spielten auf jeden Fall viele gute Lieder und, wie gesagt, fast immer auf Glypisch. Ein paar Lieder waren aber auch auf Walisisch. Ich weiß nicht, ob du jemals auf einem Pink Floyd-Konzert warst oder mal eins auf DVD gesehen hast. Aber wenn du ein Konzert dieser Band erlebt hast, kannst du dir ungefähr vorstellen, was für eine Wahnsinnsshow die Band hinlegte. Organisiert hat das alles unser Produzent und Manager Kaiser Fritz. Fantastische Lightshow, ein supertolles Feuerwerk. Und ich machte natürlich zwischen den Liedern ein paar Faxen mit dem Publikum und erklärte die Songs, die ich so sang. Es war jedenfalls ein unvergessliches Erlebnis.“

Wo ist Kiki

„Tja, wenn Jim möchte, kann er jetzt das letzte Abenteuer des Big Ben Clan erzählen“, beendete Murmli seinen Bericht. „Danke, Murmli. Ich übernehme gerne wieder. Aber könntest du mir einen Gefallen tun? Soweit ich weiß, wollten Pidi und seine Frau Kiki in ein paar Minuten kommen. Könntest du vielleicht mal nachsehen, ob sie schon da sind? Ich bin mir sicher, dass sie gern ihre Geschichte selbst erzählen möchten“, entgegnete Jim. Murmli nickte und verschwand aus der Halle. Jim fing währenddessen das letzte Abenteuer ...

... an: „So, wie schon gesagt, ist dies unser letztes großes Abenteuer. Es führte uns nach Venedig. Ich machte mit meiner Familie gerade meinen wohlverdienten Urlaub bei einem Freund in genau dieser Stadt. Sein Name war Rodriges Preston. Wobei Preston nicht unbedingt ein italienischer Name ist und Rodriges auch nur ein halber Italiener. Sein Vater hieß Iain Preston und kam aus Yorkshire. Gelebt hat mein Freund die Hälfte seines Lebens in Yorkshire und die andere Hälfte in Venedig. Er spricht perfekt Italienisch und Englisch. Wobei er aber nicht das Lehrbuchenglisch, sondern einen ziemlich heftigen Yorkshire-Dialekt spricht. Wir waren bereits drei Wochen bei Rodriges, aber unsere Tochter Claudia fing schon langsam an Italienisch zu sprechen. Englisch konnte sie inzwischen genauso gut wie Jumarianisch und bei Italienisch fehlte auch nicht mehr viel. Sie beherrschte es inzwischen fast so gut wie eine Einjährige. Auch Jan lernte ziemlich schnell, immerhin war er damals auch schon zwei Jahre alt. So nannte er mich zum Beispiel nicht mehr Papa oder Apap, sondern Babbo.

Wie bereits erwähnt, war unser Urlaub eigentlich schon zu Ende, als uns der nächste Fall erreichte. Es war etwa Oktober. Rodriges war es, der uns diesen netten Fall beschaffte. Er brachte eines Tages seinen Freund Pidi, einen weißen Esel mit. Wir erfuhren, dass seine Frau Kiki, eine braune Eselin, verschwunden war. Pidi erklärte uns, dass sie zusammen spazieren gegangen waren. Plötzlich tauchte neben ihnen ein rotes Loch auf, das Kiki einfach einsog. Pidi konnte nur entkommen, weil er rechtzeitig weit genug zurückgetreten war. Daniela stöhnte entnervt, als sie die Beschreibungen des weißen Esels hörte. 'Das glaub ich nicht. Nicht einmal jetzt hat man Ruhe vor dem Typen! Wie schafft der es überhaupt, aus der Dimension, in die er geschleudert wurde, Lebewesen aus dieser Welt zu entführen?', fragte sie. Sie vermutete wahrscheinlich, dass unser alter Freund Roter Milan hinter der Sache steckte. Doch ich war mir ziemlich sicher, dass dem nicht so war. Zum einen glaubte ich nicht, dass Milanovic aus dieser anderen Dimension so ohne Weiteres in unsere Welt zurück konnte. Und außerdem hatte ich hundert Jahre zuvor mit einem ähnlichen Fall zu tun. Ich war damals gerade dabei, meine Fahrzeuge etwas aufzumotzen oder neue zu erfinden. Leider konnte ich die Fälle damals nicht lösen. Aber in der Serie Cold Case lösen sie ja auch Fälle auf, die mitunter noch bis in den Zweiten Weltkrieg zurückreichen. Warum sollte ich nicht auch mal Glück haben und diesen Fall lösen? Okay, er war schon ein wenig älter als die Fälle in der Serie, aber Wunder gibt es immer wieder.

Zunächst einmal musste ich meine Frau dahingehend beruhigen, dass wir es nicht schon wieder mit Milanovic zu tun hatten. Als zweites musste ich Claudia und Jan zu ihren Großeltern bringen, da sie dort für den Moment wohl sehr viel besser aufgehoben waren. Das war aber per Flugzeug mit höchster Geschwindigkeit eine Sache von zehn Minuten. Meine Schwiegereltern waren hellauf begeistert, ihre zwei zaubernde Enkelkinder in ihrer Obhut zu haben. Jan und Claudia können nämlich manchmal schwerer zu hüten sein als zwei Säcke Flöhe. Als ich aber wieder in Venedig war, kümmerten wir uns intensiv um den Fall."

„Hi, Jimmy-boy. Wir haben gehört, du suchst nach uns?", war plötzlich die Stimme eines Esels zu hören. Begleitet wurde die Stimme von Hufgetrappel. Es waren Pidi und Kiki. Pidi hatte gesprochen. „Ah ja, ihr zwei Turteltäubchen. Wir sind gerade bei eurem Abenteuer angelangt und ich dachte, ihr hättet vielleicht Interesse, eure Geschichte selbst zu erzählen", erklärte Jim. „Aber sicher doch. Schatz, möchtest du anfangen?", gab Kiki zurück.

Und so begann Pidi mit einem Kopfnicken die Erzählung des letzten großen Abenteuers: „Es war noch nicht lange her, dass wir uns kennen gelernt hatten. Gerade erst eineinhalb Monate. Getroffen hatten wir uns in Venedig in einer der vielen Gondolieren. Es hatte sofort zwischen uns beiden gefunkt. Jedenfalls waren wir gut eineinhalb Monate später in Venedig spazieren. Es war ein herrlicher Tag, genau wie an dem Tag, an dem wir uns kennengelernt hatten. Die Sonne schien, es war warm und der Himmel war blau mit ein paar wenigen Schäfchenwolken. Ein richtig schöner Spätsommertag. Wir waren gerade auf dem Weg zu einer der Gondolieren und wollten eine Tour machen. Doch noch bevor wir ankamen, tauchte dieses rote Loch auf. Ich bemerkte es zuerst, weswegen ich vor Schreck einen oder zwei Schritte zurücktrat. Kiki konnte ich leider nicht mehr warnen. Fast augenblicklich wurde sie in dieses Loch gesogen wie von einem Magnet. Dann war sie verschwunden und das Loch auch. Aber da, wo das Loch gewesen war, lag plötzlich ein kleiner Schlüssel.
So schnell ich konnte, bat ich meinen Freund Rodriges um Hilfe. Er benachrichtige seinen Freund Jim, der den Fall zusammen mit

seiner Frau und dem Italien-Team des Big Ben Clan übernahm. Wie Jim schon sagte, brachte er aber erst seine Kinder zu den Großeltern. Als er zurück kam, fragte er mich, ob ich denn dort, wo das Loch gewesen war, einen Schlüssel gefunden hätte. Ich nickte und zeigte ihm den kleinen Schlüssel. Er war kaum größer als zwei Zentimeter, etwa so groß wie die Schlüssel von Tagebüchern. Dieser schien aber aus massivem Messing mit Goldüberzug zu sein und nicht aus billigem Metall. Als Jim den Schlüssel sah, nickte er und holte eine Tüte aus seiner Hosentasche. In ihr waren weitere Schlüssel der selben Größe. Sie schienen aber aus einem anderen Material zu sein. Ein Schlüssel aus Kupfer, einer aus Gold, aus Silber, aus Elfenbein, aus Glas, aus Platin und sogar einer aus Holz. Insgesamt waren es sieben Schlüssel und der eine, den ich an der Stelle gefunden hatte, an der Kiki verschwunden war. So hatten wir jetzt acht Schlüssel. 'Die müssen doch irgendwo passen', meinte Piepsy. Die Italien-Truppe und Bunter, Emil, Großer Louis, Torca und Söhne und die McWillys hatten sich inzwischen im italienischen Hauptquartier eingefunden.
Jim nickte auf Piepsys Bemerkung. 'Ganz Recht, Piepsy, aber ich hab bis heute nicht herausgefunden, wo diese Schlüssel passen. Solche kleinen Schlüssel gibt es hier fast gar nicht.' Trotz Jims hundert Jahre alten Ermittlungserfolgen hatten wir eigentlich nichts in der Hand. Doch vor hundert Jahren hatte Jim keinen Schlafhund, der ihm half. Und er hatte keinen kleinen grünen Alleswisser. Das konnte dann ja auch nix werden.
Doch diesmal hatte er beides. Zunächst einmal trat Schlafhund in Aktion. 'Die – Schlüs – sel – ge – hö – ren – zu – acht – Tü – ren – im – Reich – der – acht – Zwer – ge – hin – ter – den – acht – Ber – gen', sagte er in einer merkwürdig verschlafenen Weise, dass ich schon befürchten musste, er schläft ein, bevor er auch nur die Hälfte des Satzes ausgesprochen hatte. Den anderen schien das aber nicht weiter aufzufallen. Wahrscheinlich sprach der braune Hund immer so. 'Au Klasse, wir besuchen Schneewittchen und die acht Zwerge', freute sich eine von Torcas Adoptiventen. Ich glaube, es war Ottokar. Alfred hingegen sagte nur: 'So ein Blödsinn! Das waren doch Schneewittchen und die sieben Zwerge!' 'Ist doch egal. Vielleicht war einer der Zwerge im Urlaub oder bei seiner kranken Mutter, als die Gebrüder Grimm das Märchen aufschrie-

ben. Oder ein Zwerg ist bei den Überlieferungen von Generation zu Generation abhanden gekommen. Wer weiß', verteidigte Ottokar seine Theorie. Doch die anderen waren nicht gerade begeistert von dieser Theorie. 'So ein hanebüchener Unsinn!', meinte William McWilly, einer der weißen Schimpansenzwillinge. Ottokar hob nur die Flügel und fragte: 'Was denn? War doch nur ein Vorschlag. Wenn einer einen besseren hat, nur raus damit.' Doch die anderen hatten keine bessere Idee. Auch Schlafhund konnte nicht sagen, wo sich der Eingang zum Reich der Zwerge befand. 'Wir stehen also wieder mal am Anfang', kritisierte Emil. Doch Jim widersprach. 'Nicht ganz, Emil. Immerhin haben wir einen Hinweis, den ich damals nicht hatte. Damit lässt sich bestimmt arbeiten.' Und so verschwand Jim für ein paar Stunden spurlos, um dann mit einem riesigen Sack voller Bücher wieder zu kommen. Etwa genauso lange wälzten wir dann erfolglos die Bücher."

„Schatz, darf ich jetzt übernehmen?", unterbrach Kiki. Pidi nickte: „Aber natürlich, Mausebein." Womit dann Kiki das Erzählen ...

... übernahm: „Pidi und ich waren also gemeinsam spazieren, als ich plötzlich von einer Art riesigem Staubsauer angesogen wurde. Um mich herum wurde alles rot. Die Rottöne drehten sich um mich herum und verschwammen ineinander. Ich weiß nicht, wie lange ich in diesem Strudel umhertaumelte, als ich aber endlich unsanft auf dem Bauch landete, war ich froh, nicht auf meinen vier Hufen gelandet zu sein. Ich wäre sofort unter Schwindelanfällen umgekippt. Die ganze Umgebung drehte sich.
Es dauerte eine Weile, ehe ich klar sehen konnte. Leider nutzte mir das überhaupt nichts, denn es war nichts weiter zu sehen. Der Raum war völlig leer und dunkel. Eine riesige Tür schien aus Metall zu sein. Ich war ganz allein. Es gab keine Möbel, nicht einmal eine Matratze oder eine Decke, nur den nackten Boden. Das plötzliche grelle Licht schmerzte in den Augen. Es dauerte eine ganze Weile, bis ich mich an die neuen Lichtverhältnisse gewöhnt hatte.
Was ich dann sah, gefiel mir genauso wenig. Die Wände waren aus Glas. Und hinter den Glaswänden saßen Personen, Menschen und Tiere. Direkt links neben mir zum Beispiel saß ein Eisbär. Und

rechts neben mir ein Mann mittleren Alters. Beide sahen ziemlich mager und wenig gesund aus. Ihr Blick war trübe und in die Unendlichkeit gerichtet. Keiner der beiden reagierte auf mein Klopfen. Mit ihren Gedanken schienen sie sehr sehr weit weg zu sein. Keine Ahnung, wieviel Zeit vergangen war, seitdem ich in diesem Gefängnis aus ausbruchsicherem Glas saß, aber plötzlich öffnete sich die Tür und ein Mann mit hellblauer Zipfelmütze und Schnauzbart trat herein. Er ging mir noch nicht einmal bis zur Risthöhe. Im Gegenteil, seine Mütze endete noch unter meinem Bauch. 'Was beim Barte meiner Mutter ...', fing der kleine Zwerg an, unterbrach dann aber kurz, bevor er weiterredete. 'Du bist nicht der, den ich erwartet habe', beendete er aber kurz darauf den Satz. 'Aber das macht nix. Du bist auch ganz gut.' Der Zwerg schien mich zu mustern. Dann sagte er barsch: 'Du kommst jetzt mit!' Doch ich dachte nicht daran, ihm zu folgen. Und das sagte ich ihm auch, was ihn aber nicht beeindruckte. Er sah mich nur lange mit funkelnden, bösen Augen an. Ich weiß nicht genau, was er gemacht hatte, aber ich konnte seinem Willen nicht länger widerstehen und folgte ihm nach draußen.
Die Gänge waren lang und verwinkelt, die Wände aus Glas, genau wie der Boden und die Decke. Irgendwann hatten wir dann das Glaslabyrinth hinter uns gelassen. Wir traten in ein enges steiniges Tal. Draußen liefen vier Personen herum, drei Menschen, aber auch ein Pferd. Sie zogen schwere Karren voll mit Steinen zu einer Stelle, wo zwei Frauen die Inhalte sortierten.
Mich spannte der Zwerg mit Hilfe eines anderen Zwerges, der gerade gekommen war, ebenfalls vor einen Karren. Er dirigierte mich zu den steilen Felsen, von denen die anderen vier Wagen kamen. Einer der vier anderen Wagen wurde dafür zurück zu dem Glaslabyrinth gezogen. Anfänglich weigerte ich mich noch, schwere Steine aus dem Steinbruch zu transportieren. Doch währte dieser Widerstand nicht lange. Innerhalb weniger Minuten hatten mich die Zwerge auf wundersame Weise ohne jegliche Anwendung von körperlicher Gewalt überredet. Sie schienen meinen Geist zu beherrschen, auch wenn dieser Zustand nie lange anhielt. Sobald kein Zwerg mehr in der Nähe war, hatte ich auch einen eigenen Willen. Aber während der harten Arbeit von unendlichen Stunden war immer mindestens ein Zwerg in unmittel-

barer Nähe, so dass an Flucht nicht zu denken war. Und selbst wenn ich hätte fliehen können, hätte ich nicht gewusst wohin. Ich wusste ja nicht einmal, wo ich überhaupt war. Dennoch hielt mich das nicht davon ab, an Flucht zu denken, so oft es ging. Und scheinbar hatten sie bei mir große Probleme, meine Gedanken unter Kontrolle zu halten. Ob dass an ihren altmodischen Vorstellungen aus dem vorletzten Jahrhundert lag oder daran, dass ich ein Esel bin, hab ich bis heute nicht herausfinden können."

„Tja, und während Kiki schuften musste und an Flucht dachte, waren wir damit beschäftigt sie zu finden", unterbrach Pidi, der jetzt auch nahtlos ...

... weitererzählte: „Wie du ja vielleicht noch weißt, waren wir gerade dabei, die Bücher zu durchwühlen, die Jim mitgebracht hatte. Der Erfolg blieb aber wie so oft aus. In den Büchern stand so ziemlich alles drin, nur eben nicht das, was wir suchten. In einem der Bücher fand ich sogar einen Absatz, der Zwerge behandelte: 'Zwerge sind kleine Wesen mit langen Bärten und Zipfelmütze, die laut irdischer Literatur hinter den sieben Bergen wohnen. Manche Zwerge wohnen auch nicht hinter den sieben Bergen und sind bösartig oder garstig. Es handelt sich bei den Zwergen aber in jedem Fall um Fabelwesen, die nicht wirklich existieren.' Das Buch sagte auch noch, dass die Geschichten über Zwerge auf Liliputaner zurückzuführen sind, die im Mittelalter, wie viele andere verunstaltete Kreaturen, einen schweren Stand hatten und als bösartig galten. 'Klasse, das hilft uns auch nicht weiter!', maulte ich und schmiss das Buch wieder auf den Tisch. Auch Bunter warf das Handtuch. 'So ein Humbug! Hier steht, dass Schlüssel auf diesem Planeten kleine Gegenstände sind, mit denen Türen geöffnet werden. Sie können aus den verschiedensten Materialien gefertigt sein und unterschiedliche Größen und Formen haben. Als ob ich das nicht weiß!', las Bunter genervt aus seinem Buch vor.
Gegen Mittag hatten wir dann so ungefähr die Hälfte der Bücher durch. Daniela und Torca waren dabei, das Mittagessen zu bereiten, belegte Brote und Brötchen. 'Alfred, Ottokar, deckt doch schon mal den Tisch. Ihr albert da sowieso nur rum', rief Torca aus Rodriges' Küche ins Wohnzimmer. Und tatsächlich, die beiden Enten,

die sich inzwischen schon erwachsen schimpfen durften, saßen am Tisch und hielten sich vor Lachen die Bäuche. Die beiden waren keineswegs begeistert, jetzt Tisch decken zu müssen. Widerwillig schlichen sie in die Küche und holten Teller und Gläser.
Überhaupt nicht neugierig schaute ich mir das Buch, das Alfred und Ottokar sich gerade ansahen, genauer an. Es hieß 'Witziges über Zwerge, Mücken und Mäuse'. Und in der Tat standen da etliche Witze über besagte Personen drin. Die Witze waren einfach nur komisch. Als großer Louis sah, dass ich mich vor Lachen nicht mehr einkriegen konnte, nahm er mir das Buch weg und meinte, das Essen stände bereit.
Aber auch Louis konnte nicht widerstehen, mal in das Buch zu schauen. 'Hört euch den mal an!', sagte er giggernd. 'Acht Zwerge und ein Knabe stritten sich um das Personal. Sagt einer der Zwerge: 'Lieber wär ich ein Stein mit Ohren, als dir meine Arbeiter zu überlassen!' Meint der Knabe: 'Kannst du haben', und schnippst mit den Fingern. Ist der nicht komisch? 'Kannst du haben.' Wieso lacht ihr denn nicht? Oder der hier: Wie bewegt man einen Zwerg dazu, seine Sklaven frei zu lassen? Man baut ihm neue ...'
Jim schien die Witze nicht besonders gut zu finden. Er nahm Louis das Buch weg und schaute hinein. 'Hier steht doch überhaupt gar nichts drin', meinte er schließlich verwundert, packte das Buch beiseite und setzte sich an den Tisch. Die anderen taten es ihm gleich.
Kurz nach dem Essen klingelte es an der Haustür. Rodriges öffnete und wunderte sich, einen kleinen grünen Saurier vor der Tür zu finden. 'Guten Tag. Jim ist bestimmt hier, oder?', platzte der Saurier heraus. 'Öhm, ja, er ist im Wohnzimmer. Wie ...' Weiter kam Rodriges nicht. Dini hatte sich schon längst an unserem Gastgeber vorbeigedrängelt und tippelte Richtung Wohnzimmer. 'Hallo Jim, ich bin gekommen, um dir zu helfen', kam Dini gleich zur Sache. Auch Jim ließ sich nicht zweimal bitten: 'Klasse, Dini, hier, deine Aufgaben. Wir suchen Informationen über Zwerge, die Menschen und Tiere entführen. Die Bücher haben wir noch nicht durchgesehen.' Jim drückte dem armen Saurier drei dicke Bücher in die Krallen. 'Was ist los? Ich hatte eigentlich vor, dir anders zu helfen. Oder besser gesagt, ich hab euer Problem schon gelöst, fast jedenfalls. Dieses Buch dürfte für euch interessant sein',

gab Dini anfangs perplex zurück und drückte Jim sein Buch in die Hand, nachdem er die drei anderen auf dem Tisch abgelegt hatte. Das Buch, das Dini mitgebracht hatte, war in alter ägyptischer Schrift geschrieben. Die Worte waren allerdings nicht Ägyptisch, wie Jim fast sofort bemerkte. 'Das ist Gälisch in ägyptischer Schrift geschrieben? Interessant. Mal sehn, ob ich das lesen kann.' Jim versuchte den Titel zu entziffern. 'Au weia, mein Ägyptisch ist eingerostet. Hätte ich nicht gedacht. Das ist ja nicht nur Gälisch, da sind auch ägyptische Worte bei. Sowas! Ich glaube, in etwa steht da 'Gebrauchsanweisung für das Buch der vielen Gesichter.' Es gibt eine Gebrauchsanweisung für ein Buch? Unglaublich!'"

„Ich blätterte durch das Buch", unterbrach Jim und erzählte gleich weiter:

„Die Schriftzeichen waren durchgehend in ägyptischen Hieroglyphen. Mit der Zeit las ich mich wieder in die Schrift ein. Immerhin hatte ich während meines ersten Aufenthalts im alten Ägypten eine Ausbildung als Schreiber genossen, was eine große Ehre war. Mit meinen damals sechs Parasek war ich der jüngste Schreiber, der zu dieser Zeit ausgebildet wurde. Normaler Weise fing die Lehre der Schreiber damals mit neun an. Da ich aber schon so überaus intelligent war, durfte ich früher anfangen. Naja, vielleicht hatte es auch damit zu tun, dass ich meinen Ziehpapi und Lehrer nicht eher zufrieden gelassen hatte, bis er es mir erlaubte. Aber das lest ihr lieber in meinem Buch nach, das demnächst rauskommen soll. Dennoch war es ziemlich schwierig, das Geschriebene in diesem Buch zu entziffern. Immerhin schienen es zwei verschiedene Sprachen gemischt zu sein. Und da waren nicht nur die Worte vermischt, sondern auch die Grammatik. Aber ich glaubte es grob zu verstehen. Es ging um ein Zauberbuch, in dem Unmengen von brisanten Dingen standen, die nicht jeder erfahren sollte. Und um die Informationen vor unerwünschten Leuten zu verbergen, hat man aus dem Buch kurzerhand ein Buch gemacht, das immer genau das zeigt, was man gerade am liebsten lesen möchte, je nach dem, wie die Stimmung ist. So kann es zum Beispiel ein kitschiger Roman sein oder ein Horrorroman oder ein Science-Fiction-Roman oder halt ein Witzbuch. Um aber die Information

abrufen zu können, die man braucht, muss man einige Dinge beachten. Zum einen muss man sich genau vorstellen, was man wissen möchte. Alle anderen Gedanken müssen völlig verschwinden. Zum zweiten war es nötig, das Buch auf die japanische Art zu öffnen. Die haben den Buchrücken nämlich auf der rechten und nicht wie wir auf der linken Seite. Und zum dritten musste man mit dem linken Zeigefinger auf den Buchrücken klopfen. Daniela drehte das Buch der vielen Gesichter, eben jenes Witzbuch, wie sich herausstellte, so um, dass der Buchrücken auf der rechten Seite war, schloss die Augen, und klopfte zwei Sekunden später mit dem Zeigefinger der linken Hand auf den Rücken des Buches. 'Fehlt nur noch, dass das Buch herein ruft', meinte sie zynisch.
Dann öffnete sie das Buch und sah mich Hilfe suchend an. 'Jim, kannst du das lesen?', fragte sie schließlich und gab mir das Buch. Ich brummte unwillig. Schon wieder Gälyptisch, wie ich die Mischsprache inzwischen nannte.
Ich fand einen Absatz, der uns weiterhelfen konnte. Er verwies auf die Tunnel, die wir schon auf die eine und andere unangenehme Weise kennen gelernt hatten. Aber der Weg war ziemlich gut beschrieben, wenn man die Sprache richtig verstand. Und in die hatte ich mich inzwischen recht gut eingelesen. Der Eingang in die Tunnel lag in Venedig, unweit des Hundepalastes."

„Wo?", wollte Diablo wissen. „Na, der Hundepalast. Ähm, ich glaube die Italiener nennen es Doggenpalast", erklärte Jim. „Du meinst doch bestimmt den Dogenpalast", sagte Murmli, der vorhin zusammen mit Pidi und Kiki gekommen war. „Na, sag ich doch!", entgegnete Jim grinsend. Er wusste genau, wie der Palast hieß, liebte es aber, sich einen Spaß zu erlauben. Ohne weitere Umschweife erzählte er dann aber ...

... weiter: „Das Tor in die Tunnel lag also nicht weit vom Dogenpalast entfernt. Genauer gesagt, lag der Eingang im Bacino S. Marco, einem der vielen Kanäle von Venedig. Uns stand also ein Tauchgang bevor, wenn wir Kiki finden wollten. Wir beschlossen aber, erst nachts auf Tauchstation zu gehen, wollten wir doch neugierige Blicke vermeiden. Mit einer Gondoliere fuhren wir zu der

Stelle, an der der Eingang sein musste. Dann begaben wir uns einer nach dem anderen ins Wasser, das übrigens nicht besonders sauber aussah. Pidi war als Erster im Wasser, die beiden Gorillazwillinge folgten zusammen mit Alfred und Ottokar. Selbst Louis stieg ins Wasser, obwohl er seine empfindliche Nase rümpfte. Nur Torca zierte sich vor dem Sprung ins kühle Nass. Allerdings nicht, weil es ihr zu schmutzig, sondern einfach nur weil es ihr zu nass war. Immerhin ist Torca eine große Katze. Ich nahm sie an die Pranke, nachdem ich das Buch der vielen Gesichter wasserdicht verpackt hatte und sprang mit ihr zusammen hinein.
Wir mussten ziemlich tief tauchen, bis wir eine Art Höhleneingang am Grund fanden. Ich zeigte auf das Loch im Boden und bedeutete den anderen dort hineinzuschwimmen. Wir waren kaum hineingeschwommen, als wir durch einen unglaublichen Sturm hineingedrückt und am anderen Ende wieder ausgespuckt wurden. Was uns da auf der anderen Seite erwartete, war atemberaubend. Eine wunderschöne Berglandschaft, mit saftigem, grünen Gras und vereinzelten Bäumen und Sträuchern. Der Himmel war gräulich-blau mit gelben, orangenen und roten Wolkenbändern. Das Merkwürdige an dieser Welt war aber, dass wir gut zwei Köpfe größer waren als die Berge um uns herum. Auch die Bäume kamen uns eher wie Sträucher vor, wir überragten sie um Längen. Der See, aus dem wir ausgespuckt wurden, war eher eine größere Pfütze. 'Wo sind wir hier? In Lilliputhausen?', wollte Alfred wissen. Er watete durch die kleine Pfütze, die für die Bewohner dieser Gegend wohl eher ein See war. Das Wasser reichte den beiden Enten gerade mal bis an den Bauch. Tiere schien es hier nicht zu geben, jedenfalls sahen wir keine.
Louis schlug vor, dass wir uns erst einmal umsehen sollten. Und genau das taten wir auch. Was wir sahen, war eigentlich nicht viel anders, als das, was wir bis jetzt gesehen hatten. Kleine Berge und Bäume, schmale Haarbänder von Flüssen und keine Tiere. Vielleicht mal abgesehen von dem Schwarm Mücken, in den wir hineingelaufen waren. Anders als unsere Mücken schienen diese nicht zu summen, sondern eher zu zwitschern. Und sie waren bunt. Emil war es, der feststellte, dass es sich keineswegs um Mücken, sondern um Vögel handelte, die kleiner waren als der kleinste Vogel in unserer Welt, der Hummelkolibri, der von Flü-

gelspitze zu Flügelspitze gerade einmal 5 cm groß ist. Die Vögel in dieser Welt waren nur halb so groß wie jener Hummelkolibri. Wir durchstreiften das kleine Land einige Zeit, wobei wir uns wie Riesen in einer Spielzeugeisenbahnwelt vorkamen. Lebewesen begegneten wir allerdings immer noch nicht."

„Zur selben Zeit wurde ich im Steinbruch eingesetzt", unterbrach Kiki und übernahm auch gleich das ...

... Erzählen: „Zumeist musste ich schwere Steine in Karren zu den Sortierern bringen. Pausen gab es nur alle Jubeljahre und dann waren sie auch nicht erwähnenswert. Das Essen konntest du auch knicken. Wenn die Zwerge nicht gesagt hätten, es wäre Essen, ich hätte es für einen Anstrich für Gartenzäune gehalten.
Während eines unbeobachteten Augenblicks in einer der wenigen kurzen Pausen wagte ich einen Fluchtversuch. Augenscheinlich gab es in dieser Schlucht nur zwei Öffnungen. Die eine führte in den Steinbruch, die andere zu den Gefängniszellen. Ich hatte allerdings hinter ein paar Steinen eine kleine Öffnung gefunden, die gerade groß genug war, dass ich durch passte. In jenem scheinbar unbeobachteten Moment schlich ich mich zu dem Loch in der Wand. Vermutlich lag dahinter nur eine Höhle, aber ich konnte mich verstecken, bis keiner mehr im Steinbruch war und dann hätte ich abhauen können. Soweit war der Plan perfekt, doch eins hatte ich nicht bedacht. Nämlich die Tatsache, dass nie ein Arbeiter auch nur eine Minute lang unbeaufsichtigt war, auch wenn es den Anschein hatte. Ich hatte das Loch schon fast erreicht, als mir plötzlich die Hufen unter dem Bauch zusammen- und weggezogen wurden. Mit einem dumpfen Rumps lag ich auf der Seite. Sofort waren fünf Zwerge bei mir und verschnürten mich wie ein Westpaket. Ein Mann musste mich in meine Zelle zurückziehen, in der ich dann bis auf weiteres liegen blieb, schön fest verpackt. Essen gab es an diesem Tag nicht mehr.
Ich hatte inzwischen keine Ahnung mehr, wie viel Zeit vergangen war. Hier unten in meinem Gefängnis war immer Nacht. Und es war denkbar unbequem, die ganze Zeit gefesselt und verschnürt auf dem Boden zu liegen. Jedes Mal, wenn man mich zur Arbeit

holte, war ich fast froh, endlich wieder laufen zu dürfen. Es dauerte immer ein paar Minuten, bis ich sicher auf meinen vier Hufen stehen konnte, da ich die ganze Zeit gelegen hatte. Aber schon bald verfluchte ich die Arbeit wieder, da ich kaum noch auf meinen Hufen stehen konnte, weil sie mir so sehr schmerzten, als würden sie abfallen wollten.
Irgendwann wurde ich dann für eine andere Aufgabe eingeteilt, wobei die kaum anders war als die erste. Ich musste keine Steine mehr ziehen, sondern das Personal. Wenigstens wurde ich nach Ende der Schicht nicht mehr gefesselt. Nur das Essen blieb mies. Immerhin konnte ich mich während der Pausen mit meinen beiden Zellennachbaren anfreunden. Der Eisbär, der in der Zelle links neben mir saß, hieß Anouk und der Mann nannte sich Josch. Der Kleidung nach zu urteilen kam er aus dem 19. Jahrhundert, wobei von der Kleidung nicht mehr viel zu erkennen war. Ich konnte nicht mehr genau sagen, was er trug, aber sie musste teuer gewesen sein. Seinen richtigen Namen wusste der Mann schon nicht mehr. Zu lange war er schon hier. Die Zwerge und auch die anderen nannten ihn einfach nur Josch.
Wie machten uns untereinander eine Zeichensprache aus, mit der wir uns in unseren Zellen verständigten, denn wir konnten uns in den Zellen nicht unterhalten, weil das Glas zu dick war, als dass wir etwas verstanden hätten.
Eines Tages schaffte ich es sogar, mich mit einem der Zwerge anzufreunden. Das kam so: Ich war mal wieder mit dem Abtransport der Steine beauftragt. Nicht weit von mir entfernt stand einer der acht Zwerge, die ich bis jetzt gezählt hatte. Ich vermutete, dass es nur acht Zwerge waren. Dieser Zwerg war der kleinste der acht. Er trug eine blaue Zipfelmütze und ein blaues Wams. Eigentlich war seine gesamte Kleidung in den verschiedensten Blautönen und jeden Tag trug er einen anderen Blauton. Ich glaube, die anderen Zwerge nannten ihn Bleu. Ein ziemlich blöder Name, wenn du mich fragst. Auf jeden Fall stand er da in der Nähe des Steinbruchs. Ich sah, wie sich von oben ein paar Steine lösten und direkt auf ihn zufielen. So schnell ich konnte, rannte ich samt Wagen, der zu diesem Zeitpunkt zum Glück leer war, auf den Zwerg zu und schubste ihn zur Seite. Zunächst schimpfte der Zwerg wie ein Rohrspatz. Als er aber bemerkte, dass ich ihm gerade das Leben gerettet hatte,

bedankte er sich leise bei mir. Es schien ihm sichtlich schwer zufallen, das zu tun. Vermutlich war es bei den Zwergen nicht üblich, sich bei jemandem zu bedanken. Seit dieser Sache schmuggelte Bleu mir Essen in meine Zelle, das man auch als Essen bezeichnen konnte.
Bleu behandelte mich wie ein Lebewesen und nicht wie Dreck, wie es seine Kollegen taten. Wenn aber Rosé oder Vaiolet oder einer der anderen in der Nähe waren, achtete Bleu peinlich genau darauf, mir das Leben so schwer wie möglich zu machen. Von dem Essen, das mir Bleu immer gab, behielt ich ein wenig für Josch und Anouk zurück.
Irgendwann einmal während meiner Pause erklärte mir Bleu sogar, wieso sie die Tiere und Menschen entführt und hierher gebracht hatten. Und jedes Mal, wenn einer der anderen Zwerge vorbeikam, erhob Bleu seine Stimme und tat so, als ob er mich zur Schnecke machen würde. Ich spielte mit und senkte immer demütig den Kopf, wich scheinbar ängstlich ein Stück zurück. Wenn Rosé, der Anführer der Zwerge sich überzeugt hatte, dass ich auch wirklich zur Sau gemacht wurde, ging er zufrieden weiter.
Ich erfuhr, dass es in diesem Land noch andere Zwerge gab. Vierzehn in den Wäldern, sechs in der Wüste, zehn auf den zehn Weltmeeren, fünf in den Hochgebirgen, neun in der Prärie, sieben hinter den sieben Bergen, zwölf in den Moor- und Seenlandschaften und eben acht in diesem Steinbruch. Jeder hatte in seinem Gebiet bestimmte Aufgaben. Die Aufgabe der Zwerge im Steinbruch war es halt, Bodenschätze auszugraben. Ursprünglich waren die Zwerge im Steinbruch doppelt so viele wie heute. Doch durch Unfälle waren acht von ihnen gestorben. Da Zwerge sich aber nur sehr langsam fortpflanzen, nämlich nur alle hundert Jahre und dann auch nur dann, wenn alle Umweltbedingungen optimal sind, herrscht schon seit fünfhundert Jahren Personalmangel, den sie mit freiwilligen Arbeitern ausglichen. Wobei die Arbeiter bestimmt schon seit hunderten von Jahren nicht mehr freiwillig hier herkamen, wenn sie es überhaupt jemals gemacht hatten. Als mir Bleu dann aber erklärte, dass die Arbeiter die Wahl zwischen einem qualvollen Tod oder qualvoller Arbeit hätten, hätte ich mich auch lieber für die Arbeit entschieden. Und so tat ich mein Bestes, um wenigstens solange durchzuhalten, bis mich Pidi finden

würden. Und ich wusste genau, dass Pidi mich suchte. Er würde alle Hebel in Bewegung setzen und ganze Gebirge zum Einsturz bringen, wenn es nötig wäre, mich zu finden!“

„Das stimmt. Ich konnte doch mein Schnuckelmäuschen nicht bei diesen Zwergen lassen!“, bestätigte Pidi. Er übernahm jetzt auch den Rest der Geschichte: „Wir liefen jetzt schon eine gute Stunde, ohne auch nur auf ein einziges nennenswertes Geschöpf getroffen zu sein. Vor uns lag ein kleiner Wald, den wir mit gut zehn oder höchstens zwanzig Schritten durchquerten. Großer Louis flog zusammen mit Alfred und Ottokar voraus, um die Gegend zu erkunden. Sie gaben uns freie Bahn. Max und William freuten sich schon auf die Bäume, zumal diese etwas größer waren als die, die wir bis jetzt gesehen hatten. Ich vermute, es waren Mammutbäume oder sowas in der Art. Endlich konnten sie mal wieder richtig klettern. Doch kaum hatten sie sich den ersten Ast geschnappt und sich daran hochgezogen, als sie auch schon wieder auf ihren vier Buchstaben landeten. Die Äste waren zu dünn und schwach, um einen halbwüchsigen Gorilla zu tragen. ‘Autsch! So ein Mist!’, riefen die beiden, während sie sich ihren Po rieben. Kurze Zeit später waren wir von vierzehn kleinen Männern mit Baskenmützen und langen Umhängen umzingelt. Sie sahen aus wie kleine Kinder mit den Gesichtern von erwachsenen Männern, auf jeden Fall nicht freundlich. Einer der Zwerge trat hervor und beäugte uns kritisch. Dabei musste er ziemlich weit nach oben schauen, immerhin ging mir der kleine Kerl samt Mütze nur bis zum Knöchel. Um aber besser sehen zu können, kletterte der Zwerg behände auf den größten Baum, den er finden konnte. Aber auch von dort musste er noch zu mir hoch schauen. ‘Wer wollt ihr und was seid ihr? Äh, ich meine wer seid ihr und was wollt ihr?’, fragte der Zwerg. Ich erklärte dem Zwerg, wer wir waren und was uns in dieses Land geführt hatte. Der Zwerg sah mich prüfend an. Dann sah er Jim an, der wie immer seine quietschbunten Klamotten trug. Sein T-Shirt zum Beispiel bestand diesmal aus mehreren verschiedenen Stoffen in Farben, die so grell waren, dass es schon fast in den Augen wehtat. Dazu trug er eine knallbunte Hochwasserhose mit riesigen weißen Punkten. Auch Louis wurde eingehend gemustert. Seine Kleider standen

im krassen Gegensatz zu Jims. Sie stammten aus der Anfangszeit des 20. Jahrhunderts und waren peinlich genau aufeinander abgestimmt und so ordentlich gebügelt, als würden sie frisch aus dem Laden kommen. Auch die anderen aus unserer Gruppe wurden kritisch beäugt. Der Zwerg schien noch nie einen grünen Bären oder einen buntgestreiften Hund oder eine gelbe Maus gesehen zu haben. Oder er hat noch nie eine so große Maus gesehen, immerhin war Piepsy noch ein kleines Stück größer als er.
Nach einer Weile sagte der Zwerg: 'Kommt mit, ich kann euch helfen, eure Freundin zu finden.' Mit diesen Worte machte sich der Zwerg an den Abstieg. Dabei griff er bei einem Ast daneben und fiel nach unten. Jim konnte ihn gerade noch mit der flachen Hand auffangen und sicher auf den Boden stellen. Als der Zwerg wieder sicher mit beiden Beinen auf dem Boden stand, ging er los, ohne sich noch einmal umzusehen. Er ging davon aus, dass wir ihm folgen würden. Da seine Schritte um einiges kleiner waren als unsere, hatten wir auch keine Probleme ihm zu folgen. Zu den anderen Zwergen sagte er etwas, das ich nicht verstand. Es klang in etwa wie 'Ote djadje djee', oder sowas in der Art. Daraufhin verschwanden die anderen 13 Zwerge im Wald. Unser Zwerg aber führte uns aus dem Wald hinaus auf eine freie Fläche aus Sand und trockenem Gras. Es sah aus wie eine Steppe in einer Modelleisenbahnlandschaft. Der Zwerg durchquerte sie, ohne sich auch nur ein einziges Mal umzusehen, ob wir ihm noch folgten. Das komischste an diesem Zwerg war, dass er jedes Mal ein Stück vom Boden abhob, wenn einer von uns einen Fuß auf die Erde setzte. Einmal flog er fast so hoch wie Jims Knie, weil Jim zu dicht aufgelaufen war. Mit einem Plopp landete er auf seinen vier Buchstaben. 'Was soll denn der Mist?!', fluchte der Zwerg. 'Passt doch auf, wo ihr hintretet!' Schnell entschuldigte sich Jim bei dem Zwerg und bot ihm an, ihn zu tragen. Dieser lehnte aber entschieden ab. Seine Begründung: 'Ein Zwerg lässt sich von niemandem tragen!' Also ließ Jim ihn weiter vorneweg flitzen. Und für einen so winzigen Kerl wuselte er ganz schön herum.
Bald kamen wir an ein Gebirge. Für die Zwerge musste es ein Hochgebirge sein, es ging Louis immerhin bis zur Hüfte. Und Louis war schon ziemlich groß. Am Fuße des Gebirges hielt der Zwerg an. Kommentarlos zeigte er Richtung Berge, dann ver-

schwand er. Erst als er schon fast außer Hörweite war, rief er: 'Seid vorsichtig, mit den Zwergen aus dem Steinbruch ist nicht zu spaßen.' Dann war er endgültig fort und wir standen allein vor ein paar Hügeln, die für die Bewohner dieser Welt ein Hochgebirge mit dem Ausmaß eines Himalaya waren.

Da der Zwerg uns hierher geführt hatte, gingen wir auf das kleine Gebirge zu. Vorsichtig gingen wir voran. Alfred und Ottokar flogen voraus, kamen aber bald wieder zurück. 'Da unten scheint sowas wie ein Steinbruch zu sein', meinte Ottokar. 'Ach, Pidi, wie sagtest du, sieht Kiki aus?', wollte Alfred wissen. So beschrieb ich meine Freundin noch einmal: 'Etwas kleiner als ich, braunes Fell, schwarze Mähne und schwarzer Schweif.' Alfred überlegte. 'Nun ja, ich hab da unten einen Esel gesehen, er ist braun mit schwarzer Mähne und Schweif.' Er unterbrach sich und schaute mich irgendwie mitleidig an. Emil stellte die alles entscheidende Frage: 'Wenn Kiki hinter diesem Gebirge ist, müssten wir dann nicht wenigstens die Ohren sehen? Pidis Kopf ragt ja auch über die Gipfel hinweg.' Emil hatte Recht. Wir hätten Kiki sehen müssen. Dem war aber nicht so. Also gab es nur zwei Möglichkeiten: entweder Kiki war nicht hinter diesen Bergen oder, oder – die zweite Möglichkeit fiel mir grad nicht ein.

'Jim, sieh doch mal, hier gibt es eine Karte von dem Land', sagte Piepsy plötzlich, während sie über das Buch gebeugt war. Es hatte sich erstaunlicherweise ihrer Größe angepasst. Sofort war Jim bei Piepsy und nahm sich das Buch, welches auf einmal wieder zu wachsen schien. Er sah sich die Seite an, die die kleine gelbe Maus aufgeschlagen hatte. 'Mh, der Karte nach zu urteilen liegt hinter diesem Gebirge ein Steinbruch', sagte Jim. 'Achtung! Die Zwerge im Steinbruch sind griesgrämig, leicht reizbar und hinterhältig', las Jim noch vor. 'Na Klasse! Das wird ein prickelndes Abenteuer', bemerkte Torca zynisch. Und sie hatte Recht, leicht würde es bestimmt nicht werden.

'Vielleicht können wir jemanden als Vermittler schicken', schlug Max vor. Die anderen fanden die Idee gar nicht mal so schlecht. Jim hatte auch gleich eine Idee, wer gehen sollte. 'Das ist doch genau die richtige Aufgabe für dich, Bunter. Du bist doch Vertreter und hast bestimmt schon einige Erfahrungen mit schwierigen Kunden.' Dabei betonte Jim das Wort 'schwierig' besonders, wäh-

rend er Bunter herausfordernd auf die Schulter klopfte. 'Das ist eine schlechte Idee, eine äußerst schlechte Idee. Kommt nicht in die Tüte, auf keinen Fall.'
Ein paar Minuten später fand sich Bunter zusammen mit Piepsy und Emil auf dem Weg zum Steinbruch wieder. Bunter schimpfte noch ohne Unterlass: 'Ich muss mich mit diesen Zwergen rumschlagen, ich, der beste Vertreter in ganz Europa. Mit Zwergen. Das darf ich keinem erzählen, die würden mich ja ...' Emil beendete den Satz für Bunter: '... bewundern. Aber nur, wenn du die Zwerge richtig überzeugen kannst. Es gibt wohl keinen schwierigeren Kunden. Und wenn du es bei den Zwergen schaffst, kannst du es auch bei allen anderen Kunden.' 'Von der Seite hab ich es noch gar nicht betrachtet. Also gut, lass uns das Kind mal schaukeln.' Damit ging Bunter energisch voran. Je näher sie aber dem Eingang des Steinbruchs kamen, desto langsamer und vorsichtiger gingen sie.
Dann blieben sie wie angewurzelt stehen. Piepsy und Bunter gingen sogar wieder einen Schritt zurück. Emil war aber Bär genug stehen zubleiben. Er übernahm jetzt auch das Wort: 'Äh, hallo ihr Zwerge, nett euch kennen zulernen. Ich bin der Emil, Emil Grünfell. Und, ähm, das sind meine beiden Freunde Piepsy Maus und Bunter Hund. Ich glaube, ihr habt da eine weitere Freundin von mir und, ähm, die möchten wir gerne wieder haben. Und, ähm, Bunter, sag doch auch mal was, du bist doch der Vertreter.' stammelte Emil, während der Zwerg, dem sie gerade begegnet waren, immer grimmiger drein schaute. Bunter zierte sich aber noch etwas, trat dann hinter Emil vor, blieb aber in einer Position, in der er schnell wieder hinter Emil Deckung finden konnte. 'Ähm, ja, wie Emil schon sagte, möchten wir unsere Freundin wieder haben. Sie ist ein brauner Esel und wir wollen sie im Originalzustand, ähm, wenn's geht. Und so, und überhaupt!', stammelte Bunter. 'Ach wie schön, neues Personal. Und es kommt sogar freiwillig. Das ist ja mal eine nette Überraschung', meinte der rosa Zwerg fast schon unangenehm freudig. 'Bleu, Vaiolet, Zitrön, Tyrki, packt die drei und schnallt ihnen einen Wagen um. Die anderen können solange eine Pause machen.' Schon kamen ein violetter, ein zitronengelber und ein türkisfarbener Zwerg auf sie zu. Der hellblaue Zwerg zögerte etwas, wurde aber, als er an seinem rosa Kollegen vorbei kam,

in den Hintern getreten, so dass er ein paar Schritte nach vorne stolperte. ‘Beeil dich gefälligst etwas, Bleu, wir haben nicht den ganzen Tag Zeit’, kläffte der rosa Zwerg.“

„Das war zu viel für mich. Ich konnte es nicht mehr ertragen, wie Rosé den kleinen Bleu immer behandelte. Ich ging auf Rosé zu, der mir den Rücken zuwandte. Da ich gerade eine Pause hatte, war ich den Wagen los. Vorsichtig schlich ich mich an, drehte mich um und trat aus! Rosé taumelte verwirrt nach vorne und fiel der Kürze nach hin. Ich brachte mich inzwischen außer Reichweite und in Sicherheit, damit er ja nicht auf die Idee kam, ich hätte etwas damit zu tun gehabt“, unterbrach Kiki. „Du warst das? Alle Achtung, Schatz“, staunte Pidi. Immerhin war er bei diesen Szenen nicht direkt dabei gewesen. „Jo, ich war das. Deswegen habe ich mich am Ende dann auch bei Rosé entschuldigt“, gab Kiki zurück.

Dann aber erzählte Pidi noch den Rest der Geschichte: „Rosé jaulte erschrocken auf. Als er wieder aufstand, war von dem Angreifer nix mehr zu sehen.
Einige Zeit später waren Piepsy, Emil und Bunter in der Schlucht verschwunden. Was dort genau geschah, kann ich nur aus zweiter Hand wiedergeben. Piepsy hatte es mir berichtet. Für Bunter war es wohl am schwierigsten, immerhin musste er Verhandlungen um ein Lebewesen betreiben, ohne selbst ein brauchbares Gegenangebot zu haben. Er musste sich ganz schnell etwas ganz Kreatives und Gutes einfallen lassen und dabei war der Verhandlungspartner nicht unbedingt eine Hilfe. ‘Wenn ihr uns Kiki unversehrt und in Originalgröße zurückgebt, werden meine Freunde und ich alles dafür tun, um sie zu ersetzen’, bot Bunter an. Rosé horchte auf. ‘Na, das ist doch ein Angebot. Drei Arbeitskräfte gegen eine. Das Angebot nehmen wir doch glatt an’, gab der Zwerg freudig zurück. Bunter wehrte energisch ab: ‘Nein, nein, nein, so meinte ich das nicht. He, Hilfe, was soll das? Lasst mich los!’, brüllte Bunter, während die Zwerge versuchten, ihn zum Steinbruch zu bringen. Bunter biss, bellte und keiferte wie besessen. Emil und Piepsy kamen ihm zu Hilfe. Schnell hatten sie die zwei Zwerge, die sich auf Bunter gestürzt hatten, niedergerungen.

'Bunter hat nicht gesagt, dass wir für euch arbeiten. Und außerdem meinte er mit Freunde nicht nur uns beide. Da draußen vor der Schlucht warten noch neun andere Freunde, die euch vielleicht helfen können', sagte Piepsy, als sich die Zwerge wieder beruhigt hatten. 'Neun weitere Arbeitskräfte? Oh Mann, das ist unser Glückstag heute', gab Rosé zurück. 'Nein, nein, nein, nein, nein! Ich rede nicht von neuen Arbeitskräften, sondern von anderen Möglichkeiten, die Arbeit hier zu erleichtern. Mein Freund Jim zum Beispiel hat diesbezüglich bestimmt ein paar verrückte Ideen', gab Bunter entnervt zurück. 'Der ist in solchen Sachen ein Genie', ergänzte Piepsy. 'Wie heißt dieser Freund? Jim? Merkwürdiger Name.' Das musste Rosé gerade sagen. Wenn jemand einen merkwürdigen Namen hat, dann er und seine Kumpane! Im Endeffekt aber erklärte sich Rosé damit einverstanden, Jim und die anderen kennen zu lernen. Während Bunter und Emil als Rückversicherung in der Schlucht bei den Zwergen bleiben sollten, wurde Piepsy geschickt, um Jim und die anderen zu holen.
So ging Piepsy zurück zu Daniela, mir, Torca und dem Rest, um uns zu berichten, wie der Stand der Dinge war. Da wir aber alle zu groß waren, um in die Schlucht zu passen, wollten wir, dass Piepsy die Zwerge bat, nach draußen zu kommen. 'Super, auf diese Aufgabe freue ich mich schon, da hab ich schon so lange drauf gewartet. Ein paar sturen Zwergen zu verklickern, dass sie ihre Schlucht verlassen sollen, um mit meinen Freunden reden zu können.' Sie war sich sicher, dass es schon Jahrzehnte her sein musste, dass die Zwerge auch nur einen Fuß aus dieser Schlucht gesetzt hatten. Um so stolzer war sie auf das Ergebnis. Sie hatte es tatsächlich geschafft, dass wenigstens Rosé mit nach draußen kam. Dies gelang ihr aber auch nur, weil sie Bunter und Emil weiterhin als Versicherung bei den anderen Zwergen ließ. Die Einzigen, denen es nicht gefiel, waren Emil und Bunter.
Als Piepsy mit Rosé raus kam, sah dieser sich erst einmal demonstrativ um. Nach einer Weile fragte er dann: 'Wo sind denn deine Freunde? Ich kann sie nicht sehen.' 'Wir sind hier oben', beantwortete Jim die Frage. Der kurze Schrei, den Rosé ausstieß, als er die für ihn mit Sicherheit laute und dumpfe Stimme hörte und nach oben sah, war bestimmt noch in Timbuktu zu hören. Der Zwerg ging auch gleich mehrere Schritte zurück, aber anders

als die Meisten fiel er nicht in Ohnmacht. Im Gegenteil, er brachte es noch fertig, einen zynischen Scherz zu machen: 'Oh, deine Freunde haben in ihrer Kindheit aber gut zu Essen bekommen, dass sie so in die Höhe geschossen sind.' Daraufhin nahm Jim den kleinen Zwerg behutsam auf seine Hand und stellte ihn auf einen Felsvorsprung im Gebirge, so dass sie auf Augenhöhe waren. 'So ist es besser. Wenn ich immer nur nach unten schauen muss, bekomme ich einen steifen Hals. Und dir ist es so vielleicht auch lieber, oder?', meinte Jim. Doch dem Zwerg schien es dort oben in luftiger Höhe nicht so sehr zu gefallen.
Jim schien das aber nicht weiter zu interessieren, er ging nämlich gleich dazu über, dem Zwerg zu erklären, was er wollte. 'Ich nehme an, du weißt, weswegen wir hier sind. Wir möchten unsere Freundin Kiki zurück haben. Und wenn wir gerade dabei sind: Die anderen Personen, die ihr im Laufe der Jahrhunderte entführt habt, möchte ich auch wieder haben und zwar unversehrt und in Originalgröße', fing Jim die Verhandlung an. 'Ich soll euch unsere Arbeitskräfte übergeben? Davon träumst du wohl. Lieber wär ich ein Stein mit Ohren, als dass ich dir meine Arbeiter überlasse!' Irgendwie kam mir der letzte Teil von Rosés Worten bekannt vor. Und das, was Jim als Nächstes tat, ebenfalls. Er schnipste mit den Fingern und sagte: 'Kannst du haben.' Augenblicklich verwandelte sich der Zwerg in einen Stein mit übergroßen Segelohren und einem Zipfel, der der typischen Zipfelmütze der Zwerge ähnelte. 'Jetzt versteh ich den Witz, den Louis vor einiger Zeit vorgelesen hatte', rief Ottokar. 'Ich – ver – steh – ihn – schon – lange. – Es – sind – kei – ne – Wit – ze, – son – dern – Hin – wei – se, – wie – man – mit – den – Zwer – gen – fer – tig – wird', kommentierte Schlafhund Ottokars Bemerkung. 'Warum hast du das denn nicht gleich gesagt?', fragte William aufgebracht. 'Ihr – habt – mich – nicht – ge – fra – gt', kam die Antwort. 'Gut, Schlafhund. Das nächste Mal kannst du es ruhig eher sagen. Hat irgendjemand den zweiten Witz noch im Kopf? Louis? Du hast ihn doch vorgelesen', fragte Jim weiter. Doch Louis schüttelte nur den Kopf. Daniela war aber plietsch genug, das Buch ein weiteres Mal zu öffnen. Sie blätterte einige Zeit lang in dem Buch, ohne auch nur annähernd zu finden, wonach sie suchte. 'Hier steht nix drin, das sind alles keine Witze, sondern nur Informati-

onen über dieses Land. Wieviele Zwerge es gibt, wo sie wohnen, sogar wie sie sich fortpflanzen. Dabei hab ich das Buch doch nach Vorschrift geöffnet', sagte Daniela enttäuscht.
Louis nahm das Buch. 'Als ich es das letzte Mal aufgeschlagen habe, da habe ich es so gemacht', sagte er und schlug das Buch wie ein ganz normales Buch auf. 'Na bitte, hier ist er doch: Wie bewegt man einen Zwerg dazu, seine Sklaven frei zu lassen? Man baut ihm neue ...', sagte er stolz und las den Witz gleich noch einmal vor. 'Mh, daraus lässt sich vielleicht etwas machen', meinte Jim, schnipste mit den Fingern und fast sofort fing der Zwerg an zu zetern: 'So eine bodenlose Frechheit. Das kann man mit einem Zwerg nicht machen. Mich in einen Stein mit Ohren verwandeln. Das ist ja schon fast ein Frevel! Darauf stehen hundert Jahre mpf, mpf, mpf!' Rosé wetterte noch immer, aber es kamen keine Worte mehr über seine Lippen. Jim verhinderte es durch Zauberkraft. Sah ziemlich komisch aus, wie der Zwerg da mit seinen Armen und Beinen fuchtelte als wolle er jemanden aufspießen.
Nach einiger Zeit schien er sich wieder beruhigt zu haben, er stand einfach nur da und sah Jim mit brennenden Augen an. Jim schnipste ein weiteres Mal mit den Fingern. 'Bist du jetzt fertig mit schimpfen? Dann können wir nämlich versuchen, eine Lösung zu finden, die beide Seiten zufrieden stellt', fing Jim noch einmal an. 'Schon gut, schon gut', gab der Zwerg schnell zurück, setzte sich vorsichtig auf seinem Felsvorsprung hin und versuchte Jim zuzuhören. 'Wie ich das mitbekommen habe, benötigt ihr Arbeitskräfte. Die, die ihr habt, wollen wir aber wieder haben. Da ihr ohne Arbeitskräfte wohl nicht auskommt, müssen wir eine Möglichkeit finden, die jetzigen Arbeitskräfte zu ersetzen und zwar so, dass sie die selbe Arbeit in der selben Zeit verrichten. Kommt das in ungefähr so hin?' Der Zwerg nickte.
Jim kam mit den Zwergen überein, dass die Arbeiter ab jetzt frei hatten. Dafür würden Jim und wir anderen die Arbeit im Steinbruch beenden. Danach würden wir uns dann überlegen, wie wir den Zwergen helfen konnten. Da wir alle sehr groß waren, war die Arbeit im Steinbruch nach eineinhalb Stunden erledigt. Danach ließ sich Jim einen Bogen Papier bringen, der so klein war, dass man hätte glauben können, er wäre durch eine grobe Schreddermaschine gejagt worden. 'Super, kann mir jemand noch 'ne Lupe

bringen, damit ich lesen kann, was ich schreibe?', fragte Jim, während er den Block Papier vorsichtig zwischen Daumen und Zeigefinger hielt. Daniela vergrößerte den Block für Jim, der ihn fast sofort fallen ließ, weil er zu schwer geworden war. 'Ich wollte den Bauplan nicht in Übergröße malen, Schatz, aber danke für deine Hilfe.' 'Tut mir leid, Jim, irgendwie bekomm ich das noch nicht so ganz hin', entschuldigte sich Daniela. Jim, der sich noch gut an seine ersten Zauberversuche erinnern konnte, grinste versöhnlich, legte sich den Block Papier, der jetzt dreimal größer war als ein normaler DIN-A3-Block, auf den Boden, schnipste mit den Fingern und der Block schrumpfte auf die Größe eines A3-Blocks. 'Schon besser.'
Dann fing Jim an, wie wild zu zeichnen. Einen Bleistift schien er bei sich gehabt zu haben. Nach einiger Zeit war Jim fertig und sah sich seine Arbeit stolz an. 'Mann, bin ich gut. Jetzt brauchen wir nur noch das Material', lobte sich Jim selbst. Dann ging er dazu über, seinen Plan zu erklären. Und diesmal erklärte er seinen Plan auch bis ins kleinste Detail, weil die Zwerge die Bauarbeiten sonst niemals genehmigt hätten.
'Also, hier drüben werden wir ein vollautomatisches Förderband hinbauen, das vom Fluss betrieben wird. Das Band wird dort rüber zur Waschstation gehen, wo die Steine dann in einen riesigen Bottich fallen. Mit einem Rührstab werden die Steine vom groben Schmutz gesäubert. Das Wasser wird in eine Rinne gelassen, die es dann zur Kläranlage bringt, wo kleine Mikroorganismen leben, die das Wasser säubern, bevor es dann wieder über die Röhren in den Bottich zurückfließt, um wieder Steine zu säubern. Während das Wasser sich säubert, wird der Bottich mit einem Rad geöffnet und die Steine plumpsen auf einen LKW. Der bringt die Edelsteine dann vollautomatisch zu den Sortiermaschinen, die die Steine nach Gewicht sortieren. Danach werden sie ebenfalls voll automatisch wieder auf die Laster geladen, die die Edelsteine zu ihrem endgültigen Bestimmungsort bringen. Ihr Zwerge müsst bloß die Steine zu Tage fördern. Klingt doch gut? Oder? So, hier sind die Listen mit den Materialien, die ich benötige. Jeder Zwerg nimmt sich einen meiner Freunde und besorgt die Sachen. Ich bastle dann alles zusammen.'

Und wirklich, Jim baute alles so zusammen, wie wir es ihm brachten. Er arbeitete an mehreren Maschinen gleichzeitig. Gegen Abend stand dann alles. Es musste nur noch an den Wasserkreislauf angeschlossen werden. Dies sollte aber erst am nächsten Morgen passieren.
Das Essen, das wir bekamen, war grandios. Kiki, die mir gerade mal bis zu meinem Knie ging, meinte, sie hätte schon lange nicht mehr so gut gegessen. Daniela hatte gekocht. Bratäpfel, die so groß wie kleine Kürbisse waren, Würstchen, die so lang waren wie mein Schweif und Kartoffeln, die so groß wie die Hand eines erwachsenen Mannes waren. 'Wow, Daniela, so große Äpfel, Kartoffeln und Würstchen hab ich ja noch nie gesehen', staunte Louis, während Torca und ihre Söhne schon kräftig bei den Würstchen zulangten. 'Und an denen hier hättest du dich hungrig gegessen. Da bräuchte ich ne Lupe, um die bearbeiten zu können', entgegnete Daniela und zeigte die Zutaten in Originalgröße. 'Ach Gott, sind die niedlich', gab Louis zurück. Dann haute aber auch er ordentlich rein.
Am nächsten Morgen nahm Jim dann endlich die neue Anlage feierlich in Betrieb. Die Zwerge staunten nicht schlecht, als sie sahen, wie alles funktionierte. Das musste gefeiert werden. Die acht Zwerge holten ihre besten Zutaten heraus und ließen Jim kochen. Natürlich würzte er ziemlich scharf. Keine Ahnung wieso, aber irgendwie scheint Jim immer Gewürze bei sich zu tragen. Er gab Ingwer, Zimt, Teufelskraut und rotes Streifenkraut an das Essen. Und natürlich einen kleinen Schluck Weißwein. Die Stichflamme war gewaltig. Die Zwerge keuchten erst einmal, als sie das Essen kosteten. Rosé wurde im Gesicht roter als seine Kleidung. Und auch den anderen schienen die Ohren zu qualmen. 'Und, wie schmeckt's?', fragte Jim. Die Zwerge sahen sich mit tränenden Augen an. 'Ich weiß nicht, wie es schmeckt. Meine Geschmacksknospen wurden mit dem ersten Biss außer Gefecht gesetzt', gab Tyrki gepresst zurück.
Nach dem Fest, als es den Zwergen wieder etwas besser ging, gaben sie sämtliche Gefangene frei. Es waren acht an der Zahl. Ein Eisbär namens Anouk, ein Mann namens Josch, eine Frau namens Marta, ein Junge namens Lukas, ein Mädchen namens Carolin, zwei Waschbären namens Dick und Frances und eben

Kiki. Jim vereinbarte mit den Zwergen, dass sie die acht alle nach Venedig bringen sollten. Wir wollten auf dem selben Weg zurückgehen, auf dem wir gekommen waren. Doch Rosé schüttelte nur den Kopf. 'Es geht wesentlich schneller, wenn ihr durch den Transporterstrahl geht. Allerdings würde er euch aus dieser Richtung vergrößern. Ihr würdet dann in eurer Heimat Riesen sein', gab er zu bedenken. Doch Jim lächelte nur: 'Och, das soll kein Problem sein. Moment, das haben wir gleich.' Jim schnipste mal wieder mit den Fingern und schon fingen wir alle an zu schrumpfen, bis wir mit den Zwergen auf Augenhöhe waren.
Als die Zwerge dieses Zauberwerk sahen, traten sie ehrfürchtig ein paar Schritte zurück. Sie staunten nicht schlecht über Jims und Danielas Fähigkeiten.
Nach einiger Zeit hatten sich die Zwerge wieder gefasst und Rosé ergriff das Wort: 'Wir Zwerge sind euch zu großem Dank verpflichtet. Ihr habt unser Bergwerk wieder in Schuss gebracht und uns eine Möglichkeit aufgezeigt, es auch zu acht zu betreiben. Dafür sind wir euch ewig dankbar. Und wir schwören feierlich, dass wir nie wieder Menschen oder Tiere entführen. Wenn die Geräte mal kaputt gehen sollten, werden wir dich als erstes entführen, damit du sie wieder reparieren kannst', sagte Rosé. Bei den letzten Worten sah er Jim scharf an. 'Öh, jao, kloar. Wenn die Geräte defekt sein sollten, repariere ich sie natürlich', stammelte Jim etwas. Dann führte uns der Zwerg zu der Höhle, in der sich Kiki verstecken wollte, um abzuhauen. Rosé und die anderen Zwerge blieben vor einem Steinpodest in der Mitte der Höhle stehen und baten uns, uns drumherum zu stellen. Dann fing der Zwerg an zu sprechen. In seiner Sprache. Es klang wie eine Beschwörung: 'Krechnok (ch wie in 'ich) iknak krachtog (ch wie in Bach) metag. Ikfarg igorak knok. Mitkas itkas tuk.'
Ein paar Sekunden nachdem Rosé die Worte gesprochen hatte, fing das Podest an rosa zu leuchten. Wie ein Blitz schoss der Lichtstrahl gen Decke und erfüllte den gesamten Raum. Der Zwerg, der auf dem Podest mitten im Licht stand, winkte uns zu sich. Zögernd machte Jim den ersten Schritt und kletterte nach oben. Kaum hatten beide Beine die Plattform berührt, als Jim auch schon von dem Podest eingesogen wurden. Alles, was Jim noch sagen konnte, war 'Huch.!' Dann war er weg.

Wir anderen folgten Jim mehr verängstigt als alles andere. Einer nach dem anderem verschwand in diesem rosa Lichtstrahl. Kiki und ich gingen als letzte gemeinsam durch. Es war wie ein Strudel, der sich in die falsche Richtung drehte und uns wie Spielzeug mitzog.
Als ich endlich wieder Boden unter meinen Hufen hatte, war mir so schwindlig und schlecht, dass ich mich erst einmal übergeben musste. Kiki ging es auch nicht viel besser, obgleich sie sich nicht übergeben musste. Jim und die anderen warteten etwas weiter abseits von uns, damit die für diese Zeit merkwürdig gekleideten Menschen nicht so auffielen.
Zunächst brachte Jim alle Befreiten zu seinem Freund Rodriges Preston, der sich 'wahnsinnig' darüber freute mal wieder ein Full House zu haben. Unser nächstes Problem war es, alle sieben ehemaligen Sklaven in ihre Zeit zu bringen. Doch Jim hatte schon eine Idee, wie er das Problem lösen konnte. Die Tunnel, die wir schon etliche Male betreten hatte, könnten für die Entführten der Weg in ihre Vergangenheit sein. Wir brauchten nur jemanden, der sie sicher da durch führen konnte. Und Jim wusste auch schon ganz genau, wer uns da helfen konnte: Ferdong (ferdoh), der Findling in Jims Garten in Philadelphia. Und genau dort hin ging es als nächstes. Das war aber kein leichtes Unterfangen. Du musst bedenken, dass einige noch aus dem vorigen Jahrhundert kamen. Als sie dann in ein Flugzeug steigen sollten, bei dem auch noch Jim der Pilot war, ging der Spaß erst richtig los. Mit zittrigen Knien betraten Josch, Marta und die anderen das Flugzeug. Kaum, dass sie in ihren Sitzen saßen, wurden sie auch schon automatisch angeschnallt und los ging es. Innerhalb einer halben Stunde waren wir in Jims Garten.

Dort angekommen, ging Jim erst einmal zu dem Findling, der mitten im Garten lag und kraulte ihn. Plötzlich schien sich der Findling an Jims Hand zu schmiegen und dann öffnete er die Augen, die unvermittelt oben erschienen und den Stein wie einen Frosch aussehen ließen. Dann fing der Stein auch noch an zu sprechen: 'Eachtno (ächnjo) Jim.' Jim erwiderte die Worte mit den selben Worten. Er tauschte das letzte Wort lediglich gegen das Wort Ferdong aus. Ich vermute mal, das hieß soviel wie 'Hallo Jim', oder so. Alles Weitere besprachen sie dann aber in verständlicher Sprache. 'Ich werde Toxlirox rufen. Einen kleinen Moment.'

Die Augen des Findlings verschwanden wieder für eine ziemlich lange Zeit. Ich dachte schon, der Stein wäre jetzt wirklich zu einem Stein geworden. Doch plötzlich wuchsen dem Stein Beine und er bewegte sich gemütlich und in Zeitlupe, ähnlich wie Schlafhund, zur Seite. Als das Loch darunter endlich frei war, trat ein weiterer Stein hervor. Er war kleiner und wendiger. Ohne die Arme und die Beine hätte er gut und gerne ein Backstein sein können. Er stellte sich als Toxlirox vor. 'Ihr habt mich gerufen? Was für ein Problem habt ihr denn?' Jim erklärte ihm, was er von ihm wollte und stellte die Opfer vor, die wir zuvor befreit hatten. Toxlirox sah sich die sieben genau an. 'Mh, mh, mh, mh. Die sieben sollen also alle wieder in die Zeit zurück, aus der sie gekommen sind. Nun gut. Gibt es irgend etwas, das zu beachten ist? Würde ich die Geschichte verändern, wenn ich sie zur falschen Zeit zurückbringe?', fragte der Backstein. Jim überlegte kurz. Dann sagte er: 'Einen kleinen Moment, ich muss etwas holen.' Und schon war er im Haus verschwunden. Nach einiger Zeit kam er mit einem Block Papier und einem Stift wieder. Noch während er ging, schrieb er etwas auf den Block. 'So, Toxlirox, das sind die Orte, an die die Personen müssen und das sind die Zeiten, die ich damals an diesen Orten weilte. Es ist besser, wenn du sie dort absetzt, nachdem ich die Orte verlassen habe, damit ich nicht erfahre, dass die Opfer alle wieder heil nach Hause gekommen sind. Sonst würde uns ja dieses nette Abenteuer flöten gehen, wenn der Fall schon damals gelöst wird.' Mit diesen Worten gab Jim dem Stein die Liste. Dieser nickte knapp, bat dann die sieben, ihm zu folgen und verschwand in den Gängen. 'Bleibt mir ja dicht zusammen, ich will keinen verlieren. Da drin ist ein riesiges Laby...' Die Worte von Toxlirox wurden immer leiser, bis sie dann ganz abbrachen. Ferdong (ferdoh) begab sich in Zeitlupe wieder auf seinen angestammten Platz, sagte noch: 'Oxyuuti (okjota)!', was Jim mit 'Gute Nacht' übersetzte, dann war er wieder ein gewöhnlicher Findling in Jims Garten.

„Und so ging unser letztes großes Abenteuer zu Ende. Ich hoffe, die Geschichte hat dir ein bisschen gefallen", beendete Pidi den Bericht. Diablo war voll auf begeistert: „Wow. Das waren echt coole Geschichten, die der BBC im Laufe der Jahre erlebt hat. Könnte fast ein Buch werden."

Die Krönungsfeier

Drei Tage blieben nun noch bis zur Krönungsfeier am 03.01.2003. Die Royal Albert Hall war geschmückt, die Sitzplätze durch Tische und Stühle ausgetauscht, die Bühne und die Beleuchtung stand, die große Videoleinwand war einsatzbereit und die Musiker waren auch schon fast alle eingetrudelt.
Einen Tag vor der Feier kam Schlafhund zu Teufel und Diablo. Er hatte eine Bitte an die beiden: „Du – er – in – nerst – dich – doch – da – ran, – wie – ich – da – mals – Ur – laub – be – an – tragt – hat – te. – Nun – ja, – ich – wol – lte – dich – fra – gen, – ob – du – und – dei – ne – Fa – mi – lie – nicht – die – Pa – ten – mei – ner – Kin – der – sein – wollt?", fragte Schlafhund. Teufel überlegte nicht lange. Patenonkel von süßen Schlafhundwelpen? „Aber klar doch, wo sind sie denn und wie heißen sie?", fragte er sofort. „Kommt – mit, – ich – zei – ge – euch, – wo – mei – ne – Kin – der – sind." Mit diesen Worte führte Schlafhund Diablo und Teufel nach Schottland. Genauer gesagt zum Loch Lomond. Natürlich ging es per Flugzeug dort hin. White Horse hatte sich bereiterklärt, Schlafhund, Diablo und Teufel dort hinzubringen, mit Autopilot versteht sich.
In einer Höhle ganz in der Nähe vom Loch Lomond stand ein Kaktus, den die beiden Kater noch nie gesehen hatten. Drumherum war weiches Gras, noch weicher als Moos. „Du, Opa, wie kann in einer Höhle mitten in Schottland ein Kaktus wachsen?", wollte Diablo wissen. Doch Teufel hatte absolut keinen blassen Schimmer. Schlafhund erklärte es aber. „Jim – hat – den – Kak – tus – be – sorgt." Er erklärte noch, dass seine Kinder da in diesem Kaktus, dem Babysitterstachli, seien und sie in etwa 25 Jahren schlüpfen würden. Teufel, Diablo und seine Nachkommen sollten sich als Paten um die Kinder kümmern.
„Ähm, uhm, ähm ..." Den beiden Katern fehlten die Worte. Hunde, die Eier in Kakteen legen, die dreißig Jahre lang ausgebrütet werden müssen? Wo gibt es denn sowas? Teufel kratzte sich am

Kopf. „Nun ja, müssen Schlafhunde gesäugt werden oder so? Ich meine, ich gebe keine Milch, bin immerhin ein Kater und keine Katze“, fragte Teufel schließlich. Doch Schlafhund schüttelte nur den Kopf und verneinte: „Nein – nein, – Schlaf – hun – de – sind – kei – ne – Säu – ge – tie – re. – Füt – tert – den – Klei – nen – ein – fach – nur – mit – Scho – ko – la – de – und – gebt – ihm – ein – net – tes – zu – Hau – se.“ „Na, wenn es weiter nix ist, ich denke, das lässt sich einrichten. Muss mir das nur irgendwo in einen Kalender schreiben, damit ich es nicht vergesse“, gab Teufel zurück. Damit war die Zukunft von Schlafhunds Nachwuchs gesichert. „Ach – ja, – es – ist – Brauch, – dass – die – Pa – ten – fa – mi – lie – dem – Kind – ei – nen – Na – men – gibt.“ „Äh, ja, klar. Ein Namen für einen Hund. Darüber können wir uns dann ja noch mal in 25 Jahren unterhalten“, gab Teufel zurück, bevor es dann wieder zurück nach London ging.
Am nächsten Tag war es dann endlich soweit, die Feier begann. Acht Uhr in der Früh war Einlass, eine halbe Stunde später ging es dann los. Die große Festtafel war feierlich geschmückt. Auf jedem Platz lag ein kleines Programmheft und ein Namenskärtchen mit einer kleinen blauen Krone drauf, die selbe, die auch auf den Programmheften war.
Dschonny und Flax kamen gemeinsam in die Halle. Wie immer lachten sie wieder über etwas. „Hast du Murmlis Gesicht gesehen, als ich ihm sagte, er hätte hübsche Froschaugen? Das war zu komisch“, brüllte Dschonny vor Lachen. Flax pflichtete ihm unter Freudentränen bei. „Das zahle ich euch heim, ihr verdammten Halunken!“, brüllte Murmli den beiden hinterher. „So ein verdammtes Pack!“, schimpfte er noch vor sich hin, dann suchte er sich seinen Platz. Zum Glück war er weit genug von Dschonny und Flax entfernt. Er griff sich ein Stück Obst, das in mehreren Schalen über den ganzen Tisch verteilt stand. Als sich Murmli das Obst so ansah, kam ihm eine glorreiche Idee. 'Warum eigentlich nicht? Verdient haben sie es!', dachte er bei sich, stand von seinem Platz auf und verließ die Halle kurz.
Ein paar Minuten später kam er mit etwas zurück, das wie ein kleingeschnittener Apfel aussah. Damit ging er zu Dschonny und Flax. „Ähm, Flax, Dschonny, können wir nicht Frieden schließen? Bei uns im Land der Friedensvögel essen wir immer einen

Friedensapfel. Wollt ihr ein Stück?", fragte Murmli mit einer Unschuldsmiene. Flax und Dschonny sahen sich fragend an, sie trauten dem Frieden nicht. Als Murmli merkte, dass seine beiden Opfer zögerten, sagte er: „Bei uns wäre es äußerst unhöflich, ein Friedensangebot abzulehnen." So zuckten der Waschbär und der Husky einfach nur die Schultern, warfen jegliche Bedenken über Bord und griffen zu.
Kaum hatten sie ein Stück gegessen, als sich plötzlich ihr Bauch aufblähte und immer dicker wurde. Irgendwann hoben sie dann ein paar Zentimeter vom Boden ab und schwebten knapp über dem Tisch, bevor sie wie Steine wieder nach unten fielen. „Aua!", beschwerten sich die beiden. Murmli aber lachte nur: „So, ihr zwei, jetzt sind wir quitt. Das war übrigens kein Friedensapfel, sondern eine Ballonfrucht. Sie bläht den Esser soweit auf, dass dieser dann durch die Gegend schwebt. Je nachdem, wie viel man davon isst, hält die Wirkung nur kurz, wie bei euch oder bis zu zwei Stunden an. Man sieht sich." Mit diesen Worten ging Murmli zufrieden zurück zu seinem Platz.
Nachdem dann alle anwesend waren und an ihren Plätzen saßen, trat Teufel auf die Bühne und eröffnete die Feier offiziell: „Hekem. Guten Morgen allerseits. Alle gut ausgeschlafen? Stimmen und Instrumente gut geölt und gestimmt? Dann kann es ja losgehen. Wie ihr vielleicht bemerkt habt, liegt auf jedem Platz ein Programmheft. Natürlich in der jeweiligen Muttersprache des Einzelnen, damit auch ja jeder alles versteht. Mittagessen gibt es gegen 12 Uhr. Es wird sowohl musikalisch als auch kulinarisch für jeden etwas dabei sein. Und wenn Dschonny und Flax nicht sofort aufhören, Blödsinn zu machen, fliegen sie achtkantig raus! Wer hat die zwei überhaupt zusammengesetzt?"
„Hey, wartet doch auf mich, wieso fangt ihr ohne mich an? Und wieso hab ich keine Einladung bekommen?", kam plötzlich eine bekannte, aber unerwartete Stimme von der Eingangstür. „Nein, nich der auch noch!", stöhnte Teufel. „Nimm dir einen Stuhl, pflanz dich weit weg von Dschonny und Flax und halt die Klappe!" Padraig, ein frecher Schimpanse und Freund von William und Max McWilly, war gekommen. Er kam der etwas unfreundlichen Bitte von Teufel nach und setzte sich neben Jim, der ihm noch einen Stuhl herbeizauberte.

Dann fuhr Teufel mit seiner Ansprache fort: „Einige von euch werden vielleicht noch nicht genau wissen, warum wir uns heute hier versammelt haben. Aber sie werden etwas vom Big Ben Clan gehört haben, dessen Chef ich bin. Jedenfalls bis heute Abend. Heute Abend werde ich meinen Enkel als Nachfolger krönen. Euer Moderator und Kommentator wird heute Murmli sein." Teufel wartete darauf, dass Murmli auf die Bühne kam und gab ihm mit den Worten: „Aber keine stundenlangen Vorträge über deine Verwandtschaft", das Mikrofon. Murmli lächelte verlegen, denn genau das hatte er gerade vorgehabt. „Ähä, gut, okay. Guten Morgen, Fans." Die meisten sahen Murmli nur fragend oder verständnislos an, denn die meisten anwesenden Musiker schienen Murmli noch nicht einmal zu kennen. „Ich meinte doch die vielen Fans der Bands, die heute hier spielen werden. Wie dem auch sei. Auf Wunsch einiger irischer und schottischer Big Ben Clan-Mitglieder haben wir natürlich den irischstämmigen Noel McLoughlin eingeladen, der heute unser Programm mit irischer und schottischer Musik beginnen wird. Fág sinn ceol cuir oder so ähnlich, lasst uns Musik machen! Und natürlich darf auch getanzt werden. Nur keine falsche Scheu." Damit gab Murmli die Bühne für den irischen Musiker Noel McLoughlin frei. Mit seinen typischen Gitarrenklängen und seiner fantastischen Stimme verzauberte er die Zuhörer im Raum eine halbe Stunde lang. Zum Tanzen war es wohl noch etwas früh, da sich keiner dazu aufgerufen fühlte. Doch das sollte sich im Laufe der Feier noch ändern.
Dann betrat Murmli wieder die Bühne, während das Publikum tosenden Beifall gab. „Wow, klasse Musik, könnte fast von dem Großvater von Onkels Tante sein. Ist ja gut, Teufel, ich vertiefe die Sache nicht weiter, obwohl es schade ist. Wie dem auch sei, unser nächster Gast ist eine durchaus attraktive, grandiose Geigenvirtuosin aus Singapur. Ich hab zwar keine Ahnung, welche Sprache man dort spricht, aber ich weiß, dass sie Englisch spricht. Begrüßt heute mit mir Vanessa-Mae Vanakorn Nicholson!" Das Publikum brach in Applaus aus. Auch sie spielte eine halbe Stunde lang wie eine Göttin, wie Murmli sagte. Es folgte die Band Convessional Convention, die sich auf das Covern von anderer Leute Liedern spezialisiert hatte. Fomka war an den Trommeln, während Teintidh sämtliche Blasinstrumente inklusive Dudelsack

spielte. Mit letzteren legte er auch ein fantastisches Duett mit Fomka an den Trommeln hin. Zum Schluss stellte Jim noch seine Band vor: „An den Drums mein Lieblingsbruder Fomka. An den Blasinstrumenten aus Schottland extra für euch hier her geflogen: Teintidh. Hier hinten haben wir Julia Taylor, meine kleine Schwester an den Vocals und am Bass. Und last but not least Kerstin Jones am Keyboard!" „Tja, und dann haben wir noch das Allroundgenie, das diese Band eigentlich ganz alleine spielen könnte, was aber nicht so einen Spaß machen würde: Jim Barnes an allen übrigen Instrumenten und am Gesang." rief Julia noch ins Mikro. Die Stimmung war jetzt richtig angeheizt.
Auch Murmli kam klatschend auf die Bühne. „Klasse Konzert. Wer mehr von der Band hören möchte, sie tourt ab nächsten Monat durch Großbritannien, Irland, Dänemark, Deutschland und Spanien. Sämtliche Tourdaten, CDs und andere Sachen können Sie auf der Internetseite www.convessional-convention.co.uk[2] finden", kommentierte Murmli die letzte Band.
„Gut, ich denke wir hatten für heute Morgen erst einmal genug anspruchsvolle Musik. Wie wäre es jetzt mit ein wenig Komik. Unser nächster Gast kommt aus Friesland. Er ist ein kleiner Friesenjung und er wohnt normalerweise hinterm Deich. Doch heute Morgen ist er hier. Otto Waalkes. Und an alle die, die normalerweise kein Deutsch verstehen: Ihr müsst jetzt nicht gehen, Jim hat dafür gesorgt, das Otto von allen Anwesenden verstanden wird. Viel Spaß nun mit Otto!" Nicht lange und die Halle war mit Gelächter gefüllt. Wer nicht mehr konnte, hielt sich den Bauch vor Lachen. Sogar Dschonny, Flax und Padraig amüsierten sich königlich.
„Das mit dem Körper fand ich echt schräg: 'Milz an Großhirn, darf ich mich auch ballen.' Wenn er es nicht erfunden hätte, hätte es von mir sein können", giggelte Padraig, während es sich an den sich immer wieder neu füllenden Obstschalen gütlich tat.
„So, bevor jetzt Evangelos Odysseas Papathanassiou seine Stücke zum Besten gibt, wollen wir noch einen Überraschungsgast in unserer Mitte begrüßen. Er ist der Sohn vom Teufel, aber keineswegs ein Satansbraten, und der Vater eines zukünftigen

---

[2] Keine echte oder existierende Internetadresse

bedeutenden Jungen. Im Englischen würde man ihn wohl Devil nennen, im Deutschen Teufel. Er ist nicht der Leibhaftige, aber ein echter Teufelskerl. Begrüßt mit mir heute auf der Bühne Drac!“ Ein schwarzer Kater auf zwei Beinen kam auf die Bühne. Auf den ersten Blick sah er genauso aus wie Diablo und Teufel. Doch sein Fell war etwas heller als das von Teufel und seinem Enkel. „Papa?“, fragte Diablo erstaunt. Auch Teufel fiel die Kinnlade nach unten. Bis zuletzt hatte Drac gesagt, dass er wohl nicht kommen könne, weil er geschäftlich unterwegs sei. „So ein verlogener Saukater!“, presste Teufel durch seine Zähne. Aber er war nicht wirklich böse. Die Überraschung war geglückt. Natürlich musste Drac noch ein paar Worte sagen, bevor er sich zu seinem Vater und seinem Sohn setzen durfte. „Wie ich an den Gesichtern meines Vaters und meines Sohnes sehen kann, ist die Überraschung von Fomka, Jim und mir ein voller Erfolg gewesen. Glaubt ihr beiden wirklich, ich lasse mir die Krönungsfeier meines Sohnes entgehen? Die Geschäfte laufen auch mal zwei Tage ohne mich. Tja, und nun lasst uns weiter Musik hören. Griechische, wie ich glaube, von einem Musiker, von dem ich schändlicherweise noch nie etwas gehört habe. Aber das wird sich jetzt ja ändern und wer weiß, vielleicht bekommt dieser Musiker jetzt noch einen Fan mehr. Hier ist er: Vangelis!“ Damit übergab Drac die Bühne an den nächsten Musiker und gesellte sich zu Diablo und Teufel.
„Hallo Paps, Diablo“, begrüßte Drac die beiden Kater. „Jim hat davon gewusst und mir nix gesagt? Und Fomka hat auch geschwiegen wie ein Fisch? Ungeheuerlich!“, beschwerte sich Teufel scherzhaft böse. Inzwischen wurde es in der Halle lauter. Den Kindern wurde es langsam langweilig.
„Gib das her, das ist meine Banane!“, schrie Claudia plötzlich. Weinend kam sie zu Jim gerannt. „Papa, Jan hat rim eniem Banane weggenommen!“ „Nun ist aber gut. Hier hast du eine Banane“, gab Jim zurück und streichelte Claudia über das Haar. „Ich will aber die Banane haben“, bestand Claudia. „Na gut, wie du meinst. Jan, kannst du deiner Schwester die Banane geben, die du da in der Hand hast?“, fragte Jim und sah Jan an. Dieser nickte breit grinsend und gab Claudia die Bananenschale, die er noch in der Hand hatte. „Möchtest du nicht doch lieber die hier

haben? Da ist nämlich noch was drin?“ Widerwillig nahm Claudia die andere Banane. „So ist brav. So, wer hat jetzt Lust, mit mir zu spielen? Ich habe kleine Modellbaueisenbahnen, Karten, ‘Mensch ärgere dich nicht’ in Murmli- und in Menschenversion, Bauklötze und Schach“, rief Jim. Sofort waren alle Kinder bei ihm und wollten Spielsachen haben. Auch Iain Bayne kam und wollte beim Babysitten helfen. Zuerst spielten sie ‘Mensch ärgere dich nicht’. Doch als Murmli dazu kam, brachte er den Kindern ‘Murmli ärgere dich’ bei. Danach wollten sie für eine ganze Weile nichts anderes mehr spielen. „Also, das Spiel geht so: Jeder hat vier Steinchen, die er auf die farbigen Felder stellt, die hintereinander angeordnet sind.“ Allgemeine Verunsicherung. Doch Jim schien kapiert zu haben, wo die Steine hinmussten. Er stellte alle Steinchen genau dort hin, wo beim normalem ‘Mensch ärgere dich nicht’ das Ziel war. „Genau. So, dann wird gewürfelt. Wer zuerst eine Eins bekommt, darf raus setzen und zwar direkt auf das Feld vor dem Haus. Bei einer Eins kann man noch einmal würfeln. Aber fangen wir erst einmal an, ich erkläre während des Spieles.“
Und so fing Murmli an zu würfeln. Natürlich würfelte er als erstes eine Eins und setzte raus. Dann kam eine fünf, für die er aber nur eine Zwei setzte, was natürlich etliche Fragen aufwarf. „Was denn? Ich habe eine fünf gewürfelt. Ihr müsst wissen, dass diese Zahl gilt“, gab Murmli zurück, drehte den Würfel um und zeigte auf die Zwei. Und so wurde reihum gewürfelt. Mit dem Setzen musste Murmli noch einige Male aufpassen und das tat er wie ein Schießhund. Dann wurde das erste Mal rausgeschmissen. Henrieta war die Glückliche, die schmeißen durfte und Jim war der Unglücksrabe, der geschmissen wurde. Murmli nahm Jims Figur und stellte sie in das viereckige Kästchen. „Cool, ich hab schon eine Figur im Haus“, freute sich Jim. Doch er freute sich nicht lange. Spätestens als Murmli sagte, dass der verliert, der zuerst alle vier im Haus hat, machte Jim eine Gusche. „Na Klasse.“ „Aber wenn du eine andere Figur rausschmeißt, kannst du eine von deinen wieder auf das Anfangsfeld stellen. Falls da eine fremde Figur steht, darfst du die auch rausschmeißen und dafür eine weitere von deinen auf dein anderes Haus stellen. Gesetzt wird immer rundherum. Ziel ist es, zuletzt noch alle Figuren draußen

zu haben", erklärte Murmli. Und so wurde eine gute halbe Stunde 'Murmli ärgere dich' gespielt.
„Oh, entschuldigt mich kurz, Leute, ich bin mit der nächsten Ansage dran", unterbrach Murmli dann das Spiel und ging Richtung Bühne. „Fantastische Musik, fantastisch. Ein Applaus für Vangelis. Der nächste Programmpunkt ist vielleicht auch für die Kleinen unter uns interessant. Es folgt das kurze Theaterstück 'Die Heinzelmännchen von Köln'. Natürlich wird es wieder jeder hier Anwesende verstehen. Die Darsteller sind: Hund, Strolch, Piepsy, Ratti, kleiner Louis, Doggy Junior, Danny, Duni und Prinz Jack als Heinzelmännchen, Biber Anton als Tischler, Teintidh als Bäcker, Lion als Fleischer, Kaiser Fritz als Küfer oder Böttcher. Für alle die es nicht wissen, er stellt Wein her. Snow spielt den Schneider und Rosalie die Frau des Schneiders. Großer Louis ist der Erzähler. Und nun viel Spaß beim Zusehen. Alle schulpflichtigen Kinder schreiben morgen einen Aufsatz über dieses Theaterstück. Okay, war nur ein Scherz. Jim, die Deko." Mit diesen Worten verließ Murmli die Bühne. Jim schnipste mit den Fingern und die benötigte Bühne, eine Zimmerei, stand bereit. Jedes Mal, wenn Szenenwechsel war, schnippte Jim mit seinen Fingern und das Bühnenbild änderte sich automatisch. Es war ein wunderschönes Stück, das reibungslos wie bei den Profis über die Bühne ging. Der Applaus war enorm. Selbst die Kinder waren hellauf begeistert. „Hcon lam, Apap, hcon lam!", bettelte Jan. „Keine Sorge, Jan, wir nehmen die gesamte Feier auf Video auf. Zu Hause kannst du dir das dann alles bis zur Vergasung noch einmal ansehen, versprochen", gab Jim lächelnd zurück. „Mama, wo ist die Toilette?", fragte Claudia unterdessen Daniela. „Du gehst da die Tür raus und rechts die Tür wieder rein", erklärte Daniela und Claudia flitzte los.
„So, Freunde, kommen wir zu unserem letzten Musiker vor dem großen Fressen. Immerhin ist es schon 11:30. Übrigens könnt ihr gerne jetzt schon bei Gorilla und Gorillina Getränke bestellen. Sie werden dann an den Platz gebracht. Alkoholische Getränke sind nicht im Angebot, immerhin wollen wir uns hier ja nicht besaufen. Welche Getränke genau angeboten werden, erfahrt ihr bei den beiden Kellnern. So, und nun zu unserem nächsten Musiker. Franzose, wenn meine Informationen nicht ganz verkehrt sind.

Einer der Pioniere der elektronischen Musik. Bonjour et Bienvenue[3]: Jean Michel Jarre!“ Mit tosendem Applaus wurde Jean Michel Jarre begrüßt. Die Bühnendekoration war natürlich bereits den Instrumenten und der eingeblendeten französischen Flagge gewichen. Als Jean das Lied ‘Orient Express’ spielte, schimmerte jener Zug über die große Videoleinwand. Fantastische Landschaftsbilder flimmerten auf der Leinwand.
Dann gab es zur Freude der Kinder Mittagessen. Und was es nicht alles gab. Gegrilltes Fleisch jeglicher Art, gegrillter Farn, Farnsalat, gegrillter Mais und gegrillte Tomaten, gebackene Schnecken, Muscheln und anderes Meeresgetier. Gebackener Käse und Käse am Stück, zumeist Edamer und Leerdammer für Piepsy und Old Amsterdamer für Saatzh. Wer wollte, konnte Kröten und Regenwürmer essen, was aber wohl nur der Dächsin Trixi schmeckte. Für Ratti gab es sogar extra Whiskas und Sheba. Salate mit den verschiedensten Dressings aus Kaiser Fritz’ Küche gab es auch zur Genüge.
„Gorilla, ich hätte zu meinem Fischauflauf gerne ein Glas Spezial-Kiba. Er muss aber genau 4°C haben“, bestellte Louis. Spezial-Kiba war natürlich Blut. Jim hatte Louis für die Dauer der Feier gegen die Sonnenstrahlen immun gezaubert. Wer Gegrilltes haben wollte, konnte es sich direkt vom Grill holen oder es sich bringen lassen. Die meisten holten es aber selbst ab. Während des Essens spielte im Hintergrund leise Musik: Gälisch, Walisisch und Neuglypisches, gesungen von Murmli, begleitet von Eric und Band.
Nach dem Essen brachten Daniela und Jim Henrieta, Leonardo, Jan und Claudia ins Bett zur Mittagsruhe. Natürlich gab es erst einmal einen riesen Protest vor allem von den beiden fünfjährigen Claudia und Leonardo. „Ich will nicht ins Bett. Ich bin doch schon groß. Shqiponja (Schiponja) darf auch wach bleiben“, brüllte Leonardo und setzte sich protestierend auf den Boden. Claudia tat es ihm gleich. So blieb Jim und Daniela nichts anderes übrig, als die beiden ins Bett zu tragen. Jim packte Claudia und Leonardo am Schlafittchen, während Daniela Henrieta und Jan trug.

[3] Guten Tag und Herzlich Willkommen!

Nach einigen Mühen und zwei jumarianischen Schlafliedern, die Jim vorsang, schliefen die vier dann doch endlich ein.
Als die beiden zurück in die Halle gingen, empfingen sie bereits die Gitarrenklänge der nächsten Band. Die Rolling Stones waren dran. 'Jumping Jack Flash' tönte gerade durch die Halle. „Hey, toller Empfang, mein Lieblingslied", stellte Jim freudig fest. Er konnte nicht anders, er musste einfach mitsingen. „Du, Jim, hast du Lust, mit mir ein paar Karten zu dreschen? Während der Geschichte, die ihr mir erzählt habt, habt ihr ein Spiel erwähnt, das ich gerne lernen möchte", kam Diablo auf Jim zu. „Ah, du meinst jumarianisches Rommé. Klar, bring ich dir gerne bei."
„Also, jumarianisches Rommé geht eigentlich genauso wie normales Rommé, nur anders", begann Jim das Spiel zu erklären, während die Rolling Stones 'Sympathy for the devil' spielten. Dann erklärte er die Regeln: „Jeder Spieler bekommt 13 Karten, einer vierzehn. Wer vierzehn Karten hat, beginnt. Er muss nicht erst noch eine Karte ziehen. Dann wird ausgelegt wie beim Rommé. Beim ersten Auslegen müssen die Karten genau 30 Punkte ergeben. Und auch sonst wird genau wie bei irdischem Rommé gespielt. Die Besonderheit ist nur, dass jeder Spieler Paare oder Vierer, also z.B. vier Buben, vier Zweien usw. sammelt. Paare geben 5 Minuspunkte, Quartette 10, vier Joker 15. Paare dürfen aber erst abgelegt werden, wenn man das erste Mal auslegen konnte. Wenn ein Spieler keine Karten mehr auf der Hand hat, wird aufgehört. Alle Spieler, die noch Karten auf der Hand haben, zählen die Punkte zusammen und verrechnen diese mit den Minuspunkten. Es dürfen aber immer nur fünf, zehn, fünfzehn, zwanzig Punkte abgerechnet werden, also nicht nur einer, zwei oder drei. Wenn man mehr Minuspunkte hat, als man braucht, verfallen die restlichen. Der Spieler, der keine Minuspunkte braucht, kann seine gesammelten Punkte bis zur nächsten Runde aufbewahren. Wenn dieser Spieler in der folgenden Runde Punkte bekommen sollte, darf er die gefrorenen Minuspunkte zu den Minuspunkten dazu zählen, die er in dieser Runde gesammelt hat und sie dann von den Punkten, die er auf der Hand hat, abrechnen. Wenn er die gefrorenen Punkte wieder nicht benötigen sollte, verfallen sie. In der Regel werden zehn oder fünfzehn Runden gespielt. Wer am Ende der Runden null Punkte hat, hat gewonnen. Sollte keiner null Punkte

haben, so gewinnt der mit der kleinsten Punktzahl. Es ist auch möglich, im Minusbereich zu sein. Hat ein Spieler z.B. zwei Minuspunkte und einer zwei Punkte, gibt es ein Unentschieden."
Jim, Diablo und Shqiponja, Jims und Danielas achtjährige Adoptivtochter, spielten eine gute Stunde jumarianisches Rommé, als plötzlich neues Leben in die Gäste kam. Ein neuer Gast war gekommen: Leoni, Diablos Großmutter. „Hallo Jim, wie läuft die Party so?", fragte Leoni, als sie bei Jim, Diablo und Shqiponja ankam. „Die Party ist klasse. Und du brauchst nicht traurig sein, wenn du den Anfang verpasst hast, ich hab alles aufgenommen", gab Jim zurück. Diablo fragte, ob Leoni jumarianisches Rommé spielen möchte. Doch Leoni lehnte ab, sie wollte noch ein wenig mit ihrem Mann und ihrem Sohn reden. Murmli hatte inzwischen die EAV, die 'Erste allgemeine Verunsicherung', eine Band aus Österreich, angesagt. Sie spielten gerade 'Es fährt kein Zug'. „Oh Mann, die Texte waren echt komisch. Ich muss mir glatt eine Träne aus den Augen wischen. Klasse Musik. Unsere nächste Gastband kommt aus Deutschland. Ihr bekanntestes Lied ist wohl 'Über sieben Brücken musst du geh'n'. Begrüßt mit mir: Herbert Dreilich, Bernd Römer, Martin Becker, Christian Liebig und Michael Schwandt von Karat!" Sämtliche deutsche Big Ben Clan-Mitglieder und vor allem die deutschen Gäste empfingen die Band mit tosendem Applaus. Der Rest klatschte eher aus Höflichkeit, war ihnen die Band doch kein Begriff. Als die Band aber die ersten Töne erklingen ließ, waren auch die meisten anderen überzeugt und begeistert. Der Applaus nach Ende ihrer Aufführung konnte sich durchaus mit dem Applaus bei den Rolling Stones und anderen bekannten Bands messen. Die Halle tobte und jubelte eine ganze Weile.
Schummelchen, ein kleiner brauner Hase, kam nach einigen Minuten zu Jim, Diablo, Shqiponja und Murmli, die immer noch jumarianisches Rommé spielten und fragte, ob Murmli nicht endlich den nächsten Programmpunkt ansagen wollte. Da Murmli die letzten Spiele lang nur verloren hatte, hatte er das völlig vergessen. „Ansagen? Was? Wie? Wo? Oh verdammt, Karat hat ja schon zu Ende gespielt. Warum sagt mir denn keiner was?", plapperte Murmli aufgeregt und rannte Richtung Bühne, als wäre der Leibhaftige persönlich hinter ihm her.

„Wow, klasse Musik. Warum gibt es im Land der Friedensvögel keine von euren CDs? Ich wäre der Erste, der sie kaufen würde. Das ist überhaupt die Idee. Hey, wir sollten einen Vertrag aushandeln. Ich werde Mana ...“, fing Murmli an, die Band in den Himmel zu loben. Ronja, Huskys Schwester, fand diese Abschweifung nicht besonders passend. „Murmli, komm zur Sache!“, rief sie die Bühne hinauf. Die Mitglieder von Karat und auch einige andere im Saal mussten bei Murmlis Bemerkung lächeln. Murmli aber wachte aus seiner Schwärmerei wieder auf: „Äh, ja, natürlich. Wo waren wir? Ah ja, Karat. Schade nur, dass sie nicht 'Über sieben Brücken musst du gehen' gespielt haben. Ist ja gut, Ronja, ich mache ja schon weiter. Was kommt denn als Nächstes? Ach ja, ein weiteres Theaterstück, vorgetragen von Dini und seinen Söhnen. Ah, wie ich sehe, soll es ein Horrorstück sein. Na toll, ich hasse Horror, da hab ich immer so 'ne Angst! Aber gut, hier sind Dini, Duni, Danny und Klein Dino!“
Ein kleiner grüner Saurier, gefolgt von einem noch kleineren, ebenfalls grünem Saurier, der ein wenig an ein Krokodil erinnerte, betraten die Bühne. Hinter Duni kam dann ein kleiner, ballrunder, grüner Saurier mit orangen Punkten auf dem ganzen Körper. Zum Schluss kam dann noch ein kleiner Triceratops, der erstaunlicherweise kaum größer war als Dini. Sie hatten alle ein kleines Mikro um.
Dini ergriff als Erster das Wort: „Ich verwette meine grünen Schuppen darauf, dass ihr alle Mr. Bean kennt oder mindestens von ihm gehört habt. Es gibt eigentlich nur zwei Arten von Menschen: die, die Mr. Bean mögen und die, die ihn nicht mögen. Dazwischen liegt gar nichts. Ich hoffe, dass hier heute nur Gäste sitzen, die ihn mögen. Wer ihn nicht mag, möge bitte schweigen oder für 25 Minuten auf Toilette gehen!“ Damit hatte Dini schon die ersten Lacher auf seiner Seite.
Zunächst verließen Dinis Kinder noch einmal die Bühne. Den ersten Sketsch zeigte Dini nämlich alleine. Julia zauberte ihm natürlich die richtige Kulisse und das Kostüm. 'Pst, Paps, du hast Hasenohren“, zischelte Danny vom Bühnenrand nach oben. „Was?“ Dini fasste sich oben auf den Kopf „Was soll denn ... Julia, keine Hasenohren, ich brauche Hörner. Hörner!“, rief Dini nach unten zu Julia, die plötzlich bemerkte, dass sie etwas Falsches gezaubert

hatte. „Huch, tut mir leid. Moment“, sagte sie und änderte die Ohren in Teufelshörner. „Schon besser“, gab Dini zurück. Das Publikum brüllte vor Lachen. „Tja, Leute, das nennt man Live. Jetzt geht es aber los“, versuchte Dini die Situation zu retten.
Dini ging noch einmal von der Bühne und betrat sie dann wieder mit seinen Teufelshörnern. Er stellte sich als der Teufel vor, wir dürften aber ruhig Toby sagen. Dann erzählte er ein wenig über die Hölle. Als Nächstes begrüßte er dann seine neuen Gäste. Natürlich teilte er seine Neuzugänge ein. „Mörder gehen bitte auf diese Seite. Ja, so ist es schön. Gut.“ Dini zeigte nach rechts. „Plünderer und Diebe bitte auf diese Seite.“ Er zeigte nach links. „Ja, und Anwälte und Politiker kommen bitte auch auf die Seite.“ Wieder zeigte er nach links.
Dann verließ Dini die Bühne wieder. Sie wurde verdunkelt und als das Licht wieder anging, war ein Auto zu sehen. Dini saß darin und versuchte es zu starten. Leider war aber die Batterie leer, also ging er zur Bushaltestelle, wo ein Mann stand (Duni). Plötzlich bekam Duni einen Herzanfall und Dini stellte mit Duni allerlei an, um ihn wieder zu beleben. Er machte Mund-zu-Mund Beatmung, wobei er eine zusammengerollte Zeitung benutzte, damit er nicht den Mund von Duni berühren musste. Doch auch das half nix. Als Dini dann einen Mann (Klein Dino) am Auto basteln sah, ging er zu ihm und fragte nach einem Starthilfekabel. Klein Dino gab ihm natürlich das verlangte Kabel, Dini ging zur Haltestelle zurück, öffnete die Abdeckung der Kabel einer Laterne, schloss sein Kabel an und benutzte es als Defibrillator. Nach einer Weile kam Duni wieder zu sich, bedankte sich und Duni und Dini gaben sich die Hände. Dummerweise hatte Dini noch das Starterkabel in der Hand, das noch immer an den Strom angeschlossen war. Duni zitterte einmal kräftig und fiel wieder um. Dini rannte voller Panik zu seinem Auto. Der Krankenwagen kam gleich darauf mit Blaulicht und Sirene angebraust. Während sich die beiden Sanitäter (Danny und Klein Dino) um den Herzpatienten kümmerten, zapfte Dini mit dem Starterkabel, das er immer noch bei sich hatte, die Batterie des Krankenwagens an und fuhr mit seinem Auto davon. Der Krankenwagen wollte starten. Da die Batterie aber leer war, fing er nur kurz an zu jaulen, bevor er endgültig erlosch. Mit dem Krankenwagen erlosch auch gleich das Bühnenlicht.

Kaum war das Licht aus und die Halle stockdunkel, da brüllte Murmli auch schon los: „Hilfe, wer hat das Licht aus gemacht? Hilfe, ich will zu meiner Mama!“ Der Rest der Gäste grölte vor Lachen. „Hilfe, Monster, lauter grölende Monster!“, brüllte Murmli voller Panik. Dann ging ein Spotlight auf der Bühne wieder an und riss Murmli aus dem Dunkel. Man sah, wie er sich vor Angst kugelte. Die Gäste fingen wieder an zu giggeln. Als Murmli merkte, dass er im vollen Rampenlicht lag, sah er zu den Gästen und stand auf. Er ging zum Mikrofon und der Lichtkreis blieb dicht auf seinen Versen. Murmli ging am Mikrofon vorbei, wurde schneller und schneller, bis er rannte. Der Lichtstrahl folgte ihm auf dem Fuße. Ohne Vorwarnung blieb Murmli stehen, der Lichtstrahl auch. Murmli hüpfte zwei Schritte nach vorne, das Spotlight hüpfte zur selben Zeit ebenfalls zwei mal nach vorne und blieb genau da stehen, wo auch Murmli stehen blieb. Murmli glaubte nun, eine tolle Idee zu haben. Er tat so, als wolle er nach rechts springen, sprang dann aber nach hinten. Das Licht sprang ebenfalls genau im selben Moment nach hinten. „Toll, bin ich wenigstens nie im Dunkeln.“ Und schon ging der Lichtstrahl wieder aus. „Das ist nicht fair!“, schrie Murmli. Das Publikum brüllte vor Lachen.
Das Licht blieb aber nicht lange aus, es ging eigentlich fast sofort wieder an. „Ich hatte natürlich keine Angst, ich bin nur ein sehr überzeugender Schauspieler und das Ganze hier war alles geplant“, beteuerte Murmli. Er hatte ja keine Ahnung, dass Jim diese Szene wirklich geplant hatte, allerdings ohne Murmlis Wissen. „Nun aber zum nächsten Programmpunkt. Wie spät haben wir es denn?“ „Gleich später“, kam die freche Antwort von Schimpanse Padraig. „Wie komisch. Aber ich weiß wieder, wer als Nächstes dran ist. Ein absoluter Lieblingsmusiker von mir, jedenfalls in dieser Welt, abgesehen von mir natürlich. Geboren in England, gründete er im zarten Alter von 15 Jahren zusammen mit seiner Schwester Sally das Folk-Duo 'Sallyangie', 1973 veröffentlichte er sein erstes Album, das nach einigen Anlaufschwierigkeiten gleich ein Hit wurde. Das Album hieß 'Tubular Bells' und die 25 Instrumente auf diesem Album spielte kein anderer als Michael Gorden Oldfield, ein Dinosaurier der Musik und ein Meister seines Faches!“ Murmli klatschte, genau wie alle anderen im Raum auch. Der

Mann, der nun auf die Bühne kam, wirkte ein klein wenig schüchtern, aber genau das machte ihn so sympathisch. „Du, Mike, ist es wohl in irgendeiner Weise irgendwie zufällig möglich, dass ich rein zufälliger und großzügiger Weise ein Autogramm bekomme? Nach der Show, wenn du willst", stammelte Murmli dort oben auf der Bühne. Er merkte nicht, dass alle anderen es hören konnten. „Weißt du, da wo ich her komme ist es unmöglich, an sowas ranzukommen", stammelte Murmli. „Ähm, ja, natürlich", gab Oldfield knapp zurück. „Das ist Klasse! Dann darf jetzt auch deine Band, die Jim extra für dich zusammen gestellt hat, auf die Bühne kommen. Kommt rauf, Jungs und Mädels." Damit machte Murmli Platz für die Band, die ordentlich reinhaute. Als dann das Lied 'Tattoo' gespielt wurde, durfte sogar Teintidh mitspielen. Er liebte das Dudelsackspiel. Und für ihn war es eine große Ehre, neben dem Meister auf der Bühne stehen zu dürfen.
Während auf der Bühne die Post abging, wurde unten fleißig getanzt und geschunkelt. Dini zeigte ein paar beeindruckende Kunststückchen. Er aß eine mitgebrachte, getrocknete Pflanze und spuckte danach Feuer. „Cool!" Die Kinder waren begeistert. „Das will ich auch probieren", freute sich Murmli, aß von der Pflanze und ...
... nix passierte. „Das ist gemein! Gibt es da einen Trick?" Murmli war enttäuscht. Dini erklärte, dass das mit seinem besonderen Stoffwechsel zusammenhängt. Andere Lebewesen müssten erst noch einen Schluck Alkohol zu sich nehmen, damit es funktioniert. Deprimiert nahm Murmli einen Schluck von seinem Saft, den er sich eingegossen hatte. Was jetzt geschah, damit hatte keiner gerechnet und Murmli fand es absolut überhaupt nicht komisch. Da Murmli noch nicht saß, konnte sich eine kleine Stichflamme einen Weg durch Murmlis Körper bis zu dessen Po bahnen. „Jau, das kitzelt!", brüllte Murmli und hielt sich beide Pobacken. „Das ist ungeheuer, Murmlis Po spuckt Feuer!", kommentierte Dini und ließ einen Blitz erscheinen. „Interessante Wirkung, hab ich noch nie gesehen. Was hast du da getrunken, Murmli?", fragte Dini, nachdem er den Fotoapparat wieder weggepackt hatte. „Das war lediglich weißer Traubensaft." „Merkwürdig. Normalerweise geht sowas nur mit Wein oder anderem Alkohol und dann auch nicht hinten, sondern vorne raus", staunte Dini.

„Murmli, mach das noch mal, bitte!“, bettelten die Kinder. Doch Murmli war weit davon entfernt, es noch einmal zu machen. „Vergesst es, Kinder, mein Hintern kitzelt immer noch! Außerdem muss ich jetzt die nächste Band ansagen.“ Mit diesen Worten machte sich Murmli auf in Richtung Bühne, dabei hatte er noch zwei Lieder Zeit. Er wollte einfach nur weg aus dieser peinlichen Situation. „Schade“, bedauerten die Kinder, die beiden Kleinsten waren inzwischen auch wieder da.
Die Zeit, bis Murmli wirklich dran war, verbrachte er bei den Riesen und Calle. „Na, ihr Kleinen? Wie geht's? Tolle Party, was?“, begrüßte er die fünf. Trooper sah nach unten, wer ihn da mit 'Kleiner' anredete. Als er niemanden sah, nahm er sein Fernglas. „Ach, Murmli, du bist es. Komm doch mal rauf, damit wir dich besser sehen können“, sagte Trooper schließlich, als er ihn erkannte. Er reichte seine Hand nach unten und hob Murmli hoch. „Sag mal, was war denn das eben für ein Krach da drüben?“, wollte Joranda wissen und zeigte in die Richtung, aus der Murmli gekommen war. „Och, nix weiter. Kinder halt“, gab Murmli zurück. Er hatte keine Lust, jedem auf die Nase zu binden, was ihm gerade passiert war. Morgen früh würde es sowieso in der Zeitung stehen, wie er Dini kannte. „Ähm, Riesen Teufel, könntest du mich wohl wieder runter lassen? Jetzt muss ich nämlich wirklich auf die Bühne“, bat Murmli nach einer Weile und das nicht nur, weil ihm da oben langsam schwummerig wurde. „Ich heiße Trooper. Und natürlich lasse ich dich runter. Ich will ja nicht daran Schuld sein, dass das Programm ins Stocken gerät“, gab Trooper zurück und setzte Murmli wieder ab. Murmli verabschiedete sich von den Riesen und von Calle und ging endgültig Richtung Bühne.
„Applaus für Mike. Klasse Konzert. Ein Meister halt. Schade, dass es schon vorbei ist. Aber ein paar Musikgäste haben wir ja noch. Vier Bands, um genau zu sein. Und die nächsten kommen wieder mal aus Deutschland. Die Bandplanung muss ein Deutscher durchgeführt haben. Aber das ist gut so, Abwechslung ist immer gut und wir haben ja auch etliche deutsche Gäste unter den Anwesenden. Auch die nächste Band ist schon alt wie ein Baum und die Rockerrente ist noch nicht in Sicht. Sie fuhren einst selbst in den Booten der Jugend und haben etliche Jahreszei-

ten miterlebt. Wer die Band und ihre Lieder kennt, wird bereits wissen, von wem ich spreche. Natürlich: die Rockersaurier Puhdys!" Die letzten Worte schrie Murmli schon fast ins Mikro. Der Saal tobte, als die Puhdys die Bühne betraten. Schon das erste Lied haute ordentlich rein:

Teufel, Lion, Doggy, Blue,
Der BBC, das ist der Clou.
Dreiundneunzig, zweitausenddrei,
Dem Big Ben Clan ist die Welt nicht einerlei

Und wir sind noch nicht am Ende,
Jetzt kommt die Generationwende
Hipp Hipp Hurra, Hipp Hipp Hurra
'Rationwende Hipp-Hurra
Und der BBC ist noch immer da
Hipp Hipp Hurra, Hipp Hipp Hurra

Böse Zaubrer, andre Welten,
Ausreden können hier nicht gelten.
Andre Zeiten, wilde Abenteuer,
Manchen ist es nicht geheuer.

Und wir sind noch nicht am Ende,
Jetzt kommt die Generationwende.
Hipp Hipp Hurra, Hipp Hipp Hurra
'Rationwende Hipp-Hurra
Und der BBC ist noch immer da
Hipp Hipp Hurra, Hipp Hipp Hurra

Roter Milan, Schwarzer Mann,
gegen den BBC kamen sie nicht an.
Verrückte Professoren und Roboter,
der BBC war immer flotter.

Und wir sind noch nicht am Ende,
Jetzt kommt die Generationwende.
Hipp Hipp Hurra, Hipp Hipp Hurra

‘Rationwende Hipp-Hurra
Und der BBC ist noch immer da
Hipp Hipp Hurra, Hipp Hipp Hurra.

Der Big Ben Clan grölte, als das Lied zu Ende war. Es gab Standing Ovations. Ganze zwei Minuten lang, mindestens. Während dieser Zeit konnten sich Doggy, Blue und Padraig McCarthy, Jims erster Sohn, auf ihren Auftritt vorbereiten. Beim folgenden Lied sollte nämlich nebenbei ein Theaterstück aufgeführt werden. Doch zunächst sprach Dieter ‘Maschine’ Birr, der Sänger, noch ein paar Worte. „Da wir hier zur Krönungsfeier beim Big Ben Clan eingeladen sind und sich hier ein Generationswechsel vollzieht, hatten wir uns gedacht, wir schreiben dem Big Ben Clan ein eigenes Lied. Wir haben es in der letzten Woche nach den Informationen von Dini geschrieben, der uns freundlicherweise eine Kurzversion seiner Big Ben Clan-Chronik zur Verfügung gestellt hat. Als Nächstes haben wir noch eine kleine Besonderheit. Zwei Mitglieder des Big Ben Clan und Jims ältester Sohn haben darum gebeten, mit uns auftreten zu dürfen. Sie werden das nächste Lied mit einem kleinen Theaterstück dokumentieren. Die Hauptperson wird Doggy spielen. Blue ist der Polizist und Padraig McCarthy der Beamte. Hier kommt ‘Leck mich am Arsch!’“
Die ersten Töne erklangen und der Scheinwerfer riss ein Bett aus dem Dunkel. Ein Wecker klingelte, früh um sieben, eine graue, müde Pfote sauste auf den Wecker nieder. Der würde wohl nie wieder bimmeln. Doggy stand auf, ging zum Waschbecken mit Spiegel, schaut hinein und machte Fratzen, den Lappen, den Doggy in die Pfote genommen hatte, legte er wieder hin und ging.

Ich denk, wer ist denn das
im Spiegel früh um sieben
den Typen kenn ich nicht
den wasch ich nicht und sag zu Ihm:

„Leck mich am Arsch
und see you later
Leck mich am Arsch

Auf Wiedersehn!
Ihr denkt, dass mich das fertig macht
doch ich hab selten so gelacht.“

Während des Refrains blieb Doggy im Dunkeln. Als dann die zweite Strophe kam, saß Doggy im Auto. Sein Tacho stand auf hundert, wie man über die große Leinwand sehen konnte. Doch auf dem Straßenschild, an dem er gerade vorbei kam, standen nur 30. Natürlich kam sofort Blue in seinem Streifenwagen und konfiszierte den Führerschein, den er dann zu Padraig brachte, der geschäftig Dokumente stempelte. Er stempelte auch Doggys Führerschein und warf ihn dann symbolisch in den Eimer.

Mein Tacho steht auf Hundert
doch auf dem Schild nur dreißig
Führerschein im Eimer
denn in Flensburg war man fleißig.

Dann verschwanden Doggy, Blue und Padraig wieder von der Bühne, bevor Doggy für die letzte Strophe zurückkam. Er saß an einem Tisch und studierte seine Post. Ein Playdog war dabei. Der nächste Brief war aber nicht so nett: er war vom Finanzamt, das Steuerformular. Mit großen Augen sah er auf die Summe, die er zahlen sollte, rieb sich die Augen, holte aus einer Schublade am Schreibtisch ein anderes Schriftstück. Es war das Steuerformular vom letzten Jahr. Der Preis auf dem neuen Formular war dreimal höher als der vom letzten Jahr. Doggy fing an, sich die Haare zu raufen, bevor er dann deprimiert über den Formularen zusammensackte.

Das ist doch wohl nicht war
auf dem Steuerformular
steht, ich muss dreimal soviel zahlen
als vor einem Jahr.

Dann wurde Doggy wieder ausgeblendet. Die Gäste waren von der Inszenierung hellauf begeistert. Auch die folgenden Lieder waren grandios gespielt.

Murmli kam wieder auf die Bühne. „Eine Musik, die keinerlei Erklärung bedarf. Das ist ehrlicher Rock. Und die Show dazu war einfach nur geil", kommentierte er begeistert. „Und es bleibt musikalisch. Ein kleines Theaterstück. Begrüßt mit mir hier auf der Bühne William McWilly, Paii, Strolch und Brummi." Wie alle anderen Bands und Akteure wurden die vier mit riesigem Applaus begrüßt.
Brummi übernahm das Wort. „Hallo. Seid ihr alle noch frisch oder müssen wir eine Pause einlegen?" Das Publikum wollte keine Pause. „Das ist schön, alle noch munter. Wie wäre es dann mit einem kleinen traditionellen Lied? Instrumental versteht sich. Hier kommt 'In Dulci Jubilo' im Stil von Mike Oldfield, allerdings mit etwas spärlicheren Instrumenten. Haut rein, Jungs!" William stellte sich an die Bühne und tat so, als würde er sich etwas umhängen, während Paii so tat, als ob er eine Flöte in den Pfoten hielt. Brummi tat so, als wolle er Gitarre spielen und Strolch schien eine unsichtbare Querflöte in den Pfoten zu halten.
Dann ging es los, Brummi begann mit einer Gitarre, die nicht da war. Musik erklang aber trotzdem. Als Nächstes kam die Flöte, dann ein ziemlich quäkendes Instrument, eine Schalmei und zum Schluss eine Trommel. Dann setzten alle Instrumente aus, bis auf die Trommel, die ein tolles Solo hinlegte, begleitet von ein paar kleinen Faxen.
Nach einiger Zeit beendete William sein Trommelspiel und setzte sich auf den Stuhl auf der Bühne. Dann ging das Licht ganz aus, nur um gleich darauf Strolch wieder ins Rampenlicht zu bringen. Er spielte seine unsichtbare Querflöte wie ein Profi. Doch plötzlich klang die Querflöte wie eine grandios gespielte E-Gitarre. Strolch hörte verdutzt auf zu spielen, sah sich seine Querflöte an, zuckte mit den Schultern und fing wieder an zu spielen. Wieder klang die imaginäre Flöte wie eine E-Gitarre und wieder nahm Strolch die Querflöte vom Mund, tat so, als drehe er sie um und untersuche sie kritisch von allen Seiten, kratzte sich am Kopf und versuchte es noch einmal. Ein quäkender Laut wie bei einer Schalmei kam heraus. Strolch tat so, als schüttele er die Flöte. Dann probierte er es erneut. Diesmal kamen die richtigen Töne. Das Publikum lachte und klatschte, als Strolch seine Aufführung beendet hatte.

Danach war Brummi mit seiner Gitarre dran. Er fing ganz normal an und wurde dann immer wilder. Er spielte 'Sailors Hornpipe' in der Version von Mike Oldfield. Am Ende wedelte Brummi mit seinem linken Arm, als wolle er abheben und fliegen. Er hüpfte auf der Bühne herum, dass man Angst bekommen musste, der Boden gäbe nach.
Nachdem auch Brummi die Bühne verlassen hatte, wurde Paii auf seinem Stuhl ins Licht gerissen. Er stand kurz auf und verbeugte sich, bevor er sich wieder hinsetzte, und seine Finger streckte. Dann schien Paii zu überlegen, wo er denn am besten zuerst anfangen sollte. Er entschied sich dann für die Mitte. Einige Zeit spielte er ohne Zwischenfälle. Doch dann setzte das Keyboard aus, obwohl Paii weiterzuspielen schien. Als Paii verdutzt das Instrument anschaute und dabei aufhörte zu spielen, fing das Keyboard wieder an, also beeilte sich der Bär, wieder zu spielen, doch sobald er die Pfoten auf der Tastatur hatte, hörte das Keyboard wieder auf. Wütend haute Paii auf das Keyboard ein. Und bei jedem Treffer jaulte es herzzerreißend auf, bis es keinen Ton mehr von sich gab. Danach rieb sich Paii zufrieden die Pfoten und verließ die Bühne.
Jetzt war nur noch William auf der Bühne. Auch er saß auf einem Stuhl. Kaum schien der Lichtstrahl auf ihn, fing er auch schon an so zu tun, als trommle er. Er hatte sich als Melodie das Lied 'Stamping Ground' ausgesucht. Zwischendurch warf er einen seiner Schlagstöcke in die Luft, öffnete eine Flasche, trank daraus, stellte sie hin, fing den Stock wieder und spielte weiter. Das Ganze dauerte keine zwei Sekunden. Dann spielte er weiter, wobei er immer wieder die Flasche als Schlaginstrument nutzte.
Zum Schluss kam Murmli auf die Bühne und stellte die Akteure noch einmal vor: „Das war die pantomimische Band. Am Schlagzeug William und Max McWilly, an der Querflöte Strolch und Hund. Die Gitarre spielten Brummi und Bummi und Keyboard und Schalmei wurden von Paii und Caii gespielt.“ Das Publikum war begeistert, hatten sie doch die ganze Zeit über nicht gesehen, dass im Hintergrund 'echte' Musiker spielten. Die Zwillinge verbeugten sich, bevor sie die Bühne wieder verließen.
„So, Jungs und Mädels, eigentlich sollten heute, jetzt und hier die Dubliners spielen. Leider haben sie aus Gesundheitsgründen kurzfristig abgesagt. Da wir aber keine halbe Stunde Leerlauf haben

wollten, hatte Jim kurzerhand eine andere Band eingeladen. Diese Band steht bereits seit 29 Jahren auf der Bühne. Zusammen sind sie stolze 250 Jahre alt. Bis auf den Sänger sind sie alle Schotten. Der Sänger kommt aus Nova Scotia, Kanada und ersetzte den alten Sänger Donnie Munro. Freundlicherweise hat sich die Band, deren Name Runrig ist, kurzfristig bereiterklärt, heute hier aufzutreten. Begrüßt mit mir hier heute und jetzt die schottische Band Runrig!", rief Murmli.
Runrig startete mit 'Flower of the West' und 'Loch Lomond', das sie normalerweise immer am Schluss spielen. Über die Leinwand liefen herrliche Landschaftsaufnahmen von Schottland. Dann folgte 'Engine Room', ein klasse Song mit Dudelsack. Auf Jims Wunsch wurde das Lied genauso gespielt wie auf dem Album, also durchgehend mit Dudelsack, den Jims Double gegen Ende des Liedes spielte, während Malcolm Jones die E-Gitarre zu Hochform auflaufen ließ. Und wie in der Studioversion ging am Ende des Liedes der Strom aus. Alles lief wie geplant. Oder doch nicht?
Kiki kam zum 'Originaljim' und flüsterte leise zu ihm: „Du, Jim, wir haben da drüben ein kleines Problem mit der Technik." „Was ist denn los?", wollte Jim wissen. Doch Kiki schien es nicht erklären zu wollen. Sie wollte, dass er ihr folgte. Also folgte Jim der Eselin zur Technik, was im Dunkeln recht schwierig war. Eigentlich hätte das Licht schon längst wieder angehen müssen. „Jim, die gesamte Stromversorgung ist zusammengebrochen", rief Husky Jim entgegen, während Mike und Katze sich an den Apparaturen zu schaffen machten. „Jim, hier läuft gar nichts mehr", sagte Mike, als Jim bei ihm war. „Wie kann das passieren? Tapsi, Pidi, seht zu, dass ihr die Bandmitglieder sicher von der Bühne bringt. Alle anderen versuchen, so viele Taschenlampen aufzutreiben, wie wir bekommen können. Flax, du holst Fomka und die Riesen stehenden Fußes hier her. Los, los, los, Beeilung!", kommandierte Jim. „Großer Louis, gut, dass du hier bist, ich brauche deine guten Augen. Kleiner Louis, du besorgst buntes, durchsichtiges Papier und Gummibänder, Lion, ich brauche ein Notstromaggregat!"
Während Jim seine Befehle gab, wurden Rory, Calum, Malcolm, Iain, Bruce und Brian von Tapsi und Pidi von der Bühne gebracht. Tapsi erklärte der Band, dass es technische Probleme gäbe. Also wartete die Band erst einmal ab. Nach kurzer Zeit kamen die er-

sten Taschenlampen bei Jim an. Eine davon behielt er, die anderen sollten mit dem Papier verkleidet und von den Riesen und Fomka an die Scheinwerfer gebunden werden. Jim zeigte natürlich haargenau, wie er sich das vorstellte. Immer zwei von einer Farbe dicht zusammen. „Verdammt, wo bleibt die Notstromversorgung?", rief Jim wütend. „Hier kommt sie ja schon, hier kommt sie ja schon!", keuchte Lion. Im Eilschritt brachte er einen kleinen grauen Kasten. „Gut, Lion, stell ihn da drüben hin. Sag Flax, er soll die Mikros da anschließen und eine von Malcolms Gitarren und den Dudelsack", befahl Jim. Lion beeilte sich, die Befehle auszuführen. „Katze, erklär der Band, sie soll die nächsten Lieder so spielen, dass sie so wenig wie möglich Strom benötigen. Mikro, eine Gitarre und der Dudelsack sind an der Notstromversorgung. Alles andere muss für ein paar Minuten ohne Strom gehen. Für Licht ist gesorgt. Und bring zwei große Fächer oder ähnliches für Iain und Calum, damit denen nicht zu heiß wird. Die Ventilatoren haben nämlich auch keinen Saft." „Ist gut, Jim." Damit war Katze verschwunden. Zwei Minuten später spielte die Band mit Behelfsbeleuchtung, die mit Seilen gesteuert wurde, und Notstrom weiter.
Die Band nahm es mit Humor. „Tja, wie ihr seht, gibt es wohl das eine oder andere technische Problemchen. Da werden wir nun schon mal kurzfristig eingeladen hier zu spielen, und dann fällt genau bei uns die Technik aus. Das ist halt der Reiz bei Liveauftritten, man erlebt immer wieder neue, kuriose Dinge. Machen wir das Beste draus und hoffen, dass der Strom bald wieder da ist", sagte Bruce und die Band sang als Nächstes nicht das geplante 'Stamping Ground', sondern 'Summerwalkers', völlig ohne Instrumente. Bruce, Rory und Brian wechselten sich mit dem Singen ab und den Refrain sangen alle. Gegen Ende des Liedes klatschen sie nur rhythmisch mit den Händen. Das Publikum klatsche im selben Rhythmus mit. Danach kam der '25 Pounder'. Rory spielte ausnahmsweise die Gitarre, während Malcolm den Dudelsack spielte. Und Iain und Calum ließen das Schlagzeug hören, das auch ohne Mikroverstärkung laut genug war. Paii, Caii, Gruntzi und Bunter betätigten während des Stromausfalls die Taschenlampen und Hund und Strolch sorgten für Frischluft für Iain und Calum.
Jim arbeitete währenddessen fieberhaft an der Wiederherstellung der Stromversorgung. Zwischendurch fluchte er etwas. Großer

Louis leuchtete ihm unterdessen. „Welches Kamel hat denn dieses Kabel da dran gesteckt? Und das hier muss da hin! Kein Wunder, dass es einen Kurzschluss gegeben hat!“, schimpfte Jim über den angerichteten Kabelsalat.
Keine zwei Lieder später war die Stromversorgung dann wieder vollständig hergestellt. Die Mikros und die beiden Instrumente wurden wieder an den regulären Strom angeschlossen und die Taschenlampen zauberte Jim kurzerhand weg.
So konnte das Programm wieder normal weitergehen. Runrig spielte 'Stamping Ground' mit fantastischen Bildaufnahmen auf der Leinwand. 'An Sabhal aig Neill' folgte. Zum Schluss wurden die Lieder 'What Time' und 'Pride of the Summer' gespielt. Natürlich durften den beiden Liedern die vier Trommeln, gespielt von Iain, Calum, Malcolm und Brian, vorne auf der Bühne nicht fehlen, wobei bei erstgenanntem Lied nur zwei Trommeln zum Einsatz kamen. Zwischen den beiden Liedern bis zum Ende von 'Pride of the Summer' gab es dann aber eine klasse Trommeleinlage mit vier großen Trommeln. Der Saal tobte.
„Bis auf den Stromausfall ein Superkonzert. Auch als Runrig fast ohne Strom spielen musste. Klasse gemacht, Jungs. Wollen wir hoffen, dass der Strom bei der nächsten Band, die weitaus mehr Strom brauchen wird, nicht einfach wieder ausfällt. Die folgende Band hat so tolle Alben wie 'The Wall' geschrieben, das im Moment leider das einzige Album ist, das mir einfällt. Ihre Live-Shows sind bombastisch. Hier kommt sie, eine der besten Bands diesseits der mysteriösen Tunnel: Pink Floyd!“
Sie starteten mit dem fantastischen Lied 'Another brick in the wall 2', gefolgt von dem Lied 'Seamus', bei dem sämtliche eingeladene Hunde das Hundegeheul zum Besten gaben. Flax war dabei ein wenig übereifrig, man hörte ihn ohne Probleme heraus. Zur Belustigung aller Anwesenden wurden bei dem Lied 'One of these Days' nicht wie üblich Wildschweine sondern zwei schwarze Katzen aufgeblasen, die eindeutig Teufel und Diablo symbolisieren sollten. Natürlich kam auch bei diesem Konzert die Videoleinwand zum Einsatz. Das Publikum war hellauf begeistert. Selbst die Kinder, die inzwischen schon einen Großangriff auf die Knabbereien gestartet hatten, waren begeistert. „Hey, Kinder, nascht nicht so viel, es gibt bald Abendessen“, mahnte Daniela. Doch die Kinder hörten

fast gar nicht zu. Es gab ja so viele leckere Dinge: gesalzene und ungesalzene Erdnüsse, süße und scharfe Chips, Schokolade, Obst und Gemüse, sogar gegrillte Ameisen für Trixi, eine Dächsin und Schulfreundin von Diablo, und Zebrahaxen für die Fleischfresser. Fomka vernaschte seine geliebten kandierten Heringe und Lilly knabberte an einer riesigen Schüssel jungem Farn.
„Wie ich höre, seid ihr alle noch putzmunter. Das ist gut. Denn für alle, die noch nicht so viel über den Big Ben Clan wissen, kommt jetzt eine kleine Geschichtsstunde mit Diashow. Und für alle, die schon alles wissen, wird es eine halbe Stunde voller guter und vielleicht nicht ganz so guter Erinnerungen. Dini, an die Dias!", kündigte Murmli den nächsten Programmpunkt an.
Damit kam Dini, der rasende Reporter vom Dinoblatt, auf die Bühne. „Wie Murmli schon vortrefflich gesagt hat, werde ich in der nächsten Stunde vor dem Abendessen die Geschichte des Big Ben Clan erzählen." Und so fing Dini an. Der Diaprojektor stand bereit und wartete nur darauf, angeschaltet zu werden. Danach würde er automatisch die Bilder durchlaufen lassen und zwar genauso langsam oder schnell, wie Dini erzählen würde.
„Der Big Ben Clan wurde am 03. Januar 1993 von Teufel, Doggy, Blue und Lion gegründet", sagte Dini und auf der Leinwand erschien ein Gruppenbild von den Vieren vor dem Big Ben. Kurze Zeit später wurden dann Fomka, Schlafhund, Husky und Piepsy in den Clan aufgenommen. Sie bilden auch den Kern des Big Ben Clan", erzählte Dini, während zuerst Piepsy und dann ein Gruppenfoto von den Acht über die Leinwand schimmerte. „Einige Zeit später, der Big Ben Clan war inzwischen schon beträchtlich gewachsen, war Teufels Truppe auf Nahrungssuche. Hund und Strolch, die inzwischen ebenfalls zum Clan gehörten, wollten in der Küche eines Restaurants Essen stehlen, was ..." „Borgen, Dini, wir wollten es borgen!", rief einer der beiden Zwillinge auf die Bühne hinauf. „Aja, borgen. Und wie wolltet ihr es wieder zurückbringen? Schön durchgekaut und verdaut?", witzelte Dini auf der Bühne. Die Zuschauer lachten. „Jedenfalls klappte der Plan nicht ganz so, wie sich Hund und Strolch das vorgestellt hatten. Wenig später war nämlich der Chefkoch mit der Kelle hinter ihnen her. Auch Teufel, Fomka und die anderen mussten fliehen. Und natürlich habe ich davon ein schönes Foto", erzählte Dini

und das entsprechende Bild erschien auf der Leinwand. „Durch diese kopflose Flucht übersahen sie einen Jungen, den sie natürlich gekonnt über den Haufen rannten“, fuhr Dini fort und ein Bild mit einem riesigen Wollknäuel aus Bärentatzen, Katzen- und Hundepfoten und Menschenbeinen erschien. Das Publikum lachte über das Bild und alle Betroffenen ebenfalls.
„Das hier ist das Hauptquartier in London kurz nach der Einrichtung. Natürlich nur von innen, da es ein geheimes Quartier ist. Wie man sieht, stehen noch nicht allzu viele Ordner in dem Regal. Heute ist dieses Regal allerdings bis oben hin voll. Ach ja, und die Verbrecher- und Vermisstenwand existierte noch nicht“, erklärte Dini, während das entsprechende Bild zu sehen war. „Tja, und dann kam der erste Fall, eine Geiselnahme in einem Supermarkt. Zum Glück hatte Jim damals Freunde und Kollegen vom Film in der Nähe“, sprach Dini auf der Bühne, während Blue ein deprimiertes Gesicht machte: „Nein, bitte nicht das Foto. Wie peinlich.“ Doch genau dieses Foto erschien: das Bild, auf dem Blue als Mensch verkleidet in den Supermarkt ging, um die Geiseln zu befreien. Blue wurde in seinem Stuhl immer kleiner. „Wenn man genau hinsieht, kann man noch Blues blaue Pfoten sehen. Immerhin wurde nur das Gesicht verändert. Die Klamotten muss Jim ausgesucht haben, jedenfalls ist es sein Kleidungsstil.“ Wieder leichtes Gelächter.
„Mein Lieblingsbild ist aber folgendes.“ Es erschien ein Bild mit einem kleinen rosa Hund, der die schöne gelbe Wand des Hauptquartiers mit seinen schmutzigen Pfoten berührte. „Wau, wo hat er denn das Bild her?“, hörte man zwei Stimmen aus dem Saal. Sie gehörten Doggy und seinem Sohn. Doggy Junior war nämlich auf dem Bild zu sehen, kurz nachdem er in einen Eimer voller garantiert wasserfester Farbe gefallen war. „Für die unter euch, die es noch nicht wussten: auf Wunsch von Doggy Junior, der auf diesem Bild hier zu sehen ist, hat Jim dafür gesorgt, dass Doggy Junior so lange rosa bleibt, wie es ihm gefällt.“
„Junior! Ist das wahr?“, fragte Doggy entsetzt. „Ähä.“ Doggy Junior wurde schon fast purpurrot und ganz klein auf seinem Stuhl. Doggy stützte die Pfoten in die Seite und sah seinen Sohn streng an. „Öhm, ich glaub, da drüben bei Fomka ist es sicherer.“ meinte Doggy Junior nur und trollte sich. „Darüber reden wir noch, Freundchen!“, rief Doggy ihm hinterher.

Während Doggy noch ganz geschockt von der Neuigkeit war, hatte Dini bereits weiter gemacht. Er hatte Bilder von den beiden Rettungsaktionen in Seoul und auf Sachalin gezeigt und war jetzt, zum Leidwesen Balthasars, bei der Hochzeit von Katze, Mike und dem vor dem Traualtar stehen gelassenen Bräutigam Caspar von Hyänenschreck. Es folgten Bilder von den White Rabbits und der sogenannten Sonnenfinsternis, als die White Rabbits den Roten Milan besiegt hatten. Es gab kaum jemanden, der kein Foto hatte, das er lieber in der Versenkung gesehen hätte. Fomka war dabei, wie er aus einem Gang floh, aus dem Feuerschwaden loderten, Teufel auf dem Skateboard war zu sehen, die Flucht vor Ali und Baba, der müde Kaiser in Deutschland, Teufel mit Hundekopf. Bei letzterem fragte Teufel: „Wo hat dieser Saurier bloß dieses entwürdigende Bild her?“ Diablo lachte laut. Auch Drac konnte sich ein Lachen nicht verkneifen. Nur Teufel fand es überhaupt nicht witzig.
„Das nächste große Abenteuer führte den Big Ben Clan nach Wien. Dort waren Roboter außer Kontrolle geraten, die wieder eingefangen werden mussten. Sie fegten wie ein Tornado durch Wien und hinterließen eine Spur der Verwüstung. Dieses Bild zum Beispiel zeigt, dass nicht einmal Autos vor den Robotern sicher waren“, erklärte Dini. Es erschien ein Bild, auf dem White Horse auf einer Laterne saß und sich vor den Robotern versteckte.
„Dieses Bild wird sofort vernichtet!“, fuhr Dini fort, als er das folgende Bild sah. Es war nicht geplant und zeigte Dini, wie er von den beiden anderen Robotern bedrängt wurde und beinahe seine Kamera verloren hätte. Das Bild war von oben aufgenommen worden. Dini beeilte sich, das Bild schnell wegzuklicken. Doch das Publikum protestierte solange, bis Dini es doch länger zeigte.
Die restlichen Bilder zeigten einzelne Clan-Mitglieder in Ägypten bei Nili, im Land der Friedensvögel, bei Robin Hood, bei Jims Hochzeit, beim letzten Kampf gegen den Roten Milan und im Land der Zwerge. Einige Bilder waren Gemälde von Jim und Louis, die Dini lediglich in Dias umgewandelt hatte.
„Das war eine interessante Geschichte. Nur das Bild, wo ich Krötenaugen hatte, hätte man getrost auslassen können. Soweit ich weiß, kann man die Geschichte des Big Ben Clan ab Ende diesen Monats in dem Buch ‘Der Big Ben Clan, eine Chronik’ nachlesen. Sämtliche Bilder und Texte in diesem Buch sind von Dini

persönlich. Jetzt knurrt mir aber der Magen. Also dann alle Mann ans Buffet. Es gibt belegte Brote, jede Menge Grillfleisch, Salate, Fisch und Meerestiere, Käse und Unmengen anderer Leckereien, also haut rein!“, eröffnete Murmli das Abendmahl.
Schlafhund labte sich an Schweinefleisch mit Schokosoße und an mit Schokolade überzogenen Zebrakeulen. Dann gab es noch süße und herzhafte Scones, gegrillten Mais und diverse Salate (Käse-, Nudel-, Kartoffel- und Wurstsalat). Zu Trinken gab es auch für jeden Geschmack etwas. Limo, Sprite, Wasser mit und ohne Kohlensäure, Saft, warme und kalte Milch, verschiedene Kaffees und Tees und für Louis natürlich jede Menge Schweine-, Reh- und Kaninchenblut. Im Hintergrund war wieder Musik von Eric und Band zu hören. Sie war laut genug, um das Schmatzen zu übertönen.
Gegen 20:40 war es soweit, der Höhepunkt des Abends stand bevor: Diablos Krönung zum neuen Oberhaupt des Big Ben Clan. Murmli stand wieder auf der Bühne und sagte das folgende Ereignis an: „Tja, Leute, ich finde, jetzt haben wir genug gegessen, Musik gehört und Theaterstücke gesehen. Jetzt wird es Zeit, dass das eigentliche Event dieses Tages startet, der Grund, weswegen wir alle hier sind.“
Während Murmli auf der Bühne sprach, zerrte Schlafhund ununterbrochen an Jims Hose. „Jim! Jim! Jim!“, rief er immer wieder. Doch Jim war eifrig dabei, Murmli zuzuhören. Irgendwann fühlte er sich dann aber doch gestört und fragte etwas unwirsch: „Was ist denn los?“ Voller Panik erklärte Schlafhund, dass er die Krone für Diablo bei Jim zuhause vergessen hatte und ihm das gerade erst eingefallen war. Und Schlafhund war wirklich in Panik, da er sich beim Sprechen schon fast verhaspelte, weil er so schnell sprach. „Aber Schlafhund, das macht doch ... Moment, was hast du gesagt? Du hast die Krone vergessen? Und das fällt dir erst jetzt ein?“, rief Jim entsetzt aus. Schlafhund wurde immer kleiner: „Tut – mir – leid – Jim“, entschuldigte sich der Schokohund.
Jim aber hörte gar nicht darauf, was Schlafhund sagte. Er packte ihn am Schlafittchen, ging mit ihm zur Bühne. Er rief den Mann, der gerade eben erst unbemerkt gekommen war und sagte ihm, er solle zusehen, dass er die Krönung so lange wie möglich herauszögerte, weil noch nicht alles bereit war. Der Mann, Ehrengast und Premierminister von England, fragte, wie er das machen solle.

„Was weiß denn ich, sie sind doch Politiker und darauf trainiert, stundenlang über nichts zu reden. Lassen sie sich was einfallen." Mit diesen Worten war Jim samt Schlafhund verschwunden. Ein verdatterter Premierminister blieb zurück.
„... Georg Williams ein paar Worte sagen", hörte der Minister Murmli gerade noch sagen. So beeilte er sich, auf die Bühne zu kommen. Kaum stand er oben, setzte Mr. Williams sein normales Öffentlichkeitslächeln auf. „Guten Abend, meine Damen, Herren und Tiere. Wie wir alle wissen, soll heute, hier und jetzt, die Leitung des Big Ben Clan an die jüngere Generation übergehen. Was gibt es über den Big Ben Clan zu sagen? Er hat uns in den vergangenen Jahren oft sehr geholfen. Für Teufel kann ich mir kaum einen besseren Nachfolger vorstellen als dessen Enkel Diablo. Die beiden Kater haben einiges gemeinsam und ich bin mir sicher, dass Diablo einen guten Anführer abgeben wird, mit dem auch noch folgende Minister und die Königsfamilie gerne zusammenarbeiten werden." Und so fing Georg Williams an zu schwafeln, ganze zehn Minuten. Doch Murmli griff ein, bevor das Publikum einschlafen konnte.
„Das ist ja alles sehr interessant, aber vielleicht sollten wir auch unseren Jubilar einmal zu Wort kommen lassen. Diablo? Wenn du auf die Bühne kommen möchtest", unterbrach Murmli den Premierminister. Diablo zögerte etwas, wurde aber sowohl von seinem Vater, als auch von seinem Großvater Richtung Bühne geschoben, bis er dann selbständig nach oben kam. „So, Diablo, wollen wir doch mal sehen, ob du als neuer Anführer überhaupt geeignet bist", fing das Murmeltier an. Der Jungkater war etwas irritiert: „Ähm, Murmli, bist du sicher, dass es dafür nicht schon etwas zu spät ist? Ich meine, die teure Feier ist ja schon fast gelaufen. Und wenn sich nun herausstellt, dass ich nicht geeignet bin, ist das doch rausgeschmissenes Geld." Murmli nickte: „Das ist richtig, Diablo. Wenn es wirklich so sein sollte und du nicht geeignet bist, wird dein Großvater die Feier wohl alleine bezahlen müssen, weil er einen so schrecklichen Fehlgriff getan hat." Teufel fand das gar nicht komisch. „Was soll ich? Hast du eine Ahnung, was so eine Party kostet? Wenn ich die alleine bezahlen müsste, wäre ich ja bis zu meinem Tod hoch verschuldet. Das vergiss mal ganz schnell wieder!", rief Teufel Murmli entgegen.

Murmli aber grinste nur. „Also, Diablo, einen Grund mehr, die Prüfung zu bestehen.“ Diablo sah verzweifelt aus und Murmli fing mit der skurrilen Prüfung an. Natürlich bezog er den Premierminister mit ein.

Während Murmli das Publikum bei Laune hielt, war Jim mit Schlafhund auf dem Weg in die New Oxfordstreet. Natürlich nahm Jim den Luftweg. Schlafhund bekam der Flug nicht besonders gut, da Jim keine zwei Minuten brauchte, um bei sich zu Hause anzukommen. Es war ein hellblaues Haus mit dunkelblauem Dach und rundem Dachfenster. Die Gardinen waren gelb. Neben dem Haus stand ein dunkelrosa bis roter Käfig, in dem normalerweise Ratti wohnte, wenn nicht gerade Winter war. Jetzt war der Käfig aber leer. Auf der anderen Seite befand sich ein Holzpflock, an dem normalerweise ein Boot angekettet war. Natürlich war das weder ein normales Boot, noch ein normaler Holzpflock. Sobald man den Pflock unbefugt berühren und das Boot stehlen wollte, würde der Pflock rufen: „Achtung, Achtung, hier ist ein Dieb! Bitte rufen Sie sofort die Polizei!“ Und das Boot, das übrigens eine Form von White Horse war, würde rufen: „Hilfe, Hilfe, ich werde gebootnappt. Polizei, Polizei, Staatsarmee!“
Jetzt aber waren sowohl der Käfig, als auch der Pflock verwaist. Jim ging zur Haustür und schloss auf. „Aach, guten Morgen, Jim, schön dich wieder hier zu haben. Wollen wir nicht gleich ins Bett gehen?“ fragte eine Stimme, die erotisch klingen wollte, es aber nicht wirklich schaffte. „Nein, Haus, ich will jetzt nicht ins Bett und wie oft soll ich es noch sagen: ich schlafe alleine oder mit meiner Daniela. Du bist für mein Bett viel zu groß! Ich muss die Ansage ändern, dringend!“, stöhnte Jim, dann wandte er sich an Schlafhund und fragte, wo er denn die Krone vergessen hätte. Schlafhund überlegte eine Weile, dann sagte er: „Ich – weiß – es – nicht.“
So hatten Jim und Schlafhund keine andere Wahl, als das gesamte Haus samt Dachboden und Keller abzusuchen. Sie suchten gut zehn Minuten ohne Erfolg. „Schlafhund, wir haben nicht ewig Zeit. Denk nach! Wo hast du die Krone zuletzt gehabt?“ Schlafhund dachte noch einmal scharf nach, dann sagte er: „Am – Loch – Lo – mond – bei – mei – nem – Ei.“ Jim sah den Hund entgeistert an: „Das ist nicht dein Ernst, oder?“ Doch der Hund nickte, es war sein voller Ernst.

Also schnappte sich Jim den Hund, hob mit ihm ab und verließ das Haus, ohne es abzuschließen. Das gehauchte: „Tschüss Schatzi." vom Haus hörte er gar nicht mehr. In einem Affenzahn flog Jim zum Loch Lomond, zu jener Höhle, wo der Babysitterstachli auf Schlafhunds Ei aufpasste. Sie suchten die gesamte Höhle und die Gegend um die Höhle Zentimeter für Zentimeter ab.

In der Royal Albert Hall war man inzwischen noch mitten im Test. „Also angenommen, Jim ist mal wieder verschwunden. Du weißt ja, darin ist er Meister. Du bekommst einen Hilferuf aus dem Land der Friedensvögel, was machst du?", fragte Murmli den Jungkater. Diablo überlegte kurz, dann sagte er: „Ich stelle fünf Leute dazu ab, Jim zu suchen, und eine Mannschaft schicke ich in dein Land, um dir und deinen Freunden zu helfen." Murmli nickte anerkennend: „Gut, gut. Und was machst du, wenn du feststellst, dass du uns ohne Jim nicht helfen kannst, Jim aber immer noch verschwunden ist?" Murmli glaubte, Diablo jetzt erwischt zu haben, doch auch für dieses Problem hatte er eine Antwort parat: „Na, was wohl, Murmli, ich bitte Julia und Daniela und Claudia darum, mir einen Jim herzuzaubern, der uns dann helfen kann. Und wenn das erledigt ist, suche ich Jim persönlich weiter und verkloppe denjenigen, der ihn entführt hatte, während wir ihn brauchten!" „Hört, hört. Jims zukünftige Entführer, zieht euch warm an, ihr werdet vom neuen Boss des Big Ben Clan persönlich verkloppt, wenn er euch in die Pfoten bekommt. Teufel, ich glaube, wir können diesem Kater ohne Bedenken den Clan überlassen." Mit diesen Worten beendete Murmli den nicht ganz ernst zunehmenden Test. Diablo war froh, ihn bestanden zu haben.
„Sehr gut, Diablo. Für diese Leistung bekommst du das brandneue Buch 'Der Big Ben Clan, eine Chronik' überreicht. Dini?" Der Saurier kam mit einem riesigen Buch auf die Bühne. „Dies ist die Chronik des Big Ben Clan. Sie umfasst alle Jahre von der Entstehung bis heute. Die Informationen habe ich teilweise aus den Archiven des Big Ben Clan selbst, aus eigenen und fremden Zeitungsberichten und aus Erzählungen einzelner Mitglieder. Auf Wunsch von Murmli habe ich ihm ein eigenes großes Kapitel gewidmet. Was sollte ich auch tun, wenn ich das Buch vor der Krönung noch fertig bekommen wollte und mich dieser kleine Kerl ständig förm-

lich angefleht hatte, ihm ein Kapitel zu widmen. Wie dem auch sei, hier steht alles, was in den letzten zehn Jahren passiert ist, drin. Selbstverständlich mit den schönsten Fotos, die ich in diesen Jahren geschossen habe und mit Illustrationen von Louis und Jim. Alles in Farbe, versteht sich. Die Texte sind für jedermann leicht zu verstehen. Wie Murmli schon richtig sagte, wird es dieses Buch Ende des Monats für jeden zu kaufen geben. Es wurde in alle europäischen und auch in einige afrikanische und amerikanische Sprachen übersetzt. Dafür möchte ich Jim und Fomka herzlich danken, die dieses Buch in sämtliche Sprachen übersetzt haben. Clanmitglieder bekommen 15% Rabatt für das Buch, wenn sie ihren Ausweis vorlegen." Mit diesen Worten überreichte Dini Diablo die Chronik. Diablo bedankte sich und zeigte das Titelbild des Buches.

Zur selben Zeit waren Schlafhund und Jim noch immer dabei, die Krone zu suchen. Auch am Loch Lomond hatten sie kein Glück. Jim hielt Schlafhund noch einmal eindringlich dazu an, gut zu überlegen, wo er die Krone das letzte Mal gesehen hatte. Und der Hund überlegte und überlegte. Man konnte schon fast sehen, wie seine grauen Zellen nachdachten und arbeiteten. Schließlich sagte er: „Also, – ich – bin – mit – Teu – fel – und – Di – ab – lo – von – Lon – don – in – dein – Au – to – ge – stie – gen, – da – hat – te – ich – die – Kro – ne – noch." „Schlafhund, heute noch!", unterbrach ihn Jim ungeduldig. „Ja – doch. – Ein – Schlaf – hund – ist – doch – kein – D – Zug. – Dann – sind – wir – hier – her – ge – flo – gen." Nach einiger Zeit Schweigen sagte Schlafhund endlich: „Jetzt – weiß – ich – es – wie – der, – die – Kro – ne – ist – in – dei – nem – Au – to ..." Jetzt war Jim auf 360. „Soll das heißen, wir sind völlig umsonst von Pontius zu Pilatus geflogen und haben nur Zeit vertrödelt?", schrie Jim wütend. „Sorry – Jim", presste Schlafhund hervor.
Unsanft packte Jim Schlafhund beim Genick und in nur knapp einer Minute waren beide wieder an der Royal Albert Hall. Jim war es egal, ob er jetzt einen Eisschokoladenhund auf dem Arm hatte oder nicht, er wollte nur schnell die Krone finden.
Kaum hatte Jim Boden unter den Füßen, ging er auch schon auf White Horse zu, öffnete eine Tür und fand die Krone unter dem Fahrersitz. Sie war unversehrt. Im Eiltempo durchquerte er die

Royal Albert Hall direkt zur Bühne, wo Teufel schon stand und wartete.
Er ging direkt auf Teufel zu und gab ihm die Krone, damit dieser sie Diablo überreichen konnte. Jetzt konnte die eigentliche Zeremonie beginnen. Teufel betrat mit der Krone in der Pfote die Bühne. Die Krone war klein, golden mit kleinen Rubinen auf den Zacken und einem größeren Rubin vorne.
Er trat vor seinen Enkel, hob die Krone und sprach: „So, mein Lieblingsenkel. Kraft meines Amtes darf ich dich offiziell zu meinem Nachfolger krönen. Mögest du den Clan klug, mit Liebe, Verstand und Fairness führen und leiten. Und mach mir ja keine Schande, hörst du?“ Mit diesen Worten setzte Teufel Diablo, der sich vor Teufel hingekniet hatte, die Krone auf.
Nun stand der Jungkater mit stolz erhobenem Haupt wieder auf und bedankte sich bei seinem Großvater, bei seinem Vater, bei seinen Freunden und beim Publikum. „Tja, da du jetzt der Anführer des Big Ben Clan bist, sollten wir jetzt auf dich anstoßen“, sagte Teufel, während Gorilla und Gorillina die Fusel- und Saftgläser austeilten. Als dann jeder ein Glas hatte, wurde auf Diablos Wohl getrunken, Teufel und Diablo auf der Bühne, alle anderen stehend auf ihrem Platz.
„So, Diablo, und jetzt darfst du dir auch etwas wünschen, bevor du deine Pflichten annimmst“, meinte Teufel, nachdem Diablo sein Glas geleert hatte. „Wirklich? Egal was?“, kam die Gegenfrage von Diablo. „Naja, egal was ist wohl etwas übertrieben. Du darfst dir etwas wünschen, das ohne Zauberei realisierbar ist“, gab Teufel einschränkend zurück. Diablo überlegte nicht lange, sondern sagte fast sofort: „Da er nun mal gerade hier ist und er mein Lieblingsmusiker ist, wollte ich mir mein absolutes Lieblingslied von ihm wünschen. Ich werde den Namen des Musikers nicht nennen, aber ich bin mir sicher, dass er wissen wird, wer gemeint ist, wenn ich den Titel des Liedes ausspreche“, fing Diablo an. „Der Titel des Liedes wurde 1992 erstmals auf dem Album ‘Tubular Bells II’ veröffentlich und lautet ‘Altered State’.“
Im Publikum fühlte sich nur ein einziger Musiker angesprochen: Mike Oldfield. Er kam auch gleich auf die Bühne. Auch Jim kam auf die Bühne und drei Gastmusikerinnen, die später noch einmal auftreten sollten. Jim und die drei Frauen übernahmen die Vo-

cals. Die Band, die Oldfield schon vorhin beim eigentlichen Konzert begleitet hatte, kam wieder auf die Bühne. Dann hauten sie ordentlich rein. Vor allem Jim legte sich ins Zeug mit undefinierbaren Geräuschen, die er ins Mikro hauchte und brüllte.
Als das Lied zu Ende war, tobte erst einmal der Applaus. Dann kam Diablo wieder auf die Bühne, was Murmli etwas neidisch und traurig machte. „Ich möchte nun Premierminister Georg Williams verabschieden, der sich jetzt noch ein wenig ausruhen möchte, da er morgen eine äußerst wichtige Besprechung mit anderen wichtigen Leuten des Landes hat. Danke, dass sie kommen konnten. Ich freue mich schon sehr, in Zukunft mit ihnen zusammenarbeiten zu können und zu dürfen.“ Mit einem donnernden Applaus wurde Georg Williams verabschiedet. Als dieser dann die Halle verlassen hatte und in seine Limousine gestiegen war, ging Diablo zum nächsten Punkt über. „So, und jetzt möchte ich zu meiner allerersten Amtshandlung kommen. Heute sollte nämlich nicht nur der neue Anführer gekrönt, sondern auch eine Band für ihr bisheriges Lebenswerk geehrt werden. Die Band, die ich meine, fällt vor allem wegen ihrer mitunter ziemlich seltsamen Instrumentierung auf. Sie spielen nicht nur Gitarren aller Art, Schlagzeug, Keyboard oder ähnliche ‘normale’ Instrumente. Nein, sie spielen auch ‘Instrumente’ wie Kulis, Wecker, Werkzeugkästen, Staubsauger, Gläser, Quinquins, Woiks, Hcstarhcstir, Schuhe, Psaltrys, Ukulelen, Spielzeughunde, Hackbretter, Löffel, Milchkocher, Theremins, Maultrommeln und Uds, um nur ein paar zu nennen. Keine Band und kein Musiker hat wohl jemals merkwürdigere Instrumente benutzt. Sie hat im Laufe der Jahre acht Alben veröffentlicht, was vor ihnen keine andere Band geschafft hat. Ich rede von Janine Wetzel, Shqiponja Barnes, Michael Altfeld, Henrieta Hernandez, John Rait und Jim Barnes, die sich den ziemlich schrägen Namen ‘Odds against tomorrow’ oder kurz ‘die Odds’ gegeben haben.“ Mit donnerndem Applaus wurde die Band auf der Bühne begrüßt.

Während Diablo die Bandmitglieder einzeln vorstellte, mühte sich Murmli mit dem großen Pokal ab. „Und da kommt auch schon der Pokal", sagte Diablo, als er Murmli die Bühne hinaufkrauchen sah. „Beeil dich mal ein bisschen, Murmli. Wir haben so schon zehn Minuten Verspätung", drängte Diablo. „Du könntest mir das schwere Ding auch ruhig mal abnehmen", keuchte Murmli die Antwort zurück. Doch ehe Diablo reagieren konnte, hatte John den Pokal schon ergriffen und gab ihn an Diablo weiter. Mit den Worten: „Ein ungewöhnlicher Pokal für eine ungewöhnliche Band", überreichte Diablo den Pokal in Form einer Güiro, einer Rumbagurke, an Janine Wetzel, die Begründerin der Band. Diese hielt den Pokal stolz in die Höhe, bevor sie ihn an die anderen Mitglieder weiterreichte, die ihn auch alle einmal hoch hielten. „Wir danken unseren treuen Fans, die uns die letzten sieben Jahre begleitet haben. Danke auch an alle Freunde und Kollegen, die uns immer unterstützt haben und an Jim, der unsere Band so einzigartig machte, wie sie heute nun einmal ist. Ich hoffe, dass unsere Freunde und Fans uns noch lange treu zur Seite stehen. Und jetzt hauen wir für euch mal ordentlich in die Instrumente. Lets Rock!", rief Janine zum Publikum, setzte sich an das Piano, das gerade aus dem Boden der Bühne gekommen war und fing gleich an zu spielen. Wenig später setzten nach und nach die anderen Musiker mit ihren Instrumenten ein, um nach etwa einer Minute abrupt aufzuhören. Es waren nur noch Janine und Michael auf der Bühne zu sehen, der Rest war dunkel. Dann begann Michael zu singen. Begleitet wurde er nur von Janines ruhigem Klavierspiel:

My life isn't your life
my life is my life
and your life is your life
please understand this,
I live my life my life life life
always my life.
Can't you see that I love you?
In my life, my life life life my crazy life
you can feel my love, my love love love
I love your life, your life life life your crazy life

I sing this song only for you
because you're my 1st love in my life
I know you can change my life.
I wanna be your best friend
in my life, my life life life my crazy life

I wanna change your life
your life life life your crazy life.
I hope you know that I love you
because you live your life
your life life life always your life

Mit den letzten, nach und nach verhallenden Worten setzte das Schlagzeug ein und das Piano verstummte. Das Schlagzeug wurde immer schneller, bis es sich auf einen schnellen, eintönigen Rhythmus eingependelt hatte. Diesen Rhythmus behielt es bis zum Ende des Liedes bei. Nach einer Weile setzten laute E-Gitarren ein, die bald von einer Akustikgitarre und einer Violine abgelöst wurden. Henrieta und ihr Vater Enrique standen vorne auf der Bühne und spielten ihre Instrumente.
Auf der großen Leinwand war ein alter Mann im Bett zu sehen. Dieses Bild verblasste langsam und die Erinnerungen des Mannes kamen mehr in den Vordergrund, während man den Mann noch blass im Hintergrund sehen konnte. Am Ende des Liedes wurde das Schlagzeug nochmal schneller und es setzten sämtliche Instrumente, die man sich vorstellen kann, ein, die teilweise alleine spielten, nur um nach kurzer Zeit abrupt wieder aufzuhören. Zeitgleich erlosch auch die Leinwand und es war dunkel in der Halle. Doch diesmal ging das Licht nach kurzer Zeit wieder an. Der Saal tobte. Auch die folgenden Lieder waren ein absoluter Hochgenusse. Der Dudelsack kam genauso wenig zu kurz wie die Ud oder die Stiefel. Zwischen den beiden Liedern 'CCRRUN', bei dem Kaiser Fritz einen Gastauftritt als Background-Sänger hatte und 'John's Daughter' kündigte Janine ein fantastisches Trommelsolo an: „So, Freunde. Habt ihr Lust auf ein Trommelsolo?" Jubel. „Sieben Trommeln?" Wieder Jubel. „Live on Stage?" Noch lauteres Jubeln. „Okay, ihr habt es so gewollt. Hier kommt unser erstes Trommelsolo in diesem Konzert!" Alle sechs Bandmitglieder und Gastmusiker En-

rique Hernandez traten nach vorne an die Bühne. Sie verteilten sich an die vier Mikrofone am Bühnenrand, wobei Henrieta ein eigenes Mikro bekam, da sie mit ihren drei Jahren noch ziemlich klein war. Sie konnte zwar gerade erst gehen, aber Instrumente spielte sie schon seit eineinhalb Jahren perfekt, ohne auch nur eine einzige Note lesen zu können. Es gab nur eins, was fehlte.
Die Trommeln! Gemeinsam und synchron nahmen alle sieben beide Hände vor den Mund und spielten Maultrommel. Ganze zwei Minuten lang, mal schnell, mal langsam, mal nur zwei, mal drei oder vier, dann wieder alle zusammen.
Das Publikum war zunächst etwas irritiert, aber als die Maultrommeleinlage vorbei war, brach es in tosenden Applaus aus. So ein 'Trommelsolo' hatten sie noch nie gehört. Das letzte Lied war eins von Jims Lieblingsliedern. Es war eine Mischung aus Reel und Jig mit Dudelsack und Snaredrums, kleinen Wirbeltrommeln. Jim spielte unter anderem den Dudelsack, aber auch, zur selben Zeit, eine der Trommeln. Ein paar aus dem Publikum fingen sogar an zu tanzen. So tanzte zum Beispiel Iain Bayne mit Daniela und Calum MacDonald mit Katze. Fomka griff sich Rory MacDonald und legte eine heiße Sohle aufs Parkett. Snow versuchte unterdessen, dem großen Louis einen irisch-schottischen Tanz beizubringen. Und Louis machte sich gut.
Natürlich hielt kein Gast das ganze Lied über durch zu tanzen, da es gute zwanzig Minuten lang war. Am Ende des Liedes setzte Jim noch mal spontan ein Schlagzeugsolo an, diesmal mit der Wirbeltrommel. Allerdings benutzte er nicht die üblichen Schlagstöcke, sondern zwei große Suppenlöffel. Dabei warf er das eine oder andere Mal die Löffel in die Luft und fing sie mit der jeweils anderen Hand wieder auf.
Das Publikum gab noch einmal einen riesigen, begeisterten Applaus, bevor Diablo wieder auf die Bühne kam, um den vorletzten Programmpunkt anzusagen. „Wie ihr dem Veranstaltungsplan entnehmen könnt, steht jetzt nur noch die Ehrung eines Mitgliedes für besondere Leistungen aus", fing Diablo an. Applaus brauste auf. Kaiser Fritz war schon auf dem Weg zur Bühne, da er sich sicher war, dass er gemeint ist.
„Er hat zweimal unsere Welt gerettet", erklärte Diablo. Kaiser Fritz überlegte: 'Da hat sich der Kleine wohl verrechnet, es war

nur einmal, aber wir wollen mal nicht meckern.' „Er hat sein Leben riskiert und Einfallsreichtum gezeigt", fuhr Diablo auf der Bühne fort. Das konnte Kaiser Fritz voll bestätigen.
Inzwischen hatte der Kaiser die Bühne erreicht und kam nach oben. Diablo war etwas irritiert. „Kaiser Fritz, was machst du denn hier oben?", fragte er. „Wieso, du willst mir doch jetzt eine Urkunde oder ähnliches überreichen, wegen außergewöhnlicher Leistungen." Jetzt war es Kaiser Fritz, der irritiert war. „Außergewöhnliche Leistungen? Was denn für außergewöhnliche Leistungen?", entgegnete Diablo verwundert. Das Publikum fand die Unterhaltung amüsant. „Na, als diese Monster London angegriffen und die Stadt verwüstet und ich tapfer die Stellung gehalten habe." Diablo sah Kaiser Fritz fragend an. „Es tut mir leid, Kaiser Fritz, aber ich habe nicht von dir gesprochen", meinte der Kater schließlich. Kaiser Fritz sah Diablo ungläubig an. „Du hast nicht ... – Ungeheuerlich!" Deprimiert verließ die Gams die Bühne wieder ...
... und Diablo machte weiter im Programm. „Tja, wie schon gesagt, möchte ich jetzt ein Mitglied des Big Ben Clan ehren. Murmli, wenn du bitte auf die Bühne kommen möchtest." Murmli fiel vom Hocker. Hatte er wirklich richtig gehört? Ungläubig schaute er sich um und suchte den Murmli, der gemeint sein könnte. Aber er fand keinen, also schlich er langsam Richtung Bühne und betrat sie. Diablo hielt eine Urkunde in der Hand. Mit feierlichen Worten übergab er sie an Murmli: „Diese Urkunde überreiche ich dir, Murmli, weil du dieser Welt mehr als einmal einen großen Dienst erwiesen hast. Außerdem nehmen wir dich gerne in den Big Ben Clan auf und geben dir, wenn du möchtest, eine Führungsposition in einem unserer Standorte deiner Wahl." „Murrmel? Äh, ja, soll ich jetzt eine Rede halten?", fragte Murmli, während er die Urkunde in Empfang nahm. „Du kannst erstmal die Urkunde vorlesen und dann meinetwegen mit einer kurzen und knappen Rede anfangen." „He, cool, wie habt ihr denn das gemacht, das ist ja Altglypisch? Ich versteh doch kein Altglypisch", fing Murmli an, wobei seine anfängliche Euphorie schnell verblasste. „Nun versuch es doch erst mal zu lesen", bat Diablo. Also versuchte es Murmli und siehe da, es ging: „Ex (ek) Scorgo (orgo) ßjo (wje) Big Ben Clan aiouxi (uajuka) Marmchy (murmli) ßjo fyidesch (fjades) leung (hök) ex Scorgo ex Norgo (njorgo) un (ühn)

oon (uhn) gebre. Das ist Neuglypisch in altglypischer Schrift. Woher könnt ihr das?" „Tja, Murmli, wir hatten ein wenig Hilfe von Donoßin (Donjowan) Dimbechdor (Dambeldor), dem Forscher für altglypische Geschichte und Sprache. Aber lies doch weiter. Und wenn du so freundlich wärst, es dann für die Zuschauer zu übersetzen", gab Diablo zurück und Murmli las weiter: „Nguiok (kuük) aiouxi (uajuka) Marmchy ex Scorgo ex Norgo (njorgo) ex Guurgech (gorgel) narjieck (surtschies) yste (ischte) Scady (udi) ghjuzio (krtschüzü). Ich werde ein Gruppenboß? Cool, welche Gruppe werd ich denn unter mir haben?", fragte Murmli aufgeregt. Doch Diablo vertröstete Murmli mit der Eingliederung in eine Gruppe auf den nächsten Tag. Murmli übersetzte noch den Text, den er gerade vorgelesen hatte: „Im Auftrag des Big Ben Clan wird Murmli diese Urkunde für außergewöhnliche Heldentaten zur Rettung der Welt überreicht. Außerdem wird Murmli offiziell als Gruppenboß aufgenommen. Und jetzt meine Danksagungen. Ich danke meinen Eltern, weil sie mich geboren und aufgezogen haben, meinen Brüdern, Schwestern, Cousinen und Cousins ersten, zweiten und jeden weiteren Grades, den Gelmensen und dem Roten Milan, dass ich sie besiegen durfte." „Murmli, fass dich kurz", unterbrach Diablo. „Aber das mach ich doch, wenn ich mich ausführlich bedanken würde, würde ich alle Brüder, Schwestern, Cousinen und Cousins jeden Grades beim Namen nennen!" „Äh, gut. Hast du sonst noch was zu sagen?" „Ist die Frage ernst gemeint? Will noch jemand hören, wie ich die Welt gerettet habe?" „Ähm, Murmli, ich denke, es reicht, wenn wir es in der Chronik ausführlich nachlesen." „Schade. Dann sage ich wenigstens den allerletzten Programmpunkt für heute an. Es wird ein mir unbekanntes Lied sein. Soweit ich weiß, heißt es Bolero. Also viel Spaß dabei und gute Nacht." Damit verließ Murmli die Bühne wieder. Auch Diablo ging von der Bühne und machte Platz für die Nächsten.

Eine Großzahl der Musiker im Publikum stand auf und ging hinter die Bühne. Als erstes kamen Fomka, Nili und Iain Bayne von Runrig auf die Bühne. Sie setzten sich hinter das riesige und geräumige Schlagzeug. Dann folgten Bruce Guthro, ebenfalls von Runrig, Otto Waalkes und John Rait von den Odds. Alle drei stellten sich mit ihren Classicgitarren vorne in die Mitte der Büh-

ne und begannen zu spielen. Wenig später kamen die nächsten drei. Edgar Froese von Tangerine Dream, die gerade wegen Studioaufnahmen in London waren, Keith Richards von den Stones und Vangelis stellten sich mit ihren Spanish Guitars aus der Sicht des Publikums links neben die drei ersten Gitarristen.
Nach und nach setzten weitere unterschiedliche Gitarren ein. Immer drei gleiche auf einmal. Akustik-, Dobro- und 12-String-Gitarren. Dann Gitarren mit zwei und mit drei Hälsen, E-Gitarren und drei Dudelsackgitarren. Zum Schluss kamen dann noch drei Pedalsteel-Gitarren. Mit jeder Gitarre, die dazu kam, wurde das Stück lauter, genau wie das Schlagzeug im Hintergrund.
Als das Lied dann zu Ende war, brach hallender, lang anhaltender Applaus aus. Die Party war wirklich gelungen. Nur die Kinder berührte es nicht mehr, sie hatten sich in der Spielecke zusammengekullert und schliefen friedlich. Claudia hatte sogar allen eine Decke und ein Kissen hergezaubert, damit sie es schön warm und kuschelig hatten. Bevor Diablo die Feier offiziell beendete, schoss Dini noch ein schönes Gruppenfoto vom gesamten Big Ben Clan, inklusive der Riesen. Dass Padraig, der hinter Kaiser Fritz stand, der Gams Hasenohren zeigte, fiel erst am nächsten Tag in der Zeitung auf. Auch die Tatsache, dass die Riesen nur halb auf dem Foto waren, die Oberkörper waren nicht mehr zu sehen. Dann schoss Dini noch ein super Foto von allen Musikern. Danach machten sich die ersten Gäste auf den Heimweg. Einige Musiker machten sich auf den Weg in ihr Hotel, das Woodville House in der Ebury Street, das Jim eigens für sie gemietet hatte und zwar alle Zimmer. Jim hatte auch veranlasst, dass jeder Musiker eine DVD von der Feier bekommen würde. Am nächsten Morgen zum Frühstück, das zwischen zehn und zwölf Uhr stattfinden wird, würde jeder eine frisch gebrannte DVD auf dem Platz haben, mit Booklet, Bildern und Informationen über den Clan und jede einzelne Band. Der Computer, der die Feier die ganze Zeit über aufgezeichnet hatte, würde über Nacht die DVDs fertig stellen.
Jetzt aber brachten Jim und Daniela ihre drei Kinder mit Fomkas Hilfe nach Hause. Henrieta und Leonardo Hernandez wurden von ihrem Vater Enrique und ihrer Mutter Inez Hernandez in das gemietete Hotel gebracht, in dem die gesamte Familie dann auch blieb.

Jim und Daniela wurden unterdessen wieder vom Haus begrüßt: „Hallo Schatz, schlafen wir jetzt zusammen? Oh, wohl nicht, die Kinder schlafen schon. Schade." Jim murmelte nur genervt: „Morgen kümmere ich mich um diese verdammte Begrüßungsansage!" Nachdem die Kinder im Bett waren, ging auch Daniela ins Bett, sie war hundemüde. Jim aber war noch lange nicht müde, er wollte noch mal zurück zur Halle und weiterfeiern, genau wie Fomka. Daniela war es nur Recht. Sie wusste, dass sie Jim nicht aufhalten konnte. Nur eines musste er ihr versprechen: Er sollte nicht schon wieder spurlos verschwinden. „Klar doch, morgen früh wecke ich dich mit einem Frühstück, wie du es seit unserer Hochzeit nicht mehr hattest, versprochen."
Und so gingen Fomka und Jim zurück. Einige andere Gäste waren ebenfalls noch geblieben. So zum Beispiel Brian und der Rest der Runrig-Band. Die Puhdys und Karat waren auch noch da, ein paar von den Stones und noch etliche vom Big Ben Clan, allen voran Murmli, Dschonny, Flax und Padraig. Auch Diablo, Drac und Teufel waren noch da. Auf der Bühne standen noch die Instrumente und auch der Tisch war noch nicht abgedeckt. Das verleitete Jim dazu, noch ein kleines improvisiertes Liedchen anzustimmen:

tmmok treief tueh tim snu
ni reßorg Ednur.

Murmli sang die nächsten zwei Zeilen:

nir (nar) gyinog (gjanog) eufyoona (öfjüsu) dnuux (dnok)
calibanhaft (sahkäch) dnuux (dnok) eufyeu (öfjö)
ßyo (wje) jißun (tschiwühn) rym (rim) geutz (götz)
ghjafyeu (krufjö),

was soviel heißt wie: Es gibt Musik und Tanz und Essen, das wollen wir nicht vergessen. Auch Calum dichtete zwei gälische Zeilen hinzu. Bruce sang zwei Zeilen auf Französisch und Fomka brummte in Norwegisch. Jim spielte unterdessen ein paar Löffel und Maultrommel. Auch die anderen Musiker und Nicht-Musiker griffen zu dem einen oder anderen Instrument. Schnell war ein schönes Lied aus dem Stehgreif entstanden.

Irgendwann weit nach Mitternacht gingen dann auch die letzen nach Hause. Die Halle räumte sich von selbst auf. Damit war auch das letzte große Abenteuer zu Ende. Natürlich gab es eine Sonderausgabe des Dinoblattes auf Hochglanzpapier, in dem ausführliche Berichte mit gewohnt fantastischen Fotos drinstanden. Auch hier bekamen alle Partygäste einen Rabatt, wenn sie beim Kauf die Eintrittskarte vorlegten.

Schluss

Wie versprochen, stand am nächsten Morgen ein tolles Frühstück auf dem Tisch und die Sonderausgabe des Dinoblattes lag daneben. Es gab frische Eier in gekochter und gerührter Form, Marmelade, selbstgebackene Brötchen, die beste Wurst, Schweizer Höhlenkäse von Piepsy und Co, Nadellindenblütentee und Karakutjesaft. Daniela war begeistert. Die drei Kinder schliefen allerdings noch bis Mittag. So hatten Jim und Daniela viel Zeit für sich. Es war ein geruhsamer Tag. Die Kinder sahen sich den Rest der Feier an, den sie verschlafen hatten. Auch Daniela sah sich den Teil der Feier an, der nach dem offiziellen Ende noch stattfand. Das improvisierte Lied gefiel ihr dabei am besten. Natürlich wurde das Dinoblatt ausführlich gelesen und die Bilder angesehen. Gegen Nachmittag kam Fomka mit Blue und kleinen Louis vorbei. Während Blue, Fomka und Jim Skat spielten, spielte Daniela mit den Kindern und Louis jumarianisches Rommé. Und natürlich brachte Claudia ihrer Mutter 'Murmli ärgere dich' bei.
Dieser ruhige Tag war auch nötig, sollte es doch am nächsten Tag schon nicht mehr ruhig sein. Ärger und Aufregung standen ins Haus und Diablos erster Fall. Hätte Daniela gewusst, dass Jim so kurz nach der Feier seiner Lieblingsbeschäftigung nachgehen würde, sie hätte ihn ans Bett oder sonstwo ans Haus gekettet!
Jim hatte sich für den nächsten Tag mit ein paar von den White Rabbits verabredet. Als Jim schon viel zu spät aufwachte, hätte er lieber zu Hause bleiben sollen. Doch er zog sich schnell an und fegte ohne White Horse zum Treffpunkt. Das Auto war über die Vernachlässigung nicht sehr erfreut. Arne Bond, Konrad Mulder, Christian Johnson und Hoppel, das Karnickel, warteten bereits

in der Eisdiele. Auch ein Mädchen war dabei, das Jim noch nie gesehen hatte. Konrad stellte sie als seine Cousine Kim vor. Alle warteten schon gut eine halbe Stunde auf Jim. Dieser wunderte sich etwas, dass alle trotz der frühen Stunde bereits einen riesigen Eisbecher verdrückt hatten.
„Jim, wo bleibst du denn? Wir warten schon seit einer halben Stunde auf dich“, wurde Jim von Arne begrüßt. „Ja, auch schönen guten Morgen, Arne, hab gut geschlafen.“ Jim hatte eine freundlichere Begrüßung erwartet. Dann erklärte er, dass sein Wecker zwei Minuten, bevor er klingeln sollte, stehen geblieben ist. „Aber wo ist denn Murmli? Wollte er nicht auch kommen?“, wechselte Jim das Thema. „Wie du siehst, ist er nicht hier. Aber auf ihn können wir jetzt nicht mehr warten, unsere Bahn fährt gleich“, gab Christian zurück. Also bezahlten sie ihre Eisbecher, sagten der Bedienung, sie solle dem Murmeltier, das kommen würde, sagen, dass sie schon auf dem Weg zum Dungeon waren und machten sich auf den Weg zur Jubilee in der Bond Street, einer U-Bahn in London. Mit dieser Linie fuhren sie bis zur London Bridge. Von dort ging es dann zum London Dungeon, wo sie heute hin wollten. Da Kinder aber nur in Begleitung eines Erwachsenen hinein durften, änderte Jim kurzerhand sein Äußeres ein wenig. Jetzt sah er aus wie ein Zwanzigjähriger mit quietschbunten Klamotten, die einem Teenager hätten gehören können.

Zur selben Zeit war Murmli mit dem Stadtplan in London unterwegs. „So, mal sehen: da ist der Holland Park. Das kann doch nicht stimmen. Ich sollte doch vom Sloane Square mit der Circle bis Notting Hill Gate fahren. Und von dort mit der Central vier Stationen. Hab ich gemacht. Ich bin East Acton ausgestiegen“, grübelte das Murmeltier. Er nahm sich noch einmal den Zettel und las nach. „Die vierte Station ist Bond Street? Dann muss die Bahn falsch gefahren sein. Hilfe, wo bin ich?!“ Murmli überlegte voller Panik, was er jetzt tun könnte. Am Ende kam er dann auf die Idee, jemanden zu fragen. „Ähm, Entschuldigung, können Sie mir sagen, wie weit es von hier bis zur Bond Street ist?“, fragte er den ersten, dem er begegnete. Ein junger Mann hatte das Glück. „Zur Bond Street? Per Bahn oder zu Fuß?“, kam die Gegenfrage. „Mit dem Flugzeug! Natürlich zu Fuß“, gab Murmli etwas un-

freundlich zurück. „Lass mich überlegen. Ich glaube nicht, dass du vor heute Mittag noch zu Fuß dort ankommen würdest. Am besten, du fährst mit der Central bis zur Bond Street. Von hier sind das fünf Stationen“, gab der Passant zurück. Murmli überlegte kurz. Dann erklärte er dem Passanten, dass die Bahn vorhin verkehrt gefahren sei. Er sei schon vorhin mit der Linie gefahren und die habe ihn nicht zur Bond Street, sondern nach East Acton gebracht. Der Mann lächelte, nahm Murmli bei der Pfote und brachte ihn zur Bahn. Er verließ Murmli nicht eher, als bis dieser auch wirklich in der richtigen Bahn saß.
Diesmal kam Murmli an der richtigen Station an. Als Murmli dann endlich im Eiscafe ankam, waren Jim und die anderen schon weg. Die Bedienung sagte Murmli, sie seien vor gerade mal fünfzehn Minuten gegangen. „So eine Sauerei, gehen die einfach ohne mich! Wie soll ich denn jetzt zum Dungeon kommen?“, beschwerte sich Murmli. Der Wirt sagte Murmli, er solle die Jubilee Richtung Stratford nehmen und an der London Bridge aussteigen. Wieder fünf Stationen. Diesmal fand Murmli den Weg auf Anhieb. Doch am Dungeon angekommen, sah er Jim und die anderen gerade reingehen. Es dauerte eine Weile, bis er an der Reihe war. „Murrmel, ich liebe Lachkabinetts“, sagte er aufgeregt zu sich. Er war nur etwas enttäuscht, dass die anderen nicht gewartet hatten.
Dass es im Dungeon dunkel war, hatte ihm niemand erzählt. Ängstlich klammerte sich Murmli an einen Besucher. Erst am schrillen, panischen Angstschrei des Besuchers merkte Murmli, dass es eine Frau war. Auch Murmli fing bei diesen schauderhaften Geräuschen an zu schreien. Als das Murmeltier dann aber merkte, dass es nur eine Frau war, beruhigte es sich wieder und ging weiter. Doch noch bevor Murmli zur ersten Station kam, bemerkte er etwas Seltsames. Er glaubte Jim zu sehen, der bis zur Hälfte in einer kleinen grünen Truhe steckte. Die Truhe schien zu würgen und zu schlucken. Stück für Stück verschwand Jim in der Kiste. Noch bevor Murmli auch nur ansatzweise verstand, was da vor sich ging, hatte die Truhe auch Jims letzen Fuß verschlungen und löste sich nach einem satten und zufriedenen Rülpser auf.
Mit lautem Gebrüll bahnte sich Murmli einen Weg zurück zum Eingang. Da stand er nun. Jim und wahrscheinlich auch die ande-

ren gefressen von einer kleinen grünen Holzkiste. Was sollte er denn jetzt tun? Wie würde Daniela den Verlust von Jim aufnehmen? Und sein bester Freund Hoppel war auch nicht mehr da. Wäre Murmli auch nur ein paar Minuten früher gekommen, er würde jetzt wohl auch nicht mehr leben. Er musste bei Diablo anrufen. Er musste den Vorfall melden.
Die nächste Telefonzelle war seine. Dass so eine Telefonzelle mit Münzen funktionierte, wusste Murmli natürlich nicht. Aber in der Zelle, in der er war, hatte jemand nicht sein gesamtes Guthaben aufgebraucht. So konnte er bei Diablo anrufen. „Diablo, Diablo! Jim, Arne, Christian, Konrad und Hoppel sind aufgefressen worden, von einer kleinen grünen Holzkiste“, schrie Murmli panisch in den Hörer. Diablo glaubte ihm zunächst nicht, fragte sogar, ob Murmli am frühen Morgen schon zu tief ins Glas geschaut hätte. Doch nach einer Weile konnte Murmli Diablo überzeugen. Er schickte sogar Gorilla zum Dungeon, damit Murmli auch ja beim Big Ben ankommen würde. Als dann alle im Hauptquartier angekommen waren, wurde überlegt, wie weiter vorgegangen werden sollte ...

Fortsetzung folgt ...

Tal Laufer

Bigfoot

Jasper Magnusson, neun Jahre alt und Isländer, erlebt das Abenteuer seines Lebens, als seine Eltern der Bitte eines alten Freundes folgen und mit ihm nach Kanada reisen. Prof. Henrigsen hat dort angeblich den mythischen Bigfoot getroffen – eine Art kanadischen Yeti. Zusammen mit Onkel Gustav und einigen anderen Begleitern dringen sie in die tiefen Wälder um Devon vor. Doch was sie dort finden, übertrifft alle Erwartungen!

Der junge israelische Autor Tal Laufer (1985) aus Tel Aviv hat Geschichte und Jüdische Geschichte studiert. Er interessiert sich für Mythologie, Lesen und Musik, spielt Klavier und Gitarre. Laufer hat zwei Hunde und drei Katzen und lernt gerade Deutsch.

Preis: 12,50 Euro
ISBN 978-3-86634-184-5

Paperback
169 Seiten, 13,8 x 19,6 cm